HENRY CÉARD

TERRAINS A VENDRE

AU BORD DE LA MER

PARIS

Librairie CHARPENTIER et FASQUELLE

EUGÈNE FASQUELLE, ÉDITEUR

11, RUE DE GRENELLE, 11

1906

Tous droits réservés

TERRAINS A VENDRE

AU BORD DE LA MER

CHAPITRE PREMIER

A Kerahuel, en Bretagne, sur la plage; au bout de la presqu'île de Téhuen, en face de l'hôtel d'Orange, la course aux chevaux, première partie des réjouissances publiques organisées pour la célébration de la fête nationale du 14 Juillet, finissait parmi les acclamations d'une foule facile à se réjouir du moindre divertissement.

La date du 14 Juillet était cependant écoulée depuis douze jours. Mais les habitants et la municipalité de Kerahuel dédaignant lois et décrets, tout l'arsenal administratif de la centralisation républicaine, d'une solennité fixe dans les autres contrées de la France, pour leur commodité, avaient fait du 14 Juillet une fête mobile dont ils déterminaient l'époque suivant les nécessités de leurs conditions d'existence et d'après les hasards de la pêche à la sardine, leur industrie.

Or, la sardine, de la dimension réclamée par les chefs d'usine, cette année-là passait précisément en bancs nombreux, au moment officiel de la Fête nationale. Donc,

1

remettant la cérémonie patriotique au lendemain de leur travail et de leur gain, les équipages des bateaux, le 14 Juillet, comme les autres jours ouvrables, s'en étaient allés tendre leurs filets et jeter de la rogue en mer.

Sur la côte, entre les murs de pierre délimitant les champs resserrés où les récoltes semblent pousser en prison, la moisson s'était montrée lente à mûrir. Dans les bas fonds humides, et dans le creux des rares marécages, bien du foin en mulons restait encore à rentrer sous le toit des greniers ; et les femmes, en l'absence des hommes, tous partis sur l'Océan, demeurant seules à cultiver la terre et à s'employer aux labours agricoles, s'inquiétaient des orages menaçants et de la pluie rapide à tomber quand, soudain, le vent cesse ou change de partie.

La sécurité de leur blé et de ! ur fourrage les préoccupait bien plus que la commémoration de la prise de la Bastille. Or, la chaumière de la lande se trouvant en accord d'intérêts avec la chaloupe du port, le Conseil municipal, cédant aux réclamations de ses administrés, selon leurs désirs, avait reculé d'une semaine et demie la célébration du 14 Juillet.

Le préfet, au mépris des lois organiques, ne refusait pas son agrément à la temporisation, car il redoutait les discussions au Conseil général et les interpellations aisément soulevées à la tribune de la Chambre par les députés de la région, hommes de querelles, toujours disposés à défendre contre le pouvoir de Paris l'indiscipline de leurs électeurs. Ainsi, M. Rachimbourg, le maire de Kerahuel, longtemps après que s'étaient tus les canons des batteries de la côte tirant des salves en l'honneur de la République, au pied de la hampe d'un drapeau tricolore planté dans le sable en manière de but, décernait le prix au vainqueur de l'unique épreuve hippique: un étalon de quinze mois, à peine, car les chevaux sont rares dans Téhuen sans élevage, et les propriétaires, prématurément, font travailler les poulains.

Un cri s'éleva :

— Vive monsieur le maire !

Ce cri ne provoqua aucun écho. Au milieu du silence, un autre cri fut poussé :

— Vive la République !

Ce cri-là, avec un hurlement furieux, la foule tout entière le répéta. Tandis qu'il se prolongeait, le garde-cham-

pêtre arracha le drapeau du sable de la plage ; et, l'élevant au-dessus de sa tête coiffée d'une casquette, l'agita
sous le ciel. Les trois couleurs flottaient au vent, la pique
d'or au sommet de la hampe étincelait au soleil. Un tam-
bourg battit. Alors le cortège se mit en marche.

Le ventre ceint de son écharpe et le front en gala
suant sous un chapeau gibus, Rachimbourg, le maire,
s'avançait le premier, tout seul : les adjoints, par mépris, même dans les pompes officielles, affectant de se
tenir à distance et de prouver au public qu'ils s'écar-
taient de cette compagnie. Ils témoignaient ainsi combien
ils se déclaraient hostiles au système pratiqué par Rachimbourg dans l'administration financière de la commune.
Les divergences d'opinion avaient engendré chez eux
une insolence telle qu'ils n'adressaient plus la parole au
maire, sinon pendant les séances du Conseil, où ils injuriaient leur président.

Les autres membres du Conseil municipal suivaient, en
désordre, groupés selon leurs inimitiés. Au-dessus de
redingotes souvent dégraissées et refaites pour les ajuster
à la mode depuis qu'ils les avaient endossées, pour la
première fois, le jour de leur mariage, ils portaient des
chapeaux à haute-forme : chapeaux de deuil, chapeaux
de noces, fanés par le soleil, défoncés par la pluie, et
rendus plus pelés encore par les idées de lucre et d'entêtement séculaires qu'ils abritaient dans les cervelles.

Un sonneur de biniou, dès longtemps en ivresse, soufflait dans son porte-vent, au hasard, et titubait au loin
pour essayer de rejoindre la tête de la colonne. En zig-
zag, elle s'en allait là-bas, à droite dans la baie, sur le
quai bordé de puanteurs et d'usines, où abordaient les
bateaux de pêche. Là, dans le bassin, entre le môle et la
jetée, il serait procédé à la course aux canards.

Femmes, enfants, hommes, vieillards, tout Kerahuel en
tumulte s'empressait au spectacle. Les garçons jetaient
des confetti aux filles, lesquelles ripostaient en leur
jetant des serpentins, car ce genre de divertissement,
sans doute, à cause de sa grossièreté, de Paris, s'insinuait naturellement à Kerahuel. Et c'était la facétie des
gas de vider des sacs pleins de rondelles en papier de
couleur dans le dos des femmes, là où l'échancrure des
fichus laisse à nu, sur la nuque, un triangle de chair
basanée par le soleil.

Les femmes se retournaient, injuriaient les plaisantins ;

et, sous leurs coiffes blanches et carrées, enserrant la
tête ainsi que la cornette des nonnes, de loin, hors du
bruit et de l'ordure de leurs propos, elles ressemblaient
à des religieuses offensées.

Il faisait chaud. Derrière la nappe de lumière verticale-
ment reflétée par la mer, au loin, comme dans les profondeurs d'une glace sans tain, des îlots, çà et là, apparaissaient dorés par le soleil. Le thermomètre marquait
40 degrés à l'ombre. Après l'avoir consulté, André
Malbar jeta sa cigarette, à moitié fumée, par la fenêtre
de la chambre qu'il occupait au premier étage de l'hôtel
d'Orange, en face de l'Océan. Puis, se parlant tout haut :

— Tout ça, mon ami, c'est très bien. Mais le jeudi
d'aujourd'hui comme tous les autres, ramène ton jour de
chronique, et tu n'as pas encore écrit une seule ligne de
ton article pour l'*Instantané des Deux-Mondes* qui, demain,
attend ta copie.

Malbar regarda la mer, l'immense plage, maintenant
déserte, qui s'arrondissait selon la courbe de la falaise. A
gauche, de gros rochers la délimitaient, et leur masse
énorme et dentelée se découpait durement sur l'horizon.
Un bateau à vapeur doublait la pointe, traînant derrière
lui, au long du flot calme, comme l'eau d'un étang, un
grand V lumineux indéfiniment tracé par son hélice. Dans
l'atmosphère sans vent, la fumée de la machine montait
toute droite, malgré la vitesse, et, jusqu'au ciel, prolongeait, en forme de colonnes les tuyaux de deux cheminées.
Malbar tira sa montre :

— Hé, hé, cinq heures. J'ai juste le temps matériel de
remplir six feuillets avant le départ du train qui s'en va
vers Paris à six heures et demie. Mais quoi dire ? L'Océan !
oui ! Mais comment intéresser les bourgeois à l'Océan ?
Il faut être un désabusé de mon espèce pour venir dans
un pays comme celui-ci où rien n'existe, rien, sinon la
mer. Or, les bourgeois, eux, n'aiment que le sable, la
plage où ils peuvent se baigner, jouer au crocket et
planter des pieux pour installer des flirts, sous des tentes.
Seulement, c'est là une excellente opinion à ne pas
exprimer dans un journal, car la liberté de la presse et
l'art de l'écrivain consistent surtout à savoir ménager les
préjugés des lecteurs. Alors ?

Malbar se retourna, prit sur la table un journal, au
hasard ; parcourut les « Echos de Paris », les « Tablettes
mondaines », le compte rendu des tribunaux, les faits

divers, aussi. Il y vit que ses confrères tenant son éloignement momentané pour une retraite définitive parlaient
de lui, en bon termes, comme s'il avait été mort. Car
telle est la psychologie de Paris qu'un écrivain semble
ne plus exister dès qu'il cesse de figurer parmi les clients
de ses cafés et les spectateurs de ses théâtres, et l'opinion, sur le boulevard, n'admet guère qu'on puisse
décemment continuer à penser et à vivre en dehors des
cabotins et des fortifications.

Dans les racontars, le récit des garden-party, les procès en divorce et les crimes, Malbar ne trouvait rien qui
pût fournir quelque matière pour un article. A la rubrique
« Courrier des théâtres », il vit que le directeur d'un
casino, proche d'une source thermale, se proposait d'exécuter intégralement les trois actes de *Tristan et
Yseult*, opéra de Richard Wagner. Alors, dans sa
mémoire, garnie comme une bibliothèque, et qui lui
obéissait à la façon d'un bouton électrique commandant
une sonnerie, il se souvint d'une lettre dont il avait lu, un
jour, un fragment cité par un catalogue d'autographes.

Par cette lettre, Richard Wagner s'inquiétait des conditions possibles d'une installation à Douarnenez, devant
la mer. Sans doute, le compositeur avant d'entreprendre
Tristan et Yseult avait voulu connaître les côtes de
Bretagne que la légende donnait pour champ de tendresse aux deux amants de la partition qu'il rêvait. Sans
doute il était venu vivre là. Sans doute c'était devant des
rochers semblables aux rochers qu'il voyait là-bas,
lui Malbar, et que, à cause de leur silhouette féodale,
il appelait le Vieux-Château, sans doute, c'était en
présence d'un paysage pareil que le musicien avait
imaginé le manoir de Kereol et le décor où Tristan hurle
d'espoir et d'agonie. Sans doute, c'était devant les mêmes
flots battant aujourd'hui le rivage qu'il avait écrit, au
troisième acte, cette symphonie de la mer si différente
de toutes les symphonies de mer jusqu'alors écoutées en
musique, et qu'il avait surpris, noté, puis transmis
aux instruments le rythme de cette voix éternellement
profonde et sans silence.

— Eh bien, mais voilà mon article, s'écria Malbar. Et,
s'asseyant vivement à sa table, il écrivit en tête d'un des
longs et étroits feuillets de papier bleu que les compositeurs de l'imprimerie s'étonnaient toujours de voir
arriver sans ratures ni surcharges :

Au pays de Tristan.

Kerahuel, juillet 1897.

« Un casino, dans une ville d'eaux, se met intelligemment en travail de jouer sans coupures *Tristan et
Yseull*, de Richard Wagner. C'est la première fois, en
France, qu'une pareille expérience est tentée jusqu'au
bout. M. Charles Lamoureux, dans les concerts qu'il
dirige, s'est épisodiquement contenté de faire entendre
le premier et le deuxième acte. Quand? Il y a si longtemps que la mémoire de cette nouveauté s'est peu à peu
perdue. N'importe, grâce à ces exécutions, même frag-
mentaires, les dilettanti ont pu contrôler les impressions
que l'œuvre leur avait, dès l'abord, données à la lecture
et au piano. La partition monta ainsi au rang des chefs-
d'œuvre, et le deuil est que Listz n'écrivit jamais à la
gloire littéraire et musicale de *Tristan et Yseull* de
triomphantes pages d'apothéose semblables à celles-là
qui lui furent inspirées par *Lohengrin* et par *le
Tannhäuser.* »

Réveillé par le bruit de la foule braillant au dehors,
dans un coin de la chambre, un chien grondait.

— Qu'est-ce que c'est Chien-de-Nous? dit Malbar.
Veux-tu bien te taire.

Chien-de-Nous s'étira, et vint auprès de son maître
chercher une caresse.

Avec son poil gris tacheté de noir et assez semblable
au pelage d'une hyène; avec sa tête étrange où luisaient
deux yeux, l'un presque rouge, l'autre presque vert, il
était apparu un jour sur la terrasse de l'hôtel d'Orange.
Il portait en manière de collier une bande de calicot
blanc sur laquelle on lisait en lettres noires : « Chien à
louer pour la saison des bains »; et il avait l'air si humble
sous son enseigne, que Malbar s'était intéressé à sa laideur. Il le flatta, politesse à laquelle le chien ne se déroba
pas. Il lui offrit du sucre que l'autre refusa; et Malbar
admira cette discrétion à l'endroit des friandises. L'animal les ignorait, sans doute.

Comment se nommait ce chien? La connaissance faite,
Malbar l'appela d'abord de tous les noms ordinairement
donnés aux individus de cette espèce : Myrza, Phanor,
Pataud, César, Porthos ou Turc. Il ne parut affecté par

aucun. D'où venait-il ? On estimait que ce devait être un chien de berger amené derrière des moutons un jour de foire, et resté dans le pays, parce que, à la gare, le long des wagons, il avait perdu la piste de son maître. Maigre, les os saillant sous la peau, orphelin et sans graisse, il émut la compassion de Malbar. Sans possesseur, il appartenait à tout le monde ; errant suivant ses fantaisies, fidèle selon l'accueil qu'il recevait. Malbar, parodiant la manière de s'exprimer des Bretons qui conservent, en parlant français, les constructions de leur langue, et remplacent volontiers le pronom possessif par le génitif, disant la « maison de nous », au lieu de « notre maison », pour symboliser la condition indivise de l'animal, l'avait dénommé « Chien-de-Nous ».

Évidemment ce vocable rappelait au chien des consonnances qu'il avait, pendant longtemps, eu coutume d'entendre ; car, sous ce nouvel état civil, il devint le camarade de Malbar, et Malbar lui donnait à manger.

Comme s'il mettait de la dignité à ne point passer pour un parasite, Chien-de-Nous, à l'heure du premier déjeuner, refusait de boire le reste de chocolat que Malbar lui offrait, dans le fond d'une tasse. Il acceptait avec une sorte d'indifférence les os que Malbar lui jetait, pendant les autres repas, et refusait dédaigneusement les croûtes de pain. Malbar se demandait de quoi pouvait bien vivre un chien si plein d'amour-propre ; quand, l'ayant aperçu dans les vases du port qui se gavait des détritus infects de la halle au poisson, il acquit la certitude que, sous un apparent détachement de toute gourmandise, sa misère dissimulait des appétits immondes.

Il s'avisa alors de le nommer « Poubelle », du sobriquet donné aux boîtes contenant les ordures ménagères, le matin, dans les rues, à Paris. Chien-de-Nous s'offensa de la comparaison. Il jeta sur Malbar un regard de mépris. Pour ne pas souffrir plus longtemps une si insultante injure, il s'en alla à toutes pattes, dans l'inconnu ; et, pendant plusieurs semaines, l'intimité demeura interrompue.

Elle recommença, cependant, parce que le logement, pour Chien-de-Nous, était plus malaisé à trouver que a nourriture. Vers le soir, il disparaissait avec le soleil, se glissait dans les maisons aux portes mal closes et se couchait délibérément sur les lits. Maintes fois, son sommeil était troublé par des coups de balai. Il descendait

alors, se glissait sous la couchette. Les balais l'y suivaient. Il prétendait ne point déguerpir, montrait les
dents et, finalement, battu davantage, se faisait chasser
par un redoublement de violence. Pour ne point passer
les nuits dehors, il s'était décidé à renouer des relations
avec Malbar, cœur plus hospitalier, qui lui faisait les honneurs de sa descente de lit, et parfois même tolérait qu'il
s'installât sur le siège de son unique fauteuil.

Dès que Malbar prenait sa canne pour sortir, Chien-de-
Nous se levait et l'accompagnait dans ses promenades,
sur la falaise. Il courait dans les rochers. Des trous d'eau
stagnant entre les pierres, il tirait avec ses pattes les
petits crabes amenés par la marée montante et laissés par
la mer descendante; s'amusait un instant à les laisser
fuir devant lui, à les rattraper, à les perdre, à les saisir
de nouveau; puis, à la fin du jeu, d'un coup de dent sûr,
il les déchiquetait et les mangeait avec délices.

D'autres fois, il ramassait un vieux soulier, une vieille
casserole, épaves de costume ou de cuisine, fréquentes
dans l'herbe rase où s'abandonnent les objets rebutés;
les portait gravement dans sa gueule, puis soudain
désintéressé d'eux les lâchait pour aller, à la nage, chercher au long des petites anses de la côte, les morceaux
de bois que lui jetait Malbar.

— Apporte ici, mon chien.

Et Chien-de-Nous, tout mouillé, pour se sécher, se roulait éperdûment dans le sable, à l'endroit précis où il
flairait des immondices.

Quand, à la fatigue de ses pattes, il jugeait que la course
avait été poussée assez loin, il s'étendait devant Malbar,
aboyait, donnait à entendre qu'il fallait retourner à l'hôtel.
Car Chien-de-Nous, autoritaire jusque dans ses sou-
missions, déférent et indiscipliné tout ensemble, mettait
toujours un peu de despotisme dans sa domesticité volontaire. Malbar lui obéissait; et, dans sa solitude, se serait
difficilement passé de cette compagnie.

— Allons, Chiens-de-Nous, couche-toi sur la descente
de lit, si tu veux, et travaillons.

Chiens de-Nous, docilement, se roula en boule, sur le
tapis.

Malbar trempa sa plume dans l'encre et continua :

« Listz aurait certainement indiqué ce qui n'a jamais
été dit sur *Tristan et Yseult*, à savoir que, musique à
part, la légende servant de scénario à cet opéra d'origine

allemande est une légende d'essence absolument française. S'il faut en croire des documents un instant aperçus et dont nous avons gardé le souvenir, il paraît, en outre, vraisemblable que le compositeur a conçu son œuvre après un séjour prolongé sur la terre de Bretagne. Bien avant d'écrire la partition, il fit un voyage, au moins, à Douarnenez; et si l'on en juge par la lettre où il s'inquiète des détails de son installation, il se fit, pendant plusieurs mois, l'hôte attentif de ce pays de Cornouailles qui fut le pays de Tristan. »

Des vociférations poussées au dehors et emplissant la fenêtre ouverte interrompirent Malbar. Il se leva; et, accoudé sur l'appui de la croisée, regarda.

Les vociférations venaient de la Mal-Commode, une ivrognesse géante renommée dans Kerahuel, qui redoutait les méchancetés de ses propos, car on tenait que, « avec sa langue, elle aurait mis le feu dans une barrique d'eau ». Les nombreuses condamnations qu'elle subissait sans cesse pour infraction à la loi sur l'ivresse publique n'atténuaient pas son avidité pour l'alcool qu'elle buvait, soir et matin, comme le sable boit le flux de la mer. Toujours plus assoiffée par la tempérance où elle était contrainte, dans des maisons de justice où elle purgeait ses peines, elle rapportait des prisons un supplément d'injures nouvelles qu'elle ajoutait à son vaste répertoire de vitupérations et d'invectives.

Elle les criait au milieu de l'exaltation d'une perpétuelle ivresse. Avec les grands gestes de son bras droit décharné, montrant les cicatrices d'une opération chirurgicale, elle semblait, à larges poignées, jeter l'ignominie sur quiconque passait à sa portée. Etrangère aux pudeurs, elle laissait les trous de ses haillons s'ouvrir, du haut en bas, sur toute sa maigre personne. Au temps de la moisson, pieds nus dans les champs et sans autre vêtement qu'une chemise d'homme, elle aidait à battre le blé; et par dessus ses cheveux blancs, au vent de son fléau, les jurons s'envolaient, ensemble, avec les menues pailles.

Elle amusait par son dévergondage une population rudanière qui trouvait de l'agrément dans la grossièreté de cette virago. La terreur facilitait les complaisances, parce que la Mal-Commode passait pour posséder des talents de sorcière et qu'on la soupçonnait de pratiquer les sortilèges par où le lait se tarit dans le pis desséché des vaches. En outre, l'hiver, elle enchantait les veillées où elle était fort accueillie avec la variété d'airs et de couplets qu'elle répétait depuis ses détentions fréquentes; car c'est dans les prisons, disait-elle, qu'on apprend aujourd'hui les plus belles chansons.

Ce jour-là, plus titubante encore, sans doute à cause de la solennité; débraillée en ses loques et insupportable aux passants; elle harcelait les hommes et prétendait que, tous, ils la devaient demander en mariage. Ils riaient de ses exigences. La Mal-Commode, exaspérée par leurs refus, les insultait sans relâche pour la mauvaise grâce qu'ils mettaient à ne pas vouloir « la laisser entrer dans leur famille ».

Elle aperçut Malbar.

— « N'est-ce pas, Monsieur Malbar, que vous, vous ne refuserez pas de me laisser entrer dans votre famille ? »

Malbar ne répondit pas, fut injurié à son tour; et, rassis devant sa table, se dit : — Allons-y maintenant des considérations et des preuves littéraires.

Alors il écrivit :

« La légende de *Tristan et Yseull* est une des plus antiques légendes d'amour de nos vieux poèmes français. Cette aventure de chevalier, ambassadeur héroïque et galant, recevant de son roi la procuration de confiance d'aller, par delà les mers, diplomatiquement épouser une reine lointaine; s'éprenant d'elle par magie, au cours de la traversée et s'exaltant dans sa passion au point qu'il trahit la parole donnée, puis devient adultère et félon à son maître, se retrouve dans la plupart des fabliaux des douzième, treizième et quatorzième siècles. Suivant les époques, elle subit des modifications de détail.

« Ces modifications portent principalement sur la manière dont le roi Marke, trompé par son envoyé et sa future femme, acquiert les preuves évidentes d'un aussi déloyal amour. Tantôt, la nuit, au clair de la lune, dans l'eau d'une fontaine reflétant les visages comme dans un miroir, au retour de la chasse, il surprend les effusions des deux traîtres. Tantôt travaillé de soupçons secrets et curieux de connaître une vérité où il ne trouvera que déplaisir, il monte sur un arbre, et là, toujours à la clarté complice de la lune, il entend des paroles et des baisers ne lui laissant aucun doute sur l'exactitude de son infortune conjugale. C'est dans cette attitude de sentinelle aux aguets et perchée dans les branchages que

la sculpture, interprétant les textes des poètes, le représente souvent ; et, notamment, à Bourges, parmi les
figures en relief sculptées au cul-de-lampe de la chambre
du Trésor dans la maison de Jacques Cœur. »

Malbar, d'un mouvement d'impatience, jeta sa plume.
Depuis quelques instants une voix dolente et aigre lui
entrait dans les oreilles à la façon d'une vrille, et dérangeait le rythme de ses phrases. La Mal-Commode, calée
le long du mur de l'hôtel, sous la fenêtre, gesticulait en
chantant une chanson bretonne :

> Pé gounit em barh suhun
> Daibre em disul ag diñun
> Vou quet el men perpet.

Désespérant d'imposer silence à la criarde mélopée,
Malbar essaya de s'abstraire et de s'isoler dans ses idées,
ainsi qu'il avait coutume de le faire, à Paris, au milieu
du tumulte des salles de rédaction ; et il continua :

« Mais en même temps que la légende se perpétue et
que les ans s'écoulent, les péripéties du sujet de *Tristan
et Yseult* perdent singulièrement de leur simplicité initiale.

« Au douzième siècle, dans une période de psychologie
rudimentaire, le hasard d'une image, réfléchie par une
fontaine, suffit pour renseigner le roi Marke. Au treizième siècle, l'inquiétude morale se développant dans le
cerveau humain plus affiné, à mesure, pour l'angoisse et
pour la douleur ; c'est le roi Marke lui-même qui se met
en tête d'apprendre ce qu'il serait plus heureux de ne
jamais savoir. Au quatorzième siècle, la méchanceté,
l'envie, on ne sait quelle fureur nouvelle de perversité et
de bassesse, interviennent pour déterminer la surprise et
préparer la catastrophe.

« Il y a déjà du Iago dans ce Melot, conseiller du roi
Marke qui, par jalousie envers Tristan, peut-être même
aussi par concupiscence pour Yseult, éveille les soupçons du prince, provoque les vengeances et n'hésite pas à
dénoncer le rendez-vous des deux amants éperdus de tendresse. C'est cette version que Richard Wagner a utilisée
en employant la perfidie de Melot comme ressort dramatique de son poème.

« Mais ce qui demeure identique dans la légende, c'est
la blessure de Tristan puni par les armes d'avoir aimé la

reine et trompé son monarque ; c'est sa fuite désespérée, c'est son remords, c'est son exil volontaire dans son manoir de Cornouailles où, seul, devant la mer agitée comme son âme, il pleure son manque de parole et se lamente sur l'absence d'Yseult. Ce qui reste identique, c'est l'arrivée d'Yseult, survenue sur la mer couleur de soleil et apportant au chevalier de son furieux amour, ses consolations suprêmes et ses derniers baisers, à l'heure de la mort ; c'est l'étreinte surhumaine de Tristan serrant sa dame dans ses bras, une étreinte si formidablement enveloppante qu'un poète a pu écrire : « Dans l'embrassement de Tristan, le cœur d'Yseult sauta hors de la poitrine comme le noyau d'un fruit qu'on presse, et tomba du corsage, à leurs pieds, sur le sable. »

Malbar sursauta sur sa chaise. Une détonation de pétards réveilla Chien-de-Nous qui, effrayé, essayait de se couler sous le lit. Qu'est-ce qui se passait encore ? Malbar, de mauvaise humeur, encore une fois, regarda par la fenêtre.

Après bien des retards causés par la difficulté du recrutement des volatiles, la course aux canards allait enfin commencer. Des hommes, sur un bateau, les emmenaient au milieu du port, dans des paniers. Ils étaient loin. Malbar prit une lunette pour mieux voir ; et, au long du rivage, en contre-bas du quai, il aperçut tous les garçons de Kerahuel, attentifs et guettant un signal. Nus comme des sauvages et grouillants comme des vers, sans que personne autour d'eux s'offensât de l'impudeur, ils étalaient en public toute leur puberté.

Une nouvelle détonation retentit. Les bêtes jetées par dessus le bord du bateau tombèrent à l'eau en criant. Alors les garçons, d'un même geste, trempèrent leurs mains dans la mer, et, ensemble, firent un grand signe de croix. Ils nagèrent ensuite pour attraper les canards qui fuyaient devant eux, plongeaient sous les mains tendues pour les saisir. Malbar, préoccupé de terminer son article, se désintéressa de leurs efforts et de leur poursuite.

Il revint à sa table, relut la fin de sa dernière phrase : « et tomba du corsage, à leurs pieds, sur le sable ».

— A la musique provoquée par le paysage, à présent.

Après avoir allumé une cigarette, il reprit :

« Cette colossale expansion d'amour, Richard Wagner l'a tragiquement traduite par le tumulte ordonné et savant d'une musique aux flots continus et ondulants comme les vagues de la mer. Jamais peut-être impression d'Océan n'a été rendue sensible comme par la symphonie soulevée en tempête autour de la frénésie des personnages. Nulle part aussi, la similitude entre la musique et l'Océan n'apparaît plus nettement que dans cette Bretagne, dans ce pays de Tristan, où la mer s'acharne à battre et à déchirer les falaises, ainsi que l'amour, pareil à un raz de marée, bat et saccage le cœur de Tristan et d'Yseult.

« Toute la mer du pays de Tristan déferle véritablement dans le flux et le reflux instrumental de la partition de Richard Wagner. De mesure en mesure, on l'y contemple tout entière, avec le ruissellement de la lumière et la splendeur toujours agrandie des horizons. C'est la mer de Bretagne qui flamboie dans une illumination d'apothéose, quand la reine Yseult arrive au port, cependant que le peuple de Cornouailles mêle ses acclamations au clapotis de la vague, sur le rivage. La mer de Bretagne, mélancolique, à perte de vue sous de déprimantes brumes, la voici encore évoquée par l'orchestre dans ce prélude du troisième acte, monotone et menaçant comme un ouragan grossissant dans l'ombre; la voici radieuse sous le soleil et scintillante au loin de féeriques lumières, lorsque Yseult débarque, tout en baisers auprès de Tristan, tout en agonie. »

Dehors, la Mal-Commode, sur un ton de crécelle et de complainte, continuait à chanter :

> Dimanche et lundi j'ai mangé
> Toute ma semaine de pêche,
> C'est mon droit, tiens ! Rien ne m'empêche
> De manger toujours ce que j'ai.

— Hé, la mère, cria Malbar, est-ce que vous n'aurez pas bientôt fini de me fatiguer les oreilles ?

— Pourtant je chante en français maintenant pour que vous puissiez comprendre, mon bon monsieur, répondit la Mal-Commode.

— En français comme en breton, faites-moi, je vous prie, le plaisir d'aller brailler ailleurs.

L'ivrognesse répliqua :

— Le soleil et la mer ne vous appartiennent pas ; ce n'est pas vous qui les avez payés, apparemment.

Malbar, pour couper court à toute discussion, enveloppa une pièce de cinquante centimes dans un morceau de journal, et la jeta par la fenêtre.

— Tenez, la vieille, voici de quoi boire ; mais, pour l'amour de Dieu, laissez-moi la paix.

Décidée par l'aubaine, la Mal-Commode s'assura sur ses jambes et se mit en route vers un débit de boissons. En chemin, elle murmurait des patenôtres, appelait sur Malbar la bénédiction de la bonne mère Sainte-Anne, patronne de la contrée ; et sa chanson, de temps en temps, se mêlait encore de loin aux phrases de l'écrivain. Ces phrases disaient :

« Et cet air si cruellement monotone dont le cor anglais berce la douleur et l'exaspération de Tristan, est-ce qu'il ne rappelle pas la lancinante tristesse des binious au timbre équivoque, aux thèmes pleins d'inquiétants intervalles qui s'harmonisent si intimement avec l'âme désolée des paysages et s'entendent sans trop de deuil pour les oreilles, éteints et doux qu'ils deviennent malgré eux, au-dessus de l'énorme basse continuellement prolongée par les rafales du vent et les grondements de la mer.

« Bien plus, ce manoir de Tristan, en Kereol qui signifie en langue bretonne le « Château du Soleil », il est là, auprès de moi, entier et reconnaissable. Il est là dans les rochers, incendié par le midi, inondé d'écume, enveloppé de mystère. Le flot qui l'a connu de toute éternité, l'attaque chaque jour en l'embellissant davantage ; et, pendant des siècles et des siècles, le chef-d'œuvre dont il a fourni le décor grandira sous les discussions comme le château de Tristan grandit sous les orages ! »

— C'est vrai qu'il est là-bas le château de Tristan, dit Malbar, comme pour s'excuser de son enthousiasme. Devant la glace qui, sur le mur, parmi les taches de mouches, reflétait toute la plage, le port à gauche, la mer en face, à droite la citadelle de rochers majestueusement debout sur le ciel enflammé, il étendit le bras, prenant l'image à témoin de l'exactitude de ses phrases.

Puis, se renversant sur sa chaise, il appela :

— Baluche ! Baluche !

Baluche était ce que l'ironie de Kerahuél appelle « un officier de soleil ». Sans gîte, baguenaudant sans cesse, au hasard de la falaise et du quai, pour se reposer, il s'installait, d'ordinaire, sur une marche de l'escalier de

l'hôtel d'Orange. Il se refusait énergiquement à toute
espèce de travail, et plutôt que de se fatiguer à gagner sa
nourriture, quand la faim le prenait, il mangeait volontiers, au fond d'une écuelle, la soupe laissée par les
chiens. Il fumait, et mendiait à tous venants du tabac
pour bourrer une pipe qu'il n'avait, certes, pas achetée.

Il ne se volait pas un homard dans les viviers du port,
il ne se dérobait pas un chou dans les jardins, pas un
lapin dans les clapiers de Kerahuel, sans que Baluche,
par tradition, fût immédiatement accusé du méfait. L'exagération même qu'on mettait à le rendre responsable de
tous les larcins, avait fini par lui créer une espèce d'innocence. Les gendarmes, devenus sceptiques, à force de
lassitude, s'étaient désintéressés de Baluche au point qu'ils
ne l'arrêtaient plus guère. Pour larron, qu'il passât, ses
déprédations, à coup sûr, ne l'enrichissaient pas; car,
par une dentelle de trous, sa carcasse émaciée et sans
chemise, se voyait sous ses vêtements en loques.

Baluche ne se connaissait pas de parents. Le médecin
major, lors du conseil de révision, affirma qu'il montrait
tous les caractères du dégénéré, produit d'une ascendance
manifestement alcoolique, et, n'augurant pas bien de ses
orteils épatés et plats, l'ajourna du service militaire. La
patrie ne voulant pas de lui, Baluche considéra qu'il était
dégagé, dès lors, de toute obligation dans le monde ; et
n'exerça plus de métier que selon sa fantaisie, et par
aventure. Un moment, il s'était cru peintre, parce qu'un
artiste de passage dans les horizons de l'hiver, l'avait
décidé à porter sa boîte à couleurs et à maintenir son
chevalet contre les assauts des embruns et du vent.
Baluche, de ces services modestes, avait tiré un orgueil
impérissable, et quand on lui demandait : « Qu'est-ce
que tu fais, Baluche? », avec la plus entière bonne foi,
Baluche répondait fièrement : « Je suis dans les Beaux-
Arts ! »

Malbar, pour légitimer ses aumônes, employait parfois Baluche. Il ne désespérait pas de le tirer hors de
son apathie ; et, estimant que la propreté est déjà un
commencement d'épuration morale, d'abord, il le débarrassa de ses haillons et de sa crasse. Il lui donna de vieux
habits, de vieux souliers, un vieux chapeau. Baluche,
resplendissant d'une élégance dont Kerahuel demeurait
confondu, faisait la roue comme un paon ; et, dénué de
toute espèce de reconnaissance se dispensait, maintenant,

de rendre le moindre service à Malbar. Semblable à
Chien-de-Nous, lui aussi prétendait ne rien aliéner de sa
liberté. Après avoir daigné recevoir des offets, il ne consentait plus à des complaisances où son orgueil d'homme
bien mis trouvait désormais des humiliations.

— Baluche ! Baluche !

Baluche ne répondit pas.

— Pas de chance, pensa Malbar. Il fait une chaleur de
four à puddler, et cet animal m'aurait porté mon article à
la poste.

Puis, s'adressant à Chien-de-Nous qui s'était levé et,
de temps en temps, lui mettait la patte sur la cuisse, en
signe d'impatience :

— Attends encore un peu, mon vieux, dans un instant,
ton maître aura fini. Tu comprends bien, mon chien,
que l'article de ton patron ne peut pas s'achever sans
quelques aperçus psychologiques, car la psychologie, tu
ne t'en doutes pas, la psychologie, c'est sa spécialité.

Et Malbar, sous les trois petites croix, par lesquelles
il séparait ses paragraphes, commença son sixième
feuillet.

« N'est-ce pas aussi ce pays de Bretagne qui inspira
au compositeur le prodigieux désir d'infini dont sont
tourmentés Tristan et Yseult; cette ardeur éperdue de
vivre sans rien connaître qu'eux-mêmes, cette espèce
d'évaporation de leur être dans l'espace, en dehors du
monde, et du temps, et de l'heure. Que leur importent,
dès lors, les souvenirs lointains des cors de la chasse
simulée où le roi Marke, pâle déjà de sa trop sûre découverte, court pour revenir subitement et s'affliger ensuite
du succès de son astuce ! Que leur importent les inquiétudes de Brangœne, debout en haut de la tour et les avertissant en vain de la nuit qui décroît et du péril qui
menace ! Abîmés dans l'amour et confondus dans la
nature, Tristan et Yseult n'entendent rien. Ils ont pour
tous les événements étrangers à leur passion l'indifférence de l'œillet de la lande et du rocher de la falaise.
Ils s'étreignent avec la même inconscience naturelle et
superbe dont le gramen pousse et dont le flot succède
au flot. Or, c'est précisément le grand caractère du pays
de Tristan que cette négligence aveugle et volontaire des
conditions accessoires de l'existence, cette facilité des
individus à se laisser vivre dans la méconnaissance
absolue des lois divines et morales, cet abandon à se con-

fondre avec l'élément, cette sérénité qui sait ne pas trouver d'amertume dans la mort.

« Tristan et Yseult, indépendants et isolés dans leur passion, ne sont pas demeurés des personnages anciens existant seulement par l'imagination des auteurs et la vertu des livres. Ils ressemblent à ces Bretons plus contemporains que le double mariage de la duchesse Anne a pu apporter en dot à la couronne de France. La Révolution française a pu les vaincre dans leurs révoltes armées, mais elle n'a pas pu réduire leurs revendications d'autonomie sociale. Ils gardent leur Dieu, leur langue et leurs habitudes; continuent à ne rien laisser péricliter de leurs traditions et à pratiquer étroitement leurs antiques coutumes.

« Les bruits venus de Paris ne les émeuvent guère. Ils ne s'inquiètent pas des renommées qui s'installent chez eux. Elles passent, sans qu'ils daignent lever les yeux pour les regarder. Les hommes leur sont indifférents; par suite, l'histoire qui est le procès-verbal des gloires ou des crimes de l'humanité. Aussi la prise de la Bastille les trouble naturellement si peu qu'ils ont célébré le 14 Juillet, une semaine et demie après la fête, parce que, à la date légale, il leur manquait de l'argent pour boire ! »

— Un point, c'est tout, s'écria joyeusement Malbar.

Puis, insérant son article dans une enveloppe imprimée à l'entête de *l'Instantané des Deux-Mondes*, il appela Chien-de-Nous.

— A la poste, mon vieux camarade !

Chien-de-Nous, battant les murs de sa queue, descendit l'escalier en compagnie de son maître.

Sur le perron de l'hôtel d'Orange, Malbar rencontra Baluche.

Trouvant trop longues les basques de la jaquette que Malbar lui avait données, Baluche les avait coupées, essayant ainsi de se fabriquer un veston. Il avait aussi tenté de raccourcir le pantalon, lequel, rogné par le bas, se déchiquetait au-dessus de souliers point cirés. D'amélioration en amélioration, Baluche était arrivé à devenir plus loqueteux que devant. En outre, il avait perdu son chapeau.

— Ah ! te voilà. Tiens, porte-moi ça à la poste.

Malbar lui tendit sa lettre.

Mais la gratitude et le dévouement de Baluche s'en

étaient allés avec les lambeaux de ses frusques. Sans vergogne, il répondit :

— Je ne peux pas.

— Comment, tu ne peux pas !

— Non. Je n'ai pas le temps.

— Qu'est-ce que tu as de si pressé à faire ?

— Je ne sais pas. Mais je n'ai pas le temps.

— Pourquoi ?

Baluche, obstinément, répéta :

— Parce que c'est comme ça.

Malbar n'en put tirer que cette réplique. Il la trouvait d'ailleurs tout à fait d'accord avec les assertions de son article.

— Allons, Chien-de-Nous !

Chien-de-Nous, plus fidèle que Baluche, abandonnant le tas de détritus où il fourrageait délicieusement, suivit Malbar.

La course aux canards était terminée. Pêle-mêle, à côté du drapeau, du maire, des conseillers municipaux, des tambours et du biniou, maintenant confondus dans un seul groupe, les vainqueurs, triomphalement, rapportaient les canards en les tenant par les pattes, la tête en bas. Derrière eux, la foule, à mesure, devenait moins compacte. A chaque maison, des deux côtés de la rue, les débits de boissons, un à un, engloutissaient les hommes. Ils s'empressaient chez Marie-Bon-Bouillon, emplissaient la boutique de Rose-la-Mal-Peignée, débordaient hors du réduit de Germaine-Face-Peinture. Ils s'entassaient aussi « à Madagascar », et l'alcool, en même temps, se versait à pleins verres chez la Lanlire qui logeait près du quai, et chez la Patagouaïl dont l'enseigne « à Trousse-Cotillon » était plus rapprochée du village.

Tout à coup de chez « la Taureau », deux pêcheurs, les vêtements arrachés, la tête déjà fendue d'un coup de bouteille, sortirent, sanglants, les bras levés et proférant l'un contre l'autre des menaces de mort. Ils se traitaient de « paysan », injure irréparable parmi les gens de mer. Prêts à s'entre-tuer, les yeux hors des orbites, ils échangeaient des coups de poing qui auraient défoncé des carènes. L'un d'eux tomba. Alors l'adversaire, dédaignant de frapper un ennemi à terre, le poussa du pied et rentra dans le débit. L'autre sur son dos, resté un instant à demi assommé, après de longs essais, se releva. Et, en brute qui accepte la domination du plus fort, sans chercher sa revanche, titubant, la figure en lambeaux, s'en alla quereller un autre cabaret.

Personne n'était intervenu. Le cortège passé, dans la rue, il ne restait plus que des femmes. Elles marchaient par bandes, à la façon des troupeaux, causaient entre elles, s'appelaient « ma chérie » ; sous leurs paupières baissées, dissimulaient les regards de leurs yeux fendus en amandes, et, comme les yeux des chats, hypocrites et sournois.

Par terre, Malbar aperçut la Mal-Commode.

Définitivement ivre, elle était tombée sur la route et dormait au milieu. La foule, sans se déranger, s'écoulait en enjambant son corps. Pareille à un cadavre, elle gisait dans la poussière ; et les mouches, aux lueurs du soleil couchant, sur sa bouche grande ouverte, couraient, cherchant l'ordure.

CHAPITRE II

Le bureau de poste de Kerahuel était situé loin, au dehors du bourg, à l'extrémité de la grande route. Là, Malbar rencontra des difficultés dans la transmission de la dépêche où il annonçait à divers journaux que, malgré leurs affirmations, il n'était point disparu. Au lieu de trouver les complaisances et les capacités qu'il rencontrait quotidiennement de la part de la receveuse et des employées empressées parfois à rouvrir leurs sacs de correspondance pour faire partir quand même ses lettres en retard, il se heurta à la mauvaise volonté et à l'ignorance tenace d'une jeune personne, laquelle se tenait au guichet en costume breton.

Elle s'obstinait à ne pas comprendre, malgré les règlements, que le texte d'une même dépêche peut être envoyé à des journaux différents sans payer d'autre supplément de taxe que cinquante centimes par chaque adresse de destinataire. La jeune fille prétendait faire acquitter le prix du tarif complet pour chacun des télégrammes. En vain Malbar invoquait les habitudes, les circulaires; l'employée, sous sa coiffe, ne voulait rien entendre et répétait :

— Parce que c'est comme ça !

La receveuse entendit le débat. Elle imposa silence à sa subordonnée. Après lui avoir ordonné d'aller voir dehors pourquoi le facteur tardait à apporter les correspondances venues par le train, elle s'excusa auprès de Malbar. Non point qu'elle craignît, à Paris, les plaintes et l'influence du journaliste, mais parce qu'elle était une femme bien élevée que les incorrections de son personnel affligeaient dans sa délicatesse naturelle et dans son respect de l'Administration.

— Je vous en prie, Monsieur, ne tenez pas rigueur à cette petite, elle est nouvelle dans le métier ; et puis, c'est la faute de son costume. L'Administration ne devrait pas permettre aux dames employées de garder leur costume breton.

Malbar, les sourcils relevés par l'étonnement, souriait à l'idée de cette mesure qui lui paraissait excessive :

— Je sais bien, dit la receveuse, que la liberté serait offensée, mais le public y gagnerait en déférence, et le service en exactitude. Vous ne soupçonnez pas quel goût de leur personnalité, quelles habitudes de négligence ces petites filles enferment dans leur robe, et quelle obstination s'entête dans ces coiffes où les idées moisissent comme dans une boîte fermée où n'entre jamais d'air. Pour arriver à dépouiller la Bretonne de son indolence, parfois, de ses préjugés toujours, il faudrait commencer d'abord par la dépouiller de son vêtement. J'en ai fait l'expérience à mes risques et périls, car les lettres anonymes qui ne manquent pas ici, m'ont dénoncée et ma révocation a failli s'en suivre. Mais j'ai convaincu le directeur du département et j'ai tenu bon, comme je vais tenir bon contre cette petite personne qui demain, ici, fera son service en toilette de ville, ainsi que ses camarades. Elle est intelligente, et quand je l'aurai démaillotée de ses bandelettes de momie ; quand elle sera débarrassée de ses ajustements presque hiératiques et pareils aux insignes d'une franc-maçonnerie locale, elle deviendra une étrangère, pour ses compatriotes.

— Bah ! dit Malbar.

— Oui, les autres filles du pays la prendront en défiance. Mais, en même temps, elle mettra au service de l'Administration des Postes des qualités de finesse, d'ordre et d'initiative qui, à l'heure présente, sont comprimées, étouffées, et périssent sous la coiffe et la robe de son vêtement traditionnel.

— Et le pittoresque, alors, demanda Malbar, la couleur locale, qu'est-ce que vous en faites ?

— Vous êtes nouveau venu, en Bretagne, Monsieur, répondit la receveuse, et vous saurez bientôt à quel prix s'achète le pittoresque. Vous en trouverez assez, ailleurs,

sans le souhaiter encore dans les bureaux comme le mien.
La régularité de vos correspondances — pour ne pas
dire plus — en souffrirait, je vous assure.

Malbar ouvrait de grands yeux devant cette femme
sans illusions :

— Je suis depuis vingt ans ici, Monsieur; et malgré
le travail qui ne manque pas, je trouve parfois le temps
de réfléchir.

La sonnette de la porte tinta, quelqu'un entra, demandant des timbres.

— Et puis, la société est rare, et on ne trouve pas
souvent l'occasion d'exprimer ses idées.

Sur ce compliment, elle se tut, craignant les indiscrétions et les traîtrises.

— Au moins, pensa Malbar, celle-là on ne peut pas
lui reprocher de voir la Bretagne avec les yeux de tout
le monde. Je ne sais pas ce que vaut son observation,
mais à coup sûr la théorie n'est pas banale.

Il sortit.

Il se retournait après avoir jeté sa lettre dans la boîte,
quand une bande de femmes apparut. Toutes se tenaient
par le bras, elles barraient la rue; et de leurs vêtements,
montait une vomitive odeur, et d'huile et de poisson.
Déferlant entre les maisons avec l'oscillation d'une vague,
elles poursuivaient de leurs sarcasmes deux femmes
vêtues, comme elles, d'un costume breton.

Malbar reconnut deux dames qu'il rencontrait parfois
sur la terrasse de l'hôtel d'Orange. Elles habitaient
ensemble une maison garnie appelée : « Quet el Réral »
(Pas comme les autres), la plus confortable de Kerahuel.
Du reste, il ne savait pas leurs noms. En goût de traves-
tissement, elles avaient emprunté aux commères du
voisinage ici une coiffe, ici une robe, ici un fichu. Les
commères les avaient prêtés volontiers, se promettant de
rire du spectacle, et la comédie du déguisement irritait,
au passage, les sardinières de Kerahuel.

Sous ces toilettes authentiques, elles avaient vite
reconnu des « estrangères », selon leur méprisante
expression. Les robes, noires, cependant, semblables
aux robes qu'elles portaient, étaient, au bas de la jupe,
bordées d'un velours, également noir. Le même velours
noir garnissait, au bout, les manches larges, ouvertes et
pendantes, à la façon des manches, chez les moines.
C'étaient les mêmes tabliers de soie brochée à grands

ramages, hauts en couleur et couvrant la gorge d'une piécette ; c'étaient les mêmes fichus plissés sur le dos et montrant la naissance du cou ; les mêmes coiffes que les coiffes aux ailes blanches soulevées autour des têtes par le vent de la colère.

Mais là-dessous, les dames, empêtrées dans ces ajustements mal faits à leurs corps et dont elles n'avaient point l'usage, ressemblaient lamentablement à ces figurantes qu'on voit à la clarté d'une lucarne, pendant les matinées, le long des corridors d'un théâtre ; et mettaient sous le ciel en feu la silhouette misérable et gênée de masques surpris par le jour, après une nuit de carnaval.

La surexcitation frénétique des sardinières venait de ce que les dames avaient osé se vêtir selon la mode de Kerahuel. Elles voyaient là une insulte à leurs traditions, une violation de leurs prérogatives ; toutes les fureurs de leur sang écumaient en injures contre ces intruses qui, non contentes d'entrer dans leur pays, entraient encore dans leurs costumes.

Réveillée et debout, la Mal-Commode, qui se faisait volontiers l'avocat et la justicière des coutumes locales, profitait de son ivresse pour salir de tous ses discours ces « estrangères » que, elle aussi, haïssait d'une haine originelle et profonde. Même elle proposait de les fouetter.

Les deux dames, éperdues, fuyaient, pâles sous leur poudre de riz et ne comprenant pas quelle incorrection elles avaient pu commettre.

Malbar courut à leur secours, les poussa dans l'enfoncement d'une porte charretière. Pour les protéger, il se mit devant elles. Au-dessus du portail, au fond d'une niche creusée dans la muraille, une vierge de plâtre, entre deux vases de fleurs, derrière un grillage en fil de fer, regardait.

Les femmes faisaient cercle autour de Malbar, tendant les poings, montrant des dents de chiennes prêtes à mordre.

— Ces morceaux-là, on devrait les jeter à la côte ! hurlait la Mal-Commode.

— Pourquoi insultez-vous ces dames ? cria Malbar. Une voix répondit :

— Parce que c'est comme ça !

— Passez votre chemin, s'il vous plaît.

Il fut hué.

— Qu'est-ce que c'était que celui-là qui se mêlait de faire la police à Kerahuel.

— Passez votre chemin, répéta Malbar, ou je cogne.

— Voilà qu'on était menacé « avec cette grande gueule-là » maintenant !

Malbar leva sa canne.

Alors la chaîne se rompit. Des bras épeurés se mirent devant les figures pour les protéger; et les grossièretés se turent. Humbles en face de la force, les femmes se reculaient, s'en allaient, vne à une, prétendant qu'elles n'avaient rien dit, qu'elles ne voulaient pas faire de mal à ces personnes. La Mal-Commode elle-même, tournant le dos, déclarait que « quand on était soûl, il fallait rester dans son ivresse et ne pas tracasser le monde, parce que nous sommes tous mortels, n'est-ce pas » ?

— Décampez-moi d'ici, dit Rachimbourg, qui sortait de la mairie. Vite, changez de bord, ou je vais vous faire empoigner par les gendarmes.

Puis, avec Malbar, il offrit de reconduire ces dames.

En chemin, il s'excusait de ne pas avoir fait arrêter la Mal-Commode. Mais à quoi bon ! Par son ignominie même, elle devenait, dans le peuple, une autorité dont les procureurs riaient en leurs prétoires et que, dans leurs réquisitoires, ils traitaient avec indulgence. Humilié dans ses sentiments d'homme bien élevé, furieux contre le brutal endurcissement d'esprit de ses administrés hostiles à toute politesse comme à toute civilisation, il répétait :

— Les imbéciles ! ce n'est pas avec des procédés pareils qu'ils arriveront à faire de Kerahuel une plage mondaine.

Faire de Kerahuel une plage mondaine ! Rachimbourg se dépensait dans la réalisation de ce rêve. Champenois amené en Bretagne par la surveillance d'une industrie de bonneterie; où, là comme ailleurs, il avait de gros intérêts, le hasard d'une excursion, un jour, l'avait conduit à Kerahuel ; et cet homme des plaines vagues et sans limites était demeuré séduit par l'immensité de la mer et la belle situation de la plage. Le premier, à Kerahuel, assez loin du rivage pour échapper aux violences directes du vent, il s'était fait construire une maison au milieu d'un jardin. Dans cette solitude où il se plaisait à venir passer de longs mois, pendant l'hiver, il avait établi des serres, soignait des vignes, des camélias. Par son exemple

il espérait pousser à la culture des primeurs les habitants
de ce pays au climat aussi doux que le climat de Roscoff
ou que le climat du midi.

Mme Rachimbourg ne venait jamais le rejoindre. De
tempérament froid et de complexion stérile, Ludivine
Rachimbourg se confinait à Meldançon, dans un village
perdu qui verdoyait un peu au milieu de la Champagne
pouilleuse. Contente de la petite rivière courant sous
des noisetiers autour des bâtiments de l'ancien prieuré
où elle passait son existence, elle ne rêvait pas de perspectives plus larges, et, sans l'avoir jamais vu, détestait
l'Océan.

Tout en respectant les vertus de Mme Ludivine,
son mari s'était éloigné de cette compagne étrangère à
ses enthousiasmes. A son grand deuil, elle ne lui avait
pas donné d'enfants ; et, pour oublier le néant de son
ménage, il dépensait dans le lancement d'énormes affaires
toute la tendresse qu'il se désespérait de ne pouvoir
mettre dans la paternité. Il déployait ainsi un sens
pratique dont la hardiesse touchait à la poésie. Ennemi
de la lésine, il ne marchandait point l'argent pour subven-
tionner des inventions d'apparence paradoxale et qui
prouvaient bientôt leur vérité en lui assurant de considérables bénéfices.

Le long du chemin, il donnait des détails sur ses con-
ceptions, se fâchait encore au souvenir des difficultés
suscitées sans cesse par les mauvais vouloirs, mais n'importe ! Jadis il avait passé pour un homme d'aventure,
quand, avant tous, il s'était convaincu des puissances du
pétrole et de leur application à la marche des voitures.
Les automobiles, à présent, couraient la France d'un
bout à l'autre, roulaient jusqu'à Kerahuel. Plus fier de
son industrieuse perspicacité que de ses riches bénéfices,
Rachimbourg, point rebuté par les problèmes les plus
ardus, se flattait de tirer les Bretons hors de leur insouciance, de les pousser au progrès et de les contraindre à la
fortune.

— N'est-ce pas que j'ai raison, Mesdames ?

Les dames, par reconnaissance, affectèrent de partager
les idées de Rachimbourg.

On marchait. Devant les portes, les commères chucho-
taient encore au passage des déguisées : mais la présence
du maire rendait les langues plus réservées.

— Nous voici chez nous, Messieurs.

Les dames remercièrent d'abord Rachimbourg qu'elles connaissaient déjà, puis s'adressant à Malbar :

— A qui sommes-nous redevables de nous avoir tirées d'embarras ?

Malbar se nomma.

— J'ai beaucoup entendu parler de vous, Monsieur, dit la blonde.

La brune reprit :

— Vous avez autant de courage que de talent.

Malbar s'inclina, encore qu'il eût souhaité plus d'originalité dans l'éloge. Les dames se nommèrent à leur tour. La blonde s'appelait Mme Hosloudeau ; la brune Mme Vincent Trois. Les salutations échangées, elles rentrèrent à Quot el Reral.

La blonde est la femme d'un usinier de la Mayenne, expliqua Rachimbourg. L'autre, son amie...

— Celle qui n'a pas l'air honnête, dit Malbar.

— Oui, la brune est une Belge qui passe pour mariée. Avec qui ? Je ne saurais trop dire. Singulier nom, Vincent Trois. Vous ne trouvez pas ?

— C'est une manière de noblesse dans le pays d'Outre-Quiévrain, répliqua Malbar. Là-bas les descendants des grandes familles bourgeoises se numérotent souvent, ni plus ni moins que les monarques et que les fiacres.

— Jolies femmes, d'ailleurs, continua Rachimbourg.

— Laquelle ?

— Toutes les deux.

— Ah ! mon gaillard.

— Oh ! pour ce que j'en veux faire.

— C'est comme moi, riposta Malbar. D'ailleurs, ici...

Et il fit un grand geste de renoncement.

Tout en se félicitant de la mer, laquelle, selon leur appréciation, avait le grand mérite d'abolir les désirs des sens, Malbar et Rachimbourg se dirigèrent vers l'hôtel d'Orange.

Rachimbourg allait surveiller là les apprêts du banquet par souscription organisé pour la fête du 14 Juillet. Il devait le présider : en homme méticuleux il voulait, d'avance, veiller à l'exécution stricte de tous les détails.

— Au fait, dit-il à Malbar, pourquoi ne seriez-vous pas de nos convives ? Que vous dîniez avec nous dans le salon de gauche ou que vous dîniez dans la salle à manger de droite avec les pensionnaires, peu vous importe, n'est-ce pas ? Venez, vous rencontrerez peut-être le docteur Laguépie. Il vaut d'être connu, et si ses occupations le retiennent, moi, au moins, je ne serai pas seul au milieu de tous mes Caraïbes.

Malbar n'osa pas refuser. Du reste, il jugeait l'occasion excellente pour lui de pénétrer un peu parmi les individus de cette Bretagne dont il commençait à entrevoir le mystère. Tandis qu'il remontait dans sa chambre, Rachimbourg entra dans la salle du banquet.

Dominant deux longues tables placées parallèlement aux murs, au fond, le buste en plâtre de la République, entouré de drapeaux tricolores, rayonnait au soleil couchant, par dessus les nappes, les assiettes, les bouteilles et les verres. Dans l'allée laissée libre, au milieu, le patron de l'hôtel d'Orange plaçait des salières et activait le service de ses lents domestiques.

Rachimbourg demanda que le menu lui fût communiqué; et lisant la petite pancarte où, entre les réclames d'une distillerie religieuse, une main malhabile avait inscrit les noms des poissons, entrées et relevés en ce moment sur le feu dans les casseroles, il se récria violemment :

— Qu'est-ce que ça veut dire? Potage au pain, congre aux pommes de terre, veau épinards, gigot rôti aux haricots, jamais je ne vous ai commandé ces plats-là !

L'hôtelier n'en disconvenait pas. Mais les souscripteurs s'étant informés des mangeailles auxquelles ils auraient droit, pour leur argent, avaient mal dissimulé leur inquiétude devant les termes obscurs de la cuisine raffinée. La purée croûtons, les bouchées à la Reine, les côtelettes Soubise et le filet de chevreuil indiqués par le Maire ne leur représentaient rien qui vaille. Tous, pour être sûrs de leur repas, avaient réclamé des nourritures plus ordinaires, ramenant ainsi le gala à l'ordonnance coutumière et banale de leurs grandes ripailles, quand ils allaient aux noces; car ils ne soupçonnaient pas d'autre élégance et de recherche de table.

— Qu'est-ce qui a changé tout, et sans me prévenir?

— Ces messieurs, dit le patron, désolé. Lui aussi, devant ses fourneaux, souffrait dans son amour-propre de l'entêtement des gens de Kérahuel, obstinés à repousser toute nouveauté, même en cuisine ; et il répétait à Rachimbourg, indigné :

— Qu'est-ce que vous voulez? Nous n'y pouvons rien, puisque c'est comme ça !

« C'est comme ça ! » Rachimbourg, par expérience, la
connaissait bien cette phrase bornée qui ne répondait à
rien, n'expliquait rien et justifiait toutes les résistances.
Partout, avec enragement, il l'entendait en Bretagne.
Un jour, sous les voûtes du cloître de la basilique de
Sainte-Anne d'Auray, il était resté rêveur, regardant les
femmes venues en pèlerinage, une à une, embrasser dévotement le pied d'une grande croix debout sur un haut
socle de pierre. Puis, passant derrière, elles plantaient
des épingles dans le pied de la même croix. Et toutes,
celles de Pluvigner, celles de Baud, celles de Lorient,
celles d'Hennebont; d'autres, du Bono, de l'Ile aux Moines
ou de Vannes, différentes de costumes, mais semblables
de superstition, avaient défilé du même pas ecclésiastique, donnant des baisers et piquant des épingles.
Toutes, Rachimbourg les avait interrogées sur le sens
secret de cette extraordinaire pratique. Celles qui avaient
daigné lui répondre lui avaient toutes dit :

— Parce que c'est comme ça !

Partout il la retrouvait la nonchalante et déconcer-
tante formule ! Allant de la religion à l'industrie, du
commerçant à l'ouvrier, nuisant à l'agriculture, paraly-
sant la navigation, elle était si sournoise, si étendue, si
agressive aussi, que s'insinuant jusque dans les plus humbles détails, après avoir de tout temps réduit la Bretagne
au croupissement et à l'inertie, elle désorganisait aujourd'hui jusqu'à l'ordonnance de son banquet !

Il s'en exaspérait, chaque jour, s'appliquait à prouver
que non, tout pouvait être autrement. Energiquement,
il s'employait à vaincre les résistances. Mais pareilles au
caoutchouc, les résistances un instant comprimées, rebondissaient dès que l'effort ne se continuait plus. Cependant Rachimbourg ne se décourageait pas dans son intention de faire de Kerahuel une plage aussi recherchée
des baigneurs que Malo-les-Bains, Trouville, Royat et les
Sables-d'Olonne. Des difficultés, il en avait rencontré
bien d'autres, alors que, le premier, il mettait des machines sur route et expérimentait des moteurs ! Riche de
ses précédents succès, il ne prétendait ni spéculer, ni
tirer de bénéfices des embellissements qu'il rêvait pour
Kerahuel. Il se serait tenu pour suffisamment récom-
pensé si, brisant l'infranchissable rempart de préjugés
dressé entre la Bretagne et le progrès, il faisait entrer
derrière lui l'intelligence et la fortune.

L'heure s'avançait. Dans les dernières clartés du jour décroissant, on allumait les lampes. Les convives commençaient à affluer. Malbar, comme les autres, paya à la porte les 2 fr. 50 de la souscription, et entra en compagnie du vieux pilote Yvor, du brigadier de gendarmerie et du directeur de l'école communale. Rachimbourg s'installa au milieu de la table de gauche, tournant le dos à ce qui restait de soleil, pria Malbar de s'asseoir à sa droite, mit le percepteur de l'autre côté. Le premier adjoint présidait la table de droite, flanqué du gendarme et de l'instituteur. Toutes les autorités ainsi, hiérarchiquement, à leur rang, Rachimbourg invita les autres personnages à se placer selon leur guise. Ensuite, il donna l'ordre de servir. Les plats se succédèrent.

Sans se couvrir de la serviette dont ils semblaient ignorer l'usage, les convives mangeaient à bouchées lentes. Ils gourmandaient les garçons et les bonnes sur leur empressement qu'ils jugeaient excessif. Le veau était déjà enlevé que beaucoup réclamaient encore un morceau de congre aux pommes de terre. D'aucuns, malhabiles à se servir de la fourchette, piquaient leur nourriture, et la portaient à leurs dents, au bout de leur couteau. Point habitués aux délicatesses, ils défendaient leur assiette, refusaient de la laisser emporter, quand les domestiques, après chaque service, prétendaient leur donner de la vaisselle propre. Les servantes riaient, pincées au passage, tandis qu'elles disposaient sur la table des plats longs où fumaient les rôtis. Les haricots surtout furent déclarés excellents : « Quels fayots ! Jamais ils n'en avaient mangé de pareils, quand ils faisaient leur temps de service à bord des bâtiments de la marine de l'État. Déjà, d'un bout à l'autre de la salle, sous les lampes, de la porte au buste de la République, on commençait à se jeter les épluchures des pommes, au dessert, quand le café se versa.

Tous tendaient vers la cafetière le verre où ils avaient bu du vin ou du cidre, sans craindre le mélange, car ils jugeaient les tasses insuffisantes. Rués sur le sucre, ils mettaient quatre, cinq et jusqu'à six morceaux dans une liqueur noire et visqueuse où, pour plaire à leurs goûts, la chicorée dominait. Ils la dégustaient avec délices.

L'heure des toasts était venue. On chuchotait. Rachimbourg, d'ordinaire si bavard, semblait, cette fois, bien

peu empressé à prendre la parole. Sans doute, il se trouvait bien en peine d'expliquer les embarras où il avait
jeté les finances de la commune. Dans les conciliabules,
on se proposait de lui demander compte d'une gestion
que les plus indulgents même ne qualifiaient pas sans
sévérité. Beaucoup, le nez dans leur boisson, d'un air
d'interrogation narquoise, regardaient du côté de M. le
Maire.

Maire, Rachimbourg l'était devenu, par surprise, en
remplacement d'un certain Bourignat, homme que l'audace et l'effronterie rendaient considérable, dans la
commune. Bourignat, ancien huissier, après une fortune
ramassée sur la lisière du Code et de la police correctionnelle, vint s'établir à Kerahuel. Là il habitait, sur le port,
une maison par lui rachetée lors de la liquidation d'un
commerçant que, par ses conseils, il avait rapidement
conduit à la faillite. Aussi, lorsque Mme Bourignat, vieil-
lissant, sous la perruque aux cheveux trop noirs qu'elle ajustait tous les matins, sur sa tête chauve, considérait son
existence avec celle de son mari, elle ne la jugeait pas
sans reproche.

Servante, à Paris, au Marais, chez un négociant en
produits chimiques, elle se trouvait enceinte de son
patron, quand Bourignat, employé aux recherches
secrètes par une agence de renseignements, la découvrait dans sa grossesse et sa cuisine. Le séducteur, homme
marié, ne s'étant pas résolu à des manœuvres abortives,
craignant fort les représailles de son épouse dont la dot
fournissait à l'extension de son commerce, restait très
embarrassé alors qu'il songeait à la femme illégalement
fécondée, et s'inquiétait de l'enfant à venir. Bourignat,
flairant une bonne affaire, offrit de se marier avec la bonne
et de légitimer le nouveau-né. Argent comptant, les noces
se célébrèrent. En récompense de sa nuptiale intervention, il recevait une somme suffisante pour lui permettre
d'acheter, aux environs de Chartres, une petite étude
d'huissier qu'il convoitait. Un garçon naquit, fut déclaré
à l'état civil sous les noms de Prosper-Dieudonné, fils
de Edme-Evariste Bourignat et de dame Barbe-Ursule-
Jenny Janvrotte, son épouse. Au lendemain de l'accou-
chement, Bourignat, père improvisé par l'astuce et le
Code, touchait des fonds qu'il s'engageait à faire servir
pour les soins, l'éducation, l'établissement futur de l'enfant. Mais le père réel venant à mourir, toute surveil-

lance disparaissant avec lui; Bourignat et sa femme se désintéressaient vite d'un gamin coûteux qui ne pouvait plus rien rapporter à leur cupidité.

Prosper, à peine sorti du pensionnat des Frères de la Doctrine chrétienne où, délaissé par ses parents, il passait même les vacances, fut jeté sans secours sur le pavé de Paris. Contraint à chercher son pain au hasard des mille métiers de la misère, dans une grande ville ; pauvre d'instruction, chétif de santé, honnête, par surcroît d'infortune, il travailla, comme il put. Tour à tour plongeur chez un gargotier, camelot sur les boulevards, porteur de journaux, gardien de chantier de démolitions, il se trouva parfois réduit à mendier une soupe de la charité des passants, la nuit, aux alentours des Halles. Souvent, il guettait les fiacres au long des cours d'arrivage des gares de chemin de fer, s'essoufflait pour les suivre à la course, dans le vague espoir que le voyageur, au bout du trajet, l'emploierait pour monter jusqu'à son appartement, la malle et les bagages. Ainsi, souffrant d'une hernie inguinale contractée, un jour qu'il aidait un camionneur dans l'enlèvement de lourdes caisses; point entraîné par les tentations et les mauvais exemples des bas-fonds de la pauvreté et du vice ; il attendait comme une délivrance l'heure où le service militaire lui donnerait des habits décents, une habitation, des repas pour manger à sa faim.

Un soir d'averse, dans une conversation tenue sous une porte cochère, un isolé comme lui, avocat consultant du trottoir, licencié en droit tombé d'une étude d'avoué à cause d'un peu de vin et de beaucoup de crapule, écoutait les doléances de Prosper et lui donnait des conseils. A travers la pluie il citait des textes de loi auxquels l'autre ne comprenait rien. Il lui démontrait néanmoins que, puisqu'il se disait sûr d'avoir un père, ce père se devait de ne pas l'abandonner. Pourquoi n'allait-il pas le trouver ? Pourquoi n'essayait-il pas d'émouvoir sa commisération. Il connaissait sa résidence ?

— Non. Prosper l'ignorait. Il savait seulement qu'il exerçait la profession d'huissier.

— Tu portes son nom ?

— Oui, je m'appelle Prosper Bourignat.

— Alors, ce n'est pas difficile.

Or, le jurisconsulte ayant fait des démarches et pris conseil d'anciens amis, informa bientôt Prosper que

M. Bourignat remplissait les fonctions d'officier ministériel dans le département d'Eure-et-Loir, à Chevroley, village situé à six kilomètres de Chartres.

Prosper partit à pied. Il se proposait de voir M. Bourignat, et selon la parole de son conseiller, tâcherait de
le décider à s'occuper un peu mieux de « sa progéniture ».
En route, pour ne pas manquer d'argent, Prosper aidait
les fermiers, acceptait toutes les besognes, toutes les
nourritures, couchait sous les hangars et les granges.
Il avait de la paille dans les cheveux quand, un dimanche
matin, au moment où sonnait la grand'messe, il arriva
devant l'étude de son père. Les panonceaux dorés, où la
figure de la Loi se détachait en relief, luisaient au-dessus
de la porte. Une servante balayait les marches du perron.
Prosper se fit annoncer.

— Dites à M. Bourignat que je suis son fils et que je
voudrais lui parler.

Bourignat reconduisait un client. Il entendit le propos,
regarda le solliciteur et entra dans une grande colère.

Pour ne pas éveiller les soupçons sur l'origine de sa
fortune, il dissimulait soigneusement l'existence de ce
fils. Volontiers, sa femme et lui, en public, se lamentaient sur le chagrin de ne pas avoir d'enfant. Et voilà
que ce vagabond, ce va-nu-pieds, ce mal vêtu dont la
trame seule servait de doublure à des vêtements en
loques, osait venir le rappeler à la paternité ! Quel scandale dans le pays ! Or, comprenant que sa dignité, ses
affaires aussi seraient compromises par la révélation d'un
mensonge qu'il entretenait avec tant de précaution, en
homme fort qui sait se contenir et faire tête aux événements, du haut du perron, appuyé sur la main courante,
ainsi qu'un orateur à la tribune, il répondit :

— Vous vous trompez, monsieur, M. Bourignat n'a pas
de fils.

— Cependant.

— Il n'y a pas de cependant.

— Je vous en prie, dit humblement Prosper, laissez-
moi entrer. Rien qu'un instant. Je ne vous en dirai pas
long, et ça ne vous coûtera pas cher.

— Ah ! du chantage maintenant ! Vous vous imaginez
peut-être que je me laisserai intimider ?

Prosper insistait.

M. Bourignat, par tactique supérieure, affecta des airs
de pitié :

— Voyons, mon garçon, vous ne savez pas ce que vous dites. Allez-vous-en, c'est le plus sage. Autrement vous m'obligeriez à « sortir de mon caractère ».

Dignement, il disparut, refermant sans violence la porte derrière lui.

— Monsieur, Monsieur ! un seul mot, je vous en supplie.

Prosper essaya de monter les marches du perron. Rosalie, mettant en travers, devant elle, le manche de son balai, lui barra le passage.

— Allons ! Quand on vous dit qu'on ne veut pas de vous, mon ami.

Doucement, elle le repoussait. Et Prosper, reculant sous cet effort, marche à marche, se sentait rejeté pour jamais dans la misère, dans la faim, dans l'abandon où, tous les jours, il appelait la mort qui ne venait pas. Alors, du fond de sa détresse, il poussa la plainte désespérée des blessés agonisant sur un champ de bataille, et cria :

— Maman ! maman ! maman !

Les ménagères allant au marché, des dames se rendant à l'église passaient. Sa lamentation était si forte que, malgré Rosalie répétant :

— Suivez donc votre chemin, et mêlez-vous de ce qui vous regarde ; des curieux s'attroupaient.

Mme Bourignat entendit. Le second coup de la messe sonnait. Elle prit son livre d'heures et bravement ouvrit la porte.

— Où vas-tu ? Où vas-tu ?

M. Bourignat, tout pâle, voulut l'empêcher de sortir.

— Ne dis rien, ne t'inquiète pas, et laisse-moi faire.

Mme Bourignat, en grande toilette, apparut sur le perron.

Elle portait une robe de soie couleur mauve, et dans son corsage trop étroit, sa poitrine se tassait avec peine. Un chapeau rouge, mal ajusté sur les cheveux de sa perruque, à chacun de ses pas, semblait prêt à tomber. Dévotement, entre ses mains, elle tenait son paroissien dont les tranches dorées étincelaient au soleil. Prosper la regardait. De cette femme, au nez court et retroussé, aux bajoues pendantes, comme celles d'un chien boule-dogue, il se dégageait une telle impression de bassesse et de cruauté, qu'il souhaitait maintenant que cette car-nassière personne ne fût pas sa mère.

D'un pas grave, Mme Bourignat descendit, s'appro-cha de Prosper. Dans la poche de sa robe elle prit son porte-monnaie, en tira une pièce de cinq francs en argent, et dit :

— Tenez, mon ami, quoique M. Bourignat ne vous doive rien, voici pourtant ce qu'il vous donne : car il est bon. Mais ne nous ennuyez plus.

Prosper fit un geste de refus.

De force, Mme Bourignat lui mit la pièce de cinq francs dans la main, et elle ajouta :

— Maintenant, n'est-ce pas, vous allez nous laisser tranquilles. Autrement, prenez garde.

Le gendarme de service, en grande tenue, le revolver au côté, traversait la rue pour aller à la gare, surveiller l'arrivée du train.

Mme Bourignat montra le représentant de l'autorité et prononça à voix plus haute :

— Autrement, vous voyez que la justice n'est pas loin.

Autour d'elle, la foule, admirant l'ampleur de sa charité, devenait hostile à Prosper. Car cinq francs ne se trouvent pas dans le pas d'un cheval à moins qu'on ne les y mette. Qu'est-ce qu'il voulait davantage ? Alors Prosper, redoutant plus encore la prison que le reniement de sa famille, Prosper, sous ses haillons, prit le parti de s'éloigner, cependant que Mme Bourignat, arrivée tard à l'église, après l'Évangile, dans son banc, sous la chaire, expliquait à sa voisine que le métier d'huissier deviendrait ruineux, si tous les individus contre lesquels instrumentait M. Bourignat, comme l'homme de tout à l'heure, venaient frapper à sa porte et gueusaient sa commisération.

L'éviction de Prosper n'émut pas un village au cœur dur, assez familier d'ailleurs avec les récriminations des mendiants devant lesquels les portes et les bourses se fermaient volontiers. Mais, Mme Bourignat, femme de complexion superstitieuse, remarqua que, à par·ir de ce jour-là, commencèrent les vicissitudes de son mari. Derrière cet enfant de malheur étaient venues les dénonciations pour prêts usuraires, les enquêtes sur la majoration des frais, les menaces de poursuites, la déconfiture. Au milieu de citations à comparaître devant le parquet, Bourignat, dans sa correspondance, trouvait souvent des lettres où son fils, sur des chiffons de papier sale, l'implorait et le menaçait tour à tour. Sans doute, par une insistance qu'il jugeait perfide, un jour, Prosper, plus exigeant, réapparaîtrait à l'improviste, et il craignait ce retour autant que celui des perquisitions judiciaires. Alors, sa santé s'altéra. Chez cet homme sobre, par avarice, buvant de l'eau et seulement nourri de laitage, des troubles névralgiques se produisirent, troubles équivoques où le médecin de Chevroley, trompé par les apparences, crut démêler les symptômes d'une maladie de cœur. A tout hasard, avec quelques révulsifs, il proscrivit d'éviter les émotions.

Donc, reculant devant l'inquiétude, pour dépister les recherches de son fils et fuir la déconsidération qui grandissait autour de sa personne; malgré lui, docile aux insinuations de la Chambre des Huissiers lui conseillant de se retirer, sans attendre une mesure disciplinaire, M. Bourignat vendit sa charge et vint se cacher à Kerahuel. Là, terré à l'extrémité du monde, dans un pays où personne ne connaissait rien des angoisses de son passé, et où il se flattait que son fils, désormais, ne saurait pas le découvrir; au souffle des vents du large dissipant ses remords et ses tares; peu à peu, il avait réintégré le calme physique avec l'équilibre moral. D'abord heureux de jouir du repos après les longues transes des instructions ouvertes contre lui, il s'était promené dans ses galoches avec un parfait désintéressement du calcul et de l'intrigue. Mais, à mesure que son séjour en Bretagne se prolongeait, il ne tardait pas à découvrir quel parti un homme avisé, de son espèce, pourrait tirer du suffrage universel et de l'alcool. L'ivresse publique, dont il constatait chaque année le prodigieux développement, lui parut un précieux moyen pour augmenter ses revenus et asseoir sa domination.

Alors, s'instituant négociant en liquides, il créa débits de boisson sur débits de boisson, prêta aux petits commerçants les premiers fonds pour leur installation, leur ouvrit des crédits. Prenant, en garantie, des hypothèques sur leurs champs patrimoniaux, au lendemain des créances non acquittées, il faisait vendre et se rendait impitoyablement acquéreur. Ainsi, il s'emparait peu à peu du territoire de Kerahuel. Le pays le redoutait ainsi que les petits oiseaux redoutent l'épervier; car toujours en ressources d'astuce et de rapine, il s'abattait sûrement sur quelque proie à dévorer; et quand il se présentait aux élections pour le Conseil municipal, bien peu, parmi les votants, osaient lui refuser leurs suffrages.

Il les déterminait en outre par de larges distributions

de liqueurs fortes. Ainsi terrorisant les uns par la dette; par ses largesses, favorisant l'ivrognerie des autres; élevant son autorité sur la ruine des familles et des intelligences; il exerçait dans la commune, réduite en servitude, un despotisme pire que le despotisme d'un seigneur, au moyen âge. On le nommait maire, docilement et avec effroi. Maître d'un Conseil municipal tout en sa dépendance, il apportait rédigée d'avance sur le registre la délibération qu'il commandait de prendre, employait à l'entretien de ses propriétés particulières les fonds votés pour l'empierrement des routes, majorait des mandats dont il contraignait les titulaires à lui verser la plus-value, n'acceptait aucun contrôle; et son art de dresser des comptabilités à l'équilibre mensonger ne trompait pas le préfet qui ne l'inquiétait pas cependant, parce que, disait-il : « Il faisait si bien voter sa commune. »

Pour se ménager les bonnes grâces du clergé, il apposait dans les cabarets des affiches en breton où sous les titres : « Chemin de l'Enfer, chemin du Paradis », d'une part, il était recommandé de ne pas boire, d'autre part, de fréquenter les sacrements; et dans les congrès organisés dans les chefs-lieux de canton pour le choix des candidats aux sièges législatifs, la République trouvait en lui le plus passionné défenseur.

Sa toute-puissance, toutefois, demeura ébranlée le jour où, préoccupé du crédit défaillant d'un armateur de pêche, le père Picherel, son meilleur agent électoral, il refusa de continuer à donner sa signature pour des billets de complaisance. L'autre s'irrita de la réserve, insinua que, à côté du budget officiel, il existait un budget clandestin alimenté par le produit de crédits détournés de leur affectation légale. La somme régulièrement allouée pour travaux de réfection aux bâtiments de l'école primaire avait été employée : à quoi ?

Bourignat seul le savait et se garderait bien de le dire. Des amendes, prélevées sans jugement pour des contraventions réglées, à l'amiable, ne figuraient pas dans le total des recettes. Sur les comptes du receveur municipal, on ne voyait pas trace non plus de certaine souscription imposée arbitrairement pour des taxes non prévues par l'exercice courant. Alors, versant contre Bourignat plus d'alcool même que Bourignat n'en répandait pour recruter des conseillers dévots à légitimer ses exac-

tions, le père Picherel assura le succès de Rachimbourg.
De son vrai nom, Picherel s'appelait Ratouis. Mais le
canton entier le révérait sous le sobriquet de Picherel,
parce que, pour les candidats de son intérêt et de son
choix, Ratouis se dépensait prodigalement en « vulnéraire »,
trois-six de betterave anisé, vulgairement dit « Picherel »,
d'où il tirait son influence et sa réputation. Du reste,
par diplomatie, Rachimbourg, afin de s'assurer les bonnes
grâces du personnage, n'avait pas hésité à avaliser le
papier de négociation difficile auquel Bourignat, trop
prudent, refusait son endos.

Éloigné de la mairie, par surprise, Bourignat se plaignit
hautement du « progrès de la réaction ». Il affecta de
voir dans son échec un discrédit, non pour lui, mais
pour la République. Avec Dieu, il l'indroduisait dans
toutes ses affaires personnelles. Attribuant les critiques
sur sa gestion, tantôt à l'esprit clérical, tantôt à l'esprit anarchique, il continuait à braver l'opinion et à
défier les juges. Qui donc, d'ailleurs, se risquerait à le
dénoncer ? De la sorte, fort des complaisances d'une
population dont il encourageait les vices, il s'en remettait
au temps, lequel, bonifiant les alcools, laisserait oublier
ses irrégularités et rétablirait son prestige. Ainsi Bourignat, dans l'astucieuse retraite à laquelle il se résignait
en silence, guettait les événements, se promettait d'en
tirer une revanche. En attendant, Mme Bourignat,
tremblante encore des descentes de justice opérées jadis
en l'étude de son mari, à Chartres, se montrait assidue
aux offices; et recueillant les pièces de vingt centimes en
argent parce que, à la lueur des cierges, dans les
églises, elles donnaient l'éclat d'une pièce de dix sous,
pour se concilier l'aide du ciel, elle les laissait tomber
avec ostentation dans l'aumônière du curé tendue de rang
en rang, après l'Évangile, à la grand'messe.

Lorsqu'il suscitait Rachimbourg à la fonction de
maire, l'armateur Picherel ne cédait pas uniquement à
l'égoïste espoir que Rachimbourg, par reconnaissance,
ne lui couperait jamais le crédit dont il avait besoin.
Homme souvent amené à Paris par les nécessités de son
négoce, par suite, davantage ouvert aux nouveautés et
aux entreprises, le père Picherel se déclarait moins
défendu que ses compatriotes contre les idées d'industrie
et d'amélioration. Sincèrement, Rachimbourg, par son
ction personnelle et par ses relations, lui semblait pou-

voir rendre à Kerahuel de signalés services. Mais qu'avait
fait Rachimbourg depuis qu'il exerçait la première magistrature dans la commune ?

« Parlant beau », selon l'expression locale ; par la vertu
de ses phrases il avait décidé le Conseil municipal à percer
au travers du village une large rue allant directement de
la gare à la plage, rue qui, dès la descente des wagons,
mettait les voyageurs face à face avec l'Océan. Des expro-
priations s'en étaient suivies, des dépenses. La commune
sans grands revenus, à l'époque, avait dû emprunter à
des établissements de crédit les sommes nécessaires
pour indemniser les propriétaires, exécuter les travaux.
Le paiement seul des arrérages de la dette exigeait une
augmentation des taxes sur les boissons. Les débitants
se plaignaient ; avec eux, les habitants inquiets d'une opération dont ils supportaient les charges et dont ils ne
touchaient pas encore les bénéfices.

En outre, de l'avis même des membres de la majorité
du Conseil qui approuvaient les projets en séance et les
dénigraient ensuite, hors session ; pour faciliter l'accès et
la vente des terrains communaux situés sur la plage,
Rachimbourg avait construit un boulevard le long de
l'Océan. Les terrains tardaient à se vendre. Les entrepreneurs, terrassiers et maçons présentaient leurs mémoires.
Le déficit de la commune s'aggravait à mesure ; et beaucoup, parmi les citoyens de Kerahuel attendaient avec impatience le moment où, les quatre années de son mandat
expirées, Rachimbourg serait soumis à la réélection.

Ce jour-là, ils lui refuseraient leurs suffrages, bien
entendu, car l'intervention de cet « estranger » dans les
affaires de la commune, intervention incontestablement
coûteuse, passait, du même coup, pour absurde et désordonnée. Donc, il fallait que Rachimbourg expliquât en
public comment il entendait mettre la caisse municipale
en mesure de tenir ses engagements. Aussi, quand le
Maire, après avoir préalablement frappé sur une bouteille
avec un couteau, réclama le silence, les conversations
particulières se turent. Avidement, on écouta.

Rachimbourg, très simplement, dit alors :

— M. Malbar, un ami de Kerahuel, qui a bien voulu
honorer ce banquet de sa présence, se fera un plaisir de
nous dire quelques paroles.

L'assistance ne se sentait pas honorée le moins du
monde que Malbar eût dîné en sa compagnie. Quant à

Malbar, il poussait le maire du coude, se défendait, allé-
guait qu'il n'avait rien à dire.

— Qu'importe ! Parlez tout de même, répliqua Rachimbourg, à voix basse. Les idées viennent avec les phrases
comme l'appétit vient en mangeant. Puis, pendant qu'ils
vous écouteront, j'aurai le temps de coordonner les idées
de mon allocution, à moi.

Malbar admira la diplomatie et ne se fit pas prier
davantage. Du reste, l'occasion se présentant, il ne détestait pas discourir devant des foules sans importance, par
curiosité de pratiquer cet art oratoire si différent de l'art
de l'écrivain. Il trouvait là un nouveau champ d'exercice intellectuel. Fort analyste de soi-même, il s'étudiait
au spectacle de voir ses idées si dociles à se formuler
dans un article, prendre dans l'improvisation parlée des
mouvements et des aspects opposés aux mouvements et
aux aspects qu'elles affectaient naturellement au sortir de
son encrier.

Il jeta sa serviette sur la table, retourna sa chaise ; et
les mains appuyées sur le dossier, en manière de tribune,
d'abord, il essaya de se concilier la sympathie de l'assemblée. Vaille que vaille, il entreprit l'éloge de la langue
bretonne.

Dédaignant les phrases enseignées par les auteurs
grecs et latins, avec l'âpre odeur des varechs, elle s'envolait dans les brises. L'oreille des Parisiens, comme
lui, Malbar, pouvait s'étonner de ses rudes sonorités, mais
c'était cependant la langue initiale, la langue primitive
que, parmi l'œillet et l'ajonc, la falaise antique parlait
avant la naissance d'Homère. Car l'antiquité de la Bretagne
dépassait l'antiquité de la Grèce, et avant que Praxitèle
sculptât des Parthénons, les Celtes avaient dressé des
menhirs.

L'Armorique, de toute éternité, avait engendré des
ingénieurs et des poètes. Elle avait aussi procréé des
héros ; et malgré le passage des conquérants, n'avait jamais subi de conquêtes. Sa langue, pareille à ses dolmens,
même devant César, gardait son indépendance. Vaillante
à rester vierge, elle n'empruntait rien aux mots romains.
Elle demeurait libre et sauvage, telle que la mer l'avait
apprise aux peuples de ses falaises, dès le premier jour
de l'univers.

Le savant la dédaignait et la traitait de patois. Mais ce
patois, prédécesseur et générateur des langues considé-

rées, leur survivrait longtemps après le désastre des dictionnaires. Il vivrait tant que les oiseaux étoileraient de leurs pas le sable de la plage, tant que les yeux humains suivraient à l'horizon le sillage des vaisseaux. Il vivrait tant que les couplets des chansons ne se tairaient pas aux lèvres des femmes dansant en rond, sur les quais, le soir, aux feux tournants des phares !

Malbar but une gorgée d'eau. Depuis quelques instants il éprouvait une sorte d'embarras physique dans le développement de ses périodes: l'oppression que tout orateur ressent quand, dans son auditoire, il devine quelqu'un d'hostile à ses idées et à leur manière d'expression. Alors, dans l'encadrement de la porte ouverte, Malbar aperçut le docteur Laguépie ; le docteur le regardait attentivement avec un air de stupéfaction et d'ironie. Il comprit que sa gêne venait de cette critique muette, mais surmontant son malaise, il continua d'une voix plus haute :

« Ce patois, il vivra éternellement classique. Sans professeur et sans grammaire, les enfants l'apprendraient de l'air du ciel où l'ont appris leurs aïeules. Du reste, quand on tenterait de le faire disparaître, comme le goémon du rocher, toujours plus vivace et plus jeune, il renaîtrait de la destruction ! »

L'auditoire écoutait, béant. Jamais il n'avait soupçonné que la langue bretonne pût avoir des origines si lointaines, un avenir aussi sûr. Pourtant, on applaudit, pour passer le temps. Le maître d'école, surtout. Malbar remarqua qu'il semblait satisfait, et se tournant vers lui, il continua :

« Mais la Bretagne, en châtelaine de bon accueil, quand elle reçoit des étrangers, comme moi, parle français, pour leur plaire. Elle imitait ainsi son poète Brizeux qui n'écrivait pas le poème de *Marie* dans le dialecte de ses pères. Comme lui, elle montrait que, sans faire de distinction, elle savait aussi parler la langue que, par delà la presqu'île, parlait le grand pays de France. »

« La langue française, le Breton l'épelait, à l'école. C'était dans cette langue qu'il répondait : présent, à l'appel des officiers quand la Patrie avait besoin de lui. Au moment de monter à bord, le gas qui s'embarquait vers les colonies, en adieu, disait à ses amours : « Kenavo », et n'avait pas besoin d'interprètes pour comprendre le commandement de ses chefs lui criant : « En avant ! » Car les deux langues lui étaient également familières. » Terminant par une pointe, Malbar, qui ne répugnait pas aux concetti, tout en souriant des extrémités où l'entraînaient ses expériences d'éloquence, ajouta que « si l'homme de Kerahuel était galant en Breton, c'était en Français qu'il était vainqueur ».

Les convives ne se souciaient guère de l'hommage rendu à leur langue. De l'improvisation prononcée par Malbar et dont ils ne savaient pas relever les exagérations et les erreurs philologiques, ils concluaient seulement que Malbar avait étudié leur dialecte. Dès lors ils devenaient très soupçonneux à l'endroit de cet homme qui les inquiétait, parce que, maintenant, il pouvait surprendre leurs conversations, où sous la barbarie des mots et les nuances de la prononciation, ils ne lui cacheraient plus si aisément leurs idées de derrière la tête. D'autres, plus simplement, lui reprochaient d'avoir, par son allocution, retardé le discours de Rachimbourg, le maire, car il fallait bien que Rachimbourg justifiât sa conduite, à la fin.

Des bravos grêles et sans conviction crépitèrent, Malbar vit Laguépie quitter l'embrasure de la porte, s'en aller en tapant des mains avec un excès d'enthousiasme où il devina de la satire. Maintenant Rachimbourg était debout. Un « ah ! ah ! » ironique courut dans l'assemblée. Le maire toussa pour éclaircir sa voix et commença, sans se troubler.

D'abord il remerciait M. Malbar du poétique salut adressé par lui à la langue bretonne. Ensuite, il se plaisait à voir tous les habitants de Kerahuel réunis dans ce banquet en l'honneur de la République, se félicitait de ce grand concours de convives rassemblés dans un sentiment de solidarité et de progrès. C'était par la manifestation de cet esprit d'initiative que Kerahuel, chaque jour, se développait davantage. Alors il leva son verre à la prospérité de Kerahuel.

— La prospérité de Kerahuel ! oui, parlons-en, elle est belle, dit une voix sortant d'un petit verre de cognac.

— Certainement elle est belle, et je m'en flatte, et mes collaborateurs du Conseil municipal s'en flattent avec moi, répliqua Rachimbourg. C'est déjà une garantie que d'être prêt à accueillir la fortune. Et quel pays était désormais mieux aménagé que Kerahuel pour recevoir les baigneurs, retenir les touristes au passage, rendre à tous le séjour enchanteur et le départ regrettable ! La percée du bourg rapprochait la plage de la gare ; le bou-

levard, le long de la plage, ouvrait une promenade que,
Rachimbourg, non sans emphase, compara à la route de
Corniche, auprès de Marseille. Les terrains, en bordure
de cette grande voie, prenaient naturellement plus d'importance et de valeur.

— Mais ce boulevard, qui le paiera ? Toujours nous,
murmura un convive à l'oreille de son voisin.

Rachimbourg entendit la réflexion et riposta :

— Qui paiera le boulevard ? Pas vous, mon cher contradicteur. Assurément ces installations n'iront pas sans
charges nouvelles. Mais ces charges nouvelles nous les
appliquerons à l'octroi. L'alcool nous fournira les recettes.
Dans l'intimité, Rachimbourg vitupérait contre l'alcool,
l'accusait de l'avilissement des esprits et de la dégénérescence de la race ; mais c'était toujours aux ressources
provenant de l'alcool qu'il revenait quand il essayait de
remédier au déficit du budget communal. Cette nécessité l'affligeait comme philanthrope, mais comme admi-
nistrateur, il l'acceptait sans scrupule. Il conclut :

— Donc ici, personne n'a rien à craindre : ce seront
les ivrognes qui paieront.

Un homme se leva. Celui-là, de l'avis unanime, émettait
toujours une opinion indiscutable, d'avance était applaudi
par toute l'assemblée.

— Pardon, dit-il. Pourquoi n'emploie-t-on pas un
moyen, qui, du jour au lendemain, réglerait définitivement nos comptes ? L'administration de l'Assistance
Publique, à Paris, proposait d'acheter, d'un seul coup,
la totalité des terrains de la plage pour y construire un
sanatorium. Tout indique qu'il faut faire immédiatement
marché avec elle.

L'homme de bon conseil se rassit sous les protestations indignées de Rachimbourg.

— D'abord la vente des terrains à l'Assistance publique
était une idée de Bourignat.

Des voix montèrent, on criait : « A bas Bourignat ! »
Rachimbourg reprit :

— Vos exclamations témoignent de vos sentiments et
jugent le sens pratique de la combinaison. Mais exami-
nons-la. Un sanatorium ! Vous ne savez donc pas ce
qu'est un sanatorium. C'est le mot hypocrite sous lequel
l'hôpital se déguise, à la campagne. Est-ce que Kerahuel
prétendait changer sa plage en hôpital ? Souhaitait-il des
microbes en permanence dans son air jusque-là si pur !

Pour lui, Rachimbourg, il repoussait le projet de toutes ses forces, et se déclarait prêt à donner, séance tenante, sa démission de maire; si, par une insinuation aussi dangereuse, aussi opposée aux intérêts et à l'hygiène du pays, on parlait de continuer des pourparlers avec l'Assistance Publique. Non, même en imagination, il ne voulait pas voir la plage de Kerahuel livrée aux scrofuleux, fréquentée par les phtisiques, affligée et attristante par la sénilité des vieillards. Qu'est-ce que ce personnel d'infirmes rapporterait au commerce local, d'abord ?

Les auditeurs, peu à peu, perdaient de leur réserve. Déjà émus par la crainte des contagions, ils devenaient plus faciles à convaincre maintenant que leur intérêt entrait en jeu. Cependant, d'aucuns émirent une observation.

— La percée du bourg, passe encore, mais à quoi bon ce boulevard devant des terrains sans acquéreurs ?

— Mais pour les faire acheter ! s'écria Rachimbourg. Ne fallait-il pas donner des accès commodes aux villas futures, tracer des rues pour faciliter le lotissement ! C'était le boulevard qui, en augmentant la valeur générale du territoire, paierait la construction, et bien au delà.

Puis familièrement, il leur démontra que, dans l'état actuel, personne de raisonnable ne consentirait à s'établir dans les sables de la dune, au milieu des bas-fonds vaseux, et dans les fondrières. Voyons, eux-mêmes, eux à qui il s'adressait, est-ce qu'ils achèteraient un vêtement sans manches, un pantalon dans lequel les jambes ne pourraient pas entrer ! Non, n'est-ce pas !

D'où la nécessité évidente de créer une grande voie et l'éclatante urgence du boulevard tant décrié. Qu'ils laissent faire ; et par ce chemin, plus tard, la richesse et le bien-être afflueraient dans Kerahuel. Ils le comprenaient bien, d'ailleurs, puisque avec l'assentiment du Conseil Municipal qu'il se plaisait à remercier, au nom de la commune, il avait offert un terrain en lot à la tombola des « Artistes dans l'embarras ». Favorisée par le sort, Mlle Mariette, des « Excentricités Lyriques », viendrait s'établir à Kerahuel. Une femme comme celle-là, ne manquant pas de relations, attirerait autour d'elle du monde, du luxe, de la dépense ; par suite des acquéreurs pour les terrains à vendre. Il n'en doutait pas.

Il prit haleine. Quelques « très bien, très bien », furent entendus. Rachimbourg profita de cette approbation d'un instant pour lancer sa péroraison :

— Et ces terrains à vendre, il ne fallait pas les taxer
à des prix trop élevés afin de mieux séduire les clients,
rendre plus rapide l'amortissement des sommes dé-
boursées. Les terrains pas plus que le boulevard, il ne
voulait pas les livrer aux miséreux, aux abandonnés, aux
sans le sou. Bien au contraire, il espérait qu'une société
d'opulence et de prodigalité s'y donnerait rendez-vous,
une société d'élégance et de bon ton, dont l'argent, sortant des villas, refluerait sur le pays, comme les vagues
sur le sable. Kerahuel, de la sorte, ne tarderait pas à
prendre un rang éminent parmi les plages les plus mondaines : Paramé, Cabourg, Scheveningue en Hollande.
Donc, de nouveau, il buvait à la prospérité de Kerahuel.

Tous ignoraient les noms qu'il citait. Avant tout l'idée
du bon marché troublait profondément l'intellect et les
calculs de l'auditoire. Maintenant, s'il demeurait assez
d'accord sur l'utilité du boulevard, son instinct de rapacité se refusait à comprendre comment le bas prix des
terrains, au début, pourrait attirer la clientèle, tant ce
système lui paraissait contradictoire avec ses espérances
de lucre forcené. Aussi, sans répondre à Rachimbourg,
lequel avait su faire dévier la discussion, tous oubliant
leurs rancunes contre le maire s'aspostrophaient
bruyamment : les uns essayant de faire comprendre aux
autres l'excellence d'une combinaison dont ils démêlaient
vaguement l'économie et le sens pratique.

Les voix grossissaient. Des bras aux gestes démons-
tratifs s'agitaient dans l'odeur des plats et dans la fumée
des pipes. Au milieu des vociférations et des crachats, les
explications devenaient plus hurlantes et plus confuses.
Un boulanger entêté dans son opinion s'entendait reprocher de ne pas s'être lui-même mis au four « depuis le
temps qu'il enfournait des tourtes ». On s'injuriait d'une
table à l'autre, quand quelqu'un, afin de ramener la
paix, proposa de chanter des chansons. Il fut hué. Un
autre était d'avis de dire des vers. Pour appuyer les
idées du maire sur le progrès, il commença *Stella*,
de Victor Hugo, une pièce, à son sens, tout à fait de
circonstance. Déjà il déclamait :

Je m'étais endormi, la nuit, près de la grève,

Quand le garde champêtre, resté dehors pour faire la

police, entra et se pencha à l'oreille de Rachimbourg. Neuf heures sonnaient : le public attendait le maire, car le maire devait allumer le feu de joie, sur la plage. Rachimbourg déclara alors la séance levée. Tous, derrière lui, sortirent en grand tumulte.

Dehors, le clair de lune ruisselait largement sur la mer ; les vagues, d'un mouvement très doux et sans bruit, semblaient porter à leur crête des rayonnements d'or translucide, des pierreries en fusion. Sur un monticule à égale distance de l'hôtel d'Orange et du château de Tristan, un avant de bateau hors de service, des barriques sans cercles, un vieux fût à goudron s'amoncelaient, formant un bûcher. Des branches de sapin tombaient à l'entour. L'une d'elles, au sommet, avait été dressée en façon de drapeau. Tout autre bois manquait, car les arbres sont rares à Kerahuel. Les rameaux de sapin venaient de très loin, de la forêt que l'État, à dix kilomètres de là, essayait à grands frais de faire pousser dans les dunes où les enfants étaient allés déraciner les troncs pourris et ramasser les souches mortes.

Rachimbourg approcha du tas un bâton préalablement trempé dans du coaltar et enflammé d'avance. Les feuillages secs crépitèrent, une colonne de fumée monta vers le ciel. Soudain, un immense jet de flamme jaillit, illuminant la côte et se reflétant dans la mer. Alors, Kerahuel tout entier, les hommes et les femmes noués aux mains les uns des autres, dansa frénétiquement en rond autour du foyer. Tandis que les figures tournant au branle furieux des chansons que traversait le refrain de *la Marseillaise*, tour à tour entraient dans la lumière et rentraient dans l'ombre, par delà les couplets et les danses, sur la falaise, Malbar aperçut Baluche et la Mal-Commode.

Loin du bruit, loin du monde, ils se promenaient du pas lent des amoureux.

De temps en temps leurs têtes se rapprochaient. Ne se croyant pas regardés, ils s'embrassaient longuement, sous les étoiles. La Mal-Commode avait cinquante ans, Baluche vingt. Malbar vit ainsi à quoi s'occupait Baluche quand Baluche affirmait n'avoir rien à faire.

Une main se posa sur l'épaule de Malbar. Le programme de la fête épuisé, Rachimbourg prenait congé de son compagnon.

— J'aurais vivement souhaité vous présenter au docteur Laguêpie mais je ne sais pourquoi, il n'a fait que paraître et disparaître.

— En effet, il me semble l'avoir vu, dit Malbar gêné encore au souvenir de l'ironique passage du docteur.

Rachimbourg quitté, il remonta dans sa chambre, à l'hôtel d'Orange. Avant de se coucher il regarda la plage.

Autour du feu de joie qui flamboyait à mesure et plus haut et plus fort, les danses, avec un entrain furieux, se déroulaient pareilles à des farandoles de Peaux-Rouges devant un prisonnier scalpé et en posture d'être rôti. Là-bas, poussées par la brise, des lueurs d'incendie couraient au long des rochers du Château de Tristan; et leurs gigantesques architectures, exagérées par les reflets de la flamme, grandissaient encore, sur l'horizon.

Suivant la courbe de la plage, depuis l'hôtel d'Orange jusqu'au Château de Tristan, des poteaux s'espaçaient portant tous des écriteaux. A la double clarté du feu de joie et de la lune, Malbar distinguait les lettres peintes en blanc sur un fond noir. Jusqu'à l'infini il y lisait :

— Terrains à vendre, terrains à vendre, terrains à vendre.

Parmi tous ces terrains à vendre, seul, sur la plage, Chien-de-Nous courait le nez dans le sable. Chassé à coups de pied de la salle du banquet, il n'avait pas dîné, et happait goulûment les puces de mer.

CHAPITRE III

Comme les femmes gardant toujours sur le métier quelque tapisserie considérable et compliquée qu'elles reprennent de temps en temps à leurs heures de loisir ou de désœuvrement, Malbar avait toujours au fond de sa malle le projet d'un gros livre qu'il n'achevait jamais et dont le plan et les notes le suivaient dans tous ses déplacements. Cette année encore, il était arrivé à Kerahuel avec l'illusion qu'il terminerait son ouvrage, s'y employait courageusement. Débarrassé pour de longs mois des soucis de la vie parisienne à laquelle il ne tenait plus que par *l'Instantané des Deux-Mondes* où il continuait à donner un article tous les huit jours; après avoir secoué les premières paresses venues du paysage de la mer, exalté par le silence et maître de ses réflexions, pour la première fois, il voyait clair dans ses rêves. Aussi, levé de bonne heure, tous les matins, à l'hôtel d'Orange, il travaillait gaiement à la grande étude par laquelle il essayait de mettre enfin la littérature moderne d'accord avec la science.

Il ne partageait point la mauvaise humeur des littérateurs français tenant rigueur aux savants et les accusant d'avoir détruit avec l'idéal ancien l'esprit même d'un idéal nouveau. Point d'idéal ! Pourtant, à son avis, quel idéal surpasssait cet idéal scientifique qui, d'hypothèse en hypothèse, de recherche en recherche, ajoutait chaque jour aux investigations, aux découvertes de la veille; si bien que l'avenir, et l'avenir même de l'avenir connaîtraient des vérités sans cesse plus étendues, sans cesse plus bienfaisantes. Point d'idéal ! Quand rien n'est presque commencé dans le travail d'asservissement de ces phénomènes dont l'homme, jadis victime, devient peu à peu le souverain maître. Point d'idéal ! Quand la faculté de connaître demeurant illimitée, s'accroît par le développement des cellules cérébrales augmentant d'activité et se haussant à plus d'intelligence !

Puisque la science est faite de mobilité calculée et de changements logiques, Malbar ne comprenait pas qu'on lui donnât une formule définitive pour la conduite de la vie, un évangile de croyance fixe où s'arrêterait l'esprit. Il lui semblait que les lettres en regrettant l'idéal, regrettaient surtout le dogme. Et quel dogme pouvait-on raisonnablement réclamer, quelle formule absolue pour la manœuvre de l'existence pouvait-on espérer quand, pour s'en tenir à la seule chimie, le système de la nomenclature et la théorie de la composition des corps a varié trois fois au moins depuis les premières notations de Lavoisier !

Il estimait que, précisément, le grand mérite de la science résultait du grief si bruyamment élevé contre elle. Il admirait son scrupule à ne fournir que des définitions momentanées et point tyranniques. La science lui apparaissait uniquement comme le résumé de l'observation et de l'expérience d'une époque. Il ne se fâchait pas contre elle de n'avoir pas ouvert aux illusions du monde des paradis, que, du reste, elle s'était bien gardée de promettre. Là-dessus, il se séparait nettement de ses amis et de ses maîtres, qui, par rancune de ne pas trouver dans les laboratoires de suffisants articles de foi, retournaient à l'église ; et préféraient s'immobiliser dans une dévotion apaisante et bornée, plutôt que de consentir à l'effort de toujours s'enquérir et de toujours penser.

Avant l'heure du déjeuner, Malbar descendait sur la terrasse de l'hôtel d'Orange ; et regardait la mer. Il se reposait là, au soleil, heureux de sentir ses idées fatiguées s'évaporer dans la lumière et fuir de son front sous les souffles du large. Les pensionnaires de l'hôtel s'assemblaient autour des tables de zinc. L'inutilité des conversations auxquelles il se mêlait, le dispensant de réfléchir et de chercher des raisonnements, avec des phrases, il trouvait dans la société de l'endroit une espèce de calme végétatif d'où son intellect, le lendemain, sortait plus souple et plus subtil.

Malbar seul logeait à l'hôtel d'Orange. Les propriétaires avaient conservé à leur maison le nom d'hôtel, encore que, depuis plusieurs années, ils eussent renoncé à donner un gîte aux voyageurs. L'immeuble, un ancien prieuré désaffecté par la Révolution et vendu comme bien national avait été acheté par les ancêtres des tenanciers actuels. Le nom d'hôtel d'Orange venait du dernier abbé, Vincent Joachim d'Orange, lequel, après avoir prêté le serment constitutionnel et travaillé au succès des idées du Tiers-État dans Kerahuel, fut considéré comme traître à la religion et, par suite, fusillé par les Chouans lors de la première insurrection de la Bretagne. Le vieux domicile conservait son souvenir, son nom, ses armoiries. La pluie et les bourrasques ne les effaçaient pas encore au-dessus de la grande porte du logis principal maintenant converti en remises pour les chevaux et les voitures; et l'on distinguait sculpté et peint dans le tympan du fronton un ange d'or sur champ d'azur, tenant de dextre une crosse; de senestre un bâton de pèlerin; car jadis les aïeux de l'abbé s'en étaient allés avec les croisés, en Palestine.

Devenus propriétaires du manoir et de ses dépendances, les Tréheudec se logèrent modestement dans les communs où ils établirent une auberge peu fréquentée en leur temps, car les touristes ne poussaient guère leurs excursions jusque dans les landes de Kerahuel. Quelques rouliers de passage, quelques représentants de commerce y descendaient, tous contents de peu et fort heureux encore de trouver de quoi manger et où dormir dans un pays si reculé de toutes communications et de tout confortable. Des nécessités électorales et stratégiques ayant décidé d'amener jusqu'à Kerahuel une ligne de chemin de fer, le sieur Piezo-Tréheudec, gendre de la veuve Tréheudec, comprit quel parti il pouvait tirer du merveilleux emplacement que sa maison occupait droit en face de la mer.

D'abord il créa un hôtel. Malbar, en mal de solitude, fut son premier client. Chaque année, depuis l'inauguration, il revenait volontiers passer plusieurs mois chez ces braves gens qui le traitaient comme un membre de leur famille. Ainsi, depuis cinq ans, il avait assisté aux différentes transformations de l'industrie, transformations dans lesquelles, sans rien perdre de leur bonne grâce et de eur belle humeur, les Tréheudec ne faisaient point fortune.

D'abord, Kerahuel, avec la sauvagerie de sa côte, la
désolation de ses rochers et de ses dunes, ne retenait
point les passants en quête d'horizons moins solitaires
et moins farouches. Ceux que n'épouvantait pas le paysage étaient chassés par le parti pris d'hostilité des
habitants. Ils étaient traités de « hors venus », rencontraient partout des visages de colère. Craignant pour
leurs femmes et leurs enfants la brutalité et les injures
des barbares, défendant leur pays contre les visiteurs
comme s'ils le défendaient contre une invasion ; malgré
l'accueillante hospitalité des Tréheudec, beaucoup de
voyageurs interrompant brusquement leur séjour partaient vers des sites plus aimables et plus civilisés.

Le goût du lucre aidant, Kerahuel, peu à peu, s'étudia
à devenir plus accessible. Les familles y vinrent, s'y
fixèrent pendant la belle saison. L'hôtel d'Orange connut
alors l'encombrement des allants et venants, les réclamations d'une affluence trop grande pour l'étroitesse de
ses locaux. Sans tenir compte de l'éloignement et de la
difficulté de tout se procurer, provisions et domestiques,
la clientèle exigea une table copieusement servie, tous
les soins qu'elle rencontrait dans les hôtels des grandes
villes. En même temps, elle refusait de payer à leur prix
le confortable qui leur était procuré, vaille que vaille.
Puisqu'on était en Bretagne, les denrées devaient être
de premier choix ! Puisqu'on était en Bretagne, tout
devait être bon marché ! si bien que, à la fin de chaque
saison, assourdis par les criailleries, harassés par les
querelles, volés par leurs serviteurs, après maintes
dépenses pour satisfaire les appétits d'une clientèle toujours plus impérieuse, les Piézo-Tréheudec, tombant de
lassitude, demeuraient presque sans bénéfices.

Et puis, quels inconvénients amenés avec eux, par ces
hôtes de passage qu'ils hébergeaient sans autre garantie
souvent que celle de la faconde et de la bonne mine !
Toujours promettant de payer, un peintre, ou soi-disant
tel, après six mois de paresse et de résidence, était mort
entre leurs bras, et de leurs deniers, ils avaient décemment fait enterrer, au cimetière du village, le cadavre
inconnu et insolvable.

Certain soir, un mari mal content surprit sa femme en
compagnie avec un monsieur prêtre, dans le même lit,
tua les deux amants à coups de revolver et se fit, par
surcroît, sauter la cervelle sur les marches de l'es-

calier. Alors, tout à fait détournés d'une clientèle d'où
sortaient de si retentissants scandales, les Tréheudec
fermèrent les chambres de leur hôtel ; et le transformant
en restaurant, n'acceptèrent désormais que des pensionnaires, pour la table. Ils nourrissaient ainsi quelques
familles éparses dans les maisons meublées du voisinage,
familles fort heureuses de se rassembler et d'être dis-
pensées de se mettre en souci de leur cuisine. A l'heure
des repas, Mmes Hestoudeau et Vincent Trois venaient
de Quet et Reral, M. Garnafe de Ker-Menhir, M. Nicous
de Ker-Lulli. Un photographe amateur du nom de
Charlescot, toujours en retard à cause de la distance,
car il habitait sur un des petits ports de la côte, les
rejoignait ; et M. Rachimbourg, parfois, ne dédaignait
pas de descendre de la villa Pen-doh-Tehuen, « En haut
des Dunes ».

Malbar trouvait tout ce monde réuni en descendant de
la chambre que chacun lui enviait, car il était maintenant
le seul habitant de l'hôtel d'Orange. En témoignage de
leur affection, les Tréheudec n'avaient pas voulu que
Malbar habitât loin de chez eux. Tous les ans, à son
arrivée, on rouvrait pour lui la grande chambre donnant
sur la mer, chambre de son premier séjour. On la fermait
soigneusement, après son départ ; et à chacun de ses retours, entrant là dans un domicile familier, il retrouvait ses papiers oubliés, ses pantoufles, ses rêves. Là
surtout, il réintégrait son projet de livre sur l'union de
la Littérature et de la Science.

Le docteur Laguépie mangeait à part, dans sa villa,
laquelle, par haine du décor, ne portait aucun nom. Il
apparaissait parfois sur la terrasse de l'hôtel d'Orange.
Malbar s'était risqué à le consulter sur sa tentative. Le
docteur l'avait écouté avec complaisance, et Malbar se
trouvait très flatté d'exciter l'intérêt et la discussion d'un
pareil homme.

Sous des allures militaires, le docteur Laguépie cachait
une science étendue à toutes les manifestations de l'intelligence humaine. Indépendant d'opinion, hostile aux systèmes, point respectueux des renommées, souvent en lutte
contre les maîtres ; à cause de la puissance de son ironie,
il était redouté de ses confrères qui se vengeaient de ne
pouvoir nier la nouveauté de ses travaux en dénigrant
l'originalité de son caractère. Il se savait décrié, à Paris,
dans ce Muséum d'histoire naturelle, dont il avait enrichi

les collections et bouleversé l'enseignement. Il professait
l'anatomie comparée. L'hétérodoxie de ses aperçus jointe
à son talent de parole attirait à son cours de nombreux
auditeurs. Apprécié, hors de son pays, l'Allemagne
enthousiasmée par la jeunesse et la verve de ses leçons,
après un congrès, l'avait appelé *der lustige Gelerth* —
« le savant gai ». Entre tous ses titres, celui-là lui paraissait le seul enviable, parce que, disait-il, « dans ce monde
mal organisé, le pessimiste que je suis se doit d'être un
homme joyeux, autrement, j'ajouterais à la tristesse d'un
univers qui n'a pas besoin de misère ».

Aucun maître n'était d'esprit plus large et de doctrine
moins dogmatique. Prudent dans les affirmations, discret dans les négations, ne discutant pas les croyances
puisque les scepticismes manquaient d'accord entre eux,
et que, suivant son expression, « personne ne faisait ses
zéros de la même manière », il étudiait la nature avec
un pyrrhonisme élégant, travaillait de toute sa puissance
à la rendre moins hostile à l'homme et plus adaptée à la
société. Sa supériorité ne craignait pas d'accueillir les
indications de l'empirisme. Il ne méprisait pas les traditions, tâchait de pénétrer leur enfantillage pour démêler
ce qu'elles cachaient de sérieux sous les mots, quelles
observations exactes se dissimulaient sous la naïveté des
pratiques. Ainsi, ramenant aux proportions les plus
simples les faits les plus compliqués, en apparence; par
sa belle humeur sans préjugés, par la sûreté de ses
moyens d'analyse, sur les côtes de France, il avait
retrouvé les sardines.

Le littoral se lamentait. Plus de sardines au large. Les
bateaux appauvris par une forte dépense de rogue, rentraient au mouillage avec des pêches dérisoires. D'où
venaient la ruineuse disparition du poisson qui, jadis,
faisait la fortune des industries et le gain des marins
depuis Concarneau jusqu'à La Rochelle ? L'explication de
ce phénomène, Laguépie ne la rencontrait pas dans la
science immédiate. Il la chercha dans une méthode
patiente et délicate. Il parcourut les ports, interrogeant
les vieux matelots, menant sans se lasser une enquête
quotidienne auprès des vétérans de la mer. « Est-ce que,
à leur connaissance, la sardine, à certains moments,
n'avait point manqué ? Ils se souvinrent. — « Oui, en
telle année, en telle autre année, le pays avait souffert
d'un pareil dommage. »

Ces renseignements recueillis, Laguépie, page par page, feuilleta les registres des Chambres de commerce, remonta jusqu'aux comptes du temps de Louis XIV. A des époques pour ainsi dire rythmiques, les recettes baissaient, le trafic se ralentissait, la pêche devenait nulle. Il acquit ainsi la preuve et la certitude de la périodicité d'une circonstance jugée exceptionnelle, et put établir d'une manière presque sûre une table de la disparition épisodique des sardines au long du littoral français. Grâce à cette table, l'usinier et le pêcheur pouvaient remédier au chômage. L'année qui précédait l'année menaçante, l'industriel s'approvisionnait pour la disette à venir; le marin trouvait une vente meilleure pour son poisson, d'où la fortune commerciale, avec un peu de précaution, s'assurait les moyens de ne pas péricliter.

De ce travailleur acharné qui, dans son cabinet, à Paris, donnait des rendez-vous à cinq heures du matin; de ce maître qui, aux mois de novembre, décembre et janvier, dans l'amphithéâtre, faisait des cours avant l'aurore; de ce voyageur sans cesse en route, revenant de Laponie, d'Islande ou de l'île de Kerleguen pour repartir au Japon, afin d'étudier sur place le dessin anatomique de la faune peinte sur les kakemonos, ou pour croiser dans l'Atlantique où il errait, pratiquant des sondages, scrutant les conditions d'existence des poissons vivant dans les profondeurs jusqu'alors inexplorées; beaucoup ne connaissaient qu'un homme du monde aimable, enjoué, spirituel, plein de grâce à vieillir, tournant des madrigaux aux dames, et discutant gaîment de la littérature avec des écrivains renommés qui s'enorgueillissaient d'être ses amis.

Kerahuel ne savait rien des mérites de Laguépie. Encore que l'industrie tout entière du pays fût l'industrie des sardines, le pays ignorait les recherches du docteur, ne connaissait point son nom et ne lui rendait, par suite, aucun hommage. Laguépie, précisément, aimait ce village pour le sûr incognito qu'il y rencontrait. Il y venait tous les ans, y passait de longs mois, moins par amour du repos que par curiosité pour le vaste champ d'études pathologiques que les habitants, sans s'en douter, ouvraient à la sagacité de ses observations.

Il avait crû démêler que l'hystérie était le grand mal négligé dont la Bretagne souffrait héréditairement. Cette tare de la contrée, il essayait d'en retrouver les ravages,

à travers l'histoire ; s'appliquait à en fixer le caractère
contemporain. Pour mieux en suivre les symptômes et
les développements, afin de mieux pénétrer dans cette
population embusquée derrière son goût du mensonge,
retorse en duplicités, défendue par sa langue, il avait
appris le breton. Pendant son séjour à Kerahuel, il se
contraignait à jouer le rôle subalterne et sans conséquence d'un petit médecin de campagne. Les intérieurs,
de la sorte, s'ouvraient devant lui ; et peu à peu il s'insinuait dans les consciences. Par courage d'apprendre, il
acceptait les servitudes que lui imposait une clientèle
tyrannique, grossière. Il la soignait gratuitement, et
quand, dans son avarice elle se réjouissait du bon marché
de l'assistance, ne soupçonnait pas qu'elle livrait tous les
secrets de sa race, toutes les cauteleuses arrière-pen-
sées de ses individus.

— Ah ! les rapports de la littérature et de la science
vous tourmentent, vous aussi, dit-il à Malbar. Dans le
temps, frappé par le mot prophétique de Baudelaire ;
« Toute littérature qui ne s'appuiera pas sur la science
est une littérature désormais condamnée », profitant de
mes relations avec les écrivains, j'avais essayé de leur
persuader que le style dont ils se flattent à bon droit
n'est, au demeurant, qu'un moyen d'expression, et ne les
dispense pas de savoir de quelle manière se meuvent,
physiologiquement, les personnages qu'ils mettent en
scène, dans leurs livres. Mon originalité se bornait à
tenter de les persuader d'une nécessité à laquelle Rabelais
s'était soumis et dont se préoccupait gravement Ronsard
quand, au livre de sa *Poétique* il recommandait à ses
élèves de connaître l'anatomie pour donner à leurs héros
des attitudes vraisemblables dans la blessure ou dans la
mort. Les écrivains ont fait semblant de m'écouter, je
doute cependant qu'ils m'aient bien compris. Au fond,
j'éprouve quelque regret de les avoir poussés à des
erreurs et à des exagérations dont je me sens un peu responsable.

— Oui, continuait Malbar, autant que je puis, je tente
d'échapper à ces fautes ; mon livre essaie d'en empêcher
le retour. En dehors de la compétence scientifique à
laquelle ils ne pouvaient se hausser du premier coup,
les auteurs, au moins, auraient dû prendre le scrupule
de renouveler le vocabulaire. On a beaucoup bouleversé
le dictionnaire en ce siècle, sans que la phraséologie se

débarrasse des vieux vocables issus de la métaphysique.
Parmi les plus indépendants et les plus audacieux, ils
sont rares ceux-là dont les meilleurs passages ne sont pas
en contradiction flagrante avec les notions les plus élémentaires de l'anatomie, de la physiologie, des sciences
physiques, chimiques ou naturelles. Victor Hugo lui-
même quand il veut parler de l'hélice, imprime :

Une espèce de vis à trouer l'infini,

vers qui, malgré tout, ressemble encore à un vers de
Delille.

— C'est un vers de *Pleine Mer*, dans *la Légende des
Siècles*, constata Laguépie.

— Parfaitement, on affecte de ne point trop estimer
cette pièce. Il en est de même pour *Plein Ciel*, le pendant. Je ne me flatte point de réformer les jugements
littéraires, mais pour moi, ces deux poèmes, je les admire
éperdument. Malgré un reste d'hésitation, jamais Hugo
ne s'est montré plus scientifiquement lyrique, et poétique
avec plus d'effort vers l'exactitude des termes.

— Certes, dit Malbar, à propos d'un navire il n'a pas
craint d'écrire : l'étrave et l'étambot.

— Vous vous souvenez.

— Si je me souviens.

Et tous deux, le docteur et l'écrivain, l'un complétant
la mémoire de l'autre, récitèrent les vers de *Pleine Mer*,
les strophes de *Plein Ciel*.

La clarté du soleil, la splendeur de la mer, disparaissaient au milieu de leur exaltation. Car telle est la puissance des hommes de génie, que leur rêve, devenu réel,
s'impose comme une vérité, et donne aux intelligences
la sensation qu'elles se meuvent dans un nouvel élément.

Malbar reprit :

— Quelqu'un naîtra un jour qui possédera le sens et
l'éloquence de toutes les beautés éparses dans la vie, et
qui les décrira logiquement, simplement, avec des mots
agencés sans embarras dans des phrases sans pédanterie
ni didactisme. Ce quelqu'un, heureux qui pourrait le
susciter?

— Vous réclamez un nouveau Balzac, dit Laguépie. Il
vous faut de la patience. La nature a employé bien des

années pour produire ce cerveau-là, et ne l'a pas encore
remplacé. Un lent travail de la littérature s'opérera avant
d'aboutir à l'éclosion d'un individu pareil, résumant en
lui toutes les connaissances physiques et morales d'une
époque. Mais je crois que nous avons le temps d'attendre !

La sévérité des discours tenus par Malbar et Laguépie
écartait d'eux le personnel, prenant l'air, aux alentours,
sur la terrasse. Pourtant, par l'effet de cette espèce de
perversité qui pousse les ignorants et les désœuvrés à
intervenir dans les conversations au-dessus de leur petit
entendement, quelquefois des importuns les déran-
geaient. Ils cessaient alors leurs dissertations. Autant
par politesse que pour se délasser de leurs chimères, ils
ne dédaignaient pas de répondre à des questions inutiles,
consentaient à s'intéresser aux médiocres péripéties de
la vie des pensionnaires, à l'hôtel d'Orange.

Là, M. Nicous, fonctionnaire de la Préfecture de la
Seine, l'air triste et la voix pleurarde, apitoyait tout le
monde par l'incessant récit de ses mésaventures admi-
nistratives. Toujours enragé d'avancements, sur les
recommandations de vingt députés et d'autant de séna-
teurs qu'il avait attelés à sa fortune, de sous-chef de bureau aux finances, il était passé chef de bureau au service
de la désinfection, seule place vacante, où il s'insinuait
par protection et passe-droit. Mais il souffrait démesurément de ce mot de désinfection qui semblait le salir dans
son orgueil esthétique. Car M. Nicous ne manquait pas de
prétentions littéraires ; et, champion de l'idéal, dans ses
poésies ; dans son bureau, s'affligeait d'entendre son nom
continuellement mêlé aux déjections et aux immondices.

Par plaisanterie, ses employés avaient appelé « la
Nicous » la pompe mise en manœuvre pour les nettoyages.
Il se désolait de cette renommée, espérait que, réparant
la méchanceté et l'injustice des hommes, les lettres lui
assureraient une notoriété plus haute et plus pure. Pour
sa réhabilitation intellectuelle, il comptait aussi sur
le coup d'archet de sa fille Pauline, une enfant de
quinze ans à laquelle il ne laissait pas de repos, impatient
qu'il était de la voir si lente à acquérir un beau talent,
sur le violon. En attendant, pendant que l'enfant peinait
en l'étude de ses gammes, lui, Nicous, écrivait une pièce
mêlée de musique où Pauline, naturellement, jouerait le
principal rôle. Ainsi, l'un aidant l'autre, le père et

la fille, ensemble atteindraient le succès; et l'art vengerait le chef de bureau des railleries des subordonnés.

Gravement atteint à la poitrine par le coup de corne d'un bœuf échappé dans la cour du Marché aux Bestiaux, à la Villette, M. Nicous traînait à Kerahuel la fin d'un long congé de convalescence. Son éloignement de l'Administration le tourmentait plus encore que le rétablissement de sa santé; parce que, en son absence, pensait-il, ses collègues, peut-être, toucheraient des gratifications auxquelles il ne participerait pas. Avec une femme qu'on ne voyait jamais; une bande d'enfants qu'il cachait; Pauline qu'il exhibait en sa compagnie, il habitait au milieu des dunes un ancien corps de garde abandonné par les douaniers. Toute la famille vivait là, mêlant son idéal et ses émanations dans l'unique chambre de domicile à bas prix, que M. Nicous avait nommé du titre de sa pièce : Ker-Lulli.

Sur la terrasse de l'hôtel d'Orange, sous prétexte de demander des conseils, il excédait les habitués en leur racontant à tout propos le sujet de *Lulli*, comédie avec violon obligé. Le scénario, emprunté à une légende historique et musicale, s'exposait, se développait, se dénouait en un seul acte, par précaution paternelle et peur de fatiguer Pauline.

Le jeune Lulli, marmiton, risquait de se faire renvoyer des cuisines royales de Versailles parce qu'il s'occupait plus volontiers de son violon que de ses casseroles. L'expulsion même était prononcée, un jour que le gamin, exécutant des démanchés devant ses fourneaux, laissait dessécher les rôtis et brûler les sauces. Mais à ce moment Louis XIV, fort inquiet de la maladie d'un soliste qui manquerait le soir au concert de la cour, entendait l'instrument, quittait les affaires de l'État ; et, descendu à l'office, se faisait présenter le musicien. Il l'écoutait ; puis, ravi de la précoce virtuosité du petit cuisinier, séance tenante, l'admettait à remplacer l'exécutant absent de son pupitre. D'où Lulli, sans difficulté, devenait immédiatement Maître de la Chapelle du Grand Roi.

L'aventure se contait en vers, avec deux personnages. Le père, par commodité et artifice de mise en scène, pour diminuer le nombre des acteurs, donner carrière aussi à son goût secret de paraître sur les planches; au besoin, se proposait de représenter lui-même, d'abord, le dur chef de cuisine insensible à la délicatesse des sons

filés sur la quatrième corde et agacé par le grincement
de la chanterelle au milieu de l'élaboration de ses menus.
Il chassait donc Lulli qui restait seul en scène, se consolait dans un monologue exaltant la miséricorde de l'art,
et se réfugiait en son violon. Après quoi, M. Nicous, ayant
eu le temps de changer de costume, réapparaîtrait en
Louis XIV tout-puissant, bonhomme et citant du Molière.
Si le chef avait renvoyé Lulli c'était que :

« Cet homme, assurément, n'aimait pas la musique. »

Lui, le roi de France ne partageait pas cette antipathie.
Dans des termes, que M. Nicous, en ses alexandrins, se
proposait de rendre infiniment nobles, Louis XIV, se
flattant d'avoir deviné un artiste, promettait de travailler
à la fortune lyrique de l'éminent gâte-sauce.

Outre qu'il espérait de cet ingénieux scénario la
revanche de son idéal et la prompte réputation de sa
fille, M. Nicous comptait aussi sur *Lulli* pour se tirer
de ce qu'il appelait « sa misère ». Non point qu'il fût
pauvre ! Mais il appartenait à cette race de fonctionnaires
dévoués et rapaces trouvant que jamais le budget ne
rémunère assez largement leurs services; et s'imaginant
hors de leur place légitime en quelque position où les
hausse l'avancement. Il se jugeait lésé, même par les
bienveillances. Les augmentations d'appointements, les
élévations en grade lui semblaient venir toujours trop
tard, après celles de ses collègues, suivant son envie,
sans cesse plus favorisés que lui; si bien que, dans des
fonctions supérieures à sa capacité il se croyait irrémédiablement méprisé et subalterne.

Gonflé d'illusions sur ses qualités littéraires, ne doutant pas de la vocation qu'il travaillait à déterminer chez
sa fille, l'impuissance et l'ambition l'affolaient jusqu'au
délire. Fort honnête homme, du reste, économe, sans
fantaisies, point infidèle à la femme qu'il avait épousée
dans une humble condition dont elle ne souhaitait point
sortir; tandis qu'elle s'étonnait de l'idéal de son mari,
si contraire à son goût de tranquillité domestique,
M. Nicous, par son appétit à triompher dans les Beaux-
Arts, était devenu, pour sa fille Pauline, le plus tyrannique des pères et, pour ses voisins, le plus insupportable des causeurs.

Il parlait, avançant des dents de loup aiguës et gâtées,

comme s'il avait voulu mordre d'avance dans cette considération dont il rêvait. Il la croyait d'autant plus proche que personne, sur la terrasse, n'émettait de doutes sur l'imminence de sa fortune, au théâtre. Mme Hestoudeau et Mme Vincent Trois l'écoutaient, tenant entre leurs doigts ces broderies où se perd la pensée, et qui, par le mouvement machinal des mains, assoupissent toute idée de discussion. M. Garnafe, un fabricant d'ornements d'église, installé dans les environs, ne se permettait pas de critiques, tant il concevait mal qu'on pût chercher la notoriété et l'argent, en dehors du commerce. Malbar, dont M. Nicous avait réclamé les avis, s'était déclaré incompétent pour juger d'une pièce de théâtre; et Laguépie gardait le silence par peur de ruiner d'un mot les espérances du bonhomme et de perdre le spectacle d'une si belle difformité intellectuelle.

Sur la plage, devant la terrasse, Pauline Nicous jouait avec le fils de Mme Hestoudeau : Olivier, âgé de treize ans. Une Suissesse le surveillait. Elle avait pour fonctions de lui enseigner les langues étrangères, et le réprimandait avec sévérité chaque fois que l'enfant exprimait la moindre de ses pensées autrement que par des phrases anglaises ou allemandes

Là, devant l'Océan, attirés l'un vers l'autre par cette tendresse indécise et infiniment passionnée, effet des pubertés qui s'ignorent; les pieds nus et trempant au fond des mares d'eau; créant dans le sable des parterres où ils plantaient des rameaux de tamarins, des débris de goémons; construisant à grands coups de pelle des fortifications qu'ils prenaient plaisir à voir attaquer, puis détruire par le flot, les deux enfants échappaient aux exigences de leurs parents et aux tortures de leur éducation. La gouvernante, une Bible à la main, s'assoupissait sous son ombrelle. Olivier, alors, bavardait à son aise, parlait librement, en français. Pauline oubliait son violon. Dans la vaste indépendance de la brise et de la vague, elle redevenait une fillette comme les autres, espiègle et enjouée, dès que le *Lulli* de son père ne la tracassait plus.

Mais bientôt la voix de M. Nicous retentissait :

— Pauline ! Et le menuet du *Bourgeois gentilhomme* ! Pauline ! ce matin tu n'as pas répété la seconde reprise de la *Marche des Rois* ! Pauline ! Et la gavotte en forme de rondeau ! Tu ne la sauras jamais ! Et les variations

sur *Au clair de la Lune*! Tu oublies que, dans le
texte, c'est ce morceau qui décide des sympathies de
Louis XIV !

Le soleil brillait. La mer, toute bleue jusques à l'horizon,
montait et rejoignait le bleu incandescent du ciel. Une
phrase en langue étrangère, sévère et dure, passait dans
le vent tiède. La gouvernante rappelait Olivier. Pauline
était renvoyée à son violon, cependant que Nicous, du
haut de la terrasse, se lamentait sur le peu d'application
d'une enfant « qui ferait son malheur ».

Pauline, violentée et docile, à Ker-Lulli, son instrument sous le menton, se mettait devant un pupitre.
D'une main indifférente et malhabile, elle poussait, tirait
son archet sur des cordes grinçant des sons rarement
justes, car le violon était de dimension trop grande pour
les écarts de ses petits doigts, d'où le père espérait un
effet d'émotion, et qui sait ? peut-être un effet de comique.
Bien plus, pour que Pauline prît l'habitude de bien
« entrer dans la peau » du personnage de Lulli ; pour
qu'elle donnât l'attaque à propos, au moment précis
indiqué par le manuscrit, Nicous voulait que l'enfant
eût toujours l'illusion d'être réellement en scène, le rideau
levé, la rampe allumée, en costume, devant des meubles,
des accessoires. Alors, il lui avait imposé de ne jamais
répéter sa partie instrumentale autrement que revêtue
d'une casaque de marmiton.

Travestie tous les matins, Pauline, vêtue de blanc, recommençait sans cesse les mêmes morceaux râclés en
vain, sans progrès ; et apitoyait les promeneurs au passage, par sa silhouette malheureuse et appliquée de
pauvre petit Pierrot que son terrible père contraignait à
décrocher la lune. C'est dans cette attitude qu'elle sollicitait, sans le savoir, M. Charlescot, photographe amateur,
homme de relations courtoises, mais réduisant toute la
vie à la manœuvre de son objectif ; et pour qui les individus et les paysages cessaient d'exister dès qu'ils n'entraient pas dans le champ de son appareil perfectionné.

Avant tout, dans Kerahuel, M. Charlescot avait cherché
une installation pourvue d'une chambre noire suffisamment obscure pour lui permettre de développer ses
clichés. Il se réjouit d'abord quand il la trouva au Roch
en Mor, une petite anse où se dressaient quelques maisons, où abordaient quelques pêcheurs. La plage, vaseuse
en cet endroit, à mer basse, en tous temps dégageait

une méphitique odeur de marécage. Un relent de pestilence montait alentour des casiers à prendre les homards, remontés à terre avec le poisson des appâts entrant en putréfaction, sous le soleil. N'importe ! Charlescot demeurait là, dans un cabinet au-dessus d'une écurie nouvellement construite et si bien close qu'elle lui fournissait toutes les ténèbres souhaitées pour ses manipulations. Il ne serait plus obligé de changer ses plaques le soir, sous l'édredon de son lit en pestant contre la clarté de la lune passant par l'imposte vitrée des chambres d'hôtel.

Marché fait, ses propriétaires s'engagèrent à lui préparer des repas. Mais encore qu'il ne fût pas gourmet, il reconnut bientôt que ses hôtes lui servaient de la maraîche en guise de langouste, remplaçaient volontiers le turbot par de la poule de mer. Le tout, du reste, accommodé de la plus malpropre manière. Donc, rompant avec cette répugnante cuisine, lui aussi était venu prendre pension chez les Tréheudec. Il se présentait portant son appareil sur le dos, et souriait de s'entendre accueillir par un salut, toujours le même.

— Ah ! voici M. Charlescot avec sa boîte à images.

Galamment, avec des paroles choisies, tout en excuses pour des dérangements qu'il provoquait sans cesse, il troublait les gens dans leurs attitudes, leurs conversations et les suppliait de prendre place devant son objectif. Il promettait toujours des épreuves qu'il ne donnait jamais, par ennui de les tirer et de les coller sur du carton. Pendant toute la journée, il entrait en querelle permanente avec le soleil. Il ne cessait de vitupérer contre l'astre, car jamais il ne le trouvait convenablement placé pour favoriser le relief des portraits, la netteté des panoramas. Souvent, malgré sa politesse, il l'objurguait en termes insolents, ainsi qu'un maître injurie un serviteur mal pressé d'obéir à ses commandements ; et désespérant d'obtenir de lui les services qu'il réclamait, il l'appelait volontiers « l'Imposteur ».

En outre, il se plaignait du paysage qu'il déclarait banal, trop à la portée des photographes ses confrères. A quoi bon braquer son appareil et dépenser des plaques pour prendre des vues qu'on trouverait ensuite, pour dix centimes, sur les cartes postales ? Ah ! s'il avait pu aller à l'île de Kioc'h Vor ! Les horizons là-bas étaient vierges de toute reproduction ! et il essayait d'entraîner

tout le personnel de la terrasse dans une grande excursion où chacun trouvant le charme d'une promenade en
mer, il rencontrerait, lui, des motifs nouveaux et inconnus
des clichés !

A ses yeux, l'île de Kioc'h Vor resplendissait de toutes
les séductions du mystère. Il la jugeait d'après le rapport de certains touristes, revenus tout hérissés d'avoir
vu en l'endroit des spectacles qu'ils déclaraient inusités, et
que leur ignorance dans l'art d'établir des rapports entre
les choses et leur goût de vouloir quand même découvrir de l'extraordinaire, rendaient singuliers, pour eux
seuls. C'est ainsi que, dans une île suffisant mal à la nourriture de ses deux cents habitants, n'ayant pas pris soin
d'apporter des provisions de bouche, ils s'étaient étonnés
beaucoup de ne pas manger à leur faim. Ils ne suppor-
tèrent pas non plus de n'avoir point trouvé d'accès dans
des maisons nullement disposées pour les recevoir. Selon la coutume des Parisiens de se croire toujours chez
eux et de montrer des exigences dans les contrées qu'ils
traversent, s'étant conduits de manière à ne pas être ac-
cueillis, ils ne se consolaient pas de leur éviction.

Les habitants de Kioc'h Vor ainsi dérangés, dans
leur rude franchise qui tombe sur la tête comme une
voile de bateau sur le passager gênant la manœuvre,
laissèrent brutalement voir leur impatience. Quelques
dames égarées dans l'expédition témoignèrent de leur
terreur; et l'exagérant, prétendirent que, un instant,
elles avaient craint d'être violées ! Songez donc, ces
naturels de Kioc'h Vor menaient une existence si étrange !
Concevait-on l'idée de pêcheurs se réunissant dans un
cabaret unique, faisant leur soupe en commun loin des
femmes toutes occupées aux travaux des champs ! Pour
comble d'épouvante, ils buvaient des alcools qu'on leur
passait par un guichet ! De la sorte, selon la mauvaise
humeur et la description de ces passants grognons et
fâchés, l'île de Kioc'h Vor, à quelques milles seulement
de la côte de France, devenait une île hantée par des
barbares plus sauvages et plus cruels que les indigènes
des îles Fidji. Quiconque se risquait à débarquer sur
leur territoire, après un voyage d'un jour, revenait admiré comme s'il avait entrepris une longue et périlleuse
circumnavigation.

Laguépie représentait en vain à Charlescot que Kioc'h
Vor n'offrait aucun caractère particulier. Il ne fallait

pas compter retrouver là le monastère où saint Gildas
était mort en 525 après avoir évangélisé la Bretagne ;
pas davantage la maison où logea Cadoudal avant de
débarquer à la presqu'île de Rhuys, en l'an 1800. Quant
au paysage, la désolation n'en dépassait pas la désolation
de Kerahuel. Si, vraiment, on voulait voir un spectacle
curieux il fallait aller plus loin, à l'îlot de Kefelek. Mais
il ne recommandait pas l'endroit aux dames, à cause des
difficultés du débarquement et de la terreur de la côte
où le flot, sans cesse envahissant, après avoir ruiné un
phare, rongeait maintenant un sémaphore.

L'idée de séjourner dans un pays sans hôtel, sans agen-
cement de confortable pour les voyageurs, n'effrayait
pas Charlescot. Il avait entendu dire que le curé de l'île,
pratiquant les leçons du bon Samaritain, se montrait
souvent hospitalier aux visiteurs affamés et sans gîte ; et
l'éventualité d'être hébergées chez un prêtre et de coucher dans des draps ecclésiastiques émoustillait fort les
dames. Mais comment faire ? Le bateau qui, tous les
dix jours, appareillant de Kioc'h Vor, venait apporter
les correspondances à la poste de Kerahuel, semblait
peu propre pour une promenade de plaisance. Ah ! si
le pilote Yvor était là, il déterminerait le jour, le vent
propices, partirait à propos, rentrerait sans embarras.
Son bateau, le *Je M'en Moque*, passait pour un bateau
qui « faisait de la route », et c'est à son bord seulement
qu'on prétendait monter pour aller à ce que Charlescot nommait ambitieusement « la conquête de Kioc'h
Vor ».

Par malechance le pilote se trouvait en ce moment à
Paris, dans la littérature, chez des amis. Il ne revenait
pas. Or, n'osant se confier à la conduite de pêcheurs
éternellement ivres et qui offraient des embarcations
avec des services sans sécurité ; peu à peu on se désha-
bitua de penser à cet inaccessible Kioc'h Vor. Charlescot
lui-même paraissait résigné à se contenter, pour la photographie, d'horizons et de physionomies mieux à sa
portée. Un jour, ayant bien calculé les distances, usé
d'un bon diaphragme et choisi une heure de lumière un
peu voilée ; avec l'assentiment de M. Nicous, rêvant de
publicité et forçant sa fille à poser, il obtint une assez
bonne épreuve de Pauline, en marmiton.

Pauline, la tête un peu penchée, paraissait écouter les
sons de son violon qu'elle accordait sur son genou

gauche, en imitation d'une statuette de Mozart enfant
dont Charlescot avait conservé le souvenir. Car c'était sa
recherche et son erreur que, disposant de moyens sûrs
pour saisir instantanément les personnages dans leurs
gestes d'habitude et leurs allures naturelles, il préférait
les obliger à des poses sculpturales, à des immobilités
qu'il jugeait plus artistiques que les mouvements de la
vie. Il avait recommandé à Pauline de le regarder et de
sourire. Avec cette gaîté contrainte, après les bains et
les virages, sur la feuille au papier émaillé, le « Petit
Lulli » que l'enfant s'efforçait d'être parut encore plus
triste que nature.

Cette figure carnavalesque et dolente apitoya beaucoup le jeune Olivier. Le lendemain, sur la plage,
en jouant avec Pauline, dans sa compassion, il oublia
les recommandations expresses de son institutrice, et
dit :

— Viens auprès de moi, veux-tu Pauline, parce que
j'ai à te parler.

La gouvernante entendit et cria :

— Sprechen sie deutsch, sprechen sie deutsch !

Pauline s'étant approchée, Olivier continua :

— Toi, je t'aime parce que tu as l'air triste.

— Ruhig ! ruhig, répétait la « fraulein ».

Pauline éclata en sanglots. L'institutrice haussant
encore la voix réprimandait son élève dans toutes les
langues qu'elle était payée pour lui apprendre. Pauline,
entendant qu'on grondait son ami, redoublait de hoquets
et de larmes. Le bruit de la querelle vint jusqu'à la terrasse. Alors Malbar et Laguépic virent Mme Hestoudeau et M. Nicous, qui, tragiquement, couraient vers
leur progéniture.

— Il a parlé français, madame, disait la Suissesse à
Mme Hestoudeau ! Madame, il a parlé français !

En manière de châtiment, Olivier fut envoyé coucher,
sur-le-champ.

— Et toi, pourquoi pleures-tu, grande bête ? demandait M. Nicous à sa fille. Est-ce que M. Olivier t'a fait
mal ?

— Oh ! non, papa, non, M. Olivier ne m'a pas fait mal.

— Alors, qu'est-ce que tu as ?

— Je n'ai rien, répliqua Pauline, sachant bien que
son père ne comprendrait jamais les secrètes tendresses
éveillées en elle par les paroles du petit garçon.

— Eh bien, tiens, maintenant tu pleureras pour quelque chose.

Pauline reçut une gifle.

Tandis que son père l'emmenait d'un côté, Olivier d'un autre côté était entraîné par la « fraülein ». Par un même mouvement de sympathie, à distance, ensemble, ils se retournèrent. Olivier fit de la main un geste d'amitié. Pauline, au travers de ses larmes, répondit par l'envoi d'un baiser. Puis, tous deux, dos à dos, rentrèrent l'un à Quetel Réral, l'autre à Ker-Lulli.

Laguépie se leva.

— Allons-nous-en, dit-il à Malbar.

Il avait disséqué des baleines, les pieds dans le sang, le nez dans la puanteur. Pendant quinze jours, de passage à bord d'un morutier d'Islande, il n'avait point souffert des exhalaisons des poissons éventrés et en tas. Toutes les mauvaises odeurs de l'univers lui étaient montées aux narines : celle de l'Arabe sous sa tente, de l'Esquimau sous sa hutte, du Chinois dans ses villes, du Juif dans la Terre Sainte; et il affrontait celle du Breton. Mais indifférent aux putréfactions des maladies, dans les hôpitaux; sans répugnance au milieu des miasmes des contagions et de la méphitique décomposition des cadavres d'hommes et de bêtes; il ne pouvait cependant supporter sans haut-le-cœur les émanations de la stupidité bourgeoise qui, seules, lui paraissaient irrespirables.

Et comme Malbar et lui, ils s'en allaient :

— Nicous n'est qu'un simple imbécile qui, de son rond de cuir voudrait se faire une couronne, dit Malbar. Pour Mme Hestoudeau et pour Mme Vincent Trois, c'est de l'adultère qui dort ! Qu'en pensez-vous.

— Ce n'est pas moi qui le réveillerai, et je ne vous souhaite pas de tenter l'expérience, répondit Laguépie. Même, si vous me permettez de vous donner un conseil, défiez-vous même de votre indifférence. J'ai vu des gens mourir pour des femmes qu'ils n'aimaient pas, tant était grand leur travail de reconquérir sans cesse, par vanité, des drôlesses qui les attiraient par coquetterie et leur échappaient par perversité. Et tenez, la Vincent Trois...

Il parla d'elle comme d'une malade portant un numéro à la tête de son lit, dans une clinique d'hôpital.

— La Vincent Trois, regardez, mais n'y touchez pas ! N'y touchez pas, je vous répète : celle-là est capable de tout.

— Complétez votre consultation, docteur. Et Mme Hestoudeau ?

— Mme Hestoudeau !

Le docteur réfléchit.

— Je ne sais par quel mystère elle vit en compagnie de ce requin femelle à qui elle sert de pilote. Qui les rapproche ? Assurément ce n'est pas le vice, car la dame est d'esprit pondéré et de complexion à ne rien risquer de ce qui troublerait sa sérénité conjugale.

— Pourtant, objecta Malbar.

— Ne soyez pas dupe des inconséquences que vous lui voyez commettre. Elle y dépense beaucoup d'enfantillage, mais aucune conviction. Elle est de ces personnes pensant que les villégiatures, à la mer, autorisent des libertés dont elles s'offenseraient, à la ville. Parce que, en costume de bain, sur la plage, Mme Hestoudeau se déshabille plus haut et plus bas qu'elle ne se décollète dans les salons de sa province, n'imaginez pas que vous verrez jamais au delà de ce qu'elle rit de publiquement vous montrer. Son manque de réserve finit à sa toilette. Je ne dis pas que l'exemple de Mme Vincent Trois ne l entraîne pas parfois à prendre des airs où d'aucuns croiront deviner de la provocation. Non. Elle s'amuse comme une pensionnaire en vacances, et il m'étonnerait bien que sa psychologie fût plus profonde et plus compliquée.

— Et vous concluez ?

— C'est Mme Fleur de Peau, et voilà tout.

Mme Hestoudeau et Mme Vincent Trois n'aimaient pas les yeux du docteur dont le regard bleu descendait en elles comme l'éclair d'un rayon Rœntgen. Elles se sentaient pénétrer jusqu'au fond de leurs secrets par cet homme trop poli, à leur sens, et dont elles soupçonnaient vaguement le mépris. Malbar leur déplaisait moins. L'habitude qu'il avait de transformer les faits en phrases donnait à sa parole une espèce de redondance aimable et chantante où la littérature cachait l'amertume des paradoxes, la cruauté de l'observation. Les deux dames lui préféraient Charlescot, cœur plus simple, intelligence guère haussée au delà du pied de son appareil photographique. C'était sur Charlescot qu'elles exerçaient le despotisme de leur coquetterie. En excitant la vanité professionnelle de l'opérateur, elles satisfaisaient sûrement leur désir d'être remarquées, le besoin qu'on s'occupât d'elles.

Charlescot s'entêtait à vouloir mettre les deux amies dans la collection de ses clichés, et les deux femmes prenaient plaisir à provoquer son objectif, à lui causer des déconvenues. Mme Hestoudeau s'ennuyait à Kerahuel dont elle avait accepté le séjour à cause de la santé de son fils Olivier; et Mme Vincent-Trois s'ennuyait là comme partout, d'ailleurs, où elle avait passé. Hors de la surveillance des parents et des amis; encouragées par le laisser-aller d'une plage peu fréquentée où elles se promettaient bien de ne jamais revenir, par leur négligence du décorum, elles paraissaient attirantes et offertes comme des courtisanes.

Elles se baignaient avec des costumes trop collants; se penchaient aux fenêtres avec des peignoirs trop largement ouverts sur des chemises découvrant leur poitrine. M. Charlescot, ne désespérant pas de les photographier dans ces déshabillés, braquait en vain ses appareils les plus instantanés sur la splendeur des formes de Mme Hestoudeau, sur la fausse maigreur de Mme Vincent Trois. Au sortir de leur cabine, elles couraient, jetaient leur peignoir sur le sable au pied des poteaux portant l'inscription : « Terrains à vendre », gagnaient rapidement le bord de la mer, et plongeant soudain, se cachaient dans l'eau. Maintes fois, malgré leur manège, Charlescot avait pu les surprendre et faire jouer son déclic à propos. Mais toujours, un halo déterminé par la fulgurante lumière du soleil reflété par la mer avait gâté les plaques qu'il prenait embusqué comme un Peau-Rouge, rampant comme un Apache parmi les anfractuosités des rochers où il guettait ces dames pour tâcher d'emporter enfin, sur les épreuves, un peu de leur nudité.

A la fenêtre, pour mieux se moquer de lui, elles jouaient la comédie de se montrer demi-nues; de se peigner même, en exagérant le mouvement du bras qui fait remonter les seins au-dessus des lâches chemisettes. Mais dès que, l'œil au viseur, il apparaissait derrière son objectif, elles se reculaient au fond de la chambre, hors de la lumière, hors de la perspective. N'importe ! Charlescot déclanchait le ressort de l'appareil, et le soir, dans l'ombre de son écurie, à la lueur d'une lanterne rouge, ne distinguait rien sur son cliché influencé par l'action des sels dits révélateurs, rien, sinon une image démesurément nette des arabesques et des fleurs en fer du balcon de la croisée. Mme Hestoudeau et Mme Vincent

Trois étaient restées là-bas, loin de la pellicule, dans le mystère.

Pourtant, Mme Hestoudeau, en manière de compassion, comme pour s'excuser des mauvaises plaisanteries qu'elle se permettait, un peu aussi par vanité maternelle, autorisa son fils Olivier à poser devant Charlescot. Charlescot, par galanterie, s'était empressé à tirer le portrait. Sur l'unique exemplaire, l'enfant apparut en compagnie de la « fraulein », qui ne le quittait jamais, même sur les épreuves photographiques. Le succès fut grand tant le petit garçon était jugé ressemblant avec ses yeux clairs au regard un peu fou, sous ses cheveux blonds en boucles; tant la « fraulein », à côté de lui, avait un air décent et réservé.

Sur la terrasse de l'hôtel d'Orange, le portrait passait de mains en mains. On le comparait au portrait de Baluche que Charlescot, le même jour, avait tiré, donnant un morceau de sucre à Chien-de-Nous, dressé sur son arrière-train; et les plus difficiles hésitaient, discutant sur l'exactitude réciproque des deux images. Malbar ne se prononçait pas. Laguépie, sans rien dire, admira l'aspect d'effacement volontaire de la gouvernante. Il ne voyait pas en elle la bassesse et la cupidité ordinaires aux domestiques, mais une espèce de résignation de femme avisée et prête à tout pour maintenir l'ordre dans la famille qui l'employait; non par morale, mais par haine des bouleversements, simple souci de rester paisiblement dans sa place, pour ne point courir, dans des maisons diverses, le hasard des humeurs et des gages.

Mme Hestoudeau montra à Rachimbourg le portrait d'Olivier. Rachimbourg, sans autre désir que celui de s'amuser et de passer le temps, dit : « C'est pour moi, n'est-ce pas ? », et prétendit garder l'épreuve. A quoi Mme Hestoudeau s'opposa. D'abord, elle pria Rachimbourg : « Rendez-le-moi, s'il vous plaît, non, vraiment, ce n'est pas sérieux ! » Rachimbourg insistant, elle essaya d'employer la force. Rachimbourg, en goût de taquinerie, avait glissé le portrait dans la poche de son veston, où Mme Hestoudeau essayait de le reprendre. Rachimbourg se défendait. Leurs mains se rencontrèrent.

— Assez de plaisanterie, voyons, soyez raisonnable.

— Si je veux, moi, disait en riant Rachimbourg.

Et il tenait Mme Hestoudeau, plus fort, heureux qu'il

était de sentir sous ses doigts les doigts frissonnants de
la jolie femme.

— Allons ! finissez, ou je me fâche.

La voix de Mme Hestoudeau tremblait.

— Vraiment !

Rachimbourg regarda Mme Hestoudeau. Elle baissa
les yeux, comme gênée par un aveu de plaisir qu'elle
n'osait pas faire. Et, plus doucement :

— Quand je vous dis que vous me meurtrissez les
poignets !

Il desserra les mains. Elle se dégagea. Toujours la
fixant, les yeux dans les yeux, Rachimbourg, docilement,
rendit le portrait. Mme Hestoudeau le ressaisit ; et
tous deux, sans parler, restaient interdits de l'émotion
qu'ils avaient ressentie à l'imprévu contact de leurs personnes.

— Voilà une scène que vous auriez dû prendre, dit
Mme Vincent Trois, tout bas, à Charlescot.

Comme toujours, Charlescot jugeait le soleil mal
placé ; d'ailleurs, la curiosité de l'incident ne lui apparaissait pas.

— Il m'intéresse, moi, pourtant, continua Mme Vincent Trois.

Charlescot ne comprenait pas que des jeux de physionomie à contre-jour, pussent prendre tant d'importance.
Ils excitaient cependant la perversité de madame Vincent
Trois, femme incendiée par des accidents hystériques
tels, que, par contraction et occlusion, la nature avait
fini par lui rendre impossible la réalisation des désirs de
luxure dont elle était constamment travaillée. Eloignée de
son mari, redoutant la douleur d'autres rapprochements
qui lui eussent été faciles tant elle se montrait savante à
provoquer les hommes ; par rage de son impuissance,
elle en arrivait à donner un sens obscène aux gestes les
plus innocents. Elle prêtait à Mme Hestoudeau des
calculs de galanterie auxquels l'autre ne pensait pas ;
tenait pour réelles toutes les débauches qu'elle imaginait.
Devenant jalouse jusqu'à la fureur, elle tombait dans des
crises épouvantables ; et tout en s'accusant de l'injustice
de ses soupçons, rêvait néanmoins à des vengeances.

Dans ses projets de méchanceté, elle se rencontrait
avec M. Garnafe, grand ennemi de Rachimbourg. M. Garnafe, à Kerahuel, sur une éminence au-dessus des terrains communaux possédait, lui aussi, des terrains à

vendre. En vain il cherchait des acquéreurs, parce que son domaine provenait de la désaffectation d'un ancien cimetière. Pas peur des revenants, nul acquéreur ne se présentait pour cet emplacement redouté. Cependant, suivant la coutume, chaque famille avait exhumé les squelettes des corps de ses parents, ensuite, les avait jetés, pêle-mêle, au fond de l'ossuaire commun, qui, dans le nouvel enclos des morts, s'ouvrait à tous les vents, à toutes les profanations des passants et des chiens. Seules, les têtes, soigneusement conservées, étaient incluses maintenant dans des caisses à contenir les boîtes à sardines. Rangées bien en ordre, comme des marchandises, sur des étagères, au long de leurs planches, en caractères noirs, dont la couleur avait bavé sous le poncif, au-dessous du nom de l'industriel et de l'adresse de la fabrique, on lisait : « Ceci est le chef de mon père, ceci est le chef de ma mère, ceci est le chef de mon oncle » et autres indications entremêlées de noms de baptême et de larmes peintes. Mais les amateurs ne se souciaient pas du sol laissé vide derrière elles. Les femmes surtout répugnaient à cette terre trouée hors de l'ouverture des tombes, et d'où les terrassements nécessaires aux fondations d'une maison feraient sortir encore des ossements oubliés.

Une seule fois, un chaland point superstitieux entra en marché avec Garnafe. Déjà l'acte de vente se rédigeait, chez le notaire, quand le preneur, un homme de précaution, s'avisa de ne rien définitivement conclure avant de connaître les accès et issues de sa future propriété. On ne lui en connaissait pas, enclavée qu'elle était de toutes parts, au milieu des biens municipaux. Bourignat, maire en ce temps-là, et gaillard de plus d'appétits que de scrupules, moyennant un pot-de-vin, consentit à laisser prendre un passage sur les terrains de la commune. Mais Rachimbourg, lors de son avènement, se fâcha contre l'irrégularité. Par délibération du Conseil, il fit retirer l'autorisation jadis accordée. L'acquéreur alors se désista. Garnafe plaida contre la commune, pour établir son droit d'abord ; pour demander des dommages-intérêts ensuite, car la commune, à son sens, lui avait fait manquer une belle affaire. Il épuisa toutes les juridictions. Débouté par chacune, finalement il était resté triste possesseur du vieux cimetière, où sans espoir il avait, à son tour, planté des piquets portant des écriteaux : « Terrains à vendre. »

Depuis, il poursuivait Rachimbourg d'une haine inextinguible. Pour essayer de le prendre en défaut, chaque année, il venait exprès à Kerahuel. Il ne se lassait pas d'incriminer la manière d'administrer du maire, trouvait des oreilles complaisantes; et les langues à son service multipliaient les calomnies qu'il répandait sur Rachimbourg, auquel, du reste, il faisait bonne mine en face, et souriait derrière ses lunettes, quand il le rencontrait sur la terrasse de l'hôtel d'Orange. Il avait remarqué les regards échangés entre Rachimbourg et Mme Hestondeau, leur gêne après le frôlement de leurs corps; augurait de là, pour l'avenir, une liaison dont il se promettait de tirer parti. Pour l'instant, il dissimulait, affectait des airs de bonhomie, payait des bocks, se déclarait tout à fait d'accord avec Rachimbourg sur l'urgence de travailler au développement de Kerahuel.

Une après-midi, spectacle inattendu, une amazone parut sur la plage. Toute la société, sur la terrasse de l'hôtel d'Orange, se mit debout pour la regarder. Les coudes au corps, les mains bien placées sur les rênes, au-dessus du genou droit, l'épaule droite un peu en avant de l'épaule gauche, la poitrine en avant, le corps svelte dans une robe noire dont la jupe flottait au vent de l'allure du cheval, la tête sans raideur sous un chapeau d'homme, suivant le rythme du trot de son cheval, elle s'élevait et retombait en cadence, sur la selle. A chacune des battues, l'empreinte des sabots de l'animal restait marquée dans le sable au long des poteaux portant l'inscription : « Terrains à vendre ». L'écuyère défilait devant : un à un, semblait les passer en revue. Elle s'arrêta là où les poteaux finissaient. Lentement, ainsi qu'au manège, faisant faire une demi-volte à sa monture, face à la mer, elle examina le château de Tristan à gauche; à droite, le petit port où les filets à prendre les sardines, séchant, étendus entre les mâts des bateaux, mettaient sous le ciel bleu un frémissement de mousselines. Puis, après un changement de main, d'un coup de cravache, poussant sa bête en avant, au galop de chasse, rapidement elle passa à nouveau, devant la terrasse de l'hôtel d'Orange. Charlescot, très intrigué, courut dans la rue du bourg pour photographier l'étrangère. Quand il arriva, la rue était vide. Les poules, un moment dérangées, recommençaient à picorer le crottin épars sur la route. Rien ne restait plus de l'amazone qu'un bruit de fers sonnant le pavé, là-bas, du côté de l'église.

Quelle était cette femme ? M. Garnafe, fort au courant des intrigues galantes de la contrée, raconta qu'on ignorait son nom, mais qu'elle était connue sous le titre de « la Baronne » à cause de son amant, un petit lieutenant de cavalerie, homme blasonné et riche, auquel elle créait embarras sur embarras dans les garnisons où elle le suivait.

A l'heure présente, le lieutenant gardait encore les arrêts à cause d'elle, et le colonel lui enjoignant d'éloigner sans retard une si compromettante maîtresse, la dame, exilée sur les exigences de l'autorité militaire, avait été contrainte de se retirer à Ker-Bonal, une seigneuriale maison louée pour son usage, au milieu des grandes terres. L'habitation passait pour historique parce que, sous le règne de Louis XV, elle servit de résidence au duc d'Aiguillon, gouverneur de la Bretagne, en tournée dans la province. Garnafe, en son état actuel, la décrivait ainsi qu'une moderne Tour de Nesle où, des officiers remplaçant leur camarade aux arrêts, venaient chez la donzelle se livrer aux plus damnables orgies. Du haut en bas, le château s'illuminait tard, toutes les nuits, et Garnafe n'osait répéter quelles scènes voyaient et quels propos entendaient les paysans du voisinage rampants et aux aguets, dans l'ombre du parc, sous les fenêtres ouvertes.

— Elle monte un bien beau cheval, dit Mme Hestoudeau, qui n'avait pas de malice.

Mme Vincent Trois flétrissait cette « mâtine », lui tenait rigueur du scandale présumé de sa conduite comme d'une débauche qu'on lui aurait volée. Les hommes, sous des phrases indifférentes, cachaient une vague convoitise pour cette femme entrevue que les désordres de sa vie leur rendaient secrètement désirable, quand Charlescot revint. Enfin ! il avait rencontré le pilote, et le pilote consentait à régler le programme de l'excursion dans l'île de Kioc'h Vor. Personne ne pensait plus à cet ancien projet; et chacun, maintenant, subissait comme une corvée l'idée de réaliser un rêve abandonné. On se disait : « Est-ce qu'on y va ? Venez-vous ? A quoi bon ? Ce n'est peut-être pas la peine ! » Pourtant quand le pilote se présenta, nul n'osa avouer qu'on ne se souciait plus de ses services. Alors en manière de passe-temps, il fut accueilli.

CHAPITRE IV

Le pilote Yvor s'avança saluant « ces chers messieurs et ces aimables dames ». Il avait revêtu son plus beau costume. Sur sa vareuse neuve et bien brossée, des médailles de sauvetage en argent, de grand module, au bout d'un long ruban étincelaient. Il tenait sa casquette à la main; et sa tête bronzée par le soleil, usée par la mer grimaçait comme les figures de bois sculptées qu'on voit à l'avant des navires. Obéissant aux injonctions, il remit sa casquette sur ses cheveux restés obstinément noirs, malgré l'âge ; et Charlescot le travailla immédiatement pour lui faire prendre une pose qu'il qualifiait de naturelle. Il le força à mettre en arrière sur l'occiput, la coiffure que le pilote rabattait toujours, la visière en avant, afin de voir plus loin, sur les vagues. Il insista pour qu'il mît en évidence la petite ancre d'argent, insigne de sa profession qu'il portait toujours au bout d'une ganse de soie, dans son gilet. Ainsi trafiqué, il le photographia debout pour servir au tableau d'un peintre de ses amis qui, dans ses toiles, à Montmartre, représentait les gens de mer.

Le vieux se laissa tourmenter, toujours heureux qu'on s'occupât de sa personne et que sa physionomie fût poussée à la notoriété. Il s'habituait à devenir un pilote littéraire dont les incontestables qualités de marin finissaient par disparaître dans le rayonnement de la renommée d'un grand romancier qu'il avait jadis promené à son bord.

Il n'était plus la vigie du devoir qui tous les matins venait au bout du môle regarder si quelque navire, dans

les parages, ne se trouvait pas en mal de gouverner
au milieu des îlots à fleur d'eau et des bas-fonds trompeurs ; le guide sûr et tellement indispensable que, pour
avoir dédaigné ses services, un amiral, sur une roche
invisible, avait déchiré trente mètres de la coque d'un
cuirassé. Il n'était plus l'homme qui, continuant la besogne
protectrice des phares éteints, au lever de l'aurore, venait
réglementairement prendre leur place, dans la lumière ;
et se tenait toujours paré, à son poste, pour rendre la
mer accueillante et le mouillage facile.

Il n'était plus le père Yvor, sauvé de cinq naufrages,
sauveteurs de dix navires et de cent hommes en danger
de perdition. Non, il était devenu le marin qui avait conduit M. Herscher ; le marin qui avait fait les commissions de M. Herscher ; le marin qui allait voir M. Herscher à Paris et que Mme Herscher menait avec elle au
théâtre, dans sa loge ; le marin pour qui M. Herscher,
s'employant de tout son crédit, sollicitait les ministres,
demandait la croix.

M. Herscher, un jour où il ne savait que dire, ayant
laissé entendre à des reporters l'interrogeant sur ses
travaux futurs qu'il écrivait sur les gens de mer une
étude où figurait le pilote Yvor, Yvor, d'avance se trouvait célèbre autant que les individus créés par le talent
de l'écrivain. Des familles allaient voir Yvor, heureuses
qu'elles étaient de converser avec un réel personnage
de roman ; et le pilote, tout radieux d'une gloire qui ne
venait pas de lui, se prêtait sans vergogne à l'admiration
des « estrangers ».

Yvor leur montrait volontiers ce qu'il appelait les
lettres de son ami : de courts billets auxquels l'encrier
seul d'où ils étaient sortis donnaient de l'importance.
Des amiraux avaient désiré les voir ; des connaisseurs
lui avaient affirmé que, dans ces étroits feuillets couverts
d'une grande écriture semblant déborder hors du papier,
il possédait une fortune. Or, tous se résumaient en des
remerciements pour des expéditions de langoustes ou de
homards, des envois de vêtements à propos de Noël ou
de la nouvelle année ; surtout en des avis de mandats-
postes à recouvrer ; petites charités déguisées adroitement et rendues acceptables par la belle humeur un peu
factice, la bonne grâce du tour de la phrase. D'autres fois,
Herscher posait des questions, demandait si telle vierge
en vieille faïence de Quimper, debout dans une niche au-

dessus de la porte d'une maison qu'il indiquait n'était pas à vendre ; si la maison peinte en jaune où il avait logé lors de son séjour, près d'un petit port, sur un promontoire, serait un jour mise en adjudication ; car M. Herscher, lui aussi, avait eu, dans ses rêves, un projet d'installation au bord de la mer, avait médité d'acheter des terrains à Kerahuel.

Sans que le pilote s'en doutât, les discrets cadeaux du maître dont il révélait ingénument le mystère, incitaient les curieux à lui laisser quelque argent. Ils croyaient ainsi s'égaler au grand écrivain en imitant ses petites largesses. Yvor ne s'humiliait pas de ces générosités, inutiles, du reste. Encore qu'il gagnât des salaires de plus en plus réduits, car les navires d'au moins quarante tonneaux, seuls soumis au pilotage, devenaient de plus en plus rares dans une région dont les conditions commerciales avaient été modifiées jusqu'à la ruine par le développement des transports par chemin de fer, Yvor possédait de quoi vivre. Mais, peu à peu, il s'était accoutumé à ce rôle d'assisté artistique ; n'allait plus en mer que le moins possible quand l'escadre se signalait en vue de la côte ; dédaignait la pêche et ne s'occupait de son bateau qu'aux jours où le ressac, dans le port, par les vents d'est, risquait d'amener la rupture des amarres. Il vieillissait ainsi dans une paresse fructueuse et honorée, car après avoir été le plus grand ivrogne de la marine française, il se flattait maintenant d'être à Kerahuel le seul homme qui, renonçant à l'alcool, depuis trente ans, même par politesse, se refusait au moindre petit verre de liqueur.

Excepté Charlescot, personne sur la terrasse de l'hôtel d'Orange ne se souciait plus de tenter l'aventure d'un voyage à Kioc'h Vor. Tout de même, puisque le pilote se trouvait là, on lui demanda des renseignements sur la traversée et sur l'accueil qu'on pouvait espérer dans une île dont les habitants passaient pour barbares et plus hostiles, encore aux étrangers que les naturels de Kerahuel.

Tout en buvant un verre d'eau sucrée, Yvor répondit. Il parlait lentement avec une grande confusion de phrases, mais avec des trouvailles d'images parfois caractéristiques. Tels les navires qu'il pilotait tiraient longuement sur leurs ancres avant de prendre la mer, il tirait indéfiniment sur les mots, avant d'arriver au point précis des

questions qu'on lui adressait. Il fallut savoir d'abord, que,
à Sébastopol, il n'assistait pas à la bataille, occupé
qu'il était comme soutier dans le fond de la cale d'un
navire. On apprit, par surcroît, qu'il tenait de la générosité d'un amiral bienveillant un pavillon en étamine.
Plus tard, Yvor sur son dos, débarquait le prince Napoléon venu sur un yacht pour étudier les dolmens et les
menhirs de la contrée ; et le prince Napoléon repartait le
soir même pour Saint-Nazaire, en négligeant de laisser
un pourboire. Il témoignait de plus d'amertume encore
en parlant de sa famille dépitée contre lui, parce que à
soixante-douze ans, veuf de trois femmes déjà, il songeait
à se remarier ; et se répandait en reproches et en inquiétudes à l'endroit de sa fille, laquelle, pour se venger, de
ne rien toucher dans les produits illusoires du *Je M'en
Moque*, menaçait quotidiennement de tuer son père.

— Voyons, elle peut bien attendre encore que vous
ayiez conduit ces messieurs et ces dames à Kioc'h Vor,
dit durement Malbar que ce bavardage pleurard agaçait.

Alors, Yvor, sans comprendre l'ironie se décida à donner des détails. A condition qu'on emportât des provisions de bouche, les vents étant « maniables et portatifs »,
il s'affirmait sûr de conduire et de ramener les passagers dans une seule journée. Le désœuvrement et l'ennui
commençaient à se faire sentir sur la terrasse. Pour se
distraire, vaille que vaille, on se résignait à l'expédition.
Rachimbourg se chargeait des victuailles. Mme Hestoudeau craignait de laisser son fils seul. M. Nicous ne voulait pas s'embarrasser de Pauline. Donc, il fut convenu
que les deux enfants se tiendraient compagnie sous la
surveillance de la « fraulein ». M. Garnafe, en mer, se
proposait de tirer des coups de fusil, sur les mouettes.

— Et vous, messieurs ? dit Mme Vincent Trois, s'adressant à Malbar et à Laguépie.

Malbar et Laguépie détestaient ces promenades en commun. La banalité des individus leur semblait gâter les
paysages ; les plus belles perspectives du monde étant
déshonorées par les propos des visiteurs qui ne savent ni
admirer, ni se taire. Ils s'excusèrent donc : Laguépie sur
la nécessité de ne pas abandonner sa clientèle, les accidents survenant surtout pendant l'absence du médecin.
Pour Malbar, il allégua le prétexte toujours commode
d'un article à écrire, d'un gros travail à terminer. Cepen-

dant son livre sur la littérature et la science n'avançait guère et les pages en restaient blanches à côté de l'écritoire. Quant à Charlescot, il avait fait venir, par le chemin de fer, une caisse entière de plaques chromées, et se flattait, cette fois-ci, de défier le soleil.

Pourtant il fallut attendre, encore. Autant par précaution que par nonchalance, le pilote s'inquiétait des moindres variations du baromètre. Tantôt il redoutait des grains; tantôt craignait le calme plat; et, chaque jour, venant, comme au rapport, sur la terrasse de l'hôtel d'Orange, il disait ses observations et justifiait ses scrupules.

— Alors Yvor, ce n'est pas pour aujourd'hui ?
— Non, ce n'est pas pour aujourd'hui.

La phrase devenait une rengaine que chacun répétait à tout propos. Quand, un soir, Yvor apparut disant :
— C'est pour demain.

On eut beaucoup de peine à le croire. Le lendemain, désenchantés d'avance par une attente si longue, sans entrain, et comme s'ils accomplissaient une pénible besogne, Mme Hestoudeau et Mme Vincent Trois, MM. Rachimbourg, Nicous et Garnafe, se rendirent au port. Un domestique les accompagnait portant une manne au couvercle point fermé pour ne pas écraser les pâtés et les œufs durs, et d'où sortaient de nombreux goulots de bouteilles. Yvor aida tout le monde à embarquer. Son mousse hissa la misaine, puis le foc, puis la trinquette. On partit. Le vent soufflait faisant claquer les drisses de ris au long des voiles. L'eau bouillonnait en s'écartant à l'avant du bateau. La côte de Kerahuel avec ses sables comme nivelés par la distance s'amincissait, pareille à un galon jaune de plus en plus étroit. Lentement elle s'effaça, confondue avec le ciel. Bientôt les passagers ne virent plus que le soleil et la mer. Chien-de-Nous furieux de n'être point du voyage aboyait sur le quai. Dans sa chambre, à l'hôtel d'Orange, Malbar apercevait encore le haut des mâts du *Je M'en Moque* doublant la pointe de rochers où se dressait le Château de Tristan. Les mâts, à leur tour, disparurent. Malbar posa sa lorgnette. Des goélands tombant du ciel bleu dans l'eau bleue, happaient du bec des poissons qu'ils emportaient ensuite à tire d'ailes. Malbar s'amusa un instant de leur manège; puis, il s'assit à sa table, rouvrit ses notes et se remit au travail.

Son livre sur les rapports de la littérature et de la
science prenait des proportions auxquelles il n'avait pas
songé, dès l'abord. Maintenant, avec ses idées propres, il
essayait d'y faire entrer les idées de Laguépie; car, par
une sorte d'endosmose intellectuelle, elles le pénétraient
peu à peu. Il en sentait l'éminente nouveauté, s'évertuait
à leur conserver cette justesse de découverte et cette belle
humeur d'expression qui donnaient tant d'agrément aux
conversations comme aux leçons du docteur. Et dans
l'espèce d'ivresse que cause l'effort de la difficulté à
vaincre, acharné à construire des phrases où la littérature s'adapterait à la technicité des termes scientifiques,
il oubliait Kioc'h Vor, les gens partis en mer, et jusqu'à
l'heure du déjeuner. Par trois fois, Baluche frappa à la
porte sans être entendu.

— Entrez, cria à la fin Malbar.

Chien-de-Nous passa le premier.

— Tiens, c'est toi, dit Malabar, d'où viens-tu?

Chien-de-Nous, depuis quelques jours, courait des
aventures amoureuses. Elles ne lui étaient guère favorables, et de ses combats, avec les chiens, ses rivaux, il
revenait boiteux, les oreilles déchirées. Baluche l'avait
sauvé de gamins qui lui jetaient des pierres, et le ramenait à Malbar. En même temps, il informait Malbar que le
déjeuner l'attendait depuis un quart d'heure. Car Baluche,
fatigué de chercher son pain dans les ruisseaux, Baluche
mis à la porte de la maison de la Mal-Commode où il s'était
installé, avait pris la résolution de travailler. Il remplissait maintenant les fonctions de garçon de salle à l'hôtel
d'Orange, où les propriétaires l'utilisaient par pitié.

— Chien-de-Nous, mon vieux, dit Malbar, alors ça ne
va pas les amours ! Voilà des déconvenues qui te haussent
au niveau de l'humanité. Et tout en flattant le chien
grimpé sur ses genoux et mettant sa tête à la hauteur des
caresses, Malbar évoquait le souvenir de certaines de ses
liaisons d'où il ne se tirait pas toujours sans inconvénients, ni sans dommage. Puis, sur une nouvelle invitation de Baluche, il descendit.

Il se mit à table en compagnie de Mme Tréheudec
mère, de sa fille et de son gendre. Quand les pensionnaires de l'hôtel d'Orange étaient absents, il prenait ses
repas dans l'intimité de ses hôtes, s'y réjouissait particulièrement. Car la famille Piézo-Tréheudec se composait
de braves gens dont il aimait les propos un peu naïfs,

mais dénués de toute prétention comme de toute envie.
La maman Tréheudec surtout le divertissait par la verdeur de sa parole. Elle disait ce qu'elle pensait, loyalement, sans hypocrisie, dans un français où elle conservait la construction et la syntaxe des vieilles formes bretonnes, et dont les phrases se poussaient gaiement en avant, par ce « Gast » donnant à ses discours une vivacité et une couleur inattendues.

Maman Tréheudec savait toutes les légendes de la contrée, les tenait pour réelles, les racontait avec conviction. Elle ne mettait pas en doute que l'évêque saint Clément avait été tué par les infidèles, là-bas, sur la pointe où se dressaient les rochers que Malbar appelait le Château de Tristan. La preuve du meurtre se voyait encore sur les rocs, où l'on pouvait remarquer de grandes traces rouges. Elle affirmait que c'étaient là les traces du sang versé par le martyr. Malbar ne contredisait pas la bonne femme, encore qu'il fût scientifiquement persuadé que ce prétendu sang résultait de la rouille produite par de l'oxyde de fer. En outre, quoiqu'elle ne bougeât point de la maison où la retenait la faiblesse de ses jambes ankylosées par une longue assiduité devant les fourneaux, alors qu'elle s'employait seule à la cuisine de la maison, maman Tréheudec, ainsi qu'une vivante gazette, ressassait toutes les aventures du pays, apportées jusqu'à elle par les bonnes, les fournisseurs, et s'en faisait l'écho spirituel et point méchant. Elle traitait les misères et les bêtises de l'humanité avec l'ironie et l'attendrissement d'une vieille femme du dix-huitième siècle; et ne montrait guère de sévérité que pour le curé de Kérahuel. La petite-fille de Mme Tréheudec n'ayant pas été déclarée au presbytère dans les quatre premiers jours de sa naissance, lors du baptême, l'ecclésiastique refusa de faire sonner les cloches de l'église, grande humiliation en Bretagne, Mme Tréheudec en souffrait impatiemment, et Gast! le recteur, ne devait pas se dire de ses amis!

Laguépie ne dédaignait pas de consulter la bonne femme sur ce qu'elle connaissait des recettes thérapeutiques du passé, ne souriait pas de l'étrangeté des médicaments dont elle affirmait l'efficacité. Sous les bizarreries d'une pharmacopée rudimentaire; dans l'excès certain des vertus curatives attribuées à telle ou telle plante, il essayait de déterminer si l'erreur même ne venait pas d'une expérimentation exacte; si vraiment les habitants de ce pays perdu, réduits longtemps à leurs seules ressources et contraints de se médicamenter avec les seules herbes de leurs dunes, n'avaient point, parmi elles, obscurément découvert des propriétés dont une science mieux entendue pourrait tirer, plus tard, un plus intelligent succès. Ce jour-là il était parti pour une de ces excursions botaniques dont il revenait le soir, les doigts déchirés par les ajoncs de la lande et sa boîte de fer-blanc pleine de curieux échantillons; car la flore de Kerahuel l'étonnait par sa variété. Parmi des espèces communes, il éprouvait souvent la surprise de recueillir des végétaux seulement signalés dans le Midi de la France, les contrées des tropiques de l'Algérie ou de l'Inde.

Sur la terrasse, Malbar s'attardait à écouter les propos de Mme Tréheudec qu'il appelait familièrement maman Treudec, à la façon de ses enfants. Maman Treudec tout en tricotant des bas de laine, aimait à parler devant ce vieil ami qui ne discutait jamais aucune de ses affirmations. Elle se plaignait beaucoup du manque de voyageurs à Kerahuel. L'évidence du fait était telle que, une fois de plus, Malbar et elle demeuraient imperturbablement d'accord.

Le temps se voilait. Enormes et légers, des nuages s'amoncelaient, interceptant les rayons du soleil; et la mer sans lumière montait tristement sous le ciel gris. Des brûleurs de goëmon allumaient leurs feux. De place en place, au-dessus des flammes du foyer, des panaches de fumée se traînaient emplissaient la plage comme d'une sorte de crépuscule. Poussées par le vent sud, des odeurs d'iode flottaient jusque dans les rues de Kerahuel. En bas de la terrasse, dans cette ombre brûlée et mouvante, Olivier Hestoudeau et Pauline Nicoüs jouaient. Pauline, par sa mère, avait été dispensée de s'habiller en marmiton et d'étudier son éternel violon. Détendue aussi de sa sévérité, en l'absence de Mme Hestoudeau, la gouvernante laissait le petit garçon parler à son aise, en français. Les deux enfants, manœuvrant des pelles dans le sable, construisaient une grande ville. A leurs pieds, un port s'ouvrait bordé de quais; un phare se dressait sur une éminence, un môle s'allongeait, attendant la marée.

Olivier et Pauline, pour faire venir l'eau de la mer dans leur capitale, avaient creusé un long canal. Face à face, de chaque côté des rives, ils causaient.

Malbar qui était descendu, se promenait de long en large, jetant de temps en temps un coup d'œil sur les travaux ; et les enfants ne se défiaient pas de cet homme dont ils sentaient la pensée loin d'eux, et par qui ils savaient bien n'être pas surveillés.

— Je vous aime bien, disait Olivier, et nous serons toujours amis, n'est-ce pas, ma chère petite Lulli ?

— Oh ! si vous m'aimez bien, comme vous dites, répondait Pauline, ne m'appelez jamais Lulli. Voulez-vous ? Appelez-moi toujours Pauline.

— Pourquoi ? C'est un très joli nom, Lulli, et puis tout le monde vous appelle ainsi.

— C'est à cause de papa qui veut absolument que je sois Lulli, mais pour vous, qui êtes mon bon ami, j'aime mieux être tout simplement Pauline, c'est si triste d'avoir un nom qui ne vous appartient pas.

La vague grise, sous l'ombre grise, sur le sol gris s'avançait à mesure. De l'eau commençait à monter dans canal creusé par les deux enfants. Olivier et Pauline donnèrent des coups de pelle plus profonds. La vague qui vint se glissa en bouillonnant dans leur prise d'eau, puis redescendit.

— Pourquoi faut-il que vous soyez Lulli, reprit Olivier. Est-ce qu'on ne peut pas jouer du violon, sans s'appeler Lulli ?

— C'est que Lulli était un grand artiste, à ce qu'il paraît, répondit Pauline, très occupée à réparer les ravages que l'eau avait causée sur les berges de la ville. A mon âge, Lulli avait déjà du génie. Papa a écrit là-dessus une pièce avec de beaux vers. Il voudrait bien la faire jouer par un directeur, dans un théâtre, à Paris, un directeur qui m'engagerait pour remplir le rôle ; et il me force à m'habiller comme Lulli, en costume de marmiton, pour faire croire que je suis Lulli. Mais j'ai bien vu que personne ne s'y trompait, lors de la représentation qu'il a donnée à son compte, dans une petite salle qu'il avait louée. J'ai bien pleuré, après le spectacle, pendant que tout le monde félicitait papa. On avait applaudi beaucoup mais je devinais que c'était par complaisance, et que je n'avais pas exécuté mes morceaux aussi bien que le disaient les invités. A moi, personne ne me parlait, et je restais toute honteuse, dans le coin où l'on m'avait oubliée avec mon violon.

Une vague, d'un seul coup, emplit le canal, s'insinua

jusqu'au môle, où le phare, sous la poussée, trembla sur ses assises. Les enfants le consolidèrent.

— Si j'avais été là, je vous aurais embrassée, moi, ma petite Pauline, continua Olivier.

— Il y avait là tous les chefs de bureau de l'Administration de papa, dit Pauline qui s'occupait maintenant à soutenir les escarpements du môle ; tous ses amis et leurs femmes. J'aurais bien voulu être remarquée par eux parce que mon succès, prétendait papa, aurait attiré de la considération sur lui. Il me répète toujours que je dois être son adjuvant.

— Qu'est-ce qu'un adjuvant ? demanda Olivier très intrigué.

— C'est quelque chose pour faire fortune, expliqua Pauline. Et je voudrais tant que ce fût vrai. Si nous devenions riches, mais là, bien riches, la maison, peut-être, deviendrait plus gaie.

— Et votre maman, Pauline, elle n'était donc pas heureuse de vous voir sur un théâtre, devant tant de beau monde ?

— Ah ! pauvre maman ! elle avait bien trop de chagrin. Toutes les dames présentes portaient de belles robes et de beaux chapeaux, à côté de sa vieille robe usée et de son chapeau qui n'était plus à la mode. Elle reprochait à mon père de la rendre ridicule en la forçant à faire figure en public quand leur situation ne leur permettait pas d'acheter de la toilette convenable. Ils avaient dépensé beaucoup, vous savez, pour les frais de la pièce ; et il paraît que l'argent manquait à la maison. Le soir, à peine si nous avons dîné ; et papa et maman se sont querellés auprès des assiettes vides.

Peu à peu, d'un pas distrait, Malbar s'était rapproché. Sur la plage, la ville, lentement lavée par la mer, croulait de toutes parts. Le sable amené par le reflux, comblait l'entrée du port. Les quais affaissés, un à un, s'abîmaient dans l'eau. Et Malbar comparait l'effondrement de ces puériles bâtisses, aussitôt détruites qu'élevées, à ces cœurs d'enfants nés à peine et déjà dévastés par la vie.

Olivier et Pauline se remirent à l'ouvrage, réparant les dégâts, essayant d'opposer une digue à une inondation nouvelle.

Et le petit garçon disait :

— Ma maman à moi a de belles robes. Voulez-vous

que je lui en demande une ? Vous la donnerez à votre
maman, à vous ; et votre père, alors, sera peut-être plus
gentil avec elle. Il l'embrassera ; et à son tour, elle vous
embrassera.

— Maman, dit Pauline en donnant un coup de pelle
sur la ville, maman ne m'embrasse jamais. Elle n'a pas
le temps.

— Mais votre papa, au moins, il pourrait vous embrasser, lui !

— Lui, il ne m'embrasse que devant le monde. Jamais
quand nous sommes seuls. Il dit qu'il faut s'accoutumer
à prendre l'air triste pour exciter la sympathie. Il a peur
que si j'avais l'air heureux, personne ne veuille plus
m'écouter, moi et mon violon.

— Prenez garde, cria Olivier, voici de l'eau qui vient.

Une grande vague renversant sa volute sur la plage,
courait, envahissait jusqu'aux enfants.

Ils se reculèrent. Derrière eux, le port qu'ils avaient
creusé, comme par un raz de marée, fut rempli jusqu'au
haut de ses quais. Une plume d'oiseau flottait sur la ville
effondrée. Un instant ils s'amusèrent à la faire évoluer
comme un bateau. Puis le flot s'en retournant, la plume
s'en alla, emportée dans la mer. Olivier, les deux mains
sur le manche de sa pelle, d'un air très réfléchi, la regardait partir. Il se taisait.

— Pourquoi ne me dites-vous plus rien ? demanda
Pauline.

La pelle derrière le dos, elle se tenait devant lui, le
questionnait avec angoisse.

— Vous aussi, je vous ennuie, peut-être.

— Je pense à quelque chose, répliqua Olivier.

Il allait parler, mais en ce moment la Mal-Commode
passa.

Dans sa haine des étrangers, de loin, elle criait des
injures aux deux enfants qu'elle croyait sans défense.
Elle tibutait ce jour-là, secoué par une ivresse plus grande
encore que son ivresse ordinaire. Les gens du pays, en
regret d'objets perdus, pour les retrouver, mettaient de
côté, en haut de leurs armoires des pièces de dix centimes, avec le dessein de les offrir à la chapelle Sainte-
Hélène. La chapelle était éloignée. La Mal-Commode,
passant de temps en temps, dans les maisons, se chargeait de recueillir l'argent et de porter à la sainte
les offrandes et les vœux. Mais les débits de boisson

l'arrêtaient dès qu'elle se mettait en marche pour le pèlerinage, et sans sortir de Kerahuel, toujours elle buvait les aumônes des fidèles. Aucuns ne réclamaient, fort réjouis, au demeurant, de voir une femme si saoule, et très égayés aussi des injures qu'elle hurlait au passage des beaux messieurs et des belles dames.

Déjà, Olivier et Pauline avaient été traités par elle de « bâtards et de cochons grillés » quand Malbar s'avança, montrant sa canne. La Mal-Commode alors s'en alla chanceler plus loin, en chantant des cantiques.

Olivier reprit :

— Quel dommage, Pauline, que nous ne soyons pas frère et sœur. Papa et maman sont riches, et vous seriez à la maison, toujours contente et toujours bien habillée. Vous apprendriez comme moi les langues étrangères, et nous pourrions sans cesse causer ensemble, même à table, devant le monde, sans être obligés de nous cacher, parce qu'il m'est défendu de parler français. Le français, nous le parlerions quand nous serions seuls, car dans cette langue-là, c'est tout de même plus facile, pour dire : « Je vous aime ».

— Si j'étais votre sœur, répondit Pauline, vous ne m'aimeriez peut-être pas comme vous m'aimez, mon ami. Louis et Paul qui sont mes grands frères me donnent des coups de pied; ils me pincent, et me font toujours gronder, parce qu'ils préviennent papa quand je suis paresseuse et que je n'étudie pas mon violon. Maman vous préférerait peut-être à moi, comme elle préfère mes frères, parce que ce sont des garçons. Au moins comme nous sommes, je ne suis pas jalouse de vous, et je puis vous aimer quoique vous soyez plus heureux que moi.

— Pourquoi, la première fois, votre mère a-t-elle choisi une fille, si elle n'aime que les garçons ?

— Oh ! dit Pauline, elle n'a pas choisi. Les enfants se trouvent au pied des arbres, dans les promenades. Quand on les rencontre, il faut absolument les prendre, même quand on n'en veut pas. Et plus les mères sont pauvres, plus elles ramassent d'enfants, parce que pour faire leurs courses, elles sont obligées de marcher toujours à pied. Alors, mieux que les dames roulant en voiture, elles voient ce qui se passe dans la rue. Et puis les pauvres regardent toujours la terre, tandis que les riches, en descendant de leur équipage lèvent la tête :

c'est pourquoi les riches aperçoivent moins que les pauvres, les petits enfants qui attendent d'être recueillis, au pied des arbres.

Le flot, au-dessous des fumées traînantes, montait toujours sous le ciel gris. Olivier et Pauline, perdus dans des considérations sur leur origine, ne remarquaient pas que la vague les atteignait, mouillait déjà leurs chaussures. Au loin, la gouvernante, dans toutes les langues, leur commandait de prendre garde et criait à Olivier des menaces polyglottes.

— Attention, mes enfants, vous allez vous faire tremper et vous serez grondés, dit Malbar. Venez avec moi.

Heureux de soulager un peu ces deux existences dolentes, en leur évitant le risque d'une semonce, prenant Olivier et Pauline chacun par une main, il les emmena paternellement à l'hôtel. Derrière eux, la mer, de fond en comble, ravageait la petite ville de sable. Elle n'apparaissait même plus, tant elle avait été roulée, entraînée, noyée par l'eau ; et son phare maintenant écroulé gisait à raz de terre comme leurs petites âmes, nivelé comme leurs illusions.

Malbar était remonté dans sa chambre. Sans courage pour écrire, sans patience pour lire, il ouvrait, rejetait un à un tous les volumes qu'il prenait. Souffrant de la dépression que le ciel bas cause aux organismes les mieux portants le long des côtes, lui aussi se laissait envahir par la tristesse grise du temps et de la mer. Comme le Château de Tristan dont la gigantesque silhouette s'atténuait au milieu des fumées, ses idées, dans son cerveau d'ordinaire si précis et si clair, se formulaient sans suite dans une espèce de brume intellectuelle au travers de laquelle leur recherche devenait fatigante et insaisissable. Malbar bâillait devant lui-même. Ennuyé par sa paresse, sans ressort pour la vaincre, il s'étendit sur son lit pour endormir son inquiétude ; somnolait déjà, quand Chien-de-Nous aboya. Un pas s'entendait dans le corridor.

— Qu'est-ce qu'il y a ? demanda Malbar.

La porte ouverte, il aperçut Baluche ; et Baluche, lui dit :

— Venez signer.

C'était le reçu d'un télégramme. Tout Paris alors s'évoqua pour Malbar devant la petite feuille de papier bleu qu'il redoutait d'ouvrir par crainte d'être rappelé à des amours, à des projets, à des affaires ! Qu'est-ce qu'on

lui voulait? On pouvait bien le laisser tranquille. Le télégramme décacheté, il chercha d'abord la signature. La
signature manquait. Pourquoi cette précaution? Il regarda l'endroit d'où était datée la dépêche. Elle venait du
sémaphore de Kioc'h Vor, ouvert aux correspondances
particulières. Au ton irrité de la rédaction, il comprit
qu'elle émanait de Mme Vincent Trois.

Cédant à l'ordinaire vanité des gens du monde qui,
pour se flatter d'être allés très loin, du fond des déserts,
du haut des pics, profitent des fils télégraphiques rencontrés dans les observatoires, les blockaus ou les phares,
pour faire parvenir des nouvelles à leurs amis et
surexciter leur envie par l'étrangeté des pays où sont
déposées les dépêches, Mme Vincent Trois, familière à
distance, informait « l'ami Malbar » qu'elle avait fait bon
voyage. Employant des termes maritimes, elle ajoutait
que « tout allait bien à bord ». Du reste, elle jugeait
Kioc'h Vor sans intérêt; terminait en s'indignant contre
le curé, lequel s'était refusé à la recevoir, elle, et tous les
passagers du *Je M'en Moque*. Elle demandait à Malbar d'écrire un article contre le prêtre. Car, semblable à
bien d'autres, elle imaginait que le rôle naturel de la
presse est de servir à la satisfaction publique des rancunes
particulières.

— Le curé de Kioc'h Vor, pensa Malbar, encore une victime des légendes ! Parce que, de temps en temps, en des
circonstances extrêmes, il a consenti à héberger des touristes dans l'embarras, on a abusivement conclu de sa
complaisance qu'il devait tenir constamment maison et
table ouvertes. Après tout, c'est son droit à cet homme
de recevoir seulement, sauf dans les cas graves, les hôtes
qui lui conviennent. Si, comme lui, j'avais la chance d'être
Robinson, je n'aimerais guère voir les pas des étrangers
en marche sur le sable de mon île, se pousser ainsi indis-
crètement jusque chez moi. Il est maître dans son presbytère, après tout; et je voudrais bien savoir pourquoi
Mme Vincent Trois s'indigne parce qu'il s'est refusé à sa
curiosité. Elle se trompe, Mme Vincent Trois, si elle
s'imagine que je vais contester à quelqu'un le droit d'être
libre et sauvage. L'ami Malbar, comme elle dit, l'ami
Malbar ne se rendra pas ridicule pour ses beaux yeux.
N'est-ce pas, Chien-de-Nous? Je suis sûr que tu es de
mon avis.

Chien-de-Nous, content parce que son maître s'occupait

de lui, remuait la queue en manière de satisfaction. Soudain, il témoigna de l'inquiétude, gronda, et courut vers la porte qui s'ouvrit toute grande. Une dame apparut. Elle était élégante; et Malbar eut la vision d'une gravure de mode souriante qui lui tendait la main.

— Je vous demande pardon, on m'avait dit la porte au fond du corridor. Je n'y voyais pas clair. Quand j'ai essayé de frapper, la porte s'est ouverte toute seule. Mais je ne me trompe pas, n'est-ce pas? Je suis bien ici chez M. Malbar.

— Mariette! s'écria Malbar, comment c'est vous!

— En personne! C'est même moi qui suis passée l'autre jour à cheval sur la plage. Je demeure à dix kilomètres d'ici, dans un vieux château, Ker-Bonal, comme ils disaient. Mais depuis que je suis là, moi, je l'ai appelé Caige-Maige.

— Caige-Maige demanda Malbar, qu'est-ce ça veut dire?

— Vous ne savez donc pas le breton?

— Non.

— Ni moi non plus, du reste, mais on m'a affirmé que Caige-Maige signifiait: Pêle-Mêle; bout-ci bout-là, si vous aimez mieux.

— Comme au loto, alors?

— Oui, j'ai trouvé le titre plus gai et ressemblant davantage à ma vie. Et puis, ça l'embête l'homme au blason qui est « dans les à-cheval ». Elle exprimait ainsi que son amant momentané portait un titre de noblesse et servait, comme officier, dans un régiment de cavalerie. Et, continuant:

— Enfin, c'est à Caige-Maige que j'ai appris votre adresse par un journal à votre nom laissé par le facteur qui s'était trompé. Vous n'avez pas changé, vous!

Elle ôta sa voilette et montrant une figure gaie et futée sous des frisures blondes:

— Et moi, dit-elle; est-ce que je suis changée?

Changée! Pas du tout. Mariette, gardait toujours cet air d'impertinence provocante et narquoise qui amusait si fort les amis de Malbar, quand Mariette autrefois, avait été bonne à son service. Elle remplissait ses fonctions avec une déférence autoritaire; à table, passait les sauces avec une allure qui semblait signifier: « Vous savez, si l'envie m'en prenait, il ne me serait pas malaisé de devenir la maîtresse de la maison. » Elle risquait même, parfois, de se mêler aux conversations. Un soir, surtout, Malbar et ses amis avaient ri, quand indignée des propos de la compagnie où chacun indiquait un procédé sûr pour rompre une liaison et de se débarrasser d'une maîtresse, Mariette s'arrêta de remonter les lampes. Elle s'était retournée : de trois quarts, la figure railleuse sous l'abat-jour, dédaigneusement elle avait dit :

— Je crois que ces messieurs se flattent.

Malbar subit longtemps cette soubrette despotique, sans garder, du reste, la moindre illusion sur sa moralité. Il savait ses relations avec beaucoup de ses amis et qu'ils ne souffraient guère des excès de constance de la demoiselle. Sans se croire devinée par son maître elle expérimentait tous les hommes à sa portée, s'essayant à découvrir lequel satisferait le mieux ses désirs d'ambition et la hausserait le plus rapidement à cette dignité de courtisane qui était tout son rêve.

— Alors, vous êtes contente, elle a bien marché votre petite industrie, dit Malbar, résumant ses idées sur Mariette, assez satisfait aussi de voir la réalité contrôler ses hypothèses.

— Pas mal, et vous ?

Puis :

— On fume toujours chez vous !

— On ne fait que ça.

— Alors donnez-moi une cigarette voulez-vous ?

Malbar lui passa son étui. Elle en regarda longtemps le maroquin, pour voir s'il venait d'un cadeau de femme, parut satisfaite de l'examen, et :

— Donnez-moi du feu maintenant.

La cigarette au bout des lèvres, elle s'approcha de Malbar. Sans doute elle attendait un baiser. Le baiser ne vint pas.

— Merci, dit-elle. Elle se rassit, tirant des bouffées lentes. Elle continua :

— Oui je n'ai pas à me plaindre. J'avais d'abord essayé du Conservatoire. On m'a mise à la porte, parce qu'un jour de concours, au lieu du second prix de comédie que toute la salle me décernait, s'il vous plaît, le jury m'accorda seulement un deuxième accessit. Alors j'ai crié aux examinateurs que leur accessit ils pouvaient bien se le mettre...

— Je me souviens, dit Malbar : on n'a jamais su quelle place exacte vous désigniez à l'accessit, tant votre réplique a déterminé de tapage.

— Après vous savez, les femmes, c'est comme les trains omnibus, c'est long à arriver et il y a beaucoup de stations. Enfin, maintenant, ça y est. Me voilà châtelaine. Mais vous, mon pauvre ami, qu'est-ce que vous pouvez bien faire dans ce pays perdu ? Moi, ma présence s'explique au moins à cause de l'amour.

Malbar sourit.

— Mais vous !

— Moi, répondit Malbar, c'est aussi à cause de l'amour.

— Quelle plaisanterie ?

— Sérieusement. Il vous a amené, et moi, je suis venu le fuir.

— Eh bien vrai, vous auriez pu choisir ailleurs. Quand, l'autre jour, à cheval, j'ai vu cette plage-là, ma parole d'honneur, j'ai failli pleurer. C'est bon pour les crabes votre Kerahuel. Aussi je vais me hâter de vendre ma propriété.

— Comment, à Kerahuel, vous aussi, vous êtes propriétaire ?

— Oui le machin, comment appelez-vous ça, le maire, avait eu l'idée de donner un terrain, en lot à la Société des « Artistes dans l'Embarras ». Pan ! moi qui ne gagne jamais rien, je gagne le terrain.

— Quelle chance !

— Oh ! mon ami, la vérité, c'est que Rachimbourg n'avait rien à me refuser.

— Rachimbourg ?

— Oui, à Paris, est-ce que vous croyez qu'il ne fait pas ses farces comme les autres ?

— Tiens, tiens, tiens ?

— Auprès des femmes, afin de les payer moins cher, il se donne pour M. Frédéric, employé chez un architecte. Mais il ne m'a pas dupé, moi !

— Alors ?

— Alors, vous comprenez, les loteries, ceux qui les organisent s'arrangent toujours pour favoriser les personnes de leur connaissance. C'est bien juste, n'est-ce pas ? Donc, grâce à Rachimbourg, mon numéro est sorti. Il ne pouvait pas faire autrement. Donc, je suis venue voir mon lot, le terrain qui est là-bas.

— Terrains à vendre, dit Malbar étendant le bras vers la plage. En effet, il n'en manque pas.

— Eh bien zut ! Ni du mien, ni des autres, je n'en voudrais même pas pour me faire enterrer. C'est trop triste.

Elle se leva, jeta sa cigarette par la fenêtre. Puis ôtant son manteau :

— Comment pouvez-vous vivre ici ?

Elle montra au dehors la plage et le ciel couleur de cendre.

— Je travaille, dit Malbar.

Ils se turent, ne trouvaient plus rien à dire. Puisque Mariette n'aimait pas Kerahuel, que venait-elle y faire ? Malbar cherchait les raisons de cette visite, ne les déterminait pas. Mariette ne comptait pas lui vendre son terrain, bien sûr ?

Au loin, le bateau ramenant MM. Charlescot, Garnafe et Rachimbourg, Mmes Hestoudeau, Vincent Trois et le pilote, commençait à apparaître au travers de la fumée des goémons avec sa voile blanche comme une aile de goéland.

— Qu'est-ce que vous regardez si attentivement, là-bas ? demanda Mariette.

— Le *Je M'en Moque*.

— Qui ça le *Je M'en Moque* ?

— Un bateau qui revient de Kioc'h Vor.

— Ah ! oui, cette île là-bas. J'en ai entendu parler. Encore un endroit qui doit être gai.

Le silence recommença. Chien-de-Nous, après s'être épucé, était venu mettre sa tête sur les genoux de la dame ; et la regardait avec de bons yeux, comme une vieille connaissance...

— C'est à vous, ce chien-là ? dit Mariette.

— Il était perdu, je l'ai recueilli, répondit Malbar. Il m'amuse avec ses yeux pas pareils. Il ressemble aux bateaux, la nuit, avec leur feu rouge à babord, vert à tribord. N'est-ce pas, Chien-de-Nous ?

— Mais Chien-de-Nous, ce n'est pas son nom.

— C'est celui que je lui ai donné quand nous nous sommes rencontrés. Est-ce qu'il en a un autre ?

— Oui, il s'appelait C'hoennous, ce qui, en breton, veut dire : le Pucier.

— Comment le savez-vous ?

C'était le chien d'un fermier de mon monsieur, répliqua Mariette. Abusant de son bon caractère, les enfants lui attachaient une corde au cou, le jetaient dans l'eau d'une mare, jouaient à le repêcher. Mais voilà qu'un jour un petit de quatre ans, à peine, fut entraîné. Quand le

chien revint avec la corde, l'enfant n'était plus au bout.
On le retrouva dans la vase, noyé. On ne pouvait en vouloir au chien. Pourtant, comme tous les jours, la présence
de C'hoennous rappelait les parents à leur deuil, pour, ne
pas tuer cette brave bête, ils l'ont confiée à un de leurs
charretiers, pour le perdre.

— Et je l'ai trouvé, dit Malbar. Chien-de-Nous, mon
ami, viens ici que je te félicite de ta belle conduite. En
noyant cet enfant qui te tourmentait, tu as diminué d'autant la méchanceté sur la terre. Tu es un bon chien ! Et
il songeait que Pauline eût été bien heureuse, si une
aussi favorable catastrophe l'avait retranché du nombre
des vivants. Quel débarras de ne plus subir la tyrannie
de son père et de ne plus faire Lulli !

Mariette devina que la pensée de Malbar s'éloignait
d'elle ; et, doucement :

— Je vous dérange peut-être.

Malbar affirma le contraire.

— Je ne prends pas la place d'une autre femme ?

— Quelle femme ?

— Est-ce qu'on sait jamais !

— Vous voyez.

Malbar, en manière de démonstration, d'un geste, indiqua sa chambre, une de ces chambres de célibataire où
l'ordre même est désordonné, et où ne se trouvait aucun
de ces riens de coquetterie et d'arrangement par où se
décèle le passage même fugitif d'une femme.

— Vous n'attendez personne, là-bas, à l'horizon ?

— Dans le *Je M'en Moque* comme à Kerahuel, personne.

— Ah ! tant mieux, dit Mariette. Tenez, tout à l'heure
vous m'avez peut-être jugée bête de tant parler pour ne
rien dire ; mais j'aurais eu beaucoup de peine si vous
n'aviez pas pu me recevoir.

Malbar la regardait, considérant les ajustements de
cette femme élégante, soignée comme un oiseau, parfumée comme une cassolette. Mariette se dégantait ; et dans
les mains paresseuses et pâles qu'elle tirait du chevreau
à l'étroite pointure il ne reconnaissait plus les mains
rouges et ménagères de la Mariette en tablier blanc, qui,
sous son petit bonnet, avait répondu : « Je crois que ces
messieurs se flattent. »

Mariette devina l'admiration. Sans attendre de compliment, elle-même fit son éloge :

— Je suis chic, n'est-ce pas ?

— Vous n'exagérez rien, dit respectueusement Malbar.

— Eh bien, vous me croirez si vous voulez, c'est parce que je suis chic, vraiment chic, que je suis venue vous voir.

— Allons donc !

— Oui, parce que c'est de vous d'où me vient ma fortune.

— Pas possible.

— Certainement. Vous faisiez semblant de ne pas vous en douter, mais c'est chez vous que j'ai connu tous ces gens qui m'ont appris à avoir chevaux, voitures, hôtel, de l'esprit même. Des hommes de lettres qui ne sont pas chiches de plaisanteries m'ont fabriqué des mots que je ne sais plus, moi, et que tout le monde r'pète. Alors, je me suis dit : Ce pauvre M. Malbar, c'est pourtant à lui que je dois toute ma chance. Je suis honnête, vous savez. Dans le temps, sans rire vous m'avez signé un certificat. Donnant, donnant. Maintenant que je vous ai retrouvé, je me reprocherais de ne pas vous offrir quelque chose; et puisque les femmes sont rares ici...

Elle ôta son chapeau et commença de dégrafer son corsage.

— Mariette !

— Oh ! je sais bien. J'ai mieux deviné que vous ne croyez, allez ! Dans le temps vous n'osiez pas me faire la cour comme les autres, ceux qui se prétendaient vos amis et qui, ne connaissant pas votre délicatesse, s'imaginaient se donner l'agrément de vous tromper. Pourtant il ne s'était jamais rien passé entre nous, rien ! Je crois bien, j'étais la bonne, et vous aviez peur de vous compromettre. Pourtant, ça m'aurait fait tant plaisir ! Mais maintenant que je suis une femme chic, maintenant que tout le monde sait bien que je puis vous faire honneur.

Elle se tenait debout au milieu de ses jupons, de son corset, de son pantalon tombés; et sa peau blanche transparaissait sous une chemise claire comme de la dentelle. De son cou, entre ses seins, une petite médaille de religion, au bout d'une chaînette d'or, pendait.

— Mariette, voyons ! si...

Elle s'avança vers Malbar, les bras ouverts, la bouche offerte, implorant d'être embrassée.

— N'ayez pas peur, murmura-t-elle. Les domestiques, ici, ne soupçonneront rien.

Elle ôta vivement ses chaussures légères, puis se glissant dans les draps sans quitter ses bas de soie mauve, elle dit en riant :

— Allons venez. Je n'ai pas oublié que monsieur aime l'ordre ; et je vous promets que je referai le lit.

Malbar, par pudeur, pria Chien-de-Nous de sortir, et mit les verrous à la porte. Ensuite, il ferma la fenêtre et tira les rideaux.

Derrière les rideaux, le *Je M'en Moque*, pour entrer dans le port, prenait des ris, courait des bordées. A la cale, Mme Hestoudeau, Mme Vincent Trois, MM. Rachimbourg, Nicous et Garnafe débarquèrent. Chacun se félicitait. Point de mal de mer. Quand le bateau était passé à la hauteur du Château de Tristan, pourtant on gardait souvenir d'une espèce de malaise. On l'avait dissipé avec du rhum et des chansons.

Les passagers, cependant, revenaient tous d'assez méchante humeur. Garnafe indignait encore les dames par ses coups de fusil massacrant inutilement des oiseaux, en mer. Tous tombaient loin du bateau, la tête en sang ou l'aile pendante. Le pilote refusant de changer la route pour ramasser les bêtes blessées et mourantes, Garnafe mécontent ne rapportait pas un goéland à empailler, pas une mouette dont le plumage s'agencerait sur le chapeau de sa femme. Charlescot, très humilié, avait été traité de « pandour » par Mme Vincent Trois, parce que, lors des embarquements et des débarquements, préoccupé surtout de protéger son appareil photographique contre les chocs et les avaries, il négligeait totalement d'aider les dames, en leur tendant la main. M. Nicous ne se consolait pas. A l'hôtel d'Orange, malgré les recommandations, on avait oublié de joindre une bouteille de café au panier bourré de provisions. Par suite M. Nicous, privé de « son moka » avait promené dans Kioc'h Vor sa personne affligée par un grand mal de tête. En outre, la manifestation de ses instincts artistiques risqua d'amener une bagarre, car il entreprit d'emporter un vieux Christ en bois sculpté, demi-grandeur nature, abandonné du reste, parmi les tibias, fémurs, péronés, humérus et têtes de mort, dans le charnier du cimetière.

Sans l'intervention du pilote Yvor, homme conciliant et connu des habitants, ce larcin amenait de graves con-

séquences. La moindre fut que le curé, vengeur de l'irritation causée à ses paroissiens, s'abstint de recevoir, au
presbytère, une société dont la présence provoquait des
désordres. Tandis que le garde champêtre, un vieux à
figure de bandit, portant sur sa vareuse en loques une
plaque de cuivre estampée avec ces mots : « La loi »
reprenait le Christ à Nicous et buvait avec lui, à la cantine, en façon de traité de paix, Mme Vincent Trois, dans
le cimetière, avait cru entendre le bruit d'un baiser. Une
voix, en même temps, disait :

— Oh ! monsieur, ici ? Laissez donc, ce n'est pas convenable.

Parmi les tombes, Mme Vincent Trois avait aperçu
Mme Hestoudeau et M. Rachimbourg. Déjà Rachimbourg,
dans l'escalade des rochers de l'île à pic, par derrière,
avait poussé Mme Hestoudeau, avec une familiarité d'attouchements que Mme Vincent Trois regretta de ne point
subir. Là, devant la mer, à côté de l'église, Rachimbourg
et Mme Hestoudeau, effrayés un peu, mais satisfaits de
leur audace se tenaient, rouges, mais très calmes aussi,
et bravant la surprise. D'un air recueilli, ils se lisaient
l'un à l'autre les épitaphes peintes en lettres blanches sur
des croix aux bras noirs; s'étonnaient de ne trouver que
des sépultures de femmes.

Pas un nom d'homme ! Tous les hommes de Kioc'h Vor,
depuis des siècles, périssaient en mer. L'Océan les prenait
peu à peu, comme il prenait l'île ; comme, tout à l'heure,
il prendrait le cimetière, sans cesse rapproché du flot par
la dévastation et l'écroulement de la falaise. Sur une
fosse au sable fraîchement remué, une toute petite croix
se dressait portant cette inscription : Yves Le Jobic,
quatre ans ; et celui-là aussi était mort en mer, noyé, en
jouant sur le port.

Et les âges des femmes ne dépassaient pas trente ans
tant la mort sur la terre et sur la vague semblait pressée
de frapper cette île que la phtisie avec l'ouragan se mettaient d'accord pour détruire. Mais Mme Vincent Trois
ne s'attendrissait point sur ces débris d'existence. Quand
Rachimbourg et Mme Hestoudeau lui montrèrent, dans
un coin, à l'écart, la tombe abandonnée d'un instituteur,
lequel s'était pendu et avait été inhumé hors de la terre
sainte, elle répondit :

— C'est bien fait.

D'ordinaire, elle affectait plus d'émotion. M. Rachimbourg et Mme Hestoudeau ne comprirent pas que par la brusque dureté de son cœur, elle se vengeait, à l'aveuglette, même sur les morts, de l'indifférence amoureuse, montrée à son égard, par ses compagnons, pendant l'excursion. Bien plus, Charlescot, maladroit en dehors de la photographie, avait marché sur la robe de Mme Vincent Trois. Le faux ourlet pendait décousu dans une grande longueur, déchiré à l'extrémité ; accident par où s'aggravaient encore les rancunes d'une femme au tempérament irascible.

Tandis que, rentrée en maugréant à Quet el Reral, Mme Vincent Trois changeait de toilette, sur la terrasse de l'hôtel d'Orange, auprès du pilote silencieux, Mme Hestoudeau, MM. Rachimbourg, Nicous, Garnafe, et Charlescot, unanimement déblatéraient contre les Ponts et Chaussées. Comment à Kioc'h Vor, laissait-on un pays de France si dépourvu d'accès et de toutes voies praticables ? Pourtant les habitants payaient autant de contributions que leurs concitoyens du continent. Pas de port pour accoster, cependant. Il fallait grimper comme des chèvres, au long des rochers d'une falaise escarpée pour arriver, en haut, à des chemins défoncés et troués de fondrières. Mme Hestoudeau avait montré ses jambes, spectacle, du reste, dont se réjouissait M. Rachimbourg ; et sans les efforts combinés de M. Nicous et de Garnafe tirant Charlescot par les bras, jamais l'appareil perfectionné du photographe ne serait arrivé au sommet du rocher triste.

Alors, leur incommodité personnelle les élevant à des idées générales, ils se lamentaient sur la négligence des administrations publiques, les unes après les autres. Est-ce que le Ministère de la Guerre n'avait pas construit à Kioc'h Vor un fort considérable, maintenant désaffecté, lequel, après neuf cent mille francs de dépense ne connût jamais de garnison ! Un jour, par hasard, on l'employa, comme cachot, pour incarcérer un criminel réfugié dans l'île. Mais les officiers du génie, prévenus par télégraphe, sommèrent d'enfermer ailleurs le prévenu dont ils se désintéressaient : les bâtiments militaires ne devant pas fournir des locaux de détention aux inculpés civils. A l'heure présente, le fort, croulant de toutes ses pierres, servait d'habitation à l'instituteur du pays ; et l'école, perdue avec lui au milieu des corridors point entretenus et des escaliers croulants, remplissait une unique

chambre dans une caserne démesurément vide ; et si vaste
toutefois que deux régiments y prendraient leurs quartiers à l'aise.

Ainsi, à Kioc'h Vor, ils avaient marché de mécontentements en désillusions. Charlescot, lui-même, avouant sa
déconvenue, s'excusait de son insistance passée à déterminer le voyage, car tout le mérite de ses clichés viendrait non de la nouveauté des perspectives et des êtres,
mais seulement de l'éloignement géographique du pays.
D'un commun avis, le village et les habitants de Kioc'h
Vor ne différaient pas essentiellement des villages et
des habitants de la côte, à Tehuen. Sans doute il pouvait
passer pour curieux de voir les pêcheurs de l'endroit se
réunir dans un établissement appelé « la cantine », et
là, préparer ensemble, loin des femmes, leur repas et
leur ivresse. Si Kioc'h Vor les rassemblait dans le même
cabaret, c'est que Kioc'h Vor, vu le petit nombre de
ses habitants, ne possédait pas d'autre débit de boissons. Donc, sauf l'inoubliable puanteur du lieu, rien de
particulier, rien de remarquable. Quant au guichet jugé
si extraordinaire, par où se passaient les consommations,
il se réduisait à une porte coupée dont le vantail supérieur était mobile, au-dessus du vantail inférieur,
solidement construit pour mieux résister aux ébriétés
agressives tentant, les jours de paie, d'attaquer le cellier
et de boire gratis aux tonneaux conquis et défoncés.

Pour le curé qui cumulait jadis les fonctions de pasteur des âmes, d'officier de l'état civil, de syndic des
gens de mer, même de sage-femme, ils ne l'avaient pas
vu, comme on le prétendait, portant à la fois les insignes
de ses emplois divers; en soutane, l'écharpe tricolore au
ventre, la casquette galonnée de maître de port, sur la
tête. Le tableau de l'église représentant la mort de saint
Gildas, décédé dans l'île, malgré sa réputation, leur avait
paru d'une exécution enfantine et d'un coloris déplaisant.
Ensemble, ils avaient déclaré qu'ils « en feraient autant ».

Au bureau du télégraphe même, comme ils s'étonnaient qu'on jugeât si insociable un coin de terre
où les individus, ne refusant pas l'offre de verres de cidre,
ne s'étaient guère fâchés, sinon au moment où Nicous,
s'appropriant le Christ, attentait manifestement à leur
propriété, l'employée, avec un air de madone, la figure
ascétique et narquoise, leur avait répondu :

— Ce sont des « rastaquouères » qui répandent ces bruits. Ils viennent ici, font des embarras, racontent ensuite des histoires pour se donner de l'importance. Mais pour les braves gens, allez, ici, comme ailleurs, ils trouvent du bon monde partout.

Le mot « rastaquouère » prononcé à Kioc'h Vor ! Evidemment, malgré son isolement, l'île aujourd'hui était plus pénétrée par des étrangers, plus civilisée qu'on ne voulait le laisser entendre. Alors tous en arrivaient à regretter l'époque reculée où le gouvernement de la Restauration, vu les difficultés et la distance, créait à Kioc'h Vor, en marge de la France et des lois, une espèce de république théocratique, socialiste et autoritaire où toutes les terres mises en commun devaient s'administrer par les soins du recteur pontife, arbitre, juge et souverain politique de l'île. Que n'étaient-ils allés à Kioc'h Vor à l'époque où le conseil des anciens, composé de douze membres, acceptant des changements à la constitution du pays, sur l'acte authentique, signait de douze croix, aucun des plénipotentiaires ne sachant ni lire ni écrire !

Le pilote Yvor, lui, n'ignorait pas les modifications profondes des mœurs et des personnes. Mais il entretenait la légende pour exciter la curiosité des voyageurs, assurer un peu de clientèle à son bateau, pendant l'été. Il gagnait vingt francs par excursion ; et, l'argent touché, répondait tranquillement aux passagers déconcertés :

— C'était ainsi du temps où j'ai conduit M. Herscher.

De fait, M. Herscher avait écrit une relation de sa visite à Kioc'h Vor. Mais le récit datait de vingt ans. Depuis, comme Herscher et Yvor, l'île de Kioc'h Vor, dans le cours des temps, elle aussi, avait bien changé.

Mme Vincent Trois, irritée de son désappointement et de sa robe perdue, revenait de Quet el Reral, quand, devant la porte de l'hôtel d'Orange, elle aperçut Malbar qui reconduisait cérémonieusement Mariette jusqu'à sa voiture. L'équipage était correct. Le cocher immobile, son fouet à la main comme s'il tenait un sceptre, par sa livrée et son attitude indiquait qu'il appartenait à une maison sévère sur les moindres détails du service.

— Qu'est-ce que je répondrai ? disait Mariette.

Pour donner le change, Malbar et Mariette faisaient semblant de ne pas se connaître, parlaient exagérément, à voix haute de ce terrain que Mariette avait gagné, sur la plage, affectaient de terminer une transaction.

— Je vous ai dit le prix, répliquait Malbar.

— Alors, on peut prévenir le notaire.

— Attendez. Il faut encore que je consulte l'acquéreur.

— Eh bien ! vous m'écrirez, vous savez mon adresse : château de Caige-Maige.

— Bout-ci, bout-là. Oui, d'accord.

— Chut ! Soyons sérieux, dit Mariette, si on nous écoutait.....

Malbar sourit.

— C'est entendu, n'est-ce pas ?

— Entendu.

Mariette très digne, un peu dépeignée, monta dans sa voiture. Le cheval, bien dressé, se cabra avant d'entamer le terrain, puis partit. Mariette, baissant la glace de la portière, de loin faisait à Malbar d'amicaux gestes de mains.

Mme Vincent Trois regarda s'éloigner l'équipage ; puis, rejoignit Malbar :

— Qu'est-ce que c'est que cette dame-là ? Vous la connaissez ?

— Non ! c'est une dame qui est venue me proposer un terrain à vendre.

— C'est vrai, ce mensonge-là ?

— Comme j'ai l'honneur de vous le dire.

— Oh ! je sais bien que je n'ai pas le droit d'être indiscrète.

— Indiscrète ? En quoi ? Et tenez, ce terrain, si vous voulez l'acheter, il ne vous coûtera pas cher. Il est situé là-bas, loin, à la pointe, près de ces rochers que j'ai nommés le Château de Tristan.

— Vous avez déjà touché la commission, dit aigrement Mme Vincent Trois que l'aplomb de Malbar rendait agressive.

— Quelle commission, s'il vous plaît ?

— Mais une commission en nature donc ?

Malbar se défendait :

— Quelle supposition !

— Allons, voyons, ça ne sert à rien ! ne faites donc pas le Joseph !

Dans tout Malbar elle flairait l'amour. Attirée et nerveuse comme une chatte qui sent la valériane, elle lui prit le bras.

— Vous permettez ?

Alors elle se plaignit des difficultés de l'excursion. Elle revenait de Kloe'h Vor avec une courbature dans les jambes. Pourquoi faire? Là-bas, rien ne valait tant de peine.

— Vous voulez bien conduire une pauvre boiteuse.

Elle simula de la claudication pour s'appuyer plus fort contre Malbar; et, feignant d'être soutenue, elle l'entraîna.

Ensemble ils arrivèrent sur la terrasse. Chien-de-Nous, battant de la queue, les précédait. MM. Nieous, Garnafe et Ruchimbourg, sans idées, à cause de leur fatigue, ne remarquèrent pas la singularité de l'apparition. Charlescot non plus, car il s'avouait fort inquiet. N'avait-il pas, une fois, oublié de déclancher son appareil, pris ainsi deux vues l'une sur l'autre; et, par là, compromis toute la photographie de la journée ? Une plaque intacte semblait lui rester, mais il n'en répondait pas, s'abstint de l'utiliser.

Du reste, la nuit était venue ajoutant ses ténèbres à l'ombre des goémons brûlés et du crépuscule finissant. Sur la terrasse on allumait des lampes. Au loin, un phare rayonnait; ses faisceaux de lumière électrique perçaient à peine les brumes flottantes et opaques de l'obscurité.

— Tiens, c'est vous ! s'écria Mme Hestoudeau.

— Comme vous dites, ma chère amie, riposta Mme Vincent Trois. Et je vous amène M. Malbar, signifiant par cette phrase cauteleuse en sa simplicité, combien elle était heureuse qu'un homme pût l'accompagner et, à elle aussi, lui faire la cour.

CHAPITRE V

Le mois d'août était venu. Les vacances commençaient à remplir Kerahuel d'industriels, se reposant de leurs négoces ; et de familles, avec leurs enfants et leurs bonnes, s'installant, pour un mois, au bord de la mer. Dans les rues, soir et matin, parmi les fumiers, des touristes passaient, sur des bicyclettes. L'hôtel d'Orange servait maintenant jusqu'à soixante-dix déjeuners par jour, sans compter les déjeuners des pensionnaires ; et Rachimbourg, le maire, ne se tenait pas d'aise. Jamais, en aucune année, jusqu'ici, il n'avait constaté une pareille affluence. Aussi, sur la plage, pour exciter les acquéreurs, il faisait relever les écriteaux renversés par le vent, repeindre à neuf les inscriptions, rêvait de doubler le nombre des poteaux où de Kerahuel au Château de Tristan, on lisait : « Terrains à vendre ».

Il devenait difficile de trouver des logements convenables, dans le village. Eveillés au gain et augmentant, à mesure des demandes, le prix des locations, les habitants, dans leurs maisons, se reculaient de chambre en chambre, cédant leurs pièces, une à une. A la fin, désertant leur domicile encombré d'étrangers, ils prenaient le parti de coucher sur la paille de leurs greniers, sur la litière de leurs écuries; le soir venu, partageait volontiers le harau de leurs cochons, l'étable de leurs vaches. De la promiscuité des familles diverses entassées pêle-mêle sous le même toit, des inconvénients s'ensuivaient, des débauches de maris, des querelles de bonnes. Sans doute que, pour l'avenir, des baigneurs curieux de morale et de

tranquillité, s'assureraient, sur la plage, des habitations
moins banales et plus commodes que ces campements
de hasard parmi la malpropreté des intérieurs bretons.

Rachimbourg, pour exalter les « Terrains à vendre »,
avait fait apposer des affiches, distribuer des prospectus,
à domicile. Lui-même les offrait aux consommateurs, sur
la terrasse de l'hôtel d'Orange. Mais les consommateurs
les lisaient distraitement, par simple politesse. Aucuns
ne se souciaient d'une installation définitive au milieu
d'une population dont ils éprouvaient quotidiennement
la mauvaise grâce et la rapacité. Beaucoup se proposaient même d'abréger leur séjour tant ils étaient las de
se fâcher tous les matins contre leurs hôtes pour obtenir
une cuvette, de l'eau et des serviettes de toilette en
quantité suffisante. Les femmes de Kerahuel, lesquelles
crachaient dans leurs mains pour se débarbouiller,
le dimanche, ne comprenaient naturellement rien aux
exigences de la propreté des citadins. Enseignées par
les prêtres qui font de la saleté corporelle un sûr moyen
d'obtenir le paradis ; dociles à ce catholicisme sans
hygiène proscrivant les soins intimes pour ne pas entretenir le culte de la chair ; elles considéraient les tubs et
les lavabos comme des instruments de damnation et
jugeaient mal les mœurs des dames assez effrontées pour
se vouloir amplement aiguayer tous les matins à leur
guise. Et le vent de la mer emportait les papiers de
Rachimbourg. Sans décider d'acquisition, ils volaient
dédaignés, parmi les jeux de crocket dont les cerceaux,
de place en place, se courbaient sur le sable de la plage,
toujours à vendre.

Mlle Ophélie Minahouet régnait et rayonnait au-dessus
de tous. Elle se montrait savante à recruter quand même
des partners et à organiser des parties. Tellement que
Charlescot, en personne, détourné de ses clichés photographiques dans le développement desquels il rencontrait
décidément trop de déboires, sur les sollicitations de la
demoiselle, laissait son appareil en repos. Pendant des
après-midi entières, au soleil, avec un maillet au long
manche, il en était arrivé à pousser des boules de couleur. Homme loyal, jusque dans ses divertissements, il
s'indignait souvent contre les tricheries pratiquées par
Mlle Ophélie

Quand sa boule lui semblait mal placée, elle avait coutume de passer par-dessus ; l'accrochant adroitement

9.

avec le volant plissé de son jupon, elle la menait dans
une position plus favorable. D'autres fois, pour assurer la
direction de son coup, elle creusait de longues rigoles
dans le sable. Charlescot s'indignait des procédés, invoquait la règle. Il prétendait aussi que le maillet se doit
tenir d'une seule main. Il en usait ainsi, système que
Mlle Ophélie déclarait insoutenable. Malgré les réclamations de Charlescot, elle ne changeait rien à ses manières.
Tout en regrettant l'astuce et en signalant éperdument les
fraudes, Charlescot se réjouissait néanmoins de ces incessantes contestations par où il croyait s'insinuer davantage
dans l'intimité de la jeune fille.

Il l'appelait Lélie, comme tout le monde, du reste, imitant ainsi Mme Minahouet qui, sans prendre garde aux
vingt-quatre ans de sa fille, conservait encore à son
prénom cette abréviation enfantine. Bravant le ridicule,
brune comme une bohémienne, élancée comme un
bambou, séduisante et insaisissable, Lélie inquiétait les
mères, car elle entraînait tous les jeunes gens dans le
bruit de sa gaieté et le tourbillon de sa robe rouge. Près
de cette grande personne abandonnée en ses allures et
défendue par l'honnêteté de son regard, tous, et Charlescot plus fort que les autres, suivant une comparaison
de Malbar, hennissaient comme des étalons autour de
l'enclos où galope une pouliche en liberté. « La Pouliche »,
c'était le sobriquet qu'il avait donné à Mlle Ophélie ;
tandis que Laguepie la jugeant froide, fuyante et dangereuse à rencontrer pour les hommes, comme les glaces
flottantes pour les navires, plus scientifiquement l'intitulait l' « Iceberg ». Quant à Mme Minahouet, dont la
dignité affectée leur paraissait manifestement proxéné-
tique et vénale, d'un nom tiré du vocabulaire de la prostitution, dans leurs conversations, loin du monde, ils
l'appelaient la « sous-maîtresse ».

Toujours échouée dans un fauteuil, Mme Minahouet,
d'une main petite au bout d'un bras énorme, écrivait soir
et matin des lettres innombrables. Elle les scellait toutes
d'un cachet où, dans la cire démesurée, à l'égal de ses
prétentions d'artiste, sa vanité de statuaire se lisait avec
cette devise : « *Ante Deum, mortuos resurgo.* Avant Dieu,
je ressuscite les morts. » Des bandeaux plats, fait de postiches, encadraient son front vulgaire. Elle couronnait
ses cheveux d'un galon en tresse d'or, pour ressembler à
une matrone romaine ; et sous ce diadème, son visage

hommasse tenait de Vitellius et de la mère Angot. Sa graisse abondante et partout répandue, d'un bout à l'autre de ses tissus, tombait sous la peau de ses joues, bombait sur sa poitrine l'étoffe de son corsage, gonflait ses jambes et les rendait inhabiles à la marche. Son embonpoint fournissait le sujet ordinaire de la conversation. Tout en se plaignant de l'immobilité où elle se trouvait quasiment condamnée, elle parlait néanmoins des soirées où elle allait, pendant l'hiver, et vantait le nombre avec la qualité de ses relations.

De la villa où son lit avait déjà cédé sous elle, à grand peine traînée par Lélie sur la terrasse de l'hôtel d'Orange, elle éblouissait ses voisins par l'éclat de ses amitiés et la violence de son esthétique. Beaucoup s'honoraient de rencontrer Mme Minahouet, car Mme Minahouet passait pour statuaire de talent; et à chaque salon, des critiques d'art, dans les journaux, rédigeaient sur ses œuvres des appréciations élogieuses. Pourtant malgré l'apparence et la renommée, de sa vie, jamais elle n'avait rien sculpté. Bien qu'on lui connût un atelier, hors de la présence du public, elle n'employait pas la sellette et ne maniait pas l'ébauchoir. Son rôle, dans les Beaux-Arts, se bornait à courir, en compagnie de sa fille, les villes où les municipalités projetaient d'élever une statue à quelque grand homme de leur endroit. Elle guettait les petites notoriétés en embarras de piédestal, proposait du rabais sur la pierre ou le bronze qui devait leur assurer l'éternité; et les coquetteries de Mlle Ophélie s'ajoutant aux instances de la mère, troublaient les délégués des sous-commissions artistiques, décidaient souvent des commandes.

Ces commandes, Mme Minahouet les faisait exécuter par de pauvres hères de sculpteurs sans ouvrage. D'aucuns, artistes d'avenir, lui fournissaient du talent pour des prix dérisoires. Ainsi, Mme Minahouet avait, par hasard, signé des œuvres remarquables dont les vrais auteurs, au jour du succès, s'étaient résignés à ne point se révéler, par peur de perdre une cliente et de compromettre à jamais leur gagne-pain. Mais les praticiens, dans les ateliers, se vengeaient de cette exploitation en racontant que la dame et sa fille avaient été prises en flagrant délit de vol aux étalages d'un grand magasin. L'affaire, ébruitée d'abord, fut étouffée ensuite par la police, à cause de la considération accordée à M. Mina-

houet, un brave homme de chef de bureau aux titres,
dans une compagnie financière, lequel mourut de honte
quelque temps après le scandale. Néanmoins Mme Minahouet, en compagnie d'Ophélie, avait passé deux nuits
de suite au Dépôt de la Préfecture, et le service anthro-
pométrique conservait leur fiche de mensuration et jusqu'à leur portrait.

Pour détourner les soupçons, la mère et la fille mettaient leur aventure sur le compte d'une tante décédée.
Quel malheur d'avoir été confondues avec elle! Et l'indulgence de Paris aidant, Mme Minahouet ne perdit guère
dans l'estime du monde. Elle recevait, donnait des dîners.
Comme elle affirmait que le digne M. Minahouet, en
mourant, lui avait laissé une grosse fortune, personne ne
s'inquiétait du train qu'elle menait, train disproportionné
cependant avec les revenus minimes de ses travaux et de
ses rentes. Mais elle était experte à faire des dupes et
son argent payait rarement les fournisseurs. Lélie dressée par elle, dans les salons, sur les plages, dans les
villes d'eaux, lui rabattait des galants comme un gibier.
La « sous-maîtresse » alors suivant la complexion des
victimes, tantôt pleurant misère, tantôt éclatant en menaces, extorquait de grosses sommes aux soi-disant
séducteurs; leur faisait payer cher le danger couru par
le savant et indestructible honneur de sa fille.

Ensemble, pour le soulagement de calamités qu'elles
étaient seules à connaître, elles excellaient à organiser
des loteries intimes qu'elles ne tiraient jamais, parce que
préalablement, elles avaient vendu les lots. Trouvant
toujours une mère dans la gêne ou un artiste à secourir,
elles s'instituaient les patronnesses de concerts et de fêtes
de bienfaisance dont elles s'attribuaient les recettes. A
peine arrivées dans Kerahuel, elles découvrirent des infortunes insoupçonnées avant elles, s'occupèrent de
fournir du linge à des vieillards demi nus et des aliments
à des familles sans pain. Pour solliciter des offrandes
qu'elle s'excusait sur son embonpoint de ne pouvoir
aller recueillir elle-même, Mme Minahouet, toujours la
plume à la main, se dépensait en lettres apitoyantes, et
l'énergie épistolaire de sa grandeur d'âme trompait
même la perspicacité de la maman Treudec. Dans son
métier, pourtant, elle avait vu bien des escrocs, mais
pas de cette majesté et de cette envergure ; et Mme Minahouet, déconcertant les scepticismes, demeurait deux

fois imposante et admirée par la graisse qui venait d'elle, et par la charité que cependant elle exerçait aux grands dépens des autres.

Rachimbourg, dès qu'il apercevait l'artiste, s'empressait de lui apporter ses hommages, car Mme Minahouet, par une diplomatie adroite, ne cessait de vanter l'excellence de la position et la pureté de l'air de la plage. Elle disait vrai quand elle affirmait en avoir vu bien d'autres, car toutes, elle les ravageait dès leur naissance. Mais aucune à son avis n'atteignait à la beauté sauvage de ce Kerahuel, où elle se flattait de vivre aujourd'hui. Elle promettait d'en parler à ses amis de Paris, ne doutait pas qu'ils fussent un jour heureux comme elle de venir s'abîmer dans la contemplation des merveilles de ce coin d'Océan. Elle-même s'y installerait tous les étés, dans l'avenir, n'était le prix des terrains qu'elle estimait désordonné et au-dessus de ses moyens. Alors Rachimbourg, invoquant les bénéfices de la réclame qui résulterait pour le pays de la présence d'une femme dont la notoriété artistique dépassait encore celle de Mariette, au risque de se déconsidérer, arrachait au Conseil municipal un vote autorisant la cession à prix réduits d'un demi-hectare de terrain à bâtir par Mme Minahouet. Après un simulacre d'adjudication, Mme Minahouet fut mise en jouissance de la propriété et s'entendit sur-le-champ avec un entrepreneur pour l'édification d'une villa. La villa immédiatement se délimita par des bornes. Au milieu, dans l'espace vide, un piquet, parmi les « Terrains à vendre », portait cette inscription : *Ker Ophélie.*

Rachimbourg se réjouissait de la transaction, dans les dîners, chez Mme Hestoudeau, à Quet el Réral, en compagnie de Mme Vincent Trois, de Malbar et de Laguépie, Mme Hestoudeau s'était retirée de l'hôtel d'Orange qu'elle jugeait maintenant trivial et sans intimité. Avant, pendant et après les repas, il était rendu inhabitable par la grossièreté d'allure et de paroles de touristes arrivant sur des bicyclettes. Car c'est la misère de cette invention de pourvoir les individus médiocres des moyens de se déplacer à bas prix. Circulant sans cesse et partout, par leur ubiquité, ils affligent un plus grand nombre de leurs contemporains en même temps qu'ils déshonorent les paysages par le débraillement de leurs personnes aggravé de la pauvreté de leurs aperçus. Donc Mme Hestoudeau avait fait venir ses bonnes, et vivait maintenant chez elle loin des hommes en maillot et des femmes en culotte, consultant des cartes et se félicitant « d'avoir bouffé des kilomètres ».

Laguépie voyait dans la bicyclette une des raisons majeures de l'abétissement de la France, aujourd'hui tout entière le dos courbé sur une sellette, les pieds en mouvement sur des pédales, et n'ayant plus d'yeux que pour regarder un guidon. Rachimbourg, toujours préoccupé par la fortune de Kerahuel, ne s'inquiétait pas outre mesure des inconvénients signalés par le docteur. Pour lui, ils devenaient légers et négligeables, car, de toute cette foule en marche, il sortirait bien un jour des amateurs pour les Terrains à vendre, sur la plage. Malbar, par ironie, affectait de partager cet avis. Il haïssait le peuple d'une haine bienveillante et hautaine ; et, désespérant de la démocratie, professait que tout en se garant de son contact il fallait rendre ses erreurs moins coûteuses, ses vices profitables.

Mme Hestoudeau n'aimait pas beaucoup le ton des conversations de Malbar qui troublaient son âme. Cependant elle avait invité l'homme de lettres pour ménager les convenances et pour que Rachimbourg ne s'assît pas seul à sa table. Malbar s'excusa d'abord, alléguant qu'il ne voulait pas abandonner Laguépie. Laguépie lui avait volontiers et longtemps tenu compagnie aux heures de solitude. Et Mme Hestoudeau s'était décidée à convier aussi Laguépie. Ainsi la double présence du docteur et de l'écrivain lui permettait de recevoir Rachimbourg. Laguépie ne se méprenait pas sur le stratagème. Sans accuser Mme Hestoudeau, il comprenait que l'assiduité de Rachimbourg lui était nécessaire, car elle éprouvait un besoin d'affection continue, n'importe d'où cette affection lui vienne, à peu près comme ces plantes d'appartement que le grand air tuerait et qui peuvent vivre seulement dans une atmosphère égale et modérée. Elle aimait la possibilité d'aventures qu'elle ne souhaitait pas. Sûre de ne pas faillir, elle courait les risques de la chute, contente qu'elle était de retrouver, même de la part d'un étranger, les attentions et les prévenances dont l'entourait son mari. Donc, sauf devant ses bonnes dont elle redoutait l'espionnage et les méchantes interprétations, elle ne se refusait pas aux galanteries de Rachimbourg.

Elle les tolérait en façon de passe-temps et pour rompre la monotonie de ce séjour à la mer qu'elle avait maternellement accepté, à cause de la santé de son fils.

La mer et l'adultère l'inquiétaient comme des choses démesurées, hors de sa compréhension. Dans l'admirable nature déroulée devant ses yeux, elle ne voyait qu'une raison d'hygiène. La pureté du ciel existait seulement parce qu'Olivier la respirait, et elle se désintéressait des vagues les jours où Olivier ne se baignait pas. En garde contre la violence de l'Océan comme elle l'était contre les excès de la passion, dans sa villa de Quet el Real, elle habitait à côté de Mme Vincent Trois les pièces ouvrant, non sur la baie mais sur la campagne, car l'éblouissement du flot au soleil, pendant le jour fatiguait les yeux de Mme Vincent Trois, et le bruit de la marée, la nuit, troublait le sommeil de Mme Hestoudeau. L'une et l'autre se plaisantaient sur ce qu'elles appelaient leurs manies. Mme Vincent Trois en avait bien d'autres, et de pires, que Mme Hestoudeau supportait avec une complaisance pleine d'apitoiement.

Elles passaient pour s'être connues au couvent où Caroline Champbeaunard, depuis Mme Hestoudeau, selon l'expression des bonnes sœurs, servait de « petite mère » à Marguerite Paringal, depuis Mme Vincent Trois. On ne disait pas que Marguerite Paringal née, au hasard, pendant le mariage, des amours de M. Champbeaunard avec une servante, était sœur adultérine de Mme Hestoudeau. Mme Hestoudeau l'avait reçue, en héritage, avec la fortune paternelle. En dépit des embarras et des algarades de toutes sortes, acceptant même les réprimandes fréquentes de son mari souffrant mal la présence d'une aussi inquiétante belle-sœur, jamais elle ne consentit à abandonner cette malheureuse. Elle veillait sans cesse sur elle, s'employait de son mieux afin de la garantir contre les incohérences d'un esprit déséquilibré, contre l'emportement de nerfs malades. Elle les subissait avec résignation ; par avance, excusait leur délire. Car Mme Vincent Trois, depuis son enfance, était travaillée d'une hystérie incoercible dont les attaques multiformes la poussaient aux perversités, lui enlevaient la conscience de ses actes les plus déraisonnables.

D'une hérédité très chargée, d'un caractère impatient de toute direction, d'abord, Marguerite Paringal voulut entrer en religion ; puis, au milieu de son noviciat, se sentit soudainement une grande vocation pour devenir actrice. L'art, pas plus que Dieu, ne fixa son tempéra-

ment irrésolu. Alors, par désespoir, elle essaya du suicide. Elle n'y réussit pas davantage, car elle le tenta,
comme le reste, avec plus de fantaisie que de conviction.
Après son rétablissement, désenchantée même de la
mort, et néanmoins toujours en recherche d'imprévu,
par des annonces insérées dans un journal, elle épousa
M. Vincent Trois, un jeune Belge noble, à la manière de
son pays, désœuvré et capricieux autant qu'elle était
capricieuse et désœuvrée.

Après s'être mutuellement harassés de leurs excès
d'humeur, séparés sans procédure, et d'un commun accord, devenus étrangers l'un à l'autre, ils menaient,
chacun de son côté, une vie indépendante, tumultueuse.
Le mari ne cachait pas ses maîtresses et tolérait des
amants à sa femme, condescendance assez ironique,
d'ailleurs, car il savait son épouse atteinte d'une occlusion nerveuse qui, tout en l'exaspérant, la rendait peu
propre aux rapprochements sexuels.

Divinatrice entre toutes les pythonisses lisant l'avenir
dans le marc de café, et toutes les tireuses de cartes que
Mme Vincent Trois consultait sans relâche, une somnambule lui avait prédit qu'un jour elle tiendrait une
grande place. Les lignes de sa main confirmant l'horos-
cope, oui, elle dirigerait despotiquement l'intellect avec
l'existence d'un homme. Elle se flattait de cette prophétie, et Laguépie suivait avec curiosité les manifestations morbides de ce sujet s'efforçant d'obéir à la sug-
gestion.

Mme Vincent Trois s'acharnait sur Malbar. Elle prétendait lui imposer le choix de ses amours, le conseiller
pour la conduite à tenir, dans la littérature. Pour réussir
elle lui promettait l'appui de personnages importants et
voilés qu'elle affirmait mystérieusement être de ses amis;
allait même jusqu'à lui indiquer des sujets de livres
avec la manière de les écrire, répétant avec insistance :
« C'est très bien d'avoir une tête, mais il ne faut pas
avoir des pieds d'argile », phrase qui amusait démesurément Malbar. Elle employait ainsi quantité de locutions
toutes faites, les appliquait au hasard, sans discernement.
A force de remuer des mots elle rencontrait parfois des
idées d'apparence originale ou ingénieuse. Elle les émettait sans en connaître la valeur, ne savait ni les suivre,
ni les développer, tant passaient rapides et fugaces le
dévergondage de son esprit et la verbosité de sa parole.

Malbar, averti par Laguépie, ne la contrariait point dans ses extravagances. Parfois même il s'amusait à provoquer des confidences. Mettait-il la conversation sur le théâtre ? Bien que n'ayant jamais paru sur aucune scène, Mme Vincent Trois jurait avoir obtenu de grands succès dramatiques.

— Où donc ?

— Dans des casinos.

— Dans quelle pièce ?

— Ah ! voilà. Cherchez !

Elle se taisait sur les dates, pour éviter les vérifications, n'allait pas jusqu'au bout de ses mensonges. Elle continuait cependant à prétendre que son auditoire se composait de personnages considérables, tous, bien entendu, enchantés de son beau talent ; et ces enthousiastes lui venaient de partout, des arts, des lettres, de la politique, de la diplomatie aussi, car les accointances ne lui manquaient pas, dans chaque monde.

Pour encourager ces bavardages, Laguépie prononçait des noms d'hommes célèbres. Immédiatement ces hommes-là, entraient de plain-pied dans l'intimité de Mme Vincent Trois.

Un soir, en revenant d'une excursion au Champ des Martyrs, près d'Auray, influencée par les renseignements du guide et par les inscriptions lues sur les plaques de marbre au long du mausolée, elle se lamenta sur le sort de deux de ses ancêtres fusillés, disait-elle, après la fatale expédition de Quibéron. Une autre fois, elle passa toute la journée en larmes, pleurant la mort d'un religieux, lequel l'aimait avant d'entrer dans les ordres et qu'elle croyait voir en songe, pendu de désespoir dans la cellule d'un couvent : histoire qu'elle avait retenue d'un roman et qu'elle appropriait à son besoin de vanité et de mélancolie. Et toutes ces divagations perpétuellement se terminaient par ces mots :

— Ce n'est pas étonnant, je suis une femme si supérieure !

Elle prenait Mme Hestoudeau à témoin :

— Toi qui me connais bien, n'est-ce pas, Caroline, que je suis une femme supérieure ?

Mme Hestoudeau, prête à tout pour avoir la paix, acquiesçait.

— A vous de jouer, disait Rachimbourg.

Tous deux détournés des fantaisies de Mme Vincent

Trois jouaient aux dames, un jeu pacifique où ils pouvaient se toucher la main en rangeant leurs pions, et se pousser les pieds, tendrement, sous la table.

Laguépie, craignant de provoquer une crise, ne contredisait pas non plus les affirmations de Mme Vincent Trois. Alors elle incriminait le docteur, trouvant du mépris dans son silence. Certaine fois où elle persistait à se déclarer si « supérieure », Laguépie, impatienté à la longue, ne put s'empêcher de lui répondre :

— Oh ! oui, madame, vous êtes complète, très complète.

Mme Vincent Trois, au tour de la phrase, comprit que le docteur l'admirait à la façon d'une belle observation clinique, et brutalement :

— Vous me croyez malade, n'est-ce pas ? Dites plutôt que vous me croyez malade.

Mme Hestoudeau et M. Rachimbourg, eux aussi, élevaient la voix. Ils disputaient sur un coup contesté. M. Rachimbourg affirmait que, deux combinaisons pour prendre, se présentant ensemble, le joueur choisissait la combinaison, à son sens, la plus favorable pour l'avenir de sa partie. Mme Hestoudeau soutenait au contraire qu'il fallait prendre du côté où les pions était le plus nombreux, interprétation qui facilitait singulièrement un coup sur lequel elle méditait depuis longtemps.

— Je vous affirme.

— Et moi je vous réponds que non !

— Enfin comme il vous fera plaisir.

Rachimbourg, quoique de tempérament autoritaire, se faisait violence pour paraître acceptant et soumis, car par la souplesse de son caractère, il voulait prouver à Mme Hestoudeau combien les relations avec lui seraient condescendantes et douces.

— Malade, répétait Mme Vincent Trois, si on peut dire que je suis malade !

— Marguerite ! Je t'en prie, dit Mme Hestoudeau.

Olivier, conduit par la « fraulein », se présenta. Avant d'aller se coucher, il allait embrasser sa mère, successivement tendait son front à Rachimbourg, à Mme Vincent Trois, à Malbar, puis à Laguépie disant à l'un « Gute nacht » ; à l'autre « Good night » pour prouver qu'il parlait également bien et l'allemand et l'anglais.

— Kommen sie mit mir, murmurait la gouvernante.

L'enfant sortait, et Mme Vincent Trois, entière à son idée fixe, reprenait :

— Moi malade ! Apprenez, mon cher monsieur, que de plus grands que vous m'ont examinée, et que tous, vous m'entendez bien, tous, ont émis l'avis qu'il ne me trouvaient aucune affection, d'aucune sorte. Pas ça ! Et elle fit claquer contre ses dents l'ongle de son pouce.

En effet, tous les médecins, elle les avait consultés les uns après les autres, les maîtres et les charlatans, les savants et les empiriques. Elle citait leurs noms, leurs titres, les hôpitaux auxquels ils étaient attachés, les adresses de leurs domiciles, les officines où recevaient les rebouteurs. A l'entendre, il ne semblait pas qu'il existât, à Paris, de cliniques renommées et d'obscures dispensaires où elle ne se fût déshabillée, cherchant moins la guérison que la satisfaction perverse d'exhiber sa nudité et d'être palpée par des mains masculines.

Laguépie se défendait, mais non ! Mme Vincent Trois se trompait. Humblement, il ne se reconnaissait ni droit ni autorité pour discuter les diagnostics de ses confrères. S'ils la tenaient pour bien portante, eh bien ! mais, il se rangeait entièrement à leur avis.

Des détonations aussi retentissantes que des coups de canon lui coupèrent la parole. La mer avec un fracas de décharges d'artillerie déferlait contre les rochers de la côte ; et sous la poussée du vent soufflant en rafale, la villa de Quet el Reral tremblait depuis les ardoises de son toit jusqu'à la maçonnerie de ses fondations. Autour des tasses de thé, personne n'osait plus élever la voix. Mme Vincent Trois même ne divaguait plus.

— Quel temps ! dit Malbar.

Il se leva, alla regarder l'aiguille du baromètre. Elle marquait tempête. Tous déprimés par la pesanteur de l'atmosphère, demeuraient l'estomac serré par la violence de l'ouragan et l'angoisse des catastrophes. La pluie, sur les volets fermés, mettait le crépitement singulier et continu, d'un fagot de bois sec qui s'allume dans le feu ; et l'embrun des vagues fouettait la maison humide et secouée comme la carène d'un bateau au large. Par instants le vent engouffré dans la cheminée éparpillait sur le parquet les cendres du foyer, faisait fumer la mèche de la lampe. Dehors, dans l'intervalle bref des coups de mer, des bruits de sabots s'entendaient.

Beaucoup de bateaux de pêche surpris par les bourrasques n'avaient pu regagner le port, et les femmes du bourg, inquiètes, sur le quai, venaient guetter la nuit et les attendre. Tandis qu'elles les « espéraient », selon la mélancolique expression de la langue bretonne, elles s'appuyaient du dos sur les contrevents de Quet et Reral craquant à chaque mouvement de leur corps.

Elles causaient entre elles, criant pour se faire entendre, et leurs rauques conversations semblaient continuer, jusque sur la terre ferme, le fracas roulant des galets montant et descendant le long du môle. Parfois des mots français passaient dans leurs dialogues, témoignaient de leurs craintes. Car ils étaient nombreux les équipages qui, suivant leur terme « ne venaient pas de retour ». Elles disaient les noms, décrivaient les gréements, indiquaient les anses du voisinage où peut-être ils avaient eu la chance de pouvoir relâcher, longuement, pendant des heures. La pendule sonnait, la nuit, indéfiniment, paraissait s'allonger. Le bruit des voix, à mesure, devenait plus indistinct, plus rare. Sans doute les femmes lassées de ne rien voir dans l'ombre, sinon l'écume des brisants, s'en étaient retournées chez elles, car dans les courts moments de calme pendant lequel la tempête déchaînée brusquement semblait se reposer et reprendre haleine, dehors il ne restait plus que du silence.

Soudain, une voix s'éleva toute seule.

— Ind Doué beniguet, hag gournet ind ar mor.

— Qu'est-ce qu'on dit ? demanda Mme Hestoudeau.

Laguépie qui savait le breton répondit :

— Dieu les bénisse et les garde à la mer.

Il se tut. Dans la nuit un claquement de sabots décroissait, cessa de se faire entendre. La femme était partie. Derrière elle l'Océan et le vent rugissaient davantage. Mme Hestoudeau fit un signe de croix. Rachimbourg ne savait quelle attitude prendre pour cacher son malaise. Malbar lui-même se sentait ému. Une vague formidable ébranlant les volets, à travers les jointures des fenêtres, jeta de l'eau jusque dans l'appartement. Pour l'éponger, on sonna une bonne. Au moment où la bonne entra, Mme Vincent Trois, jetant un cri, éclata en sanglots.

— Laissez-la pleurer, dit paisiblement Laguépie. Les larmes la soulagent.

Puis, suivant Malbar et Rachimbourg, il salua Mme Hestoudeau, et se retira avec eux, sous la tempête.

En chemin, le collet de leurs paletots relevé, marchant difficilement contre le vent, ils causaient. Les rafales emportaient leurs paroles, interrompaient leurs raison-

noments, et ils devinaient leurs idées réciproques bien
plus qu'ils ne les entendaient.

— Drôle de femme, cette Mme Vincent Trois, répétait
Rachimbourg, drôle de femme !

— Dangereuse ! répliquait Laguépie. Elle nous causera
bien des embarras.

— Quand et comment ?

Le docteur de la main gauche maintenait son chapeau
sur sa tête ; de la main droite il dessina un grand geste
d'incertitude.

— Mais elle nous les causera. Vous, Rachimbourg, vous
êtes marié, je crois.

— En effet, dit Rachimbourg.

— Eh bien, prenez garde aux dénonciations et aux
lettres anonymes. Pour vous, Malbar, faites attention à
votre tour. Si par malheur Mme Vincent Trois vous considère comme l'homme de génie dont elle est convaincue
qu'elle doit inspirer les œuvres et influencer l'existence,
défiez-vous de la préférence et gardez-vous de l'intervention ; autrement je vous plains !

— Et vous ?

— Oh ! moi, quoi qu'il arrive, et quoi qu'elle invente,
elle ne me dénigrera jamais autant que m'ont dénigré et
me dénigrent encore mes confrères. Là-dessus, je suis
bien tranquille.

Et, employant un mot barbare venu des laboratoires.

— Je suis « immunisé » !

Sur la mer, qu'on ne voyait pas, un bateau à vapeur,
incertain dans sa route, à des intervalles d'une seconde,
faisait mugir sa sirène. Du fond de l'obscurité, à volées
lentes, une cloche de brume répondait. Laguépie était
rentré chez lui. Sous la lanterne de l'hôtel d'Orange, Malbar et Rachimbourg se séparèrent ; et tandis que Rachimbourg, à travers la pluie, regagnait la villa du Haut des
Dunes et que Malbar remontait dans sa chambre, le sifflet du steamboat et le glas de la cloche leur répétaient
les conseils du docteur : Voisinage dangereux, attention,
prenez garde !

Comment Mme Vincent Trois peut-elle m'être si dangereuse ? se demandait le lendemain matin Malbar, en se
promenant dans la grande rue de Kerahuel. Je vis seul,
et puisque je ne commettrai jamais la sottise de devenir
son amant, qu'est-ce qui pourra bien m'arriver ? Rien du
tout, et une vie où rien n'arrive, c'est le rêve de l'idéal. Il

s'estimait pour toujours revenu des aventures. Croyant les avoir couru toutes et ne demandant plus à l'amour que ce qu'il procurait d'hygiène, il s'imaginait que, calmé pour l'avenir, désormais, il mettrait uniquement de la passion dans ses œuvres et dans la recherche de ses phrases. Chien-de-Nous courant devant lui, il entra dans la gare.

Elle regorgeait de monde, toutes les femmes de Kerahuel s'empressant pour attendre le train : et Malbar, de temps en temps, se distrayait à les voir se ruer sur les voyageurs, à la descente des wagons. Toutes, elles avaient des chambres à louer. Dès que la locomotive faisait halte, et que s'ouvraient les portières des compartiments, ensemble, braillant et hurlant, elles vantaient l'excellence de leurs locaux. Au milieu des vocables barbares qu'elles leur donnaient en langue bretonne, des exclamations plus compréhensibles retentissaient : « C'est le seul sur la mer ; c'est le seul à l'entrée de la plage ; c'est le seul auprès du môle », ainsi, d'après leurs affirmations, il n'existait pas à Kerahuel de maisons situées ailleurs que sur le port, pas de lucarnes ouvrant ailleurs que sur l'Océan. Et les femmes se querellaient entre elles, se jalousaient, s'accusaient réciproquement de mensonge. Les plus sales injures s'échangeaient. Pourtant, les bouches qui les proféraient s'étaient, le matin, ouvertes à l'Eucharistie ; et les plus ordurières des viragos, dévotement, avaient entendu trois messes depuis le lever du soleil.

Comme leurs ancêtres, les naufrageurs, se précipitaient jadis sur les épaves jetées à la côte, elles assaillaient les touristes, les débarrassant de leurs paquets et les entraînant par la force des bras et la vigueur de la voix. Elles les emmenaient, ils ne savaient où, là où elles les conduisaient d'un pas lourd et rapide qu'ils avaient peine à suivre. Et les maris, avec des lorgnettes en bandoulière, les épouses traînant des parapluies, les enfants portant des filets à crevettes ou berçant des poupées, couraient derrière elles, ahuris et désorientés de ce que, dans un port de mer, le débarcadère, sur-le-champ, ne les mettait pas au bord de l'Océan.

La dernière, dominant la foule de toute la tête, une femme marchait. Malbar, surpris, reconnut une petite toque en plume de lophophore dont se coiffait volontiers Mme Trénissan. Mme Trénissan, est-ce que ce serait-elle ?

Il s'avança. Oui, c'était Mme Trénissan! et rejetant le pan de la grande pelisse de soie bleue où se drapait son imposante personne, Mme Trénissan tendit la main à Malbar :

— Hein! Ce n'est pas moi que vous attendiez, je parie?

Il n'attendait personne, ni elle, ni une autre. Mais qu'est-ce que Mme Trénissan venait faire dans ce pays perdu?

— Ah! voilà. Vous croyez donc qu'on ne lit pas vos articles?

— Quels articles?

— Mais tous! Celui sur le Château de Tristan m'a particulièrement intéressée. Je sais que vous ne mentez pas; ensuite, il faisait à Paris une chaleur intolérable. Alors je me suis dit. Puisque le Château de Tristan existe — et il existe puisque Malbar l'affirme — en route, vite allons voir le Château de Tristan! Donc, me voici. Est-ce qu'on peut s'installer dans votre désert?

— Vous êtes-vous inquiétée d'un logement? demanda Malbar avec un peu d'embarras.

Non, Mme Trénissan ne s'était inquiétée de rien. Elle avait voulu surprendre Malbar, voilà tout; elle se fiait à lui.

— Diable!

— Mais ici, il y a bien un hôtel ou deux?

— Pas un, ma chère amie.

— Mais l'hôtel d'Orange, d'où vous avez daté votre article?

— Ce n'est pas un hôtel, c'est un restaurant qui m'héberge, moi, parce que je suis une vieille connaissance. Autrement, ici, il faut loger chez l'habitant, comme les soldats pendant les grandes manœuvres. Enfin nous aviserons. Laissez vos bagages, nous les ferons prendre plus tard. Venez toujours déjeuner. Voulez-vous mon bras?

— Comment donc?

Ensemble, ils descendirent la grande rue de Kerahuel. Mme Trénissan, au passage, s'intéressait à des spectacles depuis longtemps sans nouveauté pour Malbar. Elle remarquait des escaliers de pierre grimpant jusqu'à de petites portes sous des toits de chaume moussue; des statuettes de vierges debout dans des niches, au-dessus des linteaux où s'effritaient des chiffres, date de la construction de la maison; un chat sur une fenêtre auprès de pots de fleurs ; un figuier dont le feuillage dépassait le haut mur d'un jardin. Avec une curiosité enfantine, elle s'intéressa à une teinturerie ambulante, grand chaudron de fer traîné sur un haquet, par un cheval, et plein d'une couleur noire et fumante dans laquelle les femmes, sans lavage préalable, portaient leurs robes à tremper. Elle citait tous les objets nouveaux qui étonnaient son regard. Un vieux puits de forme carrée dont la maçonnerie, au pinacle et à chacun des angles, portait des saints de faïence peinte ; des seuils d'écurie faits de vieilles pierres tombales, où les noms des morts s'usaient sous les pieds des vivants ; un cochon buvant, comme dans une auge, au creux d'un cercueil de granit, sur une de ses faces, sculpté encore de la croix fleurdelysée des Templiers ; un mât de navire horizontal dans la poussière et servant de banc, auprès d'un débit de boisson. Elle lisait tout haut les enseignes : *Au bon retour, A la descente des Marins, à la Belle-Fille* Elle ne comprenait pas pourquoi une barre de bois traversait les fenêtres, s'appuyait partout sur les volets ouverts. Malbar lui expliqua que cette précaution était nécessaire pour tenir les contrevents en place par les jours de tempête. « Car ça souffle ici. Vous entendrez ça ! »

De place en place, le long des murailles, des filets accrochés séchaient au soleil. Mme Trénissan s'en approchait, les touchait, appréciait la finesse du fil, la délicatesse des mailles, à travers les trous desquelles les affiches posées par Rachimbourg s'apercevaient répétant partout : « Au bord de la mer, terrains à vendre. »

Des hommes poussant des mannes, sur des brouettes, charriaient des crustacés et des poissons. Elle s'arrêtait, priait qu'on ouvrît les paniers. Puis, émerveillée par les soles, congres, mulets, turbots, coquilles Saint-Jacques, homards et langoustes, demandait les prix, voulait faire des achats. Malbar lui représentait que la marée ne manquait pas aux menus de l'hôtel d'Orange, et pour arracher Mme Trénissan à ses tentations, il dit :

— Venez. D'ailleurs voici la mer.

Calme maintenant, elle mettait au bout du chemin une grande ligne d'un bleu lumineux, et les voiles blanches des bateaux passant au large, de loin, semblaient immobiles.

— Soit ! marchons, dit Mme Trénissan.

Ils continuaient à s'avancer, l'un au bras de l'autre.

Mme Trénissan, malgré sa haute taille, allait légère et comme soulevée par la satisfaction d'entrer dans l'inconnu. Malbar, avec une figure de belle humeur qu'on ne lui voyait guère, en des phrases gaies, faisait les honneurs du pays, répétant, chaque fois que sa compagne s'extasiait : « Ce n'est rien, vous verrez, vous verrez tout à l'heure. » Laguépie, revenant d'une visite, les salua au passage et sourit en remarquant leur familiarité. Il ne croyait pas Malbar capable de tant d'expansion, de tant de galanterie, et trouvait la présence de cette dame bien contradictoire avec les idées de solitude et l'indépendance souvent exprimées par le journaliste, se vantant de s'éloigner de l'amour autant qu'il s'écartait de la promiscuité des lettres et des intrigues des salles de rédaction.

Avant de collaborer à l'*Instantané des Deux-Mondes*, Malbar insérait dans des revues d'esthétique, des monographies sincères et sans pédantisme, car il possédait la faculté naturelle de mettre les systèmes les plus compliqués à la portée des intelligences les plus humbles. Attiré par la musique, il avait pénétré des œuvres, révélé des maîtres modernes bien avant que les partitions et les hommes connussent la notoriété. Elle leur était arrivée, plus tard, après ses études et ses prédictions. Aussi Malbar s'amusait beaucoup des concerts où les chefs d'orchestre semblaient découvrir des symphonies par lui signalées depuis longtemps ; des articles où maints de ses confrères se créaient une originalité en répétant, sans indiquer leurs références, les opinions que, seul, cinq ans auparavant, Malbar osait émettre alors, au grand scandale de tous.

Entré un des premiers au théâtre de Bayreuth, il en sortit vite devant les invasions de la cohue et de la mode. De Richard Wagner même, rien ne lui semblait plus à apprendre. Déjà, il cherchait ailleurs de nouveaux motifs de travail et d'enthousiasme. A force de connaissance, n'ignorant pas à quel degré le savoir le plus haut demeure toujours inférieur et borné, au lieu de s'égarer dans les subtilités et les minuties artistiques, il s'étudiait à redevenir naïf devant la nature qu'il regardait sans innocence, mais sans système. Il en aimait les contrastes, s'évertuait à les découvrir et à leur donner une expression littéraire.

Mme Trénissan, avec son âme d'enfant dans son corps

de cariatide, l'avait intéressé plus qu'elle ne l'avait séduit. Il admirait l'espèce de barrière immatérielle, et
cependant infranchissable, que la musique interposait
entre cette femme et le reste du monde. Mme Trénissan
marchait comme enveloppée d'une atmosphère de symphonie aussi indispensable à son existence morale que
l'oxygène à sa respiration. Malbar, s'éloignant des paysages et des âmes fréquentées, l'avait aimée comme il
aimait ce coin de terre de Kerahuel, sans cesse battu
par les ondes de la mer, comme Mme Trénissan était
battue des ondes de la sonorité. Il lui avoua sa tendresse,
ne fut point écouté, Mme Trénissan craignant les effusions trop précises et décidée, du reste, à ne pas manquer au culte de la mémoire de son défunt mari. Cependant Malbar avait profondément ému la veuve en écrivant sur elle, sur ses auditions dans les salons et les
concerts, « qu'elle paraissait la seule cantatrice de style
et d'autorité capable d'interpréter sur une grande scène
d'opéra les angoisses de l'âme d'Yseult éperdue d'amour
et d'infini ».

Dès le lendemain Mme Trénissan le remerciait. Par la
suite, Malbar acceptait d'elle une invitation à dîner, puis
une autre. Elle souhaita des conseils: il ne les refusa pas.
Une connaissance plus étroite s'ensuivit, une intimité
toute d'intellect que d'aucuns appelaient une liaison.
Malbar, point cru dans ses sincères dénégations, se résigna à laisser dire. Comment en effet révéler aux indiscrets et aux malintentionnés que si, un jour, il manifesta
le désir de posséder cette femme majestueuse dont les
abandons amoureux, en imagination, poussaient au sarcasme, il avait été éconduit non par dédain, mais pour
des motifs supérieurs de sagesse, de loyauté et de recti-
tude dans la vie ? En repoussant ses avances Mme Trénissan lui parut si intelligente qu'il la quitta sans rancune et ne songeait jamais à elle sans estime.

Cependant décontenancé par l'impossibilité de cette
orientation de son cœur et de ses sens, fatigué de sa
maîtresse, personne inutilement perverse et dont la pourriture de fruit vert ne lui fournissait rien des émotions
charnelles rêvées auprès de Mme Ténissan, il se sépara
de la demoiselle, laquelle du reste ne manquait pas
d'autres amants et s'ennuya moins de la rupture que du
dépit de ne plus pouvoir tromper Malbar. En outre, lassé
aussi de la maison de campagne où il passait la majeure

partie de l'année, tant les murs de ce logis étaient imprégnés de ses travaux, de ses projets et de ses rêves, il avait fermé sa porte, s'en était venu à Kerahuel, dans des paysages nouveaux chercher des idées neuves. Cependant Malbar, malgré la satisfaction qu'il éprouvait à revoir Mme Trénissan, demeurait vaguement inquiet. N'allait-elle pas troubler sa sécurité, gêner ses projets? Son livre sur « les rapports de la littérature et de la science », maintenant quand le terminerait-il ?

Mme Trénissan s'était mise en route vers Kerahuel et vers le Château de Tristan, tout simplement, ne se connaissait pas d'arrière-pensée. Pour elle, Malbar restait un camarade intellectuel dont elle aimait l'esprit plus que la personne. Mme Germaine Trénissan, sous des allures de statue, gardait des grâces enfantines et, à trente ans, conservait des naïvetés de petite fille. Épousée très jeune par un vieillard, elle avait vécu toute sa vie veuve ou à peu près, et le décès de son mari n'ajouta guère à la solitude de son lit. Très ignorante de la passion, elle la considérait avec effroi, dans les livres ; s'y abandonnait délicieusement dans la musique ; la redoutait dans son existence. Son mari mort en la laissant riche, elle demeurait fidèle à son souvenir. Jamais elle ne consentit à se remarier, non par peur de perdre la fortune dont elle était héritière et qu'une nouvelle union rendrait à la famille du défunt, mais par respect ; et pas plus avec un époux qu'avec un amant elle ne voulait tromper dans la tombe M. Trénissan, qu'elle n'avait jamais trompé vivant. En outre, par une pieuse déférence aux goûts du mort, elle dépensait largement sa succession en offrandes aux artistes et en subventions pour les sociétés musicales.

Soprano à la voix éclatante et profonde, par sa carrure et sa prestance, Mme Trénissan se flattait de ressembler à ces cantatrices wagnériennes vastes génératrices de sons, hautes à l'égal des colosses, puissantes à la façon des locomotives et que la musique entoure d'une telle immensité d'atmosphère que l'exagération de leur taille diminue parmi l'ampleur des harmonies: ainsi les silhouettes des individus se rapetissent devant l'énormité des horizons et des mers. Au-dessus de toutes les autres partitions de Richard Wagner, elle plaçait *Tristan et Yseult*. De toutes les héroïnes d'amour et de sacrifice sorties de la géniale imagination du compositeur et du poète, elle

préférait éperdument Yseult. Ce rôle, elle l'étudiait sans
cesse, elle s'insinuait en lui, elle l'identifiait à sa personne ; et désespérant de le chanter jamais sur un
théâtre, toutes les fois qu'elle le pouvait, elle le chantait,
gratuitement, dans les concerts.

Quand, au milieu des salles bondées des spectateurs,
elle apparaissait sur l'estrade, parmi les musiciens, et
que les lampes électriques étincelant plus fort à son
entrée, le chef d'orchestre frappait sur son pupitre pour
commander le silence, elle était transportée d'extase. Ses
nerfs à l'unisson vibraient sous les archets caressant les
chanterelles; et quand, après une longue attente, sa voix
enfin se mêlait aux instruments, elle se sentait soulevée
hors d'elle-même, hors du monde, surhumaine, immatérielle, transfigurée ! L'exécution termi..ée, elle redevenait
une femme sage, méthodique, surveillant sa cuisinière,
comptant avec ses métayers, ne laissant point passer la
date d'échéance de ses coupons de rentes et fort préoccupée du salut de son âme. Elle ne dédaignait ni la
société ni le plaisir. Facilement provoquée à la gaîté,
pareille aux religieuses, elle riait volontiers des plaisanteries les plus simples.

La cordialité de son abord séduisit du premier coup
maman Treudec. « Cette femme-là, ici, » lui paraissait
vraiment une aimable personne pour laquelle elle se mit
tout de suite en frais de complaisance. Puisque Mme Trénissan n'avait pas de logement, en attendant qu'elle
trouvât une installation, elle coucherait à l'hôtel d'Orange.
Or, devant elle, maman Treudec ouvrit la chambre
qu'elle réservait à ses parents quand ses parents la
venaient voir. Au contraire des chambres dans les hôtel-
leries, celle-là n'éveillait aucune idée de banalité et de
bassesse.

Tréheudecs du passé, de vieux portraits d'hommes et
de femmes y souriaient, sur les murs, dans des cadres
d'or ; et le temps, pas plus que la vie, n'avait altéré la
belle humeur de leurs figures, la loyauté de leurs regards.
Au milieu de la cheminée, sous un globe de verre recouvrant un coussin de velours rouge, les fleurs de la couronne portée par maman Treudec le jour de son mariage
ne se fanaient point. Entre des branches de buis, un
crucifix, au fond d'une alcôve, pendait, dominant le chevet
du lit. Sur la commode, sur la table, dans des passe-partout de peluche bleuâtre, des photographies d'anciens

amis et de jeunes personnes, témoignaient de la fidélité
des affections se reportant peu à peu des grands-pères
aux petits-enfants. On sentait qu'aucun mauvais souvenir ne troublait cet intérieur où les rideaux tombés
n'avaient jamais rien abrité que d'honnête et de conjugal ;
et, sur les petits carrés de tapis jetés, de place en place,
devant les fauteuils ou les chaises, Mme Trénissan marchait d'un pas circonspect, par peur de salir le parquet
bien ciré et de troubler le calme presque religieux de ce
sanctuaire de la famille.

— Et nous déjeunerons sur la terrasse, n'est-ce pas,
maman Treudec ? demanda Malbar.

Maman Treudec n'aimait point ces repas servis à part
qui compliquaient le travail de la cuisinière et l'ouvrage
des domestiques. Mais, par sympathie pour Malbar, elle
répondit :

— Oui, mauvais sujet, indiquant ainsi qu'elle le soupçonnait d'une aventure que, dans son indulgence pour
les faiblesses humaines, elle prenait plaisir à favoriser.

— Baluche, va chercher les bagages, commanda Malbar ;
et sur la terrasse, devant le couvert mis, Chien-de-Nous
couché à ses pieds, il attendit. De temps en temps, pour
tromper son impatience, il lisait le menu, le rejetait, puis
le reprenait, le lisait à nouveau.

Mme Trénissan, à la fin, apparut.

Ménageant les effets, Malbar, en la conduisant dans les
corridors noirs de la vieille abbaye où s'était établi
l'hôtel d'Orange, se gardait bien de la prévenir du spectacle qu'elle verrait en venant se mettre à table. Et
Mme Trénissan, debout dans l'embrasure de la porte ouvrant sur la terrasse, restait éblouie, sans oser avancer,
devant vingt lieues de mer ruisselant de clarté. Là-bas,
à gauche, sur le disque enflammé du soleil montant
derrière le promontoire, le Château de Tristan dressait
ses architectures démesurées.

Oui, c'était bien le Château de Tristan ! Par une de ces
divinations particulières aux seuls grands artistes,
Wagner l'avait inventé tel qu'il existait réellement, et la
nature docile semblait répéter les indications du décor
et de la mise en scène, quand le rideau s'ouvre sur le
3e acte de *Tristan et Yseult*. D'un côté les hautes murailles de l'édifice. De l'autre, un parapet peu élevé. Au
milieu une tour d'observation. Au fond, par la large porte
béante dans un rocher gigantesque, toute la mer s'aper-

cevait jusqu'à l'horizon, et elle bleuissait de ci, de là, par intervalles, derrière les ouvertures des remparts démantelés, les embrasures des créneaux, les écroulements de pierres.

Mme Trénissan quittant sa toilette de voyage, dans les compartiments nombreux de sa malle apportée par Baluche avait choisi une robe blanche, coupée à la façon d'un costume de théâtre. Nulle main servante de mauvais désirs ne semblait devoir jamais soulever l'étoffe de la jupe souple et sévère qui tombait chastement, avec des plis tels qu'on en voit aux sculptures. Une écharpe, blanche aussi, descendait de son cou, flottait, sur son corsage. Tête nue, ses cheveux blonds seulement relevés sous un grand peigne d'or, quand elle s'avança, Malbar éprouva l'illusion qu'il se trouvait en présence de l'Yseult du poème, majestueuse et idéale, traversant en souveraine les plaines harmonieuses de la mer. Comme dans la partition dont il connaissait par cœur le détail des mouvements et leurs moindres nuances, Yseult confondue en Mme Trénissan lui paraissait arriver toute en noblesse sur les vagues fleuries de soleil.

La fiction se continuait pour Mme Trénissan. Par une exaltation venue des réminiscences de la musique, elle ne voyait pas la table, la nappe blanche sur laquelle entre l'huilier, la carafe et les bouteilles, une langouste se détachait en rouge parmi le scintillement des assiettes, des verres, la verdure d'une garniture de persil. En marchant vers Malbar, elle croyait sincèrement qu'elle allait retrouver Tristan.

Malbar s'était levé. Leurs imaginations réciproques se trouvant en ce moment les mêmes, ils s'abordèrent gaiement en murmurant à mi-voix des répliques empruntées. à Richard Wagner : celles de la rencontre suprême au dernier acte de *Tristan*.

— Tristan !
— Yseult !
—. Thème du philtre.
— Thème des yeux.

Ils échangeaient des fragments de phrases musicales, comme des affiliés, dans les sociétés secrètes, échangeant des mots de ralliement. Puis ils s'assirent, heureux de plaisanter et de si bien se comprendre.

— Vous devez mourir de faim, dit Malbar.
— Vous l'avez dit.

— Un peu de langouste ?

— Volontiers, davantage même.

— Elle est bonne, n'est-ce pas ?

— Excellente.

— Dame, au bord de la mer !

— Oui, vous avez de la chance ici. A Paris, ma cuisinière ne peut jamais m'en procurer tant elle lui semble hors de prix.

Ils mangeaient en silence, quand Mme Trénissan, pour s'amuser, répéta gravement la question de Tristan :

— Suis-je ici en Cornouailles ?

Malbar, récitant le poème, répondit aussitôt :

— Vous êtes au pays des bénédictions et des joies, éclairé par le vieux soleil. Ecoutez.

Ils prêtèrent l'oreille. Les sons d'un biniou faisant danser une noce, sur le quai, leur semblèrent pareils aux sons mélancoliques du chalumeau de berger exaspérant l'agonisante douleur de Tristan. Ensemble ils répétèrent :

— Que me veux-tu, naïve mélodie ?

Tout en déjeunant, ils se divertirent, échangeant des citations, cherchant des correspondances entre leur situation et les péripéties de l'opéra. Parfois ils s'interrompaient ; et, après avoir longuement promené ses regards sur la mer, Mme Trénissan disait :

— Malbar, que c'est beau ! que c'est beau ! Combien je vous remercie de l'article qui m'a fait venir ici !

Ruisselant d'eau, inondé de lumière, le Château de Tristan, là-bas, étincelait sous le ciel. Mme Trénissan voulait y courir, grimper sur les créneaux, escalader les rochers, regarder au travers des meurtrières, toucher son idéal, enfin ! Malbar objecta que le moment n'était pas favorable.

— Qu'est-ce que ça fait ?

— La mer monte. Dès les premiers pas nous serions envahis par l'eau. Bref, la promenade sans agrément deviendrait tout à fait dangereuse.

Mme Trénissan s'impatienta, étant, comme la plupart des femmes, singulièrement tenace en ses projets dès qu'on les démontrait irréalisables.

— Qu'importe ! il fallait tout de même essayer.

— Puisque je vous affirme que vous ne pourrez pas, répliqua paternellement Malbar. Et pour tenter de la détourner de son caprice :

— D'ailleurs, avant tout, il faut que vous vous mettiez à la recherche d'un logement.

La mer, un à un, envahissait les rochers, les enveloppait de poussière, d'embrun scintillant au lointain comme des étincelles d'argent. A intervalles égaux, le flot insinué jusque dans les secrètes anfractuosités des rocs, redescendait brusquement en cascades d'écume. Il revenait, redescendait encore, et suivant la cadence d'un rythme continu et insaisissable, sans cesse recommençaient de nouvelles cascades, blanchissaient de nouvelles écumes.

Malbar fumait. Les coudes sur la table, la tête entre les mains, Mme Trénissan demeurait silencieuse. Ses pensées flottantes et pareilles aux varechs apportés du large sur les rochers de la côte ne se détachaient point du Château de Tristan. Elle s'attristait de le savoir tellement proche, tellement inaccessible, tant les cœurs les plus enthousiastes découvrent toujours un désenchantement et une amertume dans la difficulté de réaliser le plus simple de leurs rêves.

Sur la terrasse de l'hôtel d'Orange un grand bruit s'élevait. Les pensionnaires, le déjeuner fini, se pressaient en foule autour des tasses de café. Mme Minahouet, chancelante et massive au bras de sa fille, venait de s'écrouler sur le fauteuil d'osier qu'elle ne quittait pas de toute la journée. Mlle Ophélie, à voix haute, recrutait des joueurs pour la partie de crocket qu'elle organisait sur la plage. En fille effrontée et qui se moque des convenances, par taquinerie, pour déranger le tête-à-tête, elle cria :

— Etes-vous des nôtres, monsieur Malbar?

Elle savait que non, Malbar n'eut pas besoin de s'excuser. Déjà elle disparaissait cependant que Charlescot, derrière elle, pliait sous la caisse contenant les arceaux, les maillets et les boules.

— C'est Mlle Ophélie Minahouet, n'est-ce pas? demanda Mme Trénissan.

— Oui, elle habite ici en compagnie de son auguste mère.

— Les deux font la paire, comme on dit. Pour un beau couple, c'est un beau couple !

— Ne parlez pas si haut, la dame vous entendrait, là-bas, où elle continue à se plaindre de la faiblesse de ses jambes.

— Bah ! elle boite comme elle sculpte.

— Pas du tout alors.

— Son infirmité ressemble à son talent : de la frime.

— Pourquoi cette comédie?

— Est-ce qu'on sait jamais avec ces artistes-là ? Quant à la fille !

Elle prononça le mot « artistes » avec une intonation méprisante, puis se tut, affectant une réserve plus renseignante que des révélations.

— Alors vous les connaissez?

— Peu, mais trop.

— Pourquoi trop?

— Parce que ce sont des aventurières.

— Je l'espère, dit Malbar : car, désabusé des vertus de l'humanité, il s'était résigné à ne plus se réjouir que du spectacle des canailleries. Alors, gare à Kerahuel !

— Oh ! oui, gare à Kerahuel ! Maintenant, si vous voulez bien, je monte mettre un chapeau. Ensuite, nous irons ensemble visiter des logements.

— Entendu. N'est-ce pas, Chien-de-Nous ?

Chien-de-Nous approuva de la queue. Avant de quitter la terrasse, Mme Trénissan, les yeux fixés sur l'infini, encore une fois, longuement, contempla le Château de Tristan.

CHAPITRE VI

Mme Trénissan, accompagnée de Malhar, se mit en quête d'un logis. Chien-de-Nous courait devant eux. Un à un, ils s'arrêtaient devant les nombreux écriteaux annonçant des chambres garnies à louer. Ils entraient. Point d'hommes à la maison, tous naviguaient au loin ; et les femmes, d'autre part, ne se trouvant jamais chez elle, leurs voisines, par complaisance, allaient les chercher, par les débits, les merceries, les étables où elles bavardaient sans relâche. Elles arrivaient sans se presser manœuvrant entre leurs doigts les aiguilles d'un tricot, traînant leurs pieds dans des socques vernis, laissaient voir du mécontentement d'avoir été dérangées, et de très mauvaise grâce consentaient à montrer ce qu'elles appelaient « des appartements ».

Le mot « appartement » ne prenait pas à Kerahuel le sens que Paris lui attribue. Appartement ne signifiait pas, dans ce pays, la réunion d'un salon, d'une salle à manger, d'une chambre à coucher et d'une cuisine. Les habitants donnaient au mot une interprétation plus restreinte. Par appartement, ils entendaient une chambre unique moins proche de l'hôtellerie que de la cabane, où ils dressaient des lits, les uns à côté des autres, selon le nombre des locataires. Beaucoup de baigneurs point délicats en leurs villégiatures se contentaient de ce pêle-mêle et s'accommodaient de vivre porte à porte avec des voisins qu'ils ne connaissaient pas, tandis que les cloisons trop minces, laissaient passer tous les bruits des familles.

Mme Trénissan, habituée aux aises du petit hôtel qu'elle

habitait seule, à Paris, ne se résignait pas à accepter
quelqu'un de ces campements triviaux, indiscrets, et rendus plus intolérables encore par le va-et-vient des
bonnes joint aux inconvénients des enfants. Répugnant
à faire aucun choix, peu à peu, oubliant le but de ses
visites, elle n'entrait plus dans les maisons que par curiosité afin de se divertir au spectacle des intérieurs.

Devant elle, des chambres de vieilles filles s'ouvraient
blanches comme des reposoirs, froides comme des sacristies. Sainte Anne s'y montrait partout, en bénitiers,
en statuettes, en images, en porte-allumettes. Des por-
traits-cartes représentant des sœurs de charité, se tenaient debout entre la chenille rose bordant le globe
du verre sous lequel un petit Jésus de cire souriait,
étendu sur la paille et les bras ouverts. Sur les murs blan-
chis à la chaux, auprès de la figure du pape, des rosaires
s'enroulaient ; des étagères, dans les coins supportaient
des livres que Mme Trénissan supposait être des livres
de religion. Elle lisait les titres en gaufrages d'or, sur le
dos des volumes, ne comprenait rien : les titres étaient
écrits en breton.

Ailleurs, chez les marins, elle voyait des paysages de
l'Inde ou du Tonkin, ouvrage de nacre ou d'étoffe rapportés par des quartiers-maîtres embarqués sur des navires
en station dans ces contrées. Sur les commodes, elle
apercevait des bateaux dans des bouteilles. Minuscules
et néanmoins munis de tous leurs agrès, ils dessinaient
leurs fines silhouettes horizontalement, entre le bouchon
et le goulot. A côté de calvaires découpés dans du bois
et patiemment assemblés, pièce à pièce, pendant le désœuvrement des interminables traversées. Mme Trénissan,
entre des cadres de bois noir, lisait des diplômes d'honneur signés par des ministres, noms célèbres au-dessous
de noms humbles, et témoignant par leurs paraphes
d'actes de bravoure et de sauvetages accomplis.

De temps en temps, elle s'approchait, attirée par la
fascination d'une photographie représentant un homme
à la physionomie énergique, avec de grands yeux auto-
ritaires et rêveurs. La femme qui montrait l'appartement
disait : « C'est mon père, c'est mon mari, c'est mon frère
ou c'est mon fils. » Tous étaient morts : les uns tués par
les guerres coloniales, les autres disparus on ne savait
où, on ne savait quand, dans la mer. Rien ne restait plus
d'eux que de petits ouvrages industrieusement fabriqués

par leurs mains, à terre, entre leurs voyages ; des dessus de boîtes en nacre mêlée de rocailles, une pipe au tuyau agencé dans une grosse patte de homard ; des goëlettes couvertes de toile jusqu'en haut de leur perroquets et, à pleines bonnettes, voguant sous des cadres profonds comme des niches où la vague se figurait par des cartonnages peints de blanc et bleu.

Chez les capitaines partis pour le cabotage ou le long cours, dans des maisons aux fenêtres étroites comme des hublots de navires, elle voyait des oiseaux empaillés de gigantesque envergure. Les ailes étendues, le bec menaçant, au bout de crampons de fer fixés au plancher du plafond, une amulette de sauvage entre les pattes, ils pendaient au-dessus de la table de la salle à manger, en manière de lustres. Sur les parois rendues lépreuses par l'humidité de la mer suintant à travers les murailles, décollant le papier, écaillant les peintures ; des kriss malais, des kandjars indiens, des yatagans arabes, des tomahawks de Peaux-Rouges, des flèches de cannibales, s'étalaient, en panoplie.

Tous les voyages des propriétaires s'indiquaient là, par la bizarrerie des objets rapportés. Parfois des statues de Bouddhas surmontaient les landiers du foyer tandis que des figurines en poterie barbare, trouvées au Mexique, pareilles à des poupées de terre, se tenaient debout, contre les chambranles. Les meubles s'encombraient de coquillages aux dimensions et aux formes déconcertantes. Leurs valves rouges, largement fendues, sous la poussière bâillaient, comme des grottes de corail. Elles évoquaient des mers mystérieuses, fantastiques, sans doute celles-là qui baignaient ces pays d'étrangeté et de rêve dont les lacs d'argent, sous des passe-partout de verre, étincelaient sous des cieux invraisemblablement bleus, au pied de montagnes aux sommets de neige, étoilées, par endroits, des fleurs roses d'un pêcher. Sur la cheminée, à côté des bouteilles brodées par l'incrustation des madrépores, de grandes plantes marines, séchées sur des pieds de bois, ouvraient leurs feuilles à jour, faisaient songer au développement transparent et léger d'un éventail de dentelle noire. Et toujours, à la bonne place, entre des baguettes dorées, un navire, toutes voiles dehors, son numéro soigneusement peint en blanc, tirant l'œil sur la coque sombre, courait grand largue auprès du portrait du capitaine seul, après Dieu, maître à son bord,

Malgré qu'on lui vantât sans cesse la commodité, le bon marché et la position des locaux, Mme Trénissan se décidait de moins en moins, s'excusait de l'embarras, saluait sans rien conclure. Derrière elle les loueuses, mécontentes d'un dérangement inutile et du mépris poliment témoigné pour leurs immeubles, maugréaient en breton des appréciations déplaisantes. Toutes, dans leur vanité native, leur ignorance du bien-être, jugeaient leurs maisons admirables et s'indignaient comme d'une damnation dès que le client, discutant leurs mérites, refusait de s'installer dans ces taudis.

— Vous avez raison, disait Malbar, ce n'est pas du tout ce qu'il vous faut.

Ils continuaient d'aller de porte en porte.

Quelquefois, pour arriver au domicile qu'on lui proposait Mme Trénissan traversait de grandes salles où les femmes, un morceau de papier sur les genoux, mangeaient des pommes cuites. Des gâteaux circulaient, il se versait des liquides que l'assemblée buvait, la tête dans des bols dont la blancheur se confondait avec la blancheur des coiffes. Une odeur âcre, nauséabonde, montait, cependant que Mme Trénissan revenait, dévisagée en-dessous par des regards sournois. Des jeunes filles, dans les coins, riaient bêtement, sans savoir pourquoi, avec des airs de folles.

En des logis de tenue plus bourgeoise, Malbar et Mme Trénissan passaient devant des portraits d'hommes, peints à l'huile, avec des costumes noirs, de petites perruques et des attitudes sévères. Ils tenaient des volumes entre leurs doigts, des codes sans doute, car ils avaient, jadis, exercé les fonctions de syndics, conseillers, prévôts, notaires royaux, peut-être.

A cause d'eux, à cause sans doute de l'éminente dignité léguée à leur famille, là, sans être plus beaux, les appartements devenaient plus chers ; et sous leurs coiffes des femmes, pâles de visage à la façon des nonnes, plus distinguées mais plus hypocrites, d'un ton obséquieux, en termes choisis, débattaient plus âprement le chiffre du loyer et le nombre des serviettes à fournir.

Mme Trénissan contempla encore bien des horloges dont le vaste balancier, au long d'une grande caisse de bois, montrait et cachait tour à tour un soleil de cuivre, allant et venant derrière un petit carreau. Chez un vieux capitaine, elle aperçut un buffet et un dressoir chargés d'assiettes bleues à dessins de formes chinoise. D'apparence, c'étaient des porcelaines venues du Céleste Empire au temps où, dans la ville de Lorient, florissait la Compagnie des Indes. Elle voulait les tenir, obtint de les manier. Après examen, elle reconnut que ces vaisselles imitant grossièrement les végétations, les architectures et les personnages de la céramique de Pékin, étaient de fabrication récente, d'importation manifestement anglaise.

Malbar, lassé à la fin, laissait Mme Trénissan s'avancer seule, dans les maisons. A la porte, en l'attendant, il poussait des cailloux du bout de sa canne, ou lançait des coquilles à Chien-de-Nous qui courait à leur recherche, grondait de plaisir en les rapportant. Quand, le soir, ils revinrent dîner à l'hôtel d'Orange, ils n'avaient rien trouvé. Le lendemain matin, ils se remirent en courses sans obtenir plus de résultats. Mme Trénissan entendit sans cesse les mêmes phrases : « Ah, si madame était venue hier ! Hier on disposait d'une bien plus belle chambre ! mais aujourd'hui la chambre était louée. Ou bien la personne qui l'occupait au lieu de partir, ainsi qu'elle l'annonçait, jugeait à propos de rester. « Tenez M. Barachoix aurait peut-être ce qu'il vous faut. » Seulement M. Barachoix ne voulait pas de locataires. Et quand Mme Trénissan se reculait devant l'étrangeté des réduits peints à la colle, sans papier de tenture, on lui affirmait cependant que « celui-là qui viendrait là serait logé tout comme un autre ». Elle passait, emportant sur sa robe des maculatures de plâtre frais, de couleur mal séchée se détachant des murs suintant d'humidité ; et, à l'heure du déjeuner, en tête-à-tête avec Malbar, commençait à douter de son installation, regrettait son voyage.

Le docteur Laguépie parut. Il avait appris la venue de Mme Trénissan, et s'empressait d'apporter ses hommages. Amateur obscur, disait-il, il admirait sincèrement le talent de la cantatrice, se réjouissait du hasard, puisque le hasard permettait l'expression de ses compliments. Il félicita Mme Trénissan de la manière dont elle interprétait le rôle d'Yseult, indiqua la date où il avait eu le plaisir de l'entendre ; pendant un instant, parla de la musique comme il parlait de tous les autres arts, avec une compétence déférente et profonde. Mme Trénissan s'étonnait de son savoir. Pour s'excuser, il raconta qu'au temps de sa jeunesse et de sa misère, afin de vivre, après les

cours de l'Ecole de Médecine, il s'était connu second violon au théâtre de l'Opéra-Comique.

— Et maintenant ?

— Oh ! maintenant, le violon dormait sous son archet
dans la peluche de son étui. Depuis vingt ans, il ne
l'éveillait plus guère, absorbé qu'il était par ses cours,
ses voyages, ses études, et bien détourné de la sonorité
des cordes à boyau par ses recherches sur les nerfs qu'il
appelait plaisamment « les chanterelles de l'humanité ».

Mme Trénissan lui raconta ses expéditions vers un
introuvable domicile, évoqua des souvenirs que Malbar
précisait d'un détail, demanda des renseignements :

— Mais que pouvaient bien boire ces femmes, le nez
dans une tasse ?

— De l'alcool, chère Madame.

— De l'alcool !

— Comme j'ai l'honneur de vous le dire. Quand vous
rencontrez des pêcheurs titubants ou couchés dans leurs
vomissements, au long des routes, vous ne voyez là que
l'ivresse pour ainsi dire consentie et officielle. C'est celle
que Louis Bonaparte installa pour assurer son avènement au trône par le suffrage universel ; celle que la République encore, aux jours d'élection, encourage et développe afin de favoriser le succès de ses candidats. Voilà
à peu près, tout ce que la Bretagne doit à l'établissement
de la démocratie. Le gouvernement a laissé s'enliser la
Loire et les ports ; il a méconnu les intérêts du commerce,
mais n'a rien négligé pour l'abêtissement des cerveaux.
Du mari, insensiblement, l'ivrognerie est passée dans
l'épouse ; et les familles, ici, se ravagent autant par le
manque de sobriété des femmes que par l'intempérance
des hommes.

« Le curé le sait bien, d'ailleurs, et l'autre jour, malgré
qu'il connaisse son impuissance à réformer les mœurs de
ses paroissiennes, dans un sermon non sans courage, du
haut de la chaire, il a vitupéré contre les progrès de
cette intoxication familiale et sournoise qui se pratique
dans les petits goûters, pendant la journée, s'entretient
au fond des écuries, pendant les veillées, le soir. L'argent que le marin, en mer, envoie de ses escales, la
femme le boit dans toutes sortes de vulnéraires, eaux-de-
vie, rhums, vins de liqueur et tafias ; ici, chez elle, en
compagnie des commères toujours en soif dans le voisinage ; là, chez la mercière, laquelle tient en secret un

débit de liquides en même temps qu'un commerce avoué
de fil et de rubans; toute seule même, car une fiole d'alcool se rencontre volontiers avec son chapelet dans sa
poche. La fortune entière de la maison s'écoule ainsi en
dégustations de tous genres. Et je vous prie de croire que
je n'invente rien.

— Oh ! fit Mme Trénissan, d'un air de scepticisme.

— Je parle seulement de ce que j'ai vu, et de ce que je
vois tous les jours, reprit doucement Laguépie.

Il continua :

— Quand un capitaine au long cours revient et souhaite
naturellement voir l'argent de son épargne, l'argent étant
allé tout aux godailles, on lui montre des billets de banque empruntés dont il ne soupçonne pas la fallacieuse
origine et qui le dupent sur l'économie de sa ménagère.
Les notaires, souvent se prêtent à ces simulacres. Le
marin reprend la mer. Derrière son bateau l'ivresse re-
commence, la ruine s'accentue. Pour boire, la femme
vend tout à la maison, depuis le lait de la vache jusqu'au
crin des matelas, jusqu'à la garde-robe laissée par son
mari. Les meubles même, peu à peu, lui passent par la
gorge. La mère boit, la fille ne tarde pas à boire, selon
l'exemple. D'ailleurs, dans des conditions d'hérédité
aussi exaspérées, la moindre occasion crée irrémédiablement une ivrognesse. Il suffit d'une noce, et l'ébriété, qu'on
croyait passagère, devient soudain chronique, incoercible. C'est dans l'alcool, c'est par l'alcool que Kerahuel
périra.

— Voyons, docteur.

— Comme le reste de la Bretagne, d'ailleurs.

— Etes-vous sûr que vous n'exagérez pas ?

— C'est-à-dire que je détruis les légendes et que je remplace par des faits précis l'imagination des romanciers et
des poètes. Certes, je n'ignore pas que mes opinions ne
sont guère propres à être chantées au piano, devant les
belles dames, dans les salons, et à être couronnées par
l'Académie française comme des romans dits réalistes. Je
manque de lyrisme et je m'en flatte, car je témoigne
ainsi que je ne sais pas mentir. Je dis que Kerahuel périt
par l'alcool; et si vous ne me croyez pas, au cours de vos
promenades, considérez, je vous prie, le nombre d'enfants estropiés du cerveau et des jambes, épileptiques ou
atteints de coxalgie. Causez avec les parents. Vous les
reconnaîtrez vite dénués de toute appréciation juste, de

tout raisonnement droit. Dans l'hypertrophie d'une vanité qui les fait se juger toujours supérieurs à quiconque, ils sont incapables d'émettre une opinion sagement réfléchie et de la transformer en action pratique. Ici l'absurdité domine, devient la règle. Le sens moral, déjà très atténué, décroît et s'affaisse de jour en jour par l'exercice de la confession où les âmes automatiquement dévotes vont chercher non la contrition de leurs erreurs, mais une absolution qui leur permet de les renouveler sans cesse. Le mensonge et la duplicité se font sentir partout, jusqu'au pied des autels. C'est pourquoi je répète que Kerahuel périra et la Bretagne avec lui : les tares de ce village dépassent son territoire et vicient au loin toute la contrée. »

Mme Trénissan écoutait. Là-bas, elle regardait le Château de Tristan. Dans quel pays d'épouvante et de malédiction se dressait donc la maison de son idéal et de ses rêves ?

Laguépie sourit en homme qu'aucune difformité n'irrite plus, tant ses études et ses voyages l'avaient accoutumé au spectacle des monstruosités de la nature et du monde. Paisiblement il ajouta :

— Ils périront, mais pas sans m'avoir fourni de précieux documents et une riche collection d'observations sur la dégénérescence, le rachitisme, l'hystérie et la folie mystique.

— Et qu'est-ce que nous demandons de plus ?. conclut gaiement Malbar.

— Un logement, répliqua Mme Trénissan.

La gravité de la conversation commençait à lui devenir pénible. Devant les vérités franchement énoncées par le docteur, elle éprouvait le malaise qu'on ressent en présence des pièces anatomiques. Pour dissiper son angoisse, elle essaya de plaisanter.

— Je ne tiens pas au cœur, comme dans les opéras comiques où le docteur faisait jadis une partie de violon, dit-elle, mais je voudrais bien une chaumière.

— Dans ce cas, madame, repartit Laguépie, je vous offrirais volontiers le premier étage de ma maison. Il est grand, bien meublé, je ne l'occupe pas et je mettrais de bon cœur mes domestiques à votre disposition. Mais je connais la psychologie des indigènes. Ils me jalouseraient, s'imagineraient qu'en vous donnant l'hospitalité j'empêche leurs locations et nuis à leur négoce. Par repré-

sailles, à vous et à moi, ils nous attribueraient tous leurs
vices. Je ne vous compromettrais certes pas : les commères pourtant ne tarderaient pas à nous déshonorer. Les
exemples abondent.

Et il laissa discrètement deviner que les visites de
M. Rachimbourg chez Mme Hestoudeau suscitaient déjà
maintes appréciations malveillantes.

Laguépie, Malbar et Mme Trénissan ayant tenu conseil, tombaient d'accord pour que maman Treudec fût
sollicitée d'autoriser Mme Trénissan à garder, jusqu'à la
fin de la saison, la chambre qu'elle occupait dans l'hôtel
d'Orange, quand une vieille dame se présenta. Avec le
costume des femmes de la ville, elle portait un bonnet
de cuisinière. De toute sa personne malflue, une impression inquiétante et risible se dégageait, car elle tenait de
l'ogresse, dans les contes pour les enfants, et de la matrone inculpée d'avortement, dans les cours d'assises.
Louchant derrière ses bésicles rondes, elle dit se nommer
Mme Siméon, et posséder une villa, sur la falaise, au-
dessus de Beg en Cresté : la pointe du Midi. De sa forte
main, aux ongles mal tenus, elle la désigna. Rose avec
des volets verts, assez semblable à un énorme bonbon
fondant, elle dominait de loin le Château de Tristan. Appelée à Paris par le long règlement d'une succession qui
exigeait plusieurs mois de séjour et de procédure, puisque la possession de sa maison lui était âprement con-
testée par la famille du vieux monsieur, lequel, de
Mme veuve Siméon, sa servante, avait fait sa légataire
universelle, Mme Siméon s'affirmait « contente » de louer
son immeuble à Mme Trénissan.

Il s'appelait Ty Loïc (maison Louis), en souvenir du
prénom de son ancien propriétaire, titre point choquant.
Pour Mme Trénissan d'ailleurs, la grande séduction
venait surtout de la proximité du Château de Tristan.

— Et quel prix demandez-vous ?

Mme Siméon évitait de se prononcer. Ce serait le prix
qu'on voudrait.

— Mais encore...

— Qu'est-ce que ça vaut, pour vous faire plaisir ?

Mme Trénissan proposa cinq cents francs. La vieille se
récria :

— Cinq cents francs pour la saison ! Mais on croyait
donc qu'elle n'avait pas de pain à manger !

Alors, elle réclama un loyer de six cents francs, jusqu'à la fin du mois de septembre. Pour cinquante francs de plus, elle louerait aussi sa bonne. Ensuite, par flatterie, et dans l'intention de précipiter le marché, elle s'extasia sur la douceur des yeux de Mme Trénissan.

— Ce regard-là, on le voyait bien, appartenait à une brave personne avec qui il ne deviendrait jamais malaisé de s'entendre.

Mme Trénissan n'aimait pas ces manières.

— C'est bien, dit-elle sèchement, j'irai voir.

Pour mettre fin à l'entretien, elle se leva.

— Jesu men Doué ! C'est vous qui êtes grande, s'exclama Mme Siméon rapetissée encore par la majesté de Mme Trénissan.

Son admiration exhalée, elle insinua que la « bonne dame » ferait bien de se presser. Des offres de location se produisaient toute la journée. Elle attendait des visiteurs dans l'après-midi, vers quatre heures; un arrangement s'allait conclure car le client discutait sur quelques détails, sur quelque dix francs à peine: toutes hâbleries évidentes pour exciter l'impatience de Mme Trénissan, hâter la décision.

— Baluche ?

— Monsieur ?

— Va chercher le chapeau de Mme Trémissan.

— A l'instant, nous vous suivons, dit Malbar.

Mme Siméon s'en alla. Déjà elle regrettait le prix qu'elle avait proposé, le trouvait trop modique. Elle revint sur ses pas.

— D'abord, disait-elle, elle n'avait pas pensé au jardin. Si Mme Trénissan voulait du jardin, elle paierait cinquante francs de plus. Et elle entama l'éloge des pommes de terre de sa récolte. Elle ne savait pas comment elle faisait, mais personne à Kerahuel ne mangeait de « patates plus goûtées »...

Elle parlait d'une voix dolente, comme si elle avait voulu apitoyer même sur ses exigences; et, par intervalles rajustait sous son bonnet ses cheveux faux comme ses discours

Baluche, devenu un parfait valet de chambre, délicatement, sur son poing, ainsi que sur un champignon de modiste, apporta un grand chapeau de paille blanche. Une touffe de bluets le relevait d'un côté.

— La maison, le jardin, la bonne, tout pour sept cents francs, dit Mme Trénissan.

Et, tout en fixant dans la passe de son chapeau de longues épingles dont les têtes d'or représentaient des Valkyries :

— M. Laguépie n'a rien à faire ? Pas d'observations à prendre ?

— On en trouve sans cesse, répondit Laguépie. Dans ce diable de pays, on ne peut jamais se flatter de rien savoir expressément. L'âme des habitants est tortueuse comme les chemins de leurs falaises. Quand on croit s'être orienté parmi leurs sinuosités, au bout, on s'étonne toujours de rencontrer de l'inconnu et des surprises.

— Alors vous venez avec nous ?

— Avec plaisir.

Malbar siffla. Chien-de-Nous accourut.

— Eh bien, voyons, où étais-tu, l'Assassin ?

Depuis qu'il avait appris par Mariette la tragique aventure de Chien-de-Nous, il lui arrivait parfois d'appeler le chien : l'Assassin, facétie dont il s'égayait à cause de l'ahurissement des passants et de l'air humilié que prenait l'animal. Chien-de-Nous semblait souffrir de son passé. Quand Malbar disait : « Viens-tu, l'Assassin ?», il levait vers son maître des regards implorants, une égale tristesse passait dans ses yeux de couleur différente.

Ils marchèrent.

Devant eux, Mme Siméon se traînait avec une allure de crapaud. Le sable brûlait. Des paillettes de mica étincelaient dans les sentiers, sur les pierres au long des murs bas. Ils passaient. Des lézards effrayés se glissaient entre les pierres où leur queue frétillait. De place en place, dans les vallonnements de la dune des mares d'eau séchaient sous des croûtes de crasse verdâtre. Par-dessus les monticules, des mâts de navires apparaissaient mêlés dans l'air aux cheminées des maisons. Fraîche, malgré l'ardeur du soleil, une forte brise soufflait. Très loin les ailes d'un moulin à vent tournaient sur le ciel bleu.

Laguépie avait ralenti le pas. Baissant la voix pour se faire entendre seulement de Mme Trénissan et de Malbar, sur un ton confidentiel il disait :

— Si la maison de Ty Loïc vous plaît, prenez bien garde. Pas de conventions verbales. Autrement, Mme Siméon, semblable à tous les autres propriétaires, après avoir tout concédé, ne vous accordera plus rien.

Mme Trénissan se révoltait contre tant de mauvaise foi,

— Pas possible !

— Ecoutez-moi, insistait Laguépie. Echangez un engagement écrit. Vous voulez jouir du jardin ? Stipulez par acte authentique que le jardin vous appartiendra. Je les connais, allez, et ce n'est pas d'aujourd'hui. Si vous ne vous défendez pas énergiquement, par avance, jamais vous ne pourrez répondre de votre tranquillité. Ces gens-là s'insinuent toujours les uns chez les autres. Avec leur complexion de Bernard l'Hermite, ce crustacé qui s'introduit en intrus dans la coquille de ses congénères, ils ne se persuaderont jamais que vous êtes une personne autre que Mme Siméon, et ils entreront chez vous du même pas sans gêne dont ils ont l'habitude d'entrer chez elle.

— Allons donc !

— J'en parle par expérience. Moi, la première année que j'ai passée ici, je ne doutais pas de la loyauté proverbiale des Bretons, je me fiais à leur parole. Ah bien oui ! Je ressemblais aux diplomates français qui croient à la sincérité des Chinois ! Dans le jardin de ma maison naïvement louée, à l'aveuglette, toutes les commères des alentours s'assemblaient, comme dans un square public, pour y tenir leurs assises de diffamation, sous mes fenêtres. Elles venaient guetter mes allées et venues, surprendre mes conversations avec des amis, pendant le repas. Quand je réclamais, on me répondait que le jardin ne m'appartenait point. L'une se disait chez son neveu ou chez son oncle, l'autre chez son beau-frère. Tout le monde, excepté moi qui payais le loyer, s'installait à domicile, dans ma demeure; et sous mon nez, effrontément, volait les fraises des plates-bandes, les figues sur le figuier. Si je chassais les intrus, on se moquait de moi en affirmant cette vérité, du reste, que le propriétaire avait donné l'autorisation de pratiquer ces cueillettes. D'abord, je me fâchai. Ma colère ne servait à rien, sinon à me faire huer par les galopins et insulter par les mégères. Aussi, instruit par le malheur, comme vous le verrez quand vous me ferez l'honneur de venir chez moi, je me suis décidé à habiter seul, dans une maison qui m'appartient. J'amène là le personnel que j'emploie à Paris. Ainsi, je n'ai aucune relation avec le pays où je vis, et je m'en félicite. Peut-être en résulte-t-il des dépenses plus fortes; mais je suis maître chez moi, et c'est ici un luxe qu'il faut s'attendre à payer cher.

— Je paierai tout ce qu'il faudra, dit Mme Trénissan.

— Bien entendu ! N'empêche que Mme Siméon, tout en
empochant votre argent, essaiera de garder la maison
pour elle. Vous vous imaginez peut-être qu'elle quitte
Kerahuel pour Paris, comme elle le prétend ? Pas du tout !
Demain, vous la trouverez dans votre jardin, blottie dans
une cabane à lapins où elle aura installé son lit; ou bien,
embusquée derrière un trou percé au mur d'une remise,
elle surveillera vos entrées, vos sorties, espionnera vos
démarches et écoutera vos discours.

— Évidemment, dit Malbar, montrant autour de lui,
avec sa canne, le paysage sans arbres, ce pays-ci manque
de triques.

— Moi, continua Laguépie, j'avais eu la condescendance
de permettre aux filles de mon propriétaire de coucher
dans le grenier. Oh ! les vilaines péronnelles ! Elles en
menaient du tapage, le soir, sur ma tête, avec leurs sabots ! Une nuit, je me suis levé pour les jeter à la porte.
Grand scandale, comme vous pensez. Dès que je n'ac-
ceptais pas les impertinences, je passais pour un individu intolérable. On se vengea. La religion vint en aide.
Le dimanche matin, quand les filles passaient, se rendant
à l'église où je ne vais pas, non par dédain, mais parce
que ma croyance est plus haute, elles me riaient au nez
en me criant d'un air de vanité et de reproche : « Nous
allons à la messe, nous ! » d'où elles se jugeaient autori-
sées à toutes les insolences. Donc, stipulez bien que vous
disposerez à votre gré de la maison entière, avec ses
dépendances; que, dans l'une et dans les autres, personne
ne circulera sans votre permission. Ne consentez à aucune
complaisance. Si, un seul instant, vous laissez péricliter
vos droits, on profitera de votre faiblesse. Votre bienveillance même sera considérée comme une capitulation,
et vous serez perdue.

— Et la bonne ? demanda Mme Trénissan, dont toutes
ces recommandations augmentaient l'inquiétude.

— Embarrassez-vous d'elle, si vous voulez, conseilla
Laguépie, afin de vous ménager l'illusion qu'elle fera
votre lit et qu'elle rangera votre cabinet de toilette.
Comme vous prenez vos repas à l'hôtel d'Orange, vous
ne redoutez pas que la demoiselle porte la bougie, le
sucre et le café de votre office aux artilleurs de sa connaissance. Depuis Fachoda et l'armement du littoral, les
servantes des meilleures maisons couchent plus volon-

tiers sous les casemates des forts que sous les toits de leurs maîtres : aussi la natalité progresse depuis qu'on s'est soucié de la défense nationale.

— C'est la repopulation par la guerre, dit Malbar.

— Donc, je vous recommande, reprit Laguépie, je vous recommande de ne pas gêner les amours certaines de votre future cameriste, en la contraignant à demeurer chez vous. Qu'elle vienne le matin; le ménage fait, qu'elle rentre dans la circulation; et gardez votre clé dans votre poche. C'est le plus sage.

Tandis que Laguépie mettait au service de Mme Trénissan les désolantes ressources de son implacable expérience, ils arrivèrent à la maison de Mme Siméon.

Derrière un jardin sans fleurs où l'herbe haute cachait les arbres, au-dessus d'un perron de pierre où mouraient des glycines, et dont les marches basses avaient été construites pour des pas de vieillard ou de malade, Ty Loïc, de chaque côté d'un corridor, ouvrait des chambres petites bien aménagées et de mobilier suffisant. Un salon en forme de rotonde s'arrondissait hors de la façade, vis-à-vis de la mer. Par les larges baies vitrées, le Château de Tristan, et toute la baie avec lui, semblaient entrer.

— Sept cents francs et la bonne, n'est-ce pas ? répéta Mme Trénissan.

Mme Siméon se lamenta encore, tenta de se dérober.

— Pas un sou de plus ! venez-vous, messieurs ?

Mme Trénissan feignit de s'en aller.

Alors, brusquement, Mme Siméon acquiesça. Puis, ouvrant une fenêtre, elle appela :

— Astérie !

Astérie, une vieille fille de physionomie monacale, la tenue soignée, se montra parmi les arbustes. Sa dignité semblait supérieure à sa condition sociale. Doucement, avec des paroles ascétiques, le verbe humble, sans lever les yeux, tout en égrenant un chapelet entre ses doigts maigres, elle discuta avec Mme Trénissan les détails de son entrée en service.

— Qu'est-ce que Astérie ? demanda Malbar.

— Vous voyez dans ce prénom l'alliance de la science et de la religion, répondit Laguépie. Ses parents ont voulu l'appeler Etoile de la mer, et, par je ne sais quelle confusion ils ont donné le nom d'Astérie, celui d'un polype vulgairement qualifié d'étoile de mer, un vocable que vous trouverez plus sûrement dans les nomenclatures de zoophytes que parmi la listes des saints, dans le calendrier.

Malbar s'émerveillait.

— Quant à cette Astérie, continua Laguépie, je la connais comme les autres, les astéries des rochers et des goëmons. Elle fait mine de ne pas me voir, parce qu'elle ne veut pas me parler, car elle me déteste.

— Pourquoi ?

— Parce que nous sommes des concurrents.

— Des concurrents, dit Malbar en éclatant de rire. Comment ?

— Elle appartient au tiers-ordre de Saint-François. On la révère ici comme une « bonne sœur ». Selon la formule qu'elle a signée par-devant deux Révérends Pères « sans avoir été sollicitée par un autre mouvement que celui reçu intérieurement du Saint-Esprit, elle a promis à Dieu de garder toujours ses divins commandements, et de satisfaire aux pénitences qui lui seraient imposées si elle transgressait la Règle dont elle a déclaré faire ouvertement profession pour tout le temps de sa vie, et la plus grande gloire du Seigneur ». Ne la confondez pas avec les congréganistes. Vous voyez en sa personne une espèce de religieuse laïque qui soigne les malades et les médicamente, à l'occasion. Elle me redoute parce qu'elle exerce illégalement la médecine. Et quelle médecine !

— Je m'en fais une idée, dit Malbar.

— Non, vous n'imaginez pas ! Elle emploie, à la satisfaction générale, du reste, les pires remèdes de la pharmacopée du moyen âge, et voici les plus ordinaires médications de son formulaire. Pour la pneumonie, elle ordonne de faire mijoter, pendant trois heures, un poulet étique avec douze ou quinze limaçons en coque, dans deux litres d'eau, plus une poignée de pas d'âne et de moraine. Ce bouillon doit se boire le matin quand le malade se lève, le soir quand il se couche. Pour combattre la dysenterie, elle indique de râper le fémur d'un squelette et d'avaler, tous les quatre ou cinq jours, cette raclure mêlée à deux verres de vin rouge. Un drachme, en poudre, de la peau des pattes d'un jeune canard lui suffit pour combattre la jaunisse ; et, au moyen d'un crapaud desséché, tenu sous l'aisselle ou pendu au cou du patient, elle arrête les hémorrhagies nasales. Elle précipite les accouchements à l'aide de fiente d'oie préalablement délayée dans du cidre. Le sang d'une crête de coq, coupée avec des ciseaux, lui sert à frotter les gencives des enfants pour favoriser la dentition. Elle rend la mémoire bonne par de l'ivoire en menues parcelles infusées dans du vin blanc. Elle réussit, paraît-il, à guérir les panaris sans opération, en insérant le doigt incommodé deux heures dans l'oreille d'un chat. La cure de la folie, nécessite plus de complications. Elle met le sujet nu, lui gratte les doigts de pied pendant une heure, introduit les pulvérulences de la peau dans un étui de bois, y adjoint un lézard vivant, recommande de garder le tout, quinze jours, sous le manteau de la cheminée. Après ce délai, si le lézard tombe en poudre, l'aliéné recouvre la raison.

Malbar avait tiré son mouchoir. Plaisamment, il l'agitait devant sa figure comme si les sottises énumérées par le docteur lui faisaient monter au cerveau des bouffées d'asphyxie.

— Attendez ! Je n'ai pas fini. Astérie, bien entendu, excelle dans l'art de « chrétienner » les avortons humains. Elle les place au milieu d'une assiette, verse de l'eau bénite dessus en prononçant les formules consacrées, et nulle ne se montre plus dévotement adroite à introduire des goulots de bouteille jusqu'au fond de l'appareil génital des mères en gésine pour conférer le sacrement du baptême aux fœtus mal placés, en danger de mort et d'enfer. Elle obéit ainsi aux prescriptions de l'« Embryologie sacrée ».

— Auctore Craisson, évêque de Valence, dit Malbar. Le chapitre est tout en français dans le *De rebus Venereis*, un volume, pour le reste, tout en latin.

— Mais, tandis que le curé et le ciel trouvent en Astérie un éminent auxiliaire, Astérie craint mes indiscrétions et tremble que je la dénonce au parquet.

— Dame, c'est votre droit, dit Malbar.

— La dénoncer, à quoi bon ? riposta Laguépie. Malgré leur ridicule, leur malpropreté même, ses remèdes sont inoffensifs. Je leur reproche seulement d'attarder les souffrants dans leur mal, de sorte qu'on se décide à me consulter, trop tard, longtemps après la période où j'aurais pu, peut-être, efficacement intervenir. Cela regarde la conscience des familles, non la mienne, car s'il m'appartient de soulager les infirmités physiques, ma puissance ne s'étend pas jusqu'aux misères intellectuelles. En outre, Astérie n'exige point d'honoraires. Gratis, à défaut

de guérison, elle inspire cette confiance qui procure déjà
du soulagement. Pourquoi voulez-vous que je lui tienne
rigueur d'absurdités nous fournissant, à nous, des occasions de rire, et donnant au pauvre monde du courage
pour espérer ?

Malbar se taisait, curieux d'atteindre à cette sérénité
philosophique, où la raillerie, par sa belle humeur,
tourne à l'indulgence; où le dédain, par sa bienveillance,
se rapproche de la charité.

Laguépie continua :

— Puis Astérie, malgré elle, m'a révélé quantité de
formules baroques, un dictionnaire nouveau de l'ignorance et de l'impuissance humaines. Sans qu'elle s'en
doute, je me tiens un peu pour son obligé. Cependant,
elle me considère comme un ennemi, parce que, avant
de soigner ses clients, moi, je n'envoie pas chercher les
prêtres. J'avoue que parfois même, il m'arrive de les
éloigner ajouta Laguépie, mais seulement quand les
prières pour les agonisants me paraissent prématurées,
capables de troubler l'intellect, de provoquer des crises
et de compromettre les illusions de rétablissement.

Mme Trénissan l'interrompit. Enfin, après les redites
de pourparlers sans cesse renaissants, Mme Siméon
s'engageait à livrer sa maison dès le lendemain matin.
Astérie, de son côté, acceptait de venir, tous les jours,
jusqu'à midi, pour mettre en ordre le ménage. Pendant
ces discussions, Chien-de-Nous avait disparu.

— Attendez, dit Laguépie, tout n'est pas fini, Mme Siméon, voulez-vous nous prêter un encrier?

Mme Siméon, sans comprendre, apporta sur la table
de la salle à manger une écritoire à demi séchée. Dans
une tête de marin en verre moulé, au bout d'un manche
plat au bout sur lequel on lisait : Nice, en lettres anglaises, sous une hirondelle peinte, une plume oxydée
trempait. Laguépie déchira une feuille du grand carnet
qu'il portait toujours dans sa poche, à la façon des dessi-
nateurs. Rapidement, en caractères presque sténogra-
phiques, il rédigea le contrat. Puis, après l'avoir lu tout
haut :

— Maintenant signez, dit-il à Mme Siméon.

La vieille femme, surprise de tant d'autorité, assura ses
lunettes sur son nez. D'une main mal habituée, elle s'appliqua à bien écrire son nom ; et, dans les griffonnages enfantins et prétentieux de son paraphe, il apparut qu'elle

s'appelait Corneille. Mme Trénissan, à côté, mit son nom
aussi, d'une main ferme, en lettres hautes, franches, sans
fioritures.

— Mais l'enregistrement, le timbre ? insinuait Mme Siméon qui cherchait déjà des raisons de rupture.

— Mme Trénissan s'en charge, prend tout à ses
frais, répondit Malbar qui établissait un duplicata de la
pièce. La copie terminée, il répéta :

— Maintenant signez.

Prenant un des deux papiers portant les deux seings
de Mme Siméon et de Mme Germaine Trénissan, Laguè-
pie le plia, le tendit à Mme Trénissan disant :

— Maintenant, madame, vous êtes chez vous à Ty Loïc,
et bien chez vous.

Ensuite il s'excusa. Il devait rentrer chez lui. L'heure
approchait où il avait coutume de donner des consultations ; et, rapidement, il reprit le chemin de Kerahuel.

Mme Trénissan et Malbar revinrent le long de la
falaise, poussèrent leur promenade jusqu'au Château de
Tristan.

Ils le croyaient très proche. Cependant, à mesure qu'ils
avançaient, le château semblait reculer devant leurs pas.
Ils marchèrent péniblement sur le sable où leurs pieds
s'enfonçaient, les bottines s'emplissant de gravier. Le
long de la lande pelée, de ci, de là, de grandes plaques
de gazon verdissaient piquées de taches mauves. C'étaient
des œillets sauvages, que la brise balançait sur leurs
tiges élevées, au-dessus des chardons. Mme Trénissan
cueillait les œillets, un à un ; s'étonnait de leur arome.
Malbar auprès d'elle, faisait aussi des bouquets. Il les
lui offrait après les avoir liés d'un brin de jonc ou de
bruyère. Et, ils se remettaient en route, au milieu des
parfums, tant l'odeur des œillets, développée par la chaleur, embaumait à l'entour.

Puis la végétation disparut. Ils circulaient maintenant
au milieu d'un amas de rochers entassés les uns sur les
autres, s'étageant, de place en place, ainsi que les
marches d'escaliers naturels. Ils les gravissaient. D'autres
roches, au delà, apparaissaient, gigantesques, confuses,
telles les ébauches d'un travail qu'un sculpteur surhumain auraient abandonnées : chaos de formes étranges
qui ressemblaient à l'essai dédaigné de la création d'un
monde. Ils approchaient, et la dimension des figures
diminuait, parce que d'autres pierres, là-bas, jusqu'à

l'horizon, se dressaient plus formidables encore. Dans
les intervalles, la mer, en se retirant, avait laissé de
grandes flaques où frétillaient des crevettes. Malbar
donnait la main à Mme Trénissan. Avec des légère-
tés de jeune fille, sans mouiller ses chaussures, elle
sautait. De l'autre côté, sur le sable fin, ramagé par le
flot et humide encore du départ de la vague, les barri-
cades de rocs recommençant, ils recommençaient leurs
escalades.

Ils glissaient sur les goémons ; pour se retenir de tomber, se salissaient les mains aux varechs et aux mousses.
Et la difficulté excitant leur courage, ils se perdaient au
milieu d'un dédale de dolmens et de menhirs ; criaient
pour se reconnaître. A leur voix, des oiseaux fuyaient
par dessus des obélisques point dégrossis et des dolmens
géants. La mer les accumulait là, pêle-mêle. Sans cesse
le flot les sculptait au gré de ses formidables emprises
et dans ce tumulte de pierres abruptes, Malbar et
Mme Trénissan s'évertuaient à trouver des figures humaines, des silhouettes d'animaux fantastiques. Celle-
ci leur semblait toute pareille à un moine coiffé d'un
capuchon. Ces autres, ravagées par la lame comme les
physionomies par l'âge et les pleurs, leur paraissaient
exactement présenter des figures de vieillards. Ailleurs,
ils se montraient des crapauds accroupis, des sphinx, les
pattes étendues, les yeux fixes ; des mufles de lions, des
dos de lézards, des profils de porcs, des carcasses de
baleines, des aigles ouvrant leurs ailes et prêts à s'envoler. Ni l'un, ni l'autre ne voyait exactement la bête
telle qu'ils se l'indiquaient. Cependant, par condescendance, ils répondaient : « C'est vrai, je distingue très bien
sa gueule. Regardez donc sa crinière. Quelles griffes !
On dirait qu'elle va remuer. »

L'eau amassée dans un bas-fond créait une sorte de lac
intérieur. Le soleil frappait dessus d'aplomb, d'une manière aveuglante. De la lumière dansait, reflétée tout
autour sur le granit luisant des rocs. Concentrée comme
dans un four, la chaleur devenait accablante. Mme Trénissan soufflait, ne cessait de s'éventer, demandait à
s'asseoir.

— Encore un peu de bravoure, nous arrivons, répétait
Malbar, et il entraîna Mme Trénissan dans un corridor
de rochers, tortueux, à pic, resserré. Des deux côtés, les
coudes touchaient les parois. Au-dessus, des touffes

d'herbes pendaient, et l'on apercevait à peine le ciel. Mme Trénissan dut ramper en certains passages. Inquiète et courbée, elle s'effrayait de frôlements qu'elle entendait dans l'ombre, des bruits de bêtes visqueuses, et agressives, sans doute. Peureusement, devant une petite grotte, elle s'arrêta en face d'étranges coquillages, espèces de tuyaux de caoutchouc terminés par l'ongle blanc d'un orteil humain.

— Qu'est-ce que c'est que ça ?

— Des « pouce-pieds » selon l'expression vulgaire, expliqua Malbar. Le nom scientifique je l'ignore. Laguépie vous le dira. Inoffensifs de leur vivant, les « pouce-pieds », cuits dans l'eau et le sel, fournissaient un plat qu'il n'appréciait pas, lui, mais que beaucoup de gourmets recherchaient.

Malbar continuait :

— Donnez-moi la main, suivez-moi, baissez-vous encore un peu. Là, nous y voici.

A l'extrémité du couloir, un souffle de vent frais frappa Mme Trénissan au visage. La mer était proche, et par delà le terre-plein, où elle s'asseyait exténuée, le Château de Tristan, comme un décor, se découpait sur un mouvant horizon de vagues.

Elle poussa un Ah ! de surprise, et, sans savoir comment, se trouva dressée sur ses pieds, toute droite d'admiration, soulevée qu'elle était malgré elle, par la vastitude et la majesté du spectacle.

Formidable à distance, de près le Château de Tristan devenait plus formidable encore. Les ouvertures que l'on prenait de loin pour des créneaux, des embrasures et des meurtrières, venaient de la superposition de blocs monumentaux dont les interstices bâillaient ainsi que des gouffres. Le donjon montait si haut, dans l'azur, qu'un nuage passant en cachait l'échauguette ; et l'arcade du porche, entre les deux pieds-droits, s'ouvrait d'une telle ouverture que Mme Trénissan croyait voir l'entrée de l'infini. Pour elle, solide et croulant tout ensemble ; défiant l'Océan, vaincu par les marées ; pourvu d'une beauté plus rare par chacune des bourrasques acharnées à son effondrement ; plus grandiose à force de résistance et de ruine ; ce promontoire symbolisait cet honneur de Tristan détruit par la passion comme le rocher était détruit par la vague, et rencontrant dans sa décadence plus de splendeur encore que dans son intégrité.

Oui ! C'était bien en cet endroit de vivant désastre que le chevalier Tristan, blessé par Mélot, courait cacher sa plaie avec son remords d'avoir aimé la Reine et trahi son monarque. C'était bien là qu'il agonisait de douleur et d'épouvante, hurlant à l'amour comme le chien hurle à la mort ! Tristan ! Mme Trénissan l'apercevait maintenant. Elle le voyait couché, tout près du rivage, l'œil fixé sur la mer, aspirant la brise pour attirer plus vite à lui le bateau d'espérance qui doit lui ramener Yseult.

Malbar distinguait bien quelqu'un : un pêcheur sans doute, car l'endroit passait pour poissonneux, et les flots, aux environs, secouaient des bouées de casiers à homards. Mais pour ne pas troubler l'illusion de Mme Trénissan, il n'objecta rien. Entendant des bruits de pas, l'homme, au lointain, se mit debout.

En ce moment une barque toute gréée de soleil, passa derrière le porche. Des voix rauques y commandaient des manœuvres. Mme Trénissan, se souvenant de la partition, crut entendre l'appel de Kurvenaal : « Le navire est dans le port, Yseult d'un bond descend sur le rivage. » Sans doute aussi là-bas, Tristan se levait pour s'empresser vers elle. Alors, jetant son chapeau, les cheveux envolés au vent, marchant sur les varechs ainsi que sur les planches d'une scène de théâtre, elle chanta :

— C'est moi, c'est moi, mon doux ami !

Craignant d'être reconnu, l'homme, au loin, se dissimulait derrière les rochers. Il se baissa, reparut, puis devint invisible. Mme Trénissan s'imagina que, à la manière de Tristan, il tombait, épuisé par une blessure, et s'abandonnant à son enthousiasme, elle continua :

— Relève-toi ; entends ma voix. La voix d'Yseult t'appelle, Yseult est fidèle. Fidèlement elle vient au rendez-vous d'amour, mourir avec Tristan.

Sa poitrine se soulevait. Hallucinée, haletante, elle reprit :

— Où est ta blessure ? Laisse-moi la guérir. Ne meurs pas, ne meurs pas de la blessure. Mourons d'être réunis. Pour nous deux, dans l'amour s'éteindra le flambeau de la vie.

Malbar écoutait.

Le murmure des flots, pareil à une vaste symphonie, accompagnait Mme Trénissan. Dans le bruit de la vague rythmiquement apportée et remportée du rivage, il retrouvait la musique des instruments entendus sous la

coupole des salles de concert, alors que le chef d'orchestre levant son bâton de mesure, le crin des archets tout
blanc de colophane, d'un mouvement égal, descend et
monte au milieu du flamboiement de cuivre des cors,
tubas, timbales et trombones, de la coruscation d'or
allumée par les lustres au long des consoles des harpes ;
tandis que les auditeurs se taisent, sur leurs sièges, les
nerfs tendus par l'attention comme les cordes sont tendues sur les chevalets par les chevilles des violons. Ici
comme là-bas, la voix de Mme Trénissan s'élevait, espérant la rencontre, l'anéantissement des deux amants en-
sevelis dans leurs délires. La même exaspération dans
l'idéal, la transfigurait, l'affranchissait du monde. Et Malbar restait béant devant la magnificence de cet art si intimement émané de la nature, tellement confondu avec
elle, que les mélodies y chantaient aussi haut que la mer,
et que la passion y resplendissait à l'égal du soleil.

— Tristan ! Écoutez ! Écoutez ! Il s'éveille, mon bien-
aimé !

D'après les indications de la mise en scène qu'elle suivait automatiquement, par l'habitude résultant de nombreuses répétitions, Mme Trénissan, sur un rocher,
tomba défaillante, telle Yseult sur le cadavre de Tristan.

Alors Malbar vit le cou de Mme Trénissan à la portée
de ses lèvres. Cédant à cette espèce de vertige sensuel que
causent la longueur des voyages, l'étourdissement de l'inconnu et l'exaltation provoquée par les plus pures
œuvres d'art, il l'embrassa sur la nuque, éperdument.

— Voulez-vous me ramasser mon chapeau, s'il vous
plaît ?

Un peu honteux, Malbar ramassa le chapeau, le rap-
porta. Pendant qu'elle se recoiffait, Mme Trénissan dit
simplement :

— Pourquoi m'avez-vous embrassée, tout à l'heure. A
quoi bon ? Nous nous étions si bien quittés.

Et elle évoqua les circonstances de leur rupture, à Versailles, au fond du parc, un jour de grandes eaux, dans
les bassins, et menaces d'orage, dans l'air.

— Vous avez donc oublié ce que je vous ai dit, au
milieu des ifs et des statues ? C'est précisément parce
que je vous aime beaucoup que je ne me suis pas laissée
aimer ainsi que vous le souhaitiez. Songez donc ! Une
femme comme moi, qui se flatte de ne pas ressembler
aux autres — et c'est pour cette rareté, j'imagine, que

vous avez bien voulu me faire la cour, une femme comme
moi, ne s'abandonne pas par caprice. Après réflexion, elle
se donne tout entière; et je n'aurais pas tardé à vous
lasser, avec ma conscience. Je ne me serais pas reprise. Il
vous eût fallu me subir, tout le temps, sans même trouver
du répit pour me rendre jalouse. Vous n'en dites rien.
Mais, franchement, avouez qu'au moment de notre séparation, vous avez éprouvé la satisfaction d'une délivrance.

Des goëlands volaient à fleur d'eau. Chien-de-Nous, on
ne savait d'où, aboyait sur leur passage.

— Alors pourquoi, reprit Malbar, pourquoi être venue
me retrouver, à Kerahuel, où je m'étais étudié à vous fuir.
Quand je quittai Paris, mes camarades, les bibliothèques
et les bruits du boulevard qui me faisaient croire à ma
renommée, c'est que, à Paris, je vous sentais trop près
de moi. Votre nom dans les courriers de théâtre, sur les
affiches, sur les programmes d'auditions musicales; votre
présence dans les salles de concert troublaient ma loyauté,
gênaient ma volonté de renoncement. C'est pourquoi
j'avais mis des kilomètres et des kilomètres entre votre
souvenir et vous. Mais vous voici! Mes précautions, et je
m'en réjouis, mes précautions n'ont servi de rien, puisque le Château de Tristan nous rassemble et que, aujour-
d'hui encore, vous êtes bien obligée d'entendre que je
vous aime.

Une source, près d'eux, suintait de haut à travers les
pierres. Ils se turent; et, dans le silence, ils écoutaient les
gouttelettes d'eau tomber.

Malbar prit la main de Mme Trénissan. Comme s'il eût
tenu un oiseau prêt à s'échapper, doucement, il la serrait
dans les siennes. Mme Trénissan ne se défendit d'abord
pas contre cette familiarité; et, tout en jouissant de la
caresse, elle disait :

— Nous sommes dans la vie, mon pauvre ami; et pas
plus que Tristan et Yseult à leur rencontre, sur le navire,
réduits à nos propres forces, nous ne deviendrions capables d'infini.

Malbar la regarda d'un air curieux. Lentement, elle dégagea sa main et continua :

— Que faites-vous à présent de votre perspicacité critique
et comment négligez-vous avec quelle adresse Richard Wagner ordonna son poème ? Richard Wagner s'avisa sagement qu'aucune passion humaine, si démesurée fût-elle,

ne saurait s'élever, d'elle-même, au degré d'exaltation où il se sentait assez puissant pour pousser la musique. Afin d'ouvrir un champ illimité au développement de sa symphonie, par une bienheureuse trouvaille, il a inventé un ressort dramatique point soupçonné par les poètes dont il empruntait le sujet. Il comprit que la magie, le sortilège, des influences inéluctables et souveraines seules pouvaient jeter Tristan et Yseult à ces extrémités de délire que son génie concevait au-delà de la mesure des sens et des ressources dè l'humanité. Alors il imagina le philtre d'amour versé par Brangœne, au lieu du breuvage de mort imploré par Yseult.

— Même, répliqua Malbar, il faut toute l'autorité de son caractère et de son lyrisme pour excuser ce procédé dramatique, rendre acceptable cette substitution qui, dans une œuvre de moindre envergure intellectuelle, choquerait à la façon d'un vulgaire quiproquo.

— Oui, repartit Mme Trénissan. L'art ainsi a trouvé le secret de donner de la dignité aux platitudes galantes de la vie. Mais ne réglons point nos sentiments et nos cœurs sur la beauté des chefs-d'œuvre. Ils donnent à la réalité une splendeur que nous ne connaîtrons jamais dans le cœur à cœur à ras de terre de notre existence. Vous ne seriez jamais Tristan; moi, je ne serais jamais Yseult. Plus simplement nous deviendrions amant et maîtresse. Nous aurions des contributions à payer, des notes de fournisseurs à acquitter, nos humeurs à subir, nos caractères à mettre d'accord; et, quelque unis que nous paraissions, nos impatiences réciproques à ne pas laisser voir. Remarquez en outre que Tristan et Yseult meurent dès la première étreinte. Avec votre santé et la mienne, l'échéance de nos décès est certainement moins rapprochée. Donc, il nous faudrait faire beaucoup d'efforts pour nous accommoder longtemps l'un de l'autre. Vous voyez que rien ne ressemble moins à « la suprême volupté de se perdre, de s'abîmer sans conscience dans les grandes vagues de l'océan, dans la douce harmonie des effluves de parfums, dans l'haleine infinie de l'âme universelle. »

Malbar courbait la tête sous l'ironie de la citation. Du bout de sa canne, il esquissait des dessins, devant lui, sur le sable.

Mme Trénissan reprit :

— Je vous le répète : Nous manquons de philtre.

— Vous dites ?

— Mais oui. C'est ainsi, et pourquoi ne pas nous l'avouer ? Même je vous confesse que ce philtre-là dont je célèbre la toute-puissance, dans les concerts, si par impossible, quelque nécromant offrait de me le verser, eh bien, vite, je prierais qu'on éloignât de moi ce calice. Je souffrirais trop de devenir l'Yseult qu'il m'imposerait cruellement d'être. Je manque de ces facultés sublimes. Vous, je vous tiens pour un brave garçon, un peu sceptique au demeurant, et prenant parfois pour une conviction profonde l'élan momentané provoqué par vos admirations artistiques. A défaut d'un impossible amour, contentons-nous d'une bonne amitié. Vous pouvez compter sur la mienne. Je vous sais, au fond, assez sage pour m'accorder la vôtre et pour ne rien déranger d'une intimité affectueuse au-delà de laquelle nous ne trouverions guère que du regret, peut-être du ridicule.

Gaîment, elle ajouta :

— Qu'est-ce que vous voulez ? Nous n'y pouvons rien. Vous comprenez maintenant l'inutilité de m'embrasser.

Et, appuyant sur les mots, elle ajouta :

— Puisque nous manquons de philtre !

— Soit, dit Malbar d'un ton dépité ; car il est du naturel des hommes d'accueillir avec mauvaise humeur les refus de la femme à laquelle ils s'adressent en toute indifférence de cœur, sans autre inclination souvent que leur désœuvrement ou leur vanité. Alors, changeant brusquement la conversation :

— Voulez-vous marcher encore un peu dans le Château de Tristan ?

— Volontiers.

Ils se mirent en route. Comme ils cheminaient, cherchant à travers les rochers un sentier plus court pour les ramener sur la falaise, ils passèrent auprès de l'homme qui, tout à l'heure, s'était dissimulé à leur approche.

C'était un individu de physionomie mondaine, de tenue soignée ; un citadin aux mœurs raffinées se décelait en cet étrange solitaire. Cinq ans déjà passés, par un crépuscule d'hiver, alors que le dernier train du jour apportait à Kérahuel la nouvelle d'un meurtre commis en chemin de fer sur la personne d'un trésorier-payeur général, meurtre dont la police, en vain, recherchait le coupable, escorté par deux hommes paraissant mal de ses amis, il

descendit de wagon, et s'installa immédiatement dans
une maison louée à l'avance chez une femme muette habitant loin du bourg. Il vivait là, retiré, évitant les rencontres, se dérobant aux conversations. Il répondait au
nom de M. Pascal, allait chercher ses lettres à la poste;
faisait, de ses mains, sa cuisine, son ménage; avec les fournisseurs, s'en tenait aux dialogues indispensables. Il ne
discutait jamais sur le prix des denrées qu'on lui vendait
bien au-delà de leur valeur, payait comptant, passait
pour dérangé d'esprit, ne quittait jamais Kerahuel, saluait
les gendarmes et s'éloignait des sacrements.

Toutes les fois que le temps le permettait, sans autre
livre que lui-même, il allait au promontoire de Beg er
Cresté, le Château de Tristan, s'asseoir devant la mer.
Chien-de-Nous, en ses fantaisies, souvent l'accompagnait.
L'homme flattait le chien. Tous deux semblaient échanger
des confidences; et Malbar avec Mme Trénissan les sur-
prirent au cours d'une de ces grandes confessions dont
le secret était connu seulement du vent et de la vague.

— Comment, c'est toi? dit Malbar, apercevant Chien-de-
Nous.

Chien-de-Nous accourut, relevant ses babines pour
montrer ses dents, signe manifeste de sa satisfaction.

— Qu'est-ce que tu faisais là, sans moi, l'Assassin?

Chien-de-Nous prit un air penaud; et triste de l'évocation de son passé, la queue entre les jambes, suivit Malbar et Mme Trénissan qui redescendaient vers Kerahuel.

En entendant le mot « assassin », M. Pascal avait tres-
sailli.

CHAPITRE VII

Malbar tenait ses engagements. Il ne parlait plus de sa passion, et Mme Trénissan ne se trouvait jamais obligée de le rappeler à la raison ou de le contraindre à la camaraderie. L'indifférence, du reste, leur devenait facile, tant le paysage les envahissait, sans leur laisser le loisir de s'occuper d'eux-mêmes. Inconscients, disparus dans les souffles du vent et l'étendue des horizons, ils circulaient le long de la falaise au milieu des souvenirs de la musique qu'ils aimaient et du bruit ininterrompu de la mer. La mer! Ils ne se lassaient pas d'aller la contempler à toutes les heures, par tous les temps, sous tous les aspects.

Ils avaient vite appris à retrouver leur chemin parmi les sentiers en lacet aperçus et fuyants entre les murs de pierre délimitant les champs, connaissaient les traverses. Plus rapidement que les routes fréquentées, elles menaient à la Grande-Côte. Les baigneurs s'éloignaient de cette promenade farouche. Peu curieux de la sauvagerie de la nature, humblement satisfaits de perspectives moins vastes, ils bornaient leur bonheur à s'asseoir, pendant toute la journée, sur le sable bourgeois de la plage échancrée devant l'hôtel d'Orange. Leur horizon intellectuel ne dépassant pas la hauteur de la tente en coutil gris, rayé de bandes rouges, que c'était leur grand travail et leur suprême distraction de tendre le matin avec des cordes reliées à des piquets, et de démonter soigneusement le soir; ils restaient là, suant sous le soleil, sans rêver d'excursions ni souhaiter de surprises.

Les ordinaires évènements du petit port voisin : rentrées de bateaux à sardines ; arrivées et départs de vapeurs marchands chargeant des caisses, déchargeant des tonnes d'huile ; va-et-vient des canots allant du quai aux viviers à homards et à langoustes amarrés dans l'eau puante du port, et, des viviers, revenant vers le quai avec des paniers pleins de bêtes remuantes, suffisaient à leur besoin d'imprévu. Contents d'un panorama rétréci qui ne heurtait pas l'habitude de leurs yeux, ne dérangeait pas leurs pensées, semblait tout à fait favorable pour leur hygiène ; voyageurs qui s'étudiaient à ne rien voir dans le pays où ils résidaient, ils retournaient à Paris affirmant que Kerahuel manquait totalement d'intérêt. Ainsi, par volonté d'apathie, coutume aussi de ne pas chercher d'agrément au delà des convenances, la Grande-Côte ignorée demeurait vierge de promeneurs.

En cet endroit sablonneux aux pieds comme un désert, reposant à l'esprit comme une thébaïde, Malbar et Mme Trénissan s'égaraient, de préférence. Chien-de-Nous les accompagnait. Souvent, lassé avant ses maîtres de ces longues courses poussées sans souci de la distance, à l'aventure, dans l'herbe courte où séchaient des varechs, il se couchait d'un air de reproche, la tête entre ses pattes, semblait se désintéresser du spectacle. En ces lieux démesurés, le paysage gardait la figure et le caractère que, par delà l'infinité des siècles, il tenait des éléments en convulsion à l'origine des mondes. Et les Ases envahisseurs plantant des menhirs sur leur route, à mesure que de l'Orient, ils s'avançaient vers l'Occident ; les aïeux des ancêtres de ces Celtes dont les archéologues avaient fouillé et ruiné les tombeaux, sur un îlot, à quelques brasses du rivage, certainement, connaissaient déjà, bien avant les traditions et les histoires, ces dentelures de rochers avec ces escarpements de falaises que, sur vingt kilomètres de long, la mer battait de ses flots, jusqu'en haut, fouettait de ses écumes.

Même par le temps calme, des vagues engendrées aux lointains de l'Océan, déferlaient en volutes pacifiques, continues, jetant aux promontoires bretons, le ressac des Antilles. Mme Trénissan et Malbar, échangeant leurs pensées, se disaient que, pareilles aux ondes de l'eau, se brisant sur une côte et revenant sur elles-mêmes dans un retour cadencé et gigantesque, les ondes des sons se développent et se replient aussi, allant

incessamment de l'orchestre à l'auditeur ; lequel, après
leur avoir communiqué son émotion, à son tour, les renvoie à l'orchestre. Dans le bruit du flot qui monte, dans
le clapotis du flot qui descend, ils s'essayaient à trouver
une mesure, une échelle de tons, s'étudiaient à surprendre un rythme. Par instants, croyant l'avoir trouvé,
ils le suivaient en hochant la tête. Soudain, le mouvement diminuait d'intensité, paraissait s'arrêter. La mer
se reposait comme un chanteur qui compte ses pauses,
ménage sa respiration. Tout à coup, rendu plus formidable par le repos, le bouillonnement reprenait ; la voix
de la vague, à nouveau soulevée, après ce silence, paraissait d'un retentissement plus sonore.

Ils jouissaient de songer que ce spectacle, à cause de
son ampleur même, ne pouvait entrer dans l'objectif
d'aucun appareil photographique, dans le cadre d'aucun
tableau ; qu'il dépassait la description des poèmes,
échappait même à la notation des symphonies. Exaltés
par la conviction qu'il leur appartenait en propre, exclusivement, qu'il était à eux, à eux seuls, n'avait d'autre
mesure que l'émotion de leur cerveau et l'éblouissement
de leurs regards, ils se répétaient :

— Que c'est beau ! Que c'est beau !

Ils souhaitaient se servir d'expressions plus caractéristiques, de termes mieux d'accord avec leur admiration et
leur enthousiasme. Ils en cherchaient, s'avouaient impuis-
sants à les trouver, finissaient par s'affliger de la misère
des mots. Le monde les a usés dans l'échange d'idées
subalternes. Ils sont devenus semblables à ces pièces de
monnaie où les effigies des monarques et des reines s'ef-
facent en passant de main en main, au cours des trafics
et des négoces. Leur sens s'altère : comme le métal, il
perd de sa valeur. Aussi, malgré nous, il se rencontre
toujours quelque chose d'insuffisant et de banal dans les
phrases par où se traduisent les plus pures extases de
notre imagination, les plus sincères élans de notre cœur.

D'autres fois, au travers de tempêtes violentes à faire
redouter un cataclysme universel, Malbar et Mme Trénissan se risquaient sous les bourrasques, la pluie, les
embruns envolés de la crête échevelée des vagues. Le vent
s'engouffrait dans leurs manteaux, sifflait à leurs oreilles
sous les capuchons rabattus, les empêchait d'avancer. Ils
devaient s'arrêter tant ils suffoquaient, la respiration
coupée par la tourmente. N'importe ! Ils allaient, mar-

chant le dos courbé le long de la langue de terre que
des flocons d'écume, à perte de vue, blanchissaient comme
une tombée de neige. Chien-de-Nous se ruait dessus en
aboyant, les mordillait avec rage. Les pieds trempés, les
poumons essoufflés, en haletant, ils montaient jusqu'au
sommet d'une petite colline rocailleuse. Un dolmen
effondré et privé de sa table s'y dressait comme un observatoire. Des deux côtés de la galerie profonde, les
énormes supports de granit, debout sur le vide, formaient
un parapet, protégeaient contre les rafales. Là, sur le
dallage cassé où verdissaient des mousses et des men-
thes, accroupis et passant la tête par-dessus la rangée
de pierres, Malbar et Mme Trénissan, à l'abri, dominaient
l'Océan.

Accourant toutes vertes d'un lointain de ténèbres
humides d'où elles renaissaient sans relâche, les vagues
grosses, grossies encore par d'autres vagues, dont elles
heurtaient le remous et la colère, toujours s'enflant de
cesrencontres et s'abattant de plus haut dans leurs chutes,
donnaient la terreur que leur fracas et leurs avalan-
ches passeraient par-dessus les maisons de Kerahuel
minuscules et frêles au fond de la perspective, ainsi que
les maisons de bois colorié données en jouets aux enfants. De tous les côtés, la terre plaintive et gémissant
sous les coups, était attaquée par un assaut si forcené,
si opiniâtre, qu'il paraissait à craindre que, arrachée de
l'isthme la rattachant au continent par une mouvante
bande de sable, la presqu'île de Tehuen s'en allât à la
dérive : motte de gazon vite désagrégée par les ondes, et
sur l'emplacement de laquelle on ne verrait plus que
des flots, demain, quand se lèverait le soleil.

Là, sous le ciel noir ; là, sous les nuages ruisselant de
cataractes de pluie ; dans la solitude où criaient les
goélands, le cœur serré par la silhouette spectrale d'un
moulin à vent aux ailes arrêtées, comme si le travail et
la vie se suspendaient au milieu de l'épouvante, Malbar
et Mme Trénissan éprouvaient la sensation que, derniers
habitants de la terre, ils assistaient à l'ébranlement final
du monde.

Le mauvais temps ne durait pas dans ce pays au territoire restreint, sans arbres ni forêts pour arrêter longtemps les nuages. Le vent les poussait vite au delà de ces
landes désolées ; et le sable des chemins buvant l'eau des
ondées, les sentiers un instant changés en ruisseaux et en

mares, redevenaient bientôt secs, praticables. Alors, par les beaux soirs, Malbar et Mme Trénissan hâtaient leur dîner à la table d'hôte de l'hôtel d'Orange.

Mme Minahouet y devenait excédante par la férocité de sa grandeur d'âme. Guère de repas où elle n'entreprît d'attendrir les convives sur une calamité nouvellement découverte par elle et que, naturellement, elle déclarait urgente à soulager. Ici, c'était un toit de maison emporté l'hiver dernier par la tempête et qui attendait encore des réparations, tandis que toute une famille vivait aux quatre vents, parmi les courants d'air. Là, c'était un filet de pêcheur déchiré par les roches et qu'il fallait remplacer. Une autre fois, elle s'intéressait à une barque démâtée, à un casier à langoustes avarié, à des enfants dépourvus de pantalon, mangés de trop d'ulcères. Avec une petite voix douce et insinuante sortant de son gros corps comme le jeu céleste sort des tuyaux d'un grand orgue, elle évoquait de lamentables intérieurs où des paralytiques, tout seuls, demeuraient sans soins sur le fumier de leur matelas moins secoué que la litière des bêtes. Elle citait des noms, indiquait des ruelles. Encore qu'elle ne quittât jamais son fauteuil, elle connaissait Kerahuel jusque dans les arrière-cours. Ophélie s'employait à sa place pour la recherche des infortunes, et Mme Minahouet invitait à contrôler les renseignements fournis par sa fille. Beaucoup se trouvèrent exacts. Désormais, crue sur parole, la « sous-maîtresse », par quelques aumônes distribuées à propos afin de bien établir son crédit de bienfaisance, avait déterminé dans Kerahuel une véritable épidémie de mendicité.

D'aucuns se disaient effrontément besogneux qui ne manquaient de rien, en leur logis. Cependant, ils jugeaient légitime d'obtenir des secours aussi bien que les pauvres; car, dans leur rapacité, ils enviaient jusqu'à la misère, et les moins déshérités se faisaient nécessiteux par amour du lucre. Mme Minahouet, sur le carnet à tranches dorées où elle feignait de tenir registre des recettes et des dons, voyait chaque jour s'allonger la liste des faux affamés réclamant des secours à l'œuvre des « Pleure-Pain ». Sous ce vocable, elle désignait son entreprise. Il touchait les âmes sensibles, favorisait les quêtes; et, particulièrement, le développement de certaine tombola pour laquelle Mme Minahouet recueillait les cadeaux les plus divers : paquets d'aiguilles, bouteilles de vin, ouvrages en tapisserie, aquarelles de jeunes personnes, volumes de littérature morale; sans compter tous les chaussons, articles de plage, bibelots, bénitiers, médailles et crucifix qu'elle prenait à crédit chez les négociants de Kerahuel. Et Rachimbourg laissait dire qu'il approuvait ces manières.

La Mal-Commode, entraînée par le courant de libéralité générale, offrit un singe empaillé, inacceptable, du reste, et qu'elle se vit refuser à cause de la décrépitude et de l'odeur. Un capitaine au long cours, veuf, et reprenant la mer, se débarrassa en faveur des « Pleure-Pain » d'un ara militaire au plumage rouge et bleu, éclatant de couleurs, mais de voix insupportable, et poussant continuellement des cris inarticulés. On l'exposa sur la terrasse de l'hôtel d'Orange. Mais la terrible bête se délivrant de la chaînette retenant l'une de ses pattes, volait sur les épaules des consommateurs; pour ne pas tomber, se retenait du bec au chignon des dames; traînait sa queue sur les soucoupes pleines de sucre, renversait les verres, fientait dans l'intervalle, et se défendait tellement de retourner à son perchoir qu'un jour, Malbar, exaspéré d'entendre tout le monde l'appeler « Jacquot », demanda à Laguépie un poison sûr pour délivrer la compagnie de cet oiseau resplendissant et stupide.

— Quelle cruauté! s'exclama Mme Vincent Trois, qui professait pour les animaux la tendresse des cœurs secs et hostiles à l'humanité.

— Si je le vois encore, je l'étrangle, dit énergiquement Malbar.

— Et je le disséquerai volontiers, ajouta Laguépie, pensant à ses études d'anatomie comparée.

Alors, pour soustraire Jacquot à ces barbaries, Mme Vincent Trois prétendit l'adopter. Se trouvant privée d'enfant, elle le traiterait comme son fils, le soignerait. Déjà elle s'en attribuait la propriété quand Mme Minahouet intervint :

— Mais pardon, ce perroquet appartient à la tombola des « Pleure-Pain ».

— Et nul n'en peut à présent disposer, ajouta Mme Hestoudeau, heureuse de rencontrer un moyen d'échapper à la société d'un animal qu'elle détestait.

— Eh bien, s'il appartient à la loterie, répliqua durement Malbar, que la loterie le garde, et ne nous impose pas sa présence, ou alors...

14

Il fit un geste menaçant.

— Puisque ces messieurs sont si peu aimables, dit Mme Minahouet, Ophélie, ma mignonne, emporte ce pauvre Jacquot à la maison. Nous le nourrirons en attendant qu'il échoie à quelqu'un. Car nous ne sommes pas des bourreaux, nous !

Laguépie et Malbar, silencieusement, sourirent. Charlescot aida la demoiselle. Tous deux transportèrent l'ara dans le domicile de Mme Minahouet.

Les deux femmes, en proie au perroquet, lui donnaient chichement à manger, entre elles, ne se gênaient pas pour l'appeler « sale bête ». Tous les matins, sur son perchoir jamais nettoyé, elles l'approchaient de la fenêtre ouverte. Avant de prendre des billets, des amateurs venaient le contempler; et le soir, Ophélie et Mme sa mère lui jetant une serviette sur la tête, parce que l'ombre, d'après les spécialistes, aide à la compréhension, chez les oiseaux, elles répétaient : « Pleure-Pain, Pleure-Pain » pour qu'il redit les mots et servit de vivante enseigne à leur négoce. Jacquot ne répondait rien. Néanmoins Mme Minahouet vantait son intelligence, supérieure à celle de bien des hommes, affirmait-elle, dans l'intention de blesser Malbar et Laguépie, et Mlle Ophélie s'évertuait à placer des numéros de tombola. Un franc ! Il fallait vraiment ne pas se connaître un franc dans son porte-monnaie pour refuser un franc à une loterie qui, en dehors du charme intime procuré par la pratique de la charité, promettait des bénéfices matériels, puisque, outre un perroquet, on pouvait gagner encore une œuvre d'art.

Cet objet d'art venait de Mme Minahouet. Généreuse à sa manière, sans rien payer, bien entendu, elle s'était fait expédier par un magasin de warrants commerciaux et de soldes artistiques, à Paris, un groupe polychrome. Elle comptait sur les délicats pour apprécier le morceau de sculpture qu'elle offrait en lot, et dont elle s'attribuait hardiment le concept et l'exécution. Sous le titre « Échange de bons procédés », une statuette de marbre peint représentait un enfant blanc occupé à savonner un enfant nègre; cependant que l'enfant nègre, avec du cirage, essayait de noircir l'enfant blanc. Au dessert, la composition, placée sur un socle et portée par Baluche, circulait autour de la table de l'hôtel d'Orange. Auprès des verres vidés, des serviettes jetées le long des bou-

leilles, parmi les épluchures et les biscuits croulant dans
les compotiers, « Échange de bons procédés » passait,
excitait bien des convoitises. Ceux-là même qui se déclaraient mal séduits par le sujet, arrêtant de se curer les
dents, rendaient néanmoins témoignage à la perfection
avec laquelle le morceau de savon leur paraissait imité;
et telle est la puissance de l'art, même déshonoré, qu'il se
trouvait des gens de bon sens pour disputer d'esthétique
à propos de ce « navet en deuil », suivant l'expression de
Malbar. D'aucuns, sans sympathie précise, souhaitaient
cependant posséder cette misère, pour le plaisir de gagner
et de croire qu'ils avaient dompté la fortune.

Mlle Ophélie s'insinuait entre les convives, distribuait
des numéros de tombola, recueillait l'argent dans un plateau à limonade. Certains donnaient, sans calcul, sans
espoir, par politesse, unique souci de ne pas manquer
aux convenances. D'autres, plus prodigues, plus lents
aussi à choisir leur billets payaient ainsi leur satisfaction de frôler un instant cette belle fille, de regarder au
creux de son corsage décolleté et d'échanger des plaisanteries avec elle. De toutes les façons, les pièces de
monnaie tombaient en tintant dans le plat d'argent faux.
Mme Trénissan, sans rire, y déposait son offrande,
Malbar, sérieusement, y déposait aussi la sienne. Comme
ni l'un ni l'autre ne laissaient voir aucun signe de
mépris ou d'ironie, leurs voisins les sachant avisés et
connaisseurs en belles œuvres, donnaient, à leur exemple,
pour s'élever au niveau des artistes.

Toujours quand elle arrivait auprès de Charlescot,
Mlle Ophélie, par une erreur incompréhensible et continue, négligeait de lui proposer des billets, de solliciter
son aumône. Charlescot, quotidiennement, s'affligeait de
ce dédain et de la façon dont Mlle Ophélie affectait de ne
pas le connaître. A son approche, elle éloignait le plateau, le passait brusquement vers un autre convive.
Charlescot la rappelant, avec de grands yeux tristes
d'une humiliation qu'il ne s'expliquait pas, répétait :

— Mademoiselle ! Mademoiselle !

Ophélie, sans paraître l'entendre, de l'autre côté de la
table, continuait sa quête.

— Mademoiselle, Mademoiselle, disaient parfois les
voisins avec un air de complaisance et de compassion,
Mademoiselle, vous avez oublié M. Charlescot.

Alors Ophélie revenait auprès du photographe, lui tendait un billet acceptait l'argent, de mauvaise grâce ; puis, nerveusement, achevait sa tournée. Et Charlescot se perdait en conjectures sur l'étrangeté de ces manières. Que signifiait ce parti pris de ne pas s'adresser à lui comme aux autres? L'amour l'emportant sur son éco- nomie naturelle, il prenait cependant jusqu'à cinq ou six numéros à la fois, bien plus que quiconque des pension- naires de l'hôtel d'Orange : et, navré de sa largesse mal accueillie, il se demandait pourquoi Mlle Ophélie, si affectueuse quand elle jouait au crocket, en sa compa- gnie, sur la plage, devenait si indifférente alors que, en public, elle faisait des collectes pour les pauvres.

Bientôt Malbar et Mme Trénissan cessaient de se récréer du retour de ces manèges. Après s'être consultés, à voix basse, brusquement, ensemble, ils se levaient de table, quittaient le dîner finissant. On les interrogeait :

— Que pouvaient-ils bien aller voir au moment où la nuit tombait?

— Mais : la nuit. Ce sont précisément les féeries de la nuit qui nous attirent.

Ils sortaient. Tandis que la table d'hôte, fort insensible aux nuances des crépuscules, bavardait derrière eux, incriminait leurs promenades; l'un à côté de l'autre, sans se donner le bras, ils s'empressaient vers le coucher du soleil.

Le veilleur du phare s'accoudait sur le parapet de la galerie circulaire, en haut de la tour, encore dans la lumière, attendait l'heure astronomique prescrite pour l'allumage de l'appareil. La clarté diminuant, rendait difficiles à retrouver ces chemins enchevêtrés qui, tournant et retournant traîtreusement entre les champs, trompent par leur ressemblance, conduisent le prome- neur égaré à quelque cul-de-sac, à des obstacles de murs qu'on n'ose franchir par peur de rencontrer plus loin une impasse, avec une déconvenue nouvelle. C'était un jeu pour Malbar et pour Mme Trénissan de chercher à se retrouver parmi ces sentiers où, l'obscurité venue, ils ne démêlaient plus l'itinéraire qu'ils suivaient si sûre- ment, pendant le jour.

Tous deux croyaient avoir déterminé d'infaillibles points de repère : une pierre plus blanche que les autres dans la construction d'un mur, à l'angle d'un carrefour; un trou d'eau croupissant sous des verdures; des blocs de rochers sortis du sol, tantôt montant en forme d'escalier, tantôt s'étalant à la façon d'un dallage. L'ombre, épandue à mesure qu'ils marchaient, donnait à tous les objects un aspect vague, fuyant, inappréciable. Alors, ils erraient à l'aventure, levaient les pieds pour ne pas trébucher sur des cailloux, glisser dans des ornières, et se reprochaient mutuellement leur manque de perspicacité, leur absence de mémoire. A la fin, Mme Trénissan consentait à renoncer au chemin où Malbar, avec elle, s'était engagé par condescendance, dans le sable ; car Malbar se disait certain de se diriger en prenant son orientation de la perpendiculaire montant de la ligne blanche du phare vers une étoile qu'il connaissait bien, encore qu'il ignorât son nom, étoile qui, à cette époque, disait-il, se levait avant le coucher du soleil.

L'étoile et le phare ne les guidaient pas mieux que les remarques de terrains faites par Mme Trénissan. Ils allaient, néanmoins, dans l'incertitude constante de savoir s'ils avançaient ou bien s'ils s'éloignaient.

— Écoutez !

Ils s'arrêtaient, prêtant l'oreille à des bruits étranges, que soudain ils n'entendaient plus. Au loin, dans les mares formées par la pluie, des grenouilles coassaient. Tout à coup, au moment où ils s'accusaient de nouveau, l'un l'autre, d'être perdus parmi les orties et les fondrières, une voie d'herbe, après une courbe, brusquement poussait jusque sur la falaise. Au bout, Malbar et Mme Trénissan voyaient une faible bande rouge se rétrécir, s'amoindrir encore ; puis, d'un seul coup, disparaître, noyée et confondue avec la nappe indéfiniment bleue de la mer. Le soleil était couché. Dans la brise plus fraîche, le clocher de Kerahuel, à volées lentes, sonnait l'*Angelus*. Au sommet du phare, l'homme avait disparu. Derrière lui, entre terre et ciel, une étoile étincelait.

En même temps, à la même seconde précise où s'allumait cette étoile, d'autres étoiles, là-bas, flamboyaient à leur tour. D'un bout à l'autre de l'horizon des vagues, il se faisait comme une exacte arrivée d'astres à un grand rendez-vous de clarté. Les lointains de la mer s'illuminaient, ainsi que les lointains du firmament ; eux aussi fulguraient du lever d'innombrables constellations. Ce n'était plus seulement l'ascension des étoiles célestes, infidèles souvent à guider les navigateurs, et maintes fois disparues derrière le sinistre écran que dressent devant

14.

elles les brouillards et les nuages ! Non, c'était l'ascension plus sûre de ces étoiles humaines que la science attendrie a mathématiquement réglées pour diriger les marins en route au milieu des doubles ténèbres de la nuit et de la mer, pour leur imperturbablement indiquer l'écueil à éviter et le chenal à suivre. Sur ces étoiles, les vents de toutes les rafales pouvaient souffler sans jamais les éteindre. Les ouragans pouvaient amonceler autour d'elles l'amas opaque de leurs nuées, sans jamais rien diminuer de la splendeur et de la constance de leur lumière. C'étaient les étoiles de l'intelligence et de la pitié du monde : les phares.

Malbar et Mme Trénissan, abîmés dans les mêmes pensées, sans rien dire, revenaient, pas à pas, le long de la côte, cependant que la radieuse éclipse des phares passant et repassant sur leurs visages, à intervalles égaux, éblouissait leurs yeux. A la longue, comme en un rêve, ils échangeaient des idées, se haussaient à des rêves d'humanité, entrevoyaient la réalisation de cet idéal de concorde et d'harmonie universelle dont tous ces fanaux, debout dans la nuit, donnaient le symbole et l'exemple. Pendant qu'ils parlaient, sans prendre soin de rendre leurs phrases moins maladroites et moins enfantines, dans la crainte que la technicité des mots ruinât par trop de précision la vague et délicieuse songerie de leur esprit, autour d'eux, des hannetons bourdonnaient.

Ils volaient, nombreux, velus, insaisissables. Ils s'attachaient aux vêtements, s'accrochaient aux chapeaux, se mêlaient aux chevelures. L'un d'eux, parfois, courait sur le cou nu de Mme Trénissan. Elle tressaillait sous le chatouillement griffu des petites pattes, poussait des cris, exagérait son épouvante. Malbar alors, du bout des doigts, délicatement, prenait la bestiole ; et, la jetant à terre, l'écrasait sous ses pieds. Du répit se faisait : les hannetons, un instant, semblaient cesser leurs attaques. Mais bientôt l'essaim revenait avec un bruit plus fort, une insistance plus taquine. Pour se défendre, Mme Trénissan, avec son mouchoir agité au bout de son bras, Malbar, avec sa canne tournée en moulinets rapides, frappaient sur le nuage ailé. Un coup sec sonnant comme sur une planchette ; un bruissement confus de papier de soie qu'on froisse : un hanneton touché tombait par terre ; et, dans l'herbe rase, frémissait de tous ses élytres.

Un autre, un autre, encore un autre. Malbar et Mme Trénissan s'animaient au massacre. Ils s'amusaient à parier combien chacun d'eux abattrait de victimes; et dans leur travail de destruction, ils s'échauffaient. La lassitude les prenait. Ils ne riaient plus, se désintéressaient de leur plaisir. La lune se levait et sa clarté épandue au large, ainsi qu'un écheveau d'or, se tordait dans les flots ridés par les premières risées des brises de la nuit. Chien-de-Nous, chassé par des chiens plus forts que lui du tas d'ordures où il prétendait dîner, Chien-de-Nous, à belles dents, dévorait les hannetons morts.

Malbar et Mme Trénissan revenaient. Dans des hameaux noirs, des maisons sans fenêtres, pour échapper aux taxes des contributions, par leurs portes grandes ouvertes découpaient dans la rue de longs carrés de lumière. De vieilles femmes tricotaient sous des lampes, près des tables encombrées encore par les assiettes des repas du soir. Derrière les rideaux d'un lit, un homme se couchait. Sur une cheminée, un crucifix de cuivre brillait à côté d'une statuette de porcelaine représentant Mme Sainte-Anne. Ne se sentant pas regardées, des mères, près des berceaux, la chemise écartée, de toute leur poitrine, faisaient téter des enfants.

Un soir, une maison parlait au milieu du silence. Cachés par l'escalier extérieur dont les marches de pierre moussue s'effritaient dans l'ombre et montaient au grenier, Malbar et Mme Trénissan écoutèrent.

La voix d'une femme alternait avec la voix d'une petite fille ; et la femme et la petite fille qu'ils ne voyaient pas disaient une prière.

— Seigneur, murmurait la femme, ayez pitié de l'âme de vos fidèles défunts, et particulièrement... Allons, petite, tu vas dire avec moi.

— Ayez pitié de mon grand-père mort en mer.

— De mon grand-père mort en mer.

— De mon père mort en mer.

— De mon père mort en mer, répétait l'enfant.

— De mon frère mort en mer.

— De mon frère mort en mer.

— Et donnez-leur, ainsi qu'à tous ceux de ce pays qui sont morts en mer...

Et les mots « morts en mer » dans leur monotonie obstinée, touchaient jusqu'aux larmes Malbar et Mme Trénissan. Toutes les misères, toute la résignation de

Kerahu·l supérieure à ses hontes, s'entendaient en cette oraison psalmodiée au coin du foyer, dans cette maison vide, tant les vents et la mer avaient emporté tous les hommes; et où rien ne demeurait plus d'espérance que ces phrases de l'efficacité desquelles les femmes ne doutaient pas, encore que des générations en pleurs, avant elles, les aient longtemps répétées, sans cependant rien voir diminuer de leurs deuils.

— Et donnez-leur ainsi qu'à tous ceux de ce pays qui sont morts en mer, répétait l'enfant.

— Le repos dans la vie éternelle.

— Le repos dans... le repos dans...

L'enfant hésitait, incertaine devant ces mots exprimant une idée hors des compréhensions de sa petite cervelle.

— Allons, la vie éternelle, reprenait la femme. Voyons, la vie éternelle.

— Donnez-leur le repos dans la vie éternelle, se décidait à prononcer l'enfant.

Malbar et Mme Trénissan, sur la pointe des pieds, vivement, passèrent, craignant d'être aperçus et de troubler par leur présence la sérénité d'effusion de ces deux humbles âmes.

La mer, sous les rayons de la lune, le long des récifs de la côte sauvage, clapotait sans colère. Au-dessus, une brume courait, légère et, semblable à un tissu de mousseline d'argent, Malbar et Mme Trénissan, qui connaissaient seulement la mer décorative et sans naufrage, se reprochaient leurs propos d'enthousiasme quand, devant les ouragans déchirant à grands coups les anses de la côte, ils se disaient : « La vague est admirable, ce soir ! »

Ils comprenaient maintenant que, à l'heure où ils admiraient cette beauté grosse de catastrophes, là-bas, dans l'inconnu des hauts-fonds et des cartes, cette vague, peut-être, démâtait des navires, engloutissait des paquebots ; et, roulant dans sa houle, les marins arrachés à leur bord avec les agrès, mettait aux yeux des familles des larmes aussi nombreuses que les gouttes de poussière d'eau envolées des embruns. Le calme même de l'Océan, disparu peu à peu sous la vapeur et la brume, leur devenait un motif d'effroi. Ils tremblaient. Car, épaissies au lointain, ces meurtrières dentelles, perverses à l'égal des flots, feraient, elles aussi, des veuves, des orphelines et des orphelins.

Quelquefois, poussant moins loin leurs promenades,

Malbar et Mme Trénissan allaient sur le port. Là, devant les usines, les ouvrières, employées à la manutention des sardines, se réunissent le soir, avant l'heure du coucher dans un dortoir commun où on les réveillera quand arriveront les bateaux, et des danses s'organisent. Les filles et les femmes, la tête couverte d'un fichu, remettent les tricots dans leur poche. Avec elles, au long des murs blancs portant, en larges lettres noires l'enseigne des patrons, se lève une nauséabonde odeur de tripailles, de poisson, et d'huile surchauffée. Les mains se joignent parmi les puanteurs. Sur la terre, jonchée de découpures de fer blanc, de carcasses de crabes, de débris d'araignées de mer et de détritus de congres pourrissants, une ronde se meut lentement au milieu du cercle d'étoiles rouges formé par les pipes des pêcheurs faisant cercle à l'entour.

D'abord une voix chante seule une mélodie traînante, sur des mots que Malbar et Mme Trénissan ne comprennent pas. Les femmes les plus rapprochées de la soliste redisent la strophe ; et la ronde, avec elle, décrit un quart de cercle. Elle s'arrête. Une autre voix, en face, chante un nouveau couplet. Le chœur suivant, le mouvement reprend pour cesser et recommencer encore jusqu'au terme de la chanson qui est longue et se développe indéfiniment au travers d'intermittences de pauses et de marches cadencées par le piétinement mesuré des sabots sur le sol, le va-et-vient des mains, ramenées en avant, au bout des poignets renversés, toutes ensemble, montrant les paumes.

Et la danse aux évolutions hiératiques et rituelles comme les évolutions d'une danse sacrée évoquant la vision d'un culte dont les cérémonies survivent à des dieux disparus ; la danse, au milieu du mystère de la musique, de l'obscurité des paroles et des ténèbres d'une nuit que la lune vaguement argente et rend lumineuse, semble se reculer et fuir jusque dans les brumes des religions et des âges.

Où Malbar et Mme Trénissan ont-ils déjà vu ces chorégraphies à la fois immobiles et remuantes, qui tiennent de la prière et de l'incantation ? Ils se souviennent, à présent. C'est à Paris, pendant l'Exposition de 1889, chez les danseuses javanaises. Pendant qu'ils cherchent comment ils peuvent retrouver des gestes bouddhiques, à Kerahuel, dans un port si éloigné de l'Asie, et qu'ils se proposent de solliciter des renseignements de Laguépie, homme rendu savant par ses pérégrinations à travers toutes les contrées, la ronde fait halte, et une voix sortant de l'ombre dit à Mme Trénissan :

— Voulez-vous danser avec nous ?

Mme Trénissan s'excuse. Elle sent qu'elle ne pourrait exécuter sans embarras ni ridicule, ces pantomimes légendaires que l'hérédité et l'habitude rendent si naturelles et si souples pour les indigènes de Kerahuel. D'ailleurs, elle ne parle pas le breton.

— Oh ! pour vous faire plaisir, nous chanterons en français.

En français non plus, Mme Trénissan ne sait rien de ce vaste répertoire de chansons populaires apprises on ignore de quels passants, venues avec le vent, d'Auvergne, de Champagne, de Normandie, de Franche-Comté ou de Bresse, et dont le souvenir est resté dans les mémoires bretonnes, à peu près comme les graines des pays lointains, apportées par les oiseaux, germent et fleurissent sur le sable des dunes.

Maintenant la ronde tourne, plus rapide. Elle dit les instances d'une jeune fille venue au bal et cherchant un danseur. Elle en trouve un ; mais il est de noble famille. Malgré l'inégalité des conditions sociales, l'amoureuse se risque à l'inviter. Le jeune homme se trouble et le chœur, riant de la gêne, chante pour le décider.

> Ne regardez pas la terre,
> C'est moi qu'il faut regarder.

En vain, dans une énumération passionnée, la jeune fille, pièce à pièce, fait l'éloge de toutes les parties du costume du cavalier. Il est bien cravaté, bien chaussé, bien coiffé. Il possède d'autres avantages que, sans se soucier de la décence, la chanson indique crûment et que la chanteuse redit avec candeur. Malgré les compliment de chaque couplet, le timide galant, plus mortifié que séduit par tant d'hommages, cependant, hésite encore. Il baisse obstinément les yeux ; et, pour l'encourager, le chœur, avec un accent nasillard, répète :

> Ne regardez pas la terre,
> C'est moi qu'il faut regarder.

La ronde continue à tourner et s'anime à mesure. D'avant en arrière et d'arrière en avant, les mains nouées l'une à l'autre, vont et viennent. Les pieds plus fortement scandent le rythme, dans les sabots; et les ombres passent et repassent, plus légères, sur le mur gris de l'usine.

La jeune fille a prié le jeune homme de lui prêter sa main blanche pour la conduire dans le bal. Le jeune homme, de plus en plus discret, n'ose encore lever les yeux. Il suit sa danseuse bien plus qu'il ne la conduit, attitude d'humilité dont la danseuse s'offusque; et le chœur avec elle le raille en chantant à voix plus haute :

> Ne regardez pas la terre,
> C'est moi qu'il faut regarder.

Les hommes, alentour, n'imitent pas la délicatesse du beau gentilhomme, dans la chanson. L'alcool les excite; l'ombre les enhardit. Malbar et Mme Trénissan, bousculés par leur passage, les voient tout à coup se ruer sur les femmes. Ils les empoignent à pleines mains, les embrassent à pleines bouches, les pincent jusqu'au sang pour mieux les chatouiller. Les femmes rient d'un rire stupide sous des attouchements qui semblent chercher à les déchirer, se débattent sous les secousses de cette animalité en rut. Les hommes, de force, essaient de s'intercaler dans la ronde. Il desserrent brutalement les doigts des danseuses, sont repoussés à coup de poing, s'insinuent quand même sous les horions; et, exagérant la cadence, d'avant en arrière, d'arrière en avant, secouent les bras de leurs voisines, comme s'ils voulaient les arracher des épaules. Sous leur poussée, la ronde s'affole, se précipite. Elle crie maintenant, et parmi les vociférations, les injures, les coups, on ne devine plus guère ce qui advient de la légende et du beau seigneur. Sans doute il continue à ne pas se montrer très empressé auprès des demoiselles, car le refrain entendu par intervalles, au-dessus des braillements, redit encore :

> Ne regardez pas la terre,
> C'est moi qu'il faut regarder.

Peu à peu, la mélopée se modifie, son caractère se transforme, un air de cantique maintenant est hurlé dans la nuit. Pendant le trajet entre l'église et le quai, les élancements de l'amour divin se sont changés en galanteries humaines. Le thème banal exécuté par des choristes barbares, chantant à de choquants intervalles, prend une allure inquiétante et rêveuse. L'oreille s'en offense d'abord pour s'en charmer ensuite, car les duretés, bientôt deviennent insensibles. Le grand accompagnement de la mer les atténue. La basse continue du vent les adoucit; et la nature, grande organisatrice de sons, crée ainsi des harmonies que la science, ensuite, essaie de reproduire. Les théoriciens réprouvent ces combinaisons, par rancune de ne pouvoir surprendre le secret de leur puissance, tandis que les hommes de génie les retrouvent et les emploient en semblant les inventer.

Mme Trénissan veut garder un souvenir écrit de ces musiques étranges, de ces heurts de tonalités dont l'apparent désordre n'a pas encore été fixé, étudié. Malbar tire un carnet de sa poche, sur une page blanche, avec un crayon, trace vivement des portées aux lignes un peu sinueuses. Soudain, les voix se taisent. Avec un flair de sauvages, les femmes ont deviné un ennemi, derrière elles, dans l'ombre. Comme leur pays, comme leurs maisons, autant que leurs costumes et leurs pensées, elles défendent leurs chansons contre les surprises de l'étranger. La danse s'arrête net au milieu du silence. La ronde se disloque. Les femmes, le long des murs des usines, se rasseoient, reprennent leur tricot; et, tout en maniant leur laine et leurs aiguilles, grognent en leur langue à la façon d'un chien qui tient un os et ne veut pas le lâcher. D'autres fuyant à toutes jambes, ainsi que devant un péril, courent se mêler là-bas à des rondes lointaines. Malbar a remis son carnet dans sa poche. Mme Trénissan renonce à noter les nouvelles chansons par où « la gueule », comme on dit à Kerahuel, sert d'orchestre pour de nouvelles danses. Elle écoute plus attentivement, s'efforce pour les retenir, dans sa mémoire.

Alors passent dans la nuit des appels et des désirs d'amour. « Les hommes qui sont jeunes, pourquoi dorment-ils ? » Pendant que la ronde tourne et tourne sans cesse, les jeunes gens, comme s'ils se réveillaient, répètent les noms qu'ils préfèrent chez les jeunes filles : « Marie, Jeanne, Marie-Anne, Louison ; mais le plus beau, c'est Cœur-de-Rose, car Cœur-de-Rose est un beau nom. » D'autres voix se plaignent : « Dans le jardin de mon père, est un rosier fleuri ; tous les oiseaux du monde y vont faire leur nid. La blanche tourterelle y chante jour et nuit : c'est pour les demoiselles qui n'ont pas de mari. » Gaîment, d'autres voix plus éloignées répondent : « Ne chante pas pour moi, car j'en ai un gentil. »

Un moment de rencontre et la mise en ménage ne tarde guère. L'amoureux le confesse, il n'a pas balancé : « Je n'ai pas choisi, j'ai pris celle, celle qui semblait la plus belle et qui portait le plus beau nom. » Puis, vient l'évocation de la solitude habituelle pour l'épouse du marin ; les absences causées par les longues traversées, aggravées par les guerres, prolongées par la captivité. Celui qui passait pour « gentil », il n'est plus en France, il est loin, hors de France il est loin du pays. Il est dans la Hollande. Les Hollandais l'ont pris. Des nouvelles on demande, car il n'a point écrit. » Toutes les misères des guerres maritimes, si dures aux populations de la côte, restent ainsi vivantes, dans les chansons, sur le quai de Kerahuel. Les sinistres militaires du passé s'y mêlent aux sinistres plus courants et plus modernes comme celui où périt ce matelot dont la ronde, couplets par couplets, détaille le naufrage avec la mort, « lorsque, parti de Saint-Malo, il tomba si avant dans l'eau, qu'on n'a retrouvé sur le flot, qu'un garde-pipe et qu'un chapeau, — et son cœur avec un sanglot. »

Un tintement de cloche, un coup de sifflet. L'heure a sonné où les sardinières doivent réintégrer les usines. Les portes s'ouvrent, montrant sous des lanternes, au long des cours, de grands hangars bordés de civières, de grils, de paniers à la file ; et l'odeur monte plus forte des huiles en ébullition sur des fourneaux jamais éteints. Les femmes se précipitent. C'est leur tour, à présent, d'agacer les hommes. Ruées aux travers d'eux, elles les provoquent au passage, font tomber des coiffures, tirent des barbes. L'obscénité des gestes se mêle à l'infection des jupons agités par la course, à la scatologie débordante des propos. Sous les injures et les menaces, la bande disparaît, engouffrée derrière les grilles qui se ferment. Là, à l'abri, les ouvrières entassées et rugissantes comme des bêtes en cage, passent leurs bras entre les barreaux, cherchant à la façon des fauves, de la chair à griffer; cependant que les hommes, reculés en face d'elles, par représailles, les criblent de cailloux, à pleines poignées, de crachats, à pleine bouche.

Un ordre bref du contremaître, pareil à un comman-

dement de piqueur parlant à une meute de chiens, envoie
ce personnel à la niche. La cour, instantanément se vide.
Les pêcheurs, dehors, retournent dormir dans leurs
bateaux qui se balancent sur les amarres, dans le noir.
Le phare devient plus lumineux dans la nuit plus obscure.
Des fraîcheurs flottent. Mme Trénissan jette un châle
sur ses épaules. Malbar boutonne son pardessus. En
frissonnant, ils rejoignent l'hôtel d'Orange dont le fanal
rougeoie au bout de la rue sans lumière. Ils marchent,
et parmi les vaseuses exhalaisons du port à marée
basse, le vent agitant les tamarins dans les petits jardins,
au-devant des maisons, leur apporte par bouffées les
chœurs et les rires des femmes qui, là-bas, dans leurs
dortoirs, sous les combles des usines, loin de toute surveillance, répètent à pleine voix les « laridé, laridon-
daine », refrains ordinaires de toutes les chansons.

A certains jours, sur la terrasse de l'hôtel d'Orange,
des infirmes, estropiés au delà de la vraisemblance :
manchots et traîne-béquilles exhibant hors de leurs
haillons, des moignons répugnants, passaient et psalmodiaient de funèbres complaintes. Ils excitaient un tel
dégoût, que pour se débarrasser de leur présence, on ne
marchandait pas les aumônes. Ils offraient des feuilles
imprimées en langue bretonne chez des typographes de
Lannion ou de Morlaix, et ornées de culs-de-lampe dans
le style du dix-huitième siècle. Malbar achetait ces publi-
cations à dix centimes la pièce, les emportait par
poignées. Il croyait ainsi recueillir des textes directement
émanés de l'âme et de l'émotion locales. Mais après avoir
longtemps peiné de son lexique et de sa grammaire, il reconnut, à la fin, l'enfantillage et la fausseté de ces rapsodies.

Rédigées par des séminaristes pédantesques et des
ecclésiastiques savantasses, ces poésies de propagande
religieuse exhalaient une odeur de sacristie, sentaient
l'encre, la rhétorique et le sermon. Toutes débutaient
par une invocation à l'Esprit-Saint, vitupéraient contre
les égarements de la jeunesse, conseillaient de renoncer
aux cabarets et aux veillées destructifs des bonnes mœurs,
mortels pour les âmes chrétiennes; et, sur des airs
indéterminés que le chanteur pouvait, à son gré, choisir
tristes, aimables ou « rigolos », recommandaient d'aller
à confesse, de fréquenter les sacrements, de se con-
vertir à l'époque de la mission.

La guerre de 1870, traitée « sur un ton divertissant »,

s'y attribuait au manque de croyance des Français.
M. de Bismarck, comparé au diable, accomplissait une
œuvre purificatrice en humiliant l'orgueil d'un peuple
sans foi, en le contraignant à faire pénitence de ses impiétés. La capitulation de Sedan, la trahison de Bazaine
à Metz, le bombardement de Paris, résultaient de la perversité d'une nation détournée de la Vierge et pas assez
agenouillée au pied des autels du Sacré-Cœur. Heureux
les soldats invoquant la puissance de Notre-Dame-de-
Rumengol ! La mort les avait épargnés, ceux-là, au
milieu des désastres ! D'autres couplets racontaient les
mélancolies du conscrit haïssant le service militaire, et,
à Courbevoie, devant sa guérite, sous le vent et la pluie,
regrettant sa « mignonne », ses parents, ses amis, l'orgue
de son église, le jour de sa première communion, les
jaunes genêts de la Basse-Bretagne. Aux derniers vers,
l'auteur disait son nom, le temps qu'il avait mis pour
composer les cinquante strophes de son poème, et
espérait dévotement que ses lecteurs, avec lui, dans le
royaume de Dieu, obtiendraient le Paradis.

Mme Trénissan, de son côté, ne fut pas plus heureuse
en faisant venir de Paris des mélodies bretonnes, recueillies aux frais du ministère de l'Instruction publique, par
un professeur du Conservatoire envoyé en mission
dans les landes. Un traducteur point respectueux du
texte littéraire l'avait ramené aux gentillesses et aux
fadeurs des romances pour salons ; et le musicien, abusant
de la science, étouffait la simplicité des thèmes sous des
harmonies pesantes, enjolivait des fioritures d'un contrepoint fleuri, leur originale et austère nudité. Aussi, rejetant
vite ces productions d'un art si contraire à la nature,
Malbar et Mme Trénissan, réfugiés dans leurs souvenirs,
essayaient de les formuler et de les préciser sur un vieux
piano de forme carrée, abandonné dans un coin du salon,
à l'hôtel d'Orange.

On le reculait là, par peur que les enfants, soulevant
le couvercle lourd, le laissent tomber sur leurs petits
doigts. Maman Tréheudec le fermait à double tour. Il
fallait demander la clé ; et quand on découvrait le clavier, au-dessus de l'ivoire jauni des touches blanches et
de l'ébène des dièzes arrondis aux angles par les ans et
les gammes, en lettres gothiques, dans un cartouche de
marqueterie, on lisait le nom de « Souffleto », un antique
facteur, renommé en son époque.

Les pédales au cuivre perclus ne fonctionnaient plus guère au bout de leurs tringles qui, sous la caisse, passaient entre les montants d'une lyre en acajou. Depuis longtemps rebelles aux efforts de bien des accordeurs, les cordes, sous les étouffoirs des marteaux dégarnis de leur étoffe, vibraient avec le son de bois d'un xylophone. Au-dessus des basses assourdies, les notes aiguës tintaient avec un timbre vaporeux et doux comme celui des harpes éoliennes ; et d'un bout à l'autre de la table d'harmonie, un peu fêlée par l'humidité, les cinq octaves de l'instrument produisaient une musique dont l'incertain diapason et la justesse indécise dégageant du mystère, favorisaient le rêve. Sur ce piano dérangeant toutes les notions connues sur les tons et les intervalles, les chansons des sardinières retrouvées et jouées par Mme Trénissan, retournant à l'étrangeté de leur sauvage harmonie, rencontraient la réalisation complète de l'impression qu'elles causaient en plein air.

Peu à peu, ainsi que la conséquence naturelle des mélopées du port et de la mer, l'introduction du troisième acte de *Tristan et Yseult* s'imposait, pour ainsi dire, à Mme Trénissan. Elle l'exécutait. Le vieux piano, martelé d'ordinaire par les études hésitantes des fillettes et les polkas des commis-voyageurs en godailles, montait soudainement à des dignités inconnues, prenait du caractère. Avec les thèmes haletants de Richard Wagner, l'Océan tout entier grondait dans ses basses tremblantes et profondes. Sur le chalumeau du pâtre, la lancinante mélodie de souvenir et de mort se lamentait, cependant que l'angoisse de l'attente s'exaspérait auprès d'elle, en tierces désespérées.

Dans l'appartement sans lumière, à mi-voix, seulement pour Malbar et pour elle, Mme Trénissan chantait la première réplique de l'inquiet Kurvenaal, celle du berger ensuite ; et le prélude, désormais, enveloppant l'action, de même que l'atmosphère enveloppe les individus, se déroulait commenté par des exclamations et des paroles. Le verre des bobèches, secoué par les accords, tintait sur les appliques de cuivre. Par la fenêtre ouverte, un vent tiède entrait et, passant sur le piano, emportait sur la mer la douleur de la symphonie.

Dehors, le long du mur de l'hôtel d'Orange, l'homme aperçu parmi les éboulements de rocs du château de Tristan, comme le berger de la partition regardant le vide de l'horizon et des vagues, en son propre lointain, regardait son existence dévastée. Il pensait à d'autres soirs lumineux et fleuris dans ce Paris où, jadis, il avait tenu place, quand il était l'auditeur de toutes les grandes représentations lyriques, et que, l'habit noir orné d'un gardénia à la boutonnière, il écoutait les chefs-d'œuvre des maîtres, debout, au fond d'une loge, derrière des femmes décolletées.

L'éclat des parures de diamants se mêlait au scintillement des girandoles du lustre. L'orchestre ébranlait de passion l'air sonore de la salle. Des plans les plus reculés et les plus mystérieux du décor, à travers la buée de clarté montant de la rampe, des effluves de concupiscence arrivaient jusqu'aux spectateurs ; et les bravos éclataient, lorsque la violence des désirs poussait les acteurs en scène au mépris des lois sociales, faisait céder les scrupules de leur conscience, légitimait la trahison, autorisait jusqu'au crime.

La voix de Mme Trénissan résonnait à la façon de ces voix séductrices qu'il avait éperdument écoutées autrefois. Malgré lui, elle le ramenait vers un passé radieux sur lequel l'ombre était tombée comme la toile d'un théâtre à la fin d'une apothéose ; et l'homme plein de regrets, l'homme plein de remords, sous la fenêtre et la musique, de temps en temps, essuyait des larmes.

Le piano se fermait. On rendait la clef à maman Tréheudec. Malbar reconduisait Mme Trénissan. Chien-de-Nous, énervé par les harmonies, aboyait devant eux. Prévenu par le chien, l'homme, pour ne pas être vu, se cachait derrière une cabine de bains, se couchait dans un trou, sur la dune, comme si, pareil aux morts, il avait voulu se mêler à la terre. Il attendait. Quand Malbar et Mme Trénissan lui semblaient suffisamment éloignés, M. Pascal, alors, se levait et se décidait à partir.

CHAPITRE VIII

Un soir, à la poste, devant la boîte aux lettres, Malbar et Mme Trénissan se trouvèrent face à face avec Mme Hestoudeau et Mme Vincent Trois.

Sitôt leurs bains pris et la nuit tombée, rien n'intéressait ces dames à Kerahuel. Elles redoutaient de se promener sur la plage, s'imaginant qu'elles pouvaient faire de mauvaises rencontres; et pour passer le temps, tournant le dos à la mer, s'en allaient à la gare voir arriver le train de Paris, s'inquiétaient de ses retards, s'étonnaient quand, par hasard, il arrivait à l'heure réglementaire. Elles regardaient descendre les voyageurs, jusqu'au dernier. Bien que n'attendant aucun colis, elles demandait aux employés si le fourgon des bagages n'amenait pas quelque paquet à leur adresse. Puis, ne sachant que faire, à pas lents, pour user les minutes, elles revenaient à Quet el Réral.

M. Rachimbourg, d'abord, leur avait tenu compagnie. Les parties de dames, alors, se succédaient dans une indifférence profonde, tandis que Mme Vincent Trois tentait des réussites, avec des cartes. De temps en temps, pour excuser des bâillements trop sonores, elle disait:

— Ça ne fait rien, je m'amuse tout de même.

Rachimbourg ne bâillait pas, ne s'amusait pas davantage. Il n'espérait décidément plus rien de Mme Hestoudeau que, malgré la coquetterie, il jugeait trop prude. Parfois, pourtant, elle faisait exprès de livrer tous ses pions. Rachimbourg l'avertissait, la priait de mieux défendre son jeu. Alors elle affectait de répéter:

— Non, non, je sais ce que je fais. Mais prenez-moi, prenez-moi donc !

Etait-ce une manière de s'offrir ? Il n'en demeurait pas convaincu. De son côté, Mme Hestoudeau, sans velléité de faillir, eût cependant souhaité que M. Rachimbourg se montrât plus passionné et plus entreprenant. Rachimbourg, réflexion faite, regretta sa réserve. L'occasion perdue, sans doute, ne se renouvellerait pas ; et, peu à peu, il trouva des prétextes pour rendre ses visites plus rares. Malbar, dans un billet galamment tourné, excusait ses absences par le devoir de ne pas laisser seule son amie Mme Trénissan ; et Laguépie mettait quelque précaution à ne pas reparaître chez des femmes où ne fréquentaient ni Rachimbourg, ni Malbar. Aussi, Mme Hestoudeau et Mme Vincent Trois, attendant qu'Olivier eût enfin épuisé le nombre de bains à lui prescrits par ordonnance du médecin, supportaient avec impatience la solitude de leur maison et le désœuvrement de leurs personnes.

— Comment, c'est vous ? dit Mme Hestoudeau à Malbar. Pourquoi ne venez vous plus nous voir ?

Malbar, avec des variations, répéta le texte de son billet. Il ne pouvait abandonner Mme Trénissan.

— Mais que je vous présente : Madame Trénissan, Mesdames Hestoudeau et Vincent Trois.

Les femmes inclinèrent la tête, se regardant les yeux dans les yeux, avec cette politesse armée qui, sous l'urbanité des formes, interroge, semble demander : « Qui es-tu, toi ? Qu'as-tu fait jusqu'ici ? De quoi es-tu capable ? » Ainsi des navires de guerre ne portant pas le même pavillon se saluent tout en évaluant leurs tares et leurs forces. Mme Hestoudeau se flatta de ne pas ignorer Mme Trénissan. Mme Vincent Trois, elle, avait entendu l'artiste dans un concert.

— Vous aimez la musique, madame ? demanda Mme Trénissan.

— Plus maintenant, madame, répliqua sèchement Mme Vincent Trois.

Néanmoins, des compliments s'échangèrent.

— Très heureuse du hasard...

— Comment donc, enchantée, madame...

— Après des éloges, j'ai pourtant des reproches à vous adresser, ajouta Mme Hestoudeau.

— Vraiment ! Et quels reproches ?

— Vous nous avez privées de M. Malbar.

Mme Trénissan se défendit.

— Mais, maintenant que nous avons fait connaissance, nous n'en resterons pas là. Nous nous reverrons, les amis de nos amis sont toujours nos amis.

Bref, Mme Trénissan fut instamment priée de ramener Malbar à la villa de Quet el Reral. Elle accepta, par scrupule d'empiéter sur la vie du journaliste et de paraître lui imposer ses volontés.

— A bientôt, alors?

— Très volontiers.

Mme Vincent Trois coupa la conversation :

— Moi, dit-elle, pendant que vous causez, j'ai froid, et je rentre.

Alors on se sépara. Tout en grinçant des dents, Mme Vincent Trois se retournant dans la rue, regardait Malbar qui s'éloignait au bras de Mme Trénissan. Elle croyait leur liaison plus sérieuse, leur intimité plus étroite, et s'en affolait comme d'une trahison. En outre, elle se persuadait que Malbar, elle ne savait par quelle indiscrétion dont elle se promettait de tirer vengeance, avait été mis au courant de son infirmité physique; elle concluait furieusement que c'était dans une intention d'humiliation et de raillerie qu'il affectait maintenant de se promener avec une femme.

En arrivant à Quet el Reral, Mme Hestoudeau et Mme Vincent Trois trouvèrent Rachimbourg. Par un renouveau d'espérance et de galanterie, il était venu passer la soirée avec ces dames; et, patiemment, il les attendait dans le salon, en essayant de deviner les rébus d'un journal de modes traînant sur un guéridon. Mme Vincent Trois, sans motif, lui chercha querelle.

— Il se passait bien d'elles, d'ordinaire. Elles aussi se passaient bien de lui. Puis, les gens qu'on méprisait, on ne les dérangeait pas en s'installant chez eux à des heures pareilles; et autres insolences dont Mme Hestoudeau l'excusait à mesure, répétant :

— Ne faites pas attention, c'est sa maladie !

Rachimbourg, n'ayant jamais entendu dire que Mme Vincent Trois fût malade, s'étonnait comme d'une nouveauté de la voir saccadée en ses gestes, à la façon d'un automate. Il s'effrayait aussi de l'extraordinaire dilatation de la pupille des yeux, étrangement fixes et qui semblaient loucher.

Mme Vincent Trois recommençant ses reproches et ses invectives, brusquement, d'une voix dure, Mme Hestoudeau lui commanda d'apporter le damier. Mme Vincent Trois, tout à l'heure si révoltée, docilement, obéit.

Et elle murmurait d'un air de soumission :

— Il faut bien, puisque tu es la maîtresse. Je sais bien que tu es la maîtresse.

Mais le damier mis en place sur la table, sous laquelle Rachimbourg, par habitude, étendait tendrement ses pieds vers les pieds de Mme Hestoudeau, la partie devint impossible. Mme Vincent Trois accablait Rachimbourg de conseils ridicules, voulait savoir pourquoi les pions se disposaient dans un sens plutôt que dans un autre, prétendait qu'il n'était pas amusant de jouer sans tricher, déclarait qu'ils l'agaçaient de rester là, face à face, à pousser du doigt des disques de bois blanc et noir. Finalement, d'un geste brutal, elle brouilla tout le jeu, et, au-dessus des dames bouleversées, affirma qu'il fallait absolument qu'on s'occupât d'elle, parce qu'elle était « l'Immaculée Conception ».

Le matin, entrée dans l'église de Kerahuel, elle avait entendu le curé, au catéchisme, vanter les mérites exceptionnels de la Sainte Vierge. Toujours préoccupée de l'infériorité de son état sexuel, Mme Vincent Trois demeura convaincue que le prêtre faisait allusion à sa condition, dans l'amour. Par un mouvement désordonné de son esprit faible, elle s'identifiait maintenant avec la mère de Dieu conçue sans péché, et suscitant le Christ au monde sans rapprochement et sans souillure. Son orgueil de dégénérée s'exaltait dans la joie de cette ressemblance. La femme « si supérieure » qu'elle se flattait d'être se haussait jusqu'au triomphe et à la divinité, raisons nouvelles à son sens pour qu'on l'entourât d'attentions délicates et qu'on lui rendît de souverains hommages. Alors, imitant les figures qu'elle avait contemplées dans les tableaux de sainteté, les attitudes qu'elle voyait dans les images de son paroissien, les gestes de la Vierge quand, pendant son noviciat, le soleil, passant au travers des vitraux de la chapelle, illuminait le personnage de Marie d'une clarté surhumaine, elle étendait les deux mains, les doigts allongés, la paume en dehors, et les yeux levés au ciel avec des regards d'extase, elle répétait :

— Je suis l'Immaculée Conception.

Rachimbourg crut qu'elle devenait folle. Malgré les

instances de Mme Hestoudeau, habituée à ces excentricités et que la variété des crises ne surprenait même plus, il courut chercher Laguépie. Il le trouva sur la terrasse de l'hôtel d'Orange. Un grog devant lui, tout seul, le docteur jouissait d'un paysage d'où les hommes s'étaient enfin retirés, et respirait la nuit.

— Qu'est-ce qui vous arrive ? demanda Laguépie, en apercevant Rachimbourg et sa mine effarée.

— Venez, venez vite. C'est très grave. Mme Vincent Trois prétend qu'elle est l'Immaculée Conception.

— Ah ! ah ! ça se gâte, dit Laguépie en achevant de vider son verre. Puis il prit son chapeau et se dirigea vers Quet et Reral. Rachimbourg, tout ému de l'aventure, le quitta à la porte de la villa. Il jugeait sa présence inutile et s'en remettait à la science du docteur.

Les domestiques dormaient. Mme Hestoudeau pour, ne pas leur donner un spectacle propre à exciter leur malignité, ne les réveilla point. Rapidement, à la place de sa toilette de ville, elle endossa un peignoir afin d'exercer plus à l'aise ce métier de garde-malade qu'elle subissait en souriant depuis des années. Elle surveilla l'arrivée de Laguépie, ne le laissa pas sonner ; et, après avoir fermé, avec précaution, la porte derrière lui, l'introduisit dans la chambre où elle couchait en compagnie de Mme Vincent Trois. Là, Mme Vincent Trois avec cris et gestes, se promenait, point calmée par les exhortations de Mme Hestoudeau, la suppliant de se taire pour ne pas épouvanter Olivier. Le lit de l'enfant, auprès du lit de la « fraülein », se dressait dans la pièce à côté. De temps en temps, quand la voix de Mme Vincent Trois, devenait trop perçante, Mme Hestoudeau allait s'assurer que la porte de communication était bien fermée et qu'on n'entendait rien au travers.

Le docteur, du premier coup d'œil, reconnut les symptômes décrits dans les livres et observés par lui dans de nombreuses cliniques. Et comme il invitait doucement Mme Vincent Trois à se déshabiller et à se coucher pour faciliter la piqûre de morphine par où il comptait faire cesser l'agitation et provoquer le sommeil :

— Non, s'écria Mme Vincent Trois poursuivant son délire de chasteté furibonde. Moi, ça ne sert à rien que je me déshabille. Je ne suis plus une femme.

Et désignant Mme Hestoudeau :

— Ce n'est pas moi, c'est elle qu'il faut mettre nue !

Elle employa une autre expression plus grossière, sentant l'écurie, et découvrant chez elle, un lointain de relations populacières, de basses débauches. Avec des doigts de folle, elle arracha d'un seul coup le peignoir et la chemise lâche de Mme Hestoudeau. Puis, la prenant à bras-le-corps, avec une vigueur insoupçonnée dans ses muscles anémiés, elle la jeta sur le lit, l'étendit sur la courte-pointe. Au long de la soie rouge, entre la chevelure blonde et les bas de soie noire, la peau de Mme Hestoudeau resplendissait, dorée par les reflets de la lampe.

— Madame ! Madame ! disait le docteur.

— Marguerite ! Marguerite ! Je t'en prie ! murmurait madame Hestoudeau.

Elle se débattait à peine, en silence car, de l'autre côté, la « fraülein » pouvait entendre, intervenir ; et, par la porte ouverte, Olivier verrait !

Mais Mme Vincent Trois, dédaignant les pudeurs et s'exaspérant davantage, maintint Mme Hestoudeau sous ses doigts forcenés ; et elle disait au docteur, d'un ton d'admiration :

— Tenez, regardez comme elle est bien faite. C'est elle qu'il faut embrasser : Je veux que vous l'embrassiez !

Le docteur se défendait. Stupéfait un peu du caractère de la crise, mentalement, il prenait des notes.

— Si ! si ! Je veux ! Vous voyez que je ne suis pas jalouse. Embrassez-la, je vous en prie, j'en aurai tant de plaisir !

Laguépie n'ignorait pas que la résistance aux divagations des hystériques et des fous, loin de les apaiser, les rend plus furieux. Doucement, il se pencha vers Mme Hestoudeau. Elle était d'une carnation admirable, et telle que le docteur en avait vu rarement, excepté chez des Anglaises. Il remarqua que l'enfantement ne l'avait pas déformée ; et, s'excusant sur la nécessité :

— Puisqu'il le faut, dit-il, vous permettez ? Autrement nous n'en sortirons jamais.

Victime, une fois de plus, des dérèglements de sa terrible belle-sœur, Mme Hestoudeau, d'un signe de tête résigné, consentit. Alors, avec la même indifférence professionnelle dont il disséquait les cadavres, de la même bouche sans peur dont, pendant les trachéotomies, il soufflait dans la gorge des diphtéritiques, Laguépie, sur l'épaule de Mme Hestoudeau, froidement, mit un baiser.

Il se releva. Mme Hestoudeau, debout à son tour, remit vivement sa chemise et son peignoir. Derrière la cloison, elle croyait avoir surpris du bruit. Des pieds sans chaussures lui semblaient courir sur le parquet. La lampe brûlait au milieu du silence. Une heure du matin sonnait, sur un meuble, à la pendule de voyage. Dans un coin, Mme Vincent Trois, les nerfs détendus, pleurait à chaudes larmes La crise se terminait dans des sanglots. Le docteur demanda une feuille de papier, une plume, de l'encre, écrivit pour le traitement à suivre le lendemain et les jours suivants, une ordonnance qu'il savait inutile, et, saluant Mme Hestoudeau, se retira. Mme Hestoudeau le reconduisit; et toujours craignant d'attirer l'attention des domestiques, à la porte, elle prit, pour la sortie du docteur, les mêmes précautions qu'elle avait prises, à son entrée.

Elles parurent compromettantes à M. Garnafe, lequel revenait d'un rendez-vous avec une bonne dont il escaladait la fenêtre. Les dames logées à Qüet et Reral lui paraissant de mœurs faciles, il trouva indue et significative cette visite du docteur, au milieu de la nuit. Assurément, le hasard venait de lui révéler une intrigue, et il se réjouissait démesurément de la découverte.

Malheureux en ménage par suite de l'invraisemblable dépravation amoureuse de sa femme, après un flagrant délit constaté entre tous, M. Garnafe avait prétendu introduire une instance en divorce. Son métier de marchand d'ornements d'église lui fut un grand obstacle dans la réalisation de son projet. L'évêque, liturgiquement opposé à toute dissolution du mariage chrétien, fit connaître au négociant, que, au cas où il irait devant les tribunaux et deviendrait ainsi un objet de scandale pour les âmes pieuses, il lui retirerait la fourniture de la cathédrale en même temps que la clientèle des prêtres et des églises du diocèse. M. Garnafe dut préférer ainsi le maintien de son industrie à la vengeance de sa dignité conjugale. Depuis, au milieu des ostensoirs, chasubles, baldaquins, tabernacles, saints ciboires et lampadaires dont s'encombrait sa boutique, il vivait continuellement trompé, n'en doutait pas, et s'enrageait de la honte permanente à laquelle il était réduit pour plaire à Monseigneur.

Mais il se vengeait partout, sur les autres femmes, des infidélités qu'il subissait, commercialement, de la part de la sienne. Avec un flair de chien de chasse, il éventait les

adultères épars autour de lui dans le mystère d'une petite ville de province; tombait en arrêt dessus, et, par
lettres anonymes, les dénonçait scrupuleusement aux
maris offensés. Les divorces qu'il déterminait sans cesse
le consolaient du divorce qu'il se contraignait à ne pas
obtenir. De la sorte, il troublait perpétuellement bien des
tranquillités, ouvrait de force les yeux aux époux complai-
sants, bouleversait les familles, et sa façon de défendre
la morale équivalait à une calamité publique.

Donc, soupçonnant des relations criminelles entre
Mme Hestoudeau et le docteur, célibataire isolé, lequel,
à son sens, devait manquer de femmes, il feuilleta le
Bottin, se procura l'adresse de M. Hestoudeau, et dé-
nonça à l'usinier lointain que sa femme, aux bains de
mer, « s'affichait » en public, menait une conduite « plus
que galante ». Après quoi il ne signa pas, suivant son
habitude, et se délecta par avance des conséquences de
sa trahison.

La nuit venait vite, maintenant. Septembre, dès six
heures du soir, rendait la température plus fraîche, les
promenades plus pénibles, les heures plus lentes à passer. Les réunions chez Mme Hestoudeau recommencèrent. Malbar d'abord, hésita d'y paraître. Il redoutait des
maladresses de la part de Mme Vincent Trois, des algarades dont Mme Trénissan souffrirait, à coup sûr. Laguêpie, sans rien lui révéler des extrémités auxquelles
l'avait poussé récemment l'hystérie agressive de Mme Vincent Trois, par prudence, précisément, conseilla à Malbar de se montrer à Quet el Reral, en compagnie de
Mme Trénissan.

— N'ayez pas peur, affirmait le docteur. J'ai soigné la
dame. Elle a, depuis, une grande confiance en moi. Elle
m'appelle son bienfaiteur, et déclare à qui veut l'entendre
qu'elle me doit, positivement, la vie. En ce moment, elle
célèbre mes louanges. Cette préoccupation remplit son
existence, empêche d'autres sottises, me donne aussi
beaucoup d'empire sur elle.

Puis, usant d'une comparaison tirée de ses travaux
d'anatomie comparée qu'il poursuivait sans cesse pour
se reposer de ses courses de la journée auprès des
malades :

— Au reste, le sujet possède, comme certains cépha-
lopodes de ma connaissance, un cerveau inconsistant
aux tentacules aveugles et tenaces. S'il est nécessaire

16

j'orienterai volontiers une de ses vanités vers une idée fixe sur laquelle elle s'accrochera ainsi qu'une pieuvre sur un rocher. Je serai toujours là, auprès de vous, et de toutes manières, aujourd'hui, demain et les autres demains, je vous réponds qu'on vous laissera tranquille. Venez, les soirées deviennent longues, vous ne sauriez comment user votre temps, après dîner. Bientôt vous verrez, au lieu de vous effrayer, Mme Vincent Trois vous amusera.

En effet, dès que le docteur entrait à Quet el Beral avec Mme Trénissan, Mme Vincent Trois lui sautait au cou, le présentait comme son sauveur, lui prédisait le plus brillant avenir, proposait de le recommander à de hauts personnages qu'elle affirmait connaître, offrait de le pousser dans le monde et dans les dignités. Il était chevalier de la Légion d'honneur, elle exigeait qu'il devînt officier. Dès sa rentrée à Paris, elle s'emploierait pour que Laguépie ne tardât pas davantage à obtenir cette distinction. Laguépie affectait l'humilité, et Mme Vincent Trois, ignorant la valeur et les titres du professeur, lui reprochait doucement de ne s'être pas marié avec une femme comme elle qui aurait « remué ciel et terre » pour lui assurer de la notoriété. Lui, possédant le talent, elle, l'ambition avec le goût de l'intrigue, quoi d'invraisemblable que, ensemble, ils fussent arrivés à la fortune ?

Laguépie, complaisamment, félicitait Mme Vincent Trois de ses qualités intellectuelles, admirait son énergie. Mme Vincent Trois recevait les éloges de haut, en femme qui a conscience de ses mérites. Pourvu qu'on la laissât parler d'elle, sur tous les sujets au cours de la conversation, en phrases parfois curieuses, parfois éloquentes, elle émettait des aperçus qui semblaient originaux. Au demeurant, elle reproduisait des appréciations qu'elle avait lues, dans les livres ; des jugements qu'elle avait entendu exprimer un peu partout, dans les mondes divers et les diverses amours par elle traversées. Ainsi, dans certaines salles de concert mal construites et désordonnément sonores, la musique se répète souvent dans des coins, longtemps après que les instruments se sont tus.

Rachimbourg enseignait à Malbar les mystères de l'impériale, un vieux jeu de cartes, mélange de bezigue, de piquet et d'écarté, qu'il affirmait redevenir à la mode.

Malbar, l'esprit ailleurs, se perdait dans les « honneurs », oubliait de compter ses « indépendances ». Mme Restoudeau appréhendait une nouvelle crise chez sa sœur, et avec plus de politesse que de conviction ne contrariait pas l'enthousiasme de Mme Trénissan parlant avec lyrisme de la plage de Kerahuel, car Mme Trénissan la voyait toujours à travers des souvenirs de *Tristan et Yseult*; dans son admiration, la confondait avec l'œuvre de Richard Wagner.

Mme Restoudeau, elle, ignorait Richard Wagner et *Tristan et Yseult*, comme le reste. Elle avouait ne pas avoir ouvert son piano depuis qu'elle était mariée. Ses connaissances musicales ne dépassant pas *le Réveil du lion*, de Kowalski et *la Pluie de Perles*, d'Osborne, elle ne comprenait rien aux exaltations de Mme Trénissan. Pour elle, le pays dépourvu du rayonnement des chefs-d'œuvre et de l'illusion du rêve, lui semblait nu, hideux, solitaire, inhabitable. Elle regrettait que la santé de son fils lui eût imposé une résidence si déplaisante. D'après son sentiment, on passait une saison à Kerahuel pour bien se convaincre qu'il n'y fallait jamais retourner. Comment Mme Trénissan, Parisienne habituée au plaisir, ayant des relations, de l'argent, le choix entre cent plages plus ombragées, plus mondaines aussi, pouvait-elle songer à s'installer dans ce désert? Où trouverait-elle des bravos, sur la falaise? Son talent, à quoi lui servirait-il, dans cette solitude?

Mme Trénissan défendait Kerahuel. Elle connaissait trop le monde pour ne pas éprouver le besoin de le fuir, au moins six mois par an lorsque Pâques arrive fermer les concerts et que les grands magasins commencent leurs réclames pour la saison d'été. Oui, c'était à Kerahuel qu'elle projetait d'acheter un domaine. Elle vivrait là très heureuse avec son piano à queue, des partitions, quelques amis, et la mer, tout le temps, murmurant sous ses fenêtres.

Quelle notoriété pour le pays si Mme Trénissan y devenait propriétaire! Et Rachimbourg détourné du jeu de l'impériale, abandonnant Malbar et les cartes, se levait, approuvait Mme Trénissan, se mettait à sa disposition pour lui indiquer, sur la plage, les terrains les plus favorables, disait des prix, proposait des rabais, se vantait de fléchir les exigences du Conseil municipal. Où se trouvait l'emplacement qui plaisait davantage à Mme Trénissan ? Il se flattait de le lui faire obtenir à bon compte, car, par son choix, elle encouragerait d'autres acheteurs.

Mme Trénissan indiqua un grand morceau de terre proche, bien entendu, du Château de Tristan.

Rachimbourg ne comprenait pas.

— Où çà, s'il vous plaît, le Château de Tristan ?

Malbar décrivit l'endroit.

— Ah ! j'y suis maintenant. Mais c'est la pointe de Beg er Cresté que vous voulez dire !

Malbar à son tour ne comprenait pas.

— La pointe du Midi, traduisit Laguépie.

— La pointe du Midi, si vous voulez, continua Mme Trénissan : pour moi, c'est le Château de Tristan.

Alors elle expliqua que son goût pour l'endroit, le nom particulier dont elle l'appelait, venaient d'une œuvre par elle préférée entre toutes les productions musicales. Elle se désolait parce que la mer acharnée ne permettait pas d'habiter parmi les roches de ce promontoire. A tout le moins, au bout de la plage, assez loin pour ne pas craindre les atteintes des tempêtes ; assez près pour ne rien perdre d'une perspective dont son imagination et sa parole augmentaient la naturelle beauté, elle prétendait construire une maison, s'y installer, définitivement, à sa guise, dans la perpétuelle contemplation de son rêve.

— Faire construire ! s'écria Mme Hestoudeau ; vous n'avez donc pas peur de vous désaffectionner un jour de l'isolement et de la tristesse de ce pays si plat, si dénudé ?

Mme Trénissan affirma que les horizons de Kerahuel n'arriveraient jamais à la lasser. Elle ne trouvait pas à la mer un aspect monotone, au contraire ! Le moindre coup de soleil, le passage d'un nuage le plus léger faisait varier les nuances de l'eau ; rapprochait ou reculait les lointains ; ouvrait devant les yeux des horizons ignorés. Teintes bleues du calme ; couleurs vertes et grises des flots en tempête, tout la réjouissait sur l'Océan, le seul spectacle au monde dans lequel, après la musique, elle trouvât sans cesse d'infinies ressources de nouveauté et d'imprévu.

Malbar l'appuyait. A son tour, il entreprenait l'éloge de la falaise où, parmi des fleurs indigentes et des herbes de misère, se dressaient sous le ciel les pierres moussues des menhirs et les gigantesques piliers restés debout auprès de la table tombée d'un dolmen en débris. Intacts ou ruinés, ces monuments d'une race morte et d'une civilisation sans histoire lui inspiraient une vénération profonde. Ils ne l'étonnaient pas. Il croyait les avoir connus toujours dans une existence antérieure, et s'asseyait à leur ombre avec la tendresse d'un fils longtemps éloigné qui revient, et réintègre le berceau de sa famille et le foyer de ses ancêtres.

Mais ce que Mme Trénissan, par exemple, voulait décidément ne plus souffrir à Kerahuel c'était une location nouvelle, un campement dans des maisons mal fournies de linge, d'ustensiles de toilette, où les domestiques, de hasard, comme les meubles, ne s'inquiétaient pas de faire un service adroit et régulier. Ainsi Astérie qu'elle avait « gagée » en même temps que la villa de « Ty Loïc », chaque matin, dédaignait absolument de venir à l'heure convenue.

— C'est ma clientèle qui l'occupe, interrompit Laguépie. Elle passe après moi, chez les malades, pour leur conseiller de ne pas suivre mes prescriptions. Pas plus tard que ce matin, elle a arraché l'appareil plâtré dont j'avais entouré une fracture de jambe. Elle a promené neuf fois un chapelet, neuf fois sa main sur le membre cassé, a soufflé dessus ensuite en disant au mal : « Si tu es venu par le diable, tu t'en iras par le vent. » Puis elle a fait le signe de la croix. Aussi, ce soir, quand je suis allé voir ce que devenait le bandage, mon homme se trouvait dans un joli état ! Fragments qui chevauchaient l'un sur l'autre, fièvre, enflure. Il aura de la chance s'il s'en tire avec un raccourcissement.

L'assistance s'indignait.

— C'est son affaire, répondit philosophiquement Laguépie. Vaille que vaille, j'ai réparé le dégât et la sottise. Mais comme Astérie survenant pendant mon travail se permettait des observations désobligeantes, la patience, je l'avoue, la patience m'a manqué, et j'ai déclaré que si la demoiselle touchait au nouveau pansement, j'adresserais une plainte au parquet.

— Elle devrait commencer par se soigner elle-même, dit Malbar, car elle a sur le nez je ne sais quoi qui pèle et ne l'embellit pas.

— Elle se soigne, répliqua gravement Laguépie. Chez les fournisseurs, elle frotte son index sur les mottes de beurre et le passe ensuite sur sa figure. Mais quoi qu'elle prétende, je ne vois pas que la médication soit infaillible.

Cette malpropreté ne surprenait pas Mme Trénissan, car la thaumaturge l'accoutumait à tous les écœurements. Elle ne balayait jamais, ne retournait jamais les matelas, par peur de se donner des hernies ; faisait la dégoûtée devant les seaux dits hygiéniques ; et ne concevant pas que beaucoup d'eau fût nécessaire pour les ablutions, s'acharnait à ne jamais remplir les brocs vides.

— Le clergé a fait de la saleté un article de foi, objecta Laguépie.

M. Rachimbourg et Mme Vincent Trois protestaient :

— Comment pouvait-on émettre de pareilles opinions ?

— Si bien, continua Malbar, que, de leur aveu même, les plus dignes religieuses souffrent moins de la pauvreté et de l'obéissance que du renoncement aux soins les plus intimes de leur corps.

— Et la saleté, ici, conclut Laguépie, c'est à peu près tout ce que les femmes savent et pratiquent de la religion.

La vérité de cette constatation éclatait dans le linge de Mme Trénissan qu'Astérie ramenait des trous d'eau stagnante qu'on appelle des « douets », plus maculé encore qu'il n'était passé sous le battoir, devant le banc à laver. De plus, elle ne se gênait pas pour déclarer que si « ce morceau-là, ici », voulait que ses robes fussent brossées, elle pouvait bien les brosser elle-même. Au bout du mois, elle acceptait néanmoins ses gages, implorait des suppléments, mais prétendait ne rien fournir en retour. Car elle « avait du pain à manger chez elle », se flattait de n'être point contrainte à en chercher chez les autres : orgueil coutumier à ses congénères qui se jugent supérieures à tout travail; et, entrant en service, évaluent chèrement leur paresse et leur incapacité.

Afin d'éviter ces inconvénients, pour l'avenir, Mme Trénissan, dans une maison à elle, suivant les conseils de Laguépie et l'exemple de Mme Hestoudeau, amènerait ses domestiques. Et comblant de satisfaction Rachimbourg qui trouvait enfin un acquéreur pour les « Terrains à vendre », elle prit jour avec lui pour aller délimiter un emplacement sur la plage.

— N'est-ce pas que j'ai raison, docteur ? demanda Mme Trénissan.

Laguépie ne se trompa pas sur cette question. Evidemment elle n'appelait pas d'autre réponse qu'un acquiescement, et il sourit en murmurant :

— Allez comme votre cœur vous mène et selon le désir de vos yeux.

Il citait là une phrase de Gustave Flaubert, dans la *Tentation de Saint-Antoine*. A Paris, entre ses voyages, il avait fréquenté chez l'écrivain quand, les dimanches d'été, le demi-jour des persiennes fermées égalisant tous les visiteurs, réunissait les débutants et les maîtres dans une intimité d'art accueillante et cordiale. Laguépie égayait Flaubert par le scepticisme de son savoir. Son érudition comiquement adroite à surprendre les niaiseries parmi les livres de morale et de science, avait fourni des documents à l'encyclopédie de sottises colligée pour la rédaction de *Bouvard et Pécuchet*. Flaubert, toute une journée, s'était esclaffé sur cette phrase de Bossuet : « Le crâne a, en haut, des fissures où il est un peu entr'ouvert pour laisser passer les fumées du cerveau »; sur cette autre et qui venait d'Ampère : « Les sphinx ont des pieds grands comme quatre des miens », et de celle-ci, par laquelle Bernardin de Saint-Pierre, admirant les précautions infinies de la Providence, affirme « que le melon, par sa division en côtes, témoigne clairement combien il fut créé pour être mangé en famille ». Laguépie s'enorgueillissait de connaître par cœur toutes les œuvres du romancier et du philosophe. Une de leurs récréations, avec Malbar, consistait à se provoquer mutuellement, l'un commençant une période que l'autre, sur-le-champ, finissait, de mémoire, sans jamais se se tromper. Tous deux communiaient en Flaubert avec une ferveur dont ils se raillaient quelquefois, par habitude de narguer leurs sentiments intimes et de dissimuler sous de l'ironie leurs vénérations les plus profondes.

Néanmoins, sous la forme littéraire de son approbaion, le docteur laissait entendre qu'il n'augurait pas favorablement d'une fantaisie où Mme Trénissan lui semblait courir à bien des dépenses suivies de bien des déboires. S'imaginait-elle réaliser des économies ? L'économie ? Il savait qu'il n'y fallait guère songer dans un pays que ses recherches ethnographiques lui montraient comme certainement issu d'une race chinoise. Cette origine jaune se trahissait par maints types de physionomies, s'affirmait dans l'âpreté des relations commerciales. Ainsi que leurs ascendants du Céleste Empire, les marchands de Kerahuel s'entendaient à merveille pour élever le prix des denrées dès que ces denrées, sortant de la consommation locale, devenaient nécessaire à la consommation des étrangers. Les ouvriers si peu rémunérés et se contentant de quelques sous de gain, quand ils travaillaient pour le compte des indigènes, pour les étrangers aussi augmentaient le taux du salaire de la main-d'œuvre et le haussaient jusqu'aux tarifs des villes. Il ne fallait espérer aucune adresse, aucune complaisance, aucune bonne volonté même, de la part des femmes aux journées chèrement payées, et dont toute la besogne se bornait à réclamer quatre repas, des petits verres, du café; et il avait appris par expérience que ces lavandières si amusantes à regarder le soir, sous les étoiles, à genoux au bord des trous d'eau élargis par l'ombre et argentés par la lune, rapportaient toujours un linge souillé où leur indifférent nettoyage changeait seulement de place les maculatures.

Et quelle hospitalité, quelle sympathie, quelle politesse même, attendre d'une population qui, depuis des siècles, vivait d'elle-même, sur elle-même, ruminait ses préjugés comme ses vaches ruminaient leur foin, et demeurait l'oreille et les yeux fermés au bruit et au spectacle des incessants mouvements du monde moderne? Que devenait à Kerahuel l'effort de la Révolution française pour supprimer les provinces et diviser le territoire en départements? Kerahuel subissait les lois communes, se régissait tant bien que mal au gré des codes et des règlements, mais sous son apparente soumission, gardait une révolte secrète de personnalité barbare et d'indépendante autonomie. Quand les hommes, levés par l'inscription maritime ou contraints par les gendarmes à se présenter pour tirer au sort, se dirigeaient vers le port d'attache ou la caserne, les femmes, au long de la grande route, les regardaient partir comme s'ils s'éloignaient là-bas, bien loin vers une terre étrangère. Ils s'en allaient vers la France, cependant. Mais, pour elles, il n'existait qu'un seul pays : Kerahuel; et derrière les conscrits, cultivant les champs et rafourant les bêtes, elles menaient une existence de tribu nomade toujours inquiète de voir sa tranquillité dérangée, ses habitudes et ses biens menacés par des envahisseurs.

Les familles, sans cesse resserrées par des mariages entre consanguins, dégénérées et agressives, malgré leurs différends, se retrouvaient d'accord pour défendre contre les « hors venus » comme elles disaient, le terri-

toire et les **traditions** héréditaires d'une race rebelle à
tout changement, race qui, pour se dispenser de comprendre, pour éviter d'être comprise, derrière les rudes-
ses de sa langue, retranchait son étroit cerveau contre la
poussée des idées nouvelles, ainsi que, derrière les murs
de pierre, elle retranchait sa moisson maigre contre les
vents du large.

Laguépie la connaissait bien, la perfidie de cette
langue bretonne si savamment construite pour dérouter
l'entendement, si adroitement appliquée à déconcerter
les oreilles. Le philologue qu'il se flattait d'être avait
vite démêlé que, à part un nombre très restreint de vocables indiens ou celtes, restés intacts dans les mots monosyllabiques, cette langue, malgré son apparence d'originalité, se composait en majeure partie de mots latins
français, anglais, espagnols aussi ; déformés et con-
tractés par un peuple rétrécissant les termes à la mesure
de ses pensées.

Il admirait les habiles ressources de nuances sonores
par lesquelles, d'une contrée à l'autre, les expressions
les plus usuelles de la vie courante devenaient soudainement obscures et incompréhensibles. Grammaticale-
ment, la construction ordinaire du discours ne se modifiait pas, la syntaxe demeurait invariable. Si l'homme de
Tréguier ne se faisait pas entendre de l'homme de Vannes, si l'homme de Vannes restait inintelligible pour
l'homme de Cornouailles, ce n'était point que les interlocuteurs se servaient d'un idiome différent. C'était que,
pareils aux Annamites disposant de dix-huit sortes
d'accent vocal, ils parlaient la même langue avec des
inflexions par où elle devenait méconnaissable, et que le
timbre des intonations, de pays en pays, changeait en
même temps que la forme des bonnets des femmes.

D'ailleurs, est-ce que dans l'avertissement précédant le
lexique du dialecte de Vannes, rédigé par Pierre de Châ-
lons, l'éditeur n'écrivait pas en 1723 : « Il faudrait un dictionnaire breton particulier à chaque paroisse, tant il se
trouve de changements en cette langue, et dans l'orthographe et dans la prononciation » ? Est-ce qu'il ne donnait pas jusqu'à sept façons d'articuler le mot « Chrétien »
au pluriel, indiquant les modifications, les modulations
que ce mot subissait, suivant qu'on l'entendait en Léon,
à Sarzéau, à Arradon, à Noyal-Pontivy, à Pluvigner, à
Loc-Malo, ou ailleurs ? D'autre part, chez les modernes,

Hersart de la Villemarqué, dans l'avant-propos du dictionnaire français-breton publié en 1847, ne raillait-il pas ceux « qui s'imaginent posséder entièrement la langue bretonne, parce qu'ils la savent bien de la manière qu'on la parle chez eux ou tout au plus à cinq ou six lieues de l'endroit de leur naissance » ?

Laguépie, peu à peu s'était rendu compte de ces mystifications sonores, de ces artifices d'articulation par lesquels les lèvres, la langue et la gorge produisant une triple inflexion — douce, forte ou aspirée — défigurent systématiquement, selon le besoin des circonstances, une langue toujours appliquée à tromper l'entendement de l'étranger. Maintes fois, au cours de ses études du breton, il avait éprouvé que ses interlocuteurs, pour le déconcerter et décourager sa volonté de pénétrer leurs pensées, brusquement, en modifiant leur manière de prononcer, rendaient obscures et mystérieuses les phrases les plus élémentaires. Mais, à la longue, il cessait d'être dupe de cette précaution à hérisser devant lui cette « haie vive » des mots que, dans la préface du dictionnaire de Le Gonidec, Hersart de Villemarqué recommande d'opposer aux « profanes » afin qu'ils n'entrent pas dans le jardin de l'idiome de ses pères ». Mais, se jouant, maintenant, des *b* se changeant en *v* et en *p* ; des *k* en *g* et en *c'h*, des *q* en *ch* et en *k* ; des *m* en *v* ; des *p* en *b* et en *f* ; des *t* en *d* et en *z*, de ces consonnes muables, hypocrites et inconsistantes comme les individus, ayant déterminé l'astuce et les cacophonies, il les pratiquait, à son tour.

Avec de la Chine, à Kerahuel aussi, il avait retrouvé de l'Espagne. De l'Espagne amenée en Armorique, au temps de la Ligue, avec les renforts envoyés par Philippe II, au duc de Mercœur, armé contre les protestants. L'Espagne, il la rencontrait partout, dans l'architecture des vieilles maisons, surtout dans l'ordonnance des calvaires éloignés du vieil et sévère art breton des douzième et treizième siècles ; et tous sculptés dans le style emphatique et compliqué des imagiers de pierre de la Renaissance espagnole. L'Espagne il la montrait conservée dans le costume des petites filles, le corps serré comme un boudin dans un fourreau d'étoffe, la taille prise dans une jupe bouffante, et portant ainsi la toilette particulière dont sont habillées les infantes, dans les tableaux de Velasquez.

L'Espagne, elle se manifestait dans le vêtement des hommes. Courte veste noire ouvrant sur le gilet largement découpé et laissant voir la chemise blanche sur laquelle pend une longue cravate, pantalon collant et chapeau de toréador. Elle était visible dans la coiffure des mariées agençant les fleurs d'oranger en tiarés hautes et massives comme les diadèmes des madones sur les autels des églises; à Tolède, Séville ou Madrid ; elle s'affirmait dans la démarche des femmes, roulant des hanches ainsi que les manolas.

L'Espagne, il l'entendait dans la désinence en *ay* ou *o* de bien des noms propres ; il la retrouvait jusque dans la manière de compter. Ce « realé », monnaie fictive de la valeur de vingt-cinq centimes, dont les Bretons, malgré l'instruction gratuite et obligatoire, usent encore couramment, sur les marchés, pour l'évaluation de leurs denrées, qu'était-ce, sinon un souvenir du numéraire employé et des habitudes prises par les capitaines au cabotage lors de leurs fréquents trafics sur les côtes de la péninsule ibérique ? Et plus encore que dans l'ajustement et les vocables des individus, l'architecture et les calculs, l'Espagne se manifestait dans l'extraordinaire vanité des cerveaux toujours curieux de louanges, se plaisant aux hâbleries, apathiques comme s'ils étaient à jamais lassés d'avoir rêvé la conquête des Grandes Indes, et prenant pour indépendance les soubresauts d'une paresse révoltée d'instinct contre toute discipline.

L'Espagne, elle se faisait sentir jusque dans la littérature ; ainsi s'expliquait ce phénomène singulier qu'un breton comme Lesage ait pu composer un roman comme *Gil Blas*. Quand la critique se demande encore quelle influence a subie l'auteur, il est aisé de lui répondre que les Espagnols quittant la Bretagne après la soumission intéressée du duc de Mercœur, derrière leurs troupes, laissaient des livres. Ces livres, Lesage les a certainement lus, pendant ses années de collège à Vannes; et quoi de plus simple si, plus tard, il se souvient d'eux, et les imite au point qu'on l'accuse de les copier ? L'Espagne, on la reconnaissait au travers des cantiques bretons sur la maladie et la mort, alors que les poètes imitant la fureur des mystiques espagnols, grands contempteurs de la chair, s'acharnent sur le cadavre humain, et se délectent dans une pieuse et carnassière jouissance en décrivant jusqu'à la minutie et jusqu'à l'horreur tous les degrés de la décadence des agonies et de la pourriture des défunts. L'Espagne ! Elle inspirait clairement ces évocations de l'enfer point imaginées avec la simplicité naïve des primitifs, car le feu purificateur y brûle les âmes avec un tel raffinement de cruauté et de tortures que les strophes semblent flamboyer au reflet des bûchers de l'Inquisition.

Car, en même temps que les mœurs et que les lettres, la religion avait été influencée par le passage d'un Espagnol encore, le dominicain Vincent Ferrier qui, pendant de longues années, évangélisa, dans la Bretagne. La cour de Rome le canonisa, après son décès. Deux cents ans plus tard, les évêques de Belleassise et de Rosmadeuc, à Vannes, restauraient les images et le culte du saint. Ainsi se propageaient ces pratiques dévotes toutes d'extérieur et d'idolâtrie qui ramènent la croyance à des manifestations machinales et mesquines, et créent dans l'Eglise une espèce de parasitisme de la foi. De plus, la confession tirée hors de ses rigueurs par la casuistique des Jésuites, dépravait les âmes au lieu de les épurer. L'absolution accordée à des tempéraments frustes, incapables de se pousser à la contrition où se lassaient de les inciter les prêtres, devenait l'auxiliatrice des perversités et des crimes. Kerahuel, entre toutes les paroisses, se jugeait quitte envers sa vague conscience avec la rançon de quelques aumônes, la pénitence de quelques cierges brûlés. Les femmes, universellement grossières et querelleuses, sans cesse agenouillées aux confessionnaux et toujours en appétit de la Sainte-Table, se relevaient des sacrements avec un cœur seulement vivifié pour la chicane et pour l'injure.

Que deviendrait Mme Trénissan, dans ce pays si contraire à ses manières d'être, si hostile à son éducation, dont la religion même était si opposée à l'idée raffinée qu'elle concevait de la divinité ? Comment s'habituerait-elle à la brutalité de ces conversations dont le raccourci semble toujours décocher une ironie ou une invective? Car, même en parlant le français, les habitants de Kerahuel conservaient les tournures de leur dialecte sans nuances, d'une brièveté déchirante pour les oreilles, et d'une familiarité offensante pour les individus nés hors de leur pays, Mme Trénissan admirait Kerahuel, à la surface, prêtait aux âmes locales la transparence des ciels d'été. Fallait-il la faire plonger dans les vaseuses profondeurs qu'elle ignorait, lui ouvrir les abîmes, lui révéler les monstres ?

Parfois, Laguépie se reprochait de ne pas la désillusionner. Mais comment la convaincre ? Les preuves immédiates et tangibles manquaient pour appuyer à propos ses conseils de défiance ; l'exactitude même de ses observations resterait lointaine et paradoxale. Qui savait, d'autre part, s'il ne préjugeait pas de l'avenir avec une logique trop rigoureuse ? La vie, dans sa souplesse imprévue, trouble maintes fois les règles en apparence les mieux établies, et dément les craintes aussi souvent qu'elle justifie les appréhensions. Peut-être, en dépit de tous les pronostics, Mme Trénissan s'insinuerait-elle au milieu des habitants par quelque fissure de délicatesse, car de la délicatesse pouvait exister, il ne savait où, par exemple, chez ces individus presque barbares ; et encore qu'il ne l'eût pas éprouvée, il ne se croyait pas le droit scientifique de la mettre en doute. Peut-être Kerahuel, ému dans ses intérêts, se montrerait-il reconnaissant de la fortune et de la notoriété que Mme Trénissan apporterait à la plage ? Et d'ailleurs, quelle autorité, lui, Laguépie, possédait-il pour intervenir d'une manière décisive dans une existence qui lui était étrangère ? Aussi, tâchant de mettre d'accord son scrupule de ne pas cacher la vérité et sa crainte de troubler les quiétudes, approchant ses phrases d'avertissement avec précaution, comme il approchait ses mains des membres malades, le soir, autour des tasses de thé, par des exemples tirés de l'histoire, il montrait dans Kerahuel la Bretagne tout entière, et, par la variété de ses aperçus, essayait de susciter chez Mme Trénissan des doutes et des réflexions.

Il lui rendait sensible l'insécurité des transactions en citant la duchesse Anne, la grande Bretonne, laquelle, par deux mariages, l'un avec Charles VIII, l'autre avec Louis XII, semblait apporter comme dot la Bretagne à la France. Oui, mais les clauses de son contrat exigeant le maintien des coutumes et de l'autonomie armoricaines, de fait elle reprenait du même coup le pays qu'elle paraissait offrir. Dans des conditions plus humbles, les propriétaires de Kerahuel, prétendant ne pas sortir des maisons qu'ils donnaient à bail, témoignaient d'une âme identique.

Auprès des cathédrales saccagées de la côte de Penmarch où des bestiaux ruminent près du foin remplaçant désormais les autels renversés, il voyait Renan s'installant dans l'impiété comme devant un râtelier et vivant grassement de ce Dieu qu'il avait dépossédé du ciel.

La foi politique, en outre, manquait de solidité à l'égal de la foi religieuse. Là, c'était l'amiral Trogof, né à Lanmeur, Finistère, qui, en 1793, livrait Toulon aux Anglais. Ici, c'était le général Trochu, de Belle-Île, le 4 septembre 1870, abandonnant l'impératrice dont il avait la garde, devenant sans conviction le chef du Gouvernement de la Défense nationale. Plus tard, il déclarait au peuple de Paris que le gouverneur de Paris ne capitulerait pas; et dévot à Sainte-Geneviève, mais infidèle à sa parole, par une restriction mentale atteignant au génie, il faisait signer l'acte de reddition par son chef d'état-major. Puis venait Jules Simon, de Lorient, dont la duplicité s'appliquait à la bonhomie. Pareil à un gros chat lacérant le velours du fauteuil d'où il a été repoussé; de ses phrases fourrées et griffues, il déchirait cette Présidence de la République qu'il affectait de croire inutile par rancune de n'avoir pu s'y insinuer.

— Et Cambronne, dit Malbar, vous oubliez Cambronne.

— J'allais vous parler de Moreau, répliqua perfidement Laguépie. De Moreau passant à l'ennemi au milieu du champ de bataille de Leipzig. J'allais vous parler aussi de la révolte des contingents du Morbihan qui, en 1815, refusèrent d'obéir à la conscription; et luttant insurrectionnellement contre Napoléon à l'heure même où Napoléon défendait la France contre les alliés, furent vaincus dans les environs d'Auray cependant que l'empereur succombait à Waterloo.

Laguépie prit un temps. Puis avec une solennité comique :

— Cambronne ! dites-vous ! Celui-là était de Nantes, et vous n'ignorez pas que les Nantais, malgré la géographie, se défendent de passer pour Bretons. N'importe, pour vous faire plaisir, admettons qu'il est Breton, Cambronne; et celui-là, je le respecte, parce que, avec une franchise inaccoutumée chez ses compatriotes, dans une réplique héroïque et bien émanée des dialogues locaux, d'un seul mot, il a jeté à la face des Anglais toutes les malpropretés physiques et morales de la Bretagne.

Il parlait doucement, d'une voix lente. Avec sa belle humeur narquoise, il semblait se moquer lui-même de la véhémence de sa vitupération, corrigeant par son sourire l'hyperbole qu'il ne dédaignait pas d'employer

comme moyen de se mieux faire comprendre; et Malbar
ne savait ce qui l'amusait le plus; ou la verve encyclopé-
dique de l'improvisateur, ou l'adresse avec laquelle les
plus humbles des Bretons, demeuraient tous dénigrés
au travers de leurs grands hommes.

— Pourtant ces gens-là, dont vous pensez tant de mal,
vous les soignez? insinua timidement Mme Hostoudeau.

— Je les soigne, oui, par curiosité, répartit Laguépie.
Mais ils n'exécutent pas mes ordonnances. S'ils viennent
me chercher, c'est que je représente le miracle, le miracle
qu'ils espèrent toujours. Quand l'affection est éphémère,
ils guérissent, trouvent la guérison toute naturelle. Je la
leur dois, n'est-ce pas? ils répètent volontiers que je n'ai
pas pris beaucoup de peine; et voilà leur générosité. Si
le mal est profond et incurable, ils me reprochent de ne
pas les sauver, concluent à mon incapacité; et voilà leur
reconnaissance.

— Ce qui ne vous empêche pas, tous les ans, de venir
vivre avec eux, objecta Mme Vincent Trois, qui ne manquait pas toujours de bon sens.

— Je les traverse, madame, répliqua vivement Laguépie.

Par ce mot à double entente, il indiquait que, ne se
mêlant pas aux gens de Kerahuel, il les considérait uniquement comme des sujets d'expérience, des êtres à part,
ne figurant encore dans aucune classification zoolo-
gique.

Malbar prit la parole.

— Allons, docteur, vous nous accorderez bien qu'ils se
rapprochent de l'humanité.

Au-dessus de sa tasse Laguépie remua la tête, en signe
d'incertitude.

— Ils se rapprochent de l'humanité au moins par leurs
misères, continua Malbar. Ils souffrent des douleurs qui
les grandissent. L'atmosphère de dangers et de catastrophes dans laquelle ils vivent leur donne du caractère
et de l'élévation, et je les compare à leurs menhirs
abrupts et impassibles, sur les côtes, au milieu de toutes
les menaces de la mer !

— Toujours la littérature, répondit ironiquement Laguépie. Prenez garde ! La littérature, excellente comme
moyen d'expression, ne vaut rien comme procédé
d'étude. Vous répétez là les idées de rhétorique de votre
improvisation lors du banquet pour la fête du 14 juillet.

Je vous en demande pardon, mais elles m'ont assez égayé.

— Je me souviens de votre passage et de votre sourire, dit Malhar. Ne pouvant supporter la suite de mon ampli fication, vous avez préféré vous en aller. Mais n'empêche ! Rappelez-vous donc les coups de temps lointains et les cyclones amenant des désastres. Rappelez-vous donc ces femmes pleurant des maris qu'elles ne s'habituent pas à croire perdus, malgré la longueur de l'absence et le silence absolu des nouvelles. Rappelez-vous les orphelines cousant désespérément des vêtements noirs, dans des maisons vides, derrière des jardins où tous les arbres avec des crêpes attachés à leurs branches, ainsi que des parents portent le deuil du maître disparu dans les flots. Et vous avez vu comme moi les départs des équipes du bateau de sauvetage, où douze hommes, sans souci de leur vie, ramant dans la vague et le vent, à toutes les heures de la tempête et de l'épouvante, vont au secours des navires en détresse, avec la même sérénité que s'ils partaient pour courir un programme de régates ou lever des casiers à homards.

— Si vous pouviez, comme moi, lire les articles rédigés en breton dans les gazettes de l'arrondissement, vous verriez, continua Laguépie, que je n'invente rien, ni sur la langue, hérissée empêchant le passage des idées du dehors, ni sur la haine congénitale et rapace que les gens d'ici éprouvent instinctivement pour quiconque n'appartient pas à leur pays, et même à leur paroisse.

Et, tirant de sa poche un journal qu'il déploya complaisamment :

— Tenez ! Voici ce qui s'imprimait hier encore sans exciter la réprobation de personne, au contraire.

Il lut :

« Mes chers compatriotes, réveillez-vous et jurez dès aujourd'hui de ne plus salir vos lèvres avec aucune parole française. Voilà la meilleure réponse que vous avez à faire à cette race de bandits. Nous avons été trop bons pour eux jusqu'ici, voilà pourquoi il est temps de leur prouver que cette bonté n'est pas de la faiblesse et que nous sommes enfin las de leur tutelle. Nous n'avons pas besoin d'eux. La Bretagne existait avant eux et elle existera encore après eux, Dieu merci ! Mais eux ont besoin de nous. Sachons donc leur faire payer cher tous les services qu'ils nous demandent. *Il est bon d'être bon*, disaient nos ancêtres ; *mais trop c'est trop.* »

— Je traduis et j'atténue fatalement, poursuivit Laguépie, parce que nulles phrases ne sauraient exactement rendre en français la brutalité de ce texte breton, contondant comme un coup de poing, et l'insolence qui se dégage de cette inconsciente et naïve déclaration de principes.

Puis, replovant le journal :

— Prétendrez-vous encore que j'exagère ?

Oui, Rachimbourg estimait que Laguépie exagérait. Il s'étonnait qu'un savant, d'ordinaire si plein de précaution en ses analyses, accordât tant d'importance aux obscures élucubrations d'un énergumène d'encrier. Il protestait contre un système de généralisation qui jugeait la Bretagne tout entière d'après les populations de la côte, alcooliques, il n'en disconvenait pas, vaniteuses par surcroît, à cause de leurs voyages dans tous les pays du monde, prenant volontiers pour une expérience totale de la vie l'habitude de leurs manœuvres, à bord, avec leur connaissance des phares, des bouées, de l'atmosphère, des courants, des fonds et des marées.

Il montrait, en regard, le pays agricole, les fermiers de l'intérieur ou de la grande terre, comme on disait, défrichant les landes, améliorant le sol par l'emploi raisonné des engrais chimiques, pratiquant savamment l'élevage des bestiaux, et point ignorants des perfectionnements apportés dans les méthodes de cultures, envoyant en Angleterre des flottilles de bateaux tout chargés de primeurs.

Aux souvenirs de Moreau et de Trochu il opposait la mémoire des officiers bretons tués au siège de Paris. Les tombeaux élevés à la porte de leurs propriétés, le long des routes, entre Quimper et Pont-l'Abbé, témoignaient que les maîtres de céans avaient aimé la France jusqu'à la mort ; et il citait les noms inscrits sur des plaques de marbre, de chaque côté du portail de l'église, à Pont-Aven : les noms des mobiles, enfants du pays et tombés devant l'ennemi, le 24 novembre 1870, sur le champ de bataille de la Madeleine-Bouvet.

Si Kerahuel, relégué à l'extrémité d'une presqu'île, au point de demeurer presque isolé du monde et de la civilisation, subissait encore le farouche atavisme de ses ancêtres, les naufrageurs, et dans ses maisons, attirait les voyageurs pour les exploiter un peu à la façon dont ses pères, jadis, attachaient aux cornes des bœufs des lanternes pour égarer les navires, les jeter à la côte et

17.

piller ensuite les épaves; le mal venait de la misère. Or,
la misère, les mareyeurs l'entretenaient en payant à bas
prix le poisson qu'ils vendaient chèrement à Paris et
Kerahuel ne profitait point de leurs bénéfices. La misère !
le gouvernement non plus ne se préoccupait pas de la
détruire. Il déterminait par l'alcool les votes en faveur
des candidats de son choix ; par politique ne combattait
pas les préjugés ; et ainsi, travaillait moins à la fortune
qu'à l'abrutissement de Kerahuel. C'est pourquoi Rachimbourg avait imaginé la combinaison des « Terrains à
vendre ». La population devenant plus riche, il affirmait qu'elle deviendrait plus intelligente.

— En attendant, riposta Laguépie, n'empêche que
nous vivons dans l'observation d'un terrible bouillon de
culture : chez vos administrés, tous les microbes sociaux
se développent et pullulent jusqu'à la fureur.

Rachimbourg n'osa pas avouer qu'il les respectait
malgré tout, ses administrés. Il ne pouvait décrier les
électeurs dont il avait sollicité les suffrages. Il ne méconnaissait pas, cependant, la justesse des constatations de
Laguépie. Pour se tirer d'embarras, il prit des airs apitoyés, et sachant que chez le docteur la pitié corrigeait
les véhémences de la science, il dit d'un ton attendri :

— Ils sont bien malheureux, je vous assure, bien
malheureux !

— Qui sait ? dit Malbar. Peut-être en est-il du caractère
des Bretons, comme de leur ciel. Des tempêtes l'obscur-
cissent si fort que les ténèbres, parfois, semblent devoir
ne jamais finir. Soudain, cependant, l'horizon réapparaît tout rayonnant de soleil.

Et il inclinait à penser que dans ces âmes farouches et
sombres, il se faisait, plus souvent qu'on ne croyait, de
subites éclaircies de grandeur d'âme et de bonté.

Quelqu'un entra sans se faire annoncer. Tous se levèrent. L'homme portait de petits favoris à la russe et un
vêtement de coupe anglaise. La physionomie gaie et l'air
content de soi-même, il embrassa Mme Hestoudeau et
Mme Vincent Trois

— C'est le mari, avait pensé M. Garnafe.

Depuis l'envoi de sa lettre anonyme, il séchait d'en
connaître les résultats ; et toujours aposté autour de
Quet el Reral, il surveillait les allants et venants, indigné
un peu de ne pas voir M. Hestoudeau arriver plus vite
pour venger son honneur.

M. Hestoudeau ne s'étonna point de la compagnie qu'il rencontrait, il félicita Caroline d'avoir su se créer des distractions. Il n'espérait pas que, à Kerahuel, « ses deux femmes, » comme il disait, trouveraient une société si agréable. A mesure des présentations, il salua chacun d'un mot de compliment. Il connaissait à quelle époque Mme Trénissan avait chanté pour la première fois la mort d'Yseult : concert Chevillemour, décembre 1895. C'était bien la date, n'est-ce pas ? Ses dossiers contenaient une note de Laguéple relative à la pêche des crustacés sur le banc de Terre-Neuve, note publiée par le Ministère des Affaires étrangères, pour répondre aux prétentions des Anglais. Oui, il ne se trompait pas. Il se dit le lecteur assidu des articles de Mallar, articles dont il déplora la rareté ; et se montra fort renseigné sur le chiffre croissant des exportations d'automobiles de la Société Rachimbourg. Comptes rendus financiers, industriels, artistiques, événements, curiosités, affaires, il se flattait de ne rien laisser échapper dans la vie et de tout retenir, grâce à une mémoire que lui-même qualifiait d'exceptionnelle.

— J'espère que je ne vous dérange pas ?

Il parlait ainsi sans arrière-pensée. En arrivant à l'improviste, il n'avait pas songé à surprendre sa femme. Bon homme qui ne soupçonnait point le mal, il venait tout simplement prendre des nouvelles.

— Pourquoi ne lui avait-elle pas écrit ?

Mme Hestoudeau protesta que, fidèlement, elle lui avait envoyé une lettre toutes les semaines.

— Et je n'ai rien reçu, naturellement, dit en riant M. Hestoudeau. C'est pourquoi j'ai pris le train et suis accouru voir ce qui se passait ici.

Et il affirma qu'il supportait tout, dans l'existence, tout, excepté l'inquiétude.

— Je vous assure, mon ami, répétait Mme Hestoudeau.

— Mais certainement, je vous crois, je ne vous dis pas le contraire : vous m'avez écrit, c'est pourquoi je n'ai rien reçu.

L'assistance s'étonnait :

— Mais oui, reprit M. Hestoudeau. Figurez-vous que la localité où se trouvent mon domicile et mon usine était pourvue d'un facteur affligé de la monomanie de ne pas distribuer les lettres. Il ne les lisait pas, non ; ne

volait pas les chargements, pas davantage. Mais, pour
diminuer la longueur de ses tournées, il jetait le plus
qu'il pouvait de correspondances, dans les trous, dans
les mares, dans son puits; et les lettres de ma femme,
comme bien d'autres, ont dû recevoir cette destination.
Enfin tout allait bien, puisque la santé de Mme Hestoudeau et de Mme Vincent Trois lui semblait florissante.
Et Olivier ?

— Vous allez le voir. Il ne doit pas encore être couché.

Mme Hestoudeau sonna. La « fraülein » apparut. Elle lui
donna l'ordre de faire descendre l'enfant.

— Et le facteur, qu'est-il devenu ? demanda Malbar.

— Le facteur, dit M. Hestoudeau intrigué par la sympathie que ce fonctionnaire désordonné excitait chez le
journaliste, il vous intéresse, le facteur ?

— Beaucoup.

— Mais on l'a mis en prison, donc ! répliqua M. Hestoudeau, et les aliénistes l'examinent.

— C'est pourtant une espèce de bienfaiteur public,
reprit gravement Malbar.

— Comment !

— Mais oui ! Songez donc que de drames intimes son
mépris du devoir a su empêcher.

— Il a bien gêné le commerce, remarqua M. Hestoudeau.

— Je ne vous dis pas. Cependant, grâce à lui, que
d'infamies ne sont pas arrivées à leur adresse, que d'honnêtes gens n'ont pas été troublés dans leur sérénité et
dans leurs affections par les lâchetés, les mensonges et
les délations des lettres anonymes.

M. Hestoudeau, sans qu'il s'en doutât, était de ces
braves gens échappés aux méchancetés et aux turpitudes et Malbar ne savait pas si bien dire. Pour Laguépie, il approuvait, estimant que la vie ne se réglait pas
seulement d'après l'intelligence et qu'il fallait tenir
compte de la force obscure des imbéciles.

Olivier s'avança. Les yeux pleins de sommeil, il embrassa son père. M. Hestoudeau complimenta son fils sur
sa bonne mine. La « fraülein » assurait d'autre part que
M. Olivier travaillait « comme un ange ».

— C'est bien, c'est très bien ! Parfait, parfait ! Ce n'est
pourtant que le commencement. Il faudra continuer, dit
paternellement, M. Hestoudeau. Mais, puisque l'on est
content de toi, voici pour tes menus plaisirs.

Et il mit dans la main de l'enfant une petite pièce d'or de dix francs, toute neuve.

Par on ne sait quelle délicatesse, il demandait à son caissier de lui réserver les pièces récemment entrées dans la circulation, point encore usées par le frottement, et c'étaient celles-là surtout qu'il donnait à Olivier, en manière de récompense, pour l'encourager.

— Oh! c'est trop, mon ami, disait la mère.

— Mais non, mais non, puisqu'il travaille bien, il faut que tout se paie.

L'enfant restait là, la pièce entre les doigts, les yeux à terre, le front plissé, réfléchissant et plein d'embarras, car il ne savait comment exprimer une chose grave, et que, cependant, il voulait dire. Pendant la crise de Mme Vincent Trois, réveillé par le va-et-vient des pas, et écoutant derrière la porte, malgré la « fraülein » désespérant de le faire recoucher et se taisant par terreur du scandale, sans rien voir de la scène, Olivier avait surpris les bruits de la chambre et entendu le baiser donné par le docteur. Son honnêteté s'en était révoltée ; depuis, perdant sa gaîté, il se tourmentait, cherchait les moyens de prévenir son père.

— Eh bien quoi? Tu ne trouves pas que c'est assez? demanda M. Hestoudeau qui, en ce moment, ne pensait pas au delà de la pièce de dix francs.

— Oh, si papa. Mais c'est qu'il y a un soir...

Laguépie pressentit une indiscrétion. Le danger ne l'effrayait pas. Tous lui étaient familiers, depuis ceux du choléra jusqu'à ceux des naufrages. Il pâlit, cependant. L'enfant, point au courant des nécessités que le docteur avait dignement subies, allait-il l'accuser? Quoique se sachant exempt de tout reproche, il concevait que M. Hestoudeau n'entendrait pas aisément les explications et les raisons de ce baiser indifférent, sans tendresse et respectueusement médical. Les apparences, quand même, se tourneraient contre lui, et il se sentait plein d'angoisse devant cette situation où sa loyauté et son désintéressement professionnel, tout ce qu'il estimait en lui pouvaient être incriminés et mis en doute.

M. Hestoudeau interrompit Olivier. Il apportait beaucoup de sévérité dans l'éducation de son fils, ne lui tolérait aucune indiscipline, prétendait surtout que, en toute occasion, l'enfant s'exprimât dans quelqu'une des langues étrangères dont il aurait besoin, plus tard, pour

le commerce. Lui les ignorait, en souffrait quotidiennement, et ne voulait pas que son successeur fût à son
tour sous la dépendance des traducteurs et des interprètes. Sévèrement, il questionna la « fraülein » :

— Pourquoi cet enfant ne parle-t-il pas anglais ou
allemand, maintenant, comme je l'ai ordonné ?

Alors, la fraülein dit en allemand à Olivier :

— Mon ami, parlez à Monsieur votre père dans la
langue que vous voudrez, excepté en français.

Olivier hésitait, ne sachant s'il devait user de toutes
les langues à la fois ou de chacune séparément. Cette
phrase qu'il cherchait à dire : « Papa, un soir, un monsieur a embrassé maman pendant qu'elle était couchée »,
il ne pouvait pas la construire, car il ne l'avait jamais
entendue dans les conversations de la « fraülein. » Il ne
l'avait pas lue davantage parmi les exemples fournis par
les manuels et les méthodes, et mélangeant les vocables,
il bredouilla :

— *Papa, abend a sir ha maman embraced whan he has
geschlafft.*

Laguépie devina le sens à travers la barbarie du langage.

— Qu'est-ce qu'il dit ? Qu'est-ce qu'il dit ?

Comme certains amateurs à l'oreille fine, dans l'exécution
de morceaux de musique pourtant inconnus d'eux, sur-
prennent des notes fausses, M. Hestoudeau sans comprendre Olivier eut néanmoins l'intuition que son fils ne
s'exprimait pas sans quelque brouillamini. Alors :

— Qu'est-ce qu'il baragouine ? Vous savez ce qu'il veut
dire, vous, « fraülein » ?

La « fraülein » regarda Laguépie, et le docteur sentit
l'humiliation de se voir à la merci de cette fille. Elle prit
un air candide et traduisit :

— M. Olivier est heureux, ce soir, d'embrasser son
papa et sa maman, avant d'aller se coucher. N'est-ce pas,
mon ami ?

Olivier allait protester contre l'interprétation donnée
à ses paroles. Elle lui serra violemment la main :

— Ruhig, ruhig !

Et, sans tarder, elle emmena le petit garçon. Laguépie, remis de son émotion, la porte fermée, admira à la
fois la présence d'esprit de la gouvernante et l'utilité des
langues étrangères.

Dans l'escalier qui montait à sa chambre, Olivier dit à
la « fraülein » :

— Fraülein, ouvrez votre main.

Croyant à une plaisanterie, la « fraülein » ouvrit sa main. Olivier y déposa la pièce d'or que son père lui avait donnée.

— Pourquoi faire ?

— C'est pour vous, je vous la donne.

Elle se défendait, refusait d'accepter le cadeau.

— Non, prenez, dit Olivier, je vous en prie.

Et d'un air réfléchi de petit bonhomme au cœur déjà vieux comme si, dans des existences antérieures, il avait déjà expérimenté la vie, il ajouta :

— C'est pour vous récompenser de m'avoir tout à l'heure empêché de faire une sottise.

Puis il répéta le mot de son père :

— Tout se paie.

Dans le salon, M. Hestoudeau disait :

— L'air de la mer lui fait beaucoup de bien à ce jeune homme. Je ne me trompais pas en pensant qu'il lui fallait de l'iode, n'est-ce pas, docteur ?

— Un air saturé d'iode, répliquait complaisamment Laguépie.

M. Hestoudeau, du reste, savait ce qu'il faisait quand il avait envoyé son fils à Kerahuel. Il tombait volontiers d'accord avec Mme Trénissan sur les beautés des sites, mais qu'importaient les sites sans l'hygiène ? A son avis Rachimbourg, dans les réclames, insistait trop sur les mérites pittoresques et pas assez sur les propriétés curatives de la plage de Kerahuel. A ce point de vue, surtout, il approuvait Mme Trénissan de vouloir s'y établir « pour réconforter ses poumons fatigués de l'air vicié de la ville ». Lui-même songeait aussi à « se terrer dans un petit coin » pour respirer à son aise, quand il se retirerait des affaires, après fortune faite.

Le jour où Mme Trénissan, avec Rachimbourg, alla déterminer le terrain de son rêve, il l'accompagna, donnant des conseils sur la salubrité, très préoccupé, aussi, de la formation géologique de la contrée. Le sol lui semblait un bloc homogène de schistes de diverses variétés, micacés, renfermant des grenats de chaux, les uns disséminés en sable fin, divisés en filons ; les autres lamelleux et presque fissiles, tendres à la superficie et par endroits, en décomposition. Il en remarquait de durs, à cassures métalliques, et qu'il affirmait contenir de l'antimoine. Pour s'en assurer, il ramassa un échantillon qu'il glissa dans sa poche, il le soumettrait à l'analyse.

Dans le Château de Tristan, malgré les indications des anciennes cartes et les affirmations de livres considérables, il répugna d'abord à voir un camp de César. Il cédait alors à des idées préconçues sur le mode des campements romains qu'il n'imaginait pas autrement que ovales, ou carrés et pourvus de quatre portes. Depuis, ayant appris que ces ouvrages de fortification n'affectaient aucune forme déterminée, et le Château de Tristan comparé à la construction de retranchements analogues ne donnant pas « un iota de différence », il acceptait l'hypothèse du camp romain, la démontrait comme « un et un font deux », affirmait que les défenseurs devaient combattre à découvert sur la crête du parapet. Il certifiait aussi l'époque probable du travail, l'assignait au temps où la flotte de César gagna sur les Vénètes une mémorable bataille.

Avec Laguépie, M. Hestoudeau disputait sur la distribution souterraine des eaux, accusait l'insouciance des habitants qui, au lieu d'aménager les sources nombreuses, et de les faire écouler en ruisseaux, les laissaient sourdre et stagner à la surface en mares puantes manifestement nuisibles à la santé publique.

Il lui indiquait les curiosités de la flore de Keruhuel où il avait découvert l'*Adiantum capillus veneris* de Linné, ou capillaire de Montpellier, plante du Midi, comprise au Codex de 1837, et autrefois si commune que les indigènes en fournissaient les apothicaires de Bordeaux et de Nantes, d'où sa destruction et sa rareté d'à présent. Parmi les oiseaux, il lui signalait une mésange verdâtre, de même taille que le troglodyte, l'assimilait à la « Petite Charbonnière », encore que ce type ne figurât dans aucune des descriptions fournies par les livres. Sur le quai, dans les manières de rythmes où se mouvaient les rondes des sardinières, tournant et s'arrêtant en mesure pour tourner et s'arrêter encore à intervalles fixes, il reconnaissait la strophe, l'antistrophe et l'épode des danses grecques. En outre, il croyait aux druides pratiquant des sacrifices humains sur les dolmens ensanglantés pour la gloire de Teutatès; et, à propos des Celtes, répétait toutes les erreurs mises en circulation par Henri Martin, historien national.

Avec lui, la plage devenait minéralogique, archéolo-

gique, ornithologique, excédante, tant il la remplissait de
son érudition toute de surface et de ses prétentions à la
science générale. De l'amas de ses lectures, il lui restait
des souvenirs pêle-mêle, et il les étalait sans disconti-
nuer.

Malbar le comparait, à ces terrains bas où la mer, en
se retirant, laisse toujours un peu d'eau, et qui suintent
sans cesse. Il le complimentait néanmoins. Comment
M. Hestoudeau trouvait-il le temps d'acquérir des
notions si étendues et si diverses ? M. Hestoudeau, une
fois de plus entreprenait l'éloge de sa mémoire, prétendait
en outre qu'il fallait tout savoir des pays où l'on passe.
Ainsi, il se promettait de feuilleter les actes de l'Etat
civil de Kerahuel, sans besoin, et par le seul intérêt d'une
curiosité indéterminée.

Sur la plage, un entrepreneur appelé par Mme Trénissan, plantait des jalons, prenait des cotes, inscrivait des
recommandations sur son calepin. Baluche, d'une allure
traînante, portait les mires, tenait la chaîne d'arpen-
tage, et Chien-de-Nous suivait tous ses pas.

Malbar, s'autorisant de son incompétence en géométrie, pour laisser Mme Trénissan traiter de l'acquisition
à sa guise, était discrètement resté à l'hôtel d'Orange. Là,
dans sa chambre, il travaillait à son ouvrage toujours en
retard. Les pages se succédaient, séchant les unes à côté
des autres. Les idées rapides et bien enchaînées sortaient
de l'écritoire, se fixaient légèrement sur le papier ; et il
savourait l'ivresse qu'engendre la continuité de la pensée
quand, soudain, sa plume cassa et le fil de ses raisonnements avec elle. La plume neuve qu'il employa ensuite,
dure et point habituée à la main, se montrait rétive à
suivre la vivacité des phrases.

Il s'arrêta alors, pestant contre l'embarras et la perversité des choses, consulta ses notes et rêva paresseusement ces lignes que son instrument maladroit ne lui permettait plus d'écrire. L'air, chargé d'orage, pesait lourd,
et l'activité cérébrale cessant, Malbar, pris de torpeur,
dormait maintenant au milieu d'une période commen-
cée.

Dehors, Mme Hestoudeau et Mme Vincent Trois, assises sur un tertre, cueillaient des œillets, parmi les
touffes d'herbe à leur portée, et bâillaient démesurément
sous leurs ombrelles. M. Hestoudeau et Laguépie allèrent les rejoindre, et M. Garnafe, qui rôdait aux alentours

s'indigna de tant d'intimité. En les voyant causer amicalement, faire des gestes dans l'air, du bout de leur canne, tracer sur le sable des figures ou des plans, il s'enrageait contre le mauvais succès de sa dénonciation. Sans imaginer que M. Hestoudeau ignorait et ignorerait toujours quelle lettre il lui avait adressée, il en arrivait à le considérer comme un mari complaisant, le tenait dès lors pour singulièrement méprisable.

Rachimbourg, très affairé au travers des métrages, courait de l'entrepreneur à Mme Trénissan. Enfin, un lot considérable des terrains communaux trouvait donc un acquéreur d'importance ! Quel triomphe pour lui, devant le conseil municipal! Ensuite, la présence du mari le délivrait désormais de l'ennui de faire à Mme Hestoudeau une cour fatigante et qu'il avait continuée sans espoir, seulement par politesse et manière de passe-temps. Il se congratulait de cette double chance ; et, sous son chapeau de paille, souriait à son bonheur, parmi ce qui restait des « Terrains à vendre ».

CHAPITRE IX

Mme Minahouet avait reculé jusqu'à la fin de la saison dés bains le tirage de la tombola pour laquelle elle ne cessait cependant de solliciter des souscripteurs. Pendant les repas, à l'hôtel d'Orange, Baluche passait toujours, portant la sculpture blanche et noire, « Échange de bons procédés », et Mlle Ophélie, derrière, sur un plat en ruolz, faisait des collectes de moins en moins fructueuses. Les pensionnaires se lassaient de donner; quant aux messieurs prêtres de passage avec des dames, ils se montraient avares. Leurs compagnes, imitant leur discrétion dans l'aumône, Mme Minahouet s'avisa d'une autre ressource de recettes.

Enseignée par M. Hestoudeau qui, dans les archives de Kerahuel, avait découvert le décès d'un certain Brindamour, sergent à la compagnie de Vendôme, lequel en 1693, pendant la guerre de Hollande, donna, avec un canot, la chasse à quelques pinasses ennemies, vit son embarcation coulée par un coup de canon, fut jeté à la mer et périt noyé parce qu'il ne savait pas nager, elle essayait de susciter ce héros à Kerahuel et tourmentait Rachimbourg pour que, par délibération, le Conseil municipal élevât une statue à Brindamour. Mme Minahouet, bien entendu, se réservait d'exécuter le bronze.

Rachimbourg n'acceptait pas volontiers la combinaison. Brindamour lui paraissait un nom ridicule, peu fait pour l'enthousiasme, et portant moins à la gloire qu'à la plaisanterie. Ensuite, le dévouement de ce soldat lui semblait si lointain qu'il devenait imperceptible et négligeable. Passe encore si ce fait d'armes s'était accompli en 1793, pendant la grande Révolution ! Cette époque-là résumait toutes les grandeurs d'âme, permettait toutes les statues. Mais 1693 ! Comment déterminer un mouvement d'opinion en faveur d'un homme mort en cette année obscure, n'éveillant chez personne ni souvenir, ni émotion. Mme Minahouet, effrontément, proposa de tricher sur la date. On pouvait bien rajeunir l'aventure de cent ans et rapprocher Brindamour des marins du *Vengeur*. En vain elle insista. Rachimbourg attestant son respect de la vérité historique et sa responsabilité comme officier de l'état civil, refusa de se faire complice d'une telle supercherie. Donc, Mme Minahouet, pour exercer son industrie, dut se mettre en quête d'une autre renommée à exploiter.

Elle la trouva dans le pilote Yvor.

Croyant sérieusement que Mme Minahouet se dépensait au soulagement des infortunes, Yvor exposa les siennes. Par suite d'un règlement de comptes avec sa fille, règlement assez obscur du reste, et que ses explications n'éclaircissaient pas, au contraire, il se disait menacé de perdre la propriété de son bateau. Dénué des huit cents francs nécessaires pour racheter le *Je M'en Moque*, compris, on ne savait pourquoi, dans la succession de sa femme, il lui faudrait donc renoncer à sa profession ? A son âge, comment vivrait-il, si on le privait de son gagne-pain ? Alors Mme Minahouet, très émue et flairant une bonne affaire, promit à Yvor qu'elle réparerait, par un concert, les injustices de la loi et les cruautés de sa famille.

Les éléments d'une représentation lyrique ne manquaient pas. Depuis quinze jours, l'hôtel d'Orange retentissait de la musique tapée et soufflée par deux artistes qu'on aimait à croire Polonais. On préjugeait de leur nationalité à cause du costume d'apparat qu'ils endossaient quand venait l'heure des auditions : jupe d'amazone en drap vert et corsage de velours rouge à brandebourgs jaunes ; pantalon bleu soutaché d'arabesques d'or, sur les cuisses, demi-bottes de cuir garnies de fourrure. Et les noms qu'ils se donnaient : Mme Toczinska et M. Sibilinski, témoignaient manifestement de leur origine slave.

Après le dîner, avec précaution, ils tiraient le piano sur la terrasse de l'hôtel d'Orange. Mme Toczinska, sur

le clavier, accompagnait M. Sibilinski, clarinettiste, e
tous deux, non sans virtuosité, entre des bougies allumées, sous les éto''es, exécutaient les morceaux qu'ils
étudiaient patiemment, le matin, au moment où les
consommateurs n'affluaient pas encore autour des tables
du café. Maman Treudec, d'abord hostile à cette industrie,
avait fini par la tolérer, car les musiciens attiraient de la
clientèle et favorisaient le débit de la « limonade ». Peu
à peu, elle accepta la présence de ces « baladins, » consentit à les héberger gratuitement : et, sans autre rémunération que leur nourriture, payant leur petit loyer, dans
une écurie, avec le produit des leçons de solfège qu'ils
donnaient, de ci de là, aux enfants des familles habitant les
maisons dans le village, Mme Toczinska et M. Sibilinski
vivaient heureux sans frais, pratiquant leur art et prenant
des bains de mer. On venait les entendre par passe-temps
le soir, car le bruit qu'ils faisaient dispensait de penser
et d'écouter des conversations toujours les mêmes. Leur
talent laborieux émerveillait les auditeurs, aussi Mme Minahouet l'utilisait d'avance pour le programme qu'elle
élaborait et dont elle entretenait éperdûment la compagnie.

Du fond de son fauteuil, elle remuait les indifférences,
excitait les bonnes volontés. Même, par l'entremise
d'Ophélie, elle amena Mme Trénissan à venir lui parler.
Est-ce que Mme Trénissan, dont la générosité artistique
était si connue, se refuserait de prêter son concours à
l'œuvre des « Pleure-Pain »? Est-ce qu'elle laisserait ce
pauvre pilote privé de ce bateau qu'il aimait comme un
autre lui-même? Est-ce qu'elle n'aiderait pas à le tirer
hors de la misère et aussi du ridicule, car je vous
demande un peu, qu'est-ce que pouvait bien être un pilote
sans bateau ?

Mme Trénissan n'estimait pas « cette Minahouet », —
comme elle disait. Ailleurs, elle n'eût point admis de voir
son nom figurer sur le programme d'un concert organisé
par cette dame sans scrupules. Les précautions qu'elle
prenait d'ordinaire à Paris, à Kerahuel, lui parurent
négligeables et sans importance. De complexion bienveillante, elle ne trouvait pas légitime que le discrédit
où elle tenait Mme Minahouet causât du préjudice
au pilote Yvor. En outre, les plus réservés des artistes
ressentent un infini besoin d'hommages : le désir de
paraître les pousse ainsi à des complaisances où la

18.

charité n'entre guère. Depuis longtemps, Mme Trénissan n'avait pas chanté en public et les applaudissements commençaient à lui manquer. Mme Minahouet
l'eût profondément blessée en paraissant dédaigner sa
collaboration ; et cette collaboration, elle l'accordait sans
réserves, car l'orgueil d'être sollicitée tempérait chez
elle le regret de la promiscuité. Donc, elle consentit,
indiqua qu'elle exécuterait « la Mort d'Yseult » ; et Mme Minahouet à qui les mensonges ne coûtaient rien, lui
affirma que son nom, mis en vedette, sur les programmes,
précéderait le nom même du grand baryton Niktar.

Il était célèbre. Au début d'un incendie, dans un
théâtre, alors que les décors enflammés tombaient sur
la scène, à ses pieds, il avait conseillé aux spectateurs
de ne pas s'effrayer et de rester à leur place où le feu,
en se propageant, ne tardait pas à les réduire tous en
charbons. Bien plus que pour sa voix, on l'admirait pour
sa présence d'esprit en la circonstance ; on se montrait,
à la boutonnière de son habit noir, le ruban tricolore
de la médaille de sauvetage, récompense nationale à lui
décernée, encore qu'il eût manifestement causé la mort de
plus de deux cents personnes ; et le retentissement de
sa belle conduite était allé si loin et si fort, que Kerahuel
même connaissait son nom.

Niktar, d'après les lettres que Mme Minahouet prétendait avoir reçues, Niktar chanterait *les Deux Grenadiers*
de Schumann et la Romance de l'Etoile dans *le Tannhäuser*,
un ton plus haut que le ton initial, par exemple. Ophélie,
d'accord avec sa mère, effraya la pianiste en ne lui dissimulant pas que le maître passait pour très exigeant à
l'endroit des accompagnateurs : combien il en avait
publiquement rabroués ! Or, Mme Toczinska se sentant
incapable de jouer, à première vue, dans les tons nécessaires, les morceaux indiqués ; à ses frais, les fit venir
de Paris et passa des journées à écrire en regard des
notes réelles, les notes transposées, avec de l'encre
rouge. Le papier buvait, des pâtés sanguinolents s'élargissaient sur les lignes noires des portées ; et Mme Toczinska, suspendant son labeur, se demandait avec effroi
comment elle pourrait se reconnaître au milieu de ce
gâchis, le soir où le baryton, avec sa majesté, viendrait
ajouter le trouble de sa présence au trouble de la partition.

M. Sibilinski, le clarinettiste, l'âme plus placide, pinçait les lèvres sur l'anche de son instrument en répétant,

sans inquiétude, l'andante du concerto en *la* de Mozart :
il lui était familier, tant il l'avait déjà exécuté de fois,
lors des nombreuses séances qu'il donnait à son bénéfice.

Charlescot, lui aussi, ne se défendait pas de tenir une
place dans cette solennité. Non pas qu'il aimât se mettre
en évidence, mais en faisant plaisir à la mère, il espérait
entrer plus profondément dans le cœur de la fille; et par
tendresse pour Mlle Ophélie, il avait prié un de ses amis
à Nancy, de lui envoyer un appareil pour projections photographiques. Il s'en servirait ! Déjà il s'occupait de la
manière dont il obtiendrait l'obscurité complète et ten-
drait un drap blanc, sans plis, dans le salon de l'hôtel
d'Orange. Les pensionnaires demeuraient tous dans
l'attente et l'espérance de contempler enfin ces fameux
clichés que Charlescot développait sans cesse sans les
montrer jamais, et M. Nicous insistait auprès de l'opérateur pour qu'il n'oubliât pas de faire figurer, parmi les
vues, le portrait de Pauline en costume de Lulli, le costume de marmiton que l'enfant revêtirait dans la pièce
par où se devait clore la représentation.

Il ne redoutait pas d'escompter l'effet et de le détruire.
Au contraire. On annoncerait : « Mlle Pauline Nicous
dans le rôle qu'elle va avoir l'honneur de remplir devant
vous. » Alors on allumait les lampes, Pauline, immédiatement, apparaissait; et quoi de plus séduisant que de
voir une image s'animer, devenir une vivante réalité ? Et
puis, est-ce que, dans tout le programme, quelque chose
valait sa pièce à lui, M. Nicous ? Quel numéro par l'importance musicale et l'autorité littéraire, l'emportait sur
Lulli ? C'était Lulli tout seul qu'attendait le succès, et
ce succès, pour l'assurer, M. Nicous astreignait Pauline
à des répétitions incessantes, le matin, le soir, pendant
les promenades, au milieu des repas. La nuit, couché, ne
dormant guère, par la porte ouverte, il criait à sa fille
les questions du mauvais cuisinier, celles du bon roi
Louis XIV; et l'enfant, réveillée et bâillant, donnait en
sursaut la réplique, sous ses draps. Dans l'espoir de son
triomphe, il en arrivait à aimer Pauline et l'embrassait
tendrement, bien convaincu qu'elle serait plus applaudie
que cet affreux Niktar, dont la réputation lui semblait
très surfaite; plus applaudie aussi que Mme Trénissan,
laquelle, à son avis, avait choisi un morceau trop sévère
et fatalement dépourvu de comique.

Cependant, par déférence, Nicous crut néanmoins devoir présenter sa fille à Mme Trénissan; l'aspect d'une grande artiste, en outre, exciterait peut-être l'émulation de l'enfant. Devant Mme Trénissan, souriante et superbe, Pauline, maigre autant qu'une chanterelle, ne semblait pas plus haute que le chevalet de son violon; et elle tremblait d'être grondée par une prima dona que son père lui représentait comme en sachant long, sur la musique.

Mme Trénissan, prise de pitié, tint seulement à l'enfant les propos que l'enfant pouvait comprendre. Elle s'informa si elle s'amusait aux bains de mer, si elle avait de beaux jouets. Même, elle lui offrit une de ces poupées qu'elle emportait toujours, dans sa malle, pour faire plaisir, à l'occasion, aux fillettes déshéritées, rencontrées sur son passage.

— Tu vois, la dame te donne la poupée pour que tu travailles bien, dit sentencieusement M. Nicous.

— Je la lui donne pour qu'elle joue, répliqua Mme Trénissan. Pour le reste, qu'elle fasse comme moi : je n'ai jamais travaillé que lorsque j'ai été grande.

Pour ne rien laisser paraître de l'humiliation qu'il recevait par cette leçon, Nicous affecta des airs de bonhomie.

— Et comment vas-tu l'appeler, la poupée?

— Zélie, répondit Pauline, parce que c'est le nom de maman.

Nicous protesta :

— Non, non. En souvenir de madame, qui chante Yseult, il faut l'appeler Yseult.

— Yseult? demandait l'enfant, pour qui ce nom n'avait aucune correspondance avec ses tendresses.

— Oui, Yseult! Tu l'appelleras Yseult. Va étudier maintenant.

Et Pauline s'en alla, emportant la poupée qu'elle n'avait pas nommée selon son gré et qui, déjà, ne l'enchantait plus. Ainsi par son insupportable préoccupation de l'art, M. Nicous, une fois de plus, jusque dans les bonheurs, trouvait le moyen de gâter l'existence de sa fille.

— Elle n'est pas grande pour son âge, dit Mme Trénissan. Elle prononça cette phrase banale pour éviter d'en formuler d'autres qui auraient jugé sévèrement la stupidité de M. Nicous. Il répliqua :

— Pas grande, vous trouvez? Trop grande, au con-

taire, Madame. Figurez-vous qu'elle ne tient plus dans
son costume de marmiton. Elle est tellement gênée dans
les entournures qu'elle n'arrive plus à faire les démarches.

Et, après des saluts obséquieux, Nicous s'en alla dans
l'office prier un des aides de cuisine de lui prêter une
veste blanche, que Pauline endosserait pour jouer son
rôle plus à l'aise le jour, de plus en plus prochain, où se
représenterait *Lulli*.

Jusqu'à Mme Vincent Trois qui se préparait pour cette
solennité musicale et littéraire ! Un vieux levain de comédienne fermentait en elle dès qu'elle entendait dresser
des tréteaux; et, dans son désir d'occuper quand même le
monde de sa personne, malgré les supplications de
Mme Hestouleau, elle s'était spontanément offerte pour
dire des vers. Lesquels ? Elle n'en savait aucun, détail
qui ne l'arrêtait point. Laguépie consulté, pour éviter
des excentricités plus graves, émit l'avis de ne pas contrarier un délire au demeurant assez pacifique. Il entra
donc dans les desseins de Mme Vincent Trois, se porta
garant des bravos qu'elle ne pouvait manquer de provoquer; et, usant de son influence, décida la malade à faire
choix d'une fable de La Fontaine : *Les Deux Pigeons*.

Mais le texte manquait. On eut recours à l'instituteur
de Kerahuel qui copia de sa belle main l'apologue,
deuxième du livre IX, et Mme Vincent Trois l'étudiait
consciencieusement, fort préoccupée de réaliser, par sa
diction, les moindres intentions de l'auteur : bien mieux,
par endroits, elle en ajouta. Dans son goût de tout rapporter à sa personne, elle ajustait La Fontaine à ses fantaisies, prétendait lui donner un sens nouveau, dont elle
seule possédait le secret, et récitait les passages les plus
tendres avec des clignements d'yeux et des gestes malins
pour leur attribuer une signification égrillarde. Elle
accompagnait notamment les vers :

> Voici nos gens rejoints, et je laisse à juger
> De combien de plaisir ils payèrent leurs peines.

par des mouvements de doigts qui touchaient à l'inconvenance. Malbar en riait cependant que Mme Vincent
Trois questionnait tout le monde pour savoir si on
n'avait pas vu son manuscrit. Car elle ne sortait pas sans
emporter avec elle la copie faite par le maître d'école,
et l'oubliait partout, sur les tables, sur les chaises, sur

la plage. Le vent l'envolait au long de la terrasse, les
garçons la retrouvaient, dans le sirop, auprès des soucoupes. Elle se maculait d'autant ; et certain jour,
Mme Vincent Trois, indignée, dut l'arracher à Chien-de-
Nous. Le chien la tenait entre ses pattes, et pour jouer,
commençait de la déchirer à belles dents.

Mlle Ophélie plaçait des billets, beaucoup de billets
libellés de sa main sur du papier à lettre coupé en carrés
portant, au centre, sous le mot « Gala », en gros caractères, un chiffre apparent et fantaisiste. Déjà le programme s'affichait dans le grand salon de l'hôtel
d'Orange ; et on lisait sur une feuille manuscrite, collée,
de travers, au milieu de la glace principale :

ŒUVRE DES PLEURE-PAIN

TOMBOLA-CONCERT

Suivaient la date avec les détails de la fête donnée « au
bénéfice d'un homme de mer » : Ouverture pour piano,
par Mme Toczinska ; *les Deux Grenadiers* (Schumann),
par M. Niktar ; *les Deux Pigeons* (La Fontaine), dits par
Mme Vincent Trois. Andante du concerto en *la* pour
clarinette (Mozart), par M. Sibilinski ; *la Mort d'Yseult*
(Richard Wagner), par Mme Trénissan.

Venaient ensuite des « Projections », par M. Charlescot ;
la romance de *l'Étoile*, encore Richard Wagner, encore
M. Niktar ; et pour finir : *Lulli. Lulli*, pièce en un acte,
en vers, avec violon obligé, par M. Nicous et Mlle Pauline
Nicous : le chef de bureau, à la fois auteur et acteur
remplissant, tour à tour, le rôle du cuisinier et le rôle de
Louis XIV.

En outre, un « Avis au public » faisait connaître que
chaque spectateur titulaire de dix billets, aurait droit
à un lot, lors du tirage de la tombola, par où se terminerait le festival ; et Charlescot se désolait. Mlle Ophélie
offrait des numéros à tous les pensionnaires, à tous les
passants de l'hôtel d'Orange, aux domestiques même, à
tout le monde, excepté à lui. En vain il la sollicitait, proposait généreusement de prendre une série : Mlle Ophélie
ne voulait rien écouter.

— Mais non, mais non. Pourquoi se précipiter ? Il avait
bien le temps.

Une fois même elle ajouta :

— Vous verrez. Chez nous, ce n'est pas comme à la foire, les derniers arrivés deviendront les mieux placés !

Que prétendait-elle dire ? Charlescot se creusait la tête, s'évertuait à pénétrer le mystère des paroles et l'étrangeté de la conduite de cette demoiselle. De plus en plus, il se croyait dédaigné. Sa tendresse méconnue, les affronts qu'il s'imaginait subir, lui causaient une extrême mélancolie ; et son cœur se voilait sous l'excès de l'amour, comme ses plaques photographiques sous l'excès de la lumière.

Le pilote Yvor, chaque soir, quittait plus vite la place où, devant le vieux cimetière, depuis des années, par tous les temps, avant d'aller se coucher, il s'attardait à étudier le vent, et à regarder la mer. Il s'empressait maintenant à l'hôtel d'Orange pour s'enquérir si « ça crochait » le concert, et connaître le chiffre de la recette. Le total augmentait chaque jour. Les dernières semaines de l'automne, ensoleillées et douces comme des semaines de printemps, amenaient plus de voyageurs que Kerahuel n'avait coutume d'en voir à pareille époque. D'où Rachimbourg s'affermissait dans ses idées sur l'importance future de la plage. Beaucoup de Parisiens au courant de la renommée de Mme Trénissau prenaient des places, non dans l'espoir de les occuper, leur séjour ne devant pas se prolonger jusqu'à la date du concert, mais par une espèce d'hommage rendu à la personne et au talent de l'artiste.

D'ailleurs, comment refuser sa cotisation quand on lisait la lettre écrite par M. Herscher et dont l'autographe se joignait aux lots de la tombola ? Mme Minahouet sollicitait la générosité « bien connue » de l'écrivain. Il répondait : « Dans la vie pleine d'incertitudes, en mer, pourtant, auprès d'Yvor, j'étais tranquille. » De plus, il envoyait vingt francs, et cette libéralité déterminait à sa suite les aumônes des indécis. Ophélie encaissait, promettait aussi qu'on donnerait satisfaction aux demandes des souscripteurs, lesquels, à l'exemple de M. Nicous, tout en louant la composition artistique du programme, réclamaient cependant un peu de facétie.

Le comique, Mme Minahouet ne savait plus où le chercher. Après audition, elle avait dû se résoudre à ne point accepter les services d'un orgeron du voisinage, fort entendu pourtant dans l'art de débiter la chansonnette, mais dont le répertoire s'était trop visiblement

formé dans les cabarets à matelots; et elle paraissait
s'affecter beaucoup de ce que M. Hostondeau nommait
« une lacune », quand Mlle Mariette survint à propos
pour la tirer d'embarras.

Mariette, une après-midi, était arrivée à l'hôtel
d'Orange, conduisant elle-même un break à deux chevaux,
où elle menait des artilleurs, tous de Paris du reste,
militaires de sa connaissance, qui faisaient leurs vingt-
huit jours dans la contrée. Ils avaient commandé un dîner
fin à maman Troudec; et autour d'une table servie à part,
en plein air, sous des lanternes vénitiennes, débraillés
dans leurs dolmans déboutonnés, libres dans leurs
propos de corps de garde, sans souci d'effaroucher les
habitudes de la maison, se répandaient en bouffonneries.
Au dessert, tapant les verres avec leurs couteaux, sur le
rythme des *Lampions*, ils réclamèrent : « Une chanson,
une chanson, une chanson ! » Et Mariette chanta :

> « C'est aux mois d'juin et de juillet
> « Qu'on voit arriver la sardine,
> « En mêm' temps que la gourgandine
> « Qui s'déshabill' sur le galet. »

Malbar écouta. Il reconnaissait une complainte maritime qu'en un jour de fantaisie, il avait improvisée dans
une réunion d'amis ; et qui, de là, anonymement, s'était
envolée dans les cafés-concerts.

> « Dedans un filet on les prend,
> « Et puis on les porte à la ville
> « Pour les mettre avec de l'huile
> « Au fond d'une boîte en fer-blanc. »

Détraquant une phrase de Beethoven empruntée aux
premières mesures de l'allegro, dans *la Sonate Pathé-
tique*, sur le thème défiguré, un compositeur d'aventure,
vaille que vaille, avait ajusté les paroles; et de cette
mélodie parodiée jusqu'au sacrilège, une lamentation
se dégageait, mélancolique et obsédante à cause de son
impiété et de sa monotonie. Sur le rythme à la fois railleur
et funèbre, le poème disait toute l'histoire naturelle et
économique de la sardine : ses mœurs, ses passages
d'élection, à quel appât elle mordait de préférence, les
soins que sa délicatesse exigeait à bord des bateaux
quand elle était prise, comment l'utilisaient les usines, les

fortunes qu'en tiraient les industriels à côté des minces
bénéfices réalisés par les pêcheurs.

« Y a des tas d'mains qui les tripotent
« Et qui les r'tournent du haut en bas,
« Ell's ont des arèt's qu'on leur z'y ôte
« Et quelquefois qu'on n'leur z'y ôt' pas. »

— Mais c'est mon étude qu'elle chante là, s'écria
Laguépie.

— Vous ne vous trompez pas, confessa Malbar, et vous
voyez en moi le coupable. J'ai rimé, à peu près...

— C'est le mot.

— J'ai rimé votre article sur la sardine, paru dans la
Revue *Terre et Mer*. Hein ! Comme tout se découvre.

— Merci tout de même, répliqua Laguépie amusé par
l'air penaud et le ton confus de Malbar, fort humilié de se
révéler au savant par une plaisanterie de boulevard, dont
les phares, la nuit et le vent et la mer rendaient plus
sensibles encore la platitude et la médiocrité. Ah ! Si
Malbar avait pu faire taire Mariette ! Mais Mariette
reprit :

« Et toujours on leur coup' la tète,
« Et bien qu'on leur tranche aussi ras
« Qu'à Madam' Marie-Antoinette,
« Elles font bien moins d'embarras! »

Les artilleurs trépignaient. Le champagne coulait. La
gaieté de cette table étincelant dans l'ombre, de proche
en proche, gagnait les pensionnaires de l'hôtel d'Orange.
La tyrannique mélopée s'imposait à eux. Maintenant,
avec Mariette, tous répétaient au refrain :

« Quel que soit le temps, vogue, vogue,
« Entre ciel et mer, matelot,
« Et nuit et jour, mets de la rogue,
« Avec ton existenc' dans l'eau.
« Oh ! oh ! oh ! oh ! oh ! oh ! oh ! oh ! »

Là-bas, derrière les lanternes vénitiennes, dont la
brise secouait la lumière et les couleurs, dans le petit
port, les filets à sardine séchant le long des mâts des
bateaux ancrés au clair de lune, frissonnaient pareils à
des crèpes envolés et à des dentelles noires.

Mme Trénissan, fuyant le tapage et témoignant de son
dégoût d'entendre des strophes et des musiques qu'elle

19

jugeait injurieuses pour l'art, dignement, prenait le parti
de s'aller coucher. Mme Minahouet, soulevée par l'enthousiasme que déterminent toujours les productions
faciles et vulgaires, se mettait en marche au bras
d'Ophélie pour aller demander à Mlle Mariette de vouloir bien lui permettre d'inscrire son nom parmi les
noms des grands artistes dont elle s'assurait le concours,
pour le prochain concert ; quand, soudain, une détonation éclata, sur la plage. Précisément au-dessus du terrain gagné à la loterie par Mariette, une croix lumineuse
monta, et, sans cesse plus éblouissante, plana sous le
ciel pur.

D'un bout à l'autre du quai, sur le port de Kerahuel,
les gens s'arrêtèrent. Le nez en l'air, des groupes se demandaient quelle était cette constellation nouvelle. Les consommateurs, à l'hôtel d'Orange, se mirent debout, devant
leurs bocks. La croix, à mesure, grandissait, flamboyait
plus fort. Elle représentait maintenant le « Labarum »
jadis apparu à l'empereur Constantin, dans les histoires;
et tous lurent cette inscription dont les lettres scintillaient
sur le firmament comme autant d'étoiles: *In hoc signo
vinces.*

— Chouette ! s'écrièrent les artilleurs, et la Mal-Commode qui ramassait du goëmon, le long de la mer, d'instinct, se jeta à genoux. Dans la lumière, à côté de son
râteau tombé, on la voyait, inclinée, et priant à mains
jointes.

La croix, pendant cinq minutes, étincelle, éclaire les
Terrains à vendre, se reflète dans les vagues. Puis la
vivacité de sa splendeur s'atténue. Peu à peu, elle ne
projette plus qu'une lueur incertaine de nébuleuse. Rien
n'en braisille plus, à présent, qu'un petit point de feu
égaré et mourant dans l'espace. Le point de feu s'éteint
à son tour. Plus rien : l'obscurité ; et la Mal-Commode,
avec la plage, rentre dans les ténèbres. Après cet instant
d'éblouissement, la nuit semble s'épaissir et les spectateurs se taisent, un peu troublés, malgré eux, par cette
apparition surnaturelle.

On chuchotte, on s'enquiert, on s'interroge, et tandis
que, chacun à sa façon, essaie d'expliquer le mystère, en
répondant à Mme Minahouet, Mlle Mariette s'essuie les
lèvres avec sa serviette pour dissimuler une grande
envie de rire. Ensuite, très gravement après la « Chanson
de la Sardine », elle promet à l'organisatrice de paraître

dans « la Marche funèbre du crépuscule des vieux comédiens », satire macabre, où, au témoignage de quiconque l'avait entendue, elle se flattait modestement d'exceller. Elle aussi voulait s'intéresser à ce brave pilote, et, avant ses chansons, elle donnerait son offrande.

Elle se baissa, ramassa sous la table un de ses souliers découverts qui ne tenaient pas à ses pieds dès qu'elle était assise ; et la petite chaussure de satin tendue aux artilleurs, ainsi qu'une aumônière, elle dit, d'un ton de camelot faisant un boniment :

— Allons, les enfants, du courage à la poche !

Puis, imitant les prêtres quêtant dans les églises, elle secouait son soulier au-dessus de la table en répétant :

— Pour l'entretien d'un pauvre pilote, s'il vous plaît !

La clientèle de Mariette était une clientèle riche qui ne lésinait pas pour les œuvres d'ostentation ; et, entre la semelle et l'empeigne, les pièces d'or tombaient en tintant l'une contre l'autre. Elles débordaient du quartier, quand Mariette, d'un seul coup, les renversa jusqu'à la dernière dans les mains de Mme Minahouet.

— Quelle recette ! regarde donc, Ophélie !

Mais Ophélie avait disparu, et Mariette s'étant rechaussée, en employant le manche d'une cuiller, reconduisit complaisamment la trébuchante Mme Minahouet jusques à son fauteuil. Dans le break attelé, les artilleurs emplissaient les banquettes d'éclats de rire.

— Eh bien, Mariette, quand vous vous voudrez ? On n'attend plus que vous !

Mariette ne répond pas. Elle s'attarde derrière un tamarin où elle se dissimule et cause avec son ami Malbar.

— Pourquoi ne venez-vous pas à Caige-Maige, comme les autres ?

— C'est une invitation ?

— Oui, votre présence me rendrait si heureuse. J'ai gardé un si bon souvenir de vous.

Malbar se déclarait flatté, promettait presque de faire au moins une visite.

— Mariette ! Mariette ! criaient les artilleurs.

Et Mariette, s'approchant de l'oreille de Malbar :

— Avant de m'en aller, que je vous dise...

— Quoi ?

— La croix que vous avez vue, dans le ciel, tout à l'heure.

— Oui.

— Eh bien, elle vient de moi. Mais chut! Je vous demande le secret, ne me trahissez pas.

Invitée par le percepteur à payer les contributions du terrain gagné par elle sur la plage, Mariette ne se souciait pas de dépenser un sou pour une propriété ne rapportant rien. Docile alors aux conseils de farceurs parmi lesquels elle passait sa vie, elle s'était laissé persuader, après boire, qu'une apparition extraordinaire comme celle d'où résultait la fortune de Lourdes et d'autres localités moindres devant Dieu, pourrait, à Kerahuel, attirer un jour toute la chrétienté. Les terrains alors se vendraient très cher: et pour les constructions d'une basilique sur l'emplacement du miracle, et pour l'établissement d'hôtels à loger les pèlerins. A tout hasard, elle avait risqué l'expérience sans trop y croire, du reste, et ne voyant guère, dans cette fantasmagorie, qu'une façon nouvelle de rire et de passer le temps, au bord de la mer.

Aussi, sur la recommandation des pyrotechniciens de son entourage, elle s'adressa à un artificier de Paris, lequel, stupéfait de la commande et se l'étant fait confirmer deux fois, lui confectionna la bombe lumineuse dont elle venait d'expérimenter la vertu. Baluche, préalablement soudoyé, cachait l'appareil dans un four à brûler le goémon; et le feu, peu à peu, consumant la mèche d'attente, la croix, avec une précision tout à l'éloge du constructeur, avait resplendi au-dessus de Kerahuel.

Les artilleurs s'impatientaient.

— Eh bien, Mariette? Est-ce pour aujourd'hui?

Elle cria, avec son ancien accent de bonne supportant mal la domesticité:

— Voilà, voilà! On y va!

Et serrant la main de Malbar, elle courut au break, grimpa sur le siège, ramassa les guides. Elle claqua de la langue, et les chevaux partirent au grand trot, emportant, parmi les chansons, le véhicule dont les lanternes, comme des phares errants, illuminaient au passage les rues noires et les maisons fermées du village endormi.

Derrière les grelots de l'équipage, qui tintaient, au lointain, dans la nuit, Mme Minahouet supputait la somme tombée du soulier de satin, la comptait et la recomptait devant les yeux du pilote ahuri par le spectacle de cet or sous lequel la table en fer peint du café lui semblait disparaître. Pendant qu'il s'inquiétait du nom de Mariette, de l'adresse de la « vénérable » dame, pour lui envoyer un homard, en manière de reconnaissance, alentour, sur la terrasse de l'hôtel d'Orange, on discutait à propos de l'apparition.

Malbar et Laguépie s'en égayaient, cependant que les messieurs prêtres, d'accord avec les dames qui les accompagnaient, s'offensaient de voir les choses saintes tournées en dérision, et que maman Treudec, choquée, elle aussi, dans ses plus intimes croyances, blâmait Mme Hestoudeau et Mme Vincent Trois de l'agrément qu'elles avouaient trouver dans ce feu d'artifice imprévu. Pour M. Hestoudeau, admirant la réussite, il se demandait scientifiquement par quel moyen sûr il avait été obtenu. Charlescot, très intéressé, de son côté, descendit sur la plage pour examiner les détails de la mise en scène, car l'installation, sans nul doute, devait laisser des vestiges. Personne ne soupçonnait Mariette, et M. Rachimbourg se promettait de rechercher, sans ménagement, l'auteur de la mystification.

Il s'en irritait comme d'un attentat contre la dignité des « Terrains à vendre ». Pour prospérer, la plage se passait bien de miracle, autrement, le miracle, lui-même l'eût organisé depuis longtemps. D'ailleurs, même sérieuse, cette manifestation des volontés célestes ne pouvait avoir aucune utilité, dans la contrée. Sainte-Anne d'Auray, à quelques kilomètres, opérait traditionnellement toutes les guérisons désirées, et suffisait, depuis des siècles, aux impatiences de surnaturel. Cette croix, cet emblème divin apparu au-dessus des propriétés communales, loin de servir au développement de Kerahuel, éloignerait la foule des indifférents qui viennent au bord de la mer pour vivre en paix loin des querelles de la politique et des mystères de la religion. Ils fuiraient évidemment un endroit trivial et bruyant, si par malheur, il s'y fondait un pèlerinage. Très sérieusement, il pria Malbar de ne rien imprimer dans les journaux de Paris d'une aventure dont la plage tirerait moins de profits que de ridicule.

Et, protestant qu'il avertirait le parquet, Rachimbourg s'en alla, disait-il, pour donner l'ordre aux gendarmes de commencer sur-le-champ, une enquête.

Quelques instants après, Charlescot, qui ne fumait pas et dont la présence, dans l'ombre, ne se dénonçait pas par le point de feu d'une cigarette ou d'une pipe, aperçut

Rachimbourg. Il se promenait sur la falaise, un bras passé autour de la taille de Mlle Ophélie. Ensemble, ils s'arrêtaient dans les grandes excavations d'où les pêcheurs tiraient du sable pour lester leurs bateaux ; et là, échangeaient des privautés qui les contaminaient tous deux sans cependant les définitivement compromettre. Rachimbourg suppléait ainsi à l'absence de sa femme, toujours à Meldançon, dans le département de l'Aube. Pour faire plaisir à son mari, tous les huit jours, elle lui annonçait sa prochaine arrivée, et ne se mettait jamais en route, par peur d'affronter cette mer qu'elle redoutait d'instinct, sans l'avoir jamais vue.

Rachimbourg, n'espérant plus rien de Mme Hostoudeau et fort dépité de ne pouvoir rejoindre Mariette pour l'instant toute aux artilleurs, s'était montré très galant à l'endroit de Mlle Ophélie. La jeune fille, conseillée par la « sous-maîtresse » sa mère, personne fort experte à exploiter les sentiments et les désirs, ne repoussa pas les avances, et finit par donner des rendez-vous à Rachimbourg, sur la plage, derrière les cabines de bains, où le maire, comme officier de police, affectait de se promener, pour assurer, la nuit, le respect des bonnes mœurs.

Un soir qu'il attendait Mlle Ophélie et, par distraction, comptait à l'horizon les voiles des bateaux en vue, du milieu des « Terrains à vendre », une femme, soudainement, avait surgi auprès de lui :

— Comment trouvez-vous que je vous trouve ?

— Madame Vincent Trois !

— Ce n'est pas ma présence que vous espériez ici ?

Rachimbourg avoua qu'il ne recherchait point cette rencontre et, poliment, il s'en félicita :

— Soyez franc. Dites plutôt que je vous gêne.

— Le temps est beau pour se promener, répondit Rachimbourg avec une affectation d'indifférence ; la plage appartient à tout le monde.

— Surtout à Mlle Ophélie.

Une ombre, discrètement se dissimulait, passait avec précaution d'une cabine à l'autre.

— Pourquoi, Mlle Ophélie ?

— Ne mentez pas. Tenez, je la sens, elle approche.

Rachimbourg se tut.

— Et pourquoi l'attendez-vous, elle, plutôt que de m'attendre, moi ?

— Vous, Madame ?

Et Rachimbourg mit dans ces deux mots une intonation profonde d'étonnement et de respect.

— Oui, moi ! Voyons est-ce que je ne la vaux pas ?

Alors, secouée par une espèce de délire, avec une voix aboyante et fébrile, Mme Vincent Trois vanta successivement l'anatomie de son corps, la puissance de son esprit, les qualités de son cœur. Puis elle se lamenta sur le dédain dont elle se plaignait de souffrir, sans cesse. Vraiment elle acquérait le droit de devenir méchante tant les hommes se concertaient pour ne jamais faire attention à elle ! Pourtant, elle s'estimait sans jalousie. Si elle intervenait dans les amours d'autrui, ce n'était certes pas pour les entraver. Bien au contraire. Elle se disait simplement curieuse de contempler le spectacle de joies qu'elle s'attristait de ne pouvoir se procurer. Bien plus, elle offrit de s'employer au bonheur de Rachimbourg et proposa de servir d'intermédiaire entre lui et Mlle Ophélie. Voulaient-ils s'écrire en toute sécurité ? Elle se chargerait volontiers de la réception et de la transmission de leurs correspondances.

Rachimbourg la remercia. Non, vraiment, il refusait ses bons offices.

— Pourtant, Baluche ?

Il demeura stupéfait. Comment Mme Vincent Trois savait-elle que Baluche se chargeait de ses billets doux, et à l'occasion rapportait les réponses ? Il la découvrait abominablement savante à espionner les démarches, sournoise à s'introduire dans les secrets les mieux gardés. Pareille à l'air passant dans les plus étroits des interstices des fenêtres closes, elle s'insinuait donc dans les intimités les plus fermées ? Et il se répétait avec inquiétude l'appréciation maintes fois formulée par Laguépie : « Celle-là, elle est capable de tout. »

Il feignit de ne pas comprendre.

— Baluche ? Que voulez-vous dire en parlant de Baluche ?

— Je veux dire qu'au lieu du dévouement désintéressé d'une amie, vous aimez mieux la vénalité d'un domestique. Merci de la préférence !

Et, d'un air de majesté outragée :

— Prenez garde que je me souvienne de cette injure, mon cher.

Rachimbourg s'excusait. S'il regrettait de ne pas accepter sa complaisance, comment pouvait-elle croire qu'il avait calculé de l'offenser ?

— Là, ne vous fâchez pas. D'ailleurs, les femmes de ma race portent un cœur plus haut que la rancune. Mais nous retardons le plaisir de Mlle Ophélie. Je vous laisse, adieu.

Elle s'éloigna ; et, assez haut pour être entendue, perfidement elle ajouta :

— Vous n'imaginez peut-être pas que je vous dénoncerai à votre femme !

Ophélie, par cette menace, apprenait l'existence d'une légitime dame Rachimbourg. Bon renseignement, se dit-elle, j'avertirai ma mère ; et déjà, elle étudiait dans quel guet-apens, toutes deux feraient tomber cet homme marié toujours en goût de libertinage ; de quelle façon, aussi, l'effrayant ensuite par la peur du scandale, elles le contraindraient à chèrement acheter leur silence. A cet effet, elle comptait beaucoup sur le témoignage de Mme Vincent Trois. Mais, comme les chiens errants chassant pour leur compte et mangeant seuls le gibier qu'ils arrivent à forcer, Mme Vincent Trois prétendait faire servir ses découvertes à la seule vengeance des ressentiments personnels que son esprit malade ne cessait de concevoir contre quiconque lui semblait trop négligent de ce qu'elle croyait être son intelligence et de ce qu'elle appelait sa beauté.

Auprès du four à goémon où il cherchait les traces de la pièce d'artifice, Charlescot regardait au lointain l'excavation de mystère et d'ombre où Rachimbourg se blottissait avec Mlle Ophélie ; et, à l'idée qu'ils se trouvaient là, ensemble, il se sentait tourmenté d'une concupiscence infinie. Enfant, dans la continuelle société de sa mère et de ses tantes, il avait pris, à l'égard des femmes, l'habitude d'un respect tendre et indifférent. Quand les petites cousines avec lesquelles il jouait innocemment en venaient à se marier, il s'apercevait alors qu'il pouvait les aimer ; et leurs messes de noces l'emplissaient de jalousie et de désespoir. Plus tard, dans les galanteries de sa vie de garçon, il se conduisait avec la même déférence ; et sa délicatesse, jugée un peu niaise, ne le faisait pas prendre au sérieux. Du reste, il craignait toujours de trop s'engager, et jamais il ne souffrait plus fort du désir de posséder une femme que lorsque cette femme prenait un époux ou cédait à un amant. Sa prudence naturelle l'abandonnait alors, et il devenait capable de toutes les audaces.

Donc, il résolut de mettre Mlle Ophélie en demeure de se prononcer et de choisir entre lui et Rachimbourg. Sans doute, Mlle Ophélie, elle aussi, voulait faire des confidences à Charlescot, car, le lendemain, un dimanche, elle le pria de lui donner le bras pour la conduire entendre la messe à Saint-Coulm : une chapelle, dans un trou, sur une éminence dominant une longue et étroite plage de sable jaune que, dans la langue du pays, on appelait « Galons-Aour », c'est-à-dire le « Galon d'Or ». Tous deux, sans oser parler d'abord des graves intentions qui les réunissaient, en route, au long de la falaise, se répétaient les détails de la légende de Saint-Coulm, et comment une chapelle, sous son vocable, se dressait solitaire au milieu de la lande de Kerahuel.

Saint Coulm, au sixième siècle de l'ère chrétienne, dans le période dite des évêques, évangélisant la Bretagne en même temps que saint Gildas, saint Guenolé et saint Guenaël, avait été un grand pêcheur d'hommes et d'âmes dans la contrée. Son nom, en breton, signifiait colombe, et par ce symbolisme d'une délicate clarté, on comprenait que l'Esprit Saint, résidant en la personne de l'apôtre, parlait par sa bouche, agissait par son intervention. Quand saint Coulm, suivant les avis de Dieu, entreprit de construire un monastère au-dessus de cette plage du « Galon d'Or », où des récifs, jusques à plusieurs milles, se cachent sous la mer paisible en apparence, l'eau de source manquait pour la maçonnerie. L'eau, les moines, dociles à la voix de l'évêque, l'allèrent chercher à quatre lieues de là, au creux d'une petite fontaine perdue sous les genêts ; et, sans en perdre une goutte, l'apportèrent miraculeusement au chantier, dans des cribles.

Plus tard, saint Coulm, endormi dans la paix du Seigneur, recevait la sépulture ecclésiastique dans la chapelle du couvent par lui suscité à la gloire de Dieu ; et, lors de l'invasion normande du neuvième siècle, son corps que la mort ne décomposait pas, épouvantait par sa jeunesse et sa fraîcheur les barbares violateurs de sa tombe. Cependant qu'un chœur d'anges, descendu du ciel, procédait de nouveau à l'inhumation de saint Coulm, les hordes sacrilèges s'enfuyaient, laissant, derrière elles, la chapelle debout, auprès du monastère détruit.

Elle croulait à la longue, ruinée au travers des âges par les continuelles descentes des ennemis, sur la côte. Saccagée par les Hollandais, brûlée par les Anglais, sans cesse chancelante sous les tempêtes, elle renaissait toujours, rétablie qu'elle était par la reconnaissance et les deniers des fidèles. Lors d'une réfection récente, pour la mieux protéger des attaques du vent et des assauts de la mer, elle avait été bâtie en contre-bas, au fond d'une large tranchée, ouverte parmi les sables de la falaise. Le clocher, dépassant la crête du talus, portait à son pinacle une statue sans tête : la statue du saint décapité par une rafale d'équinoxe. Sous le toit couvert de plaques en granit imbriquées l'une sur l'autre et pesantes assez pour ne pas s'envoler au souffle des bourrasques, le soleil, à son coucher, se reflétait dans les rosaces des vitraux apparues hors de terre ; et, par les rouges crépuscules d'automne, les verrières en feu, au ras du sol, ainsi que des brasiers, s'apercevaient des lointains de la lande et de la mer. Des pigeons blancs que, par dévotion, on ne dérangeait jamais, nichaient aux creux des lézardes de l'édifice, battaient des ailes à l'entour ; et les vertus de saint Coulm semblaient voltiger avec eux au-dessus du campanile à jour où pendait une petite cloche.

A l'intérieur, sur une pierre énorme, placée en façon d'oreiller au chevet d'un long quartier de roche passant pour avoir servi de lit à l'ascète, les malades affligés de dureté de l'ouïe venaient dévotement poser leur tête, et s'en retournaient avec la conviction de mieux entendre. Ex-votos témoignant de la foi naïve des équipages et de la puissance de protection du saint, de tous les côtés, des petits bateaux pourvus de leur gréement complet, voiles au vent et pavoisés de tous leurs pavillons, descendaient de la voûte, au bout d'une corde. Car, en même temps que, sur le continent, il guérissait les sourds, saint Coulm, sur la mer, protégeait les bâtiments en péril, et Kerahuel le vénérait particulièrement comme patron des sauveteurs.

Le 25 du mois de juillet d'une année incertaine et dont les historiens religieux eux-mêmes ne déterminaient pas la date, la nuit, par un coup de « suroît goudronné », par une mer démontée et une brume si épaisse qu'elle ne laissait pas voir la lumière des phares, un brick-goëlette fut jeté à la côte, sur les brisants, au-dessous de l'emplacement du monastère jadis érigé par saint Coulm. L'eau, par la coque trouée, emplissait la cale, débordait sur le pont, de l'avant à l'arrière, le couvrait tout entier ; et l'équipage, à genoux dans cette lame

montante, chantait le vieux cantique breton de la barque
de saint Pierre, que la foi, apaisant la tempête, fait
voguer, hors de danger, sur des ondes tranquilles. De
couplet en couplet, le bateau coulait bas. Déjà, dans
l'Océan et la mort, les hommes entraient jusqu'aux
épaules, et sur les quelques fronts qui dépassaient encore,
au-dessus de la houle, des mains, émergeant du fond des
vagues, commençaient un signe de croix.

Soudainement, de la tombe du saint, une colombe
sortit; et, toute blanche au milieu des ténèbres, vola vers
le brick en détresse. A chaque battement de ses ailes, le
vent devenait moins fort, la mer devenait moins furieuse.
Alors du bout de son bec, prenant le navire par la pomme
du grand mât, et forte de toute l'énergie des puissances
célestes, elle le tira hors des écueils. Dans son essor, elle
l'enleva comme s'il n'avait pas pesé plus lourd que les
plumes et les feuilles emportées par les oiseaux pour
faire leur nid, au printemps ; et, avec ses marins à
genoux, sa voilure et ses prières, le bateau, un instant
rapproché des étoiles, au-dessus de l'Océan, légèrement,
plana dans le ciel. Les avaries, peu à peu, se réparaient,
à mesure que la colombe le laissait redescendre, et, avec
précaution, le renflouait sur la mer calme. Va de l'avant,
les gars ! Or, tandis que, claquant de tous ses focs, il
reprenait sa route en chantant des hosannahs, la colombe,
au lever de l'aurore, disparaissait dans le soleil.

L'âme du saint avait manifestement opéré une telle
merveille ; et le jour anniversaire de ce miracle, une
grand' messe solennelle se chantait depuis dans la chapelle dédiée à saint Coulm.

Tous les ans, malgré l'éloignement et malgré la fatigue,
les deux équipes de la Société centrale d'assistance aux
naufragés s'attelaient, avec les chevaux, à un chariot
portant l'embarcation de secours. Tirant avec eux à plein
poitrail, poussant de toutes leurs épaules, intrépides
dans le sable comme ils étaient intrépides en mer, à travers la dune où les roues, s'enfonçant jusqu'aux moyeux,
creusaient des ornières d'où les pieux efforts les
démarraient toujours, les vingt-quatre canotiers conduisaient à Saint-Coulm le bateau de sauvetage. Charlescot
et Ophélie le voyaient là, en face du portail. Sur les
bancs, s'élevait un tabernacle de feuillage. Au-dessus,
une grande croix se dressait, tressée de marguerites
blanches. De la proue à la poupe, des fuchsias, pareils à

une frange rouge, couraient le long du bordage, encadraient le nom de l'embarcation, écrit en or, des deux
côtés, à bâbord et à tribord, sur l'arrière. C'était le nom
de la fille d'un notaire de Paris, homme fort tendre
devant la mer et dépensant beaucoup pour la mémoire
de sa fille noyée en prenant un bain le jour de ses fian-
çailles. Au long de la coque verte peinte de neuf pour la
cérémonie, des guirlandes de giroflées montaient jusqu'à
la lisse, descendaient jusqu'à la couleur blanche de la
ligne de flottaison. Du lierre grimpait au mât, des chèvre-
feuilles s'enroulaient autour des cordages. La voile hissée
à demi, sur sa toile blanche et lâche, faisait flotter avec
elle des touffes de bluets et de coquelicots, tandis que
la quille disparaissait dans un entassement de fleurs
disposées en volute et figurant des vagues. Pavillons
déployés et tout gréé de joie, ainsi, le canot que la tempête roulait en ses tourmentes, trouvant enfin du calme
avec des flots constants, voguait sur un océan paisible
et hors nature dont la houle odorante était faite de ver-
veines et d'œillets.

Au devant, l'escalier où le prêtre devait monter pour
donner la bénédiction, cachait le bois de ses marches
sous les tapis des descentes de lits empruntées à des
maisons d'importance. Des roses naturelles mêlaient leurs
couleurs vives aux teintes passées des moquettes. Un
chemin semé d'héliotropes descendait jusqu'à la chapelle,
car ce jour-là, Kerahuel, si brûlé du soleil, derrière
les grands murs où sèchent les filets de pêche, d'invisibles parterres, tirait des floraisons inconnues ; et dédaignant les bouquets qui poussent dans la lande, jaunes
ajoncs et jaunes genêts, sous les pas de la procession,
effeuillait dévotement les plus rares bouquets de ses
jardins.

La chapelle s'emplissait, débordait de fidèles ; beaucoup
se trouvaient obligés de demeurer au dehors.

Des baigneuses, qui avaient eu la précaution d'apporter
des pliants, s'installaient devant la porte grande ouverte,
et le reste de la foule, hommes, femmes, enfants, à
défaut d'autre place, s'asseyaient à l'entour, sur le talus,
les jambes pendantes. Au milieu du silence, une clochette
tinta. Un clerc apparut, balançant au bout d'une hampe
la lumière jaune d'une petite lanterne. L'assemblée,
d'un seul mouvement, se leva : les hommes ôtèrent leurs
grands chapeaux, les coiffes blanches des femmes s'in-

clinèrent toutes ensemble devant le Saint-Sacrement
venu de l'église du village et porté par un prêtre en surplis revêtu d'une étole blanche. L'officiant, avec peine,
se fraya un passage parmi la cohue. La porte passée, un
harmonium poussa un accord semblable au son d'un
accordéon; la tranche dorée des livres de messe qu'on
ouvrait, étincela sous le soleil ; et, dans les profondeurs
du sanctuaire, la messe commença.

Charlescot et Ophélie, contents de ne pas trouver une
place qu'au demeurant ils ne souhaitaient guère, remontèrent côte à côte vers le chevet de la chapelle. Là, dans
l'herbe et l'abandon, une vieille pierre tombale gisait
près d'un cercueil de granit, effondré. Au bas, un trou
creusé sous une croix fleurdelysée formait une espèce
de coupe où s'amassait l'eau des pluies. Un oiseau s'approcha, y vint boire. Ils se le montrèrent sans rien dire,
marchant sur la pointe des pieds, afin de ne pas l'effrayer.
L'oiseau s'envola. Alors pour ne pas parler encore des
idées qui les préoccupaient, ils essayèrent de déchiffrer
l'inscription dont les lettres en relief s'usaient depuis
des siècles, sous la mousse, les intempéries et les jeux
des enfants. Un instant, ils affectèrent de s'intéresser à
ce défunt inconnu qu'on avait arraché de sa sépulture,
et qui, maintenant sans épitaphe, était mort jusque dans
son nom.

Devant eux, ils voyaient, à l'envers, les sujets peints
sur les vitraux qu'éclairaient de l'intérieur les cierges
en flamme sur l'autel. Entre les losanges de plomb délimitant les personnages et coupant les perspectives,
malgré les trous ouverts par les cailloux des galopins
visant sur les « bonhommes », ils reconnaissaient saint
Coulm, et le navire et la colombe. Derrière, ils entendaient l'officiant au prône, exhortant ses paroissiens et
parlant en breton. Ensuite, d'une voix chevrotante, il
entonnait le « Credo », et l'harmonium poussif, râlant de
longs accords, soutenait le chœur des fidèles.

— Mademoiselle, finit par dire Charlescot, mademoiselle, je voudrais bien vous parler.

— Allez-y, mon vieux, répliqua Ophélie en manière de
plaisanterie.

— Je voudrais vous parler sérieusement, repartit
Charlescot. Et il répéta : — Très sérieusement, je vous
assure.

— Mais c'est très sérieusement que je vous écoute,

20

riposta Ophélie, que la gravité de Charlescot rendait grave à son tour.

Elle s'assit sur la pierre tombale. Le soleil passant au travers de la soie écarlate de son ombrelle, mettait des teintes roses sur son visage. Et il semblait à Charlescot qu'il ne l'avait jamais vue aussi pudique.

Il s'assit en face d'elle sur le cercueil en débris. Il avait préparé des phrases, ménagé des transitions ; et ne retrouvant rien des considérations qu'il comptait faire valoir, rien aussi des formes sous lesquelles il s'était promis d'exprimer sa pensée, il l'exposa comme il la concevait, sans détours, disant :

— Mademoiselle, si vous permettiez, je demanderais votre main à Madame votre mère.

Ophélie Minahouet ne s'étonnait de rien. Bien des propositions lui avaient déjà été faites. Elle s'attendait à toutes, même aux plus déshonnêtes, et savait, à propos, ou les accueillir ou s'en offenser, suivant les spéculations de Madame sa mère. Mais parmi tous les hommes dont elle subissait les sollicitations, aucun ne se risquait jamais jusqu'à lui promettre le mariage ; et, dans sa stupéfaction, naïvement elle répondit :

— Vrai ? Moi ? Vous voulez m'épouser ? vous !

L'étrangeté de cette décision paraissait si grande à Ophélie, qu'elle crut à un stratagème, un moyen nouveau dont personne encore ne s'était avisé pour abuser plus sûrement d'elle ; et elle se taisait, confondue par cet amour dont elle ne soupçonnait pas l'exaltation. Charlescot, les yeux à terre, s'étonnait de trouver dans l'herbe des touffes d'immortelles jaunes. Au dessus, le vent, sous son haleine tiède, inclinait des tiges d'œillets mauves.

Veritas mea et misericordia mea cum ipso, et in nomine meo exaltabitur cornu ejus, psalmodiait le prêtre prononçant en l'honneur de saint Coulm l'offertoire que la liturgie réserve aux messes célébrées le jour de la fête des évêques sanctifiés.

Mlle Ophélie, entre ses doigts, faisait tourner le manche de son ombrelle.

— M'épouser, finit-elle par dire, sans blague, vous voulez m'épouser ?

— Je le souhaite de tout mon cœur, répéta Charlescot.

— Devant M. le maire ?

— Devant M. le maire.

Il avait l'air sincère, et sa voix tremblait. Pourtant, Ophélie ne crut pas encore à l'émotion de sa parole. Et insistant, elle demanda :

— Devant M. le curé aussi ?

— Devant les autels, répliqua solennellement Charlescot.

Il ne mettait point d'affectation dans cette promesse. Pour lui, le mariage demeurait toujours un sacrement; et, par respect pour la mémoire de sa mère, il n'admettait pas d'autre union qu'une union d'accord avec le catéchisme et consacrée par l'Église.

— Alors, c'est sérieux ?

— Je vous l'ai dit, très sérieux.

Quand elle voudrait, il ferait la demande et s'occuperait de la publication des bans.

Mlle Minahouet ne se prononçait pas. Charlescot la regardait, interdit de ne pas rencontrer un acquiescement plus rapide pour la réalisation d'un idéal qu'il considérait comme si simple.

Una voce dicentes, psalmodiait le prêtre; et la chapelle de Saint-Coulm se remplissait du bruit des chaises remuées par les assistants se levant au moment du *Sanctus*.

Ophélie, toujours silencieuse, du bout de son pied, creusait un trou, semblait s'intéresser au sable qui coulait sous sa bottine.

Charlescot s'imagina qu'elle s'inquiétait de l'avenir, redoutait l'incertitude du bien-être, reculait devant la crainte de la misère. Or, lui qui ne confiait jamais rien de ses affaires, la mit au courant de sa fortune. De quoi s'effrayait-elle ? Sans être riche, riche, il répondait de lui assurer une existence au-dessus du besoin : elle pourrait se donner le luxe de deux bonnes. Et il disait ses obligations de chemins de fer, les ressources qui lui venaient sûrement de deux fermes en Seine-et-Marne ; jusqu'au dernier sou, fournissait le détail de ses rentes. Etait-ce son caractère qui la faisait hésiter ? Mais, depuis le temps qu'ils vivaient côte à côte, sur la plage, elle savait bien que chacun lui accordait un tempérament conciliant et dont pouvait s'accommoder une brave femme.

— J'en suis sûre, dit Ophélie.

— Eh bien alors ?

Il crut qu'elle n'osait pas avouer une pauvreté luxueusement dissimulée par l'éclat et l'artifice de la vie pari-

sienne, et pour lever ses scrupules, il proposait de lui
reconnaître, par contrat, une somme avec laquelle elle
pourrait largement vivre si, par malheur, il venait à disparaître. Ainsi, il s'offrait tout entier, heureux d'abandonner ses intérêts et sa personne, sans prévoir qu'un
jour il souffrirait peut-être d'une abdication si complète.
En l'entendant se livrer avec une candeur tellement
touchante, Ophélie, encore que Mme la « Sous-maîtresse »
sa mère, l'éduquant pour le lucre, eût sarclé son âme
de tous les bons sentiments, avec le même soin dont un
horticulteur sarcle les mauvaises herbes dans un jardin
de rapport, Ophélie ne put s'empêcher d'avoir pitié de
Charlescot.

— Vous êtes bien gentil, bien gentil, dit-elle. Et cependant ça ne se peut pas.

Un grand chœur montait dans la chapelle, et des voix
aigres de jeunes filles, au-dessus de la basse grave des
chantres, glapissaient l'*Agnus Dei*.

— Ça ne se peut pas, pourquoi ?

— Parce que M. Charlescot ne doit pas être le gendre
de Mme Minahouet.

— Une femme de talent, cependant.

— Si vous saviez !

Elle se taisait encore et Charlescot la suppliait :

— Mais parlez, parlez donc !

Elle ne se décidait pas à tout dire. Charlescot murmura :

— Peut-être bien que moi, je ne vous plais pas.

— Voulez-vous ne pas avoir de ces idées-là ! Si, si,
vous êtes un brave garçon et vous me plaisez beaucoup,
au contraire, mais si vous saviez ?

— Quoi savoir ?

Alors, Ophélie prit le parti de confesser à Charlescot
les escroqueries que Mme Minahouet pratiquait dans
l'art. Avec les sculpteurs exploités, il connut les magasins
volés, la police correctionnelle un instant menaçante, et
la prison de Saint-Lazare s'ouvrant sur la mort de M. Minahouet, suffoqué par la honte et le dégoût.

— Moi ! moi qui vous parle, elle m'a fait l'instrument
de ses infamies. Elle m'a dressée à chasser l'homme
comme le chien est dressé à rapporter le gibier. Tenez,
Rachimbourg encore, c'est elle qui m'a lancée dessus.

Charlescot feignait l'ignorance.

— Taisez-vous donc ! Vous m'avez vue, comme je vous

vois, l'autre soir, sur la falaise. Ma mère, elle trafique
de moi, comme l'autre trafique de sa plage, et sur moi
aussi, de tous les côtés, on pourrait mettre comme là-bas,
un écriteau : « Terrain à vendre ». Ah ! elle nous mènera
loin, avec ses manigances. Et c'est elle, en attendant,
elle qui, aujourd'hui, m'empêche d'épouser un honnête
homme, la...

Elle prononça un mot ignoble. A mesure qu'elle remuait sa vie, toutes les ignominies du fond lui remontaient aux lèvres ainsi que de la vase. Elle tendit le poing.
Par-dessus les fleurs du bateau de sauvetage, elle
semblait menacer Mme Minahouet, paisiblement assise
au loin, dans son fauteuil, sur la terrasse de l'hôtel
d'Orange.

— Lélie, Lélie, voyons, ma chère Lélie !

Par ce mot qui rappelait leur intimité ancienne, dans
cette femme dégradée et qu'il sentait décroître sous
l'avilissement à l'horizon de son cœur, Charlescot essayait de ressusciter la jeune fille qu'il avait aimée, tentait
de lui témoigner encore un reste de tendresse.

— Il n'y a pas de Lélie qui tienne, ici, mon ami. Voulez-
vous être le gendre d'une proxénète ? Voulez-vous être
le gendre d'une voleuse ? Non, n'est-ce pas, ça ne se
demande pas. D'une statuaire ? Pas davantage. Car elle
n'a jamais rien sculpté, rien, je le sais bien moi qui vous
le dis, rien, pas même des noyaux de cerise !

Elle frémissait, toute secouée par son indignation et
sa franchise. Le soleil, sur sa tête, faisait claquer la soie
de son ombrelle tendue. Avec le *Domine salvum*, la
messe finissait, Ophélie se leva.

— Qu'est-ce que vous en pensez ? Maintenant, voulez-
vous encore demander ma main à ma mère ?

Devant le portail, au long des talus, tout le monde se
mettait debout, sur le passage du prêtre. A pas lents, sous
sa chasuble brodée d'or, foulant le chemin d'héliotrope,
entre les coiffes blanches et les fronts qui s'inclinaient,
il monta les tapis de l'escalier conduisant à l'autel élevé
sur le bateau de sauvetage. Sur les bancs, les hommes
étaient assis à leur place, tous en costume de catastrophe,
la poitrine prise dans une ceinture de liège qui les en-
serrait comme une cuirasse. Le patron se tenait immobile à l'arrière, la main sur la barre du gouvernail.
Un roulement de tambour retentit, un commandement,
ensuite. Avec ses avirons aux palettes enguirlandées de

buis, l'équipe, sur le chariot, dans le bateau, au-dessus de terre, exécuta le simulacre de « souquer » comme s'il prenait le large.

Le prêtre s'était retourné. Un enfant de chœur, à côté de lui, dans une corbeille, portait un pigeon blanc, sous des entrelacs de faveurs bleues.

— *Benedicat vos omnipotens Deus.*

La foule se prosterna. Une fois en avant, une fois à gauche, une fois à droite, l'officiant, avec lenteur, balança un grand ostensoir dont les rayons d'or reflétaient les rayons du soleil. Devant la croix de lumière, flamboyant sur le ciel, Ophélie et Charlescot se signèrent. Une clochette d'autel tinta. L'enfant de chœur, alors, dénoua des rubans. Hors de la corbeille, un pigeon prit son essor et plana au-dessus du bateau de sauvetage, comme l'âme de saint Coulm, transfigurée en colombe, jadis, selon la légende, avait plané au-dessus du brick naufragé. Et le prêtre, en son latin, disait l'oraison particulière :

— Que pareille à cet oiseau envolé dans les airs, en compagnie des anges, votre âme délivrée des liens du péché et de la mort, dans la paix du Paradis, possède les joies éternelles.

Au loin, dans les transparences de l'horizon, le pigeon battait des ailes; puis, soudain, au milieu d'un éblouissement de clarté, il disparut.

— *Gloria Patri et Filio et Spiritui Sancto.*

Un murmure s'éleva de la foule :

— *Sicut erat in principio, et nunc et semper.*

— *Et in secula seculorum.*

— *Amen.*

Le tambour battit à nouveau. Les canotiers rentrèrent leurs avirons. Le prêtre descendit du reposoir et se plaça sous un dais rouge, aux quatre coins duquel tremblaient, en haut, des panaches de plumes blanches. Six hommes le portaient. Autour, les deux équipes du bateau de sauvetage se rangèrent ainsi qu'une garde d'honneur; et, précédé de toute la foule, le Saint-Sacrement se mit en marche vers Kérahuel. Il allait par les chemins en zig-zag, suivant les détours des champs et les murets de pierre; devant lui, dans l'air limpide, le cantique en l'honneur de saint Coulm montait, mêlé aux cliquetis des chapelets et au claquement des bannières.

Chacune déployait le large écusson du village qui

s'avançait sous son ombre. Hermines et fleurs de lis s'y voyaient, envahissantes, et ne laissant guère de place aux couleurs de la France. Par l'effet d'ingénieuses et subtiles combinaisons héraldiques, à côté des armoiries de l'antique monarchie et des anciens ducs de la Bretagne, de ci, de là, du tricolore apparaissait, consenti seulement, et ne dominant point parmi les emblèmes du vieux sol et de la vieille religion. Seul, le pavillon des sauveteurs ne témoignait d'aucune préoccupation de race, de politique ou d'église. Dans un cartouche, sur un fond blanc, il représentait avec simplicité un navire accosté par une barque au milieu des flots démontés d'une mer en furie. Au-dessus de tous les autres, ce drapeau de miséricorde où pouvaient se rallier, sans distinction de foi, les détresses éparses sur toutes les mers du globe, au long de sa hampe, dans la lande de Kerahuel, promenait superbement le symbole de l'abnégation, l'exemple du dévouement, et comme le véritable étendard de l'humanité.

Au loin, la cloche de l'hôtel d'Orange sonna, appelant les pensionnaires au déjeuner.

— Rentrons, dit Ophélie, voici l'heure où l'on va se mettre à table.

Charlescot marcha à côté d'elle, sans lui donner le bras, maintenant.

La porte de la chapelle était ouverte. D'un bout à l'autre de la nef vide, des bancs dérangés barraient l'allée. Des chaises, tombées les unes sur les autres, gisaient pêle-mêle, les pieds en l'air. Un sacristain, au fond, sur l'autel, soufflait la flamme du dernier cierge. Charlescot s'arrêta.

Sa vie, où ses illusions venaient de s'éteindre, lui semblait aussi noire et aussi déserte que cette chapelle maintenant vide de Dieu, où, malgré le grand jour, il tombait des ténèbres.

— Venez donc ! Qu'est-ce que vous faites ?

Charlescot, absorbé et sans parole, contemplait dans Saint-Coulm, solitaire et bouleversé, le spectacle du désordre de son idéal et de l'abandon de son cœur.

— Je devine, dit Ophélie, maintenant vous n'osez plus vous montrer avec moi.

Il protestait.

— Et je comprends ça, allez ! A votre place, moi, j'agirais comme vous. Vous avez raison. Ce n'est pas la peine que je vous compromette davantage, et le mieux est de nous dire adieu.

Charlescot ne répondait pas. Bien qu'il fût convaincu de la nécessité de la rupture, des larmes lui montèrent aux yeux.

— Allons, reprit Ophélie, ne faites pas l'enfant. Tout ce que nous pleurerons l'un et l'autre ne servira de rien. Désormais tout est dit.

Et elle répéta :

— Adieu.

— Adieu, puisque vous le voulez, soupira Charlescot.

Elle continua :

— Avant de vous quitter, monsieur Charlescot, voulez-vous me permettre, à mon tour, de vous demander de me donner la main.

Elle se déganta.

— Et quand on vous dira du mal de moi, vous répondrez, n'est-ce pas, que j'étais née pour être une honnête fille.

Charlescot prit la main qu'elle lui tendait. Il la serrait éperdument, sans concupiscence, comme on serre la main d'un mort ; et il se désolait à l'idée que cette main, confiante et loyale dans la sienne, pour jamais, allait lui échapper. Il le fallait cependant ! Il admirait la bravoure d'Ophélie, ne savait comment lui témoigner son estime, et navré de se résigner à ne plus la voir, il considéra comme excessivement délicat de solliciter qu'elle lui laissât au moins son portrait. Il posséderait son image à défaut de sa personne. Or, défiant jusque dans ses effusions des épreuves tirées par l'indifférence des praticiens de profession, il rêvait d'obtenir d'Ophélie un cliché qu'il aurait soigné avec tendresse pour l'amener à la ressemblance de son idéal ; et avec toute la sincérité de son âme attristée il dit :

— Mademoiselle, voulez-vous que je vous photographie ?

Brusquement, Mlle Ophélie a retiré sa main de la main de Charlescot. Très empressée sous son ombrelle, elle court à travers la lande, va rejoindre la procession ; et Charlescot l'aperçoit au loin qui rentre avec les bannières dans le village où des draps blancs tendus le long des murs et piqués de touffes de roses, font à Jésus qui passe, un chemin de blancheurs et de parfums.

Non, Mlle Ophélie Minahouet ne veut pas être photographiée. Elle a trop peur que son portrait, envoyé aux

juges d'instruction, serve à la faire reconnaître quand
soudainement, elle quitte les stations de bains de mer
qu'elle et sa mère ont mises au pillage. Mme Minahouet,
si lourde, si enfoncée dans le fauteuil d'où elle semblait
ne jamais pouvoir se remuer, trouve cependant des légè-
retés extraordinaires pour aller prendre des trains, la
nuit, dans des embarcadères éloignés, afin de ne pas
éveiller des soupçons immédiats et de retarder d'autant
les recherches. Comment cette dame massive et qui pesait
d'un tel poids au bras de sa fille, est-elle partie avec tant
de vitesse pour une promenade d'où elle n'est pas revenue?
Les propriétaires de la maison qu'elle a louée n'en savent
rien. Ils savent seulement qu'elle ne rentre pas.
Mlle Ophélie non plus n'a pas reparu à Kerahuel. On la
recherche en vain sur la terrasse de l'hôtel d'Orange ; et
sur la plage, les parties de crocket s'organisent mélancoliquement, en son absence.

Sans doute, la mère et la fille visitent les monuments
mégalithiques et les alignements de menhirs célèbres aux
environs ; ou, à Carnac, en pèlerinage, assistent à la
bénédiction des bestiaux, assemblés ce jour-là devant le
portail de l'église dédiée à saint Cornély. D'ordinaire,
pourtant, ces dames gardent moins le silence sur leurs
projets, et ce n'est pas à pied qu'elles se mettent volontiers en route : chaque dimanche, en effet, il fallait une
voiture pour conduire Mme Minahouet à la messe. Probablement, elles reviendront le soir. Mais le soir venu, on
ne les aperçoit pas, avec les autres voyageurs, passant
la petite barrière et donnant leurs billets au contrôleur.
Peut-être attendent-elles des bagages ? Mais personne ne
réclame les colis, qui, hors du fourgon déchargé jusqu'au
fond, gisent sur le quai, à la lueur d'une lanterne. Il a
pu arriver que, se trompant de côté, en descendant de
wagon, elles se soient engagées sur une voie de garage.
La locomotive passe, faisant marcher ses purgeurs, et,
dans une buée de vapeur, siffle, pour demander l'aiguil-
lage vers son dépôt. Un employé prend un fanal, l'élève
dans la nuit au-dessus des rails et crie :

— Personne ? Par là-bas, il n'y a plus personne ?

Point de réponse. Le trembleur de la sonnerie du télégraphe s'agite, fait vibrer un timbre sur le bureau du
chef de gare. Une dépêche vient annonçant peut-être un
accident, une erreur de route, un arrêt forcé dans un
poste intermédiaire. L'aiguille en mouvement sur le

cadran Bréguet, lettre à lettre, indique seulement des
ordres de service pour le lendemain. Rien ne parle de
Mlle Ophélie, rien ne renseigne sur Mme Minahouet.
L'employé fait le signal : « Compris », et s'en va. La
gare ferme. Les lumières s'éteignent derrière les carreaux
des salles d'attente. Les voitures des mareyeurs venues
pour chercher les caisses vides du poisson vendu à Paris,
démarrent au grand trot, emportent de la cour la clarté
de leurs falots. La nuit devient plus épaisse.

— M'est avis que ces femmes-là ici, elles doivent être
loin, depuis le temps qu'elles « taillent de la route ».

Ainsi Baluche, empruntant comme tout Kerahuel, ses
expressions au vocabulaire maritime, parle à des gens
qu'il ne voit pas, tant l'obscurité est profonde.

— Qu'est-ce qui lui demande son avis, à ce « faiseur
d'embarras »? Quel besoin, pour lui, de justifier les
appréhensions et d'aggraver les craintes. On se passe
de lui pour constater que Mme Minahouet et sa fille sont
parties « apparemment ». Il ne paiera pas ce qu'elles
doivent, n'est-ce pas ? Puis, à quoi bon s'inquiéter, bien
sûr, elles « reviendront demain, de retour ».

— Bikenne ! répond Baluche.

Et il a raison, cet agaçant Baluche avec son mot qui
signifie : « jamais dans l'avenir ». Le train du matin ne
les ramène pas ; ni le train du soir ; ni le train de l'autre
matin, et ni le train de l'autre soir. Les trains de tous
les horaires, pendant le reste de la semaine, ne les ramènent pas davantage. Point de Mme Minahouet, point
d'Ophélie. Point même de nouvelles. Le facteur, à l'hôtel
d'Orange, passe ponctuellement, escorté de son chien,
et distribue les correspondances, lettres, journaux,
papiers d'affaires, prospectus. Rien de Mme Minahouet.
Et on les connaît pourtant les lettres de Mme Minahouet.
Elle en a tant écrit sur du papier bleu à reflets d'argent,
pareil à un clair de lune ; elle en a tant mis sous enveloppes scellées avec le grand cachet dans la cire blanche
duquel les commissionnaires, en les portant à la poste,
lisaient et relisaient la devise où s'affirmait la vanité de la
statuaire : *Ante Deum mortuos resurgo.* « Avant Dieu je
ressuscite les morts. »

On interroge le facteur. Il regarde complaisamment
dans le sac de cuir qui lui pend à l'épaule. Il compulse,
une à une, les lettres bien classées et mises en ordre,
puis il conclut :

— Rien. « Nitra ».

« Nitra », l'expression de l'absolu néant, dans la lang... bretonne.

Au commencement du neuvième jour, les inquiétudes s'accroissent, les soupçons se précisent. Le bruit se répand que ces dames ont pu mourir ensemble dans leur chambre. On lit de ces récits étranges dans les journaux. Un suicide ! Allons donc ! Des femmes si gaies ! Est-ce qu'on sait jamais ? A tout hasard, si on regardait dans leur domicile ? Le brigadier de gendarmerie, consulté, conseille une descente. Rachimbourg, ceint de son écharpe et le cœur battant, vient surveiller la perquisition. Lui-même casse un carreau, passe le bras, tourne l'espagnolette. La fenêtre s'ouvre. On escalade. On entre. Lits pas défaits. Chambre vide. A terre une vieille paire de pantoufles, des boîtes à poudre de riz, un busc de corset, des épingles à cheveux, de vieux numéros de journaux.

— C'est tout ?
— C'est tout.

Et tandis qu'une clameur monte et que Mme Minahouet et sa fille sont traitées de « gueuses », une voix lamentable domine les imprécations :

— Pleure-Pain ! Pleure-Pain !

Elle vient de l'ara militaire offert comme lot à la tombola et oublié, dans un coin. Ses plumes rouges et bleues rebroussées jusqu'au cou, le ton dolent et le bec triste, il répète les mots qu'il a souvent entendu prononcer autour de lui :

— Pleure-Pain ! Pleure-Pain !

Qu'est-ce qu'il voulait dire avec son « Pleure-Pain », ce sale animal ? Et tandis qu'on s'approche, qu'on l'injurie et qu'on l'interroge, le perroquet défaille. Ses paupières s'abaissent sur ses yeux ronds ; ses griffes lâchent le bâton qu'elles entourent ; la chaînette qui retenait une de ses pattes se tend ; et, la secousse de la chute entraînant le perchoir, la tête en bas, il tombe sur le sol, mort, à côté de son auge vide. Depuis le départ de Mme Minahouet et de Mlle Ophélie, la nourriture lui manquait, et le premier il éprouvait l'effet de la charité de ces dames.

On jeta dehors le cadavre de Jacquot. Chien-de-Nous le flaira ; mais, par une espèce de respect pour une bête jadis de sa connaissance, Chien-de-Nous, pourtant bien affamé, ne lui donna pas un coup de dent.

Ainsi, cet oiseau crevé, c'était tout ce qui restait de

Mme Minahouet et de sa fille ! Allons, décidément, il
fallait se résoudre à les croire parties, et bien parties !
Comment ? Et leur malle ? Leur malle, on la découvre au
fond d'un débarras. Mais, par précaution, elles en possédaient deux. Laissant la plus délabrée, dans l'autre, elles
ont entassé toute leur garde-robe.

— Pas possible ?

— Puisqu'il ne reste rien.

Et l'autre malle ? Où est passée l'autre malle ? Baluche,
qui vient de chausser des savates abandonnées et tellement avachies par l'usage qu'elles s'ajustent à la pointure de ses orteils mal conformés, dont il souffre par
intervalles, et sur lesquels il compte pour être définitivement exonéré du service militaire, Baluche ricane et se
tait. Il sait bien ce qu'elle est devenue l'autre malle. Une
nuit, pieds nus pour ne pas faire de bruit, il l'a démé-
nagée ; et, par des chemins détournés, conduite sur une
brouette, non à la gare de Kerahuel, mais plus loin, en
avant, à la gare de Morguaz. C'est pourquoi Baluche
fume depuis ce temps-là du tabac qu'il n'a pas emprunté
et répète, en homme sûr de ce qu'il affirme :

— Parties. Je vous dis qu'elles sont parties !

CHAPITRE X

Parties ! et parties sans rien payer ! car Mme Minahouet et Mlle Ophélie doivent partout à Kerahuel ; à
Dieu et à diable. A leur propriétaire d'abord, lequel reçut
seulement cinquante francs d'avance sur les cinq cents
francs du loyer de sa maison. Le trésorier de la fabrique
n'a pas touché le montant des chaises et des prie-Dieu
que ces dames occupaient dévotement à l'église. La mercière réclame des aiguilles, des laines, des lacets, de la
passementerie livrés à condition. Le marchand de liquides,
fournisseur de rhum pour les grogs que Mlle Ophélie
et sa mère prenaient, entre elles, avant de se coucher
devant les litres vides qu'il retrouve dans la maison
abandonnée, rêve à sa facture que personne n'acquittera
jamais ; tandis que le pâtissier récapitule le nombre des
gâteaux que les deux « estrangères » mangeaient, et de
ceux qu'elles offraient aux enfants, faisant ainsi des générosités aux dépens de son commerce.

Au bazar, elles laissent en souffrance le prix de la location du jeu de crocket avec lequel Mlle Ophélie triomphait
sur la plage, et la caissière pointe tristement le détail
des chapeaux de paille, chaussures pour les bains de mer,
parasols, éventails, pliants, coquillages, dont la nacre
industrielle s'ornait du nom de Kerahuel inscrit à l'encre
bleue, en caractères de forme gothique, paniers à ouvrage
et nécessaires inutiles où le nom de Kerahuel, encore,
se lisait brodé en laine de couleur, sur le tissu de spar-
terie commune. Elle additionnait ainsi une note considérable qu'elle retardait de présenter parce qu'elle ju-

geait les clientes d'un crédit trop sûr pour rien exiger
d'elles avant la fin de la saison. Du reste, à cette époque,
la mémoire des achats se serait atténuée ou perdue, circonstance dont elle comptait se prévaloir pour augmenter,
à son gré, le nombre des articles livrés et grossir le
total des commandes.

Et le poisson, soles, bars, turbots ; et les crevettes, et
les langoustes que, chaque semaine, toujours choisissant
les plus belles pièces, à pleins colis postaux, la mère et
la fille envoyaient à leurs amis de Paris ? Le père Picherel, le mareyeur, les a expédiés sans précaution, confiant
qu'il était en la bonne mine des deux Minahouet. Marchandise et transport, il se trouve maintenant en déficit du tout. Mais comment ne pas croire à la solvabilité
de personnes qui, au moment de payer, montraient toujours un billet de cinq cents francs ? Jamais elles n'avaient
de monnaie, et la monnaie de billets si forts manquant
dans le petit négoce de Kerahuel, on leur disait : « C'est
bon, ça se retrouvera ; vous payerez tout ensemble », car
nul ne devinait que ce billet de cinq cents francs, à la
fois réel et illusoire, ne serait jamais changé ; et qu'il
s'exhibait seulement pour détourner les soupçons, inspirer la sécurité, favoriser l'escroquerie.

Les commerçants de Kerahuel accourent en foule à
l'hôtel d'Orange, afin de rentrer au moins en possession
des menus objets de leur étalage qu'ils ont vendus pour
servir de lots dans la tombola. Mais, Mme Minahouet,
sous prétexte de mettre ces curiosités à l'abri des voleurs
les a tous emportés, et l'argent de la loterie, avec eux.
« Vous croyez que ce n'est pas ici, beaucoup de peine
pour une seule journée ? » Chacun accuse son impré-
voyance. Pourtant, est-ce qu'on pouvait se douter ?

Ah ! on ne les y prendra plus à ne pas se défier de ces
« estrangers » qui « parlent beau » pour mieux duper le
pauvre monde. Et la haine naturelle de Kerahuel contre
les « hors venus » s'accroît, excitée par cette rapine qui,
de Mme Minahouet et de sa fille, s'étend et va déconsidérer les autres baigneurs. Tous sont convaincus maintenant d'être d'accord pour abuser les négociants de
Kerahuel et pour ruiner la petite industrie de la contrée.

La rapidité, le mystère aussi de ce départ imprévu,
déconcertent dans ce pays où tous les habitants se sur-
veillent les uns les autres dans leurs moindres démarches,
où les désœuvrés, par un espionnage permanent, épient

et commentent les arrivées et les départs, au chemin de
fer. Comment ces pièces-là ont-elles pu s'enfuir sans être
aperçues ? et, sans cesse, la même question se répète :

— Malartu ! Que sont-elles devenues ?

Charlescot le sait évidemment, lui qui ne quittait jamais Mlle Ophélie. Il a dû assister aux préparatifs, recevoir des confidences. Mais Charlescot affirme sincèrement
n'être pas mieux renseigné que quiconque. Il a tout
ignoré du projet, tout ignoré aussi de la mise en œuvre.
Ce qu'il n'ignore pas, par exemple, c'est que, au milieu
du désastre, il éprouve intimement une satisfaction infinie. Quel embarras pour lui, si Mlle Ophélie, moins
franche, l'avait pris au mot quand il parlait de mariage,
là-bas, à Saint-Coulm, sur le cercueil effondré ; et si, de
la pierre tombale, elle lui avait répondu comme dans les
livres : « J'accepte de devenir votre femme. Je vous sui-
vrai partout où vous voudrez bien me conduire. Voici ma
main, je vous autorise à la demander à ma mère. » Il
devrait, à présent, subir la honte, affronter le ridicule,
travailler à reprendre sa parole. Alors, il se sent fort
réjoui d'échapper tout seul à des aventures que ne soupçonnaient ni sa passion, ni sa naïveté. Les plaintes et les
récriminations soulevées de toutes parts ne l'émeuvent
en aucune manière. Placide et souriant parmi la catastrophe, c'est avec une gaie indifférence qu'il réplique à
toutes les questions :

— Moi, non. Je vous assure. Je ne sais rien, rien de
rien !

Sa belle humeur paraît prouver sa complicité. On croit
que, d'accord avec ces dames, il s'employa pour les aider
dans leur exode. Excepté Malbar et Laguépie, fort divertis
par un dénouement qu'ils avaient déterminé d'avance et
qu'ils admirent à la façon d'un beau résultat d'expérience,
dans un laboratoire, personne n'adresse plus la parole à
Charlescot. Maman Treudec, elle-même, malgré sa mansuétude ordinaire, accuse la conduite de ce « photogra-
phieur », la juge excessivement compromettante ; et,
quand elle s'en explique avec Mme Trénissan, émet l'avis
que, à tort ou à raison, M. Charlescot, devant les honnêtes gens, se trouve dans une assez vilaine posture.

Maman Treudec, elle aussi, d'ailleurs, ne manque pas
de motifs pour se désoler. A son tour, elle peut passer
par profits et pertes les deux mois de pension de ces
« morceaux » à l'hôtel d'Orange ; les suppléments dont

elles ne se sont jamais privées, à table; les eaux minérales
bues à flots pour défendre leur santé contre les
microbes redoutés dans les eaux de Kerahuel « plus
propres qu'elles à coup sûr »; les chartreuses qu'elles
se faisaient servir après tous les repas pour aider
à la digestion; et jusqu'à une bourriche d'huîtres complaisamment expédiée à Paris sur leurs ordres, pas
plus tard que l'avant-veille de leur disparition. Et tandis
que chacun évalue ses pertes personnelles, suppute le
chiffre de la déconfiture générale; tandis qu'on échange
des « qui est-ce qui aurait dit ça ma pauvre fille », qu'on
avertit le maire, qu'on réclame des poursuites et qu'on
s'empresse de porter plainte à la gendarmerie; maman
Treudec, que la calamité présente rappelle au souvenir
de misères anciennes, évoque des abus de confiance
analogues, et en femme qui s'y connaît, conclut :

— C'est comme les peintres !

Car les peintres, dans les temps lointains, quand s'inau-
gurait l'hôtel d'Orange, abusaient sans vergogne des
complaisances de maman Treudec. Affirmant que, par
leur clientèle, ils assuraient la notoriété de la maison,
nouvellement ouverte, ils se gorgeaient de viandes, exigeaient des bons vins, ne demandaient jamais la carte de
leurs dépenses, et rentraient à Paris, laissant pour tout
gage du montant de leurs longues bâfres, d'informes esquisses en couleur où, sous leurs pinceaux, la mer, le ciel,
les rochers des alentours, devenaient méconnaissables.

Ces esquisses, pendues aux murs, décoraient jadis la
salle à manger. Maman Treudec les admirait d'abord
parce qu'elle les tenait pour des chefs-d'œuvre d'une
inappréciable valeur. Mais les peintres partis sans solder
'urs notes, en vain, elle essayait de vendre ces barbouil-
lages dont les amateurs se détournaient avec dégoût. Lasse
à la longue, de contempler, matin et soir des études et
des ébauches lui rappelant cruellement combien elle
avait été dupée, elle se décidait à les reléguer au fond
d'une resserre où les rats les grignotaient, parmi les
objets de rebut.

Un artiste se disant anglais, celui-là, et dont le parasitisme était plus acharné que les autres, ne se résignait pas
à regagner sa patrie. Il tombait malade dans le lit où sa
paresse s'endettait depuis des années, et mourait tellement
insolvable que les Treudec apitoyés l'enterraient, à leurs
frais, au cimetière de Kerahuel. Pour se faire héberger

bien mieux et davantage, l'écornifleur avait laissé entendre qu'il épouserait la fille Tréheudec, laquelle, même
après son union avec le sieur Piezo, chaque jour des Trépassés, ne manquait pas de porter des fleurs sur la tombe
de son défunt promis.

Maman Treudec, d'âme autrement sévère, se souvenait
seulement des relevés de comptes non acquittés, des
sommes prêtées à fonds perdus, des tableaux d'où se reculaient les acheteurs, du décès si encombrant, de la
chambre difficile à désinfecter après les funérailles; et
lorsque, malgré ses précautions des écumeurs de tables
d'hôte et des pique-assiette la grugeaient à nouveau,
pour stigmatiser la grivèlerie de cette clientèle dépourvue
d'argent, dépourvue surtout de la volonté de payer, elle
s'écriait avec mépris :

— C'est comme les peintres !

Suivant l'expression du pays : « Sans que » le groupe
« Echange de bons procédés » trop lourd dans son marbre
blanc et noir pour se déménager aisément, était resté
sur la cheminée de la salle à manger commune à l'hôtel
d'Orange, maman Treudec, elle aussi, n'aurait pas de
garantie. Mais ce gage envié devient bientôt chimérique
et disparaît. Le père Calvar, le camionneur du chemin de
fer, se présente, pauvre homme complaisant et désolé. Le
morceau de sculpture, naturellement point sculpté par
Mme Minahouet, avait été envoyé, contre remboursement, par une maison de Paris. Ces dames, bien entendu,
ors de l'arrivée du colis, manquaient de monnaie, cette
fois-là plus que toutes les autres. Elles déplièrent encore
leur billet de cinq cents francs; et le camionneur, déférent
et crédule, ne crut rien risquer en avançant, avec le prix
de l'objet, le prix du transport de la caisse en grande vitesse. Il établit sa bonne foi, exhibe les reçus de la gare,
le voilà frustré de soixante-dix-sept francs quatre-vingt-
cinq centimes; et il étale des papiers que maculent ses
doigts salis au suintement des barriques, écorchés par les
clous des emballages.

Quelqu'un émet l'avis que la sculpture lui appartient
par cette raison qu'il l'a payée. Il devient de toute équité
qu'il en prenne possession. Maman Treudec, femme
compatissante, consent à se dessaisir de son nantisse-
ment, et Baluche, dans la salle à manger, va chercher
« Echange de bons procédés », l'apporte sur la terrasse.

Le camionneur regarde la statuette, ne comprend rien
à ce qui se passe entre cet enfant blanc et cet enfant noir.
Il ne connaît, en fait de statues, que les statues des saints
que, depuis son enfance, il voit dans des niches, à l'église,
le dimanche, pendant la messe ; et, tout déconcerté, avec
un geste de dédain, il murmure :

— Qu'est-ce que vous voulez que je fasse de ces deux
marmous-là ?

Et « marmous » est un terme de haut mépris signifiant,
en breton, ou « singe », ou bien « morveux ».

Tout le monde l'estime dans le pays, le père Calvar,
pour sa vaillance à l'ouvrage et sa commisération envers
sa femme qui boit et qui le trompe autant qu'elle s'eni-
vre. Lui seul suffit à l'entretien d'enfants qu'il accepte
quoique ne venant pas de lui et qu'il élève tendrement en
affectant de les tenir pour siens. Il est discret. Il n'ose pas
avouer quelle grosse perte il fait en ne récupérant pas son
argent, et qu'il ne se soucie pas de posséder ce groupe
ridicule que jamais, au grand jamais, il ne pourra reven-
dre. Une fois de plus, sous sa casquette, il baisse sa tête
humiliée par la misère et la fatalité. Laguépie et Malbar
se consultent tout bas et se mettent d'accord pour l'indemniser, quand Baluche entre, portant une carte sur
un plateau : Mlle Mariette sollicite l'honneur d'être reçue
par Mme Trénissan.

La réunion de leurs deux noms sur le programme du
concert les égalisait un instant, mettait la chanteuse de
hasard de plain-pied avec la cantatrice de renom.
Mme Trénissan sait subir poliment les promiscuités résultant des complaisances consenties au mauvais art ;
elle fait prier Mlle Mariette de vouloir bien venir la
trouver, et Mlle Mariette apparaît, très digne. Elle ne ressemble plus à la Mariette de l'autre soir, chantant des
chansons sous les lanternes vénitiennes et secouant son
soulier de satin devant les artilleurs. Elle porte une robe
de visite ; noire, simple jusqu'à l'excès, et son air est celui
d'une bourgeoise cossue que rien ne fait remarquer sinon
sa recherche de modestie et d'élégance.

En termes qu'elle s'étudie à choisir, elle s'excuse de sa
démarche. Mais elle veut prévenir Mme Trénissan. Renseignements pris, à Paris, le baryton Niktar ne doit pas
venir. Comment viendrait-il, d'ailleurs ? Jamais il ne fut
sollicité ; et la Minahouet abusant ainsi sans vergogne du
nom et du cœur de l'artiste, Mariette en concluait qu'il

« devait y avoir là-dessous quelque mistoufle », car elle
n'arrivait pas à mettre dans ses discours autant de correction que dans sa toilette. Mme Minahouet lui paraissait « une rien qui vaille », et, pour sa part, elle refusait
désormais de prêter le concours qu'elle avait aveuglément promis. Elle conseillait à Mme Trénissan d'imiter
sa dignité et son abstention.

— C'est pour vous, ce que je vous en dis. Puis elle
affirma que « dans leur métier » il ne fallait pas « se
laisser mettre dedans ».

Mme Trénissan apprécie la délicatesse de la démarche
et accepte la familiarité des propos. Mlle Mariette, au
demeurant, ne s'inquiétait pas sans raison. A son tour,
Mme Trénissan la renseigne. Plus de concert, puisque
Mme Minahouet, subrepticement, a quitté Kerahuel.

— Et l'argent? demanda Mariette pensant aux pièces
d'or tombées dans son soulier.

— L'argent! Il a pris la même route que Mme Minahouet.

— Quand je vous disais d'ouvrir l'œil, et le bon !

— Non seulement la statuaire a volé l'argent du concert, mais Kerahuel, derrière elle, demeure lamentable et
plein de ses dettes. Jusqu'à ce pauvre homme !

Elle indique le camionneur, et, le camionneur montrant
à côté de la lettre de voiture, le marbre en deux couleurs
répète :

— Pourquoi voulez-vous que je paie soixante-dix-sept
francs ces deux marmous-là !

Mariette crut voir un domino. Elle eut envie de dire :
« Tiens, le six-blanc ! » Mais l'air éploré du père Calvar
l'arrêtant dans sa plaisanterie, elle s'apitoya :

— Soixante-dix-sept francs, vous dites ?

— Quatre-vingt-cinq centimes.

— Mais, mon pauvre vieux, ce n'est pas la mort d'un
homme.

Et tirant de son corsage un petit portefeuille tout parfumé de l'odeur de sa chair :

— Tenez.

Elle lui tendit un billet de banque de cent francs.

C'était au tour du camionneur de ne pas avoir de monnaie. Il proposa d'aller en chercher.

— Pas la peine. Gardez tout, mon brave homme.

Le père Calvar, ahuri, regardait le billet, la dame, ne
pouvant croire à tant de fortune, et se taisait, ne trou-

vant pas de mots pour exprimer l'immensité de sa reconnaissance.

Mariette salua Mme Trénissan.

— Madame.

Elle salua aussi Laguépie et Malbar que, par délicatesse, elle fit semblant de ne pas connaître.

— Messieurs.

Et dignement, comme elle était venue, elle s'éloigna.

Le camionneur courut derrière elle :

— Madame, madame ! Vous ne l'emportez pas ?

— Quoi donc ?

— Le machin. Il est à vous maintenant, puisque vous me l'avez acheté.

Mariette ne voulut pas désobliger le pauvre diable en ayant l'air de n'attacher aucune valeur à l'objet qu'elle avait payé.

— Si ça vous fait plaisir.

— Attendez ! Je vais le porter jusqu'à votre voiture.

Pendant que le coupé emmenait Mariette tête à tête avec le groupe « Echange de bons procédés », mal d'aplomb, devant elle, sur le strapontin, et qu'elle soutenait de la main pour le garantir des heurts et des cahots au long de la route mal entretenue, le père Calvar, dans le village, allait répandre le bruit de son aubaine, et de porte en porte célébrer la générosité de cette dame Mariette, la meilleure, à son avis, qui « eût, jusqu'ici, mangé du pain, sous le soleil ».

Pas de concert ! au moment où Mme Toczinska la pianiste commençait à se reconnaître parmi les pâtés d'encre rouge que, dans son travail de transposition, elle mettait scrupuleusement en regard des notes de la « Romance de l'Etoile » ! Pas de concert ! Personne cependant ne peut convaincre M. Sibilinski le clarinettiste, tant il s'est accoutumé à de semblables contre-temps. Sur combien de programmes son nom n'a-t-il pas figuré, programmes qui, toujours désorganisés par des aventures diverses, s'exécutaient ensuite avec d'autant plus de succès qu'on ne comptait plus sur leurs promesses ? Or, sans inquiétude, il continuait d'étudier le « Larghetto » de Mozart, larghetto que, cependant, il connaissait par cœur.

Pas de concert ! Mme Vincent Trois, à son tour, se désole de ne pouvoir mettre la robe de soie rouge

qu'elle préfère entre toutes ses toilettes, parce qu'elle la
voit, cette couleur-là, tandis que toutes les autres semblent grises et ternes à sa rétine malade. Charlescot remet
dans la boîte l'appareil à projections ; et, avec le respect
dont il entoure tous les instruments photographiques, la
porte lui-même à la gare pour la réexpédier vers Nancy,
cependant que M. Nicous rend au chef de cuisine la casaque inutile que ne doit plus endosser Lulli.

Il désespère de tout, maintenant, M. Nicous. Passe
encore que l'art amène des déceptions : il s'y attendait.
Il s'était préparé à supporter la sévérité des critiques,
l'envie des rivaux, car l'excès des dénigrements redou-
blerait sa confiance en sa valeur ! Mais ne pas pouvoir se
produire ! Manquer de public, écrire pour soi, comme un
prisonnier dans un cachot ! Vivre sans autre spectateur,
sans autre admirateur que soi-même ! Il se comparait à
Beethoven, lequel étant sourd, n'entendit jamais ses
œuvres les plus sublimes ; et par l'infirmité, au moins il
se flattait de lui ressembler.

Son découragement devenait si grand que, par bou-
tade, il rêvait d'abandonner la littérature. Jamais plus il
n'entreprendrait de travaux artistiques ! Il s'abaisserait
désormais à son métier de chef de bureau, et pour décidément se venger de ce lyrisme qui lui causait tant de
déboires, il l'avilirait par la plate rédaction de mémoires
administratifs, ne chercherait plus d'avancement que
dans un « Tableau comparé de la désinfection dans les
abattoirs de toutes les puissances de l'Europe ». Bien plus,
il s'efforcerait de perfectionner la mise en marche et le
tuyautage de « la Nicous », puisque la pompe antisep-
tique, maintenant, pouvait seule assurer de la célébrité à
son nom ! En attendant. Pauline n'est pas dispensée de
répéter «Lulli », mais sans costume, sans mise en scène ;
et M. Nicous entend son œuvre comme une rapsodie
lointaine et chimérique, au milieu de l'hallucination d'un
mauvais rêve.

Non, décidément, le concert ne « crochait » pas suivant les illusions du pilote. Et, cependant, dès le soleil
couché, quittant les murs du cimetière, l'observatoire de
toute sa vie, Yvor, fort empressé, venait s'enquérir à
l'hôtel d'Orange, si « cette aimable dame et son aimable
fille » n'étaient pas « venues de retour ». La musique et
la littérature ne le touchaient guère ; il ne s'affligeait
point de leur suppression, mais il se résignait mal à ne

point toucher l'argent ramassé par les « baladins », argent avec lequel il comptait acheter le *Je M'en Moque*.

— Votre argent, elles l'ont « envoyé avec elles » comme le reste ; et elles savent où elles sont, et nous, ne le savons pas.

Yvor s'obstine à émettre des doutes, à répondre que ce n'est pas raisonnable de le laisser ainsi, « à la traîne », sans son bateau ; qu'il a besoin de son bateau, que son bateau ne doit pas appartenir à sa fille, et qu'on ne peut manquer de lui donner de quoi racheter son bateau. Son égoïsme têtu ne s'inquiète pas des afflictions d'autrui ; et, comme dans la grande lamentation de Kerahuel, il pleure uniquement sur sa misère personnelle, maman Treudec, exaspérée lui crie :

— Vous nous « usez » avec votre bateau ! On dirait vraiment qu'il n'y a ici de malheur que « avec vous ». Vous êtes donc sourd ! Quand on vous répète que nous sommes volés !

Volés ! Le pilote a reçu bien des grains dans sa vie, mais pas de la force de celui-là.

Maman Treudec reprit :

— Oui, volés. Là, tous. Vous comme les autres.

Yvor la regarde.

— Comprenez-vous à la fin ! ·

Oui, Yvor comprend. Ses yeux verts paraissant avoir pris la couleur des vagues qu'ils contemplent sans cesse, se troublent, deviennent gris ainsi que la mer à la veille d'une tempête. Pour se donner une contenance, il tire sa chique de sa casquette, la met dans sa bouche ; et, tout en mâchant le morceau de tabac, s'en va rêveusement sans rien dire.

Dans sa mauvaise humeur, maman Treudec n'a rien exagéré : tous à Kerahuel sont vraiment les « Pleure-Pain » de la tombola et du concert, tous, même la commune. Et, le lendemain, Yvor, aperçoit Rachimbourg donnant des ordre au garde champêtre pour faire enlever, sur la plage, les écriteaux portant l'inscription « Villa Ophélie », et les remplacer par d'autres sur lesquels on lira comme jadis : « Terrains à vendre ». Car Rachimbourg tient de Mme Minahouet un avis qu'il n'a pas pu se dispenser de communiquer aux membres du conseil municipal. Il en résultait que le maire se trouvait dans un inextricable embarras.

En effet, d'un endroit indéterminé, par une lettre mise à la boîte d'un bureau ambulant et sur le timbre de laquelle on lisait la Brohinière à Rennes, Mme Minahouet avertissait Rachimbourg qu'elle renonçait à tous ses droits sur le terrain acquis par elle, au long de la falaise de Kerahuel, devant la mer. Elle ne méconnaissait pas qu'elle pouvait être judiciairement contrainte d'entrer en possession ; en même temps, non sans ironie, elle conseillait à la commune de ne pas faire de dépense en papier timbré, et de ne pas engager un procès dont le gain demeurerait inutile, attendu qu'elle s'avouait insolvable : toute la fortune dont elle vivait appartenant à Mlle Ophélie, sa fille, laquelle, comme on pouvait le constater, n'avait pas signé l'acte de vente.

Or, pour ne pas obliger la massive Mme Minahouet à se déranger de son fauteuil, Rachimbourg, très galant, avait accepté de porter lui-même le contrat d'acquisition au bureau d'enregistrement de la sous-préfecture où devait légalement s'opérer la transcription. Le fisc, certain que Mme Minahouet ne possédait rien de saisissable, pour ne rien perdre, réclamait avec énergie les droits de mutation et de transfert à M. Rachimbourg agissant en qualité de magistrat municipal, et comme tel, lui ayant apporté le marché. Il s'ensuivait que Kerahuel, pour un terrain non vendu, devenait responsable d'une somme de douze cents francs, sans compter les doubles décimes. La dette du pays s'en aggravait d'autant.

Rachimbourg excipait de sa bonne foi. Le receveur, dont les appointements s'accroissaient en raison de l'augmentation des produits de son bureau, citait la loi, ouvrait les règlements, secouait la poussière des circulaires, prétendait, en outre, toucher douze autres cents francs, prix de la nouvelle mutation en vertu de quoi, la « Villa Ophélie », de propriété particulière, redevenait propriété communale ; en résumé, ne voulait rien entendre. D'où, la sage administration de Rachimbourg se contestait vivement devant les comptoirs des débits de boissons ; et, la somme à payer, grossissant à mesure dans les conciliabules et les imaginations des femmes, sous le porche de l'église, à la sortie de la messe, prenait des proportions fantastiques, atteignait dix mille francs.

M. Garnafe critiquait à voix haute les « agissements » de M. le Maire. Il arrêtait les gens au passage pour les informer des « dilapidations » de M. Rachimbourg, et la

découverte d'un adultère à dénoncer ne lui eût certes
pas causé une satisfaction plus complète que la satisfaction qu'il éprouvait en publiant les « prévarications du
premier magistrat ». Au nom de l'intérêt général, il
exerçait ainsi des représailles individuelles, et se vengeait de
la rigueur avec laquelle Rachimbourg défendant devant
les tribunaux les droits de la commune, par jugement,
avait contraint Garnafe à ne plus accéder par la plage
aux terrains possédés par lui, dans le vieux cimetière.

Un soir, sur la terrasse de l'hôtel d'Orange, après
maintes insinuations qui se perdaient dans le bruit des
valses jouées en duo par Mme Toczinska, sur le piano,
et M. Sibilinski, sur la clarinette, M. Garnafe osa, directement, s'adresser à M. Rachimbourg.

— Eh bien, pour un homme comptable des deniers
publics, il se permettait de belles incartades !

— Je ne dois des comptes qu'au Conseil municipal,
répondit Rachimbourg.

Garnafe étant électeur à Kerahuel, le nommait, lui le
Conseil municipal. A ce titre, il exigeait des explications.

— Ça ne vous regarde pas.

— Pardon, le mandataire doit... Et M. Garnafe citait la
« Déclaration des Droits de l'homme ».

— Vous connaissez mieux les Droits de la Femme !

Rachimbourg s'énervait. Se sentant dans son tort, il
perdait son sang-froid, mêlait rageusement les affaires
privées aux affaires publiques.

— Plaît-il ? Répétez donc ?

— Je dis que au lieu de vous inquiéter de ce qui se
passe au Conseil municipal vous feriez mieux de vous
occuper de ce qui se passe chez vous.

— Chez moi ?

— Oui ! sous votre nez.

L'allusion aux débordements légendaires et consentis
de la femme du marchand d'ornements d'église devenait
manifeste. Garnafe la releva fièrement.

— Puisque vous parlez d'inconduite, monsieur, chez
moi, du moins, on ne se promène pas le soir, sur la falaise, en compagnie de Mlle Ophélie.

Et il indiqua très clairement que Rachimbourg, « pour
faciliter ses débauches », n'avait pas hésité à grever le
budget communal.

— Vous vous êtes arrangé pour nous faire payer à la
place de cette aventurière et de cette donzelle.

Rachimbourg protestait :

— Calomnie.

— Mensonge.

— Vous êtes un impudent.

— Vous en êtes un autre.

— Vous ne le direz pas deux fois.

Et Rachimbourg frappe Garnafe au visage d'un revers de main si retentissant que, là-bas, à l'autre bout de la terrasse, les musiciens se taisent, stupéfaits. Laguépie et Malbar accoururent, M. Hestoudeau s'interpose.

— Messieurs, voyons, messieurs.

Un autre que M. Garnafe demanderait sur-le-champ une réparation par les armes, c'est l'avis de M. Nicous qui s'empresse et s'offre comme second. De cette façon au moins, par le procès-verbal de la rencontre, il lirait son nom imprimé dans les journaux. Mais Garnafe songe que l'évêque du diocèse, hostile au divorce, liturgiquement aussi, se montrera opposé au duel. Son commerce qu'il a protégé jadis en n'enfreignant pas les commandements de l'Église, il risque de le compromettre, si pour le même honneur aujourd'hui, il enfreint les commandements de Dieu ; et il se contente de dire :

— Heureusement qu'il y a des témoins. C'est bon, nous nous reverrons, monsieur !

La joue rouge, il s'éloigne en parlant de police correctionnelle, et médite de fortes attaques contre Rachimbourg, par des affiches, quand viendra l'époque des élections.

Malbar conseille à Rachimbourg de payer lui-même les droits afférents au terrain délaissé par Mme Minahouet. Laguépie insiste. M. Nicous, dans sa mémoire d'employé, cherche des « précédents » et s'avoue sans solution devant la nouveauté d'un pareil litige. M. Hestoudeau, à son tour, intervient :

— De cette façon, Rachimbourg, vous feriez taire les criailleries.

Mais Rachimbourg se refuse à toute conciliation.

— Moi ? Payer ? Si j'ai le malheur de paraître faible, les polémiques deviendront plus ardentes. Vous ne connaissez pas les cœurs de ce pays. Si vous les croyez sensibles à une délicatesse quelconque !

Par la violence du soufflet qu'il a donné à Garnafe, sa bague d'or est entré dans la chair de son doigt annulaire, et, tout en se frottant la main, il continue :

— Garnafe ambitionne ma place de maire. Mais qu'il la prenne, qu'il la prenne donc ! Pour l'agrément qu'il y trouvera ! Qu'il se la mette donc au ventre, mon écharpe, je ne demande pas mieux que de lui en faire cadeau, car je commence à m'en dégoûter profondément de leur mairie et de leur plage.

Et il parle de donner sa démission, se réserve de l'envoyer au Préfet, à la première occasion, quand on s'y attendra le moins.

Le dépit sèche sa gorge, étrangle sa voix. Comme il a soif, il commande des grogs, pour tout le monde. Dans la nuit qui tombe autour de la table, chacun se tait pour ne pas aggraver le ressentiment de Rachimbourg, et hume lentement la boisson, au bout de la paille qui trempe dans le verre plein. Sur le quai, une noce passe : hommes et femmes chantent en chœur :

> Revenez ma blonde,
> Revenez bien tendrement,
> Car vous plaisez à tout le monde.

Un accordéon les accompagne, hoquetant comme un homme ivre, et soufflant du râle plus que de la musique. Un phare, au loin, de sa lueur vacillante, perce à peine les ténèbres d'une atmosphère chargée de tempête et et d'angoisse. Un air lourd pèse sur la mer. Orageuse à l'égal des nuages qui s'accumulent au-dessus d'elle, elle déferle en flots sombres qu'illumine à la crête un flamboiement de phosphore ; et quand elle se retire, elle laisse, au milieu du sable et de la nuit du rivage, le scintillement épars d'innombrables étincelles.

Déprimés par la température, la sueur au front, l'oppression à la poitrine, Laguépie et Malbar, sans rien dire, regardent s'allumer et s'éteindre ces constellations à ras de terre, errantes et fugaces sous le ciel sans étoiles.

Tout à coup, la Mal-Commode arrive et s'adressant à Laguépie :

— Venez vite, le pilote vient de tuer sa fille !

Ses cheveux blancs, dénoués par la course, flottent autour de sa tête de mégère ; et son affolement ne paraît point factice. Mais comme elle vit au milieu d'une invariable ivresse, et que, dans son délire alcoolique, elle imagine quotidiennement et met en circulation les nouvelles les plus désordonnées, Laguépie sourit et répond :

— Qu'est-ce que vous me chantez-là, la mère ? Vous êtes donc déjà saoûle, d'avance, pour demain ?

Non ! La Mal-Commode, par hasard, a gardé tout son bon sens, et, sans tituber, elle répète :

— Je vous dis que le pilote vient de tuer sa fille.

— Laguépie connaît les extraordinaires proportions d'exagération et de mensonge que les accidents les plus simples prennent dans l'esprit des gens de Kerahuel. D'après les « on dit », tout malade passe pour perdu, tout blessé est considéré comme agonisant, un homme évanoui devient immédiatement un homme mort. Que de fois ne l'a-t-on pas dérangé pour de prétendus moribonds qui se sont levés à son approche en refusant de se laisser soigner. Aussi, il ne bouge pas et continue à boire son greg.

Mais Charlescot survient qui répète à son tour :

— Le pilote vient de tuer sa fille !

— Voyons, dit Malbar, qu'est-ce que c'est que cette plaisanterie ? Je croyais au contraire que c'était sa fille qui devait le tuer.

Les rôles sont changés, puisque Charlescot, en revenant de mettre une lettre à la boîte de la gare, a vu une femme tombée et hurlante sur le petit mur qui sépare de la route la maison du pilote. Elle saignait. D'où ? On ne savait pas, et des promeneurs qui passaient l'avaient portée dans la maison, mise sur un lit.

— Allons voir, docteur, dit Rachimbourg, c'est peut-être sérieux.

— Quand je vous disais ! répliqua la Mal-Commode.

Et tutoyant le docteur à la façon de ses compatriotes, qui, lors de leurs émotions, perdent immédiatement toute apparence de politesse, dans le langage :

— Allons ! debout !

Le t de debout, en sa bouche édentée, sonne autoritairement, comme un commandement de marine.

— Debout ! Quand on a besoin de toi, tu pourrais bien te déranger, puisque tu es là pour ça !

Laguépie hausse les épaules devant l'insolence. Il se lève. Nicous, M. Rachimbourg, M. Hestoudeau, Chien-de-Nous aussi, le suivent ; cependant que Malbar, près de maman Treudec, rejoint Mme Trénissan épouvantée. Elle veut partir. Il lui offre le bras. Ensemble ils se mettent en route vers Ty Loïc.

Au loin, les éclairs d'un orage qu'on n'entend pas

fulgurent à l'horizon. Sous le déchirement des nuées et
l'éblouissement des lueurs électriques, au-dessus de la
mer miroitante, de ci, de là, on aperçoit un instant des
bouées, des têtes de roche, des bancs de sable, des îlots.
Soudain, ils rentrent dans les ténèbres, et les yeux s'écar-
quillent à regarder les brusques mouvements de lumières
et d'ombres, montrant et cachant tour à tour la noce,
qui, là-bas, se promène le long du port. Mêlée aux
refrains des chansons et aux sanglots de l'accordéon,
une clameur confuse monte, la clameur de lamentation
que pousse le public des catastrophes ; et, parmi le tumulte,
un cri se distingue, plane sur Kerahuel :

— A l'assassin !

Le mot d'assassin bouleverse Mme Trénissan. Elle a
peur, elle se sent des remords. Pourquoi, en contribuant
à organiser ce fallacieux concert, a-t-elle déterminé chez
le pilote un dépit et une colère, qui, sans doute, l'ont
exaspéré et poussé jusqu'au crime ? Elle n'ose pas rentrer chez elle. Elle redoute cette maison isolée, cette
chambre solitaire où, dans le craquement nocturne des
meubles, elle craint de reconnaître la plainte de la victime ; elle a peur de voir l'image de l'assassinée apparaître ainsi qu'un fantôme au fond de la mystérieuse
lumière que le jour en mourant laisse au tain des vieilles
glaces. Pendant longtemps, allant et venant sur la falaise
constellée de vers luisants qui continuent, sur la terre,
la phosphorescence de l'Océan, au bras de Malbar, elle
écoute avec terreur les bruits épars des rues de Kerahuel ; et le petit cri des crapauds, dans les champs,
autour d'elle, lui semble le gémissement humain de la
blessée en agonie. Maintenant, pour être plus tranquille,
elle veut savoir ce qui est arrivé. Alors, par les chemins
tortus où les vers luisants étincellent plus fort à l'ombre
des murs de pierre, avec Malbar, elle rentre dans le village, se mêle aux groupes de femmes discutant autour
de la maison du pilote.

Astérie en sortait, suivie d'un ecclésiastique, tête nue,
une écharpe blanche au dos, et la main droite posée sur
la pale d'un ciboire qu'il portait avec précaution, de la
main gauche. Rageusement elle montre le poing à
Laguépie entrevu un instant dans l'encadrement de la
porte ; et, la porte fermée derrière elle, déblatère contre
le docteur, prend tout le monde à témoin de son expulsion.

— Vous voyez, hein ? comme il me traite. Et si vous saviez les horreurs qu'il m'a dites, mes pauvres filles !

Elle avait amené un prêtre qui, avant tout pansement, prétendait administrer la blessée. Laguépie, craignant une hémorrhagie interne, curieux surtout « d'y voir clair », s'est indigné d'une cérémonie de mort capable de troubler jusqu'au tétanos les nerfs de la malade. Donc il a poussé Astérie dehors et, plus poliment, il a prié le curé de s'en aller avec elle.

Mais il me le paiera, le cochon ! vocifère Astérie.

Le curé, discrètement, emporte le Saint-Viatique loin des injures de la farouche dévote. Mais Astérie demeure, et par ses récriminations, soulève les colères contre ce docteur se flattant de mieux guérir, avec la science, que la religion, avec les prières. Toutes les femmes de Kerahuel sont d'accord, à présent que, si la fille du pilote meurt, le coup de couteau reçu de son père l'aura moins tuée que la mécréante médication de Laguépie.

Et les questions redoublent autour d'Astérie, bourdonnent et se confondent aux oreilles de Malbar et de Mme Trénissan. Que s'est-il passé ? Pourquoi le pilote Yvor a-t-il frappé sa fille ? Rachimbourg, en qualité de maire, interroge, commence une enquête. Les deux promeneurs, hommes mariés, venus à Kerahuel avec d'autres femmes que leurs épouses, regrettaient leur intervention. Ils ne se souciaient pas de déposer en cour d'assises, témoignage d'où ils prévoyaient des explications difficiles à fournir, dans leurs familles.

Par précaution, ils déclinèrent préalablement de faux noms, de fausses qualités, et déclarèrent avoir ramassé une femme ensanglantée ; là se bornaient leurs renseignements. Les voisines, fort animées, donnaient chacune sa version, et, sans recherche de vérité, la développaient selon leurs sympathies ou leurs rancunes.

Les unes accusaient le pilote. Malgré son âge, il entretenaient des maîtresses, ne donnait jamais un sou à sa fille et la rouait quotidiennement de coups quand elle lui demandait de l'argent ou quand elle lui reprochait ses débauches. Les autres tenaient Yvor pour un martyr domestique. Il ne refusait rien à sa fille, une ivrognesse, pis encore, qui humiliait son père au point de ne pas l'admettre à la table où, jour et nuit, elle traitait toutes sortes de galants d'occasion. Elle le forçait à manger sa

22.

soupe à l'écart, assis sur une marche d'escalier, le menaçait sans cesse et le battait par surcroît.

— Et puis après ? profère la Mal-Commode. Quand
une fille n'a pas ou trois enfants et qu'elle n'en a pas tué
deux, on n'a pas le droit de mal parler d'elle !

Devant l'incertitude de ces affirmations violentes et
contradictoires, M. Hestoudeau était ébranlé dans la
confiance que lui inspiraient les preuves dites historiques, toutes assurément suspectes et contestables comme
les opinions recueillies par Rachimbourg. Malgré le
caractère officiel des actes de l'état civil qu'il avait consultés, il commençait à douter de l'acte d'héroïsme accompli en 1693 par Brindamour, sergent à la compagnie
de Vendôme, et cette belle conduite ne lui paraissait pas
beaucoup plus sûre que la culpabilité du pilote.

Un seul point demeurait hors de litige : à savoir que,
dans la maison d'Yvor, des querelles fréquentes éclataient et que la question du bateau, toujours, y provoquait des colères. Sans argent pour racheter le *Je
M'en Moque*, réduit à ne plus compter sur la recette du
concert organisé par Mme Minahouet, peut-être, le
pilote, en supprimant sa fille, avait-il prémédité de supprimer sa créancière, et de s'assurer ainsi la propriété
définitive de l'embarcation. La fille, au contraire, s'était-
elle acharnée contre son père en l'accusant d'avoir gardé
pour lui la somme d'aumônes que cependant il n'avait
pas touchée ? On s'expliquait alors la colère du bonhomme.
Injurié, soufflété peut-être, il ripostait comme il pouvait. A ce moment, il coupait son pain et le trempait,
morceau par morceau, dans du lait caillé. On concevait donc que, son couteau à la main, malgré lui, il avait
frappé au hasard, sans réflexion, dans un mouvement de
défense et de colère.

Epouvanté ensuite, il s'était enfui par la porte du jardin
ouvrant sur la campagne, du côté de la falaise. On releva
les traces de ses pas, sur le sable, pendant quelques
mètres. Un petit mur se levait ensuite, et la piste se perdait, derrière, au long d'un champ en friche, entre des
chardons au milieu desquels, à la lueur des allumettes,
on ne distinguait plus rien.

Rachimbourg, au bas de la table, avait ramassé « l'instrument du meurtre », comme il disait en montrant la
lame ensanglantée, et s'en remettait aux perspicacités du
parquet prévenu par exprès pour déterminer les mobiles

d'un crime que les femmes, avec leurs considérations, contribuaient à rendre de plus en plus mystérieux. Dans leurs propos maintenant, Yvor passait pour l'amant de sa fille ; sa violence venait de sa jalousie. Toutes, expriment leur opinion à la fois, braillent comme au marché, s'interpellent comme sur un champ de foire, ne pensent plus qu'une femme est là, dans son lit, une femme qui souffre et qui a besoin de silence et de repos ; et leurs voix retentissantes par l'habitude qu'elles ont prise de crier pour se faire entendre quand elles causent sur la côte, au milieu du fracas de la mer et du vent, assourdissent le docteur jusque dans la maison d'Yvor, où son ombre, à la lueur d'une lampe, va, vient, se penche, se relève et met, sur les murs blancs, de gigantesques gestes noirs.

Tout à coup la porte s'ouvre : Laguépie apparaît en bras de chemise.

— Voulez-vous bien vous taire, tas de pies !

Dans son impatience, il envoie un coup de pied à Chien-de-Nous qui, d'un air gourmet, au milieu des conversations, lèche çà et là, les gouttes de sang tombées sur le sol. Le chien hurle de surprise. Laguépie aperçoit M. Hestoudeau.

— Vite ! Chez moi ! Chez vous ! où vous voudrez. Du linge, des bandes, une cuvette ! Il n'y a rien, ici. J'ai été obligé d'improviser un tampon avec mon mouchoir pour le premier pansement ! De la vraie chirurgie de champ de bataille !

M. Hestoudeau s'empresse et Mme Trénissan demande :

— C'est grave, docteur ?

— Plaie au flanc ! Si au moins elle ne « me fait pas de péritonite » à la rigueur elle peut s'en tirer.

Et M. Nicous, chef de bureau de la désinfection, se dit d'accord avec Laguépie sur la nécessité des précautions antiseptiques.

— Alors, elle vit ? questionne à nouveau Mme Trénissan.

— Oui, pour le moment.

L'orage se rapproche ; les vitres des maisons tremblent dans leur mastic, secouées par le grondement du tonnerre. De larges gouttes d'eau tombent, crépitent sur les toits comme une chute de balles ; à la lueur des éclairs s'écrasent, de place en place, sur le sable. Et Mme Trénissan, sous son parapluie, se serrant contre Malbar, va se coucher, heureuse de savoir que la mort n'est pas dans l'air autour d'elle, ce soir, à Kerahuel.

— Nicous, je vous en prie, faites donc reculer tout ce monde qui bavarde et me gêne, commande encore Laguépie.

Pourtant, au milieu d'un coup de vent soulevant tout à coup une aveuglante poussière, une vieille femme se détache de la foule, prétend entrer quand même.

C'est la tante. Elle porte l'antique coiffe du pays descendant jusqu'au milieu du dos à la façon d'une pèlerine. La peau de sa figure est gercée par le soleil comme le crépi d'un vieux mur, et ses yeux semblent sans regards tant ils ont été éteints par les misères qu'elle a pleurées depuis quatre-vingts ans.

— Venez alors, vous, si vous êtes de la famille. Mais ne parlez pas à la malade. Pas un mot. Elle non plus, il ne faut pas qu'elle parle. Autrement je ne réponds de rien.

Autour d'eux, la lampe éclaire une chambre d'aspect misérable. Le pilote ne passe pas pour pauvre, cependant! Mais le lit sans autre matelas qu'un tas de varech moins remué par la fourche que la litière de la vache; les draps remplacés par un rideau déchiré, l'armoire vide de linge, la blessée même sans chemise donnent raison à ceux-là qui accusent la fille de vendre pour boire jusqu'aux plus humbles guenilles de la maison. Dans cet intérieur dévasté, Laguépie ne trouvera pas tous les commodes objets de pansement dont il a pris l'habitude dans les hôpitaux, à Paris. Il y supplée, comme il peut, et se rappelle, après bien des années, les indications de son vieux maître affectant parfois devant les élèves, de poser aux malades les appareils les plus primitifs et les moins prévus par le *Manuel de Petite Chirurgie*, « parce que, disait-il, dans le hasard de la clientèle, vous n'aurez pas toujours tout ce qu'il faut sous la main ». La « fraülein », envoyée par Mme Hestoudeau avec l'attirail d'une pharmacie de voyage, l'aide intelligemment; et la plaie lavée, mise à l'abri de l'air, il rabat sur la fille du pilote les couvertures et les draps prêtés par maman Treudec. Tout en haussant les oreillers, il prononce à mi-voix les paroles enfantines par lesquelles les docteurs bercent la douleur et l'illusion du malade :

— Et maintenant tout ira bien. Oui, très bien. Mais à

condition que nous soyons sage, sage comme une image.

Il promet de revenir, le lendemain matin, de très bonne heure, doucement il adresse des recommandations à la tante :

— Surveillez-la bien, n'est-ce pas. Qu'elle ne prononce pas un mot, qu'elle ne fasse pas un mouvement.

La vieille le regarde avec ses yeux morts, semble ne pas le voir, ne pas l'entendre. Laguépie insiste. En breton, cette fois, pour s'assurer qu'il est compris, il répète :

— *Ne conzet quet N'hi gefluskit quet !*

— Ia ! Ia ! répond la vieille d'une voix qui vient de loin, comme du fond du passé. Puis, immobile, au pied du lit, elle égrène un chapelet.

Le docteur remet son veston, va avec la « fraûlein » chez Mme Hestoudeau qu'il veut remercier de ses secours pharmaceutiques ; et, sur la porte, avant d'entrer :

— Tenez, « Fraûlein », voici pour vous récompenser de m'avoir servi d'aide.

Un rayon du phare qui passe fait luire dans la main de la gouvernante, l'or d'une pièce de vingt francs. Laguépie pousse vivement le battant, disparaît, et la « fraûlein » se souvenant de la traduction adroite qu'elle a donnée de la phrase barbare jadis prononcée par M. Olivier, devant son père, pense que Laguépie rétribue en ce moment des mérites supérieurs à ses mérites de garde-malade.

— Eh bien docteur ? demande M. Hestoudeau, qu'est-ce que vous en pensez ?

— Bah ! C'est le coup de couteau classique. La lésion des auteurs, comme on dit.

Selon la coutume des praticiens, Laguépie déteste parler de son métier loin des cliniques et des laboratoires. Pour tirer la conversation hors des sujets professionnels, il plaisante.

— Demain, le nom de Kerahuel, avec le récit du crime, s'imprimera dans tous les journaux ; une belle réclame que Rachimbourg n'aura pas besoin de payer.

Mme Hestoudeau hoche la tête en signe de doute et Mme Vincent Trois exige absolument que le docteur lui donne des détails sur la blessure, indique le trajet, décrive des symptômes. Les spectacles sanglants l'attiraient, elle les recherchait, s'indignait contre l'interdiction des courses de taureaux. Pour tromper la police qui éloigne les femmes de l'échafaud, une fois, afin d'assister de près à une exécution capitale, elle s'était déguisée en homme, et elle souhaitait se dévouer à l'heure des catastrophes, dans l'espoir de contempler de la souffrance et de prendre plaisir à la vue des agonies. Aussi, elle prétend s'installer au chevet de la fille du pilote, affirmant qu'elle se connaît un tempérament de sœur de charité et qu'elle fera une excellente infirmière.

Laguépie, ne se souciant pas d'employer une auxiliaire si désordonnée, essaya de la détourner de ce projet par la méphitique évocation du logis d'où s'en était allé Yvor. Il l'emplissait d'une telle puanteur, le peuplait d'une telle vermine que Mme Vincent Trois dissimulait des nausées, éprouvait l'envie de se gratter. Elle persistait néanmoins, défendant qu'on mît en doute sa bravoure et ses talents d'hôpital.

— Eh bien, c'est entendu, finit par dire Laguépie que ces sollicitations excédaient. Demain matin, je vous emmène.

— A quelle heure ?

— Cinq heures.

— Parfait! J'irai vous prendre.

Laguépie sourit d'un air ironique, et prend congé pour ne pas entendre de nouvelles extravagances. Dehors, sous la pluie qui s'abat en cataractes, il se félicite de son stratagème.

Il n'ignore pas la nature troublée du sommeil des malades de la catégorie où il a classé Mme Vincent Trois. La nuit ne leur devient guère une période de repos. Lents à s'endormir, assoupis un instant, réveillés tout à coup, ils ne se rendorment que pour subir la bizarrerie et la terreur de rêves souvent transformés en cauchemars. C'est seulement le matin, à l'heure où il leur faudrait normalement quitter le lit, qu'ils trouvent, à force de fatigue, la tranquillité et le repos dont ils ont désespéré pendant de longues fièvres d'hallucinations et d'angoisses. Demain, l'Angelus de midi aurait sonné depuis longtemps, que Mme Vincent Trois ronflerait encore dans sa chambre, et que le pansement pour lequel elle proposait son aide, serait depuis longtemps aussi, refait et bien en place.

Pourtant, quand, le lendemain matin, à cinq heures, ponctuellement, le docteur sort de chez lui, qui voit il s'avancer à sa rencontre ? Mme Vincent Trois.

L'orage avait cessé au commencement de l'aurore. Des

tuiles rouges, des ardoises bleues luisaient sous le ciel
indéfiniment clair. Un reste de pluie descendait des toits
lavés, s'égouttait par des gargouilles dans les caniveaux
débordants. De larges plaques d'humidité suintaient au
pignon des maisons. L'eau ruisselant sur les façades, avivait la couleur grise des volets, la teinte brune d'une
devanture, le ton vert d'un appui de fenêtre, donnait du
relief aux lettres noires des enseignes ; et le village,
comme vernissé, étincelait au soleil. Le long de la rue,
dans de petites mares, entre des tas de boue, des alouettes se miraient.

Les yeux tirés, la physionomie fanée au milieu du paysage rafraîchi, Mme Vincent Trois se promenait. Avec
l'énergie qu'elle dépensait pour l'accomplissement de ses
idées fixes, afin de se trouver prête à l'heure, elle ne
s'était pas couchée, et marchait au-devant de Laguépie.

— C'est moi. Hein ! vous ne « m'espériez pas », comme
ils disent ici, dans ce pays d'assassins.

— Je comptais sur votre parole, répondit le docteur,
cachant, sous une galanterie, l'ennui qu'il éprouvait.

— Dites donc la vérité. Vous auriez mieux aimé ne
pas me voir. Mais justement, je suis venue parce que je
sais que je vous taquine.

— Moi ? Pas du tout.

— Avouez que vous n'osez pas me dire de rentrer
chez moi ?

Certes, le docteur souhaiterait bien se débarrasser de
Mme Vincent Trois. Mais comment la renvoyer quand,
lui-même, lui a donné rendez-vous ? Et puis, il craint
de provoquer des récriminations, des larmes, une crise
en pleine rue, un scandale devant des pêcheurs qui passent, portant de leurs bateaux à la criée, des mannes de
poissons sur leur tête. Alors, il feint la gaîté ; et offrant
son bras ?

— Allons, mon interne.

Il se propose de l'éloigner, tout à l'heure, l'interne, en
le priant d'aller chercher un instrument, une pince, une
bouteille, n'importe quoi qu'il aura oublié ; et tous les
deux entrent dans la maison du pilote.

Mais Astérie a veillé, et les soins du docteur et de
Mme Vincent Trois deviennent inutiles. La nuit dernière,
aussitôt le docteur parti, la bonne sœur est réapparue
avec le curé revêtu d'une étole, la petite cloche qui tinte
dans les rues endormies, la lanterne à la lueur vacillante

comme l'âme qui va quitter le corps le viatique, sous
un linge blanc déjà de la blancheur du suaire ; et la vieille
tante ne s'opposait pas à une « extrémisation » familière
pour elle, depuis plus d'un demi-siècle, qu'elle voit, à
tout propos, administrer les malades.

Malgré les recommandations du docteur, elle avait
permis à la blessée de parler pour se confesser. Elle
l'avait laissée prendre froid en découvrant ses membres
pour l'application du coton imbibé de Saint-Chrême.
Elle l'avait aidée à s'asseoir sur son séant afin de
communier plus à l'aise ; et l'effet des sacrements de Pénitence, d'Extrême-Onction et d'Eucharistie a été immédiatement si souverain que le juge d'instruction, arrivé
tout à l'heure en tandem avec son greffier, trouve la fille
du pilote morte auprès d'Astérie accusant le docteur.

— Hier soir, s'il n'avait pas commencé par chasser le
curé, à l'heure qu'il est, la pauvre enfant marcherait sur
ses jambes comme vous et moi.

Laguépie interroge la tante :

— Pourquoi n'a-t-elle pas obéi à ses instructions ?
Vous ne lui avez pas défendu de remuer, à cette femme-
là ? Et vous voilà bien avancée, maintenant que, vous
l'avez tuée ! Oui, tuée !

A côté du cadavre gisant la bouche ouverte, les yeux
agrandis comme devant l'apparition d'un spectacle auquel les yeux humains ne suffiraient pas, la vieille, sans
se fâcher, sans se plaindre, répond par la seule phrase
qu'elle sache en français, la phrase où, jusque dans
la mort, s'affirment avec entêtement les préjugés bretons irréductiblement conservés sous sa coiffe.

— Parce que c'est comme ça.

Oui, c'est comme ça ! Rien à faire ? Et c'est parce qu'il
en sera ainsi, toujours, éternellement de même, que Laguépie emmène Mme Vincent Trois et sort en faisant claquer la porte.

— Tas de brutes ! On devrait les poursuivre en même
temps que le pilote. Ils sont aussi criminels que lui !

— Comme ça pue, là-dedans, remarque Mme Vincent
Trois. Elle tousse, crache, respire un flacon de sels anglais, se mouche pour chasser une odeur de lait caillé,
de poisson pourri, de sueur et de crasse qui lui emplit
le nez et la prend à la gorge. L'expérience l'a convaincue
des affirmations du docteur, et elle s'éloigne dépitée par
ce décès trop brusque supprimant, sur la physionomie,

les spasmes et les sueurs vers lesquelles elle se serait penchée avec délectation.

Les gendarmes, munis d'un mandat d'amener, se mettent à la poursuite de l'assassin. Le pilote n'a pas pris le train, on s'en est assuré, et ses vieilles jambes, oscillantes toujours des coups de roulis et de tangage essuyés à la mer, ne peuvent le porter bien loin, sur la terre. On le cherche d'abord dans les bateaux au mouillage, sous les bâches couvrant les marchandises sur les cales des quais ; puis, plus loin, vers la grande côte, au fond des cabanes où les tireurs de goémon remisent leurs outils ; dans les fours à soude ; plus loin encore du côté des grottes, sous les dolmens, partout où se creuse un trou, où semble s'ouvrir une cachette.

Sans projet de fuir, uniquement pour changer ses idées de place et user son remords à force de mouvement, Yvor, tout à l'opposé des endroits où s'égare la justice, errait. Soudain, parmi les rocs du Château de Tristan, M. Pascal le voit apparaître, et M. Pascal croit s'apercevoir lui-même dans la salissure et l'ahurissement de son vieux crime. Au lendemain de la nuit où, dans un compartiment de wagon, il a assassiné, pour le voler, un trésorier-payeur général rentrant à son poste avec un gros paquet de billets de banque, en portefeuille, il s'est connu ce pantalon maculé dont le sang durcit les plis et leur donne une rigidité de bois. La physionomie égarée d'Yvor, il se l'est connue aussi, quand, au lever d'un soleil qu'il n'oubliera jamais, l'eau de la mare où il lavait ses mains a reflété son visage, au coin d'un bois, dans la campagne.

Sa rencontre avec le trésorier-payeur général touchant des mandats aux guichets du ministère des finances ; son absence pendant la nuit du meurtre, ses dettes de jeu et d'amour brusquement payées ; sa maîtresse désintéressant des créanciers criards et faisant déchirer les affiches annonçant la vente de ses bijoux et de son mobilier, son insistance à parler quand même, sans nécessité, du crime qui, avec les journaux, se répand à travers la France, tout le dénonçait. Aucun parquet ne l'a poursuivi, cependant. Les investigations de la police, mollement conduites, s'arrêtent bientôt, et on laisse peu à peu l'aventure se perdre dans le mystère qui, avec les ténèbres, entoure les assassinats commis en chemin de fer.

Car il est fils naturel d'un ancien ministre. Une arres-

23

tation, un procès rendraient publiques des indignités
autres que les siennes. Le scandale, au delà de sa honte,
s'étendrait sur des femmes qu'il faut conserver au respect,
sur des hommes envers lesquels la politique commande
des ménagements. L'affaire, promptement, par ordre, « a
été classée » comme on dit; et c'est pourquoi, toléré
parmi les vivants, condamné à l'oubli, aussi captif dans
l'immensité qu'un prisonnier dans sa cellule, chaque
jour, au milieu des rochers du Château de Tristan,
M. Pascal, portant un nom qui ne lui appartient pas,
s'exile loin des hommes; et tremblant d'être reconnu,
dénoncé, livré, vit à Kerahuel dans une sécurité traversée de telles transes que l'existence lui devient le plus
cruel, le plus intolérable des supplices.

— Au nom de la loi !

Le brigadier de gendarmerie, en grande tenue d'ordonnance, le revolver au poing, a surgi d'un creux de rocher. A son cri, des gendarmes accourent. Et Yvor ne
se défend pas. De son passage dans la marine de l'Etat,
il a conservé le respect de l'uniforme, l'habitude d'obéir
aux ordres; et il ne garde plus dans ses poings, cette vigueur de ses vingt ans avec laquelle il « chavirait » les
patrouilles, lancées à ses trousses, quand, les soirs de
bordée, agressif et querelleur, il épouvantait les ports de
mer par la violence de son ivresse. Il se laisse mettre les
menottes; et, du pas d'une bête assommée, marche docilement au milieu du peloton qui l'emmène.

« Arrêté en présence de M. Pascal », constate le procès-verbal provisoire. Mais le juge d'instruction lit le détail, et devient nerveux. Il ordonne au greffier de biffer
cette mention oiseuse, dit-il, sans intérêt pour le procès,
car il sait bien que si M. Pascal figurait, comme témoin
dans une cour d'assises, il y serait retenu, ensuite, comme
accusé.

— Si vous voulez approuver la rature ?

Le pilote d'une main machinale, avec sa grosse écriture tremblée comme si elle avait reçu un coup de vent,
signe, paraphe, approuve tout ce qu'on veut.

— C'est tout ?

C'est tout. Six mots rayés, nuls. M. Pascal n'existe plus;
et les gendarmes conduisent Yvor à la gare pour l'embarquer vers la prison de la sous-préfecture. Femmes,
enfants, pêcheurs, baigneurs et baigneuses, Kerahuel
tout entier s'empresse autour du cortège. Et tandis que

M. Nicous trouve que le pilote, « décidément, avait une mauvaise figure », dans la cour de la gare, la Mal-Commode se hisse sur les paniers d'une voiture chargée de marée.

Elle exerçait, par intervalles, le métier de blanchisseuse, et mettait, par élégance, le linge sale que des clientes lui confiaient pour le laver. Ce jour-là, vêtue d'un jupon de couleur, elle se dressait dans une chemise de femme qui ne lui appartenait pas. La peau jaune et ridée de sa poitrine s'apercevait sous les entre-deux, au travers des dentelles, et la Mal-Commode, debout au-dessus de la foule, montre le pilote et crie :

— En voilà un qui va faire du bagne à présent, parce que, chez nous, il est venu des « estrangers » !

Droite malgré l'alcool, sous ses cheveux blancs dénoués et fouettant ses épaules au vent de sa colère, les « estrangers », elle les nomme l'un après l'autre : Laguépie, Malbar, M. Hestoudeau, M. Nicous; les femmes aussi, Mme Trénissan, Mme Hestoudeau, Mme Vincent Trois qu'elle traite énergiquement de femelles. Vociératrice toujours en verve d'invectives, elle les maudit parce qu'ils ont dérangé la tranquillité de Kerahuel. Car les règlements de compte par querelles et coups, dans les familles, s'y opèrent d'ordinaire sans susciter tant d'émotion, ni mettre si fort en mouvement l'appareil de la justice; et les sévices avec les crimes, durant l'hiver, disparaissent emportés par l'indifférence publique et par le vent du large.

Charlescot, sur la plage, échappe aux imprécations de la Mal-Commode. Depuis que personne ne lui parle plus, sinon par nécessité, pour éviter les avanies, il se promène tout seul et va s'asseoir en face de la mer au pied du poteau « Terrain à vendre » qui, sur l'emplacement abandonné par Mme Minahouet, remplace désormais l'écriteau : « Villa Ophélie ».

Il relit une lettre qui, par une précaution singulière, lui est arrivée avec une suscription formée d'un assemblage de caractères imprimés découpés dans un journal.

« Vous comprenez maintenant, j'espère, pourquoi je ne voulais pas prendre votre argent, quand je faisais la quête, dans le plat, vous savez où. J'aurais eu trop gros cœur de vous traiter comme les autres. J'ai compté à peu près tout ce que vous m'avez donné, malgré moi, et je vous le renvoie, de ma poche, sans que ma mère en

sache rien. Est-ce qu'elle comprendrait? et parce que
vous êtes un brave garçon. »

Quand Charlescot a ouvert l'enveloppe pour la première fois, un mandat de cent trois francs en est tombé.
Au bureau de poste, il l'a touché, et, d'un air éploré, en
a donné l'acquit.

Sur le quai, là-bas, la noce d'hier, promenant son lendemain, chante aux sons de l'accordéon haletant comme
un râle :

> Revenez ma blonde,
> Revenez bien tendrement,
> Car vous plaisez à tout le monde.

Et Charlescot regarde le feuillet sans signature, sans
adresse, au bas duquel Ophélie, sa chère Lélie, n'a mis
que l'initiale de son nom, un O majuscule grand comme
le trou d'inconnu où elle est pour jamais enfoncée et
disparue; le zéro qu'elle laisse après elle, ainsi que l'ironique (al de l'amour et du rêve.

Devant lui, sur la plage, mal surveillés par la « fraülein » occupée à lire le manuscrit de *Lulli* que, pour
ne pas rester sans public, M. Niccus n'a pas dédaigné de
soumettre à l'appréciation de la gouvernante, Olivier et
Pauline, causaient à leur aise.

— Je suis bien contente qu'on n'ait pas joué la comédie, disait Pauline, mon violon est trop grand et, malgré
mes efforts, je tremblais de me tromper dans un morceau, à la note qu'il faut faire par extension du petit
doigt.

— Moi aussi, répondait Olivier, je suis bien content.

— Oh vous, pourquoi? Si moi je me serais bien en-
nuyée, vous vous seriez beaucoup amusé, vous !

— Non, je ne me serais pas amusé du tout, répliquait
le petit garçon. Après vous avoir vue en « Lulli », j'aurais eu peur de ne plus vous reconnaître quand vous seriez redevenue Pauline, et c'est en Pauline que je vous
aime.

Ils se turent, réfléchissant à cette misère des cœurs où
les personnes les plus chères se reflètent toujours sous
un aspect unique en dehors duquel ils ne conçoivent
plus de passion et ne témoignent plus que de l'indifférence.

Charlescot ne sachant que faire, descend près d'Olivier
et de Pauline; et les enfants, influencés dans leurs ré-

créations par l'assassinat de la veille, jouant à l'enterrement, il prend une bêche et les aide à creuser une
grande fosse au milieu du sable.

Du pied, des bras, appuyant sur l'outil, il besogne très
fort. Des gouttes d'eau descendent sur son visage. Il les
essuie, se remet au travail, fouille profond et large. Pauline et Olivier s'arrêtent, regardent; et, curieusement,
au bord de l'immense tranchée, cherchent quel mort démesuré enfoui, sans rien dire, cet homme qui se met
en sueur pour ne pas laisser voir ses larmes.

Au loin, en face des rochers du Château de Tristan,
la maison de Mme Trénissan commençait à sortir de
terre : les premières charpentes des échafaudages se
dressaient au-dessus des « Terrains à vendre ».

CHAPITRE XI

« Montons intégralement *Tristan*, sur théâtre. Bien entendu, chantez Yseult. Deux mille francs par soirée. Vous attendons pour répéter. Venez. Réponse. Cheville-mour. »

Moins décidée par l'argent que par l'occasion de réaliser son rêve en personnifiant enfin, à l'illumination de la rampe et au milieu de l'illusion des décors, cette Yseult idéale, préoccupation et hantise de toute sa vie, Mme Trénissan, immédiatement, avec un pourboire, remit au porteur de la dépêche un télégramme avertissant le chef d'orchestre que, sans délai, elle partait pour Paris. Rapidement, sans prévenir Malbar, elle décrocha ses robes des porte-manteaux, fit ses malles. Le lendemain matin, à l'hôtel d'Orange, quand sonna l'heure du déjeuner, elle apparut en costume de voyage.

— Comment, vous vous en allez ? dit maman Treudec, étonnée.

Certains clients de passage suscitaient en elle des sympathies contre lesquelles elle ne se défendait pas. Elle les aimait pour des raisons qu'elle demeurait seule à savoir et pour d'intimes affinités d'élégance tout à l'opposé de son intérêt et de son commerce. Ainsi les graines errantes que semait le vent, faisaient germer des fleurs sur les murs de son écurie et de sa basse-cour.

— Oui, il faut que je parte, répondit Mme Trénissan. Qu'est-ce que vous voulez ? Tout finit.

— Alors vous nous quittez ? répéta tristement Malbar.

En manière d'excuse, Mme Trénissan lui tendit le petit papier bleu : Montons *Tristan*.

— Vous voyez !

Puis elle parla des exigences de l'art, se félicita d'une circonstance imprévue qu'elle ne retrouverait peut-être jamais. Ce hasard comblait son ambition de cantatrice et, dans l'élan de son économie naturelle, elle laissa entendre que les cachets promis paieraient largement sa maison à laquelle les ouvriers travaillaient assidûment, sur la plage. De la sorte, le terrain avec la construction, ne lui coûteraient guère, et elle se réjouissait de devoir aux bénéfices de son talent l'installation qu'elle préparait. Elle méditait d'appeler sa villa Keréol, du nom du Château de Tristan, dans Richard Wagner, et la désignation lui semblait d'autant plus juste que *Tristan* l'aiderait à solder l'entrepreneur et ses mémoires.

Malbar se sentit fort mélancolique. Encore que Mme Trénissan et lui eussent scrupuleusement tenu, vis-à-vis l'un de l'autre, leurs engagements d'indifférence, et que leur intimité se fût réduite à de simples relations de camaraderie et de politesse, Malbar, auprès de cette femme qu'il s'apprenait à ne plus désirer, s'accoutumait à vivre dans une espèce de négligence voluptueuse dont l'équivoque même n'était pas sans charme. La nouvelle du départ de Mme Trénissan l'affligeait non comme la perte d'une affection, mais plutôt comme la rupture d'une habitude. Il s'en plaignait sincèrement, et, pendant le repas, exprima ses regrets. D'ailleurs, il touchait à cet âge où, les amitiés devenant de plus en plus rares, les séparations se font sentir d'une manière plus aiguë, tant le vide laissé par les plus fugitives tendresses nous rapproche de la tombe, et nous donne l'émotion de la solitude et du néant.

Mme Trénissan plaisanta Malbar sur son air désolé. Croyait-il donc qu'elle ne retournerait jamais à Paris ? Dès lors, qu'importait une avance de quelques jours ? Lui-même ne se proposait pas de vivre, pendant tout l'hiver, à Kerahuel. Il retournait aussi, là-bas : ils se rencontreraient sûrement, et elle lui donnait rendez-vous dans le chef-d'œuvre dont elle exultait de devenir l'interprète. Elle espérait les conseils de Malbar, au cours des répétitions ; réclamait sa présence pour le soir de la première représentation. Jamais, au contraire, ils n'auraient été moins séparés ! Leur amour pour le même art les

réunirait mieux encore que les paysages : la musique
fournissant à leurs sympathies une atmosphère plus
enveloppante et plus tendre que l'atmosphère où ils
avaient délicieusement vécu, trois mois durant, près de
la mer.

Le déjeuner finissait. Mme Trénissan, se levant de
table, dit :

— Avant que je m'en aille, une dernière fois, si nous
allions voir le Château de Tristan.

Chien-de-Nous rôdait autour d'elle, d'un air implorant.
Elle lui donna une aile de poulet, tout entière, car les
bêtes, dans leurs mangeailles, profitent parfois de l'attendrissement des individus.

Ne devant pas dîner, le soir, Mme Trénissan, à côté
de son couvert, avait jeté sa serviette, sans la plier en
forme de fleur de lis, ainsi qu'elle avait coutume. Dans
cette négligence, pourtant si naturelle et si simple, Malbar,
douloureusement, voyait une preuve matérielle de départ
et d'abandon. Par là, Mme Trénissan ne lui semblait
déjà plus être auprès de lui. Elle lui paraissait lointaine
et disparue. Le train en l'emportant, n'ajouterait rien à
son absence, et il se considérait comme dégagé doréna-
vant des complaisances qu'il aimait à consentir, alors que,
au gré des caprices de Mme Trénissan, il se tenait prêt
à l'accompagner dans toutes ses promenades, de jour
et de nuit. Du ton d'un homme dérangé, et qui, de mauvaise humeur, se défend contre une corvée, il répondit :

— Le Château de Tristan ? A quoi bon ? Est-ce que nous
ne l'avons pas assez vu ?

Mme Trénissan insista. Puisque, bientôt, elle allait
jouer Yseult, elle voulait prendre des croquis du paysage
où la partition de Richard Wagner s'était révélée à
elle dans toute la majesté de sa mise en scène naturelle.
Elle dessinerait des esquisses qu'elle communiquerait
aux décorateurs pour les aider à établir les études pour
les plantations du deuxième et du troisième acte. Le
théâtre, ainsi, reproduisant fidèlement la réalité, il lui
semblait qu'elle chanterait mieux à l'aise, devant une
toile de fond et des portants, où jusque dans les
moindres détails de la peinture, elle retrouverait l'enchantement des perspectives et la splendeur des horizons
au spectacle desquels elle s'était exaltée pendant des
semaines.

— Mais il pleut, dit Malbar.

De la main, sur les carreaux de la fenêtre, il montra des gouttes qui glissaient avec lenteur. Dehors, la pluie tombait toute droite dans l'atmosphère sans vent. Le soleil rayonnait, et les objets au loin s'apercevaient comme au travers d'une trame d'eau et de lumière. Des femmes passaient, leur jupon relevé sur la tête; des promeneuses couraient, sous leurs ombrelles dont la soie ruisselait et luisait sous l'averse.

Les pires orages, d'ordinaire, ne faisaient pas hésiter Malbar. Il se vantait même de préférer l'ouragan à la bonace, parce que, disait-il, les horizons mouillés prenaient des aspects délicats et nouveaux. Souvent, par des grains formidables, et par des « temps bouchés », sous le porche des arcs-en-ciel démesurément ouverts sur le fond noir de l'espace, avec Mme Trénissan, il avait gaiement couru au long de la falaise inondée.

— Allons, dit Mme Trénissan, continuez à être gentil comme vous l'avez été jusqu'à ce jour, vous n'en avez plus pour longtemps. Ne me laissez pas partir avec le remords de croire que j'ai dû, bien souvent, vous gêner.

— Me gêner ? En quoi ?

— Venez avec moi, je vous le dirai.

Ils se mirent en route. Chien-de-Nous, son os de poulet dans la gueule, les suivait.

Le soleil s'était caché. Devant eux la lande s'étendait, toute grise, et ils croyaient la voir au travers d'un verre dépoli. Des touffes d'œillets, de ci, de là, inclinaient leurs têtes violettes. Une ondée lente tombait continûment. Invisible et pénétrante, elle filtrait dans l'étoffe des pardessus. Des flaques d'eau, par terre, reflétaient le ciel triste. La casquette de Malbar dégouttait. La visière, comme un larmier, lui versait de l'eau sur le visage. De temps en temps, il se découvrait, d'un geste saccadé, à côté de lui, secouait sa coiffure, pendant que Mme Trénissan, des pieds à la tête, enveloppée dans sa mante, souriait sous le capuchon. Une brume montait, cachait la mer. Au loin, des vapeurs sifflaient de toute leur sirène. Des bateaux à voiles semblaient suspendus et voguant parmi les nuages; et une espèce d'angoisse venait des profondeurs humides et indécises où les rochers massifs, estompés et grandis, devenaient semblables à des fantômes.

Malbar et Mme Trénissan se glissèrent entre des corridors de blocs écroulés et de roches moussues. Des buées, autour d'eux, flottaient, pareilles à des fumées. La pluie cessait tout à coup ; et le soleil, perçant à nouveau le brouillard, jetait, par endroits, au long des cavernes des lueurs blafardes comme celles qu'on aperçoit, tombant des soupiraux, parmi l'obscurité des caves. Sur le terre-plein du Château de Tristan, un rocher en surplomb, formait un auvent gigantesque. Dessous, une pierre restée sèche, s'allongeait, pouvait servir de banc. Mme Trénissan s'y assit. De son sac de voyage, elle tira un album, l'ouvrit ; et, lentement, se mit à tailler un crayon. Sur le bout de son doigt, elle essaya la finesse de la pointe. Puis, elle tint un instant le crayon levé à la hauteur de son œil droit, cligna de l'œil gauche, et la mesure ainsi prise, elle commença à dessiner.

Malbar, debout auprès d'elle, la regardait. Très intéressé, Chien-de-Nous, ayant posé sur le sable son os de poulet, une patte dessus, pour bien affirmer sa propriété, le museau en l'air, regardait à son tour.

Sur la plage blanche, en quelques traits menus et rapides, Mme Trénissan indiqua des points de repère. Puis, elle établit des rochers à droite, des rochers à gauche. Les blocs monstrueux décroissaient, à mesure, sur le papier, selon les plans de la perspective. A l'extrémité, le porche, largement, s'ouvrait sur la mer que Mme Trénissan, avec patience, figurait par une succession de lignes horizontales.

— C'est bien cela, n'est-ce pas ?

Malbar admirait, déclarant qu'il n'aurait pu exécuter une pareille mise en place tant il se connaissait incapable de tracer convenablement même un trait vertical.

— Et maintenant, écoutez, dit Mme Trénissan qui réservait des blancs, et légèrement, à petits coups, semait des masses d'ombre. Vous avez beau paraître regretter mon départ. Avouez franchement que, au fond, vous vous sentez bien débarrassé.

— Débarrassé ? En quoi débarrassé ? répondit Malbar, suivant le travail du crayon qui, par les hachures un peu plus transparentes ou un peu plus noires, allongeait ou raccourcissait la profondeur de l'esquisse.

Mme Trénissan, d'une main sûre, accentua le relief d'une roche ; et la mer, en même temps, sembla reculer jusque dans les lointains du papier.

Elle continua :

— Décidément, vous êtes un compagnon bien aimable,

et je ne sais comment vous rendre grâce. Ma présence, parfois, devait vous être singulièrement à charge, et je vous sais un gré infini du soin que vous avez pris de ménager ma susceptibilité. Je n'avais aucun droit sur vous, je le sais bien; néanmoins, je vous suis reconnaissante de n'avoir rien fait pour me rendre jalouse.

Vivement, elle promena son pouce sur des grains de mine de plomb qu'elle écrasa; et soudain, sur l'album, le donjon du Château de Tristan apparut. Chien-de-Nous, entre ses pattes étendues, rongeait maintenant son os.

— Jalouse ? répéta Malbar. Pourquoi craindre que je vous rende jalouse ?

— Parce que les occasions ne vous manquaient certes pas. Et d'abord, cette demoiselle qui secouait sa chaussure sous le nez des artilleurs. Puis Mme Hestoudeau; puis Mme Vincent Trois; jusqu'à Mlle Ophélie. Bien des femmes, autour de vous, n'auraient pas mieux demandé que mon camarade Malbar leur fît la cour. Vous vous êtes galamment abstenu, et je ne l'oublierai jamais.

Une goutte d'eau errante tomba sur le papier, pareille à une larme, Mme Trénissan, en femme habile qui sait profiter des accidents, l'utilisa pour donner plus de fluidité à l'horizon. Pendant qu'elle attaquait le ciel où son crayon faisait courir de vagues nuages, Malbar restait étonné des vertus que lui prêtait Mme Trénissan. Il n'avait jamais désiré Mme Hestoudeau qu'il jugeait trop bourgeoise. Sollicité un instant par la perversité de Mme Vincent Trois, mais averti par Laguépie, il ne tardait pas à se reculer de ces redoutables tendresses. Par aversion naturelle, il s'éloignait de toutes les jeunes filles et ne se reconnaissait pas de mérite pour son indifférence systématique à l'égard de Mlle Ophélie, indifférence qui le garantissait contre le ridicule et la déconsidération accablant aujourd'hui Charlescot. Quant à Mariette, il admira que, dans ce Kerahuel d'ordinaire si prompt à incriminer les relations les plus innocentes, personne ne tînt pour suspecte la visite de la demoiselle, le jour où, à l'hôtel d'Orange, elle était venue lui proposer tout autre chose que des « Terrains à vendre »; et très sincèrement, il répondit :

— Vous rendre jalouse ? Je n'y ai jamais songé, je vous assure.

— Allons ! ne vous faites donc pas meilleur que vous n'êtes. Ce ne serait pas humain. Je vous répète que j'apprécie beaucoup votre réserve, parce que tout de même, j'aurais été un peu fâchée, si après notre conversation, ici, dans le Château de Tristan, vous ne vous étiez plus occupé de moi. Mais maintenant, c'est fini ! Vous allez devenir libre de faire ce qui vous plaira, et le Château de Tristan ne me laissera jamais qu'un excellent souvenir.

Elle força quelques ombres, mit en valeur la silhouette un peu incertaine d'un rocher, et tendit son album à Malbar.

— C'est bien cela, n'est-ce pas ? Qu'est-ce que vous en dites ?

— Tout à fait ça !

Et Malbar, en approuvant, n'exprimait pas son sentiment réel.

— Maintenant, si avec ce document, ils n'équipent pas un beau décor !...

Déjà la convention du théâtre la reprenait, et elle employait les mots techniques des machinistes, sur la scène.

— Ils y mettront de la mauvaise volonté, répliqua Malbar, sans conviction du reste.

C'était précisément parce que l'étude exécutée par Mme Trénissan prenait l'aspect d'un décor que Malbar la jugeait à part lui, déplaisante et faussée. Sans qu'elle s'en doutât, Mme Trénissan, le crayon en main, devant la nature, ne se montrait pas aussi naïve et aussi sincère qu'elle le croyait. L'idée que son dessin, employé comme modèle, servirait peut-être à la construction d'une maquette destinée à une représentation lyrique, l'avait insensiblement conduite à arranger la réalité, à lui donner l'artifice et l'apprêt d'une mise en scène. Les pylônes de rochers, à droite et à gauche, ne se dressaient plus avec la même simplicité sauvage qu'ils tenaient de la mer et des siècles. On sentait maintenant qu'ils allaient faire office de portants, dissimuler des découvertes de coulisses, faciliter des entrées, aider à des passades, et qu'ils s'agençaient pour conduire là-bas à ce praticable au bout duquel le porche du Château de Tristan, ouvrant sur un ciel réduit à la mesure de la toile du fond, perdait d'avance l'ampleur de sa majesté, la souveraine grandeur de son architecture.

La feuille de bristol aux dimensions limitées ne pouvait contenir le firmament démesuré et la mer infinie qui,

sur place, faisaient au Château de Tristan, un si
magnifique cadre d'immensité. Le paysage, ramené à des
proportions humaines, sur l'album de Mme Trénissan,
apparaissait comme une vignette aimable croquée avec
adresse, sans doute, mais fatalement dénuée d'originalité;
et, par suite, dépouillée de tout caractère de rusticité et
d'imprévu.

Mme Trénissan ferma son album, et après l'avoir soigneusement replacé dans un sac de voyage:

— Marchons. Voulez-vous? Nous irons voir le Château
de Tristan, l'autre.

Elle parlait ainsi de la maison qu'elle faisait construire,
là-haut, sur la plage. Elle se proposait de l'appeler du
nom de ce manoir de Cornouailles où Tristan brame
d'espoir vers la venue d'Yseult; et, sur une plaque de
marbre noir, couleur de ténèbres, dans un cartouche,
au-dessus de la porte d'entrée, d'avance, selon son rêve,
elle voyait resplendir les caractères d'or des lettres du
mot de Kéréol: Le Château du Soleil.

Chien-de-Nous les précédant, ils allèrent.

Les travaux, favorisés par le beau temps, se poussaient
avec activité. Le gros œuvre se terminait, et déjà la
bâtisse, dominant du lointain les rochers du Château
de Tristan, par toutes ses fenêtres béantes, regardait
la mer.

Tout à l'heure, à cause de la pluie, les ouvriers, désertant le chantier, s'en étaient allés chercher un abri dans
les débits de boissons, à l'entrée du bourg; et la maison
solitaire où le ciel apparaissait au travers des poutres
sans planches et des chevrons du toit sans ardoises,
dans son état de nouveauté et d'inachèvement, causait à
Malbar un étrange pressentiment de destruction et de
catastrophe.

Illuminée par le rayonnement de son imagination,
Mme Trénissan, au contraire, marchait sur les gravats
ainsi que sur les dalles d'un édifice enchanté. Éblouie par
ses projets, transportée par l'idée que son rêve d'art et
de propriété, prenait enfin, là sous ses yeux, une forme
définitive et sensible, elle faisait avec gaieté les honneurs
de ces appartements aux cloisons encore mal jointes, et
de ces corridors aux murailles sans peinture dans le
plâtre frais desquels Malbar découvrait déjà les fissures
d'un prochain délabrement. Et il s'affligeait de cet air de
ruine que prennent, dès le début, toutes les construc-

24

tions des hommes. Sans rien voir de cette misère, Mme Trénissan s'y installait comme au milieu des splendeurs d'un palais des Mille et Une Nuits.

Là, elle mettrait son lit. Là, elle placerait sa bibliothèque pesante de partitions et de chefs-d'œuvre. Là son piano, à côté de la baie vitrée, ouvrirait son couvercle de palissandre, en face de la mer, pour que les vagues, par leurs ondes, prolongent jusqu'à l'horizon les ondes sonores de la musique. Par les ouvertures des portes où manquaient encore les boiseries, en haut de l'escalier sans rampe, elle indiquait les chambres qu'elle réservait aux amis dont elle recherchait l'esprit et dont elle souhaitait les conversations. Malbar, bien entendu, trouverait là son domicile. Elle l'invitait avant tous, n'admettait pas que, l'an prochain, il allât loger à l'hôtel d'Orange. Puis elle voulait que, selon les traditions du vieux temps, dans les familles françaises, Keréol fût inauguré, solennellement, par une grande pendaison de crémaillère.

Mme Trénissan appellerait de Paris des artistes de l'orchestre Chevillemour. Le chef, Chevillemour lui-même, ne dédaignerait pas, sans doute, de les accompagner; et comme Richard Wagner donnant jadis à sa femme, dans la villa de Triebschen, en Suisse, la nouveauté symphonique de *Siegfried Idyll*, Mme Trénissan, à Kerahuel, dans le pays même qui avait surexcité l'inspiration du maître, offrirait à ses invités, devant la mer, une audition imprévue du prélude instrumental de *Tristan et Yseult*.

Un soir, chez elle, discrètement, des musiciens apparaîtraient. En silence, près des pupitres dont les petites lampes allumées continueraient, sur terre, l'illumination des étoiles, dans le mystère immense de la nuit et de la vague, elle se flattait d'accomplir l'entreprise surhumaine de rejoindre l'art avec la nature, et de mêler la voix passionnée d'un orchestre à la sérénité des ténèbres, à l'infinie angoisse des flots.

Malbar, revenu de toutes les illusions, n'écoutait pas Mme Trénissan sans inquiétude quand elle disposait ainsi, délibérément, de l'avenir. Au milieu de cette maçonnerie, à peine debout, et déjà pleurante sous les averses, il sentait une solitude et un vide tels que nulle amitié et nulles partitions au monde ne sauraient jamais ni les peupler, ni les remplir. Enseigné par l'expérience, il connaissait quelles déconvenues accompagnent toujours la réalisation du plus séduisant des rêves. Lui qui, depuis longtemps, se résignait à ne rien espérer de la vie, et vaille que vaille, bornait son idéal à l'étude d'utiliser les hasards, s'effrayait toujours quand il entendait quelqu'un préjuger des destinées et faire fonds sur l'inconnu.

Sans contrarier l'exaltation de Mme Trénissan, il la rappela à des réalités plus immédiates. Il lui tira sa montre, l'heure avançait. Avait-elle réglé son compte de loyer avec Mme Siméon, opéré la remise des locaux loués à Ty Loïc, averti Astérie, la servante, de son prochain départ ? Ensemble, ils retournèrent au bourg. Chien-de-Nous courait à leur suite. Mme Siméon, à la façon d'un crapaud qui sort de terre, sortit d'une étable basse où elle s'était réfugiée ; et, en compagnie de Mme Trénissan, dans la maison qu'elle réintégrait, procéda longuement à l'inventaire du mobilier.

Elle souffrait comme d'une expulsion d'avoir été obligée de quitter Ty Loïc que, cependant, elle louait un bon prix. De pièce en pièce, sa mauvaise humeur s'exhalait, à mesure qu'elle constatait les indispensables dégâts que la présence d'un locataire cause dans un immeuble. De l'humidité qu'elle remarqua sur le plancher d'une chambre à coucher transformée en cabinet de toilette, le fâcha particulièrement. En outre, près du lavabo, le papier de tenture se décollait. Avec des gestes de désespoir, sur la paroi, elle indiquait des traces de moisissure ; même, dans un coin, des champignons commençaient à pousser. Alors elle s'indigna. Elle haïssait l'eau d'une haine toute catholique, et considérait les ablutions comme une preuve manifeste d'impureté morale. Les « estrangères » l'exaspéraient par les soins qu'elles prenaient pour leur toilette intime ; et, des dégradations locatives en étant résultées de la part de Mme Trénissan, chrétienne et propriétaire, l'occasion devenait excellente pour réclamer une indemnité et venger les bonnes mœurs.

— Pourtant, il fallait bien. Elle devait bien comprendre. Était-ce la faute de Mme Trénissan, du reste, si, dans Ty Loïc mal installé, les écoulements d'eau manquaient !

— Je ne me suis jamais lavée, moi, madame, répliqua Mme Siméon, dont les yeux, sous des lunettes, étince-

laient pareils à des flammes d'autodafé. Vous m'entendez,
je ne me suis jamais lavée, parce que je suis une honnête femme ! Moi !

— Il y a des vertus qui rendent le vice désirable,
répondit Malbar. Puis, s'adressant à Mme Trénissan :

— Vous n'avez ni le goût ni le temps de discuter,
n'est-ce pas ? Alors, pour en finir, payez l'indemnité
qu'on vous réclame.

Mme Trénissan solda sur-le-champ le prix approxi-
matif des réparations extorquées par Mme Siméon, et
son dédain des querelles détermina de nouvelles rapacités. Astérie, accourue, n'entendait point qu'on se pri-
vât brusquement de ses services. D'abord, elle se
lamenta, affirmant contre toute vérité que les autres
femmes de ménage employées par les baigneurs, dans
le bourg, recevaient des salaires supérieurs au salaire
qu'elle se reprochait d'avoir accepté. Encore que,
d'avance, elle eût touché la somme totale de ses gages,
pour la saison entière ; par suite du départ de Mme Trénissan, elle s'affirmait lésée, prétendait demeurer sans
place, sans pain, sans moyens de se procurer immédiatement un emploi, de la nourriture. D'où elle concluait
qu'il fallait lui tenir compte d'un préjudice qu'elle assurait lui être réellement causé.

Mme Trénissan haïssait les litiges. L'argent ne lui
coûtait rien pour faire taire les criailleries. Dans les
exactions qu'elle se résignait à subir, elle reconnaissait
la vérité des avertissements donnés par Laguépie, puisque
les précautions les mieux prises, retardant seulement
les exigences, n'arrivaient pas à la protéger contre les
agressifs retours de la mauvaise foi locale. Donc elle
consentit à Astérie huit jours de dédommagement qu'elle
ne lui devait pas. En la voyant si condescendante à éviter
toutes les contestations, Mme Siméon et sa bonne regrettèrent de ne pas avoir sollicité des compensations plus
larges.

Baluche, au tournant d'une allée du jardin, apparut,
poussant devant lui une brouette.

— C'est tout, maintenant, j'espère, dit brusquement
Malbar.

La brutalité de sa phrase déconcerta les deux femmes
qui cherchaient déjà par quelles astuces nouvelles elles
pourraient exploiter encore Mme Trénissan. Alors, renonçant à leurs tentatives de lucre, elles se montrèrent soudain

aimables et doucereuses. Elles souhaitèrent que Mme Trénissan, l'an prochain, voulût bien venir dans la maison
de Ty Loïc, « de retour ». Quel plaisir que de se
trouver en relations avec « du bon monde » ! On se
mettait aisément d'accord. Du reste, dès le premier jour,
elles avaient bien remarqué que Mme Trénissan regardait bien en face, avec des yeux de brave personne.

Elles parlaient avec des voix dolentes, traînant sur les
mots, à la façon des pauvresses. Mme Trénissan ne répondit pas à ces compliments dont elle sentait l'hypocrisie.
Baluche ayant enfin équilibré les bagages sur la brouette,
Chien-de-Nous les flaira d'un air de connaissance, puis,
il fit escorte à Mme Trénissan. Accompagnée de Malbar,
elle alla prendre congé de M. et Mme Hestoudeau, laissa
sa carte chez Laguépie, en passant, dit adieu à M. Rachimbourg, et, finalement, embrassa maman Treudec.

A Ty Loïc désert, Astérie et Mme Siméon échangeaient leurs impressions.

— Qu'est-ce que c'est que ce « morceau-là » ? demandait
Astérie en parlant de Mme Trénissan.

— Est-ce qu'on sait ? répliqua pudiquement Mme Siméon.

Cependant, elles tombèrent d'accord que Malbar,
d'après les apparences, était nécessairement l'amant de
Mme Trénissan, et elles exprimèrent l'avis que « ça
faisait du propre ». Mais lui, ce Malbar, quelle profession
exerçait-il ?

— Il écrit dans les journaux, répondit Astérie.

Elle se flattait de n'avoir jamais ouvert une « gazette ».
Ses lectures se bornaient à des livres de religion, toujours les mêmes. Elle les connaissait par cœur, ne
rêvait rien au delà de leur enseignement, considérait les
écrivains profanes ainsi que des êtres réprouvés, méri-
tant, pour le moins, les flammes de l'enfer.

— Un propre à rien, alors ; un « officier de soleil »,
conclut Mme Siméon, laquelle n'avait jamais travaillé de
sa vie.

— Comme son Laguépie, ajouta Astérie. Car, depuis
ses mésaventures médicales, elle poursuivait le docteur
d'une haine irrémissible ; et, en attendant d'autres vengeances, éperdument, le diffamait de toute sa langue.

— Oui, mais Mme Trénissan elle, qu'est-ce qu'elle
fait ?

— On prétend qu'elle chante.

Astérie, selon la manière des dévotes, ne répugnait pas aux plaisanteries scatologiques. Donc elle riposta par une phrase stercoraire d'où il résultait que ses borborygmes valaient mieux que les roulades de Mme Trénissan. On les entendait, eux ; tandis que la voix de Mme Trénissan ne s'entendait jamais. Donc leur supériorité lui semblait incontestable.

— Des « faiseurs d'embarras » quoi ! continua Mme Siméon. Et bien que Mme Trénissan eût scrupuleusement payé tout ce qu'elle achetait, elle la confondait avec Mme Minahouet, partie sans acquitter ses dettes. Elles pouvaient « faire leur cotriade » ensemble. Des « baladins », et pas davantage.

— Ah ! dame ia ! dit Astérie.

Puis d'un ton résigné, elle ajouta :

— Qu'est-ce que vous voulez faire avec une divorcée ?

— Divorcée, ma pauvre fille, tu crois qu'elle est divorcée ?

Pour éviter les indiscrétions, sur le conseil de Laguépie, Mme Trénissan recevait ses lettres poste restante. Cette précaution indignait Astérie, confirmait ses soupçons. Evidemment la dame n'osait pas laisser voir sa condition exacte : donc cette condition devenait irrégulière, donc elle tenait Mme Trénissan pour divorcée. Elle se complaisait à ce mensonge de son imagination parce qu'elle y trouvait une raison souveraine de mépris, l'illégitimité d'une liaison lui semblant d'autant plus condamnable que cette liaison était contractée par une personne en rupture avec les commandements de l'Église.

— Jésu, men Doué ! soupirait mélancoliquement Mme Siméon.

— Et si de pareilles « pièces » venaient jamais s'installer à Kerahuel, Mme Siméon pouvait mettre ses lunettes : « elle ne verrait jamais que le quart de sa misère ! »

Ensuite Astérie déblatéra contre Rachimbourg ; et dans ce pays où les sept péchés capitaux fleurissaient comme dans un fumier d'élection, le maire, parce qu'il attirait les « estrangers », fut accusé de corrompre les innocences et de donner à Kerahuel le spectacle de perversités inconnues jusqu'alors.

— Celui-là aussi, il est temps qu'il s'en aille, dit Mme Siméon.

Et ouvrant sa tabatière, elle la tendit à Astérie.

Astérie ne prisait pas. Mais elle se trouvait en si complète communion d'idées avec Mme Siméon sur les questions de la morale et de la politique locales que, en témoignage de parfaite alliance, elle prit une pincée de tabac, se l'introduisit dans le nez, et, tout en éternuant, s'en alla faire le catéchisme aux enfants du village. Elle les rassemblait, dans une écurie. Derrière la queue des vaches qui fientaient, elle les initiait aux vérités de la religion ; et, frappant à coups de trique sur les têtes aux mémoires paresseuses, poussait, comme un bétail, les âmes vers la Sainte-Table.

Arrivés une demi-heure d'avance, Malbar et Mme Trénissan se promènent silencieusement sur le quai de la gare, au long des voitures du train, dont les lumières deviennent de plus en plus claires, à mesure que la nuit tombe. Ils n'ont plus rien à se dire, et le signal du départ leur sera un soulagement.

La locomotive arrivant du dépôt s'attelle à la tête du convoi.

Malbar et Mme Trénissan, côte à côte, mènent leur marche du compartiment de première classe où Mme Trénissan a déposé son parapluie et son sac de voyage au delà du fourgon de queue où des hommes d'équipe chargent des colis. Ils reviennent sur leurs pas. Devant eux, à l'arrière du dernier wagon, trois lanternes rouges disposées en forme de triangle, une en haut, deux en bas, étincellent. Là-bas, sous le fanal blanc de la machine, les rails s'allument, par intervalles. La lueur glauque d'un disque tellement éloigné qu'il semble à ras de terre, scintille, pareille à la clarté d'un ver luisant.

Malbar et Mme Trénissan échangent des mots sans importance :

— Vous n'avez pas de commissions pour Paris ?

— Non.

Vous avez bien tous vos bagages ?

— Oui.

— Vous n'aurez pas faim en route ?

Mme Trénissan ne s'inquiète pas. On trouve des buffets, pendant les arrêts, sur le parcours.

— Etes-vous sûre qu'ils ne sont pas fermés pendant la nuit ?

— Non, pas tous.

Et, se faisant des questions dont les indicateurs consultés leur ont, dès longtemps, fourni les réponses :

— Vous arriverez demain matin à quelle heure ?

— Sept heures.

— Ah ! oui, c'est vrai.

Puis ils se donnent des indications, discutent les horaires, citent les stations où le train ne s'arrêtera pas.

— Car c'est un express, remarque Mme Trénissan.

Ensuite, pour ne pas rester en silence, ils se plaignent de la lenteur des trains rapides, lesquels ne circulent jamais assez promptement au gré des impatiences : la promptitude de la vapeur exaspérant dans les esprits, le désir d'arriver plus vite. Et, tous deux, regardent l'horloge de la gare, où l'aiguille avance par soubresauts, comme si l'heure, sur le cadran, battait à la façon du sang, dans une artère. Une cloche tinte appelant au loin, dans la nuit, les voyageurs en retard.

Charlescot accourt. Il sort on ne sait d'où, des profondeurs du mépris où il a été relégué depuis le départ de Mme Minahouet et de sa fille. On ne l'a pas revu depuis cette époque. Il avait quitté l'hôtel d'Orange, mangeait à l'écart dans les cabarets de pêcheurs, s'isolait dans sa chambre en face du port exhalant de fétides odeurs. Et voici qu'il réapparaît portant sur son dos, au long d'une courroie, l'appareil photographique, que, par crainte des avanies, il n'osait plus braquer sur personne. Il avise un compartiment ouvert, y dépose son sac. Mme Trénissan et Malbar le regardent. Il a peur d'avoir commis une inconvenance, murmure : « Oh ! pardon, pardon », reprend sa jumelle avec son étui, et la dépose, avec précaution, sur la banquette d'un autre wagon.

— Pauvre garçon, dit Mme Trénissan. Il a dû être bien malheureux.

— Ce n'est pas une raison pour qu'il vous gêne.

— On a été bien injuste envers lui. Est-ce sa faute, pourtant, si Mme Minahouet et sa fille se sont conduites comme des gredines ? Lui, il était sincère, et voilà qu'il s'en va, comme un paria, sans que personne se risque à lui dire adieu.

— Bah ! Il n'en arrivera pas moins à destination, dit Malbar.

— Voulez-vous bien vous taire ? A votre place, moi, savez-vous ce que je ferais ?

— Je devine, répondit Malbar ; vous lui donneriez une poignée de main.

— Parfaitement.

— Eh bien, si ça vous fait plaisir, rien de moins difficile.

Malbar s'approche de Charlescot déjà installé dans un coin et rêvant, les yeux fermés, à côté de son appareil.

— Au revoir, monsieur Charlescot.

Et Malbar lui tend la main.

Charlescot sort de son anéantissement. Il serre avec effusion cette main complaisante dont l'étreinte le réhabilite et lui rend quelque dignité vis-à-vis de lui-même. Les larmes aux yeux, il bégaie :

— Merci, merci. Au revoir, monsieur Malbar.

— Les voyageurs pour Paris, en voiture !

Sur le cadran, l'aiguille haletante approche de l'heure du départ. Malbar aide Mme Trénissan à monter dans son compartiment. Un homme passe, tourne la poignée de la portière, rabat le loquet de sûreté. Une voix crie : En route ! La locomotive répond par un coup de sifflet. Dans la nuit, un jet de vapeur blanche sort du purgeur des pistons. L'aiguille fait un dernier saut : six heures et demie. Alors, le train, comme s'étirant au long des rails, doucement, se met en marche. Mme Trénissan se penche à la portière et dit :

— A bientôt, n'est-ce pas ? Je compte sur vous, à Paris, pour la première représentation de *Tristan*.

Puis, derrière la glace qui se relève, la tête de Mme Trénissan rentre dans le wagon. Le disque, au lointain, de vert devient blanc. La voie est ouverte. Le train s'y précipite, fume, là-bas, vers l'inconnu. Chien-de-Nous accourt à toutes pattes, bat de la queue autour de Malbar.

— Nous voilà bien seuls, maintenant, mon pauvre Chien-de-Nous !

Et l'homme et le chien, au travers des ténèbres rayées par les feux intermittents des phares, sur le quai où les barrières se ferment et où l'on entend grincer, à ras de terre, dans l'ombre, les chaînes des poulies commandant les signaux, regardent tristement fuir et décroître, au loin, les trois lanternes rouges disposées en forme de triangle, à l'arrière du dernier wagon.

Sur le quai, derrière les mêmes lanternes rouges toujours prêtes à partir, par une soirée de pluie humide déjà de tous les suintements de l'automne, Garnafe et Rachimbourg se sont rencontrés au milieu de leurs valises, et chacun, à l'aspect de l'autre, a senti se rallumer sa rancune, se raviver sa colère. Ils se sont interpellés, en sont venus aux menaces.

— Nous vous retrouverons, monsieur ?

— A votre aise.

— Quand il vous plaira.

— Devant les tribunaux, vous ne vous montrerez pas si fier.

— C'est ce que nous verrons.

— Je ne crains rien, moi, monsieur, je suis un honnête homme.

— Vous ne pensez pas à ce que vous dites.

Et le train, à toute vapeur, emporte les deux adversaires qui, dans des compartiments séparés, s'injurient à travers les cloisons au long de la voie où les poteaux télégraphiques, rapprochés par la vitesse, semblent se serrer les uns contre les autres.

Un autre soir, sous un ciel lourd et tout chargé d'orage, M. Nicous apparaît portant sous son bras un rouleau de papier. C'est le manuscrit de *Lulli* qu'il a prémédité d'oublier dans le wagon. Mentalement, il rédige la note qu'il enverra aux journaux pour réclamer le paquet égaré : « Il a été laissé dans un train, entre Kerahuel et Paris, une comédie intitulée *Lulli*, pièce en vers mêlée de musique, qui devait être prochainement représentée. L'auteur, précisément, la portait au directeur d'une de nos grandes scènes, avec lequel il avait passé un traité. La rapporter, 14 *ter*, rue de la Vanne, Paris-Montrouge, à Mlle Pauline Nicous, chargée du principal rôle. » Ainsi, par le mensonge de cette perte, M. Nicous comptait tout ensemble informer le monde des talents de sa fille et de l'existence de *Lulli*.

Plus inconnue encore que le chef-d'œuvre du chef de bureau, son mari, Mme Nicous est entrevue, ainsi qu'une ombre, sous la clarté des lanternes. Vêtue d'une robe pauvre, à la mode des années passées, elle se dissimule comme si, par son aspect de domestique conjugale, elle avait peur d'humilier la notoriété de son mari. Et c'est tout ce que Kerahuel aura jamais aperçu d'elle, cette silhouette effacée et à peine distincte du crépuscule qui grimpe furtivement dans un wagon de troisième classe.

M. Nicous, après avoir hissé sa femme sur le marchepied, immédiatement s'est éloigné d'elle. Il a rejoint M. et Mme Hestoudeau, Mme Vincent Trois, debout auprès de la portière ouverte d'un coupé-lit mis à leur disposition et prêts, eux aussi, à quitter Kerahuel. Malbar les accompagne, des compliments s'échangent. M. Hestoudeau se flatte d'avoir fait la connaissance de l'homme de lettres. Il espère, l'an prochain, avoir le plaisir de le rencontrer encore. Car il se propose énergiquement de revenir avec sa femme et son fils : les bains de mer ayant été très favorables à la santé du jeune Olivier. Pour continuer la cure, il s'est avisé de se faire envoyer, chaque jour, douze bonbonnes d'eau puisée dans un endroit de la plage par lui spécialement indiqué, afin que l'enfant, à la ville, dans une baignoire, ne cessât pas de profiter des principes iodés et salins que l'analyse chimique révèle dans les vagues de la mer. Il prie Malbar de vouloir bien veiller à l'exactitude de cette expédition et exprime ensuite ses regrets à M. Nicous. Il déplore que l'aventure de Mme Minahouet l'ait malheureusement privé d'entendre *Lulli*, se console néanmoins, avec des phrases toutes faites : « Ce n'est que partie remise ; les hommes d'esprit prennent toujours leur revanche. »

— Heureusement, murmure M. Nicous.

Il salue M. Hestoudeau, se dit le serviteur de Mme Hestoudeau, et quand il se retourne pour présenter ses hommages à Mme Vincent Trois, Mme Vincent Trois n'est plus là. Elle a emmené Malbar, là-bas, en tête du train, auprès de la locomotive ; et, tous deux, avec animation, parlent à voix basse. M. Nicous se rapproche et il surprend les mots : Imbécile, sot, maladroit, vous ne comprenez donc rien ? On vous en donnera des femmes supérieures ! Avec tout votre esprit vous n'êtes qu'un niais. C'était pourtant bien facile à voir. Mais non, vous me préfériez votre « femme à musique » ; et insultant Mme Trénissan jusque dans sa stature, Mme Vincent Trois la compare à un mastodonte.

— Mais, madame, je vous assure, réplique timidement Malbar, par peur d'être entendu du chauffeur, qui, une burette d'huile à la main, va, vient, au long de la locomotive, graissant les coulisses et les tiges des pistons, je vous assure, Mme Trénissan, pour moi, n'était rien qu'une amie.

— A d'autres, s'il vous plaît. Si vous croyez qu'on me trompe ! Mais vous me le paierez, mon bon, et c'est moi qui vous le dis. Vous verrez ce que ça rapporte de faire le dédaigneux. Ah ! vous vous êtes amusé à me rendre jalouse ! Eh bien, je vous montrerai, moi, ce que c'est qu'une femme jalouse !

— Vous ne m'apprendrez rien, dit Malbar. Tout de même il essaie d'expliquer qu'il n'a rien voulu, rien prémédité, sa conduite entière ayant été faite de convenance et de respect.

— Mais vous n'avez donc pas deviné que vous m'assommiez avec vos déférences ?

Et Mme Vincent Trois conclut rageusement en déclarant qu'on ne saurait jamais à quel point les hommes sont bêtes.

— Madame, voulez-vous me permettre...

Pour avoir raison, Mme Vincent Trois change de conversation et, apercevant M. Nicous :

— Ah ! M. Nicous. Vous ne m'avez pas oubliée, vous. Grand merci, monsieur Nicous.

— Eh bien, quand vous voudrez ? cria M. Hestoudeau.

Malbar, Mme Vincent Trois et M. Nicous rejoignent M. et Mme Hestoudeau et les mots convenus ne manquent pas :

— Vous nous écrirez.

— Puisque vous m'y autorisez.

Mme Vincent Trois, dans une phrase d'aspect aimable, mais sous laquelle Malbar démêle des menaces, ajoute avec une affectation de simplicité :

— Mais oui. C'est cela, nous vous répondrons. Et moi, je vous promets que vous aurez de mes nouvelles.

— Fraülein, fraülein, demande tout à coup Mme Hestoudeau, où est Olivier ?

Mais la fraülein n'entend pas, occupée qu'elle est près de la bascule à surveiller les paquets et à faire peser les malles.

— Pauline ? dit à son tour M. Nicous, Pauline, où es-tu ?

Et, cherchant les enfants, il arpente le quai d'un bout à l'autre, regarde anxieusement dans les salles d'attente, s'enrage de ne voir personne.

Pour se faire leurs adieux sans être dérangés, Olivier et Pauline s'étaient réfugiés dans le local de la consigne ; et là, assis l'un à côté de l'autre, sur une malle non réclamée, ils se tenaient les mains. Pauline, à ses pieds, avait posé l'étui de son violon — le violon de Lulli — et dessus, un petit bouquet d'œillets mauves cueillis par elle, le matin, en courant une dernière fois au long de la falaise.

Sur la boîte d'acajou verni, les fleurs, comme sur un cercueil, se fanaient, répandant autour des enfants toutes les senteurs tristes de la mort et de l'automne.

— Nous n'allons plus nous voir, Olivier, disait Pauline.

— Mais vous reviendrez, comme moi, l'an prochain, répondait Olivier.

— Papa n'aura peut-être pas de congé, cette fois-là, répliquait Pauline. Cette année, il a été si longtemps absent de son administration, à cause de la blessure qu'il a reçue d'un bœuf, dans les abattoirs.

— Mais il pourrait dire qu'il a encore reçu un coup de corne, insinua Olivier jugeant très légitime un mensonge qui le rapprocherait de Pauline.

— Oh ! pauvre papa. Il vaut bien mieux lui souhaiter que son *Lulli* soit enfin représenté et qu'il réussisse. Parce que, ainsi, il gagnerait de l'argent et nous deviendrions riches. Il n'aurait plus besoin de son bureau, on se querellerait moins, à la maison, et nous pourrions, tout le temps, rester en vacances à Kerahuel.

— Alors, si vous voulez, Pauline, tous les soirs, dans les prières qu'on me fait dire, je parlerai pour vous au bon Dieu afin qu'il vous accorde un grand succès et qu'il ramène bien vite, auprès de moi, ma chère petite Lulli.

— Le bon Dieu, murmura Pauline, il devrait bien me faire grandir, pour m'allonger les mains : alors dans les extensions de doigt, je ne ferais plus de fausses notes.

— Qu'est-ce que c'est que ces extensions de doigt dont vous vous inquiétez toujours, demanda Olivier.

Mais la voix de M. Nicous retentit avec le timbre dur qu'elle prend dans les moments d'autorité et de colère.

— Pauline ! Pauline ! Où es-tu ? Sacré Lulli, va !

— On m'appelle, dit Pauline. Je vais être grondée. Adieu.

Et prenant le bouquet de fleurs mauves qui s'étiole sur la boîte à violon :

— Tenez, je vous le donne. C'est pour vous.

Pauline sort, est giflée par son père. Dans le compartiment où elle s'installe à côté de sa mère, elle sanglote ; et son cœur se brise comme les cordes de son instrument qui, dans l'étui, sur ses genoux, claquent à l'humidité du soir.

— Allons les voyageurs, en voiture !

Olivier, entraîné par la « fraülein », qui le rencontre sur le quai, au milieu d'objurgations proférées dans toutes les langues, est hissé dans le coupé, à côté de sa famille, et, sans rien dire, reste dans un coin, son bouquet à la main. Parmi le compartiment chauffé par une journée de torride soleil, le bouquet répand une odeur fade de parfum en décomposition.

— Qu'est-ce que tu apportes là qui sent si mauvais ? demande M. Hestoudeau. En voilà une idée de traîner avec soi de pareilles puanteurs. Allons, jette-moi ça. Et un peu vite !

Olivier hésite. Il n'ose pas dire que ces œillets méprisés lui viennent de Pauline. Tristement, il regarde les fleurs, comme si, en se séparant d'elles, il se séparait à nouveau de sa petite amie.

— En route, crie le chef de gare...

— Quand tu voudras obéir, Olivier, commande Mme Hestoudeau. Tu entends, n'est-ce pas ?

Olivier, cependant, ne se décide guère et Mme Vincent, Trois lui arrache les œillets des mains.

— Allons, donne. Tiens, nous allons en faire cadeau au monsieur.

Le train siffle, se met en marche, et Mme Vincent Trois jette le bouquet aux pieds de Malbar. Le train disparaît sous un panache de fumée : sur le quai, les œillets gisent entre les brouettes.

— Quelle folle que cette Mme Vincent Trois ! pense Malbar. Elle est insupportable avec l'exagération de ses fausses tendresses. Je vous demande un peu qu'est-ce qu'elle veut que je fasse de ça ?

D'un coup de canne, il pousse sur la voie le petit bouquet qui se délie, s'éparpille, et brin à brin, continue à mourir parmi les cailloux du ballast et les escarbilles de charbon tombées du cendrier de la machine.

Aujourd'hui, Laguépie, à son tour, s'est embarqué pour Paris. Ses cours, au Muséum, le rappelaient, et aussi, une dame dont, par intermittences, il se montrait épris. Errante à travers le monde dans des courses perpétuelles, quand, par hasard, elle se décidait à faire halte et à rester éphémèrement en place, elle avertissait Laguépie. Quand Laguépie ne se trouvait ni au Groënland, ni aux îles Lofoden, ni claquemuré sur des travaux dont nulle galanterie au monde n'aurait pu le détacher, il accourait auprès d'elle, faisait l'enfant en sa

compagnie, et après quelques semaines de gamineries et
d'escapades, avant d'être lassés l'un de l'autre, ils se séparaient, la dame, reprenant ses pérégrinations sans but,
Laguépie revenant calmé à ses élèves, à son laboratoire
et à ses expériences.

Les derniers, Mme Toczinska et M. Sibilinski ont pris
leur billet de départ.

Couple par l'amour et par l'art réuni, lui, abandonné
de sa femme, elle, délaissée de son époux, ils formaient
le plus régulier et le plus affectueux des ménages illégi-
times. L'hiver, dans Paris, promenant des boîtes, de magasins en magasins, ils plaçaient de la bijouterie fausse.
L'été venu, quittant leurs noms réciproques de Cabessard
et de Préolier, ils prenaient des titres polonais, et déguisés
en magnats, sur les humbles plages, vivaient de leurs
talents, l'une sur le piano, l'autre sur la clarinette. Débarrassés de leurs oripeaux et de leur musique, ils étaient
demeurés quelques jours à Kerahuel pour jouir, en amateurs, de la solitude et de la mer. Et ceux-là s'éloignaient
légers de contentement et d'espoir ; car Rachimbourg,
en rêve de créer un casino à Kerahuel, promettait de
leur donner la direction artistique du futur établissement.

Maintenant, dans Kerahuel vide, Malbar demeure seul
à l'hôtel d'Orange. Plus rien ne reste à s'en aller désormais que les bonbonnes à l'adresse de M. Hestoudeau.
Tous les matins, elles arrivent régulièrement à la gare,
s'alignent sur le quai, et il n'y a pas d'autre départ que
celui de cette eau de mer mise en bouteilles. Malbar alors
éprouva toute la mélancolie de l'isolement. S'il recherchait la vie, à l'écart, dans un paysage désolé, quand le
désert de son choix, par hasard se peuplait, comme
Kerahuel, il s'accoutumait mal à la disparition des passants les plus indifférents et souffrait ensuite d'une
tranquillité et d'un silence qui ressemblaient à de la
mort.

Ne sachant que faire, dans sa chambre, dont la fenêtre,
désormais, n'ouvrait plus que sur une plage vide de
relations, de conversations et d'amitiés, il se rappela être
venu à Kerahuel pour travailler. Or depuis longtemps,
il n'avait pas ajouté une ligne à son ouvrage, traitant
des *Rapports de la littérature et de la science*, encore
une fois délaissé et suspendu.

Il rouvrit le manuscrit, le relut pour retrouver la

liaison des idées, assurer la sécurité des transitions ; et les chapitres oubliés se révélant à lui comme nouveaux et écrits par un autre, ne lui semblèrent ni si originaux, ni si personnels qu'il prenait plaisir à les imaginer.

Il s'apercevait que, sous une forme plus longue, il développait des théories déjà émises par M. de Chateaubriand. Les problèmes aussi qu'il croyait soulever, dès longtemps, avaient été résolus d'autorité par quelques phrases lapidaires et décisives des *Mémoires d'Outre-Tombe*. Il se disait que les réformes par lui proposées s'accompliraient d'elles-mêmes, un jour, par le travail naturel des besoins et des acquisitions du langage, et qu'un homme de génie, dominant ses démonstrations, réaliserait ses espérances, sans cependant avoir jamais lu son livre. Il se persuadait de la vanité des théories et des formules, se confessait leur impuissance à rien déterminer. Établies après coup pour expliquer des phénomènes et des modifications que rien ne permettait de prévoir, si elles témoignaient en faveur de l'ingéniosité de leurs auteurs, leur virtuosité même, malgré son agrément, demeurait incapable d'exercer une action quelconque sur la direction des esprits.

Alors, désillusionné de son sujet, il continua cependant à le traiter, couvrant des feuilles de papier d'arguments sans chaleur, de raisonnements sans enthousiasme ; et il avançait dans son œuvre comme dans un pensum, sans autre satisfaction que celle de se dire, de page en page : « C'est toujours autant de fait » ; sans autre idéal maintenant que celui « d'en avoir bientôt fini ».

Par un de ces matins où l'encre manque dans l'encrier séché, en même temps que la pensée ; où la plume, rebelle à écrire, accroche les fils du papier et semble, matériellement, reproduire sur la feuille blanche, les embarras intellectuels de l'écrivain, Malbar, qui rêvait sur une phrase interrompue, fut travaillé soudain par une de ces concupiscences que provoquent le mécontentement de soi-même, et l'ennui. Alors, il pensa à Mariette. Peut-être résidait-elle encore en son château de « Caige-Maige ». Elle l'avait invité à l'aller voir : pourquoi ne lui ferait-il pas la visite promise ? Pour s'excuser de quitter son travail, il se donna à lui-même cette raison que la promenade éluciderait ses idées et l'aiderait à établir le plan du chapitre contenant la conclusion : morceau capital sur lequel il voulait longuement réfléchir. Or, prenant sa canne, et sifflant pour appeler Chien-de-Nous, il se mit en route vers la gare.

Mais Chien-de-Nous n'obéit pas. Il était, on ne savait où, parmi les ordures du port, rongeant des charognes et réintégrant l'inconnu. Depuis que les « estrangers » avaient quitté Kerahuel, il reprenait paresseusement sa vie nomade et solitaire. Baluche l'imitait.

Le dernier fourgon chargé de la dernière malle enregistrée pour le dernier voyageur, il refusait tout service à l'hôtel d'Orange ; et, sans craindre de mourir de faim, se reprenait à mener une existence d'indépendance et de hasard. Chien-de-Nous et lui, cédant à un naturel semblable, ne se conduisaient pas l'hiver selon les mêmes règles que pendant l'été. Leurs instincts de domesticité les abandonnaient, dès que les baigneurs, à l'automne, quittaient la plage. Aussitôt que la belle société se retirait, ils ne consentaient plus à se soumettre et à servir.

Trois stations en avant de Kerahuel, dans une gare, au bord d'un étang, Malbar descendit. Par-dessus des roseaux défleuris, le clocher d'une église se levait, au milieu d'un cimetière. Les croix des tombes, dévalant jusqu'à la berge, par-dessus un petit mur, se miraient dans l'eau.

— Le château de « Caige-Maige », s'il vous plaît ?

La femme qui tenait un drapeau, près de la maisonnette d'un passage à niveau, lui indiqua le domaine : à gauche dans la route que Malbar voyait devant lui; puis, à gauche encore. Après vingt minutes de chemin, il se trouverait en face des colonnes de la façade, derrière un perron, au bout d'une allée d'arbres.

Malbar se mit en marche.

Le ciel était clair, le temps doux, et il y avait déjà de l'hiver dans les rayons du soleil épandant sur la campagne plus de lumière que de chaleur. Les paysans commençaient à charrier les fumiers. Au sommet de tas noirs symétriquement espacés, dans les champs, des fumées montaient. Par instants, sous le ciel, des corbeaux s'envolaient. La porte d'une petite chapelle s'ouvrait sous un porche parmi la verdure d'un grand lierre. Malbar entra.

Des cierges à demi brûlés, éteints auprès du piédestal d'un saint de bois peint en rouge, témoignaient de la vénération des fidèles pour cette image. Malbar reconnut saint Gornet.

Saint Gornet possédait, disait-on, la vertu de rendre du lait aux seins épuisés, et sa puissance spéciale ne faisait de doute pour personne, dans un rayon de deux cents kilomètres. Les nourrices aux mamelles sèches venaient de loin en pèlerinage à son autel, égrenaient quelques dizaines de chapelet, disaient une oraison appropriée, et retournaient près de leurs enfants, les mamelles pleines. Il alimentait les poupons et confondait le scepticisme : tellement qu'un homme, après boire, proférant un jour, dans la chapelle, des plaisanteries sur des miracles qu'il ne voyait pas, sentit soudain sa poitrine se gonfler à la façon d'une poitrine de femme, et l'on affirmait que, rentré chez lui, le mécréant avait été obligé de se faire téter.

De l'humidité tombait des murs nus, sur le sol de terre battue où rampaient des limaces. Malbar se sentait gêné par le bruit de ses pas qui retentissaient dans le silence de la voûte. Un tronc pour les aumônes s'ouvrait près d'un bénitier. Il y laissa tomber une pièce de monnaie. Puis il sortit, s'orienta, s'avança parmi des sentiers détrempés où se cachait sous l'herbe l'eau des récentes pluies. Les pieds mouillés, les souliers boueux, il commençait à désespérer d'arriver, quand, ayant dépassé une croix de pierre élevée en commémoration d'une bataille et d'un massacre, à l'extrémité d'une longue avenue d'ormes dont les hautes branches se rejoignaient en forme de berceau, il aperçut le château de « Caige-Maige ».

Il le voyait au travers des découpures d'une grande grille de fer forgé portant, dans un écusson, à son sommet, les armes des anciens maîtres : trois fleurs de lis au naturel, sur un champ de sinople, écaillé et noirci par la pluie. Une pelouse précédait les bâtiments. Un grand parc s'étendait derrière, et les arbres dépassant les combles, au-dessus des cheminées, mettaient un grand parasol de feuillage.

A droite et à gauche d'un péristyle étroit, s'étendaient, en retrait, les deux ailes du corps de logis. Malbar reconnaissait là une de ces « folies » du dix-huitième siècle, demeures construites pour les aventures de la galanterie et du plaisir et que la Révolution attrista par l'exil ou l'exécution de leurs propriétaires. Sur le fronton, au-dessus de chacune des quatre colonnes, des fleurs, dans des vases, s'épanouissaient. Des caisses contenant des orangers s'espaçaient, entre les fenêtres. Au rez-de-

chaussée, terminant les deux parties latérales, un petit
perron aux marches basses et comme mesurées pour les
pas des vieillards, des rêveurs et des femmes, descendait
en pente douce jusqu'au gravier des allées bien sablées
qui se perdaient au loin parmi les verdures du jardin.
Du haut en bas de l'édifice, les portes et les fenêtres
étaient fermées par des contrevents; et la maison silencieuse sous le ciel gris de l'automne, donnait une sensation
de concupiscence et de mort.

Malbar avança, poussa la grille. Elle céda sous sa
main. Il alla vers la loge du portier, la trouva vide. Sur
la pelouse, devant l'escalier d'honneur, les maillets d'un
jeu de croquet, auprès d'un vieux chapeau de paille aux
rubans fanés, gisaient abandonnés. Des paons qu'on ne
voyait pas criaient : Léon ! Léon ! dans les lointains.
Malbar, ne rencontrant personne à qui parler, marcha
vers le bruit que faisait un râteau, manié là-bas par un
jardinier ramassant des feuilles mortes. Il appela. Personne ne répondit.

Alors, il dépassa l'aile gauche du château, longea des
corbeilles dénudées dont les fleurs avaient déjà été
remisées sous les vitres des serres. Il s'arrêta devant la
façade donnant sur le parc.

Un salon circulaire s'arrondissait derrière un escalier
dont les rampes à balustres se terminaient par des
potiches de faïence où dépérissaient des géraniums. Sur
cette façade encore, toutes les portes, toutes les fenêtres
étaient fermées. Malbar contourna l'escalier. Alors il
aperçut une voiture de déménagement.

Les mots « Transports pour la France et l'étranger »
s'y lisaient en grandes lettres noires, sur les panneaux
jaunes. A quelques pas, le cheval dételé, le harnais sur
le dos, broutait le gazon d'une clairière. A l'arrière de
la voiture resté grand ouvert, entre des matelas, des
bois de lit, et des tapis roulés, la poignée dorée de la
caisse d'un piano étincelait.

Fatigués d'avoir chargé les meubles, les hommes de
peine s'en étaient allés se reposer et boire, laissant sur
le sol des objets légers et dont le placement ne nécessi-
tait plus d'efforts. Un mannequin d'osier servant à draper
les robes de femme, se tenait debout et sans tête, à côté
d'un tub de zinc, immense et émaillé en bleu. Un coup
de vent enleva une feuille de papier. Malbar, avec sa
canne, l'attira vers lui; et, l'ayant ramassée, reconnut la

vignette d'un morceau de musique. Il lut le titre. C'était la *Chanson de la sardine*, la chanson que Mariette, en grand appareil de gaîté, avait chantée un soir, à l'hôtel d'Orange, en compagnie des artilleurs. Une silhouette vide auprès d'un ustensile de toilette, des notes muettes qu'emportait la rafale, voilà tout ce qui restait de Mariette. Elle aussi était partie.

Où partie ? Malbar, pour le savoir, parcourut le parc, cherchant le jardinier. De l'eau, dans des bassins, luisait entre les ramures basses. La coupole d'un petit temple dominait une grotte bâtie avec des rochers factices; des urnes se dressaient, sur des socles, aux carrefours des allées. On n'entendait plus le râteau. Malbar erra dans le potager. Sous un vol de feuilles tombantes, un cadran solaire au milieu, s'élevait sur une stèle où grimpait du lierre. A l'aspect de l'aiguille d'ardoise qui, sur les divisions géométriques gravées sur la table de marbre, allongeait l'ombre froide des heures, Malbar frissonna. Il appela encore. Pas de réponse. Le soleil se couchait. Des vapeurs, au-dessus des nénufars, montaient selon la courbe des ruisseaux. Attendant les déménageurs, le cheval, sur la pelouse, allait, venait, paissait l'herbe. De temps en temps, il s'ébrouait, et tout redevenait abandon et silence.

— Encore quelque chose de fini ! dit Malbar.

Il traversa la cour du château, passa la grille; et, sous le ciel gris, couleur de ses pensées, par les chemins humides où commençaient à coasser les grenouilles, il reprit le chemin de la gare. Quand il arriva à Kerahuel, il faisait nuit, une nuit sans étoiles. Les rayons intermittents d'un phare promenaient des lumières aux faîtes des maisons. Le long des rues noires, une clochette tintait, et Malbar entendit les jurons d'un homme en mauvaise humeur. Il reconnut Baluche.

Baluche, à travers l'obscurité, remplissait une fonction et s'irritait contre la clochette qu'il avait accepté de secouer. Elle était fêlée et faisait mal son service. Par ses carillons, Baluche était chargé d'annoncer aux habitants de Kerahuel qu'un théâtre ambulant venait de s'installer sur la place du village; que ce théâtre s'intitulait « Théâtre de la Gaîté », enseigne de bon augure pour quiconque souhaitait dissiper ses idées tristes. Les quinquets s'allumant, bientôt la représentation commencerait. Chien-de-Nous accompagnait Baluche, et Baluche, habillé d'un reste de jaquette, coiffé d'un chapeau à haute forme effondré sous les averses, agitait dans l'ombre sa clochette qui sonnait comme un glas.

Maman Treulec, fatiguée, s'était mise au lit. Malbar dîna seul et sans faim. Avant de se coucher, il erra autour de la baraque de saltimbanques. Par un trou de la toile, il vit Baluche qui se démenait sur la scène. Il portait sur le dos une peau de cochon; sous ce déguisement, grognait derrière un masque en forme de hure, remuait le groin, faisait des gestes équivoques, et par sa fantaisie à jouer son rôle d'animal, causait aux spectateurs un plaisir infini. Chien-de-Nous, dans un coin, l'air connaisseur, le regardait, de la tête suivait tous les mouvements du comédien, et parfois remuait la queue, sans doute en signe d'approbation.

Malbar s'endormit sous le poids d'un invincible accablement. L'ennui le poursuivit en rêve, pendant son sommeil. Le lendemain, il le retrouva dans les pages de son manuscrit, où décidément il ne démêlait plus que faiblesses et imperfections. Ainsi les œuvres de l'esprit, pareilles aux liaisons trop longues, peu à peu deviennent seulement sensibles par leurs défaillances et leurs infirmités. Il jugea son titre : *les Rapports de la littérature et de la science*, mal choisi et trop restreint; le changea, intitula son ouvrage : *la Science dans les lettres et dans l'art*, établit le plan d'un chapitre où il se proposait de reprocher aux peintres leur indifférence pour les jeux nouveaux de lumière, quand, dans les usines, au travers des baies vitrées où s'amasse la poussière, elle tombe sur le métal des machines en marche.

Est-ce que l'éclair du va-et-vient des pistons, le rayon de soleil qui s'accroche et tourne sur les scies circulaires, l'enroulement et le dévidement des courroies sur les poulies que polit le frottement, toute cette vie éclatante des engrenages et des arbres de couche toujours pailletés d'étincelles; est-ce que la variété des tons fournis par les luisants de graisse, d'acier et de cuivre, ne devait pas les séduire davantage que l'immuable reflet d'une buire d'émail dans un casque d'or, sous le jour conventionnel d'un atelier? Pour lui, c'était misère si personne, parmi les artisans de tableaux, n'osait essayer de rendre ce flamboiement de la matière domptée par l'industrie et forcée de donner à l'art des sujets qu'il ne connaissait pas.

Comme de tout le reste, il se lassa de ses objurgations

et de ses doctrines. Il laissa courir sa plume hors de son sujet, traçant machinalement sur son papier des paysages, des bonshommes, des portées de musique, s'étudia à bien exécuter des clés de sol; puis il ferma son encrier d'où il ne tirait plus d'idées, et, encore une fois, il mit avec précaution au fond de sa malle son manuscrit inachevé. Maman Treudec, au déjeuner, se lamenta en apprenant que Malbar partait le soir même.

Pour user la journée, Malbar se promena dans les chemins, au long des murs de pierre séparant les champs et les découpant en cases de damier. La nature lui parut rebelle à ses adieux, car les paysages se retirent de nous comme les individus, et leur amitié, inconstante autant que les amitiés humaines, se refroidit par la fréquentation et l'habitude. Il allait. Ses pieds, derrière lui, laissaient une trace sur le sable. Sa canne, de place en place, suivant le rythme de sa marche, creusait de petits trous. Un vent violent soufflait, soulevant de dessous les herbes maigres une poussière qui lui piquait les yeux. Son chapeau s'envola. Il courut, le rejoignit sur la falaise, le ramassa; et après l'avoir ramassé, il aperçut devant lui, un « amer », espèce de haute borne en maçonnerie signalant aux navigateurs des écueils, près de la côte. Le cercle noir, peint sur un fond blanc, l'attrista comme un regard de deuil.

Debout, là-bas, par-dessus les œillets, les chardons, dont les tiges envahies par les escargots, ressemblaient à des arborescences de pierre, le grand menhir qu'il considérait ainsi qu'un camarade, lui parut méconnaissable tant il se levait avec indifférence au-dessus de la mer et des landes. Tout dans l'horizon lui devenait étranger, hostile même et il s'étonnait de ne plus rien contempler avec l'attendrissement qu'il ressentait jadis, au cours de ses promenades en compagnie de Mme Trénissan.

Il s'asseyait d'ordinaire sur un tertre dominé par une cabane où les tireurs de goémons se mettaient à l'abri de la pluie, remisaient leurs râteaux et leurs fourches. La cabane effondrée montrait maintenant son intérieur plein de cailloux et d'ordures. Malbar ne put supporter le spectacle de cette ruine. La mer, au loin, dans le reflux des grandes marées, semblait à son tour s'éloigner de lui; et la côte, boueuse et sans charme, à travers les rochers, lui faisait l'effet pénible ou d'une carrière de banlieue, ou d'un immense chantier de démolitions.

Il revint. Par désœuvrement, il s'appliquait à remettre ses pieds dans les empreintes laissées tout à l'heure par ses pas. Il introduisait exactement sa canne dans les trous qu'il retrouvait, un à un, espacés devant lui. Pareille à la mer grise, sans couleur et sans voiles, la journée, pour lui, se prolongeait sans intérêt et sans espoir. Souvent il tirait sa montre, et l'heure du départ lui semblait bien tardive à venir.

Elle s'approche, enfin ! Maman Troudec est embrassée; la malle s'enregistre au guichet des bagages.

— Le voyageur pour Paris, en voiture ! crie ironiquement un homme d'équipe qui voit Malbar tout seul sur le quai de la gare où ne s'embarque plus personne.

Malbar monte en wagon, coiffe sa calotte de voyage, s'installe pour dormir commodément pendant la nuit, quand Chien-de-Nous accourt, met ses deux pattes de devant sur le marchepied.

— Tiens, c'est toi, mon chien, tu as pensé tout de même à me dire adieu.

Chien-de-Nous allonge la tête, implore une caresse, et flatté par Malbar, il bat de la queue, si fort, qu'elle sonne contre la portière du wagon.

— Monsieur, s'il vous plaît.

C'est l'employé qui vient contrôler les billets, fermer le compartiment.

— Allons, mon vieux camarade, au revoir, à l'année prochaine. Va, prends bien garde, et ne te fais pas écraser par les roues.

Chien-de-Nous se recule avec précaution. La locomotive siffle. Chien-de-Nous, sur son derrière, assis milieu du quai, fixant sur Malbar ses deux yeux de couleur différente, attend le signal du départ.

— En route !

Le train démarre, et vaguement, derrière la vitre du vasistas qu'il relève pour se protéger contre le froid, Malbar devine quelqu'un qui le salue. A tout hasard, il répond par un coup de chapeau.

C'est M. Pascal. Maintenant que, dans Kerahuel solitaire, il ne craint plus les rencontres, pour se distraire, de temps en temps il vient voir partir le train; et, sur le quai, à côté de Chien-de-Nous, il regarde fuir dans la nuit les trois lanternes rouges, en triangle, à l'arrière du dernier de ces wagons où il lui est à jamais interdit de monter.

CHAPITRE XII

La mer s'est habillée de sa couleur d'hiver. Sous les nuages que le vent déchire et traîne, soir et matin, au long du ciel pluvieux, elle fait déferler sur les rochers ses flots d'un vert livide, comme si les lames avaient pris la teinte cadavérique des noyés qu'elles roulent incessamment dans leur flux et dans leur reflux.

Sur la plage sans promeneurs, la rafale devient dure pour les poteaux portant des planchettes peintes avec cette inscription : « Terrains à vendre ». L'ouragan les secoue, les déracine. Ils penchent lamentablement, sous la bourrasque, ne se relèvent pas quand elle est passée : et, les moins solides, arrachés des profondeurs du sable, gisent sur le sol mouillé, ainsi que des corps morts, étendus, les bras en croix.

L'emplacement où devait s'élever la « Villa Ophélie » se distingue vaguement aujourd'hui par quelques sillons de délimitation jadis tracés à la pioche. Le sable les remplit peu à peu et la tourmente les nivelle. L'écriteau depuis longtemps a disparu, on ne sait quand, emporté de nuit par une poussée de tempête, là-bas, dans l'inconnu où moutonnent les marées.

Le port de Kerahuel cesse d'être sûr pendant ces époques de coups de mer. Le ressac met entre les deux môles une manière de tempête intérieure ; et les bateaux y sont plus secoués et plus dansants que les navires au large. Leurs mâts, à droite et à gauche, surmontés vers l'extrémité de petites poulies pour la manœuvre des voiles, s'inclinent, se redressent, s'inclinent à nouveau ; et, dans

leurs oscillations incessantes donnent la silhouette et
l'impression de croix funéraires balancées sur un cimetière toujours en mouvement.

Debout, en haut du monticule dominant au loin
Kerahuel, le clocher de l'église, les maisons et l'Océan,
tout blanc sur l'horizon noir, le sémaphore hisse ses
cônes de danger ; et les bras de son télégraphe aérien
s'agitant au fond de la perspective, portent, jusque dans
les lointains, des signaux d'épouvante.

Personne ne prend la mer en ces journées de menace.
Les pêcheurs, paresseusement, errent dans leurs sabots,
sans autres occupations que de vérifier les amarres de
leurs barques, de doubler les filins autour des pieux, de
garnir les haussières avec de vieux chiffons pour que le
frottement continu, causé par le remous n'use pas les cordages aux angles des pierres, sur les quais. Puis le long
d'un mur, appuyés du dos contre le pignon d'une
masure, à l'abri du vent, ils tirent sur leurs pipes et mâ-
chent leurs chiques en discutant sans fin sur les variations des courants et de la tourmente.

Toujours, ils affirment, entre eux, que, « de mémoire
d'homme on n'a jamais rien vu de pareil ». Le péril, dont
cependant ils ont acquis la longue habitude, le péril
leur semble toujours une nouveauté. Et ils restent là
pendant des après-midi entières, épiant une embellie,
guettant sous le ciel gris si quelque pavillon n'est pas en
berne, au lointain, sur les vagues. Désœuvrés et prêts à se
porter au secours du navire inconnu signalant sa détresse, les uns, les autres, ils se racontent des naufrages
où ils « eurent bien de la misère », commentent les nouvelles.

Elles leur parviennent par les journaux qu'un crieur
coiffé d'une casquette où les mots : *Petit Parisien*, *Petit
Journal*, s'inscrivent en lettres d'argent. L'homme les
transporte sous la pluie, en soufflant dans une corne
pour avertir de son approche. Tous les sinistres du
monde se propagent ainsi dans ces feuilles que les lecteurs déplient à grand'peine tant elles claquent sous la
rafale, dans ces pages qu'ils ont beaucoup de mal à tenir
et à retourner.

Epaves sans nom dont l'existence se révèle par l'annonce d'une bouée verte placée par le service des Ponts
et Chaussées ; goélettes perdues à leur retour de Terre-
Neuve ou d'Islande ; dundées dont plus rien ne reste,

26

sinon, sur un registre, la date d'un départ à jamais sans
arrivée ; grands vapeurs coulés bas, avec leurs machines,
leur cargaison, leurs passagers, et descendus sous l'eau
par le coup de fatalités et de rencontres imprévues ; col-
lisions, abordages, incendies, voies d'eau tout à coup
ouvertes et engloutissant les navires ; tout est mystère
dans ces surprises de l'Océan, soudaines et savantes à
déjouer les précautions les mieux ordonnées de l'intelligence et de l'énergie humaines.

Quand les télégraphes, aux continents, transmettent
les catastrophes, les catastrophes confondent par l'énumération des individus et des millions « en allés par le
fond ». Mais, tout en excitant éphémèrement la pitié universelle, le désastre garde on ne sait quoi d'administratif
et d'abstrait, de statistique et de commercial. Il apparaît comme effrayant, mais il demeure lointain, reculé,
car les victimes en sont étrangères aux cœurs, et pour
ainsi dire, hors de l'émotion et des larmes.

A Kerahuel, au contraire, la catastrophe devient immédiate et visible par la quantité d'offices des morts que le
curé chante, dans l'église, devant le catafalque entouré
de mères, de sœurs, d'épouses et de filles, sanglotant
sous le capuchon de leur cape noire : la cape, vêtement
de deuil si souvent endossé par les femmes d'Armor. La
catastrophe s'impose et se précise à l'esprit par les conversations et les regrets des camarades, sur le port.

Toujours quelqu'un de cette population errante à bord
des navires, disparaît dans un échouage, périt tué par les
fuites de vapeur au fond de la cale des grands cuirassés.
Dans ce pays où depuis deux cents ans, les familles, à
vingt lieues alentour, n'ont jamais cessé de s'allier entre
elles, tout le monde est parent ; et, aux jours des décès,
tout le monde a de quoi pleurer.

Là, sur le port, en face de la mer hurlante et démontée,
derrière la trame humide de la pluie qui descend sans
relâche ; là, sur le quai vide où les rares passants ont
laissé, dans la boue, l'empreinte des gros clous armant
la semelle de leurs souliers, on se répète la généalogie
des morts, la paroisse de leur naissance, leur point d'embarquement, le nom du bateau à bord duquel ils étaient
partis, leurs sobriquets, plus familiers que leurs noms, à
l'état civil. C'est par ces appellations de facétie ou de
ridicule que se survivent un instant, « le Brodé », ainsi
désigné à cause des traces laissées par la petite vérole lui

trouant le visage; « Tournicul », qui remuait la croupe en
marchant ; « Le Dormi qui va », parce qu'il était atteint
d'accès de somnambulisme ; « Patagouail », un sourd se
servant surtout de sa main gauche ; « Gobe la Lune »,
toujours le nez et la bouche en l'air; « Mange tout »,
dont la faim peu délicate ne dédaignait pas de se repaître
même des immondices; « Gueule de Raie », qui, par sa face
plate et blanche, sa mâchoire bégayante et largement
fendue, rappelait exactement la physionomie d'un de ces
poissons sans langue, montrant au-dessus de leur ventre,
quand ils sont étendus sur le dos, au long des carreaux
des criées, leurs lèvres étroites, sanguinolentes et lisses;
et « Beau Coq », insinué dans tous les ménages et toujours
prêt à satisfaire les adultères ardeurs des épouses.

Encore des veuves! Encore des orphelins! Qui prendra
soin désormais du petit gars sans famille, que « Estick »
autrement dit le Rossignol, célèbre par la continuité des
bruits qu'il produisait à l'opposé de sa bouche et maintenant décédé avec tous ses borborygmes, avait recueilli
et élevait vaille que vaille sur ce qui lui restait de sa
paie après qu'il avait bu et fait tapage dans tous les cabarets des ports! Celui-là, plongeur travaillant sous l'eau
aux travaux de réfection d'une jetée, après la rupture
d'un tuyau d'aération du scaphandre où il était enfermé,
périssait d'asphyxie ; et, remonté des profondeurs, de ses
yeux démesurément agrandis par l'angoisse et la mort,
sans les voir, il avait regardé, à travers les glaces de son
casque, des madrépores, des poissons, des épaves, des
varechs, le soleil enfin qu'il ne reconnaîtrait jamais plus !

Ainsi les pêcheurs s'inquiètent entre eux d'une misère qu'ils ne songent ni à prévenir, ni à soulager. Ils la
subissent, comme ils subissent le « grain ». Dociles à la fatalité, ils l'acceptent indéfiniment ainsi que la
condition naturelle de leur profession, sans imaginer
qu'elle puisse se tempérer jamais, par leurs ressources
propres et leur initiative. D'ailleurs, le gouvernement
est là, et de quelque nom qu'il se nomme, c'est de lui
dont on implorera servilement le secours. C'est de lui,
dont ces cœurs d'inertie et ces esprits de paresse attendent la protection et le miracle, le jour où Mme Sainte-
Anne, patronne des matelots, naïvement invoquée au
milieu des tempêtes, du haut du ciel sourd, ne donne
point d'assistance et se refuse aux prières.

Tous demeurent parasites et victimes du système d'inscription maritime institué par Colbert dans la grande ordonnance de 1681. Tous comptent aveuglément sur l'Etat pour subvenir, en toute occasion, à leur détresse personnelle. Après sept ans de service obligatoire dans la marine, revenus dans leurs foyers, ils ne voient rien au delà de leur retraite sur la Caisse des Invalides de la marine, maigrement alimentée par les retenues opérées, sur leur solde, et qui, sans les subventions du Parlement et le produit des sauvetages, ne suffirait pas, annuellement, à payer les échéances de leur misère.

Sans souci des caisses de prévoyance et des sociétés de mutualité qui, assurant les bateaux et les équipages, au lendemain des sinistres, fourniraient à la triste existence de ceux qui sont demeurés vivants pour la famine et la souffrance; du premier au dernier, dédaigneux des économies, ils boivent les arrérages de leur pension, leur gain de chaque jour par surcroît; et, quand viennent les désastres, ou simplement les avaries, pour être secourus, s'en remettent aux lettres que le maire du pays écrira vers les lointains, pour apitoyer les bureaux et attendrir les indifférences. Mendiants officiels, ils tendent sans cesse la main vers le ministre de la Marine, croient à l'influence des recommandations et aux démarches des députés. Ils n'ont même pas le courage de renoncer à s'embarquer sur ces bateaux troués que les mareyeurs, gens d'audace et de rapine, narguant les commissions de surveillance et ne négligeant pas les pots de vin, envoient en Portugal ou en Espagne chercher des langoustes, en portant, dans leurs cales, des sacs de ciment insuffisants, maintes fois, pour boucher les voies d'eau sans cesse ouvertes aux flancs des bâtiments pourris. « C'est comme ça! » La permanence du mal est devenue une habitude : personne ne s'en fâche et ne songe à y remédier. Le capitaine, souvent, ne sait pas lire son compas et navigue « à l'estime ». La plupart des naufrages résultent des erreurs de route et de l'ignorance des fonds. N'importe. La mer est là qui les attire. Ils suivront sur elle, au hasard, les patrons les plus désordonnés; et, toujours, ils prendront pour l'effet du hasard, les accidents mathématiques résultant de la veulerie, de l'incapacité, de la négligence devant les éléments.

Le jour passe avec les plaintes; la nuit vient et la marée descendante semble emmener avec elle, et les terreurs et les vents et les nuages.

En ces jours d'automne traversés par la lamentation humaine des cochons qu'on égorge pour les saler en grand appareil de fête, la végétation dépérit sur la falaise. Les derniers œillets mauves, morts de la mort de l'été, sèchent sur leurs tiges, auprès des chardons bleus, impérissables dans le sable de la dune. Les coups de vent des premières bourrasques ont emporté leurs pétales décolorés ; et les escargots, en grappes innombrables, rongent ce qui reste de leur touffe agonisante au milieu des varechs épars. Derrière les hauts murs des jardins où les plantes poussent, comme à l'abri d'une forteresse, les parterres se flétrissent au souffle rude des rafales de la mer. A peine de l'herbe pour les bestiaux qui, au milieu des prairies ruisselantes, sous le ciel gris tout humide d'ondées, dressent leur carcasse maigre et meuglent leur faim non satisfaite dans des pâturages sans fenaison.

La mort ravage les champs comme les individus. Elle emporte du même coup les floraisons et les êtres ; et à la monotonie des jours s'ajoute la monotonie des accidents. Guère d'ouragans qui ne fasse de victimes ; et combien de barques trompées par l'illusion d'une promesse de beau temps ne reviendront jamais s'amarrer dans les eaux plus calmes, entre les môles ! Combien de marins ne viendront plus sur les bancs des débits de boisson, boire au lever du soleil, la goutte matinale, le lendemain du jour où le baromètre derrière une vitre, dans le bureau du maître du port, par la marche descendante de son aiguille, aura signalé de redoutables dépressions atmosphériques.

Sur les tombes, dans le cimetière de Kerahuel, on lit surtout des noms de femmes. Les hommes sont restés là-bas dans les coureaux, là-bas sous les brisants ; et seuls, les cormorans perchés sur les bouées noires et rouges indiquant les passages périlleux, savent le lieu du sinistre et l'heure du naufrage.

La mort, impitoyable à emporter les habitants, n'épargne pas non plus les navigateurs que la force des courants entraîne, malgré eux, dans ces effrayants parages. Là où le petit bateau de treize pieds sombre avec ses matelots et ses filets, les grands transatlantiques, avec leurs équipages nombreux et leurs cargaisons d'importance, ne trouvent pas de fortune meilleure. Pour eux, les mêmes rocs se hérissent, cachés par les brumes traîtresses, et quand le soleil monte au-dessus de leurs mâts, loin enfoncés sous l'eau, sur le branle des flots déferlant au long des plages, il éclaire la venue à terre de cadavres ballottés au milieu de tonneaux flottants.

Kerahuel, pendant l'hiver, est maintes fois épouvanté par les errantes épaves de corps sans sépulture. La mélancolie de son existence à l'ancre, entre le ciel et l'eau, s'aggrave encore de ces apparitions funèbres. L'Ankô, comme on l'appelle, par une espèce de contraction de l'Ananké grec, la Fatalité, la Mort, terrifie les imaginations et ne laisse pas reposer les prières. C'est pour elle que dans le chœur des églises, on rencontre, en permanence, le catafalque funéraire, au drap noir, semé de larmes blanches et élimé par l'usage. La mort, toujours on l'attend, et c'est une détestable visiteuse que chaque famille s'étonne toujours de recevoir. C'est pour les trépassés que se chantent le plus d'offices, et que les cierges s'allument plus serrés aux autels tendus de draperies funèbres. Ce sont les trépassés qui ont laissé leur nom à la plupart des anses inabordables pour les vivants; et c'est pour honorer les défunts qu'au matin du Deux Novembre, le « Mois Noir », les femmes trouvent de l'attendrissement dans leur cœur dur, en même temps que des fleurs dans leurs jardins dévastés.

La veille, sous les lentes volées des cloches du soir sonnant à travers la pluie, se sont élevées des voix longues et déchirantes, qui semblent sorties de la terre et des flots. Des groupes de chanteurs qu'on ne voyait pas, dans la nuit; qu'on entendait à peine, dans le vent; au long des maisons aux portes entr'ouvertes pour laisser passages aux âmes errantes, et toujours en peine de mémoire ou d'oraisons, psalmodiaient les cantiques de deuil.

> Quand l'âme prend la fuite
> Du corps, à ses derniers instants,
> Elle dit : « Je te quitte,
> Mon pauvre corps, pour bien longtemps. »

Au milieu du silence, une voix alcoolique d'un ton nasillard et convaincu reprenait toute seule. Elle parlait au nom de l'âme et disait :

> O pauvre corps, espère,
> Espère fermement,
> Par devant Dieu le Père,
> Nous nous réunirons au dernier jugement.

La Mal-Commode, ainsi, répliquait, à l'un des chœurs commandé par Baluche, conduisant à travers les rues noires de Kerahuel sans réverbères, une bande de galopins braillants. A des époques traditionnelles, le soir de la Toussaint, la veille de Noël, le temps de Pâques, ils erraient dans les rues en chantant de vieilles et dévotes complaintes. La Mal-Commode les tenait de sa grand' mère; et, s'en souvenant, malgré son ivresse, les enseignait aux générations nouvelles. Et les groupes allaient, s'arrêtaient près des portes entrebâillées devant lesquelles ils imploraient des aumônes qui ne tombaient guère. Alors, ils criaient plus fort :

> En ce temps-là, mon âme,
> Mon pauvre cœur, tout dépéri,
> Ne sera plus, ni femme,
> Homme, enfant, ni mari.

Et la Mal-Commode, tapant du poing sur les auvents, hurlait :

> O pauvre corps, espère,
> Espère fermement.
> Ton créateur, ton père,
> Saura nous réunir au jour du Jugement.

Les chandelles dans l'intérieur des maisons s'éteignaient d'effroi, car c'était l'heure redoutée en Armorique, l'heure où, d'après les légendes, les squelettes, lassés d'être oubliés et seuls, désertent leurs cercueils, quittent leurs fosses; et, s'échappant du cimetière, parcourent les villages. Kerahuel, avec toute la côte, s'imagine que, traînant leurs suaires parmi les suaires du brouillard, les revenants, de leurs mains de spectre, frappent aux portes; et, créanciers impitoyables, exigent des vivants, du souvenir, avec des prières.

Tous les décédés aussi des crimes autour desquels la complicité de la tribu et la dissimulation de la race ont organisé le silence; la nuit, des Trépassés ressuscitent, dit-on, et se mettent en marche. Tous les morts obscurément tués par calcul et dont la terre muette a gardé le secret d'agonie; tous ceux dont l'assassin, soudoyant des témoins à décharge, déjoua les recherches de la police et la perspicacité des jurés ahuris sur leurs bancs, dans les cours d'assises, la nuit, des Trépassés, à l'entour des habitations, viennent montrer leurs plaies, poursuivre leurs meurtriers. Et, criant fort pour que leur voix s'entende enfin, parmi le fracas du vent et de la mer, ils réclament désespérément justice. Or, derrière les murs, se sentant fixés par leurs regards dénonciateurs, les coupables, au coin du feu qu'ils n'osent plus attiser, par peur de la lumière, frissonnent de toute leur chair, claquent de toutes leurs dents.

C'est l'époque redoutable aux filles-mères, l'époque redoutable aux femmes des marins devenues grosses alors que leurs maris courent au lointain les hasards du gain et de la mer. Dans Kerahuel, fécond en infanticides, que de fumiers cachent des nouveau-nés dont la suppression aussi naturelle que la naissance, n'inquiéta jamais ni les voisins, ni le maire, ni le Parquet! Les mères, cependant, craignent de voir quelqu'une de ces petites âmes monter en accusatrice sur le ciel noir ; et, dans les limbes de la brume, hurler : « C'est toi qui m'as tuée. » Alors, plus d'une, pieusement mêlée aux immondices, prie avec ferveur pour que l'enfant enterré ne se lève pas hors de son ordure clandestine pour appeler les gendarmes et leur dénoncer sa marâtre.

Baluche et la Mal-Commode continuaient leur promenade entre les maisons dont les chansons augmentaient l'épouvante. Maintenant, ils évoquaient le décharnement des os entassés, pêle-mêle, sous les hangars où l'eau suintait, au bout des cimetières ; les crânes dénudés, les orbites sans yeux, regardant les fémurs gisant loin des rotules, des péronés et des tibias jetés à l'aventure ; et, soutenus par le chœur, ils répétaient à tue-tête :

> O chrétiens, venez voir au fond des reliquaires
> La figure de ceux que vous aimiez naguères.
> Venez voir vos parents, vos frères, vos amis.
> Voyez le triste état où la mort les a mis !

Chien-de-Nous, accompagnant le cortège, faisait sa partie dans le concert. Les chiens à l'attache, dans les cours, hurlaient à la mort ; et, d'un ton lamentable, il répondait à leurs aboiements.

Le lendemain, jour des Trépassés, les femmes, toutes en sueur encore de leurs émotions de la nuit, s'empressaient d'aller au cimetière du bourg pour rendre visite aux morts heureux reposant dans la terre sainte. Et pensant à ceux-là qui, sans sacrements et sans linceuls, servirent de pâture à la voracité des poissons, elles cueil-

laient, au long des tombes, ce que la rafale indulgente
avait laissé pousser de fleurs sans agonie. Alors les emportant là-bas, à travers la lande grise, sur la côte, elle
se mettaient à genoux, devant la mer.

Là, sous le ciel en eau pleurant d'intarissables larmes;
sur l'Océan, mugissant ossuaire de cadavres sans sépulture; elles jetaient aux défunts inconnus leurs bouquets
et leurs prières. Les fleurs flottaient un instant, balancées
à la cime mouvante des vagues. Puis, devant les coiffes
blanches, sous lesquelles des mains graves faisaient des
signes de croix, une à une, elles disparaissaient; et les
oraisons ne se taisaient point cependant que, depuis
longtemps, dans les profondeurs sans mesure, les fleurs
étaient allées rejoindre les marins coulés bas.

Et la pluie et le vent sévissent sur Kerahuel qui, à travers décembre, le « mois plus noir », traîne son existence désœuvrée, à la dérive des ouragans et des
jours.

Tout à coup, un bruit se répand, transmis par cette
télégraphie orale, obscure et continue organisée par les
douaniers en observation le long du littoral, et les cher-
cheurs d'épaves surexcités par les pires tempêtes : « Des
animaux sont venus à la côte près de Beg er Creisté.
Chacun y court.

A la hauteur des rochers que Mme Trénissan et Malbar
nommaient « le Château de Tristan », des vagues gigantesques roulaient des formes monstrueuses qui, légèrement, se balançaient parmi l'écume échevelée des flots.
Après des dos bruns, des ventres blancs, démesurément
gonflés, apparaissaient; et l'on distinguait par instant,
sur l'horizon bas, des pattes en l'air, des mufles d'animaux, une paire de cornes.

Le capitaine d'un navire chargé de bétail voyant sa
cargaison se blesser et dépérir sous les coups de roulis
qui lui brisaient les os sur les flancs de la cale, avait pris
le parti de jeter son chargement par-dessus bord ; et la
mer, au large, était couverte de bœufs noyés et dansants
au branle furieux de la tempête.

La vague les soulevait comme des vessies, les portait
avec elle ; dans le déroulement de ses vastes volutes les
versait sur les plages. Elle les reprenait un instant, les
ramenait ensuite, jusqu'au moment où un flot plus fort
les lançait au loin sur le sable. Alors, les bêtes demeuraient immobilisées par leurs poids, gisantes et gardant

encore dans leurs membres le mouvement de l'énorme masse d'eau qui les avait poussés à terre. Leur poil ruisselant luisait à la façon de la peau huileuse des phoques. Beaucoup s'étaient déchiré le cuir en heurtant des rochers au passage. Par places, du sang coulait mêlé à des entrailles pendantes, et ce charnier tremblant sur lequel bourdonnaient les mouches excitait chez les pêcheurs moins de répugnance que de convoitise.

Sauf la viande de veau, tout autre viande était rare, dans les malpropres boucheries de Kerahuel. Excepté lors des repas de noces, combien se souvenaient avoir mangé un morceau de bœuf? Quelle aubaine alors que cette épave de gourmandise, qui, du fond de l'inconnu, leur arrivait, portée par l'Océan. Part à nous ! Part à nous ! Hommes, enfants, femmes, vieillards, tout Kerahuel se rue sur ces cadavres tuméfiés et puants. A grands coups de couteau dans les bœufs éventrés, ils taillent au hasard de grands quartiers de chair; et, les mains dégouttant de sanie, ils rentrent au village, rapportent sans dégoût des lambeaux de charogne qu'ils se disputent encore et s'envient en chemin. Ils les saleront; et, de cette pourriture conservée, ils se promettent de grands régals, pendant l'hiver.

Le jour passe, insensiblement, devient la nuit. Chien-de-Nous, attiré par l'odeur, après s'être roulé sur les carcasses, ronge à belles dents les débris des corps qui, devant la maison de Mme Trénissan, montrent aux ténèbres leurs côtes décharnées et leurs boyaux à jour.

L'entrepreneur attendant le beau temps pour continuer les travaux de Keréol, la construction restait abandonnée. A côté des auges sans mortier et des madriers couchés à travers des plâtras, la bâtisse vide se dressait, ouverte à tous les vents. Dans ce logis sans fenêtres, dans ce logis sans portes, au milieu des courants d'air, Baluche, cependant, s'inventait un domicile. Il s'installait à l'abri d'une soupente, en bas de l'escalier; vivait là heureux, isolé et obscène. Chien-de-Nous venait lui tenir compagnie; et l'homme et le chien, couchant ensemble, échangeaient leur chaleur et leurs puces.

Le contre-maître qui, parfois, visitait le chantier, ne se décidait pas à déloger Baluche. Il pensait que Baluche, par sa présence, éloignait les maraudeurs; que la maison, à tout prendre, risquait de recevoir de plus dangereux hôtes. Baluche, dans les foyers non encore achevés, parl, par-là, brûlait quelques morceaux de bois ramassés parmi les matériaux épars, expérience par laquelle il demeura démontré que les cheminées ne fumaient pas encore. Gardien toléré, Baluche, insinué dans Keréol comme un Bernard l'Hermite au creux d'un coquillage, mangeait des bernicles que, à marée basse, il allait arracher le long des rochers, et qu'il faisait cuire ensuite sur des feuilles de figuier. Il se régalait aussi de navets volés dans les champs, aux époques des nuits sans lune ; apprenait Chien-de-Nous à faire l'exercice, comme un militaire ; et malgré cette société, se sentant de complexion sentimentale, il souhaitait des satisfactions sexuelles.

De temps en temps, cherchant la Mal-Commode pour laquelle il éprouvait une passion sauvage et profonde, il sortait, dans le vent, flairait son amoureuse ; en quête de tendresses, promenait dans Kerabuel boueux la silhouette singulière d'un individu vêtu d'un costume d'été et coiffé d'un chapeau de paille.

— Qu'est-ce que tu fais donc là-bas, qu'on ne te voit plus, Baluche, demandaient, par aventure, les curieux du village : et Baluche, d'un air digne, répondait :

— Je fais comme M. Malbar, je travaille.

— Est-ce que tu es toujours dans les Beaux-Arts ?

— Non, maintenant je suis dans les lettres.

Et l'on pouvait se convaincre que Baluche, maintenant, était « dans les lettres » en lisant la série d'inscriptions dont il salissait les murs de Keréol. Il achetait volontiers ces feuilles intitulées *Refrains de la Gaîté*, le *Farceur moderne*, la *Fleur des mélodies nouvelles*, que des infirmes de passage vendent en chantant le long des rues, dans les hameaux. Avec ces placards imprimés à Bruxelles se débitait la contrefaçon des chansons en vogue dans les cafés-concerts de Paris : des romances larmoyantes s'y mêlaient à des couplets grivois et à des monologues orduriers. Baluche s'abîmait dans l'étude de ces pauvretés, rêvait de les imiter et se jugeait capable d'inventer des facéties tout aussi plaisantes que cette légende de la sardine par lui entendue à l'hôtel d'Orange, et pour laquelle, n'en déplaise à Mlle Mariette, il ne concevait aucune estime.

À l'hôtel, il feuilletait volontiers les volumes que les voyageurs laissaient traîner sur les tables, près des verres vides ou des ouvrages de dames oubliés. Même un jour, il s'appropria indûment un recueil de chansons bretonnes, œuvre d'un rapsode de Montmartre, qui devint, par la suite, son grand modèle en matière de poésie. Alors, pris d'émulation, pendant des journées entières, il se travailla pour rimer des vers sans mesure, et se les fredonnait à lui-même, sur des airs qu'il était seul à connaître. Le papier lui faisant défaut, il prit pour feuillets blancs les plâtres des murailles et des cloisons de la villa de Mme Trénissan. Entre les fenêtres, entre les portes, partout où il rencontrait de la place, avec le crayon d'un contremaître ramassé sur un tasseau, il inscrivait ce qu'il croyait être les trouvailles de son esprit.

Elles manquaient d'originalité, tant elles ressassaient tous les lieux communs, toutes les balivernes armoricaines sur les clochers à jour, les genêts en fleurs, les femmes propres comme dessous, pures d'âmes et de corps, filant près des lits clos et quittant seulement les chapelles des pardons pour aller prier dans les églises. Il exaltait, à sa façon, le respect de la parole donnée et la fidélité des matelots qui, partout, à Terre-Neuve, au milieu des morues, sur les ponts des croiseurs, dans les colonies, parmi les rizières et les jungles, ne semblaient pas avoir de fonctions plus graves que de toujours penser à leurs fiancées et à leurs ménagères.

Baluche savait bien, vu l'exemple quotidien donné en Kerahuel, combien peu les filles et les épouses se souciaient de religion et de constance.

Par les prêtres, instruites au jeu de la restriction mentale, d'avance, elles se jugeaient déliées des serments équivoques qu'elles prononçaient, avec astuce, et sans y croire. Puis, d'un mouvement automatique et naturel, elles se tournaient vers la prostitution et l'adultère, lesquels, du reste, n'inquiétaient pas, au retour, les hommes dès longtemps partis et trompés. Eux-mêmes ne se ménageaient point en luxures et amours, partout où du sexe s'offrait dans les ports des deux mondes. Personne ne s'offensait de ces trahisons vieilles comme la vie et la mer; et cependant, Baluche, influencé par la rhétorique et la fantaisie des chansonniers de Paris, peinait à décrire des vertus dont personne alentour ne lui fournissait le modèle.

Quelquefois, il cédait davantage à son génie personnel. Son lyrisme, alors devenait malpropre. Avec des détails licencieux, il célébrait les perfections physiques de la Mal-Commode. Souvent, à court d'expressions, il suppléait à l'insuffisance de son vocabulaire par des figures cyniques ; et bien que la Mal-Commode fût maigre comme un échalas et plus sèche qu'une merluche pendue à la porte d'une épicerie au soleil, gonflée par la passion de l'amant et du dessinateur, elle bombait, sur les murs, une poitrine énorme.

Le soir, sur la planche penchée donnant accès au rez-de-chaussée de la maison sans perron encore, elle apparaissait. Tirée en avant par son tablier tout plein d'huîtres volées, inclinée du dos sous un sac lourd de pommes de terre dérobées dans les champs, sa haute taille se courbait, au clair de la lune. Elle poussait un petit cri pareil au gloussement d'une poule. Baluche répondait par une sorte de cocorico. Alors, sans rien dire, docile et passionnée, elle allait, sous la soupente, prendre, auprès de Baluche, la place de Chien-de-Nous. Chien-de-Nous, se reculant, laissait du champ à leurs tendresses ; et, silencieusement, ils s'accouplaient. Car la Mal-Commode aimait Baluche avec un instinct de bête, et ne souhaitait de lui que la brutalité d'un rapprochement et l'assouvissement rapide d'un besoin.

Baluche, pourtant, lui procurait d'autres satisfactions, toutes d'amour-propre, celle-là. Il lui paraissait inimitable dans l'art de badigeonner les poignées des portes avec des excréments ; et elle ne considérait pas qu'on pût rencontrer son pareil pour les farces à organiser, lorsque par les longues soirées d'hiver, les femmes, allant retrouver les animaux, s'entassent, à l'heure des veillées, dans les étables.

Un drap tendu, tombant d'une poutre, jusqu'à terre, les sépare du bétail. Point de table, point de chaises. Rien qu'un tas de varech où chacune grimpe et se couche, comme sur une litière. Des hommes s'y étendent à côté d'elles, et l'on entend rire les filles sous les doigts obscurs qui les chatouillent.

La Mal-Commode, installée d'avance, s'égayait de l'indignation des commères arrivant tour à tour les mains salies ; derrière l'infection elle devinait son amant et le chérissait davantage.

Du plafond, au-dessous des toiles d'araignées, une lampe pendait, alimentée par une cotisation de pétrole prélevée de maison en maison ; et dès quatre heures du soir, époque où l'ombre descend, jusqu'à minuit, moment où le ciel, tout entier, resplendit d'étoiles, des con-

versations se mêlaient aux émanations des vaches levant
la queue, devant leur râtelier. Dans l'écurie, une buée
montait, comme d'un fumier ; et la lumière de la lampe
s'obscurcissait au milieu de la vapeur des corps et de la
sottise des propos.

Ils ne variaient guère. On s'indiquait des recettes pour
exciter les génisses à l'amour : il suffisait de leur faire
avaler un grillon vivant, et, dès le lendemain elles demandaient le mâle. Les individus n'étaient pas oubliés dans
ces pharmacopées, et Astérie, grande oratrice en l'endroit, enseignait de traiter les grosseurs sous l'aisselle
par l'application d'un caillou pointu. Après quoi, il devenait indispensable d'aller scrupuleusement remettre le
caillou dans la position d'où il avait été tiré.

Pour la jaunisse, elle indiquait de faire sécher une carotte au fond d'un sabot pendu sous le manteau d'une
cheminée. Pour se débarrasser des boutons au visage, il
suffisait de les bien compter et de jeter un nombre égal
de haricots dans un puits. A mesure que les haricots
pourrissaient dans l'eau, les pustules, une à une, disparaissaient comme par enchantement ; et les dartres cédaient sans peine pourvu qu'on promenât sur leurs érosions une petite couronne formée de branches de buis.

Quant à elle, elle était pourvue d'un eczéma récalci-
trant qui, chaque jour, davantage, lui envahissait la
figure, semblait défier tous les remèdes. Pourtant, elle
avait trouvé un pansement nouveau, excellent, disait-elle,
et qui consistait à s'enduire la face avec du beurre qu'elle
prenait en promenant ses doigts au long des mottes à
vendre, sur le comptoir des épicières. La graisse, on le
savait bien, produisait des effets merveilleux, et Astérie
ne négligeait jamais de l'employer pour frotter les
membres cassés et faciliter le raccommodement des frac-
tures.

Elle conseillait impérieusement de ne pas toucher à la
terre soulevée, dans les jardins, par le travail des taupes,
le dédain de cette précaution amenant, à son avis, d'épouvantables maladies. Elle recommandait aussi de ne pas
prendre de bain à l'heure de la marée montante, parce
que le flux déterminait dans les os des jambes des caries
profondes que nulle médication ne pouvait arrêter. Et les
pieds sales de bien des assistants témoignaient que, systématiquement éloignés de l'eau, ils n'avaient rien à
redouter de l'affection dont les menaçait l'Océan.

Chez ces femmes mal alimentées, se nourrissant presque exclusivement de lait caillé et buvant, toute la journée, une espèce de breuvage où il entrait moins de café que de chicorée, le « micamo » ainsi qu'on l'appelait par une interversion de syllabes des mots « mi-moka », les esprits débilités avec les corps concevaient les imaginations les plus folles, inventaient les fantaisies les plus désordonnées et les plus perverses.

Un soir, toute la veillée se lamentait, soudainement, offensée dans sa foi, par cette révélation que le pape appartenait à la secte des francs-maçons, et s'affligeait à l'idée que les fidèles du diocèse ne pourraient plus se rendre à Lourdes, en pèlerinage. Une autre fois, sur un ton de grand mystère, on se répétait que la jeune congréganiste, chargée de faire la classe aux plus petits enfants, dans l'école du village, sœur Savine allait se marier. Personne ne mettait la nouvelle en doute, et elle était tenue pour aussi certaine que la générosité attribuée à Mlle Mariette, laquelle devait donner un vitrail à l'église du bourg. Et bien que Mariette n'eût jamais témoigné de la moindre largesse, on décrivait avec grands détails, le sujet de la prochaine peinture sur verre : elle représentait Jésus apparaissant à la Madeleine dans un enclos fleuri où bêchait un jardinier.

Là, aussi, pour déconsidérer les fiancées, s'il était possible, et pour amener la rupture des mariages déjà affichés, à la mairie, se rédigeaient en commun ces lettres anonymes où chacun apportait sa complicité d'envie et d'ordure. Certaines, passant de mains en mains, arrivaient jusqu'à Laguépie; et le docteur demeurait confondu en examinant le texte et les illustrations de ces papiers d'ignominie. Par quelle secrète puissance de dépravation hystérique, des femmes et des filles isolées sur la lande de sable où végétait Kerabuel, d'instinct, inventaient-elles des figures et des phrases d'obscénité identiques aux figures et aux phrases qu'il connaissait pour les avoir rencontrées, à Saint-Lazare, dans la correspondance des pires prostituées ?

Souvent, par ces nuits profondes où le vent souffle des fracas de canonnades, quand les volets claquant, à demi-arrachés de leurs serrures et de leurs gonds, font un bruit si fort que, dans les maisons secouées comme des bateaux, les causeurs ont peine à s'entendre, au milieu des dialogues, des coups répétés retentissent. Une fois, deux fois, trois fois, une main dure semble frapper à la porte. L'assemblée alors tombe dans le silence, et, pendant que les animaux impassibles ruminent, tremble et fait des signes de croix à l'aspect des étranges visiteurs qu'elle croit voir entrer.

Ce sont les corps des marins perdus en mer qui semblent revenir se mêler à la vie. Depuis si longtemps on attend de leurs nouvelles, depuis si longtemps, on s'entretient de leur absence, on évoque leur souvenir, leurs physionomies, leurs attitudes, leur costume, qu'ils finissent par devenir présents et visibles pour les cerveaux hallucinés. Apparitions menaçantes que celles de ces fantômes inventés par le regret, la peur et les rêveries douloureuses ! Ils passent sans rien dire et nul n'ose les interroger. Leur mutisme même a une signification. Messagers sans voix de funèbres aventures, par leur passage, ils avertissent les familles et leur annoncent que, à cette heure de ténèbres et d'agonie, quelqu'un de leurs parents, en perdition sur son navire, ne mettra plus jamais le cap sur le port d'où il est parti pour l'éternité ; et dans le vent de mort palpitant autour d'elles, toutes les femmes se désolent en pensant que demain, il faudra préparer les habits et les cierges des grands deuils.

Affolées, pour échapper à la vision grandissant avec leur terreur, les femmes se lèvent, se poussent, cherchent à fuir. Toutes murmurantes de prières, elles se précipitent vers la porte lente à s'ouvrir sous leurs bras tâtonnants d'effroi. Elles sortent enfin, et dehors, elles culbutent pêle-mêle contre des ficelles tendues, des baquets, des seilles, disposés exprès pour encombrer l'obscurité et barrer le passage. C'est Baluche qui a déterminé l'émotion, la bousculade, les chutes ; et la Mal-Commode, prévenue, dans l'ombre, rit silencieusement d'une farce dont elle admire l'excellence et des horions dont elle a su se garer.

— Où est-il, ce grand épouvantable de Baluche ? Celui-là, si on le trouve, bientôt il ne dira pas que sa figure es à lui, car elle en recevrait des gifles et des taloches!

Chien-de-Nous grattant des pattes le long d'une écurie, dénonce la présence de Baluche, dans une autre veillée. On s'y précipite, les poings tendus. Qu'est-ce qu'on lui veut à Baluche ? Il est là bien tranquille, dans une cour, l'air fort appliqué à colorier des images, ou réjouissant l'assistance par le travail qu'il se donne pour se tenir, assis, en équilibre, sur une bouteille couchée, en même temps qu'il essaie d'embrasser un de ses pieds.

Le lendemain, les colères se calment, les craintes s'apaisent, et les veillées recommencent. La grande préoccupation, maintenant, c'est la prochaine arrivée de l'escadre. De temps en temps, les vaisseaux de guerre viennent faire des exercices, dans les parages de Kerahuel, mouillent dans la baie, et la présence des marins excite le commerce et la rapacité du pays. Montées sur de légers bateaux, les femmes se rendent à bord des cuirassés, pour y débiter des gâteaux, des cancres cuits, des boissons, des légumes; et, dans leur prévoyance, elles ont conservé de grandes quantités d'œufs dont la pourriture ne les inquiète pas, pourvu qu'elles réussissent à les vendre très cher, aux cuisiniers et aux maîtres d'hôtel des équipages.

Toutes les filles en désir de mariage, parmi les matelots mis à terre, souhaitaient trouver un époux : un quartier-maître, par exemple, mari peu gênant, tant ses longues navigations l'éloigneraient de sa femme devenue libre; mari productif qui, chaque mois, par une délégation à toucher chez le commissaire du quartier maritime enverrait une partie de sa solde.

Chaque soir, l'escadre espérée semble se rapprocher au gré des ambitions et des calculs. Quelqu'un a lu la nouvelle dans un journal : une division a quitté Brest; et personne n'admet que la flotte française se dirige jamais vers une autre destination que Kerahuel. Les pronostics s'échangent, se confirment selon les intérêts, deviennent des certitudes. Les chimériques bâtiments s'avancent, dans les imaginations, ils prennent un caractère si réel que beaucoup, de bonne foi, croient déjà entendre, au lointain, les décharges de leurs artilleries. Demain, ils arriveront ; et, tous les matins, allant audevant d'eux, le pilote Yvor, au-dessus de sa voile blanche peinte au milieu d'une ancre noire, hisse au mât de son bateau le pavillon encadré d'une bande bleue, insigne de sa fonction au long de la côte. Il court sur la mer, use des journées à chercher le vaisseau amiral. Jamais il ne le trouve. A la nuit tombante, harassé par ses vaines croisières, il rentre grelottant, à la question qu'on lui adresse :

— Eh bien, Yvor, et cette escadre ?

Il répond :

— Elle sait peut-être où elle est. Mais ni toi, ni moi,
nous ne le savons pas.

Puis il emprunte une chique et la mâche silencieusement.

Les jurés avaient acquitté Yvor, et il vivait maintenant dans l'étonnement de son innocence. A la cour
d'assises, encore qu'il avouât volontiers avoir frappé sa
fille, son aveu ne suffisait pas pour établir sa culpabilité.
Or, les preuves manquaient encore avec les témoignages.
Les deux voyageurs passant à Kerahuel avec d'autres
femmes que leurs femmes légitimes, par leur soin de dé-
cliner de faux noms, de fausses qualités, de fausses
adresses, ne recevaient pas les citations envoyées par le
Parquet, échappaient à toutes les recherches. Il fallait
s'en tenir, à leur sommaire assertion du moment, alors
qu'ils déclaraient avoir ramassé, sur le petit mur séparant la maison de la route, une femme ensanglantée et
hurlante. Mais l'avocat du pilote, homme retors dans les
subtilités judiciaires, contestait précisément la validité
du procès-verbal rédigé par les gendarmes, puisque
personne ne se rencontrait plus pour en affirmer les
assertions.

D'autre part, soupçonnant la situation criminelle et
privilégiée de M. Pascal, et s'appuyant sur ce fait que
le pilote Yvor avait été arrêté en cette compagnie, avec
des sous-entendus perfides, il s'étonnait que M. Pascal
ne figurât pas dans le procès. Le ministère public, sur
des ordres secrets venus de Paris, s'évertuait à démontrer que l'intervention de ce personnage lui paraissait inutile et négligeable. A quoi bon faire comparaître M. Pascal ? M. Pascal ne se trouvait pas à l'endroit du crime et
ne pouvait rien dire sur la perpétration du meurtre.
Aussi, dès l'ouverture des débats, les jurés hésitaient,
mal convaincus de la culpabilité d'un prévenu sans accu-
sateurs immédiats.

Les habitants de Kerahuel, par esprit de solidarité et
pour protester à leur manière, contre l'ingérence de la
justice dans leurs intimes démêlés, affectaient de répondre
en langue bretonne aux interrogations du président. A
travers la traduction d'un interprète, lequel confessait du
reste comprendre mal le dialecte dont ils se servaient, il
apparaissait que ces obscurs témoins ignoraient les circonstances et les détails de la cause. Ils s'accordaient
cependant pour rendre hommage au pilote Yvor; le te-

naient pour un « brave bonhomme », un instant peut-être
emporté par la colère, mais incapable de préméditer une
mauvaise action. En outre, sa fille morte, et sans défense pour sa mémoire, d'après leurs propos, devenait
une gourgandine, dont les débauches, certainement,
avaient, avec raison, exaspéré son père. Et l'on insinuait
que, parfois, elle joignait l'ivresse à ses déportements.

Yvor laissait dire, gardait, devant la cour, ce qu'on
appelle « une bonne attitude ». Quand en phrases traînantes, ainsi qu'un bateau à la remorque, il expliquait
que, injurié d'abord, menacé ensuite, frappé par surcroît,
pour sauvegarder sa vie, il ripostait au hasard sans
envie de tuer, simplement pour se défendre, il semblait
non pas réciter une leçon soufflée par son avocat, mais
parler sincèrement, selon la vérité.

Le grand romancier que Yvor avait conduit, jadis, sur
son bateau et dont il tenait le meilleur de sa notoriété
maritime, M. Herscher se dérangea, quitta ses travaux,
à Paris; et sa démarche provoqua en faveur de l'accusé
un redoublement de sympathies. Arrêté en route par la
rupture d'un essieu de locomotive, M. Herscher envoyait
une dépêche télégraphique, s'excusait de son retard. Le
conseiller, président des assises, en vertu de son pouvoir
discrétionnaire, suspendait l'audience. D'accord avec
l'avocat, il ordonnait de surseoir à la déposition du témoin,
et cette déposition, attendue comme un chapitre de roman, se commentait d'avance autour des tables de l'esta-
minet où, dans l'intervalle des débats, se réunissaient
les jurés.

Le pilote oublié, M. Herscher emplissait les entretiens.

Son œuvre toute faite de phrases précises résumant
des observations directes et profondes, méprisait la mode
et s'éloignait des systèmes. Littéraire héritier du chirur-
gien, son père, qui se relevait toujours les yeux en
larmes de l'examen des plaies humaines affligeant son
regard sans faire trembler son bistouri, il appliquait au
roman une sûreté de coup d'œil apprise dans les cliniques; et, la plume à la main, devenait pour les pires
misères de l'intelligence un analyste sagace et attendri.
Les faiblesses de l'humanité — et il les connaissait toutes
— lui semblaient moins condamnables que ridicules.
Sans les dissimuler, il les rendait si apitoyantes que l'austérité de son émotion servie par l'indulgente ironie de

son style, à chacun de ses volumes, lui conquérait davantage les lecteurs, lui assurait partout des admirateurs
et des amis.

Il se montra tel que la Cour, l'avocat général, les jurés
et l'assistance se le figuraient d'après ses livres, sans
cesse reproduits, même dans les gazettes locales. L'auditoire reculé et debout, au fond de la salle, se félicita de
la bonne grâce de ses manières et de la simplicité de sa
parole. M. Herscher s'avança d'abord vers le banc des
prévenus, donna une grande poignée de main au pilote
ahuri de cet hommage ; et employant l'expression du
pays qui signifie prêter aide et assistance, il commença
son discours en disant que ce n'était pas seulement d'une
façon matérielle qu'il venait « donner la main » à son
vieux camarade Yvor.

Il raconta ses courses en mer avec Yvor, dans le temps
regretté où, plus léger d'années et de rhumatismes, il
pouvait risquer les surprises des grains et de la brume ;
cita maints exemples du sang-froid et de la présence
d'esprit familiers à l'accusé. Pour qu'un homme à l'âme
si sereine, aux nerfs si domptés, fût sorti jusqu'au
meurtre de son impassibilité professionnelle, il fallait bien
qu'il eût été surexcité par des provocations ou des hontes
dépassant la patience humaine.

A l'accusation parlant d'assassinat, M. Herscher riposta
par l'énumération de la série de sauvetages accomplis
par Yvor, et il s'avoua douloureusement étonné, puisque
au lieu d'apporter à ce héros la croix de la Légion d'honneur depuis longtemps sollicitée près du Ministre de la
Marine, il se trouvait dans la nécessité de le défendre
comme un criminel et de l'innocenter devant les juges.

Il se tut. Un murmure d'approbation s'éleva dans l'assistance. On commençait à claquer des mains. Le président, par devoir, dissimula sa propre émotion, et imposa
silence aux applaudissements.

Puis, le docteur Laguépie fut appelé.

Laguépie, en mission pour l'instant dans les mers du
corail, par les consulats, envoyait un certificat d'absence
et il fallut se contenter d'entendre sa déposition lue
par le greffier.

Au travers des ânonnements, malgré la monotonie du
débit et l'ennui d'une voix tombant à la chute de toutes
les phrases, on comprit que l'opinion du docteur était
moins confondante pour le pilote que pour Astérie, la

« bonne sœur ». Laguépie, si mesuré dans ses conversations, écrivait d'une encre cruellement caustique. Par son rapport, appuyé de citations empruntées à des spécialistes de toute autorité, par ses considérations scientifiques dont la sûreté défiait la contradiction, il rejetait sur Astérie la responsabilité entière de la mort de la fille du pilote.

Oui, certes, le pilote avait frappé sa fille, mais d'une blessure guérissable et prête à se cicatriser sous des soins intelligents. Les pratiques d'Astérie, pratiques dont il démontrait complaisamment la sottise et le danger, en déterminant une péritonite, avaient seules rendu le décès inévitable. Et il terminait en s'indignant contre la médecine exercée, sans droits, par ces thaumaturges de village exterminant des malades par les prescriptions de leur ignorance et l'infatuation de leur traditionnelle stupidité.

L'intention de tuer ne pouvant s'établir, le ministère public ne repoussa pas l'admission des circonstances atténuantes. Toujours regrettant l'absence de M. Pascal, personnage invisible dont il parlait ironiquement, disant à la Cour tremblant de trop comprendre : « l'homme que vous savez bien et dont vous ne semblez pas souhaiter que les jurés fassent la connaissance », l'avocat d'Yvor profita des incertitudes et des défaillances du réquisitoire. Au lieu du scélérat promis à l'échafaud, que restait-il maintenant devant la Justice ? Un pauvre être, imprudent ! sans doute, maladroit, il en demeurait d'accord ; mais à coup sûr, une victime de l'ingratitude de son enfant, un coupable, si l'on voulait, mais un coupable de trop de dignité personnelle et un coupable à tout le moins, assez puni par cinq mois d'incarcération préventive. D'avance, le pilote, avait payé à la Société la peine qu'il lui devait pour une minute d'exaspération et d'oubli. Donc, avec M. l'avocat général, il recommandait son client à la pitié et à l'indulgence des jurés.

Le pilote interrogé, en réponse à la demande : Avez-vous quelque chose à ajouter pour votre défense ? », secoue en signe de négation, sa tête lourde de migraine. Les débats sont clos. La délibération commence. Presque aussitôt, elle se termine. Une sonnette retentit dans la salle vide. Une voix dit : « Messieurs, la cour. » La foule s'empresse, remplit les bancs, monte sur les chaises, tend la tête vers le verdict ; et, l'angoisse d'une vie humaine qui se décide dans l'inconnu fait haleter les poitrines.

La nuit est venue. Le chef du jury, un papier à la main, bégaie au milieu de l'ombre, sous l'abat-jour d'une lampe : « Non, sur toutes les questions. »

M. Herscher quitte sa place, va serrer solidement la main du prévenu ramené par les gendarmes ; et les gens de Kerahuel, témoins et curieux, venus au chef-lieu du département pour assister au procès, à la descente du train du soir répandent la nouvelle : Acquitté ! Le pilote Yvor est acquitté ! Et chacun se félicite de ce dénouement, comme si les jurés, par leur mansuétude, d'avance, avaient amnistié tous les crimes commis et à commettre dans le pays.

Astérie ne partageait pas la satisfaction universelle. Violemment admonestée par le président des assises à propos de l'irrégularité de ses interventions médicales, elle réintégrait son domicile en gardant encore dans les oreilles le son de la voix de l'avocat d'Yvor lisant les articles du Code et demandant que la « bonne sœur », épargnée, il ne savait pourquoi, par le juge d'instruction, vînt s'asseoir comme complice, auprès du pilote, sur le banc des accusés. Dans l'entêtement de ses préjugés, elle ne concevait pas qu'elle pût passer pour coupable parce qu'elle avait introduit Dieu auprès d'une malade et elle s'indignait du « mot de billet » écrit par Laguépie, comme d'une attaque à la religion et comme d'une lâcheté à l'égard de sa personne.

Le pilote, rendu facétieux par l'impunité, ne perdait aucune occasion de se moquer de la « bonne sœur ». Il lui reprochait ouvertement la mort de sa fille, affectait de plaindre la victime ; et quand Astérie répliquait en le traitant d'assassin, d'une voix lointaine et venimeuse, il répétait des phrases toujours les mêmes, se succédant avec le bruit monotone du flux, au long des plages.

— Non, sans toi, elle vivrait encore, la pauvre enfant ! Tu as bien entendu ce qu'ils disaient tous, les messieurs, là-bas. Ils s'y connaissent apparemment, pour avoir regardé dans les livres où tu n'as jamais mis les yeux. Un moment, j'ai même cru que j'allais être obligé de me ranger sur mon banc pour te prendre avec moi à bord de la prison où nous aurions mangé ensemble tous les fayots de l'ordinaire.

Le nez eczémateux d'Astérie se congestionnait, rou-

gissait de colère au travers de la couche de beurre dont
elle l'enduisait sans relâche ; et, la vieille fille bondissait
sous le sarcasme, comme une génisse, dans les champs,
sous la piqûre d'un taon. Dédaigneusement, elle répandit le bruit que le pilote possédait une « tête de cochon »
incapable de rien comprendre. On la croyait. Sa popularité ne décroissait pas, au contraire, car une vache
souffrant de météorisme, elle avait vaincu l'enflure et
remis l'animal sur pieds. Comment? En lui introduisant
de la soupe chaude dans les oreilles ; puis, en lui secouant fortement la tête. Et la Mal-Commode parlait
avec éloge et respect d'une femme qui, d'un coup de
langue, enlevait les grains de poussière envolés dans les
yeux devenus douloureux et larmoyants.

En outre, Astérie, par des procédés non moins efficaces, passait pour soulager quotidiennement Bourignat,
toujours nerveux depuis l'époque où le Parquet descendit dans son étude : toujours suffoquant des symptômes
d'une angine de poitrine. Astérie persuada à Bourignat
que le mal venait d'un sort à lui jeté par un de ses
ennemis, et ils étaient nombreux, aux alentours.

Bourignat se rétablissait à mesure, d'où l'on concluait
dans les veillées, qu'il fallait des jurés bien prévenus et
des juges bien ignorants pour méconnaître et condamner
les mérites d'une femme aussi savante dans l'art de soigner les chrétiens et les bêtes. On s'irritait d'autant
contre la prépondérance de ces « estrangers » hostiles aux
traditions du pays, et, sans cesse gênants pour les coutumes de Kerahuel. Des jurés et des juges, personnages
lointains et naturellement à l'abri des représailles, les
colères, semblables aux fumées, par un grand vent, se
rabattaient sur les individus plus proches dont Kerahuel
regrettait d'avoir souffert la présence.

Est-ce que Kerahuel allait se laisser mener, maintenant, par les Malbar, les Trénissan, les Hestoudeau, les
Vincent Trois, les Laguépie et les Nicous? Les griefs
légitimes suscités par les escroqueries de Mme Minahouet et de sa fille, comme les jusants de la marée,
sur les rochers les plus lointains refluaient sur tous les
passants qu'on ne connaissait pas et qui allaient venir.
Le soir, dans les veillées, il se faisait de grands gestes
de menace, et les poings secouant les draps séparant
les individus des vaches, se tendaient furieusement vers
la maison de Mme Trénissan, à présent grandie sur la

plage, et à l'achèvement de laquelle tous les corps d'état, à la fois, travaillaient avec répugnance.

Kerdol, à peine construit, apparaissait comme le repaire de toutes les infamies, l'antre, l'effroyable perversité, le but unique de toutes les vengeances et de toutes les destructions. Quand Mme Trénissan reviendrait s'installer à Kerahuel, Kerahuel lui montrerait comment il savait « embêter le Parisien », et la dame, décœurée, s'en retournerait, ayant dans sa voile de départ plus de vent encore que dans sa voile d'arrivée !

L'occasion se présentant, Kerahuel commença par s'attaquer à Rachimbourg. Garnafe, traduisant Rachimbourg devant le tribunal de police correctionnelle, estimait chèrement la réparation du soufflet qu'il avait reçu. Moyennant finances, il trouva, à discrétion, des témoins qui n'avaient rien vu. Et ceux-là qui, par esprit local, s'étaient si volontiers tus, lors du procès du pilote, parlèrent démesurément quand ils se crurent assurés de nuire à « l'estranger » qu'ils détestaient. D'accord dans leurs mensonges pour accuser le maire, ils ne surent, cependant, s'entendre ni sur le jour, ni sur le lieu, ni sur l'heure des violences auxquelles ils prétendaient avoir assisté. L'accumulation de tant de mauvaise foi tournant à la confusion de Garnafe, Rachimbourg sortait triomphalement de l'audience, laissant, derrière lui, Garnafe humilié et condamné aux dépens.

Brave homme, au fond, fort satisfait, en outre, du dénouement heureux d'une affaire où il se reconnaissait de la vivacité, sinon des torts, Rachimbourg ne tenait pas rigueur à Kerahuel et ne se fâchait pas des dépositions méchantes qu'il avait entendues, au tribunal. Il connaissait trop la psychologie des habitants du pays pour s'affliger de leurs écarts de loyauté. Il se sentait plutôt pris de pitié pour ces caractères instinctivement pervers, à la façon des enfants ; et croyait naïvement que, par la bonté, il se concilierait, à la longue, ces consciences obscures et faciles à se pousser, indifféremment, vers le bien ou vers le mal.

Souvent, sur le port, écoutant les doléances des pêcheurs, il avait entendu déplorer les dangers de la navigation et les difficultés de reconnaître la passe du port, les jours où l'atmosphère soudainement épaissie, déconcerte les capitaines. Par les nuits de brouillard, le phare, devenu presque invisible, n'indiquait plus la direction du

chenal. Dans les journées de brume, nul signal ne prévenait les bateaux de l'approche de la côte et des écueils.
Tous souhaitaient un appareil sonore, cloche ou sirène.
Mis en mouvement par les temps d'obscurité, il les ren-
seignerait au large; et, avec la position où ils se trouvaient, leur indiquerait la route certaine à suivre sans
danger.

Rachimbourg se décida pour une cloche d'alarme ; et,
généreusement, il en fit l'acquisition. Bientôt le capitaine
du port, par une lettre, apprit que la cloche, transportée
par le chemin de fer, était en gare, à sa disposition.

La nouvelle du cadeau, répandue dans les veillées, excita
moins de reconnaissance que de colère ! Est-ce qu'on
avait besoin d'une cloche d'alarme ? Est-ce que, jusqu'à
présent, on n'avait pas su s'en passer ? Eh bien ! alors ?
Pourquoi changer les habitudes ? C'était encore pour
« faire des embarras » que Rachimbourg encombrait le
pays de cet ustensile. Il ne servirait à rien, et l'on se
promettait de tout employer pour le rendre inutile.
Kerahuel se prononçait ainsi, et le capitaine du port,
sans rancune particulière contre le maire, mais par esprit naturel de résistance contre toute nouveauté, inventait des moyens pour que la cloche ne fût pas mise en place.

Encore qu'il semblât commode et facile de la sceller
au long de la colonne du phare où le gardien pouvait,
presque sans se déranger, l'agiter dès que se lèverait la
brume, il repoussait cette combinaison, et l'administration des Ponts et Chaussées, influencée par les rapports
de cet agent qui savait mal lire et peu écrire, hésitait à
prendre une décision. Elle se montrait peu favorable,
d'ailleurs, à l'établissement d'un appareil venu de quelqu'un n'appartenant pas au corps des ingénieurs ; et
pour lasser l'initiative d'un particulier, tout « en acceptant le principe », proposait de pousser la cloche jusque
dans la mer, et de l'installer sur une bouée flottante où
elle aurait continuellement tinté, au balancement de la
vague.

D'infinies paperasses s'ensuivaient. Pendant l'échange
de correspondances sans résultat, la cloche, remisée
sous un hangar dont Rachimbourg payait la location,
se couvrait de vert de gris et excitait les risées du public.
Elle devenait un but de promenade. On allait la voir, par
ironie. On lui parlait comme à une personne. Pour
l'humilier, on lui demandait pourquoi elle ne mettait pas

son battant en marche. Elle ne ressemblait donc pas à la langue des femmes, toujours en mouvement ? Les plus malins l'insultaient, imaginaient que, dépassant le métal, leurs injures, au lointain, atteignaient Rachimbourg. Un bateau étant venu à la côte, on profita du sinistre pour démontrer l'inutilité de la cloche : puisque, sous la remise, elle restait muette.

C'était un motif continu de plaisanteries dans les veillées. On s'y poussait le coude en disant : « La cloche, là-bas, écoute la cloche ». On faisait semblant de prêter l'oreille, et les femmes égayées de ne rien entendre, pouffaient de rire, au milieu du silence. Une certaine Camélia, particulièrement, ajoutant aux facéties, chantait : « Ding ding don », imitait de la voix les sonorités absentes, faisait autorité, parmi ses compagnes; et les plus envieuses demeuraient d'accord que, « dans sa société, on avait bien du plaisir ».

Camélia tenait son nom de la fantaisie littéraire de ses parents, influencés par l'appellation d'une héroïne, dans un feuilleton de journal ; et, revenue de Paris, se flattait d'avoir exercé là-bas le métier de bonne, métier rapportant quatre-vingt-dix francs par mois, disait-elle, et qu'elle affirmait avoir abandonné pour raisons de santé. Elle éblouissait l'assemblée par ses récits de la vie parisienne, racontait qu'elle s'était agenouillée en l'église Saint-Paul-Saint-Louis, une paroisse du Marais, dans un confessionnal où le prêtre entendait les pécheurs et donnait l'absolution en langue bretonne. Elle se flattait aussi d'avoir porté la bannière de Saint-Yves aux processions du « Clocher d'Armor », œuvre qui, à Paris, place les domestiques émigrés de Bretagne; et dans des salles de conférences et des cryptes d'église, les égaie par des chansons, des monologues, maintient leur foi par des cantiques, des Saluts des Saints Sacrements, des bénédictions. « La bénédiction de l'anse du panier », disait cyniquement Camélia, avouant combien, sur les marchés et chez les fournisseurs, elle avait volé ses maîtres. Mais elle se taisait sur le métier qu'elle exerçait plus fréquemment que le métier de servante, et ne se vantait pas de ses visites obligatoires au dispensaire de la Préfecture de police, démarches hygiéniques auxquelles la contraignaient les règlements de la maison publique du Champ de Mars dont elle avait été longtemps la pensionnaire.

Quelque irrégularité se soupçonnait bien dans sa condulte, parmi les gens de Ke-ahuel. Mais Camélia rapportait de l'argent, commandait de recrépir, à ses frais, la maison de sa sœur, payait quotidiennement du café, exhibait des bijoux, faisait entendre qu'elle possédait des titres de rente ; et ses compatriotes ne s'inquiétaient pas plus des origines de sa prétendue fortune que les indigènes de la Chine, leurs ancêtres, ne s'inquiètent de quelle manière leurs filles ramassent une dot, au passage, dans les maisons de thé ou les bateaux de fleurs. Du reste, Camélia suivait régulièrement les offices, se confessait aux époques ordonnées, communiait, lors des grandes fêtes, ne manquait jamais la prière du soir ; et l'outrance de sa verve populacière donnait beaucoup à espérer pour les réjouissances du carnaval.

Elle s'y montra, portant des vêtements d'homme, masquée et fumant, sous un chapeau haut de forme. Pour s'amuser davantage, chacun faisait semblant de ne pas la reconnaître. Elle, profitant de son déguisement, avec une voix de Marseillais, ainsi qu'elle avait entendu des acteurs parler, dans les cafés-concerts, intriguait les gens sur la route et les inquiétait par la connaissance de leurs aventures de famille et de leurs tares. Le soir venu, Camélia, ayant perdu sa coiffure et titubant un peu dans son costume, alla de veillées en veillées, promenant son ivresse, ses insolences et son masque dont la bouche de carton exhalait une fétide odeur d'alcool.

Pour se moquer, à leur tour, de ce personnage qui les avait tant bernés dans la journée, des plaisants s'avisèrent de l'appréhender au corps ; et l'ayant couché de force, tout de son long, sur une table ; pour s'assurer de son sexe, commencèrent à le dépouiller de ses vêtements. Derrière le pantalon tiré, sous la chemise retroussée, il apparut clairement que Camélia ne possédait rien des attributs de l'homme. Baluche, qui regardait, dans un coin, demeura fortement séduit par cette apparition.

La Mal-Commode, bientôt, par un secret instinct de jalousie, comprit que Baluche, sans en rien dire, se détachait d'elle. Dans les figures, toujours les mêmes, cependant, que Baluche charbonnait sur les murs de la maison de Mme Trénissan, elle devinait les traits d'une rivale ; et elle comprenait que les improvisations poétiques, accompagnant les dessins, ne s'adressaient plus à sa personne.

Elle interrogea Baluche. Pourquoi, depuis quelque

temps, montrait-il moins de tendresse ? Baluche, comme
tous les galants indélicats, se défendit maladroitement
de sa passion nouvelle. Des querelles survinrent, des
coups. Sitôt la nuit tombée, Keréol, repaire des amoureux, retentissait de cris et de batailles.

Un soir, M. Pascal, promenant sur la falaise ses remords et ses ennuis sans espérance, au milieu de la ville
en construction, entendit de terribles clameurs. Il s'approcha. Au clair de lune, il aperçut Baluche, lequel
s'exaspérant sous les reproches d'une infidélité qu'il
n'avouait pas, sur les solives sans parquet, par les cheveux, traînait la Mal-Commode.

A Paris, dans les cercles, après d'heureuses passes au
baccara quand il avait dit : « il y a une suite », M. Pascal, à travers la table tirait son gain, du croupier jusqu'à lui, légèrement avec la crosse d'une canne d'entraînement, lourde à l'égal d'un essieu de voiture. Rompu à
tous les exercices du corps : escrime, boxe, savate; même
pour les motifs les plus futiles, il ne reculait devant
aucune rencontre. Après souper, en habit noir, par goût
de la bravade et des horions, sur les boulevards extérieurs, il ne dédaignait pas d'accepter le combat avec les
souteneurs les plus redoutés. Ils se relevaient fort mal
en point de la science de ses ripostes. Aussi, sûr de sa
force et la dépensant avec une sorte de prodigalité osten-
tatoire, jamais M. Pascal n'avait toléré que la pire des
femmes fût molestée en sa présence.

Cependant il n'arracha pas la Mal-Commode aux
mains brutales de Baluche. Dans le néant auquel le condamnait l'indulgence consentie à son crime, toute sa
puissance musculaire devenait inutile. Brave, et sachant
combien il devait craindre aujourd'hui l'éclat qui résulterait de sa générosité et de son audace, il s'indignait
de ne pouvoir infliger à Baluche une bonne correction.
Mais, Baluche, d'une plainte, attirerait l'attention de la
magistrature et la vindicte de la loi. L'assassinat du trésorier-payeur général mettait M. Pascal à la merci de
ce misérable que, d'un revers de main, M. Pascal aurait
jeté pantelant, sur le sol.

La Mal-Commode hurlait ; « Tu veux donc me faire
mourir ici, avec toi », criait désespérément « à l'assassin »,
au milieu de la solitude. Et, dans le vent emportant ces
appels de douleur, M. Pascal s'en alla. Pour user sa colère et calmer l'excitation de ses nerfs, il marchait, simu-

lant devant lui des attaques, des feintes, des parades; et, de droite à gauche, donnait, comme un fou, de grands coups de poing aux ténèbres.

Malgré les mauvais traitements, la Mal-Commode ne se résignait pas à fuir les étreintes de Baluche. Elles devenaient rares et incommodes, car la maison de Mme Trénissan, achevée de semaine en semaine, chassait peu à peu Baluche de toutes les chambres où il se réfugiait, en regardant, avec regret, ses dessins et ses vers disparaître tour à tour sous les enduits et la peinture des murs. Seul, Chien-de-Nous, adroit à se faufiler avec la nuit, trouvait maintenant dans la bâtisse un abri et un sommeil certains.

Un surveillant, installé à demeure, défendait désormais le chantier, les travaux; et c'était, par hasard, quand ce gardien abandonnait son poste, pour courir les débits de boissons et les filles, que Baluche et la Mal-Commode, réunis au milieu des injures se possédaient avec rage; elle, apportant dans ses effusions la fureur de sa passion méconnue, lui ne dissimulant pas le dégoût de son désir satisfait. Ils se battaient, et le lendemain matin, des mèches de cheveux blancs arrachés à la tête de la vieille, se mêlaient, sur les parquets, aux copeaux rabotés par les varlopes des menuisiers.

Or, la Mal-Commode ayant déclaré « qu'il fallait que ça finisse », pour empêcher le retour de pareilles violences, prit le parti de faire couper sa chevelure. Et, quand elle apparaissait parmi les veillées, grande, sèche, la tête rasée, le crâne dénudé, beaucoup se signaient d'épouvante, car dans ce squelette vivant, ils croyaient voir apparaître l'Ankô, ce personnage fantastique des légendes bretonnes qui mène la mort avec lui, dans les endroits où il passe. A la longue, on prit l'habitude de cette laideur, et la Mal-Commode commençait à s'en égayer elle-même.

Un dimanche, pendant qu'elle chantait la complainte de l'artilleur déserteur par amour, afin d'aller retrouver sa promise; alors qu'elle commentait les paroles par des gestes, levait un pied, frappait de la main sa chaussure trouée pour indiquer comment le soldat prenait son congé sous la semelle de ses souliers, par la porte soudainement entr'ouverte, dans la veillée, un oiseau entra.

La Mal-Commode s'interrompit.

L'oiseau, aveuglé par la lumière, voletait autour de la

lampe fumeuse, tombait, se relevait, se posait un instant
sur la corne d'une vache étonnée et tournant la tête, en
ouvrant de grands yeux ; puis, reprenant son essor au
milieu de la huée, d'un vol désespéré, heurtait les murs.
Comme il planait à nouveau au-dessus de la couche de
varech où s'entassaient les femmes, on aperçut qu'il
portait à l'une de ses pattes un petit billet attaché avec
un bout de ruban. Une main l'attrapa. Le papier déplié
montra des mots écrits au crayon. Quelqu'un lut à haute
voix. C'était, avec la signature, une déclaration de Baluche à Camélia.

La Mal-Commode connaissait bien cette coutume du
pays, par où les liaisons deviennent publiques, solennelles, et dans leur irrégularité, équivalent presque à des
mariages.

— Saloperie bras ! dit-elle. Ce qui signifiait : grande
saloperie !

Cédant à la véhémence de son émotion, elle employait
les mots français et les mots bretons, pêle-mêle; et les
deux langues suffisaient à peine pour l'expression complète de sa colère. Debout sur le tas de varech, au-dessus des femmes couchées, et riant, sournoisement, de
l'aventure, de sa main droite décharnée, elle fouilla dans
sa poitrine plate, comme pour en arracher son cœur; et
elle fit le geste de le jeter devant elle, au hasard, à qui
voudrait le prendre.

— Bonset oll tud ar ré bras ag er re vinotoh ! Bonsoir
tout le monde les grands et les petits.

D'un pas de bête assommée, elle sortit ; et, se sentant
le gosier sec, dans un cabaret encore ouvert, elle alla
boire.

Vainement, depuis cette époque, elle tenta de rejoindre
Baluche dans la maison de Mme Trénissan. Le gardien
la chassait à coups de pierres. Et les chiens fidèles devinant jusqu'aux changements des affections de leurs maîtres
Chien-de-Nous, flairant l'ennemi, à l'approche de la Mal-
Commode, hérissait son poil, montrait les dents et grondait. La Mal-Commode fuyait, et toujours aboyant, Chien-
de-Nous la poursuivait au loin.

D'ailleurs, Baluche s'était inventé un nouveau domicile.
Sous prétexte de remplacer un vieil homme succom-
bant sous le poids de deux hernies inguinales, il logeait
maintenant, en manière de gardien, dans la maison du
docteur Laguépie. Respectueux du bien d'autrui, à peine

si, dès le jour de son entrée en fonctions, il s'appropriait quelques paquets de cigarettes abandonnés dans les pots du service à fumer. Pour le reste, il ne touchait à rien, se contentant de rire devant les portraits de famille qu'il trouvait très laids, et ne déchirait point les pages des livres, dans la bibliothèque. Par précaution autant pour protéger la maison que pour sa tranquillité propre, la nuit, consciencieusement, il faisait des rondes autour de la villa.

Mais, dans l'habitation de Laguépie, Baluche recevait Camélia heureuse de se déshabiller devant des glaces hautes, lui rappelant les maisons moins honnêtes où elle avait, lucrativement, promené sa nudité. Tous deux s'enorgueillissaient de dormir au bras l'un de l'autre, dans un grand lit à baldaquin, si large qu'on pouvait s'y coucher à l'aise dans tous les sens; sur des matelas dont le crin tout entier n'avait pas encore été volé par les matelassières; sur des taies d'oreiller brodées de luxueuses initiales. Entre des draps fins que, d'ailleurs, ils ne changeaient jamais, leur amour leur paraissait plus délectable.

Le matin, Baluche et Camélia, parmi les moites paresses des grasses matinées, s'amusaient beaucoup à se poser des questions, se demandant : « S'il arrivait, hein ? Qu'est-ce qu'il dirait le Parisien ». Ils s'égayaient de la bonne farce faite à l'un de ces « estrangers » que détestait Kerahuel, se réjouissaient d'infliger à la maison du docteur la salissure de leur présence. Dans cette usurpation, ils se sentaient approuvés par le pays tout entier, s'applaudissant de cette prise de possession d'une villa établie sur le sol des ancêtres. Chacun, à Kerahuel, se jugeant toujours propriétaire des immeubles qu'il avait vendus, n'acceptait pas l'aliénation consentie; et, l'argent touché, prétendant rester maître des terrains et des maisons cédés.

L'ignominie même de Baluche servant les rancunes, personne ne s'offensait de le voir, quotidiennement, violer un domicile. Chien-de-Nous, rejoignant Baluche et Camélia, profitait du confort et des délicatesses. Au pied du lit, sur une peau d'ours blanc, couchant son pelage gris, très détaché des animosités de Kerahuel, il se grattait, mêlant aux poils de la toison son indifférence et ses puces.

Certaines nuits, cependant, avec cette prescience du temps particulière aux habitants de la côte, Baluche,

brusquement, quittait Camélia, disant : « La brume vient,
Je la sens. Il faut que j'aille sonner la cloche d'alarme. »

Après bien des résistances, des enquêtes, des lettres,
des discussions, des mauvaises volontés, Rachimbourg
avait obtenu que la cloche s'installerait au long du phare,
au bout de la jetée. Pendant très longtemps, elle était
restée là, scellée en l'air, et muette entre ses deux montants, car personne ne consentait à accepter la fonction
de la mettre en branle. Baluche s'offrit : fut méprisé de
solliciter un travail envié parce qu'il en tirait bénéfice. On
espérait beaucoup de sa négligence ; il se distingua par
son assiduité. Pourvu, par Rachimbourg, de cinq francs
d'appointements par mois, il accourait avec le brouillard ; et, mouillé, fidèle à son poste, agitant l'appareil
qu'il manœuvrait en tirant un filin, il emplissait la mer
d'un glas retentissant, obstiné.

Il sonnait la cloche, un matin de juin, à l'aube, quand
un de ces passants toujours levés et qui promènent au
long des falaises et des flots leur éternelle insomnie, lui
dit en plaisantant :

— C'est pour le baptême de ton enfant que tu caril-
lonnes, si fort, Baluche ?

Car la voix publique accusait Camélia d'être enceinte
de deux mois environ, et l'on savait qu'elle sollicitait
Astérie pour obtenir des remèdes provoquant l'avortement.

— Peut-être, riposta Baluche. Et j'en connais beaucoup
qui voudraient pouvoir en faire autant.

Il tira de son chapeau de paille une chique ramassée
et mise en réserve, l'enfonça dans sa bouche ; puis, sous
ses vêtements imbibés d'eau et dont la laine, comme une
éponge, buvait l'humidité, il continua à tirer la corde de
la cloche.

Malbar et Mme Trénissan entendirent ses tintements
monotones, un soir de la fin du mois de juin, alors qu'ils
descendaient du chemin de fer, sur le quai de la gare où
la clarté des lampes défaillait sous la brume.

A peine si, au long des rues emplies d'une buée rousse
pénétrant les manteaux et suffoquant les poitrines, ils
surent se diriger à travers Kerahuel où ils ne retrouvaient
pas leur chemin. La lumière même, dans les boutiques,
les égarait. Elle leur semblait lointaine ; puis, tout à coup,
éclatait, aveuglante, inutile ; car derrière son halo subitement voilé, les ténèbres recommençaient ; des ténèbres

molles exhalant une odeur de bitume et de soufre, où ils enfonçaient, sans rien distinguer, sur leur route.

La respiration oppressée, soufflant de la vapeur par le nez et par la bouche, effrayés soudain par l'apparition de passants dont ils ne soupçonnaient pas l'approche, qui, tout à coup, surgissaient, près d'eux, avec une lanterne, et se perdaient instantanément dans l'ouate humide de l'air, ils avançaient, pleins de précautions et d'angoisse.

Des gouttelettes d'eau tremblaient sur le tulle de la voilette de Mme Trénissan ; le chapeau de Malbar ruisselait des bords comme par les grandes ondées. A tâtons, repoussant de la main ce rideau d'inconnu toujours tendu devant eux, ils gagnèrent l'hôtel d'Orange. Quand ils se furent assurés qu'ils se trouvaient bien sur le perron où les marches suintantes paraissaient encore se dérober sous leurs pieds ; serrés l'un contre l'autre, ils frissonnèrent, appréhendant des misères futures dont ils n'osaient point s'avouer la crainte.

La mer invisible se taisait, étouffée en son bruit par l'épaisseur du brouillard. Pas de ciel. Pas d'horizon. La cloche sonnait au loin, on ne savait où, dans des lointains inaccessibles. Alors, le cœur navré, mais affectant de la bonne humeur, ils entrèrent, embrassèrent maman Treudec toussante, presque disparue au milieu de la fumée d'eau insinuée jusque dans les maisons et enveloppant le café, les tables, le comptoir. Puis, sans faim, devant un dîner réchauffé et froid de toute la froidure de l'atmosphère, silencieusement, roulant en boulettes, sous leurs doigts, la mie d'un pain dur, ils songeaient.

Quelle vie mèneraient-ils en ce pays masqué, qui, dès leur arrivée, les enveloppait déjà de mystère et de menace? Et, toute la nuit, étendus entre les draps glacés des lits où l'on ne couche guère, Malbar, dans sa chambre, Mme Trénissan dans la chambre de maman Treudec, dormaient d'un sommeil grelottant. Par instants réveillés, ils écoutaient avec effroi frapper, comme sur leur cœur, le battant désespéré de la cloche d'alarme.

CHAPITRE XIII

Le lendemain matin, le brouillard se dissipait. Des lambeaux de nuées cotonneuses s'envolaient, de ci, de là, au-dessus de la mer morne, pareils à ces ombres de noirs pressentiments qui, au réveil, continuaient à obscurcir l'esprit de Mme Trénissan. En peignoir, Mme Trénissan descendit sur la terrasse de l'hôtel d'Orange humide encore des longues bruines de la nuit; et, dans le jour sans soleil, elle ne reconnaissait plus la plage de Kerahuel.

On était à l'époque des grandes marées. Sous le ciel crépusculaire où de la pluie, lente à tomber, s'amassait lourdement dans les nuages, la mer, retirée au delà de ses limites habituelles, par delà la courbe des sables, découvrait de vastes espaces de vase moussue par intervalles, et prolongeait jusqu'aux massifs rocheux du Château de Tristan une lagune de boue verdâtre où des pêcheurs d'anguilles, courbés sur leurs haveneaux, enfonçaient jusqu'à mi-jambes.

Les flaques d'eau, entre des pierres, miroitaient avec des éclats de verre cassé. Des bulles de gaz montaient, crevaient à la surface, et des odeurs de sentine et d'égout s'exhalaient de ce marais où stagnait une lumière pâle. Au milieu des vagues immobiles et des courants morts, des rochers, inconnus d'ordinaire, surgissaient, tout noirs d'une végétation de moules. Là-bas, attendant des souffles de vent qui ne venaient pas, un bateau, couvert de toiles, sa balancine et ses bonnettes pendant comme des loques aux vergues de ses mâts, se reflétait dans la mer triste.

Sur la côte, où les poteaux portant les écriteaux : « Terrains à vendre », semblaient reculés dans un infini d'isolement et d'abandon, entre le sable et la vase, des bandes d'oiseaux de mer s'abattaient. Courant légèrement sur leurs pattes grêles, ils picoraient les varechs abandonnés par le reflux. Chevaliers, avrillots, hirondelles de mer, ils s'appelaient entre eux d'un cri assez semblable au « pirouit » des perdrix se ralliant dans les sillons des champs, après le carnage des soirs de battue. D'autres bandes accouraient, pépiaient, picoraient à leur tour. Brusquement, un coup de fusil retentissait. Les oiseaux s'enfuyaient, criaient de terreur, sous les nuées. Derrière un tourbillon de fumée blanche, un chasseur se levait d'un trou creusé dans la dune, s'empressait vers les bestioles éclopées et battant de l'aile sur le sol. Il se baissait. Puis, relevé avec son gibier, il s'en allait plus loin, vers la troupe envolée, hâtant le pas au milieu des goémons épars où s'embarrassaient ses pieds.

De l'hôtel d'Orange, jusqu'au Château de Tristan, les goémons formaient un tapis brun, continu, découpé en arabesques, en astragales, et la fantaisie de leurs dessins se détachait en relief sur le fond jaune de la plage, comme des motifs de décoration sur une grande pièce de velours frappé. Des hommes avec des râteaux, des femmes avec des fourches, les ramassaient, les remontaient en tas sur des civières, les disposaient en mulons, en haut, sur la falaise, les dispersaient pour les faire sécher et les brûlaient ensuite dans des fosses dallées destinées à recevoir les cendres d'où l'iode s'extrairait, plus tard, dans les usines. C'était la vague industrie de Kerahuel que cette incinération de plantes marines arrachées des herbiers des grands fonds et rejetées sur la côte par la force des lames : une industrie qui, vaille que vaille, donnait du pain à ses maigres ouvriers, et dont les nauséabondes odeurs de matières végétales en ignition et de substances pharmaceutiques mises en liberté, les jours où le vent était mal placé, empuantissaient la plage et la rendaient odieuse aux promeneurs.

En vain, Rachimbourg, par des arrêtés de police, avait essayé d'empêcher ses administrés de se nuire à eux-mêmes en remplissant de fumée et d'exhalaisons, le territoire d'où ils espéraient tirer fortune. Dès l'abord, les habitants de Kerahuel, semblant comprendre leur intérêt, non sans récriminer cependant, s'étaient résignés à ne

plus brûler les goémons sur l'emplacement des « Terrains
à vendre ». Les terrains ne se vendant pas, ils avaient
fini par ne plus tenir compte des arrêtés et par réintégrer
leurs habitudes. Rachimbourg s'en indignait. Mais sentant son crédit décroître, il n'avait pas osé faire dresser
de contraventions, tant il redoutait de perdre la faveur et
les voix d'une population naturellement rebelle à toute
sagesse et qui se soulevait de colère à l'idée seule qu'on
pouvait réglementer son droit de vivre des produits de
la mer. Alors, d'un bout à l'autre des « Terrains à vendre »
demeurés sans acquéreurs, des trous à soude, de nouveau,
flamboyaient comme des fournaises, poussaient vers le
ciel des tourbillons de vapeurs âcres qui prenaient les
passants à la gorge.

— Ça ne sent pas bon ! Mais c'est excellent pour la
santé, dit Malbar, descendu, à son tour, et toussant dans
l'atmosphère viciée. C'est ce que nous appelons la bonne
odeur de la campagne et de la mer.

Dans son ironie, il raillait les préjugés poétiques attribuant de bienfaisantes vertus aux miasmes les plus délétères; et, en répétant les propos convenus, se moquait de
la candeur des citadins qui, pour échapper à l'air empesté
des villes, s'en vont dévotement respirer l'infection des
fumiers, près des étables, et les méphitiques émanations montant, à marée basse, de tous les ports de mer.

— Tiens ! c'est vous, vous avez bien dormi ?

— Pas mal, et vous !

— Pas mal, mais regardez donc !

Et Mme Trénissan étendant sa main droite où luisaient
des bagues, d'un geste de navrement montra à Malbar
sa maison de Keréol.

Au travers de la brume du matin et de la fumée flottant
au-dessus des goémons brûlés, Keréol s'apercevait à
peine. Par haine contre cette étrangère qui s'était permis
de construire une maison sur la falaise, de s'insinuer sur
leur territoire, et qu'ils accusaient entre eux de chercher
à leur voler l'Océan, les gens de Kerahuel avaient spécialement réuni auprès de Keréol leurs dépôts les plus
nombreux et leurs fours les plus actifs. Les algues,
entassées, suintaient ; de l'humidité détrempait à l'entour
le sol changé en bourbier ; et aux quatre coins du
domaine, des foyers toujours en action fumaient perpétuellement ainsi que des solfatares. Mme Trénissan,
plaignant l'imprudence de son enthousiasme passé,

devinait enfin quelle erreur elle avait commise en faisant construire une maison et en rêvant de s'installer dans ce pays que les habitants s'acharnaient à rendre hostile et inhospitalier. Et elle restait inquiète, en face de l'avenir menaçant et de ses espoirs désabusés.

Mais comment faire? Dans Paris qui ne l'intéressait plus, elle avait vendu son hôtel d'où les meubles déménagés, depuis longtemps, chargés dans des voitures et hissés sur des wagons, étaient en route vers la gare de Kerahuel. Qu'irait-elle chercher désormais dans une ville d'où elle s'était détournée, après bien des déboires? Pourtant, effrayée des inconvénients futurs qu'elle prévoyait à Kerahuel, elle se demanda un instant si, renonçant à la mer, comme au reste, elle n'errerait pas à travers le monde, promenant son désenchantement dans des paysages ignorés qu'elle fuirait aussitôt pour n'en goûter que le charme momentané et l'émotion d'une heure. Elle balança, si elle ne se contenterait pas désormais de devenir une passante parmi les horizons et les chambres d'hôtel! Assurément, dans les pays les plus reculés, elle se sentirait moins étrangère que dans ce coin du territoire français moralement plus éloigné de la France que les îles Fidji ou l'archipel de la Sonde.

Quand, lassée du hasard de ses courses, elle souhaiterait se reposer, elle ferait halte à Venise, dans un palais qu'elle connaissait bien et qu'elle décrivait à Malbar. On y arrivait en gondole, par des ruelles d'eau étroites, entre de hauts bâtiments tout pavoisés de loques. Après avoir passé sous un pont de pierre dont l'arche armoriée s'écussonnait de verdures grimpantes, on abordait sur un perron dont le flot, doucement, lavait les marches de marbre. A l'intérieur, un escalier monumental menait à des appartements égayés par la couleur et la vie de fresques aux clairs personnages. Devant le balcon dont la rampe se découpait en trèfles byzantins, la lagune, peu à peu devenue la mer, s'étendait si loin qu'elle semblait baigner le pied des Alpes du Tyrol, neigeuses et comme évaporées au fond de l'horizon.

Elle vivrait là, loin du monde, en cette espèce de désert et de paix que laissent, dans les demeures seigneuriales, les noblesses avec les ambitions déchues. Dans sa retraite, elle accepterait de n'avoir pour compagnie que le souvenir des chefs-d'œuvre immensément épars dans la ville; et ne connaîtrait pas de société autre que la société

des statues immobiles et des tableaux muets. Car l'absence
de bruit dans la rue, à Venise, fait concevoir cette illusion que tout s'y tait à jamais des passions et des individus, et que l'humanité cesse derrière le gondolier criant
et disparu à l'angle d'un canal.

— Oui, dit Malbar, un jour qu'elle s'exaltait dans ce
nouveau rêve, oui nous nous inventons tous des endroits
d'élection où la sagesse commanderait de ne jamais aller.
Ils durent plus que nos rêves. Bientôt il nous faut de la
patience et du courage pour continuer à vivre dans les
paradis que nous nous étions créés. Kerahuel vous procura jadis la même fantasmagorie ; et, le mirage dissipé,
c'est à Kerahuel qu'il nous faut vivre aujourd'hui sans
plus souhaiter d'autre bonheur que notre application à
souffrir le moins possible des inconvénients aveuglément
négligés par notre idéal. D'ailleurs voici quelqu'un qui
désire vous parler.

Un homme s'avança, poliment, le chapeau à la main.
C'était le commis de la maison de déménagement à
laquelle Mme Trénissan avait confié le transport de ses
meubles. Il annonçait l'arrivée du convoi, ne dissimulait
pas ses inquiétudes. Les voitures étaient lourdes à traîner
et il avait eu grande peine à trouver dans le village des
chevaux pour les atteler. Le père Calvar, quoique officiellement correspondant du chemin de fer, ne possédait
rien de la cavalerie nécessaire ; donc, il avait dû s'adresser
aux rares cultivateurs, gens de mauvaise volonté qui
lui avaient fait payer cher la location de maigres chevaux
de trait. Il s'en affligeait pour le compte de sa maison,
dont il prenait les intérêts, se lamentait sur la diminution
du bénéfice ; et tout en regrettant d'avoir accepté une
aussi mauvaise affaire, ne se disait point rassuré sur la
manière dont les véhicules arriveraient à destination.

En effet, aucun chemin carrossable ne menait à Keréol.
Dans les plans que Rachimbourg montrait aux amateurs
pour les décider à acheter les « Terrains à vendre », de
grandes avenues étaient prévues ; et, sur le papier, l'accès
des propriétés semblait certain et facile. Mais les « Terrains » ne s'étant point vendus, l'argent, par suite, manquant pour les travaux, les voies de communication
demeuraient à l'état de projet ; et Keréol, isolé sur la
dune à l'égal d'un blockaus, dans le Sahara, défiait l'approche, tourmentait singulièrement l'employé.

Enfin, tirée par des chevaux trébuchant sous les coups

de fouet; poussée par des hommes arrachant à coups
d'épaule les roues engagées jusqu'au moyeu dans le
sable; après une matinée de jurons et de sueurs, la voiture portant le mobilier de Mme Trénissan s'arrêta devant
la porte de Kéréol.

Résistant aux imaginations de son architecte, homme
de notoriété et de répugnante fantaisie en son art,
Mme Trénissan, après avoir successivement rejeté les
plans d'un chalet suisse, d'une villa italienne et d'un
cottage anglais à toiture hollandaise flanqué d'un mina-
ret turc, s'était récriée quand l'élève de l'École des Beaux-
Arts, stupide et jamais à bout d'inventions, lui proposa de reproduire, à une échelle moindre, les rochers
réels du Château de Tristan, de les simuler avec du ciment
armé; et, au milieu de ces blocs factices, d'établir un
logis dont il vantait d'avance l'éminente originalité. Elle
réussit à ramener le praticien du moellon vers des concep-
tions plus simples; et Kéréol, dessiné d'après ses souvenirs, se dressait sans prétention, avec l'aspect d'une vieille
maison de campagne où elle avait passé son enfance.

Entre deux pavillons, cuisines et communs, le corps
principal d'habitation se dressait au fond d'une espèce de
cour d'honneur. Derrière le perron à double révolution,
toutes les chambres, ainsi que dans un couvent, ouvraient
sur un long corridor étendu dans la largeur de la façade.
Un escalier à chaque extrémité conduisait au premier
étage. La disposition du premier étage répétait la disposition du rez-de-chaussée; et les fenêtres de tous les
appartements donnaient, à perte de vue, sur la mer.

Pour faciliter le passage du piano, on démonta les
portes du salon. Un vitrage circulaire qui le terminait
faisait à l'extrémité une manière de jardin d'hiver : à
travers les carreaux on apercevait au lointain le blanc
moutonnement des vagues. Sur les lambris, partout, la
peinture mal séchée qui recouvrait les poésies et les dessins de Baluche, exhalait une forte odeur de térébenthine.
Au-dessus du portail, le nom de Kéréol, en lettres d'or,
sur un cartouche de marbre noir, étincelait au soleil.

Et l'emménagement commença. Jamais Mme Trénissan
n'avait trouvé ses meubles aussi laids. Démontés et
pareils à des débris, ils montraient en plein air la tristesse de leur luxe avec le secret de leurs tares. La colle
ne retenant plus les placages, des panneaux heurtés tombaient en laissant derrière eux, sur le bois, des taches

assez semblables à des taches de lèpre. Des tapisseries qui, à Paris, aux lueurs des bougies flambant dans des torchères, les soirs de gala, gardaient encore une apparence de jeunesse et de fraîcheur, à la grande clarté d'un paysage d'océan, apparaissaient comme irrémédiablement fanées. Des mites aperçues pour la première fois mangeaient la verdure des arbres avec le teint des personnages; et Mme Trénissan se sentait vieille de toute la vieillesse qu'elle découvrait maintenant dans les objets au milieu desquels elle avait vécu.

Parmi la paille des paniers vidés, elle retrouvait des souvenirs qu'elle ne se connaissait plus : des livres reçus en prix par elle, voilà bien longtemps, dans le couvent où elle était pensionnaire; des boîtes à bonbons vides, sous leurs faveurs dénouées; un mince étui en bois sculpté enfermant un chapelet aux grains minuscules; le collier d'une petite chienne morte dans ses bras; une poupée à tête de porcelaine, vêtue d'une toilette à la mode ancienne, sa poupée préférée et qu'elle avait gardée jusque dans son mariage.

Elle feuilletait les livres, ouvrait les boîtes, lisait les adresses des confiseurs sur le papier découpé, à l'intérieur; tirait le chapelet, le remettait en place; faisait sonner le grelot du collier; et, appelant la poupée par son nom, la berçait en chantonnant comme au temps où elle était gamine. Elle fouillait avec attendrissement dans ces mannes profondes et poussiéreuses, d'où elle tirait tout son passé. Il en sortit de vieux programmes de concert; des médailles frappées à son nom par des sociétés de charité auxquelles elle avait prêté son concours. Levant le couvercle mal fermé d'un panier qui avait contenu des bouteilles de vin de Champagne, sous des rubans où s'inscrivaient des lettres en or, elle revit le tas des couronnes jadis jetées à ses pieds, sur les estrades des festivals, quand, pour applaudir en même temps que le public, et provoquer plus sûrement un rappel, les violons de l'orchestre, du bois de leurs archets, frappaient la caisse de leurs instruments. Et elle respirait l'odeur de ces fleurs mortes qui jadis, dans sa loge, avaient mêlé leurs parfums à l'exagération de l'enthousiasme.

Il en était d'artificielles dont l'éclat non plus n'avait pas duré et qui, sous leurs feuilles jaunies, montraient une armature en fil de fer. Elle les secouait à poignées, stupéfaite comme d'une révélation en voyant sur les

rubans les noms des villes où elle avait été applaudie.
Alors, des lyres apparurent. Entre leurs montants de
carton cassé, les cordes de roses tombaient en poussière :
seule la carcasse subsistait, et lamentable maintenant
avait l'air d'un tire-botte. Prise de dégoût devant ce qui
restait de sa gloire, Mme Trénissan retourna vers les
déménageurs.

Recrutés parmi les pêcheurs du port, aidés de quelques
hommes de mauvaise grâce, lesquels vantaient leur
adresse et ne savaient rien faire, ils maniaient les meubles sans précaution; le long des escaliers, les heurtaient
aux murailles, cependant que la peinture au passage
s'écaillait sous leurs coups. Ils s'enrageaient contre le
poids et le nombre d'ustensiles dont ils ignoraient
l'usage, s'indignaient qu'il fallût aux Parisiens tant d'appareils pour vivre, se plaignaient à chaque voyage qu'il ne
leur fût pas plus largement versé à boire. Leur aigreur
naturelle s'avivait par leur regret de la boisson trop
rare; et dès lors, ils se croyaient dispensés de traiter
avec délicatesse les marbres, glaces et consoles ne rapportant rien à leur ivresse.

D'ailleurs, est-ce qu'ils n'appartenaient pas à « une
étrangère », comme Mme Hestoudeau, comme Mme Vincent Trois? De quel droit Mme Trénissan venait-elle
s'installer dans Kerahuel et y vivre en pays conquis ? En
attendant d'autres représailles contre une invasion exaspérante pour leur amour du sol natal, négligemment, ils
fracassaient les verroteries; et riaient à côté, en feignant
de s'étonner qu'elles fussent si fragiles. Toute la haine
éparse que Kerahuel, l'hiver, développait pendant les
veillées, s'était concentrée en eux ainsi que dans des accu-
mulateurs; et pareille à l'électricité, elle se déchargeait
au contact des moindres bibelots, grands excitateurs de
rancune et de colère.

Le luxe du mobilier irritait leur misère. Leur envie y
voyait une insulte, et les magnificences démesurées pour
leurs yeux n'ayant jamais rien vu, ils les attribuaient à la
pratique des œuvres du diable, à la débauche et à la
honte. Assurément une catin seule pouvait se regarder
du haut en bas dans des miroirs aussi vastes, coucher
sur des matelas si moelleux, trouver assez d'argent pour
payer l'or des cadres avec le cristal des tables de toilette
et des lustres! Sans doute, Mme Trénissan, quelque part,
on ne savait où, avait volé elle aussi, ni plus ni moins que

29.

Mme Minahouet, la saison dernière, dans Kerahuel. Elle devait nécessairement trafiquer d'elle-même à la façon de Mlle Ophélie faisant, selon l'avis de tous, commerce de sa personne. La chambre à coucher surtout les exaspérait par l'immensité d'un lit assez large, croyaient-ils, pour qu'il y passât bien du monde à la fois; et, quand Chien-de-Nous, errant aux alentours, vint lever la patte sur les panneaux laqués de blanc à la mode du temps où régna Louis XVI, on le laissa faire, car, par son urine, il donnait un commencement d'exécution aux hostilités secrètes de Kerahuel. Baluche suivait Chien-de-Nous. Les hommes l'appelèrent pour « donner la main » afin de porter le piano à queue, lequel déconcertait l'équipe par sa dimension et la pesanteur qu'on lui supposait. Mais Baluche répondit :

— Je n'ai pas le temps.

Néanmoins, les mains dans la ceinture de son pantalon, car son veston troué ne gardait plus de poches, il resta là, souriant, à la maladresse de ces hommes de mer si avisés à manœuvrer les voiles, sur les bateaux; si empêtrés à remuer, sur la terre, les objets inconnus à leurs doigts. L'opération devenait longue. Des tireurs de goëmon, allant à leur ouvrage, le râteau sur l'épaule; des femmes, un fichu sur la tête et portant des cruches pour les remplir d'eau, là-bas, dans une fontaine suintant au travers des sables, curieusement, s'arrêtèrent. Un groupe se forma qui donnait des conseils et ne fournissait point d'aide.

— Espèces de fainéants, s'écria Baluche, dire que dans le tas, pas un seul homme ne leur donnerait un coup de main !

Puis, majestueux, il s'éloigna. Chien-de-Nous l'accompagnait, sautant autour de lui, car Baluche avait inventé un sifflement doux aux oreilles du chien et qui, aussitôt entendu, mettait l'animal en joie.

A distance, assis sur un monticule de verdure, où paissaient quelques vaches, M. Pascal cueillait des immortelles. Au bout de longues tiges blanchâtres et traînant sur le sol, les fleurs jaunes poussaient autour de lui, nombreuses et à portée de sa main. Par désœuvrement, il les arrangeait en bouquet; de temps en temps, respirait leur odeur de cire, l'odeur des cierges allumés et coulant à côté des morts Un juron le tira hors de sa rêverie :

— Tiens donc bon, nom de Dieu !

Il leva la tête; et, voyant le piano noir entrer dans Keréol, il eut l'impression d'un cercueil que les employés des pompes funèbres descendent d'un corbillard et transportent sous un catafalque.

Les jours suivants, par l'effort de tapissiers mandés de la ville la plus voisine, autour du piano bien calé et d'aplomb sur ses pieds, dans le salon, au rez-de-chaussée, devant la baie vitrée au delà de laquelle étincelait toute la mer, les draperies et les rideaux de la maison s'organisèrent vite. L'ordre revenant, un peu de gaieté reparut dans les meubles revernis à neuf, et retrouvant leur place au milieu de l'harmonie des fauteuils et des tentures. L'heure redevenait amie et familière en sonnant sur les timbres aux vibrations connues des pendules et des cartels. Dans la salle à manger, dans la cuisine, les accessoires du ménage ne fuyaient plus sous la main des servantes. Sur les rayons de la bibliothèque, les livres se replaçaient dans leur ordonnance de naguère et s'offraient au lecteur, sans embarras et sans recherche. Les partitions, dans les casiers, alignaient les titres dorés des opéras avec le nom des compositeurs; et dans la chambre de Malbar, sur la table, le manuscrit des *Rapports de la littérature et de la science*, auprès de l'encrier, attendait, une fois de plus, que l'auteur se décidât à le terminer.

Mais Malbar ne travaillait pas. Pour se donner le change à lui-même, paraître secouer la paresse qui le paralysait, il lisait des livres, s'appliquait à prendre des notes; et le remords du labeur qu'il n'accomplissait pas l'étouffait au point que, parfois, il croyait manquer d'air. Alors il quittait sa chambre, allait, venait dans le couloir; et, dans ses promenades, ne dépassait jamais une limite qu'il s'était fixée : une fleur en forme d'étoile, tissée parmi la moquette du tapis. Au delà, quelques pas plus loin, s'ouvrait la porte de Mme Trénissan. Or il se défendait de passer l'obstacle idéal qu'il s'était inventé, parce que, les circonstances ayant fait décroître l'admiration qu'il professait pour la cantatrice, il craignait que l'art, ne l'isolant plus des faiblesses, il en arrivât à se souvenir que Mme Trénissan était désirable et qu'il avait jadis souhaité devenir son amant.

Les repas les rassemblaient sans les réunir, et derrière les conversations indifférentes qu'ils s'efforçaient de tenir: heures de la marée, phases de la lune, position du vent, cours du poisson, inquiétudes sur la santé de la cuisinière venue de Paris, souffrante, et déclarant ne pouvoir supporter l'odeur des goémons, ils dissimulaient des pensées plus graves dont ils n'osaient pas parler. L'existence commune qu'ils avaient espérée, devenait une existence lointaine et parallèle. Ils vivaient l'un à côté de l'autre sans se rencontrer, car rien ne les rapprochait plus de toutes les choses qui les enthousiasmaient jadis, ensemble ; et le grand piano sur lequel ils s'appuyaient du coude, regardant sous les cieux bas, la lune se lever en incendiant les nuages, mettait entre eux une triste, une infranchissable barrière. Un soir, pour essayer de ranimer les passions anciennes et de rejoindre leurs esprits dans la même exaltation pour un chef-d'œuvre, repoussant sur le couvercle une touffe d'œillets mauves cueillis sur la falaise et se fanant dans l'eau d'un vase de cristal verdi par le reflet de leurs tiges, Malbar ouvrit le clavier. Comme un diacre à l'autel, met en place l'évangile, dévotement, sur le pupitre, il ouvrit la partition de *Tristan et Yseult*.

— Non, non ! jamais ! s'écria Mme Trénissan. Cachez cette musique. Je ne veux plus la voir.

— Pourtant...

— Je vous en prie, vous savez bien pourquoi.

Et Malbar devant les pages blanches sur lesquelles la nuit s'ajoutait aux ténèbres des notes, Malbar n'insista pas.

Dans sa tentative de chanter les trois actes de *Tristan et Yseult*, en scène, dans une salle de spectacle, Mme Trénissan avait rencontré plus d'accidents qu'on ne rencontre de dièzes et de bémols dans les modulations de Richard Wagner. Avant les répétitions, les difficultés commencèrent ; et la hantise des écœurements subis sans relâche lui donnait à nouveau des nausées. A peine son nom figurait-il dans les journaux avec l'annonce du rôle qu'elle se proposait de remplir, que les attaques et les perfidies ne cessèrent plus. On blâmait son imprudence, on incriminait son courage ; et les critiques qui avaient assisté aux représentations de Bayreuth blâmaient énergiquement sa présomption. Est-ce qu'on pouvait concevoir une autre interprète d'Yseult que la Sucker, qui la première avait chanté le rôle ? Même vieillie aujourd'hui et de voix défaillante, la « Soukre », comme ils disaient avec une affectation de bien parler l'allemand, la « Soukre »

défiait encore toutes les rivales. A défaut de la
« Soukre » s'il fallait se résoudre à des talents de
moindre envergure, est-ce que Mlle Niedermaus, une doublure, ne s'imposait pas, par la correction de la diction,
et la bonne volonté dont elle avait donné tant de preuves ?

Les amateurs de musique, tous admirateurs du maître et
se déchirant sans relâche sur des questions de détail, chacun
faisant valoir son assiduité aux représentations données
dans les théâtres allemands, et contestant la compétence
de son adversaire par les raisons mêmes que l'adversaire
donnait pour établir la sienne, prétendaient imposer la cantatrice de leur choix. Deux partis en présence s'injuriaient
dans les journaux spéciaux : les Niedermaudistes et Trénissanniens.

Les Trénissanniens reprochaient à Mlle Niedermaus
l'exiguïté de sa taille, et le peu de volume de sa voix, la
déclarant du reste incapable de chanter autrement qu'en
langue allemande, car elle prononçait le français avec un
accent guttural mal dissimulé par l'orchestre, risible
en maintes circonstances. Les Niedermaudistes, au contraire, déclaraient la majesté de la taille de Mme Trénissan tout à fait exagérée et opposée à l'exacte représentation physique du personnage d'Yseult. Ils jugeaient
l'héroïne plus vaporeuse, plus svelte ; ne se consolaient
pas qu'elle fût incarnée par une personne de carrure
aussi puissante et aussi monumentale. Passe encore, si
dans *la Tétralogie*, elle avait choisi le personnage de
Brunehilde, une vierge guerrière celle-là, portant la
lance, le casque ou la cuirasse. Mme Trénissan, n'ayant
pas de prétention sur ce rôle, on ne faisait aucune difficulté de prévoir qu'elle y serait remarquable. Mais Yseult !
qu'elle renonce à Yseult ; Yseult, légère comme son
écharpe agitée aux souffles de la nuit, Yseult, brûlée par
la passion, ne serait jamais réalisée par une prima dona
d'une corpulence si forte et d'une carnation aussi violente.
Dès lors, les polémiques, dépassant toute mesure,
recommençant toujours sans vergogne, insinuaient que
les partitions torturées hurlaient en Mme Trénissan,
telles les victimes enfermées jadis dans les flancs meurtriers du taureau de Phalaris.

Puis, les traducteurs s'en mêlèrent, chacun apportant
sa version et son texte. Les uns tenaient pour un mot
à mot scrupuleux qui cessait d'être de l'allemand, sans
cependant ressembler à du français. D'autres défendaient

une prose rythmée assez souple pour conserver les accents indispensables, respecter la quantité des syllabes importantes, et la notation dramatique de Richard Wagner. Certains, préférant à la justesse une interprétation poétique, défendaient un arrangement en vers, les vers leur semblant l'adjuvant fatal de toute œuvre lyrique. Or, Mme Trénissan, d'accord avec le chef d'orchestre, s'étant décidée pour une sorte de transaction, tantôt de rime, tantôt de prose, irritait tous les musicographes que, par son éclectisme, elle avait espéré contenter.

La discussion d'abord courtoise, des hauteurs de l'esthétique sereine, descendit bientôt aux petitesses, aux attaques personnelles, aux épigrammes sur la vie privée. Les arguments faisant défaut, à la longue, on les remplaça par des grossièretés. L'honneur des femmes, étranger au débat, fut sali par tous les champions.

Les Trénissanniens ayant laissé entendre que Mlle Niedermaus, dans ses amours, préférait les femmes aux hommes, en quoi, citant des auteurs, ils la comparaient à certaines grandes cantatrices du dix-huitième siècle, plus célèbres par le désordre de leurs sens que par leur supérieure compréhension des chefs-d'œuvre, les Niedermaudistes, en manière de représailles, accusèrent Mme Trénissan de relations inavouables. Elle prenait ses amants dans les rues, était rouée de coups par des Sigisbées de boulevard extérieur, vivait d'ailleurs en concubinage avec un cocher d'omnibus. Quelqu'un donna des détails plus précis encore, affirma qu'elle était tatouée. Et des hommes de bonne compagnie, lettrés pour la plupart, tous réputés pour la délicatesse de leurs appréciations et de leurs œuvres, dans les promenoirs des salles de concert, les coulisses de théâtre, sur le trottoir des boulevards, aux tables des cafés, comme s'ils annonçaient un événement d'importance, répétaient ces répugnantes malignités. Passionnés et inconscients de la bassesse où des entraînaient la sincérité de leurs convictions et leur violent souci de l'art, ils s'efforçaient de croire à ces billevesées. Des inimitiés farouches divisèrent les intelligences les plus sereines d'ordinaire: et, parce qu'ils s'avouaient mal d'accord sur les mérites ou les faiblesses réciproques de Mlle Niedermaus et de Mme Trénissan, des amis intimes se fuyaient, ne se parlaient plus.

Un petit journal intitulé *la Bouche de Fafner*, en souvenir du dragon de *Siegfried*, recueillait les méchancetés

et les aggravait, dans ses colonnes. Il était rédigé par un
directeur d'agence dramatique, grand placier en ténors,
barytons et « cantatrices » de tout genre, qui ne pardonnait pas à Mme Trénissan d'avoir trouvé un engagement
hors de son officine et de son entremise. Il avait dû également renoncer aux honoraires promis par Mlle Niedermaus, sa cliente, privée d'emploi ; et se vengeait de son
industrie sans bénéfice par des reportages sans dignité.
Mme Vincent Trois l'aidait en ses rancunes.

Echappée à la surveillance et à la maison de Mme Hestoudeau, pendant le cours d'une saison d'hiver, sur une
plage de la Méditerranée, elle s'était éprise du sieur
Lesampel, gentilhomme, disait-il, chevalier de plusieurs
ordres étrangers, beau joueur et grand parleur, et qui
mêlait à une connaissance très approfondie de la musique
et des lettres, un prodigieux sens pratique de la réclame
et des affaires. Oscillant sans cesse entre la fortune et
la police correctionnelle, par un chef-d'œuvre d'équilibre,
il s'avançait dans la vie, exaltant les maîtres, composant
des vers et faisant autant de dupes qu'il séduisait de
femmes. Aucun métier ne lui répugnait : il excellait tour
à tour dans les plus honorables et dans les pires. Tour à
tour, ingénieur des mines, agent d'émigration, pianiste
dans un café chantant à Marseille, entrepreneur de
vidanges à Barcelone, directeur à Paris d'une agence de
poste restante où les abonnés et abonnées rédigeaient
leurs correspondances et recevaient leurs lettres sous la
surveillance de la police, sans cesse compromis et toujours écarté des poursuites, poète lyrique dans l'intervalle, il se montrait habile à faire sortir des plus sombres embarras, tantôt un poème, tantôt un billet de
banque. Les vertus des femmes tombaient naturellement
au vent de ses discours tendres comme des élégies,
persuasifs et trompeurs comme des comptes-rendus de
président dans des assemblées d'actionnaires. Il traitait
l'art à la façon d'un minerai, en tirait du rendement de
toutes les façons. L'œuvre de Richard Wagner devenant
à la mode, il la commentait avec compétence et l'exploitait deux fois, par son agence et par son journal.

Dans le hasard de sa vie aventurière, il s'était marié
avec une femme dévouée que, chaque soir, il allait retrouver, à la campagne, dans les environs de Paris. Elle lui
donnait des enfants, ne se fâchait pas de ses maîtresses :
Mme Vincent Trois entre bien d'autres. Lesampel les choi-

s'ajoutait à toutes les amertumes qu'elle subissait depuis qu'elle répétait *Tristan et Yseult*.

Les plus violentes ne venaient ni des journaux, ni des rivalités, ni des épigrammes de Mme Vincent Trois. Elle se les créait elle-même, chaque jour se désespérait davantage en se sentant inférieure au grand labeur idéal qu'elle avait entrepris. Malgré les conseils de Malbar, malgré les encouragements du chef d'orchestre, à chaque heure qui la rapprochait de la représentation espérée si fort naguère, elle s'affligeait de ressembler si peu et de si loin à cette Yseult qu'imaginait son ancien enthousiasme.

Elle n'arrivait pas à pousser sa voix jusqu'aux accents passionnément surhumains qu'elle entendait chanter, sur le papier, quand elle lisait, comme on lit dans un livre, les pages de la partition. Cette musique de rêve lui semblait maintenant lointaine, inaccessible à toute exécution précise. Elle s'avouait ne plus en trouver l'exaltation et le charme mystérieux sous le bâton du chef d'orchestre la rappelant à la mesure; dans les séances où son accompagnateur martelant des dessins harmoniques, accentuait des traits qu'elle jugeait plus souples, et frappait durement des accords qu'elle croyait délicieusement fluides. Ainsi, elle allait à son rêve comme à une corvée.

A mesure qu'elle pénétrait dans l'œuvre du musicien, elle en sentait davantage la facture, souffrait de la persistance des procédés. Fatiguée par la monotonie des épisodes intermédiaires, elle se déclarait sans force pour exprimer le sublime survenant à l'extrémité de l'ennui. Les programmes de concert, en n'exécutant que les morceaux culminants, ceux où le drame atteignait son maximum d'intensité, supprimaient ces préparations dont, en ce moment, elle éprouvait les redites et les longueurs. Elle peinait au milieu, tels les ascensionnistes halètent dans les chemins en lacets montant au sommet des montagnes; et suffoquent en route avant d'arriver à l'immensité des horizons et à l'air pur respiré sur les cimes.

Elle ne se rebutait pas cependant. Sans doute, l'illusion diminuée par le travail des répétitions et des raccords réapparaîtrait tout entière, au flamboiement de la rampe et du lustre, le soir où le rideau coupé par le milieu, s'envolant des deux côtés, jusqu'aux cintres, montrerait,

sur le théâtre, des personnages réels, vivants et en
marche au milieu de la vérité des décors. Elle espérait
beaucoup du secours que lui apporteraient les perspectives connues d'elle et dont elle avait fourni les croquis,
pour les maquettes. Les peintres, suivant ses indications,
brossaient avec exactitude le pont du bateau, la forê'
dans la nuit; et surtout le paysage du Château de Tristan,
copié sur nature et exécuté d'après les dessins de son
album. Et pourtant, quand elle entrait en scène, elle se
sentait isolée et comme étrangère parmi ces toiles dont
la coloration violente, faite pour être vue de loin, ne lui
représentait plus rien ni de la réalité, ni du rêve. Elle
les contemplait de trop près.

Cantatrice immobile qui n'avait jamais paru que sur
les planches restreintes d'une estrade de concert, elle
ne savait pas mesurer ses mouvements à la dimension du
cadre factice où elle était contrainte d'évoluer. Elle faisait
des gestes trop grands, des pas trop larges; et marionnette démesurée, se coupait à chaque instant la respiration par une mimique de désordre à laquelle elle
s'abandonnait sans la régler, rythmiquement, selon la
mesure et la cadence des phrases musicales. Les éclats
de sa voix retentissante perdaient leur autorité avec leur
émotion par ce perpétuel désaccord entre l'expression
lyrique et la mimique nerveuse, produisant, pour les
regards, des dissonances aussi sensibles que des fausses
notes, dans le chant.

Mme Trénissan semblait ne pas chanter juste parce
que ses bras, maladroits et gauches, se manœuvraient à
contre-temps; parce que ses jambes mal habituées au
piétinement raccourci des actrices en scène s'emportaient
toujours au delà de la mesure et de la vraisemblance.

Evertuée de conscience et d'énergie, dans la salle de
théâtre, elle chantait éperdûment, comme elle avait
chanté en plein air, quand, pour la première fois, avec
Malbar, à Kerahuel, elle s'était promenée au milieu de
ces rochers baignés par la mer, et dans l'architecture
formidable desquels elle reconnaissait le Château de
Tristan. Elle donnait toute sa voix, se dépensait de tout
son courage. Sa voix, cependant, ne dépassait pas la
rampe. On ne l'entendait pas au cinquième rang des
fauteuils d'orchestre. Non point qu'elle manquât de puissance! mais l'orchestre, au mépris des indications de
Richard Wagner, l'orchestre point placé au-dessous du

théâtre, mettait, entre Mme Trénissau et le public, un infranchissable écran de sonorités.

Derrière la buée montée de la rampe, derrière cette espèce de brume qui flotte dans l'air ébranlé au-dessus des instruments, on la voyait se débattre, ouvrir la bouche et demeurer muette comme les poissons qui, sous la vitre d'un aquarium, baillent à grands coups, et semblent s'épuiser à prononcer des mots que l'on n'entend jamais.

Les pires adversaires de Mme Trénissan demeuraient atterrés devant le spectacle de ce néant. Ils souffraient avec elles des efforts désordonnés qui la mettaient toute en sueur. Des indifférents, sur les fauteuils d'orchestre, énervés eux-mêmes par cette lutte contre l'impuissance ; d'une manière automatique, on arrivaient à reproduire, malgré eux, les contorsions de la cantatrice en scène. La pitié imposait silence aux ironies. Le public lui-même s'affligeait, car, lui aussi, ne trouvait pas, dans l'exécution complète de l'œuvre, la réalisation de l'œuvre énigmatiquement entendue jadis dans les auditions partielles, au concert.

C'était, dans un cirque, par quelque après-midi de dimanche, en hiver. Le brouillard du dehors, passant dans la salle, obscurcissait la clarté des lustres. Dès l'entrée, on était troublé par l'odeur d'ammoniaque exhalée des écuries voisines, l'étourdissement des lumières, l'entassement des corps, les voix de la cohue, une cohue respectueuse d'avance et frémissant d'espoir dans l'attente de la révélation d'un mystère. Or, personne, personne, hélas! ne ressentait plus cette ivresse presque religieuse. Le charme de l'inconnu à pénétrer s'évanouissait à mesure que s'achevaient les actes. La connaissance plus étendue de la partition, diminuait les enthousiasmes, provoquait les critiques. Devant la même musique, les mieux disposés à s'exalter n'éprouvaient plus l'émotion ressentie, au milieu de la fièvre, dans les anciens jours. Désenchantés par un spectacle trop matériel ; oppressés, mal satisfaits du compositeur et d'eux-mêmes, ils rendaient Mme Trénissan responsable d'une désillusion, laquelle, cependant ne venait pas essentiellement de son jeu et de sa personne.

Quand, après le final du dernier acte, le rideau se referma, l'assemblée tout entière éprouva la sensation d'un soulagement. Pourtant des bravos éclatèrent. Ils par-

taient de la claque, et la commisération était telle que
personne ne protesta. Au signal dès longtemps réglé
par le régisseur, les machinistes obéirent. La toile
s'écarta, et dans le décor vide dont les herses, en haut,
commençaient à s'éteindre, sur la plate-forme du Château
de Tristan, Mme Trénissan n'apparut pas. Percevant
le désastre, craignant l'ironie, dans la coulisse, elle se
défendait contre le chef d'orchestre remonté de son pupitre
sur la scène, et lui disant :

— Qu'est-ce que ça fait ? ils vous rappellent, allez-y
donc.

Pendant la discussion, la toile restait levée, sur une
perspective que les électriciens, fermant les commutateurs des lampes, assombrissaient de plus en plus. De ci
de là, sous le lustre encore allumé, quelques spectateurs,
debout à leur place, attendaient et mettaient leurs par-
dessus. La claque applaudissait toujours, et la scène, au
lointain, demeurait toujours plus obscure, toujours vide.

Alors, du haut des galeries supérieures, une voix désespérée cria :

— Ah ! elle ne revient pas. Alors, c'est qu'elle sait
bien qu'elle a été mauvaise.

En ce moment Mme Vincent Trois, coiffée « comme Bot-
ticelli », ainsi qu'elle disait, et qui depuis quatre heures,
dans une loge d'avant-scène, jouissait du désastre,
Mme Vincent Trois, par une perfidie de génie, jeta son
bouquet sur le théâtre. Le souffleur ramassa le bouquet
tombé à sa portée et le brandit, triomphalement, au-
dessus du couvercle de sa boîte. La claque redoubla
d'enthousiasme; et Mme Trénissan, poussée par tout le
personnel du théâtre, se résigna à reparaître. Elle prit
le bouquet de la main droite, mit la main gauche sur
son cœur, et fit une grande révérence devant la salle
désertée où les ouvreuses, déjà, commençaient à étendre
les housses sur le velours des fauteuils et des loges.

Derrière le rideau retombé, elle ne se connut pas la
force de regagner sa loge. Sa femme de chambre lui
avança une chaise, et Mme Trénissan, claquant des
dents sous le manteau de fourrure jeté au hasard sur
ses épaules nues, la tête baissée, les mains allongées sur
ses genoux, dans une immobilité cataleptique, resta là
entendant continuellement, en son cerveau abasourdi,
retentir comme un glas, une phrase dite par le garçon
d'orchestre ramassant les parties sur les pupitres :

— Quel four ! mes pauvres enfants, quel four ! on peut
lui chercher une remplaçante !

Autour d'elle, les machinistes enlevaient les portants,
hors des costières. La toile de fond, quittant le plancher, s'enroulait sur un treuil, dans les frises. Des trappes
s'ouvraient où disparaissaient des praticables. Pièce à
pièce, la mer, les rochers, le Château de Tristan, s'éva-
nouissaient emportés dans les coulisses, remontés dans
les cintres. Le rideau s'entr'ouvrit de nouveau, découvrant
les murs nus du théâtre. Dans la salle, semblable à un
trou noir, le casque d'un pompier faisant une ronde,
étincelait à la lueur d'une lanterne. De partout de la poussière flottait. Alors entre ces deux solitudes où rien ne restait
plus de ses espérances et de ses rêves, Mme Trénix-
san sanglota. Elle n'était pas démaquillée, et les larmes,
en coulant, détrempaient son fard, salissaient son
visage.

— Allons, venez-vous ?

Malbar, presque de force, l'entraîna. Dans sa loge, elle
quitta son costume et reprit sa figure. Au moment de
sortir, d'une voix apitoyée, il proposait de l'accompagner.
Elle acceptait. Puis, en route, dans le fiacre où ils gardaient le silence :

— Où voulez-vous souper ?

— Partout, excepté dans un restaurant où nous pourrions rencontrer des adversaires ou des amis.

Car, plus encore que les regards cruellement indiscrets
à étudier quelle attitude elle gardait, après la catastrophe,
elle redoutait les condoléances, l'expression de ces sympathies dont l'effet ordinaire est d'irriter les tristesses
des cœurs souhaitant d'oublier.

— N'importe. Entrons où il vous plaira. Chez un marchand de vin. Ça m'est égal, mais je vais défaillir, si je
ne mange pas.

Alors, gloutonnement, aux Halles, dans le cabinet particulier d'un restaurant tout remuant du va-et-vient des
prostituées ramenant et reconduisant des clients racolés
au passage, sous un bec de gaz, brûlant dans un appareil en forme de lyre, elle avalait des huîtres, du pâté,
buvait de grands coups de vin, ne parlait que pour
demander de la victuaille ; et, par la matérialité de sa
gourmandise, essayait de se venger de son idéal détruit.

— Ah ! ça va mieux, maintenant !

Elle se leva, voulut partir. Alors, dans le diaphragme,

dans les muscles des côtes, elle sentit une infinie douleur :
la courbature provoquée par les efforts démesurés qu'elle
avait faits pour chanter. Devant sa porte, sa voix s'enroua.
A peine si elle put dire adieu à Malbar. Le lendemain, de
son lit où la tenait la fatigue de son corps, l'anéantissement de son esprit, elle écrivait au directeur. Dans une
lettre brève, elle s'avouait trop malade pour continuer à
interpréter le rôle d'Yseult, refusait le cachet auquel
elle avait droit. En même temps, elle priait qu'on n'hési-
tât pas à lui chercher une remplaçante. Cette remplaçante fut vite trouvée en la personne de Mlle Niedermaus;
et Mme Trénissan, dans sa retraite, par le bruit du papier
des journaux qu'elle déployait avec fièvre, apprit le succès indiscuté de sa rivale. Seul, Malbar, avec plus d'adresse
que de conviction, tentait d'expliquer scientifiquement
les raisons du discrédit infligé à son amie; s'en fiant à
l'avenir il annonçait une prochaine revanche. A la suite
de cet article, les dénigrements redoublèrent; et, dans un
courrier de théâtre se félicitant parce que la partition de
Tristan ne serait plus désormais chantée par l'« Attristante », Mme Trénissan à ce jeu de mots reconnut la
causticité fielleuse de Mme Vincent Trois, la persécutant
sans relâche, même à l'aide de calembours.

Certes non, Mme Trénissan ne chercherait jamais la
revanche souhaitée par Malbar! Depuis son échec, ainsi
qu'on évite de rentrer dans les chambres laissées vides
par les morts qu'on ne se lasse pas de pleurer, elle s'était
retirée de la musique, ne feuilletait même plus les partitions qu'elle préférait. Le soir, silencieuse à côté de
Malbar, le coude sur son piano à queue, fermé et noir
comme un cercueil, devant la fenêtre ouverte aux puanteurs de la plage, elle regardait, sous le clair de lune, les
vases miroitant entre la mer et le rivage. Elles lui semblaient infinies à l'égal des vases que ses illusions, en se
retirant, avaient laissées dans son âme. La mer en revenant bientôt, nettoierait la côte et l'égayerait encore du
va-et-vient lumineux de ses flots. Mais elle, quel reflux
d'enthousiasme, quelle marée nouvelle de passion, effa-
cerait sa tristesse et lui ferait oublier ses amertumes!

Loin de lui fournir des consolations et de lui procurer
de l'apaisement, la nature aggravait sa mélancolie.

Elle n'osait plus se trouver face à face avec le Château
de Tristan. Là-bas, son architecture démesurée lui rappelait les hauteurs d'ambition qu'elle n'avait point

atteintes; sa gigantesque silhouette semblait se dresser devant elle comme une accusation permanente; et Malbar remarquait, que, à la fenêtre, Mme Trénissan se plaçait toujours le dos obstinément tourné à ce côté du paysage.

En vain elle la fuyait cette partition à jamais fermée que Malbar, par précaution, avait cachée au deuxième rang du casier à musique, derrière les autres opéras, pour que le titre même ne sollicitât pas Mme Trénissan à des regrets et à des désespoirs nouveaux. Quand Mme Trénissan, au bras de Malbar, avec une démarche de convalescence lente à réintégrer la vie, sortait pour promener dans Kerahuel sa personne que rien n'intéressait plus, elle retrouvait Tristan et Yseult, dans une parodie affichée sur les murs et jouée par des artistes en représentation, dans une espèce de casino maintenant improvisé, sous une tente, à l'entrée de la plage.

D'après les conseils de Rachimbourg, afin de mieux égayer les « Terrains à vendre », Mme Toczinska et M. Sibilinski, se décidant à tenter une entreprise littéraire et lyrique, étaient arrivés, suivis d'une troupe de pauvres hères, comédiens nécessiteux et chanteurs enroués. Artistes de dernier ordre et de suprême misère, la faim déterminait leurs meilleures grimaces. Barytons disgraciés du regard ou des jambes; ténors méprisés jusque dans les banlieues; primas donas qui allaitaient leurs enfants, le soir, sous des quinquets puant le pétrole mal raffiné, au son d'un piano tenu par un compositeur non sans mérite, mais repoussé partout, à cause de son épouse surnommée Mandarine, femme atteinte de la maladie du vol, et que le maëstro battait sans cesser de l'aimer, sans oser se séparer d'elle, tous, ils se manifestaient avec un affligeant répertoire de pièces et de chansons. Kerahuel accouru au spectacle, comme un égout avale et rend les ordures, répétait à la sortie les couplets apportés des cafés-concerts de Paris; et encore qu'il ne connût rien de Richard Wagner et de son œuvre, se délectait au souvenir des facéties incluses dans une bouffonnerie intitulée : *Tristan embêté par Yseult*.

La saynète issue du vieux vaudeville : *Grassot embêté par Ravel*, appelait Kurvenaal, Cœur vénal; Brangœne, Rengaine; le roi Marke, Bookmaker. La péripétie capitale résultait de l'embarras de Tristan, directeur de théâtre, ayant engagé une cantatrice du gosier de laquelle ne pouvait s'échapper aucune espèce de son. A toutes

les questions, la dame répliquait par une pantomime
obstinée, si bien que, l'impresario désespéré prenait le
parti de lui offrir des pastilles pectorales dont le texte,
bien entendu, par manière de réclame, disait les propriétés souveraines avec le nom du débitant; et, après
avoir prévenu qu'il ferait quelques coupures, tantôt
chantant, tantôt déclamant, l'histrion jouait à lui tout
seul l'opéra tout entier.

Ces pauvretés satiriques ayant fait les délices de Paris,
on comptait expressément sur elles pour amuser, pendant la saison, les baigneurs, à Kerahuel; le public des
bains de mer, on ne sait pourquoi, allant volontiers voir
pauvrement interpréter dans les théâtres, sur les côtes,
l'été, les pièces jouées devant lui, à Paris, par des acteurs
de moins piètre expérience. Ainsi Kerahuel, même dans
ses plaisirs, semblait maintenant injurieux et ennemi à
Mme Trénissan. Elle souffrait cruellement de ce programme dans lequel Yseult, qualifiée de personnage muet,
lui rappelait ses efforts pour se faire entendre; son apho-
nie derrière le tumulte des instruments, le supplice de
quatre heures de lutte et d'insuccès, la douleur de sa vie
d'idéal irrémédiablement manquée.

Peu à peu, malgré les instances de Malbar, elle ne
quitta plus Keréol. Au travers des fenêtres fermées à
cause de l'odeur, elle regardait fumer les goémons brûlés
et la vase, à chaque marée, envahir plus largement la
plage. Elle ne rendit même pas les visites que lui firent
à leur arrivée, Mme Hestoudeau, M. Rachimbourg et
M. Nicous, accompagné de sa fille Pauline : la petite
Lulli. A peine si elle les reconnaissait; car nous empor-
tons de la physionomie des gens rencontrés au passage
un aspect immobile, cependant que le temps change,
déforme les visages, et nous les voyons dans l'éloignement avec des figures qui nous deviennent étrangères
quand elles réapparaissent à nos yeux.

M. Nicous présenta Pauline, solennellement, avec des
airs d'ambassadeur introduisant une infante. Il se montrait
fier d'elle, à présent, car Pauline dépassait ses espérances.
Recherchée par les directeurs de théâtres, elle ne manquait ni d'engagements, ni de notoriété. Et ce n'était pas
seulement dans *Lulli* qu'on l'applaudissait! Elle incarnait maintenant tous les héros en bas âge : Bonaparte à
Brienne, le duc de Reischtadt en exil, Papin inventant
l'échappement de la machine à vapeur, Devienne flûtiste

chez les cent-suisses, Beaumarchais enseignant la harpe
à Mesdames de France; Barra donnant sa vie pour la
République. Point d'enfance d'homme célèbre que M. Nicous ne mit en vers. Le public s'éprenant de cette comédie d'avortons, il fournissait à Pauline les moyens de
s'exhiber sous les costumes de toutes les époques.

Déjà il travaillait à un Pic de la Mirandole sacrifiant
les mathématiques à l'amour; et, sa renommée croissant
parallèlement avec les succès de sa fille, on le considérait jusque dans son administration.

Changé de service en raison de ses mérites artistiques,
du bureau de la désinfection passé au bureau des cimetières, là, on le chargeait de vérifier le texte des épitaphes
que, d'après les règlements, les concessionnaires de
tombeaux doivent soumettre à l'approbation préfectorale.
Le soir il accompagnait Pauline dans les coulisses, lui
jetait un manteau sur les épaules pour qu'elle ne prît pas
froid. Quand sa fille, haussée à cette importance que
Paris accorde aux femmes de théâtre, était consultée sur
les vertus d'un cold-cream et l'excellence d'un cordial,
M. Nicous, en strophes lyriques, vantait l'excellence de
ces préparations; et ces témoignages, copiés et signés
par l'enfant, paraissaient dans des albums de réclame
au-dessous du portrait de Mlle Lulli.

A la grande satisfaction de son père, Pauline grandissait à peine. Or, sa croissance s'arrêtant, elle pourrait
longtemps encore tenir l'emploi des petits personnages
historiques. M. Nicous se félicitait de la voir toujours
menue et ajustée aux rôles nains qu'il lui cherchait dans
les annales ou dans les légendes. Mme Trénissan s'effraya de la déformation professionnelle que l'exercice du
métier de comédienne déterminait dans le physique de
l'enfant. Déjà ridée par les fards, la peau du visage
ratatinée et tombante, elle tenait du singe et de la vieille
femme. Sa prétention devenait telle, que, naturellement,
ainsi qu'elle avait coutume d'agir en scène, elle tendit à
Mme Trénissan sa main à baiser. « Elle a l'air d'un fœtus
qui aurait bu l'alcool de son bocal », dit Malbar. Mme Trénissan ne reconduisit pas le père et la fille et ne souhaita
pas revoir le spectacle de ces deux infirmités.

La présence de Mme Hestoudeau, non plus, ne lui
apporta pas de distraction. Mme Hestoudeau, enceinte,
l'excéda par le récit de ses souffrances et de ses malheurs
personnels. La grossesse la fatiguait fort, et Mme Vincent

Trois lui causait d'inconcevables tracas. Après s'être
enfuie de la maison de sa sœur, elle revendiquait des
meubles qu'elle n'avait jamais possédés. Elle réclamait
aussi des titres de rente dont elle se prétendait frustrée,
des parchemins établissant sa noblesse, à l'occasion même,
signait du nom de M. Hestoudeau des billets que M. Hestoudeau payait, par peur du scandale. D'autres fois, elle
se disait détenir des papiers compromettants pour
l'honneur de la famille, menaçait de les vendre à des
hommes d'affaires tout prêts à en tirer des procès graves;
puis, par dépêche, se flattait d'avoir reconquis les documents, confondu les faussaires, empêché les poursuites.
Du reste, elle se réservait d'établir elle-même comment
son beau-frère l'avait violentée; et, toujours en inquiétude
devant les propos et les actes de cette folle en liberté,
Mme Hestoudeau tremblait que Mme Vincent Trois vînt
porter jusqu'à Kerahuel ses récriminations et son délire.

M. Hestoudeau affectait la sérénité parce qu'il avait
prévenu la police, se préoccupait éperdument d'étude
sur les Druides. Il prenait pour vérités les erreurs mises
en circulation par les premières éditions de l'Histoire de
France d'Henri Martin. Sans songer que les dolmens,
dans leur état actuel, débarrassés de la butte de terre
qui les recouvrait jadis, ne sont plus que les squelettes de
constructions remontant jusqu'aux premiers temps des
âges, il les rapportait tous au culte de Teutatès, les considérait comme des autels, cherchait sur les pierres, à
l'entour, des traces de sacrifices sanglants. La littérature
le sollicitant, il se fiait à Villemarqué dans les poèmes
duquel il ne démêlait pas un artifice littéraire assez semblable aux *Orientales* de Victor Hugo, aux *Chants
illyriques* de Mérimée, et travaillait à retrouver les restes
de strophes bardiques, composées de tercets, quelquefois
de distiques, toujours rimées en vers courts, et parfois,
dit l'historien national, « avec un long refrain qui roule
comme le tonnerre ».
Interprétant aveuglément la phrase de la Tour d'Auvergne : « N'oubliez pas que les Irlandais ne sont pas
des Anglais », il rêvait de réunir dans un congrès
solennel les Bretons de la France avec les Bretons de la
Grande-Bretagne. Il citait des vers de Lamartine célébrant en 1837 l'entrevue de Villemarqué et du barde
Karhwanaw. Pour reprendre la tradition continuée en

1867 par des fêtes à Saint-Brieuc, interrompue en 1870
par la guerre, il projetait de provoquer un nouveau
congrès pan-celtique. Du pays de Galles, en même temps
que des délégués, on ferait venir la bannière du Gorsedd
sous les couleurs de laquelle marchaient, d'instinct, tous
les peuples d'o igine kymrique. Bien plus, un archi-
druide vénéré en Irlande pour son grand âge et sa foi
profonde dans le vieux culte, Hir Braduz, dit le pape des
Celtes, apporterait le glaive d'Arthur, symbole colossal
et incontesté de la liberté bretonne.

M. Hestoudeau choisissait Kerahuel pour tenir ces
grandes assises de fraternité. M. Rachimbourg l'encourageait dans son initiative, l'aidait dans ses démarches.
Quelle notoriété pour le pays! Quelle réclame pour les
« Terrains à vendre »! Parmi les curieux amenés par la
cérémonie, il espérait trouver enfin des acquéreurs; et,
bientôt, Kerahuel ressemblerait à l'affiche en couleur, par
ses soins apposée dans toutes les gares, affiche dont il
se montrait fier. Il la déployait avec orgueil. La plage
encore nue, dans la chromolithographie aux teintes écla-
tantes, se déroulait, bâtie d'un casino, couverte de villas,
ombragée d'arbres. Des bateaux de fort tonnage abordaient au long d'une jetée s'avançant loin dans la mer;
et la fantaisie du dessinateur se donnant largement carrière, on voyait, sur le papier, des hôtels, des fontaines
jaillissantes sous la verdure des squares, des boulevards immenses où des cavaliers élégants saluaient des
dames en grande toilette achetant du poisson aux sardinières coiffées et vêtues selon la mode du pays.

Malbar s'indignait de l'avenir que Rachimbourg préparait à Kerahuel et de la banalité mondaine où il
prétendait réduire cette plage si majestueuse dans sa
solitude et sa désolation. Le maire invoquait le progrès, la
nécessité surtout de faire rentrer des fonds dans la caisse
communale, s'élevait contre l'égoïsme de cet artiste
prétendant jouir tout seul des horizons dont l'exploitation pouvait devenir lucrative. Malbar défendant la
dignité de la mer, Rachimbourg plaidant en faveur du
négoce, les relations tout en restant polies, cessèrent
d'être étroites. Il ne s'entendait pas davantage avec
M. Hestoudeau.

Pour mieux organiser la cérémonie, par l'entremise
de M. Sibilinski et de Mme Toczinska, à Paris, parmi la
cohue des chansonniers qui, pour le simple plaisir d'un

voyage ou d'un banquet sont, tour à tour, félibres de Provence, cadets de Gascogne, troubadours dans le Nord et celtisants en Bretagne, il travaillait à recruter des bardes. Déjà l'un d'eux, le plus célèbre, des hauteurs de Montmartre, accordait son intervention et ses poëmes. Les mollets serrés dans de hautes guêtres de cuir, les larges braies, flottant autour de ses cuisses à la façon des culottes de zouave; coiffé du « tocq plat », chapeau de feutre aux bords évasés d'où descendaient des rubans de velours noir; il viendrait portant le gilet brodé d'agréments en soie jaune, sous la veste garnie de haut en bas d'un rang de boutons en métal, et tiendrait à la main le « pen baz » national, le bâton de combat, chez les anciens Gaulois. En attendant le « manager » chargé de régler le détail et les honoraires de sa présence, il avait envoyé sa photographie, et Malbar, d'avance, se reculait de l'original.

Il savait qu'il s'appelait Gassivèle, que, travestissant son nom comme il travestissait sa personne, par l'effet d'un anagramme, il s'était inventé un vocable à désinence armoricaine. Ainsi, pour plus de couleur locale, il signait Yves Le Gas des couplets où il prêtait aux Bretons, travestis à leur tour, des sentiments de romance; et, dans les cafés-concerts, les interprétait en costume de bal masqué.

La mer se retirait, découvrait de plus en plus les vases de la plage. Elles rendaient inaccessibles les abords du Château de Tristan où le pied des rochers majestueux baignait maintenant dans des flaques de boue profonde, et Malbar s'affligeait en pensant que d'autres vases allaient bientôt ajouter à ces cloaques : toutes les vases de la mauvaise musique et de la fausse littérature qui l'avaient, toute sa vie, éclaboussé à Paris. Aucune retraite n'était sûre, puisque, dans les lointains mêmes de Kerahuel, il retrouvait les abominations intellectuelles qu'il s'évertuait en vain à ne plus subir. Elles contaminaient jusqu'aux rochers où des affiches décollées déjà et claquant dans le vent annonçaient les fêtes prochaines, donnaient le détail du programme.

Par dégoût, il n'alla pas plus loin. Les yeux fixés sur le sol, il essayait de s'intéresser aux traces laissées sur le sable par les pas des oiseaux et par les pattes des chiens. Quelqu'un qui l'interpella, lui fit lever la tête.

C'était Baluche.

M. Sibilinski et Mme Toczinska l'avaient revêtu d'une livrée ; et sur sa casquette, en lettres de laine rouge, on lisait : *Casino.* Baluche, au bout d'un bâton, promenait une grande pancarte où s'indiquaient les prochaines réjouissances ; et dans la fumée des goémons brûlés, montant autour de Keréol, au pied des poteaux portant l'inscription « Terrains à vendre », Malbar, pris de la double nausée des exhalaisons de la plage et de l'art, lui l'avis des représentations de Mlle Pauline Nicous, dans tous ses rôles.

XIV

Les fêtes celtiques se préparaient.

D'avance, des affiches collées, bien en vue, dans toutes les communes du département, donnaient le programme avec la date : le premier dimanche de juillet. Sollicité par une lettre de Rachimbourg, commentant et appuyant une délibération du Conseil municipal, le ministre de la Marine, par dépêche officielle, promettait qu'une division de l'escadre viendrait, à cette époque, mouiller dans les eaux de Kerahuel. Par sa présence, la flotte ajouterait à l'intérêt et à la solennité.

Au contraire des illusions de Rachimbourg, la nouvelle satisfaisait mal les appétits des négociants de Kerahuel. Une division : un cuirassé de premier rang, deux croiseurs, plus un torpilleur de haute mer, à leurs yeux de lucre, ne semblaient guère suffire pour l'écoulement de tous les œufs pourris et de toutes les pommes de terre gâtées qu'ils mettaient depuis longtemps en réserve afin de les vendre chèrement aux maîtres d'hôtel du carré des officiers et aux cuisiniers des équipages.

Chacun, néanmoins, rêvait à l'augmentation qu'il ferait subir aux denrées du débit le plus ordinaire : lard, beurre, poisson et coquillages. Les matelots, en descendant à terre, boiraient à pleins verres des alcools largement frelatés dont Bourignat, souriant, malgré ses anciennes transes, escomptait déjà l'écoulement, avec les bénéfices. La Mal-Commode, même, se réjouissait des trafics qu'elle se proposait de faire.

Elle prendrait chez Bourignat des liquides à crédit.

A crédit aussi elle achèterait un panier de pommes, et
Baluche, avec un bateau, les conduirait vers un navire.
Là, avec l'autorisation du commandant, installée dans
la batterie, elle vendrait aux marins des rafraîchissements avec des friandises. Le soir, la Mal-Commode
paierait ses dettes. Son bilan établi, elle ne désespérait
pas qu'il lui restât de quoi devenir ivre. Pour le reste,
elle ne s'inquiétait ni de la qualité, ni de l'innocuité des
marchandises. Pareille à tous les commerçants de Kerahuel, elle se préoccupait seulement d'en tirer un gain
démesuré.

La plupart des matelots montant les cuirassés, cependant, appartenaient à la Bretagne, parlaient la langue
bretonne. D'aucuns même, nés à Kerahuel, s'y connaissaient
de la famille, des amis. N'importe ! Descendants inconscients de ces naufrageurs qui, au dix-huitième siècle,
pillaient sur la côte où il s'échouait par la tempête un
bâtiment portant l'ambassadeur du Portugal en Hollande,
et par leur rapine, contraignaient le Gouvernement
français à faire diplomatiquement des excuses ; héritiers
de ces dépeceurs de navires qui, en 1802, les armes à la
main, luttaient contre les gendarmes envoyés pour
protéger contre leurs larcins un trois-mâts anglais venu
au plein après un combat; par un atavisme farouche,
les habitants de Kerahuel voyaient une épave dans tout
bâtiment qui se risquait en leurs parages. Considérant
l'escadre, elle aussi, comme une « estrangère », ils l'exploitaient sans vergogne, de la même façon dont ils
exploitaient Mme Trénissan.

Définitivement écœurée par l'odeur du goémon, lassée
de se quereller avec les fournisseurs, affectant de discuter
en breton ; excédée de subir des insultes qu'elle devinait
sans pouvoir y répondre, la cuisinière de Mme Trénissan,
quittant ses fourneaux, était retournée vers Paris. Or,
Mme Trénissan, désespérément, cherchait une bonne,
n'en trouvait point. Non pas que le pays manquât de
filles sans ouvrage ! mais aucune ne manifestait le goût
de travailler ; et celles qui consentaient à entrer en place,
affichant des prétentions supérieures à leur mérite et à
leur propreté, réclamaient des gages exagérés, dérisoires.

Du reste, l'idée de la discipline dans une maison sévèrement ordonnée leur répugnait d'instinct. Elles préféraient rester tricotant sur le port, assises sur des pièces
de bois, ou jacassant de porte en porte, jusqu'à l'heure

où la nuit tombante, mettant la danse en branle, elles iraient tourner et chanter autour des hommes, le long du quai.

Par esprit d'indépendance, aucune ne pouvait se résoudre à l'assiduité et à la correction imposée aux domestiques de la ville. Vivant de rien, il leur suffisait de faire chez les baigneurs campés dans les maisons meublées, quelques vagues ménages pour lesquels l'indifférence de ces passants logés hors de chez eux et peu scrupuleux à l'endroit de meubles ne leur appartenant pas, ne souhaitaient ni perfection, ni délicatesse. Ainsi, elles gagnaient suffisamment, selon leur gré, pour subvenir à leurs minces dépenses de l'hiver; et, ne désirant rien davantage, se défendaient d'aliéner leur liberté.

Avec certaines, Mme Trénissan semblait tomber d'accord. Mais dès le lendemain, les servantes attendues envoyaient un « mot de billet », reprenaient leur parole. Celles qui montraient une meilleure volonté prétendaient entrer en service seulement au lendemain des fêtes.

M. Garnafe, lui, protestait contre les réjouissances projetées. Sans doute, elles attireraient un grand concours de monde à Kerahuel, mais elles ne détermineraient pas la vente d'un mètre de terrain. Il prévoyait une cohue. Les gens des environs afflueraient. S'il ne doutait pas des recettes, ce jour-là, dans les débits de boissons, il cherchait en vain, parmi ces passants d'une journée, les acquéreurs toujours promis par Rachimbourg, et toujours espérés en vain. Il réprouvait même la notoriété carnavalesque que le maire essayait de créer à la plage. Elle lui semblait destructive de l'avenir.

Kerahuel, à son sens, pouvait prospérer seulement si des familles bourgeoises se croyaient sûres de trouver là du calme et de l'incognito. Déjà peu décidées par l'aspect farouche du paysage et des habitants, elles s'éloigneraient certainement d'une localité rendue bruyante de tous les tapages qu'elles s'efforçaient de fuir, hors de Paris. Le Conseil municipal, sur la proposition du maire, ayant voté un crédit de trois mille francs pour subvenir aux dépenses des fêtes, Garnafe, au nom de l'intérêt général, satisfaisant ses rancunes personnelles, parcourait Kerahuel, criait à la dilapidation.

Dès le matin, dans la rue, il arrêtait les gens au passage, les désabusait sur la fortune que Rachimbourg leur laissait entrevoir. Il montrait la plage toujours vide

de constructions, les dépenses sans cesse croissantes; bé-
gayait de colère, en répétant :

— Est-ce qu'il va continuer à porter l'écharpe de maire,
celui-là ?

Il n'allait pas jusqu'à soupçonner l'honnêteté de Rachimbourg. Il ne la contestait pas, loin de là, mais s'en affligeait comme de la pire des tares. Mieux valait, disait-il,
l'administration d'un édile à l'esprit plus étroit, que les
fantaisies d'un rêveur au tempérament dépensier. Tous
les soirs, en compagnie de Bourignat, il tenait des conciliabules.

Bourignat, la barbe longue, la tête dans les épaules,
l'échine courbée comme sous la crainte d'imminents
coups de bâton, écoutait volontiers les récriminations
de Garnafe. Sans cesse tourmenté de son passé, par
intervalles, il jetait, en dessous, des regards vers la porte
de son bureau, par laquelle il redoutait toujours de voir
entrer un juge d'instruction.

En outre, il avait reçu une lettre de Paris, lettre par
laquelle l'administration de l'Assistance Publique le forçait à ne p nt ignorer que son fils Prosper, atteint d'une
hernie étranglée, se trouvait dans un service de chirurgie,
à l'hôpital Lariboisière. L'enquête, adroitement menée
par les bureaux, établissait que la situation de fortune
de M. Bourignat lui permettait d'indemniser la Ville
de Paris des soins donnés au malade ; donc l'économat
le mettait en demeure de solder les frais passés et à venir,
ou bien de reprendre Prosper et de, paternellement, se
charger de la cure, à domicile. Bourignat, découvert dans sa
retraite, s'était décidé à envoyer l'argent réclamé, mais
tremblait que, la guérison survenant, Prosper, renseigné
par le directeur, connût l'adresse de sa famille et vînt la
molester à nouveau jusque dans Kerahuel.

La dépense et l'angoisse déterminèrent chez Bourignat
une rechute sérieuse de la maladie obscure dont il avait
subi les premières attaques, jadis, à Chevroley. Il ressentait, le long du bord gauche du sternum, une douleur
poignante s'irradiant en tous sens, vers le cou, la
nuque, l'épigastre. Il souffrait cruellement de crises
d'oppression causées par une fausse angine de poitrine,
névralgie indépendante de toute lésion organique et qui,
sans affecter les artères, inquiète cependant la région du
cœur, et effraie les malades bien plus qu'elle ne les
menace.

Souvent, sans respiration, atterré, couvert d'une sueur froide, se croyant les poumons serrés dans un étau ou écrasés par un poids énorme ; ne pouvant ni parler, ni remuer, Bourignat éprouvait l'épouvantable sensation de la vie qui s'en va. Croyant son dernier instant arrivé, à toutes les heures de la nuit, il envoyait chercher le docteur Laguépie. A chacune des visites, il répétait lamentablement :

— Docteur, je vais mourir.

Laguépie haussait les épaules.

— Mais non ! quand je vous réponds que non ! Ce n'est qu'une « pause de la vie », comme dit Elsner. Vous avez trop eu d'émotions, voilà tout.

— Oh ! oui, confessait Bourignat, se rappelant ses entrevues involontaires avec le Parquet : et il évoquait aussi la figure lamentable de Prosper qui, un jour, tout à l'heure, peut-être, apparaîtrait, prétendrait reprendre sa place au foyer familial.

Tout en rédigeant une ordonnance bénigne : cachets d'antipyrine, à l'intérieur ; à l'extérieur, lotions froides, pour remplacer la glace manquant à Kerahuel, Laguépie continuait :

— Vous êtes taillé pour vivre cent ans, seulement quoi ? Qu'est-ce que vous voulez, il y a des jours où le « grand crispateur » se fatigue.

Laguépie avait ainsi inventé un muscle général et abstrait qui régissait toutes les fonctions du corps humain. Pour donner l'apparence d'une raison scientifique, il l'invoquait toutes les fois qu'il voulait se dispenser de répondre en termes catégoriques aux embarrassantes questions de sa stupide clientèle.

L'accès passé, Bourignat, accablé de lassitude, salivant abondamment, et au bout de son bras gauche engourdi, regardant avec effroi sa main exsangue comme la main d'un cadavre, négligeait cependant les prescriptions de Laguépie. Il s'en tenait plus scrupuleusement aux médications d'Astérie, laquelle soignait l'ancien maire en lui faisant boire du « Mozembrun » : potion composée de teinture d'aloès, d'alcool, d'eau et de caramel.

Le « Mozembrun » tirait son nom de deux mots bretons déformés par les artifices euphoniques de la prononciation : Oucks, préposition signifiant contre ; ambrun, substantif signifiant tour à tour, embarras, congestion, fièvre ou délire. De la réunion de ces deux vocables se

formait, dans la conversation, le terme « Mozembruu » ;
et le remède, depuis des siècles, passait pour favoriser
la respiration des malades à court d'haleine. En outre,
vertu suprême, il ne coûtait pas cher.

Mme Bourignat, fort sensible à l'économie d'un ingré-
dient ne provoquant point de grosses dépenses chez le
pharmacien, tout en ménageant le docteur, usait des
secrets de la thaumaturge ; et dès que les poumons de
Bourignat semblaient fonctionner mieux à l'aise, Astérie
en demeurait plus considérée, et le « Mozembrun » plus
respecté.

Bourignat dégustait le breuvage, à petits coups, pendant que Garnafe, s'abstenant de fumer pour ne pas provoquer de la suffocation chez son complice, exposait les
plans d'où résulterait le sûr abaissement de Rachimbourg.

— Mab-Gast ! disait Bourignat, en manière d'approbation.

Sa connaissance de la langue bretonne se bornait à
ces deux mots. Ils se traduisaient par : « Fils de Garce »
et, pour donner de l'importance à ses paroles, il jetait
sans cesse cette grossièreté au travers des conversations.

— Mab-Gast ! oui ! lors des élections à venir, il prendrait sa revanche sur Rachimbourg ; et pour se plus sûrement concilier les sympathies locales, il déblatérait
énergiquement contre l'influence des étrangers.

— Mab-Gast ! si on les laissait faire, personne ne serait
plus maître chez soi, à Kerahuel.

Encore qu'il fût d'origine beauceronne, par la violence
de son animosité, il se naturalisait Breton ; et, devant les
comptoirs de chaque débit de boisson en sa dépendance,
ajustant à son usage des formules qu'il avait lues dans
les journaux, il répétait éperdûment :

— Kerahuel doit appartenir à Kerahuel, Mab-Gast !
Mab-Gast, Kerahuel quand même !

Afin de se mieux assurer les suffrages futurs, il menaçait ses locataires aux loyers en retard, terrorisait ses
débiteurs. Qu'ils lui donnent leurs voix ou bien il expulserait les uns et ruinerait les autres !

Encore que sa femme rendît le pain bénit les jours de
grande fête, à l'église, il s'affilia à une loge maçonnique
des environs, et persuadait aux naïfs que sa réintégra-
tion dans les fonctions de maire comblerait d'aise le

Gouvernement. Elle importait, Mab-Gast! à la consolidation de la République! Et il ne disait pas que, au lendemain de son succès, Garnafe, avec son agrément, pourrait désormais passer sur les terrains communaux, et accéder enfin à sa propriété sise auprès du vieux cimetière.

Ainsi que les chauffeurs, à pleines pelletées, jettent du charbon au milieu des foyers pour activer la pression dans les machines à vapeur, à chaque entrevue, par des renseignements ignorés, par des insinuations nouvelles, Garnafe, comme on attise le feu, alimentait la rancune de Bourignat; et lui-même, échauffé par la flamme qu'il entretenait, sentait croître de jour en jour son ardeur de propagande.

Il tenta de faire partager ses sentiments à M. Charlescot. Mais Charlescot, en qualité de photographe, s'avouait partisan des fêtes celtiques. Elles lui fourniraient des vues intéressantes et neuves, car maintenant, ni l'immensité, ni le soleil ne l'effrayaient plus. Il possédait un appareil à mouvement rapide et circulaire, lui permettant de prendre instantanément de vastes panoramas. Par l'emploi des plaques chromées, désormais, il défiait les halos produits jusqu'ici, sur les clichés, par la trop grande intensité de la lumière. Dans la sérénité absolue que lui procurait la conscience de sa maîtrise, au bout de la jetée, il chassait aux oiseaux de mer.

Sur le calme bassin, les mouettes nageaient en groupes, toutes blanches sur l'eau bleue. Charlescot les laissait plonger, éplucher leurs plumages avec leur bec, plonger encore pour chercher, le long des bateaux, des détritus de poissons.

Faire feu sur ces oiseaux posés lui paraissait une manière d'assassinat, et il jugeait plus noble de viser les autres, ceux qui, du fond du ciel, arrivaient à tire-d'ailes, et qu'il fallait atteindre au vol. Pour mieux les voir, il avait acheté des lunettes, les guettait de loin, épaulait son fusil; puis, d'un air découragé, le replaçait sous son bras. Les mouettes passaient hors de portée. Alors, désespérant de les massacrer, il les traitait de « sales bêtes ».

Garnafe, rapportant tout à ses rancunes, feignit de croire que Charlescot parlait de Rachimbourg et des conseillers municipaux que Rachimbourg entraînait au vote de ses projets. Alors il demanda :

— Est-ce que vous ne croyez pas que tous ces gens-là ne conduisent pas Kerahuel à sa perte?

— Ça m'est égal, répondit paisiblement Charlescot.

— Mais enfin...

— Je ne suis pas électeur dans la commune, et d'ailleurs, je ne vote jamais.

— En était-il moins frappé des incohérences de l'Administration?

— Bah! Ici comme ailleurs, ils peuvent bien délirer tant qu'ils voudront, continua Charlescot. Et, changeant les cartouches de son fusil, il remplaça par du numéro 4 le plomb numéro 6, qu'il jugeait trop faible pour bien frapper, à distance.

Puis:

Je ne sais si tout ce personnel agit d'une manière aussi désordonnée que vous le prétendez, mais je le défie bien d'empêcher les paysages d'entrer dans mon objectif. Et qu'est-ce que je désire de plus?

— Cependant?

— Bourignat, Rachimbourg; Rachimbourg, Bourignat, l'un vaut l'autre. Tout le mal vient du suffrage universel, lequel, sans savoir ce qu'il veut, prend des mandataires au gré de son caprice et leur confère des pouvoirs exorbitants. Or, la collectivité étant mal instruite pour ne pas dire plus, pourquoi voulez-vous que ses représentants possèdent des capacités dont elle est dépourvue? Nous sommes bien d'accord là-dessus, n'est-ce pas?

— Je ne vous savais pas si réactionnaire, objecta Garnafe, car, semblable à tous les hommes politiques, il tenait pour mauvais citoyen quiconque ne partageait pas ses façons de voir et, surtout, ne servait pas ses intérêts.

— C'est une affaire de mise au point, continua Charlescot, qui jugeait l'existence d'après sa science en photographie. Avec une mauvaise chambre noire vous n'obtiendrez jamais de bons clichés. Le suffrage universel est la pire des chambres noires, et je n'en use pas ainsi que tous les appareils dont j'ai éprouvé l'infériorité.

Une mouette rasa le bout du môle. Charlescot l'aperçut, brusquement, la mit en joue. Derrière la fumée du coup, la mouette, touchée par la décharge, fit un demi-tour. Du sang coulait entre ses pattes. Elle poussa un grand cri et s'envola.

— Sales bêtes, répéta Charlescot. Elles emportent le plomb et on ne peut jamais les tuer.

— C'est comme Rachimbourg, il résiste à toutes les attaques.

Charlescot se taisait, épiant au lointain des passages de cormorans, sur la mer.

Garnafe, pour l'émouvoir, déblatéra plus fort contre Rachimbourg : il l'accusait d'être dénué de sens moral.

— Savez-vous qu'il trompe sa femme?

— Ah !

— Oui, quand il s'absente de Kerahuel, il va rejoindre, au château de Caige-Maige, Mariette, cette petite chanteuse, pour ne pas dire pis.

— Si ça l'amuse, répartit Charlescot. De quoi vous mêlez-vous ?

— A la mairie, dans la vie publique comme dans la vie privée, il se conduit sans dignité, et je vous jure que nous aurons sa peau.

— Ça m'est encore égal, répondit Charlescot.

Des alouettes de mer approchaient. Devant ce gibier menu, Charlescot, dans son fusil, remplaça les cartouches de plomb nº 4 par des cartouches de plomb nº 6. Tournant le dos à Garnafe, il attendit, cependant que Garnafe cherchant des arguments nouveaux restait là, debout sur le môle et semblait s'intéresser à la chasse.

Une grande clameur leur fit détourner la tête. Sur le port, Camélia pleurait, ameutait les passants, autour de ses sanglots; et la Mal-Commode, auprès d'elle, redoublait de consolations et d'injures.

Tout à l'heure, Laguépie revenant à l'improviste en sa villa de Kerahuel avait trouvé Baluche et Camélia couchés dans ses draps. Ensemble, ils lisaient le feuilleton d'un journal déployé devant eux, sur leurs genoux relevés en forme de pupitre. Chien-de-Nous, étendu, sur la descente de lit, faisait auprès d'eux la grasse matinée.

Laguépie ne s'étonnait de rien. Le désordre de la chambre, les cigarettes à demi fumées traînant sur les meubles, les cheveux de Camélia restés aux dents des peignes auprès des cuvettes non vidées, Baluche et sa maîtresse ne sachant où fuir, craignant les coups et se cachant sous les couvertures; les portraits de famille, dans leur cadre d'or, regardant le vautrement de ces deux corps et s'asphyxiant de leur odeur, lui causèrent moins de colère que de tristesse.

Sous des apparences de scepticisme, il gardait un respect profond pour les objets et les meubles au milieu desquels s'écoula l'existence de ses parents. Pieusement, il les conservait, à Kerahuel. Après ses voyages, ses études, il aimait à les retrouver. Là, au milieu de ce mobilier démodé, depuis 1840, il lui semblait que, redevenu jeune et arrivant en vacances, il rentrait dans la maison paternelle.

Des larmes montèrent à ses yeux qui depuis longtemps ne pleuraient plus, quand il vit, profané, par cette paire de goujats, le vieux lit à bateau où il était né et dans lequel, personne, excepté lui, n'avait jamais couché depuis la mort de sa mère.

Ainsi que Mme Trénissan voyant chaque jour la vase croître et s'accumuler sous les fenêtres de Keréol, il s'affligea de cette salissure qui, montant de Kerahuel, s'insinuait jusque chez lui, contaminait même ses affections ! Craignant les violences où le pousseraient son indignation et sa colère, il se recula de tant de malpropreté ; et appelant un vieux domestique, son ordonnance pendant la guerre de 1870, son compagnon dans toutes ses croisières, et parfois le confident de ses mélancolies :

— Joseph !

— Monsieur.

Laguépie lui montra le tas que faisaient, sous les couvertures, Baluche et Camélia cherchant à dissimuler leurs visages.

— Balaie-moi ces ordures. Et un peu vite !

Puis, il descendit ; et, fumant dans la salle à manger, il se proposait de dormir désormais sur un canapé de son salon, plutôt que de réintégrer sa chambre toute pleine de miasmes d'ignominie.

D'un seul coup, Joseph releva les draps. La nudité sale de Baluche et de Camélia apparut.

— Allons, debout, habillez-vous, sans quoi, je vais vous sonner le réveil, en fanfare.

Ils obéirent silencieusement, faisant exprès de ne pas se hâter. Ils redoutaient des coups. Ne les recevant pas dès l'abord, ils redevenaient insolents et fiers.

— Quand tu voudras te dépêcher, Quinze Côtes !

— Ce n'est pas mon nom, répondit effrontément Baluche.

— C'est celui que je te donne. Tu vois bien que tu as le torse trop long, puisque tu ne peux pas te baisser pour

ramasser ta culotte. Allons, de l'entrain et de la belle
humeur, ou sinon, gare à la distribution.

Et Joseph leva son poing.

Baluche se vêtit, au hasard. Camélia, devant la glace,
ajustait sa coiffe.

— Veux-tu que je t'aide, sœur à Trochu !

Joseph, depuis le siège de Paris, gardait rancune au
gouverneur qu'il accusait d'avoir traîtreusement livré la
place aux Prussions. Son mépris s'étendait aux Bretons
des deux sexes. Il le manifestait en affectant de les croire
tous parents du général, président du Gouvernement de
la Défense nationale, et il les appelait tous dédaigneusement : « Frères à Trochu, sœurs à Trochu ».

Camélia bondit, les ongles en avant.

Baluche intervint, et, majestueusement :

— Tu vois bien que c'est un Français. Tu ne vas pas
l'inquiéter, je suppose, de ce que peuvent dire ces
étrangers !

L'idée qu'il pouvait passer pour étranger, en France,
exaspéra Joseph. A coups de pied, à coups de poing, il
poussa Baluche et Camélia dehors. Chien-de-Nous
aboyait. D'une gifle, il fut jeté dans l'escalier, et il hurlait au milieu de la rue, cependant que Camélia prenait
les passants à témoin des sévices qu'elle avait subis,
tandis que Baluche, plein de dignité, un mouchoir sur
ses yeux pochés, s'en allait porter plainte aux gendarmes.

Qu'est-ce qu'il voulait de plus, ce Laguépie ! Baluche
et Camélia gardaient sa maison, n'est-ce pas ! et des brutalités et des injures, voilà tout ce qu'ils touchaient en
place de salaire ! Camélia, fort humiliée, affirmait que,
en la traitant de « Sœur à Trochu », Joseph avait insulté
en sa personne une des grandes familles du pays qui
mangeait du pain avant l'arrivée des étrangers et qui en
mangerait encore, du pain, après leur départ.

Car, on les chasserait ces intrus, qui ne perdaient
jamais une occasion de molester Kerahuel dans ses
goûts et dans ses habitudes ! Chaque habitant demeurait persuadé que, sur le territoire entier, tout lui appartenait en propre, tout, même le domicile d'autrui. Dès
lors, l'expulsion de Baluche et de Camélia, semblant une
atteinte portée au droit public, chacun s'en affligeait
comme d'une injustice. Le terrain et la villa achetés par
Laguépie, malgré les notaires et les actes de cession se

32

tenaient, quand même, pour un domaine usurpé, où quiconque pouvait s'introduire à sa guise. Et Camélia vociférait, et la Mal-Commode, oubliant ses jalousies amoureuses, par haine des « hors venus », s'alliait tendrement à sa rivale.

Astérie, qui ne pardonnait pas à Laguépie les termes de la déposition envoyée à la cour d'assises, lors du procès intenté au pilote Yvor, affirmait hautement que le docteur, malgré ses airs d'importance, ne savait pas un mot de médecine; et qu'on trouverait, certes, dans la cervelle de ce « faiseur d'embarras » moins de science que sous la queue de son chien.

Les colères particulières exprimant l'opinion générale, tous tombaient d'accord sur la misère causée à Kerahuel par la présence de pareils individus. Les ressentiments grandissant à mesure qu'augmentaient les paroles, il se répétait couramment que le temps de la tolérance était passé. Avec un accent comminatoire, on se redisait le vieux proverbe breton : « Il est bon d'être bon, mais à la fin, trop, c'est trop. » Les plus modérés songeaient à des vengeances; et les baigneurs en promenade, dans la rue, sentaient monter autour d'eux des effluves d'hostilité.

Ces odeurs de bataille se dissipaient au bord de la mer, à l'ardeur du soleil, sous la fraîcheur du vent qui soufflait du grand large. Olivier Hestoudeau, toujours accompagné de la fraülein, venait le matin sur la plage à l'heure où les tentes de toile abritant les familles, dans la journée, n'encombraient pas encore le sable. Olivier jouait tout seul et la fraülein, assise à l'ombre d'une cabine, rêvait.

Elle s'inquiétait de la grossesse avancée de Mme Hestoudeau, s'affligeait de cette prochaine naissance d'enfant qui amènerait une nourrice dans la maison; sans doute, une de ces femmes aux mamelles despotiques sous les caprices desquelles tout plie des domestiques et des maîtres, tant on redoute pour elles des contrariétés qui pourraient faire tourner leur lait. Déjà, elle n'avait pu se maintenir dans une telle compagnie; et elle prévoyait que l'enfant à venir la forcerait à quitter Mme Hestoudeau, sa chambre, ses habitudes.

Elle se répétait à elle-même la leçon qu'elle avait fait apprendre à Olivier : un morceau de Henri Heine, une pièce de vers plus commode pour le petit garçon, car dans le cadre étroit et mesuré de la strophe, il retrouvait

mieux les fragments de ces verbes composés que l'allemand, retardant le sens des phrases, rejette à l'extrémité des périodes. Et tout en se récitant : « Cris, sanglots, sifflets, on entend tout dans le bruit de la mer,
tout jusqu'à la chanson que la nourrice chante près du
berceau des nouveau-nés » ; prévoyant la nécessité d'un
départ, elle se voyait courant les bureaux de placement, insérant des annonces dans les journaux, montant les escaliers, en haut, essuyant des rebuffades.
Puis, quand quelqu'un se déciderait à l'accueillir, moins
jeune et moins souple de caractère, elle serait obligée de
s'accoutumer à de nouveaux maîtres et de réapprendre
la servitude.

Se sentant déjà reculée et comme éloignée, elle ne parlait plus à Olivier sur un ton d'autorité. Avec un accent
de regret elle lui dit :

— Mon ami, voulez-vous me dire votre leçon. Vous
savez où nous en sommes restés : à la fin du « Crépuscule du soir ».

L'enfant quitta sa pelle, accourut, et mâchant les dures
syllabes allemandes sortant de son gosier comme une
toux de croup, il dit l'évocation du poète : les récits, le
soir, sur le perron, dans le jardin, tout bleu de clair de
lune, le tremblement des petits cœurs, l'attention des
petits yeux tout grands ouverts devant d'enfantines et
terrifiantes histoires, cependant que les grandes filles, à
la fenêtre, entre des pots de fleurs, montrent leurs
visages aussi roses que les roses grimpantes dans le
crépuscule d'une belle soirée d'été.

Et dans cette fenêtre que le poète ouvrait sur le lointain et sur le rêve, Olivier, parmi les grandes filles, voyait
surtout Pauline, « la petite Lulli » qui, elle aussi, jadis,
lui avait raconté des histoires. C'était seulement dans les
vers de sa leçon qu'il la retrouvait, car Pauline ne venait
plus. Le Casino l'occupait tout entière. Elle répétait les
pièces, elle essayait des costumes, jouait de tous les instruments, changeait de figure en changeant de perruques ;
et, si elle était apparue, Olivier, dans son visage rougi de
fard, n'aurait point reconnu le visage idéal qu'il lui prêtait et que, à travers les strophes du poète, il voyait rose
comme les roses grimpantes dans le crépuscule d'une
belle soirée d'été.

Maintenant il n'allait plus comme à un pensum à ces
leçons d'allemand qui l'excédaient si fort, quand Pauline

jouait en sa compagnie, et qu'il se croyait sûr de son
affection. Un jour, stupéfait de l'émotion intime qu'il
ressentait en répétant l'idylle nocturne de Henri Heine,
il demanda à la fraülein.

— Qu'est-ce que la poésie ?

— La fraülein lui répondit :

— C'est l'expression du regret pour les choses qui
arrivent dans la vie.

Olivier demeura mélancolique en songeant que, tout
jeune encore, il se connaissait déjà du passé à pleurer.
Puis il retourna remuer du sable avec sa pelle ; et, dans
ce passe-temps, il ne goûtait plus aucun plaisir.

Un jour, M. Pascal passa. Par besoin de parler, il
adressa quelques mots au petit bonhomme qu'il sentait
isolé comme lui, sur la dune. Ainsi que tous les cœurs
malheureux et désabusés, il trouvait de l'agrément à
favoriser les jeux de l'enfance. Il donna des conseils à
Olivier sur l'art de prendre, sans se faire pincer les doigts,
les crabes que la marée, en se retirant, abandonnait
dans les trous d'eau, au long des roches. Il lui indiqua
sur la côte de petites anses retirées où il pourrait
ramasser des coquillages. Même, il lui offrit un caillou
d'aspect singulier dont le grain pâteux et la surface dorée
ressemblait exactement à une croûte de pain dur.

— Avec cela, vous pourrez faire une farce. A table,
mettez cette pierre, sous une serviette. On s'y trompera
aisément, et vous aurez de quoi rire.

Olivier, pour ne pas demeurer en reste de sympathie,
proposa à M. Pascal de le venir voir, dans sa famille.

— Seulement, il faudra me dire votre nom, pour que
je puisse vous présenter à papa et à maman.

M. Pascal, sans répondre, mit sur sa bouche l'index
de sa main droite. Puis, il s'en alla. Et tandis que sa
silhouette décroissait, dans l'éloignement, au bord de la
mer, Olivier se demandait quel était cet homme étrange
se refusant aux relations ; et qui, pour tout remerciement
de sa bonne grâce, réclamait seulement du silence.

A l'horizon, au-dessus des dunes, des constructions
bizarres s'élevaient. On les apercevait aux environs de la
chapelle de Saint-Coulm. Des ouvriers, dont la silhouette
se découpait sur le ciel, travaillaient aux préparatifs des
fêtes celtiques. Elles ne pouvaient se passer de menhirs
et de dolmens nécessaires à la mise en scène et aux
rites de la cérémonie.

Mais les dolmens et les menhirs, jadis nombreux aux alentours, gisaient tous sur le sol, déracinés par les fouilles, renversés par les paysans persuadés que sur leur emplacement, ils découvriraient des trésors. Beaucoup, mis en morceaux par l'adresse des carriers enfonçant dans leur bloc une cheville de bois qui gonflait à la pluie et faisait éclater le granit, s'employaient pour restaurer les murs, au long des champs, ou pour construire des maisons, dans le bourg.

Les archéologues, avec plus de science et de vanité, sous prétexte de mémoires à rédiger, avaient saccagé les autres.

Les menhirs et les dolmens manquant, des décorateurs arrivés de Paris les suppléaient de toute leur adresse. Autour d'une haute butte élevée par des terrassiers, ils tracèrent un vaste cercle, un autre à quelque distance, et l'horizon, au lointain, servait de troisième enceinte à cette figuration du temple des anciens druides. Selon la courbe de la circonférence la plus rapprochée du tertre, ils échafaudaient des charpentes, les recouvraient de toiles peintes en trompe l'œil pour imiter la pierre, ajustaient des moulages pris partout en Bretagne, sur les mégalithes célèbres.

Ainsi, par l'effet de leur industrie, on voyait facticement rapprochés les uns des autres, le Men O' Roëk, ou roche aux fées, le monument de Cucunio, celui de Brignogan, le peulven de Tregunc et la roche tremblante de Nizon, d'autres encore. Ils entouraient la Table des marchands de Lockmariaquer. Reconstituée, elle aussi, et debout sur la butte sacrée, où roulaient des brouettes, elle dominait les cinq menhirs représentant les cinq nations, mères celtiques du monde.

La solidité de ce dolmen préoccupait particulièrement les constructeurs. Ils en étayaient avec soin l'armature de planches remplaçant la dalle supérieure; car, sur cette plate-forme, l'archi-druide devait monter pour procéder au sacre des bardes et à l'initiation des ovates.

Entre les pots de couleur gluants à côté des boîtes à clous renversées, M. Rachimbourg et M. Hestoudeau circulaient, témoignant de leur satisfaction, indiquant des raccords. Des pinceaux, à larges touches, accentuaient des reliefs, distribuaient des lumières. Selon la teinte employée, les ouvriers, pour s'exciter au travail, chantaient : « Mettons du bleu, donnez de l'ocre, à nous le noir. »

Baluche regardait, très étonné de voir des couleurs en pain que l'on broyait avec de l'eau. Les peintres qu'il accompagnait jadis, se servant de tubes à l'huile, ne l'avaient pas habitué à une telle dépense de marchandise. Il aperçut Laguépie, par précaution s'éloigna. Rampant à travers la falaise, il alla jusqu'à la chapelle de Saint-Coulm. Là, pour passer son temps et essayer son adresse, il jetait des cailloux dans les verrières.

Laguépie aimait les menhirs. Il les admirait quand, pesants et sveltes, ils s'élançaient, comme une floraison de pierre, hors du sol où ils étaient plantés. Bien souvent, tournant avec respect à l'entour des dolmens, il se demandait comment des masses pareilles pouvaient donner l'impression d'échapper à leur poids ; par quels secrets d'ingénieurs ignorés, ces blocs énormes que des peuples entiers dressaient en l'air ou couchaient sur des pieds droits de dimension surhumaine, profilaient sur le ciel et sur la mer des architectures colossales dont les lignes formidables et gracieuses alliaient la puissance avec la légèreté.

Mais ceux-là, que des équipes de menuisiers et de barbouilleurs, érigeaient à prix convenu, creux, inconsistants, secoués déjà par le vent de la mer, sans aplomb et sans majesté, avec leur coloriage violent, semblable au maquillage d'un cabotin prêt à entrer en scène, l'irritèrent comme un attentat sacrilège contre l'âme et la dignité des ancêtres. Le soleil frappant d'aplomb, séchait les couches de peinture, faisait étinceler les vernis. Laguépie, révolté contre cette parodie d'immensité qui atteignait la beauté jusque dans ses origines, au milieu du chantier, tout haut, criait des injures.

MM. Rachimbourg et Hestoudeau crurent qu'il s'exclamait d'admiration et, s'approchant :

— N'est-ce pas que c'est bien imité ?

La candeur de cette question fit rire Laguépie ; il répondit :

— Vous trouvez ?

Rachimbourg releva l'ironie.

— Mais certainement. On ne copie pas mieux !

— Pardon, ajouta M. Hestoudeau, la pierre se prête plus heureusement à ces reconstitutions, mais nous ne pouvions l'employer, car le devis même aurait dépassé les sommes qui nous sont fournies par les cotisations pour l'organisation des fêtes. Citant un exemple, il affirma avoir vu sur la tombe d'une dame, dans le cimetière d'un village voisin, un menhir moderne d'un aspect tout à fait satisfaisant. Il souhaitait qu'un monument pareil s'élevât sur sa sépulture, pour prouver le progrès, disait-il, et montrer que, dans les temps nouveaux on travaille aussi bien que dans les temps passés.

— Comment donc ! répliqua Laguépie, dédaignant de discuter et affectant la déférence.

Quand la sottise atteignait d'aussi admirables proportions, il ne la contrariait pas, l'encourageait, au contraire.

— Pourquoi ne vous payez-vous pas un dolmen ?

— C'est plus cher, reprit sérieusement M. Hestoudeau, et il se plaignait du prix exagéré de celui-là, que des ouvriers achevaient de badigeonner, sur la butte.

— Ah ! vous m'en direz tant !

Il salua. Déjà il s'éloignait quand Rachimbourg le rappela :

— A propos !

Toutes les fois que Rachimbourg commençait une conversation difficile, il prononçait les mots « A propos », qui d'ailleurs ne se rapportaient à rien.

— Je vous écoute.

— J'ai arrêté votre affaire ?

— Quelle affaire ?

— Celle de votre domestique.

— Mon domestique ?

— Il avait battu Baluche, à ce qu'il paraît ?

— Parfaitement et sur mes ordres. Pourquoi Baluche s'était-il installé dans ma maison ?

— Oui, je sais bien, mais Baluche avait porté plainte, et les gendarmes voulaient commencer une enquête.

Laguépie se recula, regarda Rachimbourg des pieds à la tête.

— Est-ce que vous avez parié de vous moquer de moi ? C'est moi qu'on moleste et c'est moi qu'on poursuivrait ?

— Je m'y suis opposé, dit Rachimbourg.

— Vous avez eu tort, riposta Laguépie. Je serais allé au tribunal, j'aurais plaidé moi-même ; et, par ma défense reproduite dans les journaux, on saurait désormais à Paris ce qu'il faut penser des mœurs de Kerahuel.

— C'est ce que j'ai voulu éviter.

— Pourquoi ?

Rachimbourg fit un grand geste.

— Eh bien, et les « Terrains à vendre ! » Après votre réquisitoire, qui les aurait achetés ? Qui se serait risqué à venir dans un pays où un homme de votre valeur subissait les avanies dont vous vous indignez avec justice.

— Alors ?

— « Les Terrains à vendre », répéta Rachimbourg. Et puis je ne pouvais pourtant pas laisser décrier mes administrés.

Laguépie comprit que malgré ses airs de désintéressement, Rachimbourg essayait de se concilier les électeurs pour le jour où il se présenterait, de nouveau, à leurs suffrages quand il se déciderait à donner enfin la démission qu'il offrait sans cesse ; et il admira la bassesse de cet homme riche, indépendant, qui, par esprit d'ambition, se ravalait au point de flatter les pires instincts de la multitude.

— A votre aise, dit-il, mais permettez-moi de ne pas vous féliciter.

En retournant chez lui, il s'interrogeait, cherchant à démêler quelle sottise il méprisait le plus, celle de M. Hostoudeau ou celle de M. Rachimbourg. Pourtant les relations manquant, il ne pouvait éviter leur compagnie.

Là-bas, au ras de terre, dans le campanile de la chapelle construite au fond d'un trou, en l'honneur de saint Coulm, la petite cloche sonnait. Les pigeons blancs, effrayés, voletaient au-dessus. Des femmes passaient une à une, portant entre leurs mains des chapelets et des livres de prières. L'eau manquait à Kerahuel, et le curé devait dire une messe pour conjurer la sécheresse du ciel et le tarissement des puits.

Baluche reconnut Camélia. Il ne l'avait point vue depuis leur sortie involontaire de la maison du docteur.

— Tiens, c'est toi, dit Camélia, où couches-tu maintenant ?

Baluche, de la main, indiqua, dans l'espace, un endroit vague, indéterminé.

— Et toi ?

— Moi, j'ai trouvé une place.

— Où donc ?

— Chez Mme Trénissan, sa cuisinière est partie, et c'est moi qui vais la remplacer.

— Tu entres chez cette étrangère ? Tu n'as pas honte !

Camélia s'excusa. Il lui fallait bien gagner de l'argent. Avec quoi, autrement, élèverait-elle le petit.

— Quel petit? demanda Baluche, jouant l'ignorance.

— Comme si tu ne savais pas ce que tu m'as mis sous ma jupe, l'hiver dernier?

— Ça ne se voit pas, dit Baluche.

En effet, Camélia, enceinte depuis le mois d'avril, ne paraissait pas de taille moins fine que les autres femmes de Kerahuel, tant le costume breton, élargi sur les hanches et sur le ventre, est commode pour dissimuler les grossesses.

— Alors c'est pour ça que tu vas chez cette dame de Keréol?

— Pour ça, mais elle paiera cher mes services, je t'en réponds.

— Fais-lui de la sale cuisine, au moins, puisqu'elle ne peut pas se passer de toi.

— Tu peux en être sûr, répondit Camélia.

Et se dirigeant vers Saint-Coulm, elle se mêla à la troupe des femmes en marche pour réclamer du saint la faveur d'une abondante pluie.

En dépit des neuvaines, le soleil se leva radieux sur le dimanche de juillet où Kerahuel, les rues ornées de mâts portant à leur sommet des banderoles tricolores, se réveilla, tout décoré, au matin des fêtes celtiques. D'abord Malbar et Mme Trénissan, retirés dans Keréol, s'étaient promis de s'éloigner de ces mascarades. Mais il se dégage de la préparation des fêtes publiques un fluide secret et excitant, qui grise peu à peu les cerveaux les plus calmes. L'air surchargé d'une sorte d'électricité humaine pousse les indifférents à ne pas se désintéresser du tumulte; et, inconsciemment, ils deviennent les comparses décidés de manifestations dont ils se reculaient d'abord, avec répugnance. Malbar et Mme Trénissan, sans se l'avouer, subissaient cette influence que Laguépie attribuait à un gaz qu'il définissait scientifiquement « l'ozone délirant des foules ». Sur le toit de la maison de Keréol, un pavillon flottait en face de l'escadre, à l'ancre dans la baie, et portant son grand pavois.

Pour rompre la monotonie de leur existence, Mme Trénissan et Malbar, eux aussi, ce jour-là, prétendaient se réjouir. La banalité de l'atmosphère ambiante les rendait moins difficiles sur le choix de leur agrément. En riant de leurs inventions, ils rédigèrent le menu d'un dîner

qu'ils croyaient très comique : potage à la Velléda, langouste bardique. Les poulets étant d'ordinaire vieux et
durs, par hommage pour l'antiquité de leur existence,
ils les appelèrent poulets celtes. Les épinards, sous leurs
plantations de croûtons, sautés dans le beurre, devinrent
des épinards aux menhirs, et ils imaginèrent que la
bombe glacée deviendrait un tumulus au café.

Puis, ils discutèrent le programme d'une soirée littéraire et artistique. Ils invitaient M. et Mme Hestoudeau,
M. Rachimbourg. M. Nicous viendrait, accompagné de
sa fille. Pauline, après son rôle joué au Casino, arriverait
toute costumée ; et, en compagnie de son père, donnerait
une représentation de *Lulli*. Mme Trénissan, rouvrant de
nouveau ses partitions, se disait décidée à réintégrer la
musique et à chanter un grand air. Malbar rimait un
prologue d'ouverture où Tristan, parlant par sa bouche,
faisait à ses hôtes les honneurs du domaine de Keréol ;
et Laguépie, complaisant à son tour pour l'ivresse générale, fouillait dans son grenier, parmi ses malles, retrouvait la boîte où il oubliait son violon.

Il l'ouvrait. Dans la garniture de peluche verte, les
cordes de l'instrument s'étaient rompues. Le chevalet,
tombé, gisait sur la table d'harmonie. Il le relevait,
rajustait dans les trous des chevilles, le sol, le ré, le la,
la chanterelle. Puis, un mouchoir sous le menton, l'instrument à l'épaule, la main à l'archet dont il avait frotté
le crin avec le reste d'un vieux morceau de colophane,
devant un pupitre improvisé fait de gros livres de médecine mis les uns sur les autres, il s'appliquait à des
démanchés, s'essayait à reconquérir cette virtuosité qui
lui avait donné du pain jadis, quand il appartenait,
comme violon, au théâtre de l'Opéra-Comique.

Parmi les sonates de Bœthoven pour piano et violon,
il étudiait l'adagio de l'œuvre 12, numéro 3. Entre tous,
il préférait ce morceau, se proposait de le faire entendre
pour étonner les hôtes de Keréol. Il le répétait avec
insistance, heureux d'écouter les souvenirs de sa jeunesse d'espérance et de misère, chanter dans la vibration des cordes tendues.

A la porte de la villa, les pêcheurs, leur papier de poisson sur la tête, s'arrêtaient, se demandant quelle musique
soudaine sortait de cette maison ordinairement silencieuse. Le matin de la fête, des passants s'attroupèrent
et crièrent : bravo ! Laguépie remit son violon dans la

boîte, et les auditeurs étonnés ne comprirent rien à la modestie de cet artiste qui se taisait devant les applaudissements de la foule.

La foule ! Elle emplissait les rues de Kerahuel ! Amenée par d'incessants trains de plaisir, elle descendait des wagons, se ruait hors de la gare, et les costumes s'y mêlaient, confusément, avec les langages. Les hommes de Lambour, la chevelure tombante et l'air grave sous leurs grands chapeaux, les culottes élargies au-dessous de leur petite veste soutachée dans le dos d'un dessin représentant un Saint-Sacrement, coudoyaient les hommes de Pluvigner, ceux-là vêtus d'un drap blanc dont le tailleur avait conservé les lisières de couleur. Et les bonnets des femmes en marche, entre les maisons, ondulaient comme des flots, les jours de houle : bonnets de Locminé, en velours, semblables à des toques de juges et laissant retomber sur les nuques un voile d'étoffe noire ; bonnets de Landevand, où la tête enfermée est obligée de se tourner à angle droit sur l'épaule pour regarder à droite ou à gauche ; bonnets de Quimper, semblables à une mitre d'évêque tronquée par le bas ; bonnets de Rosporden dont la garniture de dentelle se découpe sur une forme en satin de couleur où s'attachent en haut de longues bandelettes ; bonnets de Pont-l'Abbé, qu'on croirait copiés sur les béguins dont on coiffe les enfants en bas âge, bonnets luxueux et barbares, enserrant les oreilles de larges pièces brodées de soie ou d'or et par-dessus lesquels, des mèches de cheveux partant du front, vont rejoindre le chignon. Les filles de Fouesnant, hautes de taille, sous leurs robes noires et leurs collerettes raides coupées à la façon d'un gorgerin d'armure, avec leurs bonnets blancs aux barbes envolées, de ci de là, se distinguaient au milieu de la cohue. Nul bruit de voix ne montait de cette foule qui, allant au plaisir comme à une corvée, ne manifestait rien de ses sentiments. Et l'on entendait que le battement des sabots et des fins souliers de femmes, sans relâche, battant le sol, dans les rues, entre les murs tapissés d'affiches recommandant des magasins de confection, des liqueurs, des bandages herniaires, des journaux et des chocolats.

M. Hestoudeau ne se tenait pas d'aise. Il se félicitait d'avoir donné l'idée des fêtes celtiques, s'enorgueillissait surtout de l'époque astronomique par lui fixée pour leur célébration. D'après ses hypothèses, la nouvelle et la

pleine lune, en déterminant une marée tellurique, provoquaient des courants magnétiques favorables aux expan-
sions populaires. A la suite de patientes recherches, dans
les calendriers et les histoires, il se croyait en droit
d'affirmer que, sous la Révolution, tous les grands mouvements, dans la rue, coïncidaient exactement avec les
périodes de syzygie. L'expérience présente prouvait l'exactitude de ses observations, car aujourd'hui, premier
quartier, de tous les points du département, le public
accourait à Kerahuel en fête.

Quel enseignement pour les hommes politiques ! Par
des constatations certaines, sa théorie se contrôlait, pouvait devenir une loi ; et aburissant Rachimbourg et
Charlescot, il développait les avantages de son système,
sur la terrasse de l'hôtel d'Orange.

Les consommateurs l'envahissaient. Maman Treudec,
peu habituée à une pareille affluence, ne savait à quelles
tables faire servir, s'emportait contre les lenteurs de son
personnel, finissait par se fâcher contre les exigences
de ses clients. Tous voulaient déjeûner à la même heure ;
et l'on commençait à se battre dans la salle à manger,
où les plus audacieux, s'emparant des places, volaient les
morceaux, au passage, sur les plats arrachés de la main
des servantes.

Baluche apparut.

— Une dame demandait où garer sa voiture automobile.

— Conduis-la dans la cour, sous le hangar.

Bon ! Un monsieur maintenant sollicitait une chambre.

Maman Treudec exposa qu'elle tenait un restaurant et
non pas un hôtel.

L'autre déclina ses noms et qualités. Il s'appelait Douglas, de la maison Douglas et Sohn à Edimbourg, exerçait la profession de marchand de charbon en gros ;
mais, fervent des études archéologiques, dans les fêtes
celtiques, il officiait sous le titre de Hir-Braduz, c'est-à-
dire l'Eternel, et maman Treudec, devant elle, voyait
l'archi-druide. Il portait, dans une valise, son costume
d'apparat, souhaitait trouver un endroit où, le moment
venu, il pût endosser la robe blanche, agrafer sur sa
poitrine le collier à trois rangs de grains d'or, ceindre
le glaive d'Arthur.

Maman Treudec, prise de respect, n'osa point refuser
le logis à un homme de cette importance. Elle ouvrit

devant lui la chambre d'amis qu'elle avait jadis prêtée à Mme Trénissan et descendait l'escalier quand Baluche cria :

— Madame, c'est la dame de l'automobile. Elle aussi demande une chambre.

— Fichez-moi la paix avec vos chambres ! Des chambres, vous savez bien qu'il n'y en a pas. Il y en avait une, une seule, maintenant, il n'y en a plus.

— Pas même pour moi, maman Treudec ?

Maman Treudec reconnut Mariette.

Mariette, l'an dernier, par son passage avec les artilleurs, avait fait faire une belle recette à l'hôtel d'Orange : donc Mme Treudec, reconnaissante, se radoucit et devenant familière :

— Comment, c'est vous, ma petite. Jésus men doué, qu'est-ce que vous venez faire ici ?

— Je viens faire la prêtresse, répondit en riant Mariette.

Elle ne mentait pas. Un soir, à Caige-Maige, Rachimbourg, sur l'oreiller, lui avait appris quelles assises solennelles d'archéologie et d'art s'allaient tenir à Kerahuel. Comme il s'inquiétait des difficultés qu'il rencontrait dans le recrutement du personnel druidique, du côté des femmes surtout, Mariette avait proposé son concours. Qu'est-ce qu'il fallait ? Du torse, des bras, des jambes ? Elle n'en manquait pas. Rachimbourg en pouvait témoigner ; et, d'ailleurs, tout Paris le savait bien.

— Il nous faudrait surtout une femme, qui, sur la harpe, pût chanter l'hymne des bardes. Il avait bien songé à Pauline, mais la voix de Pauline lui semblait de petit volume ; et, en plein air, ne s'entendrait pas.

— On demande de la voix alors. Et de la tenue peut-être aussi, alors voilà, voilà !

Mariette sauta hors du lit ; et, prenant dans son bras gauche une corbeille en osier vide de fleurs, elle la tenait à la façon d'une harpe. Puis, avec la main droite, semblant pincer des cordes, elle se promenait dans la chambre, chantant, en chemise, l'air inspiré.

— Tu me donneras les couplets, je les apprendrai. Ensuite, il suffira d'un simple raccord.

Elle s'était recouchée. Rachimbourg, le lendemain, ne pouvait plus rien lui refuser ; et Mariette aujourd'hui apportait ses vêtements sacrés, ses accessoires pêle-mêle, dans une malle fixée à l'arrière de sa voiture automobile.

— Voyons, maman Treudec, un bon mouvement, donnez-moi une chambre, une petite chambre pour que je
puisse mettre mon uniforme.

Maman Treudec réprouvait les mœurs de Mariette,
mais elle aimait l'allure enjouée de la demoiselle, sa
façon de ne pas s'exprimer comme tout le monde.

— Il ne reste plus que ma chambre, dit-elle, n'importe,
je veux bien vous la donner pour faire votre toilette.
Mais c'est pour vous, pour vous toute seule, vous me le
promettez.

— Je le jure sur Teutatès, dit Mariette, jouant déjà son
rôle de prêtresse. Et elle étendit solennellement la main.

— Ah ! Voilà précisément, ce que je ne veux pas,
coquine, répondit maman Treudec qui entendait « tête-à-
tête ». Pas de tête-à-tête, n'est-ce pas ?

— Puisque c'est juré !

Alors maman Treudec, d'un air sceptique et résigné,
se tourna vers Baluche et lui dit :

— Baluche, monte chez moi la malle de Madame.

Puis, elle conduisit Mariette dans la salle à manger.

Les délégués de Sociétés littéraires y menaient grand
tapage autour des compotiers pleins de biscuits où bourdonnaient des mouches. Au-dessus des coquilles de
beurre fondant aux creux des raviers fourragés, ils discutaient sur les eubages et les ovates, étalaient une érudition apprise dans les dictionnaires, et ne dédaignaient
pas, en outre, de se moquer du barde Yves Le Gas assis
au milieu d'eux. Le dos renversé sur sa chaise, les pouces
passés dans sa ceinture de cuir, il souriait aux sarcasmes. Un des convives, rendu agressif par la fatigue
du voyage et l'excès de la boisson, criait :

— I' faut qu'il avoue. Je veux qu'il avoue. Oui, Le Gas,
mon vieux, tu vas nous confesser que tu n'es pas plus
celte que moi et que tu vends de la Bretagne dans tes
chansons, parce que la Bretagne est une marchandise
mélodique et sentimentale d'un débit sûr, auprès des
belles dames. Confesse que tu ne descends pas du
barde Taliesin dont tu ne connais pas une seule strophe,
du reste. Tu serais même bien embarrassé d'en lire un seul
vers, dans le texte original. Si on consultait ton acte de
naissance, on verrait que, littérairement, tu es né de
Loïsa Puget et d'un piano de 1840. On te baptisa sous un
clocher à jour, bien entendu, et tu as hérité du Rocher
de Saint-Malo, paroles et musique de ta maman. En bon

entrepreneur, tu le débites par morceaux et tu gagnes
de l'argent dans ce commerce. Sonnez binious et gros
sous ! Je ne crois pas en ton génie poétique, ah non ! mais
comme négociant, permets que je t'admire !

Yves Le Gas haussa les épaules ; puis, d'un ton dédaigneux :

— De quoi te plains-tu ? Si je n'ai pas de talent, je te
ressemble, et nous pouvons causer. Pourtant, si par mes
œuvres, je n'avais pas réveillé le goût de l'Armorique
qui se perdait depuis Villemarqué, Pitre-Chevalier et
Henri Martin, on n'organiserait pas de fêtes celtiques et
tu ne serais pas venu ici, pour me dénigrer, après boire.

— L'Armorique ?

Secoué par accès d'hilarité qu'il exagérait, pour le
rendre plus agressif, le détracteur des Celtes posa sa
tête entre ses bras étendus sur la table où ses cheveux se
mêlaient aux petits verres. Et il répétait :

— L'Armorique ! Bonne vache à traire pour la littérature, l'Armorique !

Yves Le Gas répliqua :

— Allons, tais-toi, n'est-ce pas, et bois gratis puisque
c'est là tout ce que tu sais faire.

L'assemblée tout entière applaudit. Ceux même qui
méprisaient la banalité intellectuelle et le mercantilisme
effronté des vers du poète, affectaient de le ménager
parce que, à sa suite, ils obtenaient des réductions
de tarifs sur des réseaux de chemins de fer, assistaient à
des banquets au lendemain desquels leur nom, parfois,
était cité dans les journaux. Or, se sachant nécessaire à
leur mendiante notoriété, Le Gas, supérieur aux critiques, tolérait les ironies.

— Mais oui, Le Gas a raison. Allons, bois si tu peux
encore boire et tais-toi !

L'autre releva superbement la tête, et, après avoir
rempli un nouveau verre.

— Je boirai quand je voudrai, mais pour parler, je
parlerai. L'Armorique ! et en prononçant ce nom toute
sa personne tremblait, secouée de gaîté. L'Armorique !
Ah ! vous vous moquez galamment du monde avec votre
Armorique ! Mais puisque la langue vous en est si respectable et si chère, pourquoi ne vous en servez-vous
pas de la langue de l'Armorique ? Si le breton est l'idiome
initial, générateur de toutes les paroles du monde,
pourquoi, toi Yves Le Gas, lui fais-tu l'injure d'écrire tes

chansons dans le français que tu méprises ? L'occasion
paraissait belle aussi pour votre sycophante de Renan,
d'illustrer à jamais son pays en rédigeant ses œuvres dans
le patois de Tréguier. Quelle gloire pour la littérature de
sa patrie ! Mais ce dialecte-là, pas plus que les autres, ni
lui, ni toi, vous ne le connaissez, ni ne voulez le connaître.
Lui, parce qu'il ne l'aurait pas mené au Collège de
France ; toi, parce que tu embêterais le public davantage,
s'il est possible ; et que, malgré ton déguisement, tu ne
ferais pas un sou de recette, auprès des billards, dans
les cafés où tu chantes !

— Bravo ! répliqua Yves Le Gas. Mais tu ferais mieux
de nous dire que tu es saoul !

Sans s'intimider, l'orateur répliqua :

— Je ne dis pas que je ne suis pas saoul. Au contraire.
Alors, je suis Breton, le plus Breton de vous tous. C'est
par l'ivresse que je deviens vraiment citoyen de Bretagne.
Saluez !

Il continua :

— La Bretagne ! Je la connais autrement que par l'alcool.
Je l'ai apprise pendant les dîners celtiques, dans un restaurant auprès de la gare Montparnasse, où on ne rencontrait que des Parisiens ne dépassant jamais la cour
de l'embarcadère. Ils m'ont enseigné les druides. Écoutez !
Il faut que je me souvienne.

Il but un peu. Puis, les yeux égarés, il récita un passage des *Derniers Bretons*.

— Regardez cet homme qui passe entre ces pierres. A
son vêtement, ne le reconnaissez-vous pas ? C'est un
Belan, ou Druide. Et cette femme à longue coiffe et
toute habillée de laine blanche. C'est une Léane ou
prêtresse. C'est d'Émile Souvestre : on connaît ses
auteurs. Et avec l'obstination de l'ivresse, il répétait :

— Où est le Druide. Je veux voir un Druide ! un vrai !
et la prêtresse ? Où est la prêtresse ?

Mariette entra.

L'orateur, devenu silencieux, glissé de sa chaise, gisait
maintenant sur le parquet, parmi les bouts de cigarette
et les croûtons de pain tombés. Sous la nappe, discutant avec lui-même, il disait à voix basse.

— L'Armorique. Ah ! ils me font bien rire avec leur
Armorique ! J'ai dit la vérité. Je m'en flatte. Mais voilà !
J'ai bu trop bu, et c'est dommage, parce que à cause de
moi, la vérité, la vérité...

Et passant sa main sur son nez, comme pour chasser une mouche :

— La vérité, eh bien, on ne la croira pas.

Mariette n'apercevait nulle place libre où s'asseoir. Au bout de la table, quelqu'un se leva, et, galamment, offrit son siège.

— Qui dois-je remercier ?

L'homme dit son nom.

— Célestin de Grafion, rédacteur à *l'Heure présente*, journal parisien.

Mariette voulut se faire connaître, à son tour.

— Oh ! je sais, répondit en souriant de Grafion. Enchanté d'avoir pu vous être agréable.

Il appartenait à cette école de reporters actifs et silencieux, espèces de diplomates et de juges d'instruction au jour le jour, élégants en leur costume, habiles à s'insinuer jusque chez les princes, subtils à pénétrer les dessous de la politique, le mystère des événements, en même temps que les moindres détails des pompes officielles.

Cérémonieusement, il salua, puis sortit pour aller prendre des notes; car, à travers ses politesses, il songeait à la dépêche pleine de renseignements, attendue par le journal qu'il se flattait de représenter.

CHAPITRE XV

Dehors, sur la plage s'étendant entre l'hôtel d'Orange et le Château de Tristan, au milieu des poteaux portant l'inscription « Terrains à vendre », des hommes se faisant un caleçon avec leur mouchoir, des femmes déshabillées derrière des rochers et gardant une camisole, prenaient des bains, dans la mer. Des familles, assises sous des parapluies, pour se garantir du soleil, ouvraient des paniers, débouchaient des bouteilles. En cercle, autour d'un papier de journal graissé par les victuailles, elles mangeaient, avec leurs doigts.

Par intervalles, des bandes de garçons et de filles, se tenant par la main couraient, au hasard, en criant. De place en place, des gens fatigués, le nez dans le sable, les pieds déchaussés, dormaient. Tout à coup, des nouvelles circulaient, venues on ne savait d'où. On se répétait que la fête était remise, qu'on pouvait s'en aller. Quelques-uns se levaient pour partir. Mais ils se rasseyaient bientôt, rassurés qu'ils étaient par le groupe immobile, là-bas, près du Casino décoré de verdure.

Malgré les objurgations et les plaintes de M. Sibilinski et de Mme Toczinska invoquant le respect de la propriété, les curieux pratiquaient des trous dans la toile de la tente, les élargissaient à la mesure de leur œil ; et, se haussant sur leurs pieds, s'évertuaient à regarder dans l'intérieur. Là s'habillaient les artistes. De là, devait se mettre en marche le cortège. Et parmi le grouillement des femmes montrant leur nudité en endossant des costumes ; parmi le tumulte des délégations, le va-et-vient des commissaires, les mieux renseignés cherchaient à déterminer où se trouvait le personnage annoncé par les journaux: le membre de l'Académie française, lequel avilissant sa dignité en de telles mascarades, représenterait le gouvernement, prononcerait un discours et distribuerait des récompenses.

D'aucuns, par vanité de paraître bien informés, affirmaient que Rachimbourg, le maire, recevrait la croix de la Légion d'honneur. Rachimbourg, souriant d'un air modeste, laissait dire. Accompagné de M. Hestoudeau, il surveillait les préparatifs, rattachait au passage un collier dégrafé sur le sein d'une femme, s'informait des moindres détails, réclamait une lyre pour la grande prêtresse, indiquait aux chefs de groupe leur place dans le défilé, donnait l'itinéraire à suivre, le long de la falaise. Mariette et l'archidruide revêtus de leurs ornements sacerdotaux, sortirent de l'hôtel d'Orange. Courant, afin de ne pas être trop vus d'avance, ils entrèrent dans le Casino. Un cri s'éleva.

— Les voilà ! Les voilà !

Rien n'apparut derrière eux, et la foule lassée, se tournant vers les navires, espérait le coup de canon qui, du bord du vaisseau amiral, annoncerait enfin le commencement de la cérémonie. Sur le monticule, au-dessus de la chapelle de Saint-Coulm, Charlescot braquait son appareil photographique. La main droite, en abat-jour sur les yeux, il épiait les mouvements de la multitude. Dans le lointain, elle lui semblait immobile. Alors, pour attendre plus commodément, il s'assit sur une des pierres tombales, celle où, face à face, avec Mlle Ophélie, l'an dernier, il avait écouté des propos qui le laissèrent si désespéré.

Il s'étonnait, car le souvenir de la tristesse lui ravageant jadis le cœur, aujourd'hui ne le rendait pas malheureux. D'abord il voulait s'éloigner de Saint-Coulm. Mais, Saint-Coulm, à cause de l'élévation de sa cote, sur la carte de l'état-major, lui semblait le seul endroit d'où il pût dominer la cérémonie, prendre convenablement des clichés d'ensemble. D'abord, il avait redouté l'évocation de la figure d'Ophélie. Pourtant, dans cet endroit qui n'avait pas changé, l'image de la jeune fille ne le tourmentait point, et il demeurait surpris de la tranquillité d'esprit avec laquelle il disposait son appareil, assurait les pieds de son chevalet, dans le sable, calculait les distances. Il

se sentait abandonné sans déterminer précisément s'il
jouissait ou souffrait de la solitude ; et comme on regarde
dans un puits profond d'où l'eau s'est retirée, il se penchait, sans rien voir, sur le vide de son cœur.

— Toujours tout seul, alors, M. Charlescot ?

Charlescot se retourna.

A côté de lui il aperçut la fraülein. Elle accompagnait
le jeune Olivier. Mme Hestoudeau à cause de sa grossesse, gardait la chambre. M. Hestoudeau très occupé
par l'organisation et la surveillance des fêtes celtiques, et
craignant pour son fils les bousculades, dans la foule,
avait envoyé Olivier à Saint-Coulm, avec la gouvernante.
De là, en sécurité, tout à l'aise, l'enfant assisterait à la
cérémonie.

— Mais oui, mademoiselle, comme vous le voyez, toujours seul, répondit Charlescot.

— Vous devez bien vous ennuyer ?

— J'en ai l'habitude. Je croyais m'amuser ici : il n'en
est rien. Sans ces fêtes dont le rédacteur en chef d'un
journal illustré de Paris, mon ami, m'a prié de prendre
les clichés, depuis longtemps, j'aurais quitté Kerahuel.
Enfin, encore quelques mises au point, et demain, je
pars.

— Pourquoi ne pas vous faire une compagnie ?

— Une compagnie ! Charlescot, d'un air désabusé, se-
coua la tête.

De complexion honnête, il n'admettait point d'amour
en dehors de la régularité bourgeoise et des convenances
sociales. Il ne concevait pas la compagne sans le mariage. Mais le mariage ! L'exemple de beaucoup de ses
amis l'en détournait. Que de divorces après les messes
d'épousailles où il figurait comme assistant ou comme
témoin ! Sans doute, il ne manquait pas de braves filles
toutes prêtes à devenir d'excellentes ménagères ; mais où
les découvrir dans ce colin-maillard de la société parisienne où la vertu, surtout, passe insaisissable et masquée ? Esprit timide, cœur résigné, il se décidait à ne
jamais se connaître une famille, parce qu'elles lui semblaient singulièrement dangereuses à épouser, les jeunes
personnes qu'on lui montrait dans les salons, à l'heure
des cotillons, et qui le taquinaient en jouant aux petits
jeux.

Est-ce qu'elles étaient bien préparées pour la pratique
du ménage, et possédaient-elles la patience nécessaire

pour un si long dévouement ? Est-ce que, souvent, leurs parents, aussi ambitieux que mal avisés, ne les poussaient pas vers des goûts en disproportion avec la mince dot qu'ils se défendaient de fournir ? Est-ce que beaucoup d'entre elles ne rêvaient pas de se marier seulement dans l'espoir de la promenade et du chiffon, ne souhaitaient pas de prendre un époux chargé, par fonction, de subvenir à la coûteuse dépense de leur séjour, aux bains de mer, l'été ; à la ruineuse cérémonie de leurs toilettes de dîner, de théâtre et de bal, à la ville, pendant l'hiver ? Qui choisir ? A quelle gentillesse même se résoudre ? Quels hasards à risquer ! Donc Charlescot laissait entendre que, un peu malgré lui, il demeurait célibataire.

— Croyez-vous que le célibat soit si économique ? demanda la fraülein ?

— Oh certes non ! répliqua Charlescot, avec la conviction résultant d'une longue expérience. Tout se paie, surtout la liberté ; or, la liberté, le célibataire l'achète par une rançon de toutes les heures. Point de dignité, point d'ordre même dans un ménage livré sans défense aux négligences des femmes de journée, aux rapines quotidiennes des domestiques les plus honnêtes.

Charlescot réfléchit un instant, et il ajouta :

— Et quand je ne peux compter sur personne, excepté sur moi, pour le développement et le classement de mes clichés, croyez-vous qu'une femme légitime s'intéresserait à mon art mieux qu'une gouvernante ?

— Peut-être, répondit la fraülein.

— Croyez-vous ?

— Tout arrive, cependant, et tout change, malgré nous.

Charlescot ne disait pas le contraire, mais il ne souhaitait pas provoquer de variations nouvelles dans son existence. Mlle Ophélie disparue à jamais de l'horizon de ses rêves, il ne se dissimulait pas que sa vie demeurerait démesurément morne, et il ne concevait pas par quelle femme il la pourrait jamais remplir.

Tourmentée par cette crainte que, dès l'arrivée d'une nourrice, il lui faudrait quitter le service de Mme Hestoudeau, la fraülein, dès à présent, se jugeant sans place, cherchait dans quelle maison elle pourrait désormais trouver un emploi.

La maison de Charlescot lui parut s'ouvrir toute grande de désespoir devant elle.

Quelle tranquillité auprès d'un monsieur seul s'avouant timide, et dont le cœur triste céderait sans doute un jour à la continuité des petits soins et à l'autorité des délicates complaisances !

Alors, dissimulant ses projets, sans paraître attacher aucune importance aux paroles qu'elle venait de prononcer, la fraülein se tourna vers Olivier.

— A quoi pensez-vous, mon petit ami ?

— Je pense aux menhirs qui se dressent là-bas et qui ne ressemblent guère aux menhirs qu'on m'a montrés à Carnac et ailleurs, répondit Olivier. Ceux-ci ont l'air des joujoux qu'on voit dans des boîtes, sur les catalogues des grands magasins à l'époque du jour de l'an. On fabrique donc des jouets pour les hommes, comme pour les enfants ?

Déjà, il éprouvait le sentiment de la désillusion universelle. Devant des paysages rendus factices, il comprenait le désenchantement profond de la conversation tenue entre Charlescot et sa gouvernante. Qu'était-ce donc que la vie, puisque personne, autour de lui, ne paraissait heureux de la connaître ? Tous s'en plaignaient comme d'une douleur inguérissable, continue ! Partout des cœurs hostiles, partout des esprits opposés ; et voilà que lui-même, haussé jusqu'à la misère d'individus plus avancés en âge, connaissait la fragilité et la douleur des affections, puisque Pauline le délaissait ; et que, à peine entré dans l'existence, il y marchait au milieu d'insupportables tristesses.

— Mais qu'est-ce qu'ils font donc qu'ils ne viennent pas ! s'écria Charlescot.

— Il y a pourtant déjà du monde, là-bas, à côté des menhirs, dit Olivier, parlant à côté de sa pensée.

Charlescot et la fraülein se passant une jumelle, constatèrent au loin la présence de deux messieurs qu'ils ne connaissaient pas. Un chien courait sur leurs pas.

— C'est Chien-de-Nous, dit la fraülein.

— Moi, je vois bien l'homme qui, d'ordinaire, se promène tout seul sur la falaise ; et qui, l'autre jour, sur la plage, a joué avec moi, continua Olivier.

— Exact, dit Charlescot.

— Tout à fait vrai, répondit la fraülein.

En effet, M. Pascal, influencé à son tour, par l'impulsive atmosphère qui se dégageait de la foule, lui aussi, voulait assister au spectacle. Depuis longtemps abîmé

dans la contemplation des rochers et de la mer, par leur
fausseté même, les dolmens et les menhirs en châssis et
toiles peintes, l'attiraient. Sa passion d'amateur de
théâtre s'exaltait à ces perspectives de décors lui rappelant les représentations d'Opéra éloignées de lui, à jamais, et dont il se sentait privé, jusqu'à la souffrance.

Par précaution, et pour échapper aux curiosités qu'il
redoutait, M. Pascal était venu de bonne heure dans
l'enceinte simulée du temple des druides, tout à fait installée maintenant, et déserte des derniers ouvriers. Se
croyant seul, d'un air de connaisseur, il examinait les
menhirs. Un à un, avec sa canne, frappant sur les bâtis
afin d'en éprouver la solidité, il admirait la vigueur de
touches de peinture adroitement distribuées et humides
encore au long des dolmens.

Entre la couleur bleue des flots allumés d'étincelles;
entre l'azur du firmament épandant à l'infini un scintillement de lumière électrique; parmi les vibrations radieuses de l'océan et du ciel, il se croyait transporté dans
un de ces paysages de féerie aperçus quand la toile se
lève, et que les réflecteurs abattant des nappes de clarté
tremblante, illuminent la scène, dans les théâtres. De la
musique se dégageait pour lui de la falaise, du flamboiement de l'étendue; et il fredonnait doucement, à mi-voix,
la phrase de *Siegfried* : O solitude, ô splendeur du
soleil, ressentait dans toute sa personne un contentement
que, depuis longtemps, il ne se connaissait plus.

Chien-de-Nous, à côté de lui, partageait sa satisfaction, frétillait de la queue en flairant les monuments. Au
pied des charpentes de bois étayant le grand dolmen et
visibles, malgré les raccords, il aboya.

M. Pascal, pour fuir une rencontre, tourna autour de
la bâtisse. Il se trouva face à face avec M. de Grafion, un
carnet à la main et très appliqué à prendre des notes.
Par habitude de politesse, il salua. De Grafion lui demanda la permission de l'interroger.

— Pardon, un renseignement, s'il vous plaît? Est-ce
que le temple actuel est établi sur l'emplacement exact
d'un ancien temple de druides?

Tout en parlant, il examinait M. Pascal.

M. Pascal répondit :

— Je vous prie de m'excuser. Je ne sais pas. Je ne suis
pas du pays.

Puis, appelant Chien-de-Nous :

— Allons! viens-tu? Qu'est-ce que tu attends?

Et fuyant le regard interrogateur du journaliste, à grands pas, il s'éloigna au travers de la lande.

En chemin, il se demandait avec inquiétude:

— Quel est cet homme? Où l'ai-je rencontré? M'aurait-il reconnu?

De Graflon, de son côté, pensait:

— Cette physionomie ne m'est pas étrangère. Quand, et dans quel endroit l'ai-je vue?

Puis, il inscrivit sur son calepin que Kerahuel lui semblait receler les curiosités obscures dépassant de beaucoup l'intérêt forain des fêtes celtiques. Là évidemment, comme ces bateaux inconnus jetés à la côte et qu'on ne peut renflouer après la tempête, une mystérieuse existence était échouée. Sur quels récifs humains et au lendemain de quel naufrage?

Un coup de canon retentit. Un léger nuage de fumée s'éleva, dans la baie, au-dessus d'un cuirassé. Le cortège se mettait en mouvement.

Traversant la plage auprès de l'hôtel d'Orange, il monta la falaise. En tête, un groupe d'amateurs coiffés de chapeaux larges et mous soufflaient dans des trompes de chasse. Puis, venaient des porte-étendards faisant flotter au soleil les écussons des cinq pays celtiques: la croix d'Ecosse, le dragon de Galles, la Harpe d'Irlande, les trois jambes armées de Man, l'hermine de Bretagne. Véhiculé à dos d'homme, sur un pavois, le Corn-Hirlas, corne d'auroch gigantesque en son carton, se dressait entre les griffes d'un dragon colossal, sous son papier doré. Des joueurs de binious, à l'entour, enflaient les sacs de peau de leurs instruments: des sons rauques en sortaient, traversés par les notes aiguës des bombardes.

Le cortège, lentement, avançait. De loin, entre les groupes, Charlescot et la fräulein voyaient des espaces de sable jaune, pailletés de mica, et miroitant au soleil.

Dans un intervalle respectueusement laissé vide, Hir-Braduz apparut. Ses cheveux roux tombaient sous une couronne d'or. Sur sa poitrine, un collier d'or à trois rangs, symbole des trois cercles divins, pendait, entre deux grosses agrafes, en or, elles aussi. Un large baudrier de cuir noir, sans ornements, ceignait sa robe blanche; au flanc gauche, il portait, dans un fourreau, la moitié du glaive d'Arthur. Leurs pères communs, au sixième siècle, l'avaient jadis partagé. Un tronçon, celui qu'il ba-

lançait sur sa cuisse gauche, appartenait à l'Angleterre.
L'autre, plus loin, au flanc de M. Hestoudeau qu'il gênait
beaucoup, appartenait à la Bretagne.

Tout à l'heure, au moment des initiations, M. Hestoudeau demanderait à Hir-Braduz hiératique et suant
comme lui, dans un costume fourré de peau de renard :

— Qu'êtes-vous venu faire ici, mon frère ?

Hir-Braduz répondrait :

— Je suis venu, ô frère, pour apporter la moitié du
glaive qui, jadis, fut séparé en deux; et je veux le réunir
au tronçon que vous gardez.

Il parlerait en langue française, car, pareil à son inter-
locuteur, il ignorait, entre toutes, la langue du culte dont
il s'instituait le grand prêtre. Mais réclamant de la patience, il promettait que, lors du prochain congrès, on ne
savait à quelle époque, ni à quel endroit, il s'exprimerait
en langue bretonne. Il l'apprendrait, affirmait-il; et, plus
tard, dirait, sans hésiter, tout ce qu'il convient de prononcer quand on s'arme du glaive d'Arthur, en son entier haut de trois mètres derrière sa garde d'or et son
quillon d'argent surmonté d'un bloc de cristal.

En attendant que le pape des Druides sût émettre
correctement au moins les mots : « A oès heddouch; êtes-
vous en paix ? » des dames rapprocheraient les deux
fragments de l'épée; et, suivant le rite, les consolide-
raient en serrant à l'entour des rubans bleus et verts : les
couleurs bardiques. L'assistance étant supposée savoir
que Arthur et les Chevaliers de la Table Ronde, dans les
temps lointains, délivrèrent la Bretagne. Hir-Braduz,
pontificalement, de la main droite, saluait la foule.

Il allait, grave comme un prêtre et préoccupé par ses
échéances; car, au milieu même du carnaval de son apos-
tolat, il pensait aux intérêts de la maison Douglas et
Cie. La Mal-Commode qui passait aperçut le chef des
Bardes. Dévotement, elle se signa devant lui ainsi qu'elle
avait coutume de faire, aux jours de la Confirmation,
quand elle voyait l'évêque.

Derrière Hir-Braduz, des lyres de clinquant étincel-
laient entre les mains de Mariette et de Pauline, grandes
prêtresses vêtues de robes noires, et, à défaut de verveine
ayant tressé des feuilles de menthe autour de leur chignon. A distance, le peloton des prêtresses moindres,
artistes du Casino conduites par Mme Toczinska, s'efforçait de marcher correctement au pas et de ne point rire.

Le cortège, indéfiniment, défilait. Il s'engagea sur la dune, au-dessus de la mer; et, parmi les déclivités du terrain inégal, tâchait de garder de l'ordre dans ses rangs. D'une fenêtre de Keréol, Malbar et Mme Trénissau le regardaient s'avancer. Une bannière verte et blanche passa. Malbar, pour s'amuser, descendit alors au bout de son fil le drapeau tricolore flottant au balcon, imitant ainsi le salut que les navires en mer s'adressent en abaissant leur pavillon.

La bannière, sérieusement, s'inclina.

C'était la bannière sacrée aux couleurs symboliques précédant le corps des bardes appartenant au pays de Galles. Elle passait pour le palladium des libertés celtiques, et l'on se répétait qu'elle venait à Kerahuel, par faveur spéciale, car, une seule fois, jusqu'ici, elle avait quitté le sol national pour figurer à l'Exposition de Chicago. Des dames en costume de voyage, des hommes portant des insignes à la boutonnière de leur pardessus, l'escortaient, pêle-mêle, et l'air retentissait des battements d'un tambour.

Il précédait M. Rachimbourg, le maire, M. Hestoudeau, l'organisateur, le pilote Yvor, M. Nieous faisant une garde d'honneur au barde Yves Le Gas plus costumé encore que sur ses photographies, et si affublé d'oripeaux empruntés au vestiaire de tous les pays bretons, que sans le reconnaître pour un compatriote, tous les assistants l'admiraient comme un « baladin ». Le délégué du gouvernement, auprès de lui, s'inquiétait du retard subi par la cérémonie, s'informait de la durée probable de la fête, avait grand peur de manquer le train du soir. On le questionnait sur les récompenses qu'il apportait, avec son discours. Pour décourager les récriminations, il ne se prononçait pas; et, diplomatiquement, disait :

— Attendez ! attendez. Vous verrez bien tout à l'heure.

Le défilé, sur leurs pas, s'achevait solennellement, avec une allure de procession. Garnafe, parcourant les groupes, tâchait de persuader les gens de Kerahuel du ridicule et du prix de la cérémonie. Elle coûterait cher aux finances d'une commune déjà obérée! Les trois mille francs votés ne suffiraient pas au paiement des dépenses; et l'époque fatale approchait où il faudrait en arriver à l'expédient des crédits supplémentaires! Allant de l'un à l'autre, il insistait, conseillait qu'on s'entendît une bonne fois afin

de précipiter le renversement de Rachimbourg, adminis-
trateur inconsidérément prodigue, et d'assurer l'indispensable réélection de Bourignal.

La foule était passée. A perte de vue, depuis l'hôtel
d'Orange jusqu'au Château de Tristan, le sable s'étendait,
vide, foulé comme l'arène d'un cirque après un galop de
chevaux. Derrière le cortège, en face de l'immensité, la
Mal-Commode, toute seule, dansait.

Coiffée d'un chapeau d'homme, déployant, en manière
d'ombrelle, un parapluie troué, ivre selon sa coutume,
secouée en outre par le mouvement de la frénésie générale,
elle exécutait des jetés-battus, relevait sa jupe jusqu'au
ventre ; et, dessous, on voyait s'agiter ses jambes maigres.

Au milieu de ses entrechats, elle déblatérait contre les
officiers de marine, lesquels lui refusaient d'aller exercer
son commerce sur les navires de l'escadre. L'an dernier,
à cause de la mauvaise qualité des boissons vendues
par Bourignal et qu'elle débitait, pour son compte, à
des prix désordonnés, des cas de dysenterie, des symptômes d'intoxication s'étaient déclarés à bord. Par précaution, l'amiral, sur les bâtiments qu'il commandait, inter-
disait paternellement des négoces nuisibles à la santé
des équipages.

Tout en gesticulant, la Mal-Commode répétait :

— Bonne Madame Sainte-Anne, vous savez bien que je
suis une honnête femme ; une honnête femme, oui, mon
officier.

Et elle montrait le poing à l'escadre au lointain immobile sur ses ancres.

Garnafe, utilisant cette mauvaise humeur, laissa
entendre à la Mal-Commode que la mesure dont elle se
plaignait avait été prise d'accord avec Rachimbourg,
acharné, affirmait-il, « à ne pas faire valoir le pays ». La
Mal-Commode alors tourna sa colère contre les « estrangers », des gueux débarqués à Kerahuel pour retirer le
pain de la bouche du pauvre monde, et Rachimbourg
tout le premier, malgré ses airs de bienveillance ! On en
voyait bien la preuve ! Et comme les échos répétant indéfiniment les paroles criées dans le champ de leur acous-
tique, elle répercutait sans relâche les accusations contre
le maire.

Garnafe, satisfait de l'auxiliaire qu'il venait de susciter
à ses rancunes, remonta du côté du bourg. Il rencontra

le docteur Laguépie, et d'un ton qu'il essayait de rendre
détaché :

— Vous aussi, docteur, vous faites comme moi, vous ne
vous mêlez pas à toutes ces saturnales!

— Mon métier avant tout, répondit Laguépie. Je l'ai
accepté, je l'exerce et je ne me plains pas, au contraire.

Il indiquait par là que chaque jour lui fournissait un
motif nouveau d'observation. A l'heure de la maladie, la
population de Kerahuel lui apparaissait nue de corps et
d'âme ; et il se réjouissait à mesure qu'il entrait plus
avant dans l'hypocrisie morale et les tares physiologiques
du pays.

— Où allez-vous donc si vite ?

— Chez M. Bourignat.

— Il va donc plus mal ?

— Il le croit. Trois fois déjà, cette nuit, il m'a fait appeler auprès de lui. Et tout à l'heure encore, on est venu
me supplier de l'aller voir.

— Mais enfin de quoi souffre-t-il ?

— Si on vous interroge, répondit Laguépie, répondez
que son « grand crispateur » se fatigue.

Il salua Garnafe, s'éloigna. Garnafe, immobile, resta au
milieu de la rue, réfléchissant. Pourvu que Bourignat ne
vînt pas à mourir ! Bourignat décédé, il perdait avec lui
l'accès de son terrain à travers les terrains communaux,
et en même temps, tous ses espoirs de vengeance. Le
front soucieux, il se remit en marche. L'église se trouva
devant ses pas. Alors il entra dans la nef vide, et pria
Dieu pour la santé de son complice.

Là-bas, par-dessus les maisons, les trompes de chasse
s'entendaient, sonnant une fanfare. Le cortège arrivait dans
l'enceinte sacrée. Les cinq porte-bannières se plaçaient
chacun au pied d'un des cinq menhirs. Charlescot, sur le
monticule, auprès de Saint-Coulm, braqua son appareil
photographique.

Une brise de nord-est soufflait, secouait l'objectif
dressé sur un pied de bois à trois branches.

Alors, pour s'insinuer dans les bonnes grâces de Charlescot, la fraülein flattant la passion du photographe,
demanda humblement :

— Voulez-vous me permettre de vous aider ?

— Non, merci ! Pas besoin de tant d'équilibre pour faire
un instantané, surtout avec la vitesse que j'ai.

Un coup sec s'entendit. Il avait fait jouer le déclic.

— Voilà ! Et je vous réponds que j'ai pris toute la scène : la foule, les emblèmes, et l'archidruide, là-bas, montant sur le dolmen.

Puis, gracieusement :

— Mais si ça vous amuse, voulez-vous vous-même essayer d'un autre cliché.

Oubliant volontiers sa prudence ordinaire, pour la première fois de sa vie, Charlescot confiant son appareil à des mains étrangères, l'offrit, tout armé, à la fraülein. Un peu émue, elle regarda longtemps entre les lignes dessinées, en croix, sur le cristal du viseur. Au sommet du dolmen, l'archidruide, dans une lumière intense, apparaissait tout petit, la tête en bas, cependant qu'à ses pieds semblant dressés en l'air, une femme, la tête en bas, aussi, pinçant les cordes d'une lyre renversée, lui rendait religieusement hommage. Et la fraülein s'émerveillait de la précision de l'image où elle voyait les brins d'herbe de la falaise, un à un, si nets qu'elle aurait pu les compter ; les moindres détails des costumes, des physionomies, jusqu'à la bouche de Mariette s'ouvrant et se fermant en mesure au rythme des phrases musicales qu'elle chantait.

— Mais faites-donc jouer le ressort !

Charlescot avança la main. Sans les chercher, il frôla les doigts de la gouvernante ; et, ensemble, secoués d'une commotion électrique, ils se regardèrent en frissonnant.

Derrière eux, les ardoises du toit de la chapelle de Saint-Coulm bleuissaient au soleil. Au travers des trous des verrières cassées par les cailloux de Baluche, des oiseaux entraient et sortaient. Un pigeon blanc dans son vol, traversa le vitrail représentant le vaisseau sauvé par la colombe élancée hors du tombeau du saint ; et il semblait que l'âme du bienheureux, une fois de plus, planait dans l'espace. Entre le porche, au-dessous du campanile, la corde servant à sonner la cloche, pendait. Olivier, perdu dans ses pensées et désintéressé des cérémonies de là-bas, avait envie d'aller la tirer.

Sur le dolmen, Hir-Braduz, pape des Celtes, sous sa couronne d'or où s'enroulaient les branches du gui sacré, se tourna vers les quatre points cardinaux. Les joues gonflées, au nord, au sud, à l'est, à l'ouest, pivotant sur lui-même, il souffla le génie et l'esprit celtique, dans toutes les directions. Puis, au-dessus des menhirs, au-dessus des étendards, à travers la lande rendue plus relentissante par la sécheresse de l'air chauffé par le soleil, à pleins poumons, il cria :

Peuples celtes, êtes-vous en paix !

Pas de réponse. La foule restait surprise de la question, car depuis la guerre de 1870, elle ne se connaissait pas d'ennemis. Des paysans, à tout hasard, ôtaient leurs chapeaux; des femmes tombaient à genoux; et dans le grand silence, on entendait la fuite des lézards au milieu de l'herbe rase. Des grillons crépitaient.

Alors l'archidruide faisait le geste de mettre au clair la grande épée d'Arthur, protectrice des libertés bretonnes. Hors du fourreau pendant à son côté, il tirait à demi la lame un complet maintenant, la lame étincelante et solide en ses tronçons d'acier rapprochés et maintenus en place par des faveurs bleues et vertes, nouées de la main des dames. L'épée brillait hors du cuir, s'agrandissait à mesure, prête à la lutte et provoquant les batailles, quand Harbinbourg, M. Hestoudeau, M. Nicous, le pilote Yvar, avec le barde Le Gac s'avancèrent, l'allure décidée, le geste affirmatif :

Oui, dirent-ils, nous sommes en paix.

Hir-Braduz répéta :

Peuples celtes, êtes-vous en paix ?

La foule cria parce qu'elle entendait crier. Elle répliqua en chœur :

Oui, nous sommes en paix !

Et les glapissements des femmes qu'on chatouillait, se mêlant à l'acclamation, la rendirent plus formidable.

Alors, rassuré par cette affirmation solennelle, Hir-Braduz, pacifiquement, renfonça l'épée dans le fourreau, jusqu'à la garde.

Ensuite, il interrogea Nicous, M. Hestoudeau, le pilote Yvar; et les néophytes ayant congrûment prononcé le serment de maintenir les traditions bretonnes furent reçus « dans le sein du Gorsedd ». Après eux, Hir-Braduz serra également un conseiller général d'Ille-et-Vilaine; un pharmacien du Finistère; un vétérinaire de Tréguier, un directeur d'asile départemental d'aliénés, grand améliorateur de la race porcine; puis, un étudiant en médecine de Paris, barde fort empêtré sous son bonnet de velours noir et sa robe de flanelle bleue.

Tous posèrent la main sur le glaive sacré. L'un après l'autre, ils burent dans la corne d'Mitras une gorgée d'eau où trempait du gui. L'initiation devenait complète.

Du haut du tertre de Saint-Coulm, au mouvement des mains de Mariette sur les cordes de la harpe, on voyait bien que retentissaient des hymnes d'allégresse.

Charlescot, sans se presser, prit un nouveau cliché. Il s'inquiétait, cependant. Quel était ce personnage détaché de la foule, et qu'il avait vu courir au premier plan ?

— C'est Pauline, dit Olivier, instruit par sa tendresse, et devinant au loin la fillette qu'il aimait.

Il ne se trompait pas. Pauline, brusquement, avait quitté son poste parmi les « teanes » ou prêtresses du Casino. A travers la lande, elle marchait, furieuse, son costume en désordre. Apercevant des amis auprès de Saint-Coulm, elle s'empressait vers eux pour leur faire partager sa colère.

— Oui, une belle idée qui est venue à mon père, de me faire figurer parmi toutes ces grues !

Fatiguée par la course, toute haletante d'indignation, hochant la tête en regardant, de temps en temps, le temple des Druides, elle s'assit sur une pierre tombale. Sa robe de prêtresse, à plis lam atables, tombait autour d'elle ; et, les mains sur les genoux, elle essayait de reproduire une pose de désespoir qu'elle avait apprise d'un metteur en scène renommé.

— Bonjour, Pauline, dit Olivier. Voilà bien longtemps que je ne vous ai vue, qu'est-ce que vous devenez ?

— Je deviens, répondit Pauline, je deviens qu'on se fiche de moi ! Voilà ce que je deviens !

Et, par dessus Olivier, montrant du poing Mariette chantant devant l'objectif que, sympathiquement, se passaient tour à tour Charlescot et la fraülein, elle disait :

— Ce n'est pas elle, cette Mariette qui devait chanter ! C'est à moi qu'appartenait la vedette. Et si vous croyez que, du poème et de la musique, elle en sait une « broquille ! » Et quelle dégaine, mes enfants ! A-t-elle l'air assez bête quand elle « peigne la girafe », « pigeonne » et « marche sur sa langue ! »

Sur ses yeux, elle mit ses deux mains courbées en forme de lorgnette, considéra le spectacle, au lointain. Puis d'un ton de souverain mépris :

— Allons bon ! voilà qu'elle « sucre des fraises » et qu'elle « fait la théière » à présent !

Olivier, tout ahuri, écoutait Pauline, comme jadis, il avait écouté la fraülein lui parlant pour la première fois une langue étrangère. Timidement il demanda :

— Qu'est-ce que « peigner la girafe » et « faire la théière » ?

— Ah! oui, continua Pauline. Tu n'es pas « à la coule ». Tu n'y entends rien! Tu ne sais pas que n'en pas « ficher une broquille », chez nous, les artistes, c'est ne pas dire un seul mot de son rôle; que « être en vedette » c'est avoir son nom, en tête, sur l'affiche, avant les noms de tous les camarades; et que ceux-là « pigeonnent » qui s'avancent sur scène le cou gonflé et la tête en arrière. Tiens, comme ceci, regarde.

Elle imita le mouvement d'un pigeon qui se rengorge.

— Ah! dit tristement Olivier.

Pauline reprit :

— Tu ne sais pas, mon petit père, que « peigner la girafe » signifie jouer de la harpe; qu'on « sucre des fraises », au théâtre, quand on tend la main, les doigts écartés et la paume tremblante; qu'on « marche sur sa langue » en récitant, tête baissée, des tirades dont on avale les phrases pour arriver plus vite à la fin du morceau; et que « faire la théière » s'applique à l'acteur ou à l'actrice qui, la main gauche appuyée sur la hanche, à la façon d'une anse, allonge devant soi son bras droit immobile comme un tuyau de samovar! Le tout, mon vieux, signifie que Mariette est ridicule, ridicule à pleurer. Et des larmes de dépit et d'envie coulaient sur les joues de Pauline.

Afin de consoler Pauline, Olivier se pencha vers elle. Mais il recula étonné par le visage qu'il aperçut, un visage qu'il ne se sentait plus le courage d'embrasser.

Pauline portait une perruque blonde ajustée sur le front avec de la pâte couleur de chair. Les cheveux de ce postiche décolorés par de nombreux nettoyages et ressemblant à de la filasse, tombaient, sans souplesse, sur ses épaules. Les cils raidis par le k'hol, hérissaient durement ses paupières fatiguées. Un cercle de bistre agrandissait ses yeux, leur donnait l'éclat fixe et morne qu'on remarque dans les orbites des poissons morts. Sur les joues fardées de rouge, des grains de beauté, faits avec du nitrate d'argent noircissaient au grand air; et la bouche empâtée par le carmin gras des pommades pour les lèvres béait comme une plaie, la plaie démesurée saignant au-dessous du nez des clowns qu'Olivier voyait avec terreur dans les cirques où ses parents le conduisaient quand il avait été sage, personnages macabres auxquels il entendait dire :

— Voulez-vous d'jouer avec moi ?

Et devant cette transfiguration d'horreur de la petite fille qu'il avait aimée, non, Olivier n'avait plus envie de jouer. Après le langage, les inflexions de voix, il ne reconnaissait plus les traits, la personne; et combien le visage de sa fuyante amie lui apparaissait douloureusement différent du visage de cette Pauline qu'il voyait toujours, comme dans la poésie de Henri Heine, rose du reflet des roses illuminées par le clair de lune d'une belle soirée d'été !

Pourtant, ne pouvant se résigner encore à la décadence de son rêve, il dit :

— Vous ne veniez plus avec moi, sur la plage. Cependant, je vous attendais. Je vous voyais passer de temps en temps, vous paraissiez très affairée, et mes pensées vous suivaient là-bas, dans ce Casino qui vous éloignait de moi. Je m'apercevais bien que vous n'étiez pas gaie, et souvent, je me couchais le cœur gros de ne pouvoir vous consoler puisque vous ne cessez pas d'être triste.

Pauline éclata de rire.

— Triste ! mais ma « vieille branche » tu ne vois donc pas que la tristesse aussi fait partie de ma « banque ! »

— Banque ! dit Olivier.

— Oui, de mon métier, si tu aimes mieux ! Papa s'y connaît, et c'est lui qui m'a enseigné ce « truc-là ».

Olivier regardait Pauline, la bouche ouverte.

— Oui, cette malice-là. Il faudra donc tout t'expliquer. C'est le père Nicous qui m'a dit : « Fillette, tu as eu du succès d'abord, parce que tu paraissais misérable. Garde bien cet air-là, c'est celui où Paris a coutume de te voir. Tu ne lui plairais plus si tu semblais heureuse ! Applique-toi, travaille, tâche de ne pas trop grandir, et songe que, pour ton avenir, il faut que tu demeures toujours la « pauvre petite Pauline ».

Fièrement, elle ajouta :

— Et je m'en charge.

Olivier, confondu regardait la croix croiselée de fleurs de lys détachée d'une pierre tombale. Elle survivait aux moines inhumés jadis autour de la chapelle de Saint-Coulm, et, malgré le relief, les sculptures, peu à peu, disparaissaient usées par des siècles de tempête et de mousse. L'enfant n'essayait plus de répondre à Pauline.

Le front incliné vers les tombes, il réfléchissait. Puisque les choses du monde en arrivaient à ce point de mensonge que la sincérité manquait, même aux tristesses ; lassé de comprendre d'avance la fausseté des cœurs, tremblant de la subir davantage, il se demandait s'il ne vaudrait pas mieux pour lui aller bientôt rejoindre les vieux enterrés de ce cimetière ; car, ceux-là, désormais privés de sentiments, ne redoutaient plus l'angoisse des émotions avec l'épouvante de les savoir provoquées par de trompeuses comédies d'attitude ou de parole.

Pauline se leva du cercueil de pierre effondré où elle était assise ; et, s'adressant à Charleroi et à la fräulein réunis et continuant à braquer des objectifs.

— Est-ce que vous allez la photographier toute seule, cette Mariette ? Ah ! non, par exemple ! Eh bien, et moi !... Est-ce que je n'ai pas une autre touche qu'elle dans mon costume ? Voyez un peu la pose !

Elle se drapa dans sa robe noire parsemée d'étoiles de clinquant, une robe de magicienne venue de la défroque d'un magasin d'accessoires, et se campa autoritairement devant l'appareil.

— Hein ! J'en ai du galbe !

Les sourcils remontés pour simuler l'imploration de la prêtresse espérant du dieu qu'il descendît en elle, les deux bras croisés sur la poitrine, le menton appuyé sur son poing droit fermé, elle dit :

— En voulez-vous de la Velléda ?

Olivier songeait. Il regarda le paysage, espérant trouver dans le spectacle des horizons quelque soulagement pour sa détresse. Mais là-bas, au milieu des dolmens en carton pierre, des menhirs en toile peinte, il aperçut la cérémonie druidique dont le carnaval, grotesquement, se développait entre la mer et le ciel. Alors il s'affligea de la décadence de la nature sous les avilissements imposés par les hommes. Ainsi, rien du monde réel ne ressemblait à ce monde de poésie et de beauté que les livres ouvraient devant lui, à l'heure de ses études. Donc que faire ! S'il devait se décider à ne jamais compter ni sur la dignité des personnes ni sur la splendeur inviolée des perspectives, de plus en plus, il se sentait incapable de vivre une existence, où chaque jour, à mesure qu'il croîtrait en âge, il sentirait plus cruellement les blessures faites à sa pensée et à son cœur.

Cherchant autour de lui où raccrocher son idéal et sa

misère, il vit la chapelle de Saint-Coulm, le porche béant
et noir; et, au milieu, la corde de la cloche que, tout à
l'heure, par agrément, il avait eu l'envie de tirer. Agitée
par la brise, elle se balançait; et son bout, un peu usé,
traînait sur le sol.

Le cliché de Pauline était pris, et tandis que Charlescot et la fräulein, vérifiant les chiffres de l'enregistreur,
calculaient de combien de plaques encore ils pouvaient
disposer, Pauline, triomphante, à haute voix, décrivait
les détails derniers de la fête s'achevant devant elle, au
lointain, entre les dolmens factices figurant l'éternité du
temple des Druides. Et elle disait :

— Attendez! Ça commence à finir. Voilà papa qui vient
d'être sacré barde. Au tour des ovates à présent. Salut à
toi, Restoudeau. A qui la boule à jouer? Bon! Le Gas
monte sur le plateau et récite des vers maintenant! Plus
haut, on n'entend pas! Il s'en va. Il a fini son numéro.
Ah! c'est le représentant du gouvernement qui lui succède et qui tient le crackoir. Tiens! Il remet une décoration au pilote Yvor. A lui tout seul! Zut! Eh bien et le
autres?

Et comme à l'issue d'une représentation, quand le public rappelle les acteurs, elle criait :

— Tous, tous, tous!

Puis, exultant de rancune :

— Chouette, mes amis! Rien pour Mariette! Je tremblais qu'on lui donnât les palmes d'officier d'académie.
Mon lait en aurait tourné!

Les trompes de chasse sonnèrent un hallali d'apothéose.
Un coup de canon ébranla au loin les échos des îles. Du
campanile de Saint-Coulm, les pigeons blancs, effrayés,
s'envolèrent, et Pauline reprit :

— Au rideau! on peut éteindre.

Charlescot et la fräulein, au passage, photographiaient
les mouvements derniers de la cérémonie; un désordre de
délégations et de bannières, plus curieux à lui seul que
la pompe ordonnée du gala officiel.

Olivier ne se sentant pas surveillé, doucement se dirigea vers Saint-Coulm. Dans l'air redevenu calme, après
la détonation, les pigeons blancs, un à un, rentraient à
leur nid, avant de se coucher, roucoulaient sur le toit en
lissant leurs plumes. Le soleil, au déclin, semblait se
liquéfier parmi les vagues, et l'Océan, à perte de vue,
était immobile et fluide, ainsi qu'un grand lac d'or. Ce

lac se continuait jusque dans le ciel où des nuages
épars prenaient des aspects de presqu'îles de clarté et de
promontoires de lumière. Des falaises violettes s'élevaient
sur cette mer aérienne qui prolongeait, loin dans les hauteurs de l'espace, la mer plus proche où les cuirassés
flamboyaient comme dévorés par les flammes d'un surnaturel incendie.

Mais les tristesses d'Olivier assombrissaient le firmament, obscurcissaient jusqu'aux scintillements des premières étoiles. Malgré la splendeur et la sérénité de la
soirée commençante, ce monde auquel il désespérait de
jamais rien comprendre lui semblait voilé d'un impénétrable brouillard, un brouillard venu de ses pensées et
dont il avait maintes fois éprouvé l'angoisse quand, par
les matins les plus radieux, perdu dans son ignorance, il
redoutait d'être puni parce qu'il ne saisissait pas le sens
de sa leçon.

Maintenant, c'était bien fini : il se disait qu'il ne ressentirait plus d'ennui, plus de remontrances, plus de désillusion.

Il descendit le talus.

A mesure qu'il s'avançait vers les profondeurs de la
fosse où se dressait la chapelle de Saint-Coulm, il lui semblait entrer dans une paix définitive et consolatrice qui
l'enchantait à la façon de ces commencements de sommeil où ses idées s'atténuant, il goûtait, peu à peu, la sensation délicieuse de ne plus penser à rien. Déjà anéanti
par la jouissance de savoir qu'il allait enfin disparaître,
il arriva devant le porche de Saint-Coulm. D'un geste de
somnambule, il saisit la corde de la cloche. Tranquillement, il la noua autour de son cou, puis, se détachant de
la terre, il leva les jambes. Un instant, il s'efforça de rester suspendu ; et malgré tout le poids de son chagrin, sa
petite personne était si légère que, dans le campanile, au-
dessus, la cloche ne sonna pas.

La fraülein, après avoir aidé Charlescot à replacer
dans les étuis les appareils photographiques avec leurs
pieds, s'inquiéta de ne plus voir l'enfant.

— Olivier ! Monsieur Olivier !

Olivier ne répondant pas, elle appela plus fort, en allemand, cette fois.

— Kommen sie. Kommen sie mit mir, herr Olivier ?

Toujours du silence.

Alors, à grands pas, elle parcourut la dune, répétant :

— Wo sind sie? Wo ist er durch gekommen? Où est-il passé? Monsieur Olivier, où êtes-vous?

Elle n'entendait que les binious au son nasillard, là-bas, au milieu du cortège quittant l'enceinte sacrée des Druides. Tout à coup, errant au hasard sur la crête du talus, au-dessus de Saint-Coulm, elle aperçut le porche, la corde tendue et Olivier au bout.

Elle poussa un cri :

— M. Olivier s'est pendu!

Pauline prit peur. Pour ne pas tomber, retroussant sa robe de prêtresse, elle s'enfuit à toutes jambes. Charlescot, son appareil battant sur le dos, au long d'une courroie, descendit rapidement la pente, s'empressa vers l'enfant, d'un tour de main le détacha, cependant que la fraülein épouvantée et perdant son chapeau dans sa course, s'enfuyait du côté de Kerahuel.

Elle arriva à la maison de Quet el Reral, essoufflée, les cheveux dépeignés, la gorge séchée par l'angoisse, et elle râlait si fort dans l'escalier, hurlant : « Quel malheur! quel malheur! » que Mme Hestoudeau, le ventre gros sous un peignoir, apparut :

— Eh bien quoi? que se passe-t-il? Pourquoi criez-vous ainsi?

La fraülein en larmes, oublia de ménager la sensibilité de sa maîtresse enceinte, et sans précaution, elle répondit :

— M. Olivier s'est pendu!

— Olivier!

Et Mme Hestoudeau, cherchant une chaise longue, tomba en pâmoison. Pauline ayant crié l'accident d'Olivier au travers de la foule, M. Hestoudeau averti, quitta son costume, le cortège aussi; et, à tout hasard, envoya chercher le docteur Laguépie.

La foule, sans ordre, sur la lande, revenait très déconcertée du spectacle auquel elle avait assisté. Elle ne comprenait rien aux cérémonies et aux rites accomplis devant elle. Cependant le goût des individus bretons de se trouver ensemble, même pour ne rien voir, est si fort, que chacun, ennuyé, du reste, mais satisfait de la rencontre de son voisin, confessait « avoir eu bien du plaisir ».

Jaunes, blancs, rouges, amaranthes, verts et mauves, les tabliers des femmes s'épanouissaient comme des fleurs au long de la falaise. Les cous, largement décolle-

tés sous les châles à grands ramages, se plissaient au-
dessus, faisaient comme de petites vagues de chair; et les
coiffes blanches, ainsi que des mouettes prêtes à s'envoler, battaient de leurs ailes, sous la brise du large. Soudain la claire assemblée devint toute noire. D'un nuage
égaré, de la pluie, à larges gouttes, tombait sur elle. Les
coiffes, une à une, se cachaient sous des parapluies déployés, s'abritaient sous les jupes des robes relevées; et
l'on ne voyait plus de gaîté et de couleur que, par terre,
au ras du sol, où les pieds chaussés de socques à bout
verni battaient sous la lingerie des jupons dont l'eau
ruisselante détendait l'étoffe, amollissait l'empois.

Alors, les porte-bannières, les druidesses et les bardes
s'enfuirent à la débandade. Trempés sous leurs oripeaux,
ils coururent vers le Casino. Les porteurs de la Corne
sacrée s'accroupissaient cherchant un abri sous la plate-
forme du pavois ; et Rachimbourg, énervé de jalousie,
voyait Mariette suivre Hir-Braduz, le pape des Druides,
se réfugier avec lui dans une cabane basse et obscure,
construction de galets et de sable où les tireurs de
goémons remisaient leurs outils, dormaient sur des tas de
varechs.

Les parapluies se fermèrent. Le beau temps réapparut,
et, avec lui, Mariette et l'Eternel un peu fripés dans leurs
habits de sacerdoce. Les porteurs sortant de dessous le
pavois reprirent sur leurs épaules le Corn Hirlas un peu
dédoré par l'humidité. Alentour, la foule redevenait
tumultueuse. Ne sachant que faire, elle se portait vers
le groupe entourant le pilote Yvor, et qui n'avait pas
bronché sous l'averse.

Entre le représentant du gouvernement et M. Rachimbourg, escorté par M. Nicous, le pilote Yvor, sur sa veste,
de drap bleu coupée selon l'ordonnance et brodée de
deux ancres d'or, une à chaque revers, regardait une
croix à cinq branches en argent émaillé reliées par une
couronne d'or qui, du côté gauche de sa poitrine, pendait
au long d'un ruban vert, liséré de rouge. C'était l'insigne
du Mérite agricole. Or, ne possédant ni pré, ni jardin, ni
sillon; ne se connaissant pas d'autre propriété sur terre
que les deux mètres superficiels où sa défunte femme
dormait dans le cimetière du village, ne semant rien, ne
récoltant rien, fier de ne jamais marcher à la queue
d'une charrue, il se demandait comment cette récompense pouvait coïncider avec ses mérites et sa profession.

Au cours de sa vie, dès l'enfance, passée sur l'Océan, ce n'était cependant pas dans des champs de pommes de terre qu'il avait piloté des navires, tiré des équipages hors du péril, et il s'affligeait comme d'une indignité d'un honneur l'assimilant à ces paysans qu'il détestait, à ces terriens dont il ne parlait jamais sans mépris et sans injure.

Le ridicule de cette décoration n'échappait pas à ses compatriotes de Kerahuel, tous marins d'origine et de métier. Ils l'enviaient cependant; et pour se venger d'une distinction que tous regrettaient de ne pas avoir obtenue, ils poursuivaient le pilote de plaisanteries et de sarcasmes.

— C'étaient donc des légumes que tu pêchais, quand tu allais en mer?

— Maintenant tu vas être obligé d'apprendre par quel bout se plantent les poireaux.

La tête basse, Yvor marchait humilié dans sa gloire, souffrait de plus de honte qu'il n'en avait ressenti le jour où, accusé du meurtre de sa fille, il comparaissait devant la cour d'assises.

La mortification du pilote émut M. Niébus qui dit à Rachimbourg:

— Le pauvre homme, il croit qu'on s'est moqué de lui.

— Vous me faites rire avec votre pauvre homme! Le voilà bien à plaindre. Est-ce que je l'ai, moi, le Mérite agricole! Pourtant, ici, j'ai essayé de faire pousser de la vigne. Quant à Yvor, il ne sait ni lire, ni écrire, on ne pouvait pourtant pas lui donner les palmes d'officier d'Académie.

— Pourquoi pas? dit Niéous, car il espérait qu'à force d'abaissement, les dignités, un jour, descendraient jusqu'à lui.

Le représentant du gouvernement intervint, défendit la mesure prise. Sans doute, il eût souhaité la décoration mieux d'accord avec les capacités du titulaire, mais malgré son acquittement, le pilote demeurait déconsidéré. D'autre part, il avait bien fallu tenir compte des recommandations de M. Herscher, homme influent et ne ménageant pas les démarches. Alors, le ministère, par esprit de transaction, s'était résigné à donner le Mérite agricole, en place de la croix de la Légion d'honneur, réclamée pour Yvor.

— La croix! dit solennellement Rachimbourg.

Du ton dont Rachimbourg prononça : *LA CROIX*,
comme s'il mettait des majuscules à chaque lettre des deux
mots, Nicous comprit que le maire la désirait éperdument, la croix, et que, secrètement, il avait fatigué bien des
influences pour l'obtenir. Il s'imaginait la mériter. Ne la
recevant pas, au milieu de la fête, il s'efforçait de croire
à un retard calculé pour l'effet, tâchait de se persuader
qu'il deviendrait chevalier, le soir, au banquet par où
devaient se terminer les cérémonies celtiques. En attendant, la figure sombre, il revenait sans ruban rouge à la
boutonnière ; et, à mesure qu'il s'avançait, doutait du
succès de ses espérances.

Garnafe, sans cesse aux aguets, se félicita de la mine
déconfite de Rachimbourg. Tout heureux de voir son
ennemi atteint dans sa vanité, il alla chez Bourignat pour
lui faire partager sa satisfaction. Assurément, ce premier
échec en provoquerait d'autres ; et il était tellement
secoué par l'émotion du triomphe futur, que sa main
tremblait en tirant le cordon de la sonnette. Les doigts
sur l'anneau de cuivre, nerveusement, il riait.

Astérie vint ouvrir.

— M. Bourignat, s'il vous plaît ?

Astérie expliqua que l'état de santé de M. Bourignat
devenait de plus en plus mauvais. Tout à l'heure encore,
le docteur Laguépie était venu voir le malade. Mais elle
se déclarait sans confiance dans un médecin ne sachant
pas son métier et qui prescrivait des médicaments sans
efficacité. Dans sa rancune contre Laguépie, Astérie incriminait toutes les ordonnances qu'il signait ; et que, à
grands frais, on faisait exécuter, par un pharmacien, dans
la ville la plus proche. Et elle disait :

— Ah ! il lui en fait prendre, allez ! et de toutes les
manières ! A quoi bon, je vous le demande ? car le pauvre
homme, malgré les drogues, ne respire pas plus que le
soufflet du coin de mon feu qui ne crache plus d'air, depuis longtemps. Ah ! Si l'on voulait m'écouter !

Astérie donnait à entendre qu'elle possédait des remèdes sûrs, maladroitement négligés, à son avis, par la
science du docteur.

— Enfin, s'il meurt, M. Bourignat, on saura à qui s'en
prendre, moi, je m'en lave les mains.

Trompée par les symptômes, Astérie prenait pour un
commencement d'agonie, la gêne respiratoire, le refroi-
dissement des extrémités, la pâleur faciale et les sueurs

abondantes que l'angine de poitrine, classiquement, causait à Bourignat.

— Alors, on ne peut pas le voir ! demanda Garnafe.

— Le voir, répliqua Astérie. Le voir ! mon bon monsieur, quand l'autre lui a posé un vésicatoire, comme il dit. Même qu'il m'a mise à la porte, moi qui vous parle, pour que je ne voie pas ce qu'il faisait. Et c'est du propre, je vous jure, cet emplâtre-là qui fait gonfler la peau comme si elle allait s'arracher du corps. Le voir ! quand le râle le secoue comme les bateaux, dans le port, par un coup de ressac, et qu'il est déjà positivement pareil à l'homme du cantique dont l'âme a quitté le cadavre, et qui gît sur le dos, entre des cierges, sous une châsse, dans la grande allée de l'église. Le voir ! mais vous n'y pensez pas, apparemment ; vrai, ce ne serait pas un beau spectacle ! Priez Dieu seulement qu'il le délivre du docteur. Et puis, chut ! n'est-ce pas ? ne faisons pas de bruit ; autant que ce digne monsieur s'en aille sans être dérangé.

M. Garnafe, dans la rue, resta stupéfait. Les yeux à terre, il considérait les cailloux. Du bout de son pied, il les retournait, comme si, derrière, il espérait découvrir un soulagement pour son amertume. L'aggravation de la maladie de Bourignat le consternait. Bourignat décédé ! quelle ruine pour ses espérances ! Et il trouvait des retentissements de glas funèbre aux trompes de chasse qui là-bas, au fond du Casino, sonnaient la dislocation du cortège. Il avait prié, cependant. Peut-être que le ciel, pour l'exaucer, exigeait mieux que des oraisons ; et il se demandait, si pour précipiter l'intervention des puissances d'en haut, il ne ferait pas bien de donner à l'église certaine statue de saint défraîchie et sans acheteur dans son magasin d'objets religieux.

A travers la falaise, Charlescot, son appareil photographique sur le dos, ramenait Olivier. Il le tenait par la main. L'enfant, à côté de lui, craignant d'être grondé, pleurait à chaudes larmes. Son père lui dirait : « Vous », car c'était la forme des pénitences infligées par M. Hestoudeau, de ne plus tutoyer son fils, d'affecter de le traiter comme un étranger ; et Olivier tout ahuri de revoir, autour de lui, des paysages et des individus auxquels il avait renoncé, s'effrayait de rentrer dans une vie, où, à peine ressuscité, il allait retrouver de la mauvaise humeur et des reproches.

Le soleil descendait rapidement. La solitude reprenait les cinq moulins en carton-pierre, le dolmen en toile peinte. Dans les mourantes clartés du crépuscule, leur silhouette s'agrandissait. Quittant le ridicule, ils allongeaient parmi les herbes, des ombres pleines de mystère et de solennité. Sur la mer calme, les drapeaux tricolores, hissés aux mâts des navires à l'ancre devant Kerahuel, tombaient au roulement des tambours, et la nature débarrassée des hommes, avec le soir, réintégrait son indifférence et sa sérénité.

Charlescot et l'enfant marchaient au milieu d'une atmosphère mordorée et triste, couleur de feuille morte, espèce de demi-deuil des horizons et des êtres, quand la lumière qui s'éteint semble ne plus laisser au ciel que la fatigue de la journée et des cœurs. Olivier sanglotait, Charlescot le consola.

— Ne pleure pas, mon petit ami. Par tes larmes, tu accorderais à l'existence plus de sens qu'elle n'en comporte; et ta douleur donnerait aux personnes et aux choses une importance dont elles sont dépourvues.

— Pourtant, monsieur Charlescot, répondit Olivier, je suis bien malheureux, bien malheureux, je vous assure.

— A qui le dis-tu? Moi aussi, dans l'endroit d'où nous venons, j'ai souffert, je peux m'en flatter, et beaucoup souffert, répliqua Charlescot.

D'un geste désespéré, il montra, dans le lointain, la chapelle de Saint-Coulm, le tertre avec les pierres tombales où, l'an passé il s'était assis, face à face, avec Mlle Ophélie.

— Eh bien, une année s'est écoulée, et de tout ce qui m'avait rendu le cœur si gros, si lourd, que jamais plus je n'aurais cru pouvoir le porter, aujourd'hui rien ne reste, rien pas même un cliché.

De la main, Charlescot frappa sur l'appareil devant lequel Mlle Ophélie s'était enfuie, enlevant ainsi au phographe le dernier de ses rêves.

— Non, reprit-il, rien ne reste, sinon le sens de l'inutilité de m'être désolé.

Olivier, au travers de ses larmes, regardait Charlescot, et il s'étonnait de rencontrer chez cet homme une affliction comparable à la sienne. Charlescot, doucement, lui serra la main. Puis, comme s'il réglait sa marche au rythme grave de ses pensées, il ralentit le pas. Au milieu de la lande aride et solitaire à l'égal de leurs deux cœurs,

avec ce ton d'hallucination que donne l'ivresse du regret,
il disait :

— Ce sont peut-être des philosophes profonds les opti-
ciens qui ont inventé l'instantané. Ils nous ont enseigné le
mépris de la durée; et que, dans l'existence, ainsi que
dans la photographie, tout dépend de l'angle fugitif sous
lequel nous considérons éphémèrement les objets. Qui sait
si notre erreur ne vient pas de chercher à les fixer, et
d'essayer de leur assurer une permanence que, par nature, ils ne possèdent pas, ils ne peuvent pas posséder?

Son appareil lui pesait sur le dos. Il s'arrêta, changea
la courroie d'épaule. Puis :

— C'est cette illusion qui prête tant d'intérêt au développement des plaques sur lesquelles nous nous penchons,
au-dessus des bains de révélation, dans la nuit des laboratoires. L'objectif le meilleur qui passe pour refléter la
réalité dans ses moindres détails, ne nous fournit jamais
l'image que nous avons rêvée, au moment où nous la
mettons au point. Nous la poursuivons sans cesse dans
des épreuves où nous ne la reconnaissons pas; et rien ne
vaut que notre chimère avec le travail où nous nous
dépensons pour nous convaincre de son néant.

Il parlait pour lui-même, s'attendrissait à la mélancolie
sonore de ses propres expressions. Des larmes lui montaient au yeux.

Déjà, Charlescot et Olivier avaient dépassé Keréol, la
maison de Mme Trénissan. Ils approchaient de Kerahuel.
Au-dessus des maisons, on entendait le bruit des pas
de la foule, pareil au piétinement d'un troupeau. En gare,
la locomotive du train de plaisir sifflait, appelant les
voyageurs.

— Tu vois, reprit Charlescot, moi, je suis plus grand
que toi, et il y a beaucoup plus longtemps que je suis
triste. Cependant, je ne pense pas à me tuer. Je vis tout
de même, parce que c'est mon appareil qui m'occupe.

Encore une fois, Charlescot le changea d'épaule.

— Il me donne l'air d'un imbécile. Je sais bien ce que
l'on dit, mais je m'en moque. Il est lourd, mais il m'aide
à passer le temps. En dehors des hommes, des femmes
et des choses qui sont faits pour nous donner le dégoût
de les contempler, il faut savoir se créer une raison
d'être.

Ils arrivaient aux premières maisons de Kerahuel,
Charlescot fit halte, et embrassant Olivier :

— Va, fais comme moi, mon pauvre petit. Ne pleure plus.

Il tira son mouchoir, essuya ses yeux, les yeux de l'enfant, et répéta d'un air résigné :

— Va, fais comme moi, ne pleure plus, et travaille!

Quand M. Hestoudeau vit réapparaître son fils, il entra dans une grande colère. En rentrant à Quet et Réral, après la cérémonie celtique, il était resté béant, incertain vers qui courir, vers sa femme défaillante ou vers le cadavre d'Olivier qu'il ne savait où aller chercher. Affolé par la catastrophe, il hurlait de douleur et d'impuissance, quand Charlescot se fit annoncer.

— Ah! mon pauvre monsieur, vous connaissez le malheur qui m'arrive ; merci pour votre visite. On a besoin de ne pas se sentir seul dans ces moments-là !

— Monsieur, je vous ramène Olivier, répondit simplement Charlescot.

— Olivier! Mais il n'est donc pas mort ?

Maintenant qu'Olivier vivait, M. Hestoudeau ne concevait plus que son fils ait pu cesser d'exister. La nouvelle du décès lui semblait une mystification dont le mauvais goût l'irritait ; et descendu près du petit garçon, sévèrement il dit :

— Eh bien quoi donc? Pourquoi me faites-vous des peurs pareilles? En voilà des manières !

Et il avait envie de gifler l'enfant, car l'idée de mort ayant disparu; dans la tentative de suicide, il ne voyait plus qu'un acte de mauvaise éducation, un fait d'indiscipline capable de provoquer un scandale; et il répétait :

— Où avez-vous pris ce mauvais exemple ? Est-ce que je me pends, moi? Est-ce que votre mère se pend, elle?

Olivier, silencieusement, baissa la tête.

Malgré sa joie d'échapper à un deuil, M. Hestoudeau traitait son fils avec rancune, parce que, en homme pratique, il jugeait qu'Olivier lui avait causé une émotion inutile.

— Allons dépêchez-vous ! Allez vite voir votre mère et demandez-lui pardon des inquiétudes que vous lui avez données !

Olivier disparut. Charlescot défendit l'enfant.

— Oh ! pendu ! non. Il a fait le geste, simplement. Je suis arrivé au moment même où il se mettait la corde au cou. Je crois qu'il voulait plaisanter. Ceux qui ont dit autre chose ont bien exagéré.

Exagéré ! qui donc avait exagéré sinon la fraülein arrivée tout courant en annonçant un malheur? Il devenait clair qu'elle n'avait pas surveillé Olivier, et que, au lieu d'aller à son secours, elle avait fui, comme une folle. Sans se rendre compte de rien, elle avait effrayé Mme Hestoudeau qui, maintenant, devait garder le lit. Et Charlescot comprit que, par la sincérité même de son récit, il venait de compromettre la gouvernante. En effet, M. Hestoudeau l'appela, criant :

— Hé là-bas, s'il vous plaît, la fraülein, venez ici que je vous chasse !

Les domestiques ne sont guère renvoyés pour les fautes immédiates qu'on leur reproche. Mais ces fautes évoquent le souvenir d'autres incorrections jadis pardonnées, qui s'accumulent et grossissent dans la mémoire des maîtres en colère. M. Hestoudeau se rappelait, maintenant, que la fraülein mettait trop de sucre dans son café, usait trop de bougie, en lisant tard au lit, le soir. Olivier, sous sa direction, ne faisait pas d'assez rapides progrès dans la langue allemande. La fraülein prenait trop d'importance dans la maison; à la cuisine, affectait envers le personnel des airs d'autorité, se querellait parfois avec les femmes de chambre indociles à la hiérarchie, et refusant de la servir. La tentative de suicide d'Olivier s'ajoutant à tous ces griefs négligés la veille, mais devenus intolérables aujourd'hui, par suite de l'excès des circonstances, quand la gouvernante apparut, M. Hestoudeau, d'un ton sec, lui signifia son congé :

— Vous pouvez faire votre paquet. Dès maintenant, vous cessez d'être à mon service.

La fraülein regarda Charlescot. N'était-ce pas a cause de Charlescot et de l'appareil photographique qu'elle avait oublié de surveiller Olivier? Elle vit tant de pitié dans les yeux du photographe qu'elle prit confiance, et répondit :

— Est-ce que Monsieur me demande de rester encore huit jours, comme c'est son droit ?

D'ailleurs, l'idée du départ ne la tourmentait pas ; car, depuis longtemps, elle s'était habituée à cette éventualité.

— Vous partirez quand vous voudrez. répliqua M. Hestoudeau.

— Alors, si Monsieur veut visiter ma malle, je m'en irai demain.

Charlescot, baissant les paupières, laissa voir qu'il approuvait cette bravoure ; et, dignement, faisant un grand salut, la fraülein remonta dans sa chambre.

Le docteur Laguépie se présenta. Pendant que M. Hestoudeau le conduisait près de la malade, Charlescot, son appareil sur le dos, le corps et l'esprit harassés par tant d'aventures, regagnait à pas réfléchis, le petit port puant sur lequel ouvrait son domicile. En route, il se convainquait de sa responsabilité, éprouvait des scrupules. Il s'accusait d'être cause du renvoi de la fraülein. En honnête garçon, il se demandait quelle réparation il pourrait bien accorder à cette fille que, sans le vouloir il avait ingénument privée de ses moyens d'existence.

En chemin, il échangea un coup de chapeau avec Malbar. Malbar, exaspéré par les fêtes celtiques, avec un grand entrain de plume et d'indignation, au milieu même des réjouissances, avait improvisé un article éloquent à force de mauvaise humeur, article dans lequel il protestait contre un charlatanisme archéologique et littéraire qu'il jugeait injurieux pour la vérité, l'histoire, la dignité même de la Bretagne. Son « papier » terminé et porté à la poste, devant la boîte aux lettres, il avait rencontré M. de Grafion, lequel, en deux mille mots de dépêche, venait d'expédier à Paris le compte rendu détaillé de la cérémonie.

— Un beau spectacle, n'est-ce pas ?

— On n'a pas l'idée de ça à Paris.

Ils sourirent réunis tous les deux dans une ironie si complète qu'ils dédaignaient de l'exprimer davantage.

De Grafion et Malbar se connaissaient. Vaguement, ils s'étaient rencontrés dans des bureaux de rédaction, et ne se méprisaient pas. D'ailleurs, le métier des lettres crée, entre ses ouvriers, une fraternité qui s'exerce surtout dans les lointains ; et Malbar, heureux de rencontrer un confrère, demanda à de Grafion s'il comptait rester longtemps dans le pays. De Grafion, très fatigué, ne se décidait pas à prendre le train qui, à travers la nuit, ramenait à Paris. Mais il s'affligeait du peu d'agrément qu'il trouverait, après dîner, dans Kerahuel.

— Voulez-vous, dit Malbar, pas de cérémonies. Dînez avec moi à Keréol. Je vous présenterai à Mme Trénissan.

— La cantatrice ! c'est une femme de beaucoup de talent.

— Vous l'avez dit. Chez elle, comme chez moi, je puis vous inviter. Elle se fera un grand plaisir d'accueillir un de mes amis.

De Graffon se souvint des bruits qui, au temps des représentations de *Tristan et Yseult* avait couru sur l'intimité des relations entre Malbar et Mme Trénissan.

Étaient-ce des médisances ? Étaient-ce des calomnies ? Point fâché de l'occasion qui lui permettait de se renseigner sur la condition exacte des deux personnages, il accepta de suivre Malbar.

— Faut-il faire un bout de toilette ?

— Inutile.

Et Malbar se demandait quel vêtement pourrait ajouter à la correction du reporter, qui suivait les élégances de la mode avec le même soin scrupuleux dont il suivait le détail des événements.

— Ils marchèrent vers Kervol.

— Et vous travaillez ? demanda de Graffon.

— C'est-à-dire que j'ai entrepris un gros livre que je n'achève pas, et qui me travaille.

— Kerahuel doit être plein de sujets curieux.

— En effet, dit Malbar.

De Graffon continua :

— J'imagine que, dans ce pays, tout perdu qu'il paraisse, la vie parisienne doit avoir des prolongements qu'on ne soupçonne pas. Ainsi, vous, vous trouver ici ; rencontrer Mme Trénissan, voilà qui est déjà particulier. Ne pensez-vous pas qu'il y a autour de vous d'autres disparitions, en plein air, comme la vôtre ?

— Je l'ignore, et je ne m'en préoccupe pas, répondit Malbar.

De Graffon, reprit :

— Ainsi, pour citer un exemple qui m'a frappé, ce monsieur qui, là-bas, en même temps que moi, examinait les menhirs ? Un chien le suivait, qu'il a appelé Chien-de-Nous.

— Chien-de-Nous, répliqua Malbar, il y a des jours où c'est mon ami.

— Et l'homme ?

— L'homme ? nous nous saluons. Voilà tout. Jamais nous n'avons échangé une parole.

— Vous savez son nom ?

— On l'appelle M. Pascal.

— Preuve qu'il se cache, ou qu'on le cache, ajouta de

Graffon. J'ai remarqué que la plupart des individus, curieux de dissimuler leur identité, prennent le pseudonyme de Pascal. Les communards en ont beaucoup usé quand ils se réfugièrent à Londres ; les déserteurs, à l'étranger, l'emploient de préférence à tout autre ; les condamnés pour politique, de même ; et il cita l'exemple récent d'un personnage assez connu dans les lettres, qui, pour échapper aux effets d'un jugement, gagna l'Angleterre en prenant, lui aussi, le nom de Pascal.

— Subtile observation, dit Malbar, mais enfin, ce monsieur, tout de même, peut réellement s'appeler Pascal.

— Et la solitude où il vit avec tant de recherche, ne vous paraît pas un peu étrange ?

— Pas plus que la mienne, il fait comme moi. Il s'est retiré de Paris dont les agréments ne le séduisaient plus guère. Ici, il évite les indigènes, près desquels il ne trouverait qu'hypocrisie et mauvais procédés.

— Alors, vous ne soupçonnez rien ?

— Que voulez-vous que je soupçonne ? Mais prenez donc la peine d'entrer.

Et Malbar, devant de Graffon, ouvrit la porte de Keréol.

XVI

Malbar et de Graflon s'installèrent dans le grand salon. Par la baie vitrée ouverte sur la mer, ils se montraient les flots au loin, immobiles au-dessus des vagues ainsi que des navires à l'ancre. A droite, derrière les filets séchant au long des mâts de la flottille de barques à l'abri dans le petit port, la mer verte et rose apparaissait à travers un voile de dentelle noire. Vers la gauche, les rochers du Château de Tristan, abandonnés par le soleil, un à un, entraient dans les ténèbres. Des phares s'allumaient de place en place, au long des côtes que l'on n'apercevait plus. Leur clarté fixe d'abord scintillait, éblouissait les yeux; puis, doucement, se mettait en marche; et, par intervalles, de grands rayons rendus à mesure plus lumineux par l'ombre, tournaient entre le ciel et l'eau, dans l'étendue. Là-bas, sur le sable jaune de la plage, entre les poteaux des « Terrains à vendre », les papiers gras qui avaient enveloppé les victuailles du repas des familles, se soulevaient sous une brise tiède. Chien-de-Nous courait au travers, cherchait des restes, découvrait des os qu'il léchait d'abord, puis attaquait ensuite en les tenant debout, entre ses pattes. Et, dans le silence, on entendait distinctement le bruit de ses dents en travail.

Mme Trénissan entra. Elle se félicita de l'imprévu et de la dignité du convive que les fêtes lui envoyaient en M. de Graflon. De Graflon, cérémonieusement, lui baisa la main, et il se rassit, émerveillé, car Mme Trénissan resplendissait d'une surnaturelle beauté. Ce soir-là, pour mieux remplir le programme qu'elle avait composé avec Malbar, Mme Trénissan s'était décidée à chanter de nouveau la *Mort d'Yseult*. Afin de donner à l'interprétation du morceau une illusion plus précise, elle avait revêtu le costume porté par Yseult, lorsque, à la fin du troisième acte de la partition, Yseult débarque sur le rivage, rencontre Tristan, l'enlace de ses bras et se lamente de sentir le chevalier d'amour expirer sous son étreinte.

Majestueusement, elle se dressait sous une robe blanche, qui la drapait jusqu'aux pieds. Une ceinture de pierreries entourait mollement sa taille, se terminait en pendeloque, devant elle. A chaque pas qu'elle faisait, des diamants faux brillaient vaguement sur l'étoffe pâle, ainsi que des étoiles par un clair de lune. Sous son diadème de cheveux relevés sur la tête et tressés en couronne, ses yeux luisaient comme s'ils avaient été allumés à cette torche ardente de désir et d'espérance qu'Yseult regarde se consumer dans les ténèbres en attendant Tristan; et il semblait que, entrant dans les habits du rôle, Mme Trénissan était entrée dans la passion du personnage.

De Graffon retrouvait Mme Trénissan telle qu'il l'avait vue dans cette soirée de désastre où il avait applaudi le talent en s'apitoyant sur l'insuccès; alors que, admirant la sincérité de l'effort, sans tenir compte de la pauvreté du résultat, malgré l'opinion, au milieu des huées, il déclarait, bravement, tout haut, que jamais Mme Trénissan ne s'était montrée plus grande artiste.

Mme Trénissan s'excusa du dîner qu'elle allait offrir. Camélia, sa cuisinière, ne lui disait rien qui vaille. Elle raconta en riant que Camélia, cependant, ne manquait pas de bonnes recommandations. Ainsi, il était de notoriété publique qu'au jour de la naissance de la demoiselle, sa mère, détachant un fragment du cordon ombilical, l'avait précieusement gardé au fond d'une boîte. Quand l'enfant commençait à se servir de ciseaux, elle lui donnait le bout de cordon séché que Camélia découpait en tout petits morceaux, preuve manifeste que Camélia possédait des doigts de fée capables de bien s'employer à n'importe quel ouvrage.

De Graffon écoutait, l'air ahuri, et croyant à une mystification.

— Vous vous étonnez? dit Malbar. Eh bien, restez un mois ici. Mêlez-vous aux conversations, vous en entendrez

bien d'autres et de pires. Demandez au docteur Laguépie;
il a entendu des propos plus étranges encore et il vous
racontera de belles histoires de stupidité.

Néanmoins, Mme Trénissan ne dissimulait pas ses
inquiétudes culinaires. Mais comment faire ? Elle n'avait
pas eu le choix, tellement dans ce damné pays, « pour
l'estranger », comme ils disent, il devenait impossible de se
faire convenablement servir. Puis, regardant l'heure au
grand cartel dont les aiguilles tournaient sur un cadran
d'émail et d'or.

— Eh bien quoi ? Nos invités n'arrivent donc pas ?

Un domestique apporta une lettre. Elle venait de
M. Hestoudeau. En termes émus, il annonçait qu'il ne
pourrait assister au dîner. Il s'excusait sur la santé de
sa femme et la tristesse que lui causait la tentative de
suicide de son fils. M. Rachimbourg apparut. Lui
aussi venait se dégager de l'invitation qu'il avait acceptée.
Mais comme maire, il ne pouvait refuser d'assister au
dîner que, à l'improviste, le pape des druides, le représentant du Gouvernement et le barde Yves Le Gas
offraient au pilote Yvor, chevalier du Mérite agricole. Et
M. Rachimbourg n'avouait pas qu'à l'issue du repas, il
préférait se trouver libre, pour aller retrouver Mlle Mariette, afin de la soustraire aux entreprises galantes de
Hir-Braduz, de la maison Douglas et Cie, homme sans
économie pour la satisfaction de ses sens et qui triomphait vite de la vertu des femmes en tirant un carnet de
chèques, et en disant : « Je paie. »

Rachimbourg s'en retournait, quand M. Nicous entra,
tout seul. Pauline, dépossédée du rôle de la Grande
Prêtresse et ne se consolant pas d'un pareil affront,
Pauline, fort effrayée d'avoir vu Olivier suspendu au bout
de la corde de la cloche à la chapelle de Saint-Coulm,
après une violente crise de nerfs, s'était couchée. Le
Casino même, ce soir-là, se passerait de sa présence.
Chacun s'affligeait d'une indisposition qui empêchait
« Notre Pauline » de jouer Lulli, quand doucement des
coups furent frappés à la porte.

— Entrez.

— C'est bien ici qu'on a besoin d'un violoniste ?

Et Laguépie, le docteur, une boîte à violon sous le
bras, remarqua que sa plaisanterie ne faisait rire personne.

— Dites-nous comment va Mme Hestoudeau ?

Laguépie était décidé à s'amuser; et, du ton léger qu'il prenait souvent pour parler des choses graves, il répondit :

— Dame ! Je crois bien qu'il en est d'elle comme de la surintendante, laquelle accoucha avant terme dans un carrosse en revenant de Toulouse, et dont La Fontaine disait qu'elle « avait perdu l'étoffe et la façon ».

— Pauvre femme, dit Mme Trénissan.

Laguépie, posant sa boîte sur le piano, sentit que l'atmosphère morale du salon, comme ces milieux orageux où l'électricité se disperse et ne se transmet pas, était mal préparée pour la communication de la gaîté.

Le dîner était servi. Sans entrain, les convives se mirent à table. Docile aux conseils de Batucho, Camélia, cédant aussi à son génie d'imperfection naturelle, avait fait un repas détestable; et la prétention du libellé du menu ajoutait encore à la misère de la cuisine. Des carottes rebelles à la purée nageaient, à la dérive, dans le bouillon du potage à la Velléda. La langouste bardique, quand on l'attaqua du couteau, ruissela d'eau comme une vessie qu'on crève. Elle était vide, à peine trouvait-on, dans la carapace, quelques lambeaux de chair cotonneux et rosâtres.

Tous se taisaient. Laguépie, pour essayer de dérider la compagnie, raconta que, un jour, à Concarneau, causant avec un de ses amis, à déjeuner, il avait terrifié la table d'hôte en annonçant qu'il préparait un travail intitulé : « De quelques cas de tuberculose spontanée, chez les langoustes. »

La facétie ne fut approuvée par personne. De Grafion répugnait à ces fantaisies de savant inquiétant jusque dans sa belle humeur, et jugeait Laguépie inférieur à sa réputation d'homme d'esprit, quand le poulet celte parut sur la table. Déjà maigre, encore ratatiné par une cuisson démesurée, sa peau noire semblait calcinée par tous les feux de l'enfer. Bientôt, il exhala une odeur de marée, parce que, suivant l'habitude locale, pour économiser le grain, il avait été nourri avec des détritus de poisson. En outre, il était de chair dure. Plus tard, les croûtons mal sautés au beurre, inconsistants et flasques, ne se tinrent pas debout dans le plat d'épinards trop gras où ils devaient faire figure de menhirs; et malgré les mélanges réfrigérants indiqués par Laguépie, hors de la sorbetière, la crème de la glace au tumulus, insuffisamment solidifiée, redevenait liquide, dans les assiettes, stagnait sous les cuillers à entremets.

Mme Trénissan se lamentait. Tout en mangeant du bout des dents, ses convives la rassuraient, tâchaient de lui persuader qu'elle exagérait des inconvénients, très supportables, du reste. Pour la consoler ils ne trouvaient rien de mieux à dire sinon que, pendant le siège de Paris; au régiment, aux jours de leur misère, ils avaient avalé des mets plus pitoyables encore. Nicous, sans soupçonner l'ironie de ses paroles, évoquait des « agapes », comme il disait, des banquets auxquels il assistait jadis quand il remplissait les fonctions d'inspecteur de la désinfection au marché aux bestiaux de la Villette. Rue d'Allemagne et rue de Flandre, chez des restaurateurs dont il citait les noms avec respect, sous sa fourchette, là-bas, il avait trouvé de la bonne viande.

M. de Graflon, homme poli, ne crut pas pouvoir se dispenser de redemander du poulet. Mme Trénissan le félicita de son audace. Tous s'efforcèrent de paraître joyeux pour répondre au toast porté par Malbar en l'honneur de de Graflon. Mais la tristesse des estomacs influençait les esprits; et, fatigués par l'effort qu'ils avaient fait pour se donner un air égayé, au dessert, les convives se turent. En silence, ils passèrent dans le salon, et sauf les phrases : « Voulez-vous du sucre ? Merci, un morceau. Un peu de cognac; préférez-vous la chartreuse ? Vous m'en versez beaucoup, ils ne trouvaient rien à dire.

Dehors, sur la mer, dans la nuit tombée, les cuirassés à l'ancre échangeaient des signaux indiquant les manœuvres à exécuter le lendemain. Au-dessus du navire amiral des lueurs rouges et blanches surgissaient au milieu du ciel, pareilles à des bouquets de clarté suspendus et flottants parmi les ténèbres. D'autres bouquets, plus loin, s'allumaient, un à un, sur les vaisseaux de l'escadre; et, dans l'immensité, on croyait voir au ciel un jardin magique tout flamboyant de fleurs aux corolles de lumière.

Puis, l'illumination, d'un seul coup, s'éteignait. On ne distinguait plus que les falots des feux de mouillage.

D'un navire à l'autre ils étincelaient dans l'obscurité où se confondaient le firmament et la mer, ressemblaient à ces réverbères épars qu'on aperçoit, en chemin de fer, par la portière des wagons, à l'approche des grandes villes.

36.

On entendait le ronflement de la machine actionnant un accumulateur. Une cloche sonnait, indiquant l'heure. De temps en temps un projecteur électrique tournait, promenant sur Korahuel la traînée éblouissante de son faisceau de rayons.

Ils pénétraient jusque dans l'intérieur de Keréol où Mme Trénissan, à leur passage, resplendissait d'un éclat fantastique. M. de Graflon, très ennuyé, clignait des yeux ; cependant, ne pouvait s'empêcher de regarder la lumière. Laguépie, profitant de la circonstance, lui expliquait l'attirance naturelle que Richard Wagner avait scientifiquement donnée à son théâtre ; car, en mettant la salle dans l'ombre, il forçait le public à se tourner vers la scène, seul point éclairé, vers lequel toute l'attention convergeait naturellement, par l'effet d'une puissance optique, provoquant l'hypnose.

Pauline absente, de même qu'on renonçait à la représentation de *Lulli*, Malbar avait renoncé à réciter les vers de son prologue. Cependant, par vanité d'auteur, il les communiquait à M. Nicous. Tous deux discutaient, ne s'entendaient pas. M. Nicous s'élevait contre le système de versification employée par l'écrivain. Au contraire des procédés constamment usités par Malbar, il n'admettait pas que *essor* rimât avec *sort*, *ruban* avec *tombant* ; soutenait qu'un mot terminé par un *t*, ne pouvait, sans faute grossière, rimer avec un autre mot non terminé par un *t*. Malbar répondait que l'œil, à la lecture, souffrait seul de cette différence d'orthographe ; l'oreille n'en était pas affligée, puisque la sonorité était assurée par l'indispensable consonne d'appui. Il citait pour exemple de sa théorie : Gautier, Baudelaire, Banville, Richepin et si Victor Hugo, grand contempteur des règles, respectait celle-là, il faisait remarquer qu'elle le conduisait à mettre hypocritement au pluriel les m.ots dont il craignait le mauvais aspect typographique, à la fin du vers. Par cet artifice même, Hugo témoignait contre cette tradition, avec laquelle, on ne sait pourquoi, le grand révolutionnaire du verbe poétique ne s'était pas décidé à rompre.

M. Nicous protestait contre la richesse exagérée de la rime, qu'il jugeait destructive de la sincérité de la pensée. Malbar professait au contraire que toute idée juste amenait avec elle un cortège nombreux de rimes exactes et opulentes. Il affirmait. M. Nicous, pour conclure, confessa que, dans son bureau, au service des cimetières, il se montrait impitoyable pour les épitaphes rimées ne correspondant pas à son esthétique littéraire.

— Mais, dit Malbar, ce qui vous semble vrai pour le *l* doit être vrai aussi pour les autres lettres. Les mots à désinence en *ai* ne doivent pas rimer, selon vous, avec les mots terminés par un *e* ouvert.

— Assurément, répliqua M. Nicous.

— Alors, que pensez-vous de l'inscription sculptée sur le tombeau d'Alfred de Musset, dans votre service, au Père-Lachaise ?

Mes chers amis, quand je mourrai,
Plantez un saule au cimetière,
J'aime son feuillage éploré.

— Je l'aurais refusée, répondit gravement le fonctionnaire.

Mme Trénissan les écoutait, et demeurait interdite en pensant combien l'art devenait mesquin et ridicule quand on le subordonnait tout entier aux recherches de la forme et aux subtilités de l'exécution.

Soudain, une chanson barbare retentit jusque dans le salon. Le bruit venait du sous-sol. Qu'est-ce qui se passait par là ? En silence, pour ne pas troubler le concert, Mme Trénissan et ses hôtes descendirent jusqu'à la musique. Par la porte de la cuisine restée grande ouverte ils aperçurent Camélia.

Un peu ivre du vin qu'elle avait bu en compagnie de la Mal-Commode recrutée pour laver la vaisselle ; en face du fourneau, au milieu de la batterie de cuisine pendue et étincelant sur les murs, Camélia dansait, comme elle dansait jadis devant la clientèle, dans les maisons publiques, à Paris.

Elle dansait à la manière des Asiatiques. Sans changer de place, elle remuait les hanches, avançait le ventre, le rentrait tour à tour, se balançait, les coudes au corps. Au bout de ses bras relevés, elle montrait la paume de ses mains toutes blanches au-dessus des manches noires de son costume.

La présence de spectateurs ne la troubla point, pas plus que les passants, dans une église, ne dérangent les prêtres officiant à l'autel. Car elle dansait sérieusement ; dans son plaisir même donnait l'impression qu'elle accomplissait un acte religieux et que ses gestes obéissaient à des rites très anciens.

La lampe à pétrole l'éclairait. Sa physionomie dure, aux regards de bête, se détachait sur le fond des casseroles de cuivre renvoyant à sa peau d'éclatants reflets jaunes ; et Laguépie, en la regardant, évoquait ces idoles, que, pendant ses voyages, il voyait se détacher sur un fond d'or, dans le mystérieux clair-obscur des temples.

Doucement, Camélia continua à chanter, à s'agiter en mesure au branle d'une mélopée semblable à une plainte et sur le nasillement rythmé de laquelle elle réglait ses mouvements. Puis, soudain, elle rabattit les bras, à droite et à gauche ; au bout de ses poignets, tordit ses mains devenues ondulantes et souples comme du linge soulevé par un coup de vent ; puis accélérant l'allure de sa chanson elle tourna sur elle-même, tourna jusqu'au vertige.

La lampe fumait au souffle de ses jupes ; la coiffe de la Mal-Commode en était toute secouée. Après plusieurs voltes, Camélia s'arrêta. Ses pieds alors, devenus mobiles à leur tour, reproduisirent le mouvement disloqué de ses mains. Comme libres autour des chevilles, ils évoluaient en tous sens, en dedans, en dehors. A angle droit sur l'extrémité de la jambe, ils se trémoussaient en marquant la cadence. Un coup de talon, et la danseuse, remise en action, repartie et disparue dans les plis remuants de sa robe, continuait à chanter, plus fort, toujours plus fort, en même temps que la giration devenait plus rapide et plus folle.

Elle fit halte ; tout en sueur, regarda autour d'elle d'un air hébété, reconnut Malbar, Mme Trénissan, Laguépie ; et réveillée, poussant un grand cri, elle s'enfuit en sanglotant d'effroi.

— Qu'est-ce que vous en dites ? demanda Laguépie à de Grafion, pendant que de Grafion et lui remontaient dans le salon, avec Malbar et Mme Trénissan.

— Le fait est que cette chorégraphie, en Bretagne, me semble assez imprévue.

— Pas tant que vous croyez, répliqua Laguépie. Ah ! les professeurs et les historiens me font hausser les épaules quand ils indiquent la période celtique comme la période originelle de la Bretagne. Ils prennent une époque de transformation pour une période de genèse. Mais la race ici reparaissant quand même, malgré la superposition des civilisations et des siècles, la race demeure annamite, mongole, chinoise ; c'est une race aryenne datant de l'antique émigration asiatique qui,

dans sa marche vers l'ouest, a jalonné son chemin de
menhirs. Tout en elle rappelle le caractère des peuples
jaunes: la ténacité dans les habitudes, l'horreur du changement, le dédain de la nouveauté, la haine de l'étranger, la fausseté dans les transactions et les relations
sociales; et encore cette diplomatie temporisante, sournoise, habile à se faire une autorité de la moindre bienveillance et prenant toujours des complaisances tolérées
pour des concessions consenties. Tout, je vous dis, tout
ici vient de l'Extrême-Orient, tout, jusqu'au langage.

De Grafion, fort surpris de cette révélation sur un pays
qu'il jugeait d'après la littérature et les romances, tira
son carnet.

— Vous permettez que je prenne des notes ? dit-il.

—Comment donc ! Et n'ayez pas peur d'affirmer que les
mots principaux, indispensables de la langue bretonne,
tous monosyllabiques d'ailleurs, sont des radicaux que
l'on retrouve dans la plupart des dialectes de l'Asie. A
l'heure qu'il est, feu, viande s'expriment par « tan » et « hicq »,
à Pékin comme à Auray. Je pourrais vous signaler encore bien d'autres similitudes. Moi, moi-même, au Laos,
parlant breton avec un camarade, j'ai été compris par les
boys de mon escorte qui, certes, n'avaient jamais mis les
pieds en Armor. D'ailleurs, la danse de Camélia, à laquelle vous avez assisté tout à l'heure, vous la connaissez
bien, vous l'avez vue à l'Exposition de 1889, au théâtre
annamite, au village javanais. Et le type ? Le type de la
physionomie ne vous a pas échappé, j'espère. Les courtisanes, prêtresses et bayadères qui, les yeux bridés,
dansent, devant les Bouddhas, dans les pagodes, n'ont
pas eu d'autres figures, d'autres yeux, d'autres gestes,
d'autres attitudes, sur le fond d'or des temples, que celle-
là sur le fond de cuivre de ses casseroles.

De Grafion écrivait.

— Oui, des Asiatiques, rien que des Asiatiques, conclut
Laguépie. Vous jugez désormais ce qu'il faut penser de la
comédie des bardes de cette après-midi, des druidesses
et des fêtes celtiques.

De Grafion ferma son carnet.

— Néanmoins, dit Mme Trénissan, je m'excuse du
spectacle qui vous a été donné. Ce n'est pas celui que je
comptais vous offrir. Car enfin *Lulli*...

Tous, sans prendre garde qu'ils offensaient M. Nicous
dans sa littérature, déclarèrent que l'occasion se retroû-

verait d'applaudir *Lulli*. La danse de Camélia, plus rare
que les représentations de la pièce, leur paraissait bien
plus intéressante à cause de son imprévu; et ils se félicitaient du hasard procurant maintes fois un agrément
supérieur aux agréments des programmes les mieux organisés d'avance.

— En ce qui me concerne, dit Laguépie, le programme
sera exécuté.

Il tira son violon de l'étui. Pendant qu'il passait le crin
de l'archet sur un morceau de colophane, Malbar, au pupitre du piano, ouvrit la partition des sonates de Beethoven.

— Le *la*, s'il vous plaît.

Malbar donna le *la*. Laguépie, appuyant son coude sur
sa jambe gauche posée sur le bâton d'une chaise, accorda
son violon.

— Vous y êtes?

— J'y suis, vous pouvez commencer.

Sur le clavier, sous les doigts de Malbar, la phrase
initiale de l'adagio, œuvre 12, numéro 3, s'éleva doucement, pareille à un paisible chant d'espérance et de foi.
Le violon, ensuite, redit le thème.

Mais, comme pendant l'été, on entend des grondements
de tonnerre dans un ciel sans nuage, les basses du piano
l'accompagnaient de traits martelés et menaçants, au-
dessus desquels la mélodie, quand même, prenait son vol
et planait.

A mesure, cependant, elle s'attristait, semblait prise de
crainte. Elle s'affolait, se perdait, se cherchait en criant
parmi les intervalles mineurs; haletant d'impatience
dans la difficulté de reprendre sa sérénité première, elle
ne retrouvait plus qu'une joie tourmentée. Le violon,
maintenant, en phrases entrecoupées, se lamentait au
battement funèbre des arpèges; ses inquiétudes changeant de ton, ainsi qu'un malade change de place en son
lit de souffrance, ne rencontraient plus qu'un apaisement
imparfait et momentané.

Laguépie, la corde à l'archet, tenant les sons, détachant scrupuleusement les soupirs, avec son instrument,
emplissait le salon d'une telle angoisse que les cœurs
des auditeurs se serraient de malaise. Tous, ils espéraient
comme une délivrance la modulation dernière qui, ramenant le motif principal, donnerait enfin du repos à leurs
nerfs trop tendus. La modulation se préparait. On l'en-

tendait venir dans les accords du piano plus légers et plus clairs. Un *sol* vibrait gaiement dans les octaves hautes; le calme et l'espoir ne tarderaient pas à renaître, quand un bruit sec se fit entendre. Une corde, en sifflant, s'enroula sur la volute du violon. Influencée par l'humidité de la nuit, la chanterelle s'était cassée.

Le piano se tut. Tous restaient sans haleine, souffraient comme d'un manque d'air de cette mélodie demeurée sans conclusion.

Laguépie cherchait dans sa boîte.

— J'ai des chanterelles de rechange, disait-il, je vais en remettre une.

Mais ses mains tremblantes de dépit le servaient mal; il n'arrivait pas à faire entrer la corde dans le trou de la cheville.

Enfin, la chanterelle remontée, après s'être assuré de sa justesse, Laguépie mit le violon à l'épaule, l'archet à la main, pria Malbar de recommencer le morceau.

— Une, deux, trois, dit Malbar, comptant une mesure d'avance.

La porte du salon s'ouvrit: Camélia parut.

— Qu'est-ce que vous voulez ?

— Mlle Astérie est là, répondit Camélia.

— Eh bien, et puis ?

— Elle demande le docteur Laguépie.

— Pourquoi faire ?

— Il paraît que M. Bourignat ne va pas bien du tout. Il étouffe et il prétend que sa dernière heure est venue.

— Qu'est-ce qu'il en sait, dit Laguépie, en replaçant délicatement son violon dans la peluche de la boîte. Ce Bourignat, quoiqu'il affecte des opinions de libre penseur, ce Bourignat, évidemment, croit en Dieu et se remplit d'inquiétude à l'idée que Dieu jugera son âme ; dur travail qu'il importe d'éviter le plus longtemps possible à la justice de l'Eternel. Sous prétexte qu'il ne veut pas mourir, Bourignat m'a déjà dérangé trois fois la nuit dernière. Il m'assomme, et pourtant, humainement, quoiqu'il soit un peu contradictoire de parler d'humanité à propos d'un pareil aigrefin, je ne puis me dispenser d'aller le secourir.

Il plaisantait, afin de ne pas laisser voir la préoccupation que lui causait l'aggravation signalée dans le cas de Bourignat. Il avait éprouvé qu'il ne fallait pas se fier à la classification trop absolue qui divise les angines de

poitrine en deux catégories bien tranchées : l'une l'angine
vraie, venue du cœur, habituellement grave, et souvent
mortelle ; l'autre, la fausse angine, considérée à tort,
selon lui, comme anodine et négligeable. Ses observations lui permettaient d'établir que toute affection de
cette sorte peut avoir un dénouement fatal, et il se souvenait du décès d'un de ses maîtres qui avait suc-
combé dans la journée même où se déclarèrent les premières crises.

— Allons, à tout à l'heure, dit-il. Si ma visite ne me
retient pas trop longtemps, je reviendrai ici vous donner
le bonsoir. Si vous ne me revoyez pas, je vous en prie,
ayez bien soin de mon violon. Claude Pierray l'a signé,
s'il vous plaît, un luthier français du dix-huitième siècle
qui passe pour avoir donné à ses instruments de mauvaises épaisseurs. Mais leur son, un peu voilé pour
l'orchestre, est excellent pour la musique de chambre, et
puis c'est un vieux camarade qui, maintes fois, m'a délicatement parlé à l'oreille.

Nicous et de Grafion, alléguant l'heure avancée, pro-
fitèrent de la sortie de Laguépie pour demander, eux
aussi, la permission de se retirer. Nicous se disait inquiet
de la santé de Pauline ; de Grafion, le lendemain matin,
dès quatre heures, à l'aurore, se proposait de prendre le
train pour Paris.

— Mais non, messieurs, dit Laguépie, parce que mon
devoir et ma curiosité m'appellent, je serais désolé de
vous empêcher d'entendre Mme Trénissan dans *la Mort
d'Yseult*. Au moins c'est une partie du programme qui
ne vous manquera pas.

Nicous et de Grafion, d'un air résigné, se déclarèrent
enchantés de jouir d'un plaisir artistique dont Laguépie
regrettait d'être privé.

— Oh ! vous me flattez, vous me flattez, répondit
Mme Trénissan. Toute légère déjà des bravos qu'elle se
croyait prête à mériter, elle accompagna Laguépie
jusqu'à la porte du salon. Laguépie, respectueusement,
lui baisa la main.

Sur le pupitre du piano à queue, tout noir, et mettant
dans l'appartement comme un vaste pan de ténèbres,
Malbar avait ouvert la partition de Richard Wagner.
Puis, offrant le bras à Mme Trénissan ainsi que, dans les
concerts, le chef d'orchestre amène les cantatrices de
renom, sur l'estrade, devant le public, il la conduisit céré-

monieusement auprès du clavier. Il s'assit, plaqua les longs accords de la dernière réplique de Brangœne; et Mme Trénissan, après avoir longuement respiré, commença de chanter.

A côté d'un candélabre, elle se tenait debout, majestueuse, éplorée, et la face illuminée déjà du rayonnement de l'œuvre qu'elle allait exécuter. Le vent, entrant par la fenêtre, faisait courber les flammes des bougies, qui fumaient dans la nuit. De temps en temps, les projecteurs électriques des navires à l'ancre dans la baie, passant à travers le vitrage du salon, l'enveloppaient d'une lumière d'apothéose. Les yeux fixés sur le plancher, dans une attitude de stupeur étudiée et savante, après avoir regardé un tapis qui lui semblait figurer Tristan étendu sur la terre et mort dans un suprême spasme d'espérance, elle leva les yeux. Comme si elle suivait dans le ciel l'âme envolée du héros resplendissant de passion, vers les ténèbres du plafond, elle chanta.

Dehors, des sonorités brutales et grossières, se mêlant à l'odeur fétide des goémons pourris, déchiraient l'ombre tiède. Là-bas, au fond du Casino, des instrumentistes de renfort que Mme Toczinska et M. Sibilinski avaient spécialement loués pour les fêtes celtiques, râclaient des cordes de contrebasses; et dominant le grincement des violons, un piston, de tout son cuivre, jouait un air de bal public, une mélodie de valse entraînante et canaille.

Sans paraître influencée par les bruits extérieurs, Mme Trénissan, indifférente au reste du monde, mesure par mesure, disait l'exaltation d'Yseult; sa joie délirante de s'unir à Tristan dans cette mort voluptueuse où les désirs des amants, toujours exaspérés et toujours satisfaits, renaîtraient à l'infini sans connaître jamais d'impatience et de satiété. Dressée sur la pointe des pieds, emportée dans l'air sur les ondes de la musique, elle semblait s'élever, grandir, quitter le sol, être aspirée par le ciel; les grandes manches de sa robe, suivant le mouvement de ses bras élancés dans l'espace, palpitaient dans la nuit comme des ailes blanches.

Mais Mme Trénissan, malgré sa conscience et son savoir, n'arrivait pas à rejoindre dans les espaces éthérés l'ascension lumineuse de l'âme de Tristan.

Pareille à un oiseau blessé qui chancelle en son essor, sa voix, brisée jadis par la longue lutte soutenue contre l'orchestre et le public, alors qu'elle entreprenait de

37

chanter en entier les trois actes de la partition, sa voix
ne gardait plus assez de puissance et d'intensité pour
soupirer avec éclat, cette musique d'un cœur de femme
qui doucement, s'évapore comme le parfum dernier
d'une fleur au grand soleil. Il lui manquait désormais
la force de résistance nécessaire pour conduire, sans
fatigue et sans à-coup, cette vaste progression de sons
qui montent peu à peu jusqu'à l'hallucination et jusqu'à
l'extase. Elle était obligée de respirer trop souvent.
De sa gorge défaillante sortaient des hoquets qui détrui-
saient la sérénité surhumaine de cette agonie éperdue
dans le vertige de l'invisible. Elle criait les phrases
qu'elle n'avait plus la force de murmurer.

Malbar, pour l'empêcher de détonner, à plusieurs reprises, en dépit du texte, dut doubler au piano les notes
auxquelles elle n'atteignait plus que par des complaisances. Alors, subissant comme une corvée la joie qu'elle
s'était promise ; de page en page, lassée par une exécution dont elle constatait douloureusement les insuffi-
sances et les faiblesses, Mme Trénissan éprouva la hâte
d'en finir avec le supplice dont elle souffrait. Sans chercher de perfection, négligeant les nuances, elle précipita le mouvement et termina le morceau avec le seul
souci de ne pas manquer le fa dièze de la dernière mesure. Elle le poussa, aigu, strident, lamentable ; et pendant que, sur le clavier, les doigts de Malbar, eux aussi,
couraient négligemment à l'accord final, Nicous et de
Graffion s'exclamèrent :

— Bravo, bravo, bravissimo.

Point entraînés par ce courant d'enthousiasme qui
rapproche les mains et les pousses à s'entrechoquer pour
applaudir, ils se contentaient de ces paroles complimen-
teuses dont les artistes point infatués d'eux-mêmes dé-
mêlent vite la politesse et le mensonge. Malbar ne disait rien. Regardant les feuillets de la partition, il les
tournait, les retournait, comme s'il cherchait à retrouver, entre les portées, le souvenir d'un idéal et d'une
beauté à jamais disparus.

En prenant congé de Mme Trénissan, Nicous et de
Graffion renouvelèrent leurs éloges. C'étaient les mêmes
que ces éloges de condoléances entendus par Mme Trémissan le soir de cette désastreuse représentation où, de
toutes ses illusions, rien n'était resté, sinon du regret et
de la misère. Ils se form aient en termes identiques,

par leur exagération, témoignaient combien peu il fallait les croire sincères.

Elle remerciait en phrases modérées et mélancoliques, répétant après chacune d'elles :

— Vous êtes trop gentils, trop gentils !

Quand ils furent assez loin de Keréol, pour ne pas craindre d'être écoutés, Nicous, résumant son impression, dit :

— Pauvre femme !

— Oui, continua M. de Graflon. J'ai bien peur qu'elle soit finie, et bien finie ! N'importe, je l'ai entendue lors de son beau temps et je vous affirme que c'était une fière cantatrice. Elle m'a fait de la peine tout à l'heure, car j'ai compris que, plus que nous encore, elle souffrait de sa décadence.

Dans le salon vide, Mme Trénissan pleurait. Elle s'était jetée sur un canapé, sans précaution, au hasard de la chute, et elle sanglotait, en répétant :

— Yseult, Yseult ! Il n'y a plus d'Yseult.

Elle pleurait des larmes sans fin, immenses comme son désespoir. Elle enfonçait sa tête dans un coussin, et son corps, secoué par les sanglots, ondulait sous sa robe lâche, dont les manches, maintenant molles et tombantes, traînaient à côté d'elle. Sa jupe s'était retroussée très haut au delà du genou. Entre les dentelles du pantalon et le bas bien tiré par une jarretelle dont la boucle dorée étincelait dans l'ombre des lingeries intimes, une ligne de chair apparaissait ; et Malbar demeura gêné du plaisir sensuel qu'il éprouvait devant cette nudité. Il souhaitait la voir plus loin, mieux, davantage, jouir d'elle tout entière. Il s'étonnait en outre : jamais il n'aurait cru que Mme Trénissan possédait une aussi belle jambe.

Il s'approcha de Mme Trénissan. Doucement, avec des mots qu'on dit aux enfants, il essayait de la consoler. Il lui affirmait qu'elle se trompait, que l'excès même de son respect de l'art la rendait injuste envers elle-même. Aujourd'hui, comme les autres jours, elle avait chanté la *Mort d'Yseult* avec sa maîtrise ordinaire.

— Oh ! oui, ordinaire, bien ordinaire, vous avez raison, dit Mme Trénissan ; car les cœurs douloureux donnent des sens irritants aux mots les plus simples et les font servir à l'exaspération de leurs tristesses.

— Mais non, mais non, vous ne comprenez pas, murmurait Malbar.

Et Mme Trénissan, au milieu du râle de sa suprême agonie de cantatrice, répondait :

— Laissez-moi, laissez-moi, ne montez pas comme les autres !

Se soulevant sur les coudes, la tête appuyée sur ses mains, elle regardait devant elle, et elle appelait à voix basse, dans le salon.

— Yseult, Yseult !

De ses yeux fixes, elle semblait chercher quelqu'un qui n'apparaissait pas ou qu'elle n'arrivait pas à reconnaître. D'un accent égaré, elle reprit :

— Il n'y a plus d'Yseult. Vous voyez bien qu'il n'y a plus d'Yseult.

Et, se renversant sur le canapé, elle recommença de gémir et de se plaindre.

Sa voix sourde attaqua, par hasard, une des notes graves du piano. La corde mise en vibration tinta longuement, avec un bruit métallique et lamentable. Mme Trénissan écouta les sons décroître comme les murmures d'une musique qu'elle n'entendrait jamais plus. Et, répétant, malgré elle, des lambeaux du rôle d'Yseult, elle murmurait :

— « O mort ! fais cesser nos angoisses ! »

Malbar ne sachant ni que dire, ni que faire offrit de réveiller la domestique, demandait à Mme Trénissan si elle voulait de la fleur d'oranger ; à défaut d'aide moral proposait de l'aide matériel. A toutes ses questions, Mme Trénissan répondait avec les vers de Wagner.

— « Disparaître ! m'éteindre ! sans pensée ! Vaste joie ! »

Les bougies, funèbrement, coulaient comme des cierges. Malbar affecta de trouver l'air du salon trop lourd. Alors il alla ouvrir un autre battant de la fenêtre.

Les projections électriques avaient cessé à bord des navires. Dans la nuit, on apercevait de ci, de là, des lumières vertes et rouges, fanaux des embarcations venant chercher au port les hommes mis à terre. De bâbord et de tribord des feux se montraient, se cachaient selon le branle de la lame. Une chaloupe à vapeur sifflait.

Et le Casino, sur la plage, retentissait d'instruments et de chansons. Ainsi qu'une bouche d'égout collecteur ouverte au bord de la mer apporte à l'immensité les immondices d'une grande ville, toutes les ordures des cafés-concerts de Paris, par barytons, soprani et ténors, se déversaient sur la scène, le long de la plage ; et la féti-

dité des pourritures locales s'augmentait de la putréfaction intellectuelle des couplets auxquels Kerahuel
en délire applaudissait de toutes ses mains. L'ombre
tremblait sous des trépignements. Des gosiers enthousiastes criaient : « Bis ». Une voix de rogomme s'enflait
sous les étoiles ; et les assistants, scandant le rythme et
chantant avec l'acteur, répétaient à pleins poumons :

Et voilà pourquoi, pourquoi si souvent,
La femme que j'aime
La femme que j'aime ;
Et voilà pourquoi, pourquoi si souvent,
La femme que j'aime est grosse du devant.

Mme Trénissan pleurait toujours.
Malbar revint, s'assit à côté d'elle. Il lui prit les mains,
les tenait dans les siennes, et Mme Trénissan, dans la
tendresse de ce contact, sentait diminuer sa douleur.
— Oh ! merci, merci, vous êtes bon pour moi, vous. Je
savais bien que vous étiez bon.
Elle leva vers Malbar des yeux où perlaient encore des
larmes ; ainsi, derrière les orages, de la pluie continue à
tomber lorsque les nuages sont passés.
Les fleurs de soie du coussin où Mme Trénissan avait
posé sa tête laissaient des empreintes sur ses joues, gau-
fraient de dessins rouges la peau de son visage. Malbar
ne les remarqua pas ; car il y a dans la douleur de ceux
que l'on respecte et que l'on aime quelque chose d'auguste et de solennel qui ne permet pas d'apercevoir les
détails matériels et ridicules. Bien plus, cédant à cette
force obscure et souveraine qui nous pousse vers les affligés, comme pour nous confondre avec leur désespoir,
Malbar se pencha vers Mme Trénissan et l'embrassa.
Il lui donna un de ces baisers chastes et tristes par
lesquels les cœurs apitoyés semblent vouloir s'unir aux
cœurs douloureux pour les aider dans leur détresse ; espèce de communion de misère où l'infirmité humaine,
impuissante à tout autre secours, essaie de se mêler à la
chair même des infortunés.
Mme Trénissan éprouvait un si grand besoin de sympathie et de réconfort que, malgré son honnêteté, elle ne
protesta pas contre la violence de cette effusion. Elle l'ac-
cueillit sans révolte, demeura reconnaissante et troublée
d'une caresse physique que, depuis son veuvage, elle
avait cessé de connaître.

Elle étouffait. Pour moins souffrir de la chaleur, elle arracha les longues manches qu'elle cousait à son corsage; les manches qu'elle élevait vers le ciel au dernier acte de Tristan pour donner au public l'illusion d'un battement d'ailes prenant leur essor dans l'infini. Les manches, lentement, tombèrent autour d'elle. D'un coup de pied, elle rejeta au loin ces morceaux d'étoffe flasques ainsi que des torchons traînants. Avec un mouvement de colère elle s'avança vers la partition restée ouverte sur le piano, et lui montrant le poing, elle accusait Richard Wagner. Dans sa rancune elle blasphémait contre le culte de toute sa vie.

— Oui, Tristan et Yseult! je leur ai tout sacrifié, ma pensée, ma réputation, ma fortune, mon cœur! et eux, eux, qu'est-ce qu'ils m'ont rendu en échange? Chaque jour! à mesure que j'essayais de les pénétrer davantage, ils me donnaient la notion plus précise et plus cruelle de mon néant à jamais me hausser au niveau d'une œuvre de génie! Je n'éprouvais même pas la satisfaction du moindre des musiciens, dans les orchestres qui m'accompagnaient! Car ceux-là étaient sûrs de la qualité de leurs instruments; et le morceau, correctement exécuté selon les nuances qu'on leur indiquait, ils rentraient chez eux avec la certitude que, tous les jours, quand ils voudraient obéir, ils retrouveraient matériellement, l'impeccable exactitude de leur exécution. Mais, moi?

Elle essuya sur sa figure des larmes qui coulaient encore. Les mains crispées sur son mouchoir elle continua :

— Mais moi! moi! Il me fallait donner une apparence sensible à la passion invisible et insaisissable des notes! Il me fallait faire vivre ce personnage de femme dont l'amour surhumain s'exprimait par toutes les voix de la symphonie. Il me fallait réaliser, sur la scène, cette figure de mystère et de légende que les auditeurs, tous, d'une façon différente, évoquaient au milieu de la sonorité des orchestres! Je devais ressembler à toutes les imaginations, satisfaire tous les rêves, paraître à moi seule aussi exaltée que le public, aussi inspirée que le compositeur; et comme le crin d'un archet s'use et se casse à la longue dans son va-et-vient continu sur les cordes des violons, j'ai usé ma vie sur les notes de cette partition dont je n'ai rien tiré, rien, sinon du mépris chez ceux qui m'écoutaient, et pour moi de la désolation!

— Oui, répondit Malbar, je connais, par expérience, l'infinie désillusion à laquelle le respect religieux de l'art conduit les intelligences sincères qui, le pratiquant d'une manière hautaine et désintéressée, ne lui demandent ni bénéfices d'argent, ni loyer d'honneur, ni gain de renommée, et réclament innocemment de lui la satisfaction absolue de l'esprit. Mais l'esprit s'exaspère à mesure qu'il s'élève. Rendu plus exigeant pour lui-même, il s'exalte seulement pour se mieux convaincre de sa faiblesse, et se torturer davantage de son infirmité à se contenter jamais. Alors à quoi bon tant de travail ? Ceux-là seuls connaissent le bonheur, qui, laissant aller leur existence au hasard des instincts et des besoins, ne souhaitent rien au delà de sensations rudimentaires ne se transformant jamais en sentiments.

Les bruits de Kerahuel en fête traversaient la nuit, entraient dans le salon. Maintenant, on polkait dans le Casino. On entendait retentir les pieds des couples battant lourdement les planches du parquet. Dans le lointain, des accordéons criards déchiraient l'air, mettant en branle d'autres danses. Au long des rues, des marins ivres chantaient :

> J'm'a fourré dans la marine
> Sans connaître la discipline
> Et sans savoir que ces bateaux
> Servaient de bagne aux matelots.

— Tenez, écoutez, dit Malbar, ceux-là, à meilleur compte que nous, se réjouissent d'un peu de rythme et de beaucoup d'alcool, et ils n'ont pas à redouter de souffrir jamais des déconcertantes tristesses de l'art.

Mme Trénissan fit un geste de dégoût.

— A quoi bon, dit-elle, avoir voulu être Yseult ? Car en même temps que j'excitais la pitié du public, je n'atteignais même pas mon propre idéal. Si j'ai souffert, ce n'est pas des applaudissements qui ne sont pas venus. J'ai souffert de moi-même ! Je me suis tourmentée de me sentir inférieure à ma volonté, plus basse que mon rêve. Et ma voix s'en est allée sans que jamais il m'ait été donné d'entendre, autrement que dans le délire de mes songes, ces accents souverains vers lesquels je m'efforçais sans plaisir. Et c'est pour ce beau résultat que j'ai renoncé à tout dans la vie, oui, à tout !

Les mots s'étranglaient dans sa gorge. Elle suffoquait.

Elle alla vers la fenêtre, respira la nuit ; et comme si les émanations de la plage lui apportaient une atmosphère d'asphyxie, elle dégrafa sa robe qui s'entr'ouvrit du haut en bas. Sa poitrine, haletante et se gonflant par saccades, apparut au-dessus des dentelles du cache-corset. Alors, sans pudeur à cause de sa colère, ne remarquant pas qu'elle était demi-nue, les coudes appuyés sur l'extrémité du piano elle disait :

— L'art ! j'ai cru qu'on pouvait vivre dans l'art, rien que pour l'art, je l'ai cherché partout jusque dans ce pays.

D'un mouvement de tête dédaigneux, par-dessus son épaule, elle désigna la plage.

— L'art ! C'est lui qui m'a mené dans ce Kerahuel puant, au milieu de ce peuple grossier et sauvage, car les rochers du Château de Tristan, là-bas, m'ont dupée comme le reste ! Je les voyais à travers cette musique qui m'a trompée ; et cette musique où je me réfugiais a mis entre le monde et moi un abîme profond, infranchissable. Je suis pareille à ces religieuses désillusionnées de Dieu, qui renoncent à leurs vœux et, une fois sorties du couvent, se trouvent isolées au milieu des vivants qui ne les connaissent plus. Me voici désormais sans relations, sans affection, sans cœur où m'appuyer, sans foyer où me plaindre ; et rien ne me reste, rien, pas même l'orgueil lointain d'un moment de renommée.

— Vous n'êtes pas sans amitié, dit Malbar. Autrement, serai-je auprès de vous, et pourquoi ne voulez-vous pas croire que je partage vos douleurs ? Personne, mieux que moi, n'y saurait compatir, car je les connais, moi aussi, les affres de l'œuvre conçue dans l'enthousiasme, exécutée dans la fatigue, et qui, d'écœurement en écœurement, mène chaque jour son auteur à une désespérance nouvelle. Et il songeait à son livre : *les Rapports de la littérature et de la science* auquel il ne travaillait plus que par devoir ; et dont, page par page, il sentait plus assidûment les défauts.

— Votre amitié, reprit Mme Trénissan, votre amitié, Malbar, c'est encore une de mes misères. Vous souvenez-vous du jour où vous m'avez embrassée, comme tout à l'heure ? Ce jour-là, nous aurions pu nous aimer et je me suis fait violence pour vous dire je ne sais quoi d'irréparable qui vous a pour jamais éloigné de moi. Je voulais me garder tout à mon art, et dans cette partition même...

Elle se releva, étendit le bras vers la partition d'un geste désespéré.

— Dans cette partition même où je m'obstinais à m'enfermer, j'ai trouvé des arguments pour me défendre contre vos tendresses. Je vous ai fait de la peine, et je me suis fait de la peine à moi-même. Pourtant, vous seul m'avez soutenue au moment de mes pires catastrophes. Vous souvenez-vous du soir où vous m'avez accompagnée dans ce cabinet particulier, chez un marchand de vin, auprès des Halles ? Comme aujourd'hui, je n'étais pas d'une compagnie bien réjouissante. Quelle soirée ! et comme vous avez été gentil de ne pas avoir fait semblant de vous apercevoir que je pouvais faillir.

Elle s'assit sur le tabouret du piano, le dos tourné au clavier; et, les mains nouées sur ses genoux, la tête en avant, elle semblait perdue dans un immense regret.

Malbar s'approcha d'elle.

— Vous étiez Yseult, dit-il, avec une mélancolie, et je vous voyais dans la vie, ainsi que je vous voyais, dans la musique !

Mme Trénissan reprit :

— Ah ! pourquoi ne me suis-je pas résignée à être une femme comme les autres, une de ces bourgeoises que j'affectais de mépriser !

Elle évoqua des amies rencontrées dans le monde, après le couvent. Heureuses celles-là qui se contentaient de flirts sous l'éventail, de musiques faciles et de journaux de modes ! Même, elle en arrivait à envier la médiocrité d'intelligence de Mme Hestoudeau. A mesure qu'elle parlait, les plis de son costume de théâtre, perdant de leur majesté, dans la robe d'Yseult devenue une espèce de robe de chambre, Mme Trénissan, déjà, ressemblait à une de ces bourgeoises que, par dépit, elle jalousait avec larmes.

Lui aussi, Malbar se reprochait de n'être pas demeuré un bourgeois comme son père. Pour rester plus libre de ses pensées et de ses écrits, il s'était reculé des salons, avait refusé des mariages, des dots, des dévouements, peut-être. Craignant d'aliéner son indépendance par les clauses d'un contrat, il s'était réduit à la solitude, et marchait maintenant dans la vie littéraire comme ces voyageurs égarés la nuit au long de ces chemins noirs où ne passe personne, et qui ne conduisent nulle part.

Or, confessant ses longues amertumes, attendri, à

son tour, sur le néant de sa vie manquée, il disait :

— C'est cette partition qui nous a séparés. Dans
l'aveuglement de notre enthousiasme, nous nous sommes
contraints à régler notre existence sur le modèle des
personnages de la musique et des poèmes. Nous ne nous
rendions pas compte que ces individus d'idéal sont créés
par des hommes qui, par la sublimité de leurs imaginations, cherchent à prendre la revanche de la misère de
leur individu et de leurs tendresses. Quand, suivant les
biographes, Wagner écrivait cette partition sous le coup
d'une grave commotion morale, il nous fallait comprendre que, à cette heure, il était un bourgeois comme
les autres, fort en peine des moyens de devenir infidèle
à sa femme. Naïvement, nous avons pris pour un cantique de pureté le simple poème de la chair, du désir
et des sens. L'amour, l'amour humain tout seul chantait dans ces pages, et c'est pourquoi elles nous donnaient éperdument l'impression du génie.

Il ne put continuer. La parole lui manquait. Afin de
dissimuler son émotion, à plusieurs reprises, il se mou-
cha. Mme Trénissan, se levant, l'attira vers elle; et, tous
les deux, tendrement, se sourirent au travers de leurs
larmes.

— Que vous êtes enfant, dit-elle. Allons, ne faites pas
comme moi, ne pleurez pas. « Tristan et Yseult » sont
des menteurs et désormais, ils ne nous sépareront plus !

Sur le pupitre, elle prit la partition. La main gauche
appuyée sur son genou gauche, de la main droite tirant
sur les fils de la reliure, furieusement, elle arracha les
feuillets.

Puis, courant à la fenêtre :

— Tenez, tenez, tenez.

A poignées, elle jetait les pages dans la nuit. Elles
volaient éparpillées, au hasard, et Malbar, à côté de
Mme Trénissan, s'amusait à les regarder tomber.

Le tumulte du village en fête se confondait avec le
gros bruit de la mer qui montait, déferlait à grands
coups sur la jetée. Sur la falaise, les galants, brutalement, harcelaient de leurs mains et de leurs bouches les
filles détournées de la danse et emmenées à l'écart. Sous
les fenêtres de Keréol, à travers des murmures indistincts,
s'élevaient des jurons et des injures. C'était la Mal-Commode qui se défendait contre les retours de la tendresse
de Baluche. Il attendait que Camélia, de la cuisine, lui

fit le signal convenu qui les réunissait chaque soir; et pour passer le temps, revenait à ses anciennes faiblesses.

Un bruit sourd fit tressaillir Malbar. Mme Trénissan, nerveusement, se retourna. Le bruit venait de la boîte où Laguépie avait enfermé son violon. La boîte ouverte, ils virent que le chevalet était tombé. Les cordes, du tirant aux chevilles, flottaient détendues et flasques au long de la touche d'ébène.

— Qu'est-ce que va dire Laguépie? demanda Mme Trénissan.

— Lui, au moins, répondit Malbar, il pourra rajuster son chevalet. Les notes, quand il le voudra, recommenceront à vibrer sur l'instrument. Mais nous! Personne ne relèvera pour nous l'art à qui nous ne croyons plus et qui cependant était toute notre dignité, toute notre défense dans la vie.

L'art ne soutenant plus leur faiblesse; ainsi que les cordes molles et lâches sur le violon démonté, ils sentaient fléchir leur énergie, défaillir leur conscience. Dans l'affaissement moral de leurs individus, maintenant, l'un en face de l'autre, ils éprouvaient une concupiscence douloureuse à force d'exacerbation.

Alors, réunis par cette sensualité engendrée des catastrophes qui, sur les paquebots en perdition, au milieu des choléras et des pestes, dans les bouleversements d'empires et les convulsions de la terre, à travers les épouvantes, les églises détruites et les croyances mortes, pousse l'humanité effarée à chercher un refuge dans la luxure et une consolation dans la chair, tous deux s'étreignirent désespérément.

Dehors, sur la plage, au pied des écriteaux portant l'inscription « Terrains à vendre » les feuillets envolés de la partition de *Tristan et Yseult* traînaient sur le sol, parmi les morceaux de papier gras qui, le matin, s'étaient développés autour des victuailles apportées par les familles. M. Pascal les vit voltiger, les ramassa; et, faisant flamber un tison, il lut des indications de jeux de scène, considéra les notes au-dessus du texte, sur les portées.

— Tiens, dit-il, c'est la mort d'Yseult. Car en homme qui jadis possédait un fauteuil à l'année aux places de parquet, dans les grands concerts, il n'ignorait rien des œuvres et des maîtres.

D'où venaient ces fragments de musique qu'il froissait sans comprendre ? Quel souffle de l'inconnu jetait ainsi, à ses pieds, les lambeaux d'un opéra qu'il avait admiré jusqu'à la frénésie ?

Il leva les yeux.

Là haut, au travers de la baie vitrée, dans le salon de Keréol, chez Mme Trénissan, il aperçut de grandes ombres qui se cherchaient, se rejoignaient, se mêlaient, confondaient leurs ténèbres. Une tête se pencha vers les bougies. La lumière s'éteignit. La maison tout entière disparut dans l'obscurité ; et il entendit la Mal Commode qui, pudiquement, disait à Baluche :

— Tu ne voudrais peut-être pas me faire pêcher le dimanche.

XVII

Bourignat, sur le port de Kerahuel, habitait une maison d'aspect seigneurial, construite au dix-huitième siècle pour le logement et la retraite de Mme Grâce, Fernande de Talvras, veuve d'un officier de la maison du Roi, disparu en 1759 au combat naval des Cardinaux, lors de la défaite de M. de Conflans et de la flotte française par les Anglais, et de la perte en pleine mer du vaisseau *le Soleil-Royal*, où M. de Talvras, chevalier de Saint-Louis, tenait l'emploi d'officier de pavillon. Ses armes, une lame d'épée brisée d'or sur champ d'hermine, se voyaient encore au-dessus de la porte principale; et la devise jouant sur le mot breton qui signifie : éclat, tronçon, morceau ou fragment, disait, sur le liston de pierre, courant autour de l'écu : « Dammou anezho mad : les morceaux en sont bons ».

Derrière, au fond du jardin, dans une chapelle maintenant devenue un hangar où se remisaient de vieux tonneaux, des baquets pour la lessive, du charbon de terre, des bûches de bois et des outils de jardinage, Mme de Talvras, donnant un exemple que Mme Dubarry devait imiter plus tard, alors que, avec le prince de Conti pour compère, elle devenait la marraine d'un nègre du Bengalé, avait fait baptiser un nègre amené du Mozambique par son mari, et que, selon la mode du temps, elle employait comme domestique. La couleur du catéchumène indigna profondément la dévotion des indigènes de Kerahuel. Ils ne jugeaient pas qu'un homme de peau noire fût un homme comme les autres, et qu'on lui permît de

pratiquer la religion de ces blancs, auxquels, malgré la
crasse de leur figure mal lavée, ils s'enorgueillissaient
d'appartenir.

On le considéra comme intrus sur le territoire, comme
intrus aussi dans un culte dont les âmes pieuses lui rendaient l'exercice difficile. Et le curé dans ses sermons,
par l'exemple du roi noir Gaspard adorant le sauveur,
vainement, essayait de persuader que le Christ était
venu sur terre pour la rédemption de tous les êtres humains, sans distinction d'épiderme. Le discrédit soulevé
autour de ce personnage subalterne, monta jusqu'à très
haute et très puissante dame de Talvras, personne charitable cependant, mais dont les largesses hautaines n'at-
ténuaient pas l'animosité d'une population lui reprochant, à l'égal d'un crime, d'avoir introduit un étranger
dans le pays et de se faire servir par un damné. La mai-
son traitée comme un réceptacle d'impureté, dans les
conversations du peuple, un peu par terreur, un peu par
sarcasme, s'appela désormais « la Maison du Païen ».

Débarrassées de l'autorité, et rendues braves par
l'absence de danger, les rancunes se manifestèrent avec
une violence ouverte quand Mme de Talvras émigra, dès
le début de la Révolution. Derrière elle, la maison restait
abandonnée et il n'en sortait plus ni puissance, ni bienfaits. Alors les gars de Kerahuel, rués à la destruction
ainsi qu'à une œuvre méritoire, saccagèrent patriotiquement l'immeuble. Ceux qui ne s'acharnèrent pas à ruiner
« le repaire de la féodalité », selon la phraséologie du
temps, assouvirent leur fanatisme de catholiques fer-
vents en dévastant un logis contaminé, à leur sens, par
la présence d'une idolâtre. L'écusson martelé ne périt pas
tout entier cependant, et malgré les tentatives de destruction, il survivait avec sa devise : les morceaux en sont
bons.

Pendant ce temps, le nègre, élevé au rang de citoyen
par un décret de l'Assemblée nationale, prouvait son ci-
visme en dénonçant sa maîtresse revenue en France pour
chercher ses diamants, disait-elle ; pour conspirer, affirmait l'acte d'accusation. Mme de Talvras montait sur
l'échafaud et ses biens confisqués se vendaient comme
biens nationaux. On racontait que, depuis, la maison de
Kerahuel, rachetée par un prête-nom, s'ouvrit à d'é-
tranges locataires. On prétendait que, à cause de sa situation au bord de la mer, elle servit longtemps aux agents

royalistes, du haut de la fenêtre du grenier, faisant des signaux à l'escadre anglaise croisant au large. Selon la légende, le comte de Puisaye, après avoir, pendant le jour, étudié le long de la côte les points mal défendus avec les anses aisément atterrissables, la nuit, dressait là des plans pour un débarquement des émigrés. Même on montrait dans le jardin, un escalier aux marches de pierres branlantes, qui, sous l'ombre d'un grand figuier, conduisait à une petite chambre où Cadoudal, sans aucun doute, tenait des conseils de guerre avec les chefs des armées catholiques et royales, et préparait les batailles. En 1823, pendant un voyage en Bretagne, la duchesse de Berry, par curiosité, entrait dans cette ruine. On prenait cette visite de hasard pour une manière de pèlerinage; et M. de Caux, alors ministre de la Guerre, s'en inquiétait gravement, en ses rapports au Roi. Ensuite, personne, sauf les percepteurs, ne savait rien des vagues propriétaires dont les noms se succédaient sur les affiches de licitation ou de vente après décès, placards décollés par la pluie, arrachés par le vent, et point lus entre leur apparition et leur disparition.

Supérieur aux agitations politiques aux passages de conspirateurs et de princesses, aux grossoyements des notaires et aux transcriptions sur les registres de l'administration des hypothèques, dans l'immeuble croulant, le souvenir du nègre demeurait impérissable. A travers les années, il restait là vivace comme la mousse noire s'attachant aux balustres des fenêtres. Il s'étendait comme les taches d'eau sur le plâtre des plafonds, et la maison continuait à s'appeler la « Maison du Païen ».

Elle se délabrait, sur la falaise, en face de la mer, solitaire au milieu de la solitude où les ardoises de son grand toit s'envolaient une à une à chaque souffle d'ouragan. Mais, peu à peu, la vie de Kerahuel se poussait jusqu'à cette bâtisse morte, et le village, en se développant, appuya bientôt jusque sur les murs du jardin les cabanes de ses pêcheurs avec les enseignes de ses débits de boisson. Personne ne défendant la propriété, des travaux de voirie et d'alignement provoqués moins par l'urgence que par cette rage de nivellement démocratique, laquelle, sous prétexte d'expropriation commandée par l'utilité publique. attenté légalement à la beauté et à la valeur des domaines d'importance, avaient supprimé la large cour précédant jadis la façade.

Cette façade étonnait encore par son perron et ses balcons massifs se contournant en manière de corbeilles, et dont les rampes et les mains courantes, à chaque extrémité, se terminaient par des vases de pierres d'où s'élançaient des flammes sculptées. Ces vases et ces flammes se retrouvaient au-dessus de la porte, sous l'écusson ; au-dessus des deux fenêtres du rez-de-chaussée, des trois fenêtres du premier étage. Un pot enflammé encore, couronnait au sommet la lucarne du grenier; et aux deux bouts de la frise aux mascarons grimaçants courant sous la base du toit, deux autres vases de pierre, avec des flammes plus hautes, flamboyaient à leur tour.

De chaque côté de la façade, une corne d'abondance, taillée dans le plein du mur, descendait en façon d'encadrement ; et, sans doute, pour symboliser les redevances autrefois dues aux seigneurs, à droite et à gauche, devant la première marche du perron, les deux cornes, à grands tas, semblaient verser sur le sol une dîme inépuisable de fruits, de volailles et de gibiers. Des lueurs métalliques brillaient encore, de ci de là, sous les moisissures, car les sculptures, dans leur nouveauté, avaient été dorées.

Maintenant, la maison, par tous ses bossages, par toutes ses arabesques, par toutes ses ouvertures, respirait l'odeur bruyante des pêcheurs débarqués avec leur poisson et leurs sabots, à l'heure de la marée; et, à mer basse, l'exhalaison des immondices que Kerahuel jetait dans le port comme dans un déversoir naturel. Le flot les remuait là sans jamais les emporter, et, après le reflux, le soleil frappant sur les ordures, exaspérait les pestilences. Charlescot, toujours embusqué derrière un appareil photographique, n'avait point manqué de prendre un cliché de la « Maison du Païen ». Comme la plupart des curieux, il attribuait aveuglément à la bâtisse une date plus ancienne que la date réelle de la construction.

L'édifice, d'aspect singulier, appartenait au style mis à la mode par l'architecte José Churriguera, de Salamanque, style non sans analogie avec le rococo français et semblable aussi à du gothique décadent et fleuri. Car les entrepreneurs bretons, immobiles dans leurs manières, reproduisent traditionnellement les mêmes types bâtards où de la Renaissance se mêle à des imitations de l'école espagnole ; et perpétuent, en leurs décors, les fantaisies pesantes et contournées du chœur des églises jésuites, à l'époque de Louis XIII.

Élevée sous le règne de Louis XV, la maison s'affirmait dix-huitième siècle seulement par les décorations intérieures, où des camaïeux gris représentant les *Saisons* s'effaçaient sous la poussière dans des boiseries au-dessus des chambranles de la porte, de la cheminée, des fenêtres de la chambre où couchait Bourignat. Là, pendant longtemps, un mareyeur avait établi un dépôt pour les paniers d'expédition, un atelier pour la menuiserie des caisses à transporter le poisson, une remise pour les cordages et les menus apparaux de ses bateaux viviers qui, pendant l'été, allaient de Kerahuel en Espagne et en Portugal chercher des cargaisons de crustacés. Un commissionnaire, aux halles centrales de Paris, le commanditait. Mais le commissionnaire, convaincu d'avoir violé les termes de son contrat en faisant du commerce pour son compte, et en passant, dans un port de Catalogne, des traités pour s'assurer le monopole des langoustes et homards pêchés dans la contrée, sur l'injonction du Préfet de police, par crainte de poursuites judiciaires, résiliait subitement sa charge. L'homme de Kerahuel, désormais sans capitaux et sans débouchés, renonçait, lui aussi, à son trafic. Mal en ses affaires, embarrassé de « la Maison du Païen », il s'évertuait en vain à la louer quand un acquéreur se présenta.

C'était un ancien maître d'hôtel, enrichi à bord d'un yacht de plaisance de la maison Rothschild, et qui revenait dans Kerahuel avec le projet d'ouvrir un débit de boissons. La situation de l'immeuble, bien en vue, sur le port, lui paraissait essentiellement favorable pour ce genre de commerce. Au rez-de-chaussée, ils installerait le comptoir, les bonnes, le fourneau pour la cuisson de la « Cotriade », soupe au poisson et de pommes de terre que les pêcheurs préparent eux-mêmes, dans les locaux qu'on leur concède avec bancs et tables pour se reposer, manger, et boire les alcools sur lesquels le négociant prélève ses frais et bénéfices. Il habiterait le premier étage en attendant qu'il l'aménageât en manière d'hôtel pour recevoir des baigneurs, pendant l'été. La maison achetée, payée comptant, les réparations coûtaient gros, et Bourignat, sous un air de bienveillance, avait donné des conseils, avancé de l'argent.

Prévoyant le mauvais succès de l'industrie et se réservant de le précipiter, il fit organiser les chambres selon son goût, car après la faillite qu'il méditait de provoquer, il comptait bien s'installer plus tard au milieu d'un désastre où il ne perdrait rien. Il savait quel ruineux crédit les débitants sont obligés de faire aux pêcheurs, parce que les pêcheurs mettent en interdit les maisons exigeant le paiement immédiat des dépenses, tellement que, maintes et maintes fois, l'affluence même des clients devient un sûr motif de décadence pour les marchands de boisson. Bourignat ne donna pas un sou sans garantir ce sou par de bonnes et solides hypothèques, contraignit l'emprunteur à prendre chez lui les liquides nécessaires à la clientèle. Il les vendait cher, ils étaient défectueux et à chaque facture, il calculait que l'augmentation de la dette du gargotier ne tarderait pas à lui livrer la maison. Encore qu'il se dît républicain, elle lui plaisait par son allure de gentilhommière, et il rêvait d'y transporter sa domination.

Elle devenait formidable et, de plus en plus, se faisait durement sentir dans Kerahuel. Pour mettre définitivement les gens sous sa dépendance, Bourignat avait imaginé de s'instituer l'intermédiaire de grandes maisons de banque de Paris, si bien que tous les billets en circulation — et il n'en manquait pas — aux jours des échéances, lui passaient inévitablement par les mains. Ces billets, il ne les prenait pas à l'encaissement, il les faisait débiter à son compte; et, par un savant en-dos, s'inventait comme créancier réel de quiconque mettait une signature sur un effet. Souvent les traites ne se payaient pas au jour dit. Bourignat alors, guettant les meilleures propriétés de l'endroit, suivant ses convoitises, exerçait des poursuites ou bien offrait de consentir au prêt.

Beaucoup de débiteurs craignant les frais et le déplacement de l'huissier qui, demeurant loin, dans un autre pays, coûtait cher à déranger, transigeaient en cédant à Bourignat les parcelles de terrain choisies par sa rapacité. Il domestiquait les autres en les forçant à lui consentir des emprunts onéreux. Par la dette, peu à peu, il mettait la population entière à sa merci, et se flattait que, à l'époque des prochaines élections il réunirait sur son nom les voix de tous les électeurs qui ne pouvant ni payer les intérêts, ni rembourser le capital, par terreur des poursuites, ne manqueraient pas de lui donner leurs suffrages. Cette combinaison lui semblait plus efficace que toutes les diplomaties de Garnafe. Il s'en applaudissait, car en établissant despotiquement son autorité, elle lui fournissait d'excellentes garanties pécuniaires.

L'ex-maître d'hôtel du yacht de M. de Rothschild n'échappa pas à ces stratagèmes. Quand il se déclara près de déposer son bilan, Bourignat, affectant la compassion, en manière de paiement, offrit de reprendre la maison pour une somme singulièrement moindre que le prix d'achat. Le débitant affolé consentit aux pires condescendances. Il devait douze mille francs. Bourignat acceptant des billets pour le reste du solde, discuta longtemps avant de s'attribuer la maison pour huit mille francs ; et quand l'homme déménagé avec sa femme, par une matinée de pluie, pleurant sur sa misère et sur ses meubles, eût laissé le local libre, Bourignat, insolemment, en prit possession.

Là, entre les symboliques cornes d'abondance, qui semblaient jeter à ses pieds le travail et l'épargne du pays exploité ; derrière l'ironique devise demeurée au-dessus de la porte et disant en breton : « Les morceaux en sont bons », dans la seigneuriale maison des nobles chassés au vieux temps, il installa cette féodalité bourgeoise de l'argent, plus destructive du pauvre monde que toutes les tyrannies et que toutes les exactions reprochées à l'ancien régime. C'était là que, sur son lit, il souffrait, étendu sur le dos, et regardant, sans les voir, les camaïeux des *Saisons* disparues sur le mur, parmi les ombres. En râlant, il attendait la visite de Laguépie.

Laguépie, tout en marchant sur le quai, était séduit par le charme des lumières errantes sur l'eau, dans la nuit, et s'amusait au spectacle de la fête vénitienne donnée par les embarcations des bâtiments en rade venant chercher les permissionnaires mis à terre, le matin. Une à une, elles arrivaient sur la mer tranquille, promenaient dans le flot remué par le battement rythmé des avirons les couleurs de leurs feux, fanal rouge à bâbord, fanal vert à tribord. Au coup de sifflet des patrons d'équipage debout, la main sur la barre du gouvernail, à l'arrière, elles s'amarraient au long du quai noir d'où descendaient des échelles de fer, Là, dans l'eau où se miraient à la file les fenêtres des cabarets flamboyant sur le port, immobiles, dans l'ombre bruyante, elles attendaient les matelots.

Ils revenaient par bandes, ivres pour la plupart, chantant afin d'assurer leurs pas et de se donner de l'équilibre et de l'allure. Grands enfants en col bleu, un instant échappés à la discipline et lâchés sur le continent après de longues croisières qui les transportaient sur les océans, jusqu'aux extrémités du monde, dans des pays aperçus de loin et où ils n'accostaient jamais ; pour rapporter un peu de nature à bord des cuirassés de fer, ils rentraient tenant à la main des fanes de carotte, des feuilles de betterave, tout ce qu'ils avaient pu dérober de fleurs et de verdure dans les champs et les jardins dévastés par leur besoin d'idylle. Quelques-uns s'étaient faits des cannes avec les tiges des grands choux, poussant haut comme des arbustes, dans la terre triste. D'autres, joyeusement, entre leurs doigts déchirés par les épines, portaient des bouquets d'ajonc ou de genêts arrachés en passant aux touffes d'arbustes hérissés au-dessus des petits murs de pierre.

Les animaux aussi provoquaient leur tendresse. Ils parlaient doucement aux cochons vaguant dans la rue ; aux poules picorant parmi le crottin des chevaux sur les routes ; aux chats effarouchés, qui se glissaient sous les portes ; et un quartier-maître rencontrant Chien-de-Nous, lui avait noué une ceinture autour du cou, prétendait l'emmener, il ne savait où, à son bord. Chien-de-Nous, point rebelle à la plaisanterie, marchait complaisamment au bout de sa laisse, acceptant le hasard et résigné à toutes les aventures.

Ils braillaient, chantaient à tue-tête des chansons puissamment obscènes, exutoires parlés de l'humaine animalité qui se console avec la luxure des mots des célibats longuement imposés par le navire et la mer. Et c'étaient des souvenirs rimés de scènes de lupanars, des rêves scandés d'invraisemblables et inaccessibles débauches dont l'idéal se retrouve partout dans les imaginations des poètes cellulaires improvisés dans les batteries des escadres et les cellules des prisons ; verve impudique et désordonnée qu'on rencontre, jusque parmi les cloîtres, dans les œuvres des mystiques surexcités par la continence, tourmentés par les lancinants appétits de la chair.

La femme évoquée à bord par le cynisme des mots et la mesure des refrains, les marins la cherchaient goulûment à terre. A Kerähuel, le sexe toujours offert ne résistait guère, à ce point que, dans un prône, le curé, citant le mot d'un amiral, déclarait que sauf à Tahiti, ou aux île de la Sonde, il ne connaissait pas de plus tranquille

prostitution. Mais les marins estimaient meilleur de
prendre l'amour d'assaut et d'en jouir par la force.
Ceux-là étaient rares, qui, nés dans le pays, s'en allaient
pacifiquement retrouver une famille, compter combien
d'enfants leur femme leur avait donnés pendant leur
absence, promener une fiancée décente, et toute à eux,
au moins ce jour-là. Les autres, débarqués en France
comme sur un territoire conquis dans une contrée lointaine, Congo, Madagascar ou Chine, pleins de désirs et
d'alcools, se ruaient à la femme comme à une prise de
guerre.

Beaucoup circulaient tête nue, car leur béret était
resté aux mains des négociants du pays, qui, à l'aide de
cette pièce à conviction et du numéro matricule, se proposaient de dénoncer des agresseurs, d'appuyer leurs
plaintes, de demander des punitions pour des clients
qu'ils avaient préalablement exploités. D'autres qui gardaient encore leurs coiffures, dégouttaient de coaltar et
de badigeon enduisant le dos de leurs vareuses, moyen
sûr, croyait-on, pour reconnaître les coupables et les
signaler mieux, aux sévérités des officiers. Sous les
rubans portant, en lettres d'or, le nom des bâtiments,
bien des yeux se gonflaient, tuméfiés par des bourrades
et des contusions ; car, dans des rixes aussi nombreuses
que les cabarets du bourg, les marins avaient dû reculer
devant les gens de Kerahuel, mettant le sabot à la main
pour défendre leurs bouteilles et leurs filles. Des marins
furieux hurlaient en brandissant les poings, dans la nuit,
là-bas, vers ils ne savaient quelles maisons qui les avaient
chassés. Pour dépenser leurs colères, des camarades, soudainement excités les uns contre les autres, se battaient
entre eux.

Au milieu du tumulte et de l'ivresse, des messieurs,
officiers reconnaissables aux saluts que leur faisaient des
ordonnances en tenue venant chercher les bicyclettes sur
lesquelles leurs supérieurs avaient couru la campagne,
loin des fêtes, passaient, sans intervenir, sans chercher à
apaiser les vociférations ou à rétablir l'ordre. Laguépie
ne s'étonnait pas de leur indifférence, car il savait que les
chefs de la marine, précisément à cause de la dure discipline subie par les équipages, au large, à terre, par
système, renonçaient à leur autorité sur les matelots. En
costume civil, pour ne point compromettre leur caractère dans la promiscuité de leurs inférieurs, impassibles

et indulgents, ils assistent aux pires scènes d'ivrognerie
et de rapines, et ne reprennent de sévérité que, là-bas, sur
les navires au mouillage, leur uniforme revêtu, quand,
après des brutalités tolérées à terre, l'homme ne répond
pas à l'appel et, à l'heure de l'appel, ne se trouve pas à
son poste.

Sans paraître rien voir, en fumant, ils traversaient les
groupes, descendaient au long des échelles du môle; et
disparus avec leurs chapeaux dans la nuit du quai, s'en
allaient prendre place, à l'arrière, dans la baleinière de
service. Sur le quai, les clameurs continuaient et les
marins en l'ivresse, cherchant à savoir où se tenait l'embarcation envoyée pour les ramener, criaient :

— Ohé, du *Masséna* ! ohé, du *Carnot* ! ohé, de la *Hallebarde* !

Des voix venues d'en bas répondaient :

— Par ici, par ici.

Guidée par les intonations, la foule, au long des
échelles, doucement, comme de l'eau qui coule, diminuait, déversée, homme par homme, du quai jusqu'au
fond des bateaux. Dans un coin, deux quartiers-maîtres
se consolaient du mauvais résultat de leurs aventures
amoureuses. Bras dessus, bras dessous, ils se soutenaient
pour se maintenir en équilibre parmi l'alcool et la désillusion. Ils chantaient :

> Nous frères, nous sommes heureux
> Sans ces garces de femmes, nous serions bien mieux.

Laguépie approchait du domicile de Bourignat. Sur la
porte de la « Maison du Païen » un matelot, des pieds et
des poings, frappait furieusement. Entre les lamelles des
persiennes fermées, de la lumière passait. Il y voulait
voir du mystère avec des promesses de prostitution; et
prenant le maison pour une maison de tolérance, il beuglait :

— Il y a de la femme ici. J'ai de l'argent, ouvrez !

Derrière la porte, Mme Bourignat se lamentait, criait
au secours, invoquait la bonne mère Saint-Anne, patronne
des Bretons dans l'embarras.

— Allons, dit Laguépie, il n'y a ici qu'un malade. Dé-
rape, prends le large et laisse-moi passer.

Au tutoiement qui lui rappelait la rudesse familière
des commandements auxquels il obéissait, à bord, le matelot recula. Tout en chancelant, comme s'il toisait un

adversaire avant de le combattre, il regarda Laguépie, du haut en bas. Il aperçut à la boutonnière du docteur un petit ruban rouge, insigne de la Légion d'honneur. Alors remis d'aplomb, devenu réservé par l'habitude du respect et de la discipline, automate docile aux prescriptions de la théorie, réglementairement, portant la main à son béret, il fit le salut militaire. Puis, tournant sur ses talons, selon l'ordonnance, il s'en alla.

— N'ayez pas peur, cria Laguépie, en frappant sur la porte à son tour, c'est moi, le docteur.

Mme Bourignat, rassurée, ouvrit. Avec une lampe, elle éclaira Laguépie au long de l'escalier. Au premier étage, à droite, ils entrèrent dans la chambre de Bourignat.

Au-dessus du malade couché dans un lit de milieu, le reflet lumineux produit par le verre et l'abat-jour, s'arrondissait au plafond ainsi qu'une auréole. Et Bourignat semblait perdu dans un lit d'acajou immense, également haut de la tête et du pied, et portant une boule énorme à chaque extrémité de ses panneaux. L'ébénisterie en était d'un aspect sauvage, monumental. Elle datait de Louis XIII. Un capitaine au long cours l'avait rapportée de la Martinique; et les meubles du capitaine vendus pour payer des dettes contractées envers Bourignat, Bourignat, à bas prix, devenait acquéreur de cette espèce de catafalque où il se tordait de souffrance, hurlait en redoutant la mort.

Au chevet du malade, Astérie lisait *le Rosier de Marie*. A l'entrée du docteur, elle ferma son livre. Pour marquer la page, sur la table, à côté d'une boîte ouverte et pleine de pilules blanches, elle prit le papier bleu d'une dépêche télégraphique. Entre les vastes murs, le piétinement de la foule, marchant sur le quai, au dehors, s'entendait comme répercuté par un écho.

— Ah! docteur, dit Bourignat, comme vous venez tard! Je suis pourtant bien malade.

— Ce sont des idées que vous vous faites, répondit Laguépie. Au contraire, vous voyez bien que vous allez mieux puisque vous pouvez vous plaindre.

— Ah! vous trouvez vous!

— Preuve que la crise est passée. Autrement vous seriez suffoqué et vous ne sauriez même pas prononcer une parole.

Pour dissimuler son intime inquiétude, il affectait des

airs de satisfaction; et s'approchant de Bourignat, il l'examinait fixement. Ses yeux bleus pénétrant le patient jusqu'au fond, ainsi que des rayons Röntgen, le dévisa-
geaient, cherchant à surprendre dans les attitudes du
corps quelqu'une de ces déformations caractéristiques
qui, au regard des cliniciens exercés, dénoncent sûrement
les changements obscurs et les secrètes aggravations
d'un état morbide.

S'était-il trompé ? Le mal qui, dès l'abord, lui semblait
d'origine névralgique, devait-il, au contraire, le considérer comme un symptôme plus profond : un des phénomènes de l'anévrisme de l'aorte ?

— Donnez-moi une serviette, dit-il ?

— Pourquoi faire, répliqua grossièrement Astérie.

— Vous allez voir, répliqua Laguépie, car tout à ses
méditations, il négligeait de relever l'insolence.

— Donne une serviette, puisqu'on te la demande, ordonna Mme Bourignat qui remontait la lampe.

— Et vous, M. Bourignat, veuillez vous mettre sur
votre séant.

Bourignat, toujours geignant, s'arcbouta des coudes,
au travers des oreillers, se dressa, comme il put, hors des
profondeurs du lit venu de la Martinique. Laguépie lui
rabattit par derrière la chemise sur la tête; et prenant
des mains rechignées d'Astérie une serviette blanche, il
l'étendit sur le dos du malade. Puis, sur le linge couvrant
le torse, il appliqua une oreille.

Il auscultait attentivement, épiant les différences de
tonalité dans les bruits respiratoires, guettant des sonorités métalliques. Mais ne percevant pas les râles fins se
succédant avec une sonorité de pluie qui tombe, indication classique d'une poussée congestive et d'un œdème
des poumons :

— Non, dit-il, tout va bien de ce côté-là.

Lui-même sembla respirer plus librement de la libre
respiration de son client. Puis :

— D'ailleurs, le vésicatoire posé ce matin a dû vous
soulager ?

— Pas tant que vous croyez, gémissait Bourignat. J'ai
le bras gauche encore tellement engourdi que je ne
peux pas le remuer.

— Et le petit doigt, surtout, vous fait mal, ajouta Laguépie. Oui. C'est un accident prévu. Il passera, comme
le reste.

— En attendant, je suis fatigué, allez, bien fatigué, je vous assure.

— Une grande lassitude, c'est entendu. Tous les auteurs en font mention, dans votre cas. Eh bien, mais il faut vous reposer.

Dehors, des voix criaient : Ohé, du *Masséna* ! Ohé du *Carnot* ! Y a-t-il quelqu'un de la *Hallebarde* ?

Des chaloupes à vapeur venues pour remorquer les embarcations, d'une façon stridente, à coups réitérés, faisaient retentir leur sifflet, appelaient les retardataires ; et le tapage agitait, entre les panneaux, les toiles des saisons peintes dans la chambre de Bourignat.

— Au milieu d'un pareil charivari, comment voulez-vous que je m'assoupisse, répondit Bourignat. Si jamais je redeviens maire, j'écrirai au préfet maritime pour qu'il mette, sur le quai, un piquet de police avec ordre d'imposer silence aux braillards.

Car, jusque dans les angoisses qui crispaient sa figure, sous son bonnet de coton, l'ambition le travaillait, et il souhaitait le pouvoir afin d'en user à son avantage.

— Vous voyez bien que vous allez mieux, puisque l'appétit des grandeurs vous revient, dit en riant Laguépie.

— Et il ira d'autant mieux que cette après-midi il a reçu une bonne nouvelle, dit Mme Bourignat. N'est-ce pas, Bourignat, que tu as reçu une bonne nouvelle ?

— Oui, une bonne nouvelle, répéta Bourignat, tournant la tête et regardant le papier bleu de la dépêche qui, sur la table, dépassait les tranches dorées du *Rosier de Marie*.

— Comment ? demanda Laguépie, il vous vient des dépêches, le dimanche, quand le bureau du télégraphe est fermé !

Alors Bourignat et sa femme, heureux de pouvoir parler de leur bonne chance, en phrases alternées, expliquèrent qu'un hasard favorable, par une fausse direction, dont ils se félicitaient, avait fait expédier le télégramme à un sémaphore du voisinage, lequel sut le leur faire parvenir en détachant un homme, exprès. Mais ils se taisaient sur l'origine et le sens du télégramme. Ils se gardaient de dire qu'il venait du directeur de l'hôpital Lariboisière à Paris, et leur annonçait la mort de Prosper, cet enfant devenu homme, que, dans leur goût du lucre, ils avaient jadis accepté de considérer comme

leur fils. Ils en parlaient joyeusement, car la certitude de
ce décès, sans éveiller leurs remords, mettait fin à
leurs inquiétudes. Bien entendu, dans leur rapacité
acharnée et silencieuse, ils s'affligeaient des exigences
de l'administration, laquelle ayant découvert les parents
du défunt, et les sachant solvables, réclamait les frais de
séjour et d'inhumation. Mais cette suprême somme définitivement versée, M. et Mme Bourignat se réjouissaient,
car jamais plus, à l'avenir, ils ne redouteraient de voir
Prosper, réclamant des soins, des égards, l'argent qui
lui était dû, apparaître soudain à Kerahuel et causer du
scandale en sollicitant sa place légitime à leur table, à
leur foyer.

— Oui, la nouvelle est bonne, répétait Bourignat, et je
sens que je me trouverais bien mieux demain, si cette
nuit je pouvais dormir. Mais comment faire ?

D'un mouvement de la tête, sous son bonnet de coton,
désespéré, il indiqua les fenêtres. Le vacarme du dehors les battait comme la houle bat les falaises à
l'heure de la marée, car les débits de boisson vidaient
sur le quai leurs derniers consommateurs, marins plus
soûls encore et plus hurlants que les autres.

— Dormir, dit Laguépie, rien de plus facile.

Laguépie, lui aussi, désirait se reposer, car la foule
en mouvement au cours de la journée, lui causait une
poignante impression de fatigue, et il éprouvait une
courbature venue de toutes les sottises éparses dans
l'air, depuis le matin. Il songea que Bourignat tourmenté par l'insomnie, s'exagérait des souffrances désormais négligeables, et le dérangerait à nouveau, inutilement, pendant la nuit. Souhaitant sa tranquillité propre
autant que la tranquillité du malade, il se dit que puisque
Bourignat, d'après de sûres observations, « n'avait rien
du côté du cœur », le médecin, sans péril, pouvait employer un stupéfiant, faire usage de la morphine.. Alors,
il proposa à Bourignat de lui faire une piqûre.

— Tout ce que vous voudrez, pourvu que je dorme,
répondit Bourignat.

Le docteur sortit de sa poche une grosse trousse, et,
de sa trousse une minuscule seringue en verre dont
l'armature d'argent brillait entre ses doigts. Il demanda
une soucoupe. D'une petite fiole, fit couler dans la soucoupe quelques gouttes d'un liquide incolore; et, la seringue remplie, derrière le piston qu'il retirait à mesure,

sur l'orifice supérieur, il vissa une canule fine, longue
et pointue à la façon d'une aiguille.

Astérie le regardait faire, derrière lui, haussait les
épaules. Dans son ignorance, elle jugeait contraire à tout
bon sens qu'on employât une seringue pour endormir
les malades. Et quelle seringue encore ! Une seringue à
peine grande comme un dé à coudre et dans laquelle
elle s'indignait de voir le docteur mettre ce qu'elle prenait simplement pour de l'eau claire.

Sa pudeur, après ses préjugés, fut vivement choquée,
quand Laguépie, rejettant les draps et les couvertures,
releva la chemise de Bourignat jusqu'à la fosse iliaque.
Elle refusa de passer le savon que demandait le docteur
pour laver la peau, pratiquer l'asepsie sur l'emplacement
qu'il choisissait pour pratiquer l'injection. Mme Bourignat s'employa à sa place. Quoique sans foi pour toutes
ces manigances, elle ne refusa pas quelques gouttes d'eau
de Cologne, où le docteur, par précaution antimicro-
bienne, trempa l'extrémité aiguë de l'aiguille d'argent.

— Maintenant, dit-il à Bourignat, prenez garde, car je
vais vous faire mal.

— C'était son procédé d'effrayer les patients par la menace
de douleurs intenses ; car les malades lui restaient recon-
naissants d'avoir éprouvé des douleurs moindres que les
douleurs prédites et redoutées.

Entre deux doigts de sa main gauche appliquée sur la
chair nue, Laguépie assujettit l'aiguille, l'enfonça sous la
peau ; de la main droite, il poussa le piston de la seringue jusqu'au bout de sa course ; puis, d'un seul coup,
retira l'appareil vide. Bourignat s'étonnait. Il n'avait rien
senti. Astérie, en face des rideaux de la fenêtre, levait les
yeux au ciel, d'un air de pitié.

Laguépie nettoyait sa seringue, quand sur la table à
côté du *Rosier de Marie* traversé du signet bleu fait
avec la dépêche télégraphique, il aperçut une boîte pleine
de pilules blanches à l'aspect mou et graisseux. Il en prit
une, la flaira, reconnut de la pommade camphrée ; et,
l'écrasant entre ses doigts, trouva du sable fin.

Tout étonné, il demanda :

— Qu'est-ce que c'est que ça ?

— Ce sont des pilules qui me font beaucoup de bien,
murmura timidement Bourignat.

— Quel bien peut vous faire du gravier mêlé à de la
pommade camphrée ? Là, vraiment, je vous le demande ?

Le succès de la médication, pourtant, n'était pas niable.

Alors, pour épargner à son mari la difficulté des aveux, Mme Bourignat confessa à Laguépie que Bourignat souffrait de flatuosités fréquentes, lesquelles disparaissaient à mesure qu'il avalait ces pilules. Sentencieusement, et persuadée qu'elle fournissait une explication péremptoire, elle affirma, en baissant les yeux :

— Ça tasse les zéphyrs, voyez-vous.

Car, pour dissimuler la vulgarité des accidents intestinaux, elle se croyait tenue d'employer des termes poétiques.

Laguépie fronça les sourcils, et fit claquer sa langue, mouvement et bruit qui, chez cet homme calme, dénonçaient une extrême mauvaise humeur. Nerveusement, il remit dans sa poche l'étui où s'enfermait la seringue de Pravaz. Il avait coutume de rire des pharmacopées délirantes que les gardes-malades de l'endroit substituaient volontiers à ses prescriptions les plus méditées. Il s'étudiait à les surprendre, les notait, et ne s'en fâchait pas d'ordinaire. Mais il se trouvait dans un de ces jours d'impatience physique où la sottise devient intolérable au scepticisme des plus forts.

Passe encore que chez les gens du bourg, barbares de cervelle et tenaces en leurs ignorances, il rencontrât l'influence permanente des rebouteux et des thaumaturges ! Mais il s'indignait que cette influence s'étendît jusque chez Bourignat, homme dont il contestait l'honnêteté et non l'intelligence. Comment cet individu si débarrassé de tous scrupules pouvait-il croire à l'efficacité de préparations défiant le Codex avec le bon sens ? Comment pouvait-il les ingurgiter sans révolte, croire à leur action et s'en déclarer soulagé ? Ces pilules de composition invraisemblable, ces pilules l'irritaient, au fond de leur boîte. Elles lui semblaient humilier ses travaux dans les laboratoires, ses nuits passées sur les livres, ses examens, ses diplômes, toute sa science péniblement acquise et finalement mise à néant par les pratiques de la niaiserie, la puissance du préjugé Effroyablement, elles représentaient l'immortelle bêtise ; la bêtise qui, narguant les recherches, les observations, le savoir, détruisant jusqu'à la tendresse pour la lamentable humanité, avait déjà assassiné la fille du pilote ! Il évoqua la nuit sinistre de l'an passé, quand Astérie, auprès d'une malade que le repos et les précautions pouvaient guérir, introduisait le clergé, les saintes huiles, la péritonite avec eux. Vainement, dans sa déposition écrite à la cour d'assises, il avait flétri ces interventions criminelles! Astérie, forte de l'indulgence de la magistrature et des jurés, continuait effrontément l'exercice illégal de la médecine. Laguépie n'en doutait pas: elles venaient d'Astérie, ces exaspérantes pilules!

Or, s'efforçant de cacher sa colère sous de l'ironie, il dit d'un ton pincé:

— Je vois que décidément Mlle Astérie tient à faire plus ample connaissance avec les tribunaux, car c'est elle, n'est-ce pas, qui vous a donné ces saletés-là?

Au mot de « tribunaux » Astérie tressaillit. Elle comprit les menaces du docteur, se vit bientôt dénoncée, mise en état d'arrestation, de brigade en brigade conduite à la prison de l'arrondissement, entre deux gendarmes. Tremblante de peur, offensée dans sa vanité d'entendre traiter de saleté un remède dont elle tenait le secret de sa grand'mère, elle se retourna, et, furieusement:

— Saleté vous-même. Ce n'est pas un morceau de votre espèce, un étranger à qui on devrait refuser l'eau et le pain, qui viendra ici, dans notre pays, nous apprendre comment on se soigne. La Bretagne existait avant vous, elle existera encore après vous, quand vous aurez fini de faire vos embarras. Nous, nous n'en mourrons pas davantage, parce que nous, nous ne traitons pas les malades en leur fourrant des seringues dans le corps!

L'expression « seringue » l'exaspéra davantage. Elle imaginait la seringue comme un instrument fatalement appliqué en des endroits réprouvés par les commandements de Dieu et de l'Église.

Laguépie prit plaisir à surexciter l'irascible dévote:

— Mon cher confrère, répliqua-t-il, je n'ai jamais dédaigné de m'instruire et je serais très heureux d'apprendre de vous la formule de ces pilules. Vous êtes une âme généreuse, j'imagine, et vous ne voudriez pas conserver pour vous seul un remède si profitable à la chrétienté. Je l'emploierai volontiers, ne serait-ce que pour vous rendre hommage et dire que, cette panacée, je vous la dois.

Mais Astérie se défendit de rien livrer des mystères d'une préparation sur laquelle, son aïeule, à son lit de mort, lui avait demandé le silence.

— « Toued en gant-en », répétait-elle en breton : « Je l'ai juré ».

— Ah! le docteur voudrait bien savoir en quel endroit de la côte, elle allait chercher le sable fin qu'elle incorporait ensuite à de la pommade. « Nitra »! Rien! Jamais il n'apprendrait non plus quelles prières il fallait prononcer, à combien de reprises ; et quels gestes il convenait de faire pour assurer l'excellence du mélange.

Ainsi elle éprouvait une satisfaction vengeresse à constater tant d'ignorance chez un savant qui prétendait tout connaître; et Laguépie, souffrant de la stupidité de cette femme, sentait douloureusement que, par l'excès même de sa sottise, elle lui devenait supérieure.

— C'est comme ça! conclut Astérie. Tout instruit que vous êtes, je vous défie bien de me dire le contraire.

Lui aussi, le subissait le terrible « C'est comme ça » qui déjà avait déconcerté les bonnes volontés de Rachimbourg rêvant de progrès et voulant faire de Kerahuel une plage hospitalière et mondaine. Il l'entendait à son tour, la phrase d'inertie éternellement opposée, dans le pays, à toutes les idées raisonnables. De tous les points du territoire, elle s'élevait pour combattre les procédés nouveaux pour la pêche et l'agriculture. Sur terre et sur mer elle répliquait aux inventions, aux découvertes ; elle défiait les bonnes volontés, elle repoussait la science, elle niait les efforts de la médecine ; et là, dans cette chambre où flottaient des bruits de débauche et d'ivresse, il se persuada qu'Astérie ne parlait pas toute seule. L'entêtement séculaire de la Bretagne contre ce qui gêne ses superstitions, ses habitudes, là, devant Bourignat, s'affirmait par la bouche de cette imbécile. Et par dessus les malades, un à un, mourant dans leur lit, tués par leur obstination à repousser le secours avisé des praticiens, et à se fier sans cesse aux médicastres conseillers de remèdes de bonne femme, il entrevit la contrée tout entière enlisée dans d'indécrottables préjugés, périssant à son tour comme un bateau échoué dont l'équipage refuse la remorque et, laisse autour de lui s'amonceler les vases.

Affligé de la constatation, hautainement dédaigneux d'user encore de paroles dans une querelle qu'il jugeait blessante non pour sa personne, mais pour son intellect, il prit son chapeau et s'adressant à Mme Bourignat :

— Madame, dit-il poliment, puisque Mlle Astérie sait évidemment mieux que moi comment il faut soigner monsieur votre mari, vous voudrez bien m'excuser si la visite de ce soir est la dernière que je fais dans cette maison.

Il salua, sortit. Derrière lui, Mme Bourignat, la parole coupée, de la main droite, portait la lampe. De la main gauche, le poing fermé, elle faisait à Astérie des gestes de menace. Dans le lit venu de la Martinique, entre les quatre boules d'acajou monumentales, Bourignat, secoué par de légères nausées, sous l'influence de la morphine, commençait à s'assoupir.

Mme Bourignat n'était pas sotte, mais parmi les filles de Kerahuel qui, dès le soir tombé, se ruaient aux débits de boisson et aux paillardises, elle ne trouvait pas volontiers des gardes-malades consentant à passer la nuit auprès de son difficile mari. Pour s'assurer les soins d'Astérie, elle tolérait les étranges pharmacies de la dévote; et, sans y croire, permettait qu'elle en fît usage.

Elle comprenait la mauvaise humeur du docteur, s'effrayait de la décision qu'il lui avait signifiée. Est-ce que vraiment il renonçait à leur clientèle? Car elle ne s'accoutumait pas à concevoir que maintenant, quand Bourignat hurlerait de douleur, elle n'aurait plus la consolation d'espérer le médecin venant la rassurer elle-même par sa présence et ses remèdes.

Arrivée en bas de l'escalier, au moment d'ouvrir la porte, elle prit une voix suppliante, murmura :

— Alors, docteur, vous ne reviendrez plus?

— Jamais, madame, répliqua fermement Laguépie.

Mme Bourignat posa la lampe sur une des marches de l'escalier. Doucement elle reprit :

— Voyons, docteur, vous n'allez pas nous abandonner?

— Je n'abandonne personne dans une maison où l'on se soigne sans moi, répondit Laguépie.

Mme Bourignat ôta la barre de fer qui, transversalement, défendait la porte, la dressa debout contre le mur, et dit :

— Pourtant si M. Bourignat se trouvait en danger de mort...

— Vous le recommanderez à Mlle Astérie.

— Vous ne vous dérangerez pas?

— Je ne bougerai pas de chez moi.

Laguépie, tout en accentuant les mots, essaya de faire jouer la gâche de la serrure.

Mme Bourignat se mit devant la porte

Elle possédait des idées religieuses, croyait aux peines éternelles, et redoutait surtout les afflictions que le Très-Haut envoie, sur terre, aux chrétiens point selon son cœur. Elle imagina que le départ du docteur, son refus de réapparaître désormais au chevet de Bourignat était un châtiment mérité par l'ignominie de leur conduite réciproque, la rapacité avec laquelle ils avaient dépouillé Prosper, la barbarie avec laquelle, en accueillant avec joie la nouvelle de son décès, ils l'avaient traité jusque dans la mort. Elle se jugea frappée par Dieu, délaissée des hommes et, dans la solitude qu'elle se créait, s'épouvanta de ne plus savoir vers qui crier le jour où Bourignat suerait ses remords avec son agonie. Alors, sincèrement elle s'exclama :

— Ah ! la malédiction du ciel est sur nous !

— Madame, dit Laguépie, il se fait tard. Avant de me coucher, il faut que j'aille prendre des nouvelles de Mme Hestor' 'au. Veuillez me laisser sortir.

Mme Bour ,nat écarta ses bras en croix sur les vantaux de la porte ; et les laissant retomber, d'un air désespéré, ajouta :

— Je le lui avais dit bien souvent, à Bourignat, que nous aurions mieux fait d'être honnêtes !

— Ce sont vos affaires et non les miennes, répondit Laguépie.

— Ah ! docteur, continua Mme Bourignat, je vous en supplie, si vous saviez, vous n'auriez pas le cœur de nous abandonner.

Des larmes descendaient sur ses joues, rendaient plus laide encore sa face de chien boule-dogue, féroce et prête à mordre.

Poussée à la confession par l'excès de ses terreurs, comme ces mannes d'ordures qu'elle renversait dans la rue quand elle était cuisinière, devant le docteur reculant sous le flux des aveux, elle vida sa vie. Son existence s'était écoulée dans les transes. Elle avait vieilli sans échapper un seul jour aux reproches de sa conscience. Ah ! ceux-là se trompaient bien qui l'enviaient en la jugeant heureuse ! Et elle en arrivait à espérer que Prosper, dans le ciel, prierait pour elle, car elle avait bien souffert.

Sa voix sonnait le long des parois du corridor. Sur l'escalier la lampe fumait. Mme Bourignat s'exaltait, implorait son pardon, et Laguépie, inquiet, redoutait une attaque de nerfs.

Et à quoi aboutissaient leurs manigances pour devenir riches ? Jamais de sécurité ; les gendarmes toujours menaçants ; des inquiétudes telles que la santé de M. Bourignat en restait à jamais compromise ! Et quand la main du Seigneur s'appesantissait sur eux, les poussait à la maladie, faisait chèrement acheter la mort, elle, elle allait demeurer, sans appui, sans secours, seule, devant la souffrance.

Elle répétait :

— Seule ! seule, avec une voix perdue, des gestes d'égarement ; et elle sanglotait, implorant à nouveau Laguépie, pour que Laguépie ne l'abandonnât pas.

Laguépie méprisait également M. et Mme Bourignat. Mais il y a dans la douleur des pires créatures quelque chose de pitoyable malgré tout, qui émeut quand même les cœurs les plus rebelles à l'attendrissement ; et c'est par leurs souffrances que les êtres les plus abjects semblent réintégrer l'humanité. Professionnellement, Laguépie ne crut pas pouvoir refuser à cette misère morale l'aide que, sans discussion, il accordait aux misères physiques, dans les hôpitaux. La notion du devoir le haussait au-dessus des susceptibilités, au-dessus de rancunes. Rendu indulgent par l'excès même de l'infirmité qui le sollicitait, simplement, il acquiesça. Le lendemain, il viendrait voir M. Bourignat, comme de coutume.

Mme Bourignat, confondue en remerciements, se décida à ouvrir la porte. Laguépie sortit. Dehors il s'étira, poussa un soupir de soulagement, tel un homme lassé qui dépose enfin un fardeau trop lourd. Dans la « Maison du Païen » Mme Bourignat reprit la lampe, monta l'escalier, résolue à vertement semoncer Astérie. Dès qu'elle fut entrée dans la chambre de Bourignat, elle s'écria :

— Ah ! vous nous en faites de belles, vous, avec vos pilules !

Astérie, assise au chevet du malade, à la lueur d'une bougie, avait repris la lecture du *Rosier de Marie*. Doucement, de la main elle montra M. Bourignat. Il s'était endormi. Pour ne pas le réveiller, Mme Bourignat s'efforça de se taire, et, dans un silence rageur, elle s'en alla, laissant Astérie seule à côté du malade.

Sur le port, les derniers marins quittaient les cabarets. Dans une chaloupe à vapeur encore amarrée et sifflant dans les profondeurs du quai, ils s'embarquaient à la hâte. Ils titubaient jusqu'au môle, donnaient l'impres-

sion qu'un zig-zag plus violent de leurs jambes ivrognées les jetterait infailliblement par-dessus bord. Mais
au contraire, ils paraissaient se dégriser à mesure que le
chemin devenait moins large, que la mer se faisait moins
lointaine. Sans accident et tenant toujours à la main les
bouquets d'ajonc jaune, les fanes de carottes et de
pommes de terre qu'ils n'avaient pas lâchés tout en buvant sur les tables des débitants, ils descendaient l'un
derrière l'autre, se tassaient dans l'ombre, au fond de
l'embarcation. L'eau, autour d'elle, se déplaçait sous le
poids des corps. Le patron sifflait. La chaloupe poussait
de l'avant; et tandis que les hommes, sur les bancs, se
taisaient, repris par la discipline; avec son fanal rouge
et son fanal vert, là-bas vers l'escadre, elle emportait à
toute vitesse, leur ivresse muette, somnolente et fleurie.

Les débits de boissons mettaient leurs volets. Chez
Bourignat on avait éteint les lumières. Dans Kerahuel,
maintenant désert, la nuit des maisons ajoutait à l'obscurité de la nuit. Des nuages épais couraient sur les étoiles.
Le Château de Tristan, là-bas, se dressait comme une
forteresse de mystère et d'ombre, et il ne restait plus de
clarté qu'au premier étage de « Quet El Réral », dans la
chambre de Mme Hestoudeau.

La nature, troublée toute la journée par le mouvement
des hommes, reprenait sa sérénité. Les bruits des ténèbres devenaient perceptibles : le clapotis de la mer autour d'une barque à l'ancre, le grincement d'un filin
frottant contre un pieu, les gémissements poussés par
les mâtures qui semblent se plaindre de la fatigue de
longues traversées, le pas cadencé d'un douanier allant
et venant de sa guérite au bout du port; et les sons
vibraient si distinctement dans l'air calme, que Laguêpie entendait au lointain, sur un cuirassé, la vigie criant :
« Qui vive ! » à la chaloupe approchant de son bord.

Tandis que marchant à pas lents pour mieux jouir de
la solitude, le docteur se dirigeait vers « Quet El Réral »,
la lune, sortant d'un nuage, éclaira brusquement devant
lui, un homme tout nu qui courait. C'était un des permissionnaires attendus sur la flotte mouillée au large. Par
une fantaisie d'alcoolique en délire, il avait quitté ses
vêtements, les jetant il ne savait où; et, ne les retrouvant plus, ne sachant en quel endroit les chercher,
tourmenté de la crainte de manquer l'appel, sans
souci de paraître obscène, il s'essoufflait vers la cha-

loupe dont tout à l'heure, le sifflet arrivant jusqu'au champ où il dormait, l'éveillait brusquement de son sommeil de brute.

Par grandes enjambées il gagna le quai. Là par-dessus la jetée, il aperçut la chaloupe. A plus d'un mille de distance la cheminée fumait au-dessus de la mer où dansaient les rayons de la lune. L'homme poussa un juron. L'escadre partait le matin à quatre heures. Il ne serait pas là à l'heure de l'appareillage; on le porterait manquant, il passerait pour déserteur. Or, redoutant la mise aux fers, les juges, la prison, se laissant tomber sur un paquet de cordages, il se mit à pleurer comme un enfant. L'étendue s'emplissait de ses sanglots, et ses larmes, à torrents, ruisselaient de ses yeux sur sa poitrine velue.

Chien-de-Nous errait. Lâché par le quartier-maître qui, au moment de s'embarquer, avait repris sa ceinture et détaché le chien dont il ne savait plus que faire, il courait de ci de là, tout étonné de sa liberté et cherchant une bonne fortune. Il aperçut l'homme qui pleurait. Pris de pitié, doucement, il s'approcha du matelot; et, pour le consoler, à petits coups, de sa langue, il lui léchait la figure.

En face d'eux, sur le quai, comme si l'infamie du propriétaire, suintant à travers les murs, pareille à un acide attaquait l'or ancien des sculptures, la maison de Bourignat noircissait au clair de lune.

CHAPITRE XVIII

A « Quet el Réral », chez Mme Hestoudeau, Laguépie ne constata ni danger immédiat, ni menaces d'aggravation. L'accident suivant une marche normale, allait vers son dénouement sans nécessiter de soins extraordinaires. Olivier, de son côté, ne souffrait point des suites de sa tentative de pendaison. Tout bien examiné, le docteur se retirait sans inquiétude et s'en allait se coucher sans scrupules, quand, dans l'antichambre, la fraülein qui le reconduisait, lui demanda la permission de faire appel à ses bons offices.

— A Paris, parmi ses connaissances, est-ce que M. Laguépie ne pourrait pas me trouver une place ?

— Vous quittez donc Mme Hestoudeau ?

— Tout ce qui est arrivé de malheur ici est arrivé par ma faute, avoua bravement la « fraülein ». M. Olivier, mal surveillé par votre servante, sans que je sache pourquoi, s'est mis au cou la corde de la chapelle de Saint-Coulm, et c'est à cause de moi que madame garde maintenant le lit. On m'a renvoyée ; on a bien fait. D'ailleurs, je n'aurais pas consenti à rester un jour de plus, dans une maison où j'ai manqué à mon devoir.

Laguépie, admirant la sévérité protestante de cette domestique, se ressouvint du soir éloigné où la présence d'esprit de la fraülein le tirait de l'embarras dont le menaçaient les révélations d'Olivier, racontant à son père les extravagances hystériques de Mme Vincent Trois, et quel baiser, Laguépie, par dévouement physiologique, avait dû donner à Mme Hestoudeau. Il ne méconnaissait pas qu'il]

tenait de la servante la sauvegarde de sa dignité professionnelle — la seule dignité dont il se montrât jaloux ;
et, plein de bienveillance pour une fille dont il se jugeait
l'obligé, le docteur se déclara prêt à lui rendre service,
de toutes les manières.

Mais comment ? A Paris où il passait, fugitivement,
entre deux voyages, il ne fréquentait chez personne,
n'espérait rien de ses relations toutes de science et de
laboratoire. Alors, s'excusant de ne pouvoir mieux faire,
il offrit à la fraülein de l'aider, pécuniairement, jusqu'au
jour où elle entrerait chez de nouveaux maîtres.

— Merci, monsieur, répondit la gouvernante. J'ai des
économies et je ne demande que du travail.

Laguépie cherchait, sans trouver rien, s'affirmait
désolé de ne pouvoir, sur-le-champ, prouver sa gratitude.
Si, la saison terminée, il n'était pas obligé de partir en
mission scientifique aux îles Féroé pour étudier la pêche
et le commerce de la baleine, il prendrait volontiers la
« fraülein » comme secrétaire. Elle classerait des notes,
mettrait en ordre la correspondance, traduirait les
extraits des ouvrages allemands ; au besoin, réparerait le
linge, toujours en dégât dans un ménage de célibataire.
Mais elle devait attendre son retour. Quand reviendrait-il ?
Il ne savait guère, et se défendait de faire des promesses
et de donner des illusions à la réalisation desquelles il ne
croyait pas.

La « fraülein » demeurait très émue d'une sympathie
qu'elle n'avait jamais rencontrée chez personne pendant
les longues étapes de sa domesticité. La reconnaissance
de Laguépie, son regret, exprimés en termes qu'elle sentait très sincères, l'enorgueillissaient jusqu'aux larmes.
Par l'hommage que le docteur rendait à son intelligence,
elle se trouvait haussée hors des humilités de sa condition. Pour la première fois de sa vie, elle se voyait
traitée en femme, non plus en servante ; et comme
Laguépie, de nouveau, disait combien il souhaitait lui faire
plaisir.

— Il y a pourtant un moyen, dit-elle en souriant.

— Lequel ? Il ne négligerait pas de l'employer.

— Vraiment ?

— Je vous assure.

Alors fixant sur le docteur des yeux suppliants, rappelant, d'une phrase, l'aventure de médecine galante à laquelle elle avait été mêlée, l'an passé :

40

— Puisque vous embrassez si bien les dames !

Sur la joue qu'elle tendit brusquement, Laguépie ne put se défendre de poser les lèvres ; et, dehors, les sens remués par le contact de cette chair jeune, si vite offerte, si vite reprise, il cheminait tout ahuri. Comment la porte s'était-elle ouverte ? Comment était-il sorti de « Quet El Réral » ? Il n'en savait plus rien. Les événements de la soirée, les aveux de Mme Bourignat, l'attendrissement de la « fraülein », se confondaient dans sa mémoire. Il restait incertain de leur réalité, doutait s'il n'avait pas rêvé ; et, en rentrant chez lui, se demandait s'il ne subissait pas quelque hallucination fébrile causée par la fatigue.

Grandement fière du baiser qu'elle avait reçu et qui, selon son appréciation, l'égalait à sa maîtresse, la « fraülein » remonta dans la chambre, auprès de Mme Hestoudeau.

Dévouée jusqu'au bout, sans paraître se souvenir que, le lendemain, la maison lui deviendrait fermée et étrangère, elle s'installa pour passer la nuit. Derrière un paravent qui cachait la lumière de la lampe, elle s'assit dans un grand fauteuil. Sur les appuis rembourrés de chaque côté, elle posait alternativement la tête ; et, sur ses genoux, elle ouvrit une vieille Bible à reliure de buffle blanc, à coins et à fermoirs de fer, où le Verbe de Dieu semblait farouche et défendu comme un cavalier huguenot sous sa cuirasse de cuir et de métal.

Dans cette Bible, à Zurich, au fond d'une petite maison dont les fenêtres étroites ouvraient sur le Zwingle de bronze dressant, au bout du lac, sa statue de prêtre fanatique et militaire, ses parents lui avaient appris à lire. Les leçons du pasteur complétant l'enseignement de la famille, lors des circonstances graves de sa vie, elle cherchait, dans le texte sacré, du réconfort, des conseils, la conduite qu'elle devait tenir pour plaire au Seigneur. Elle ouvrait le livre, au hasard, et se décidait d'après le premier verset, à gauche, en haut de la page.

Or, ce soir-là, inquiète de son avenir, ne sachant ce qu'elle deviendrait quand, au matin tout proche, elle s'en irait vers la gare et l'inconnu, elle résolut de s'en remettre à la sagesse divine. Alors, tirant une épingle à cheveux de son chignon, elle l'introduisit entre les tranches de l'antique volume. Les feuillets s'écartèrent au chapitre troisième de l'histoire de Ruth. Dans l'imprimé

allemand, hérissé et rébarbatif en ses caractères gothiques, elle lut :

« Lave-toi donc, parfume-toi avec des huiles de senteur. Mets les plus beaux habits; et, descendant dans
l'aire, ne te montre pas à Booz avant qu'il ait mangé et bu.

« Et quand il s'en ira pour dormir, remarque le lieu où
il dormira. Tu iras; et tu découvriras la couverture du
côté des pieds. Tu te jetteras là et tu y resteras. Alors
Booz te dira lui-même ce que tu dois faire.

« Et Ruth dit : « Je ferai tout ce que tu me comman-
deras. »

La fraülein reconnaissait les conseils que Noémi
donne à Ruth pour la déterminer à chercher l'amour et
la sécurité dans le lit d'un étranger. Comme Ruth, elle
ne se défendait pas d'être convaincue et d'obéir. Elle tenait entre ses mains le livre de vérité. Aussi, docile à
penser que la Bible, lue avec candeur, dégage naturellement une lumière éclairant au lointain les destinées humaines, elle se demandait quel sens précis elle pouvait
attribuer aux phrases mystérieuses qu'elle relisait, mot
par mot, afin de les pénétrer, jusqu'au fond.

Comment devait-elle les interpréter ? Elle démêlait
bien qu'elle ressemblait à Ruth, par la servitude. Mais
elle ne savait où découvrir ce Booz ignoré vers qui la
poussait le Seigneur. Dans sa vie tout entière, chaste
malgré la promiscuité des cuisines et des offices, elle
n'apercevait pas d'hommes. Un à un, elle étudiait les
versets, désespérant de comprendre comment elle les
ajusterait à sa fortune, quand, subitement, par une illumination venue du ciel, elle songea à Charlescot.

Elle se rappela les conversations que l'amateur de photographie tenait tantôt auprès d'elle, sur le tertre de
Saint-Coulm, la façon résignée et souriante dont il regrettait son célibat, sa solitude aussi, pendant qu'il développait ses clichés. Il n'appartenait point à la religion de
la fraülein, en quoi il ressemblait à Booz n'adorant point
le Dieu de Ruth et de ses pères; d'où la fraülein en arrivait à conclure que, c'était bien Charlescot, l'étranger,
dont les volontés d'en haut lui commandaient de devenir la compagne.

Elle hésitait cependant, par peur d'être rebutée, ne se
décidait point à la démarche. Mais les versets qu'elle lisait plus loin la rassuraient sur l'accueil qu'elle recevrait, dissipaient peu à peu ses scrupules.

Ils disaient :

« Et voilà que vers minuit, Booz fut surpris et troublé quand il vit une femme couchée à ses pieds et il lui dit : « Qui es-tu ? »

« Elle répondit : « Je suis Ruth, ta servante. Étends ta couverture sur ta servante »,

« Ma fille, dit-il, que le Seigneur te bénisse, parce que tu n'as pas été chercher des jeunes gens, ni pauvres, ni riches. N'aie donc pas peur. Je ferai tout ce que tu m'as dit, car tout le monde sait, chez moi, que tu es une femme sage. »

Mme Hestoudeau demanda à boire. La « fraülein » se leva. Avec précaution, elle posa la Bible, grande ouverte, derrière elle, sur le fauteuil. De la tisane chauffait à la flamme d'une veilleuse. Tout en versant le breuvage dans la tasse où elle remuait une cuiller, pour faire fondre le sucre, la « fraülein » se persuadait que les termes « jeunes gens, ni pauvres ni riches » indiquaient Charlescot aussi clairement qu'ils la désignaient elle-même quand ils parlaient d'une « femme sage ».

Quand Mme Hestoudeau, désaltérée, essaya, dans son lit, d'une position commode pour dormir, la « fraülein » reprit son fauteuil, son livre, sa lecture. Après la page tournée, elle vit une gravure. La gravure, exécutée, sur bois, par un maître naïf, confirmait le texte, précisait la prophétie, en représentant Ruth, aux rayons des étoiles, s'abandonnant entre les bras de Booz. La « fraülein » ne s'effraya pas à l'idée que, le lendemain, elle serait dans la même attitude, auprès de Charlescot. Elle considéra seulement qu'il importait pour elle de se presser, car Charlescot, à Saint-Coulm, avait annoncé son départ pour le lendemain même. Donc, la « fraülein » se proposait d'aller trouver le photographe, dès le matin, bien avant l'heure où le train, à destination de Paris, siffle au long du quai de la gare. Et, souriant, à la vision de l'avenir de tranquillité ouvert devant elle par les Écritures, elle s'endormit d'un sommeil si profond qu'elle n'entendit pas, au dehors, le tintement de la sonnette qu'un sacristain agitait devant les pas du prêtre portant le viatique à Bourignat. Elle n'entendit pas non plus, le bruit des femmes en sabots qui, dans la nuit, s'empressaient vers le moribond, pour boire, selon la coutume, le café funéraire.

Car Bourignat agonisait. Astéric n'en doutait pas. Sans

sommeil, dans l'ombre et le silence où elle percevait seulement le bruit de navette fait au plafond par une grosse araignée tissant sa toile, à la longue, elle s'inquiéta de l'extraordinaire immobilité du malade. Il cessait de gémir. Il ne se plaignait plus, suivant son habitude ; et le hoquet de sa respiration haletante semblait s'être à jamais tu. Alors, point rassurée par ce calme dans lequel elle essayait en vain de surprendre un sifflement, un souffle, quelque chose de l'haleine d'un vivant, elle appela :

— M. Bourignat, M. Bourignat !

Astérie, pour mieux écouter, retint sa respiration. Seule, l'araignée dans un coin, continua son tic-tac monotone.

Astérie, prise de peur, fit craquer une allumette ; et, la bougie flambant, demeura stupéfaite devant l'inertie de Bourignat, dans son lit. Elle le poussa. Le corps ne bougea point. Elle se pencha pour mieux l'examiner. Entre des lèvres autrefois si bavardes et d'où sortaient tant de discours provoqués par d'effrayants cauchemars, elle n'entendit que du silence.

— M. Bourignat. C'est moi. Me reconnaissez-vous ?

La bougie crépitait dans la chambre muette. Elle promena la flamme devant les paupières du malade. Les yeux ne s'ouvrirent pas. La figure exsangue, dont la pâleur se confondait avec la blancheur des draps et du bonnet de coton, les muscles détendus dans le coma amené par la piqûre, prenait ces airs de dignité et d'apaisement suprêmes qu'on voit seulement sur la face des cadavres. Comme chez les morts, au-dessus de la bouche, le nez prenait une importance singulière : entre les joues flasques, s'allongeait, démesuré.

Alors Astérie poussa un cri d'épouvante, un cri si retentissant que, de la chambre, l'autre côté du palier, Mme Bourignat, levée en hâte, accourut en camisole, les pieds nus dans des savates, sous sa chemise. Car dans sa précipitation, elle n'avait pas pris le temps de passer un jupon.

A son tour, elle dit :

— Bourignat, c'est moi. Me reconnais-tu ? Tu vois, nous sommes auprès de toi. Réponds-nous.

Pas un mot. Pas même l'essai d'un geste.

Alors Mme Bourignat attirant vers elle la tête de son mari, l'embrassa à plusieurs reprises. La tête resta sur

l'oreiller dans la position où les effusions l'avait placée.
Ensuite Mme Bourignat prit la main gauche qui traînait
sur le drap, la couvrit de baisers; et, la main restant sans
mouvement sous ses caresses, avec Astérie, elle demeura
persuadée que M. Bourignat était « au mouroir ».

Elle s'affaissa sur un fauteuil, au pied du lit, répétant :

— Mon pauvre homme! Mon pauvre homme!

Par secousses, elle se levait, l'embrassait à nouveau,
espérait le contraindre à parler; et, n'obtenant pas de réponse, se rasseyait en suppliant qu'Astérie voulût bien
aller chercher le docteur.

Mais Astérie, avec entêtement, se refusait à la démarche. Le docteur à quoi bon! C'était le docteur qui, avec
sa seringue, avait tué M. Bourignat. Maintenant que
M. Bourignat se trouvait dans l'état où on le voyait, le
mieux, affirmait-elle, était d'aller chercher le curé.

Mais M. Bourignat est franc-maçon, objecta Mme Bourignat respectueuse des sentiments de son mari; et, s'il
pouvait exprimer son opinion, il défendrait au clergé de
mettre les pieds ici.

— Preuve que pour mieux le sauver, le bon Dieu a
commencé par lui ôter l'esprit pour l'empêcher de faire
des sottises, repartit Astérie. D'ailleurs qu'il le veuille
ou non, au lieu de votre docteur qui le mettrait plus bas
encore, si c'est possible, moi je vais au presbytère réclamer que l'on apporte les sacrements. En attendant, vous,
tâchez de lui faire avaler du vin chaud.

— Du vin chaud? Où veux-tu que j'en prenne? demanda Mme Bourignat d'un air égaré.

— Celui qui est dans la cuisine, sur le feu, au fond
d'une casserole, et que j'avais préparé pour boire, moi,
pendant la veillée. Il l'aime bien, vous savez, et se rani-
mera peut-être assez pour avoir la force de se confesser.

Elle fit un grand signe de croix, sortit. Mme Bourignat
entendit la porte qui se fermait derrière Astérie. Sur le
quai, les pas précipités de la dévote, dans la nuit, sonnaient le long des maisons.

Ayant versé du vin chaud dans un verre, Mme Bourignat s'exténuait à essayer de faire boire le malade. Du
bras droit, elle lui soutenait la tête, de la main gauche,
elle tentait de lui introduire le verre dans la bouche.
Mais le verre se heurtait contre les dents serrées, le
liquide retombant sur les draps, les éclaboussait de taches

rougeâtres ; et la tête de Bourignat se renversant inerte, sur l'oreiller, il semblait étendu sous du sang, comme un homme assassiné.

Mme Bourignat, désespérée, pour se donner du courage, buvait le vin resté au fond du verre. Puis ne sachant quel parti prendre, assise dans le fauteuil, les mains nouées sur les genoux, les yeux fixés sur l'homme qu'elle s'imaginait déjà ne plus appartenir à l'humanité vivante, elle pensait que la mort de son mari coïncidait avec la nouvelle de la mort de Prosper et demeurait béante devant la soudaineté du châtiment, la rapidité des justices du ciel.

Que n'avait-elle donné aux pauvres les cinq cents francs qu'elle retardait toujours de verser au bureau de bienfaisance ainsi qu'une rançon de son indigne fortune ! S'imaginant que les représailles divines se seraient apaisées pour une largesse faite à propos, elle s'accusait avec larmes, se rendait responsable de l'agonie de M. Bourignat.

— Mon pauvre homme ! Mon pauvre homme !

Encore une fois, elle tenta de le faire boire, le pauvre homme ! Mais elle ne trouva pas de forces pour le soulever, et elle restait éperdue, irritée aussi, contre cette masse sourde et molle échappant à ses étreintes, et qui, par le moindre des frissons, ne lui donnait pas même l'illusion que son mari se ranimerait, pourrait revivre. Ainsi désormais, il faudrait qu'elle s'habituât à demeurer isolée ! Elle envisageait avec effroi comment elle continuerait à assurer le fonctionnement de la maison de commerce, quelle existence elle mènerait dans ce logis dont elle posséderait tristement la solitude, l'immeuble lui appartenant désormais, car Bourignat et elle, par acte notarié, avaient disposé l'un l'autre de leur bien en faveur du survivant ! Combien la chambre lui semblerait grande, le jour où Bourignat, dans son cercueil, en sortirait pour n'y jamais rentrer ! et comme c'est notre propre détresse que nous pleurons près du lit des défunts, elle sanglotait sincèrement sur ses misères personnelles, trouvait à la bougie brûlant, sur la table de nuit, l'aspect d'un cierge de deuil.

Au long des rues de Kerahuel, Astérie courait, frappait aux portes, éveillait les commères en répandant la nouvelle que M. Bourignat se mourait. Quand elle revint avec le sacristain, promenant une lanterne et secouant

une sonnette devant le prêtre en étole, encore endormi
derrière le Saint-Sacrement qu'il portait selon les rites,
des femmes sortaient des maisons, faisaient cortège, tout
en marchant, finissaient de s'habiller, discutaient en breton
sur l'imprévu de la catastrophe.

— Laret zou deign Eutru Bourignat clan mourbet hac
izou marhue.

— On dit que M. Bourignat est très malade et qu'il est
mort.

— Pihué en dès ean laret droh ?

— Qui vous l'a dit ?

— Laret e bet deign, hac en ol el lar, ne gleuer meit en
dra-zé.

— On me l'a dit, tout le monde le dit. On n'entend que
cela.

— Pegource ?

— Quand ?

— N'en dès quet houh ur hard œr.

— Il n'y a pas un quart d'heure.

— N'hou credei quet, hac e tchai cant el oh dès laret
deign, n'on kredehen quet.

— Je ne vous crois pas. Quand cent comme vous me
le diraient, je ne le croirais pas davantage.

— Mer ra droh er bris mei coustet deign, de laret è,
me lar droh et preh zou bet laret deign.

— Je vous donne la nouvelle pour le prix qu'elle m'a
coûté, c'est-à-dire, je vous dis ce que l'on m'a dit.

Dans la « Maison du Païen », elles étaient entrées sur
les pas du prêtre. Leurs paroles rauques, au milieu de la
grande chambre, auprès du lit venu de la Martinique,
entre le décor de grisailles, représentant les *Saisons*,
sonnaient pareilles au fracas des galets montant et descendant le long des rivages par les jours de gros
temps. Le chapelet à la main, sous le geste du curé bénis-
sant le lit de Bourignat, elles s'agenouillèrent, en tas,
sur le plancher; et, la tête inclinée sous leurs coiffes rendues plus blanches par l'ombre, en manière de réponse,
elles se lamentaient, criant à Bourignat l'impitoyable injonction dont les Bretons obsèdent les dernières heures
des mourants :

— Ne quet te a ielo pell brema. Kemenet inean da Zoué.

— Tu n'iras pas loin maintenant. Recommande ton
âme à Dieu.

Bourignat, rendu sourd par la morphine et la prostra-

tion de son sommeil, restait indifférent à leurs objurgations. Pourtant, au moment de l'aspersion qui, purificatrice comme l'hysope, devait laver son âme, la rendre
blanche à l'égal de la neige, une goutte d'eau bénite
étant tombée sur sa figure, il parut se ranimer. Changeant
de place, sous les couvertures, il tourna le dos au viatique.

Les femmes répétaient :

— Ne quet te a ielo pell brema. Kemenet inean da
Zoué.

— Tu n'iras pas loin maintenant. Recommande ton âme
à Dieu.

Bourignat, insensible comme un mannequin, ne pouvait ni recommander son âme à Dieu, ni répondre aux
questions du prêtre s'évertuant à le confesser. Le curé,
bâillant de temps en temps, derrière sa main, récita sur
le moribond, le symbole des Apôtres, le Credo, toutes les
prières ordonnées ; et elles semblaient véritablement s'appliquer sur un cadavre, ces onctions de l'huile sainte qui,
liturgiquement promenées sur un tampon de ouate, devaient
laver les yeux, la bouche, le nez, la main, les oreilles de
tous les péchés commis par leur usage. Bourignat paraissait déjà ne plus exister. Il fallut renoncer à lui administrer le sacrement de l'Eucharistie. Et quand, suivant le
rite, l'officiant tenta de lui mettre un cierge allumé dans
la main, le cierge vacilla, tomba, faillit mettre le feu aux
courtines. Astérie dut le tenir en équilibre à côté du
malade dont les doigts, si rapaces d'ordinaire, ne gardaient
plus la force de rien saisir.

Les femmes, entre des *Kyrie Eleison*, répétaient :

— Ne quet te a ielo pell brema. Kemenet inean da
Zoué.

— Tu n'iras pas loin maintenant. Recommande ton
âme à Dieu.

C'était aussi l'avis du curé, qui, dans la cheminée, brûlait avec mauvaise humeur, les flocons de coton imbibés
de Saint-Chrême. Il ne dissimulait pas son indignation
contre les retards qu'on apportait toujours à solliciter son
ministère dans les cas désespérés, comme celui de Bourignat ; de telle sorte que les sacrements s'exerçaient sur
des pénitents sans contrition, hors d'état de communier
et de profiter des grâces accordées aux pécheurs repen-
tants. Même il fit des reproches à Astérie qui le reconduisait.

Pourquoi ne l'avoir pas appelé quand M. Bourignat gardait encore un reste de connaissance ? En termes amers et voilés, il lui laissait entendre qu'en prenant si peu de soin de l'âme de son prochain, elle avait commis un crime compromettant gravement son salut éternel.

Sans écouter les explications de la dévote, il sortit. Dans la rue, marchant vers la sacristie au son de la clochette agitée devant lui, sa pensée suivant le balancement de la lanterne allumée, il s'affligeait ! Quelle renommée dans l'évêché ! Quelle joie pour les cœurs fidèles ! Quelle ressource pour les élections futures ! si ce franc-maçon, à l'heure de la mort, était arrivé à résipiscence ! Mais quoi ! Bourignat venait de subir l'extrême-onction, rien de plus, et son hébétude devant Dieu et l'Église ne pouvait malheureusement pas se donner pour une sincère conversion.

Dans la chambre, Mme Bourignat approcha une petite glace des lèvres de son mari. La glace se ternit d'une buée légère, presque imperceptible. M. Bourignat respirait encore et l'assistance considérant que l'âme de l'agonisant trouvait de grandes difficultés pour quitter le corps, s'employa de son mieux, pour l'aider à sortir. Un cierge fut allumé, promené à plusieurs reprises en forme de signe de croix, sur les draps maculés. Puis, des femmes, allant chercher des ustensiles de ménage, pots, bailles et casseroles, les apportèrent, le long des murs. D'autres, des brocs à la main, les remplissaient d'eau jusqu'au bord, afin que, au moment de la délivrance, l'âme trouvant où se purifier, par la mauvaise odeur de ses iniquités, ne fît pas tourner le lait des vaches dans les écuries du voisinage.

Agenouillées à nouveau parmi les récipients, elles favorisaient l'agonie en récitant des prières, quand la Mal-Commode apparut.

Le tintement de la sonnette précédant l'Eucharistie, l'avait tirée hors de l'ivresse qu'elle cuvait, couchée sous un hangar, à proximité d'un cochon. Comme les chiens, elle flairait la mort de loin, et personne ne décédait à Kerahuel, sans qu'elle accourût faire une visite au trépassé. Donc, ayant pris le vent, écouté où se dirigeaient les pas, sur le port, et regardé où brillaient des lumières, elle monta tout droit dans la chambre de Bourignat. On ne la chassa point, car elle passait pour connaître des prières très efficaces à soulager les affligés. D'ailleurs,

elle se conduisait fort convenablement auprès des malades. Aussitôt arrivée, elle entonna un cantique.

De la même voix gutturale et éraillée dont elle chantait
les escapades d'un sous-officier prenant son congé sous
la semelle de ses souliers pour aller, loin de la caserne,
rejoindre sa promise, célébrait les louanges de l'absinthe:
« Un pernod, c'est chouette », et les amours de Madeleine
laquelle s'étant fait faire une robe, pour la saison, paya la
façon de sa virginité et s'en fut à Rome réclamer l'absolution du pape ; dévotement, elle commença la terrible
mélopée du psautier breton, suppliant de donner aux
agonisants la faveur d'une bonne mort. Debout, devenue
solennelle de la solennité même des paroles qu'elle prononçait, elle psalmodiait, sans un geste :

« Quand mes pieds s'arrêteront de marcher ; quand
mes membres se refroidiront ; quand mon sang glacé se
figera dans mes veines ; quand mon voyage sur la terre
sera près de s'achever ; Seigneur, à mon heure dernière,
Seigneur, ayez pitié de moi. »

Les femmes, après elle, reprenaient : « Seigneur, ayez
pitié de moi ».

Immobile, la Mal-Commode continua :

« Lorsque ma bouche grande ouverte se tordra dans un
rictus affreux ; quand ma langue sans salive ne pourra
plus prononcer un seul mot ; Jésus, fils de Dieu le Père,
venez à mon secours. Seigneur, à cette heure d'angoisse,
Seigneur, ayez pitié de moi. »

A cette évocation qui reproduisait d'une façon si cruelle
et si précise l'état physique et moral de M. Bourignat,
Mme Bourignat, comme devant un spectacle réel, défaillit.
Un long frisson la secouait depuis ses savates jusqu'à sa
camisole. Par peur d'une syncope, Astérie l'emmena, lui
conseilla de ne pas prendre froid et d'aller se coucher.
Affaissée, pesant aux bras qui la soutenaient, elle s'éloigna.
Derrière la porte, on l'entendit qui répétait :

— Mon pauvre homme ! Mon pauvre homme !

Tout en se mettant au lit, appliquée, malgré sa douleur,
à la bonne renommée de sa maison, elle recommandait
qu'on fît chauffer du café pour les femmes et qu'on ne
négligeât pas de leur donner du vulnéraire ; car, selon la
coutume, la veillée ne pouvait pas aller sans libations,
Alors Astérie, déférente aux coutumes, raviva le feu du
fourneau, s'empressa de monter des bouteilles.

Pendant qu'elle allait et venait de la cuisine à la

cave, la Mal Commode, sans se lasser, une à une, débitait les strophes de l'interminable cantique, poésie de cannibale, rapsodie de charnier, étalant avec férocité toute la déchéance de l'individu que la mort décompose; et, avant le cercueil, prépare aux pourritures de la terre.

Elle disait, les dents ébranlées noircissant et tremblant dans l'alvéole des gencives; les cheveux hérissés au-dessus du front en sueur; les mains aux gestes errants se crispant dans le vide vers des objets que l'œil éteint ne voyait plus. Elle disait l'haleine sifflant hors des poumons, diminuant, souffle à souffle, devant les assistants pleins d'épouvante et de dégoût en face de cet homme dont la figure connue leur devenait maintenant nouvelle et étrangère.

Peu à peu, sans interrompre le chant et les prières, le « micamo » préparé par Astérie circula de main en main dans toutes les tasses de la maison. C'était un mélange de chicorée et de café, espèce de sirop de couleur brune, d'aspect poisseux, d'autant plus estimé qu'il contenait moins de café que de chicorée. Les femmes, par gourmandise, le saturaient de sucre, qu'elles faisaient fondre, morceau par morceau, les uns sur les autres. Leur tasse vidée, elles la remplissaient ensuite avec du vulnéraire, alcool à 45°, vaguement parfumé d'anis et qui répandait une odeur de punaise. Les corps entrant en transpiration sous l'influence de la chaleur et de la boisson, une buée humaine montait, se mêlait à la buée du « micamo » fumant par le goulot des cafetières. Une puanteur de crasse humide se dégageait des robes, des jupes, des femmes entassées; et, dans l'atmosphère embrumée par ces exhalaisons, sur une table de nuit, auprès de Bourignat, la flamme de la bougie s'entourait d'un halo, brûlait comme à travers un nuage.

La Mal-Commode ayant bu un grand coup de vulnéraire, s'essuya les lèvres avec le revers de la main droite. D'une voix où revenait de l'ivresse, elle reprit :

« Quand mes amis auprès de moi me regarderont trépasser; quand ils frissonneront de me voir perdu sous les souffrances; que, dans l'horreur de leur affliction, ils me recommanderont à vous; Seigneur, dans cet instant funèbre, Seigneur, ayez pitié de moi. »

Le verre de la bouteille de vulnéraire versant son liquide à la ronde choquait la porcelaine des tasses.

Autour, des contestations s'élevaient. D'aucunes prétendaient que les mêmes buvaient toujours, réclamaient,
parce qu'on semblait faire exprès de ne jamais les
servir; et, dans le tumulte des récriminations et de la
vapeur de l'alcool qui exaspérait la fatigue, hébétait les
cerveaux, quelques voix seulement répétèrent:

« Ayez pitié de moi. »

Dans son lit, sans ressentir de haut le cœur, sans
éprouver de nausée, sans conscience de la fétidité et du
bruit qui l'entouraient, Bourignat continuait à dormir. A
force de s'occuper de son âme, on oubliait sa personne,
et son être disparaissait parmi le murmure machinal des
litanies et des oraisons.

Astérie, pourtant, songea à s'inquiéter de lui. Le jour
se levait. Des rayons de clarté passaient entre les lamelles des persiennes closes, et le sole'l reflété par
l'eau calme du port, ainsi que par un miroir, commençait à mettre sur le plafond de dansantes lumières.

Astérie tournant autour du lit, s'approcha de Bourignat, lui prit la main, demandant:

« C'est moi, Monsieur Bourignat, me reconnaissez-vous? »

La nuit s'avançant, la morphine peu à peu s'était éli-
minée, Bourignat reprenait de la sensibilité. Vivement,
il retira sa main de la main d'Astérie. Puis, tournant
la tête, d'un accent effrayé, il s'écria :

— Pas de procureur ! Non, pas de gendarmes !

Car ses paroles, mécaniquement, malgré lui, exprimaient les terreurs continues qui hantaient son cerveau,
jusque dans ses rêves. Assurément, il délirait, puisqu'il
tenait des propos jugés incompréhensibles. Mais au
moins, il parlait maintement ! il prononçait des mots,
d'où l'on concevait la certitude qu'il pourrait exister,
encore. Il apparaissait comme manifeste que les forces
vitales se ranimaient en lui. Seules, les pratiques du
docteur les avaient suspendues et compromises. Aussi
pourquoi ne pas écouter Astérie? Sans son intervention,
Laguépie assassinait l'ancien maire. L'évidence sautait
aux yeux, et quelle chance que, s'apercevant de l'état
désespéré du malade, elle ait pu courir chercher le curé.
Si Bourignat revenait à la vie, il devait sa résurrection
aux sacremen's apportés en hâte ; aux prières des
femmes arrivées en foule ; et, affirmant que Dieu, dans
sa miséricorde, promettait encore à l'âme de ce mécréant
d'habiter un corps régénéré pour faire pénitence de

ses erreurs, elle criait au miracle. Des femmes, autour d'elle, partageaient sa confiance et aussi son exaltation. Dans leur empressement à voir renaître Bourignat, sur les meubles, les chaises, le parquet, elles abandonnaient les tasses, le vulnéraire, lui-même. Comme un troupeau, groupées contre le lit, elles demandaient :

— Il vit, voyons voir.

Bourignat ouvrait des yeux vagues, voilés encore, et qui n'apercevaient rien de la foule empressée autour de lui.

— Oui, il vit. Il va vivre ! s'écria Astérie. Mais maintenant que Dieu a fait son œuvre, il faut aider la nature. Donnez-moi du vinaigre.

On trouva une burette : on la lui passa. Pendant qu'elle la débouchait et qu'elle la reniflait pour éprouver la force du liquide, elle dit :

— Prions ! Prions maintenant Mme Sainte Anne pour que, par son intercession, nous obtenions la grâce de voir M. Bourignat revenir entièrement à la santé.

Les femmes se signèrent, murmurèrent en chœur.

« Notre mère Sainte Anne, patronne des Bretons, intercédez pour eux dans toutes leurs misères. »

Astérie découvrit Bourignat. Sans pudeur, à cause de la gravité de la circonstance, elle retroussa la chemise de l'ancien maire. Le torse nu de M. Bourignat apparut. De grands poils blancs frisaient sur la poitrine, et les côtes, sous la peau, saillissaient si visibles qu'on aurait pu les compter. Dans le dos, sous un pansement fait d'une feuille de chou enduite de beurre, le vésicatoire, posé le matin, suppurait.

Les femmes continuaient :

— Sainte Anne, les malades qui ont recours à vous sont guéris de leurs afflictions.

Le couplet fini, elles entonnèrent le refrain. Astérie frictionnait Bourignat. De la main gauche, elle versait du vinaigre dans sa main droite ouverte en forme de coquille, puis, vigoureusement, à plat, la promenait sur l'échine du malade. Elle frottait avec une telle force que des érosions rouges apparaissaient sur la peau, par endroits. Bourignat, sous les secousses, se remuait, respirait plus fort.

« Sainte Anne, chaque fois qu'on implore votre miséricorde infinie, les muets parlent, les aveugles voient, les sourds entendent. »

Bourignat poussa un hurlement. Astérie, avec l'assurance que procure un commencement de succès, pour mieux activer la circulation du sang, avait pris le parti de verser le vinaigre à plein goulot : et, le vinaigre, s'insinuant sous la feuille de chou placé sur le vésicatoire, corrodait les chairs mises à vif : le malade, par ses soins, criait de douleur.

Il vivait maintenant, puisqu'il se plaignait, puisqu'il se débattait ; et, par les efforts même qu'il faisait pour échapper à la souffrance, donnait la preuve de la résurrection et du miracle.

Astérie, heureuse de le sentir frémir sous ses doigts, impitoyable et fanatique, versait à nouveau du vinaigre sur la plaie ; quand, soudain, la burette lui fut arrachée de la main. Le docteur Laguépie était entré.

Dès le matin, il sortait de chez lui pour aller prendre des nouvelles de Mme Hestoudeau quand il avait rencontré Baluche. Baluche, déjà renseigné par cette télégraphie obscure qui, à la campagne, transmet immédiatement les nouvelles d'un bout du village à l'autre, Baluche lui avait appris l'agonie de M. Bourignat, la visite du curé, lequel, selon l'expression de Baluche, « était allé lui graisser les bottes pour le grand voyage ».

Laguépie, sans rien comprendre à des complications que rien, la veille, ne faisait prévoir, s'était empressé vers la « Maison du Païen ». Grimpant en hâte l'escalier, dans la chambre en haut, il vit les tasses, l'alcool, tout le vinaigre épandu par Astérie sur le corps de Bourignat. Alors, d'un bond, bousculant la femme et la repoussant :

— Mais, malheureuse, vous ne voyez donc pas que vous le martyrisez ?

— Il se mourait à cause de vous, répondit Astérie avec l'accent d'une conviction profonde ; les prières et les frictions l'ont rendu à la vie.

Bourignat, définitivement réveillé, s'était mis sur son séant. Honteux de se sentir tout nu devant le monde, il baissa sa chemise, ramena les draps jusqu'à son menton ; puis, reconnaissant Laguépie, il dit :

— Ah ! docteur, pour une fois que je dormais, on aurait bien pu me laisser tranquille !

— Vous entendez bien, il dormait. Ce n'est pas moi qui le lui fais dire, s'écria Laguépie exaspéré. Imbéciles,

vous ne savez donc pas ce que c'est que la morphine?
Sans compter que vous l'empoisonnez avec vos haleines.

Laguépie, dans l'excès de sa colère, ne savait de quoi
il s'irritait le plus, ou de l'ignorance de l'action des médicaments les plus ordinaires, ou de cette infection de l'air
par les femmes s'entassant dans la chambre, au mépris
des lois de l'hygiène. Il s'indignait surtout de s'entendre
dire que les oraisons du curé, en même temps que le vinaigre épandu par Astérie produisaient des effets supérieurs à toute son application, à tout son art, à toute cette
science au delà de laquelle il ne voyait rien, dans la vie.
L'humiliation intellectuelle qu'il ressentait, lui faisait
perdre toute mesure, toute politesse même. Alors, brutalement :

— Fichez-moi le camp, dit-il, tas de péronnelles !

Il prononça un autre mot plus énergique, et ce mot
que les femmes échangeaient sans cesse pendant leurs
querelles, dans la bouche du docteur leur parut particulièrement grossier et injurieux.

Est-ce qu'on allait « être insulté avec celui-là » maintenant ? Elles ripostèrent. Les fumées du vulnéraire exal-
taient, sur leurs lèvres, l'ignominie naturelle de leur langage. La Mal-Commode mise en verve par sa haine contre
l'étranger, la Mal-Commode, résumant la réprobation générale, déversait sur Laguépie toutes les ordures parlées
dont elle s'était emplie dans les prisons.

Les autres les répétaient, en ajoutaient de nouvelles.
Laguépie, sans les entendre, à coups de poing, comme
un vacher pousse un troupeau, poussait les femmes à la
porte. Elles obéissaient, dolentes et révoltées, mais cédant lâchement à la force, et bousculaient, au passage,
Mme Bourignat qui essayait d'entrer. Dans la rue, regrettant l'alcool laissé dans les tasses, elles invectivaient
encore contre Laguépie.

Mme Bourignat, apercevant Bourignat vivant, accabla
son mari de tendresses. Elle le regardait avec curiosité,
comme s'il fût revenu d'un long voyage, semblait prendre plaisir à le reconnaître, l'embrassait pour qu'il prît
meilleure figure, lui rajustait, sur la tête, son bonnet de
coton.

La Mal-Commode et Astérie demeuraient ironiques,
provocantes, bien décidées à ne pas abandonner le
terrain.

— Madame, dit sèchement Laguépie, si ces personnes

ne sortent pas, elles aussi, je vous déclare que je ne
m'occupe plus de votre mari.

Alors Mme Bourignat, avec des précautions, pria la
dévote et l'ivrognesse de vouloir bien se retirer. Elle les
ménageait, craignant qu'Astérie cessât de se mettre à sa
disposition quand elle réclamerait son aide, et que la Mal-
Commode, aux jours nombreux de ses soûleries, ne lui
jetât des insolences et des sorts.

— Maintenant, ouvrez la fenêtre, commanda Laguépie
quand les deux femmes se furent résignées à s'éloigner.

Mme Bourignat écarta les volets.

Au loin, dans la perspective, le port à sec apparut, la
mer bleue, au delà du môle; et, de place en place, sur
l'eau lumineuse, des taches noires qui étaient des rochers, de petites îles. L'air frais du matin circulait, chassait les évaporations des corps, l'odeur de l'alcool, celle
du vinaigre; et Bourignat, fort dispos, le respirait librement, à pleins poumons. Il jouissait de la gaîté du soleil,
malgré les recommandations du docteur, voulait se lever. Sa femme lui confessant les mortelles inquiétudes
dont elle avait été tourmentée, à son propos, pendant la
nuit, il plaisanta : « Mab Gast ! » Fallait-il que les gens
fussent bêtes pour le croire mort. Jamais, au contraire, il
ne s'était si bien porté. Pour témoigner de sa guérison, à
déjeuner, il prétendait manger une côtelette. Tout guil-
leret, il remerciait le docteur, se promettait bien, si les
douleurs revenaient, de solliciter une nouvelle piqûre à
la morphine.

Mais la morphine qu'il jugeait si bienfaisante, au dehors, par les femmes, était traitée de poison. Kerahuel
retentissait de ce bruit que Bourignat, agonisant sous les
remèdes de Laguépie, avait providentiellement recouvré
l'existence grâce à l'extrême-onction et aux soins d'Astérie. Sauvant l'âme, réconfortant le corps, elle avait tiré
Bourignat loin de l'enfer, déjà béant devant lui. Le curé,
profitant de la crédulité publique, renonçait à contester
la conversion du mécréant, laissait entendre que le
franc-maçon, grâce aux sacrements, avait fait amende honorable. Ceux qui ne pouvaient joindre Astérie payaient
à boire à la Mal-Commode pour entendre de sa bouche
le récit circonstancié de la merveille. Elle la racontait,
non point ainsi qu'elle s'était passée, mais telle qu'elle
l'inventait d'après les souvenirs des fables évangéliques
lues dans son paroissien, les sermons des prêtres en

41.

chaire, les vitraux représentant des résurrections, dans
les verrières des églises.

Ainsi, elle affirmait qu'un ange, descendant du ciel,
avait rouvert les yeux de M. Bourignat. Sa fantaisie
se commentait à l'infini, engendrait des fantaisies plus
extraordinaires encore. L'imagination, naturellement
déréglée de Kerahuel, amplifiait les moindres détails,
les exagérait sans limites. Aussi, plus la nouvelle se
répandait, agrandie par l'enthousiasme de la foi et le
goût hystérique du mensonge, plus la considération
pour Laguépie décroissait dans l'esprit surexcité des
indigènes.

Décidément, il n'était plus permis d'accorder quelque
confiance à un médecin administrant criminellement de
la morphine aux malades ! « De la morphine, ma pauvre
fille ! » Dans l'épouvante de cette population plus ignorante en pharmacie que les Topinambous ou les Cafres,
la morphine passait pour un fléau, une calamité, et le
docteur, considéré comme un malfaiteur, devenait l'ennemi public.

Les commères, sur le pas des portes, se communi-
quaient leurs terreurs ; et les blanchisseuses, qui lavaient
le linge, dans l'eau sale, au fond d'une carrière abandonnée, où la pluie stagnait en mares verdâtres, ne connaissaient pas d'autre sujet de bavardages. Les vitupérations contre la morphine, les blâmes contre Laguépie,
les actions de grâces remerciant le ciel de la santé rendue
à Bourignat, débordaient des ruelles, des débits de boissons, des épiceries, s'étendaient au loin, jusque dans la
campagne. Des bergers, sur la dune, au pied des menhirs, les redisaient entre eux, tout en gardant les moutons et les chèvres ; et la rumeur de la réprobation, mêlée aux murmures des fils des poteaux télégraphiques,
sur la route, obsédait les oreilles de la « fraülein », allant
retrouver Charlescot. Elle marchait vite, derrière elle,
laissait une forte odeur d'eau de Cologne.

Comme Ruth, elle s'était parfumée, comme Ruth, elle
avait revêtu ses plus beaux vêtements. En grande toilette, coiffée d'un chapeau qui lui venait de Mme Hestoudeau, émanant des senteurs qu'elle croyait suaves,
là-bas, au bout du petit port perdu à l'extrémité de la falaise, elle se présenta au domicile de Charlescot. Elle
frappa à la porte, tremblant que personne ne vînt ouvrir.
Charlescot parut, la pria d'entrer.

— Qu'est-ce qui vous amène, mademoiselle ?

En termes très simples, elle offrit ses services, et Charlescot, par scrupule, ne les refusa pas. Il se jugeait un peu responsable du renvoi de la gouvernante. En causant avec elle, près de la chapelle de Saint-Coulm, il l'avait empêchée de surveiller Olivier. Puisque, par sa faute, elle se trouvait sans place, il ne crut pas honnête d'oser lui refuser une réparation. Donc, il accepta que désormais, à Paris, la « fraülein » se chargeât de la direction de son intérieur. Toujours préoccupé de réactifs et de manipulations, il ajouta :

— A cette heure, je devrais déjà être loin de Kerahuel, sur les rails, mais je ne me suis pas couché cette nuit tellement j'avais hâte de développer mes instantanés des fêtes celtiques, et ils sont nombreux. Vous arrivez à propos pour m'aider.

Il l'entraîna dans l'arrière-pièce obscure qui lui servait de chambre noire.

La « fraülein » se souvint du verset de la Bible : « Alors, il te dira lui-même ce que tu devras faire ». Docilement, elle suivit Charlescot.

A la lueur d'une lanterne à feu rouge, il lui montra des plaques de verre trempant dans des bains qu'il remuait au passage. Tous deux, penchés sur une cuvette, épièrent l'action d'un révélateur lent à produire un résultat parce que, disait Charlescot, « le cliché était dur à venir ». L'image, peu à peu, se dessina, les contours se précisèrent ; et, soudain, ils virent Pauline, la Pauline du Casino, costumée en druidesse. Sur l'épreuve négative, la robe noire apparaissait toute blanche ; et la physionomie de l'enfant, sombre comme celle d'une négresse, semblait très laide, de cette laideur particulière à la face des macaques, des vieux paysans et des vieux acteurs.

Il s'inquiétait cependant, car, d'après ses évaluations, le cliché ne serait pas sec avant midi, heure à laquelle il se proposait de partir.

— Passez-le dans un bain d'alcool, dit la « fraülein ».

Charlescot n'ignorait point cet artifice, et néanmoins resta séduit par la science photographique dont témoignait la gouvernante.

— Vraiment, vous savez donc ! dit-il d'un ton d'admiration.

— Je sais, répliqua-t-elle modestement.

— Alors, voulez-vous, donnez-moi le flacon qui est là,
sur la planche. Encore que je n'aime pas ces procédés
trop rapides, nous allons faire le nécessaire.

Par ce mot « nous », la fraülein estima que Charlescot
la confondait avec lui, l'admettait déjà dans son intimité.
Avec un sourire, elle prit la fiole pleine de liquide et, tendrement, la tendit au photographe. Charlescot la débou-
cha d'un air indifférent, car son art, l'absorbant tout entier, le détournait de toute concupiscence. Il entendait
seulement associer la gouvernante au travail de ses virages, au rangement de ses épreuves. Elle semblait ne rien
souhaiter davantage ; et, pour favoriser l'évaporation, avec
son mouchoir agité à temps réguliers, pour plaire à Charlescot, elle éventait la plaque humide. Quand la fraülein
eut emballé les appareils, Charlescot, conquis et défendu
quand même, lui déclara que, au chemin de fer, pour
éviter les interprétations déplacées, ils monteraient chacun dans un wagon différent. Ainsi Booz disait à Ruth :
« Prends garde que personne ne sache que tu es venue
ici. » Donc, les Écritures, une fois de plus, se confir-
maient.

A midi, sur le quai, au moment de partir, Charlescot et
la « fraülein » affectaient si fort de s'ignorer l'un l'autre,
que, parmi les curieux accoudés sur la barrière de la
gare et surveillant le va-et-vient des voyageurs, personne
ne douta de leur liaison. Assurément, ils ne tarderaient
pas à se rejoindre. Ils se rejoignirent, en effet, pour le
déjeuner, au buffet de la station d'embranchement sur
Paris ; et, pendant le voyage, dans le même compartiment, côte à côte, eux aussi parlèrent du miracle, discutèrent sur la morphine.

Cette préoccupation, Laguépie la rencontrait partout
où il se présentait, dans la journée, à Kerahuel. Mme Hestoudeau, émue dans son lit, oubliait son malaise pour
s'informer de Bonrignat, cependant que M. Hestoudeau,
sans croire absolument à la puissance des forces occul-
tes, trouvait le cas curieux, intéressant à fournir le sujet
d'un mémoire.

Sur la terrasse de l'hôtel d'Orange, maman Treudec,
avec entêtement, ne doutait pas de l'intercession de
Mme Sainte Anne. Elle se flattait d'avoir vu des effets
de guérison pareils, quand, dans la piscine, devant la
Basilique, des malades font couler de l'eau le long
des manches de leur vêtement, pour fortifier à l'inté-

rieur, leur poitrine et leurs bras: et que les femmes, retroussées, se trempent jusqu'au ventre afin de soulager
leurs secrètes affections de matrice.

M. Nicous trouvait dans la résurrection de Bourignat le
sujet d'un poème essentiellement moderne, le contraste
de la science et de la foi lui paraissant fournir la matière
d'une épopée philosophique qu'il développerait, en plusieurs chants. Rachimbourg se demandait de quelle manière adroite, sans déplaire au docteur, il utiliserait l'aventure pour donner de la renommée à Kerahuel, en tirer
une publicité favorable pour la vente des terrains, sur la
plage. Garnafe, de son côté, se félicitait de l'heureuse
issue d'un événement qui laissait Bourignat vivant, armé
contre Rachimbourg et prêt à le combattre, lors des prochaines élections.

Ainsi tous, sans s'inquiéter de la qualité et de la vraisemblance du phénomène, sans protester contre la sottise, cherchaient seulement le moyen de la faire servir
à leurs préjugés, à leurs ambitions, à leurs calculs; et
ces individus soi-disant intelligents, Laguépie finissait
par les trouver plus stupides peut être que les habitants
de Kerahuel, franchement ineptes au moins, ceux-là, et
convaincus, jusqu'au dernier, de la puissance surnaturelle
d'Astério.

Sur le soir, Laguépie alla à Keréol pour chercher
son violon, Malbar et Mme Trénissan, eux aussi, s'entretenaient du miracle. Sincèrement, ils plaignaient le
docteur. Son goût de pénétrer jusqu'au fond d'une race
le conduisait au discrédit. Or, ils savaient que le discrédit
se répand vite quand il émane des imbéciles, et que
les imbéciles, comme la seiche autour de sa proie, sont
habiles à faire promptement la nuit autour des gens
d'esprit.

A son entrée dans le salon, Laguépie surprit dans les
attitudes de Malbar et de Mme Trénissan une tendresse
et une retenue qui ne lui laissèrent aucun doute sur la
chute amoureuse de leur artistique amitié. Il devina
aussi le sujet de la conversation et, affectant un ton
dégagé :

— Eh bien ? Et vous, qu'est-ce que vous dites de l'affaire Bourignat ?

— Nous disons, répondit Malbar, nous disons que
vous êtes victime ici d'un phénomène d'hydrostatique
sociale. Vous savez ce qui se passe en physique. Un

corps plongé dans l'eau perd de son poids, un poids égal au poids du liquide qu'il déplace. De même, un homme de valeur et c'est vous...

Laguépie, ironiquement, fit un geste d'incrédulité.

Malbar reprit :

— Un homme de valeur, — et c'est vous, — perd fatalement de son autorité, en raison directe de la masse d'idiots à laquelle il se mêle.

— Merci, dit simplement Laguépie, car pour la première fois de tout le jour, il entendait une opinion hautaine et raisonnée.

Malbar continua :

— Il ne faut jamais se commettre avec les pauvres d'esprit, même pour étudier jusqu'où va leur infirmité.

Il se souvenait de l'air railleur avec lequel Laguépie avait accueilli son improvisation quand, mal renseigné encore sur le pays de Tristan, dans un banquet, à propos du 14 juillet, il célébrait l'Armorique, ses vertus, sa langue ; et, malgré sa sympathie pour le docteur, s'égayait un peu de lui rendre aujourd'hui leçon pour leçon.

— Jamais, ajouta-t-il, jamais nous ne réformerons la construction démente du monde. Les sources du délire humain sont infinies, intarissables : toujours elles nous submergeront.

— C'est vrai, tristement vrai, répondit Laguépie. Oui, je ressemble au scaphandrier assez audacieux pour descendre parmi des profondeurs terribles, inexplorées, et qui, malgré les précautions, périt dans son appareil où l'air respirable n'arrive plus. Et ils ont raison, tous ces estropiés de cervelle. Qu'est-ce que j'allais faire au milieu d'eux ? Mais, c'est égal, ils me paieront cher leur mépris, je vous en donne ma parole!

Debout auprès de la baie vitrée où s'encadrait la mer, il regarda le port, la plage toute jaune au soleil où les écriteaux « Terrains à vendre », du haut de leurs poteaux, jetaient des taches d'ombre sur le sable. Avec un geste de menace, il répéta :

— Oui, ils me le paieront, je vous en donne ma parole !

Puis, regrettant son mouvement de colère, il ouvrit la boîte à violon, prit l'instrument, releva le chevalet, rajusta les cordes ; et, s'adressant à Mme Trénissan :

— Je n'ai pu achever hier le morceau que je vous avais promis. Voulez-vous m'accompagner, et nous recommencerons?

Mme Trénissan, complaisante malgré ses tristesses, se mit au piano, donna le *la*. Laguépie attaqua l'adagio de la sonate de Beethoven, œuvre 12, n° 3; et, dans la sonorité de son violon, son vieux camarade, comme il disait, il oublia, pour un instant, la bêtise du monde avec les humiliations de la science.

XIX

Dans une des nuits qui suivirent, M. Pascal, sur la plage entre les poteaux des « Terrains à vendre » demeura stupéfait. Depuis la rencontre de M. de Graffon, auprès de Saint-Coulm, parmi les faux menhirs érigés pour donner de la splendeur et de l'exactitude aux fêtes celtiques, il était tourmenté par de constantes inquiétudes. Il se souvenait du regard froid du journaliste le dévisageant derrière un monocle; et, comme sous le foyer d'une loupe, étudiant chacun des détails de son individu. Sans doute, le reporter l'avait reconnu et cherchait depuis à pénétrer le mystère de l'éloignement et de l'inexplicable vie que lui, M. Pascal, menait à Kerahuel. Ainsi que les gens nerveux s'émeuvent et trépident à l'approche des orages, maintenant M. Pascal souffrait de sentir autour de lui une atmosphère de menace. Ne se jugeant plus en sécurité, il errait dans la solitude, fuyait, à travers les landes, des révélations qu'il redoutait. Le soir, les chaussures poudreuses du sable foulé en ses longues promenades, il achetait fiévreusement des journaux qu'il lisait avec soin et terreur, tant il craignait de découvrir il ne savait où, dans quelques lignes de leurs colonnes, un sous-entendu ou une indication plus claire qui livrerait à Paris le secret de sa retraite présente et de sa culpabilité des vieux jours.

L'angoisse exaspérait ses nerfs, et les crépuscules, pleins de son crime, ne lui apportaient que transes et insomnies. Alors, accablant son corps de fatigues, espérant que du harassement lui viendrait le repos, en courses désordonnées, il errait sur les dunes, au bord de la mer. Parfois, arrêté en haut d'un rocher, à l'extrémité d'un promontoire, il s'arrêtait.

Le flot battait la falaise, sous ses pieds. Des nuages couraient sur le ciel, au-dessus de sa tête, et il regrettait de n'être pas emporté par la vague et le vent, là-bas, au delà de cette ligne d'horizon derrière laquelle décroissaient les grands mâts des navires.

La mer pouvait le prendre, le vent pouvait l'emporter il se serait voluptueusement laissé aller à l'immensité et à l'oubli. Mais, sans courage encore pour provoquer une mort qui viendrait de lui, il se plaisait à concevoir que, par l'effet de sa décision, sa personne, un jour, cesserait d'exister. Lentement, se détachant de lui-même, il s'accoutumait à l'idée de disparaître.

Parfois, au milieu de son agonie volontaire, il se disait qu'il se tourmentait sans raison, qu'il donnait des interprétations trop importantes à de négligeables apparences, essayait de se convaincre du néant de ses chimères. Pour s'efforcer de ne plus penser à sa condition, il tentait de s'intéresser au ressac d'une vague, à la manière dont le flot attaquait un rocher, le couvrait d'écume; cherchait à surprendre le rythme de la cascade ruisselant à l'entour. Descendu sur le rivage, il s'appliquait à examiner les goémons apportés par la marée, les uns ténus et minces, comme des chevelures, les autres, épais comme du cuir, larges comme des baudriers.

Il s'efforçait à se rappeler leurs noms, leur classification, dans la botanique. Certains étaient pourvus de vésicules gonflées, grosses comme des noisettes. Il marchait dessus, éperdument. Les vésicules éclataient ainsi que des pois fulminants, et le bruit de leurs détonations, de rocher en rocher, assoupissait sa pensée. Plus loin, dans un contre-bas, entre des pierres, de l'eau apportée par le flux, formait une espèce de lac. Des petites crevettes y couraient. En vain, avec son mouchoir il s'évertuait à les prendre. Désespéré de sa pêche inutile, travaillant de sa canne, creusant des rigoles, et leur donnant de la pente, il regardait longuement la nappe d'eau stagnante s'insinuer dans le conduit, couler vers la mer.

Il s'oubliait, détourné de ses préoccupations par le travail matériel de ces enfantillages. Brusquement, le souvenir de Grafton réapparaissait. Des journaux même qu'il avait lus et qu'il retrouvait dans sa poche l'emplis-

saient d'épouvante. Quelqu'une de ces feuilles de papier,
un jour prochain peut-être, répandue à travers la France,
jusque dans les parquets, attirerait à nouveau l'attention
sur les circonstances de son crime; et, interrompant
l'indulgence des procureurs, ferait rouvrir des dossiers
qu'il croyait à jamais fermés.

Ses terreurs le jetaient hors de son lit. Sa conscience
aussi agitée que les rayons de la lune dansant à la crête
des vagues, du Château de Tristan à la maison de Keréol, il errait dans la nuit, sur les « Terrains à vendre ».

Dans ses vagabondages sans but, les ténèbres même
lui devenaient un spectacle. Ses yeux accoutumés à
l'ombre ne s'effrayaient plus depuis longtemps des amoncellements de sable et des roches couchées auxquels
l'obscurité prêtait des formes avec des dimensions fantastiques. Par les noirs minuits, aussi sûrement que par
les midis clairs, il se dirigeait à travers les excavations,
les flaques d'eau, les fondrières de la plage; et, chaque
soir il comptait, comptait jusqu'à l'hébétement et jusqu'au vertige des lampes allumées très tard derrière les
vitres des maisons du bourg; aux battements de son
pouls, calculait le temps et la régularité des rayons et
des éclipses des phares. Il connaissait le nombre de
tous les feux épars autour de lui sur la terre et sur l'eau;
s'inquiétait soudain quand, dans les profondeurs parfois,
il apercevait une lueur qui lui était inconnue. Venait-elle
d'un vapeur ou d'un bateau de pêche? Il s'appliquait à
déterminer à quelle sorte d'embarcation elle appartenait,
d'où elle venait, quelle route elle devait suivre.

Pendant ces supputations, le fanal, peu à peu, cessait
d'être visible. Sans doute, la mer l'avait absorbé comme
elle absorbait les étoiles filantes qui, par les radieux
temps d'août, se croisaient au ciel, ainsi que des fusées
de feu d'artifice : et, tombées au bout de leurs courses
étincelantes, semblaient s'éteindre dans les flots.

Après ces passages de clartés au large et ces fuites de
météores, au firmament, il éprouvait une sorte de quiétude à toujours retrouver des lumières immobiles, en
même quantité, dans la même place, avec des dispositions identiques. Entre les découpures des hautes roches
du Château de Tristan, il voyait invariablement deux
fenêtres éclairées, connaissait qu'elles brillaient aux
deux extrémités de la maison de Keréol. Souvent, il se
guidait sur elles pour regagner le village. Or, mainte-

nant, une seule lampe brûlait au premier étage. Même,
l'intensité de son foyer était un peu voilée par un rideau
de mousseline blanche, un rideau nouveau pour cette
fenêtre, comme si des pudeurs, là-haut, cherchaient à se
garantir contre les indiscrétions de la solitude et de la
mer. Cette circonstance, naturelle en apparence, troublait profondément les idées de M. Pascal.

Malbar, maintenant, au bout du corridor séparant sa
chambre à coucher de la chambre occupée par Mme Trénissan, dépassait volontiers les fleurs de ce tapis. S'il jugeait infranchissables, au temps de ses scrupules. La nuit
tombée réunissait dans le même lit la cantatrice et le
journaliste, sous la même lampe. La physionomie nocturne de Keréol se modifiait ainsi sous l'influence des
sentiments intimes s'épanchant désormais librement
sous son toit. Sans connaître les raisons de ce changement, M. Pascal en souffrait. Cette unique clarté dérangeait ses habitudes ; et l'émotion de ce simple détail se
répercutant de ses nerfs à son cerveau ébranlé, il se demandait si l'heure n'était pas venue où son existence
ténébreuse allait, elle aussi, devenir plus sombre, comme
la façade de cette maison où diminuait la lumière.

Chez Mme Trénissan, l'emportement même des relations qu'elle entretenait avec Malbar, provoquait des
remords, déterminait une crise de dévotion. Jeune fille,
au couvent, les instructions religieuses lui avaient appris
que le péché passe pour une dette contractée envers
Dieu. C'était le sens théologique attribué par l'aumônier
aux mots *debita nostra* dans ce passage du *Pater* où le
chrétien supplie le Seigneur de ne pas se montrer créancier impitoyable. Elle ne l'avait pas oublié ; et, pour
expier son infidélité posthume envers M. Trénissan, elle
songea à des pénitences. Elle se reprocha sa tiédeur de
dévote hebdomadaire entendant seulement la messe, le
dimanche ; et, dans un grand élan de contrition, un jour
dans l'après-midi, elle se dirigea vers l'église de Kerahuel.

Malgré le grand soleil l'église était obscure. Des
planches, interceptant la lumière, remplaçaient les vitraux
cassés dès longtemps, à l'époque de la Ligue, par les
protestants acharnés contre les verrières, par les Anglais
plus tard, grands dévastateurs de la contrée. De l'humidité verdissait la base des colonnes, des cloportes, sur
les chapiteaux, couraient parmi les sculptures effritées
sous les coups des envahisseurs.

Epaisse et militaire, la maçonnerie des murs construits
pour résister aux invasions des pirates entretenait à l'intérieur une fraîcheur de cave. De la nef à l'abside flottaient les aigres odeurs restées, sous les arceaux, après le
passage des femmes en oraisons.

Dans l'ombre continuelle, une lampe brûlait : la
lampe d'expiation allumée depuis trois siècles, devant
l'autel de Saint-Antoine, et par ordre du Roi, instituée
en pénitence de la perte d'un navire espagnol. Egaré,
prenant pour phares et bons feux de direction les trompeuses lanternes attachées par les naufrageurs aux
cornes de leurs vaches promenées dans la nuit, il était
venu à la côte où le pillaient ensuite les ancêtres des habitants de Kerahuel.

A tâtons, parmi les chaises renversées sur le sol sans
dalles et boueux comme un marais, Mme Trénissan
s'avança. Vaguement, elle distinguait d'abord les do-
rures du maître-autel, le rideau d'un confessionnal, une
couronne scintillant sur la tête d'une vierge, des fleurs
auprès des chandeliers d'or, un parapluie oublié, et
qu'on avait pendu, le long de la chaire à prêcher. Enfin,
trouvant un endroit à peu près propre, où les enfants pendant les messes matinales, n'avaient jeté ni bout de cigarettes, ni coquilles de bernicles, ni carapaces d'araignées
de mer; où les fidèles de la marine, non plus, n'avaient
pas trop craché leurs chiques pour se dégager la bouche
avant de communier, elle se mit à genoux, et pria.

Alors, à ses yeux qui, peu à peu, s'habituaient à l'obscurité, la châsse funéraire apparut : la châsse toujours
en permanence comme le danger autour des hommes en
mer, toujours en attente de deuil, dans la grande allée
des églises bretonnes, et continuellement prête à recevoir les trépassés. Cet appareil de mort, flanqué de
cierges éteints, rappela à Mme Trénissan le catafalque
pompeux en argent et en lumière auprès duquel elle
avait passé, sous ses crêpes de veuve. Elle évoqua le
souvenir de son mari défunt, trompé dans la tombe. De
combien de fautes elle se sentait coupable devant cette
mémoire ! Alors, accusant les circonstances, implorant
son pardon, prosternée et suppliante, elle pleura près de
la châsse vide comme si, sous la caisse de bois noir
peinte de larmes blanches, elle entendait les reproches
de M. Trénissan indigné et parlant au fond de son cercueil.

Elle sanglotait, étouffant dans son mouchoir les hoquets de sa tristesse.

Le curé, sortant de la sacristie, son bréviaire sous le bras, l'entendit. Il n'avait pas coutume de voir tant de contrition chez ses paroissiennes. Autant par curiosité que par compassion, à petits pas, il s'approcha.

On l'appelait le « Prêtre d'argent » parce que, sans cesse, il sollicitait la générosité de ses ouailles, les excitait aux aumônes pour rendre à l'église délabrée, sa clarté, ses verrières, son ancienne splendeur. Mais en vain il se dépensait en sermons. Les fidèles, après ses homélies, laissaient vide la bourse qu'il tendait, de banc en banc. Dociles à leur esprit de routine, ils prétendaient ne rien changer à l'état d'une bâtisse que, de père en fils, ils avaient toujours connue en ruines Cette considération leur paraissait excellente puisqu'elle favorisait leur ladrerie. Donc le curé, tourné en dérision à cause de l'argent qu'il demandait toujours et qu'il ne recevait jamais, acceptait les quolibets. Il s'humiliait seulement de voir le Seigneur si pauvrement logé et de ne pouvoir lui donner, avant de mourir, une plus belle demeure.

Il s'affligeait de ne pas posséder l'éloquence et l'activité de ces prêtres quêteurs qui, pour l'embellissement de leurs églises, courent le monde, emplissent de prédications les diocèses les plus éloignés ; et, par lettres, démarches, saluts du Saint-Sacrement, concerts et loteries, arrachent des souscriptions aux mécréants comme aux évêques. Mais il vieillissait, les forces épuisées par l'exercice d'un dur sacerdoce, croulait, lui aussi, comme son église qu'il réparait de temps en temps, à ses frais, quand il avait économisé quelques menues rentes. Personne ne lui savait gré de ses humbles largesses, et il ne riait guère tant il semblait porter, au dehors, dans sa personne, la misère du Saint Lieu.

Mme Trénissan s'étant signée, saluait le maître-autel et retroussait ses jupes pour traverser les flaques d'eau stagnantes, à terre, entre des débris de pierres tombales. Le recteur l'aborda.

Bien qu'il n'eût pas fait sa barbe, elle le trouva rajeuni. La figure morne du prêtre rayonnait ce jour-là, d'une gaîté inaccoutumée.

Il connaissait Mme Trénissan, la réputation de la cantatrice.

— Le Seigneur vous donne une bien chétive hospitalité, madame, dit-il, et son représentant s'en excuse devant vous.

Afin de dignement commencer la conversation, de loin, il avait médité sa phrase.

— En effet, monsieur le curé, on voit vraiment que Dieu est né dans une étable, répondit Mme Trénissan, qui essayait de plaisanter et de dissimuler son trouble sous une ironie.

— Vous ne voyez rien encore ! s'écria le prêtre radieux, avec une sorte de satisfaction à laquelle Mme Trénissan ne comprenait rien.

Alors, du transept aux bas-côtés, il lui montra toutes les misères de la construction et du décor. Ici, le Christ pourrissait sur la toile des tableaux du chemin de croix ; les fonts baptismaux percés laissaient fuir l'eau bénite ; l'harmonium essoufflé refusait d'accompagner la voix des chantres ; les confessionnaux fléchissaient sous le poids des pénitentes ; la chaire à prêcher était vermoulue, du haut en bas ; et, l'escalier tombé, le prédicateur maintenant y montait par une échelle de meunier.

— En effet, dit Mme Trénissan qui, cependant, à distance, ne pouvait constater les dégâts. Mais pour ne pas manquer de politesse, elle se gardait de discuter les affirmations du curé.

Il la pria de remarquer la vétusté du tabernacle.

— Ce tabernacle, madame, les Anglais l'avaient volé au cours d'une de leurs descentes sur la côte bretonne. Kerahuel, point assez riche pour le remplacer, pendant des années, se contentait d'entendre la messe à la Chapelle du Rosaire ; quand, un matin de Noël, par une évidente manifestation d'en haut, le tabernacle se retrouva sur le maître-autel, bien en place sous l'ostensoir, entre les deux rangs de chandeliers.

Le curé savait fort bien que le tabernacle, don du duc d'Aiguillon, gouverneur de Bretagne, avait été réinstallé, d'une façon fort naturelle, par les soins des fabriciens de l'époque ; mais, par habitude de fausseté ecclésiastique, il affectait de croire à du miracle, d'y faire croire les autres, entretenait la légende et essayait d'en extraire de l'émotion et des aumônes.

Avec componction il ajouta :

— Ce pauvre tabernacle, il branlait déjà sous beaucoup d'avaries. L'âge les aggrave encore ; et bientôt, j'en ai deuil, le Seigneur deviendra aussi mal logé que les paroissiens.

En manière de démonstration, le recteur étendit le bras, désignant, au-dessus de sa tête, la charpente disjointe. Des tuiles manquaient le long des chevrons de la couverture ; par les trous on voyait le ciel ; et il affirmait que, certains jours de mauvais temps, les fidèles, pour se mettre à l'abri, pendant l'office, ouvraient leurs parapluies. Là ne se bornait pas le désastre. Dans la sacristie, les ornements sacerdotaux s'effilochaient ; les croix de procession se rouillaient à cause de l'humidité entretenue par l'eau coulant d'un chéneau crevé, le long de la soie des bannières, les saintes et les saints se couvraient de moisissures.

Le curé continuait, étalant les indigences comme d'autres étalent des trésors, et Mme Trénissan ne démêlait toujours point par quel calcul secret il faisait devant elle un si pitoyable inventaire.

Il se lamenta ensuite sur le dais dont un des panaches s'était décollé au cours d'une des dernières processions ; et de l'énumération de ces dégâts, il semblait ressentir une joie inouïe. Mme Trénissan ne put s'empêcher d'en faire la remarque.

— Vous prenez bien gaiement parti de votre pauvreté, monsieur le curé.

— C'est qu'elle va finir, madame, s'écria le prêtre ! Pourvu que je tarde encore un peu à mourir, je serai enterré dans une belle église ! Enfin, le Seigneur, dans sa miséricorde, a écouté mes prières. Au moment où je commençais à ne plus espérer, il m'a envoyé la bienfaitrice au grand cœur qui, accomplissant le plus cher de mes rêves, va relever la paroisse de ses ruines, la rebâtir et la restaurer à l'intérieur. Cette bienfaitrice, il la nomma : c'était Mme Bourignat.

Mme Bourignat considérait la maladie de son mari comme un avertissement d'en haut ; et, par pénitence de la mort de Prosper, s'était résolue à des aumônes expiatoires. Elle se proposait maintenant de dépenser en bonnes œuvres tout l'argent qu'elle savait indûment posséder. Sa bienfaisance n'allant pas sans ostentation, pour profiter même de sa contrition, elle avait informé le curé qu'elle se chargeait de remettre en état la construction délabrée. Les travaux commenceraient bientôt. Après les indispensables démarches près de la fabrique et de l'évêché, l'année ne s'écoulerait pas avant que Monseigneur vînt consacrer une église dont le desser-

vant, désormais, pourrait se montrer fier. Ce jour-là, les
planches des fenêtres tomberaient, seraient remplacées
par des verrières ; le soleil passant à travers les vitraux,
derrière le maître-autel, éclairerait une grande composition représentant M. Bourignat à l'agonie, converti
par le Christ et ressuscité par les anges.

Pourtant, dans sa prudence ecclésiastique, il craignait
que Mme Bourignat n'eût pas exactement supputé les
dépenses où l'entraînerait sa largesse. Qui savait si les
mémoires des architectes, entrepreneurs de maçonnerie
et d'ornementation ne dépasseraient pas de beaucoup
les prévisions de la donatrice ! Tout en acceptant
l'initiative, il inclinait à croire qu'il fallait la tenir surtout
comme un exemple.

D'autres le pourraient dévotement imiter. Convaincu
que la réfection complète de l'église réclamerait encore
bien des aumônes, il se proposait, à son tour, de les
provoquer parmi les baigneurs de la plage qui, tous,
d'ailleurs, se plaignaient de l'état de malpropreté du
saint lieu. Donc, il profita de la rencontre pour solliciter Mme Trénissan. De la déploration où il l'avait vue
tout à l'heure, il concluait qu'elle souffrait de quelque
grosse faute à se faire pardonner, et il ne négligea pas
d'exploiter ce besoin de contrition.

— Cette bonne Mme Bourignat, dit-il, elle a le cœur
sur la main, mais peut-être son cœur est-il plus large
que sa main. Elle ne se doute pas qu'il faudra certainement continuer sa générosité et qu'on l'aide comme elle
nous aide elle-même. Mais il suffit qu'elle ait donné le
mouvement ; d'autres le suivront. C'est comme dans les
troupeaux, quand une brebis saute, toutes les autres
brebis sautent derrière elle.

Mme Trénissan, ébahie, écoutait les étranges manières
de parler du prêtre.

Il comprit qu'il se perdait par la rusticité de la comparaison, s'en excusa :

— Pardon de mon langage, dit-il, c'est celui que je
suis habitué de tenir ici, à mes paroissiens ; autrement,
ils ne me comprendraient pas. Il ajouta en souriant :

— Mais, dans le pays breton, nous ne sommes pas si
ignorants que nous en avons l'air, et ce serait une grande
faveur pour notre pauvre paroisse, si une grande artiste
comme vous, dont nous n'ignorons pas les succès...

— Oh ! monsieur le curé, ne parlons pas de mes

succès, dit Mme Trénissan, très flattée, toutefois, sous son air de modestie.

Le curé reprit :

— Ce serait une grande joie aussi, si une grande artiste comme vous, madame, voulait bien se souvenir qu'elle tient son talent du Seigneur ; et si elle daignait lui rendre un peu des biens dont il l'a si libéralement comblée.

Mme Trénissan se flattait d'être charitable. A Paris, elle souscrivait volontiers à toutes les fêtes de bienfaisance, consentait à figurer sur les listes de dames patronesses d'orphelinats et de maisons de secours où elle n'entrait jamais par peur de constater combien son argent était souvent dépensé au rebours de ses intentions, à l'envers même de l'honnêteté. Elle se plaisait à donner, sans se dissimuler du reste que les billets de loterie qu'elle prenait de toutes les mains amies de son entourage, contribuaient beaucoup à lui faire accorder du talent quand elle chantait, dans les salons mondains. Son budget domestique portait un chapitre largement ouvert aux aumônes qu'elle versait sans peine, puisque ces bienfaits prévus entraient dans le luxe de sa vie.

— Mais comment donc, monsieur le curé, répondit-elle, je serais heureuse, si vous voulez bien m'inscrire parmi vos donateurs, à côté des plus humbles.

Satisfait de la promesse, le curé s'inquiétait du peu de précision de l'offre. Tout en remerciant, il insista pour savoir sur quelle somme il pouvait compter. Le chiffre lui paraissait indispensable à connaître afin qu'il pût, à la grand'messe du prochain dimanche, en faire part à ses ouailles ; et, par cette annonce, exciter leur émulation. Mme Trénissan qui, parfois, se montrait d'humeur taquine, s'amusait à piquer la curiosité du prêtre pour voir jusques à quel point il manquerait de tact.

— Vous n'aurez pas à vous plaindre, monsieur le curé, je vous promets que vous n'aurez pas à vous plaindre.

Tout en causant, lui insistant toujours, elle, toujours défendue, ils étaient arrivés à la porte de l'église.

La clarté du soleil couchant blondissait à l'entour ; et les vieilles pierres rayonnaient comme si tout l'or de Mme Bourignat s'était déjà déversé sur elles.

Dans le commencement d'une de ces belles soirées au bout desquelles on dirait que ne viendra jamais la nuit, en la gare, le train pour Paris sifflait. Une cloche tintait

à sons réguliers et tristes. Le long des rues toutes jaunes
de poussière, des femmes, en coiffe blanche et en cape de
deuil, des livres à la main, s'empressaient.

Un homme, tournant le coin de la place, salua profondément Mme Trénissan et le curé : c'était Malbar. D'un
pas paisible et flâneur, il s'en allait vers la gare mettre
des lettres à la poste. Devant cette apparition pacifique
d'un passant sans préoccupations, après sa journée
finie, Mme Trénissan sentit redoubler ses repentirs.
Elle évoqua Malbar au milieu de sa chambre, après les
longues soirées, à Keréol. Elle le revit dans de tendres
attitudes que maintenant elle jugeait ridicules : toutes,
elles étaient déshonorantes pour la mémoire de M. Trénissan.

La faute dont elle s'accusait tout à l'heure au milieu
des crachats inondant le sol de cette église dévastée,
apparaissait vivante devant elle, semblait réclamer une
réparation immédiate. Alors, consultant mentalement
son budget, et sûre de pouvoir se permettre des générosités, cessant le badinage et mettant le prix à sa rédemption, Mme Trénissan dit encore :

— Allons, ne vous inquiétez pas, monsieur le recteur,
pour votre église, je vous donnerai mille francs.

— Mille francs! s'écria le prêtre, que la somme confondait, car dans son ignorance des biens de la terre, il
la jugeait énorme.

— Vous dites mille francs ! Ai-je bien entendu, madame?

Mme Trénissan répondit par un signe de tête.

Elle venait d'être séparée du recteur par la ruée d'une
bande de femmes. Pareilles à un troupeau serré s'entassant à la porte d'une étable, sous le porche de l'église,
elles se bousculaient inutilement et, par une sorte d'habitude bestiale, comme des animaux se frottaient les unes
contre les autres.

Quand la bande fut entrée, Mme Trénissan rejoignit le
curé, répéta la promesse de lui donner mille francs;
et, pour se mettre en règle avec sa conscience, elle
ajouta :

— Je vous les verserai au nom de mon pauvre mari.

Par la porte grande ouverte, au milieu du braisille-
ment des cierges, elle aperçut la châsse mortuaire. Du
luminaire s'allumait à l'entour, car déjà commençait
l'office des morts, dit pour l'équipage d'un bateau, depuis

le capitaine jusqu'au mousse, entièrement monté par des hommes de Kerahuel. Depuis soixante-treize jours, le bateau était parti de Terre-Neuve avec un chargement de morues; et, depuis soixante-treize jours, il n'abordait nulle part, ne se rencontrait avec aucun navire, ne laissait rien sur l'eau, rien, pas même une épave. Les seules nouvelles recueillies à grand'peine venaient de l'armateur écrivant qu'il gardait peu d'espoir : l'équipage tout entier ayant dû périr, dans des parages aux brouillards dangereux, sous un cyclône dont il donnait la date. Et les ardentes supplications d'espérance et de foi du *De Profundis*, du *Miserere* négligemment psalmodiés par un officiant venu d'ailleurs, vaguement allié à l'une des victimes et fort en peine de ne pas manquer le train qui le ramènerait dans la nuit, vers son lointain presbytère, étaient traversées par les sanglots de la famille auxquels répondaient les sanglots des femmes de l'assistance. Toutes elles pleuraient de souvenir ou de crainte, car toutes se connaissaient des disparus et des parents en mer.

Or, le veuvage des femmes de Kerahuel ramenant Mme Trénissan à son propre veuvage, elle se persuada qu'une expiation pécuniaire réparerait imparfaitement les considérables fautes commises et à commettre contre la mémoire de M. Trénissan. Suffisait-il d'humilier sa personne, d'humilier aussi sa fortune ? Par pénitence suprême, ne convenait-il pas d'humilier aussi devant le défunt, cette musique dont la passion des instruments passant, dans ses nerfs, l'avait jetée hors de la sagesse et poussée à des extrémités au bout desquelles elle ne se reconnaissait pas elle-même.

Alors croyant atteindre au comble de l'abnégation :

— De plus...

— De plus ? fit le prêtre intrigué et devinant un surcroît d'aubaine.

— De plus, si vous le permettez, à Noël, je chanterai à la messe de minuit, et je quêterai, s'il vous plaît, pour la réparation de votre église.

Le prêtre ne se souciait guère de la chanson. Il savait bien que, si la voix de Mme Trénissan, à Paris, faisait tomber les pièces d'or dans le velours des aumônières quand la cantatrice prêtait son concours à de mondains sermons de bienfaisance, la même voix n'ajouterait pas un centime au plat promené en vain devant ses parois-

siennes, chiches de leurs gros sous et point du tout
sensibles aux mélodies des grands maîtres. Mais par peur
de ne pas toucher l'argent, il accepta la musique.

— Vraiment il n'osait pas espérer tant de « munificence », et ne trouvant pas de mots pour exprimer sa
gratitude, il citait des textes liturgiques. Le *Nunc dimittis
servum tuum Domine*, du cantique de saint Siméon, il
pouvait le dire. Maintenant il ne mourrait pas sans
avoir donné au Seigneur une maison de décence et de
gloire.

Puis brusquement :

— Mais pardon, il faut que je vous quitte. Je vais re-
vêtir mes ornements sacerdotaux, car on m'attend là-bas
pour l'absoute.

Il salua, et d'un pied léger, rentra dans l'église pleine
de gémissements.

Mme Trénissan l'âme soulagée, en retournant à Kervol,
se demandait quels morceaux elle chanterait pour tenir sa
promesse, le soir de la messe de Noël. Plaçant à nouveau
des partitions sur son piano tiré du silence, dans l'exécution de brefs morceaux n'exigeant ni puissance extraordinaire, ni souffle démesuré, elle retrouvait la voix qui
jadis avait dominé les orchestres, bouleversé les foules.
Malbar, à côté d'elle, tournait les pages; et, tous deux
s'abandonnaient au charme facile produit par les œuvres
fragmentées où les amateurs, choisissant les passages à
leur mesure, conçoivent l'illusion qu'ils interprètent intégralement les intentions profondes des maîtres.

Elle retournait alors vers ses vieilles vanités, oubliait
les déceptions anciennes, songeait à se venger de son
insuccès par un triomphe. Elle écrivait alors à plusieurs
directeurs de concert, leur demandait d'être engagée
pour la prochaine saison. Elle réapparaîtrait devant le
public, non pas dans le rôle d'Yseult, dont elle connaissait maintenant l'inaccessible beauté, elle se proposait
plus simplement de chanter des passages détachés parmi
les compositions de musiciens plus admirés que réellement connus des artistes. D'autres cantatrices tiraient
honneur et bénéfice de semblables exécutions; à son
tour elle souhaitait de tenter la même fortune.

Alors Mme Trénissan feuilletait des productions né-
gligées, des oratorios depuis longtemps retirés des pupitres, dans les concerts, des opéras perdus au fond des
bibliothèques. A chacune de ses trouvailles, elle renais-

sait à l'art avec les compositeurs que son désœuvrement arrachait à l'oubli. Accompagnée par Malbar, elle passait des journées parmi ces nécropoles de la musique où, comme une fleur sur des tombeaux, ils cueillaient par endroits quelque mélodie toujours fraîche au milieu des instrumentations mortes. Avec la prière d'Elisabeth, dans le *Tannhauser*, cette oraison aux sonorités blanches à l'égal des lys dont se décorent les autels de la Vierge, mais qu'elle jugeait d'un choix presque banal et d'une interprétation trop aisée, elle se décida pour un air de Bach, dans l'oratorio de Noël.

Le motif d'allure populaire, commenté par des harmonies souples et savantes, exprimait la sérénité et l'effusion d'une âme pieuse saluant la naissance du Sauveur venu sur la terre pour racheter les péchés du monde. Le texte, sous les notes, s'imprimait en langue allemande. Malbar, dans la traduction française, essayait de mettre les mots d'accord avec la poésie de la musique, dur travail où des embarras nouveaux surgissaient presque à chaque phrase. Il s'épuisait, variant les tournures, incertain du procédé qu'il devait employer : l'allitération ou la rime ? Mme Trénissan, tantôt préférait l'une, tantôt aimait mieux l'autre. Toujours mal satisfaite, elle discutait sur l'accentuation, réclamait des syllabes spéciales sur lesquelles sa voix se placerait avec moins de peine. Malbar ne savait plus trouver de synonymes; et dans la chaleur de leurs controverses, ils sursautaient d'étonnement quand Camélia, la cuisinière, ouvrant la porte du salon, les appelait pour le repas du soir.

— Madame ! c'est sur la table !

Mme Trénissan n'avait jamais pu la décider à dire « Madame est servie », la phrase des domestiques dans les maisons bien tenues. Avec un entêtement farouche, Camélia s'obstinait contre les usages et se refusait à prendre des habitudes de paroles ignorées à Kerahuel. Mme Trénissan, lassée à la fin de répéter les mêmes observations, par impuissance de se faire obéir, subissait en riant la grossièreté du langage. Du reste, que ne tolérait-elle pas dans les manières de Camélia, à la cuisine ? Là Camélia ne nettoyait jamais le dessous des casseroles, alléguant que, dès la prochaine mise au feu, elles redeviendraient aussi noires, et à quoi bon alors les préserver contre une maculature recommençant tous les jours ? En outre, par une complexion singulière, elle salissait tous les

43

objets qu'elle touchait. De tempérament naturellement enclin à l'apathie et à la malpropreté, elle tenait la parole qu'elle avait donnée à Baluche, ne balayait jamais, ne récurait point les robinets en cuivre, affectait de la sensibilité et refusait de tuer les lapins ou la volaille, désolait Mme Trénissan par la continuité de sa crasse et de son mauvais vouloir.

Elle ne négligeait aucune occasion de se manifester comme une souillon, tirait gloire de sa ponacrerie. La Mal-Commode, qu'elle appelait parfois en secret auprès d'elle pour essayer la vaisselle ou saigner un poulet, l'entretenait dans ses idées de résistance aux ordres les plus simples, l'encourageait à ne pas perdre une occasion de molester et de voler cette étrangère trop contente encore qu'une fille de Korahuel voulût bien la servir. Elles causaient. La haine de l'étranger les rapprochant, leur faisait oublier leurs rivalités personnelles.

— Car là-dedans, insinuait la Mal-Commode en désignant Keréol d'un geste méprisant, là-dedans, où en trouverait-elle, la Trénissan, des domestiques comme toi qui savent tout faire, ma pauvre fille. Ce n'est pas moi qui, à ta place, voudrais m'user dans le métier pour lequel on ne te paie guère. J'aimerais mieux manger du pain sec toute ma vie que de manger de la viande chez les autres.

— Ah ! dame ia, répondait Camélia, mais tout de même, si je sortais d'ici ce n'est pas toi qui me donnerais de bons gages. Dans ma position, où veux-tu que je trouve une place ? Et elle montrait son ventre qui grossissait sous ses jupons élargis.

— Alors, il va bien, le petit Baluche ? demanda la Mal-Commode.

— Il pousse, tu vois, puisque tu n'es pas assez fine pour le faire sortir. Si tu ne lui donnes pas son congé, c'est sûr, il ne le prendra pas tout seul sous la semelle de ses souliers.

La Mal-Commode se défendait, s'avouait au bout de sa science. D'abord, pour débarrasser Camélia, elle avait prescrit d'absorber des demi-verres d'absinthe pure, remède resté sans résultat, vu l'intoxication alcoolique du sujet. Ensuite, dans des chemins déserts, par des nuits sans lune, en prononçant les incantations rituelles, elle avait cueilli de la sabine et de la rue, des plantes dont, comme toutes les femmes de Korahuel, elle con-

naissait d'instinct les propriétés abortives. Que pouvait-
elle davantage si les infusions et les breuvages, les plus
sûrs d'ordinaire, demeuraient aujourd'hui sans effet!
Elle émettait alors l'envie de recourir à Mme Siméon, la
propriétaire de Ty Lole. Celle-là passait pour donner
une aide infaillible dans les cas difficiles. En sa qualité
d'herboriste à Paris, elle avait rendu de signalés services à nombre de jeunes filles dans l'embarras; et bien
des citoyennes de Kerahuel et des alentours se louaient
de son intervention par pratiques et tisanes.

Camélia hochait la tête, ne se souciait pas d'aller
rejoindre au cimetière celles-là qu'elle connaissait et
qui étaient mortes sans exciter de scandale et d'enquête,
dans ce pays où les décès, malgré la loi, n'étaient
jamais officiellement constatés.

— Si tu aimes mieux que nous allions au baptême, à
ton aise, répliquait la Mal-Commode.

Pour prix de ses conseils, elle emportait sous son
tablier toutes les dessertes des repas. Le beurre, l'huile,
le sucre, le café, les épices s'en allaient aussi avec elle;
et, pour ajouter quelque ignominie à l'invasion et au
pillage, quand Camélia daignait faire la chambre de
Mme Trénissan, elle vidait la poudre de riz des boîtes
rangées sur la table de toilette, imbibait ses mouchoirs
de l'eau de Cologne des flacons, se peignait avec des
peignes de sa maîtresse et ne prenait pas la peine de les
débarrasser des cheveux gras de pommade qu'elle laissait, entre leurs dents.

Mme Trénissan se plaignit sans autre résultat que de
provoquer des insolences. Alors enfermant ses provisions, son nécessaire, ses eaux de senteur, elle garda
néanmoins Camélia à son service. Par qui la remplacer
du reste? Toutes les filles de Kerahuel se ressemblaient,
par la paresse, le désordre et l'incapacité. Avec une
nouvelle servante, d'autres inconvénients surgiraient
auxquels elle devrait s'accoutumer encore. Donc, désespérant du mieux, elle s'accommoda patiemment du pire.
Elle avait bien pensé à faire venir une bonne de Paris.
Mais dans cette combinaison aussi, elle craignait des
surprises, des déboires; et, s'excusant vis-à-vis d'elle-
même de sa condescendance à supporter la médiocrité
des services de Camélia, elle se disait que, dans cette cuisine, d'où elle s'éloignait par peur de trouver trop de
motifs à faire des reproches, quand la vanité profession-

nelle de Camélia l'emportait sur sa mauvaise humeur, elle confectionnait des plats délicats et de présentation appétissante. Laguépie, avec elle, les appréciait particulièrement.

Depuis la maladie de Bourignal et l'aventure de la morphine, le docteur avait renoncé à soigner les malades de Kerahuel. Il se savait maintenant méprisé par tout le monde. Pourtant, ceux-là même qui le tenaient pour beaucoup moins instruit qu'Astérie, tout en le diffamant sans relâche, venaient encore solliciter son assistance. Il la refusait sans pitié, renvoyant les gens à se pourvoir de guérisons chez la thaumaturge. Tous partaient indignés contre cette mauvaise grâce, et se plaignaient d'être éconduits par ce médecin dont ils raillaient hautement la science. Mme Hestoudeau restait la seule cliente de Laguépie. Elle se remettait lentement de sa fausse couche, retard d'où le public tirait une preuve nouvelle de l'incapacité du docteur. Lui, dédaigneux de l'opinion, débarrassé du tracas des consultations et des visites, était retourné à ses études scientifiques, et rédigeait pour une revue maritime, un mémoire sur la sardine, sa reproduction, ses migrations, son passage sur les côtes de France, la manière la plus économique de la pêcher, indiquait un moyen de supprimer la rogue, cet appât si coûteux pour les armateurs et pour les équipages.

L'article composé, prêt à paraître, il en avait communiqué les épreuves à Malbar, par précaution, pour s'assurer que ses idées, clairement formulées, pouvaient être comprises par les intelligences les plus étrangères au sujet qu'il traitait. A table, de compagnie, ils discutaient sur la nouveauté des aperçus et la propriété des termes, cependant que Mme Trénissan, par la fenêtre ouverte, regardait les voiles rouges des bateaux sardiniers se détacher sur la mer couleur d'étain, sous un ciel où le soleil couchant mettait de vastes tons d'orange.

— Oui, disait Malbar, du haut de votre autorité scientifique, vous détruisez bien des légendes et vous ruinez bien des illusions. Vous cherchez plus la vérité que l'approbation de vos contemporains. Mauvaise façon pour devenir populaire et j'ai grand'peur que les marins là-bas — il étendit le bras, montrant la flottille au large — j'ai grand'peur que les marins, là-bas, ne vous écoutent guère quand, choquant leurs préjugés et leurs traditions, vous essayez de les contraindre à une meilleure pratique de leur métier, à une meilleure entente de leurs intérêts. Leurs préjugés, leurs traditions, vous n'ignorez pas qu'ils y sont tenacement attachés comme des mollusques à la carène de leurs bateaux.

— Je dis ce que je sais, répondit Laguépie, et mon savoir n'est pas grand. La science n'est guère plus renseignée que du Hamel de Monceau lequel, au dix-huitième siècle, écrivit un traité des pêches. Elle ignore tout des manières d'existence de la sardine, en quels lieux, en quel temps elle fraie, la durée certaine de sa croissance, les causes qui l'attirent sur nos côtes, et qui, subitement, la font disparaître. Déterminer pourquoi la sardine vient ou s'en va, ni moi, ni personne ne saurait s'en flatter. Mais je puis sûrement affirmer, d'après les observations aujourd'hui recueillies, que la sardine est incontestablement une passante, arrivant dans nos eaux seulement à l'âge adulte. Dès lors que sert de la traiter avec précaution ? Pourquoi ne pas la pêcher éperdument jusqu'à la dernière, puisque les prises, si nombreuses soient-elles, ne nuisent pas à sa reproduction, qui s'opère on ne sait où, mais certainement loin, bien loin des côtes de France, dans des profondeurs où le filet de l'homme ne va pas.

— Je vous entends, continua Malbar, c'est pourquoi vous enseignez qu'il faut renoncer à l'appât de la rogue et se servir uniquement d'une seine ou grand filet à poche avec lequel on peut, d'un seul coup, capturer un banc tout entier. Prenez garde ! Vous allez ameuter contre vous tous les marchands de rogue, d'abord. Ils vous reprocheront de ruiner leur industrie, tous les pêcheurs ensuite. La grande quantité du poisson arrivant sur le marché fera baisser les prix, et ils vous accuseront d'avilir la marchandise et de dépeupler la mer.

— Ce sont de grands enfants, répliqua Laguépie. Ils prendront le poisson à moins de frais, en vendront davantage, de quoi se plaindront-ils ? Quant à dépeupler la mer, les pêcheurs s'inquiéteront à tort d'un danger illusoire. Même dans ses plus grands ravages, l'homme est impuissant à détruire les ressources de l'océan.

— On vous opposera la disparition de la sardine à certaines époques.

— Ce ne sont pas des disparitions, répliqua Laguépie, en étendant l'index de sa main et en le promenant horizontalement devant lui, geste par lequel il affirmait ses

43.

convictions profondes. Ce sont des oscillations considérables, il est vrai, mais sans règle déterminée. La meilleure comparaison pour faire sentir ces différences est
celle des fruits d'un verger. L'abondance ou la disette
résultent d'une série de réactions intimes, d'une série
de phénomènes dont l'analyse, fort délicate, nous échappe
pour le présent. Eux seuls déterminent la rareté ou la
profusion, selon les années. Nous n'y pouvons rien, et
sur terre, comme sur mer, il faut avoir la sagesse d'avouer
notre ignorance de ces causes.

— On vous rendra responsable de la disette, poursuivit
Malbar.

— La disette ! s'écria Laguépie, mais tous les efforts de
l'homme armé de tous les engins imaginables ne sauraient influencer l'équilibre biologique d'une espèce animale de la taille de la sardine vivant dans la haute
mer. A l'époque donnée comme date pour l'épuisement
des mines de houille, en Europe, la sardine restera toujours aussi nombreuse. Donc, inutile de chercher à la
protéger ! La seule règle qu'il convienne d'établir est de
recommander d'en prendre le plus qu'on pourra, et par
tous les moyens possibles.

— Vous racontez vous-même que les pêcheurs ont illuminé quand, en 1874, influençant le Gouvernement, ils
arrachèrent à un ministre un arrêté interdisant l'emploi
de la seine.

— Les pêcheurs, ne me parlez pas des pêcheurs ! repartit Laguépie. On se croit obligé de les consulter et de
leur tenir compte de leurs doléances, car ils forment un
gros personnel électoral que les hommes politiques flattent toujours pour obtenir des votes. Mais là, entre
nous, ils sont aussi ignorants des conditions d'existence
du poisson dans la mer que les carriers sont ignorants
de la construction géologique des couches où ils pio-
chent. En implorant la suppression des « seines », ils se
sont imposé de lourdes dépenses avec de gros déboires,
et puisque les seines n'offensent pas les doctrines de
l'histoire naturelle, il faut les rétablir, les seines, et en
prescrire l'usage.

— Vous vous préparez encore de gros embarras, dit
Malbar, en rendant les épreuves à Laguépie.

— Bah ! est-ce qu'ils lisent, répliqua Laguépie en
haussant les épaules. S'ils mettaient le nez ailleurs que
dans les verres d'alcool, ils consulteraient les tables que

j'ai publiées et sauraient que, pour des raisons obscures
encore, de trois en trois ans, périodicité rythmique et
presque invariable, il faut s'attendre à du poisson moins
nombreux, à une pêche moins fructueuse. Ils apprendraient que la présence de la sardine se constate surtout
dans des eaux de chaleur constante : douze degrés pour
le moins. Mais allez donc enseigner à ces ivrognes comment on prend une température! Persuadons-nous bien,
mon cher ami, que nous écrivons toujours pour des
aveugles, que nous parlons toujours pour des sourds. Disons la vérité, pour nous satisfaire, mais sans garder
l'illusion que nous serons jamais compris! Au surplus,
voilà longtemps que je méprise l'opinion.

Et, plaçant les épreuves bien pliées dans sa poche :

— Alors, ça va ? C'est clair?

— Terriblement clair, je le crains, affirma Malbar.

— Merci, tout va bien alors, car l'obscurité, c'est tout
ce que je redoute, conclut Laguépie.

Ces propos troublaient la rêverie de Mme Trénissan.
Doucement, de la main, elle fit un signe pour prier qu'il
fût parlé à voix moins haute. « Pare à virer, amène,
mouille ». Par la fenêtre ouverte, elle écoutait les voix
des patrons des bateaux commandant la manœuvre, le
grincement des voiles s'abattant sur le pont, au long des
mâts, le bruit de ferraille des chaînes déroulées aux
treuils des cabestans, et l'éclaboussement d'eau jaillis-
sant autour des ancres tombant à la mer. Et l'œil ne regardant jamais que des spectacles dès longtemps fixés
dans l'esprit, devant ces scènes de nature, elle évoquait
le théâtre, la musique de l'œuvre qu'elle avait jouée,
croyait assister à l'arrivée du navire portant Tristan et
Yseult, quand, au premier acte du drame lyrique de
Richard Wagner, les matelots, en vue du rivage, chantent,
amènent les focs et saluent la terre.

— Alors, demanda Laguépie, je puis donner le bon à
tirer ?

— Certainement, dit Malbar.

Quinze jours après, dans la revue *Terre et Mer*, l'article
paraissait. Lu par Garnafe, communiqué à Bourignat qui
le commentait à haute voix sur le port, l'article mettait
bientôt tout Kerahuel en rumeur.

Bourignat ne tardait pas à comprendre quel parti électoral il pouvait tirer de sa résurrection. Il lui devait une
notoriété immense. Elle dépassait l'arrondissement. Les

rancunes suscitées autour du propriétaire de la « Maison du Païen » disparaissaient dans l'étonnement qu'un tel homme eût été rappelé à la vie; et comme de tout au monde, il se montrait habile à profiter des miséricordes du ciel. Il exploitait sa prétendue conversion: en souriait auprès des libres penseurs, ne la niait pas expressément devant les catholiques; et, toutes les opinions se confondaient dans un même respect pour cet individu si victime de la médecine et si favorisé du Très-Haut. Peu à peu, il se connaissait des sympathies, un an avant les élections municipales, se les attachait déjà par des complaisances afin de plus sûrement remplacer le maire Rachimbourg. Rachimbourg, dans ses propos, devenait l'étranger envahisseur dont il fallait débarrasser le pays; et bien que lui-même fût né là-bas, passé la Loire, les gens de Kerahuel dont il flattait la vanité, oubliant son origine, s'accoutumaient à le considérer comme le chef d'un mouvement d'indépendance et de patriotisme.

L'article de Laguépie servit à ses manœuvres. Encore un étranger, celui-là, qui avec ses belles phrases et ses manières d'indiquer qu'il fallait prendre la sardine avec des seines, d'abord, amènerait la baisse du prix de la pêche; ensuite, détruirait toutes les réserves de poisson de la mer. Un savant, si vous voulez! Mais, est-ce que les savants s'y connaissaient? Ce n'est pas au fond de leurs bureaux — il ne disait pas laboratoire, pour se faire comprendre — ce n'est pas au fond de leurs bureaux qu'ils sauront jamais les secrets de l'Océan aussi bien que le marin, toujours la tête au vent, les pieds dans l'eau. Il insinuait ensuite que Laguépie était payé par les usiniers pour déprécier la valeur de la matière première; d'où les matelots, dans les débits de boissons, derrière leurs litres de cidre, se levaient les poings tendus, s'essayant d'avance à assommer le « sale Parisien » qui se permettait de se mêler de leurs affaires ; et, l'indignation des trafiquants de la rogue, redoutant de voir disparaître leur industrie, prenait des proportions comiques, tant la calamité de ne plus réaliser de bénéfices leur paraissait équivaloir à une catastrophe publique.

Laguépie riait au milieu des vitupérations et des injures. L'âpreté des controverses avec ses collègues, dans la science, le rendait doux pour la colère des ignorants. Avec Malbar, il l'avait prévue, opposait l'indifférence à la sottise; et les pires menaces, sans l'at-

teindre, ruisselaient sur lui comme les grains d'orage
sur le vêtement ciré des matelots. Elles inquiétaient
davantage M. Rachimbourg et M. Hestoudeau. Tout en
rendant justice à l'œuvre du docteur, ils auraient souhaité qu'il exprimât sa pensée avec plus de précaution;
de plus loin surtout quand, sorti de Kérahuel, il se
serait trouvé à l'abri des représailles. On pouvait tout
craindre d'une population réduite à ses seuls instincts
et dont Bourignat commandait l'intellect abruti par
l'alcool. Ils craignaient une agression, une de ces attaques nocturnes aux coupables toujours ignorés et qui
laissent les victimes mal en point pour le restant de leur
vie. A force de prières, ils obtinrent de Laguépie qu'il
porterait désormais une arme dans sa poche; et Malbar lui prêta son revolver. Laguépie, pour l'essayer,
le déchargea sur la plage, prenant pour cible un des
écriteaux: « Terrains à vendre »; et les plus enragés
devinrent calmes en apprenant que le docteur, à chaque
coup, faisait mouche sur la lettre qu'on lui désignait. Il
abattit aussi des oiseaux qui volaient au large, et Pauline,
dans le casino, s'exaspérait au bruit des détonations.

Pour ressembler à une grande artiste, elle affectait
de la surexcitation nerveuse, prétendait ne pas pouvoir
paraître en scène, si elle n'avalait pas préalablement une
préparation pour la voix, débitée par un pharmacien
auquel elle avait délivré un certificat accompagné d'une
photographie la représentant dans le rôle de « Lulli »;
ne tolérait pas le moindre dérangement quand, selon
son expression, « elle était sur le tremplin ». Les
exercices à feu exécutés par Laguépie la faisaient sur-
sauter, elle s'en plaignait avec amertume. En ce moment, elle répétait une chansonnette intitulée : « Savants, vous n'avez pas raison », œuvre avec laquelle
M. Nicous se flattait de conquérir l'admiration du public
maritime, et qu'il dirigeait tout entière contre les doctrines de Laguépie.

M. Nicous connaissait l'article inséré dans la revue
Terre et Mer seulement par les conversations de la plage
et par l'animosité soulevée dans Kerahuel. Il tenait pour
sérieuses et incontestables les basses absurdités débitées,
à la journée, contre le savant. Méconnaissant le caractère
du docteur, il répétait, avec tout le monde, que Laguépie
émettait des paradoxes destructifs du commerce, hostiles
à « nos intéressantes populations du littoral ». Par la fa-

culté dévolue aux mauvais poètes de caresser les préjugés populaires et d'accorder à l'ignorance publique une
prépondérance absolue sur le savoir, il flattait les pires
sentiments de la foule, les envenimait jusqu'à la fureur.
Sans lire, sans se renseigner, aveuglément, ému par
l'idée du chômage et de la faim, il avait entrepris de
défendre les sardiniers contre les dangers dont il les jugeait sottement menacés.

Les marins, appartenant à une classe privilégiée de
travailleurs dont les souffrances favorisent la rhétorique
et, littérairement, excitent une commisération inconnue
pour les ouvriers du mercure et du plomb, artisans de
vie plus pénible cependant, et de santé plus éprouvée que
les hommes de mer, Nicous développait les lieux communs ressassés depuis des siècles sur les pêcheurs et
leurs misères au bord de l'Océan. A la science, poéti-
quement, croyait-il, il opposait une protestation en cinq
couplets. Tous, ils se terminaient par ce vers :

Savants, vous n'avez pas raison.

Pauline les chantait habillée en sardinière. Un mouchoir noué sur la tête en façon de marmotte, les pieds
nus dans des sabots, sous un jupon en loques, son costume était fait d'étoffes chères, parce que, au théâtre, le
déchiquetage des meilleurs tissus produit les plus beaux
haillons. D'abord, elle disait le beau temps, la mer calme,
l'arrivée des sardines jouant à la surface de l'eau, mais
elle contestait l'assertion de Laguépie, affirmant que la
sardine était un poisson migrateur. Le geste autoritaire,
en personne qui proclame une vérité supérieure, elle
déclamait en mesure :

Le poisson, près du promontoire,
Passant dans la belle saison,
N'est pas un poisson transitoire.
Savants, vous n'avez pas raison !

M. Sibilinski avait ajusté ces paroles sur l'air des
Terre Neuvas, une complainte où des matelots partis
pour pêcher ne reviennent jamais, sont toujours
attendus par leurs fiancées. Elle était célèbre, toutes les
voix de la côte la chantaient. Le thème de M. Nadaud et
de ses *Deux Gendarmes*, par recherche harmonique,
intervenait dans l'accompagnement, car M. Sibilinski
connaissait le contrepoint et se félicitait de cette occa-

sion, longtemps cherchée, de manifester son savoir musical.

Puis venaient les protestations contre l'emploi de la seine, l'éloge obligé de la rogue, et Pauline répétait :

> Non ! la rogue est obligatoire,
> N'écoutez pas une leçon
> A votre gain attentatoire.
> Savants, vous n'avez pas raison !

Puis, tout en semblant respecter la science, Nicous se déclarait mal assuré de l'exactitude des propositions qu'elle émettait. Il les tenait pour préjudiciables aux intérêts généraux. Or, s'adressant à tous les professeurs, il les adjurait de ne rien affirmer sans prudence, car, s'écriait-il :

> Car, si votre laboratoire
> Fait baisser le prix du poisson.
> Votre science est vexatoire.
> Savants, vous n'avez pas raison !

Qu'ils réfléchissent ! Ils risquaient de provoquer la disette de la sardine, l'avilissement des prix, l'abaissement du taux des salaires. Alors, se préparait l'affamement des pêcheurs, la misère de centaines d'ouvriers découpant et soudant le fer-blanc des boîtes, de milliers d'ouvrières faisant chauffer les huiles, préparant le poisson. Tout ce monde des bateaux et des usines devrait désormais mendier son pain. Aussi, Pauline, contrefaisant la femme qui n'a pas mangé et qui défaille, chancelait en tendant les mains. D'une voix d'imploration et d'agonie, elle hoquetait :

> Femme, enfant, après votre histoire,
> N'ont plus de pain à la maison.
> Votre œuvre n'est pas méritoire.
> Savants, vous n'avez pas raison !

Heureusement que le poète, défenseur des humbles, avocat des grandes causes, intervenait, toujours à temps, pour rassurer les cœurs inquiets, proclamer des doctrines consolantes. Il remplissait cette fonction souveraine, lui, Nicous, en tirait de l'orgueil, cependant que Pauline, interprète inspirée des indignations de son père, sur un ton solennel, déclarait :

> L'encre s'indigne en l'écritoire,
> Et je dresse, dans ma chanson,
> Mon vers comme un réquisitoire.

Tragiquement, après une pause, faisant le geste de prononcer une condamnation terrible, sans appel, elle hurlait à tue-tête :

> Savants, vous n'avez pas raison !

L'orchestre ronflait plus fort. Des cuivres révoltés sonnaient de menaçantes fanfares. Toutes les stupidités prévues par Malbar devenaient héroïques, prenaient des allures de Marseillaise.

Le public trépignait, les pêcheurs dont Bourignat payait l'entrée dans la salle, sentaient croître leurs colères contre les étrangers, hurlaient de joie, avec la musique.

Avant de tomber sur les bancs, terrassés par l'ivresse, ils criaient bis, exigeaient que la chanson vengeresse recommençât toujours, encore; et les toiles de la tente du Casino se gonflaient, soulevées comme par un souffle d'insurrection.

Le Casino fermé, le vers :

> Savants, vous n'avez pas raison !

retentissait, répété par toutes les bouches de Kerahuel. M. Pascal lui-même, cédant à l'influence du rythme, le murmurait sur la plage, sans s'en douter, tout en pensant à autre chose.

Il troublait même la sérénité philosophique de Laguépie. Exaspéré, à la fin, le docteur se promenait dans sa salle à manger en criant :

— Ah non, décidément, ces gens sont trop bêtes, trop bêtes ! et, au nom de la science, je me vengerai d'eux !

CHAPITRE XX

Tirer vengeance des gens de Kerahuel, Laguépie, désormais, se levait, se promenait, se couchait avec cette idée fixe. Elle le persécutait pendant le jour, il en rêvait la nuit. Accoudé sur le balcon de Kéréol, au coucher du soleil, en compagnie de Malbar et de Mme Trénissan, il revenait sur ce projet, le déclarait irrévocable. Mais il prétendait user de représailles dignes de sa profession, de représailles scientifiques, délicates et formidables, s'évertuait à trouver des moyens. Comment s'y prendrait-il ? Il ne savait pas encore, et la difficulté de réussir entretenait sa colère.

— Bah ! laissez donc, disait Malbar. Nous venger ? Nous autres, est-ce que nous en avons le loisir ? Quelquefois, j'ai essayé, je n'ai jamais pu. Il faut à la rancune trop de calcul et d'application. Les gens comme nous, qui avons tant d'autres sujets plus nobles pour rêver, se fatiguent au bas travail de satisfaire leurs ressentiments. D'ailleurs, la médiocrité de nos adversaires ne tarde pas à les protéger contre nos entreprises; aussi les imbéciles peuvent se rassurer, car le dégoût que nous inspire leur intellect nous détournera éternellement de châtier leurs personnes. Vous n'allez pas vous commettre avec ces brutes de Kerahuel, j'imagine ?

— Au contraire, répondit Laguépie. Je voudrais les atteindre sûrement, et de loin, comme la gymnote de Surinam, ce poisson qui, par une décharge électrique, à distance, paralyse, paraît-il, les mouvements des plus vigoureux nageurs. Le docteur gardait l'habitude de tirer ses comparaisons des études où il usait sa vie ; et il restait l'œil fixe, regardant devant lui, scrutant l'inconnu pour y découvrir le stratagème imprévu qu'il emploierait avec succès.

— Bah ! dit Mme Trénissan, quand vous voyagerez aux îles Féroë, les amertumes éprouvées ici ne vous travailleront guère.

— Les îles Féroë, madame, répondit Laguépie, sont encore plus éloignées que je ne soupçonnais. Le ministère de l'Instruction publique vient de m'avertir de ne pas me mettre en route, parce que les fonds votés pour les missions ont été dépensés jusqu'à épuisement du crédit. Rien n'en reste pour payer les frais de déplacement de votre serviteur. A Paris, dans l'intervalle de ses cours, il lui restera du temps, il l'emploiera, je vous en réponds, à procurer quelques désagréments d'importances au peuple de Kerahuel.

— A Paris, comme aux îles Féroë, vous oublierez vos griefs, et c'est de ceci seulement dont vous vous souviendrez.

Mme Trénissan étendit la main, montrant l'espace.

Le ciel, tout rouge encore des ardentes lueurs survivant à la mort du soleil, se mêlait à la mer bleue. Les rochers du Château de Tristan flamboyaient là-bas comme des hauts fourneaux de forges. Des îlots, de ci, de là, enflammés par place, semblaient des foyers d'incendie, et la vague lente des soirées de beau temps et de calme, d'un bout à l'autre de la plage, déroulait au long du sable des volutes couleur d'argent et de violette. Au lointain, sous la corne d'or de la lune, des voiles roses fuyaient. Pas un vol d'oiseau, pas un bruit ne troublait la radieuse paix du crépuscule. Le phare de la jetée reflétait tout droit son feu vert dans l'eau que n'agitait aucun souffle. Les pêcheurs ayant tous pris le large, les cabarets du port désert faisaient silence ; et, dans la sérénité de la nature où l'homme n'apparaissait plus, les cœurs dilatés et les esprits plus libres éprouvaient la sensation de se confondre intimement avec l'étendue.

— Voilà de quoi nous garderons mémoire, poursuivit Mme Trénissan, et nous ne voudrons pas nous rappeler si, auprès de ces splendeurs, Kerahuel a jamais mis ses maisons et ses misères.

— Je n'oublierai ni ses splendeurs, ni ses misères, madame, repartit Laguépie avec un air d'entêtement.

— Alors, vous vous vengerez ?

— Bien sûr.

— Mais comment ferez-vous ?

— Je n'en sais rien encore. Mais il peut se présenter une circonstance; le hasard, souvent, fournit des ressources que nous n'inventerions pas. Il faut savoir se montrer patient, attendre, saisir l'occasion favorable, et surtout se taire. Le silence me paraît indispensable dans ce pays de trahison où les habitants, dissimulant leurs perfidies, s'apostent toujours quelque part pour surprendre les secrets, déjouer les machinations. Tenez, en ce moment, je parie que quelqu'un nous écoute.

Sur la plage, au bras de son mari, Mme Hestoudeau s'avançait d'un pas dolent. Toute sa vie semblait s'en être allée avec le flux de sang provoqué par sa récente fausse couche, et la nonchalance à laquelle elle s'abandonnait compromettait le rétablissement de sa santé. Elle désolait Laguépie en ne montrant pas plus d'énergie pour guérir, passait toutes ses journées en peignoir, étendue sur une chaise longue, regrettait le départ de la « fräulein », et depuis la tentative de suicide de son fils Olivier, envisageait l'avenir sous des aspects funèbres. Elle négligeait sa maison, perdait le goût de l'élégance, tellement qu'il avait fallu l'intervention presque sévère de M. Hestoudeau pour la décider à se mettre en toilette et à sortir de Quet el Reral pour aller, à Keréol, rendre visite à Mme Trénissan.

Ils se présentèrent, disant qu'ils venaient faire leurs adieux.

— Jusqu'à l'année prochaine ?

— Non, pour toujours. Jamais plus ils ne reviendraient à Kerahuel; et Mme Hestoudeau, d'un ton larmoyant, sans oser employer les mots exprimant les raisons de sa mélancolie, affirma qu'il « s'était passé là, pour eux, trop de choses » leur rendant désormais le pays insupportable.

M. Hestoudeau, de son côté, s'avouait excédé de la souffrance d'esprit qu'il ressentait, à la longue, dans cette atmosphère vidée d'intelligence, comme une cloche de verre est vidée d'air par le jeu d'une machine pneumatique. Les absurdités dont il s'égayait jadis, l'irritaient, maintenant. Il ne savait plus rire de voir une population entière se conduire, en toutes circonstances, au rebours des règles du sens commun. Aussi, il ne parta-

geait plus les illusions de Rachimbourg sur la prospérité
future de Kerabuel. Rachimbourg lui-même décroissait
dans son estime, et il le ravalait au même degré que Rou-
rignal, parce qu'il persistait à ne pas élever à la mémoire
de Brindamour, sergent du corps de Vendôme, tué
en 1693, en attaquant tout seul la flotte hollandaise, cette
statue désormais indispensable à la décoration de « toute
ville digne de ce nom ».

En un temps où les héros se font rares, il blâmait le
maire de ne pas vouloir honorer un humble militaire qu'à
lui, Hestoudeau se flattait de susciter à la renommée,
s'affligeait de ce mépris pour les découvertes de l'histoire. Pourtant les curiosités n'abondaient pas à Kerabuel.
Sur les apparences, à son arrivée, il jugeait la flore plus
variée, la conchyologie plus riche en types intéressants.
Mais les plantes qu'il cueillait, les coquillages qu'il ramassait, ramenaient sous ses mains des échantillons
sans cesse identiques, monotonie de trouvailles dont il
se lassait à la fin, et il doutait maintenant de la mésange
verdâtre, parmi les oiseaux. Donc il se proposait de
pousser ailleurs ses investigations, espérait de meilleures
rencontres dans les contrées où il s'installait déjà, en
rêve. De plus, considération supérieure à toutes les autres, il devait mettre son fils au lycée. Pendant les vacances à venir il promènerait Olivier de pays en pays,
pour que l'enfant, de bonne heure, apprît à connaître
les sites et les langues. Lui aussi, le « pauvre petit », avait
besoin de changer d'air.

La banalité de ces propos ne pouvant provoquer aucune controverse, Malbar, Mme Trénissan et Laguépie,
leur donnaient une approbation silencieuse. M. Hestoudeau, parlant tout seul, regretta les efforts dans lesquels,
lui aussi, s'était dépensé pour faire de Kerabuel une
plage notoire, se lamentait du mauvais succès des fêtes
celtiques. Malgré leur éclat, elles n'avaient pas ému la
presse, et les touristes continuaient à ignorer Kerabuel.

— Paris se défie maintenant, dit Malbar, il commence
à s'apercevoir que les Celtes et leur langue furent inventés par Henri Martin, et qu'il se ferait tort en continuant d'ajouter foi à ces divagations comme à ces mascarades ethnologiques.

M. Hestoudeau protestait :

— « La langue celte, comme le pélican nourrit ses enfants
de son sang, avait nourri toutes les langues de l'Europe. »

Et il était des mémoires imprimés à Saint-Brieuc.

Laguépie intervint :

— Si Le Brigant et La Tour d'Auvergne déclaraient la langue française issue du bas breton, cette affirmation témoignait plus en faveur de leur patriotisme local que de leurs connaissances.

— Mais Renan, cependant,

— Renan, reprit Laguépie, est inexcusable d'avoir perpétué ces erreurs. Trop bon philologue pour être dupe de ces extravagances et pour y croire, loin de les confondre, il les entretenait, au contraire ; et ce fut une de ses astuces d'user de ce moyen indigne d'un savant pour se ménager la clientèle de la Bretagne, et pour se faire applaudir en déclarant qu'il dédaignait la gloire.

M. Hestoudeau défendait Renan : un vrai Breton, disait-il, qui, malgré ses origines ecclésiastiques et religieuses, proclamait les droits de la libre-pensée, rendait la foi plus intelligente, plus humaine.

— C'est un Hamlet perfectionné, qui se flatte d'avoir combiné des éléments inconciliables, difficiles, et sembla résoudre le dur problème intellectuel d'être, tout ensemble, et de n'être pas. Sa foi doute, son doute affirme. Sa négation est pleine de croyance, sa croyance ne va pas sans incertitude. Il se joue de paraître à la fois vrai et faux, solide et inconsistant, et son talent consiste à se servir des mots. C'est par les ressources de son vocabulaire qu'il donne l'apparence de l'équilibre à l'assemblage de ses idées heurtées et de ses formules contradictoires. Son art ingénieux me fait toujours penser au travail des céramistes, dans la fabrique de Locmaria, à Quimper.

— Comment ? pourquoi ? dit M. Hestoudeau.

— Vous allez comprendre, continua Malbar. Là, dans une imitation savante et appliquée, de rares ouvriers s'ingénient à reproduire les plus beaux modèles de la céramique, empruntés à des manufactures célèbres : Rouen, Nevers, Strasbourg, Delft. La pièce, copiée souvent, ne se distingue pas de la pièce originale. Rien n'y défaille, ni le dessin dans sa sûreté, ni les tons dans leur richesse. Dans le son non plus, pas de différence. La fausse faïence tinte sous le choc avec la même amplitude de vibrations que la faïence ancienne ; et cette perfection apparente résulte seulement de la supériorité de la fausseté. Admirons cet art, si vous voulez, mais ne méconnaissons pas que c'est un art trompeur, car si la patience et l'habileté s'y discernent, la sincérité ne s'y aperçoit pas. M. Renan s'est institué le directeur psychologique d'une usine semblable. Installé avec toutes les ressources de l'analyse et de l'exégèse modernes dans une espèce de Locmaria intellectuel, il débite avec virtuosité une marchandise d'idées donnant l'illusion du vrai, sans posséder cependant les qualités du vrai absolu et respectable ; mais il cache ses faussetés sous un tel vernis d'industrie et d'art, qu'on peut acheter la contrefaçon d'idéal et s'y plaire, à condition qu'on mette sa joie dans l'incertain et qu'on sache se satisfaire avec de l'à-peu-près.

— C'est de la science pour banquets et pour dames. Il a créé la foi pour incrédules et la science pour ignorants, ajouta Laguépie. Les commis voyageurs peuvent se réjouir qu'il ait abaissé l'intelligence à leur portée, les hommes d'esprit supérieur le réprouveront toujours. Or, c'est la misère de notre temps que de pareils bateleurs puissent sembler diriger les consciences.

Il fit un geste de dégoût. M. Hestoudeau défendait Renan. Après tout, il avait su se faire une situation, était devenu professeur au Collège de France, et il admirait beaucoup qu'on pût posséder, par le scepticisme, une chaire, un appartement, de quoi vivre. En résumé, il n'admettait pas qu'on discutât une des gloires de la France.

— L'hypocrisie de l'indépendance, jeta Laguépie.

Les voix s'élevèrent, la discussion devenait chaude.

— Il enviait tout ce qu'il dédaignait.

— Il rampait pour atteindre aux honneurs.

Pendant que les hommes se querellaient, mettant dans leurs expressions des vivacités éclatant comme des étincelles électriques à la rencontre des deux pôles opposés, Mme Hestoudeau interrogeait Mme Trénissan.

— Est-ce qu'elle s'occupait toujours de musique ?

— Un peu.

— Vous êtes bien heureuse ; je me suis toujours reproché d'avoir négligé cet art d'agrément.

— Art d'agrément, vous croyez ?

— Oui, c'est très agréable de jouer au piano les airs à la mode ; et elle s'informa si Mme Trénissan connaissait la chanson chantée au casino : *Savants, vous n'avez pas raison*. On la disait très drôle.

— Oh non ! répondit Mme Trénissan :

Mme Hestoudeau s'étonnait qu'une artiste si réputée ne connût pas un air si simple. La musique, pour elle, se résumait dans des sons quelconques sortant d'un gosier ou d'un instrument; et elle parla avec éloges de personnes, lesquelles, sans avoir étudié le piano ou le chant, de mémoire, cependant, interprétaient tous les fragments d'opéra, toutes les mélodies qu'elles entendaient.

— Pas moi, dit doucement Mme Trénissan.

— Pourquoi? Ces amateurs-là, en outre, ne se faisaient jamais prier pour égayer les invités dans les salons. Mme Hestoudeau, par là, laissait comprendre que Mme Trénissan semblait dépourvue de complaisance.

M. Hestoudeau, de son côté, trouvait que Malbar et Laguépie se montraient trop tranchants dans leurs appréciations. Tous se quittèrent mal satisfaits les uns des autres. Ils en étaient arrivés, du reste, à ce point des relations où les interlocuteurs, n'ayant plus de nouveautés à échanger, se deviennent insupportables les uns aux autres et s'aigrissent au point qu'ils souhaitent une séparation mettant fin à la banalité des tête-à-tête et des conversations. Par politesse, néanmoins, Laguépie, Malbar et Mme Trénissan s'affirmèrent très heureux de la visite, regrettèrent qu'elle ne se prolongeât pas.

— Quand partaient M. et Mme Hestoudeau?

— Demain.

— Alors, si vous permettez, nous irons tous vous conduire à la gare.

Le lendemain, au moment du départ, la cour de la gare s'emplissait de monde, regorgeait de bagages, retentissait de réclamations. La troupe du Casino, la saison finie, quittait Kerahuel, n'arrivait pas à faire enregistrer ses colis; et les habitants chez qui comédiens et comédiennes avaient logé, les poursuivant jusqu'au guichet, réclamaient, les uns, le prix d'une cuvette cassée, d'un service rendu, les autres, des suppléments pour du linge fourni, insistaient pour être payés de complaisances d'huîtres ou de poisson qu'ils avaient semblé offrir gratuitement.

La veille, le premier comique, sous prétexte de faire une dernière excursion dans les paysages des environs, s'en était allé, laissant une longue note, non soldée, chez le débitant où il prenait pension. Le commerçant, tragiquement indigné de la fourberie, interpellait M. et Mme Toczinska, voulait les rendre responsables des dettes que cependant ils n'avaient point personnellement contractées. Il les déclarait solidaires des dépenses faites par les « baladins » sous leurs ordres, invoquait la justice éternelle, menaçait de requérir les gendarmes.

Le directeur et la directrice se défendaient, alléguaient ne s'être jamais portés garants des dépenses de leurs artistes; et la justesse de leurs arguments exaspérait le gargotier. Il protestait, prenait tous les gens à l'entour comme témoins de la mauvaise foi dont il se disait victime. Tant pis! Si on ne lui réglait pas son compte, par la force, il mettrait l'embargo sur les malles, empêcherait qu'elles fussent chargées dans le fourgon.

— Mais elles sont à nous! criaient les comédiens.

Point ne lui importait! Il s'adressait au chef de gare, lui donnait des ordres; et, le chef de gare n'obéissant pas, le gargotier s'avança vers le fourgon, prétendit descendre lui-même les paniers pleins de costumes. Deux amis l'aidèrent: une bataille s'engagea.

« A moi d'Auvergne! » ce sont les ennemis. Quand même vous seriez le Petit Caporal, on ne passe pas! « Que dirait la noblesse de France! » Et proférant tous les mots comminatoires appris dans les drames historiques et militaires, la troupe des comédiens protégeant sa défroque, les poings levés, fit reculer les gars de Kerahuel.

Le chef de gare courait, s'interposait, jetait les hommes d'équipe dans la mêlée, déclarait que, au lieu de pareils voyageurs, il préférait de beaucoup embarquer des bœufs. Dans la lutte, un panier s'était ouvert, vidant son contenu sur le quai, et lui-même le remplissait entassant pêle-mêle des uniformes et des postiches. Baluche ramassait une perruque tombée, s'en couvrit le crâne, Chien-de-Nous, ne le reconnaissant plus, aboyait sur ses pas, et tous deux gambadaient au milieu de la foule enchantée de la mascarade.

Quand M. et Mme Hestoudeau, Malbar, Laguépie et Mme Trénissan arrivèrent, M et Mme Toczinska se querellaient à leur tour.

— Je t'avais prévenu, disait Mme Toczinska. Si tu m'avais laissé faire, tu n'aurais pas amené tous ces cabotins.

— Comment alors monter un casino sans acteurs?

— Oui, et ils t'en ont fait gagner de l'argent, n'est-ce pas, tes acteurs? Pas un sou de bénéfice et encore nous nous en allons avec des affronts.

M. Sibilinski penchait mélancoliquement la tête.

— Mais tu ne veux jamais rien entendre. Je t'avais pourtant bien dit que ces gens-là, c'étaient tous des « bagnes ». Et ils sont jolis à voir. Tiens, regarde-moi ça !

D'un geste, elle montra les femmes en manteau de voyage, des fanchons sur la tête pour passer la nuit, les hommes dans des redingotes trop longues et sous des chapeaux de paille pas assez larges. Ne jouant plus depuis plusieurs jours, ils cessaient de se raser, et la barbe commençait à repousser, à bleuir sur leurs joues pâles.

Sans pitié pour ces habits fripés sur ces corps de misère, elle exprimait hautement ses répugnances.

Sa mauvaise humeur s'augmenta quand Nicous et Pauline s'approchant demandèrent à lui parler. A la suite des difficultés suscitées par le règlement de la question des droits d'auteur relatifs à la chanson *Savants, vous n'avez pas raison*, ils ne s'adressaient plus à M. Sibilinski. M. Sibilinski, comme musicien, pour prix de son arrangement, réclamait un tant pour cent sur la recette. M. Nicous, comme poète, prétendait ne rien accorder, d'où les deux hommes se traitèrent de filous. M. Nicous, qui tenait les comptes de sa fille, se croyait sûr qu'un cachet n'avait pas été touché par elle, lors du dernier paiement, citait des dates, réclamait la réparation de l'erreur.

— Encore ! dit M. Sibilinski.

— Je ne vous parle pas, à vous !

— Allez donc, faux Nadaud !

— Clarinette d'aveugle.

— J'y vois encore assez pour m'apercevoir que vous essayez de me voler, répondit M. Sibilinski.

— Allons, assez ! dit Mme Toczinska. Puisque tu n'entends rien aux affaires, laisse-nous, va retenir nos places dans le wagon ; et, brusquement, à Nicous et à Pauline :

— Qu'est-ce qu'il vous faut ?

— Cinquante francs.

— Ah ! non, par exemple ! Elle ne paierait pas un cachet de cette importance pour une soirée de fin de saison où tant de spectateurs n'étaient pas venus.

— Trente.

— Non, quarante au moins.

Pendant ce marchandage où l'art se débattait, au-dessus du tumulte, une voix éplorée criait à l'assassin.

— C'est encore le pianiste qui bat Mandarine, dit simplement Mme Toczinska; mais il n'arrivera pas à lui faire perdre ses mauvaises habitudes.

En effet, la femme du pianiste, atteinte de la monomanie du vol, dérobait tout ce qu'elle trouvait à portée de sa main; et une femme de Kerahuel lui réclamait une paire de bottines. L'accusée, portant les chaussures aux pieds, ne pouvait nier le larcin, et l'homme, à grands coups, corrigeait son épouse. En quelque pays qu'il l'emmenât, elle lui attirait des avanies; et il restait déshonoré, perdait souvent son emploi à cause d'elle. Il l'aimait toujours, néanmoins. De temps en temps, quand le scandale devenait trop fort, furieux de son nom compromis et de son indigne tendresse, il frappait sa femme jusqu'au sang, en public, sans jamais se résoudre à se séparer d'elle.

On arracha Mandarine aux brutalités du pianiste. Pleurant tous les deux, elle de douleur, lui, de rage, pour éviter de nouveaux sévices, on les fit monter dans des compartiments séparés.

— Allons, trente francs. Est-ce oui, est-ce non? c'est à prendre ou à laisser, dit Mme Toczinska.

M. Nicous accepta les trente francs, à condition pourtant que Mme Toczinska paierait l'enregistrement des bagages de Pauline. Alors, Mme Toczinska, d'une bourse qui ne s'enflait guère, tira une pièce de vingt francs et une pièce de dix francs.

M. Nicous, majestueusement, sur une feuille de son calepin, écrivit un reçu. La recette opérée, il s'avançait pour prendre congé de M. et de Mme Hestoudeau. Laguépie, Malbar et Mme Trénissan les accompagnaient. Tous, d'un commun accord, lui tournèrent le dos, car ni les uns ni les autres ne lui pardonnaient sa chanson : *Savants, vous n'avez pas raison*, et contre lui, prenaient ouvertement parti pour Laguépie.

— Viens-tu, Pauline ?

M. Nicous, entraînant sa fille, courut à travers la foule jusque vers une voiture de deuxième classe. Là, dans un coin, souffrant démesurément de l'humiliation qu'il venait de subir, il cria, de nouveau :

— Viens-tu, Pauline ?

— Attends un peu, papa, j'ai encore des adieux à faire.

Cependant qu'elle restait sur le quai, M. Nicous, tout
en semblant lire un journal, lui non plus, ne se félicitait
pas de son séjour à Kerahuel. Paris n'avait rien entendu
de la chanson pour laquelle, au bord de la mer, s'enthousiasmaient les foules, car la presse, point soucieuse d'un
casino de province trop humble pour payer des réclames,
n'insérait rien des notes triomphales où M. Nicous se
faisait le propre héraut de son succès.

Dans l'acclamation même, il trouvait des amertumes.
La capitale le méconnaissait et ses anciens amis ne prenaient pas la peine de dissimuler qu'ils le tenaient en
mépris. Alors ses fonctions au bureau des cimetières,
dans les services municipaux, à la Ville de Paris, ses
fonctions, qu'il jugeait avilissantes et hors de la poésie,
lui apparurent comme réconfortantes et nobles. Dans
son bureau il exerçait la critique au lieu de la subir. Par
l'effet de la toute-puissance de l'administration, ses
jugements se rendaient sans appel. Ne pouvant commander à l'estime, il se consolait en pensant qu'il
commanderait aux épitaphes, dominerait les employés
sous ses ordres, se réjouissait de réintégrer l'autorité et
de devenir souverain parmi les morts.

Le long des wagons, Olivier, près de ses parents,
aperçut Pauline. Comme elle montait dans un compartiment d'une classe supérieure à celle où s'embarquaient
tous ses camarades de la troupe, elle prenait congé
d'eux; et, tout en leur faisant sentir quelle distance les
séparait, elle se dépensait en effusions outrées. A l'entendre, on aurait cru qu'elle partait pour un voyage
d'où elle ne reviendrait jamais, jouait, dans la gare, la
comédie des adieux telle qu'elle se règle sur les théâtres.
Elle tombait éperdue dans les bras des femmes, se relevait les yeux baignés de larmes, appelait les hommes au
passage.

— On ne dit donc rien à sa petite mémère. Viens ici,
mon gros, que je t'embrasse.

Elle s'attendrissait, raillait en même temps pour paraître supérieure à son émotion, mêlait des vers de
chansons à ses tutoiements. — « Si vous me revoyez ce
sera dans un songe ». « Si vous m'avez aimée, vous
prierez Dieu pour moi ». Avec son mouchoir, elle faisait
de loin, des gestes d'adieux à des camarades déjà embarqués, secouant leurs chapeaux par la portière; et
Olivier la regardait avec écœurement se frotter des

lèvres sur tous les visages d'acteurs qu'elle rencontrait.

Pauline vint auprès de lui.

— Eh bien, et toi, tu ne fais donc pas avec moi, comme les autres, une fricassée de museau.

Le petit garçon se recula.

— J'ai beau ne pas avoir fait ma tête. Je t'aime bien tout de même, va !

Elle tendit vers Olivier une figure infiniment fanée, un masque d'antique duègne, des rides précoces où du maquillage était resté.

Olivier se détourna.

— Nous ne sommes donc plus des vieux t'amis ?

— Non, répondit Olivier, tu es trop laide en dedans, je ne savais pas que tu pouvais devenir si laide.

— Laide ! Pauline se redressa et prenant un grand air d'indignation :

— Apprenez, mon petit monsieur...

Et, pour plus de mépris, elle suspendit sa phrase.

Alors Olivier, comme si, depuis longtemps à travers les âges, il avait pénétré la décrépitude des corps et des âmes, d'une voix pleine de regret et qui semblait venir du lointain, répondit :

— Qu'est-ce que tu veux, ce n'est pas ma faute, mais je trouve que tu as cent ans ce soir.

Puis mélancoliquement :

— J'en ai trop vu ! trop entendu. Assez !

Et il rejoignit ses parents.

Pauline, furieuse, prit le parti de plaisanter : « Ah ! je ris de me voir si belle en ce miroir ! » Maintenant elle trouvait original d'exprimer toutes ses pensées à l'aide de citations tirées du répertoire. Tout humiliée du dédain que lui montrait Olivier, en wagon auprès de son père, elle fredonnait l'ariette de *Mignon* : « Ne pleure pas, Mignon, les chagrins sont bien vite oubliés à ton âge ».

Un petit garçon apparaît, tout essoufflé. Il apporte un billet de la part de M. Rachimbourg, billet où M. Rachimbourg s'excuse ; et, sans s'expliquer autrement, dit qu'il est retenu par les fonctions de son ministère, à la mairie.

M. Hestoudeau recommande à Malbar de surveiller l'envoi des bonbonnes d'eau de mer qu'il a commandées : tous les jours, il doit en recevoir une douzaine. Mme Trénissan, de la main   un geste d'adieu, et le train part au milieu des clameurs du personnel du Casino criant aux gens de Kerabuel :

— Adieu ! tas de sauvages ! Nous retournons en France.

Pour mieux affirmer leur dégoût avec leur ironie, ils braillaient à tue-tête la romance de Monpou :

Vers les rives de France
Voguons en chantant
O - u - i - i - i
Voguons doucement
O - ou-i-i
Un Dieu d'amour nous conduit.

Une huée d'injures s'élève.

Au milieu se distinguent les mots de « Cavailles » et de « Peaux Bleues », allusions outrageantes aux joues des comédiens où la barbe toujours repoussée, malgré le rasoir, azure l'épiderme, et, par la couleur, les fait ressembler aux « Cavailles », maquereaux d'espèce inférieure, méprisés des enchères sur les tables de la criée au poisson.

Laguépie expliquant les comparaisons à Mme Trénissan, ils rient au milieu de la foule en fureur, loin de la cohue, rentrent à Keréol. Soudain, auprès d'un puits, de l'eau coule sous leurs pieds; un ruissellement de cascade s'entend, sous un hangar. Ils s'approchent, et restent stupéfaits de voir un homme coiffé d'une perruque Louis XV, vidant des seaux d'eau sur une femme nue.

Baluche, rencontrant la Mal-Commode tombée dans les ordures, entreprenait de la laver. L'ayant déshabillée fraternellement, il l'inondait de seaux d'eau. C'étaient des services qu'ils se rendaient mutuellement. Chien-de-Nous, pendant le nettoyage, buvait à petits coups, dans les flaques.

Ils s'éloignent et sur les rails illuminés par un dolent soleil, le train file à toute vitesse. Derrière lui, la vapeur de la machine se traîne longtemps sur la campagne, au-dessus des murs de pierre, flotte parmi les champs. Un cimetière où s'entassent des croix blanches, un passage à niveau, un moulin à vent debout sur un monticule, une cabane perdue à travers les joncs d'un étang, une mare sous les arbres d'un petit bois, de la mer, entre les rochers dans l'échancrure d'une baie, s'aperçoivent, disparaissent, et les voyageurs témoignent leur joie de voir fuir,

45

derrière les poteaux télégraphiques, ce paysage qui n'oppressera plus ni leurs esprits, ni leurs poitrines.

A des paysans menant leurs voitures sur des routes au long de la voie, à des femmes poussant des brouettes ou conduisant des ânes, des voix crient :

— Regardez-nous bien, car vous êtes sûrs de ne jamais nous revoir.

Et le chœur reprend, dans les wagons :

> Vers les rives de France
> Voguons en chantant.
> O-u-i-i-i.

Oui ! les comédiens, entre eux, jurent un grand serment de ne jamais revenir chez de pareils barbares. Ils avertiront leurs camarades, les préviendront de ne jamais signer un engagement pour des représentations quelconques, à Kerahuel. Mieux vaudrait jouer sur le radeau de la *Méduse* et se manger entre soi que de devenir encore la proie de ces pirates de la terre. S'ils avaient su vers quel pays les entraînaient M. et Mme Toczinska, jamais ils ne se seraient mis en route ! Et M. et Mme Toczinska, au milieu des récriminations, comptant que leurs pauvres recettes ne balancent pas des dépenses pourtant réduites au minimum, se promettent à leur tour de ne plus tenter d'entreprise artistique sur une semblable plage, avec de pareils auxiliaires. Descendus de wagon à la gare d'embranchement sur Paris, M. et Mme Hestoudeau, eux aussi, sur Kerahuel, reculé là-bas, dans la nuit tombante, secouent la poussière de leurs souliers, cependant qu'Olivier, triste démesurément de tout ce qu'il laissait là d'illusions faussées et d'inutiles tendresses, se murmurait à lui-même :

— Adieu, Kerahuel !

Kerahuel vide d'étrangers s'agitait, tout en rumeur. Un logeur de l'endroit, nettoyant la chambre habitée par une des chanteuses du casino, avait fait une découverte. En renversant une jardinière où dépérissaient des marguerites, au milieu du terreau épars, il distingua un avorton humain à qui la putréfaction ne laissait plus de sexe appréciable. Assurément, ce débris avait été inhumé là par la locataire, pauvre femme délivrée, avant terme, par des manœuvres criminelles, peut-être. Néanmoins, cachant sa progéniture, ses souffrances, sans éveiller les soupçons et la malignité de personne, elle avait exacte-

ment continué de remplir ses rôles au théâtre. Ainsi, le
logeur comprenait aujourd'hui pourquoi, lorsque l'actrice, par ses excentricités, en scène, déterminait tant de
rire, elle gardait cependant un air si lamentable. Sans
doute elle portait sur les planches le remords de son
crime ; et l'homme, tout effaré, courut prévenir Rachimbourg : M. le maire. En chemin, dans les rues, il répandait la nouvelle de sa trouvaille ; et, malgré la fréquence
des suppressions d'enfants à Kerahuel, les commères,
considérant l'aventure comme extraordinaire, en prenaient occasion d'accuser les étrangers d'introduire dans
leur pays tous les vices, toutes les hontes.

Rachimbourg fit appeler Laguépie. Mais le docteur, se
souvenant du procès provoqué par la mort de la fille du
pilote et ne se souciant pas d'être mêlé encore à quelque
instruction judiciaire, refusa énergiquement d'intervenir.
Donc le maire, tout seul, prit les mesures urgentes. La
nuit tombait. Il remit au lendemain de prévenir le parquet, se contentant de dire aux gendarmes que, lui-
même, rédigerait un rapport sur l'affaire.

Ce rapport, il y songeait, le soir, au long des « Terrains
à vendre », qui, cette année encore, demeuraient sans
acheteurs. Les acheteurs ne se présentant jamais, Rachimbourg perdait désormais tout espoir dans la réalisation
du vaste projet qu'il avait conçu. Il se rendait compte
que les billets circulaires donnant la faculté de parcourir
toute la côte, pendant une durée de quarante-cinq jours,
les voyageurs ne s'immobilisaient plus dans un endroit
déterminé, devenaient seulement des passants toujours
en quête de nouveaux horizons. Quant à ceux-là qui,
moins nomades, ne répugnaient pas à se fixer dans une
bourgade de l'océan pour s'y reposer loin des tracas des
chemins de fer et des hôtels, il se l'avouait, la mauvaise
grâce et l'esprit de rapine des indigènes les repousse-
raient éternellement de Kerahuel et de sa plage. Tous
s'en éloignaient avec dégoût. Nul ne se souciait d'y revenir.

Le crime qu'il venait de constater, en se répandant
par la publicité des journaux, ajouterait au discrédit d'un
pays déjà déconsidéré. Quelle clientèle espérer dans un
bain de mer renommé seulement par des assassinats ?
Après Yvor tuant sa fille, venait cette donzelle du casino
meurtrière de son enfant. Était-il raisonnable d'ébruiter
cette nouvelle scélératesse, d'ajouter ainsi à la turpide

notoriété du pays ? D'ailleurs se trouvait-il en présence
d'un crime ? Peut-être fallait mieux conclure à un accident. Mais, accident ou crime, le scandale provoqué et
répercuté dans les journaux, causerait toujours une impression défavorable, un préjudice incontestable, et il
ne savait quel parti prendre, incertain s'il devait prévenir le parquet, ou, par une audacieuse prudence, se
mettre d'accord avec les gendarmes pour ne pas donner
d'importance à l'affaire. Quel était son réel devoir de
maire ? Ne pas poursuivre d'enquête afin de protéger les
intérêts du pays; ou, en mettant la justice en marche,
nuire à tout jamais à la réclame faite autour des
« Terrains à vendre » ?

Agité par ces sentiments contradictoires, il roula une
cigarette, et pour l'allumer il frottait des tisons, un à un,
sur la boîte. Un, deux, trois, dix tisons ne prirent pas.
L'humidité de la mer les rendait ignifuges. D'ailleurs,
l'administration des contributions indirectes écoulait à
Kerahuel toutes ses marchandises avariées, allumettes
sans phosphore et tabacs suant l'eau, comme des varechs,
sur un rocher, quand la mer monte. Un autre tison, flambant, par hasard, s'éteignit sous un coup de vent. M. Rachimbourg regarda dans sa boîte. Elle était vide, et il
s'impatientait, furieux de ne savoir à quoi se résoudre et
de ne pas pouvoir fumer.

Dans l'ombre, au pied d'un des poteaux « Terrains à
vendre », Rachimbourg aperçut une lueur. Quelqu'un fumait là, sans doute; et, s'approchant :

— Voulez-vous me donner du feu, s'il vous plaît ?

M. Pascal se leva, comme s'il se réveillait en sursaut.

Puis, correctement, tel sur le boulevard à Paris, mit la
main droite à son chapeau, et de la main gauche tendit
son cigare. M. Rachimbourg alluma sa cigarette.

— Merci, monsieur.

M. Pascal salua de nouveau, sans rien dire.

Pendant que, faisant de grandes enjambées M. Pascal s'enfonçait au plus lointain de la nuit, M. Rachimbourg eut la divination soudaine que du crime peut-être,
avec cet individu mystérieux, se cachait là, à Kerahuel,
du crime consenti, toléré, protégé ! Il se souvenait maintenant des échappatoires dont usaient les fonctionnaires
du département, quand, cherchant à satisfaire sa curiosité, il s'essayait à tirer d'eux quelques renseignements
sur l'impénétrable promeneur errant dans la commune.

Or, lorsque pour des raisons qu'il ne pouvait approfondir, la Justice, le Gouvernement, l'Administration laissaient un assassin en liberté, pourquoi à son tour n'accorderait-il pas la charité du silence et de l'oubli à la faute de la triste femme du Casino ? Pourquoi ne laisserait-il pas cette erreur d'amoureuse dans un inconnu plein de pitié ?

Il n'hésitait plus maintenant. Alors jetant sa cigarette, rapidement, afin de ne plus discuter davantage avec lui-même, il courut à l'hôtel d'Orange.

— Maman Treudec, une bougie, du papier, une plume, de l'encre.

Maman Treudec, ahurie, crut que Rachimbourg devenait fou.

— Est-ce que c'étaient des heures pour écrire ?

— Donnez, donnez toujours.

Rapidement, Rachimbourg rédigea le projet du rapport qu'il enverrait le lendemain au Parquet. Il s'y déclarait mal convaincu de la nature de l'avorton, lequel, sans forme humaine, lui semblait plutôt quelque débris d'animal venu dans la jardinière avec le terreau apporté pour les fleurs, insistait sur cette hypothèse. Sa conclusion repoussait l'idée d'un crime. Même il convainquit les gendarmes; et, les assurant qu'il prenait l'affaire sous sa responsabilité, les détourna de poursuivre une enquête.

— Voilà ce que j'ai fait, dit Rachimbourg à Laguépie, le soir, à Keréol.

— J'ai toujours cru que vous étiez un brave homme, répondit Laguépie.

— Enfin je ne quitterai pas Kerahuel sans avoir fait un peu de bien.

Car il se rendait bien compte que sa faveur diminuait de jour en jour. Les gens qu'il rencontrait lui reprochaient hautement, dans la rue, les dettes sans compensation auxquelles il avait entraîné la commune, dettes pour l'intérêt et le remboursement desquelles il sentait bien qu'il ne pouvait plus invoquer les recettes de plus en plus aléatoires des « Terrains à vendre ». S'il ne les achetait pas lui-même, personne maintenant n'en donnerait un centime; et tout Kerahuel satisfait de rester maître de son territoire et d'échapper à la présence et à l'autorité de ces « estrangers », qu'il exécrait, se plaignait, néanmoins, avec amertume, de ses espoirs de fortune à jamais anéantis.

Les politiques de l'endroit se décidaient déjà à ne pas

45.

faire figurer le nom de Rachimbourg sur les listes des futurs candidats au conseil municipal. Bien que six mois dussent s'écouler encore avant l'époque du scrutin, Garnafe entrait en campagne, ravivait les griefs, réchauffait les électeurs jugés indifférents et tièdes; et, tout en deuil de la mort de sa femme, commençait à payer à boire.

Renonçant à son commerce pour se rapprocher de Mme Garnafe, se reposant à jamais de ses adultères, à Kerahuel, dans un caveau de famille, il liquidait sa boutique d'objets religieux. Définitivement installé dans le village, tous les jours, il portait des fleurs au cimetière. Ensuite, il se rendait chez Bourignat, discutait avec lui les moyens de renverser à jamais le maire, ne doutait pas de l'efficacité de ses inventions, se plaignait seulement d'un succès si lent à venir, parce que, disait-il, l'échec de Rachimbourg « aurait fait tant plaisir à sa pauvre femme ».

Depuis qu'elle n'existait plus, il la chérissait d'une affection profonde. Désormais sans motifs pour s'irriter, il en venait à concevoir que jadis, peut-être, il s'était fâché à tort, prêtait à la défunte des vertus conjugales dont la dame, pendant sa vie, ne s'était guère souciée. Par l'imagination, il revenait à la confiance heureuse des premiers temps de son ménage, pleurait sincèrement l'absence de sa compagne. Souvent, tendrement retourné vers le passé, il oubliait les querelles du présent et Bourignat, au milieu même de leurs conversations, était obligé de le rappeler à ses rancunes.

Alors sortant de son rêve, douloureux, il cherchait par quels moyens Bourignat triomphant donnerait aux électeurs l'illusion au moins de rétablir les finances de la commune. Insensiblement tous deux en revenaient au projet jadis combattu avec tant d'énergie par Rachimbourg. Puisque l'administration de l'Assistance publique, jadis, proposait d'acquérir tous les terrains de la plage pour établir un sanatorium à Kerahuel, pourquoi ne pas recommencer les pourparlers, même sur une mise à prix baissée, ne pas conclure une vente qui remettrait le budget en équilibre? Ou la transaction ou la faillite, Garnafe ne revoyait pas d'autre combinaison. Bourignat approuvait, les circonstances aidant, se disait prêt à écrire des lettres, à faire des démarches. Mais il avait l'incertitude du suffrage universel, voulait ne rien entreprendre avant d'être sûr du résultat des élections, tandis que Garnafe préjugeant audacieusement de l'avenir, l'appelait déjà : Monsieur le Maire.

Pour Rachimbourg, il affirmait à tout venant que, son mandat expiré, il ne courrait plus les hasards du scrutin.

— Farceur, répondait Laguépie.

— Je vous assure.

— Et Mariette? Comment feriez-vous pour la rejoindre? Vis-à-vis de votre femme, quelle excuse auriez-vous de résider si longtemps ici, à portée de Caige-Maige, quand vous ne pourrez plus alléguer l'assiduité que vous imposent vos fonctions de maire ?

Rachimbourg fit un geste, il se moquait de l'opinion de sa femme.

Puis :

— Mariette, elle est gentille, n'est-ce pas ?

Laguépie ne dit pas non.

— Vous n'avez rien vu, quand elle est habillée, continua Rachimbourg qui, complaisamment, détailla les perfections plastiques de sa maîtresse. La tête peut-être laisse à désirer, mais le corps, le corps !

— C'est une anatomie que je n'ai pas encore comparée, dit Laguépie. Et, jouant sur les mots :

— Malbar l'a rencontrée, je crois.

— Malbar?

Rachimbourg parut réfléchir :

— Ah! oui, chez son tuteur.

— Tiens !

— Même le tuteur mourut sans lui rendre de comptes.

Rachimbourg racontait là une histoire inventée par Mariette. Pour dissimuler ses origines d'antichambre, elle se donnait comme une orpheline de bonne maison, déclarait porter un nom d'emprunt afin ne pas déshonorer le nom de sa famille. Puis d'un air de satisfaction :

— Son monsieur s'en va demain, et après demain...

Il s'arrêta, savourant d'avance les voluptés qu'il espérait.

— Vous irez la rejoindre.

— Un peu, mon neveu.

— Oui, à la campagne, quand il y en a pour un, il y en a pour deux.

Rachimbourg sourit sans embarras ; et Laguépie admirait la naïveté de cet homme intelligent lequel, confiant en des mensonges de fille, à son âge, recommençait des escapades de collégien, risquait amoureusement toutes les aventures. Il conclut :

— Quand je vous disais que vous ne consentirez jamais à cesser d'être maire à Kerahuel !

Rachimbourg parti vers les galanteries, un matin, errant sur la plage en compagnie de Malbar, Laguépie aperçut Garnafe et Bourignat faisant les cent pas, à grandes enjambées mesurant les « Terrains à vendre ».

— Pas de bêtises, disait Garnafe, vendez si vous voulez, mais ayez bien soin de réserver dans l'acte le passage que vous m'avez promis.

— Parfaitement. L'administration de l'Assistance publique, j'espère, ne refusera rien.

A l'approche de Malbar et de Laguépie les deux compères baissèrent la voix. Laguépie entendit cependant des mots qui revenaient sans cesse : Administration, Assistance publique, Conseil général de la Seine.

Alors, illuminé d'une inspiration soudaine, brusquement, il s'arrêta, mit la main sur les bras de Malbar.

— Ma vengeance, s'écria-t-il, je la tiens !

— Comment ? dit Malbar.

Laguépie montra Garnafe et Bourignat.

— Ils veulent vendre les Terrains à l'Assistance publique ! Dans ce pays où le sol n'appartient jamais aux propriétaires qui l'occupent, ces terrains appartiennent-ils à la commune de Kerahuel ? Il faudrait voir. N'importe ! Ces imbéciles me donnent une idée. Déjouant leurs combinaisons, je les achèterai, moi, les « Terrains à vendre », je les achèterai pour le compte de quelque société charitable ; — laquelle ? je ne sais pas encore, mais je la créerai, s'il le faut, — et j'emplirai la plage de phtisiques, rachitiques, idiots, boiteux, hydrocéphales, tuberculeux, dartreux, scrofuleux, teigneux et gâteux. J'ajouterai ainsi, s'il est possible, à l'ignominie physique et morale de Kerahuel.

Ce projet l'égayait, il le développait tout en faisant ses adieux à Mme Trénissan.

— Oui, il établirait à Kerahuel un tel réceptacle de maladies, de difformités et de vermine, que les « estrangers » épouvantés et se grattant au nom seul du pays, s'éloigneraient à jamais de la contemplation et de la contagion de la plage.

— Et nous ? nous ? qu'est-ce que nous deviendrons au milieu de cette voirie humaine ? demanda Mme Trénissan.

— Vous ! N'ayez point de crainte ! La vaste construc-

tion que je rêve envahira toute la plage, Keréol, du
même coup ; et ici, du moins, je me flatte de vous supprimer de nouvelles occasions de souffrir. D'ailleurs, je
ne suis point inquiet, l'Art, l'Art bientôt vous reprendra.

— L'Art ! dit mélancoliquement Mme Trônissan,
l'Art !...

Elle s'étonnait de la sonorité de ce mot qui, désormais,
n'avait plus de sens pour elle ; et, en signe de doute,
elle remua la tête.

— Mais oui, reprit Laguépie. Sous peu, à Paris, vous
chanterez pour l'œuvre, l'œuvre, l'œuvre...

Il cherchait un titre, ne le trouvait pas, et afin de dissimuler son impuissance d'imagination et de ne pas
ralentir le mouvement de son enthousiasme, comiquement,
à la façon des orateurs témoignant de leur sincérité et de
leur confiance, il se frappa la poitrine et ajouta :

— Mon œuvre, enfin !

La vengeance, ainsi, lui paraissait scientifique, philanthropique, digne du prix Monthyon ! Il en parlait jusque
sous les ondées d'ouragan, le soir suintant d'automne,
où, de Malbar accompagné, sur le quai défoncé de
l'embarcadère, il allait et venait, parmi les flaques d'eau,
devant le wagon qui, tout à l'heure, l'emmènerait vers
Paris. Comme des feux follets, la nuit, au-dessus de la
bourbe d'un marécage, les projets de Laguépie, vagues et
scintillants dans l'ombre au-dessus de Kerahuel en
même temps que les lanternes de la gare, illuminaient
d'espérance l'âme sceptique et noire de son ami.

— Au revoir, Malbar !

— Au revoir, Laguépie !

Le train s'en va, emporte Laguépie, les lumières
avec lui. Les lampes, une à une, s'éteignent aux plafonds
de la gare vide de voyageurs ; et Malbar au travers des
rues sombres de Kerahuel, Malbar regagne Keréol avec
l'impression que, sur son dos fouetté par les averses, du
ciel éperdument sale, il pleut de la nuit et il tombe de la
boue.

Mme Trénissan n'est pas rentrée à Paris. Aux lettres par lesquelles elle sollicitait des engagements, les directeurs de scènes lyriques et les chefs d'orchestre ont répondu par des phrases élogieuses et évasives, dont la courtoisie ne la trompe pas. En vain, ils allèguent la proposition arrivée trop tard, lorsque leur troupe devenue complète, ils ne peuvent plus rien changer ni dans les artistes, ni dans les programmes de la saison. En vain, ils se disent pleins de regrets en songeant au hasard malheureux qui les prive du concours d'une cantatrice au talent si éprouvé, si sympathique, surtout; affirment leur bonne volonté, pour l'année prochaine. Derrière les promesses à longue échéance, Mme Trénissan devine la vérité cachée, à savoir que, depuis son insuccès dans le personnage d'Yseult, nul ne se soucie plus de lui confier un rôle, dans un théâtre, une partie importante dans un concert. La défaveur monte autour d'elle, l'envahit comme les flots, là-bas, recouvrent les rochers du Château de Tristan; et son avenir lui semble aussi gros de larmes que le ciel gonflé d'eau d'où, sur la plage, sur les « Terrains à vendre », du matin jusqu'au soir, du soir jusqu'au matin, ruisselle et se mêle à la mer, une pluie intarissable.

« Un temps bouché », dit le pilote Yvor. Le ruban du Mérite agricole à la boutonnière, il vient de temps en temps à Keréol, prend le café, devant sa soucoupe raconte des histoires qu'il débite d'une voix rauque et monotone. Elles sont aussi dépourvues de sens que le fra-

cas des galets tour à tour montant et descendant au long
du rivage, mais le bruit qu'elles font distrai' Malbar et
Mme Trénissan de leurs âpres préoccupations et de leurs
douloureuses pensées.

Malgré tout, ils auraient pu quitter Kerahuel, abandonner Keréol, se réinstaller à Paris, vivre dans de plus
discrtes compagnies, entendre des propos moins vulgaires. Mais Malbar, une fois de plus, n'a pas terminé
son livre sur les *Rapports de la littérature et de la science.*

Souvent annoncée, célébrée par avance, l'œuvre ne
paraîtra pas encore cet hiver. Aussi, un peu honteux
des lenteurs de son travail, Malbar, dans les bureaux
de rédaction et les cafés du boulevard, ne veut pas risquer les rencontres avec les interrogations de ses confrères, avouer sa paresse, se laisser soupçonner d'impuissance.

Pour Mme Trénissan, elle redoute les humiliations
qu'elle ressentirait à chaque pas, dans la rue, quand sur
les affiches, annonçant les grandes auditions musicales,
elle ne verrait plus son nom, imprimé en lettres grasses
et tirant l'œil du passant, à la bonne place. Même, elle
évite d'ouvrir les journaux qu'elle reçoit, par peur d'y lire
le succès d'une rivale. Elle craint surtout de constater
que, nul article ne lui accordant désormais, ni souvenir,
ni regret, sa mémoire profondément sombrée dans l'indifférence, est plus disparue que ces bateaux de pêche
coulés sur un rocher et dont l'épave submergée se si-
gnale encore vaguement par une bouée au large.

Le pilote, dont la parole ne s'arrête pas plus que la
pluie et le vent, ressasse ses campagnes, ses états de services sur des vaisseaux dont il cite les noms d'orgueil et
de bataille : *le Tonnant, l'Invincible, l'Héroïsme, l'Epou-
vante, la Renommée.*

Il se plaint de sa retraite trop faible, de son inaction
trop grande, de ses recettes illusoires, car les navires
soumis aux droits de pilotage, depuis longtemps, ont
cessé d'entrer dans les eaux de Kerahuel. Quand même,
avec son bateau, tous les jours, il prend la mer, cherchant vainement à l'horizon le pavillon que hissaient
jadis les capitaines pour l'appeler à leur bord. Puis, il
indique à Malbar une anse qu'il a découverte, au cours
de ses inutiles croisières : une anse de vase où les bécas-
sines nageaient en si grand nombre, « qu'on ne voyait
plus la mer »; une anfractuosité de la baie, où les ca-

nards sauvages, dans un étang formé par l'eau des pluies, s'abattaient drus et serrés, « comme les poux sur la tête d'un pauvre homme ».

Il disait comment, débarquant à l'île de Kioch' Vor un recteur épouvanté par six heures de vent contraire et de mer démontée, sur le quai, il s'était moqué de l'ecclésiastique, en lui faisant remarquer que lui, Yvor, dans son bateau, au milieu des embruns et des lames, l'avait réconforté par de bonnes paroles; en quoi il se jugeait supérieur au curé, lequel, en chaire, dans ses sermons, terrorisait ses paroissiens par la peur de l'enfer. Et toujours, il se flattait de ses relations avec M. Herscher, le romancier renommé.

Pendant son séjour à Kerahuel, M. Herscher lui avait fait porter à la poste un article pour un journal de Paris où il mettait des écritures. En outre, M. Herscher aimait beaucoup les pouce-pieds.

— Qu'étaient-ce donc que les pouce-pieds?

— Des bêtes qui étaient dans la mer, quand la mer baissait.

Yvor n'en savait pas davantage. On les trouvait seulement à l'époque des grandes marées, quand le flot, se retirant au loin, découvre des rochers cachés en temps ordinaire. Donc, pour satisfaire les goûts de M. Herscher, toutes les fois qu'Yvor en rencontrait l'occasion, il expédiait au romancier des pouce-pieds, à pleines mannes.

Il ignorait que M. Herscher ne mangeait jamais de ces animaux dont la chair fade et dure à l'égal du caoutchouc, pendant la cuisson, poussait une odeur nauséabonde au nez des cuisinières. L'envoi aussitôt arrivé, M. Herscher commandait de le jeter aux ordures. Néanmoins, il remerciait Yvor en termes gourmands et attendris, vantait les qualités de la marchandise dont il se détournait; et, joignant volontiers quelque argent à sa lettre, donnait délicatement des apparences de paiement aux aumônes déguisées que ne soupçonnait pas le pilote.

« Un bon bonhomme » M. Herscher, qui à la Cour d'assises écrivait pour lui, Yvor, « un fameux mot de billet » au temps de son malheur. Yvor indiquait ainsi le meurtre qu'il avait commis sur sa fille, n'exprimait du reste aucun regret. Dissimulé jusque dans ses confidences, il n'avouait rien de sa vie et qu'il se proposait d'épouser bientôt Mme Siméon. Il cachait tous ses sentiments derrière l'éloge de M. Herscher; et, pour la centième fois, Malbar et Mme Trénissan apprenaient que le *Je m'en Moque*, le bateau d'Yvor, devait son nom à l'imagination du romancier, symbolisant ainsi le défi professionnel et quotidien porté par le pilote aux écueils, aux courants, aux vents, à la tempête.

Quelquefois, Yvor, dans la langue du pays, chantait des chansons dont il donnait le sens à Malbar : ce qu'il appelait « chavirer le breton en français ». Malbar s'essayait à mettre en vers ces poésies barbares et raffinées, mélange de casuistique et de réalité, de théologie et de naturel, concetti venus d'Espagne avec les bateaux, et restés dans la mémoire du peuple et les psautiers des églises. Malbar peina longtemps sur le couplet d'un Noël où il était dit : « Comme le soleil passe à travers une vitre sans la ternir, ainsi Jésus est sorti de la Vierge sans lui faire perdre sa pureté. »

Mais ces brutales subtilités perdaient leur caractère dès qu'elles s'exprimaient avec des mots civilisés. Les strophes changeant de terroir, dès qu'elles entraient dans la littérature, dépérissaient sur le papier; telles les touffes d'œillets sauvages fleurissant seulement au grand air, et qui, transplantées de la falaise dans un jardin, se fanent et meurent en un jour.

De son côté, Mme Trénissan se perdait parmi les tierces diminuées et les quartes augmentées; reculait classiquement devant les successions de quintes, de septièmes, et, s'étonnant de retrouver, après des siècles, les vestiges de la diaphonie familière au moyen âge, hésitait sur son clavier, sans découvrir d'harmonie suffisante pour les mélodies à intervalles inusités que nasillait naturellement le pilote.

Comme Malbar, elle se détournait d'une application sans agrément, sans réussite appréciable. Tous deux, ils renonçaient à leur travail; devant leurs essais, demeuraient désœuvrés, cependant que Yvor, lassé à son tour de les voir tâtonner si fort en transcrivant des mots et des airs bien simples, à son avis, finissait par douter de la capacité de ces gens de la ville.

Dédaigneusement, il prenait sa casquette, posée sur un meuble; et, saluant le « Cher Monsieur » avec son « Aimable dame », la bouche gonflée maintenant de la chique tirée hors de sa coiffure, il se décidait à s'en aller. La nuit tombait ; et, ne demandant pas de lampe, Malbar et Mme Trénissan, confondus avec les ténèbres, écoutaient au lointain, dans la cuisine, les paroles d'Yvor causant près de la servante.

Il critiquait effrontément la maison où son couvert se mettait, maintes fois, dans la semaine, et où, presque tous les jours, il ne dédaignait pas de s'abreuver. Encore que Camélia n'eût pas besoin d'encouragement pour mal faire, il l'excitait à la paresse, déplorait qu'elle prît tant de peine, autour des fourneaux et des casseroles de Keréol. Si les maîtres souhaitaient d'être servis, ils pouvaient bien se servir eux-mêmes. Pour appuyer sa doctrine, il ajoutait des considérations déplaisantes à l'endroit de Mme Trénissan, plaignait Camélia de vider les cuvettes dans cette villa de malheur dont les habitants ne vivaient pas en état de mariage régulier. Oubliant toutes les largesses de nourriture et d'argent qu'il acceptait sans répugnance, il récriminait aussi contre la ladrerie de Malbar et de Mme Trénissan ne lui payant pas, disait-il, les homards et langoustes qu'il apportait en cadeau. Il les offrait avec ostentation, s'affligeait ensuite d'une générosité dont il ne jugeait jamais tirer assez de bénéfices.

— Quelle vieille canaille, dit Mme Trénissan. Ce marin sédentaire porte sous sa vareuse une âme parasitique et fausse ; et je ne comprends pas la tendresse que lui témoigne M. Herscher.

— Herscher, répondit Malbar, Herscher, je le connais. Yvor ne se doute pas qu'il lui sert de sujet d'expérience. Herscher entretient le pilote comme on achète un cadavre dans un amphithéâtre de travaux anatomiques ; et, tout vivant, il le dissèque pour voir jusqu'où va le mensonge des individus, au bord de la mer. Il sait bien que l'Océan, par l'erreur d'imagination des poètes et des romanciers ne cherchant pas la vérité au delà des apparences et de la surface, l'Océan, devenu une espèce de religion littéraire, comme toute religion, a ses ordres mendiants.

Yvor lui semble un des plus remarquables représentants de ces confréries de navigateurs à terre. Paresseux, insolent, la main toujours tendue vers des charités qu'on lui doit — il n'en doute pas — et pour lesquelles il se croit naturellement dispensé de toute gratitude, tel qu'il est, en pied, de face, de profil, sous tous les aspects

de sa fainéante et cauteleuse personne, vous le verrez
bientôt réapparaître dans un des livres du romancier.

D'ailleurs, quand Yvor essaie de détourner Camélia des
devoirs domestiques que, du reste, elle ne se soucie guère
de remplir, il obéit au tempérament local: les habitants
de Kerahuel considérant comme une fonction impérieuse
et souveraine d'empêcher les hommes et les femmes de
se livrer à un travail quelconque ne venant pas de la
côte et du flot.

— Quel pays ! murmura Mme Trénissan.

— Oui, quel pays ! répéta Malbar.

Une fois de plus, ils se lamentèrent ensemble sur le
néant de leurs illusions et la misère de leur rêve.

— Bonsoir, le vieux, finissait par dire Camélia excédée
par le bavardage.

— Bonsoir, la fille, répondait Yvor ; ne te fatigue pas,
il fera jour demain.

La grille se ferme derrière le pilote, qui traîne ses pas,
au milieu de l'ombre, vers Kerahuel. L'heure sonne in-
terminablement sur le timbre d'une pendule détraquée
dont le marteau fou, dès le crépuscule, frappe les douze
coups de minuit. Elle s'arrête, à la longue, et Malbar
avec Mme Trénissan, entendent autour d'eux des bruits
plus tristes que le silence.

Des gouttes d'eau descendent le long du coffre de la
cheminée, tombent dans le foyer, pareilles à des larmes ;
les bûches en feu grésillent sur les chenets éclaboussés.
Au loin, dans le clocher de Kerahuel, l'Angélus tinte.
Voix, claquements de sabots ; des femmes passent, parmi
les flaques des chemins s'en vont à la prière. Leur ca-
quetage s'approche, monte, s'éloigne, puis s'éteint. Plus
rien maintenant, rien que le va-et-vient d'un douanier
faisant les cent pas à son poste, ce soir-là, sous la
fenêtre. Le rayon d'un phare traversant le salon sans
lumière, rappelle à Mme Trénissan que, à Paris, à cette
même heure, les lustres s'allument dans les théâtres,
dans les coulisses, dans les salons où elle chantait jadis.
Elle songe désespérément que ces lustres, elle le sait
bien, dans l'avenir, n'étincelleront jamais plus au-dessus
d'elle.

Mais elle ne se croit pas le droit d'entraîner au fond
de son obscurité l'homme qui partage aujourd'hui sa
vie. Le train qui siffle là-bas, au long du quai de la gare,
un jour, peut ramener Malbar vers des ambitions, vers

cette notoriété même qu'elle s'est évertuée à désapprendre. Or, souhaitant trouver en son amant la revanche de ses espoirs perdus, maternellement, elle dit :

— Malbar, pourquoi ne travaillez-vous pas ?

— Travailler ! A quoi travailler ?

— A votre livre sur *les Rapports de la littérature et de la science*.

Malbar avoua son découragement.

— Pourquoi faire ?

— Parce que je souffre de sentir votre intelligence inerte, à côté de moi. Vous qui ne connaissez encore ni les échecs ni les déboires, vous devez risquer à votre tour la partie d'idéal que j'ai à jamais perdue. Qui sait si vous ne la gagnerez pas ?

Malbar haussa les épaules.

— En tous cas, essayez; c'est une consolation que vous ne pouvez pas me refuser.

Malbar répondit :

— Puisque ça vous fait plaisir.

Et, dès le lendemain, au lever du soleil, il rouvrit son manuscrit.

L'encre se décolorait sur les feuillets fatigués. Par endroits, de grandes maculatures jaunes, pareilles à des tâches d'huile, graissaient des paragraphes. Une colonie de petits champignons blanchissait dans les intervalles des lignes noires. Car les idées, comme les objets trop longtemps enfermés, souffrent aussi des moisissures ; et Malbar s'inquiéta en voyant sur son œuvre une mousse qu'il comparait à l'usnée, la mousse sépulcrale poussée sur le front des morts. Il se trouva vieux devant ces chapitres dont il ne pouvait continuer le mouvement. La conclusion, à laquelle il s'appliquait cependant, la conclusion, il se l'avouait avec tristesse, manquait d'élan, de verve, d'éloquence.

Souvent sollicité par des souvenirs de sensations anciennes, par des impressions dont il ne croyait pas avoir gardé conscience, loin de son sujet, il laissait courir sa plume. Des détails de sa jeunesse lui revenaient présents et regrettables, une vieille ferme dans le grenier de laquelle, pendant les vacances, il avait avidement lu les auteurs interdits au lycée ; un cheval blanc qu'il conduisait, un jour où la voiture manquait verser sur un tas de cailloux ; une cousine maintenant décédée, qu'il revoyait, à côté de lui, sur un bateau, pêchant des carpes, au milieu d'un étang entouré de grands arbres.

D'autres femmes encore lui réapparaissaient : silhouettes douloureuses et charmantes dans des toilettes dès longtemps passées de mode. Il entendait à nouveau des propos tenus jadis au lointain des années ; et les comprenant pour la première fois, découvrait des sentiments, des affections aussi qu'il avait indifféremment négligés.

Alors, il écrivait des vers mystérieux et vagues, des strophes plus rêvées qu'exécutées, où les mots s'effaçaient dans une sorte de crépuscule sonore, semblable aux vibrations harmoniques de ces accords plaqués que Mme Trénissan écoutait longuement retentir sur les cordes de son piano.

Dédaignant la musique trop précise, elle prenait plaisir à des improvisations sans dessin mélodique, ni rythme caractérisé. Au hasard de thèmes incertains, développés à l'aventure de la fantaisie et du doigté, elle évoquait les images de son existence disparue : le grand jardin du couvent où, mêlée aux pensionnaires jetant des roses, elle précédait le prêtre portant l'ostensoir dans une procession de Fête-Dieu. Elle frissonnait encore de la terreur ressentie, le jour de sa première communion, quand se sachant coupable d'un péché véniel, elle prétendait se confesser encore avant d'aborder la Sainte-Table et quelle stupéfaction quand l'aumônier en habits sacerdotaux, dans la sacristie, lui disait : « C'est bon, c'est bon, le temps nous manque. Tout va bien, ce n'est pas la peine. A quoi bon, tant de scrupules ! »

Elle réfléchissait maintenant sur les paroles du prêtre, comprenait trop tard que, d'avance, elles éclairaient sa vie. Mais elle n'avait pas su entendre que dans la religion, dans l'art, dans l'amour même il fallait se contenter d'à peu près ; et elle se persuadait que partout, comme à Kerahuel, il demeurait humainement inaccessible, cet idéal Château de Tristan, vers lequel elle était allée, soulevée par ses rêves.

A mesure que leurs imaginations éloignaient de Keréol Malbar et Mme Trénissan, les détails ordinaires de la vie, au bord de la mer, leur devenaient plus sensibles, plus désagréables. Ils cessaient de supporter avec belle humeur la qualité inférieure des denrées, la difficulté de l'approvisionnement pendant la saison d'hiver, la mauvaise grâce des fournisseurs, la négligence de Camêlin et les repas de hasard qu'elle fricotait insolemment, dans des casseroles jamais récurées.

Les inconvénients des domestiques tenaient une place prépondérante dans les conversations de Malbar et de Mme Trénissan. Ils en parlaient le soir, au coin du feu, lorsque la chaleur fait suinter l'humidité au long de la peinture des lambris ; et l'énumération des tares chez les femmes de l'office et du cabinet de toilette se mêlait au crépitement du bois dans le foyer, au bruit de la rafale. Engouffrée dans la cheminée, elle poussait dans l'appartement une fumée qui piquait les yeux, noircissait le plafond ; par son odeur âcre, provoquait la toux.

— Oui, il était difficile de se faire servir. Que serait-ce quand il faudrait une nourrice !

Malbar releva la tête.

— Une nourrice. Pourquoi ?

— Tu le sais bien.

Il s'étonna de ce tutoiement qu'il n'entendait qu'aux heures des intimités extrêmes. Et, à son tour, tutoyant Mme Trénissan :

— Ah ! Tu crois ?

— J'en suis sûre.

— Non ? Vraiment ?

— C'est comme je te le dis.

Malbar, confondu par la révélation, supportait mal l'idée qu'il pouvait devenir père. Toujours maître de ses émotions, il ne laissa rien paraître de son dépit ; et, prenant gaiement la nouvelle :

— Eh bien ! si c'est une fille, nous l'appellerons Yseult.

— Si c'est un garçon, nous l'appellerons Tristan, répondit Mme Trénissan.

Tous deux se turent. Ils songeaient à quelle matérialité aboutissaient leurs aspirations vers l'idéal. Un enfant allait naître, et ses vagissements seraient désormais les seules musiques du paysage où ils étaient venus, amenés par les harmonies de l'orchestre conduisant Yseult sur la mer fleurie de soleil.

— Enfin ! dit Malbar, en homme qui se résout à une acceptation pénible.

Puis, embrassant Mme Trénissan :

— La vie, dit-il, est plus forte que l'art. Voilà, ma chère amie, un dénoûment que n'avait pas prévu Wagner.

Malbar, en ses anciens jours d'ambition et d'orgueil, comptait seulement sur la littérature pour assurer quelque survie à son nom. Il se défendait de propager une existence pour laquelle il proclamait sa mésestime, se flattait volontiers que les malheurs du monde, par son fait, après lui, ne recommenceraient pas dans un être vivant. Et soudainement, malgré ses théories et ses précautions, il se connaîtrait de la descendance! Cœur loyal, il ne songeait à éluder aucune responsabilité et se résignait au devoir que lui imposait la perversité du hasard. Mais quel désordre dans ses habitudes! Quel bouleversement du train pacifique de sa vie! Le jour s'approchait où elle s'emplirait de tracas et de préoccupations de toutes sortes. La nouvelle de sa paternité l'ahurissait. Il affectait de la considérer comme une plaisanterie, s'efforçait de ne pas la prendre au sérieux et cependant, il savait Mme Trénissan incapable de taquinerie et de mensonge.

Un jour, il constata des phénomènes tels que, regrettant ses connaissances en médecine, il éprouva la douleur même de ne pas garder le droit de douter encore.

Mme Trénissan à son bras, moins par goût que par habitude, ensemble, ils avaient traîné une languissante promenade vers les rochers du « Château de Tristan », sans charme désormais puisqu'ils n'abritaient plus de rêves. Tous deux, au retour, à marée basse, revenaient sur la plage, où tout à l'heure, en passant, ils laissaient la trace de leurs pieds.

Soudain, Malbar tressaillit, et Mme Trénissan, à côté de lui, se sentit secouée du frisson qu'il réprimait.

— Qu'est-ce que vous avez?

— Le crépuscule vient, la température baisse, et j'en souffre un peu, voilà tout.

Pour expliquer son malaise, Malbar l'attribuait aux fraîcheurs de la nuit commençante, mais il ne disait pas la vérité. S'il ressentait un trouble si fort, c'était parce que jusques à l'horizon où, dans les nuages noirs, se couchait un pâle soleil, il reconnaissait la forme physiologique des pas particuliers à la femme enceinte. Mme Trénissan se redressant des reins afin de mieux porter le fardeau de son ventre, attaquait le terrain du talon ; et, sur le sol mou laissait, en creux, après elle, l'empreinte qui ne trompait pas, la marque de la bottine certifiant la grossesse.

Au long de la mer, les pas se suivaient, profonds, réguliers, implacables. Malbar se retourna. En arrière comme en avant, ainsi qu'on lit les caractères d'un livre, à perte de vue, imprimée sur le sable, il lisait la confondante preuve de sa paternité.

Dès lors, contraint de se convaincre, épouvanté de croire, la certitude le terrifiait à la façon d'une catastrophe. « Je vais être père. » Cette idée fixe le hantait du matin jusqu'à la nuit ; et il se sentait devenir stupide devant un événement si démesuré.

Il évoquait des nourrices en rubans, poussant des petites voitures, entendait déjà son sommeil troublé, dans l'avenir, par les cris d'un marmot en mal de dentition ; et le jour semblait proche, où il attendrait avec terreur le diagnostic d'un médecin qui, mettant la queue d'une cuiller sur la langue d'un enfant, regarderait au plus profond de la gorge ; et, en se lavant les mains, conclûrait à un commencement de croup.

Il ressentait, par avance, les angoisses d'une condition dont il apercevait seulement les laideurs et les ridicules. Il revoyait les lithographies de Daumier, ces planches d'une ironie si cruelle contre les vanités de la famille et les embarras de la progéniture. Lui aussi prendrait ces attitudes dont il riait jadis sans savoir qu'elles deviendraient les siennes. Tendrement penché sur le berceau d'un petit monstre à tête de batracien, il s'extasierait sur l'éveil précoce de l'intelligence sous un front d'hydrocéphale ! Il prêterait un sens profond à des balbutiements dénués de conscience. Dans les traits vagues et mous d'un nourrisson déjà pareil, sous son maillot, à un vieillard ratatiné, sous son suaire, s'étudiant à retrouver sa propre figure, il dirait avec fierté. « Comme il me ressemble » !

Pour échapper à cette obsession, Malbar, avec acharnement, travaillait à son livre. Dès le jour, la plume à la main, il s'absorbait dans un labeur assidu, descendait seulement pour l'heure des repas. La vue de Mme Trénissan ramenait son esprit à cette paternité qu'il voulait oublier quand même jusqu'à l'échéance ; et pour s'étourdir, à table, il racontait les détails du paragraphe qu'il venait de terminer, exposait le plan du dernier chapitre qu'il se proposait de commencer.

Un jour, Mme Trénissan, elle aussi toute à des préoccupations nouvelles, inquiète de sa santé et point ren-

seignée sur la vie qu'elle mènerait avec Malbar au lendemain de ses couches, lui demanda brusquement:

— Qu'est-ce que tu comptes faire ?

Malbar feignit de croire qu'elle lui parlait de son livre,
et répondit:

— Mais un final éclatant où la sonorité des mots, prolongeant le sens des idées, retentira avec la puissance
symphonique d'un orchestre.

— Je ne te parle pas de cette œuvre-là, mais de l'autre.

— L'autre ?

— Oui, l'autre.

Elle indiqua son torse qui déjà ne pouvait plus supporter de corset.

— Eh bien, après l'accord de la littérature et de la
science, ce serait l'accord de la littérature et de la musique.

— Ce qui veut dire ?

— Que l'enfant à venir, jamais je ne le laisserai dans
une condition illégitime. Je lui assurerai sa place au soleil, par devant M. le maire. Prenant la main de Mme Trénissan, il ajouta :

— J'en donne ma parole.

Mme Trénissan, languissamment, se pencha vers Malbar et l'embrassa. Toute heureuse de la promesse, elle
n'en concevait pas moins des inquiétudes. Elle se demandait comment elle pourrait décemment apporter à son
nouvel époux la fortune qu'elle tenait de la tendresse
posthume de M. Trénissan.

Elle répugnait à vivre désormais aux dépens d'une mémoire qu'elle avait trahie, se persuadait que, au lendemain de son futur mariage, elle agirait avec loyauté, en
rendant aux héritiers de son défunt mari un argent dont
elle se détachait volontiers, dans la conviction qu'elle
restait sans droit pour le posséder et pour en user encore.

Par ce scrupule et cette restitution, le train de sa maison
demeurerait bien diminué, et tout en souhaitant la régularité, elle s'affligeait des embarras que la régularité
même provoquerait sans cesse dans son existence. Les
rentes de Malbar ne compenseraient point celles-là qu'elle
ne croyait pas honnêtement devoir conserver; et elle passait des journées d'anxiété, faisant mentalement des
comptes, réduisant par avance les frais de table, de per-

sonnel, rêvant à des économies, dont elle ne souffrirait
pas trop, s'affligeait de cette encombrante maternité
qu'elle non plus n'avait jamais souhaitée.

Elle se taisait sur ses angoisses, Malbar les devinait
sans rien dire.

Elles s'ajoutaient à ses angoisses personnelles. Pour
fuir les unes et les autres, il s'appliquait d'autant aux
pages dernières de son livre. Son cerveau se surexci-
tant, il exécuta sans peine des alinéas dont il redoutait
la difficulté, resta stupéfait au bout de son élan quand,
par un crépuscule où tombaient toutes les mélancolies
du soir et de l'automne, il écrivit le mot : Fin. Cet instant si longtemps désiré, lui devenait désagréable, car il
ne lui apportait plus de délivrance. Il souhaitait maintenant que son œuvre prolongée indéfiniment, en des
chapitres innombrables, le dispensât de toute autre
pensée. Mais il se promettait en vain de la relire et de la
corriger. Il se sentait à l'extrémité de son invention et de
son courage ; ne trouvait plus rien à penser, rien à écrire
sur un sujet, pour lui épuisé jusqu'au fond. Alors dans
son cerveau vide, l'idée : « Je suis père », réapparut
plus lancinante, plus obstinée que jamais ; et, devant
son manuscrit fermé, Malbar pleura, cependant que, au
dehors, sur la jetée, retentissait le glas de la cloche de
brume.

Comment se dirigerait-il maintenant dans la brume de
mystère épandue sur sa vie ? Mme Trénissan, éperdue
devant l'avenir, elle aussi, n'osait pas lui faire de questions ; et le soir, sous la lampe, au craquement des boiseries que faisait jouer l'humidité, tandis que la buée,
condensée en larmes, coulait le long des carreaux, ils
s'évertuaient à prononcer des paroles ne s'appliquant pas
à leur situation, disant :

— Le temps va changer.

— Le vent est nord-ouest.

— Le baromètre baisse.

— Les pêcheurs ne prendront pas la mer, et nous aurons du mal à trouver du poisson pour vendredi.

Les journées après les soirs, les enlisant dans une tristesse morne, ils se laissaient aller à un abattement profond, ne sortaient plus ; et la mer reflétant le ciel noir,
couleur de leurs âmes, ils ne regardaient même plus
la mer. Parfois, des mugissements rauques se faisaient
entendre au long du quai, à Kerahuel. Une trompe ac-

tionnée par un soufflet, appelait à leur poste les équipes du bateau de sauvetage.

Car, on ne savait quel bâtiment, aperçu, là-bas, par le petit trou des lunettes d'approche, au travers des vagues élevées jusqu'au ciel, avec son pavillon en berne hissait désespérément un signal de détresse.

Le malheur des autres distrayait un instant Malbar et Mme Trénissan de la contemplation de leurs calamités intimes. Ils s'intéressaient au bateau courant dans l'inconnu, tâchaient de le découvrir au lointain, braquaient sur l'infini des vagues une jumelle de théâtre.

— Donne voir.

— A mon tour.

Rien à perte de vue. Rien que le moutonnement de flots verdâtres accourus des profondeurs de l'horizon noir, montant, montant sans cesse les uns par-dessus les autres et s'échevelant jusqu'au ciel à chacune de leurs escalades. L'écume blanchit les flancs des rochers hurlant de douleur sous les coups répétés de la bourrasque. Un vacarme de canonnade tonne et se répercute sans fin, au long des côtes. Un vent tellement violent qu'il semble solide, dur, impénétrable, souffle, s'abat sur les maisons comme un volet qu'on ferme, et, derrière les nuages chassés, incessamment, pousse d'autres nuages. La pluie, pareille à la chute d'une douche, descend serrée, continuelle. Derrière les fils mous de la trame qu'elle épaissit toujours, le môle, le phare, les masures du port, les bateaux, les bouées au large deviennent invisibles ; des gouttes d'eau, allumées d'un reste de lumière, scintillent au travers d'un crépuscule ténébreux, et avant de tomber à terre entrent déjà dans la nuit.

L'embarcation ne revient pas qui, malgré l'ouragan, n'a point hésité à faire de la route parmi coureaux et brisants. On désespère d'elle, tandis que les yeux écarquillés par le spectacle de l'ombre, Malbar et Mme Trénissan retournent s'asseoir près de la lampe qui n'éclaire pas tant la mèche charbonne, et fume et devient puante au milieu de l'air mou.

Brusquement, un bruit se répand, un bruit qui, jusque dans le salon de Keréol, est répété par les voix des passants, des enfants et des bonnes : « Navire abandonné en mer, coulait, large voie d'eau, équipage réfugié dans les haubans ; dix hommes ramenés sains et saufs, soignés, réconfortés dans les débits du quai, où chacun

leur apporte des vêtements de rechange ! » Et Malbar et
Mme Trénissan en arrivaient à envier ces misères maté-
rielles que la pitié humaine peut secourir. Mais eux, eux,
qui donc les arracherait à la misère morale où ils som-
braient davantage, chaque jour ?

Décembre, avec ses froids, faisait passer au-dessus
de Keréol d'immenses vols d'oiseaux. Fuyant le continent
en glace, sur les bords où la mer entretient une température plus douce, pluviers et vanneaux, oies et canards
sauvages émigraient par grandes bandes. Malbar, pour
passer le temps, entreprenait de chasser ce gibier d'aventure. Il emmenait Chien-de-Nous, Baluche comme rabat-
teur! Avec eux, pendant des journées, il errait à travers
les sables et les champs de la falaise. A mesure qu'il sautait les murs de pierre, qu'il ne suivait plus les chemins
tracés, le paysage changeait d'aspect ; et il s'étonnait de
ne plus le reconnaître.

Des bouquets de tamarins, des trous creusés dans la
dune, des amoncellements de rochers, cependant familiers à ses regards, tant il les avait vus et revus au cours
de ses promenades, lui semblaient avoir changé et de
place et de forme. Il découvrait des ruisselets ignorés,
pendant l'été. L'hiver, ils coulaient sous des roseaux,
dans des fossés débordants de l'eau jaune de la pluie
dévalée des terrains en pente. Des mares s'agrandissaient
entre des berges boueuses où restait imprimée l'empreinte des sabots du bétail; stagnantes, immobiles et
vastes, elles lui causaient la morne impression qu'il
éprouvait près de l'eau des étangs et des lacs; cette eau
morte attristait son esprit, lui donnait des idées de
suicide.

Un grand battement d'ailes surprenait parfois Malbar.
Dérangé de son ambulante rêverie, brusquement il tirait
sur des oiseaux qui fuyaient devant lui. La détonation
s'entendait à peine sous le ciel ouaté de nuages. Baluche
courait, ne rapportait rien, mettait la main sur ses yeux,
déclarait voir au loin des blessés, dans la bande. Mais,
aucune pièce ne tombait. La perspective démesurée rendait difficile l'évaluation des distances. Malbar visait toujours ou trop près ou trop loin, ne rencontrait jamais le
point juste. Chien-de-Nous, dont les nerfs ne pouvaient
supporter le bruit des coups de fusil, détalait en aboyant
d'épouvante. Bientôt même, il ne répondit pas aux
appels de Malbar; et, couché sur le ventre, la tête

allongée sur ses pattes de devant, battant de la queue d'un air implorant et misérable, il semblait donner des raisons, s'excuser de son obstination à ne plus vouloir suivre la chasse.

Malbar se contenta dès lors de la société de Baluche. Mais, une après-midi, pendant une halte, sur un tertre dominant la mer, il aperçut Baluche qui s'introduisait dans le nez des brindilles de bois arrachées d'une touffe de tamarin.

— Qu'est-ce que tu fais là ?

— Je soigne mes poux, répondit Baluche. C'est un remède qui m'a été donné par Astérie et je m'en trouve excessivement bien.

Il se gratta; et Malbar examinant les mains de Baluche où des dessins rougeâtres couraient, entre les doigts, reconnut les sillons de l'acarus, sous la peau, promenant la gale.

Malbar, pendant le reste de la journée, fit beaucoup de chemin pour tenir Baluche hors de sa portée. Désormais, par peur de la vermine, il se priva de cette contaminante compagnie.

Alors, il se promena seul, avec son fusil. Les oiseaux de passage s'en étaient allés. Au long des grèves, il se contentait de poursuivre les hirondelles de mer, les courlis et les chevaliers. Il en abattait, par hasard, les rapportait en triomphe, à la cuisine, mais il se dégoûta vite de leur chair. Parmi la chaleur des salmis et des sauces, elle dégageait une odeur d'huile et de poisson, mettait sous la dent une âcre saveur d'iode, venue des goémons que les oiseaux becquetaient sur la falaise.

Désormais, sans désir de gibier, il chassa pour prendre de l'exercice, tout simplement. Il s'égarait dans des steppes arides, dans des vallonnements où il disparaissait comme au fond d'une fosse. Le ciel lourd au-dessus de lui, lui faisait l'effet de peser sur sa personne comme la pierre d'un tombeau. Un soir, il se sentit tellement abandonné, la nature, à l'entour, l'enveloppait d'une telle détresse qu'il songea à se tuer. Pourquoi pas ? Un pêcheur allant tendre ses filets, un ramasseur de varechs le trouverait gisant parmi les escargots et les chardons. Et quel étonnement qu'il ait péri, le Malbar périssable ? Un canon de son fusil, dans une chute, pouvait se décharger, le plomb le frapper à l'improviste ; et puis qu'importerait si personne, après l'aventure, ne croyait à la fatalité et au malheur. Sa mort ajouterait seulement un mystère de plus aux mystères de ce pays plein de mystères.

Mais ne trouvant pas la force de transformer sa pensée en action, plein d'irrésolution et d'angoisse pour échapper à la tentation d'en finir, il retira les cartouches du tonnerre de son arme; et, fuyant devant un projet qui l'attirait et l'effrayait encore, courant comme un fou à travers la lande, il rentra à Keréol.

Mme Trénissan, au piano, étudiait les morceaux qu'elle se proposait de chanter à la messe de minuit, continuait à se plaindre de la traduction française mise par Malbar sous les notes du fragment de l'Oratorio de Bach, réclamait d'autres paroles. Alors Malbar s'avisa d'un cantique pour Noël, cantique lu par lui jadis dans les œuvres de Le Pays, un bel esprit du dix-septième siècle.

Il s'occupa de rechercher ces stances : à force de mémoire, finit par les retrouver. Par bonheur, elles s'ajustaient au texte musical. Mme Trénissan se félicitait de ce hasard comme d'une rare fortune. Pendant toute la soirée elle ne se lassait pas de chanter cette adaptation; et Malbar en l'écoutant, les idées changées, oubliait que tout à l'heure il avait médité de mourir.

Pourtant, par la suite, prétextant la pénurie du gibier à Kerahuel, il n'emporta plus son fusil, dans ses courses. Souvent même il ne poussait pas ses promenades au delà de l'hôtel d'Orange. Il s'arrêtait là, causait avec maman Treudec. Maman Treudec le mettait au courant des événements de Kerahuel. Elle donnait à tous les faits une importance égale, s'emportait ou s'enthousiasmait, selon les caprices de son humeur du moment. Avec la fidélité d'un graphophone, elle reproduisait les intonations de voix de chacun des personnages dont elle parlait. Malbar ainsi, assista, grâce à elle, aux préliminaires du mariage entre le pilote Yvor et Mme Siméon.

Mme Siméon, sans autre entraînement que le calcul, souhaitait d'épouser un vieillard, point trop lent à agoniser, lequel, après son décès, lui laisserait des droits sur sa retraite. Le pilote, sans amour et curieux de bien-être, se disait content de vivre dans une bonne maison où il serait choyé, dorloté par une femme plus jeune que lui, et que vert encore, malgré son âge, il ne désespérait pas de satisfaire. La femme comptait sur la sénilité de la passion d'Yvor pour le plus rapidement détruire ; et

tous deux, fort enchantés de leurs astuces, avaient conclu
des accordailles.

Malbar s'émerveillait de la tranquille immoralité d'une
pareille union. Maman Treudec lui apprit que Kerahuel,
en matière de mariages, ne s'embarrassait point de scrupules.

— Ici, mon bon monsieur, vous ne savez donc pas ce
qui se passe ? Les femmes recherchent spécialement les
hommes pensionnés auxquels elles croient pouvoir survivre. Songez donc : la loi, les règlements leur accordent
la moitié de la pension des défunts. Aussi les cacochymes,
les vieux épouvantables, par suite, sont toujours préférés
à des jeunes gens dont la mort ne rapporterait rien.

— C'est l'art d'être veuve, alors, dit Malbar.

— Oui, et c'est bien malheureux pour Mme Siméon que
le pilote Yvor n'ait pas obtenu la croix ; car, l'accident
venu, elle aurait touché davantage. Mais qu'est-ce que
vous voulez faire avec le Mérite agricole ?

— Certainement, je la plains, dit Malbar qui s'amusait
du bavardage cynique de l'inconsciente dame.

Heureusement, M. Herscher, prévenu, annonçait qu'il
assisterait au mariage. Même, il offrait de signer, comme
témoin, sur les actes de l'état civil.

Maman Treudec considérait comme un grand honneur
pour Kerahuel qu'un pareil musicien voulût bien « faire
cas » à ce point d'un pauvre homme de mer. Sans doute,
à l'église, au matin de la cérémonie, M. Herscher « jouerait avec l'orgue » ; et, se laissant aller à son imagination,
elle en arrivait à envier les pompes nuptiales qu'elle inventait au mariage de Mme Siméon. On n'avait point
fait tant de musique, quand, disait-elle, elle avait épousé
« son vieux ».

— Herscher, un musicien, qu'est-ce que vous me racontez là. Mais Herscher, Herscher, c'est un homme de
lettres.

— Jamais de la vie.

— Comment jamais de la vie ?

— Vous vous êtes trompé.

— Allons donc !

Maman Treudec ne se trompait jamais, et donnait ses
raisons. M. Herscher était un homme qui faisait de la musique.

Ayant entendu par hasard les sons d'un piano dans la
maison habitée par M. Herscher, elle concluait que M. Hers-

cher exerçait à Paris une profession lyrique, le tenait
pour un compositeur, se refusait obstinément à rien mo-
difier de son opinion. Malbar, sans espoir, essayait de la
convaincre de la réputation littéraire du romancier. Maman Treudec ne voulait rien entendre; et, dans leurs querelles sur cet inutile litige, Malbar, égayé, jouissait d'être
détourné d'idées plus graves, auxquelles ce verbiage
l'empêchait de penser. Chacun s'entêtant, ils répétaient :

— C'est un musicien, M. Herscher.

— Mais, non, quand je vous dis que c'est un homme
de lettres.

— Certainement, M. Herscher est un écrivain, dit un
jour une femme qui entrait; et, la voix haute, d'un ton
autoritaire, se mêlait à la conversation.

— Bonjour, maman Treudec, vous ne me reconnaissez
pas ?

Par habitude du commerce, maman Treudec reconnaissait tout le monde.

— Vous voilà donc revenue, ma petite dame ?

— Comme vous voyez.

Et s'adressant à Malbar :

— Monsieur Malbar, si je ne me trompe pas.

Malbar tressaillit. Il se trouvait en présence de
Mme Vincent Trois.

Suivant son habitude, elle portait un costume aux
couleurs voyantes. Un grand manteau rouge l'enveloppait.
Sur son chapeau noir, une plume rouge frissonnait au
vent, et Malbar se crut face à face avec Méphistophélès en
personne.

Que venait faire Mme Vincent Trois à Kerahuel ? Sans
doute, sous l'impulsion d'une crise de perversité, se souvenant de Mme Trénissan, elle méditait de s'acharner à
de nouvelles vengeances. Point satisfaite encore des per-
sécutions exercées jadis lors de la représentation de
Tristan et Yseult, peut-être, par un retour de perfidie,
elle poursuivait, jusque dans la retraite, la cantatrice
qu'elle haïssait à cause de son talent, la femme dont elle
jalousait les relations, avec lui, Malbar.

Malbar devina l'ennemie. Se mettant debout, comme
pour repousser une agression, sans rien dire, il regardait
fixement Mme Vincent Trois, cherchant de quelle manière
elle commencerait à manifester son hostilité.

Mme Vincent-Trois, baissant ses paupières agitées d'un
tremblement convulsif et continu, ne parut pas s'aperce

voir de cette attitude de défense. Simplement elle dit :

— Vous examinez mon manteau. Il me va bien, n'est-ce pas ? Heureusement je l'ai retouché moi-même. On a beau payer cher pour la façon, les ouvrières ne savent jamais travailler.

C'était sa manie de refaire les vêtements qu'elle commandait chez les grands couturiers. Aussitôt livrés, elle les décousait, les recousait de ses propres mains, prétendait qu'elle seule savait les ajuster à son usage, les déformait, maladivement, au gré de son caprice.

Malbar ne répondit pas.

Mme Vincent Trois insista :

— Ainsi, vous ne me parlez pas, vous n'êtes pas heureux de me voir ?

— Je n'ai rien à vous dire.

Il marcha, voulut s'éloigner. Mme Vincent Trois l'arrêta par le bras ; puis, les yeux dans les yeux :

— Alors, vous m'en voulez ?

Il fit oui, de la tête.

— Tant que ça ?

Il se taisait.

— Répondez-moi. Je veux que vous me répondiez. Votre silence me rend folle.

— Oui, je vous en veux, répliqua Malbar.

Scandant les mots, énergiquement, il répéta :

— Je vous en veux.

L'autorité de sa parole impressionna Mme Vincent Trois. Soudain, la voix humble, elle se confondit en excuses. L'espèce de démence dont elle souffrait la rendait prolixe à exprimer les sentiments les plus contraires. Suivant son impression momentanée, pour la tendresse, la colère ou la haine, elle trouvait des développements point dépourvus souvent d'émotion et d'éloquence. La volubilité et l'emphase de sa verbosité, spirituelle quelquefois, attendrie par instants, profonde d'apparence, faisait croire à la sincérité de sa conviction.

Elle ne s'en défendait pas. Oui, Malbar pouvait la mépriser. Plus que personne elle jugeait sévèrement aujourd'hui sa méchanceté envers Mme Trénissan. Elle même se reprochait son injustice à l'égard d'une pareille artiste ! Par quel aveuglement l'avait-elle méconnue, déchirée par ses conversations, vilipendée dans les couloirs et les coulisses des théâtres ! Maintenant, elle reconnaissait son erreur, s'accusait de scélératesse, pour expliquer

47.

ses violences, les attribuait à un farouche amour de l'art.

Oui, elle s'apercevait désormais de la différence entre une exécution musicale entendue au concert ou entendue dans un théâtre. Au théâtre, les fragments énigmatiquement écoutés, loin de la scène, perdaient les proportions colossales que leur prêtaient le souvenir et le rêve. Ainsi n'éprouvant plus la sensation mystérieuse et puissante des révélations premières, elle ne retrouvait plus son ivresse d'autrefois. Mais elle se rendait compte que l'infériorité venait d'elle et non pas de Mme Trénissan. Jamais *Tristan et Yseult* ne s'était connu de plus passionnée, de plus sincère interprète. Elle l'avouait, confessait sa honte, demandait pardon pour son erreur.

Elle répétait ainsi des phrases retenues au hasard de ses lectures, dans les journaux de musique. En comédienne habile, elle leur donnait l'accent de la franchise, l'intonation du regret, tellement que Malbar ne doutait guère de tant de loyauté et de repentir. Néanmoins il continuait à craindre cette présence.

Puis, sans nommer Mme Trénissan, Mme Vincent Trois demanda :

— Êtes-vous ici avec elle ?

Malbar ne nia pas.

— Je m'en doutais. Mais n'ayez pas peur. Je suis bonne, allez, meilleure que je ne parais.

Ses yeux dansants s'illuminant d'une lueur de satisfaction, elle reprit :

— D'ailleurs vraiment, si j'étais méchante, ce châtiment me suffirait de vous voir vivre ici, ensemble, dans cette solitude.

— Vous y venez bien, vous, dit Malbar.

— Oh ! moi, répliqua majestueusement Mme Vincent Trois, ce sont de graves affaires qui m'amènent.

— Graves ? Très graves ?

Sous sa plume rouge, sous son manteau rouge, Mme Vincent Trois se redressa d'un air d'importance :

— Oui ! Je viens pour acheter les « Terrains à vendre ».

Elle regarda la plage déserte où les écriteaux penchés se balançaient au vent; puis, apercevant la maison de Keréol, toute seule au milieu des sables.

— Et c'est là qu'elle demeure ?

Malbar, très gêné, évita de répondre.

— Vous devez être gais, le soir, tous les deux, là, l'un en face de l'autre. Mais, rassurez-vous, je ne viens pas troubler votre tête-à-tête. Ici, je cesse d'être une femme, je ne suis plus qu'un acquéreur.

— Drôle de besogne, dit Malbar.

Pour satisfaire son morbide besoin d'activité, Mme Vincent Trois ne répugnait à aucun négoce. Sans cesse, portant son désordre d'esprit sur un objet nouveau, elle s'appliquait violemment aux trafics les plus opposés, s'en détournait ensuite avec la même ardeur qu'elle mettait à les entreprendre; et, inconsciente de sa versatilité, se croyant persécutée, accusait l'univers entier de ses déboires.

Fébrilement, elle raconta sa vie.

— Il m'appelait la « vierge guerrière ».

— Qui ça?

— Mais mon amant donc. L'imbécile que vous vouliez provoquer en duel et qui pratiquait le chantage sur les cantatrices dévouées à la musique de Wagner. Au lendemain d'une tentative avortée pour remplacer la liqueur fabriquée à la Grande Chartreuse par un produit nouveau: « l'Oued Allah », le ruisseau de Dieu, s'il vous plaît, il tomba en faillite, retourna définitivement près de sa femme, et me laissa sur le pavé.

Abandonnée, Mme Vincent Trois, selon ses dires, fondait d'abord un magasin de modes, s'en dégoûtait; prenait là la direction d'une pension bourgeoise, family-house, dans le quartier des Champs-Élysées, en sortait pour tenir un salon où s'assemblaient des spirites; devenait la tenancière d'une agence de mariages; et poursuivie par les huissiers, habile à toutes les manigances, mêlée à tous les mondes, travaillée par le désir de se sacrifier, elle s'occupait maintenant d'œuvres médicales et charitables.

Insinuée auprès des dames directrices et patronnesses d'une grande institution philanthropique intitulée les *Déshérités de la Terre et de la Mer*, elle plaçait des billets de loterie, organisait les concerts, quêtait à domicile, bouleversait Paris pour trouver des difformités ou des aumônes. Son entregent passait pour si fort, qu'elle recevait la mission de trouver, au bord de l'océan, une plage où construire un hôpital assez vaste pour glorifier la vanité de tous les donateurs et mettre tous les malades au bon air, loin des microbes.

Le souvenir de la plage de Kerahuel lui revenait, et elle prenait le train pour essayer de traiter avec Rachimbourg, représentant la commune.

— Rachimbourg, mais il n'est pas ici!

— Toujours avec sa donzelle, alors?

Malbar jouait l'étonnement.

— Voyons, sa liaison avec Mariette! un vrai secret de polichinelle! Mais, pardon, j'en dis peut-être trop, et je ne voudrais pas vous rendre jaloux.

Malbar ne releva pas l'allusion, complaisamment même, il donna son avis.

La réélection de Rachimbourg lui semblait compromise, et peut-être conviendrait-il de pressentir M. Bourignat, le prochain maire.

— Bourignat? Où demeure-t-il? J'y vais.

Malbar offrit de conduire Mme Vincent Trois à la « Maison du Païen ».

— Non, non, indiquez-moi seulement où elle se trouve. Si on nous voyait ensemble, eh bien, vous seriez bien reçu là-bas, au retour; et, d'un mouvement de tête, elle désigna Keréol.

Encore que Bourignat s'avouât très flatté d'une démarche qui préjugeait de sa puissance future, par diplomatie, il refusa de s'engager. Les gens de Kerahuel accepteraient-ils de voir leur plage transformée en hôpital?

— En sanatorium, monsieur.

— Oui, je sais, c'est le mot poli qu'on emploie aujourd'hui. Mettons sanatorium pour vous faire plaisir. La population s'y résignerait difficilement, tant Rachimbourg l'avait accoutumée à repousser, sans examen, tout projet de ce genre.

— Mais vous, quand vous serez maire, par votre influence, vous saurez bien la faire changer d'avis.

— Oh! mon influence, repartit Bourignat, jouant la modestie, mon influence, il ne faut pas l'exagérer. Entre nous, je ne me vois pas encore installé et donnant des ordres à la mairie. Si je deviens l'élu du suffrage universel — et il se rengorgea en prononçant ces mots — je suppose, volontiers, que l'état des finances de la commune m'aidera sans doute à faire adopter la proposition dont vous me parlez. Assurément, le prix de la vente des terrains sur la plage éteindrait vite toutes les dettes si imprudemment contractées. Mais nous n'en sommes pas là, et en ce moment je n'ai aucune qualité, même pour vous donner une espérance. Jusqu'à nouvel ordre, M. Rachimbourg reste le seul homme avec qui vous puissiez traiter de l'achat des « Terrains à vendre ». Je vous préviens seulement que le Conseil municipal n'écoutera guère le maire, car le pauvre homme, maintenant, me semble bien déconsidéré.

Mme Vincent Trois, très dépitée, rejoignit Malbar sur la terrasse de l'hôtel d'Orange. Elle aimait les conclusions rapides et s'emporta contre Rachimbourg. Concevait-on un magistrat municipal absent de sa commune! et la dame s'indignant de rentrer à Paris sans un projet à soumettre, sans un devis à présenter, Malbar, alors, songea à faire intervenir Laguépie.

Il se souvint des déclarations emportées du docteur et de son calcul de nuire aux habitants de Kerahuel en établissant un sanatorium, sur les « Terrains à vendre ». Peut-être Mme Vincent Trois lui fournirait-elle des moyens de vengeance, dont, personnellement, il ne disposait pas. Aussi, Malbar représenta Laguépie, comme très lié avec Rachimbourg, sur lequel il pouvait exercer une heureuse influence. De plus, Laguépie avait soigné Bourignat et Bourignat, plein de confiance en la sagesse de son médecin, le consulterait sûrement quand il se trouverait en posture de prendre des décisions graves.

— D'ailleurs, ajoutait-il, Laguépie vous le connaissez, vous l'avez rencontré ici lors de la mort de la fille du pilote. Pourquoi n'iriez-vous pas le voir à Paris? S'il vous faut une lettre d'introduction, je vous la donnerai bien volontiers. Laguépie, j'en réponds, ne vous refusera pas de faire partie du comité d'honneur de votre société. A défaut de succès plus immédiat, vous aurez au moins celui de vous assurer un auxiliaire considérable, passionné, actif. Vos intentions coïncident avec les siennes, donc, liez-vous à lui. Ce qu'il veut, il le veut bien et il remuera administrations et ministères pour se donner raison. Remettez-lui le soin d'établir votre sanatorium, d'avance, je vous promets qu'il le construira.

Mme Vincent Trois se flattait mensongèrement de connaître tous les hommes célèbres de Paris. Quoique, par esprit de vanité, elle se jugeât heureuse d'entrer en relations avec un savant tel que Laguépie, elle acceptait mal de voir son initiative subordonnée à l'autorité du docteur; cette dépendance humiliait son amour-propre. Cependant, pour que sa démarche à Kerahuel ne demeurât pas tout à fait inutile, elle dit avec résignation :

— C'est bien, donnez-moi cette lettre pour Laguépie.

— Quand partez-vous?

— Ce soir.

— Je vous la ferai tenir avant que vous preniez le train.

— Bien sûr ?

— Vous pouvez compter sur moi.

Malbar s'en retournant vers Keréol, Mme Vincent Trois resta seule, pleine d'amertume et d'irritation devant son rêve mal accompli.

Pour passer le reste de la journée, elle se promena dans Kerahuel. Son manteau rouge rendu plus éclatant par l'ombre d'une après-midi de décembre, intriguait la population se demandant quel était ce fantôme qu'on rencontrait dans toutes les rues. Maman Treudec ayant répandu le bruit que cette « dame-là ici » se proposait d'acheter les « Terrains à vendre », les femmes, sur les portes, protestaient d'avance contre l'aliénation du territoire de la plage, criaient en langue bretonne des menaces et des injures que Mme Vincent Trois n'entendait pas.

L'église qu'elle rencontra la surprit par la propreté de son ravalement, à l'extérieur. Elle entra. L'intérieur l'éblouit par sa blancheur. Malgré la brume d'un jour d'hiver, des piliers aux voûtes, la nef rayonnait de clarté. Les murs nettoyés par les maçons, à la solde de Mme Bourignat, fidèle observatrice de son vœu, exhalaient une odeur de plâtre frais; et, comme dans les bâtiments neufs, une fraîcheur tombait des combles. Sur le dallage refait, les confessionnaux repeints luisaient de place en place, au-dessous des images violentes d'un Chemin de croix récemment sorti du quartier Saint-Sulpice à Paris. Des saints et des saintes vernissés et rehaussés d'or se dressaient dans les chapelles à chaque extrémité du transept. Au milieu, les girandoles de lustres de cristal faisaient miroiter leurs reflets. Le métal des tuyaux de montre d'un orgue d'accompagnement étincelaient dans le chœur. Derrière une veilleuse allumée et pendante au fond d'un récipient de verre rouge, le maître-autel redoré de tout son tabernacle, de tous ses chandeliers, flamboyait sous la lumière de couleur, épandue par le vitrail représentant M. Bourignat miraculeusement sauvé de la mort par l'intercession des anges.

Auprès d'un autel, elle aperçut des femmes très occupées à disposer, dans de la paille, des personnages et des animaux de bois sculpté. Elles travaillaient à mettre en place le décor de l'étable de Bethléem. L'âne et le

bœuf, déjà debout, allongeaient le museau au-dessus de
la crèche où d'abord, à côté de la Vierge, elles avaient
précieusement couché l'enfant Jésus ; et la difficulté était
d'installer au milieu des rayons d'une étoile en clinquant
dressée sur un fil de fer, une bougie qui, allumée à
minuit, sans brûler le papier, représenterait la clarté de
l'astre évangélique guidant vers le Sauveur les bergers
de la campagne et les mages de l'Orient. Peu à peu,
au fond de l'incertaine et naïve perspective, ils apparaissaient, les uns derrière leurs moutons, les autres
devant la caravane de leurs chameaux. Mme Vincent
Trois s'avisa alors du mois et de la date du jour où elle
vivait.

— Tiens ! dit-elle, nous sommes donc la veille de Noël?
et, sans s'inquiéter davantage de préparatifs qu'elle jugeait enfantins, elle continua à marcher dans l'église,
s'étonnait de tant de réparations, ne comprenait rien à
l'excès des embellissements.

Soudain, dans un coin, auprès de la cuve des fonts
baptismaux, elle aperçut un groupe de sculpture qu'elle
croyait connaître.

— Tiens ! *Echange de bons procédés !*

L'enfant nègre appliqué à noircir l'enfant blanc en lui
versant sur la tête l'encre contenue dans une écaille
d'huître disparaissait maintenant, avec son camarade,
sous une couche de badigeon couleur de chair. De l'eau
très bien imitée coulait de la coquille ; et le tout figurait,
à peu près, le baptême du Messie, par saint Jean le Pré-
curseur. Sur le socle, en forme de console, une touffe de
myosotis au naturel fleurissait sur un champ d'or.
Autour de l'écusson un liston portait cette devise : « Qui
aime vite, vite oublie. » Mariette, fort encombrée par ce
marbre, l'avait installé dans l'église, au-dessus de ses
armes ; et Mme Vincent Trois s'indigna de ce cadeau
qu'elle jugeait offensant pour la religion, injurieux pour
elle-même.

A la vue de *Echange de bons procédés* transformé en
image de sainteté, elle évoqua les relations de Malbar
avec Mariette, celles de Rachimbourg, les galanteries
professionnelles de la courtisane, les fredaines du maire.
L'amour pratiqué dans son voisinage lui semblant toujours de l'amour qu'on lui volait, elle écumait d'honnêteté et de rancune. Confondant sa jalousie de femme
avec son désappointement d'acquéreur, elle ne se tenait

pas de colère contre ce Rachimbourg invisible quand il fallait répondre à des propositions d'achat de terrains, et qui se manifestait cependant en laissant sa maîtresse afficher ses débauches, déshonorer l'église. D'où Mme Vincent Trois conclut que le groupe de marbre, par une entente maligne entre Mariette et son amant, se dressait là dans le but exprès de se moquer d'elle.

Elle sortit. En dehors de toutes probabilités, elle souhaitait qu'un hasard la mît en présence de Rachimbourg. Alors en pleine figure, elle lui dirait qu'il avait commis une mauvaise action.

Persuadée que la délicatesse et les convenances se trouvaient lésées en sa personne, elle s'ingéniait à inventer les moyens de les venger ; et, quand elle rentra à l'hôtel d'Orange, elle rêvait à des représailles.

Maman Treudec lui remit la lettre adressée par Malbar à Laguépie. Tout en la lisant, Mme Vincent Trois sentait s'accroître la mauvaise humeur de sa démarche inutile.

— Enfin, ce maire, il n'a donc pas d'adresse, on ne peut donc pas lui écrire ?

— Mais si, chez lui, apparemment, dit maman Treudec.

— Où ? chez lui ?

— A Meldançon, département de l'Aube, je crois, où il demeure avec sa femme.

— Alors, il est marié ?

— Bien sûr qu'il est marié, vous ne le saviez donc pas ?

Mme Vincent Trois garda le silence. Puis, brusquement :

— Il faut que je dîne. Donnez-moi des œufs à la coque.

Par peur secrète d'un empoisonnement, elle ne prenait jamais d'autre nourriture ; et, tout en trempant des mouillettes, elle réfléchissait :

— Ah ! mon Rachimbourg ! Tu trompes ta femme et tu me fais déranger sans résultat. Eh bien, tu vas voir. Maman Treudec, de quoi écrire, s'il vous plaît.

Maman Treudec ayant ramassé une feuille de papier, à côté d'une enveloppe maculée traînant à l'aventure dans un buvard abandonné, apporta une bouteille d'encre boueuse où, au bout d'une monture mal assujettie, s'enlisait une plume oxydée. Sans s'interrompre de manger, Mme Vincent Trois rédigea :

« MADAME,

« Ecoutez l'avis d'une amie que vous ne connaissez pas, et qui, cependant, vous veut du bien. Votre mari, à Kerahuel, vous trompe avec une personne indigne. Si vous ne me croyez pas, venez ici pendant la saison des bains de mer, et vous verrez que, si je vous attriste, je ne vous ai pas menti. »

Bravement, avec la conviction qu'elle accomplissait une œuvre de purification et de justice, elle signa son nom : Vincent Trois, en grandes lettres emphatiques, contournées. Puis, se faisant répéter l'adresse, elle mit sur l'enveloppe :

Mme veuve Rachimbourg, à Meldançon, Aube. Personnelle.

Le mot veuve lui parut très risible, et collant un timbre sur la lettre, elle s'applaudissait de la perverse ironie de son invention. Ensuite, avec soin, elle cassa les coquilles d'œufs dans son assiette. Auprès d'elle, Chien-de-Nous la regardait avec curiosité. Malgré les balais des bonnes et les menaces de maman Treudec qui s'indignait de voir un chien aussi laid, Chien-de-Nous se refusait à être expulsé, restait là avec la ténacité des pauvres qu'aucune avanie n'humilie plus, tendait vers la table son museau affamé.

La vie lui devenait dure pendant l'hiver. Les gens de Kerahuel, mangeurs des pires rogatons, ne lui laissaient guère de quoi grignoter, dans les tas d'ordures. Depuis le jour où ses nerfs, à la chasse, n'avaient pu supporter le bruit des coups de fusil, il s'apercevait que Malbar, désaffectionné de sa maigre personne, ne s'inquiétait plus si la soupe du chien était régulièrement servie devant la porte de la cuisine, à Keréol.

Mme Vincent Trois remarqua l'air de détresse de l'animal, s'en émut. Son cœur, dur à l'humanité, s'attendrissait volontiers en faveur des bêtes.

— Comment t'appelles-tu, mon vieux ?

Chien-de-Nous donna sa patte, mais refusa le pain. Il était accoutumé à d'autres friandises.

Alors, trouvant cette dignité de gourmet fort comique, Mme Vincent Trois fit venir des gâteaux, des biscuits, du sucre, gava l'animal qui, sur le parquet, de droite à gauche, remuait sa queue en signe de satisfaction. Même

48

il aboya, réclamant de nouvelles gâteries. Mme Vincent Trois lui montra les soucoupes vides.

— Lèche-les si tu veux, maintenant, c'est tout ce que je peux faire pour toi. Et Chien-de-Nous se rua de la langue sur les débris de pâtisserie.

L'heure s'avançant, Mme Vincent Trois paya sa note; et, prenant congé de maman Treudec, se rendit à la gare. Sur le quai, elle jeta la lettre adressée à Mme Rachimbourg, dans la boîte qu'un employé levait avant chaque départ de train. Quand elle monta en wagon, les cloches de l'église, par leur carillon, à travers le ciel brumeux, annonçaient la fête de Noël.

Au même moment, Mme Trénissan poussa un soupir de délivrance. Toute la journée, répétant à son piano la prière d'Elisabeth et le fragment de l'Oratorio de Bach, qu'elle devait chanter à l'office de la messe de minuit, elle avait souffert d'un pressentiment poignant et pénible. Une atmosphère de menace et de catastrophe lui semblait épandue autour d'elle. Elle éprouvait la sensation que du malheur venait de s'éloigner, sans l'atteindre. Les mains sur le clavier, la figure inquiète encore, elle cessa de jouer et demanda à Malbar :

— Vous êtes allé à Kerahuel, ce matin, vous n'avez rencontré personne ?

— Si, Mme Vincent Trois, avoua franchement Malbar.

— Je m'en doutais. Qu'est-ce qu'elle venait faire ?

— Acheter les terrains de la plage au nom d'une société philanthropique.

Mme Trénissan tressaillit.

— Mauvais prétexte. Qu'est-ce qu'elle nous veut encore ?

— A nous, plus rien, je vous en réponds. Rachimbourg absent, elle n'a rien pu conclure : je lui ai donné une lettre pour Laguépie, et elle est partie.

Mme Trénissan se déclarait mal convaincue. Au loin, la locomotive sifflait.

— Ecoutez, la voici qui s'en va, continua Malbar.

Ils prêtèrent l'oreille, écoutant le bruit sourd des wagons roulant dans l'étendue.

— Vous n'avez rien à redouter, vous pouvez me croire. Maintenant ses rancunes sont orientées ailleurs.

Et, pour déterminer la confiance de Mme Trénissan, Malbar, tendrement, l'embrassa sur le front

— Bien sûr ?

— Puisque je vous l'affirme.

Rassurée par la parole de Malbar, Mme Trénissan recommença l'introduction du morceau de Bach. L'esprit rasséréné, la respiration plus libre, elle chanta :

> Noël ! l'Eternel nous envoie
> Son fils, son aimable Jésus,
> Tous les démons en demeurent déçus
> Mais leur dépit fait notre joie
> Noël, Noël, chantons Noël.

Dehors, les cloches de Noël sonnaient à toute volée. Des carillons venus des îles éparses, de partout où du milieu des rocs et des sables, au-dessus de la mer, surgissait un clocher, se mêlaient mystérieusement aux carillons plus clairs de l'église de Kerahuel. Mme Trénissan prêtait l'oreille, s'imaginait entendre les bourdons de ces cathédrales qui, jadis, par l'effet d'une catastrophe géologique, emportées par un raz de marée, suivirent au fond de l'océan les peuples et les cités croulant du haut des promontoires. La tête levée et regardant au-dessus de la partition, rêveusement, elle écoutait ce murmure de musiques mouillées, montant, croyait-elle, du beffroi de Saint-Gildas englouti avec le monastère, des tours de la ville d'Ys submergées, elles aussi ; et, d'après les légendes, tintant toujours sous les vagues.

Sortant de toutes les maisons de Kerahuel, des bandes d'enfants parcouraient les rues, frappaient sur les volets fermés disant : « Faut-il qu'on chante ? » et quand on acquiesçait à leur demande, ils réclamaient ensuite des sous, pour loyer de leurs cantiques.

Déjà une troupe menée par Baluche braillait à la porte de Keréol :

> Dans la mer il y a-t-un arbre
> Qu'on n'a jamais vu entier.
> Saint Joseph en est les branches,
> Jésus-Christ en est le pied.

> Jésus-Christ dit à saint Pierre
> As-tu vu du monde passer ?
> J'en ai vu un si grand nombre
> Que je n'ai pu les compter.

> Avec un petit pain d'orge
> Je les ai tous rassasiés.
> Avec une bouteille de vin,
> Je les ai désaltérés.

C'étaient assurément les fragments épars d'un ancien poème racontant Jésus-Christ depuis sa généalogie jusqu'aux miracles de sa vie terrestre. Mais des épisodes entiers faisaient défaut, et sans se préoccuper des lacunes et de l'incohérence, au hasard, le chœur conduit par Baluche répétait les couplets tels qu'il les tenait de la tradition.

Ils le psalmodaient durement sur un air criard dont le rythme rappelait le rythme d'un boléro : l'Espagne, derrière son passage en Armorique, ayant laissé, dans les chansons, une trace sonore.

Depuis longtemps, rien de Kerahuel n'intéressait plus les habitants de Keréol. Pourtant, dans ce pays, dont jusqu'à la douleur, ils avaient éprouvé toutes les curiosités, du mystère qu'ils n'avaient pas encore pénétré se levait de cette stridente musique accompagnant, sous la nuit sans lune, des paroles bizarres et incompréhensibles. Ils trouvaient un caractère inquiétant à la monotonie de cette mélopée ajustée, par aventure, à des mots mêlant l'obscurité de leur sens à l'obscurité des ténèbres. Or, pour mieux écouter ces voix du hasard et de l'ombre, Malbar et Mme Trénissan, quittant le salon, descendirent dans la cour.

CHAPITRE XXII

Les enfants, presque invisibles au milieu du brouillard, se tenaient sur la route, près de la porte d'entrée de Keréol. Afin de ressembler aux pasteurs de l'évangile faisant une longue course, au travers des champs, pour arriver à la crèche de Bethléem où vagissait l'Enfant Jésus, tous portaient un bâton dans la main. Malbar et Mme Trénissan leur jetèrent quelque aumône. A grands coups de poing, ils se la disputèrent, chacun prétendant s'attribuer la part la plus grosse. Puis, hargneux et mal contents, ils recommencèrent à chanter.

Baluche, tout seul, un à un, disait les vers des couplets. Les autres, après lui, les reprenaient en chœur; et de leurs voix grasseyantes, ils racontaient l'apparition de l'étoile miraculeuse scintillant au-dessus des royaumes d'Orient. Par sa clarté de merveille, elle déterminait les Rois Mages à se mettre en marche; et montés, sur des chameaux, malgré le désert, la distance et l'accident à craindre, docilement, ils venaient porter des hommages et des offrandes au nouveau-né, souverain du monde.

Et les enfants chantaient :

> On dit que cette étou-el-elle
> Conduisait les trouais Rouais
> Vers la Vierge Marie, i-e,
> Mère du Rouai des Rouais.

Comme pour confirmer les assertions de la divine égende, dissipant peu à peu le brouillard aux clartés de ses rayons, soudain, dans le ciel sombre, une étoile étincela. Une autre, une autre encore, une autre, s'allu-

mèrent tour à tour; et, derrière la brume instantanément
repliée ainsi qu'un rideau qu'on tire, le firmament, illuminé au-dessus de Kerahuel, resplendit de tous ses astres.
La mer les reflétait, et jusqu'à l'infini, roulait dans son
flux des vagues de lumière.

Baluche et ses compagnons disaient la démarche de
la caravane de monarques auprès du roi Hérode, les
inquiétudes du tétrarque et son impatience d'être renseigné sur l'Enfant-Dieu menaçant pour la puissance
et les trônes humains quand, du côté de la mer, d'autres
voix furent entendues.

Celles-là chantaient en breton :

Cannamb Noël, Noël, Noël,
Cannamb Noël, Noël, Noël.

Et la cantilène, vieille sans doute à l'égal de la foi et
de la mer, paraissait à Malbar et à Mme Trénissan plus
intéressante que le cantique classique et banal entonné
par Baluche et les siens. Pour décider la bande au
silence, ils lui donnèrent de l'argent, encore, puis
remontèrent dans le salon.

Par la fenêtre ouverte sur la nuit étoilée, ils aperçurent la Mal-Commode. Sous le balcon, elle aussi,
dirigeait une troupe de chanteurs. De temps en temps,
le feu tournant d'un phare les enveloppait d'un éclat
éblouissant et bref comme un passage d'éclair ; et leurs
paroles, où de rares mots se comprenaient, par hasard,
restaient mystérieuses, tel leur groupe tour à tour entré
dans la lumière et disparu dans l'ombre.

Charmés par la simplicité naïve de la mélodie, de
mode mineur et dépourvue de sensible, Malbar et
Mme Trénissan désiraient connaître le sens des vers sur
lesquels elle était ajustée. Curieux de se renseigner, ils
appelèrent Camélia. Elle se flattait de parler et d'entendre la langue bretonne: ils la prièrent de servir
d'interprète.

Camélia, d'une allure dolente, quitta la cuisine et entra
dans le salon, traînant dans ses savates son corps affligé,
ce soir-là, d'une souffrance infinie.

Mme Trénissan remarqua l'attitude maladive de la
cuisinière et s'inquiéta de lui voir des traits si tirés, une
figure si pâle. Camélia, hardie à mentir, affirma qu'elle
se portait fort bien. Seulement, dans la journée, elle
s'était confessée, et si on lui trouvait la physionomie

fatiguée, sa mauvaise mine venait sans doute de la faim. Pour communier à la messe de minuit, elle avait renoncé à dîner, avouait ressentir des tiraillements d'estomac et supporter avec peine l'austérité d'un jeûne.

Mme Trénissan n'exigea point d'autre explication. D'ailleurs, Camélia, à la manière de toutes les femmes du pays, affectait un profond dégoût pour la viande. Elle se nourrissait plus volontiers de café, de lait caillé, de sucre, de confitures qu'elle volait, et surtout d'une certaine bouillie faite avec du blé noir, brouet pareil à de la colle, et si gluant, et si fétide en son plat, que, même en ses jours de fringale, Chien-de-Nous le flairait avec répugnance et s'en détournait, le museau dégoûté. Désespérant de vaincre l'entêtement de Camélia obstinée aux écœurantes mangeailles de sa race, Mme Trénissan se désintéressait de l'anémie provoquée chez sa bonne par l'abus d'une alimentation débilitante; et elle ne se préoccupa point davantage d'un malaise dont elle croyait connaître les causes. Elle ignorait qu'il provenait d'une grossesse savamment dissimulée sous l'ampleur des jupons, grossesse dont le terme était proche. D'ailleurs, Mme Trénissan s'était désapprise de toute pitié à l'égard d'insolentes femelles dont la brutalité acharnée choquait, sans répit, toutes ses élégances et toutes ses délicatesses. Sans même soupçonner quelle douloureuse besogne ils imposaient à la servante, Malbar et Mme Trénissan demandèrent à Camélia de traduire, phrase par phrase, la complainte chantée, au dehors, par la Mal-Commode. Alors, la face cadavérique, une sueur froide perlant à ses tempes, Camélia commença.

« Dans une étable, à Bethléem, Marie, en mal d'enfant, chargeait Joseph d'aller chercher une sage-femme pour l'assister au moment de ses couches; et ne voyant pas clair, demandait aussi que son époux voulût bien apporter de la chandelle. Joseph se mit en route. Au milieu du pays endormi, il frappait aux contrevents fermés d'une maison lente à s'ouvrir devant ses prières. Les habitants, par pitié, lui donnaient un lumignon, et s'excusaient de ne pouvoir fournir la matrone réclamée. « Nous n'avons que cette femme ici, disaient-ils. » Et montrant une vieille assise au coin du feu, ils confessaient qu'on ne pouvait guère compter sur son assistance, car elle était sourde, amputée des deux mains; de plus, aveugle et muette.

— Venez, commandait Joseph. Et la femme, par miracle, retrouvant la faculté d'entendre dans Bethléem obscur, suivait Joseph tenant une chandelle à la main.

Quand ils arrivaient à l'étable, Jésus venait de naître; et la Vierge, en travail, les ayant aperçus, disait à la femme:

Cannamb Noël, Noël, Noël.
Cannamb Noël, Noël, Noël

répétait la Mal-Commode.

Camélia s'arrêta, reprit haleine. Elle aussi ressentait les affres de l'enfantement. Il lui semblait que son corps gonflé menaçait d'éclater comme une barrique trop pleine; et elle frémissait, le ventre chatouillé, croyait-elle, par le frôlement d'un incessant essaim d'abeilles. Puis, la crise diminuait d'intensité; et, ramassant ses forces pour paraître indifférente et tranquille, elle reprit, en suivant, mot à mot, le texte psalmodié par la Mal-Commode:

La Vierge disait à la femme: « Prends Jésus et le porte, afin qu'il se réchauffe, à côté de l'ânon.

« La vieille désespérée, pour s'excuser de ne pas obéir, faisait voir ses moignons; et pleurant d'impuissance, agitait ses inutiles bras. Mais soudain, des mains lui poussaient, des mains dans lesquelles elle recevait le nouveau-né divin qui commençait sa vie avec une merveille.

« Regarde maintenant, disait encore Marie. »

Camélia s'efforça de ne pas crier. Pour soulager ses reins, elle s'adossa si rudement contre un meuble qu'une potiche trembla, faillit tomber.

— Maladroite, faites donc attention, dit Malbar.

Et Camélia souffrant dans tout son être des tortures que Dieu seul connaissait avec elle, Camélia, courageusement, continua de traduire. D'une voix entrecoupée, elle reprit:

« Regarde maintenant, disait encore Marie. Alors les yeux de la vieille dès longtemps éteints et morts dans leurs orbites s'ouvrirent soudainement aux clartés de la terre et du ciel; et, parmi les rayons des éternelles splendeurs, elle aperçut l'Enfant Jésus qui lui souriait.

« Or, comme à la même heure, les Rois Mages agenouillés devant la crèche offraient en cadeau au Roi des Rois, de l'or, de l'encens et de la myrrhe, après l'ouïe et la vue, recouvrant la parole, la vieille à l'univers annonça la naissance du Sauveur ; et son cri d'allégresse, par de là le chaume de l'étable, se répercuta à travers le monde dans le cœur de tous les malheureux. »

Secouée par de lancinantes douleurs dont elle n'osait se plaindre, Camélia ânonnait, cherchait les mots, traînait sur les phrases. Elle s'arrêtait parfois, hoquetait, se retenait de crier, suait à grosses gouttes ; et l'hésitation de sa parole, la difficulté que, au milieu de son mal atroce, elle éprouvait pour juxtaposer les expressions françaises sur les expressions bretonnes, entre les épisodes du récit laissait des intervalles. Malbar et Mme Trénissan avaient ainsi l'impression d'un vitrail d'église dont les lumineux personnages étincellent entre des armatures de plomb ; et ils admiraient par quelle fortune cette légende colorée et naïve ainsi qu'une verrière du quatorzième siècle, leur arrivait intacte et pure, encore qu'elle passât de la bouche d'une ivrognesse à l'interprétation d'une fille sans vertu.

Quel poète à jamais sans nom dans la mémoire des hommes avait écrit ces strophes à la fois familières et mystiques ? Quel musicien sans gloire les avait adaptées à cette mélodie monotone et pénétrante pourtant, à force d'étrangeté ? Tous deux demeuraient perdus dans cette nuit des âges où cependant leur œuvre rayonnait encore ! C . payant aux interprètes le loyer d'admiration qu'ils ne pouvaient payer aux auteurs, au milieu des ténèbres où la Mal-Commode et sa théorie de chanteurs redisaient leurs *Cannamb Noël*, *Cannamb Noël*, Malbar et Mme Trénissan laissèrent tomber une poignée de monnaie blanche. Sur les pièces de dix sous luisant sur le sol noir ainsi qu'une jonchée d'étoiles, les choristes se précipitèrent ; puis, après des horions, des querelles et des cris, ils allèrent porter plus loin leur mendicité, avec leur légende.

Camélia demanda si on avait encore besoin d'elle.

— Merci, vous pouvez vous retirer.

Les cuisses pesantes d'un poids qui lui semblait aussi lourd que du plomb, près de défaillir et résistant quand même, elle traversa le salon, trouva l'énergie d'allumer une lampe. Puis, par un répit soudain, ses souffrances s'atténuèrent, et prise du besoin de marcher, de respirer en plein air, elle descendit dans la cour. Là, se promenant à grands pas, essayant, par le mouvement, de calmer les spasmes la tordant tout entière des pieds à la tête, elle maudissait Baluche et ses amours aujourd'hui causes de tant d'embarras.

Tout à coup, stupéfaite, et, dans son étonnement, oubliant les angoisses de sa chair, elle s'arrêta devant la porte de la basse-cour. La porte arrachée, et jetée hors des gonds, gisait à terre. Alors elle cria :

— Monsieur ! Madame ! Venez donc voir !

Sa voix sonnait si lamentable et si implorante que Malbar et Mme Trénissan accoururent.

— Qu'est-ce qu'il y a ? Qu'est-ce qu'il y a ?

— Le poulailler vide, toute la volaille volée !

— Volée et par qui ?

— Mais par Baluche, apparemment.

Pour se venger de ce galant qui l'avait, sans précaution, provoquée à une maternité dont elle ne se souciait pas, Camélia le noircissait, l'accusait tout seul de pratiquer des larcins communs à tous ses congénères de Kerahuel. Ils volaient d'ordinaire à l'aide de fausses clefs forgées par un serrurier qui ne se connaissait pas de meilleure industrie, et quand les clefs manquaient, sûr de ne jamais rencontrer de témoins assez osés pour confondre leurs maraudes, ils fracturaient sans vergogne les portes des poulaillers et des cabanes à lapins.

Camélia expliqua comment, à l'époque de Noël, il était dans la coutume de Baluche de dévaliser les pigeonniers, clapiers et basses-cours. Il s'entendait avec la Mal-Commode. Pendant que la Mal-Commode détournait l'attention en chantant devant les maisons, Baluche, avec des vauriens de son espèce, passait par-dessus les murailles des jardins; et, pour faire le réveillon, dérobait tous les animaux à poil ou à plume lui tombant sous la main. Quelquefois même par appâts et par pièges, il s'attaquait jusqu'aux matous des meilleures maisons.

Pendant que Malbar et Mme Trénissan relevant la porte du poulailler malgré le dégât riaient de constater quel parti d'ignominie Kerahuel, toujours inventif dans le mal, savait tirer du plus suave des cantiques, Astérie et Mme Siméon apparurent tout en larmes. Astérie demandait des nouvelles d'un canard favori qui, à l'heure présente, mijotait vraisemblablement entre des petits oignons, au fond d'une casserole; et Mme Siméon s'inquiétait fort de la disparition de sa chatte appelée « Double Blanc ». Quoique ne se trouvant plus à l'époque des amours et de la folie, ce soir-là « Double Blanc », tardait beaucoup à réintégrer la maison. Avait-on vu « Double Blanc » à Keréol ? Où courait « Double Blanc » en cette nuit dangereuse ? Et rendue plus laide encore par ses appréhensions, Mme Siméon, derrière ses lunettes, s'affligeait à l'idée que la bête, transformée en gibelotte, ne boirait plus le chocolat qu'elle lui laissait, chaque matin, dans sa propre tasse, et que le soir, elle ne se coucherait plus sur la couverture, à la place accoutumée, au pied du lit.

— Votre canard et votre chatte doivent tenir compagnie à nos poulets, répondit Malbar. Tenez ! Regardez !

Il montra la basse-cour déserte, et les deux femmes inconsolables de la perte de leurs animaux chéris, s'en allèrent tout heureuses de penser que les calamités dont elles se plaignaient, au moins n'épargnaient par les « estrangers » !

Malbar et Mme Trénissan rentrèrent dans Keréol. Encore illuminés par la beauté du cantique chanté par la Mal-Commode, en attendant l'heure de la messe, ils s'exaspéraient de constater comment la poésie, en ce pays, s'employait pour aider aux larcins, ils s'indignaient de la puissance de salissure par laquelle Kerahuel déshonorant toute manifestation d'intelligence, avilissait jusqu'aux épaves d'art échouées et survivant sur ses côtes.

Dehors, les cloches de l'église carillonnaient gaîment au-dessus de la campagne pleine de vols. Mme Trénissan prit ses partitions : celle du *Tannhæuser*, celle de l'oratorio de Bach ; et jetant une cape sur ses épaules, elle sortit appuyée et lourde au bras de Malbar.

Un aigre vent d'est emportait les derniers flocons de la brume. D'un bout à l'autre du ciel clair et froid, les étoiles, durement, scintillaient dans l'espace. Elles s'épanouissaient en gerbes à la manière d'un immense feu d'artifice, et des lointains de l'horizon où elles semblaient tomber, on aurait dit que, sur terre, elles rebondissaient et se mettaient en marche. Elles se confondaient, là-bas, avec les feux des lanternes éparses qui, à travers les ornières des chemins et les fondrières des sentiers, guidaient les fidèles vers l'église éclairée au milieu des maisons sombres et jetant de la clarté par toutes ses verrières.

Quand Malbar et Mme Trénissan arrivèrent près du porche, une foule s'empressait autour, impatiente d'entrer et secouant des falots. On se bousculait à la porte, et les femmes, à coups de coude se frayant un passage, se querellaient bientôt devant le bénitier.

Baluche, déployant ses ressources de plaisanteries,
après les poulaillers pillés et les clapiers dévastés,
avait versé de l'encre dans la grande coquille contenant l'eau bénite, coquille si démesurée qu'elle
passait pour avoir jadis servi d'embarcation à saint Cado
quittant l'Angleterre pour venir prêcher la foi catholique
en Bretagne. Les paroissiennes, au passage, se salissaient les mains, et par leur signe de croix, ensuite, se
maculaient la figure. Chacune riait d'abord, ne soupçonnant pas sur sa personne le barbouillage qui l'égayait
chez sa voisine. Toutes, à la longue, se convainquant
de la facétie malpropre dont elles étaient victimes,
gagnaient leurs places dans les bancs, avec mauvaise humeur se passaient un mouchoir sur le visage, se demandaient :

« Est-ce que j'ai encore du sale, sur la figure ? » et
prêtes à communier, sans craindre de commettre un
péché mortel, exhalaient leur dépit par jurons et invectives ordurières.

Au-dessus de la grande allée, les lustres payés par
Mme Bourignat, *point avare en ses ostentatoires pénitences*, à distance régulière, flamboyaient comme des
bouquets de fleurs en flamme. De la porte au chœur,
ils se balançaient au bout de longues cordes. Le sacristain, en les allumant, les avait mis en branle ; et pendant
les instants de silence, on entendait tinter l'une contre
l'autre, les girandoles de cristal.

Sur une estrade, auprès de la chaire à prêcher, toute
neuve en ses boiseries sculptées, et où le prêtre montait
maintenant par un escalier, dont la main courante se
garnissait de velours rouge fixé par des clous d'or, le
chœur des « Enfants de Marie » glapissait sans relâche.
Elles étaient là vingt filles toutes de blanc habillées et
braillant des cantiques autour d'un prêtre en surplis,
chantant avec elles, et agitant son bras droit dans l'inutile travail de marquer la mesure. L'ecclésiastique passait pour fort relâché en ses mœurs, et les luxures qu'on
lui reprochait comme un empiètement sur les débauches
des laïques, offensaient la pudeur de la Mal-Commode.
Tout haut, elle fit remarquer que ce vicaire ressemblait
à un coq poussant des cocoricos au milieu des poulettes ;
et le rire soulevé alentour par cette appréciation fut
étouffé par les vacarmes de l'orgue donné, lui aussi, par
Mme Bourignat.

Avec ses tuyaux de montre dont l'étain, par endroits, s'allumait d'étincelles, il dressait son buffet au côté droit du chœur. Mme Bourignat n'ayant rien laissé ignorer du chiffre de sa munificence, on se répétait que l'instrument coûtait 7.500 francs. Quelle somme ! Mais quelle désillusion aussi que, pour ce prix énorme, il rendît des sons tellement assourdissants et tellement discords. Aussi, d'un sentiment unanime, on regrettait le vieil harmonium qu'il remplaçait, espèce d'accordéon à sandale, sur lequel Mlle Penru, la maîtresse de chapelle, jouait comme sur un piano.

Vieille demoiselle qui ne savait plus rien des leçons de musique prises, pendant son enfance, au couvent, chez les religieuses, Mlle Penru ignorait merveilleusement les ressources de l'appareil compliqué survenu devant elle. Du reste, par complexion héréditaire d'une race qui, sans étudier quoi que ce soit, se flatte toujours de tout connaître, elle ne cherchait pas à comprendre le mécanisme des jeux divers, le système des combinaisons de timbres; et souvent, à son banc, elle sursautait d'épouvante à l'audition des sonorités farouches, éclatant à l'improviste sous ses mains et ses pieds promenés au hasard des pédales et des touches. Charivarique et sournoise, elle comptait que la fureur de ce tapage lasserait à la longue les oreilles de Kerahuel. Des réclamations s'élèveraient ; et le curé, renonçant à employer un orgue dont elle s'efforçait de démontrer les inconvénients, remettrait bientôt à sa place l'harmonium poussif, fourbu par des années d'offices, de mariages et de messes des morts, mais dont elle pouvait se servir aisément, sans soin et sans travail.

En ce soir de Noël, Mlle Penru négligente de toute tonalité, soutenait les voix vaille que vaille, à l'aventure du clavier. Fière quand même de l'acharnement de son incapacité, elle se déclara mortifiée à l'excès quand Mme Trénissan l'avertit que, avec la permission du recteur, elle chanterait au cours de la messe et, de plus, s'accompagnerait elle-même.

Mlle Penru se soumit sans bonne grâce et maugréa en langue bretonne contre ces « hors venus » qui ne savaient pas rester chez eux, envahissaient la plage; et, poussant plus loin leurs audaces et leurs conquêtes, prétendaient s'installer en maîtres jusque dans l'église. Afin de contrarier les projets de Mme Trénissan, elle espérait que personne n'accepterait de mettre la soufflerie en marche. Pas de vent, pas de musique. Déjà, sur ses conseils, plusieurs enfants avaient refusé leurs complaisances, quand Baluche ne marchanda pas son concours. Pour n'être point soupçonné des déprédations nombreuses par lui commises, dans le voisinage, il essayait de se créer un dévot alibi. Donc, malgré son dégoût pour tout travail honnête, il ne dédaigna pas de prendre en main le levier qui, tour à tour, haussé et baissé par son effort, mettait en mouvement la pompe distribuant l'air dans les sommiers et les tuyaux sonores.

Au long des bas-côtés, les hommes entraient à la file, levaient leurs lanternes, les ouvraient au niveau de leurs visages, et, une à une, soufflaient sur les lumières. De l'ombre se faisait ainsi où ils s'asseyaient ensuite ; et, pour protéger contre les chocs les vitres où s'enfermaient les mèches éteintes et fumantes encore parmi les ténèbres, ils mettaient les fanaux, sous les bancs, entre leurs jambes. Avec un bruit de sabots claquant sans relâche, la nef, au milieu, s'emplissait de femmes. Tour à tour, elles chassaient Malbar de chaque place où il essayait de s'asseoir. Ne sachant où se réfugier, il prit le parti de se tenir debout, au fond de l'église, près de la porte. Et toujours, s'intercalant de force entre les rangs pressés, des coiffes blanches et des robes noires se faufilaient, s'ajoutaient aux robes noires et aux coiffes blanches. Parmi elles, des enfants se tassaient, semblaient très sages, et cependant que le chœur des « Filles de Marie » fidèles compagnes de Jésus, s'égosillait sans prendre haleine, Malbar, de temps en temps, voyait des mains faire, entre les jupes, des gestes dont il ne démêlait pas le sens.

Sous la chaleur des luminaires, une buée montait des corps comprimés, flottait pareille à la vapeur qu'on voit au-dessus des cuviers où fument les lessives. Des bougies, de loin en loin, suivant la ligne des frises, brûlaient au milieu des bobèches de chandeliers empruntés à toutes les maisons de Kerahuel. Entre les deux parallèles de feu rejoignant à droite et à gauche la lueur des grands cierges debout de chaque côté du tabernacle, sur le maître-autel, une odeur animale se dégageait, un relent d'humanité éternellement sale sous les robes neuves et les coiffes repassées du matin. La puanteur était si forte que Malbar s'en trouvait incommodé.

Il remarqua qu'il était seul à mal supporter une atmosphère où Kerahuel respirait sans nausées. L'attente se prolongeant, il s'amusa à étudier le mouvement des plis des fichus découvrant un triangle de chair basanée sur la nuque des femmes. Il s'intéressa à la manière dont les coiffes, avec des cordonnets passés autour d'épingles fixées dans l'étoffe et dépassant les cheveux, se maintiennent sur les têtes. Tandis que la partie centrale de l'église resplendissait de lumières, il se demandait avec curiosité pourquoi une chapelle, dans le transept, à droite, demeurait obstinément obscure.

Une sonnette tinta. Le chœur des jeunes filles prit haleine, et traversant le silence où l'on entendait cliqueter les chapelets entre les mains des fidèles, le curé, revêtu de ses ornements sacerdotaux, sortit de la sacristie.

Il s'inclina, le dos courbé sous sa chasuble blanche brodée d'un agneau d'or entre les bras d'une croix en passementerie; et, après une génuflexion, mon à à l'autel, disant :

— *Introlbo ad altare Dei.*

Alors, l'orgue mugit sous les harmonies sans expérience de Mlle Penru, et les assistants, avec le chœur des filles de Marie, entonnèrent le *Kyrie.* La première messe commençait. Deux autres messes suivraient sans intervalle: la messe de l'aurore, puis la messe du jour. C'était au cours de cette dernière messe que devait se donner la Sainte Communion.

Pendant le *Gloria*, Mme Trénissan, mentalement, et sans regarder la musique ouverte sur ses genoux, repassait le premier morceau qu'elle se proposait de chanter. Empressée à se faire entendre, elle s'irritait contre les lenteurs du célébrant, souhaitait qu'on donnât enfin l'ordre de se taire à ces voix des « Fidèles Compagnes de Jésus » dont les notes aigres et passant par le nez, lui déchiraient cruellement les oreilles. Pourtant, peu à peu, le missel changeant de place et passant à la gauche de l'autel, le prêtre, d'un ton traînard et inspiré, lut l'évangile relatant l'édit de l'empereur Auguste, le recensement imposé à toute la population de l'empire romain; puis le départ de Joseph emmenant sa femme grosse, et, en bon citoyen, allant se faire inscrire avec elle dans leur pays d'origine. Pendant que Jésus naissait à Bethléem et que les pasteurs, guidant leurs troupeaux, sous les étoiles, apprenaient d'un ange aux vêtements de lumière que, aujourd'hui, dans la ville de David, le Sauveur du monde attendait leurs hommages, doucement, Mme Trénissan remuant ses doigts, afin de les délier, semblait les faire courir sur un clavier imaginaire aux touches invisibles et muettes, et dont elle était seule à entendre les harmonies.

L'Evangile finissait, *Laus tibi Christe*, murmurait l'assemblée. Le *Credo* ensuite se beuglait avec un redoublement de gosier et de ferveur, et le *Dominus vobiscum et cum Spiritu tuo* se terminait à peine que Mme Trénissan priait l'organiste de lui céder la place. Alors maîtresse de l'instrument, elle tirait les jeux qu'elle jugeait convenables et le prêtre commençant la lecture de *l'Offertoire*, elle commanda :

— Va, souffle Baluche !

Baluche, penché sur le levier, envoya de l'air dans les registres, et un accord plaintif de hautbois et de flûte plana au-dessus des assistants silencieux.

Alors, Mme Trénissan chanta la prière d'Elisabeth, au troisième acte du *Tannhaüser* : cette lamentation virginale d'une âme un instant détournée de Dieu vers les erreurs du monde, et s'offrant en holocauste, devant la croix, pour obtenir la rédemption de l'homme qu'elle s'accuse d'avoir aimé jusqu'à la damnation. Et ce n'était pas seulement le repentir du personnage de l'opéra que Mme Trénissan exprimait par l'ampleur et la grâce de sa maîtrise de cantatrice habituée à rendre toutes les nuances des passions gémissantes au fond des cœurs tourmentés ! Elle exhalait aussi sa douleur et son regret personnels, le remords de ses relations avec Malbar, son chagrin de se connaître infidèle à la mémoire de son défunt mari. Elle prêtait aux phrases musicales l'expression d'un aveu. Apitoyée sur ses propres fautes, d'un accent déchirant, elle implorait la pitié de la Vierge pour sa vie à jamais perdue, suppliait sincèrement que la reine des cieux l'arrachât à ce monde débordant de péché. La voix humaine de l'orgue soutenait les invocations de Mme Trénissan, pleurait avec elle la tristesse d'un cœur sans espoir. Au fond de l'église, Malbar asphyxié par les miasmes dégagés de la foule, ému par le retentissement lyrique du drame intime dont il connaissait les secrets, les larmes aux yeux, crispait ses mains l'une sur l'autre, les retenait d'applaudir.

Mais les paroissiens de Kerahuel ne comprenaient ab-

solument rien à cette mélodie toute inspirée d'émotions
d'amour inconnues à leur entendement, toute frémissante
aussi des sanglots sincères d'une contrition qu'ils n'avaient
jamais éprouvée. Les harmonies, par la délicatesse même
de leur science, semblaient discordantes et barbares à
leurs oreilles inexercées. Tous, hommes et femmes, préféraient de beaucoup les gloussements des « Filles de
Marie » émettant des sons par la gorge et par les narines.
Celles-là, au moins, chantaient des airs que tout le
monde connaissait; et, sans faire autant d'embarras, causaient un plaisir bien plus appréciable. Quand Mme Trénissan se tut, un murmure de soulagement courut sous
les coiffes blanches, parmi les fidèles; et des paroles
de désapprobation s'échangeaient, sur les bancs, entre
les femmes, cependant que, à l'orgue, exaltée encore
par la déploration artistique de ses propres misères, la
cantatrice, extérieure au monde, ne soupçonnait rien des
mauvais propos déterminés par son art. Religieusement,
elle plaquait les cadences finales. Un aboiement lugubre
y répondit.

Chien-de-Nous était entré dans l'église derrière une
chienne en folie qui le provoquait à l'amour. Soit contentement, soit déplaisir, couché, la tête sur ses pattes,
et aspirant à la tendresse, il avait d'abord écouté la musique en poussant de petits aboiements qui se perdaient
dans le tumulte de l'office et des cantiques. Quand l'orgue
joua tout seul, les sons, sans doute, attaquèrent ses nerfs
d'une façon plus active, car tout à coup, il poussa des
hurlements si lamentables et si comiques à la fois, que
l'assistance entière se mit à rire. Troublé par cette gaieté
sacrilège, le curé à l'autel, au milieu de ses oraisons, fit
un geste d'impatience. Chien-de-Nous, par quelques
coups de pied, fut invité au silence. Le dos baissé, la
queue entre les jambes, il fuyait devant les sabots quand,
rencontrant sa bien-aimée, tranquillement, dans un espace libre, entre la grille du chœur et le lutrin, il s'accou-
pla.

Cette obscénité n'offensa personne. Le sacristain, par
peur d'attirer l'attention sur le scandale, n'osait intervenir
et séparer les deux bêtes. Il se contenta de les pousser dans
un coin où on ne les voyait pas, cachées qu'elles étaient
par la nappe de communion tombant de la Sainte Table.
Seules, du haut de l'estrade où elles se tenaient brail-
lantes et perchées, les « Filles de Marie » les apercevaient.

49.

Mais, les soirs de rut et de boisson, à l'époque où venait
l'escadre, elles avaient connu et donné de tels spectacles
de débauche en plein air que la galanterie de Chien-de-
Nous ne les indignait pas. Elles s'en égayaient, au contraire ; et, pour toute pudeur, étouffaient leur hilarité
entre les pages de leur psautier, grand ouvert sur leur
visage. Indifférent et supérieur aux hontes de la chair, le
prêtre remonté à l'autel, commençait la messe de l'aurore. Mme Trénissan se leva pour quêter.

Une aumônière à la main, elle passait de rang en
rang, secouant la pièce d'or qu'elle avait donné avant
tous, afin d'exciter aux générosités. Les ouailles de
Kerahuel avaricieusement serrées les unes contre les
autres ne tiraient aucun argent de leur poche ; et, ne
recevant de-ci, de-là, que des offrandes de hasard,
Mme Trénissan, d'un bout à l'autre de l'église, entendit
toutes les ignominies qu'une femme peut subir quand,
en Bretagne, on la soupçonne d'entretenir des relations
hors mariage. L'hypocrisie de Kerahuel s'insurgeait
effrontément contre elle. Sa liaison avec Malbar, cette
liaison qu'elle croyait dissimulée et secrète lui fut re-
prochée en face, à voix basse, en termes brutaux ; et la
réprobation la plus véhémente venait de commères et de
donzelles dont la vertu cependant ne se faisait point voir
quand, lors des passages de soldats ou des débarquements de marins, elles se renversaient sous les baisers,
au long des murs de pierre, dans tous les champs
d'alentour.

Selon le rite, le prêtre à l'autel évoquait la mémoire
de sainte Anastasie et il disait : « Seigneur qui, par
votre grâce, nous rendez forts par la faiblesse même,
faites que la bienheureuse Anastasie dont nous honorons
le martyre, nous obtienne, par ses prières, la victoire
sur nos ennemis. »

« Fumier chaud » — « vieux coffre dont on n'a pas
perdu la clef, » répétaient les femmes injuriant Mme Trénissan au-dessus de leurs livres de messe. Et quelle
occasion meilleure que cet office de Noël pour outrager
cette « estrangère » convaincue de fierté parce qu'elle
n'entretenait commerce de paroles avec personne, dans
le bourg ; enviée aussi parce qu'on la croyait riche et
qu'on savait ses libéralités envers la fabrique ; haïe surtout à cause de sa haute taille, la stature de Mme Trénissan semblant une ironie à cette population avortée,

petite de corps et rendue rachitique par des siècles
d'alcool, d'hystérie et d'unions entre consanguins.
D'ordinaire tenues à distance, les femelles de Kerahuel
ne pouvaient joindre la dame de Keréol, désespéraient
de jamais pouvoir l'atteindre; et elles profitaient impitoyablement de cette cérémonie religieuse qui, en la
mêlant à leur compagnie, la mettait sans défense à la
portée de leurs sarcasmes et à la merci de leurs vengeances.

Droite au milieu des insultes, Mme Trénissan ne
paraissait point les entendre. Sans s'émouvoir, paisible
parmi les insolences comme jadis parmi les bravos, elle
tendait la bourse aux glands d'or, remerciait, saluait
quand quelque menue monnaie y tombait, par aventure.
La majesté même de son dédain enrageait les dévotes,
exaspérait leurs propos et leur ordure. Malbar, au fond
de l'église, assistait à ces turpitudes et piétinait sur
place, furieux de ne pouvoir fermer la bouche à ce peuple de mégères. Un instant, il eut l'idée de s'avancer,
d'offrir son bras à Mme Trénissan et de l'emmener loin
des vitupérations et des avanies, mais il pressentit que la
bravoure de cette attitude autoriserait de nouvelles et de
plus âpres médisances. En croyant protéger Mme Trénissan, il la compromettrait davantage. Aussi, indigné
de la précaution à laquelle il devait se résigner, il s'humiliait de son impuissance à punir tant de grossièreté. Que
ne lui était-il permis de serrer ces péronnelles à la gorge
et de les étrangler, elles et leurs invectives! Désarmé par
la réflexion et gardant cependant un farouche besoin de
tuer, il s'agitait le long du mur dont la chaux, par une
salissure nouvelle, maculait de blanc le dos de son par-
dessus.

Chien-de-Nous, détaché de sa compagne, vint auprès de
Malbar. Assis sur son derrière et donnant la patte d'un
air d'imploration, il indiquait par là qu'il souhaitait s'en
aller.

— Tu as raison, mon vieux, dit Malbar. Oui, viens,
sortons. Ouvrant la porte, devant lui, il fit passer l'animal. Et, dehors, il causait avec lui.

— Ça sent son fruit là-dedans, n'est-ce-pas? Mais
qu'est-ce que tu veux que j'y fasse? Toi encore, tu as de
la chance, tu respires seulement l'odeur des corps, et
tu t'en délectes, tandis que moi, je suis suffoqué par l'infection des âmes.

Pour dissiper la méphitique atmosphère qui l'entourait encore, Malbar alluma une cigarette. Chien-de-Nous regardait, le suivait pas à pas, et tous deux allaient et venaient le long de l'église dans la nuit où les verrières, par place, laissaient tomber à terre de grandes nappes de clarté.

Impassible Mme Trénissan revint s'asseoir sur le banc auprès de l'orgue. Le prêtre, en ce moment, lisait le deuxième évangile. « En ce temps-là les bergers se dirent les uns aux autres : « Allons à Bethléem et voyons ce qui vient d'arriver, et ce que le Seigneur nous a fait connaître. Ils se hâtèrent donc et trouvèrent Marie et Joseph auprès de l'enfant qui était couché dans une crèche. » Une horloge tinta ; minuit sonnait. Alors Mlle Penru se dirigea, dans l'église, vers cette chapelle dont Malbar, tout à l'heure, remarquait l'obscurité. Là, elle frottait des allumettes, les enflammait, puis les approchait de la mèche de petits cierges. Des lueurs bientôt s'élevaient au milieu de l'ombre, et des personnages, parmi des animaux en bois peint et doré comme eux, apparurent. La Vierge avec son époux entre un âne et un bœuf étaient agenouillés à côté d'un râtelier où, sur un lit de paille fraîche, dormait le petit Jésus. Les pasteurs, alentour, faisaient cercle avec leurs houlettes ; et la tête d'un dromadaire aperçue au loin, à travers le mur troué de l'étable, indiquait la venue des Rois Mages. Une étoile en papier d'argent, transparente et portant, à l'intérieur, une bougie en feu, flamboyait au-dessus de la tête du nouveau-né, et son humble lumière donnant à l'assemblée l'illusion des splendeurs éternelles, une acclamation monta sous les voûtes de l'église. Alors, les hommes, les enfants, les vieillards, intelligences au-dessous de l'animalité pour qui le nom de Dieu n'était plus qu'un blasphème ; les femmes et les filles sans conscience de leur impudeur et machinales en leur foi réduite à des simulacres de piété ; Kerahuel tout entier, docile à la tradition, exulta d'enthousiasme devant la petite étoile qui, depuis deux mille ans, s'allume au ciel de Noël pour réchauffer les cœurs avec les espérances du monde. Automatiquement, dans un chœur immense, le village à genoux chanta:

Il est né le divin enfant.

A la même heure, Camélia délivrée sans efforts par

une de ces facilités d'accomplissement des fonctions
naturelles donnant aux femmes, dans la campagne, les
aisées parturitions de la bête, Camélia restait fort embarrassée du fils qu'elle venait de mettre au monde.
Jamais elle n'avait considéré qu'elle l'élèverait ; et, prête à
le détruire, elle s'inquiétait de quelle façon adroite et
sûre elle le ferait disparaître. Le fourneau de la cuisine
tirait trop mal pour qu'elle pratiquât l'incinération selon
la méthode qu'elle avait vu employer, à Paris, dans un
atelier de blanchisseuses, où un nouveau-né fut brûlé, en
sa présence, une après-midi, alors qu'elle réclamait du
linge. Sanglante et réfléchie, elle cherchait à imaginer
quelque procédé commode pour déconcerter les soupçons et dérouter les recherches. Un enfouissement dans
le fumier lui parut convenable. Personne ne s'aviserait
que, chez Mme Trénissan, un cadavre, pouvait se cacher
sous l'amas des ordures de ménage.

Mais l'enfant vivait, vagissait, par ses cris risquait de
révéler son existence ; et Camélia, décidée au meurtre,
éprouvait néanmoins un grand scrupule car le petit mort
entrerait dans l'éternité en portant avec lui la souillure
du péché originel. Elle tenait de ses confesseurs que les
femmes enceintes, accoucheurs et accoucheuses devaient
ne pas négliger cette règle capitale de la doctrine catholique, à savoir que les enfants nés viables possèdent
une âme promise aux destinées immortelles, et que cette
âme, rachetée d'avance, comme toutes les autres, par le
sang du Fils de Dieu, a droit au bénéfice de la rédemption, par le baptême. Or au catéchisme, les prêtres enseignaient comment, par tolérance, dans les cas urgents
et désespérés, toute personne, parmi les laïques, d'une
manière valable, pouvait, devait administrer ce sacrement. Afin que le fils Baluche, comme disait Camélia,
ne connût pas de purgatoire et d'incertitude en l'autre
monde, Camélia le pencha au-dessus de la cuvette de la
table où elle ne faisait jamais sa toilette. Avec une cafetière elle lui versa des gouttes d'eau sur la tête, disant,
selon la formule : « Je te baptise au nom du Père, du Fils
et du Saint Esprit. »

Dès lors, sûre qu'elle avait fait un chrétien, elle prit
l'enfant d'une main par la nuque, de l'autre par les jambes. Puis, se souvenant du procédé employé par les mar-
chandes, pour tuer les lapins, dans les marchés, elle tira
sur le petit corps ; et, d'un coup sec, lui cassa la colonne

vertébrale. L'enfant ne remuait plus. Il avait cessé de vagir. Camélia le posa sur son lit ; et, fatiguée, se coucha à côté du cadavre.

Au loin les cloches sonnaient annonçant la communion. La messe du jour se terminait sans musique. Mme Trénissan, vaincue par l'agressive antipathie manifestée contre sa personne se décidait à ne point chanter davantage. Devant cet auditoire d'autant plus hostile à l'art que l'art devenait plus sévère, elle renonçait à exécuter le fragment de l'oratorio de Bach, inutile morceau pour ce peuple de sourds. Mlle Penru, elle-même, devant l'orgue reconquis et muet, se résignait au silence, car Baluche, abandonnant le levier de mise en marche, n'envoyait plus d'air dans l'instrument. Disparu du chœur et faufilé dans l'église, il jouissait du succès des farces faites, sur son conseil, par des galopins de sa connaissance. Elles devinrent évidentes et joyeuses, à son sens, quand les femmes, sortant de leurs bancs, essayèrent de se mettre en marche vers la Sainte-Table. Elles ne pouvaient se séparer l'une de l'autre, car les mains d'enfants que Malbar tout à l'heure voyait obscurément travailler dans l'ombre avaient attaché les jupes, deux à deux, avec des épingles. Et les communiantes tiraient de ci, juraient de là. s'accusaient, se querellaient ; et, lorsque, libres enfin, après bien des déchirures en l'étoffe de leurs robes, elles arrivaient à se présenter devant le prêtre tenant un ciboire d'or, elles recevaient l'Eucharistie dans une bouche grosse d'impiétés et dans un corps tout secoué du péché de la colère.

Les « Filles de Marie », par de grands cris témoignant de leur allégresse, célébraient en breton la joie de sentir Jésus descendre au plus profond de leur personne.

Corpus Domini nostri Jesu Christi, murmurait le prêtre passant et repassant sans cesse d'un bout à l'autre de la grille du chœur où pendait une nappe blanche, de place en place, nouée avec des cordons. Tout Kerabuel défila, s'agenouillant, le linge levé entre les doigts, à la hauteur du menton. Mme Trénissan vit se prosterner successivement Mme Bourignat, Astérie, Mme Siméon, Mlle Penru, la receveuse des postes, maman Treudec, la femme Piezo, la Mal Commode, le pilote Yvor déposant sa chique, Baluche lui-même, curieux de plaisanter encore et d'imiter la componction générale, s'avança. Mais le curé qui le savait impénitent, point confessé et certainement hors de

l'état de grâce, d'un grand geste, lui fit signe de se retirer. Baluche, souple à toutes les grimaces, pour que personne ne remarquât son exclusion, s'en alla les bras
croisés, l'air recueilli parmi le commun des ouailles
suspectes jusques dans leur contrition, et dont le Seigneur, cependant, ne se détournait pas.

Camélia n'apparut point, et Mme Trénissan ne s'étonna
guère de l'absence de sa servante. Jamais elle n'intervenait dans la direction de conscience de ses domestiques,
ne leur demandait point d'autre vertu que de faire leur
service. Sans doute, Camélia lassée remettait au lendemain l'accomplissement de ses devoirs religieux, et paresseuse, même pour le culte, préférait le sommeil à la
longue veillée de la messe de Noël.

— *Corpus Domini nostri Jesu Christi.*

Pendant une heure, de fidèle en fidèle, le prêtre répéta
la formule monotone jamais entendue jusqu'au bout, car
les dernières paroles semblaient disparaître avec l'hostie
dans les bouches sans cesse ouvertes, la langue pendante ; et, dans une sorte d'hallucination douloureuse,
Mme Trénissan, énervée par les affligeants propos qu'elle
avait subis tout à l'heure, s'imaginait que ces langues
insolentes encore, même sous l'Eucharistie, par une moquerie suprême, se tiraient ironiquement contre elle.

Puis les dévots, plus rares, se firent attendre. Le curé,
debout, le ciboire à la main, semblait appeler les hésitants
qui, timidement, venaient à lui du fond des lointains de
l'église. Mais après une vieille femme ankylosée de rhumatismes, amenée et remmenée par Astérie et Mme Siméon la soutenant, sous les bras, personne ne se présentant plus, l'officiant, remonté à l'autel, enferma le reste
des espèces consacrées, dans un vase d'or, au fond du
tabernacle. Les « Filles de Marie », époumonnées et vibrantes encore malgré l'essoufflement de deux heures de
chants à pleine gorge, entonnèrent le cantique final:

> Il n'est pour moi qu'un seul Dieu sur la terre
> Et c'est lui seul qui fait tout mon bonheur.

La troisième messe s'achevait, et comme l'eau s'écoule
derrière les vannes levées du bief d'un moulin, par les
portes ouvertes, la foule se vida, au dehors.

Pour échapper aux coudoiements, aux promiscuités et
peut-être à des impertinences nouvelles, Mme Trénissan
resta assise sur le banc, en face de l'orgue. Malbar pas-

sant par la sacristie, vint la rejoindre; et à côté d'elle, il
attendait que le village s'en allât vers les ripailles du
réveillon. Les mèches des cierges étouffées au passage
par l'éteignoir que le bedeau promenait à l'extrémité
d'un bâton, fumaient avec lenteur. Les flammes des bougies au bout de leur stéarine mouraient dans les chandeliers, le long des frises. Derrière les lustres éteints,
l'église, peu à peu, retournait à la nuit. Déjà du maître-
autel entré dans les ténèbres l'officiant emportait le
calice couvert de son voile, et, devant la croix, il faisait
une dernière génuflexion, quand Malbar et Mme Trénissan, par signes, l'avertirent. Un homme, devant la
Sainte-Table, se tenait en posture de communier; et la
lueur de la veilleuse toujours allumée dans le chœur, en
face du Saint-Sacrement, en ce dévot retardataire qui
semblait chercher jusqu'en Dieu la solitude et l'effacement, ils reconnurent M. Pascal.

Depuis longtemps, M. Pascal ne supportait plus le
supplice de se taire. Vaincu par l'isolement, il se sentait
impuissant à vivre désormais avec le souvenir de son
vieux crime. Cet homme si défendu contre les relations,
d'ordinaire si ménager de ses paroles, cherchait maintenant toutes les occasions d'échapper au silence. Car,
les plus réservés, à un moment donné de leur laborieuse
dissimulation, souhaitent de trouver des oreilles complaisantes pour leurs appréhensions et pour leurs
peines. Toujours une heure périlleuse arrive où le coupable obéissant à ce fatal besoin d'expansion qui perd
souvent les plus honnêtes des hommes éprouve l'invincible nécessité de se confier à autrui. Malgré lui, il
cherche quelqu'un à qui s'ouvrir, une sympathie à qui
se livrer, un confident enfin, lequel, pareil à l'excitateur
déchargeant une bouteille de Leyde de l'électricité condensée entre ses parois, le déchargera des remords
incessamment accumulés dans sa conscience.

Déjà, au bureau de poste, M. Pascal ne savait plus
rester muet, après avoir retiré les lettres, que jadis il
emportait, prudemment, sans mot dire. Maintenant,
appuyé sur la tablette du guichet, il causait volontiers
avec la receveuse. Nos inquiétudes, nos projets aussi se
révélant maintes fois au travers de la banalité même
d'une conversation, l'employée devina que des tribula-
tions profondes tourmentaient ce passant soudainement
devenu si bavard. Il tenait, lui semblait-il, des propos

étranges et inquiétants. Un jour qu'ils s'avouaient réciproquement le mauvais état de leur santé, se plaignaient de la dureté du climat et de la difficulté des relations dans Kerahuel barbare au bord de la mer, M. Pascal déclara que la maladie ne le préoccupait pas, l'agonie, pas davantage, son unique souci était de « finir proprement ». Retournée vers sa besogne, la receveuse, en classant les lettres, se demandait quels scrupules travaillaient cet homme pour qu'il souhaitât si publiquement la faveur d'une mort honorable et rédemptrice de sa vie. D'ailleurs, elle le jugeait galant, bien élevé, déférent envers elle, point exigeant en outre sur les détails d'un service qu'il paraissait connaître à fond; et à l'extrémité du long célibat que lui imposait sa pauvreté guère corrigée par les maigres appointements payés par l'Administration, elle éprouvait pour M. Pascal une affection sans espoir, une intime et respectueuse tendresse.

Bientôt ces dialogues tenus en phrases étudiées encore, cessèrent de suffire à l'impatience de M. Pascal. Comprenant son imprudence et que, dans un jour de trop grande franchise, il risquait de se dénoncer lui-même, il désira un confident assez sûr pour écouter, sans le redire, le récit de sa scélératesse. Un prêtre seul, par sa fonction de miséricorde, lui fournissait, à son gré, les garanties de discrétion nécessaires au repos de son esprit. Aussi, moins pour obtenir l'absolution que pour dissiper en paroles l'obsession de l'assassinat le poursuivant sans cesse, M. Pascal se confessa.

Le curé, terrifié derrière la grille du confessionnal le séparant de son sanguinaire pénitent, écouta les épisodes du meurtre autrefois relaté par les journaux : le trésorier-payeur général poignardé dans un wagon de chemin de fer, le rapt du portefeuille gonflé des billets de banque touchés au ministère des Finances; la portière du compartiment ouverte à contre-voie au moment où, près d'une station, le train ralentissait son allure; la fuite à travers champs ; et, au coin d'un bois, les mains lavées dans une mare toute rouge, sans que M. Pascal sût encore si la couleur épandue dans l'eau frissonnante sous les joncs, venait du sang versé ou du soleil levant.

Pendant des mois, une fois par semaine, M. Pascal ne manqua pas d'entretenir le curé des incidents d'un meurtre et d'un vol dont l'auteur, personnellement, n'avait

50

point profité. Il devenait malfaiteur pour subvenir aux prodigalités d'une courtisane, sa maîtresse ; et, complication suprême, qui confondait l'ecclésiastique mal au courant des raffinements et des débauches du monde, la somme venue de l'abomination, en grande partie, était employée par la demoiselle pour payer une baignoire d'argent à l'une de ses amies avec laquelle, entrant en ménage, elle assouvissait une passion hors nature.

L'horreur du crime s'atténuant à mesure que le crime, sans cesse raconté, devenait familier et presque banal, le curé d'abord bouleversé de se savoir mêlé à tant d'épouvante et d'impudicité, après s'être montré rigoureux, peu à peu, devint pitoyable. Il réconforta le pêcheur si prolixe à étaler ses fautes, lui persuada que nul forfait ne déconcertait la clémence divine. Tout doucement, fier de ramener à Dieu une âme si perverse, curieux aussi de faire cesser des aveux si pleins de redites, par ses insinuations et sa bienveillance, il décida M. Pascal à ne plus négliger les devoirs religieux.

M. Pascal, au début, les remplit par complaisance. Puis, distrait par la multiplicité des offices, il sentit moins fort son désœuvrement. Dans l'habitude de la dévotion, bientôt, il éprouva de la douceur; et songeant que seule, l'Église, bien différente des hommes, loin de le repousser et de le condamner lui donnait un asile et lui promettait le pardon, éperdu de reconnaissance, il offrit sincèrement à Dieu son cœur d'indignité. Désormais, il ne désespéra pas des célestes paroles assurant aux âmes humiliées et contrites que les sacrements les purifiant de leurs noirceurs, les rendraient un jour saintement blanches à l'égal de la neige immaculée des monts. Alors se soumettant à de dures pénitences et gagnant enfin l'absolution, il avait obtenu de communier le soir des fêtes de Noël. Ainsi, dans l'église maintenant toute pleine de ténèbres, le prêtre parti, M. Pascal restait là, prosterné, confiant en sa régénération morale, et disant des actions de grâces.

— Je ne le croyais pas si pratiquant, murmura Mme Trénissan.

— Bah ! répliqua Malbar, puisque l'incrédulité et l'hérésie en ceci sont toujours d'accord que le mourant se tourne quand même vers le bon Dieu du catéchisme, faut-il blâmer M. Pascal quand il respecte de son vivant la foi qui sera celle de son agonie ?

Ils sortirent. La bise soufflait, plus aigre. Des poussières mêlées de crottin entraient dans la bouche, séchaient le gosier. L'air froid irritait les poumons, les piquait, comme avec une aiguille. Cependant, après les miasmes de l'église, ils se félicitaient de humer une atmosphère plus pure, et ils disaient :

— Ça pince, ce soir.

— Oui, il pourrait bien geler.

— Mais enfin, on respire.

Puis, regardant le ciel, sans termes pour exprimer l'admiration que provoquent le poudroiement des astres, la diversité de leur éclat et les radieuses figures de géométrie inscrites en ligne de diamant sur les noires perspectives de la nuit, ils se répétaient :

— Que d'étoiles ! que d'étoiles !

Par peur de renouveler les infinies tristesses dont ils avaient souffert, ils se taisaient sur les misères de cette messe de minuit, si grossière à leur intelligence, si cruelle à leur vanité. Traversés par les injures et détruits à jamais dans leurs illusions sur un pays dont, parfois encore, ils se défendaient de désespérer, tous deux, pareils à ces soldats frappés à mort et continuant à avancer encore qu'ils soient transpercés par les balles, ils marchaient. Allongeant le chemin et prenant des sentiers détournés afin d'éviter le contact de la foule, le pus lourd de tristesse, ils se dirigèrent vers Kervol.

Là, sur le fumier, dans la cour, Camélia, avec une bêche besognait ferme. Le froid durcissant le tas d'immondices, elle peinait à ouvrir le trou profond où elle coucherait le fils Baluche enseveli dans un torchon sale, et attendant sa fosse. Affaiblie par la douleur, le corps en nage, de temps en temps, Camélia s'essuyait la figure ; et, reposée sur le manche de son outil, regardait au lointain. Des lueurs d'incendie illuminaient l'église. Elles venaient des lanternes rallumées en grand nombre à la sortie, et formant une espèce de brasier autour de l'édifice. Peu à peu, la lueur diminua, éparpillée en étincelles avec les falots qui, un à un, de distance en distance, parmi les chemins noirs, retournaient dans les villages. Voyant par là que la messe était terminée, Camélia, en hâte, se remit à l'ouvrage. A coups rapides, elle creusa, creusa encore, puis trouvant l'ouverture de dimension suffisante, tranquillement, elle dit :

— Viens ici qu'on t'enterre !

Alors ramassant le cadavre, elle le jeta dans l'excavation ; et, tâchant à le bien enfouir, elle rabattit sur lui du fumier, par grandes pelletées. Le fumier se tassait mal, à son gré. Afin de le fouler davantage, elle se laissa tomber à genoux sur les pailles pourries ; et, posant de tout le poids de son corps, en même temps, pour le repos de l'âme du défunt, elle marmonnait des prières.

Soudain, elle entendit des pas. Malbar et Mme Trénissan approchaient, Chien-de-Nous qui les accompagnait, aboyait par intervalles. Camélia, vivement, se mit debout ; et, tâtonnant de fatigue et d'angoisse, au long de l'escalier, remonta dans sa chambre.

— Soupons-nous? demanda Mme Trénissan. Quoique sans faim, néanmoins, déférente à la traditionnelle habitude, elle proposait de faire le réveillon.

— A quoi bon ? répliqua Malbar. Et puis qui mettrait le couvert ? Camélia qu'on n'a pas vue à l'église doit être au lit, et hors d'état de nous servir.

Alors Mme Trénissan appela :

— Camélia ! Camélia !

Camélia épouvantée sous ses draps et croyant son crime découvert, fit un grand effort pour répondre :

— Madame.

— Qu'est-ce qui se passe? Est-ce que vous êtes malade?

— Pas du tout.

— Pourquoi n'êtes-vous pas venue à la messe?

— Je me sentais fatiguée et j'ai mieux aimé me reposer.

Bravement, elle ajouta :

— Est-ce que madame a besoin de moi ?

— Non, non, pas du tout. Vous pouvez rester au lit.

Malbar et Mme Trénissan ne soupçonnèrent rien de l'énergie et du mensonge de la domestique. Harassés par la contrainte qu'ils avait imposée à leurs nerfs pendant la soirée, ils souhaitaient se coucher au plus vite ; et, dans leur dégoût de tout, désiraient s'endormir d'un sommeil dont ils ne se réveilleraient pas. Pendant qu'ils fermaient les volets de leur appartement, au milieu de la nuit, ils aperçurent des lumières. Parmi la masse obscure des maisons de Kerahuel, les cabarets flambaient de place en place. Les poulets et les lapins dérobés par Baluche en maraude s'y débitaient, sous les lampes, aux consommateurs rués aux liquides et à la mangeaille. L'alcool se versait à grands verres ; et, de tous les débits, un bourdonnement de ripaille et d'ivresse montait, sous les étoiles.

Dans la cour de Keréol, Chien-de-Nous, mis en appétit par les goinfreries du réveillon éparses aux alentours, auprès du fumier, flairait la chair fraîche. Il travailla si bien de son museau et de ses pattes que, le lendemain matin, Mme Siméon apportant le lait, trouva l'animal se roulant avec délices sur le cadavre du fils Baluche exhumé de la pourriture.

— Quelle horreur ! s'écria-t-elle, en voilà un chien ici qui n'a pas honte de se vautrer sur des humains qui sont morts !

Et chassant Chien-de-Nous, elle demanda :

— Cet enfant-là qui sort du fumier, d'où vient-il ?

— De là-haut, apparemment, répondit Camélia descendue dans la cuisine ; et, dès le matin, malgré ses souffrances, vaquant héroïquement à son ouvrage.

Mme Siméon, le nez en l'air, derrière ses lunettes, regardait, Camélia lui montra la chambre où dormaient Malbar et Mme Trénissan ; et, pour détourner les soupçons, en termes précis, elle accusa sa maîtresse. Si Malbar et Mme Trénissan restés au lit faisaient si longtemps la grasse matinée, n'était-ce pas la démonstration qu'ils se reposaient d'une nuit pleine de tracas et de fatigue, Camélia, aussi, expliqua comment, rentrant de l'église, après la messe, ses patrons, parlant dans l'escalier, lui avaient commandé de ne s'occuper de rien et de dormir. Sans doute, pour « ce qu'ils machinaient », ils redoutaient la présence et l'indiscrétion d'un témoin. Visiblement, ils prenaient des précautions, et Camélia, sur la tête de sa mère, s'affirmait prête à révéler leurs astuces.

Alors Mme Siméon, rendue plus légère par l'idée d'un mauvais bruit à mettre en circulation, courut éperdument au travers du bourg, arrêtant les commères au passage et propageant la nouvelle que, à Keréol, pendant la nuit, il s'était commis un infanticide. On en verrait la preuve sous le torchon servant de suaire dans lequel, au soleil levant, gisait encore le nouveau-né.

Kerahuel ne se tourmentait pas d'ordinaire des suppressions d'enfants, dans le pays presque aussi nombreuses et aussi naturelles que les maternités. Quand la cour d'assises, par hasard, se trouvait saisie d'un procès de cette espèce, les jurés, malgré l'évidence, acquittaient paternellement les filles-mères ou les marâtres. Rachimbourg, instruit par l'expérience, et abandonnant les droits de police qu'il tenait de la loi, par crainte de s'aliéner la sympathie des familles et le suffrage des électeurs alliés aux coupables, ne recherchait volontiers ni les avortées, ni les tueuses. Pendant son absence, l'adjoint, chargé de la mairie, imitait cette réserve. Pourtant, il s'en départit, ce jour-là, parce que, d'après les bavardages, le crime n'était pas imputable à une indigène de Kerahuel.

Personne, cependant, n'ignorait l'état de grossesse avancé de Camélia. Les plaisantins s'égayant de la prochaine délivrance de la servante, par facétie, demandaient souvent à Baluche s'il pensait à acheter des dragées, pour le baptême. Néanmoins, aucune voix ne s'élevait pour soupçonner Camélia, tandis que, chacun, tout haut, dénonçait Mme Trénissan.

Car il importait à l'honneur et aux intérêts du pays de flétrir à jamais une de ces « estrangères » en haine à la population et que, malgré le dévergondage des mœurs locales, les plus modérés considéraient hypocritement comme donnant à Kerahuel l'exemple de tous les vices. Le curé lui-même, en langue bretonne, du haut de la chaire, en ses sermons anathématisait contre Mme Trénissan dont il ne répugnait pas cependant à solliciter les aumônes. Est-ce que Mme Trénissan, sans être mariée, ne vivait pas publiquement avec ce M. Malbar ! Elle ne communiait pas ; et, comble d'infamie, voilà que, au concubinage joignant l'infanticide, elle faisait périr le fruit d'une union non bénie par l'Eglise !

Timide cependant sur la décision à prendre, l'adjoint consulta M. Bourignat. Bourignat, sur-le-champ, comprit l'avantage personnel qu'il pouvait tirer de cette retentissante aventure. Pour attirer à lui tous les cœurs de Kerahuel, il prit hardiment parti contre ces « hors venus », les amis de M. Rachimbourg ; et laissa entendre que, si jamais le suffrage universel l'élevait, lui, Bourignat, à la première magistrature de la commune, il chasserait ces intrus. A tout le moins, il leur rendrait la vie impossible à vivre sur un territoire que, malgré actes de vente, notaires, paiement du prix et formalités d'acquisition, il déclarait quand même usurpé par eux sur le patrimoine antique et national.

Il admirait beaucoup les habitants d'une île de la Manche, lesquels s'avisèrent un jour de refuser à un

Parisien établi sur leur roche, l'eau, le pain, la viande,
jusqu'aux épices, jusqu'à la mercerie. Il les donnait
comme modèles et professait tout haut qu'il les fallait
imiter.

En attendant l'heure de ces mesures purificatrices et
vengeresses, lui-même rédigea la dépêche à expédier au
Parquet. Dans la rue, aux passants en émoi, il récitait le
texte du télégramme.

A force d'audace et de sottise, populaire parmi ces
individus dont il exaspérait savamment les rancunes et
les mensonges, il s'entendit acclamer quand, rentrant
chez lui, debout sur le perron de la « Maison du Païen »,
la voix menaçante, le geste large, si large qu'il semblait
repousser les envahisseurs jusqu'aux extrémités de la falaise, il répétait :

— Kerahuel à Kerahuel, Kerahuel quand même !

Des poètes suscités, on ne savait où, improvisèrent
instantanément des manières de chansons sur les événements de Keréol. Le fumier inspirant ces rapsodes, leurs
couplets bientôt furent appris par cœur.

Ils vilipendaient Mme Trénissan, célébraient la présence d'esprit de Bourignal, son amour du bien public,
et on les braillait éperdûment à la gare où la foule hurlante et prête à mordre, jusque sous les hangars de la
petite vitesse, selon l'expression de là-bas signifiant
attendre, « espérait » l'arrivée de la justice.

Vers quatre heures du soir, elle arriva représentée
par le procureur de la République, le juge d'instruction,
un greffier, un médecin légiste, des gendarmes. Aussitôt
descendus du train, les magistrats se rendirent à Keréol.
Là, Mme Siméon leur montra l'enfant endommagé un
peu par les pattes de Chien-de-Nous. Camélia fit voir
aussi sur le torchon devenu linceul un grand T, marque
brodée dans un coin, avec du fil rouge. Donc, le cadavre,
comme le linge, appartenait à Mme Tréni. san.

Alors, une clameur furieuse monta de la multitude
entourant Keréol. Des gens grimpés sur les murs
criaient :

— A l'assassin ! à l'eau, à l'eau !

D'autres proposaient la fustigation ; et, désirant moins le
châtiment que l'aspect de la nudité, d'une femme retroussée, répétaient :

— Oui, oui, il faut qu'on la fouette !

Et pendant les formalités des constatations prélimi-

naires, position, état du cadavre, âge probable de la victime, heure de la découverte, autour du hangar où deux
gendarmes gardaient maintenant le fils Baluche mis en
dépôt et réservé pour l'autopsie, des voix s'élevaient
toujours plus stridentes :

— Qu'on la fouette ! qu'on la fouette !

Après un déjeuner mal servi par Camélia pâle encore
de ses couches cachées, et mangé sans faim, sur leur lit,
Malbar et Mme Trénissan ne s'étaient pas levés. Ils ne
trouvaient plus le courage de se mouvoir, et d'affronter,
dans Kerahuel, la rencontre des habitants, la menace de
nouveaux outrages. Rêveurs et endoloris, l'un à côté de
l'autre ils causaient.

— Ah ! disait Mme Trénissan, Laguépie aurait dû nous
mettre en garde contre l'emportement de nos illusions
sur ce pays ; et, en anatomiste qu'il est, nous montrer la
brutalité farouche des cœurs sous le poétique ajustement
des costumes.

— Malgré sa perspicacité et sa science il n'a pas été
plus protégé que nous, répondit Malbar. En reconnaissance de soins donnés à des malades qui lui laissaient
leurs poux pour tout salaire, Kerahuel le méprise et
le considère maintenant comme un médecin incapable,
ignare et ridicule. D'ailleurs, soyons justes : nous n'aurions point écouté ses conseils. L'art, l'amour, la musique nous masquaient les hommes, à nos yeux, transformaient jusqu'aux paysages ; et nous avons aveuglément
couru aux rochers du Château de Tristan comme les
navigateurs qui s'y perdent, eux aussi, parce que, croyant
connaître la route, ils ne prennent pas soin de consulter
leurs compas.

— Nous avons joué *Tristan et Yseult* dans un repaire de brutes et dans une caverne de bandits, reprit
Mme Trénissan, et j'irai n'importe où, mais je ne veux
plus rester dans ce pays d'abomination.

— Je suis de votre avis : il faut partir au plus tôt, déclara énergiquement Malbar.

Déjà tous deux cherchaient en quelle contrée pré-
sumée hospitalière ils pourraient chercher un refuge,
évoquaient des hameaux vus en passant au travers des
arbres, quand ils voyageaient en chemin de fer ; des
caps de verdure et de soleil s'allongeant parmi les eaux
bleues de la Méditerranée ; des villages paisibles d'apparence au bord de rivières coulant entre des saules ; une

ferme au milieu d'un enclos de pommiers. Là Mme Trénissan, quand elle était enfant, avait passé d'heureux
mois de vacances ; là, elle retournerait pour se reposer
de la vie, oublier la Bretagne, faire ses couches.

La mer soulevée par un de ces vents du lointain qui
gonflent sournoisement les flots et mettent des tempêtes
sous des atmosphères tranquilles, poussait ce jour-là des
galets sur la plage. Ils s'entre-choquaient, rebondissaient
entre eux, et mêlés à du sable sautaient en claquant
jusque sur les volets de Keréol. Malbar et Mme Trénissan les écoutaient avec mélancolie. A leur bruit, ils
s'affermissaient dans le projet d'abandonner ce Kerahuel
où les pierres de l'océan, elles-mêmes, semblaient se
lever contre eux pour les lapider. En silence, ils supputaient les embarras du départ, les malles à faire, les dépenses d'un déménagement.

Les cris : « Qu'on la fouette ! qu'on la fouette ! » retentirent dans la chambre qu'ils voyaient déjà vidée de ses
meubles et fermée derrière eux.

— Encore quelque ivresse de la Mal-Commode qui aura
trop fêté Noël, soupira Mme Trénissan.

Les huées redoublèrent. Malbar s'habillant à la hâte,
écarta les contrevents ; et penché sur l'appui de la fenêtre
s'informa des raisons du tapage.

— Au nom de la loi, ouvrez ! répondit le procureur. Et
Malbar, stupéfait, aperçut les gendarmes.

Alors, avec la docilité qu'inspire la vue d'un uniforme,
sans discuter, sans comprendre, il descendait, puis, au
rez-de-chaussée, ouvrit à deux battants la porte de
Keréol.

Les magistrats entrèrent accompagnés d'un brigadier
et d'un homme. Ils se présentèrent, chacun déclinant sa
qualité. Dans le juge d'instruction Malbar reconnut un
de ses commensaux à l'époque où, étudiant, au quartier
latin, à Paris, il prenait ses repas rue des Poitevins, pension Laveur. La vie les séparait maintenant comme la
barre de fer des prétoires sépare les témoins des juges.
Et pourtant que de projets jadis conçus ensemble ! Sur
les systèmes d'art, de philosophie, de jurisprudence ou
de littérature que de débats commencés à table et conti-
nués en flânant, coude à coude, sur les quais, le long des
allées du Luxembourg, quand, au crépuscule tombant,
les ombres, les cœurs et les imaginations se confondent ! Chez les auteurs de leur préférence, ils s'enseignaient

à découvrir des beautés insoupçonnées, admiraient passionnément La Fontaine ; et, après les examens, le soir, convives des salles à manger réservées que le gargotier intitulait « les Cabinets » au dessert des dîners de réception ou de thèse, ils portaient des toasts facétieux et récitaient des poésies gaillardes.

— Ravenat, toi ? qu'est-ce que tu viens faire ici ?

Il le tutoyait comme au temps de leur intellectuelle camaraderie. Mais le juge d'instruction, se refusant aux familiarités, déclara, d'un ton sec, qu'il venait à l'effet d'opérer des constatations judiciaires.

— Ici, à Keréol ! s'écria Malbar ahuri.

— Oui. Le parquet sait qu'un nouveau-né, tué, cette nuit, dans votre maison, a été enterré sous un tas de fumier. Un chien a découvert le cadavre, et l'opinion publique dénonçant Mme Trénissan, votre maîtresse, conduisez-nous vers elle.

Au dehors, la foule s'excitant elle-même par sa vocifération, hurlait sans relâche.

Malbar devina quelles perfidies imprévues s'attaquaient à Keréol. Décidément, les ressources de lâcheté de Kerahuel dépassaient toutes conjonctures ; et, malgré ses hauts le cœur, riant d'avance de la facilité avec laquelle Mme Trénissan se disculperait d'une aussi stupide accusation.

— Très bien, très bien, dit-il d'un ton narquois. Je vous en prie, messieurs, veuillez me suivre.

Le premier, il entra dans la chambre où était couchée Mme Trénissan. Les magistrats le suivirent, et aussi les gendarmes. Mme Trénissan, étonnée de voir soudainement tant de monde autour de son lit, se dressa au long de ses oreillers ; et, sur son séant, avec curiosité, elle demandait :

— Qu'est-ce qu'il y a ? que veulent ces messieurs ? Malbar prit la parole :

— Il y a, ma pauvre amie, que Kerahuel tout entier, vous l'entendez d'ailleurs — et de la main, il indiqua la foule en émeute au dehors — Kerahuel tout entier vous accuse d'infanticide. Ces messieurs, que je vous présente sont des gens de justice. Ils ont fait exprès le voyage du chef-lieu de la Préfecture ici, afin de vous arrêter.

— Moi ! dit Mme Trénissan.

Sans demander de détails sur le crime dont on l'accusait, à l'opposé de toute vraisemblance, dans l'inculpation dont elle était victime, elle aussi reconnaissait l'inventive perversité d'une population tellement acharnée sur les habitants de Keréol, que pour les détruire, elle poussait le mensonge jusqu'à la démence. De la niaiserie du soupçon, elle ne conçut point de colère. Elle l'admirait avec gaieté, tant la stupidité de la délation lui semblait d'un comique éminent. Aussi, comme au récit d'une farce désordonnée, elle éclata d'un rire si ironique et si franc que le procureur s'en offensa.

— Il n'y a pas de quoi plaisanter, madame, prononça-t-il gravement, la plainte portée contre vous est sérieuse, très sérieuse.

— Sérieuse !

Mme Trénissan en écoutant cet homme aux discours solennels fut prise d'un nouvel accès d'hilarité.

— Sérieuse ! Sérieuse ! Ah ! non, c'est bête ! Je vous demande pardon, mais c'est trop bête !

De la tête aux pieds, secouée sous ses draps par les spasmes de joie que procure aux intelligences délicates l'épanouissement complet de la bêtise, elle ajouta :

— Voyons ! comment cette nuit aurais-je tué mon enfant, puisque, telle que vous m⏑yez, eh bien, je suis enceinte.

Et elle s'esclaffait en disant :

— Je suis enceinte !

Enceinte ! A ces mots, les représentants de la loi se regardèrent en fronçant le sourcil d'un air de doute. Pour les convaincre, Mme Trénissan insista.

— Enceinte. Mais oui, je suis enceinte. Et si vous ne me croyez pas, approchez. Tenez, voulez-vous voir ?

Elle se recoucha, et le docteur s'avançant près du lit où, maintenant, elle était étendue sur le dos, pour étaler son innocence tout entière, elle fit le geste de rejeter loin d'elle les draps et les couvertures.

— Madame, Madame, un instant, je vous prie.

Poliment, ramenant sur les matelas la courte-pointe tombée, avant de pousser plus loin l'examen, le médecin légiste considérait attentivement le faciès de Mme Trénissan.

— Oui, oui, allez ! Ne vous gênez pas. Regardez, regardez-moi bien.

Elle pencha vers le docteur sa tête au teint pâli où les yeux s'enfonçaient dans des orbites cerclées d'un halo de bistre. Autour du nez, sous les joues, des taches rousses pareilles à des parcelles de son brûlé, se serraient les unes contre les autres, par endroits se rejoignaient en formant des plaques couleur de pain d'épice. Ces taches, d'ordinaire, elle s'ingéniait à les faire disparaître sous les onguents, les poudres et les fards. Mais, en cet instant, sans autre coquetterie que la coquetterie d'avoir raison, sans autre vanité que la vanité de confondre l'imbécillité et l'imposture, orgueilleusement, elle exhibait les tares de son visage.

— C'est bien la marque de la grossesse, l'*ephelis materna* tel qu'il est décrit par les auteurs, déclara le praticien. Et retourné vers les magistrats, il donna des explications. Les symptômes extérieurs qu'il constatait lui semblaient très probants, très classiques. Aucune incertitude, à son avis, sur l'état physiologique du sujet. Pourtant :

— Vous permettez, madame.

Pour plus de sûreté, d'une main légère, il découvrit la poitrine de Mme Trénissan. Les seins turgescents apparurent, laissant voir au milieu de leur aréole une boursouflure s'étendant sur le reste du globe, boursouflure comparable à la saillie d'un verre bombant sur le cadran d'une montre, et il ne jugea ni délicat, ni utile de procéder à de plus amples investigations.

— Eh bien, messieurs, l'accouchée est grosse, dit Malbar fort amusé par le dépit des messieurs du Parquet. Monsieur le greffier, dans son procès-verbal, j'imagine, voudra bien consigner cette particularité. Et sur un ton sarcastique, il ajouta :

— Vous reconnaîtrez que ce détail, en l'occasion, ne manque pas d'importance.

Alors, les magistrats devinrent galants et s'excusèrent. Ils avouèrent que, pareils aux autres hommes, ils couraient le risque d'être trompés, de se tromper eux-mêmes ; et, invoquant leur bonne foi, déplorèrent les erreurs où les entraînait parfois l'accomplissement de leur devoir.

Le juge d'instruction, détendu le premier, sans cependant prendre des allures trop amicales, ne dédaigna plus de reconnaître son ancien camarade Malbar. « Qui leur aurait dit, à tous les deux, chez Laveur, qu'ils se retrouveraient dans une circonstance si extraordinaire ? » Il défendait néanmoins la légitimité de son intervention, le danger lui semblant moins grand d'inquiéter un innocent que

do se défier des dénonciations et de laisser un coupable,
peut-être, échapper à la vindicte publique.»

Le procureur attestait à Mme Trénissan que jamais, au
grand jamais, malgré la dépêche de Bourignat, jamais
il n'avait douté de l'invraisemblance d'une accusation
portée contre une personne d'un caractère si honorable,
d'un talent si élevé. Mais les rigueurs de ses fonctions
passaient avant ses sentiments, et le dilettante reparaissant sous l'homme de loi, il confessa qu'il jouait du
piano, se tenait au courant des nouveautés musicales, regretta de vivre dans un pays perdu d'où il n'avait pu
s'éloigner pour aller à Paris entendre Mme Trénissan,
alors qu'elle chantait *Tristan et Yseult*. Il ne désespérait pas d'assister, un jour ou l'autre, à quelque audition de la cantatrice ; et, tout en se plaignant de l'étrangeté de la rencontre, s'affirmait heureux de saluer une
grande artiste.

Comme autrefois dans sa loge où, pendant les entr'actes, les admirateurs venaient lui apporter des fleurs
et des hommages, dans son lit, Mme Trénissan souriait
en écoutant les compliments du procureur. Au fond de la
chambre, le greffier discrètement retiré, auprès des gendarmes, s'étonnait avec eux de cette instruction tournée
en politesses et n'amenant l'arrestation de personne.

Mais, ainsi que le chien de chasse un instant mis en
défaut reprend la voie du gibier qui l'a trompé, le juge
d'instruction retrouva vite la piste perdue. Si Mme Trénissan, sans conteste, demeurait désormais hors de cause,
une autre femme, dans la maison, après une délivrance
clandestine, pour se débarrasser de son enfant, pouvait
l'avoir enfoui dans le fumier, à Keréol. Or, s'adressant à
Malbar :

— Je vous demande pardon, cher ami. Mais une bonne
est à votre service ?

— Oui, et elle s'appelle Camélia.

— Où loge-t-elle ?

— Dans les combles.

— Il faut les explorer; montrez-nous le chemin.

Les magistrats, le greffier et les gendarmes, conduits
par Malbar, s'engagèrent dans un escalier aux marches
raides aboutissant à un corridor obscur. De la fumée
l'emplissait, une âcre odeur de chiffons brûlés prenait à
la gorge. Camélia, inquiète de la descente du Parquet,
était remontée dans sa chambre et, craignant les perqui-

51

sitions, sur un grand brasier allumé au fond de la cheminée, elle essayait de détruire tous les linges contaminés avec lesquels, pendant la nuit, elle étanchait les eaux et le sang de ses évacuations puerpérales. L'atmosphère, autour d'elle, s'épaississait tellement, piquait les yeux si fort que, pour respirer et voir clair dans son travail, de temps en temps, elle entre-bâillait la porte.

Le juge d'instruction la poussa violemment. Au milieu de nuages fuligineux, il aperçut Camélia à genoux et excitant de son souffle les flammes du foyer.

— Alors, mademoiselle Camélia, dit-il, nous mettons donc sur le feu notre petite lessive ?

Pour mieux déconcerter les inculpés, il les surprenait ainsi par des questions très simples qui rendaient malaisée toute espèce de réponse.

Camélia, stupéfaite de cette voix inconnue qui l'interpellait par son nom, un torchon sale à la main, se retourna. Dans sa face pâle où ses yeux semblaient morts, ses lèvres tremblaient. Pourtant, elle trouva la force de dire :

— Eh bien quoi ? Et puis après.

Les lambeaux de mouchoirs sanglants parmi les cendres, les draps bouleversés et souillés découvrant les maculatures du matelas, le placenta aussi, errant à terre, auprès de la fenêtre, tout la dénonçait. Elle niait cependant, prétendait avoir saigné au nez ; et, avec énergie, refusa de se soumettre à un examen médical.

— C'est bon, dit le procureur, on vous examinera ailleurs. Docteur, allez faire l'autopsie du cadavre, et vous, gendarmes, arrêtez cette femme.

— En voilà de drôles de bracelets, murmura Camélia pendant que les gendarmes lui passaient les menottes. Et gouailleuse, employant des expressions du bas Paris où elle avait vécu, elle ajouta :

— On ne doit pas prêter beaucoup là-dessus, au Mont-de-Piété.

Puis, devant elle, les perquisitions commencèrent.

Suante et livide, ainsi que dans un rêve, de son grabat semblable au nid d'une pie voleuse elle regarda tirer des cuillers à café, des nœuds de rubans, des bobines de fil, des paquets de chicorée, des boîtes à poudre de riz, tous objets dérobés pêle-mêle et entassés là par manie de rapine et de dévastation. Même, au cours des recherches, on découvrit une photographie représentant Malbar.

Elle était collée sur un de ces coupe-files que la Préfecture de police, à Paris, délivre volontiers aux journalistes; et, certain soir où Malbar se persuadait de définitivement renoncer à rentrer dans la circulation du monde des boulevards, il jetait cette carte qu'il jugeait désormais inutile. Camélia la ramassait parmi les papiers de rebut, et, le cas échéant, pour faire croire sans doute à des relations intimes avec l'écrivain, son patron, la gardait, par calcul. Ensuite, parmi la vermine remuée, on trouva un as de cœur. Des gendarmes aux magistrats, il passa de mains en mains, et des larmes tombèrent des yeux hagards de Camélia.

Cet as venait d'une maison de tolérance dont Camélia avait été l'assidue pensionnaire. Là, souvent, des soldats en désir de luxure et sans argent personnel pour leur rut, mettaient en commun leurs modestes pécules. La somme nécessaire à l'amour ainsi réalisée, la société demandait un jeu de piquet. Les cartes, une à une, se retournaient devant chacun des associés, et celui-là que la chance favorisait de l'as de cœur, avec l'argent de tous usait, selon son gré, d'une des femmes de l'endroit haletantes en face du destin.

Par cette fortune, un sous-officier d'infanterie coloniale, en permission de nuit, choisit Camélia. Des intimités plus étroites et plus longues suivirent cette rencontre. Elle aima beaucoup ce galant fourni par le hasard, et elle le pleurait encore jusque dans le marais d'un cimetière du Tonkin où il gisait désormais sans plus recevoir les mandats-poste que son obstinée maîtresse lui envoyait, sur ses gains. En mémoire de ce sergent-major, elle conservait l'as de cœur, cause première de leurs tendresses; et, le retrouvant parfois quand elle secouait sa literie, elle le regardait avec émotion.

Furieuse de voir ce souvenir manié par des indifférents, Camélia bondit. Les lèvres retroussées, comme une chienne, avec les dents elle arracha l'as de cœur des doigts du juge d'instruction, puis, mâchant le carton, en sanglotant, elle l'avala.

— Emmenez l'inculpée, ordonnèrent les magistrats.

Camélia sortit.

Derrière elle, penché sous le lit, le greffier trouva un bouquet maintenant fané que Camélia s'était offert à elle-même, le jour anniversaire de sa naissance, des pots vidés de leurs confitures; et, de plus, une série de casserôles en cuivre, détournées de la cuisine et, par Camélia, utilisées comme vases de nuit. Toutes en rang, l'une à côté de l'autre, elles débordaient d'urine.

En bas, dans la cour, debout devant une table à dissection improvisée avec une planche à repasser appuyée de chaque extrémité sur un tonneau, à l'écart, sous la remise, le médecin légiste constatant d'abord que le fils Balucho était né viable et avait respiré, dans le petit cadavre ouvert par ses outils, cherchait la cause du décès. Il détermina aisément une fracture de la colonne vertébrale résultant d'une traction violente opérée simultanément sur la tête et sur les pieds. Les observations prises, pour la rédaction de son rapport, il donnait des instructions au garde champêtre afin d'assurer le transport et l'inhumation des restes anatomiques, quand une formidable clameur retentit. Sur le perron de Kéréol, entre les gendarmes, Camélia venait d'apparaître.

Quoi donc? Ce n'était pas Mme Trénissan que l'on conduisait en prison? La foule étonnée de se trouver en présence d'une criminelle autre que la criminelle attendue, cessa subitement de crier. Telles les grenouilles se taisent dans un étang où, soudain, tombe une pierre.

Les plus animés se consultaient, incertains de ce qu'il fallait croire. Respectueux de la force et du fait accompli, tout en supposant une erreur commise par les juges, ils n'osaient cependant protester contre une arrestation si peu satisfaisante, pour leurs rancunes si contraire à toutes leurs espérances.

Bourignal lui-même concevait des inquiétudes. Que n'avait-il réfléchi davantage avant de rédiger la dépêche dénonciatrice d'où résultait, maintenant, l'arrestation d'une fille de Kerahuel! Les électeurs ne lui pardonneraient jamais cet attentat contre la liberté d'une de leurs compatriotes; son autorité en demeurerait suspecte, discréditée et il s'affligeait par avance du sûr insuccès de sa prochaine candidature. Déjà parmi les groupes, il entendait dire que rien ne serait arrivé s'il avait su ne pas se mêler de ce qui ne le regardait guère, et il désespérait de l'avenir, quand la Mal-Commde surgit, derrière un petit mur. Surexcitée par l'ivresse, elle sauta sur la route, entreprit de défendre Camélia et de convaincre les gendarmes.

Elle se mettait devant eux, prétendait les empêcher

d'avancer, plaidait frénétiquement la cause de la domestique, par intervalles, lui donnait des conseils.

— Couche-toi plutôt par terre, ma pauvre fille, et qu'on ne t'emmène pas? Tu ne vois donc pas que tu paies pour les autres, parce que tu es pauvre et que « tu ne fais pas la cotriade » avec les messieurs de la justice, comme la belle dame de là-bas!

Puis, s'adressant au brigadier :

— Oui, mon officier, parce qu'elle a eu pour amant le même homme que moi, ce n'est pas une raison pour que je ne dise pas la vérité. C'est une honnête fille. Si vous ne le savez pas, je vous l'apprends, moi qui vous parle, la Mal-Commode, et que je perde mon nom, si vous croyez que j'ai menti!

Devant le groupe, elle marchait à reculons, tenait tête aux agents de l'autorité. La foule suivait, régiment de sottise, dont, pareil à un tambour-major, elle semblait commander le bruit et la manœuvre. On commençait à trouver que l'ivrognesse tenait des propos sensés; et ceux-là qui, tout à l'heure, tremblaient de prendre parti contre la force publique, braves à présent d'une bravoure ne venant pas d'eux, approuvaient en criant:

— C'est vrai! Elle a raison!

— Allons, la mère, ripostaient pacifiquement les gendarmes, laissez-nous! Circulez!

On passait devant l'église. La Mal-Commode continua :

— Mais il n'y a donc pas de Jésus dans l'Eucharistie qu'il ne quitte pas son tabernacle pour délivrer votre victime! Car, elle n'est pas plus coupable que moi, aussi vrai que vous portez des aiguillettes et que le Christ est ressuscité d'entre les morts!

Familièrement, elle interpellait Dieu, lui disait: « Viens donc, sors, montre-toi », et ses objurgations demeurant sans résultat, indignée de ne pas provoquer le miracle qu'elle attendait, elle s'irritait contre la divinité ainsi qu'on s'irrite contre une personne, jurait que puisqu'il en était ainsi, puisque le Tout-Puissant n'intervenait pas, elle, la Mal-Commode, ne voulait plus le voir et désormais ne lui adresserait plus la parole.

Camélia se taisait, l'air hébété. La Mal-Commode lui reprocha sa soumission et son silence.

— Mais dis donc quelque chose, malheureuse! Dis donc que cet enfant n'est pas à toi et que tu ne l'as pas tué.

51.

Camélia répondit à voix basse:

— Apparemment que j'avais la malice dans le corps.

Puis, comme s'excusant vis-à-vis d'elle-même :

— Fallait bien pourtant, puisque je ne pouvais pas le nourrir. Ce n'est pas ma faute !

— Ta faute, vociféra la Mal-Commode, elle vient d'avoir consenti à servir ces « sales estrangers » qui exploitent le pauvre monde et lui font porter ensuite la peine de leurs vices !

Bien qu'elle eût jalousement souffert des relations de Baluche avec Camélia, et qu'elle se réjouît intimement d'une arrestation la délivrant de sa rivale, elle donnait à entendre que la grossesse de la bonne, le crime ensuite, avaient été provoqués par Malbar qu'elle traitait de « Français pourri ».

En langue bretonne, elle redisait l'imprécation, criait:

— Gall brein ! Gal brein ! Sach un diaul var hé chein !

Le Français pourri arrivait avec le sac du diable sur le dos et vidait sur Kerahuel sa charge d'abominations et de calamités.

Comme une litanie à l'église, elle répétait:

— Gall brein ! Gall brein ! Français pourri ! Français pourri !

C'était un vieux dicton familier à la race, le cri de haine et de guerre d'un peuple qui s'était donné à la France seulement pour se reprendre avec injure. A la grossièreté de l'insulte, tous les cœurs se soulevaient, battaient d'un patriotique enthousiasme. La voix de la Mal-Commode poussant cette clameur de haro, devenait la voix nationale de la Bretagne. L'attaque contre les Français ranima les fureurs du peuple de Kerahuel.

Enfin, il trouvait une raison de défendre Camélia; et les haines héréditaires s'exaspérant à la sonorité des termes de la réprobation des vieux âges, à tue-tête, on vociférait:

— Français pourri ! Gall brein ! Français pourri !

Bourignat, sollicité par l'adjoint, devant la porte haranguait la multitude. Sous prétexte d'apaiser les ressentiments, il faisait perfidement entendre tous les propos capables de les augmenter; et, d'un air pacifique excitait aux violences. S'il recommandait le calme et le respect de la magistrature, avec une astucieuse pitié, il plaignait ses concitoyens. Ils s'étaient montrés trop bons. Quelle conduite cependant, tenaient envers eux ces « estrangers » qu'ils accueillaient à bras ouverts sur leur territoire ? Le docteur Laguépie tentait de les ruiner en les incitant à ne plus prendre la sardine avec les engins qui avaient enrichi leurs pères, et voici que, maintenant, à Keréol, un individu, ami de ce Laguépie, par ses débauches jetait sous les verroux une fille, une aimable fille de Kerahuel même ! Assurément, il partageait leur affliction. Lui aussi souffrait de leurs maux, mais il conseillait cependant que personne « ne se mît dans son tort » en faisant du tapage.

Il parlait mal, cherchait ses expressions, très embarrassé du souci de ne pas se compromettre et de cependant se rendre populaire. Il ânonnait, rêvant de finir par une phrase d'aspect lénifiant et qui pourtant irriterait jusqu'au fond la sensibilité de son auditoire. Brutalement, la Mal-Commode lui fournit la conclusion qu'il ne trouvait pas, ou que, par précaution, il ne se décidait pas à formuler.

— Ce sont des bandits, s'écria-t-elle. On devrait les empoigner par la peau du cou et les traîner tous à « Ker de Glahar ». « Ker de Glahar », en langage du pays, signifiait un endroit de châtiment et de supplice : l'enfer dans la religion, le bagne dans la vie civile. On applaudit. Encouragée par les bravos, la Mal-Commode ajouta :

— Allons, vous tous ! qui veut naviguer avec moi, car je vais les chercher, moi ces « estrangers » et les reconduire là d'où ils n'auraient jamais dû venir.

Elle se mit en marche. Ses cheveux repoussés depuis qu'elle s'était fait tondre afin de ne plus donner de prise à Baluche, se dressaient tout blancs sur sa tête, comme sur le crâne d'un cadavre ; et brandissant en l'air les cicatrices de ses bras décharnés, elle traînait derrière elle toute la colère de Kerahuel.

Au milieu du bouillonnement confus de l'indignation, beaucoup ne démêlaient plus au juste quelle cause ils allaient défendre, la vertu de Camélia ou l'ancien procédé pour pêcher les sardines. A qui s'en prenait-on, à Malbar, à Mme Trénissan, aux doctrines de Laguépie? On ne savait. Mais ce dont tous se croyaient sûrs, c'est que les malheurs de Kerahuel venaient de Keréol, des habitants de Keréol, des amis de Keréol, et l'insurrection se ralliait au cri résumant tous les griefs d'aujourd'hui avec toutes les vieilles, toutes les traditionnelles haines :

— Français pourri ! Français pourri !

A chaque coin de rue, la foule se faisait plus compacte.

Renforcée par des bandes de marins à la solde de Bourignat, elle devenait agressive.

A cause du brouillard subitement élevé au large, les
équipages en relâche, après leur poisson vendu, ne pouvaient reprendre la mer et, selon la coutume, retourner
dans leur paroisse pour y fêter la Noël. Sur le quai de
Kerahuel, des pêcheurs désœuvrés, ayant tout avalé de
leur gain, rôdaient en mendiant des aumônes, pour
boire.

Alors Bourignat embaucha ces soifs errantes, et pour
s'étancher, prêtes à servir les pires des intérêts. Il re-
cruta des flibustiers, écumeurs de la terre, voleurs de
récoltes, déprédateurs de potagers, naturellement acharnés contre l'arbre qu'ils méprisent, tant que l'arbre n'est
pas devenu un mât, et qui, impitoyablement, sur leur
passage, pour faire des tôlets à leurs avirons, cassent les
grosses branches des tamaris dépassant les murailles des
jardins. Il soudoya ceux de Douarnenez, du Guilvinec
ou de Concarneau, lesquels, se traitant de « ploïcks » et
de « Ch'touz » de « terriens ou de puants », les couteaux
tirés se battent entre eux et se fracassent l'un l'autre des
bouteilles sur la tête, par passe-temps, quand ils manquent d'un mauvais coup à faire. Il entraîna aussi les
gas de Plouguernau issus d'ancêtres qui, jadis, sauvant
un navire, volaient les montres des passagers, et laissaient à leurs descendants d'irréfrénables appétits de
corsaires.

S'il éprouva des refus de la part des Sauzonnais, sobres
ceux-là et ne se détournant jamais de leur bateau et de
leur pêche, il décida sans peine ceux du Beg er Drock et
de Kernouz, pirates redoutés naviguant avec des voiles
établies de telle manière que jamais capitaine ne peut deviner au loin en quel sens courent leurs embarcations. Il
fut écouté aussi par les « forbans » de Séné, représentés
jusque dans les « Guides » comme ravageant les rivières
et les estuaires, s'emparant des filets tendus au large, et
ne laissant dans les anses qu'ils dévastent, ni homards
dans les viviers, ni huîtres dans les parcs. Bourignat
enfin s'assura de dévoués auxiliaires avec les équipes de
Kioc'h-Vor et de Pen Ouc'h, îles perdues dans l'océan, où
les gendarmes, par peur d'être jetés à la mer, ne se ris-
quent point à aller chercher les délinquants des délits
commis sur le continent, pendant les escales.

Alors de tous les débits : de chez Marie Bon Bouillon,

de chez Germaine Face Peinture, de chez la Taureau, de
Trousse Cotillon, de Madagascar, de partout où se versait du trois-six, on vit sortir des énergumènes. Il en
vint, par surcroît, d'établissements nouveaux, eux aussi
sous la dépendance de Bourignat ; de chez Clara Sans
Tétines, ainsi nommée parce que son mari, un soir
d'ivresse conjugale, lui avait, à coups de dents, rogné le
bout des seins. Elle ouvrait volontiers son corset pour
montrer sous sa chemise les cicatrices de la mutilation,
et, par l'étalage de sa poitrine, tâchait de retenir la clientèle. D'autres vinrent de chez Pêche à Terre, un ancien
patron de barque dont toutes les sorties au large se terminaient par des avaries ou des naufrages. A jamais
reculé de la mer, laquelle, disait-il, « ne voulait pas le
voir », dans sa buvette, lucrativement à l'abri des aventures, il joignait à la profession de cabaretier le métier
de marchand de rogue.

Par discours et alcools, Bourignat persuadait à tous
qu'ils accompliraient une œuvre de salubrité publique et
de préservation sociale en chassant de Kerahuel ces « bou-
dious » suspects de chercher à supprimer le gagne-pain
des matelots, et d'affamer les familles. A sa voix, les
verres vidés, on titubait à l'assaut de Keréol.

Bourignat comptait sur Baluche, homme de toutes les
besognes, méditait de le donner pour chef aux bandes
alcooliques qu'il s'évertuait à mettre en branle. Mais Baluche, immensément ivre, car il avait bu jusqu'au dernier
sou le prix des lapins et des poulets par lui volés et
vendus dans la nuit, sous l'influence de la boisson,
Baluche s'instituait momentanément honnête homme.
D'un air digne, au bout du quai, il remplissait sa fonction, sonnait la cloche de brume moins oscillante entre
ses montants que Baluche sur ses pieds ; et, sans interrompre son travail, à toutes les propositions de Bourignat, il répondait avec une obstination d'ivrogne.

— Je ne veux pas. Ce n'est pas juste ! Je connais les
gens de Keréol : c'est du bon monde.

En même temps, il s'improvisait de la tendresse. Pour
la première fois, il s'apercevait de sa paternité, et regrettant la mort d'un enfant dont la naissance, jadis, ne l'inquiétait guère, il pleurait, par intervalles. Ainsi qu'une
bête séparée de son petit, il meuglait de douleur ; et,
sans vergogne, accusant Camélia, l'appelait : « Scélérate
du bagne », déclarait qu'elle « lui faisait honte ». Tout en

se disant à lui-même des paroles pour se consoler, il
tirait sur la corde, à coups saccadés. Le port ruisselant d'eau, la mer qu'on ne voyait pas, Kerahuel soulevé au loin, parmi le brouillard, s'emplissaient de carillons haletants comme des tocsins, funèbres comme
des glas.

Bourignat dut renoncer au concours d'un aussi senti-
mental personnage. Alors, se mêlant à la foule, lui-même
l'excitait, ranimait le tapage quand les gosiers faiblis-
saient. Il perdait de sa réserve et, s'exaltant à son tour,
criait le premier des apostrophes que les autres répétaient. Mais il manquait d'imagination, et toujours il revenait à l'invariable refrain :

— Français pourri ! Français pourri !

Kerahuel admirant un gaillard si habile dans l'organisation du désordre restait reconnaissant à Bourignat
du zèle qu'il apportait à la défense des intérêts publics.
On l'acclamait. Lui, souriait glorieux au milieu des
mauvais instincts qu'il déchaînait. Toute la cruauté de
l'homme des cavernes se réveillait au fond des cœurs
brutaux et sans cesse disposés à redevenir barbares. Les
femmes même se sentaient une passion de bestialité et
de massacre. Mais des gendarmes, à l'intérieur, gardaient la grille de Keréol. Les murs hauts et solides formaient un rempart, autour de la maison. Les assaillants se bousculaient, refluaient à leur base. Menaçants
et timides, ils n'osaient cependant risquer une escalade
et comme les flots du côté de la plage, du côté de Kerahuel, ils lançaient des pierres. Des immondices s'y mêlaient. De la bouse de vache se collait aux ferrures des
balcons, tandis que des galets jetés à pleines poignées
cassaient les carreaux, pleuvaient sur la toiture, et que,
sur les pavés de la cour, les ardoises en éclats s'abattaient près des vitres brisées. Au loin, par-dessus les vacarmes au fond de la nuit qui venait, la cloche de
brume, sans relâche, tintait lugubrement.

Dans le cabinet de travail de Malbar, impassibles sous
une lampe, les magistrats rédigeaient des procès-verbaux, inventoriaient des pièces à conviction, paraphaient
des papiers. Un caillou, traversant une vitre, tomba sur
la table, en plein dans l'écritoire dont se servait Malbar, une écritoire vaste comme ses ambitions d'écrivain.
L'encre jaillit, éclaboussa le tapis, les dossiers à l'entour, le manuscrit des *Rapports de la littérature et de la*

Science ouvert à des corrections dans sa chemise de carton jaune. Alors Malbar, devant cette salissure qui lui rendait matérielle et sensible la malpropreté de Kerahuel et l'étalait insolemment jusque sur l'œuvre de sa pensée, ne connut plus la force de se contraindre à la patience.

— Cochons ! s'écria-t-il.

Or, prenant dans un tiroir de son bureau le revolver jadis prêté à Laguépie et resté chargé depuis l'époque où le docteur était menacé pour ses opinions scientifiques au sujet des sardines, des six coups, il le tira par la fenêtre, au-dessus des assaillants.

Répercutées par l'écho des rochers du « Château de Tristan » les détonations se multiplièrent, et elles crépitaient au lointain ainsi que le feu de salve d'un peloton d'infanterie. Une grande poussière s'éleva, sur la dune. Derrière, Malbar aperçut les hommes, les femmes, les enfants éparpillés et se sauvant, dans toutes les directions. La Mal-Commode, tombée à genoux, criait : « Je suis tuée, je suis tuée ! » invoquait Madame Sainte-Anne, réclamait un prêtre. Elle se mit debout, cependant, et, à longues enjambées, rejoignit les fuyards. Tout noirs au milieu des « Terrains à vendre », dispersés et fous de terreur, ils couraient ainsi que des fourmis en déroute autour d'une fourmilière bouleversée. Parmi les plus rapides, on distinguait Bourignat. Replié sur lui-même, courbant encore la courbure naturelle de son échine, il détalait si vite et si près du sol que Malbar, souriant malgré son indignation, comprit la justesse comique de l'expression « aller ventre à terre ».

— Quelle imprudence ! dit le juge d'instruction.

— Fallait-il attendre qu'on nous attaquât ici, dans notre domicile, répliqua Malbar. Les intentions de cette racaille ne laissaient aucun doute, et j'étais en cas de légitime défense. D'ailleurs, j'ai tiré en l'air.

Le procureur ne disait pas non. Mais il estimait que même à l'extrémité de son droit, un particulier ne devait pas user de moyens répréhensibles. Malbar reprit :

— Je les connais, allez, les citoyens ! Ils sont lâches autant que féroces, et c'est par l'effroi seul qu'on peut les réduire. A la moindre manifestation de la force, ils se terrent comme des lapins. Et tenez, regardez :

Au travers des moiteurs troubles du crépuscle, la plage était déserte. Autour des poteaux portant l'inscription

« Terrains à vendre », des casquettes, des bérets, tombés, faisaient, de place en place, des taches sombres.

— Ecoutez maintenant.

Il ouvrit une fenêtre, du côté du village. De Kerahuel, tout à l'heure si bruyant, il ne sortait plus que du silence. Dans l'air calme, les cheminées des maisons fumaient. Baluche, éperdu de chagrin et de boisson, s'étant affaissé et dormant sur le môle, on n'entendait plus la cloche.

— N'importe, dit le juge d'instruction, puisque nous nous connaissons, laissez-moi vous donner un conseil : Ne restez pas dans ce pays.

Par dignité, et malgré sa sympathie, pour éviter un tutoiement qu'il jugeait incompatible avec la charge qu'il exerçait, dans ses avis, réunissant Malbar et Mme Trénissan, il parlait à la deuxième personne du pluriel.

Malbar comprit la précaution, et comme s'il répondait à la fois aux deux magistrats:

— Vous pouvez y compter.

— C'est dès aujourd'hui qu'il faut partir, ajouta le juge d'instruction. Je connais l'apparente soumission des âmes bretonnes et m'inquiète, de ce pays qui se tait, de ce pays tout à l'heure hurlant sous vos croisées. Derrière ces murs muets, soyez-en sûrs, il se trame contre vous des conspirations auxquelles, dès que nous aurons regagné le siège du Parquet peut-être, vous n'échapperez pas. Je crains pour votre sécurité. Donc, fuyez, et fuyez au plus vite. Ne prenez point le train. Il sera surveillé ; et des coups de couteau riposteraient probablement à vos coups de revolver. Prévenez Mme Trénissan, faites votre valise, moi je vais télégraphier à un loueur, au chef-lieu de la Préfecture. Cette nuit, une voiture viendra vous chercher. C'est une mesure que, j'espère, M. le Procureur approuvera.

— L'exode est indispensable, répondit sentencieusement le Procureur.

— Donc, tenez-vous prêts, continua le juge d'instruction. Un cocher accompagné d'agents en bourgeois, et qui lui-même appartiendra à la police, se mettra à votre disposition. Montez dans le véhicule qu'il amènera et allez où vous voudrez. En route. Et ne rentrez jamais à Kerahuel.

— Oh ! dit Malbar, on verra bientôt, ici, sur la plage,

un autre écriteau : « Terrains à vendre », et ce n'est plus dans cette maison d'épouvante que Mme Trénissan et moi aurons désormais le plaisir de vous recevoir. Que serions-nous devenus, sans vos bons offices ?

— Ne nous remerciez pas, reprit le Procureur. Personnellement depuis que mes fonctions, pour mes péchés, sans doute, m'ont appelé dans ce pays, j'ai apprécié à mes dépens la vérité de l'alcaïque latin: *Visam Britannos, hospitibus feros,* « J'irai voir les Bretons cruels aux étrangers. »

Il se flattait de pratiquer Horace, essayait, lui aussi, de le traduire en vers. Du reste, selon son avis, depuis les odes du poète, à travers les temps, les caractères ne changeaient point, en Armorique. Abélard les retrouvait identiquement bornés et sauvages, et, dans ses lettres à Héloïse, se lamentait d'habiter une contrée barbare, de vivre au milieu d'une peuplade dénuée de sens moral et parlant une langue aussi odieuse à l'esprit que déchirante à l'oreille.

Il se tut, jouissant du choix de ses citations et de l'excellence de sa mémoire. Le juge d'instruction dit à son tour:

— Les Bretons ! Mme de Sévigné, témoin de leur indiscipline intellectuelle, se réjouissait doucement de les voir pendre ; et La Fontaine — avons-nous assez récité ses fables, après dîner, chez Laveur ! — La Fontaine par l'apologue du *Charretier embourbé*, nous enseignait que la Bretagne est le pays où le Destin adresse les gens quand il veut qu'on enrage.

— Dieu vous préserve du voyage, continua le Procureur heureux de montrer à quel point il possédait les classiques.

Alors, en phrases alternées, les souvenirs de l'un évoquant les souvenirs de l'autre, ils se redirent toutes les diatribes des auteurs en vitupération contre la Bretagne: celles de Victor Hugo écrivant à Louis Boulanger: « Le fait est que les Bretons ne comprennent rien à la Bretagne. Quelle perle et quels pourceaux ! » Celles de Balzac qui dans les *Chouans*, pour l'infériorité intellectuelle et la ruse, égalait la race bretonne aux Mohicans, ne la différenciait pas des Peaux-Rouges, et dénonçait prophétiquement les dangers à courir parmi une population ignorante, livrée aux préjugés et vouée aux absurdités d'une immémoriale routine. Est-ce que Flaubert, lui aussi, tout en trouvant George Sand dure pour la Bretagne, n'avouait pas qu'il considérait les Bretons « comme des animaux rébarbatifs ? »

Le juge d'instruction continua :

— Malgré les avertissements — et ils ne manquaient pas — le voyage déconseillé par La Fontaine, vous l'avez tenté. Naturellement vous avez reçu les pierres que l'hypocrite poète Brizeux incitait ses brutes de compatriotes à jeter sur le passage de ces étrangers qu'il souhaitait voir lapider au bord de son Ellé et de son Scorff, cependant qu'il mendiait leurs suffrages, à Paris. Vous êtes venus et vous vous êtes enlisés dans des fondrières morales pires que les fondrières de boue, d'où le Phaéton de la voiture à foin ne dégageait pas son équipage. Comme lui, vous vous trouviez éloigné de tout secours humain. Ce secours, je me félicite de vous l'avoir donné. Ne m'en ayez pas de reconnaissance; plaignez-moi plutôt, car vous, ce soir, vous serez délivrés, tandis que moi...

Et il donna à sa phrase suspendue, l'expression d'un immense regret.

— Tandis que nous, conclut mélancoliquement le procureur pensant à lui et à tous les autres membres du tribunal souffrant de la Bretagne en sa compagnie, nous, nous ne pouvons pas nous en aller!

Une dernière fois les magistrats affirmèrent leur respect pour Mme Trénissan, s'excusèrent auprès de Malbar; et, suivis du greffier portant une serviette de maroquin gonflée déjà de la procédure à venir, ils se dirigèrent vers le bureau du télégraphe. Les ordres donnés pour assurer le départ des habitants de Keréol, ils prirent le chemin de la gare.

Personne, dans Kerahuel, ne vint assister à l'embarquement de Camélia. Quand le train se mit en marche le fossoyeur, le long d'un mur du cimetière, enterrait le fils Baluche ouvert à l'autopsie par le médecin légiste. Le temps manquant pour que le menuisier assemblât les ais d'un cercueil, les restes de l'enfant gisaient dans une boîte en bois blanc fournie par un épicier, et les gravats, jetés à pelletées au fond de la fosse, retentissaient sur les planches d'un couvercle portant, en lettres noires, cette inscription : « Bougie de l'Étoile ». La locomotive sifflait au lointain, et les astres au ciel se levaient derrière un panache de fumée. Malbar et Mme Trénissan prêts à abandonner Keréol, en hâte, faisaient des malles.

On les entassa sur l'impériale de l'omnibus qui, vers une heure du matin, s'arrêta devant la maison fermée à tout retour. Sous la protection des agents envoyés par le Parquet, les voyageurs partirent. L'équipage traversa sans attaque le village endormi dans la fatigue de sa bêtise. En route, Malbar et Mme Trénissan décidaient de mettre en adjudication l'immeuble et les meubles de Kéréol. Entre eux, ils énuméraient les objets dont ils se sépareraient pour toujours, et ils éprouvaient un soulagement en songeant qu'ils ne verraient plus rien des sièges, des fauteuils, des tables, des lits parmi lesquels ils avaient éprouvé tant d'amertumes, des glaces aussi dont le tain douteureux leur semblait garder l'image de leurs physionomies désolées et de leurs gestes désespérés.

A cinq lieues de Kerahuel, afin de se dégourdir les jambes et de soulager aussi les deux chevaux tirant sur une pente très raide, ils descendirent de voiture. Au travers des vapeurs flottant, la nuit, au-dessus de la terre, des phares, au loin, s'apercevaient encore, par intervalles, et leur éclat brusque et voilé ressemblait à la lueur des éclairs épars flamboyant sourdement, après un orage. Le ciel, d'un bleu métallique et sans nuées, étincelait de millions d'étoiles. Pour échapper aux souvenirs qui les obsédaient jusqu'à l'effroi, Malbar et Mme Trénissan essayèrent de s'intéresser au spectacle de l'infini.

Ils se montrèrent la « Chèvre » couleur de lait; « Cassiopée », qu'on disait semblable à une chaise, et, sous le nom de « Poussinière », le fourmillement de clarté des Pléiades. Comptant sept étoiles à partir des deux essieux de diamant allumés au train d'arrière du chariot de la Grande Ourse, ils cherchaient l'Étoile polaire aux rayons atténués, et cachés, semblait-il, derrière un verre dépoli; cependant que, plus resplendissant que les autres, en cercle et auprès de lui formant une couronne, Arcturus, de ses feux jaunes, illuminait la constellation du Bouvier.

Au sud, ils contemplèrent « Orion », son baudrier et son épée toujours fourbis et coruscants ; Sirius, radieux entre tous les soleils de l'univers; Aldébaran, œil rouge du Taureau; Mars promenant au ciel les flammes d'un cratère de volcan sans cesse en activité. Jupiter et Saturne, apparaissant le matin, en hiver, sortaient des profondeurs, épandaient déjà des flammes pâles; et la Vierge, avec son épi de lumière se levait à l'horizon, au-dessus de la ligne sombre des bois, à l'extrémité d'une vaste plaine, où, comme une autre Voie lactée, à perte de vue, scintillait de la gelée blanche.

Enseignés par les philosophes rêvant derrière la science des astronomes, Malbar et Mme Trénissan, d'après leurs lectures, s'imaginaient que ces mondes lumineux, ces mondes innombrables, possédaient une atmosphère, des habitants. Donc, avec l'être et la vie, ils recélaient des infirmités de corps et d'intellect, des appétits, des vices. Quelles infirmités ! quels appétits ! quels vices ! puisque la moindre de ces planètes, la plus humble de ces étoiles, grosse à peine à leurs yeux comme une parcelle de mica, était en réalité de dimension dix fois, cinquante fois, cent fois plus grande que la Terre, et ils frissonnaient en pensant aux inconcevables barbaries multipliées et suspendues au-dessus de leur tête.

Sans doute, là-haut, parmi l'incommensurable espace, parmi les planètes en marche et dont l'éloignement leur dissimulait la hideur, d'un pôle à l'autre du firmament et jusqu'au fond des lointains dépassant les limites du temps et de la compréhension humaine, il pullulait des Kerahuels pires encore que le Kerahuel qu'ils quittaient, des Kerahuels éperdument peuplés de bassesse, de sottise et de crime !

Alors, au sommet de la pente du chemin, ils remontèrent en voiture, bouleversés par cette idée d'épouvante que le ciel, sous de trompeuses apparences de sérénité et de lumière, depuis le commencement des âges, roulait des abîmes de noirceur et de stupidité.

CHAPITRE XXIII

« A vendre, immédiatement, à Kerahuel, au bord de l'Océan, en Bretagne, la villa de Keréol, grande et confortable maison récemment construite. Cet immeuble est propre à tout commerce, ou toute habitation bourgeoise, soit hôtel pour les touristes, soit résidence d'agrément pour des baigneurs. Par sa belle et saine situation, ce domaine se recommande aux personnes et aux enfants d'une santé délicate, ainsi qu'aux convalescents des deux sexes. On traitera à l'amiable. S'adresser à Mme Trénissan, des concerts Chevillemour, rue des Renaudes, XVIe arrondissement, quartier des Ternes à Paris. Facilités de paiement. »

L'annonce, depuis longtemps, paraît dans les journaux de Paris, dans les journaux de la région bretonne, et aucun amateur ne se présente. Mme Trénissan ne possède pas cette notoriété souveraine qui attire la clientèle aux habitations des artistes célèbres; et son aventure judiciaire, quoique racontée à son honneur dans des chroniques flétrissant la perversité menteuse et agressive des habitants de la côte, déprécie une propriété située dans un pays dont personne n'ose affronter la barbarie et les vengeances. Sur la plage de Kerahuel, au-dessus des écriteaux portant l'inscription : « Terrains à vendre », un nouvel écriteau se balance sous les rafales, pend dans la solitude. A côté de la plaque de marbre où les lettres d'or du nom de Keréol noircissent au souffle de l'air salin, les ramasseurs de goémon et les pêcheurs tirant la seine, lisent maintenant : « Maison à vendre ».

52.

A Paris, par les soins d'un accoucheur, professeur à la Faculté de médecine et ami du docteur Laguépie, Mme Trénissan a mis au monde un fils. Aussitôt passés les délais de résidence que la loi impose pour le mariage, Malbar a tenu sa parole. Une note insérée dans les gazettes, aux échos mondains, annonce qu'il épouse Mme Trénissan. Déjà l'indifférence se fait grande autour de ces fiancés malgré eux, et quelques commentaires à peine accompagnent l'extrait de publication relevé parmi les colonnes des *Petites Affiches*. Des notes rares et brèves rappellent que Malbar est l'auteur bien connu d'un livre remarquable sur *les Rapports de la littérature et de la science*; et que Mme Trénissan, mêlée au mouvement déterminé en faveur des œuvres de Richard Wagner, devint, en France, une des premières, une des interprètes les plus applaudies de *Tristan et Yseult*.

L'ouvrage de Malbar se publiait trop tard. Original, peut-être, à l'heure littéraire où Malbar le concevait, après des scrupules et des délais excessifs, il paraissait en librairie à une époque où le public, lassé de la violence et de la vanité des polémiques, et moins convaincu que docile, se rangeait aux idées nouvelles. Maintenant, les opinions répudiées d'abord comme impertinentes et révolutionnaires se tenaient pour acquises et indiscutables. Elles devenaient des lieux communs, et personne ne s'émut d'une doctrine et d'une argumentation dont nul talent ne pouvait raviver l'intérêt.

Pourtant les éloges ne manquèrent point à Malbar. Mais, au rebours de ses espérances, loin de passer pour un novateur, il se vit traiter respectueusement, à la façon d'un ancêtre dont on admire jusqu'aux radotages. Encore qu'on louât volontiers en son travail les adresses de l'écrivain avec les ressources du philosophe, il dut se résoudre à entendre de dures critiques sur sa phraséologie. Ainsi que sa thèse, elle semblait déjà appartenir au passé.

Cependant que Malbar, avec lenteur, écrivait son volume, la mode du style changeait, dans les écritoires. Les panégyristes les plus bienveillants, en maintes pages des *Rapports de la littérature et de la science*, signalaient des manières d'expression heureuses autrefois, déplaisantes aujourd'hui; des coquetteries d'épithètes désormais vieillottes et surannées pour des lecteurs désaffectionnés des procédés d'une école dont les artifices de syntaxe, connus et parodiés, ne causaient plus ni surprise, ni émotion.

Comme Malbar dans les lettres, Mme Trénissan, dans la musique, elle aussi, subissait du discrédit. L'œuvre de Richard Wagner aussi triomphant qu'il avait été discuté se chantait à présent sur toutes les scènes lyriques du monde. Au milieu des bravos et de l'habitude, personne ne gardait mémoire du courage et de l'entêtement dépensés jadis par des artistes précurseurs pour vaincre les préjugés des écoles, la mauvaise volonté des exécutants, et forcer les auditoires sourds de parti pris à écouter des partitions étrangères à leurs oreilles.

Les corps des soldats d'avant-garde ayant tous montés à l'assaut des citadelles, dans les fossés qu'ils comblent, pareils à des fascines, sont piétinés ensuite par la troupe qui survient, monte sur les cadavres, occupe les fortifications et s'attribue à elle seule toute la victoire. Les luttes de l'art ne sont pas plus généreuses à leurs combattants que les luttes de la guerre. La génération qui profite du succès le considère comme une conquête personnelle. Elle néglige les premiers audacieux, enfants perdus de l'attaque et du triomphe, et pitoyable avec dédain, le souvenir qu'elle leur accorde, par hasard, ressemble à un certificat de néant. Ainsi dans les journaux où se citaient encore les noms de Malbar et de Mme Trénissan, l'oubli, décorativement, tombait autour d'eux, telles les tentures de deuil accrochées aux murs de l'église où leur humble mariage se célébrait pendant un grand enterrement.

Tandis que la foule curieuse du spectacle de la mort se presse pour voir le catafalque fleuri de bouquets et de couronnes d'où le défunt bruyant entre les lampadaires, du fond de son cercueil met en branle les chants de la maîtrise et les claviers des orgues, un à un les témoins arrivent. Ceux du marié, ceux de la mariée. Devant, l'officier de l'état civil, ils se sont rencontrés la veille à la mairie, se cherchent et se reconnaissent mal au milieu de l'ombre des draperies voilant la clarté des vitraux.

Ils rejoignent Malbar et Mme Trénissan arrivés à leur tour : lui, en redingote noire, elle, en robe de soie noire ; et le groupe qui se dissimule et n'est pas remarqué, à cause du gala funéraire, se rend dans une chapelle écartée de l'église : la chapelle du catéchisme que l'ironie du quartier appelle « Notre-Dame du XXI° arrondissement », parce que, là, devant l'autel de la Vierge, se régularisent d'ordinaire les unions contractées sans l'autorisation préalable de l'Église.

Pas d'assistance. Il n'a pas été envoyé de lettres de faire part. Des chaises vides font cortège à la noce solitaire. Point d'apparat. C'est en face d'un tabernacle pauvrement entouré de cierges que la bénédiction se donne et que les serments de fidélité s'échangent au milieu des lamentations lointaines du *Requiem* et du *Dies Iræ*. L'aumône même des tristes conjoints n'emplit pas beaucoup le plat d'argent tendu par un enfant de chœur à côté de la patène baisée à l'offrande; car Malbar et Mme Trénissan ont cessé d'être riches, et c'est par l'économie qu'ils inaugurent leur commune existence : une existence grevée déjà d'un enfant à élever, une existence à laquelle ils ne suffiront pas sans travail et sans épargne.

Prête à devenir Mme Malbar, Mme Trénise..... héroïquement honnête et s'appauvrissant par dignité, a rendu aux ayants droit de la succession laissée par son premier mari cet héritage dont, selon ses scrupules, il ne lui semblait plus possible de profiter sans injustice et sans dol. Les comptes réglés avec une famille qui la considérait toujours comme une spoliatrice; malgré l'argent touché, regrettait le retard, et, en dépit de l'aubaine, ne témoignait aucune reconnaissance, Mme Trénissan se trouva réduite à son avoir personnel. Il se trouva assez mince. Artiste généreuse, prêtresse désintéressée du culte de la musique, Mme Trénissan ne faisait guère payer son intervention dans les concerts où elle chantait, et voici que renonçant à ses libéralités, réduisant le lourd train de maison dont elle ne pouvait plus porter la charge, elle voyait douloureusement venir l'époque où il faudrait employer comme gagne-pain cette voix et ce talent dont elle dédaignait jadis de tirer bénéfice.

Car Malbar, par-devant notaire, avouait, lui aussi, la médiocrité de sa fortune. Ses rentes, venues de ses parents, diminuaient chaque jour par suite de la baisse des valeurs, des faillites de compagnies, des conversions de fonds d'État, de tous les artifices de finances inventés par les gouvernements et les particuliers pour ne point payer leurs dettes. L'insuccès de son récent livre sur les *Rapports de la littérature et de la science* lui prouvait qu'il lui fallait peu compter désormais sur le produit de ses œuvres, en librairie; et quelles ressources espérer de sa collaboration à des journaux où la qualité intellectuelle et littéraire des articles, de moins en moins appréciée, tombait à des prix avilissants?

Et pourtant il faudrait vivre! Il faudrait s'abstenir des fantaisies, assurer à l'enfant les gages de la nourrice, l'instruction ensuite, plus tard, l'entrée dans quelque école spéciale; et, déjà sévère sur les dépenses, au déjeuner succédant à la bénédiction nuptiale, d'accord avec Malbar, Mme Trénissan invitait seulement les quatre témoins : Laguépie, l'accoucheur, M. Chevillemour, le chef d'orchestre; et un ancien ministre, vieil ami de ses succès. Sans la poursuivre de galanteries et de fadeurs, toujours, par simple affection esthétique, il s'était fait le champion d'art de la cantatrice, et peut-être l'aiderait-il de son reste de pouvoir, au cas désespéré où elle se verrait contrainte de solliciter un emploi d'inspectrice ou même de professeur de chant dans les cours de la ville de Paris.

Le repas se servait, au Bois de Boulogne, sous les grands arbres d'un restaurant construit en forme de chalet, sur une île, au milieu d'un lac. Il fallait prendre une nacelle pour arriver à l'établissement. Il passait pour solitaire, pendant la semaine. Les amoureux recherchaient cet endroit où ils ne craignaient guère d'indiscrètes rencontres; des adultères s'y donnaient des rendez-vous.

Là, parfois, débarquaient des noces désœuvrées entre le déjeuner et le dîner. Les invités, afin d'user le temps, se procuraient l'agrément d'une promenade en bateau, abordaient, buvaient des rafraîchissements. On tirait un piano, sur la terrasse, à l'abri d'une vérandah; et, aux sons des polkas jouées par des pianistes amateurs, sous les globes dépolis des rampes de gaz entourant les bosquets, des mariées, en robe blanche, dansaient.

Malbar, Mme Trénissan et leurs convives s'assirent à une table dressée sous l'ombre d'une charmille, au bord de l'eau. Devant eux, les arbres tout à l'heure brouillés au remous de petites vagues faites par les avirons du passeur, reparaissaient, et se reflétaient tout droit, la tête en bas, immobiles dans l'onde calme. Le printemps commençait. Des fourrés verdis par les premiers bourgeons montait une odeur de violettes. Entre des rochers qu'on ne voyait pas, murmuraient des cascatelles. Des sources changées en ruisseaux couraient entre des berges où des jardiniers agençaient des plantes, dans l'ovale des corbeilles. Un arrosoir, au bout d'un long tuyau, sur le gazon d'une pelouse, jetait une pluie de diamants; la clarté des premiers beaux jours semblait agrandir indéfiniment les perspectives. L'air plus pur circulait dans un horizon plus large, et de ce bois banal, de ce lac artificiel une impression de nature se dégageait, si trompeuse et si forte, que, pendant le déjeuner, sans entendre Paris grondant au lointain sous un ciel de fumées, les invités devant la végétation et l'hydraulique municipales, évoquaient des paysages grandioses, par eux traversés en leurs voyages : la Suisse, les Vosges, l'Écosse, des forêts séculaires où ils avaient chassé, des étangs vastes comme des mers où l'accoucheur aimait à tendre des lignes.

L'homme de la Faculté amusa la compagnie par la façon lyrique dont il confessait son goût pour la pêche. Toujours il espérait un congé, des vacances. Alors il s'en irait amorcer le barbillon dans un endroit qu'il connaissait bien, sur la Marne, en amont du pont de Trilport. Il possédait là un bachot, un outillage complet d'engins perfectionnés. A Paris même, levé de grand matin, il s'installait au bout de sa longue gaule en des endroits choisis, sur les parapets de la Seine. Un jour son domestique, à sa recherche et venant lui annoncer que la femme d'un ministre plénipotentiaire réclamait ses services pour une délivrance d'importance le trouvait payant du café aux blanchisseuses d'un bateau-lavoir où il s'était réfugié à cause de la pluie. Il s'égayait à ce souvenir, et se montrait plus glorieux de sa notoriété parmi les femmes du battoir qu'il assistait en leurs couches que de ses travaux d'obstétrique et de gynécologie auxquels il devait sa fortune, des croix sans nombre, une chaire à l'École de Médecine.

L'ancien ministre aimait éperdûment la campagne. Malgré Beethoven et la *Symphonie pastorale*, il se fâchait contre la manière matérielle et servile dont les compositeurs imitaient les bruits mélodieux épars dans la nature. Lui, se flattait de discerner des nuances de sonorité très sensibles selon l'essence et les rameaux des arbres agités au souffle du vent. Il disait le bruissement du tremble produit par le frottement de feuilles s'entre-choquant les unes les autres ainsi que de petites cymbales d'argent. Pour lui la rafale, passant entre les aiguilles des pins les faisait vibrer comme les cordes d'une harpe éolienne. Le murmure d'un ruisseau, entre des cailloux, sous des buissons secoués par la brise, lui semblait comparable à un babil de petite flûte accompagné par de longues tenues de contrebasses, altos et violoncelles. Malgré les protestations de M. Chevillemour défendant la virtuosité des instrumentistes modernes, il regrettait de ne pas connaître d'orchestre assez délicatement habile pour rendre le trémolo doux et serré de la pluie qui tombe, le crescendo et le decrescendo exécutés par les rides du soir au travers des épis de blé dans les champs, quand la moisson est mûre. Lui-même essayait de mettre en partition ces sonorités mystérieuses et fugitives, ces rythmes sans mesure et presque insaisissables. Mais le temps lui manquait, le génie aussi. Il se plaignait sincèrement de son impuissance à traduire en œuvres d'art les plus subtiles de ses émotions, ses sensations les plus profondes ; et Malbar admirait quels poètes à huis clos se cachent souvent chez des hommes dont le public voit les actions brutales sans jamais rien deviner de la sourde effervescence de leurs rêves.

Bientôt, l'ancien ministre et l'accoucheur demandèrent la permission de quitter la compagnie. L'un croyait essentiel d'assister à une séance de la Chambre où se discuterait un projet de loi sur une augmentation des droits de l'alcool à appliquer dans le pays dont il était resté le représentant ; et l'heure approchait où maniant des mannequins en peau représentant des torses de femmes, l'autre commencerait son cours devant les élèves de la Maternité et les étudiants.

Ils appelèrent le passeur attendant la clientèle près de la rive opposée ; et, debout au milieu du bateau qui les emmenait, réciproquement, ils s'avouaient combien la profession par eux exercée occupait leur vie et ne la remplissait pas ; car au pouvoir, et dans la science, tous deux souffraient d'un idéal secret auquel ils désespéraient de jamais atteindre.

Avec Laguépie, le chef d'orchestre était resté. Devant des petits verres de liqueur, près de la table desservie et débarrassée des garçons, franchement, M. Chevillemour offrit ses services à Mme Trénissan. Il savait l'honnêteté de la cantatrice, son abnégation d'argent si profitable aux héritiers du premier mari, pour elle, si ruineuse. Sollicité par Laguépie l'avertissant de l'espèce de pauvreté volontaire à laquelle la digne femme se condamnait par excès de grandeur d'âme, il témoignait de son estime, proposait les termes d'un lucratif engagement.

Discrètement, Laguépie s'éloigna. Il préférait ne pas assister à ce pénible débat d'intérêts. Lui-même s'en affligeait ; et songeant que ses amis, derrière lui, organisaient leur décadence, sur le bord du lac, les larmes yeux, il suivait le vol des canards, jetait du pain aux cygnes.

Avec la troupe instrumentale sous ses ordres, M. Chevillemour, tout l'été, donnerait des concerts, d'abord à l'étranger, puis dans plusieurs grandes villes de province, au retour. Mme Trénissan voulait-elle le suivre en ses tournées ? A son programme point encore complètement arrêté, il ajouterait volontiers une partie vocale. D'avance, il garantissait à l'interprète les frais du voyage, une large rémunération, du succès.

— Oh ! le succès ! dit tristement Mme Trénissan.

Elle n'y croyait plus guère. Maintenant qu'elle devait aller aux besognes de l'art comme un employé va à son bureau, elle calculait seulement l'importance du gain promis. Vaincue par la nécessité de vivre, elle acceptait les conditions et le labeur inespérés que lui consentait le chef d'orchestre.

— Est-ce votre avis, Malbar ? demanda Mme Trénissan.

— C'est vrai, je n'y pensais plus, répliqua M. Chevillemour. Vous êtes désormais en puissance de mari, et M. Malbar, devenant le chef de la communauté, vous ne pouvez traiter sans son autorisation.

Malgré la délicatesse de ses sentiments, M. Chevillemour n'entendait signer que des contrats bien en règle, et cependant qu'il s'excusait des exigences du code, Malbar honteux d'exercer une autorité dont il ne se prévalait pas, Mme Trénissan humiliée de la dépendance et du contrôle qu'elle devrait supporter dans l'avenir, tous deux, dès le premier jour, ressentaient cruellement la servitude du mariage.

Malbar ne discuta pas. Sans en rien dire, de son côté, il se résignait à des travaux harassants et sans gloire. Il entreprenait des traductions ; et, pour des historiens, faisait des recherches dans les archives et les bibliothè-

ques. Dès ce moment même, il entrait en marché pour
écrire un roman payé d'avance par un journal à un
auteur incapable d'exécuter les scénarios qu'il plaçait à
hauts prix ; et abandonnant, par besoin, jusqu'à l'orgueil
de son nom, Malbar s'habituait à l'idée de trafiquer de
sa pensée, acceptait de rédiger au rabais une œuvre
qu'il ne signerait pas.

— Tout va bien, alors, conclut le chef d'orchestre. Il
reste à déterminer maintenant de quelle façon nous
libellerons les affiches. A votre nom déjà connu, chère
madame, je vous conseille de joindre le nom de monsieur votre mari. M. Malbar possède de la réputation,
lui aussi : double attraction pour le public. Donc, si
vous voulez bien, nous mettrons, en vedette bien
entendu, Mme Trénissan Malbar.

Il tira un crayon de son gousset, le crayon rouge qui
ne le quittait pas et avec lequel, sur les pages de musique, il inscrivait des signes de direction, recula les
verres, et sur la nappe blanche, en hautes lettres, dessina les deux mots. Longtemps il les considéra, et tout
en ombrant les caractères à grands coups, montrait de
l'impatience, cherchait un effet typographique qu'il ne
rencontrait pas. Soudain, il sourit, puis :

— Ah ! j'y suis ! Je m'apercevais bien qu'un détail
manquait. Entre vos deux noms, il faut un trait-d'union,
comme ceci. Tenez. Venez voir.

Malbar et Mme Trénissan se levèrent, et, penchés
derrière le chef d'orchestre, ils lurent :

TRÉNISSAN——MALBAR

Ils frissonnèrent. L'inflexibilité de leur mariage se
formulait implacablement par cette barre reliant leurs
deux noms et les rivant comme aux deux bouts d'une
tige de fer. Cependant ils acceptèrent qu'on se servit de
cet artifice d'impression, et M. Chevillemour refusant
d'être reconduit, ils demeurèrent devant le projet d'affiche esquissé sur la table. Ils y voyaient l'image de leur existence future : désormais inséparables ils traverseraient
la vie en se traînant l'un l'autre ainsi que des boulets
ramés.

— Eh bien ? demanda Laguépie à M. Chevillemour
appuyé sur le garde-fou du ponton, et attendant le
bateau.

— C'est fait, répondit M. Chevillemour. L'engagement

a été réglé de la façon que vous souhaitiez. Demain, nous échangerons les signatures.

— Merci, dit simplement Laguépie.

Le docteur, d'ordinaire si réservé en ses effusions, prit la main du chef d'orchestre et la serra étroitement. Il ajouta :

— Vous avez aussi le talent d'être un brave homme.

M. Chevillemour parti, Laguépie rejoignit Malbar et Mme Trénissan. Sans se donner le bras, côte à côte, ils se promenaient dans les sentiers de l'île, étudiaient de quelle manière ils arrangeraient leur vie. Malbar, afin de suivre, à peu de frais, sa femme à l'étranger, s'avisait d'obtenir une mission du ministère de l'Instruction publique. De temps en temps, scandant ses pensées d'un coup de canne, il faisait résonner les arceaux de fonte imitant le bois et courbés autour des gazons entre lesquels Mme Trénissan, rêveuse, elle aussi, passait sous son ombrelle noire.

Quel parti tireraient-ils de ce Keréol abandonné où ils ne se connaissaient plus ni le goût, ni l'argent, ni le loisir de rentrer. Récemment encore, se rappelant que Charlescot, toujours en quête de motifs à photographier, avait pris jadis un cliché de la villa, ils retrouvaient l'adresse de l'amateur, le priaient de leur communiquer une épreuve. Mais l'épreuve, affichée dans le bureau d'une agence, ne déterminait personne à convoiter le domaine. Désespérés ils attendaient impatiemment la saison des bains de mer. Peut-être la maison tenterait-elle un acquéreur au passage. Ils la céderaient à bon marché, avec les meubles, et supputaient quelle somme raisonnable ils pourraient demander afin de ne pas rebuter le client, et de ne point perdre trop d'argent en la transaction.

Laguépie intervint.

— Keréol, dit-il, vous tenez à vous débarrasser de Keréol ?

— Débarrasser est le mot, répliqua Mme Trénissan, songeant combien Keréol était lourd à son souvenir et dispendieux pour ses ressources.

— Vous avez raison, reprit le docteur. A quoi bon conserver une propriété qui ne vous rapporte rien, rien sinon des embarras et des tristesses ! Eh bien, mais, ne vous inquiétez pas, car moi, j'ai pour Keréol un marchand tout trouvé.

— Lequel ? demanda Malbar, étonné.

Mais « l'Œuvre des Déshérités de la Terre et de la Mer », dont je suis le président, s'il vous plaît.

— Vous !

— Moi ! comme j'ai l'honneur de vous le dire.

— Comment et depuis quand ?

— Écoutez.

Tous les trois s'assirent sur un banc. En face d'eux, l'eau du lac luisait à travers les verdures naissantes, et l'on entendait le roulement sourd des voitures qui, là-bas, revenaient des courses de Longchamps, des timbres de bicyclettes, des ronflements de trompes d'automobiles. Mme Trénissan avait fermé son ombrelle, et du bout, sur le sable, elle traçait machinalement les mots : « Terrain à vendre ».

— Je connaissais l'hystérie, poursuivit Laguépie, mais, jusqu'à ce jour, j'ignorais son utilité pratique. Elle existe cependant.

— Allons donc ! Vous me surprenez, dit Malbar.

— J'en ai la preuve certaine. Tenez, cet extraordinaire sujet appelé Mme Vincent Trois.

— Mme Vincent Trois ? répéta Mme Trénissan.

— Oui, Mme Vincent Trois. Eh bien, maintenant, elle délire dans la philanthropie comme jadis elle délirait dans la perversité. Elle tourne à la sœur de charité laïque et dépense aujourd'hui à secourir les gens le même acharnement qu'elle mettait autrefois à les persécuter. Par son activité, son entregent, l'espèce de manie agitante qui la pousse à tout entreprendre, elle est devenue un personnage considérable dans cette « Œuvre des Déshérités de la Terre et de la Mer ». Elle a vu le sanatorium de Pen-Bron, auprès du Croisic, les sanatoriums de Berck-sur-Mer ; et, par esprit d'imitation, prétend, elle aussi, créer un hôpital pour le traitement des enfants malades. De quelle maladie ? elle ne sait pas. N'empêche que le conseil d'Administration, mené par les minauderies et les gentillesses de la dame, est tombé d'accord pour acheter la totalité des terrains de la plage, à Kérahuel. Rachimbourg, vous ne l'ignorez pas, se montre obstinément hostile à cette combinaison, et Mme Vincent Trois est venue me trouver espérant mon influence sur le maire et réclamant mon appui. Du reste, si je ne me trompe, vous m'aviez recommandé la personne, ajouta Laguépie.

— Oui, avoua Malbar. Pour me débarrasser d'elle, je lui ai donné une lettre d'introduction auprès de vous.

Mais versatile comme je connaissais la pèlerine, Kerahuel quitté, une fois dans le train, je ne croyais pas qu'elle se souviendrait de son projet.

— Peut-être n'y pense-t-elle plus, continua Laguépie. Mais son projet est devenu le mien, et vous pouvez compter que je ne négligerai rien pour le faire réussir. Vous comprenez, dès lors, combien je remercie Mme Vincent Trois et sa pathologie nerveuse, car elles m'ont fourni les moyens d'exercer sûrement ma vengeance. Non, tous mes comptes ne sont pas réglés avec les citoyens de Kerahuel, des gaillards qui, après s'être moqués de moi, vous ont envoyé les gendarmes. Mais prenons patience, ils verront bientôt jusqu'où va ma science de représailles. Donc, Mme Vincent Trois, avec le secours d'une organisation riche et puissante, m'apportait de précieux éléments de succès. On cherchait une personnalité médicale pour prendre la direction de l'affaire et lui donner de la dignité et du décor. Sans mission pour l'instant, désœuvré après mes cours, je me présente. Aussitôt me voilà admis. Je deviens le Président, on m'écoute ; la réclame ne manque pas et l'institution prospère. De jour en jour, la publicité devient plus grande; nous y travaillons tous. Moi, avec ma rancune contre Kerahuel, mes associées, avec leur vanité propre. C'est ce que les philosophes appellent « l'altruisme ». Les femmes du monde qui laissent volontiers leurs enfants à la merci de négligentes institutrices, pour l'orgueil de lire leurs noms dans les journaux, passent des journées à soigner de répugnants avortons que la sagesse et le souci de l'avenir de la société commanderaient plutôt de laisser périr avec leurs tares. Pour maintenir l'inutile et dangereuse existence de ces malheureux, on a organisé une loterie d'abord, puis des quêtes, des souscriptions, des représentations théâtrales, des concerts. M. et Mlle Nicous y triomphent. Le père rime des à-propos larmoyants, Pauline emplit les soirées des pièces de son répertoire. Ah ! je vous réponds que, maintenant, je le connais *Lulli*, je l'ai tant de fois entendu ! Et dans cette grande cohue d'égoïsmes ostentatoires, j'ai l'extrême honneur d'être le collègue de Mme et de Mlle Ophélie Minahouet.

— Pouah ! le vilain monde, dit Mme Trénissan, en secouant son mouchoir comme pour chasser d'autour d'elle un air chargé de miasmes.

— L'habitude des exhalaisons délétères dans les laboratoires, la dissection des baleines, les pieds dans le sang, le nez dans la pourriture, me rend assez respirable l'infection morale de mes contemporains, reprit Laguépie. D'ailleurs, depuis quelques mois, Mme Minahouet s'appelle Mme Charpenval. Elle pratique de plus en plus l'esclavage artistique et continue de faire travailler à son profit des équipes de sculpteurs affamés. Son industrie ne chôme pas, car cette statuaire *in partibus* a épousé en secondes noces un homme d'État d'abord jugé assez compromis dans des affaires financières traversées par la justice. On le calomniait, paraît-il. Le procès qui semblait le déshonorer augmenta, au contraire, sa réputation, parmi la démocratie. La Chambre redoute sa parole, et l'Administration des Beaux-Arts, galante pour la femme d'un orateur qu'elle respecte avec effroi, commande à Mme Charpenval presque tous les bustes des personnages en renom de la République : belle collection de marbres sur lesquels on pourrait tirer à la carabine comme sur les bonshommes en plâtre, dans les baraques des foires, sans craindre de détruire jamais l'apparence même d'un chef-d'œuvre. Bien plus, si les ouvriers de son usine à gâter l'esthétique, eux aussi, ne se mettent pas en grève, lors du prochain Salon, ne vous en déplaise, vous contemplerez la figure de votre serviteur, terre cuite, à côté de l'image de Mlle Ophélie, cire perdue.

— Ophélie ! s'écria Malbar, Ophélie, dangereux voisinage. Prenez garde ! Prenez garde ! Souvenez-vous. La demoiselle vous la surnommiez « l'Iceberg » et vous la jugiez froide et périlleuse à rencontrer pour les hommes les plus défendus comme les banquises flottantes pour les vaisseaux les plus solides.

— Je ne crains rien, fit en souriant Laguépie. D'ailleurs, bientôt, Mlle Ophélie, après de légitimes noces, suivra un M. Paronart son mari, un explorateur qui a trouvé, à Paris, de l'argent pour aller découvrir de l'or dans les régions du Haut-Mékong. On prétend que, en ces pays éloignés, elle risque de se voir conjugalement préférer quelque « boy » de l'escorte. En attendant qu'elle apprécie la différence des relations amoureuses, selon les climats, en qualité de secrétaire, elle travaille à la propagande de « l'Œuvre des Déshérités de la Terre et de la Mer ». Elle calligraphie admirablement les adresses des prospectus, sur les enveloppes, et c'est de sa blanche main que vous recevrez copie de la délibération du Conseil offrant d'acheter votre propriété de Keréol.

Là-bas, derrière les arbres, sur la terrasse du restaurant, le piano résonnait sous des doigts énergiques jouant la première figure du quadrille d'*Orphée aux Enfers*. Des voix criaient : « En avant deux ». Entre les branches basses, des lapins effrayés par le bruit, frappaient le sol de leurs pattes, en manière de signal d'alarme, et fuyaient, la queue en l'air, sous les arbrisseaux des fourrés.

— Tiens, une noce ! dit Malbar.

Elle était gaie, celle-là ; et les éclats de rire qu'il entendait lui rendaient plus douloureuse la tristesse de son jour de mariage.

— Cette musique, soupira Mme Trénissan, cette musique me fait penser que, à Keréol, dans le salon où suinte l'humidité de la mer, mon pauvre piano doit bien se détériorer.

Laguépie la consola. La somme qu'elle recevrait paierait largement jusqu'à la valeur de l'instrument perdu. Car il prétendait que Mme Trénissan touchât un bon prix de la vente de Keréol. C'était ce terrain que le Conseil d'Administration achèterait avant tout. Pour les autres terrains, ceux qu'on dit appartenir à la commune, il fallait attendre le résultat des prochaines élections municipales et préparer surtout l'élévation de Bourignat en écharpe, dans la salle de la mairie. Laguépie, du reste, n'épargnerait rien afin d'amener cette apothéose.

Malbar et Mme Trénissan se récrièrent.

— Comment lui, Laguépie, conseillerait aux électeurs de voter pour Bourignat !

— Parfaitement.

Malbar et Mme Trénissan, pleins de dégoût, cessèrent de parler. Ils n'approuvaient point les idées du docteur, mais, par reconnaissance, se défendaient de discuter les projets d'un homme si éperdûment dévoué à leur misère.

Laguépie, devinant que ses amis ne voulant pas le blâmer se contraignaient à se taire, éprouva le malaise de se sentir méconnu et mal compris. La conversation tombée, il songeait que, pareilles aux lierres le long des murs, les intimités les plus étroites montrent parfois des griffes par où elles ne s'accrochent pas. Dans le silence, sur le piano, le quadrille d'*Orphée aux Enfers* retentissait plus fort.

— Si nous allions voir les gens qui s'amusent, dit mélancoliquement Malbar.

A pas lents, ils se mirent en marche. La fraîcheur du soir commençait à mouiller le sable des allées. Laguépie, conduisant à son bras Mme Trénissan, exposait sa tactique, justifiait sa conduite.

— Entendez-moi bien, je vous en prie. Comme vous, je sais pertinemment que Bourignat est un gredin. En ameutant Kerahuel contre vos personnes, il a failli vous faire assassiner. D'accord. Donc, ce candidat résumant en lui toutes les bassesses de ses concitoyens, à cause de son ignominie même, se trouve expressément désigné pour devenir l'élu du suffrage universel, car, d'après les doctrines scientifiques de la sélection — je les enseigne, dans ma chaire — il doit se hausser à la première magistrature, dans la commune.

— C'est le Darwinisme de la honte, ricana Malbar.

— C'est celui de la démocratie, répliqua le docteur. Nous avons aussi appris des maîtres qu'il convient, parfois, d'aider la nature. Je ne faillirai point à leurs systèmes. D'ailleurs, j'ai besoin de Bourignat. Mieux que toutes les argumentations, l'assurance d'un copieux pot-de-vin le déterminera à obtenir, du Conseil municipal, domestiqué à ses volontés, l'autorisation de vendre ces terrains de la plage souhaités à présent par « l'Œuvre des Déshérités de la Terre et de la Mer » ; et, argent comptant, il les aliénera jusqu'au dernier grain de sable. Je le corromprai au delà de ses espérances. Vous voyez bien qu'il est mon homme, et qu'il nous procurera des satisfactions que nous attendrions en vain de l'honnêteté de Rachimbourg.

Mme Trénissan s'indignait. Comment ! Laguépie ne contestait pas la probité de Rachimbourg et se déclarait prêt à devenir l'adversaire de quelqu'un dont il respectait le caractère.

— Certes, affirma Laguépie, je le combattrai, et de toutes mes forces. Rachimbourg repousse l'établissement d'un sanatorium à Kerahuel. Moi, pour les représailles que j'organise — elles seront cruelles, je vous en réponds — moi je veux ce sanatorium dont il ne veut pas. Nous ne pouvons nous entendre, et comme le soldat résolu à vaincre, je ne regarde pas dans quel fumier je ramasse l'arme qui peut me donner la victoire.

Il s'aperçut qu'il parlait très haut ; et, ne dédaignant rien tant que de paraître passionné, il baissa le ton. Alors, d'une voix plus douce :

— D'ailleurs, Rachimbourg, cet être intelligent, il convient de le tirer hors de la vase d'imbéciles où il s'enlise. En l'arrachant, malgré lui, à cette mairie où le voisinage des conseillers le déconsidère, je lui rendrai, quoiqu'il en pense, un signalé service.

Malbar estimait que Rachimbourg, tout écœuré qu'il était de la bêtise crasse de ses administrés sourds aux sage paroles et fermés aux avis du bon sens, tiendrait énergiquement à conserver son poste de maire. Est-ce que, depuis quatre ans bientôt, il ne subissait pas avanies sur avanies sans jamais envoyer au sous-préfet cette démission qu'il se disait toujours prêt à donner ? Car on s'attache au pouvoir même qu'on dédaigne, et on accepte tout plutôt que l'humiliation de s'en voir dépossédé. En politique, la vanité de ne pas déchoir poussant les caractères les plus honnêtes aux compromissions les plus déloyales, Malbar concluait que Rachimbourg, de par la loi, président du bureau, fatalement userait des pires procédés d'indélicatesse. Qui savait si par des compères soudoyés émargeant frauduleusement les listes électorales et votant plusieurs fois, sous des noms divers, il n'assurerait pas à sa candidature les voix des absents et des morts ?

— Je m'en doute, déclara Laguépie. Mais je suis électeur à Kerahuel, et je rendrai le trafic difficile, car je me propose de surveiller le scrutin.

— Et vous resterez dans la salle de la mairie de 7 heures du matin à 6 heures du soir sans même prendre le temps de déjeuner ?

— L'heure du déjeuner est précisément l'heure criminelle où l'urne, moins bien gardée, s'emplit de bulletins parasites. Je ferai faction auprès d'elle en mangeant un morceau de pain. Je dînerai mieux, le soir; et puis, pendant mes explorations, j'ai désappris mon estomac de sentir la faim, à heure fixe. Donc Rachimbourg peut compter sur ma présence. Laissez faire. Dans la comédie préparée là-bas, je ne serai ni l'acteur, ni le spectateur, qui s'amusera le moins.

Ils étaient revenus au Chalet des Iles. Devant la terrasse où sous la pastourelle du quadrille d'*Orphée aux Enfers*, le piano, métalliquement, sonnait de toutes ses cordes, une noce dansait. Des messieurs en habit noir, singeant des airs cérémonieux, essayaient des ailes de pigeon, des jetés-battus, faisaient vis-à-vis à des dames levant si

haut la jambe que, dans la figure du « cavalier seul »,
on voyait, sous leurs jupons, au delà de la dentelle et des
rubans frissonnant autour des genoux avec les volants
des pantalons. Au milieu de ces groupes aux entrechats
désordonnés, la mariée, le visage couvert de son voile vir-
ginal, étonnait par la pudicité de son allure. D'un geste
innocent, elle soulevait à peine sa robe de soie blanche
où des fleurs d'oranger descendaient en guirlande. Ses
pieds, dans des souliers de satin pâle où l'oranger,
encore, fleurissait en bouffettes, marquaient timidement
la mesure alors que, selon le rythme de la danse, elle
avançait devant un homme gigantesque de taille, énorme
de corpulence.

Il gardait sur la tête son chapeau haut de forme, gesticulait, s'efforçait à paraître grotesque et gauche, et comme
les mariés, dans les estampes représentant une noce, au
village, sur le revers de son habit, il portait, lui aussi,
un bouquet de fleurs d'oranger d'où pendaient des rubans
jaunes. De temps en temps, de tout son long nez incliné,
il respirait les fleurs; et, redressant ses narines vers le
ciel, le front renversé en arrière, les bords du couvre-chef
touchant la nuque, il simulait l'extase, semblait halluciné
par des odeurs et des voluptés ineffables.

Tout à coup, la mariée, loin d'elle, rejeta son voile, et,
ruée vers le danseur en face d'elle, d'un coup de pied,
elle fit tomber le chapeau, attrapa la coiffure au passage.
De la main, sur le fond, elle battit ainsi que sur la peau
d'un tambour de basque; puis, ses doigts élevés dans l'air
au-dessus d'elle, claquèrent avec un bruit de castagnettes.
Tour à tour, avançant et rentrant le ventre qui se bombait
et se creusait suivant la cadence, balancée sur les hanches, elle imitait les torsions de croupe et les tours de
reins des manolas et des gitanes que l'Espagne emporte au
branle d'un luxurieux boléro. Le piano ne se ralentissait
pas en son tapage. Maintenant le chapeau sur son cœur,
la mariée faisait le simulacre de jouer de la guitare; et
piétinant sur place, elle frémissait de tout son corps
comme chatouillée par les vibrations lascives de la
musique.

A ce spectacle, le marié, parmi les bouts de cigarettes,
ramassait le voile traînant à terre. Chastement, il s'en
couvrait la figure; et à travers les transparences du tulle,
il grimaçait, ressemblait à un macaque s'étudiant à la
pudeur. La pastourelle finissait. Alors, pirouettant sur

elle-même, la mariée décrivit un grand cercle. Ses
cotillons envolés, par la rapidité du mouvement, se soutenaient autour d'elle, paraissaient immobiles ainsi que
les jupes de gaze suivant les girations des ballerines. D'un
bond, elle enfonça le chapeau sur le crâne chauve du
gros homme; puis, avec une légèreté de clown, la tête en
bas, les pieds en l'air, elle exécuta une culbute et retomba,
toute droite, à sa place. D'un geste, elle écarta sa couronne de fleurs d'oranger glissée de ses cheveux sur son
visage, et Malbar, Mme Trénissan, Laguépie, reconnurent
Mlle Mariette.

Elle aussi, se mariait donc ! Mais pourquoi donnait-elle
à sa fête d'épousailles ce caractère carnavalesque et
blasphématoire ? Ils consultèrent le patron du restaurant,
lequel en acquittant la note de leur repas, fournit des explications. Non, la noce cause de leur étonnement n'était
pas une vraie noce, mais une bouffonnerie inventée par
le monsieur au ventre proéminent qu'ils voyaient là-bas,
transpirant sur une chaise et s'éventant avec son
mouchoir. Il passait ainsi sa vie, et gaspillait sa fortune
en des fantaisies stupides d'où il tirait de la célébrité.

Le patron rendit la monnaie, et continua.

— Il s'appelle Sédécias Cayor. Il est né d'un Persan
frénétique, marchand de pierreries, pourvoyeur de
harems, et d'une écuyère entrée, dit-on, en religion. Il
s'illustre à Paris par des farces que les journaux enre-
gistrent et que la police ne contrarie pas. En compagnie
de mauvais plaisants de sa connaissance, de leurs maîtresses et de quelques demoiselles de renfort recrutées
dans les cabinets particuliers, il a imaginé, aujourd'hui,
de parodier les noces bourgeoises qui se promènent,
l'après-midi, au bois de Boulogne. Pendant toute la
journée, ils sont allés de restaurant en restaurant.
D'abord, ils se présentent avec des attitudes sérieuses,
paraissent des clients très corrects. Puis, bientôt, ces
messieurs et ces dames consternent le public par l'inconvenance de leurs propos et le scandalisent par le dévergondage de leurs danses. Ils m'ont fait l'honneur de se
réfugier ici chez moi, parce que, là-bas, chez Gillet, à la
Porte Maillot, dans une noce légitime, des petits commerçants, choqués de cette mascarade nuptiale, parlaient d'expulser, à coups de poing, les mystificateurs.
Aussi, pour éviter d'autres algarades, ils dîneront ici.
Et le restaurateur se félicitait de l'aventure, car « ce

monde-là, disait-il, ne regardait pas à la dépense ».

On le remercia des renseignements et il fut prié d'avertir le passeur. Mais le batelier, en ce moment au milieu du lac, naviguait vers l'autre rive emmenant à son bord un maître d'hôtel chargé de rapporter un supplément de victuailles pour nourrir des clients survenus en si grand nombre. Laguépie, Malbar et Mme Trénissan, en attendant la barque, allaient et venaient du ponton jusqu'à un saule-pleureur dont le feuillage, un peu plus loin, trempait dans l'eau morne. On entendait toujours l'enragée musique du piano. Polkas, mazurkas ou valses, les motifs uniformément trépidants vers une gaîté qu'ils n'atteignaient guère, au milieu du crépuscule, montaient ainsi que la lamentation de la fatigue et de la monotonie du plaisir.

Entre la verdure des arbres, Mariette, envolée et rebondissante, passait et repassait aux bras de tous les cavaliers. La « boulangère » ainsi, devenait l'image de sa vie, et Mme Trénissan en arrivait à envier le désordre de cette existence où le mariage même, facile à secouer dès la fin de la journée, n'apportait avec lui, ni entraves à la liberté, ni inquiétudes pour l'avenir. Pourtant, elle dit :

— Quelle folle que cette fille !

Laguépie détrompa Mme Trénissan.

— Mariette ! Pas si folle que vous croyez ! Sous des apparences de déréglement, elle cache un rare esprit d'ordre et d'entente de sa profession amoureuse. Elle possède des rentes non pas sur le Grand Livre, il ne lui présente pas assez de sécurité, mais sur les valeurs des gouvernements étrangers dont elle juge le crédit supérieur au crédit du Gouvernement français. Redoutant l'impôt sur le revenu avec les coups de main de l'anarchie, elle a placé ses fonds, en Suisse, à la banque de Vaud, l'établissement financier le plus protégé, à son sens, contre les banqueroutes et les exactions. Elle se fait acheter, par ses amants, des propriétés partout où la spéculation peut procurer des bénéfices, et ne donne jamais rien sans profit, ni sa personne, ni ce qu'elle appelle son talent.

Malbar savait pertinemment le contraire. Il revoyait Mariette, offerte et parfumée, entrant dans sa chambre, à l'hôtel d'Orange. L'espoir du gain ne la conduisait pas, ce jour-là. Jamais, avec moins de calcul, elle ne s'était déshabillée pour les baisers ; et désirant, en souvenir, cette

femme odorante comme une cassolette et fugitive comme
un oiseau, il n'osait cependant pas la défendre. En contre-
disant Laguépie, il craignait de révéler à Mme Trénissan
le regret de galanteries anciennes, avait peur qu'elle con-
çût de la jalousie, des doutes aussi sur la fidélité de son
mari, dans l'avenir.

— Tenez, la preuve, poursuivit Laguépie. Connaissant
les projets de « l'Œuvre des Déshérités de la Terre et de la
Mer », Mariette nous a libéralement offert le terrain dont
elle désespérait de tirer parti, à Kerahuel.

— Celui qu'elle avait gagné à la loterie jadis organisée
par Rachimbourg ? demanda Malbar.

— Et qui lui échut par hasard, reprit en souriant Laguě-
pie. Eh bien, son cadeau se borne à ceci : que nous paie-
rons à sa place les droits d'enregistrement qu'elle a
savamment différé d'acquitter. N'importe ! L'Œuvre la
tient pour une de ses plus généreuses bienfaitrices. Les
dames du monde — il en est, parmi nos sociétaires — la
recherchent pour égayer leurs soirées, parce qu'elle chante
des couplets égrillards qu'un compositeur érudit découvrit
pour elle dans les recueils du dix-huitième siècle. Elle
touche de beaux cachets et, enrichie par la charité, portée
par la réclame, la voici maintenant l'Egérie de Sédécias
Cayor. Elle souffle à ce viveur fourbu des fantaisies qu'il
croit inventer. Mais qu'il prenne garde, il paiera cher
l'originalité qu'elle lui prête. Rachimbourg seul, par je
ne sais quelle vertu spéciale, a touché le cœur de la demoiselle ; et, unique entre tous ses rivaux, ne s'est point
endetté à la posséder de temps en temps.

— Ce pauvre Rachimbourg, dit Mme Trénissan d'un ton
de pitié ironique, elle aurait bien dû l'inviter à la noce, au
moins comme témoin.

— Oh ! Rachimbourg, dans ses fredaines, redoute la
publicité, repartit Laguépie. D'ailleurs, les élections approchent et il n'a plus le temps ni de s'amuser, ni de se
montrer jaloux. Il est déjà là-bas, à Kerahuel, où il prépare sa candidature. A beaux deniers, il essaie de se concilier la sympathie des électeurs ; et je ne tarderai pas à
l'aller rejoindre.

Enfin, le passeur accosta, mettant à terre le maître
d'hôtel chargé de paniers pleins, un pâtissier avec une
manne de gâteaux et des plombières pour les glaces.
Mme Trénissan, Malbar et Laguépie s'embarquèrent. Le
batelier prit les rames. Peu à peu, les becs de gaz allu-

més et dessinant des lignes de feu, selon les courbes des
allées du bois, se rapprochèrent. Derrière le bateau, le
restaurant du Châlet des Iles, illuminé pour le festin de la
fausse noce, flambait de toutes ses fenêtres, et dans l'eau
du lac remuée par les avirons, la lueur des lanternes
vénitiennes balancées sous les arbres se mêlait au reflet
des premières étoiles.

A la Porte Dauphine, Malbar et Mme Trénissan prirent
un fiacre. Ils rentraient chez eux. Laguépie les accompagna. Ils arrivèrent dans un quartier à la fois élégant et
misérable où les vieilles bâtisses du faubourg des Ternes
cèdent peu à peu la place à des maisons de rapport,
luxueuses d'aspect et de loyer médiocre pour les locataires s'y installant les premiers au milieu des plâtres
frais. Au long de l'escalier, ils entendirent les cris d'un
enfant. Là-haut, dans l'appartement du cinquième étage,
le fils de Malbar et de Mme Trénissan pleurait, sur les
bras d'une nourrice. La vue de sa mère le calma, et il fut
présenté à Laguépie.

— Monsieur Tristan, annonça Malbar.

Car l'enfant s'appelait Tristan, en souvenir des anciennes
admirations et des vieux rêves.

— Faites ami au monsieur, mon mignon, disait la
nourrice ; et elle secouait le poignet du poupon dont la
main se haussait et se baissait comme la main d'une
marionnette, et elle répétait :

— Ami, ami !

Laguépie, pour flatter les parents, ne manqua pas de
s'extasier sur la belle santé et la précocité d'intelligence
du marmot. Mais sous le petit bonnet à trois pièces, il
regardait avec pitié cette physionomie de nourrisson
déjà ridée autant qu'une physionomie de vieillard, et son
cœur se serrait devant la douloureuse expression du
visage de ce petit être conçu par hasard au milieu des
lassitudes de corps et d'esprit de son père et de sa mère.
Fatigué d'avance, le nouveau-né ouvrait sur le spectacle
de la vie des yeux déjà désabusés, et il semblait triste,
de soupçonner que, à son tour, il lui faudrait subir bien
des désenchantements encore, encore bien des misères.

— Pauvre petit, murmura Laguépie. Par un mouvement
de compassion profonde, il se pencha sur l'enfant, essaya
de l'embrasser.

— Prenez garde, dit la nourrice. Il a mouillé ses langes.

Brusquement, enlevant M. Tristan à la tendresse du

51

docteur, elle l'emporta dans une chambre voisine. Là,
tout en chantonnant, elle changeait les couches du mou-
tard qui pleurait.

— Quel dénoûment ! Quelle musique non prévue par
Wagner, pensa Laguépie. Tristan ! Yseult, quand finit
l'opéra, en les faisant expirer à l'extrémité de la passion
et du désir, Wagner leur a épargné l'horreur de se survivre
dans une postérité lamentable et tourmentée, au lieu
qu'ici, au déclin de l'art et de la vie, tout recom-
mence — moins l'extase. Et comme devant les lits des
malades désespérés, méditativement, il hocha la tête.
Puis, prenant congé de Malbar et de Mme Trénissan, il
les laissa abandonnés à une nuit de noces où depuis
longtemps conjugalement indifférents l'un à l'autre, ils
ne trouveraient ni nouveauté, ni surprise, ni joie.

Toutes les mélancolies du jour pesant sur Laguépie, il
marchait d'un pas accablé. Or, l'excès de l'ennui engen-
drant de fortes concupiscences, pour se distraire, il
songeait à passer la soirée dans des débauches si profondes qu'elles anéantiraient son cerveau et lui retire-
raient, momentanément, la faculté de penser. Après un
dîner mangé sans faim, il rencontra sur le boulevard une
grande fille à physionomie ardente et bestiale, superbe
exutoire de chair pour les chagrins et pour les vices. Il
la suivit ; et, ayant goûté auprès d'elle, dans l'accomplissement d'une fonction, la sérénité complète que procure
la matière, le lendemain matin, consolé et joyeux, en
rentrant à son domicile, il se surprit à fredonner des
refrains, le long des rues.

Laguépie, de retour chez lui, trouva dans sa correspondance une lettre par laquelle M. Hestoudeau le priait
d'intervenir en faveur de Mme Vincent Trois, arrêtée à la
suite d'extravagances commises sur le quai d'une gare de
chemin de fer et attendant, à l'infirmerie du Dépôt, le rapport des médecins chargés de prononcer sur son état mental.

M. Hestoudeau, s'élevant contre la loi de 1838 qui permet aux préfets de placer, d'office, dans une maison
d'aliénés les individus dont le délire menace l'ordre public ou la sûreté des personnes, craignait les conclusions des spécialistes, et, par suite, l'internement de sa
malheureuse belle-sœur. Finalement, il insistait près de
Laguépie afin que le docteur, obtenant par ses démarches
l'atténuation d'un diagnostic redoutable, Mme Vincent
Trois, mise en liberté, rentrât dans sa famille.

Laguépie ne s'étonna pas de l'aventure. Depuis long-temps, il surprenait chez Mme Vincent Trois des symp-tômes assez semblables aux symptômes précurseurs de la paralysie générale. Par le tourbillonnement de son acti-vité sans arrêt, elle troublait à présent « l'OEuvre des Déshérités de la Terre et de la Mer ». Toujours exigeante, jamais satisfaite, dépensée en projets littéraires et en imaginations grandioses, elle prétendait écrire un poème en l'honneur de l'établissement dont elle s'attribuait orgueilleusement toute l'organisation, voulait rédiger une brochure. Afin de mieux recruter des adhérents, elle offrait de distribuer elle-même ces deux ouvrages, proposait d'aller en Amérique et de faire des confé-rences au Japon.

Sans apporter jamais un seul vers ou une seule ligne, elle accablait les administrateurs de ses visites, lès excédait de son verbiage; et, quand, après des heures de patience, ils se croyaient délivrés enfin du tumulte de sa personne et de l'incohérence de ses discours, tout à coup, Mme Vincent Trois, forçant les consignes et repoussant les garçons de bureau, réapparaissait, toute en plaintes. « Pourquoi personne ne lui faisait-il de com-pliments sur sa beauté ? » Elle répétait : « Je suis jolie, n'est-ce pas ? Dites-moi que je suis jolie »; et refusait de s'en aller avant d'avoir entendu les propos galants qu'elle sollicitait avec rage. Elle engraissait, à l'époque où se déclaraient les crises les plus aiguës, devenait bour-soufflée; et Laguépie, constatant les progrès de cette dégénérescence, prévoyait la forme classique qu'elle prendrait en son dénoûment.

Dénué d'espoir, mais par complaisance et pour rensei-gner sûrement M. Hestoudeau, il alla voir les médecins commis à l'examen de Mme Vincent Trois. Tous tom-baient d'accord sur la gravité du cas qu'ils étudiaient. Dans un compartiment de chemin de fer, la malade, rencontrant un officier, se disait prête à devenir espionne parce que le Gouvernement refusait d'accepter un sys-tème inventé par elle, et tout à fait propre à assurer la défense nationale. Mêlant à l'histoire des souvenirs de l'épopée wagnérienne, confondant en sa personne Bru-nehilde et la Pucelle de Domrémy, elle se proclamait la « Vierge guerrière »; comme Jeanne d'Arc, se disait chargée par Dieu de délivrer la France. A cet effet, pour éviter à l'État des frais de chaussures, elle déclarait indispensable de tanner les pieds des soldats : ainsi les bataillons marchant avec des souliers naturels et inusables porteraient loin chez l'adversaire un appareil destiné à jeter la terreur dans les rangs des plus braves. Cet appareil consistait en une immense cloche blindée enfermant un orchestre de cent mille exécutants jouant chacun un air, à sa convenance. La musique s'échapperait au dehors par des trous laissant passer des porte-voix gigantesques. Les sons, ainsi, se multiplieraient, atteindraient à une puissance formidable, et les troupes ennemies ne manqueraient pas de fuir devant l'assourdissement d'un pareil charivari.

Mme Vincent Trois se flattait de vaincre les résistances des ministres prévaricateurs qui ne répondaient pas à ses lettres, méditaient, sans doute, de s'approprier l'invention, car elle les dénoncerait au Président de la République, son ami intime. Déjà, pour se rendre en grande toilette à l'Élysée, elle commençait à se dévêtir sur le quai du débarcadère, quand des agents l'emmenèrent avant qu'elle fût définitivement nue.

Laguépie obtint l'autorisation de rendre visite à Mme Vincent Trois, sous les verrous. Il la trouva dans une période de calme relatif et de lucidité momentanée. Elle raisonnait ses actions, en tirait gloire, et donnait, même à ses vilenies, des motifs de dignité et de justice. Les femmes, selon ses idées, se devant le service réciproque de s'avertir des infidélités de leurs amants ou de leurs maris, Laguépie apprit que, d'après cette doctrine, Mme Vincent Trois avait dénoncé à Mme Rachimbourg les relations de M. Rachimbourg avec Mlle Mariette. Au lieu de se montrer reconnaissante de la révélation, Mme Rachimbourg dédaignait d'accuser réception de la lettre. Pourtant, Mme Vincent Trois ne laissait ignorer ni son nom, ni son adresse. Indignée d'un tel manque de convenance, et sachant bien que Mme Rachimbourg se moquait d'elle, tout haut, en public, car elle entendait sans cesse, dans ses dents, une voix ironique lui criant des injures, elle entreprenait d'aller à Meldançon trouver l'incorrecte personne et réclamer des excuses.

Un matin, descendue à une station au milieu de plaines immenses, grisâtres et sans verdure, dans le bureau des bagages, elle questionnait un camionneur.

— Connaissait-il Mme Rachimbourg ?
— S'il la connaissait ! Il allait « meshuy » plus d'une

fois chez elle pour livrer des colis postaux contenant de la marée.

En effet, M. Rachimbourg, après des nuits passées auprès de Mariette, comme pour payer la rançon de ses adultères, expédiait tour à tour à sa femme, une paire de soles, une langouste, un homard, des crevettes, parfois un cent d'huîtres.

Et l'homme aux paquets, s'avançant vers la porte ouverte, donna d'autres renseignements.

— Tenez, voyez-vous bien, avec vos yeux, cette maison au bout du mitan de la rue. Là-bas, comme qui dirait le « Prieuré » ?

De la main, il indiqua une construction blanche entre les arbres d'un grand parc. Sous les branches des hautes futaies, les ardoises du toit, mouillées par l'humidité de la nuit, miroitaient au soleil. Le domaine, par une petite rivière détournée de son cours, était entouré d'eau, comme une île. Avant la Révolution, des religieux l'habitaient ; et, après la vente des biens nationaux, de propriétaire en propriétaire, jusqu'à M. Rachimbourg, il avait gardé son appellation monacale : « le Prieuré ».

L'homme continua :

— C'est là que demeure Mme Ludivine, et vous la trouverez sûrement chez elle, car c'est aujourd'hui qu'elle fait la lessive, dà, Mme Ludivine.

Ludivine était le nom de baptême de Mme Rachimbourg. Ses compatriotes ne la désignaient jamais d'une autre manière, car malgré son mariage, elle était restée la camarade élevée auprès d'eux, et que, respectueusement, ils traitaient en termes amicaux et familiers.

Ce nom de Ludivine n'évoquant ni influence de mari, ni condition d'épouse, troublait Mme Vincent Trois. Il lui semblait qu'il s'appliquait à un personnage nouveau, vague, indéterminé, et la différence des mots amenant la différence des sentiments, elle n'éprouvait plus, contre Mme Ludivine, ces ardentes rancunes dont elle poursuivait Mme Rachimbourg. Pourtant, cédant à un reste d'impulsion elle se mit en marche.

Son manteau rouge, au-dessus du sol de craie, rutilait au long de la rue blafarde et triste. Les femmes, posant leur seau sur la margelle d'un puits, d'autres, sortant sur le pas de leur chaumière, se demandaient où « verdait », c'est-à-dire où courait cette voyageuse écarlate comme un coquelicot et frétillante comme un lézard.

Après un pont de fer suivi d'une allée où des draps séchaient sur des cordes tendues, d'un pommier à l'autre, Mme Vincent Trois s'arrêta devant une maison de forme carrée, semblable à un couvent, et sans recherche d'architecture. Au rez-de-chaussée, au premier étage, les volets de toutes les fenêtres étaient fermés. Un perron de six marches montait entre des vases de fonte historiée où fleurissaient des géraniums. Sur le mur, à côté de la porte d'entrée, au bout d'un fil d'archal, une patte de chevreuil, les poils rudes et noircis par la pluie, pendait.

Mme Vincent Trois tira ce cordon de sonnette, et fut étonnée d'entendre, au lointain, le carillon d'une cloche de monastère. Placée à l'intérieur, sur la façade opposée, cette cloche, par ses vibrations sonores et longues, jusqu'au fond du jardin, avertissait les maîtres de la venue des visiteurs.

Une bonne se présenta, femme d'âge aux cheveux gris, à la figure rose et ridée comme une pomme d'hiver sous la « calle », bonnet de linge blanc, en forme de serre-tête, coiffure des paysannes de la région.

— Annoncez, s'il vous plaît, Mme Vincent Trois.

— Madame est occupée dans la buanderie, auprès de la lessive. Je vais la prévenir. En attendant, si vous voulez bien vous asseoir ici.

Afin de ne pas salir le bouton de cuivre bien récuré de la porte, la domestique s'entourant la main droite de son tablier bleu, devant Mme Vincent Trois ouvrit une grande pièce obscure où, sur une cheminée, une grande glace au cadre d'or enveloppé de gaze gommée pour la protéger contre les salissures des mouches, comme de l'eau dans la nuit, gardait des éclairs de lumière. Une odeur mourante et délicate flottait. En cet endroit, jadis, les religieux emmagasinaient la provision des plantes aromatiques dont ils faisaient commerce, et les murs restaient imprégnés des parfums du vieux temps. Pour donner de l'air et du jour, la vieille tira les rideaux, derrière, entre-bâilla les contrevents, sortit ensuite, et par les fenêtres donnant sur le jardin on l'entendit qui criait :

— Madame Ludivine ! Madame Ludivine ! une dame est là qui demande à vous parler.

Elle ne se souvenait plus du nom de Mme Vincent Trois, nom trop compliqué pour se fixer dans sa mémoire ; et, des pelouses au jardin potager, elle répétait :

— Madame Ludivine, madame Ludivine !

Mme Vincent Trois, debout et curieuse au milieu de l'appartement, considérait avec surprise le mobilier d'un luxe suranné et qui lui paraissait composé d'antiquailles.

Elle se trouvait dans cette pièce, moitié salon, moitié chambre à coucher, qu'on désigne, en Champagne, par l'expression : « la belle chambre ». Là se reçoivent les visites. Après les repas aux copieux services, déjeuners dînatoires qui tiennent les convives à table pendant des après-midi entières, là, se prolongent tard, à travers la nuit, les parties de « rhams » ou de « bête hombrée ». Là, dorment les personnages de marque, le préfet en tournée de révision, l'évêque venant confirmer les catéchumènes, le général, pendant les manœuvres, les hôtes à qui l'on veut faire honneur, les parents de passage et les amis préférés. Sur un secrétaire d'acajou à galerie en cuivre découpé, là, se dressait « la cousine », bocal en verre au bouchon couvert d'une feuille de parchemin circulairement serrée par une ficelle, plein de cerises à l'eau-de-vie, liqueur fabriquée dans la maison, et toujours prête à se verser pour donner une friandise aux enfants ou faire une politesse aux grandes personnes.

Une atmosphère d'intimité et de courtoisie emplissait cet intérieur où le charme des traditions se respirait avec l'odeur du passé. Si à Paris, dans son domicile mondain, Rachimbourg ne dédaignait ni la nouveauté, ni la fantaisie des tapissiers modernes, à Meldançon, il se flattait de conserver un ameublement dont toutes les pièces, par mariages, successions, efforts d'économie, ou industrie des ménagères, d'âge en âge, étaient entrées dans la famille.

On y voyait des armoires en poirier sculpté, le poirier, bois des élégances locales, spécialement recherché et travaillé par les ouvriers du pays. Furetante et indiscrète, Mme Vincent Trois relevait la toile grise des housses enveloppant les fauteuils, les chaises, un canapé. Légers de dessin et de coloris, des bouquets de roses apparaissaient un instant sur le fond écru de soieries Louis XVI. La housse retombait, et les pieds fuselés et blancs des sièges, derrière de petits carrés de moquette, se reflétaient au miroir du parquet soigneusement ciré et plus luisant que de la laque d'or.

Au milieu, sur le marbre d'un grand guéridon couvert

d'un tapis au crochet, ouvrage appliqué et savant, elle touchait des bibelots mal en équilibre entre les larges interstices des mailles : ici un pot de baptême, bleu, en forme de casque, rare échantillon de la faïence fabriquée à la manufacture de Mathaux, usine de céramique imitant les procédés avec les formes de Rouen, et vers la fin du dix-huitième siècle, fort réputée aux environs de Troyes; là, elle vit un moineau blanc tué par Rachimbourg, volatile empaillé et dressé sur un perchoir, au-dessus d'albums à photographies et de recueils de vues gauffrant, en or, sur leurs reliures, les indications : «Suisse pittoresque, Italie à vol d'oiseau, Lourdes, Monaco, Côte d'Azur », endroits que la casanière Mme Rachimbourg ne connaissait pas, mais d'où ses amis, plus vagabonds qu'elle, son mari, aussi, lui rapportaient des panoramas, des souvenirs, des coquillages qu'elle appliquait à son oreille, et le bruit de vague qu'elle croyait entendre au creux de la conque augmentait son instinctive épouvante de la mer.

A côté, sous une reliure de maroquin noir portant sur le plat un écusson de gueules, fleuri de trois lys d'argent u naturel, Mme Vincent Trois ouvrait les pages d'un petit volume in-18, en tête duquel elle lisait : « Testament de Sa Majesté Louis XVI, roi de France et de Navarre, traduit en langue arabe par M. le baron Sylvestre de Sacy, Paris, Imprimerie royale, 1820. « Quel respect? quelle fantaisie? quel hasard même avaient conservé ce livre bizarre parmi les objets familiers de la maison? Et l'étrangeté des caractères, celle des armoiries auxquels elle ne comprenait rien, ajoutait à son étonnement, redoublait sa confusion.

⁌ Intéressée et stupéfaite, Mme Vincent Trois oubliait peu à peu ses colères et quel but elle se proposait en venant à Meldançon. Maintenant elle ne savait guère ce qui la surprenait le plus. Sur la muraille tendue de papier amaranthe à grandes palmes d'or, était-ce le tableau encadré d'ébène, et qui, selon l'angle d'où elle le regardait, montrait tantôt la figure de Mme de Staël, tantôt celle de Chateaubriand, tantôt celle de lord Byron? Etait-ce le lit en forme de bateau, et, des rideaux à la courte-pointe, enveloppé par une toile d'Angers, une toile imprimée en couleurs, sur laquelle, alternant avec des attributs guerriers, casques, faisceaux de glaives et cuirasses en panoplie, un palmier, un chameau, une pyramide, le général

Bonaparte vêtu d'un uniforme de cérémonie et coiffé d'un chapeau à plumes, se reproduisaient, du haut en bas? Et sa propre présence, comme une curiosité nouvelle, lui semblait inexplicable et déplacée au milieu des curiosités de cet intérieur.

Mme Rachimbourg ne laissait salir par aucune poussière ce musée des reliques et de l'épargne de la famille. Une telle impression de dignité domestique se dégageait de cet ameublement que, tout en le jugeant hors de mode, Mme Vincent Trois n'arrivait pas à le trouver ridicule. Habituée des banales pensions bourgeoises et des hôtels cosmopolites, à l'aspect de cette chambre patriarcale, elle rêvait d'un chez soi, d'une retraite parmi la douceur des êtres et des choses. Elle s'inquiétait surtout de savoir quelle femme étrange et sévère comme le milieu où elle vivait, apparaîtrait tout à l'heure en Mme Ludivine. Redoutant maintenant la rencontre qu'elle avait cherchée, puisque Mme Rachimbourg ne venait pas, elle se persuadait de ne pas pousser plus loin une aventure dans laquelle la passion ne la soutenait plus. Pourtant, par vanité de ne pas céder sur-le-champ, elle se résolut à attendre encore cinq minutes.

Sur la cheminée, entre des globes de verre abritant des bouquets de fleurs artificielles et des chandeliers d'argent décorativement garnis de bougies qu'on n'allumait jamais, une pendule d'albâtre portait une allégorie en bronze où le Temps, dans une nacelle, sa faulx d'une main, une rame de l'autre, faisait passer l'Amour. Mme Vincent Trois regarda la grande aiguille ciselée en forme de flèche avancer autour du cadran; et, les cinq minutes écoulées, disposée à partir, devant la glace elle raffermissait dans ses cheveux les épingles assujétissant son chapeau, quand Mme Rachimbourg entra.

C'était une petite femme au front obstiné sous des cheveux bruns rejetés en arrière et traversés d'une mèche blanche. Ses yeux clairs regardaient fixement, bien en face. Aimables ou déplaisants, aucun des spectacles du monde ne faisait baisser ses paupières sur ses prunelles limpides et froides qui, pareilles aux eaux vives luisant autour de son domaine, reflétaient les individus et les objets, sans jamais se ternir ni s'attrister. Sa voix impérieuse, même en prononçant des termes de tendresse, gardait des duretés de commandement; et après bien des années de ménage, M. Rachimbourg ne s'habituait pas à l'intonation

de sa femme mettant un trille strident sur la dernière
syllabe de son nom, quand pour l'appeler à table, le long
des bosquets ou des allées, au bord de la rivière, elle
criait :

— Domini-i-que !

Appartenant à une famille nombreuse, elle portait toujours le deuil de quelque parent, et sa personne vêtue de
noir, inspirant plus de respect que de séduction, éloignait
le désir des hommes, et ne provoquait pas la familiarité
des femmes.

Elle expliqua sa lenteur à venir : mais, à la buanderie, un
cercle du cuvier se desserrant laissait fuir l'eau des cendres de la lessive. Elle avait dû appeler un ouvrier, surveiller la réparation, car, disait-elle, quand les maîtres ne
sont pas là, les serviteurs ne font rien qui vaille. Puis :

— A qui ai-je l'honneur de parler ?

Mme Vincent Trois, de plus en plus déconcertée par
l'air d'autorité de cette ménagère, timidement dit son
nom.

— Ah ! Madame Vincent Trois ! Parfaitement !

Mme Rachimbourg l'examina des pieds jusqu'à la tête,
sembla l'étudier comme une créature bizarre et dont
elle ne connaissait pas l'espèce. Ensuite, silencieusement,
elle alla vers le secrétaire aux garnitures de cuivre
découpé, sous le bocal fit jouer une serrure à secret, au
fond d'une cachette, prit une lettre ; et, se retournant :

— Alors, c'est vous qui avez écrit ceci ?

Elle montra l'enveloppe portant le timbre de Kerahuel,
et, sur la feuille de papier à l'en-tête de l'hôtel d'Orange,
au bas de lignes inégales, la signature.

Mme Vincent Trois ne nia pas. Elle ne se rappelait
plus les phrases que, en chemin de fer, pendant le voyage,
elle méditait de prononcer. Que dire, d'ailleurs, à cette
femme ne se fâchant pas d'apprendre les tromperies de
son mari ? Elle, qui ne concevait pas l'affection sans la
jalousie, et poursuivait de ses maladives rancunes tous
ceux qu'elle prétendait aimer, restait confondue devant
l'imperturbable sérénité de cette épouse, supérieure aux
trahisons et négligeant de s'indigner à la nouvelle qu'elle
avait une rivale.

Pourtant, agressive et insolente par habitude, Mme Vincent Trois répliqua :

— Oui, c'est moi ! La maîtresse de votre « cher et
tendre » s'appelle Mlle Mariette, elle chante dans les

cafés-concerts. J'ai cru bien faire en vous prévenant. C'est un service qu'on se doit, entre femmes. Il fallait me remercier, pourquoi ne m'avez-vous pas répondu ?

Dans la maison de santé où, sur l'avis formel des docteurs, elle était maintenant internée, Mme Vincent Trois, humiliée à distance, s'exaspérait au souvenir du ton méprisant avec lequel Mme Ludivine, refusant d'être confondue avec le commun de son sexe, n'admettait pas non plus qu'on entrât dans ses intérêts particuliers.

— Moi ! vous remercier, disait-elle. Je n'ai que faire de vos complaisances ! Quant à vous répondre, je vous répondrai ainsi que répondit ma grand'mère à certaine fâcheuse amie de votre genre : —

— Regardez.

Elle ouvrait tout grands les volets d'une des fenêtres de la « belle chambre » ; et, dans la basse-cour, montrant au lointain un fumier où des volailles picoraient en liberté.

— Comptez, s'il vous plaît, combien il faut de poules à mon coq !

Du haut de sa vertu naturelle, elle indiquait ainsi que, instruite par le continuel spectacle des amours animales, elle souffrait indulgemment chez son mari des instincts d'infidélité dont elle ne s'offensait pas chez les bêtes.

Elle reprit :

— Vous le voyez, mon coq ! Il court où il veut. L'important, c'est qu'il rentre au poulailler.

Pourvu que Rachimbourg, après des escapades ne compromettant ni la renommée, ni la fortune de la maison, revînt au « Prieuré », et, selon l'expression locale, lui « rapportât ses deux oreilles », elle déclarait fièrement ne rien exiger davantage.

Elle le proclamait, du moins. Mais elle n'avouait pas que, au début de son mariage, elle avait beaucoup pleuré de ces fredaines galantes dont elle parlait avec une condescendance détachée et hautaine ; et que, parfois encore, elle en souffrait en ayant l'air d'en rire.

Elle conclut :

— Vous voyez à quoi sert votre lettre, à quoi sert aussi votre voyage. A l'avenir, je vous en prie, mêlez-vous de ce qui vous regarde. A mon tour, c'est un avis que je vous donne. Maintenant, la conversation est finie, j'espère. Adieu, ma belle dame.

Elle ouvrit la porte et, d'un mouvement de tête, indiqua à Mme Vincent Trois qu'il fallait sortir.

Dans son délire, la malade évoquait l'ahurissement de son départ, sa soumission d'enfant devant une énergie plus forte que la sienne. Frémissante encore de l'avanie, Mme Vincent Trois se sentait poussée dehors par les yeux de Mme Ludivine. Elle subissait la domination de leur regard, et il lui semblait que la volonté de cette femme par delà l'allée d'arbres où séchait du linge, le pont de fer, la rue crayeuse de Meldançon, la ramenait de force, vers la gare.

Et puis ? Et puis ? A peine si elle gardait conscience des épisodes de son retour. Avec des paysannes riant de sa toilette derrière les vaches qu'elles conduisaient aux pâturages, elle échangeait des paroles injurieuses. Dans l'auberge où elle déjeunait en attendant le train, elle souffletait un commis-voyageur proposant de lui prouver qu'elle n'était pas fermée à l'amour autant qu'elle le prétendait ; conservait la notion d'avoir traversé un pays « pas comme les autres », rencontré une femme « comme on n'en voit guère » ; et tressaillait encore en croyant entendre derrière elle la voix de Mme Ludivine, laquelle, du haut du perron, entre les vases de métal fleuris de géraniums, criait aigrement à la servante :

— Thaïs-is ! N'oubliez pas de mettre couler à part les draps de procession.

— Cette voix, gémissait-elle sans cesse, je l'entends partout où je vais. Cette femme, nuit et jour, me harcèle de ses railleries au moyen du « Monophone » un instrument qui me transmet, dans les gencives, tout le mal qu'on pense de moi, depuis des années. Je ne saisis pas les paroles, mais je les comprends. Elles ne m'entrent pas dans les oreilles, mais elles s'insinuent dans ma bouche, et elles m'empoisonnent par leur odeur. Elles emplissent ma tête ! C'est horrible ! Il vaut mieux que je meure. En entrant ici vous auriez dû me tirer un coup de revolver. Oh ! cette voix ! cette voix ! Voilà qu'elle m'accuse de ne pas être la « Vierge guerrière ». Je la tuerai. Pour la faire taire, il faut que je la tue !

Elle délirait à nouveau, mêlait à ses menaces des réminiscences de sa vie passée, et s'introduisant un mouchoir dans la bouche, le comprimait avec force pour étouffer le bruit continu résonnant entre ses mâchoires.

En prenant connaissance des documents de l'enquête, Laguépie découvrit d'autres particularités sur lesquelles Mme Vincent Trois, malgré son bavardage, gardait le silence. Dépensière et gaspilleuse, achetant à tout propos des livres de médecine rédigés par des empiriques obscènes, des préparations vantées par des pharmaciens suspects, endettée par des acquisitions sans fin d'objets inutiles, elle arrivait à manquer d'argent, et, pour se procurer la somme nécessaire aux frais de son voyage à Meldançon, elle ne reculait pas devant un faux, imitait sur un chèque la signature du fondé de pouvoirs de « l'Œuvre des Déshérités de la Terre et de la Mer ».

Laguépie mettait M. Hestoudeau au courant de toutes ces démences, l'assurait que la Société ne porterait pas plainte. Mais M. Hestoudeau comprendrait certainement que, par précaution essentielle, pendant une période assez longue, Mme Vincent Trois devrait rester observée et soignée dans un asile. Le temps, la solitude, les douches amèneraient-ils une amélioration de l'état général ? Le docteur n'en répondait pas. Pourtant, si le traitement déterminait quelque heureuse rémittence, alors, il s'emploierait volontiers afin que Mme Vincent Trois reçût l'autorisation de retourner chez ses parents. Il fallait attendre, et il ajournait l'échéance de la promesse jusqu'à l'époque où, les élections passées, il reviendrait de Kerahuel.

Quand Laguépie s'installa à Kerahuel, le village déjà titubant se préparait par l'ivresse à l'élection de douze conseillers municipaux. Deux listes se distribuaient : Bourignat figurait en tête de l'une, Rachimbourg en tête de l'autre. Ces deux noms seulement provoquaient des controverses, car nul ne s'inquiétait du reste des candidats, comparses à la suite et figurants dociles à obéir aveuglément aux doctrines et aux ordres de leurs chefs de groupe.

Bourignat, homme prudent, afin d'échapper au reproche de corruption, lui-même, pour servir de monnaie à ses largesses, découpait de petites rondelles de carton. D'un côté, il les estampait d'un *R* majuscule, initiale du nom de son concurrent, que, par cette astuce, il rêvait de compromettre. De l'autre côté, il les frappait d'un chiffre en creux indiquant le nombre des petits verres à verser gratis. Les électeurs, dans les débits, échangeaient ces jetons contre des rasades de tafia, de vulnéraire ou d'absinthe. Bourignat, chaque soir, à présentation, remboursait cette valeur fiduciaire.

Rachimbourg, plus naïf, payait ouvertement à boire aux gens qu'il rencontrait. Bourignat, grand fournisseur de liquides, se réjouissait de la propagande faite par son adversaire, car les sommes ainsi dépensées en boissons de toute sorte, fatalement, faisaient entrer du bénéfice dans sa caisse. En outre, par des tournées comminatoires chez ses clients et chez ses débiteurs — personnel nombreux — il menaçait de poursuites, de vente ou d'expulsion quiconque ne se prononcerait pas en sa faveur. intimidait impitoyablement toute la misère qu'il avait créée. Sur les affiches, il s'affirmait comme l'unique candidat sûr de la sympathie du Gouvernement, et souhaitait le succès, non pour lui, Bourignat, mais pour la République elle-même que son échec personnel, disait-il, mettrait gravement en danger.

Il répandait, par surcroît, des bruits terrifiants : s'il n'était pas élu, le ministère de la Marine cesserait de payer la pension aux inscrits maritimes. Les retraités de la mer, la plupart fort ignorants des conditions d'existence financière de la Caisse des Invalides de la marine, sans réfléchir si les sommes qu'ils touchaient, résultant de retenues opérées sur leur solde, pendant le temps de leur service à bord des bâtiments de l'État ou du Commerce, ne leur demeuraient pas immuablement acquises et garanties, tremblaient à l'idée de se voir supprimer des subsides qu'ils croyaient tenir non du droit, mais de la faveur. Des anciens militaires, des anciens douaniers, s'effrayaient à leur tour, et tous, en peur de la faim, se rangeaient du côté de Bourignat. Bourignat les séduisait du reste, parce que champion vantard et déterminé des intérêts de Kerahuel, administré, d'après lui, au détriment des contribuables, il réclamait la diminution des droits de l'octroi local sur les alcools, protestait contre l'ingérence des étrangers dans les affaires de la commune, et terminait sa profession de foi par ces cris retentissant comme des cris de guerre :

— Kerahuel à Kerahuel ! Kerahuel quand même ! Tout pour Kerahuel.

Devant l'autorité que Bourignat tirait de l'audace, du mensonge et du papier timbré, la populace des électeurs n'osait se souvenir que Bourignat était né à Chartres. Le Breton domestiqué à force de dettes et d'effroi abdiquait sous la trique de ce Beauceron brutal, avec une soumission de chien battu, l'acceptait pour compatriote, et demain, de tous ses votes, travaillerait humblement pour qu'il daignât devenir maire. Mme Bourignat, sans cesse agenouillée à l'église, appelait les bénédictions du ciel sur les ambitions de son mari. Astérie et Mme Siméon, elles aussi, se ruaient aux dévotions. Par neuvaines, cierges et dizaines de chapelets, elles demandaient à la Providence de délivrer M. Bourignat d'un adversaire redouté, et s'étonnèrent beaucoup quand, malgré leurs pieuses sollicitations, le curé refusa de dire une messe afin d'obtenir du Seigneur la mort rapide de M. Rachimbourg. Maman Treudec, même, se laissait emporter par la passion générale. Détournée des prêtres depuis l'époque où le baptême de sa fille se célébrait sans sonnerie de cloches, à l'hôtel d'Orange, derrière son comptoir, elle aussi disait des Pater et des Ave à l'intention de Bourignat.

Baluche, embauché par le marchand d'alcools, couvrait les murs entourant Keréol de caricatures diffamatoires. Il les exécutait de nuit, en compagnie de la Mal-Commode. Manquant de femme depuis le départ de Camélia dont l'incarcération se prolongeait, sans courage pour tenter des galanteries nouvelles, il était retourné à son vieil amour. La Mal-Commode ne se refusait pas à la reprise d'une tendresse dont elle gardait le regret. Heureuse et reconquise, elle ne montrait même plus de jalousie contre sa rivale. Elle plaignait au contraire cette pauvre fille, aujourd'hui en prison ; mais pourquoi Camélia avait-elle servi chez d'abominables maîtres ? Le procès se plaiderait à la prochaine session des assises du département, et elle consolait Baluche point confiant en la mansuétude des jurés.

Ensemble, passant par-dessus le mur dont les moellons descellés par les tempêtes faisaient une espèce d'escalier naturel, ils avaient réintégré ce Keréol, abri de leurs effusions premières. N'osant pas forcer les portes de la maison solidement fermée, dans la basse-cour, ils s'inventaient un domicile, sous le toit du poulailler. Chien-de-Nous, à son tour, reprenant ses habitudes, venait se coucher avec eux sur un lit de varechs, se chauffait à leur chaleur, et, par ses grondements sourds, les avertissait de l'approche des intrus. Là, réunis par la même commisération pour Camélia, alliés par leur haine native contre les « estrangers », après leurs étreintes, ils travaillaient, à leur façon, au succès de la candidature de M. Bourignat.

La Mal-Commode portait un pot empli de couleur noire. Baluche maniait un pinceau, et le manœuvrant le long

des murailles, s'essayait à retrouver cet art de peinture,
par lequel, dès le début de la construction, il avait sali
la villa de Mme Trénissan. En traits grossiers accompagnés de légendes malpropres, sous maintes formes, en
maintes attitudes, il représentait M. Rachimbourg. Il le
figurait vendant Kerahuel, recevant des sacs d'or de la
main des Parisiens. Ailleurs, il l'asseyait sur une chaise,
tenant à cheval sur ses genoux une femme qu'une inscription indiquait être Mlle Mariette. Plus loin, ravalé à
l'animalité, Rachimbourg apparaissait sous l'aspect d'un
renard guettant une poule, près d'une maison appelée
« Terrier de la Falaise ». Ainsi Baluche, dans ses fresques
barbares, étalait au soleil toutes les médisances chucho-
tées à huis-clos, toutes les calomnies accusant le maire
d'intentions vénales et de mœurs dépravées. Étendant
plus loin ses ironies, il en barbouilla jusqu'aux vitraux
la maçonnerie extérieure de la nef de Saint-Coulm. Elles
scandalisaient le curé, tandis que les bergers, oubliant
de garder leurs moutons, allaient voir les « bonshommes »
et riaient alentour, au fond de la tranchée où se dressait
la chapelle.

Par une de ces nuits des bords de l'Océan, nuits dans
lesquelles de la lumière encore semble flottante et suspendue au milieu de l'ombre, Laguépie errant sur la dune
suivit longtemps le manège de Baluche et de la Mal-
Commode. Traînant une échelle avec un camion à colle,
ils s'arrêtaient, tour à tour, au pied de chacun des écriteaux portant l'avis : « Terrains à vendre ». Chien-de-Nous
n'aboya pas et, reconnaissant un ami, témoigna de sa satisfaction en se roulant sur le dos, les pattes en l'air,
devant les jambes du docteur. Laguépie qui ne touchait
jamais les chiens, sauf dans les laboratoires, au cours
des expériences de vivisection, flattait l'animal avec des
paroles douces et basses.

A demi-voix il le questionnait :

— Ah ! te voilà ! Oui, tu es content de me voir. Qu'est-
ce que tu es devenu, pendant mon absence ? Tu n'as pas
engraissé mon pauvre vieux ! Puisque tu les connais, dis-
moi donc quelle besogne font là-bas cet homme et
cette femme au travers des « Terrains à vendre » ?

Le chien se retournait, s'asseyait sur son train de derrière, regardait Laguépie avec ses yeux intelligents et
fixes, semblait s'excuser de son impuissance à répondre.

— Puisque tu ne sais pas, ou que tu ne veux pas
dire, eh bien, mon camarade, allons voir.

Tous deux, ils s'avancèrent. Les chardons secs criaient
dans le sable, sous les pieds du docteur. Près du premier
poteau, Laguépie s'aperçut qu'une bande de papier portant le nom de Rachimbourg cachait le mot « Terrains ».
Maintenant, sur l'écriteau, on lisait :

« Rachimbourg à vendre ! »

Un à un, les poteaux ruisselants de la colle largement
épandue par Baluche, tout le long de la plage, répétaient
l'infamie.

Baluche et la Mal-Commode, surpris par la présence de
Laguépie, demeuraient interdits. Mais Laguépie admirant
quelle puissance de lâcheté les périodes électorales développent dans la cervelle des citoyens, les rassura d'un
mot :

— Parfait ! parfait ! parfait !

Sachant les relations de Laguépie avec Rachimbourg,
ils s'étonnèrent, car ils croyaient le docteur partisan
acharné du maire.

— Pas du tout, riposta Laguépie. Moi, je voterai pour
Bourignat.

Baluche, lui, au contraire, tenait pour Rachimbourg,
et, timidement, il confessait sa préférence. M. Rachimbourg, du reste, le comptait parmi ses agents électoraux,
lui faisait distribuer des circulaires. Oui, mais Baluche,
appelé par Bourignat, s'entendait énumérer le détail infini de ses maraudes, rapines et déprédations, y compris
les vols de poulets et de lapins commis avec escalade, la
nuit, dans des maisons habitées, lors de la veille de Noël.
Donc Baluche était invité à prendre le parti de Bourignat; sinon, dénoncé, poursuivi, condamné, l'époque du
service militaire survenant, selon ses mérites, on l'enverrait faire son temps comme soldat des bataillons d'Afrique.

Cette perspective n'effrayait pas Baluche, curieux de
connaître l'Algérie et se défendant d'aliéner son indépendance. Alors Bourignat, psychologue retors, se rejeta
sur la Mal-Commode. Elle aussi pouvait tout craindre de
la justice. Il n'en faudrait pas dire long pour ouvrir
devant elle les portes des maisons pénitentiaires. Alors
Baluche, afin de ne pas vivre séparé de ses amours, humiliait sa fierté, acceptait d'accomplir en secret de répugnantes besognes, et, par peintures et affiches, de déshonorer le candidat de son choix.

55.

Il avouait les contradictions de sa conduite, se plaignait des exigences, des nécessités. Du reste, affirmait-il :

— Si j'ai consenti à servir Bourignat, c'est pour le mieux trahir.

Et il suppliait le docteur de ne pas abuser de ses aveux, de ne pas le comp omettre surtout en divulguant ses intimes sentiments.

Par leur duplicité, ils ressemblaient aux sentiments de la majorité des électeurs, à Kerahuel. Les plus déterminés à nommer Bourignat promettaient énergiquement leur voix à « Monsieur Rachimbourg », et les plus ardents à soutenir la candidature de M. Rachimbourg assuraient Bourignat de leur appui, et de leur voix. Gens à deux faces, ils se préoccupaient seulement de donner à boire aux deux bouches de leur opinion, et, dans la rue, ils harcelaient le maire sortant, mendiaient l'un du pain, l'autre une recommandation. Tous, indifféremment, se plaignaient de la soif. Aussi, calculant, le soir, les sommes dépensées et les serments jurés, Rachimbourg se convainquait de sa future réussite. Les enfants, pour profiter de ses largesses, imaginèrent de passer en bande, devant sa maison en criant : « Vive Rachimbourg ! » Il écoutait ces acclamations comme l'annonce prophétique d'un triomphe et payait la joie du présage, en lançant, par la fenêtre, des poignées de gros sous aux braillards.

Pourtant, au cours de la semaine précédant le scrutin, il surprenait, parmi ses partisans, une inquiétante tiédeur. Il sortait avec un malaise des réunions qu'il tenait avec eux. Aucun, cependant, ne parlait de se détacher, mais il les devinait tous prêts à la perfidie, et, craignant que leur fidélité ne durât pas jusqu'au moment où ils paraîtraient devant l'urne, il s'impatientait de la longueur des jours et de l'incertitude des esprits.

Le bonhomme Picherel le rassurait, protestait de la loyauté de ses amis, jugeait criminel de leur prêter la moindre arrière-pensée, et saisissant l'occasion de raffermir son crédit, redoublait de quémanderies.

Artisan premier de la fortune municipale de Rachimbourg, il invoquait le souvenir de l'élection ancienne. Comme jadis, il se disait certain de faire sortir de la « boîte à malice », un nom quelconque, à sa convenance. Car il considérait la pratique du suffrage universel à la façon d'un tour d'escamotage, et se vantait de son adresse dans l'art de changer les bulletins entre les mains des volants. Il ne fallait qu'un peu d'autorité personnelle, pas mal d'alcool, bien entendu, et de la force au besoin, quand les convictions se montraient résistantes. Volontiers il mettait son influence, sa science et ses poings au service de Rachimbourg, réclamait seulement, pour loyer de sa peine, que Rachimbourg consentît à endosser des traites malaisément négociables, et par sa signature, rendît de la valeur et de la circulation à du papier suspect que les banquiers n'acceptaient plus.

Ces garanties, bientôt, ne suffirent plus à Ratouis dit Picherel. Il ne tarda pas à exiger que de l'argent lui fût remis, de la main à la main, et Rachimbourg, dans son courrier, trouva la lettre suivante :

« MONSIEUR RACHIMBOURG,

« Remboursez-moi la somme de deux mille francs, créance Yvor, en échange de deux sous-seings privés que je vous remettrai pour vous payer sur ce qu'il gagne. Je lui fais cadeau de tout intérêt. A cette condition seule, je vous donnerai satisfaction.

« Votre amie,

Madame RUFFINE RATOUIS. »

Car, pour les correspondances délicates, Ratouis employait sa femme, se réservant de la désavouer si les lettres qu'elle écrivait, sous sa dictée, amenaient, par la suite, du danger ou simplement du litige.

Mme Ruffine Ratouis alla chercher la réponse. Elle attendit le soir pour se rendre à la villa du « Haut des Dunes », dissimula sa démarche, dans l'ombre ; et, par crainte d'être dévisagée et reconnue, elle se cachait sous un grand parapluie ouvert, malgré le beau temps.

— Mais il ne pleut pas, madame, s'écria Rachimbourg en la recevant sur la porte.

— C'est pour protéger ma coiffe contre l'humidité de la nuit, répondit Ruffine.

Puis, poussant Rachimbourg, elle entra presque de force. Debout, au milieu du corridor, elle disait :

— Il ne faut pas que l'on sache ma visite chez vous, Bourignat en garderait rancune à mon mari. Vous avez l'argent ?

— Mais venez donc vous asseoir, je vous en prie.

Elle refusait, et, trépidante, balbutiait :

— Non ! Je vais m'en aller, tout de suite. Dépêchons-nous. Voici les reconnaissances.

Elle les tirait de sa poche, pêle-mêle, avec son mouchoir, sa tabatière, son chapelet, un couteau.

Rachimbourg n'ignorait point que, du pilote, payant mal afin d'accréditer la légende de sa misère, obéré au surplus par les dépenses exagérément faites pour donner de l'éclat à la cérémonie de son mariage avec Mme Siméon, il ne tirerait jamais le moindre à-compte. Mais par le refus des deux mille francs demandés dans un style si comminatoire, devait-il s'aliéner la puissance électorale de Ratouis-Picherel, provoquer une défection, ruiner à jamais les chances de sa candidature ? Alors, résigné à tout, il accepta sans espoir les sous-seings privés d'Yvor, en échange de cette non-valeur offrit des billets de banque.

— Ratouis ne veut pas de papier, signifia dûrement Ruffine.

Rachimbourg admira l'ironie de cet homme, qui, vivant d'effets de complaisance, doutait du crédit de la Banque de France.

— A votre aise, dit-il, je vais vous donner de l'or.

Ruffine discuta à nouveau sur des pièces qu'elle ne connaissait pas : une pièce grecque, une pièce austro-hongroise, même sur un louis français de vingt francs, de frappe récente, louis qu'elle n'avait pas encore vu, et que, dans son ignorance, elle déclarait démonétisé. Après maintes observations, elle se décida à serrer sur la somme les coins noués de son mouchoir, puis, rouvrant son parapluie, furtive, elle s'en alla, le long de la falaise.

Rachimbourg regarda son coffre-fort qui peu à peu se vidait aux gosiers et aux appétits de toute sorte, et tout en faisant jouer la combinaison de la fermeture, il se demandait quelles rapacités il devrait satisfaire encore, et si la journée du samedi, veille du scrutin, ne lui réservait pas de nouvelles et coûteuses surprises.

Le lendemain, en se promenant sur la plage, il aperçut es écriteaux répétant à l'infini du soleil et des flots :

— Rachimbourg à vendre ! Rachimbourg à vendre !

Il suffoqua. La gorge sèche, l'estomac contracté, sous impulsion de la colère, il essaya de grimper au long du premier poteau, devant lui, à sa portée, voulut arracher avec ses ongles la bande de papier où s'imprimait son nom vilipendé. Mais la légèreté lui manquait pour cette

gymnastique, et il retomba à terre, près du poteau penché.
Des nausées le prenaient, et Laguépie le rencontra, les
yeux hors de la tête, les mains sur la poitrine, et s'épui-
sant en vomitures.

— Alors, ça ne va pas, dit ironiquement le docteur,
phrase ambiguë qui s'appliquait à la fois aux élections et
à la santé de Rachimbourg.

Rachimbourg, lui, songeait uniquement aux élections,
et montrant les écriteaux où son nom, depuis l'hôtel
d'Orange jusqu'au Château de Tristan se lisait, déshonoré,
sous le ciel, il vitupérait contre les procédés de Bourignat.

— Ah ! le bandit, le sacripant. Vous avez vu là-bas sur
les murs de la villa de Mme Trénissan. Il m'a fait représenter sous des aspects bestiaux, dans des postures
ignobles. Regardez : voici maintenant qu'il m'accuse de
toute la vénalité dont il est capable.

— J'ai vu, répondit tranquillement Laguépie. Et pourtant je voterai pour Bourignat.

Rachimbourg bondit en arrière, et reculé, les yeux
agrandis, il examinait le docteur, semblait ne pas le
reconnaître.

— Est-ce vous qui parlez ainsi ?

— Moi.

— Vous plaisantez, n'est-ce pas ?

Du ton dont il faisait ses cours, la voix posée, le timbre
de la parole tranchant et saccadé, le docteur émettait des
formules implacables comme des lois :

— Oui, moi. On tire des sérums des microbes cultivés
dans le plus puant des bouillons de culture, et j'inocu-
lerai à Kerahuel, du Bourignat, tant et si fort, qu'il
faudra bien que Kerahuel en guérisse ou qu'il en crève.

— Belles doctrines. Autant avouer que, avec toute votre
science, vous vous faites le complice de cet homme.

— Oh ! mettons plus de mesure dans nos appréciations,
riposta Laguépie. Je crois l'élection de Bourignat nécessaire comme démonstration de l'avilissement du suffrage
universel. Je m'emploie à l'expérience, et voilà tout.

Alors, Rachimbourg, malgré sa politesse, ne sut pas se
contenir.

— Le suffrage universel ! Il le défendait, car il le respectait, lui, le suffrage universel, et il n'épargna aucun
des mots convenus : « Conquête de la démocratie, éman-
cipation des masses, bienfait de la Révolution de 1848,

système conforme à l'équité », car enfin même ignorant, lourd, mal informé, un ouvrier, un paysan, un pêcheur, pourquoi pas ? doit voter aussi bien qu'un bourgeois, un professeur, un industriel ou un artiste. Précisément parce qu'il avait foi en la noblesse de ce mode d'élection, il considérait comme un devoir d'empêcher l'ascension d'un candidat taré, tel que votre ami, tenez, le misérable qui demeure là-bas !

Rachimbourg tendant le poing dans l'azur, avec un geste oratoire, montra au lointain la « Maison du Païen », la maison d'où Bourignat épandait sur Kérahuel tant de terreur et d'alcool.

— Oui, continuait Rachimbourg, il faut diriger les électeurs, leur indiquer le bon parti à prendre, l'honnête homme à choisir. Et des saltimbanques ayant dressé une baraque où des acrobates et des chiens savants donneraient des représentations, il voulait profiter de cette installation, la louer, et là, en scène, sous la toile de la tente, tenir une réunion publique, confondre la calomnie, éduquer le peuple.

Laguépie le détourna de ce projet. D'abord, on n'éduquait pas le peuple, le peuple breton, surtout, son ignorance après un quart de siècle d'instruction gratuite et obligatoire prouvait bien son impuissance à rien comprendre. Ensuite, en pérorant dans un local de baladins, est ce que Rachimbourg ne craignait pas les rapprochements sarcastiques, les allusions désobligeantes, des facéties faciles auxquelles son prestige ne résisterait guère ? Rachimbourg, alors, renonçait à prendre la parole, mais demeurait ferme en sa volonté de « moraliser les masses ». D'ailleurs, s'il ne pouvait rien espérer de la persuasion, il ne répugnait pas à l'idée d'user de la contrainte, tant il jugeait indispensable de déterminer l'élévation du plus désintéressé, du plus digne — lui, naturellement — et il attribuait à Taine la phrase de Montesquieu affirmant que la vertu sert de base à la République.

— C'est dans ces nobles sentiments, sans doute, que vous employez l'honnête Baluche, demanda Laguépie.

— Que voulez-vous ? Chacun recrute ses agents au petit bonheur de la conscience. D'ailleurs, Baluche promettait à Rachimbourg de voler chez Bourignat un paquet de bulletins de vote, et Rachimbourg expliqua l'importance capitale de ce larcin. Le nombre des nuances du papier blanc, papier imposé par la loi, étant presque

infini, il connaîtrait ainsi la teinte choisie par son adversaire, ferait imprimer, pendant la nuit, des bulletins d'un
ton identique. Il garantirait ainsi l'indépendance des
électeurs que rien ne dénoncerait à la surveillance des
espions apostés autour du scrutin. On voterait sans
craindre de représailles, puisque chaque papier déposé
dans l'urne, par sa couleur, semblerait un papier au nom
de Bourignat et de tous ceux de sa liste. D'ailleurs, si
ces précautions ne suffisaient pas... eh bien !...

Il n'acheva pas, effrayé de sa pensée, et se gardant de
faire connaître le fond de ses projets. Laguépie comprit
la menace de ce silence. Évidemment, selon les prévisions
de Malbar, de même que Bourignat fausserait le scrutin,
dans le sens de ses intérêts, Rachimbourg le fausserait
dans le sens de ses rêves ; et, dans la pratique de la fraude,
l'homme d'idéal ne le céderait en rien à l'homme de corruption.

— Je devine, fit-il en souriant. Comme dans l'Évangile,
les muets parleront, et ainsi qu'il est dit dans la devise
de Mme Minabouet, avant Dieu, vous ressusciterez les
morts. Prenez garde, je m'y opposerai.

— Allons donc !

— J'irai surveiller le scrutin.

— Vous ?

— Moi !

Rachimbourg s'exclama !

— Décidément, vous vous inféodez au parti des calom-
niateurs et des lâches ! Alors, vous aussi, allez, illustrez
de dessins obscènes les murs de Keréol ! Montez sur une
échelle, collez des affiches, dites que mes mœurs sont
infâmes et que je suis à vendre. Tenez ! il y a encore de
la place !

Il divaguait, d'un air furieux, avec de grands gestes,
il indiquait, au long de la mer, l'envers des écriteaux,
et, se lamentant, s'écriait par intervalles :

— Moi qui ai tant fait pour la plage !

— Je pousserai mon expérience jusqu'au bout, ne
vous en déplaise, affirma Laguépie. La loi m'autorise
à surveiller le scrutin, et je le surveillerai, je vous en
réponds.

— La loi ne stipule pas que vous devez être assis. Je
ferai enlever les chaises de la salle du vote.

— Merci du renseignement.

— Il n'y a pas de quoi.

— Si ! car j'apporterai un siège.

— Adieu.

— Au revoir, répliqua Laguépie et amicalement, il tendit la main à Rachimbourg.

— Adieu, répéta Rachimbourg, d'une voix dure. Puis, d'un mouvement brusque, tournant le dos, il s'en alla

Laguépie ne se fâcha pas contre cette intention d'impolitesse. Il s'affligeait, au contraire, des phénomènes d'aberration morale fournis par cet homme intelligent, probe d'ordinaire, correct en toutes circonstances, et qui, délirant soudain, par l'effet de son ambition et de son entêtement à faire prévaloir ses idées et sa personne, tombait à la friponnerie la plus basse et se ravalait au niveau des plats individus dont il mendiait le suffrage. Pris de pitié devant une aussi inconcevable faiblesse, il excusait Rachimbourg énervé à ce point qu'il ne savait plus réfréner mportement de sa mauvaise humeur. Aussi, ne voulant pas croire à une rupture réfléchie et définitive, il appela :

— Rachimbourg ! voyons, ce n'est pas sérieux, Monsieur Rachimbourg !

Sa voix se perdit au milieu du murmure de l'air et des flots. Rachimbourg ne l'entendit pas, sembla, du moins, ne pas l'entendre. Laguépie s'assit sur la dune, auprès de la maison de Keréol, à vendre, elle aussi, et balançant son écriteau au-dessus de tous les poteaux espacés dans le vide, sur la plage. Rêvant à la sottise endormie et prompte à s'éveiller en la cervelle des plus galantes gens du monde, il ramassait du sable, à poignées, le passait d'une main dans l'autre. Quand il croyait le bien tenir, le sable inconsistant et fugace coulait entre ses doigts ; et il le comparait aux amitiés sur la solidité desquelles nos illusions s'abusent et qui, souvent, nous échappent par quelque fissure de passion ou de vanité.

Tout à coup, sous ses pieds, il sentit un objet résistant. Il poussa, du bout de sa bottine ; et, près d'une touffe de chardons fraîchement arrachée, il mit au jour un paquet enveloppé dans un papier d'emballage humide, crevé par endroits. Des feuilles imprimées se montraient. Il se pencha, et, à ras de terre, lut un manifeste où Rachimbourg, célébrant les mérites de son administration, réclamait de ses « chers concitoyens » le renouvellement de son mandat au Conseil municipal.

Certainement Baluche, par paresse ou fourberie, au lieu de distribuer ces circulaires, les avait enfouies sur la falaise, dans le désert des « Terrains à vendre ».

Sans soupçonner cette trahison nouvelle, Rachimbourg marchait entre les écriteaux où son nom se collait ainsi que sur un pilori. Le maire, peu à peu, décroissait à l'horizon, et à chaque pas qu'il faisait vers la servitude, Laguépie le sentait décroître aussi dans les profondeurs de son estime. Malgré lui, il s'apitoyait sur une telle décadence de caractère.

— Pauvre diable ! murmura-t-il. A quels écœurements il aspire ! A quels mépris !

Rachimbourg se rapprochait de Kerahuel. Plus il avançait, plus il accélérait son allure, car les bateaux de pêche rentraient au port, mettaient leurs équipages à terre ; et il ne voulait pas faire attendre les électeurs déjà hurlants sur le quai et demandant impérieusement à boire.

CHAPITRE XXIV

Cette année-là, les employés de la régie, en leurs statistiques, enregistrèrent une considérable augmentation de la vente de l'alcool, à Kerahuel. Les électeurs burent longtemps et fort, acceptant sans vergogne les petits verres payés par Bourignat et Rachimbourg toujours en lutte, devant les comptoirs; et le matin du premier dimanche du mois de mai, selon la loi, bien avant l'heure fixée pour l'ouverture du scrutin, la population se transvasant de débit de boisson en débit de boisson, d'avance, au travers des rues, célébrait, en zig-zag, le succès probable de M. Bourignat. Sur un air venu de Paris, et du café-concert et de l'émeute poussé jusques à l'Océan comme un miasme, des chœurs braillaient :

« C'est Bourign', Bourign', Bourigne,
« C'est Bourignat qu'il nous faut ! »

— « Vox populi, vox Dei, » se dit avec dégoût Laguépie en marche pour aller surveiller le scrutin. S'il faut croire au sot adage de la sagesse des nations, voilà des voix divines et éraillées qui prophétisent bien des déboires à ce malheureux Rachimbourg !

Laguépie, au passage, excitait les quolibets du public parce qu'il portait à la main une des chaises de sa salle à manger. Imperturbablement, il laissa s'égayer les railleurs. Ayant refusé d'obéir aux injonctions de quelques ivrognes, oscillant depuis huit jours de cabaret en caba-

et, d'opinion en opinion, et qui lui commandaient de
crier avec eux, il ne témoigna pas d'impatience quand,
selon la coutume des polémiques bretonnes, il s'entendit
traiter de « chouan », de « blanc » et « d'émigré ».

Sans rien savoir des sentiments du docteur, Kerahuel,
à l'aveuglette, le soupçonnait d'hostilité contre la candidature de Bourignat. Dès lors Laguépie passait pour
un personnage suspect, partisan de l'église et de la
royauté. Bourignat, en effet, persuadait aux alcooliques
sous sa domination que ses adversaires, amis des prêtres,
suppôts des sacristies, agents du pape et de Rome, sti-
pendiés, en outre, par les héritiers de Louis XVII, rêvaient
de rétablir l'ancien régime, la dîme, le droit de jambage,
bien entendu, et de ramener l'époque détestée où les
manants, afin d'assurer un sommeil tranquille aux seigneurs, leurs maîtres, subissaient la contrainte de faire
taire les coassements des grenouilles en frappant l'eau
des étangs, avec des bâtons. Parmi tous ceux qui s'enthousiasmaient au retentissement de ces sottises, nul ne voulait s'apercevoir que, par l'exploitation de la dette,
Bourignat, pour son compte, reconstituait souveraine-
ment cette féodalité dont on redoutait le retour, et que
ni les femmes ni les filles ne se trouvaient protégées
contre ses secrètes luxures. Manquant d'argent aux jours
des échéances, elles cédaient à ses attaques, de leur abandon tiraient des délais, et consentant aux pires complaisances, d'après l'expression du pays, « faisaient pour leur
loyer ».

Laguépie, toujours traînant sa chaise, près de la mairie, se heurta à un barrage humain établi par le bonhomme Picherel. Sous les ordres du mareyeur, des
individus, tous ses subordonnés, mal payés du reste, et
vivant seulement du poisson que leur patron se laissait
voler parce que leurs larcins même les mettaient à sa
discrétion, occupaient, côte à côte, toute la largeur de
la rue. Picherel, en tenue de cérémonie, sabots aux pieds,
un chapeau haut de forme sur la tête, au dos une redingote trop large, officiait à sa manière, et, s'instituant
grand électeur, donnait la consigne d'interdire le passage
à quiconque ne montrait pas son bulletin de vote. La
vérification faite, il se chargeait d'intimider les indépendants — espèce rare — et de leur mettre dans la main
la liste pour laquelle il imposait qu'on se décidât. Afin
de mieux aider le changement d'orientation des cons-

ciences, les poches de son pantalon en coutil bleu, se gonflaient de la monnaie de carton inventée par Bourignat, monnaie transformable en liquide, chez tous les débitants des alentours.

Malgré ses ardentes protestations de fidélité et ses nombreux emprunts faits au coffre-fort de Rachimbourg, aujourd'hui, Ratouis dit Picherel, « travaillait » énergiquement pour Bourignat. Bourignat, en effet, promettait à l'expéditeur de poissons que, aussitôt devenu maire, il déterminerait le nouveau Conseil à créer une criée municipale, établissement moitié de vente, moitié de banque, où le mareyeur, pour acheter la marchandise et la payer immédiatement aux pêcheurs, moyennant un taux d'intérêt peu élevé, trouverait, chaque jour, une avance de trois mille francs fournie par les finances communales. Picherel ne méconnaissait pas l'irrégularité d'une pareille combinaison. Elle le séduisait néanmoins, et cependant il se disait honnête. Lui-même, au cours de ses trafics, se flattait de ne tromper personne, et il espérait précisément que sa réputation de probité empêcherait de soupçonner rien d'indélicat dans l'astucieux système lui procurant, aux dépens des contribuables, la somme nécessaire à la marche de son commerce. Bourignat, d'ailleurs, se déclarait certain de faire accepter la proposition par ses collègues, certain aussi de la faire agréer par l'autorité administrative quand la délibération serait soumise à l'approbation du Préfet. Donc, changeant de conviction par l'assurance d'un crédit permanent, Picherel, du jour au lendemain, opérait une effrontée volte-face et quittait le parti de Rachimbourg.

A Kerahuel, la trahison et la mauvaise foi semblaient naturelles. Elles se respiraient avec les puanteurs du port, point atténuées par le vent du large, et personne ne s'offusquait de voir Picherel maintenant opposé au maire dont jadis il suscitait la candidature, dont, la veille encore, argent comptant, il célébrait les mérites. De sa défection même, il tirait une sorte de force morale. On attribuait à sa dignité les variations de sa conscience. Car il passait pour incorruptible, et chacun, par culte des traditions locales, l'estimait davantage puisqu'il rompait désormais avec ce personnage étranger qu'on lui reprochait d'avoir autrefois intronisé dans le pays. Aussi Picherel, fort de sa lâcheté propre, fort de la lâcheté des autres, se haussait à la toute-puissance. Il l'exerçait sans scrupules. En grande tenue, dans le costume d'apparat qu'il portait aux jours de noces et de funérailles, il pratiquait l'escroquerie électorale, sereinement, ainsi qu'on accomplit un devoir.

— Je vous volerai tous les votes que je pourrai, disait-il aux distributeurs des bulletins de la liste Rachimbourg.

Garnafe entendit ce propos, se réjouit de l'impudente audace de cette franchise, et en demeura tout réconforté.

Quoique malade de langueur et traînant dans l'ennui la douleur toujours ressentie de la mort de son indigne femme, il était venu à Kerahuel tout exprès pour s'évertuer au succès de Bourignat. Bourignat, il n'en doutait pas, lui rendrait, au travers des terrains communaux, l'accès de la propriété sise sur l'emplacement du vieux cimetière. Même, il proposa de remplacer Picherel, si quelque besoin de nature obligeait momentanément Picherel à quitter son poste, dans la rue barrée. Mais l'autre refusa. L'habitude de ses propres perfidies le rendait soupçonneux, et il n'accordait jamais sa confiance à personne.

— Enfin, croyez-vous que ça marchera, et que nous aurons raison ?

— Écoutez, répondit Picherel.

Dans le matin clair où le parfum des premières roses du printemps montait, derrière les maisons, au-dessus des murs de jardins qu'on ne voyait pas, de la main, Picherel indiqua le bruit peu à peu rapproché de la voix des électeurs en marche vers le scrutin. Par des sentiers tortueux comme leurs âmes, ils venaient des hameaux, s'acheminaient vers Kerahuel. Près des croix debout au milieu des carrefours, ils se réunissaient, formaient des groupes, s'arrêtaient, se frappaient, l'un l'autre, sur l'épaule, causaient un instant, semblaient se concerter, puis, ensemble, reprenaient leur route. Des alouettes s'envolaient devant eux, et tous, sur l'air idiot, répétaient le refrain d'espérance :

« C'est Bourign', Bourign', Bourigne,
« C'est Bourignat qu'il nous faut ! »

Laguépie, sa chaise à la main, entra dans la salle de la mairie. Le buste en plâtre d'une femme aux traits vulgaires, massive de poitrine, la tête étroite, bestiale, et portant une couronne d'épis, sur la cheminée, représen-

tait la République. Descendant le long des parois avec
l'humidité des murs, des baguettes dorées enfermaient
les sept portraits des Présidents de l'État français depuis
1871. M. Loubet, plus récent, rayonnait dans un encadrement neuf; et, sous la poussière, l'oubli, les toiles d'araignées, envahissant Thiers avec ses lunettes, Mac Mahon
en uniforme de maréchal, Grévy et sa physionomie de
paysan retors, Casimir Périer derrière un grand col en
triangle et découvrant son cou. Félix Faure, sorte d'aris-
tocrate à la fois hobereau et plébéien, souriant comme un
cocher sur son siège, au-dessus de la foule, la figure de
Carnot témoignait d'une profonde mélancolie.

Entre deux assesseurs, les plus âgés, accoudés et déjà
bâillant d'ennui près d'une table couverte d'un tapis
vert que de l'encre tachait par places, Rachimbourg faisait
face à deux autres conseillers, plus jeunes, ceux-là, et
salivant sans cesse sur le parquet mal ciré. Selon la loi,
Rachimbourg présidait.

Il se tenait debout devant une caisse en bois blanc, de
forme carrée, garnie de deux serrures sur la partie antérieure et percée, au sommet, d'une fente longitudinale assez
large pour laisser passer les bulletins de vote. Cette espèce de petite malle était l'urne, d'où, le soir venu, sor-
tiraient les destinées du maire. Fiévreux de les connaître,
il pâlissait d'anxiété, et la face aussi blême que le plâtre
de la République placé derrière lui, entre ses doigts, nerveusement, il agitait un couteau à papier.

Il ne répondit pas au salut de Laguépie. Le docteur
s'assit dans un coin, près d'une fenêtre aux vitres rendues
opaques par des déjections de mouches, un enduit de
poussière et de pluie que l'on ne nettoyait jamais. D'un air
indifférent, il commença la lecture de son courrier, gro
paquet de journaux, de lettres, de brochures, et il mit, à
part, sur ses genoux, un dossier à couverture de papier
jaune, sur lequel, en lettres noires imprimées au poncif,
se lisait : Étude de Me Chalicorne, notaire à Paris. De
temps en temps, levant la tête, Laguépie examinait de
quelle façon le vote se pratiquait.

D'abord, apparurent des gens sages, endimanchés, et
tout droits dans leurs opinions, comme dans leurs habits
de fête. Ils venaient les premiers pour éviter les sollicitations, le bruit, les querelles et la cohue. Un à un, ils
s'avançaient d'un pas presque religieux, et, avec le sentiment qu'ils remplissaient une fonction souveraine, digne-

ment, montraient leur carte d'électeur. Un secrétaire
émargeait leur nom sur une liste alphabétique, et leur
numéro d'ordre vérifié, leur identité établie, ils tendaient au
président leur bulletin plié, replié, réduit à sa plus mince
mesure, et ne portant aucun signe extérieur. Rachimbourg le prenait, l'examinait d'un coup d'œil rapide, le
tâtait, et, malgré les précautions, renseigné, croyait-il
par la couleur du papier, du bout de son couteau de
bois, enfonçait le vote dans le trou béant, au-dessus de
la boîte.

Pour narguer Laguépie, il s'étudiait à faire preuve
de régularité. Des turbulents prétendant insérer, eux-
mêmes, leur bulletin dans l'urne, il défendait l'urne contre
ces entreprises, mettait la main sur l'orifice, montrait la
loi réglementairement étalée sur la table, citait le texte
de l'article 25; et, sur le mur, vis-à-vis de lui, le dernier
des Présidents de la République, plus en vue parce qu'il
était d'autorité plus nouvelle, semblait sourire à tant de
zèle, approuver tant de délicatesse.

A cause de la présence du docteur, quelques citoyens
notoirement pourvus d'un casier judiciaire, furent écartés
et se répandirent en protestations véhémentes. Leurs condamnations, d'ordinaire, ne les empêchaient pas de voter,
à Kerahuel, et leur étonnement se résumait dans les
propos d'un certain Barabbas, dont toute la capacité
civique résultait d'un long séjour en des prisons variées.

Aux époques d'élection, de commune en commune, il
promenait une soif inextinguible, et devenait électeur de
tous les scrutins autour desquels il trouvait du liquide
gratis. Ayant bu comme tous les autres, à Kerahuel,
comme tous les autres, il prétendait exercer ses droits de
citoyen ; au bout de ses doigts maigres que l'alcoolisme
faisait trembler, il agitait obstinément un bulletin, disant :

— Le père Picherel qui est planté, en bas, dans la rue,
le père Picherel me recommandait de donner ma voix à
Bourignat. Mais Bourignat, n'en faut pas ! Il vend trop
cher de la boisson qui ne soûle pas assez vite ; et le pauvre
monde « avec lui » dépense trop pour « avoir son plein ».
C'est un voleur auquel je vous préfère, vous, Monsieur
Rachimbourg, bien que, dans les débits, par là, on ne
chante guère de messes en votre honneur, mais moi, je
vous estime parce que vous êtes trahi. Alors je suis venu
vous apporter mon vote. Ce sera toujours une voix de
plus pour vous, quand on fera le compte.

Rachimbourg tressaillit. Il apprenait par Barabbas la déloyauté de Picherel. A qui se fier, si Picherel, lui aussi, manquait à sa parole ? Quelles espérances concevoir désormais si Picherel détournait les voix du côté de Bourignat ? Et Rachimbourg, sans moyens d'empêcher la perfidie et le désastre, ne pouvait pas même accepter le pauvre bulletin que Barabbas lui offrait, par pitié. Car Le Firbouc'h, dit Barabbas, n'était pas inscrit au rôle d'une des quatre contributions directes ; il n'était pas inscrit davantage au rôle des prestations en nature ; il ne satisfaisait à aucune des conditions requises par l'article 14 ; et pour éloigner Barabbas du scrutin, Rachimbourg insistait sur ces incapacités avouables, n'osait pas énoncer la tare capitale que Barabbas tenait de la Cour d'Assises.

— Alors, vous ne voulez pas de mon billet, dit Barabbas, toujours montrant son papier.

— Non ! répondit fermement Rachimbourg.

— Allons, tant pis ! Je vous le donne tout de même, vous en ferez ce que vous voudrez ! ·

Il jeta le bulletin sur la table, puis :

— Croyez-moi, vous avez tort de ne pas suivre mon conseil et de ne pas le mettre dans votre tronc, vous verrez que, avec bien d'autres, vous le regretterez tout à l'heure !

Il fit le salut militaire, sortit.

Derrière lui, des électeurs survinrent qui ne présentaient pas de carte électorale. Ils la disaient perdue par leur femme ou déchirée par leur enfant ignorant l'importance de « ce bout de billet ». Ils donnaient des explications verbeuses et prolixes, affirmaient « qu'on les connaissait bien, dans le pays », et leur identité, vaille que vaille, constatée par la complaisance des membres du bureau, Rachimbourg, croyant s'assurer des suffrages, admettait ces irréguliers à prendre part au vote.

Laguépie protesta contre ces pratiques.

Dehors la chanson :

> « C'est Bourign', Bourign', Bourigne,
> « C'est Bourignat qu'il nous faut ! »

retentissait plus haute et plus menaçante. Rachimbourg, sentant la nécessité de se concilier, par tous les moyens, les bonnes grâces des électeurs, déclara qu'il ne tiendrait aucun compte des observations de Laguépie. Il alla jusqu'à les traiter de « ridicules exigences », et le bureau, entraîné par sa parole, approuvait, à tout hasard.

Laguépie s'entêtait :

— Nulle part, en France, on ne tolérerait pareille illégalité !

— En France, on fait ce qu'on veut, en France, répliqua Rachimbourg, mais ici, nous sommes en Bretagne, et « c'est comme ça » !

« C'est comme ça ! » Ainsi Rachimbourg, mentant à tout son passé, afin de mieux flatter les instincts séparatistes de la clientèle électorale, en arrivait à contester que la Bretagne fît partie de la France ! Bassement, et parce qu'il s'imaginait servir son ambition, il répétait l'exaspérante formule par laquelle le Breton justifiant son apathie, son horreur de la nouveauté, son mépris de la loi et des règlements, défend ses traditions de barbare et se refuse à toute régularité, comme à toute justice. « C'est comme ça ! » Cette phrase n'indignait plus Rachimbourg comme autrefois, alors qu'il essayait de combattre les préjugés et d'éveiller les intelligences. Il la redisait presque ingénument tant les calculs de l'intérêt politique détruisent peu à peu les principes les plus élémentaires de la logique et du bon sens. Par une dégradation d'esprit dont il ne paraissait pas s'apercevoir, dans son âpre désir de devenir l'élu de ses inférieurs, il se diminuait à leur mesure et leur concédait tout, jusqu'au désordre, jusqu'à la licence. D'ailleurs, quelle autorité possédait-il pour les contraindre à la dignité, puisque lui-même, favorisant leur infirmité morale, par alcool et par argent, les invitait aujourd'hui à trafiquer de leur conscience !

— Lisez les textes, insista Laguépie.

— « C'est comme ça ! » répéta Rachimbourg. D'ailleurs, puisque vous connaissez si bien la loi, vous devez savoir que, dans les salles de scrutin, il est interdit de faire du tapage.

L'avertissement imprévu donné par Barabbas, les chants qui ne cessaient pas au dehors, faisaient perdre à Rachimbourg tout sang-froid et toute confiance. La contradiction l'irritait, et voilà qu'il doutait de la teinte du papier ! Il lui semblait que les bulletins entassés, par le trou de la boîte placée devant lui, criaient aussi à ses oreilles :

« C'est Bourign', Bourign', Bourigne,
« C'est Bourignat qu'il nous faut ! »

Mais il les ferait taire, ces voix insolentes! Il les étouffe-
rait sous un tel amas de bulletins portant son nom que
leur clameur enfin n'oserait plus se faire entendre. Les
bulletins, il les tenait là, tout préparés, dans la poche de
son veston. Avec la complicité des assesseurs, tous,
hommes de sa liste, il les fourrerait dans l'urne. Quoi de
plus simple, ensuite, que d'émarger sur la feuille de
contrôle, un nombre égal ou d'absents ou de morts?
Mais pour la réussite de ce subtil travail, il fallait ne
craindre ni surveillance, ni surprise; et, ayant combiné
d'avance les moyens d'éloigner Laguépie, Rachimbourg,
de temps en temps, regardant la porte, épiait l'arrivée
d'un personnage sur lequel il comptait et qui lui semblait
beaucoup se faire attendre.

Laguépie, redevenu silencieux, continuait à lire sa
correspondance. Le dossier où s'inscrivait le nom de
Me Chalicorne, notaire à Paris, l'intéressa si profondément qu'il ne vit pas entrer Baluche.

Baluche marchait les pieds nus dans des sabots garnis
de petites lamelles en fer-blanc ramassées parmi les
rognures provenant du découpage des boîtes à sardines.
Par cette armature, il garantissait la fragilité de sa
chaussure de bois contre les fendillages résultant des
chocs. L'air provocateur, devant la boîte du scrutin, il
s'institua l'avocat de Barabbas.

— Alors, dit-il, c'est parce que Barabbas n'appartient
pas à la commune qu'on n'a pas voulu de son bulletin?

— Certainement, affirma Rachimbourg. Il avait réglé
la scène, et donnait la réplique, comme au théâtre.

— Mais, riposta Baluche, les « estrangers », pourtant,
sont électeurs à Kerahuel. Demandez plutôt à celui-là,
ici, qui est là-bas.

D'un geste méprisant, il désigna Laguépie. Laguépie,
soupçonnant quelque traquenard, rangea les papiers timbrés qu'il consultait; et, curieusement, leva la tête.

— Pourtant, continua Baluche, Barabbas ne ressemble
pas à ce « morceau » de médecin, venu on ne sait d'où,
et qui ne connaît seulement pas la moitié de son métier.

Il récitait une leçon, et s'exaltant à froid, dans une dia-
tribe ordonnée et offensante, il débita toutes les grossièretés, toutes les niaiseries aussi par lesquelles Kerahuel,
inventif en diffamations, salissait la personne et le savoir
de Laguépie. Avec d'agressifs commentaires, il évoqua
l'aventure de la morphine, s'étendit sur la prétendue

maladresse du docteur prescrivant aux malades des drogues inconnues bonnes seulement « pour leur faire passer le goût du pain », célébra la perspicacité d'Astérie qui, par frictions et prières appliquées à propos, réparait les erreurs de la science et sauvait miraculeusement M. Bourignat.

— Le pauvre cher homme ! Sans la bonne sœur, on n'aurait pas pu voter pour lui. Pas moi, cependant, vous connaissez mes opinions, vous, Monsieur Rachimbourg. Mais tout de même, quelle mauvaise chance pour M. Bourignat, quand il tombait entre les mains d'un propre à rien qui ne le « sondait » même pas !

Par le mot « sonder », Kerahuel désignait la pratique de l'auscultation. Il en exigeait l'emploi pour établir le diagnostic de toutes les maladies ; et, à toutes les raisons de discrédit soulevées autour du docteur, celle-ci s'ajoutait que, dans les cas de panaris, de luxations, de jambes cassées, de bras démis, de gale aussi — et ils étaient nombreux — Laguépie négligeait d'appuyer son oreille sur le dos et sur la poitrine du patient. Donc Kerahuel se passerait volontiers d'un médecin jugé comme incapable, puisqu'il ne « sondait pas », d'abord, et en toute occasion.

Baluche, en outre, émettait l'avis que les « rebouteux » ne manquaient pas, aux environs, la santé publique souffrait moins, pendant les absences de Laguépie.

Malgré la rigoureuse conduite de raisonnements appris à l'avance, l'orateur semblait fort échauffé par l'alcool. Laguépie, ennuyé par la comédie, dédaigna de relever les outrageantes allégations de Baluche. En souriant, il se contenta de regarder Rachimbourg, curieux de voir quelle attitude le maire prendrait vis-à-vis de ce vociférateur, et s'il ne l'expulserait pas, au moins pour flagrant délit d'ivresse publique. Mais Rachimbourg, tout à l'heure si respectueux du calme imposé par la loi, dans les locaux affectés aux élections, Rachimbourg n'invoquait plus les textes, et sans souci de faire la police de la salle, laissait Baluche déblatérer tout à l'aise. Personne, au bureau, ne protestait contre ce bavardage tumultueux. Seul, un assesseur lassé de lui-même, s'était levé, et d'une cloison à l'autre, entre les portraits des Présidents de la République, se promenait, l'air hébété.

Sur un clignement d'yeux de Rachimbourg, Baluche poursuivit. Il entama, à sa façon, la question économique,

rappela l'article de Laguépie traitant des procédés
pour pêcher la sardine, ressassa les vieux griefs, éclata en
reproches, en plaintes. Finalement, il conclut. Au lieu de
soupçonner les honnêtes gens, ceux-là qui ne se connaissaient à rien à Kerahuel, pas même au vent qui vente,
feraient bien mieux de rester auprès de leurs livres, d'étudier pour apprendre à ne pas nuire au pauvre monde, et
surtout de ne pas jouer le rôle d'espions, en s'installant
dans la salle du scrutin, à côté de l'urne.

Baluche, évidemment, n'improvisait pas toutes ces
gentillesses. Rachimbourg lui avait soufflé ce réquisitoire ; et le maire comptait que le blessant amas de tant
d'absurdités exaspérerait le docteur, le pousserait à
quelque excès de parole. Si Laguépie se fâchait, il l'ac-
cuserait de provoquer du scandale, beau prétexte alors
pour l'expulser, au nom de la loi ; et Laguépie mis dehors,
l'urne désormais délivrée de son gardien resterait abandonnée, immensément ouverte à toutes les fraudes.

Devinant le piège, Laguépie ne commit pas la maladresse de s'irriter et de répondre. L'enfantillage du
stratagème l'humiliait cependant. Mais, persuadé que la
moindre exclamation, le moindre geste, aussitôt inter-
prétés contre lui, amèneraient son éviction, il s'évertua
à se taire. Il s'efforça même de ne pas hausser les épaules ;
et dans la contention de son individu appliqué à garder
le silence et l'immobilité, courbatu par la sottise ambiante,
il éprouvait une infinie fatigue, et d'esprit, et de corps.

Des mouches volaient, montées des fumiers voisins. Au
travers de leur bourdonnement, au milieu des relents de
poisson pourri que les citoyens laissaient derrière eux,
avec leurs suffrages, on entendait les voix du lointain qui
chantaient sans relâche :

> « C'est Bourign', Bourign', Bourigne,
> « C'est Bourignal qu'il nous faut ! »

Baluche, confondu devant le néant de son éloquence,
par une audace suprême, essaya de précipiter le dénoûment qui tardait à son gré. Ayant tout dit de ce qu'il
avait appris, et ne sachant rien inventer au delà, face à
Rachimbourg, il s'assit sur la chaise laissée libre par
l'assesseur errant. Alors, se déchaussant de ses sabots
boueux, l'un après l'autre, il mit ses deux pieds sur la
table, ses pieds difformes qui, lors du Conseil de révision,

avaient déconcerté le médecin-major. A droite et à gauche, ils entouraient la boîte du scrutin.

Sales démesurément, humides et chauds de la sueur d'une longue marche, autour de l'urne, ils fumaient ainsi que de l'encens. Ils redoublaient d'odeur cependant que, Baluche, contre Laguépie, redoublait de vitupérations, éructait, pêle-mêle, des phrases déjà prononcées; et que Rachimbourg s'ébrouant au-dessus de ces orteils à jamais inconnus à l'eau propre, les respirait comme le parfum même émané du suffrage universel.

Laguépie étudiait de hautes feuilles de papier timbré; et à mesure qu'il les tournait, son visage s'épanouissait, illuminé par une radieuse ironie. Satisfait de son examen, il posa le dossier, par terre, à côté de lui, leva les yeux. A travers la buée dégagée des longs pieds de Baluche, il aperçut, entre les cadres d'or, les portraits des sept présidents de la République depuis 1871. Tous, devaient leur élévation à des scrutins pareils en vilenies physiques et morales. Alors, il ne s'étonna plus des tristesses de la physionomie du douloureux Carnot affligé jusqu'à la mort d'une honnêteté qu'il ne communiquait à personne. Il comprit aussi que les pieds de Baluche, devenus symboliques, s'étendaient à l'horizon dans les mairies de toutes les communes de France où les candidats, déférents et penchés, ainsi que Rachimbourg, par on ne savait quelle ambition de déchéance, humaient délicieusement la fétidité des multitudes.

Laguépie ne se mettant pas en colère, Rachimbourg, à la longue, s'offensa du guet-apens qu'il avait cyniquement préparé. L'ignominie lui devenant intolérable, brusquement, il commanda à Baluche de se retirer.

Baluche se révolta :

— On ne l'avait pas appelé, peut-être, pour le jeter à la porte, et il resterait là, au poste qu'on lui avait donné la consigne d'occuper.

Rachimbourg essaya de la conciliation :

— Eh bien oui, tu as raison. Mais voilà assez longtemps que tu parles. Si tu n'avais pas tant bu, tu verrais que tu gênes ces messieurs.

— C'est vrai, dit effrontément Baluche. Les jours comme celui-ci, je bois autant que je peux, et pas autant encore que je voudrais. On ne me voit pas beaucoup ivre, d'ordinaire, et c'est pourquoi, maintenant, je me fais remarquer. Ceux qui se soûlent toute l'année, on ne les appelle pas ivrognes, parce qu'on prend l'habitude de leur vice, tandis que moi, c'est ma bonne conduite passée qui, à présent, me déconsidère.

Il retira ses pieds de la table, les remit dans ses sabots, et debout auprès de sa chaise, il répétait.

— Voyons, voyons ! Je vous le demande ? Ce que je dis, est-ce que ce n'est pas juste ?

Il prenait l'assemblée à témoin, interpellait les membres du bureau chacun par son nom, les interrogeait :

— Si vous croyez que ce n'est pas juste, il faut me le dire !

Ils se taisaient. L'assesseur, qui se promenait de long en large, s'approcha de Baluche, lui mit amicalement la main sur l'épaule.

— Allons, va-t-en !

Et il tentait de l'entraîner :

Baluche récriminait :

— Quoi donc ! On le chassait maintenant. Pourquoi ? Parce qu'il n'était pas convenable. Pourtant il se tenait comme on lui avait dit de se tenir. Il parlait comme on lui avait enseigné à parler. Sans l'argent et les conseils qu'il avait reçus, croyait-on qu'il serait venu, ici, faire le pantin !

Laguépie reprenant ses papiers, les compulsait, les annotait, au crayon, dans la marge. L'assesseur, avec patience, tout doucement, poussait Baluche vers la porte.

— Au moins, dit Baluche, attendez que j'aie voté.

Et tirant de sa poitrine, entre son gilet déchiré et sa peau velue, un bulletin qu'il avait écrit lui-même, il ajouta :

— J'ai bu, je ne dis pas le contraire. La vérité avant tout ! Mais permettez-moi de vous faire observer, Monsieur Rachimbourg, qu'ils ne devraient pas me reprocher la boisson, ceux-là qui m'ont payé à boire !

L'air très digne, il tendit son papier, le regarda tomber dans l'urne, imita la génuflexion d'un prêtre devant le tabernacle, et, en s'en allant, dans la rue, il chantait :

« *C'est Bourign', Bourign', Bourigne,*
« *C'est Bourignat qu'il nous faut !* »

Laguépie se leva. Jusqu'alors il avait retardé de voter, et vota délibérément, après Baluche, pour goûter l'amertume de se sentir l'égal d'une aussi déshonorante brute.

Il revint à sa place; et, avant de reprendre son travail, s'adressant à Rachimbourg :

— Monsieur le Président permettra-t-il que j'ouvre la fenêtre ?

— A votre aise.

Par la fenêtre ouverte à deux battants, les miasmes électoraux apportés par Baluche, dans l'air limpide de midi, s'évaporèrent.

Au bureau, Rachimbourg retrouvant de la conscience, demeurait humilié de la révélation faite par Baluche, regrettait les perfidies dont Baluche s'avouait infidèlement le complice. A quoi servaient-elles puisque Laguépie, entêté contre l'injure, n'abandonnait ni la salle, ni la surveillance. Désormais, Rachimbourg renonçait à faire violemment tourner le scrutin en sa faveur. Les moyens lui manquaient, il se trouvait au bout de son audace. Quoi tenter à présent? Plus encore que de sa candidature compromise il souffrait de mériter le mépris d'un homme qu'il estimait, et il avait hâte de fuir cette mairie d'infection où, en même temps que son espoir, périssait sa dignité.

L'heure du déjeuner sonnant avec l'Angelus, il se fit remplacer par l'adjoint, prescrivit de prendre soin que trois membres de bureau, au moins, fussent toujours présents dans la salle. Pour l'instant, il se désintéressait des opérations du scrutin, et il excusait son inexplicable retraite par une migraine subite, le besoin de manger et de prendre l'air.

Dans la rue, les groupes qu'il traversa lui parurent hostiles. Des gens qui braillaient : « C'est Bourignat qu'il nous faut, » lui demandèrent de l'argent. Par habitude d'être volé, il leur donna encore quelques pièces blanches. Le père Picherel, sous son chapeau haut de forme, le vit venir, et lui tourna le dos. Encore qu'il connût pertinemment la trahison du bonhomme, s'efforçant de douter d'une vérité désagréable, il alla le trouver et, du ton dont on s'enquiert des nouvelles d'un malade, il demanda :

— Comment ça va-t-il ?

— Mal, répondit Picherel. Ce n'est pas pour vous dire une chose, mais vos amis eux-mêmes ne votent pas pour vous.

Alors il cita trois candidats, lesquels, portés sur la liste de Rachimbourg, se prononçaient ouvertement pour

Bourignat et ses compères. Il les nommait à voix basse, en les dénonçant espérait dissimuler sa propre tromperie, dont l'impudence et la fausseté se manœuvraient avec une telle souplesse que Rachimbourg ne savait pas s'il devait l'admirer ou le battre.

— Qu'est-ce que vous voulez? Le sort en est jeté!

Par peur de prononcer des paroles trop graves, il émettait des banalités, concluait par la phrase résignée des pêcheurs en détresse au milieu des flots démontés de la mer.

— « A Dieu vat! »

— Vous avez raison, « à Dieu vat », reprit le père Picherel qui, lui aussi, craignait de ne pas garder assez de silence.

Rachimbourg, écœuré de lui-même et des autres, s'éloigna. En chemin, il se déroba aux protestations d'amitié de Barabbas lui offrant, à nouveau, ses bons offices; et, passant devant l'église, il aperçut Mme Bourignat. Par le porche béant d'où sortaient des odeurs de crasse et de nopal, il la vit tremper sa main dans l'eau bénite croupie entre des moisissures vertes au fond d'une grande cuve de pierre. La dame prit à droite, au milieu de l'ombre du bas-côté, s'agenouilla près d'un cierge brûlant devant la chapelle du Rosaire. Elle l'avait restaurée à ses frais, considérait dès lors que Marie était son obligée; et, comme Bourignat ne laissant pas de répit aux débiteurs dont la dette tombait à échéance, créancière dévote, elle tentait d'extorquer l'intervention de la Vierge. Rose mystique, tour de David, miroir de justice, vase d'élection, elle l'appelait de tous les noms que lui donnent les litanies, implacablement, la harcelait de ses prières. Rachimbourg regretta de manquer de foi, car abandonné par les hommes, à cause de son scepticisme, il ne gardait pas même la ressource de compter sur les puissances d'en haut.

Mais Mme Bourignat doutait donc du succès, puisqu'elle se prosternait, toute en oraisons, devant un autel! Rien n'était désespéré peut-être, et Rachimbourg se demandait s'il devait raisonnablement prendre au sérieux ces voix de cabaret appelant Bourignat au pouvoir. Qui savait si par une invention secrète de son esprit de fausseté, Kerahuel ne feignait pas d'acclamer l'homme qu'il projetait sournoisement de détruire? Cette idée rassurait un instant Rachimbourg, il la trouvait consolatrice et bien d'accord avec le caractère dissimulé des électeurs. Confiant dans le hasard qui, souvent, supérieur aux combinaisons, change la fortune des individus et le destin des peuples, le cœur plus léger, il marchait sur la falaise, ne se pressait pas de rentrer à la villa du « Haut des Dunes ». Il flânait, s'encourageait au cours de sa flânerie. Voyons? Pourquoi cesserait-il d'être maire? Cette hypothèse lui paraissait absurde, démesurée; et s'imaginant que la déconfiture arriverait d'autant plus terriblement qu'il la redouterait davantage, il s'étudiait à la sécurité, par bravade, en arrivait même à dédaigner le résultat qu'il souhaitait si fort.

A mesure qu'il promenait sa rêverie superstitieuse, la maison commune, l'élection, le bureau, les assesseurs, lui semblaient devenir lointains et imprécis. Les bruits de la foule se confondaient pour lui avec le bruit des coquilles d'escargots que, parmi les touffes de chardons, il écrasait au passage, et les chansons imbéciles se dispersant sous le ciel tiède où montaient des parfums de fenouil et de menthe sauvage, leurs paroles s'évaporaient en un murmure doux et continu dans lequel il ne distinguait plus aucun sens. La mer, au loin, s'étendait, solide et calme comme une immense plaque d'émail bleu. Derrière les vibrations de la lumière tendant sur l'horizon d'étincelantes draperies de gaze et d'argent translucides, des aigrettes de clarté dansaient à l'infini sur la surface unie de l'Océan. Et dilaté de tout son individu, enivré de disparaître, pénétré, plongé, confondu parmi les vagues de l'air et les souffles purs du large, délicieusement perdu dans la radieuse indifférence de la nature et du soleil, Rachimbourg disait :

— Après tout, qu'ils fassent donc ce qu'ils veulent, là-bas, avec leurs élections. A la fin, je m'en moque !

Tout à coup, sans voir personne, il entendit une voix. Elle fredonnait :

« C'est Bourign', Bourign', Bourigne,
« C'est Bourignat qu'il nous faut ! »

Il sursauta. Par ce nom de Bourignat retentissant jusque dans la solitude, Rachimbourg, malgré lui, fut ramené à ses ambitions, à ses transes, à ses misères.

Il chercha d'où venait ce refrain de menace. Il sortait d'un trou creusé dans la dune par des marins tirant du sable pour servir de lest à leurs navires. Une petite source suintait de l'excavation, entretenait de la verdure, de la fraîcheur ; et, dans le fond, Rachimbourg aperçut une forme humaine. Il reconnut M. Pascal.

Etendu sur une pierre disposée en forme d'oreiller, les mains jointes sur le ventre, un journal entre les doigts, Chien-de-Nous dormant à ses pieds, M. Pascal gardait l'attitude immobile des statues, sur les tombeaux, dans les cryptes funéraires. Il avait placé sur sa figure son chapeau en jonc de Yokohama. Hébété par l'isolement, il regardait le ciel, entre les interstices des tresses de la calotte ; et, tout en comptant les trous lumineux scintillant ainsi que des astres, machinalement, sans intention, il chantonnait l'air que, depuis le matin, Kerahuel forcené lui braillait aux oreilles.

— Alors, vous aussi, Monsieur Pascal, vous tenez pour ce Bourignat ? demanda brutalement Rachimbourg.

— Je répète un couplet auquel je ne comprends rien et qui m'obsède, répondit M. Pascal sans bouger ; et vous pouvez voir que les élections ne me préoccupent pas.

— Alors, reprit Rachimbourg, il vous est égal que je ne sois plus maire ?

— Que m'importe, à moi, l'homme qui signera mon acte de décès, repartit M. Pascal.

Il ne quitta point sa posture, et, sous son chapeau, recommença à dénombrer ce qu'il voyait d'étoiles.

Les cœurs passionnés ne comprennent pas qu'on parle avec sang-froid des intérêts pour lesquels ils s'exaltent, et Rachimbourg, mis de mauvaise humeur par le détachement de M. Pascal, en s'en allant, le long des sables, haussait dédaigneusement les épaules.

Rachimbourg passé, M. Pascal se dressa sur son séant, et, rouvrant le journal plié entre ses doigts, il lisait, une fois encore, un article qui l'inquiétait, depuis la veille. Intitulé *les Épaves d'un crime*, cet article annonçait que l'Administration des Domaines, à laquelle le greffe du Parquet remet, conformément à la loi, les différentes pièces à conviction provenant des procès ou enquêtes criminels, vendrait prochainement, à Paris, dans la salle de la rue des Ecoles, une valise, une couverture, des boutons de manchettes, une paire de gants, un couteau avec poinçon, le tout trouvé jadis sur la banquette d'un wagon auprès du cadavre d'un trésorier-payeur général assassiné. Ce matériel passait pour appartenir au meur-

trier. Les plus actives recherches n'avaient jamais fait
découvrir la piste du coupable; et dix ans de chasse à
l'homme n'amenant point de capture, les magistrats,
classant l'affaire, livraient aux enchères publiques des
objets désormais encombrants et inutiles.

A propos de ce bric-à-brac, maintenant d'apparence
insignifiante, le journal évoquait l'émotion de Paris
apprenant, un matin, le mystère d'un crime commis dans
un compartiment de première classe et raillait, à distance,
l'incapacité d'un chef de la police célèbre surtout parce
que les assassins échappaient à ses investigations et à ses
agents. Le rédacteur, pourtant, insinuait que, dans ce cas
particulier, le fonctionnaire bien renseigné, par ordre
supérieur, avait accepté d'encourir le sarcasme et le ridicule, en n'arrêtant pas un inculpé facile à découvrir,
mais que, pour des raisons secrètes et sentimentales, les
pouvoirs publics tenaient essentiellement à protéger
contre la justice et contre le scandale. Relevant les contradictions, les incohérences de la version fournie au
public et acceptée par lui, il indiquait des coïncidences
oubliées et laissait entendre combien les esprits clair-
voyants et les lecteurs au courant de la vie parisienne,
détermineraient aisément le nom et la fonction du meur-
trier disparu. C'était à son nom, du reste, qu'il devait de
vivre encore. Mis à l'abri par cette police même qui semblait chargée de l'incarcérer, point ignoré des magistrats, protégé par toute l'obscurité consentie autour de
lui, est-ce que, dans un pays lointain, le scélérat ne
vivait pas, à la fois libre et prisonnier?

Sans méchanceté, la plume entraînée par le seul besoin
de « faire de la copie », de Grafion, le signataire de l'article, se demandait si ce n'était point, par aventure, ce
détenu en plein air qu'il rencontrait, il ne savait plus où,
disait-il, certain jour de fête celtique, dans cette bourgade
reculée de l'Armor où des menhirs en carton peint se
dressaient, près d'une chapelle, au bord de l'Océan.

Suivaient des considérations de philosophie et d'histoire
d'où il résultait que, malgré la Révolution proclamant le
principe de la liberté individuelle et de l'égalité devant la loi,
la raison d'État, supérieure aux codes, puissante et domina-
trice pour un gouvernement démocratique comme pour
l'ancien régime, supprimait les procès dangereux en
faisant disparaître les accusés. Peut-être la République
se montrait-elle, à leur égard, plus clémente que la Mo-

narchie ! Au lieu de les laisser dépérir de consomption
« sur la paille humide des cachots », elle les dépouillait
de leur personnalité, avec des appellations supposées,
les internait en des endroits éloignés du monde, et créait
ainsi, pour des criminels considérables et ménagés, des
espèces de « Bastilles à ciel ouvert ».

M. Pascal se sentait dénoncé par chacune des lignes
de cette chronique. Il s'imaginait que Paris tout entier,
le découvrant au milieu des réticences et des sous-entendus, n'ignorerait plus ni son nom réel, ni le lieu de sa
retraite. Peut-être que les procureurs mis en mouvement, malgré eux par un retour offensif de l'opinion, se
verraient contraints de reprendre les poursuites abandonnées. Alors, dans le Château de Tristan où il tremblait
encore au souvenir des gendarmes cherchant le pilote
Yvor, ce serait à lui, bien à lui, cette fois, que le bri ga-
dier exhiberait un mandat d'amener. On le traînerait en
Cour d'assises; il lui faudrait soutenir les débats d'un
procès, et comment se défendrait-il aujourd'hui d'un,
acte de folie auquel il ne comprenait plus rien, tant son
vieux crime, à présent, lui paraissait chimérique, invraisemblable et hors de la passion. Puis, après des audiences
d'où il sortirait condamné à la peine capitale, comme
les assassins à la décapitation desquels il avait assisté, par
un matin gris, à l'heure où s'éteignent les becs de gaz,
il se voyait entravé des pieds, les coudes liés en arrière, et
plus sautant que marchant entre deux exécuteurs qui pousseraient sa tête terreuse sous le couperet de la guillotine,
triangle d'acier clair en haut de montants rouges, au
lever du soleil.

Mais, sans doute, il accordait trop d'importance à des
fantaisies uniquement rédigées pour remplir les colonnes
d'un journal, et qui, du matin au soir, s'oublieraient
avec l'éphémère papier sur lequel elles s'imprimaient.
Seul, parmi tous les lecteurs de l'article, il prêtait peut-
être aux phrases un sens démesuré, et seul, il perçait des
mystères incompréhensibles et négligeables pour le reste
du public. Il le relisait, cet article, et n'y rencontrait plus.
de raisons pour s'émouvoir. Même, il le jugeait plein de
précaution, ligne par ligne, se persuadait que, personne
excepté lui, Pascal, ne pouvait en saisir les allusions
vagues et voilées. D'ailleurs, après des années si longues,
qui donc se reprendrait d'assez d'indignation contre un
crime pour réclamer le châtiment du criminel ? Il savait

la versatilité des esprits, leur faculté d'oubli, leur impuissance surtout à s'intéresser aux aventures du passé. Est-ce que Jud tuant un conseiller à coups de revolver, Walter fracassant un pharmacien à l'aide d'un siphon, l'inconnu précipitant un Préfet sur les rails d'une voie de chemin de fer, d'autres encore, étrangleurs de filles publiques, massacreurs d'enfants violées ou assommeurs de vieilles dames, ne défiaient pas les recherches de la police, encore que, de temps en temps, une gazette évoquât leur mémoire et leur férocité ? Comme eux, il entrait dans la légende des coupables que la justice n'atteint pas et dont l'insaisissable existence fournit périodiquement matière aux conversations des bourgeois et à la copie des journalistes.

Sornettes que tout cela ! Et comme si, en se débarrassant de l'article, il se débarrassait de ses appréhensions, M. Pascal jeta le journal loin de lui. Puis, sortant du trou de verdure et d'ombre où il se terrait de peur, l'esprit plus calme, il se promena sur la falaise.

Devant lui toute la mer bleuissait, pailletée d'étincelles. Elle dépassait des îlots, au large, des pierres brunes et luisantes au-dessus d'une frange de mousses ; découpait dans la terre de vastes échancrures qu'elle délimitait d'une ligne d'écume. La marée montait, vague à vague, s'engouffrait en des criques hérissées de rochers à fleur d'eau d'où elle redescendait en longues cascatelles. Mais le spectacle du flot amenant rythmiquement sur le sable ses volutes tranquilles, n'assoupissait plus la pensée de M. Pascal. Il ne se sentait plus ignoré et seul dans l'immensité des vagues et de l'espace. Il se croyait dévisagé par la femme indifférente passant auprès de lui, un fouet à la main, et conduisant ses vaches à de maigres pâturages. Sans doute, ils le reconnaissaient ces tireurs de goémons couchés sur le ventre, auprès de leurs outils, la tête au-dessus de leurs bras croisés. Il s'imaginait être sournoisement espionné par leurs yeux le suivant, pas à pas, à ras du sol. Et l'enfant courant là-bas et grimpant au lointain dans une charrette dont le cheval trottait vers le village, n'allait-il pas, en hâte, se flatter près des gendarmes d'avoir découvert à Kerahuel l'assassin que l'on disait à jamais introuvable ?

Le bruit humide et cadencé du flux allant et venant sur la plage, le bruissement d'un lézard fuyant entre les chardons secs, le claquement des varechs foulés et criant

sous ses pieds, le frisson métallique des débris de fer-
blanc, déchets de la fabrication des boîtes à sardines,
posés çà et là en manière de défense, sur la crête des
petits murs de pierre, tous les murmures indistincts de
la solitude et du silence lui paraissaient prendre des voix
humaines et délatrices. La dénonciation lui semblait
retentir jusque dans les nuages avec la plainte des
courlis envolés par delà les écueils; il l'entendait dans
le grésillement des poux de mer sautant entre les feuilles
de goémon à la limite mouillée où s'arrête le flot; et,
plus près, elle assourdissait ses oreilles avec le bêlement
d'un troupeau de moutons noirs, broutant, autour de lui,
l'herbe rousse de la falaise.

Tout à coup, les moutons s'enfuirent en désordre,
Chien-de-Nous les effrayait. Il arrivait à toutes pattes.
L'air joyeux parce qu'il croyait remplir une fonction
utile, il portait dans sa gueule un papier plié en long. De
loin, M. Pascal reconnut le journal qu'il avait abandonné
et ses terreurs redoublèrent en voyant le menaçant
article reparaître aux dents du chien. Affolé par cette obsession, il fit le mouvement de se baisser. Chien-de-Nous,
sachant par expérience que ce geste était toujours suivi
d'une pierre tombant sur sa piteuse échine, brusquement,
retourna sur ses pas. Quand il se jugea hors de portée,
il s'arrêta, et pour se distraire, des ongles et des crocs,
il déchiquetait le journal dont les morceaux, emportés
par la brise, s'éparpillaient aux quatre coins de l'horizon. M. Pascal les regardait s'envoler, et songeait que,
derrière cet exemplaire détruit, d'autres exemplaires,
multipliés par l'activité des presses et des tirages, portés
par les chemins de fer, embarqués à bord des paquebots,
révélaient à la France et à l'étranger le mystère de sa
personne et de son crime. Empêché de fuir puisque,
maintenant en aucun pays de l'univers il ne passerait
inaperçu, emprisonné par l'opinion, captif dans Kerahuel
qu'il ne quitterait pas sans éveiller les soupçons, la mort
lui parut l'unique refuge de discrétion et de sûreté auquel
il pût désormais prétendre.

La mort ne l'épouvantait pas. Il la préférait à l'exé-
crable ennui de sa vie, à Kerahuel; mais la mort, il la
voulait subir volontairement, par ses propres soins, loin
de l'appareil de la justice et de la curiosité des hommes
et qu'elle devînt pour lui, non un châtiment, mais une
délivrance. Depuis longtemps, il s'habituait à l'idée de

ne plus exister. Mais étudiant les divers moyens de suicide, noyade, revolver, couteau, pendaison ou toxique, il
ne se décidait immédiatement pour aucun. Tous, donnant à son décès un aspect réfléchi, provoqueraient des
commentaires importuns. Or, il entendait que sa personne, pour la tombe même effacée et obscure, glissât
au néant sans causer plus d'intérêt et d'émotion qu'un
caillou coulant à la mer. Il en arrivait à souhaiter
la faveur d'un accident, la fortune d'une catastrophe. Il
courait au devant; et, plus tard, en face de son cadavre
attribué au hasard, nul ne s'aviserait de ce qu'il avait
fallu de douleur et de volonté pour faire cette épave humaine.

Toujours discutant avec lui-même il alla se cacher
parmi les roches du « Château de Tristan ». Là, par l'embrasure d'une vaste meurtrière, au-dessus de Kerahuel,
il aperçut le sémaphore où les guetteurs hissant à la
corne du mât la boule de prélart appelée cône sud, au
milieu du beau temps, signalaient des dépressions mété-
réologiques, des menaces de grosse mer. Puis, harassé
par ses transes, n'osant même plus regarder l'océan où
des vaisseaux, peut-être, voguaient à sa poursuite, il se
laissa tomber, dormit, et dans la fièvre de son sommeil
la chanson :

> « C'est Bourign', Bourign', Bourigne,
> « C'est Bourignat qu'il nous faut. »

le hantait, comme un cauchemar.

A la villa du « Haut des Dunes », Rachimbourg, lui aussi,
se désespérait. Oubliant Bourignat, le scrutin, les ambitions, ses querelles, son déjeuner même dont les viandes
se refroidissaient parmi les sauces figées, il demeurait
prostré près de deux lettres ouvertes, devant lui, sur la
table. L'une venait de Mariette; l'autre venait de
Mme Rachimbourg, et il les relisait tour à tour sans
arriver à croire les nouvelles qu'elles annonçaient.

La lettre de Mariette, écrite sur du papier administratif, majestueux, format tellière, couleur bleu de ciel,
à gauche, en lettres d'or, était timbrée « EMPIRE
D'OUTRE-FRANCE, MAISON DE L'IMPÉRATRICE.
Sous la mention, à bord du *Matamore*, rade de Cherbourg, après la date, Rachimbourg voyait le prénom qu'il
prenait pour courir les aventures galantes, quand, auprès

des dames, il se donnait comme employé chez un architecte.

Et la lettre disait :

« Mon cher Frédéric,

« Tu as dû apprendre par ton journal que mon nouveau
seigneur et maître — saluez ! — a fait l'acquisition d'une
île, quelque part, dans l'Océan. Quel type ! Je crois qu'il
devient fou. Il rêve de devenir César sur le territoire de
Robinson, et m'emmène avec lui, en qualité d'impératrice,
pour fonder une dynastie, chez les sauvages. Tu vois, je
t'écris déjà sur le papier de mon grade.

« Je t'en prie, ne t'inquiète pas. Je ne ferai pas longtemps les beaux bras sur mon trône, sous les cocotiers,
et j'espère bien revenir vite de cette expédition pour
laquelle j'aurais préféré ne pas partir. Mais le futur
cacique m'a signé quantité de billets qu'il ne paierait
peut-être pas si je lui faussais compagnie ; et je ne t'apprends rien en te disant que je ne peux pas vivre de l'air
du temps.

« Donc, me voici embarquée sur un bateau qu'on a
baptisé l'autre jour avec des curés et du champagne. Il
s'appelle *le Malamore*. « Et vogue la nacelle qui
porte nos amours ». Ah ! vrai ! que la vie me semble comique ! Je ris, mais seulement du bec de ma plume,
car si tu pouvais regarder au-dedans de moi, tu verrais
que je suis triste, très triste, car je t'aime beaucoup, je
t'assure, et j'ai l'âme toute retournée de te quitter. Mais
tu dois bien comprendre que t'appartenir, à toi tout seul,
c'est une blague. De loin, je resterai ta camarade, et à mon
retour, quand tu voudras, si je suis libre, je dînerai avec
toi, comme par le passé. C'est un grand plaisir que je me
promets, car tu n'es pas rosse avec les femmes comme
ceux qui dépensent beaucoup d'argent avec elles.

« Enfin, « à Dieu vat », ainsi qu'on dit dans ton sale
Kerahuel. Est-ce qu'il se trouve sur le chemin de mon
île, ton pays ? Alors, en arrivant en vue, je commande de
charger les pierriers du bord, et pan ! dans la pipe, je
bombarde la plage avec tous ses Bretons. Je prendrai
pour cible tes écriteaux « Terrains à vendre ». Fais bien
attention à toi, et gare à la poudre insecticide.

« Comprends-tu le « truc » des signaux qu'on fait avec
des pavillons, sur les navires ? Si tu ne connais pas le

système d'alphabet maritime, apprends-le. Car, avant
d'ouvrir le feu, en haut des mâts du *Matamore*, je
ferai flotter des couleurs qui signifieront : « J'aime Frédéric. » Toi, alors, hisse une flamme rouge et blanche.
Ça veut dire : « Aperçu », et je m'en irai content de
savoir que tu m'as comprise. »

Mme Rachimbourg, dans sa lettre, en termes plus
simples, prévenait son mari que, cette année, elle le
viendrait rejoindre à Kerahuel, car elle décidait enfin de
passer une saison d'été, aux bains de mer.

Depuis la visite de Mme Vincent Trois, elle menait à
Meldançon une vie anxieuse et jalouse. Les infidélités
qu'elle consentait délibérément à son époux quand, soupçonnant seulement les galanteries, elle les jugeait lointaines, indécises et exercées, par caprice, avec des femmes
de rencontre, lui devenaient intolérables maintenant
qu'elles se fixaient sur une personne unique, et que Rachimbourg passait pour entretenir une liaison sérieuse
avec une demoiselle de théâtre dont elle connaissait le
nom, avec les habitudes de dépense.

Sans savoir quelle économie Rachimbourg apportait
dans ses relations amoureuses, et combien peu lui coûtait
sa passion pour Mariette, en Champenoise avisée, elle
redouta la permanence et le prix d'une fantaisie d'où
pouvait résulter la ruine pécuniaire de son ménage. Dans
une vision terrifiante, elle aperçut son mari signant des
billets, s'endettant sans mesure chez des usuriers. L'huissier déposait ensuite du papier timbré, à la cuisine, et
bientôt survenait un commissaire-priseur vendant jusqu'au
dernier les vieux meubles du logis, cependant qu'un notaire mettait aux enchères « le Prieuré », et tous les
champs du patrimoine.

Alors, elle se reprocha l'indifférence avec laquelle, .
dédaignant jusqu'ici l'Océan et la Bretagne, elle refusait
de suivre son mari à Kerahuel. Là-bas, pendant des mois,
elle le laissait sans affection, presque sans souvenir. Il
restait livré à toutes les concupiscences provoquées par
le désœuvrement, l'ennui, la promiscuité des sexes déshabillés et se baignant ensemble le long des plages. Ne
devait-elle pas s'accuser elle-même si une fille prenait
adultèrement possession d'un corps et d'un cœur dé-
sertés ?

Donc, énergiquement, malgré ses répugnances pour
la mer, elle prit le parti de se rendre à Kerahuel. Là, elle

défendrait de près sa maison, sa dot, sa dignité ; et, la
courtisane évincée, reprendrait sa place légitime. Pour
ramener Rachimbourg dans le devoir, elle se résolut à
tout, même aux élégances. Son confesseur les condamnait
cependant ! Mais ayant appris des romans que la séduction des hommes résulte souvent de la perversité
des vêtements secrets des dames, en même temps qu'elle
annonçait sa prochaine arrivée, par le même courrier,
elle écrivait pour commander à un grand magasin, rayon
de lingerie, des chemises de nuit transparentes de tissu,
larges de décolletage, chemises qu'elle se proposait de
porter au lit, malgré sa pudeur.

Rachimbourg, ignorant quelles raisons déterminaient
le voyage de sa femme, ne comprenait rien au goût soudain qu'elle manifestait pour les landes, les rochers et les
flots.

Qu'importait, du reste, qu'elle s'installât à Kerahuel !
Sa présence dont il eût tant souffert jadis, ne lui causait
maintenant ni embarras, ni déplaisir, puisque Mariette,
embarquée vers de lointains rivages, ne reviendrait peut-
être jamais, dans les environs, habiter ce château de
Caige-Maige où, par des escapades de collégien, il allait
voler de l'amour lorsque s'en allaient les amants.

Et comme si, derrière la lettre, il s'adressait à sa
femme :

— Viens si tu veux, dit-il, viens, ça m'est bien égal !

Mariette partie, rien ne l'intéressait plus à Kerahuel.
Avec elle, sur le *Malamore*, elle emportait tout le
courage, toute la vanité de Rachimbourg. Il trouvait
inutile désormais de souhaiter demeurer maire dans une
commune où il ne se connaissait plus de raisons pour
résider. Pour lui, Kerahuel existait seulement parce que
Kerahuel le rapprochait de Mariette. De là ses projets
d'embellissements du pays, ses efforts afin d'attirer les
baigneurs sur une plage qu'il rêvait de rendre mondaine,
et sa patience acharnée à susciter des acquéreurs pour les
« Terrains à vendre ». Les tracas qu'il s'inventait ainsi,
la peine qu'il prenait, lui servaient de passe-temps, entre
les rendez-vous. La gaîté de Mariette lui faisait oublier
les difficultés de ses entreprises aggravées par l'entêtement de ses administrés. L'esprit de sa maîtresse le délas-
sait de leur bêtise, une bêtise si massive et si lourde que,
tout seul désormais, il se découvrait sans ressort pour
la supporter.

De petites humiliations devant lesquelles, dans le temps, il riait et haussait les épaules, en souvenir, le tourmentaient avec une acuité lancinante, et il en souffrait comme s'il venait de les subir, tout à l'heure. Déloyauté, mensonge, calomnie, alcoolisme, paresse, prostitution, mendicité, hypocrisie et rapine, il se demandait comment, pendant des années, il vivait sans haut-le-cœur, parmi les vices de ce village. Il sentait la puanteur des rues, la puanteur des âmes, plus tenace celle-là, car le vent de la mer ne la dissipait point; et il se prenait en dégoût quand il se rappelait que, par un déshonorant délire d'orgueil, il en était venu à ce point d'avilissement qu'il implorait de devenir le domestique élu d'une population sans intelligence et d'un suffrage sans scrupules.

De temps en temps, le refrain :

« *C'est Bourign', Bourign', Bourigne,*
« *C'est Bourignat qu'il nous faut !*»

entrait par la fenêtre.

— Eh ! nommez-le donc, votre Bourignat ! Il est digne de vous, s'écria Rachimbourg. Oui, bien digne de vous !

Il remit dans l'enveloppe la lettre de Mariette, et les larmes aux yeux, il rêvait devant le grand cachet de cire argentée où se lisait la devise : « Qui aime vite, vite oublie. »

Oublions de notre côté, pensa mélancoliquement Rachimbourg, et puisque je renonce à remplir encore les fonctions de maire, au moins faisons notre devoir jusqu'au bout. Allons voir ce qui se passe à la maison commune.

Il sortit, et sur la falaise, guettant l'horizon, il épiait si, par aventure, il n'apercevrait pas des signaux faits par *le Malamore*.

Dans le village, le père Picherel, avec son équipe, continuait à barrer la rue menant au scrutin. Despotique sous son chapeau haut de forme, sous ses sabots foulant toute justice, il forçait les électeurs à lui montrer leurs bulletins, au passage. Quand les bulletins portaient le nom de Rachimbourg et de ses amis, d'autorité, il les remplaçait par des bulletins au nom de Bourignat et de ses fidèles. Les citoyens, terrorisés, ne protestaient guère contre la violence avec laquelle s'opérait l'échange des papiers, car, pour prix de leur docilité, ils recevaient en monnaie de carton de quoi oublier leur conviction et ajouter à leur ivresse. Quelques-uns, s'attardant sur les bancs des cabarets, des rabatteurs les venaient chercher, les mettaient debout, et, bras dessus bras dessous, les aidaient à chanceler jusqu'au local de l'élection.

Devant la porte de la mairie, des voitures s'arrêtaient. Attelées sur l'ordre de Bourignat, elles amenaient des tireurs de goémon recrutés tout au long de la côte. Ils arrivaient, entassés comme du bétail entre les ridelles des charrettes, descendaient en troupeau, votaient sans indépendance. Rachimbourg sourit de pitié, car lui aussi, pour se procurer des suffrages, avait médité d'user de ce moyen d'intimidation, et il se félicita d'entrer pour la dernière fois dans une mairie où l'on n'accédait que par de si condamnables indélicatesses.

Laguépie bâillait sur sa chaise, croisait ses jambes, les décroisait, les allongeait, les ramenait de chaque côté de son siège, cherchait en vain quelle posture le délasserait. Les dernières heures de la surveillance à laquelle il s'astreignait lui paraissaient démesurément longues et fatigantes. A chaque instant, il tirait sa montre, trouvait bien lente à venir l'heure qui amènerait la fermeture du scrutin. Rachimbourg absent, il ne goûtait même plus le plaisir de lui être désagréable, et regardait avec ennui le monotone défilé des électeurs, l'émargement des listes, la chute des bulletins pliés tombant, un à un, dans le trou béant au sommet de l'urne. Il souffrait particulièrement de la conversation des assesseurs, gens qui plaisantaient sans relâche sur les habitudes de lenteur du pilote Yvor, homme jamais pressé de venir voter. Chaque fois que la porte s'ouvrait, la facétie consistait à dire :

— Tiens, Yvor ! Enfin, voici Yvor !

Elle semblait d'autant plus drôle que jamais Yvor n'apparaissait. Laguépie, accablé, luttait contre le sommeil. Déprimé par la sottise des propos, tourmenté par la faim, il commençait à s'assoupir, quand un bruit de voix l'éveilla de sa somnolence.

— Vous entendez bien, disait Rachimbourg à l'adjoint, je vous remets tous mes pouvoirs. Je ne me mêle plus de rien. Dépouillez le scrutin comme il vous plaira, je m'en moque ; et, si le Sous-Préfet n'est pas content, voilà qui ne m'inquiète guère.

Puis, s'adressant à Laguépie.

— Allons mon ami. Ni vous ni moi nous n'avons plus rien à faire ici. N'ayez pas peur. Ce n'est pas moi qui disputerai désormais à Bourignat l'agrément d'être maire !

— Comment, s'écria Laguépie stupéfait, vous vous désistez !

— A jamais ! affirma Rachimbourg. Venez, voulez-vous? et je vous expliquerai les raisons de ma retraite.

— Volontiers.

Laguépie ramassa ses dossiers, se leva, prit sa chaise, salua les membres du bureau et suivit Rachimbourg.

Les membres du bureau, tous intimement dévoués à Bourignat, ne cherchaient point à démêler quels motifs déterminaient le renoncement de Rachimbourg et pourquoi Rachimbourg se rapprochait de Laguépie. Ils comprirent seulement qu'ils échappaient à l'incommode surveillance du docteur.

— Etait-il bien décidément parti, celui-là ici qui les gênait depuis le matin ?

L'adjoint regarda par la fenêtre. Laguépie, traînant sa chaise derrière son dos, peu à peu, s'éloignait en compagnie de Rachimbourg. Alors, rapidement, le secrétaire émargea les noms de dix-neuf absents, les noms de trente et un morts, cependant que les assesseurs bourraient l'urne de cinquante bulletins favorables à Bourignat et à sa liste.

Ainsi manifestèrent leur opinion des capitaines et des matelots fort indifférents aux disputes de Kerahuel, et qui, à travers les océans, ou dans les lupanars des escales, ignoraient profondément, si, en France, on procédait à des élections. Ainsi votèrent de vieux enterrés depuis longtemps disparus du monde, sauf de la liste électorale, et qui, du fond des reliquaires où s'entassaient leurs os exhumés et séchant dans des boîtes ayant jadis contenu de l'épicerie, depuis des années, par la toute-puissance de la fraude, émettaient posthumement des avis sur les destinées de leur patrie.

Dehors, par l'échange de banalités, Rachimbourg et Laguépie préparaient des entretiens plus graves.

— Ah ! je respire avec plaisir, disait Laguépie en humant l'air poussiéreux de la rue.

— A qui le dites-vous ! répondait Rachimbourg.

Puis, brusquement :

— S'il vous plaît, débarrassez-vous de votre chaise. Elle me rappelle trop ma sottise, mes absurdes ambitions et mes canailleries.

Laguépie le regarda.

— Il faut appeler les choses par leur nom. Oui, les

canailleries que je ne répugnais pas à commettre. Je
vous dois des excuses et vous les fais de grand cœur.
Hier, sur la falaise, ce matin, comme président du bureau,
je me suis conduit envers vous d'une façon indigne d'un
honnête homme.

— Vous m'intéressiez et vous me faisiez de la peine,
dit Laguépie, et je me félicite de pouvoir encore vous
tendre la main.

— Merci, répliqua Rachimbourg. Maintenant, je vous
en prie, quittez votre chaise.

Le garde champêtre passait, il le héla.

— Tenez, portez immédiatement ce siège chez M. Laguépie. Vite, dépêchez-vous !

Et pendant que l'homme disparaissait :

— C'est le dernier ordre que je donne, comme maire,
ajouta gaîment Rachimbourg, et je n'en ai jamais donné
qui m'ait été plus agréable.

Puis :

— J'ai soif. Entrons dans un café.

— Ils sont tous pleins, dit Laguépie.

— Pas celui qui se trouve devant la mairie, auprès de
la gare. Bourignet soupçonnait le propriétaire d'être
mon partisan, et il a défendu d'envoyer des consommateurs dans ce débit réprouvé. Nous y serons tranquilles,
et tout à l'heure nous assisterons au triomphe qui se
prépare.

— Il faut tout voir, répondit Laguépie.

Alors, revenus sur leurs pas, ils s'installèrent sous une
tente, devant une table, sur un trottoir que le négociant
dénommait « la terrasse », et les rares habitants de
Kerahuel gardant encore un reste de raison, à travers
les fumées de l'alcool, s'étonnèrent de voir trinquer et
s'entretenir amicalement ensemble deux hommes qu'ils
croyaient être de farouches ennemis.

L'heure s'avançait. Le scrutin était clos, et la foule,
haletante de connaître le résultat du dépouillement, s'empressait vers la salle du vote. Le refrain :

> « C'est Bourign', Bourign', Bourigne,
> « C'est Bourignat qu'il nous faut ! »

prenait déjà des sonorités d'hymne d'apothéose. Pour
humilier Rachimbourg, des groupes, exprès, se déran-
geaient, et venaient brailler près de la table où Laguépie
et lui, par-dessus deux verres de bière, causaient.

Mais rien n'offensait plus Rachimbourg.

— Ils ne s'égosilleraient pas ainsi, dit-il, s'ils savaient combien Mariette m'a débarrassé d'eux.

— Mariette? demanda Laguépie.

— Oui, Mariette, ma maîtresse.

— Parfaitement, je la connais. Mais je ne comprends pas comment elle vous a débarrassé d'eux, comme vous dites.

— Oh! c'est bien simple. Elle est partie!

— Partie!

— Oui, elle s'en est allée sur mer, en compagnie d'un aventurier pour fonder, je ne sais où, par delà l'Océan, l'Empire d'Outre-France. A cause d'elle, j'étais venu m'installer à Kerahuel; désormais, que voulez-vous que je fasse dans un pays où maintenant elle ne viendra plus?

Et, dans sa détresse, heureux encore de parler de la femme disparue, il s'épancha en confidences. Il rappela avec regrets ses frodaines, ses escapades galantes au château de Caige-Maige, dans le voisinage; avoua comment, pour provoquer de la réclame en faveur de Kerahuel, lors du tirage de la loterie, par un subterfuge adroit, il attribuait à Mariette le numéro gagnant un emplacement sur la plage, au milieu des « Terrains à vendre ».

— Vous lui donniez du territoire qui ne vous appartenait pas, répliqua Laguépie.

— A moi, non; mais à la commune.

— Pas davantage.

— Allons donc!

— J'ai les preuves! Connaissant les habitudes désordonnées de ce pays, et remarquant que, souvent, les individus vendaient des propriétés grevées d'hypothèques ou même ne leur appartenant pas, biens de mineurs ou autres, vous comprenez sans peine que, avant d'engager « l'Œuvre des Déshérités de la Terre et de la Mer » dans la grosse affaire de l'achat des « Terrains à vendre », je me suis informé dans quelles conditions se trouvaient ces terrains. J'ai consulté les conservateurs des hypothèques, les employés de l'enregistrement, opéré des recherches dans les archives, fouillé les études de notaires; et, pièces en mains, je me trouve en posture d'indiscutablement établir ceci :

Ménageant son effet, il but une gorgée, puis :

— La plage de Kerahuel, considérée à tort comme terrain communal, est bel et bien la propriété d'un particulier. Lisez plutôt.

Laguépie ouvrit le dossier qu'il examinait tantôt pendant les opérations du vote; et, tandis que, dans la rue,
les gens se criaient confusément les chiffres partiels du
scrutin, Bourignat 100 voix, Rachimbourg 25, Rachimbourg se convainquit des vérités suivantes.

La plage de Kerahuel, lai de mer aliéné par ordonnance du roi Louis XV, se vendait à M. de Toulbras,
seigneur de l'endroit et propriétaire de la « Maison du
Païen ». En 1758, M. de Toulbras détachait la plage de
ses autres domaines, et, aux termes d'un contrat bien en
règle, par afféagement, la cédait au marquis d'Olibarbe.
En 1787, lors de la liquidation de la succession du marquis,
elle devenait la part d'héritage de demoiselle d'Argyar,
laquelle l'apportait en dot à M. de Méaban, son mari.

Pendant la Révolution, M. de Méaban quittait la
France, servait dans l'armée de Condé ; et cependant, la
plage de Kerahuel échappait aux décrets convertissant
les biens des émigrés en biens nationaux. Cette bande de
sable dévastée par la mer, impropre à toute culture,
n'excitait la convoitise de personne, et la misère de son
sol la sauvait de la spoliation républicaine. Alors, les
diverses municipalités de Kerahuel usèrent, comme d'un
propre, d'un territoire qu'elles croyaient vacant et sans
maître. Elles laissèrent les moutons et les vaches des habitants y chercher pâture. Selon les coutumes d'empiètement du pays, chacun s'habitua à considérer cette propriété, point abandonnée au sens légal du mot, comme
une propriété certaine de la commune.

— Moi aussi, je le croyais, foi de Rachimbourg !

— Continuez, je vous prie, dit Laguépie. Et, apercevant Baluche qui sortait de la mairie, il cria :

— Hé Baluche !

Baluche se rappelant ses injures de la matinée à
l'adresse du docteur, faisait semblant de ne pas entendre,
par peur de se mettre à portée d'une taloche, n'approchait guère.

— Tu vois bien qu'on ne t'en veut pas ! Avance donc,
animal, et dis-nous ce qui se passe.

Baluche, avec précaution, se tint au milieu de la rue,
et, à distance, il murmura :

— Il se passe, il se passe...

— Quoi ? Parle donc.

De la main, fiévreusement, Rachimbourg frappait sur
les papiers.

Baluche s'enhardit.

— Il se passe, mon pauvre monsieur, qu'on trouve bien plus de bulletins au nom de M. Bourignat, que de bulletins à votre nom. Vous avez été trahi, je vous en réponds.

— Tant mieux, dit Rachimbourg. Tiens, voici quatre sous : va boire !

Baluche s'indigna.

— C'est tout ce que vous donnez à un bon citoyen qui s'est dévoué pour vous ?

— Tout. Va-t'en et que je ne te revoie plus.

— Pourtant.

— Allons, laisse-nous la paix, tu m'entends !

Et Rachimbourg, énervé par l'insuccès même qu'il désirait, ajouta :

— J'en ai assez de toutes vos faussetés, à Kerahuel !

— On travaille comme on est payé, répondit effrontément Baluche. D'ailleurs, ce n'est pas ma faute si tout le monde était fatigué de vous.

— C'est bon ! On ne te demande pas ton avis.

Baluche, dignement, posa sur la table les deux pièces de dix centimes.

— Mon avis, dit-il, je le donne pour rien. Tenez, reprenez vos quatre sous. Ah ! vous me méprisez maintenant que vous n'avez plus besoin de moi. Très bien, très bien ! Si vous oubliez, moi je saurai me souvenir.

Il se baissa. Parmi la poussière de la route ramassa une longue paille. Trois fois, il l'agita au-dessus de sa tête en prononçant des formules cabalistiques; puis, la brisa, en jeta les morceaux au vent. Par prudence, se reculant de Laguépie, afin de ne pas être entendu du docteur qu'il savait connaître tous les dialectes de l'Armorique, en langue bretonne, il proférait des paroles de menace, des serments d'exécration.

Rachimbourg avait repris sa lecture.

D'après l'historique qu'il feuilletait, l'usurpation de la plage continuait, sous le premier Empire. M. de Méaban, suspect à la police de Napoléon, dans sa résidence de Londres, se résignait à laisser péricliter, en Bretagne, des droits qu'il se trouvait sans moyens de revendiquer. Il mourait, pendant la Restauration; et, en 1828, sa veuve, nantie d'incontestables titres, faisait afficher la vente de la plage. La commune, alors, s'opposait à l'adjudication de terrains dont elle jouissait traditionnellement. Un procès s'ensuivait. Mme de Méaban le gagnait en première

...stance. Sur appel, elle le gagnait encore ; et, après huit
ans de délais et d'avoués, en 1836, redevenait enfin
maîtresse de la plage que Kerahuel, débouté de ses prétentions, lui rendait en criant : au voleur !

Mme de Méaban, par ses dispositions testamentaires,
attribuait le domaine reconquis à M. de Chalivoy, son
neveu, lequel le léguait au fils de Mme de Pahauën, sa
concubine. Or, M. de Pahauën, à l'heure présente, déte-
nait si légitimement les « Terrains à vendre » que, secrétaire d'ambassade endetté, il les donnait en garantie
au Crédit foncier lui consentant un emprunt. Pas de doute,
pas d'ambiguïté sur ce point, car Rachimbourg, parcourant le dossier créé par Laguépie, lisait une correspondance échangée avec l'établissement de crédit, les certificats fournis par le conservateur des hypothèques de
l'arrondissement ; et, tout en remettant les pièces dans la
chemise, il répétait :

— C'est la vérité, bien la vérité. Cependant, malgré
les documents, elle me semble encore incroyable.

— Voici qui vous convaincra davantage s'il est possible,
ajouta Laguépie. Alors, il plaça sous les yeux de Rachimbourg la lettre autographe par laquelle M. de Pahauën,
fort obéré, fort content aussi de trouver à bon prix un
acquéreur pour une propriété ne lui rapportant rien,
acceptait les offres faites par « l'Œuvre des Déshérités
de la Terre et de la Mer ». Sept hectares, à l'évaluation
moyenne de trente centimes le mètre carré, représentaient
vingt et un mille francs payables le jour de la ratifi-
cation des signatures, et par une promesse formelle de
vente, pour cette somme, il s'engageait à céder la totalité
des terrains en bordure, sur la plage de Kerahuel.

— Belle matière à contestation, conclut Rachimbourg.
Et voici un avenir de litige que je me flatte de laisser à
mon successeur.

— Il en tirera plus de désagréments que de pots de
vin, je vous en réponds, répliqua Laguépie. Mais, chut !
le voici.

Bourignat, accompagné de Garnafe, se dirigeait vers
la maison commune. Par son complice, il avait appris le
désistement de Rachimbourg abandonnant la candidature
au milieu même du scrutin. Délivré de son concurrent,
il souriait d'aise, marchait impatiemment à la victoire.
Il approchait, quand la foule, sortant en tumulte de la
salle de vote, poussa le cri de : « Vive Bourignat ! » On

l'entourait, on le félicitait. Des improvisateurs, suscités par l'enthousiasme, transformaient soudain le chant d'espérance en hymne de triomphe. Le refrain :

« C'est Bourign', Bourign', Bourigne,
« C'est Bourignal qu'il nous faut ! »

sur l'air des *Lampions*, devenait :

« Bourignal, nous l'avons,
« Nous l'avons, Bourignal ! »

et Bourignal apprenait de ses fidèles que, lui et les siens, candidats portés sur la même liste, étaient élus par les trois quarts des voix. Soulevé par la poussée des électeurs délirants de soumission et d'alcool, d'un pas majestueux, il monta le perron de la mairie. De marche en marche, il lui semblait faire matériellement l'ascension de la fortune. Car, par de longues et préalables études, il savait quels bénéfices un maire avisé, sans paraître violer la loi, peut se procurer, dans les fonctions qu'il occupe. Déjà, il évaluait à six mille francs par an la somme à tirer d'une commune qui, par un suffrage de peur et d'ivresse, se livrait toute à sa merci.

Quand il arriva sur le palier, Rachimbourg l'aperçut. Bourignat, ôtant son chapeau de paille, découvrit sa tête carnassière. Pour sembler plus grand et se hausser à sa dignité nouvelle, il redressait son dos bossu. Au-dessus de ses épaules inégales, sa face, pâle de son émotion présente et de son despotisme futur, dominait la multitude.

Il saliva largement, à cause de son angine de poitrine. Ensuite, il fit signe qu'il voulait parler. A son geste, les acclamations cessèrent. Alors, la voix sifflant entre ses dents mauvaises, il prononça :

— Mes amis, mes chers amis !

Il s'arrêta. La joie l'étranglait. Du reste, il ne se piquait pas d'éloquence. Il toussa, porta la main droite au côté gauche de son thorax où il éprouvait des contractions musculaires, et beaucoup s'imaginèrent que, par tendresse et reconnaissance, il mettait la main sur son cœur. Ensuite, ânonnant et essayant de réprimer son spasme, pour exprimer qu'il représentait les idées, les traditions, les espérances, l'âme de Kerahuel enfin, il proféra :

— Mes amis, vous venez de décorer votre drapeau !

Garnafe, exalté par l'illusion qu'il retrouverait au travers des terrains communaux l'accès de ses terrains particuliers, sur la plage; Picherel, pour assurer sa prépondérance sur la criée municipale et profiter des 3.000 francs de crédit par jour si nécessaires au relèvement de son commerce, afin d'orienter les opinions et de désigner Bourignat au choix du Conseil élu en sa compagnie, hurlèrent :

— Vive Monsieur le Maire !

— Vive Monsieur le Maire ! répétèrent, dans la foule, des individus qui, travaillés d'ambitions inavouées, eux aussi, escomptaient déjà la prochaine magistrature de Bourignat. Car tous se réservaient de solliciter le nouvel élu, et d'avance, par des platitudes, tentaient de s'insinuer dans ses bonnes grâces.

Auprès de son verre de bière, une de ces bières de Bretagne sentant le buis et le purin, Rachimbourg sursauta. Ainsi, il allait devenir maire, ce Bourignat, homme de calcul et de rapine, qui dépouillerait la commune avec la même science de négoce et d'usure qu'il employait à dépouiller quiconque, par malheur, entrait avec lui, en relations d'argent ! Comment Kerahuel exploité donnait-il la majorité de ses voix à un personnage sans pitié dans ses exigences, et dont, tout bas, chacun énumérait les méchancetés et les tares ?

— Je comprends votre mauvaise humeur, dit Laguépie élevant le ton pour se faire entendre au milieu du tumulte assourdissant des vivats. Quelque désintéressés que nous nous flattions de paraître, nous souffrons toujours un peu de ne pas obtenir l'approbation de ceux-là même que nous méprisons. Moi, qui vous parle, je n'ai pas échappé à cette misère de notre esprit, quand, présenté pour la première fois comme candidat à la chaire que j'occupe, au Muséum, je fus éliminé sur l'avis de collègues pour lesquels je professais ouvertement de la mésestime. Mais, vraiment, de quoi vous affligez-vous ? De même que le poisson recherche les appâts en décomposition, l'électeur va, de préférence, aux consciences gâtées. Vous n'étiez pas une de ces consciences-là, vous l'avez montré à la fin, sur le tard, et le dédain dont vous enveloppe le suffrage universel prouve votre honnêteté. Il ne sait faire que des valets ou des tyrans, vous ne possédez ni l'une ni l'autre de ces complexions, et ce n'est pas de quoi concevoir de la tristesse, au contraire.

A la mairie, Bourignat continuait :

— Oui, votre drapeau ! Et ce drapeau que vous voulez bien me confier, c'est celui de la République ! Vive la République !

— Vive la République ! reprit la foule, tassée autour de l'orateur.

— Et voilà ce qu'ils appellent la République, murmura mélancoliquement Rachimbourg.

— Certainement, affirma Laguépie. Pour que la Bretagne se décidât à accepter cette forme de gouvernement opposée à ses traditions, hostile à sa foi, le pouvoir, comme on dit, a laissé péricliter, ici, toutes les lois, ordonnances, décrets et règlements à peu près respectés sur le reste du territoire français. Il tolère tout aux populations de l'Armorique, même le crime, pourvu que ces populations, en échange de cette anarchie concédée et entretenue par les fonctionnaires, au moment du scrutin ne marchandent pas trop leurs voix à la République. La République, le paysan, le marin surtout, ne la conçoit pas autrement que par la licence, et tous la détruiraient si elle leur faisait souvenir qu'il existe des codes.

Il s'arrêta, la parole coupée par une clameur formidable. Un drapeau tricolore, détaché de la de··· ···ure d'un marchand de vin, venait d'être apporté, et Bourignat tenant la hampe, drapé dans les trois couleurs, prolongeait un discours d'autant plus applaudi que personne n'en percevait le sens. De temps en temps, sans trouver d'argumentation meilleure, il achevait ses phrases en mugissant :

— Kerahuel à Kerahuel. Tout pour Kerahuel, contre les « estrangers ».

Et chacun, satisfait dans sa haine héréditaire contre les Français d'outre-Loire, approuvait l'énergie d'un représentant, admirable à son gré, parce qu'il parlait beaucoup.

— Vous, continua Laguépie, malgré vos complaisances, vous les gêniez beaucoup avec vos idées d'ordre, d'organisation et de discipline administrative. Logiquement, je vous assure, ils devaient vous préférer Bourignat. Kerahuel sait bien que Bourignat ne lui imposera jamais l'observation des prescriptions les plus vulgaires sur la voirie, l'hygiène, la police. Ce n'est pas lui, non plus, qui s'inquiètera si les cabarets ferment longtemps après l'heure fixée, et qui ordonnera jamais de dresser des procès-verbaux pour ivresse publique : il craindrait trop

de molester ses clients et ses électeurs. Les jours où les
matelots envoyés en permission par l'escadre descendront
à terre, il fermera les yeux quand les accouplements des
marins et des filles s'opéreront en plein champ et man-
queront de décence. Avec les traditions d'immoralité, il
maintiendra les traditions de lucre. Afin d'épargner
aux parents les frais de levées de scellés, il ne préviendra
pas le juge de paix des décès survenus, et les successions
s'ouvriront, à l'aventure, sans garantie préalable du droit
des absents. A l'école, quand les enfants de treize ans
passeront l'examen pour l'obtention du certificat d'études
primaires, certificat sans lequel ils ne peuvent s'embarquer, dédaigneux des capacités et de l'orthographe, il
interviendra et fera admettre, d'autorité, tous les candidats dont les pères auront voté pour lui. Jamais vous ne
vous êtes prêté à de telles injustices, et jamais vous
n'avez sollicité qu'on accordât aux plus ignares le brevet
prévu par la loi sur l'instruction laïque et obligatoire.

— Certes non, protesta Rachimbourg.

— Ce n'est pas tout.

Les clameurs ne cessant pas, Laguépie s'efforça de se
faire entendre au-dessus d'elles. Haussant la voix, il péro-
rait à son tour.

— Entre temps, le garde champêtre relèvera des contraventions de toute sorte seulement contre les adversaires de Bourignat, lesquels, harassés de vexations
continuelles, se résigneront à devenir les amis du maire
implacable et tout-puissant. Qui donc risquera l'audace
et la dépense de déférer des arrêtés illégaux, soit au
Conseil de Préfecture, soit au Conseil d'État, juridictions
illusoires, car nul ne les connaît ici; et les connaîtrait-on,
les mieux renseignés et les plus solides en leurs colères,
effrayés par les tracasseries à encourir, trembleraient
d'y porter leur cause.

Laguépie appela le patron du café, paya la bière aigre
qu'il avait essayé de boire, et accoudé sur la table de fer
peinte en jaune, il ajouta :

— Bourignat, de son côté, tient pour assuré que le
Préfet et le Procureur de la République, l'un, n'examinant
pas trop les comptes et budgets; l'autre, jetant au panier
les plaintes motivées de victimes récalcitrantes, ne lui
reprocheront jamais les incertitudes des finances ni les excès
de pouvoir. Par leur rigueur, ils craindraient trop de
désaffectionner de la République un homme qui, selon le

mot d'un chef supérieur de l'Administration, saura « faire
voter si bien sa commune ». Ainsi, Bourignat, débarrassé
de tout contrôle, libre de toute contrainte, deviendra le
maître absolu de Kerahuel. Convenez avec moi que la
féodalité apparaît comme un régime paternel à côté de
ce régime démocratique qui crée impitoyablement des
satrapes de village et des Nabuchodonosor de chefs-lieux
de canton. Ah ! les anciens seigneurs sont bien vengés,
puisque derrière leurs domaines spoliés et leurs têtes
coupées, au nom des Droits de l'homme, la République
reconstitue le despotisme, l'établit sans espoir ; et que le
peuple aujourd'hui, en place de sang s'enivrant d'alcool,
s'invente des tyrans à scrutin que veux-tu, et devient
l'artisan hébété d'un asservissement qu'il espère, qu'il
organise, et qu'il acclame. Écoutez !

Devant la mairie, Kerahuel en délire augmentait sa
soif naturelle à force de crier : Vive Bourignat ! Vive
M. le Maire ! D'aucuns estimaient que Bourignat tardait
beaucoup à payer sa bienvenue en offrant à boire, quand
les rangs de la foule s'ouvrirent devant une femme.
Mme Bourignat, le chapeau en bataille posé sur sa perruque que, dans son émotion, elle avait coiffé de travers,
Mme Bourignat passait, saluée de tous ; et, souriant à
la gloire de son mari, un râtelier aux dents neuves luisait entre ses lèvres retroussées. L'ambition satisfaite
élargissait sa face de chien de boucher, et l'expansion de
sa laideur épanouie donnait à sa personne un air de
majesté. Marchant au milieu de l'allée de respect frayée
devant elle, entre les électeurs courbés, au sommet du
perron, elle rejoignit Bourignat, l'étreignit en balbu-
tiant :

— C'est donc nous maintenant qui commanderons aux
gendarmes dont nous avions tant peur !

Très attendri au souvenir de ses terreurs passées,
Bourignat embrassa sa femme. Les voyant ainsi cœur à
cœur et bouche à bouche, le public éclata en applaudissements. Pour ajouter le patriotisme à l'affection, Bourignat avec son épouse s'enveloppa dans les plis du drapeau tricolore, et familial et féroce, ce couple de fauves
descendit dans la rue. Devant eux, un tambour battait,
le tambour des grandes fêtes et des grands enthousiasmes, à Kerahuel. Plus portés que suivis par l'allégresse universelle, bras dessus, bras dessous, ils se
mirent en marche vers la « Maison du Païen ». Largesse

suprême, Picherel et Garnafe, à pleines poignées, distribuaient les rondelles de carton échangeables contre des petits verres. Le cortège, à mesure, devenait moins nombreux. Les débits de boisson prenaient les manifestants au passage. Mais d'autres survenaient qui, jadis hostiles à Bourignal, épouvantés des représailles à craindre, avec un zèle excessif, s'empressaient, lui tendaient affectueusement la main.

Laguépie et Rachimbourg restaient seuls. Au loin, à travers un nuage de poussière montant du sol piétiné, le tambour, une dernière fois, battit aux champs. Une nouvelle clameur s'éleva confusément sous les nuages que le soleil couchant striait d'agate et d'or. Bourignal, triomphant, était rentré dans son repaire.

— N-i, ni. C'est fini, dit Rachimbourg. Ils l'ont, leur Bourignat, et ils l'ont pour quatre ans. Grand bien leur fasse. Pour nous, allons dîner. Venez-vous ? Je vous invite.

— Volontiers.

Ils s'en allaient, quand le pilote Yvor apparut. Il venait voter et sembla s'étonner beaucoup d'arriver après le dépouillement du scrutin. Familier avec les lenteurs des appareillages, il possédait la notion de l'heure seulement par rapport aux marées, leur subordonnait toute son existence et louvoyait dans la vie comme dans son bateau. En politique, il jouait fort habilement de ses habitudes de retard, et prenait le vent, toujours de façon à se présenter au bureau électoral quand son bulletin ne pouvait pas être reçu. Ainsi, il se croyait sûr de ne mécontenter personne et se flattait ensuite de n'avoir pas mis dans l'urne « même la queue d'un billet ».

Néanmoins, il protesta de ses bons sentiments envers Rachimbourg, et Rachimbourg n'osa le traiter ni d'hypocrite, ni de menteur, tant le rayonnement littéraire que le pilote recevait de l'amitié de M. Herscher le protégeait quand même contre les blâmes et les disgrâces.

Rachimbourg et Laguépie dînèrent gaîment. Rachimbourg, à jamais débarrassé de ses prétentions municipales, exagérait maintenant la sottise des fonctions qu'il avait briguées, jouissait mieux ainsi du plaisir d'en être délivré. La joie de sa liberté reconquise s'échappait par tous les goulots des bouteilles champenoises qu'il débouchait sans cesse. Il en coulait des vins d'Ay, de Bouzy, des coteaux de Reims et d'Epernay point traités, point dans le commerce, et pétillant au naturel en répandant un franc arome de grappe et de vendange.

Il vidait sa cave, il ouvrait son cœur. Ce cru-là qu'il recommandait à Laguépie venait d'un petit vignoble auprès de Brienne-la-Vieille. Le propriétaire, dans les meilleures années, y faisait une récolte de six feuillettes, à peine. Rachimbourg s'ingéniait à s'en procurer une, car ce vin ignoré et superbe surpassait tous les autres, à son sens, ceux que, sur les tables d'importance, on servait cuirassés d'étiquettes en papier d'argent, coiffés de casques en papier d'or. C'était le vin préféré par Mariette, celui qu'il portait lui-même à Cuige-Maige, pour leurs repas, en tête-à-tête, sur un guéridon poussé auprès du lit défait. Malgré sa souveraineté, Mariette ne boirait pas de champagne pareil, là-bas, sur le bateau d'exil qui la conduisait vers son chimérique empire ; et, levant sa coupe pour éprouver la limpidité du liquide, il s'affligeait, croyait voir, au travers, *le Matamore* disparaître à l'horizon de perles scintillant selon la courbe du cristal.

— Bah ! dit Laguépie, en notre siècle les trônes durent peu. Les décadences se font aussi promptes que les élévations, aussi ne devez-vous pas perdre l'espérance de retrouver bientôt Mlle Mariette. En attendant :

— A la santé de l'Impératrice !

Ils trinquèrent et Rachimbourg, continuant la plaisanterie, répéta :

— A la santé de l'Impératrice !

Baluche, sur l'ordre de Bourignat, rampait sous la fenêtre ouverte pour surprendre les conversations et savoir quelle opinion se professait à la villa du « Haut des Dunes » sur les événements de la journée. Ne comprenant rien au toast porté par les deux amis, il conclut que Rachimbourg et Laguépie rêvaient d'une restauration bonapartiste, et déjà il se remettait sur ses jambes afin d'aller propager cette étonnante nouvelle, quand une gifle au bruit formidable, tout à coup, retentit.

— Ah ! frère à Trochu, tu espionnes !

— Je fais ce que je veux, vous n'êtes pas ici chez vous, riposta insolemment Baluche.

— Fiche le camp, graine de traître, ou j'écrase avec toi tous les poux qui te font marcher !

Laguépie reconnut la voix et les sentiments de son domestique Joseph ; et, paraissant à la fenêtre, questionna :

— C'est vous, Joseph ! Que se passe-t-il ?

— Il se passe, Monsieur, que vous devriez bien frotter d'onguent gris les portes des maisons où vous allez afin d'exterminer la vermine bretonne qui rôde aux alentours. Cette punaise-là surtout qui se vautrait dans votre lit, l'an passé.

Au lointain, Baluche, reculé des horions, jetait des cailloux à Joseph, l'apostrophait :

— Sale Parisien ! Sale Parisien !

— Prends garde que j'aille t'en donner du « sale Parisien ». Puis, retourné vers Laguépie.

— Pour le reste, Monsieur, voici une dépêche.

— Le dimanche, à cette heure de la soirée ? Le bureau télégraphique n'est donc pas fermé ?

Joseph expliqua comment la dépêche, adressée à un sémaphore, sur la côte, où le service ne cessait ni nuit, ni jour, avait été apporté par un exprès.

— Tu as largement payé la course ?

— Oui, monsieur.

— C'est bon, merci, tu peux t'en aller. Et s'adressant à Rachimbourg :

— Vous permettez que je prenne connaissance de...

— Comment donc.

Laguépie ouvrit le pli de papier bleu. Rapidement, il le parcourut ; et la figure illuminée d'un bon rire, il le tendit à Rachimbourg.

— Ça y est ! Les terrains sont achetés.

— Pas possible !

— Voyez plutôt.

La dépêche, fort détaillée, annonçait à Laguépie que, la veille au soir, toutes les signatures dûment échangées avec les époux Malbar-Trénissan d'une part ; M. de Pahauën, d'autre part, par actes notariés et contrats de cession authentiques, « l'OEuvre des Déshérités de la Terre et de la Mer » entrait immédiatement en jouissance de la villa de Keréol et de l'ensemble des « Terrains à Vendre » sur la plage de Kerahuel.

— Bravo ! s'exclama Rachimbourg. Au moins, aujourd'hui, Bourignat ne triomphera pas tout seul !

Ainsi que l'on tire le canon en signe d'allégresse, il fit partir le bouchon d'une nouvelle bouteille, et comme si nos joies les plus intimes devenaient plus grandes et meilleures à savourer quand elles sont connues des indifférents et même des subalternes, il appela :

— Joseph ! Joseph !

Joseph, déjà éloigné, s'arrêta.

— Monsieur ?

— Viens ici. Tu as apporté une bonne nouvelle, et tu vas boire un coup de jus de raisin ne ressemblant pas à ces piquettes du terroir breton qui sentent toujours la futaille moisie.

Joseph s'avança vers la fenêtre. Rachimbourg lui tendit une coupe pleine d'un vin radieux, couleur de vert et d'or, ainsi qu'une émeraude traversée par un rayon de soleil.

— Déguste-moi ça, à la santé de ton maître. Il vient de jouer à Kerahuel un tour dont Kerahuel se souviendra longtemps.

— Je ne sais pas de quel tour vous parlez, répondit Joseph, reprenant haleine, entre deux gorgées. Par allusion à la fonction de Laguépie, professeur d'anatomie comparée, qualité dont il se montrait fier pour lui-même, il ajouta :

— Mais il y voit clair, mon maître, dans les hommes, comme dans les bêtes.

Puis, claquant de la langue en signe de satisfaction, il rendit à Rachimbourg la coupe vide ; et, du ton d'un gourmet expert rendant une sentence, il émit cet avis :

— Celui qui vous a vendu ça pour de la bonne marchandise, celui-là ne vous a pas trompé.

— Attends-nous, Joseph, commanda Laguépie. Et vous, mon cher Rachimbourg venez. Nous nous promènerons sur les terrains qui ne sont plus à vendre. Ensemble, nous ferons ce qu'on appelle « le tour du propriétaire ».

Ils sortirent. Sous le ciel sans lune dont les ténèbres s'éclairaient de la lueur vague et blanche des astres, Kerahuel cuvait son scrutin et son ivresse. Des ronflements montant des fossés, au long des routes, des hoquets entendus dans les champs, derrière les petits murs de pierre, témoignaient que des électeurs gavés et sans force pour traîner leur alcool jusqu'à leur lit, étaient tombés là. Sur la falaise, en face de la mer haute, la villa de Kéréol se dressait, montrant à la nuit l'écriteau appelant des acheteurs. Le miroitement de l'eau calme et toute criblée d'étoiles semblait se prolonger autour d'elle, dans le scintillement des parcelles de mica étincelant à côté des vers luisants allumés sur le sable. En bas, en haut, du sol de la cour jusqu'au ciel dominant le faîte, des

astres rayonnaient. Abandonnée et muette, elle semblait debout entre deux firmaments. Mais la maison, les
volets fermés, pareils à des yeux clos, ne voyait plus rien
des splendeurs de l'espace et des turpitudes de Kerahuel.

— Beau logement pour le directeur du futur sanatorium,
dit plaisamment Laguépie, mais auparavant, voici des
ordures qu'il convient de faire disparaître.

Il indiquait les sujets diffamatoires pointurlurés sur les
murs par la main de Baluche, les blessantes caricatures
dont Rachimbourg, à cette heure, ne se tourmentait
plus. Il en riait, au contraire, amusé par la barbarie de
la facture, la forme conventionnelle et presque hiératique
des obscénités.

— Admirez les beaux arts de Kerahuel, ricana Laguć-
pie. Les artistes, ici, ont déjà l'esthétique des pensionnaires de maison centrale. En outre, vous voyez là le néant
de l'instruction gratuite et obligatoire, puisque, malgré
tous les cours de dessin, elle n'amène pas les élèves à
changer la silhouette imparfaite des organes génitaux
dont ils salissent les murailles. Malheureusement, ce
monument de stupidité va disparaître sous d'amples couches de badigeon.

Et se tournant vers Joseph.

— Joseph, sais-tu peindre ?

— S'il le faut, oui, Monsieur.

— Eh bien, demain, dès le matin, tu passeras à la
chaux tous les murs que voici, et tu écriras en grandes
lettres noires, droites si tu peux : « Domaine de l'OEuvre
des Déshérités de la Terre et de la Mer ». Des maîtres du
pinceau, qui viendront après toi, s'occuperont d'établir
une inscription correcte. En attendant, aide-nous à renverser ces poteaux désormais inutiles.

Il montra, sur la plage, les hauts piquets espacés, portant jadis sur des écriteaux l'indication : « Terrains à
vendre ». Tous, ils avaient cédé sous le poids de Baluche
et de la Mal-Commode, alors que, collant une injurieuse
bande de papier, ils remplaçaient le mot Terrains par le
nom de Rachimbourg. Penchant de droite, penchant de
gauche, quelques-uns, inclinés en arrière, déjà déracinés
et mal d'aplomb dans le sable, le moindre vent soufflant
aurait précipité leur chute.

Laguépie et Rachimbourg se ruèrent contre eux avec
une joie d'enfants qui cassent des joujoux ayant cessé de
plaire; avec une gaîté d'étudiants en goguette arrachant

aux devantures du quartier Latin, des carottes de marchands de tabac, des plats à barbe de coiffeurs, ou des enseignes de sages-femmes. Sous la poussée, les poteaux, avec les écriteaux, aisément, tombèrent, l'un après l'autre. Joseph les traîna au travers de la plage; et, un à un, les jeta dans l'Océan.

Une brise fraîche qui venait de la terre, les emportait vers le large. La mer commençait à descendre, et ils flottaient, entraînés au loin dans ces chemins sinueux et clairs que tracent sur les vagues sombres la fuite des courants. Les affiches au nom de Rachimbourg, décollées par l'humidité, se détachaient des planches, surnageaient un instant, puis, doucement, coulaient bas; et le flot, dans ses profondeurs où se reflétaient les étoiles, à grande eau, lavait les souillures de Kerahuel.

— Rentrons, dit Laguépie. Il ne faut pas qu'on nous surprenne ici. Il importe, pour la gaîté, que demain, Bourignat ne voyant plus les poteaux annonçant les « Terrain à vendre» croie qu'ils ont été détruits par la fantaisie de quelque alcoolique à ses gages. D'ailleurs, s'il souhaite de plus amples renseignements sur cette disparition, je me charge de les lui fournir.

Rachimbourg, Laguépie et Joseph se retirèrent chacun de son côté. Derrière eux, les poteaux dérivaient vers les rochers du « Château de Tristan ».

Les rochers, bloc à bloc, cédaient sous le rongeur effort de la mer acharnée à les détruire. Le flux agressif des équinoxes creusait le granit en forme de grottes, le découpait en obélisques. A chaque marée, les contreforts, minés par l'eau, s'écroulaient et s'abattaient, émiettés et gisants en fragments formidables. Même par le temps calme et par les jours sereins, la vague, toujours en travail de ruines, autour de ces gigantesques débris, bouillonnait sans relâche, et les remuait encore au branle de ses vastes remous. Hurlante et ravageuse, elle entourait leur masse, bondissait au-dessus, s'élevait vers le ciel avec des jaillissements de geyser; puis, retombée épandue en cataractes, au cours du ruissellement de ses nappes souples et puissantes, elle détachait au passage de longs quartiers de rocs que, légers et flottants, elle emmenait ensuite, tels des duvets d'oiseaux. D'autres assises, en surplomb, après l'assaut, chancelaient sur leurs fissures. Des touffes de plantes sauvages y verdissaient, et leurs fleurs jaunes s'envolaient, mêlées aux flocons errants d'écume blanche, neige humide de l'Océan.

Or, s'avançant sur ce terrain effrité et mobile sous les pieds, M. Pascal, dans l'ombre, s'essayait à la mort. Il cherchait l'éboulement libérateur le précipitant aux anfractuosités de l'abîme, espérait le ressac roulant son cadavre fracassé, méconnaissable, et, en des profondeurs inconnues des scaphandriers, le conduisant jusqu'à la gueule vorace des grands poissons.

Les embruns, comme des mèches de fouet mouillé, lui cinglaient le visage. Ses vêtements trempés collaient au long de ses membres. Il grelottait, claquait des dents ; et obsédé jusqu'à l'agonie par la stupide chanson :

« *C'est Bourign', Bourign', Bourigne,*
« *C'est Bourignal qu'il nous faut !* »

debout, guettant les oscillations de la falaise trop lente à s'effondrer au gré de ses impatiences du néant, M. Pascal suppliait le flot, au milieu des ténèbres, lui criait des objurgations avec des invectives, car ce soir-là encore, l'impitoyable flot ne le submergeait pas.

CHAPITRE XXV

— Votre sanatorium causera la ruine de Kerahuel, disait Bourignat à Laguépie, si je le laisse établir, qu'est-ce que, moi, je gagnerai ?

Laguépie étendit devant lui l'index de la main droite; dans l'air, dessina la courbe d'un immense zéro, et répondit :

— Rien. Regardez, voilà ce que vous gagnerez.

— Mab-Gast, dans ces conditions, tant que je serai maire, ma parole d'honneur, je m'opposerai à la construction d'un pareil établissement.

Bourignat, dans la salle de la mairie, sous le buste de la République, où, tous les matins, de huit heures à midi, pour ressembler aux grands hommes de 1793, ses modèles en déprédation et en despotisme, il siégeait, en permanence, Bourignat repoussa dédaigneusement les feuilles de papier calque, projets d'architectes, sur lesquels Laguépie lui faisait voir les plans, coupes et élévations de l'Hôpital que « l'Œuvre des Déshérités de la Terre et de la Mer » élèverait bientôt sur les Terrains en bordure de la plage, à Kerahuel. D'une voix rendue énergique par le regret de tous les pots-de-vin qu'il ne toucherait pas, il déclara :

— Soit. S'il en est ainsi. Si l'affaire ne me rapporte rien, alors nous plaiderons.

Depuis son installation comme maire, Bourignat prenait ses fonctions au sérieux. Afin de se rendre digne de la confiance frelatée qu'il tenait des électeurs, condamnant les pratiques financières de Rachimbourg, il s'évertuait à administrer la commune au rebours des doctrines de

son prédécesseur. A sa parole, le Conseil municipal
devenait pitoyable aux scélératesses; et, par une pétition
unanime, sollicitait du Président de la République la grâce
de Camélia, enfant du pays, convaincue d'infanticide, bé-
néficiant des circonstances atténuantes, et condamnée à
cinq ans de réclusion. Lors du procès, l'avocat d'office
de Camélia avait tiré parti du portrait de Malbar,
portrait saisi dans la paillasse de la servante, et Kerahuel,
en chœur, reprenant les arguments de l'homme du barreau,
répétait comme vérité que la pauvre fille, séduite et
punie, était victime de la luxure d'un « estranger ». D'où
l'éminente nécessité de rendre la prisonnière à un village
se portant garant d'une honnêteté dont il savait pertinemment le mensonge.

Bourignat reprenait ensuite le projet de susciter à
Kerahuel un grand homme défunt à qui on élèverait un monument commémoratif. Repoussant Brindamour, sergent
au régiment de Vendôme, lequel, en 1693, monté sur une
pinasse, périssait avec gloire, en attaquant tout seul trois
vaisseaux hollandais, détourné d'un héros désormais suspect parce qu'il avait été inventé par Rachimbourg, il se
rabattait sur Boisgaillard. Celui-là, au dix-huitième siècle,
se noyait lors du naufrage d'une chaloupe portant les
lettres à l'île de Kioc'h Vor. En ce personnage, il prétendait honorer le dévouement des employés des postes,
tâchait d'intéresser l'Administration à cet hommage, écrivait au sous-secrétaire d'État, auprès de Mme Minahouet.
devenue Mme Charpenval s'inquiétait du prix d'un buste
à tarif réduit; et convaincu que l'image d'un homme ré-
puté célèbre donnerait de la notoriété à la plage, facilite-
rait la location des villas, et le jour de l'inauguration, au
moins, augmenterait le débit de l'alcool, il faisait circuler
des listes de souscription, présidait un comité.

Pour combler le déficit de la Caisse municipale, déficit
résultant des travaux dispendieusement exécutés pendant
la magistrature de Rachimbourg. il n'osait pas proposer
une surtaxe sur les droits d'octroi et l'entrée des alcools.
Son commerce et sa popularité souffriraient trop d'une
augmentation d'impôt naturellement odieuse à l'ivrognerie
de Kerahuel. Néanmoins, il fallait diminuer les dettes,
créer de faciles suppléments de recettes. Donc, fort de
l'autorisation du Conseil municipal qu'il se flattait de mener
comme un troupeau d'oies, Bourignat s'avisa d'ouvrir des
négociations avec le Directeur de l'Assistance Publique.

Il avait appris que cette Administration, très embarrassée de réduire à l'obéissance certains mauvais sujets, fauteurs de désordres et artisans d'indiscipline dans les établissments agricoles où elle les tenait, sous sa garde, par application du principe bourgeois considérant le métier de matelot comme une punition et une déchéance, songeait à changer en marins les plus incorrigibles de ses pensionnaires. Elle créerait, sur la côte, un pénitencier maritime où les internés apprendraient la manœuvre, suivraient des cours de navigation, seraient initiés à la pêche. Ainsi, les plus tarés des Enfants Assistés, dits « Pupilles de la Ville », profiteraient d'un enseignement supérieur à l'enseignement donné aux meilleurs élèves des meilleures écoles. Le Conseil général, sans s'apercevoir de l'absurdité des conséquences, acceptait ce système de châtiment, et la Commission, cherchant sur le littoral un emplacement où établir cette singulière maison de correction, Bourignat, en hâte, offrit de céder à bon compte la totalité des « Terrains à Vendre ». Déjà il se vantait du succès de la transaction, se disait certain de l'appui du rapporteur, affirmait que la proposition, bientôt, recevrait l'agrément des « autorités ». Laguépie écoutait, laissait dire, et souriait des illusions de Bourignat s'engageant à l'aventure, tant il doutait peu des droits de la commune sur les « Terrains à Vendre ».

Mais pourquoi les poteaux avec les inscriptions avaient-ils disparu ? Bourignat commença une enquête ; et, rapidement renseigné par Baluche, homme de toutes les trahisons et de tous les bavardages, il n'ignora plus par quel nocturne travail Laguépie et Rachimbourg avaient jeté à la mer les écriteaux et leurs supports.

Dédaignant de tenir conversation avec son prédécesseur, mais curieux de montrer sa perspicacité et de faire sentir son pouvoir, Bourignat commanda au secrétaire de la mairie d'appeler, par lettre, le nommé Laguépie à la maison commune « pour affaire le concernant ». Le docteur devina le sujet probable de l'entretien auquel le conviait un papier administratif rédigé sans politesse ; et, pour répondre à toute question, muni de son dossier d'achat des terrains, les plans des futurs bâtiments sous le bras, il se rendit à la convocation.

Sous le buste de la République, Bourignat salivait abondamment. L'émotion du succès, comme jadis la peur des gendarmes, troublait son organisme. Dans son triomphe, il toussait à nouveau, secoué par les crises de sa chronique angine de poitrine.

— Monsieur Laguépie, dit-il d'une voix qu'il voulait rendre bienveillante mais qui, malgré tout, restait impérieuse, insolente et rogue, Monsieur Laguépie, je vous ai fait venir tout seul. L'affaire dont j'ai à vous entretenir regarde aussi M. Rachimbourg, mais je ne veux pas avoir de rapports avec cet individu.

Car Bourignat, terme suprême de son mépris, appelait « individu » quiconque, ne partageant pas ses idées et ne servant pas ses rancunes, lui semblait indigne de toute sympathie.

— L'individu qui répond au nom de Laguépie est là qui saura vous répondre pour deux, je vous prie de le croire, répondit le docteur, relevant à la fois la grossièreté du maire et la grossièreté de la lettre de convocation.

Bourignat ne s'attarda pas à ces délicatesses. Sévèrement, comme s'il s'adressait à un criminel et du ton que, dans son étude d'huissier, à Chevroley, il avait entendu prendre au juge d'instruction lui demandant des comptes :

— C'est vous, qui, sur la plage, avez arraché et détruit les poteaux portant les inscriptions : « Terrains à Vendre ? »

— Mes compliments, riposta Laguépie. Pour une fois, la police est bien faite à Kerahuel.

Mais Bourignat ne plaisantait pas.

— Vous avez commis, dit-il, une dégradation et un bris de monument public. La loi prévoit ce délit, et M. Rachimbourg peut se féliciter de s'être trouvé en votre compagnie. Vous avez travaillé à mon élection...

Laguépie fit un geste signifiant qu'il dispensait Bourignat de toute reconnaissance.

Bourignat continua :

— J'aurais pu faire dresser procès-verbal, mais, par égard pour vous, je me contente d'une réprimande.

— Comment dites-vous ? demanda Laguépie. Je crains de mal vous entendre.

Bourignat ne doutait de rien.

— J'ai dit réprimande, reprit-il solennellement, R.É. P.R.I.M.A.N.D.E, et, lettre par lettre, il accentua le mot.

Laguépie éclata de rire.

— D'abord, dit-il, je n'accepte pas vos observations.

Ensuite, eh bien, dressez-le donc ce procès-verbal dont vous me faites injurieusement grâce. Je l'attends. Il ne me fait pas peur. Je l'espère, et je serais vraiment désolé que, à cause de moi, Monsieur le maire perdît l'occasion de se donner du ridicule.

— Monsieur ! s'écria Bourignat.

— Oui, du ridicule, poursuivit Laguépie, car vous serez obligé de constater : primo, que, les poteaux et les inscriptions ayant été payés par Rachimbourg, Rachimbourg possédait l'incontestable droit de les détruire, à sa guise ; secundo, que ces poteaux portaient une mention mensongère, puisque les terrains ne sont plus à vendre.

Bourignat sursauta :

— Comment, plus à vendre !

— Non. Ils sont achetés.

— Mab-Gast ! hurla Bourignat. Comment ? Sans que j'en sache rien, on a vendu, on a vendu les terrains communaux ! Ah ! voilà qui est fort, par exemple. Et dans la colère de son autorité méconnue, de ses pots-de-vin évanouis, du poing, il frappait de tels coups sur la table que, derrière lui, le buste de la République, ébranlé, tremblait.

— Erreur ! insinua doucement Laguépie. Ce n'étaient point des terrains communaux, mais un domaine appartenant légitimement à un particulier. Du reste, voici des preuves qui vous renseigneront et me dispenseront de parler davantage.

Alors, dans le dossier ironiquement ouvert devant lui, Bourignat, un à un, lut les titres successifs de propriété : le jugement du tribunal de première instance en 1828 ; le jugement de la Cour d'appel en 1836 ; puis le certificat de transcription au nom de M. de Pahauën, plus le relevé des hypothèques que M. de Pahauën laissait prendre au Crédit foncier en garantie des emprunts faits sur son bien ; et finalement les clauses du contrat de vente passé entre M. de Pahauën et l' « Œuvre des Déshérités de la Terre et de la Mer ». L'acte rédigé en l'étude de Mᵉ Chalicorne, notaire à Paris, rendait cette Société de bienfaisance seule propriétaire de la plage de Kerahuel. Ses droits résultaient en outre d'une série d'autres actes : reçus donnés au vendeur, main levée fournie par le Crédit foncier, et autres papiers timbrés

Chacune des pièces compulsées par Bourignat dépossé-

dait Kerahuel du territoire que la commune usurpait,
traditionnellement, et ahuri, rebelle quand même à des
preuves si destructives de ses croyances et de ses projets,
le maire ne se déconcerta pas. Il demanda simplement :

— Qu'est-ce que je gagne, là-dedans ?

Il n'y gagnerait rien. Le zéro comiquement dessiné
par Laguépie renseignait le maire sur le néant de
toute espérance et de tout bénéfice. Mais confiant dans
les ressources qu'il tenait de ses anciennes pratiques de
la chicane, Bourignat, majestueusement effronté devant
l'évidence, l'air imperturbable, ferma le dossier en
disant :

— Histoires que tout cela. Il faudrait examiner plus en
détail. Ce n'est pas sur un simple coup d'œil qu'on doit
se prononcer et se déclarer convaincu. Il faudrait voir
« à tête reposée ».

Et frappant de la main sur la chemise de papier fort où
s'inscrivaient en grandes lettres noires le nom de l'officier ministériel, il répéta :

— Histoires !

— En tous cas, répliqua Laguépie, comme on dit, « le
notaire y a passé ». Ne vous en déplaise, à Kerahuel,
maintenant, nous sommes chez nous, tellement chez nous
que je vous apporte une demande en autorisation de
bâtir.

— Ouais ! dit Bourignat. Vous voulez bâtir, maintenant ! Et qu'est-ce que vous prétendez bâtir sans moi ?

— Un hôpital pour les enfants malades ; un hôpital
dont voici les croquis, joints à notre requête.

Sur la table de la mairie, table trop étroite pour le long
développement des plans envoyés par l'architecte,
Laguépie, une seconde fois, autour d'un bâton, déroula
les feuilles de papier calque où des bâtiments s'indiquaient en lignes sèches, où des toits colorés en rouge
s'enlevaient durement sur un ciel bleu, à teintes plates.
Prenant plaisir à ahurir Bourignat par l'étendue des
constructions dont il étalait le projet, avec l'accent d'un
camelot faisant une démonstration, parlant avec volubilité pour empêcher toute réplique, gaîment, il expliquait :

— Vous voyez, ici, au fond, le logement de la direction, du personnel, de l'Administration et des services
médicaux. Au milieu, la chapelle. A droite, trois pavillons. Trois pavillons à gauche.

Puis, accumulant, par ironie, la technicité des renseignements et des détails :

— Oui, six pavillons, élevés de deux étages, contenant chacun cent lits ; et, tous, en façade sur la mer.

Bourignat, submergé, sans comprendre, écoutait, regardait avec des yeux effarés.

— Vous pensez bien, continua Laguépie, vous pensez bien que nous ne recommencerons pas l'erreur commise à l'hôpital maritime de Berck-sur-Mer, où les malades, au grand détriment et retard de leur guérison, sont placés dans des ailes latérales, moins battues par les vents d'ouest, vents particulièrement favorables, comme chacun sait, pour les affections variées qu'engendre la scrofule ou la tuberculose. Notre établissement à nous, « l'Œuvre des Déshérités de la Terre et de la Mer », s'élèvera, tout entier, en bordure de la plage. L'espace ne manque pas : nous l'utiliserons. Ainsi, les fenêtres des dortoirs et des infirmeries ouvrant immédiatement sur le large laisseront entrer, à pleins vantaux ouverts, les souffles de l'Océan, les émanations salines des flots, les senteurs iodées des fucus et des goémons.

Puis, mettant devant Bourignat un autre dessin, vaste comme le premier.

— Maintenant, voici la façade qui regardera, de loin, Kerahuel ; le lazaret, les buanderies, la chambre de la machine à vapeur pour la production de l'électricité, et la distribution du chauffage. Puis, des jardins, des potagers, des champs de culture. Le tout, entouré de hautes murailles.

Bourignat, consterné, voyait ces envahissantes architectures fermer désormais tout accès aux terrains que Garnafe possédait, près du vieux cimetière. Bien plus, elles emplissaient la plage, bouchaient l'horizon ; et, au lointain, ne laissaient plus rien voir des rochers et de la mer. Mais, en homme savant à dissimuler ses impressions, par un effort sur lui-même, il affecta de se féliciter de la richesse inespérée qu'un pareil établissement apporterait à Kerahuel.

— Eh bien, dit-il d'un air qu'il voulait rendre détaché, quoique vous puissiez croire, ce projet de sanatorium ne m'effraie pas. Vous allez faire, malgré vous, la fortune du pays.

— Croyez-vous ? demanda Laguépie.

— Mais certainement. Au contraire de Rachimbourg,

je ne redoute pas l'intrusion bien ordonnée et scientifique de la maladie à Kerahuel. La maladie, je l'ai vue à
Berck-sur-Mer ; elle est devenue une mine d'or pour ce
pays, avant elle sans ressources et sans industrie. Elle a
déterminé la hausse de tous les terrains, aux alentours.
Bon an, mal an, elle amène une population de trente mille
baigneurs. Créez-le donc, votre hôpital ! Il en fera créer
d'autres. Vous dites que votre établissement recevra
seulement des enfants pauvres. Mais, si l'air de Kerahuel
est bon à respirer pour les indigents, il est, en même
temps, bon à respirer pour les riches, et les riches
afflueront, ici, comme là-bas. Eux aussi, ne manquent
pas de misères physiques à soulager et de difformités à
redresser, dans leur progéniture. La réputation curative
de Kerahuel se répandra parmi les cliniques ; et con-
seillées par des médecins que nous stipendierons, s'il le
faut, encouragées par les réclames, que de familles,
pour leurs rejetons souffreteux, viendront chercher chez
nous la santé, au bord de la mer !

Il songeait que son commerce de marchand de vin
s'accroîtrait à fournir de boissons la table de tous ces
étrangers dont il espérait la venue ; et trouvant dans la
misère humaine un excellent moyen de négoce, supputait déjà quels bénéfices il réaliserait en spéculant sur
les terrains du voisinage, évaluait déjà quels profits il
extorquerait des entrepreneurs que, à la faveur des
règlements de voirie, il se proposait de molester quand
ils charroieraient des pierres et déposeraient des matériaux, au long des routes, lors de la construction des
futures villas. Il gênerait leurs travaux, ferait payer ses
complaisances, et se disant sans peur devant l'avenir, il
ajouta :

— Je suis bien tranquille, allez !

Il oubliait sa mauvaise humeur de tout à l'heure ; et,
en signe de sécurité, il essaya de rire.

Laguépie lui démontra la vanité de pareilles illusions.
Oui, Bourignat se trompait quand il rêvait pour Kerahuel la vertu médicinale et le développement commercial
de Berck-sur-Mer. Les conditions étaient différentes, et
le docteur faisait bien voir l'impossibilité du succès. A
Berck, au long de la plage étendue sur vingt kilomètres,
l'hôpital disparaissait, évaporé, pour ainsi dire, entre le
ciel et la mer. Les infirmes, traînés sur le dos dans ces
longues voitures tirées par des ânes, véhicules sinistres

dans les planches desquels les immobiles voyageurs
semblent déjà faire l'apprentissage de la bière et du corbillard, les infirmes s'effaçaient, points noirs perdus,
presque invisibles, dans l'immensité des sables, et ne
tenaient guère plus de place que les poux de mer au bord
de l'Océan. Mais à Kerahuel quelle était la dimension des
« Terrains à Vendre », des terrains maintenant vendus?
Sept hectares, au plus. Sept cents mètres de long, pas
davantage : juste de quoi construire un hôpital moindre
que l'hôpital maritime de Berck, occupant là-bas cent
vingt mille mètres de superficie, soit douze hectares. Et
quand on l'aperçoit à l'horizon, à peine s'il prend, sous
le ciel, plus d'importance qu'un corps de garde de
douanier.

A Kerahuel, l'hôpital emplirait la plage tout entière,
et l'épouvante du spectacle des coxalgies, des scolioses,
des gibbosités, du mal de Pott, des affections tubercu-
leuses des os, des arthrites, des goitres, de la scrofule
infinie et variée dans ses manifestations suppurantes
d'abcès et de fistules, l'épouvante qui, là-bas, s'éparpille
et s'atténue sur un espace énorme où la mer, effrayée
cependant des hideurs de l'humanité, semble mal se
résoudre, à monter aux heures de la marée, l'épouvante se
circonscrirait dans un périmètre restreint où son accumulation ne trouverait pas de cœurs assez forts pour la
supporter. Les femmes, à leur arrivée sur la plage, san-
gloteraient de pitié devant la voirie vivante qui, de l'hôtel
d'Orange aux rochers du Château de Tristan, ferait sécher
ses plaies au soleil; et la mélancolie exhalée des malades
gagnant jusqu'à l'atmosphère, personne ne consentirait
à vivre parmi les miasmes et l'ennui de cette sentine
humaine. Car, entre des tabliers blancs d'infirmiers et
des calottes noires d'internes, là, passerait interminable-
ment le défilé des mains enveloppées, des cous purulents
sous les fichus, des corps dont la décomposition s'appuie
sur d'oscillantes béquilles, tandis que d'autres, étendus et
roulants dans des voitures, n'ont plus d'autre espérance
que de regarder indéfiniment le ciel. Rarement déjà, on
venait à Kerahuel pour la majesté de la solitude. Quand
cette solitude se peuplerait de tous les déchets de l'existence, qui donc consentirait jamais à s'arrêter dans un
paysage d'amphithéâtre? Les touristes et les baigneurs
se reculeraient, eux aussi, comme, à Berck, se recule même
la mer.

Il fallait renoncer en outre à la clientèle spéciale des familles accompagnant, par devoir, leur postérité mal née. Les familles s'empressaient à Berck, parce qu'elles trouvaient Berck à quatre heures de Paris et que le voyage se supportait sans trop de fatigue et de douleur pour tous les impotents de la colonne vertébrale, des jambes ou des bras. Les pères, aisément, pouvaient aller et venir de leurs bureaux à leurs enfants immobilisés en plein air, dans des gouttières, des appareils plâtrés ou le corset d'acier des minerves. Par la rapidité des trains, Berck confinait à Paris, comme un faubourg. Mais Kerahuel ! Kerahuel à six cents kilomètres de distance, à quinze heures de secousses dans des wagons sans plus de célérité que des brouettes, Kerahuel, à cent vingt-cinq lieues du négoce, des intérêts et des filles, est-ce que Kerahuel avec ses embarras d'accès attirerait jamais des malades dont le long et coûteux transport ruinerait à la fois et le précaire état de santé, et la petite bourse !

— Nous avons si bien compris ces difficultés, conclut Laguépie, qu'il entre dans les projets de « l'Œuvre des Déshérités de la Terre et de la Mer » d'envoyer à Kerahuel seulement des enfants orphelins, abandonnés ; des enfants aussi dont la mauvaise construction constitutionnelle s'aggrave d'affections contagieuses. Dénués de parents qui les viendraient voir, ils recevront nos soins sans fournir un passant de plus aux lits en location à Kerahuel ; et si notre sanatorium aéré par le vaste vent qui souffle de la mer ne fera courir aux habitants aucun risque de contamination, quiconque, en ses excursions, apercevra nos tristes hôtes, ne se souciera pas de vivre jamais par agrément et passe-temps de villégiature, dans l'inquiétude de leur voisinage et la terreur de leur rencontre. Maintenant, si vous voulez bien me donner les alignements avec l'autorisation de bâtir...

Bourignat, exaspéré, suffoquait. L'humiliation dont l'accablait Laguépie, l'effort qu'il faisait pour ne rien laisser paraître de sa colère, déterminèrent chez lui une crise aiguë d'angine de poitrine. Une violente quinte de toux le renversa sur la table. Là, le nez sur le tapis, il hoquetait, secoué comme par le courant d'une pile élec - trique ; et la tête ébranlée, les idées perdues, il s'écoulait en de glu ¬ ntes expectorations. Laguépie, par prudence, éloigna son dossier et ses plans des éclaboussures de mucosité de M. le Maire. Puis, d'un ton de railleuse sympathie :

— Vous me semblez mal à l'aise, dit-il. Vous devriez demander une consultation à Mlle Astérie qui vous soigne si bien. Il ne serait peut-être pas inutile que, pour vous, elle provoquât un nouveau miracle.

Bourignat entendit le sarcasme et reprit ses sens. Furieux d'être persifflé par Laguépie qui, après l'avoir mortifié dans son autorité, le raillait maintenant dans sa maladie et sa personne, il leva sa tête blême, et demanda :

— Est-ce que vous allez continuer à vous moquer de moi ?

Laguépie protesta. Il ne se moquait de personne et souhaitait simplement obtenir un alignement avec une permission de bâtir.

— Je les refuse, s'écria Bourignat. Les lèvres bavantes comme un chien enragé qui, dans les spasmes de l'agonie, ouvre la gueule et cherche encore à mordre, il répéta :

— Non ! non ! Tant que je serai maire, jamais je ne donnerai une pareille autorisation.

— La loi a prévu le cas, reprit tranquillement Laguépie. A votre défaut, le Préfet accordera l'autorisation que l'Administration ne peut refuser quand la requête, comme la nôtre, remplit les conditions déterminées par les règlements. Tout propriétaire a le droit d'élever des constructions en bordure de la voie publique, et c'est un droit dont nous userons, nous « OEuvre des Déshérités de la Terre et de la Mer » puisque, comme j'ai eu l'honneur de vous le démontrer, nous sommes propriétaires de la plage à Kerahuel.

— Propriétaires, jamais de la vie ! Est-ce que vous croyez, par hasard, que je me laisse influencer par vos paperasses ? Et Bourignat, dédaigneusement, encore une fois, repoussa le dossier. La plage de Kerahuel, pour moi, appartient à Kerahuel ; et si vous soutenez le contraire, eh bien, nous plaiderons.

— Vous vous emportez et vous ne réfléchissez pas, dit paternellement Laguépie. Voyons, malgré votre mauvaise humeur, imaginez-vous que notre Société de bienfaisance dépenserait aveuglément des centaines de mille francs pour élever des bâtiments sur un terrain litigieux ? Elle a des titres, connaît ses droits, et riche d'argent et d'influence, soyez sûr qu'elle ne les laissera pas péricliter.

— Nous plaiderons, répéta obstinément Bourignat.

— Soit, plaidez s'il vous plaît. Alors vous recommencerez le procès déjà perdu par la commune. Il a duré dix-huit ans et coûta cher, quand la commune, déboutée de ses prétentions, dut payer les frais de trois jugements en première instance, en appel et en cassation. Nous poussserons la procédure aussi loin. Vos revendications sont condamnées d'avance ; et, en les soutenant, vous ajouterez des dettes au déficit des finances municipales. Donc, soyez sage, et signez.

— Nous plaiderons ! riposta Bourignat, ferme dans son entêtement, et d'autant plus décidé à une action judiciaire que, maire irresponsable, il ne supporterait pas personnellement les charges du conflit.

— A votre aise, repartit Laguépie. Mais, je vous préviens, le Conseil d'administration a donné des ordres, et b'entôt les entrepreneurs commenceront les travaux. J'ai bien l'honneur de vous saluer.

Il reprit son dossier, roula les plans autour des petits bâtons, les mit sous son bras et s'en alla.

Dans la rue, les oisifs de Kerahuel qui, d'ordinaire, voyaient sortir avec une mine penaude leur compatriotes subissant la mauvaise fortune d'être appelés à comparaître devant Bourignat, s'étonnèrent de l'air joyeux du docteur. Pourquoi Laguépie semblait-il si satisfait après son entrevue avec le maire ? Pourquoi Bourignat, d'allure coutumièrement hautaine et provocatrice, en regagnant, à midi sonné, la « Maison du Païen », marchait-il le front bas, l'esprit inquiet, l'œil préoccupé ?

Le cou enfoncé dans les épaules, comme une tortue qui, à l'approche du danger, rentre sa tête sous sa carapace, Bourignat réfléchissait. Il ne concevait pas d'illusions sur l'issue du procès, que par essai suprême d'intimidation, il menaçait d'intenter contre « l'Œuvre des Déshérités de la Terre et de la Mer ». Pourtant, ce procès sans espoir, il se jugeait contraint de l'engager. Mais comment, sans exciter les colères, révéler aux habitants de Kerahuel que les terrains en bordure de la plage, n'appartenaient pas, n'avaient jamais appartenu à la commune? La population surexcitée le forcerait à revendiquer une propriété qu'elle s'imaginait tenir de l'usage. Mais alors, il fallait interrompre les pourparlers entamés avec l'Administration de l'Assistance publique,

renoncer pour longtemps à la vente d'un territoire contesté, et ne plus compter sur leur prix pour rétablir, du
jour au lendemain, l'équilibre des finances. Peut-être
Bourignat arriverait-il à calmer Garnafe toujours réclamant une voie d'accès vers ses terrains sis auprès du
vieux cimetière. Garnafe, il le déciderait peut-être à
prendre encore patience ; mais rien ne prévaudrait contre
les récriminations des femmes, mégères ivrognées pour
la plupart. Elles lui reprocheraient la falaise envahie ; et,
l'une l'autre, irriteraient leurs électeurs de maris en leur
montrant les moutons et les vaches désormais sans pâ-
turage sur la dune où les menaient brouter les ancêtres,
la dune patrimoine de chaque famille à Kerahuel, et
maintenant conquise, inaccessible et enfermée entre les
murs d'un hôpital. Bourignat devinait que la déconsidération pour sa personne et son autorité croîtrait à mesure avec les pavillons du sanatorium s'élevant hors de
terre, et il redoutait les effets du ressentiment public
grandissant à chaque étage nouveau de la bâtisse dont le
plan démesuré revenait sans cesse sous ses yeux, le tourmentait jusque dans ses rêves.

Picherel, toujours en mal d'échéances et d'argent, vint
consulter le maire. Il voulait connaître à quelle époque
enfin se créerait la criée municipale d'où il tirerait trois
mille francs de crédit par jour. En vain Bourignat, exhortant le mareyeur à la prudence, essaya de lui démontrer
comment, en prévision des dépenses du procès à soutenir,
la commune déjà obérée ne pouvait disposer d'aucune
des sommes que le percepteur tenait en sa caisse. Picherel,
ne voyant jamais au delà des embarras de son commerce,
fit entendre des paroles sévères. Non, puisque malgré sa
parole et ses engagements formels, le maire ne mettait
pas les fonds publics à la disposition du grand électeur,
son complice, le maire n'était plus un homme, et on « ne
pouvait plus faire route avec lui ». De ce jour, Bourignat,
accusé de mensonge et de traîtrise, Bourignat, selon son
expression, « mis plus bas que terre », comprit qu'il ne
devait plus compter sur Picherel pour l'aider, dans
l'avenir, à fausser les scrutins. Déjà, avec terreur, il entre-
voyait l'ascension de Garnafe au pouvoir municipal.

Il s'avisa alors du grand personnel qui viendrait certainement de l'extérieur pour assurer les services, dans
l'hôpital à construire. Des électeurs nouveaux s'inscri-
raient ainsi à la mairie de Kerahuel. Il évaluait leur

nombre à cent cinquante, et, par avance, il combina de
se concilier ces cent cinquante voix dont l'appoint, au
jour redoutable du renouvellement de son mandat, lui
assurerait une imposante majorité. Internes, infirmiers
des salles, commis des bureaux, chauffeurs de la machine,
mécaniciens, hommes de peine, gardiens et lampistes,
tous sous la dépendance de Laguépie, à ses ordres, sans
doute, iraient au vote comme ils allaient à leurs panse-
ments et à leurs besognes. Alors Bourignat durement
humilié par Laguépie, se résolut néanmoins à rechercher
les bonnes grâces du docteur. Gorgé d'avanies, quand
il désespérait de se venger, Bourignat excellait à faire
tourner sa honte au profit de son ambition. Impérieux
vis-à-vis des faibles, soumis devant les forts, pour paraître
ne pas garder de rancune, le cœur ulcéré, il se résignait
aux plus humbles complaisances. Alors, quoique, haussant sa voix mauvaise, afin de flatter les passions populaires, il déclarât journellement dans les rues inquiètes :
«Tant que je serai maire, jamais, jamais, vous m'entendez,
je ne permettrai de toucher aux terrains de Kerahuel »,
sans attendre l'intervention du préfet, il fit tenir à Laguépie la limite des alignements accompagnée de l'autorisation de bâtir. Laguépie montra à Rachimbourg les
pièces écrites sur du papier officiel, à l'en-tête de la mairie ;
et tous deux, admirant la vantardise publique et la lâcheté
secrète, riaient de Bourignat et de son hypocrisie, en se
passant une lunette d'approche.

D'après le dernier télégramme envoyé par Mariette, le
Matamore, longtemps, longuement retardé dans 'son départ, prenait enfin la mer, voguait vers les aventures et les
conquêtes. D'accord avec le capitaine préalablement soudoyé — et elle ne disait pas par quelles caresses — Mariette annonçait aussi que le navire, savamment dévié de
sa vraie route, arriverait bientôt en vue de Kerahuel. Or,
Laguépie, aidant Rachimbourg de tous ses yeux, avec
son ami, cherchait dans les lointains de l'horizon, les
signaux de tendresse que devait hisser, au passage, la
fantaisiste impératrice.

Depuis qu'il attendait l'apparition du Matamore, Rachimbourg étudiait le Nouveau Code international des correspondances en mer, et se pénétrait du jeu des vingt-six
pavillons de couleurs et de dispositions diverses représentant, sous le ciel, les vingt-six lettres de l'alphabet. Bleu
en haut, blanc au milieu, bleu en bas, le J monterait au

long de la drisse. Un carré mi-partie blanc, mi-partie bleu,
le bleu battant et découpé en dent de scie, ce serait l'A.
L'I il le verrait dans une boule noire placée au centre d'un
rectangle jaune; l'M, dans un rectangle bleu écartelé en
diagonale par une croix blanche. L'E, prendrait l'aspect
d'une flamme rouge, blanche et bleue, pareille à un drapeau
tricolore retourné et se terminant en pointe. Il reconnaîtrait l'F à un triangle rouge horizontalement traversé
d'une croix blanche. Un carré rouge avec une croix jaune,
figurerait l'R; puis viendrait encore l'E avec sa banderole
tricolore. Un pavillon bleu chargé d'un point blanc signi-
fierait le D. Autre banderole tricolore, nouvel E. Autre
R avec le drapeau rouge et la croix jaune. De rechef, il
apercevrait l'I sur un carré jaune portant un large point
noir; et le C, enfin, il le lirait dans le triangle flottant
d'une flamme blanche au milieu de laquelle s'arrondirait
un disque rouge.

La succession de ces pavillons proclamerait dans le
vent : « J'aime Frédéric »; et Rachimbourg, pour répondre à cette déclaration sémaphorique, avec des fragments d'étoffe alternativement rouge et blanche, avait
confectionné la flamme du signal : aperçu. Joyeusement
il la ferait monter à l'extrémité du mât qui, devant la
villa du « Haut des Dunes », chaque jour de dimanche ou
de fête se pavoisait d'un drapeau tricolore claquant au
milieu de l'étendue.

Mais Rachimbourg n'apercevait rien. Laguépie n'apercevait rien non plus; et, devant l'Océan vide, d'un air
découragé, ils se passaient et se repassaient la jumelle.
On était à l'époque de la lune où la mer devient indéfiniment basse. Elle déchalait très loin; et, tout au long de
la côte, du Château de Tristan, à gauche, jusqu'à la
chapelle de Saint-Coulm, à droite, découvrait des rochers
et des brisants qu'on ne voyait pas au temps des marées
ordinaires. Entre les bouées de maçonnerie et de ciment
indiquant le chenal à suivre au large et les fonds d'une
hauteur sans danger, des écueils se hérissaient, nombreux,
aigus et serrés comme les dents d'une formidable mâchoire. D'aucuns apparaissaient tout noirs tant ils étaient
couverts par le naissin des moules; d'autres verdissaient,
chargés de varechs, coiffés de goémons. Des flaques d'eau
miroitaient entre eux, dans les intervalles; et il semblait
que le flot, retiré au loin, ne viendrait jamais plus baigner
ces végétations et ces pierres.

Les pêcheurs, dans le pays, les appelaient uniformément des « Cailloux »; et tous ces « cailloux » portaient un nom tiré, ou de leur figure ou de la catastrophe qu'ils avaient causée. Ceux qui ressemblaient à des animaux se nommaient le Cheval, la Jument, le Bœuf, le Pigeon, le Cochon, la Truie, le Poulain, la Souris. Quelques-uns, aux parages particulièrement redoutés, s'appelaient les Coléreux, les Maudits, les Voleurs, les Dévorants. Le bel Émile, l'épine à Mathieu, témoignaient d'échouements de navires ou de naufrages d'individus; et des monolithes ronds et droits, des roches percées par le trou desquelles, au loin, on apercevait du ciel, se désignaient en termes évoquant des anatomies obscènes. « March », « Gazeck », « Eljenn », « Coulm », « Hog », « Gwiz », « Ebeul », « Logoden », « Buaneguez », « Milliget », « Skilfeien », « Dismantuz », « Bitouzen », « Heuchon » et « Gisti », Laguépie les désignait par leurs vocables bretons aux sonorités criardes et rauques comme le bruit de la vague montant autour de la chaîne des brisants. Il racontait aussi la légende de la roche Gadal, ou roche de la Débauche. Là, dans les temps anciens, deux frères, pour venger la vertu outragée de leur sœur, traînaient au bout d'une corde et jetaient à la mer un seigneur du voisinage, espèce de Minotaure armoricain qui, sans relâche, mettait à mal, sur la falaise, toutes les soi-disant vierges et toutes les épousées des environs.

Cependant qu'il parle, *le Malamore* n'apparaît pas. *Navem in conspectu nullam*, dit Laguépie, qui plaisante volontiers en tournant au comique des réminiscences classiques. De navire, à l'horizon, point. En s'écarquillant les yeux, les deux amis, sur un noir écran de nuages, dans la nuit tombée, aperçoivent seulement, par intervalles, les éclats voilés de phares lointains dont le feu devenait visible aux veilles de gros temps, du côté du sud-est. Autour d'eux, les rayons de phares plus rapprochés traversaient durement les ténèbres. A travers les lentilles de verre des lanternes, l'électricité aiguë et aveuglante jaillissait entre les charbons de gros calibre employés spécialement lors des soirs de ciel bas et de brume. Le retour rythmique et la violence des éclats, agaçaient à la longue Laguépie et Rachimbourg. Désespérant de rien découvrir avant le lever du soleil, ils remettaient la lunette dans son étui et renonçaient à interroger l'ombre.

Après dîner Rachimbourg reconduisait Laguépie, et
revenu à la villa du Haut des Dunes, devant une fenêtre
ouverte, longtemps, il fuma de rêveuses cigarettes. Il ne
distingua encore ni fumée, ni fanaux, ni mâture. Harassé
par l'attente, il finit par fermer les volets, se coucha, et
dans son sommeil flottaient joyeusement, en songe, les
pavillons qu'il avait en vain cherchés sur le vide de la
mer.

Vers une heure du matin, le douanier de garde inquiet
du passage de l'inspecteur faisant sa ronde au travers
des sentiers ténébreux entre les rocs et les fondrières de la
falaise, se décida à quitter « la Guérite ». Ce n'était point
la guérite en planches tournant sur un pivot, orientée
selon les vents, et fournie par l'Administration. Keráhuel
appelait « la Guérite » une fille de bon accueil chez
laquelle les préposés, pendant leur service de nuit, trouvaient un abri contre le mauvais temps, du feu, et, quand
l'envie leur en prenait, un lit et de l'amour. Elle excitait
de la jalousie parmi les femmes mariées, se battait quelquefois avec elles ; et, après quelques coups de griffe,
le calme rétabli, continuait à donner de son hospitalière
personne.

Donc, le douanier revenu sur le port, dans la chaleur
de sa bonne fortune, allait, venait, épiait les mouvements
des hommes, dans la nuit, et des embarcations, sur l'Océan.
Soudain, étonné et soupçonneux, il s'arrêta. Au milieu des
profondeurs de l'ombre, scintillait une lumière qui lui
paraissait étrange. Elle ne venait pas d'un bateau de pêche,
les bateaux de pêche, malgré les instructions formelles,
négligeant obstinément d'allumer les falots réglemen-
taires. D'ailleurs, le foyer lumineux dépassait de beaucoup le foyer d'une lanterne ; et, mettant la main sur ses
yeux, il lui sembla voir, au ras des flots, une espèce de
météore qui s'avançait d'une allure assez vive, et flamboyait quand même au centre d'un halo formé par le
brouillard.

Il courut sur le môle, au bout de la jetée ; et, de là,
distingua un feu rouge à bâbord, un feu vert à tribord,
un fanal blanc, en l'air, signe certain d'un vapeur en
cours de route. Mais d'autres clartés auxquelles il ne
comprenait rien étincelaient sur ce navire. Elles montaient, descendaient, dessinaient dans la nuit, des mâts,
des vergues, des cordages ; et lui donnaient l'impression
de ce feu Saint-Elme dont les phosphorescences l'émer-

veillaient jadis quand elles rampaient lumineusement sur les apparaux des bâtiments de guerre où il naviguait pour le service de l'État.

Mais, puisqu'il voyait ensemble, et le feu rouge de bâbord, et le feu vert de tribord, le navire gouvernait donc droit sur la terre, manœuvre inexplicable dans des parages semés de récifs et de bas-fonds. Le bâtiment approchait, quand, tout à coup, il vira, fit voir son feu de tribord tout seul ; et, se présentant par le travers, se montra tout flambant de lampes électriques, sembla regagner la haute mer, et passa, fantastique, illuminé. Il marchait à toute vitesse ; et, derrière les remuants reflets qu'il laissait dans le sillage de son hélice, la fumée noire sortie du tuyau de la machine se mêlait à la masse cotonneuse et légère des nuages.

Le douanier regardait, hypnotisé par la fascination qu'exercent les lumières aperçues au lointain des ténèbres, lorsque, brusquement, cap pour cap, changeant de direction, le bateau montra son feu de babord et courut vers une ligne de brisants où la mer, montante à cette heure, retentissait avec fracas et blanchissait au travers de la nuit. Et le féerique et mystérieux navire s'en allait, revenait, semblait reprendre son chemin, s'en écartait aussitôt, faisait des zigzags, décrivait ensuite des circuits. Tour à tour, montrant son feu rouge et son feu vert, il pirouettait dans l'obscurité, au milieu d'un cercle d'éclairs, comme le lustre de cristal à facettes que le douanier voyait tourner au bout d'une corde, quand le sacristain, les soirs de salut du Saint-Sacrement, l'allumait dans l'ombre de l'église de Kerahuel. Et à chacune des folles évolutions, les courants, plus puissants que la machine, drossaient le bâtiment en délire sur les rocs au-dessus desquels se dressait la chapelle de Saint-Coulm, rocs redoutables entre tous, écueils d'élection des plus meurtriers naufrages.

Le douanier attribua le désordre de cette allure à une avarie de la barre ou du mécanisme. Cependant, le bâtiment ne faisait pas de signaux de détresse. Il ne tirait point de fusées bleues. L'homme écoutait : de minute en minute, n'entendait pas retentir le sifflet d'alarme. Evidemment, le capitaine, ignorant de la côte, ne se défiait point des « Cailloux » du voisinage, ne se doutait guère qu'il se trouvait dans une position dangereuse. Encore une demi-heure d'une navigation si extravagante,

et, infailliblement, le vapeur « se mettrait au plein » sur
des rochers où sa perte devenait certaine.

Alors le douanier courut chez le président du bateau
de sauvetage. L'autre, mal réveillé, avec mauvaise
humeur, sortit de son lit ; et, en caleçon, un bonnet de
coton sur la tête, par la fenêtre entre-bâillée, il demanda :

— Qu'est-ce que c'est que ce navire ?

— Je ne sais pas. Il est illuminé.

— Alors, il y voit clair. Est-ce qu'il demande du
secours ?

— Non. Mais à la manière dont il se comporte, il sera
bientôt en péril.

L'homme qui commandait au bateau de sauvetage
déclara ne pouvoir s'occuper d'un bâtiment parce que ce
bâtiment paraissait suivre une route irrégulière. Sa fonction, à lui, l'obligeait non à prévoir les catastrophes,
mais à fournir de l'assistance quand les catastrophes se
produisaient. Ainsi, il jugeait inutile de faire sonner la
trompe actionnée par un soufflet ; et, à cet appel, de
rassembler les canotiers pour rectifier une incorrection
de manœuvre.

Vieux marin retraité après des années de navigation
sous toutes les latitudes, il savait que les erreurs de
route, par le beau temps même, causent la majeure
partie des naufrages. Les capitaines des bateaux en par-
tance pour les plus longues traversées, souvent, prenaient
la mer sans se munir des cartes marines et des instruments indispensables pour les calculs nautiques. Combien aussi, naviguaient sans tenir compte du chemin
parcouru, ne faisaient pas de relèvements, se trompaient
dans l'établissement du point, et se mettaient en perdition par ignorance des eaux, des lieux, des parages,
dans lesquels ils s'aventuraient.

L'alcool, maintes fois, s'ajoutait à l'incapacité. Après
les accidents, les enquêtes révélaient que beaucoup de
marins chargés d'un commandement à bord, en des
moments d'intempérance, ivres par habitude ou sous
l'influence prolongée de la boisson absorbée au départ,
abandonnaient le soin de la direction de leurs navires à
des subalternes trop jeunes, par suite, inexpérimentés,
et dormaient, dans leur cabine, alors que nulle vigie ne
veillait sur le pont. Que de cas encore où les ordres
précis du chef donnant le trajet à suivre, le traçant
mathématiquement à l'avance, restaient méconnus par la

négligence des seconds, lesquels, se passant le quart et
l'erreur, laissaient, pendant toute une nuit, le bateau
dériver au hasard ! Le matin venu, on corrigeait la dévia-
tion, et la marche normale se reprenait, à peu près, loin
des récifs, où le bâtiment, pendant des heures, avait
risqué de sombrer.

Or, le président du canot de sauvetage n'estimait pas
ces navires qui, se renflouant, à temps, par leurs propres
moyens, refusaient l'aide de l'embarcation de secours.
Point de notoriété alors, pour la sortie de l'équipage !
Point de dramatique rapport à rédiger ! Point de médaille à espérer, de prix en argent à recevoir quand, à
Paris, dans l'amphithéâtre de la Sorbonne, une fois par
an, au mois de mai, les récompenses se distribuent, et
que des acteurs célébrant les marins à l'égal des héros,
récitent des vers, aux applaudissements de la foule !

Puisque le navire signalé ne semblait pas souffrir de
sa posture, inutile d'intervenir. Donc le président du
bateau de sauvetage se recoucha, disant :

— S'il survient du nouveau, vous me préviendrez.

Au loin, le flot montant faisait contre les rocs de la
côte une tempête de vacarme. Sur le ciel noir, les rayons
des phares passaient, plus lumineux. Le vent soufflait
doucement, par rafales humides, semait des gouttes
d'eau dans sa course.

Un grain commençait à tomber. L'Administration ne
fournissant pas de capote, le douanier endossa la grosse
houppelande que sa femme avait façonnée avec la laine
d'un vieux matelas et l'étoffe d'un couvre-pied hors
d'usage. Il fit tourner la guérite mobile sur un pivot,
l'orienta à l'opposé de la pluie ; et, debout dans cet abri,
rassuré par le sauveteur, s'appliquant à ne pas dormir,
il se désintéressa des errantes lumières en marche vers
la côte.

La vague grossissait et le navire, au loin, dérivait toujours sous ses girandoles. Sédécias Cayor, parti pour la
conquête de la « France d'outre-mer », de temps en temps,
montait sur le pont du *Matamore*, grimpait sur la passerelle. Une bouteille d'une main, un verre de l'autre, il
versait du champagne à l'officier de quart, faisait boire
l'homme tournant la roue du gouvernail ; et, redescen-
dant dans le salon où les conquistadors de sa compagnie,
ivres à son image, jouaient au baccara, il se rasseyait autour du tapis vert en criant : « Banquo ! »

Le coup relevé, Mariette, impératrice de hasard et souveraine déférente et comique, pour ne pas laisser ignorer qu'elle connaissait des expressions maritimes, demanda :

— Majesté, que dites-vous de la route ?

— La route est bonne, répondit Sédécias. Puis, tirant une poignée d'or d'un seau placé à côté de lui, il ajouta :

— Il y a cinquante louis en banque.

Depuis le départ de Cherbourg, les passagers du *Matamore*, grands seigneurs de la police correctionnelle, bookmakers tarés sur les champs de courses et habitués des maisons centrales, tous, fort ignorants de la mer et connaissant l'Océan seulement par les stations balnéaires où se tenaient des réunions hippiques, les décors et les cavatines d'opéra, souffraient de la prolongation du beau temps. Ils se plaignaient d'une navigation monotone, sans surprises, sans péripéties. Or Sédécias Cayor, leur souverain, esprit aux imaginations compliquées, perverses et délirantes, par habitude de plaisanterie outrancière et cruelle, avait combiné de donner à ses sujets la sensation d'un naufrage.

Déjà, sur les instances de Mariette réclamant à toute force de passer en vue de Kerahuel, *le Matamore* suivait une route ne menant guère les explorateurs vers leur futur empire. De plus, un matin, Sédécias s'inquiéta du travail du maître de timonnerie préparant le jeu de pavillons signifiant : « J'aime Frédéric. » L'homme, consulté, répondit :

— J'obéis aux ordres de Madame.

D'où Sédécias conclut qu'il avait un rival, sur la terre, et de l'existence de ce Frédéric, conçut une vaste jalousie. Pour se venger de Mariette et égayer son état-major, il médita soudain de jeter à la côte le navire qu'il montait. Dans l'excès de sa rancunière démence, afin qu'une émotion plus vive résultât du contraste, il voulut que la catastrophe organisée arrivât au milieu de la joie d'une fête. C'est pourquoi *le Matamore* flamboyant de la coque à la pomme des mâts, et ivre de l'ivresse de tout son équipage, titubait sur la mer ainsi que les matelots titubaient à son bord. Poussés par la brise, entraînés par les courants, évitant sans s'en douter des écueils d'où ils ne se détournaient pas, les joueurs de baccara, dans le salon, continuaient leur partie, disant :

— Le coup est tenu.

— Cartes.

— J'en donne.

— Neuf.

— La banque est remise.

Tout à coup, les lampes électriques tremblèrent au-dessus des fronts pâles, et pontes et banquier tombèrent autour de la table renversée d'où s'écroulaient des piles d'or.

— Touché ! s'écria Sédécias, joyeux de l'accident comme d'un succès personnel.

— Stop ! commanda l'officier de quart. Le bateau s'arrêta, secoué jusque dans son arbre de couche. Les passagers se relevèrent, meurtris, des bosses au front, des contusions aux jambes. En foule, ils se précipitaient vers l'escalier conduisant vers le pont, et ils s'interrogeaient, les uns les autres :

— Qu'est-ce qu'il y a ? Qu'est-ce qui se passe ?

Mariette, se servant de termes qu'elle croyait techniques, puisque la machine ne fonctionnait plus, demandait « ce qu'on avait mis dans le point », pour enrayer subitement la marche; et tous apprirent du capitaine, dégrisé par le choc et la peur, que *le Matamore*, engagé entre deux roches, était pris « comme un morceau de sucre dans une pince ».

— Vous vouliez voir un naufrage, s'exclamait Sédécias Cayor, en voici un, regardez.

Sans conscience du péril, exalté seulement par la réussite de sa facétie, il fit un grand geste; et, derrière son bras tendu, sous les éclairages électriques de la lisse de tribord inclinée et en morceaux, les passagers, béants de vin et de terreur, aperçurent la mer énorme qui, du fond de la nuit, poussait vers eux ses troupes de vagues blanches. Elles frappaient les rochers au passage, rejaillissaient; et l'eau des embruns s'abattant sur *le Matamore*, sous ses froides éclaboussures, faisait casser les ampoules des lampes à incandescence, éteignait les illuminations. Peu à peu, le navire, épouvanté, entrait dans les ténèbres.

Alors, le capitaine se décidait à déployer une carte marine; et, à la lueur vacillante d'un fanal, s'ébahissait de la diversité des fonds et des platures qu'il avait méconnus. Entre des taches de couleur jaune indiquant l'emplacement des phares placés sur des hachures noires représentant la terre, entre les circonférences et les lignes droites déterminant les secteurs et la portée des feux, dans l'espace blanc figurant la mer, des chiffres, çà et là, apparaissaient. Très disséminés vers le large, ils devenaient plus drus et se serraient les uns contre les autres, à mesure qu'ils se rapprochaient du littoral. Ils avertissaient d'inquiétantes différences de profondeurs : vingt-quatre mètres ici; quatre mètres, deux mètres, soudain, là, tout près. Et, lisant les noms inscrits en tas et dont les lettres se mêlaient aux chiffres, il acquit la certitude que le *Malamore* avait donné exactement entre la « Jument » et le « Poulain », fragments de la basse dite des « Buenaguez », en face de Saint-Coulm.

Peut-être, la marée, en montant, d'elle-même, renflouerait-elle le navire ? Mais il fallait attendre de longues heures; et le flot, comme un bélier, battait sans cesse la carène immobile comme un mur. Construite tout en fer et récemment sortie du chantier, elle résistait en gémissant. Malgré sa solidité, il demeurait à craindre qu'elle cédât et se démolît sous les coups des lames, à chaque instant, plus violentes et plus hautes. Déjà, elles sautaient par-dessus le bastingage, s'abattaient sur le pont comme des cataractes. Pourtant, on ne pouvait songer à descendre un canot des porte-manteaux, et à le mettre à la mer pour sauver l'équipage. Par la seule force de la marée, l'embarcation serait mise en pièces sur les flots de pierre entrevus à travers les écumes; et, avec son chargement humain, périrait avant que d'accoster.

Donc, faisant marcher le sifflet d'alarme, ordonnant de manœuvrer le projecteur, afin de découvrir s'il ne se creusait pas, aux alentours, quelque baie de sable favorable pour un échouage point trop dangereux, à la lueur du faisceau de rayons s'élargissant au lointain et illuminant toute la côte, le capitaine aperçut une procession. Elle s'avançait, là-haut, vers une chapelle que, d'après la carte, il savait maintenant se nommer la chapelle de Saint-Coulm. De la lumière sortait du porche, passait à travers des vitraux, au ras de terre, flambait comme un brasier; et dans les intervalles de grand silence que les vagues formidables laissent entre leurs mugissements, il entendit des voix et des cantiques.

M. Pascal avait réveillé Kerahuel.

M. Pascal, nerveux et tourmenté, chaque nuit, vagabondait sur la dune. Il promenait au milieu des ténèbres une espèce de sommeil frénétique, et cherchait, dans la marche, une fatigue, enfin, qui l'empêcherait de penser. Il entendit les appels du sifflet à vapeur. Stridents et cadencés, ils se succédaient suivant un rythme annonçant de la détresse; et cet homme qui, jadis, sous la meurtrière influence d'il ne savait plus quelle passion, commettait délibérément un crime, éprouva une compassion animale pour des êtres ignorés de lui cependant, et là-bas, du fond des abîmes, appelant au secours.

Alors, bondissant à travers les menhirs tombés, courant dans les champs, escaladant les murs, s'écorchant au passage en franchissant des haies d'ajoncs et de plantes épineuses, M. Pascal se précipita vers Kerahuel. Frappant à grands coups sur les volets fermés, il criait dans les rues :

— Un navire à Saint-Coulm ! Un navire à Saint-Coulm !

Des maisons secouées d'effroi par la nouvelle, les hommes, les femmes, les enfants, sortaient en hâte. M. Pascal les précédait sur le quai où, dans un abri toujours fermé, se remisait le bateau de sauvetage. Mais le hangar ne s'ouvrait pas. On cherchait la clef, déposée aux environs chez un débitant qui dormait; et, s'irritant du retard, devant la porte close, M. Pascal vociférait :

— Ah ça ! mais le bateau de sauvetage ne sort donc que pour les processions !

Il apparut, cependant. Des hommes tirant comme des bœufs s'attelèrent au chariot, l'amenèrent sur la cale en pente. Mais la marée n'emplissait pas le port, l'eau manquait pour prendre le large. Les sauveteurs, devant eux, voyaient seulement de la vase où s'enlisaient des coquilles, des paniers d'osier rompus, des casseroles, des poêlons rouillés, à côté de vieux linges, de tripailles d'animaux, de chiens et de chats crevés et en décomposition. Tous les immondices de Kerahuel puaient en face du bateau immobile autour duquel allaient et venaient des lanternes. Il fallait attendre pour pousser de l'avant; et, là-bas, désespérément, à temps égaux, le sifflet d'alarme retentissait.

Puisqu'il devenait impossible d'intervenir de la haute mer, des hommes ramassant des paquets de cordages et les portant sur leur dos ainsi que des cercles énormes, à travers la falaise et la nuit, gagnèrent l'endroit du désastre. Les douaniers les suivaient, munis du fusil porte-amarres. Peut-être que, de la côte, on pourrait lancer un filin, établir un va-et-vient. Les naufragés, ensuite, arriveraient à terre dans des paniers ou des

baquets. Et si toutes les ressources de la bonne volonté
et de l'industrie humaines restaient sans résultat, le
curé comptait beaucoup sur l'efficacité de la miraculeuse
intervention de saint Coulm. Sans doute, le bienheureux ne refuserait pas au navire en péril à cette heure,
la miséricordieuse protection qu'il avait accordée au
navire en péril dans les temps légendaires. Sur les conseils pressants d'Astérie, la bonne sœur, il décida de se
rendre en pèlerinage à la chapelle contenant les reliques
du saint.

Alors, entonnant le vieux cantique dont les strophes
célébraient la colombe soudainement envolée hors du
tombeau de Saint-Coulm, prenant dans son bec le navi_
en détresse, le tirant loin des rochers, les ailes étendues,
le portant dans les airs d'où elle le laissait doucement
redescendre en des eaux plus clémentes et des courants
sans danger, avec Astérie, le long des rues noires, le
prêtre chantait :

> *Tu misericors navibus,*
> *Et cujus mens, ut colombus*
> *Rapuit e vorticibus*
> *Nautas in atris diebus.*

Il entraînait derrière lui les enfants et les femmes. En
chemin, pour ne pas tomber dans les fondrières, ils se
tenaient, deux à deux, par le bras; et le long défilé des
fidèles, à travers la nuit, marchait à l'aveuglette, oscillait
à chaque déclivité de la falaise, à tue-tête appelait de ses
cris la colombe de délivrance.

Et le prêtre psalmodiait :

> *Te, cum plebe supplex oro,*
> *Indulgens clamori nostro,*
> *Hodie fer, sicut retro*
> *Salutem pennis et rostro.*

On entrait dans le sanctuaire. Les cierges s'allumaient
sur l'autel, entouraient de clarté la châsse d'or renfermant
les reliques du saint. Les pigeons qui nichaient parmi les
trous du campanile, éveillés par le bruit, effarés par les
lumières, voltigeaient hors de leurs nids; et l'ombre,
autour de la chapelle, palpitait sous un grand battement
d'ailes blanches.

A l'intérieur, les fidèles, redoublant d'invocations, répétaient :

Per te, saxis procul sœuls,
Inter auras, comes avis,
Fugiat, subito, levis
Ad placidum œquor navis.

Mais, en dépit des prières, le *Matamore* ne trouvait pas la légèreté de l'oiseau pour prendre son vol loin des rochers et s'en aller, parmi les airs, chercher un chenal plus tranquille. Il disparaissait, par instants, sous des écroulements de vagues. Entre deux secousses, les passagers, enragés de terreur, se querellaient à son bord.

— La route n'a pas été surveillée.
— On gardait trop de vitesse dans de mauvais parages !
— Le capitaine aurait dû employer la sonde.
— Il obéissait aux ordres donnés.
— Il y a des ordres qu'on n'exécute pas.

Et tous, se retournant vers Sédécias Cayor inquiet pour lui-même des suites de sa sinistre plaisanterie, accablaient l'empereur de reproches et d'injures.

— Imbécile !
— Canaille !
— Aliéné !
— Va, disait Mariette, tu verras si tu n'es pas cocu quand nous débarquerons enfin chez les sauvages !

Sédécias, furieux, gifla l'impératrice; et toute la cour intervenant, se bousculait au milieu du sifflement de la machine et de la clameur de la mer.

Sur la côte, les pêcheurs jugeaient le navire perdu sans espoir. Tout à l'heure, l'amarre envoyée par le fusil de la douane était tombée à une grande distance, loin du vapeur. Sur la petite plage au pied de la falaise à pic où chantait la chapelle de Saint-Coulm, parmi les cordages jetés à terre, les hommes allaient, venaient, admiraient avec effroi la résistance du bateau, ne croyaient pas, cependant, qu'il tînt longtemps encore contre le ressac et les lames, discutaient; et, dans leurs conversations, cette phrase revenait sans cesse :

— Si on pouvait élonger une haussière !
— Il faudrait se mettre à l'eau et porter un filin à bord, dit M. Pascal.

Porter un filin à bord ! Tous se récrièrent. On voyait

bien que le Parisien ne connaissait rien de la mer ! Celui
qui risquerait d'accoster le navire à la nage, celui-là
pouvait faire son testament et se considérer comme un
homme mort, car jamais, au soleil, il ne « viendrait de
retour ». Et ils évoquaient d'audacieux camarades qui,
luttant contre des remous pareils, malgré leur force et
leur adresse, n'étaient jamais sortis de l'Océan.

— J'y vais, dit M. Pascal.

Il se débarrassa de ses habits, plia sa jaquette, son
gilet, son pantalon ; et, sur le paquet, sous son chapeau,
posa sa montre en or. Il ne se déchaussa pas afin de
marcher sans meurtrissures aux pieds parmi les sables
pierreux et les galets aigus. Quand il ôta sa chemise, sur
sa poitrine et sur son dos nus, on vit qu'il portait un
scapulaire. Il noua autour de ses reins le bout d'un filin
lové sur la plage, fit le signe de la croix ; et, d'une allure
tranquille, il entra dans la mer. Derrière lui. à chacun
de ses pas, les anneaux du cordage, lentement, un à un,
se déroulaient.

En haut de la falaise, le curé, sorti de la chapelle,
devant l'Océan apportait la châsse de Saint-Coulm ; et
l'apparition des ossements du saint n'amenant point
d'amélioration dans la position du navire, désespérant
du miracle, afin que les naufragés, tout à l'heure, n'al-
lassent point par le fond sans le secours de l'Eglise,
accompagné par les gémissements des femmes, il récitait
la prière pour les agonisants :

*Absolve, Domine, animas omnium defunctorum ; vinculo
delictorum ; judicium ultionis,* des lambeaux de phrases
latines implorantes et lourdes de menaces planaient au
milieu du fracas continu de la côte hurlante sous les
refrains des vagues.

Glissant sur les goémons, tour à tour tombé, raccroché,
remis debout, roulé par le flux, ramené par le reflux,
enveloppé par les vagues, déchiré par les rochers, cra-
chant de l'eau, perdant du sang, M. Pascal marchait
vers *le Matamore.* A terre, on jugeait qu'il s'approchait
du navire, car la corde, un moment lâche et pendante
dans la nuit, se tendait à nouveau ; et, de nouveau, se
déroulait sur le sol.

Enfin ! le hasard, favorable à la misère et réalisant
l'idéal du désespoir, fournissait donc à M. Pascal une
occasion grandiose pour que, avec un semblant d'honneur, il se débarrassât à jamais de son existence insup-

62

portable, de son crime, de son remords, et « mourût proprement », selon son rêve. Enfin ! la mer daignait accepter M. Pascal et le recevoir hospitalièrement dans l'immense inconnu de ses flots. Sans éveiller des soupçons de suicide, M. Pascal disparaîtrait en laissant, derrière lui, une apparence d'héroïsme. Il savait bien que jamais il n'atteindrait ce vaisseau dont le projecteur l'aveuglait bien plus qu'il ne l'éclairait. Des pieds et des mains, pourtant, il s'acharnait en des efforts au succès desquels il ne croyait pas ; et, à mesure qu'il sentait venir la lassitude et décroître son énergie, il savourait la volupté suprême de penser que sa mort, à jamais, resterait impénétrablement mystérieuse, comme sa vie.

La tête au-dessus des vagues, il étendait les bras, allongeait les jambes. Quelquefois, son ventre frottant contre une pierre, il se redressait, courait un instant, se ruait à la rencontre des lames. Puis, le terrain manquant sous ses pieds, il nageait, à nouveau. Quand il croyait avancer, soudainement, il se voyait rejeté en arrière ; et, toujours, il apercevait devant lui des rocs, des écueils, des flots. Il en dépassait un, un autre surgissait. A tâtons, il errait ballotté comme à travers une futaie de pierres. A chacun de ses mouvements, la corde se développait ; et les marins d'un air anxieux la regardaient aller sur le sable qu'elle éraflait au passage. Comme elle arrivait à l'extrémité, par un languis, nœud solide et qui se serrait davantage à mesure que la traction devenait plus forte, on la « commit » avec le bout d'un autre paquet de filin, dont les anneaux, lentement, à leur tour, se déroulèrent.

Et pendant que M. Pascal se tuméfiait de toute sa chair contre les brisants, et que ses plaies, sous la peau écorchée, au contact de l'eau salée, lui donnaient l'impression d'une brûlure continue, Sédécias Cayor, dans son ivresse, enfin conscient de l'imminent danger où il avait poussé ses argonautes, dans le salon du *Matamore*, au milieu des cartes et des pièces d'or tombées, se jetait à genoux. Il se frappait la poitrine, s'épandait en *mea culpa*, retrouvait des prières apprises quand il était enfant ; et, dans une espèce de délire à la fois religieux et bachique, s'accusait d'avoir compromis l'existence de ceux qu'il appelait maintenant « ses frères ». Il confessait l'horreur de sa stupidité, suppliait les uns, pleurait sur les autres, et versant de chaudes larmes, pendu au cou de Mariette, implorait du pardon.

Le Matamore, d'un bout à l'autre, craquait sous la chute des paquets de mer ; et les mâts, secoués comme des roseaux par le grand vent, oscillaient dans leurs emplantures. Pourtant, le niveau de l'eau commençait à monter autour de la carène, atteignait déjà la ligne de flottaison, rouge au-dessous de la peinture blanche de la coque. Le capitaine, réintégrant le sang-froid, guettait le moment exact où, par une manœuvre habile, il utiliserait le retour du flot, vaille que vaille, tenterait de dégager le bâtiment des récifs qui l'enserraient. Il allait et venait sur la passerelle, épiait les courants, exhortait l'équipage, et, par intervalles, entendait la prière pour les agonisants dont les phrases, criées par des voix d'épouvante, de la falaise auprès de Saint-Coulm, arrivaient lugubrement jusqu'à lui.

— *Requiem œternam dona eis, Domine.*

Le repos éternel, il le sent venir avec l'énorme montagne d'eau qui se soulève dans les lointains, grossit à mesure qu'elle approche, et s'écroule en cascades sur le navire. C'est l'éblouissement des lumières éternelles qu'il croit voir dans le dernier éclat du projecteur électrique emporté au milieu de la nuit, où il tombe comme une étoile filante. Cependant, la trombe passe, s'écoule, et le navire reste en place.

— Nous flottons, nous flottons ! crie l'homme qui veille au bossoir.

— Attention à gouverner, répond le capitaine, et de la passerelle où il se cramponne encore, ruisselant, et étonné de se trouver sain et sauf, il regarde avec stupeur la vague qui l'a épargné. Elle bondit jusqu'à la plage qu'elle emplit d'un seul coup et qu'elle éclaire des lueurs blafardes de ses écumes, tandis que des gerbes d'eau insinuées et jaillissantes au long des rochers changés en torrents, à vingt mètres de la base, éclaboussent sur la falaise les pèlerins à genoux et priant autour de la châsse de saint Coulm.

Dans sa vaste volute, la vague, en passant, a entraîné M. Pascal. Maintenant, sur la crête lisse d'un écueil, crispé et pendant parmi les goémons-poissons M. Pascal se maintient comme il peut de ses ongles qui se cassent et de ses genoux qui saignent. Plus furieuse au retour et forte de l'élan nouveau qu'elle a pris en heurtant le rivage, la vague, en bouillonnant, revient sur M. Pascal. Les remous l'enlèvent aux végétations d'où ses doigts en lambeaux le détachaient déjà, et la peau de ses mains arrachées s'envole mêlée aux embruns du reflux. Alors, au milieu du balancement des flots, il s'en va, si loin, si vite, que, sur la grève, les anneaux du cordage, toujours avec plus de rapidité, tournoient et se déroulent. Là-haut, la prière pour les agonisants continue et se lamente.

— *Exaudi, Domine orationem meam ; et omnis caro ad te veniat.*

Le prêtre et les fidèles appellent la céleste clémence sur les âmes en péché, supplient le Seigneur d'accueillir en sa miséricorde toute chair misérable devant lui ; et, sans cesse, plus pressantes, les oraisons de mort montent sous le ciel blanchi à l'orient par le jour qui se lève.

Soudain, le mouvement s'arrête sur le sable. Le filin devient immobile ; et, quand on hale à terre la corde inerte et flasque, au bout, rien ne vient avec elle : rien, pas même un cadavre. Le languis s'est dénoué ; il s'est usé au frottement des rocs, un coup de mer l'a coupé ; et M. Pascal, le corps fracassé a coulé bas au milieu des prières.

Mais la même vague qui, sur la carène du *Matamore*, mettait en morceaux le corps de M. Pascal, du même coup, renflouait le navire. Elle le soulevait, le portait légèrement hors de l'étau de rochers d'où il n'espérait pas se dégager, et sous sa formidable poussée l'emmenait en pleine mer. Maintenant la quille flotte, le gouvernail obéit, l'hélice tourne, fait bouillonner l'eau, à l'arrière. Le flot se fend, à l'avant, de chaque côté de la proue. « Vapeur toute », commande le capitaine, et le steam-yacht gagne le large quand le bateau de sauvetage apparaît, offre son assistance.

— Fichez-moi le camp, tas de terriens ! criait du haut du spardeck Sédécias Cayor, pâle encore de ses émotions de la nuit, et s'indignant de ce secours arrivé trop tard pour le sauver des périls engendrés par sa sottise.

Les hommes caparaçonnés de liège et souquant dans le canot, en entendant cette injure qui les comparait à des paysans — humiliation suprême pour les gens de mer, — se soulèvent de fureur sur leurs avirons ; et tous, debout, et hurlant des menaces, ils voient le bâtiment d'insolence qui, dans le soleil de l'aurore, déployait triomphalement un pavillon inconnu.

Une bande jaune l'encadre. Au milieu, entre un canton rouge et un canton bleu, au centre d'un losange de couleur blanche, une couronne d'or resplendit. C'est le drapeau, c'est la couronne de l'Empire d'Outre-France. Peu à peu le bâtiment accélère sa vitesse. Sans paraître souffrir d'avaries, il range à honneur les bouées surmontées de cônes rouges et noirs, prend le chenal en face de la côte; et, montant de la plage, descendant de la falaise, le chœur des voix de Kerahuel en allégresse l'acclament dans sa course, car au-dessus des tourbillons de fumée échappés de la cheminée, un vol de pigeons tournoie et une colombe blanche s'aperçoit perchée et les ailes étendues à l'extrémité de la pomme du grand mât.

Personne ne doute que l'âme de saint Coulm, encore une fois envolée hors du tombeau, sous les apparences de l'oiseau emblème du Saint-Esprit, a déterminé le miracle et sauvé le navire. Le curé le croit. Astérie l'affirme, les enfants, les hommes et les femmes en témoignent. Bientôt l'équipage, grâce à l'intervention du bienheureux, après les alarmes et les angoisses, connaîtra des vents et des flots sans périls; et le cantique lui souhaite que, aux lendemains de navigations désormais sans misères, le saint le protégeant toujours, il trouve une facile entrée au port mystique du Paradis :

> *Amœnos, per te, post luctus*
> *Cognoscat ventos et fluctus*
> *Et adeat non afflictus*
> *Nauta Paradisi littus.*

Et tandis que l'hymne retentit et que les actions de grâces s'élèvent autour du reliquaire, là-bas, sur *le Matamore*, des signaux claquent au vent. Les couleurs qu'ils montrent, Rachimbourg, avec sa lunette, les guette depuis l'aube. Un à un, il reconnaît les pavillons. Il sait que leur assemblage signifie : « J'aime Frédéric »; et le cœur battant, aussitôt la dernière flamme amenée, de ses mains qui tremblent de joie, au sommet du mât planté devant la villa du Haut des Dunes, il hisse le signal : Aperçu, cependant que Laguépie, à sa fenêtre, devine *le Matamore* qui, là-bas, vire, et se mêle aux lointains illuminés de soleil.

La foule qui passe et qui chante au retour de la chapelle de Saint-Coulm, apprend au docteur les événements

de la nuit, le naufrage, la vague de mort docile aux
invocations pieuses et soudainement favorable au bateau
en détresse. Des hommes, portant un paquet de vêtements, lui annoncent la disparition de M. Pascal. Bourignat prévenu, en sa qualité de maire, fait mettre les
habits sous scellés, sous scellés aussi les meubles et les
portes du pauvre logis où M. Pascal habitait dans Kerahuel. Quand le juge de paix leva les bandes de toile
fixées à chaque bout par des cachets, ouvrit l'armoire et
procéda à l'inventaire, il ne découvrit aucun renseignement sur l'état civil et l'identité du défunt. Pas une
lettre, pas un papier, pas même des initiales sur le
linge. Dans une boîte, il trouva seulement un ruban de
chevalier de la Légion d'honneur à côte d'un daguer-
réotype dont la plaque d'argent attaquée par l'âge et la
lumière, représentait une femme à physionomie grave,
coiffée avec des anglaises, selon la mode de 1845 — la
mère de M. Pascal, sans doute — qui portait sur ses
genoux un enfant blond souriant à la vie.

Selon la coutume après les décès, les pêcheurs se dis-
tribuèrent la défroque du défunt. La montre en or manquait au partage. Quelqu'un l'avait dérobée. Qui ? On ne
savait pas. Les plus soupçonnés accusèrent Baluche. A
cause de sa mauvaise réputation Baluche s'entendait
attribuer tous les vols commis à Kerahuel. Il se défendait
cependant, alléguant, sans vraisemblance du reste, que,
M. Pascal quoique complètement déshabillé, « avait peut-
être envoyé avec lui sa montre dans la mer ». Cette version s'accrédita, et tous, exagérant la valeur du bijou,
regrettaient plus la disparition de l'objet que la disparition de l'homme. D'ailleurs, personne n'estimait M. Pascal. On prenait pour de la hauteur sa précaution de ne
point parler, et les plus avisés, ignorants de son caractère, ne savaient quoi penser de sa conduite. Etait-ce
dévouement, folie, courage ou suicide ? Ils en discutaient,
par passe-temps, après boire ; et, dans la mort comme
dans la vie, M. Pasal, honni comme étranger, demeura
sans sympathie parmi les cœurs brutaux de Kerahuel.

La receveuse des postes ne professait pas cette indifférence. Vieille fille cloîtrée dans l'Administration comme
dans un couvent, et ne se doutant même pas s'il existait
des galanteries, en M. Pascal apparu mélancolique et
poli derrière le guichet du bureau, elle trouvait une res-
emblance avec l'homme idéal qu'elle souhaitait vague-

ment épouser jadis quand, élève de la maison de la Légion d'honneur, à Écouen, elle rêvait, le soir sur ses livres d'étude. Devant M. Pascal, elle éprouvait moins la satisfaction de la rencontre que le charme du souvenir. Pour ne rien déranger de ses illusions, avec ce passant économe de paroles, elle échangeait seulement les mots indispensables. Lorsque soudain, après des années de réserve, M. Pascal, par besoin d'expansion, lui confessa son désir d'une mort réparatrice, elle devina le trouble de cette existence traînée à l'écart dans le désert de Kerahuel. Depuis, elle pria chaque jour pour le soulagement de cette misère. Au lendemain de l'événement arrivé auprès de Saint-Coulm, prise de pitié devant des lettres que la mort laissait à jamais sans destinataire, et sur l'enveloppe desquelles, les larmes aux yeux, elle écrivait : décédé, retour à l'envoyeur, dévotement, elle se détermina à faire dire une messe pour le repos de l'âme de M. Pascal.

Bourignat, alors, rédigea un rapport contre la receveuse. Ennemi des pratiques du culte, il tolérait que sa femme allât à l'église, parce que tout en accomplissant ses devoirs religieux et en essayant de purifier sa conscience du meurtre secret de Prosper, Mme Bourignat, espionne dont nul ne se défiait, prenait les noms des fonctionnaires, instituteurs, cantonniers et gendarmes comme elle assidus à la messe, et comme elle s'approchant des sacrements. Le mari et la femme élevaient la délation à la hauteur d'une vertu républicaine, et le maire se croyait moralement obligé de signaler aux agents supérieurs de l'autorité, les subalternes suspects de cléricalisme, à Kerahuel. Donc, par une lettre adressée au Directeur des Postes du département, il s'éleva contre « le fanatisme et le mauvais esprit » de l'employée. « Elle donnait visiblement dans la calotte. » Ensuite, pourquoi ce scandale d'une cérémonie funèbre en l'honneur de M. Pascal? M. Pascal était donc l'amant de la demoiselle? Car, incapable d'imaginer une délicatesse, Bourignat soupçonnait « quelque impudicité » dans les relations de ces deux individus.

Le directeur, homme près de sa retraite, ne prit point garde à ce papier d'ignominie. Combien d'autres, avant celui-là, l'avaient écœuré dans son honnêteté! Il se contenta de le communiquer à la receveuse, avec l'ordre d'en prendre connaissance, de le détruire, ensuite. Elle le brûla, et tandis que, au milieu de l'ombre du bureau

fermé, il flambait sur la lampe à alcool allumée pour
faire fondre la cire des sacs où s'enfermaient les paquets,
la triste fonctionnaire, malgré sa vieillesse, se vit bien
loin encore de la fin de sa carrière. La calomnie étant la
coutume de Kerahuel et presque la seule énergie du pays,
combien de fois encore, au fond de son noir avenir, de-
vrait-elle subir les méchancetés, les perfidies et les salissures de ce peuple dont l'infinie traîtrise s'incarnait en
Bourignat? Kerahuel lui devint plus odieux. M. Pascal,
avec sa physionomie résignée ne s'accoudant plus derrière le treillage en fer du guichet les séparant l'un de
l'autre comme la grille d'un parloir de couvent, maintenant que, de sa voix dolente, pour elle pleine de séduction et de regrets, il ne demanderait plus : « Avez-vous
une lettre pour moi » ? le métier lui devint insupportable.
Chien-de-Nous, cherchant partout M. Pascal, le museau
en l'air et flairant dans les endroits où le menait son
compagnon ordinaire : le Château de Tristan, le voisinage de Keréol, la falaise, parfois, entrait dans le bureau
de poste. « Il n'y a plus personne, mon pauvre vieux »,
disait la receveuse ; et, en mémoire de l'homme, elle ca-
ressait le chien.

Elle seule se souvenait, dans Kerahuel. D'ailleurs les
indigènes sans pitié, par complexion de veulerie, au
lendemain des catastrophes, oubliaient promptement
leurs propres deuils. Le président du bateau de sauvetage, dédaigneux des dévouements venus d'individus n'appartenant pas à la Société qu'il représentait, dans le rapport où il consigna l'inutile sortie du canot et de son
équipe, négligea avec soin de faire même une allusion
à l'intervention de M. Pascal. En termes sommaires, il
constata qu'un vapeur battant pavillon inconnu, tout
une nuit en détresse, mais renfloué au matin par la marée montante, avait repris le large sans demander de
secours.

Rachimbourg et Laguépie, par les journaux, apprenaient des nouvelles du *Matamore*. Il troublait les
savants et provoquait des complications diplomatiques.
Pour réparer des accidents de machine et radouber sa
coque enfoncée par endroits sous les coups de mer
essuyés à Saint-Coulm, le navire relâchait dans un port
de l'Angleterre. De là, l'empereur Sédécias Cayor publiait un mémoire rédigé par un ingénieur égaré parmi
les passagers, lequel dissimulant la folie du souverain,

dissimulant aussi l'ivresse de l'équipage, pour expliquer
l'échouement où le bateau avait failli périr, attribuait la
dérivation invraisemblable vers les roches de Kerahuel à
une erreur de route, conséquence d'un trouble du compas. Suivant des observations qu'il prétendait certaines,
cette partie de la côte de Bretagne reposait sur un mas-
sif magnétique d'une influence dangereuse, car l'aiguille
aimantée des boussoles s'affolait en approchant des gise-
ments de fer sous-marins. D'où résultaient des perturba-
tions de deux quarts nord-ouest, le cap à l'est, et d'un
quart et demi, le cap à l'ouest.

Cependant que, les spécialistes, dans les laboratoires,
s'exténuaient à contrôler ces fallacieuses hypothèses,
l'Amirauté de Londres, considérant comme pirates le
propriétaire, le capitaine et les matelots de ce steam-
yacht armé en guerre et dont l'extravagant pavillon
n'appartenait à aucune puissance du monde, mettait
l'embargo sur le navire. L'empereur Cayor s'humiliait,
se réclamait du gouvernement français, et des difficultés
internationales menaçaient de surgir. L'équipage incar-
céré, Mariette gardait sa liberté. Par lettre, elle informa
Rachimbourg que, ayant fait débarquer les soixante
paires de bottines par elle emportées avec son bagage,
elle quittait décidément un despote « maboul » et jaloux
la giflant au milieu des périls ; et, par temps calme, affirmant qu'il la scalperait dès la prise de possession de son
empire. Profitant du scandale retentissant causé par la
démente croisière du *Matamore*, Mariette, devenue
célèbre, contractait un engagement avec le « manager »
d'un music-hall de New-York. Plus tard, elle pousserait
peut-être jusque dans les théâtres des autres villes d'Amérique, d'où elle recevait déjà des propositions d'importance. Et elle concluait : « Puisque j'étais partie, tu ne
m'attendras pas davantage, et tu aimeras mieux me savoir
sur le « plateau » que chez les anthropophages. Du reste,
tu ne me juges pas assez maladroite pour laisser passer
une occasion de fortune que je ne retrouverai jamais. »

Fidèle à la conduite de toute sa vie, fantaisiste et
ordonnée, elle continuait à essayer de mettre son intérêt
d'accord avec son sentiment. Quand reviendrait-elle ?
Elle n'indiquait aucune époque, ne fixait aucune date,
même approximative, et Rachimbourg tout à fait désœuvré, Rachimbourg privé de l'espèce de distraction que
lui procurait jadis le travail de la mairie, à Kerahuel

dans son désœuvrement d'amour et son ennui de la solitude, en venait à souhaiter la prompte arrivée de sa femme.

Au grand étonnement de son mari, Mme Rachimbourg, à peine descendue du train, dès la première promenade sur la plage, s'éprit d'enthousiasme pour cet Océan qu'elle croyait détester. De complexion à la fois sérieuse et gaie, elle s'épanouissait dans l'air libre de Kerahuel, où, malgré les affirmations de Mme Vincent Trois, elle ne se découvrait aucune rivale. Elle qui, à Moldançon, de la fenêtre de sa chambre ouverte sur les champs, voyait seulement monter les vagues immobiles et brunes des labours, s'émerveillait des perspectives d'azur, de pourpre, d'émeraude, de perle et d'or, toujours remuantes et nouvelles sous les jeux de lumière incessants du soleil et des nuages. Devant le flux et le reflux des flots venant de l'inconnu et retournant au mystère, elle sentait vibrer en elle l'âme des Champenois ses ancêtres, gens casaniers à l'esprit d'aventure. Une fois détachés de leur pays natal, ils parcouraient éperdûment le monde; avec Villehardouin et Joinville allaient aux croisades, touchaient à Venise, campaient à Carthage, s'emparaient de Constantinople, en Grèce fondaient des dynasties. De nos jours, tueurs de panthères en Algérie, comme Bombonnel; explorateurs du Pamir comme Bonvalot; amiraux comme Gervais, ils portaient partout leur curiosité, leur goût du hasard, et c'est leur caractère que La Fontaine, grand connaisseur de ses compatriotes, prête à tous les animaux vagabonds en ses fables, quand la tortue, les deux canards, le rat, le pigeon, quittant soudainement leurs habitudes sédentaires, partent pour des expéditions lointaines et veulent voir du pays.

Mme Rachimbourg toujours en excursions au long de la côte ne trouvait jamais l'horizon assez étendu. Les espaces de mer les plus démesurés ne lui semblaient pas assez larges. Elle souhaitait sans cesse regarder plus loin, là-bas derrière les moires d'argent des courants, là-bas, derrière les îles perdues dans les vapeurs blondes du crépuscule, là-bas, dans ces profondeurs d'or fluide où disparaissaient les oiseaux. Devant l'énormité des rochers du Château de Tristan, elle rêvait d'autres falaises plus gigantesques, plus écroulées, et le flot exerçant sur elle une sorte de fascination, maintenant, elle voulait s'embarquer, et loin du continent disparu, bercée au roulis d'un bateau, vivre tout une journée, en plein air, sous le vaste ciel.

Afin de contenter ce besoin de voyage Laguépie proposa de risquer une croisière vers l'île d'Ankoun, autrement dit : « Île de l'Oubli », perdue au milieu de l'Océan, à trente milles de la terre. Là, végétait une colonie si retirée et si barbare au milieu des sables où elle flottait pêle-mêle avec les goémons, qu'un prêtre de hasard s'improvisant curé dans ce désert, pour se faire entendre de ses deux douzaines de paroissiens connaissant seulement les choses de la mer, ramenait les images de l'Évangile à des images maritimes, dans ses prônes changeait en tamarins les palmiers de l'Écriture Sainte, et donnait l'idée de Jérusalem et du Calvaire en montrant les débris d'une usine d'iode en ruine au sommet d'un mamelon sans verdure. Là, au long des criques, là s'épanouissaient des floraisons singulières, des espèces d'herbes transitoires encore entre la plante et l'animal ; là, au fond des petites anses, pullulaient des mollusques étranges de forme et de coloration, des crustacés de taille inaccoutumée. Tout en procurant à ses amis la curiosité d'une excursion que les plus hardis promeneurs ne tentaient guère, Laguépie ne négligeait pas ses devoirs de savant et se promettait de recueillir des échantillons d'une flore et d'une faune rares sous les vitrines des musées.

Restait à se procurer un bateau. Le pilote Yvor, hôte ordinaire des maisons où l'on buvait du café, s'insinuant à la villa du Haut des Dunes, sous prétexte de présenter ses hommages à « l'aimable dame », offrit d'armer le *Je M'en Moque*. Le *Je M'en Moque* semblait bien vieux et bien fatigué pour supporter les risques d'une si longue et si difficile traversée, mais le pilote garantissait la solidité de la membrure, le bon calfatage de la coque, et puis, il se disait si malheureux !

La sérénité l'abandonnait, et il ne dissimulait pas son aigreur contre M. Herscher, et contre le ministre de la Marine. Tout fier d'abord de figurer dans un livre où le romancier lui donnait un rôle, il s'inquiétait de voir appliqués à sa personne des mots qu'il ne comprenait pas. Qu'est-ce que M. Herscher voulait dire, quand il parlait d'Yvor « le petit pilote breton hirsute et sycophante ». Laguépie, consulté, révéla volontiers à Yvor que « hirsute » signifiait « hérissé de poils et mal peigné » ; et que, par sycophante », il fallait entendre un homme fourbe et

menteur. Car l'indulgence de bien des écrivains s'arrête
à leur papier. Curieux avant tout de publier des observations nouvelles, comme les chefs de clinique étudiant les
malades à l'hôpital et rédigeant d'implacables notices sur
les difformités physiques qu'ils rencontrent, les littérateurs, par conscience de vérité, révèlent impitoyablement
les défaillances morales d'individus sur lesquels, pour les
pénétrer mieux, ils se sont d'abord apitoyés.

Laguépie s'amusa à provoquer la colère du pilote, et
le pilote vida sa bile, abondante comme l'eau qu'il éco-
pait chaque matin hors de la cale de son bateau. Oubliant
les aumônes d'argent et de notoriété, qu'aux jours de
détresse et de cour d'assises, M. Herscher, point dupe
d'ailleurs du protégé qu'il disséquait, lui faisait généreusement, Yvor, démasqué par une phrase, témoigna d'une
laideur morale dépassant peut-être encore sa laideur
physique. Il se répandit en récriminations contre son
cruel bienfaiteur. Devant Rachimbourg et Laguépie, heureux de surprendre Yvor en flagrant délit d'hypocrisie
et de mensonge, Yvor osa répéter que M. Herscher ne
lui remboursait pas les frais d'achat et d'expédition de
la marchandise quand, à Paris, il le «ravitaillait en pouce-
pieds ».

Pourtant, humble et mendiant, malgré sa rancune Yvor
avouait avoir écrit à M. Herscher pour le prier d'intervenir près du Ministre de la Marine. « Ce grand abomi-
nable-là », comme disait le pilote, cédait aux représentations des Chambres de commerce faisant valoir que
les navires marchands, aujourd'hui commandés par des
capitaines pourvus de diplômes, se pouvaient désormais
passer des services des pilotes créés sur les côtes par le
décret de 1806, époque où les navigateurs, pour la plupart illettrés, ne savaient point lire de carte et s'égaraient
dès lors dans les passages difficiles. Le rôle d'Yvor, fort
justement réduit, se bornait maintenant à monter sur le
vaisseau amiral quand l'escadre apparaissait dans la
baie. En haut de la coupée, le chef d'état-major le recevait
avec la déférence réglementaire, lui déclarait qu'on
n'avait pas besoin de ses services, services inutiles
puisque la flotte possédait à bord de ses cuirassés des
pilotes de science et de brevets plus sûrs. Pourtant, par
observance traditionnelle d'un antique tarif, Yvor remettait à la voile en emportant un bon de quarante francs.
Sans avoir conscience de son néant et de son ridicule,

il se croyait néanmoins indispensable à la marine française, se lamentait d'un profit de plus en plus rare. Il exagérait, dans le passé, les gains d'une charge qu'il exerçait à peine, et dans laquelle ses camarades du port qui le jalousaient lui reconnaissaient bien peu d'entente et de vertu.

Bien que son mariage avec Mme Siméon mît depuis longtemps Yvor à l'abri du besoin, Yvor criait famine, excédait les habitants de la villa du Haut des Dunes par l'étalage de sa fausse misère. Alors, autant pour le contraindre au silence que pour lui faire gagner quelque argent, Laguépie, Rachimbourg et Mme Rachimbourg acceptèrent de prendre passage à bord du *Je M'en Moque*

A quelques jours de là, Baluche, flânant sur le quai, aperçut Yvor fort occupé à laver son bateau.

— Tu vas donc prendre la mer, Yvor ?

— Comme tu dis.

— C'est donc que tu attends l'escadre ?

— Pas plus que toi.

— Alors, tu vas te promener, pour rien, tout seul.

— Je ne vais pas tout seul, répondit Yvor ; car, demain, j'embarque avec moi « une voie d'eau ».

« Une voie d'eau », dans le langage des marins, signifie irrespectueusement une femme ; et, de questions en questions, Baluche apprit que Mme Rachimbourg, Rachimbourg et Laguépie, dès le prochain lever de soleil, iraient ensemble sur la mer à destination de l'île d'Ankoun.

Ironiquement, Baluche demanda :

— Crois-tu que tu iras si loin ?

— Dame ! si le vent est portatif, et si la mer, là-bas, n'a pas mangé la terre.

— Tout de même, répliqua Baluche, on en a vu partir comme toi, qui ne sont pas revenus.

Le pilote, son éponge à la main, fit un geste d'indifférence. Puis, godillant avec une rame remuée de droite et de gauche, à l'arrière de la « plate » accompagnant toujours son bateau, au bout d'une haussière, il remorqua le *Je M'en Moque* en dehors du môle. Là, il était sûr de trouver des fonds d'eau constants et de pouvoir appareiller à toutes les heures de la marée.

Baluche, cessant de plaisanter, s'éloigna ; et, l'air satisfait, en chemin, il souriait à ses pensées.

Car, sous des apparences de soumission, Baluche ne pardonnait pas à Laguépie les ordres donnés à Joseph, et la manière violente dont, sous le poing du domestique, lui, Baluche, avec Camélia, sortaient jadis involontairement de la maison appartenant au docteur. Il ne s'irritait pas moins contre Rachimbourg. Lors du vote, à la mairie, Rachimbourg désavouait Baluche, le traitait en individu ridicule. Après l'avoir employé comme agent électoral, il l'accusait de duplicité, le soupçonnait de trahison; et, grief plus grave encore que tous les autres, est-ce que Rachimbourg, à l'heure du paiement, ne marchandait pas le prix des services soi-disant rendus? Or Baluche, offensé dans sa personne, indigné dans sa vénalité, poursuivait Laguépie et Rachimbourg d'une haine mortelle. Patient comme un sauvage, pour se venger, il attendait le moment favorable; et il s'égayait aujourd'hui, parce que au milieu des humiliations qu'il se remémorait sans cesse et qu'il égrenait à part soi ainsi que les dizaines d'un rosaire, là, sur le port, il venait de trouver le moyen de faire périr, impunément, d'un seul coup, les deux hommes qu'il détestait.

Dans un journal, il avait admiré l'acquittement d'un matelot de l'île de Kloc'h Vor, lequel, par ivresse et sans raison, soupçonnant son épouse en prostitution à bord d'un dundee du Croisic, par jalousie de mari aimant à se croire trompé, alla, la nuit, en bateau, autour du bâtiment endormi, et, avec une tarière, pratiqua, dans la carène, deux trous à l'avant, deux trous à l'arrière au-dessous de la ligne de flottaison. Le lendemain, au large, les pompes ne suffisaient pas à dégager la cale sans cesse emplie d'eau, et l'embarcation coulait bas, quand, heureusement, un vapeur, au passage, sauvait l'équipage et ramenait l'épave. Le coupable, découvert, arrêté, convaincu de tentative d'assassinat avec préméditation, connaissait l'indulgence du jury, car le jury, malgré les preuves, rendait un verdict de non-culpabilité.

Baluche savait tirer enseignement de ses lectures. Aussi, la nuit, il imitait l'exemple de l'homme de Kloc'h Vor, approuvé par la Cour d'assises. Monté sur un canot détaché du quai, avec un vilebrequin de mèche bien trempée et mordante, sans peine, il perça en quatre endroits la coque demi-pourrie du *Je M'en Moque*. Demain, sous le poids des passagers, le bateau s'enfoncerait de lui-même, au milieu de la mer. A la nouvelle d'un accident rendu vraisemblable par la vétusté de l'embarcation, qui donc oserait soupçonner une scélératesse?

Le *Je M'en Moque*, qui déjà faisait eau de lui-même, sans provocation, s'emplit peu à peu, pendant la nuit, et coula, bas, doucement, au bout de sa chaîne d'ancre.

— Eh bien, et le bateau ? demandèrent Rachimbourg, sa femme et Laguépie arrivant sur le quai, au lever du soleil.

Yvor, d'un air désespéré, leur montra un bout de mât émergeant hors des vagues. Il était là, le bateau. Et se souvenant des imprudentes paroles prononcées par Baluche sur les passagers qui partent et ne reviennent pas, Yvor incitait ses clients à porter plainte contre le naufrageur.

Ils s'y refusèrent. A quoi bon ? L'aventure du pilote, celle de Mme Trénissan, la bienveillance témoignée à Camélia, l'indulgence dont bénéficiait l'homme de Kioc'h Vor, tout à Kerahuel leur enseignait qu'il fallait se féliciter d'échapper aux entreprises du crime, et ne point chercher davantage. Les gens de Kerahuel, jamais ne déposeraient contre un de leurs compatriotes, ce compatriote fût-il le pire des bandits ; et, cachant à Mme Rachimbourg le danger dont elle avait été menacée, Laguépie et Rachimbourg, faisant semblant de s'égayer de la mauvaise fortune, tombèrent d'accord pour garder le silence.

Rachimbourg, détournant sa femme d'essayer d'une autre promenade en mer, avec Laguépie, s'épuisait à trouver des prétextes. Tantôt ils invoquaient le manque de vent ou, par les belles brises, le trop de soleil à supporter ; refusaient toujours de s'aboucher avec des pêcheurs proposant leurs services. Le pilote seul, disaient-ils, possédait leur confiance. Mais que faire ? puisque le pilote ne pouvait plus naviguer, car le *Je M'en Moque* renfloué exigeait de minutieuses et longues réparations.

Alors, pour passer le temps, fuir les instances d'Yvor réclamant à nouveau une souscription publique d'où il tirerait les fonds nécessaires à l'achat d'un bateau neuf, solide celui-là et défiant les traîtrises ; afin de calmer aussi les impatiences de Mme Rachimbourg fatiguée de Kerahuel et trépidant vers d'autres horizons, d'autres rochers, d'autres aspects de l'Océan, sur le conseil de Laguépie, le ménage se mit en route. Transportés par des chemins de fer sans vitesse, véhiculés dans des carrioles incommodes, au train de locomotives et de chevaux poussifs, Rachimbourg et sa femme cahotèrent à travers la Bretagne.

A chaque contrée qu'ils traversaient, le style des clochers, la structure des tombes, la coupe du vêtement des hommes, la forme de la coiffe des femmes, changeaient. Dans le langage même qu'ils ne comprenaient pas, ils distinguaient des inflexions différentes. Passants stupéfaits, ils s'étonnaient de trouver à quinze heures de Paris des tribus que les intonations et les costumes séparaient l'une de l'autre autant qu'ils les séparaient de la France. Ils goûtaient la surprise de découvrir tous les jours une terre étrangère. Vivant dans les hôtels, aisément contentés par l'accueil banalement cordial d'une aubergiste leur versant une tasse de lait, un bol de cidre, et confuse, affirmait-elle, d'accepter un pourboire, ils croyaient à la naïveté et à la bonne grâce d'une population seulement frôlée par eux, et dans la vie intime de laquelle ils n'avaient ni le goût, ni le temps de pénétrer.

Les apparences leur suffisaient: les mœurs ainsi leur semblaient hospitalières et familiales. Alors sans se lasser, point soupçonneux, point rebutés par l'obsédante imploration de la marmaille qui, d'un bout à l'autre de la côte, poursuit les voitures, célèbre l'alliance russe sur l'air italien de l'hymne de Garibaldi, quémande des sous entre les couplets, pour fournir des motifs aux instantanés des photographes, groupe ses haillons et prend des poses sur les marches des calvaires debout à l'entrecroisement des chemins, ils se précipitèrent partout où resplendissait la mer.

Ils se la montraient par la portière des wagons. Afin de s'approcher d'elle, davantage, sur les routes qu'elle bordait, ils descendaient de voiture, la quittaient à regret pour la chercher et la contempler plus loin encore. A cause d'elle, ils supportaient les méphitiques exhalaisons de Douarnenez et de l'île Tristan tout en odeur d'excréments et de tripailles de poisson, au fond d'une baie aux eaux aimables et bleues comme une baie de la Méditerranée. A Audierne, reflétant dans un grand lac calme les brutales enseignes où les confiseurs de sardines étalaient leurs noms, leurs médailles et leurs adresses, elle mêlait dans ses flots les lettres, les couleurs, les réclames et tirait des laideurs industrielles des reflets de mystère et des teintes de rêve. La mer, elle dissipait au parfum de ses lames la puanteur des immondices immensément épars, le relent fétide et gras des huiles en ébullition sur les fourneaux des usines; et quand, à l'extrémité des rochers de la pointe du Raz, oscillant sous sa poussée à quatre-vingts mètres de hauteur, elle apparut formidable et inviolée, Mme Rachimbourg, défaillant d'admiration, pour ne pas tomber, se retint au bras de son mari, et le serra très fort. En même temps, Rachimbourg emporté par ce besoin d'expansion que provoquent la sublimité des spectacles de la nature et la pénétration des chefs-d'œuvre, malgré la présence du guide, tendrement, devant l'infini, embrassa sa femme.

Du reste, elle le séduisait maintenant par sa belle humeur, la justesse, l'ironie de ses aperçus, son exactitude aussi, car en dépit de la fatigue et des malles à faire, jamais, par un retard venu de Mme Rachimbourg, ils ne manquèrent un de ces trains de petite ville partant de bonne heure, dans le matin. Au cours des excursions, elle se révélait à lui, parmi les paysages. Ainsi qu'il sort du feu des cailloux les plus durs, elle étincelait maintenant comme un silex, et dans sa froideur ordinaire, il s'allumait des flammes de sensualité.

Cette sensualité s'éveillait-elle aujourd'hui ou bien l'avait-il longtemps méconnue ? Il en profitait sans discuter son plaisir ; et, par les soirs de ce voyage amoureux comme un voyage de noces, quand les armoires à glace des chambres à coucher reflétaient les déshabillés provocants de son épouse, Rachimbourg, éperdu de désirs, ne songeait pas à regretter Mariette.

De temps en temps, à côté de leur bougeoir, dans le bureau des hôtels où ils séjournaient, ils trouvaient une lettre de Laguépie. Le docteur leur donnait des nouvelles de Kerahuel. Il disait le Conseil municipal de l'endroit fort animé contre Bourignat rendu responsable d'un procès dispendieux que la vanité locale s'exaspérait à intenter à « l'OEuvre des Déshérités de la Terre et de la Mer » ; les colères de la population devant les travaux du sanatorium activement conduits et dont les substructions, entre des palissades en planches barricadant la plage, sortaient déjà de terre. Rachimbourg mit sa femme au courant des artifices de Laguépie, de la scientifique et humanitaire vengeance que le docteur exerçait envers l'agressive stupidité du peuple de Kerahuel ; et, en Champenois goguenards, ils riaient entre eux de l'énormité du châtiment et de la puissance de la farce.

63

CHAPITRE XXVI

Quand M. et Mme Rachimbourg, après deux mois, revinrent à la villa du Haut des Dunes, deux cents ouvriers habitant sous des baraquements de planches, dans l'enceinte du sanatorium, formaient, auprès de Kerahuel un village indépendant. Pour eux, des sociétés coopératives de la « Grande Terre », comme on disait, expédiaient la viande, les légumes, les boissons aussi ; et des boulangers pour cette colonie vivant de ses propres moyens, sur place, pétrissaient le pain et le faisaient cuire dans des fours installés à l'usage du chantier.

Sauf la Mal-Commode rémunérée pour laver la vaisselle et les latrines ; sauf Chien-de-Nous léchant le fond des marmites et rongeant les os déjà rongés ; sauf aussi Baluche, s'improvisant aide-maçon, parce qu'il méditait de provoquer un accident à la suite duquel, heureusement estropié des orteils ou des mains, à l'échéance de sa dernière année d'ajournement, il réclamerait d'être définitivement dispensé du service militaire, personne, à Kerahuel, ne tirait bénéfice de cette population nouvelle, rassasiée, abreuvée et logée par les soins de « l'Œuvre des Déshérités de la Terre et de la Mer ».

Bourignat songeait à organiser la débauche dans la maison éloignée, demeurée sans habitant depuis le décès de M. Pascal. Car il possédait cet immeuble aussi, maintenant. Il l'avait conquis sur une femme morte, et s'affligeait, parce que le souvenir du mystérieux étranger écartait les locataires. Mais la prostitution s'exerçait sans son concours : les filles du pays la pratiquaient d'instinct, et sans discipline. Elles rôdaient le soir autour des palissades, par des passages entre les madriers s'introduisaient dans les campements; on les enviait au retour quand elles confessaient leurs abandons, se flattaient de leurs salaires, et la jalousie de leurs galants s'exaspérant de cette fornication avec des mâles qui, selon l'expression, « n'étaient pas de Kerahuel même », l'animosité naturelle du pays contre les « estrangers » tournait au guet-apens.

Le dimanche, lorsque parfois, les compagnons pêchaient le bard à la ligne, sur des rochers avancés dans la mer, ou, sur la falaise, au bord de la côte ramassaient des champignons, des bandes d'indigènes leur cherchaient querelle, les attaquaient. Mais les assaillants, frappant du poing, au hasard, ignoraient les règles de l'art de se battre ; et, vite, ils reculaient en déroute, saignants de la mâchoire ou défoncés des côtes, sous quelques coups de savate ou de boxe savamment détachés par les ouvriers parisiens. Depuis, les gas de Kerahuel, prudents et hargneux comme des chiens craignant une correction, répondaient seulement par des injures aux provocations des manœuvres isolés les appelant « sales Bretons » et les traitant hardiment de lâches. Et le sanarium, dépassant peu à peu les pointes des barrières de clôture, sous l'impulsion des mêmes entrepreneurs qui, à Berck-sur-Mer, en quatre-vingt jours, élevaient un hôpital assez vaste pour recevoir cent malades, le sanatorium grandissait au milieu d'une tempête de colères et de malédictions.

La nuit même ne suspendait pas les travaux. Des pots à feu, allumés de place en place, éclairaient les terrassiers dans les tranchées, les maçons sur les échafaudages, la villa de Keréol debout encore et dont les chambres servaient de bureaux aux architectes et à leurs employés. La lueur rouge aperçue par les villages lointains, les commis-voyageurs en voiture, sur les routes, les pêcheurs tendant leurs filets en pleine mer, faisait croire à un incendie ; et les hommes allant et venant au milieu d'un flamboiement de fournaise, semblaient à Kerahuel une horde de démons. Chaque matin, la bâtisse, de plus haut, regardait la plage retentissante du cri des charretiers excitant les chevaux, du roulement des wagonnets sur les rails d'un chemin de fer. A peine si le sable jaune, de place en place, se

voyait encore entre les amoncellements de mortier, les
amas de moellons, les pyramides de briques ; et quand
la dune pleine de jurons, d'outils, de matériaux et de
gravats apparaissait avec cet air de désolation que répand
autour d'elle toute construction commençante, les touristes, incommodés au pa~ age et fuyant la tristesse de
ce séjour, s'éloignaient du bruit, de la poussière et des
logis de Kerahuel.

Le village abandonné ne voyait plus venir M. et
Mme Hestoudeau, Olivier, leur fils ; M. Nicous accompagnant sa fille, Pauline ; Charlescot transportant son appareil photographique. M. Hestoudeau après la lecture de la
« Grammaire historique » où le professeur Darmsteter
enseignait que « la civilisation gauloise disparut comme
par enchantement devant la civilisation romaine », fort
déconcerté aussi par le « Dictionnaire étymologique » de
Brachet réduisant à vingt, tout au plus, les mots d'origine
celtique insinués dans la langue française, mettait maintenant en doute les systèmes d'Amédée Thierry, riait
d'Henri Martin, ne supportait plus les affirmations de La
Tour d'Auvergne donnant le bas-breton comme idiome
initial de l'univers, le faisant parler à Adam, à Eve, et
même au serpent tentateur.

Désabusé des druides, des ovates et des bardes issus
des mensonges de la philologie et de l'histoire, il se dégoûtait vite de ce pays de Bretagne où, lors des fêtes celtiques, il s'avouait maintenant avoir joué un rôle d'histrion
et de dupe ; renonçait désormais à rapprocher de nouveau
les tronçons du glaive d'Arthur. En outre, après deux ans
d'herborisation, il cherchait encore en vain l'*Adiuntium
Capillus Veneris*, et n'espérait plus rencontrer la mésange
verdâtre ayant des plumes blanches autour des yeux, des
plumes noires autour des plumes blanches, mésange de
la taille des troglodytes, et, d'après les manuels, inconnue parmi les collections d'oiseaux empaillés.

Un moment, il songeait à tirer parti d'un terrain situé par
delà la chapelle de Saint-Coulm, terrain où les coquilles
des escargots rongeurs des feuilles et des tiges des
plantes, formaient une couche de silicate de chaux qu'il
évaluait à deux mètres de profondeur sur un kilomètre
environ d'étendue. On emploierait cette matière dans les
champs, comme engrais. On l'utiliserait pour la fabrication du verre à bouteilles. Mais à cause de l'éloignement,
de la difficulté d'extraction dans un pays sans ouvriers

et sans personne qui voulût travailler à d'autres œuvres que les œuvres de mer, par esprit pratique, déconcerté en outre par l'évaluation des frais de transport, il ne se souciait plus de donner à son projet un commencement d'exécution. Ainsi, arrivé à une indifférence complète, sans regrets, il se déshabituait de Kerahuel. Détaché même de l'Océan, il commandait qu'on ne lui expédiât plus désormais les flots de la mer, en bonbonnes, pour ses bains, à domicile.

Chez lui, en souvenir, il s'effrayait des dangers courus par sa famille et sa propre personne. Un jour, avec l'aide de Laguépie, analysant les eaux de Kerahuel, il se convainquait de leurs microbes et de leur nocuité. Instruit par la chimie, il se promettait bien de ne plus risquer à nouveau la rencontre des bacilles de la fièvre typhoïde coulant éperdûment avec les sources et les fontaines contaminées. Lors de l'expérience, des curieux, toujours aux aguets, sur le chaperon des murs, aperçurent la réaction rouge du permanganate de potasse dans le verre de l'éprouvette ; et ne comprenant rien au changement de teinte d'un liquide blanc tout à l'heure, en leurs propos, représentèrent Laguépie et Hestoudeau comme « un peu sorciers ».

Maman Treudec répétait ces sottises. Ainsi que les bons vins, elle s'aigrissait à vieillir. Sa belle humeur d'autrefois tournait à la niaiserie, et pourvu qu'elle parlât, elle ne s'inquiétait pas du sens de ses bavardages. Et quelle occasion pour elle de faire aller le claquet de sa langue quand, par un journal, elle apprit la fantaisie favorite de M. Hestoudeau, hors de Kerahuel ! Maintenant, M. Hestoudeau cherchait dans les tournois de coqs chanteurs des satisfactions que lui refusaient la botanique, l'ornithologie, les silicates, le Gorsed et l'Art. Moyennant la somme de dix mille francs, il se procurait un gallinacé émettant jusqu'à cent dix-sept cocoricos par minute, et triomphait avec lui dans les diverses expositions où il le transportait derrière les barreaux d'une cage au treillis d'argent.

Mme Hestoudeau, toujours patiente et dévouée, s'installait à la campagne, à Valclos, aux environs de Paris, près de la maison de santé où les docteurs désespéraient de jamais rendre la raison à Mme Vincent Trois. Tous les jours elle rendait visite à l'internée, s'entretenait avec elle. Mme Vincent Trois, après des crises où elle se

mettait toute nue — toilette de gala, disait-elle, imposée
aux femmes honnêtes fréquentant dans le monde, — se
déclarait persécutée par Malbar et Mme Trénissan, à voix
haute, s'inventait des vengeances, reprenait ensuite un
tel empire sur elle-même que, guérie en apparence,
elle semblait prête à recevoir son exeat et à retrouver la
liberté. Alors, elle tenait des discours sans incohérence,
composait des vers point dénués de prosodie et de
noblesse de sentiments. Aussi, Mme Hestoudeau, dupée
par cette illusion de sagesse éphémère que savent donner
parfois les plus dangereux des aliénés, accusait l'ignorance des médecins retenant dans « le tombeau vivant
d'un asile » une femme « d'esprit équilibré autant que
vous et moi. »

En ces termes incompréhensifs et éplorés, elle renseignait son fils Olivier, commis volontaire chez un banquier
de Londres, office où il s'éduquait, dans la pratique des
affaires et les nuances de la langue anglaise dont la
« fraulein », autrefois, lui enseignait les éléments. Olivier,
devenu pubère, savait distinguer maintenant la différence
entre les deux formes du verbe « aimer » : « love » exprimant la tendresse intellectuelle et sentimentale pour les
personnes; « like », exprimant le goût sensuel pour la
matérialité des corps et des choses. Il se servait uniquement de ce vocable lors de ses relations avec des femmes
dont il n'espérait que la distraction d'un moment; et,
satisfait par de courtes et épisodiques débauches, il se
demandait comment jadis, passant à son cou la corde
de la cloche, à Saint-Coulm, il avait pu se résoudre à
mourir par regret idéal de la petite Lulli.

Pauline et son père, M. Nicous, allaient maintenant
chacun de son côté. M. Nicous, en raison de ses fonctions littéraires et funèbres au service des épitaphes,
dans les bureaux de la Ville de Paris, accompagnait une
délégation du Conseil municipal en route vers les capi-
tales de l'étranger pour étudier l'organisation des cimetières et le fonctionnement des fours crématoires. Pauline, recrutée par un entrepreneur de tournées artistiques,
courait la province; et, dans les villes où elle devait
donner des représentations, sa venue, à tous les carrefours, s'annonçait par des affiches d'une enluminure
énorme. Le Président de la République assurant, de la
main, son chapeau sur sa tète, le roi d'Angleterre donnant le bras à Sarah Bernhardt, l'empereur d'Allemagne

hâtant le pas en frisant sa moustache, le ministre de la Guerre en uniforme, pour arriver plus vite, montant dans un omnibus déjà complet où s'asseyaient avant lui des personnages connus et momentanément célèbres, s'empressaient vers le péristyle d'un théâtre. « Où vont-ils ? », demandait une ligne imprimée au-dessus de cette foule de personnages en couleur. Sous leurs pieds, en grosses lettres, on lisait la réponse : « Ils vont voir Pauline Nicous ; » et, plus bas, le nom des imprimeurs Charlescot, Schlossvacher et Cie.

Schlossvacher, c'était le nom de la « fräulein », qui mariée avec Charlescot utilisait les éminentes qualités de son époux, en photographie. Elle le poussait à la découverte d'un révélateur unique, lequel, après un seul bain, faisait paraître sur les plaques impressionnées par la lumière, toutes les couleurs, toutes les teintes, les nuances les plus imperceptibles des objets et des êtres. Par son instinct du commerce, l'activité de son entregent, elle trouvait des capitaux, façonnait des ouvriers à la pratique du procédé nouveau. Personne, dans les arts, les lettres, la science ou le théâtre n'échappait aux objectifs de la maison Charlescot, Schlossvacher et Cie. De ses presses perfectionnées sortaient les programmes illustrés distribués avant les représentations, et exaltant, dans leur texte, le génie de Pauline.

Augmentant sans cesse son répertoire, elle jouait tour à tour Pascal enfant, confondant la duchesse de Longueville par la puissance de son savoir, en mathématiques ; l'abbé de Choisy courant le monde sous des habits de femme ; la chevalière d'Eon faisant de la diplomatie et de l'escrime, sous des vêtements d'homme ; Louis XVII s'évadant de la prison du Temple ; la jeune captive écoutant les adieux d'André Chénier montant sur l'échafaud. Le panégyrique détaillant la variété des rôles affirmait que Pauline « semblait le théâtre incarné ». La rampe viendrait-elle subitement à s'éteindre ? Pauline, sur la scène, « apparaîtrait phosphorescente ». Le spectacle terminé, le spectateur « gardait dans les yeux une silhouette inoubliable. Heureuses les cités qui pouvaient s'écrier à leur réveil : Pauline Nicous est dans nos murs !... » La réclame s'étendant jusqu'à Kerahuel, se collait en grandes feuilles sur les murs du Casino où M. Sibilinski et Mme Toczinska, renonçant à amener une troupe pour la saison, se contentaient de louer leur salle à des acteurs

de passage ; et dans la solitude, l'un sur la clarinette,
l'autre sur le piano, exécutaient en duo une musique
mélancolique. Ils songeaient à vendre leur établissement
à présent sans clientèle. Mais comment se débarrasser
d'un fonds de commerce dépourvu d'achalandage ? Car
ils ne pouvaient compter sur une espèce économe de
baigueurs errants à Kerahuel, cette année-là, parce que,
sur la foi d'un journal, ils croyaient Kerahuel « un petit
trou pas cher ».

Humbles employés d'administration, humbles ouvriers,
humbles négociants, Kerahuel les appelait « de la raille »
parce que, se logeant pêle-mêle, plusieurs familles ensemble
dans la même chambre, ensemble aussi ils vivaient sans
frais du poisson pêché par les hommes, toujours la ligne
à la main ou les pieds dans l'eau, au long de la côte. Les
ménages, entre eux, organisaient des pique-nique de
charcuterie ou d'œufs durs sur les plages étroites au bas
des rochers, ne se souciaient pas des élégances. Contents
d'une caverne où se déshabiller, d un trou d'eau où
prendre un bain, ramasser des crabes et faire patauger
les enfants, ils promenaient par tout le pays le sans-gêne
de paroles et de costumes d'un faubourg en goguette.
Se récréant de leurs propres facéties, égayés par les
chansons de leur atelier, couchés de bonne heure après
les fatigues de la journée, ils ne dépensaient pas un sou
pour la fantaisie et le plaisir.

Personne ne loua même une stalle de dernier rang
pour la représentation annoncée, et les gens de Kerahuel
envahissant le théâtre seulement quand le contrôle leur
délivrait des places gratuites, Pauline, afin de ne pas
entrer en scène devant une salle vide, avant l'heure du
spectacle, se déclara atteinte d'une extinction de voix,
maladie familière aux chanteurs, chanteuses, comédiens
et comédiennes constatant le dédain du public à leur
égard. Très courroucée du néant de la recette, Pauline,
dès le soir, se hâta de reprendre le train. M. Sibilinski
et Mme Toczinska, restés seuls, continuaient à souffler et à
taper des morceaux sans auditeurs. Avec tout Kerahuel,
ils redoutaient la faillite, espéraient la venue de l'escadre,
car, par l'argent des officiers organisant des parties
de baccara et des matelots tirant des bordées à terre,
pour un instant du moins, ils remettraient en équilibre
leur chancelante industrie.

Ces préoccupations hantaient aussi les souscripteurs du

banquet qui, traditionnellement, le 14 Juillet, après les courses de canards et de chevaux, s'attablaient avec Bourignat, pour célébrer, à leur heure, la fête de la République. Maman Treudec vieillissante et détestant les embarras, malgré les avis de sa fille et de son gendre, se refusait à tant de monde, à tant de cuisine, à des bénéfices réduits par la casse de la vaisselle, le gaspillage éhonté des bonnes supplémentaires ; et ce n'était plus à l'hôtel d'Orange, mais dans un bas cabaret du port que se réunissaient maintenant les patriotes. Les convives bâfrant fort et tous bien endentés, sans perdre une bouchée d'indignes ratatouilles, attendaient les explications du maire. Trop domestiqués pour se risquer à les provoquer, sans rien dire, ils mangeaient la tête baissée sur une assiette qu'on ne changeait jamais. Garnafe se trouvait parmi eux. De temps en temps, entre les services, ils le regardaient, de l'œil, l'encourageaient à commencer l'attaque dont aucun, par lâcheté, n'osait prendre l'initiative ; et Bourignat, gêné au milieu d'un silence lourd de revendications et de menaces, pour paraître sûr de lui, jouait au vert galant, tenait aux servantes des propos égrillards dont nul ne s'égayait.

Le café fumant dans les verres exhalait une odeur grasse et âcre d'eau d'évier et de chicorée. Selon la coutume, le maire se leva, porta un toast.

— Messieurs, dit-il, nous célébrons aujourd'hui la fête de la République, et je vous prie de crier avec moi : Vive la République !

Çà et là, sans entrain, quelques voix répondirent :

— Vive la République !

On espérait un discours plus étendu, des considérations plus explicites sur la situation de la commune. Mais personne ne les réclamait :

Tous craignaient de se faire remarquer. Les débiteurs de Bourignat tremblaient de contrarier leur rude créancier, d'exciter chez lui une mauvaise humeur qui plus tard, quand viendrait l'heure difficile de leurs échéances, déchaînerait à leurs trousses les huissiers porteurs de protêts. Les verres de liqueur s'entrechoquèrent, et l'assemblée, accablée de malaise, restait là, sans plus rien manger et sans plus rien boire. On épiait toujours l'intervention de Garnafe, et Garnafe ne prenant pas la parole, quelqu'un, au grand soulagement des assistants, récita un monologue rimé où se détaillait l'aventure d'un mon-

sieur sorti des lieux d'aisances et, par distraction, emportant sous son bras, au lieu de son chapeau à claque,
le couvercle de la cuvette. Les plus réservés se déri-
dèrent. On applaudit ensuite une romance élégiaque
chantée par un premier maître mécanicien en congé de
convalescence ; et, pour ménager la susceptibilité de
l'amateur lettré qui, à la fin de chaque repas de corps,
rugissait des vers, on le pria de réciter son morceau
favori : « Stella », une pièce des *Châtiments* de Victor
Hugo.

Il se récusa d'abord, alléguant qu'il doutait de sa mémoire, but un coup d'eau-de-vie, puis, après un instant
de méditation, commença.

Je m'étais endormi, la nuit, près de la grève.

Il hésitait, ne trouvait plus le deuxième vers, buvait à
nouveau. Garnafe profita de l'embarras et de l'alexandrin
demeuré solitaire. Perfidement, il en tira une allusion.

— Il me semble, dit-il, que M. le Maire, lui, s'est beaucoup endormi, sur notre grève.

L'exorde, correspondant aux sentiments du public, des
éclats de rire retentirent. Garnafe, se sentant maître de
l'auditoire, continua; et s'adressant, au récitant :

— Je vous demande pardon, mon cher ami, si j'inter-
romps votre poésie... mais enfin, il faut que nous sachions de M. le Maire, trop bref tout à l'heure en son
allocution, il faut que nous sachions ce que deviennent
nos intérêts, à Kerahuel.

— C'est mon avis, répliqua le rapsode se mettant à
cheval sur sa chaise et tirant à lui des bouteilles dont il
égouttait le fond, dans son verre.

Des murmures d'approbation s'élevèrent. Garnafe
parut croire qu'ils s'adressaient à lui. Modestement, d'un
geste, il calma l'enthousiasme.

— Si M. le Maire, reprit-il, comme le personnage du
poète, ne s'était pas endormi sur la grève, est-ce que sur
la grève, à Kerahuel, se construirait aujourd'hui ce sanatorium usurpant le territoire que vous possédiez, de père
en fils, depuis des siècles. Et il montra l'hôpital éloignant
les touristes, les baigneurs, menaçant la fortune, la
santé même du pays, car à l'époque où l'hôpital s'emplirait de malades, comment croire que les affections
contagieuses apportées du dehors ne se répandraient pas

jusque dans Kerahuel ! Qu'avait fait Bourignat pour empêcher ces calamités ?

— Un procès, riposta Bourignat. D'accord avec les membres du Conseil municipal, par tous les moyens à ma disposition, j'ai défendu la propriété du pays. Et il prenait à témoin autour de lui les conseillers municipaux hochant timidement la tête d'un air d'acquiescement.

— Oui, mais que devenait le procès?

Il traînait en longueur comme tous les procès, et Garnafe, attribuant rageusement à Bourignat les lenteurs des avoués, les temporisations des avocats, les remises à quinzaine des tribunaux, accusait le maire de négligence et de mauvais vouloir. Les délais, en pareil cas, ressemblaient à des complicités. D'ailleurs, pourquoi Bourignat délivrait-il le permis de bâtir ? Pourquoi, dès les premiers coups de pioche, ne sollicitait-il pas un jugement de référé ordonnant la suspension des travaux jusqu'au règlement définitif du litige ? Pour quelles raisons abandonner les pourparlers engagés avec l'Administration de l'Assistance publique ? Que devenait enfin le projet d'élever une statue à Brindamour ?

Pêle-mêle, Garnafe, un peu grisé par sa parole, énumérait les griefs secrètement reprochés à Bourignat ; et fort content de se découvrir tant d'éloquence, au nom de l'intérêt général, il exerçait avec passion sa rancune particulière.

— Oui, tout le monde à Kerahuel — et en disant tout le monde il pensait spécialement à lui — tout le monde pouvait se plaindre. Des terrrains de la plage aux terrains sis près du vieux cimetière, tout le monde se trouvait lésé, berné, bafoué. Par l'incapacité du maire ? Non ! L'incapacité, par essence, n'impliquait pas la malhonnêteté, mais pourtant on était victime. De quoi ? Il s'excusait de prononcer le mot, mais on était victime de la trahison du premier magistrat de la commune.

Garnafe comptait sur un effet, et demeura surpris, car, parmi ces gens toujours prêts à se vendre, le mot de trahison n'excitait la réprobation de personne.

Bourignat, tout pâle, se contenta de hausser les épaules.

— Oh ! reprit Garnafe, vous pouvez faire des gestes de dédain. Cependant, quand vous criez par les rues votre dévouement pour Kerahuel, en même temps vous pactisez avec les « estrangers », nos envahisseurs, et avec eux, vous « machinez » notre ruine.

Tous les yeux se tournèrent vers Bourignat. Il enfonçait sa tête dans ses épaules, se ramassait sur lui-même comme un taureau traqué prêt à foncer sur un obstacle. Sa fureur qu'il tâchait de ne pas laisser voir exaspérait son angine de poitrine. Il étranglait, toussait, bavait, tout en s'efforçant de sourire ; et dans le silence, au-dessus du tintement des verres et des assiettes emportés aux mains des bonnes, on entendait sa respiration hoqueter dans sa poitrine.

— Eh bien, répondez donc ! proféra tout au bout de la salle la voix de quelqu'un qui, après avoir parlé, par peur de sa bravoure, se cacha sous la table.

Bourignat, se contraignant pour paraître calme, prit un air bon enfant.

— Mes amis, dit-il, vous me connaissez. J'ai des clients parmi vous. Je fournis de la bonne marchandise, et à la mairie comme ailleurs, vous savez que je suis un honnête homme.

Puis, d'une intonation terrible, et promenant un regard dominateur sur les administrés qu'il terrorisait :

— Je suis un honnête homme et je n'admets pas qu'on dise le contraire. Je répondrai seulement que M. Garnafe pour les « choses dont il m'impute », que M. Garnafe, que cet individu en a menti.

Frappant du point sur la table, il répétait :

— Oui, menti, menti, menti !

Son accent semblait si sincère que les plus incrédules demeuraient presque convaincus.

— Tout ce que vous voudrez, ajouta Garnafe. Vos protestations ne m'émeuvent pas : j'en ai entendu d'autres, — et il rappelait ainsi les promesses de Bourignat à propos de l'accès aux terrains sis près du vieux cimetière. Mais voici pourtant la preuve de votre trahison, la voici.

Alors, fouillant dans la poche de sa redingote, il tira un papier qu'il déplia.

— Cette pièce a été écrite par cet homme, dit-il, et elle me semble si...

Il affecta de chercher un qualificatif méprisant, de ne pas le trouver, puis :

— Que je ne sais si je dois vous en donner connaissance.

Il éveillait la curiosité maligne du public, et l'on cria :

— Oui, oui, il faut qu'on sache.

Alors, comme s'il surmontait un considérable dégoût,

Garnafe lut une lettre par laquelle Bourignat, s'adressant au Conseil d'Administration de « l'OEuvre des Déshérités de la Terre et de la Mer », proposait de fournir les liquides divers pour la consommation, dans les cantines d'abord, dans le sanatorium ensuite, décriait ses concurrents, offrait des rabais, s'affirmait prêt à toutes les complaisances.

Garnafe tenait le document de Laguépie. Le docteur savait l'animosité, les sourdes ambitions de Garnafe; et, demandant le secret, comptant bien que le secret ne serait pas gardé, il avait livré à l'envieux et irascible ami du maire le texte original de la proposition si compromettante pour l'honneur et la probité de l'officier municipal.

Mais à Kerahuel, la mauvaise foi ne déconsidérait personne. Nul ne se choquait de déloyautés que tous rêvaient de commettre. Aussi Garnafe étalait en vain devant les yeux de ses voisins le papier qu'il avait juré ne pas rendre public. En vain, il répétait :

— Tenez, reconnaissez-vous la signature. Pas moyen de nier. Qu'en pensez-vous ?

Ils la reconnaissaient, la signature. Eh bien! puis et après ? D'autres émettaient des phrases de doute, et subjugués par Bourignat, pas un, devant lui, n'osait proclamer l'authenticité d'une pièce aussi confondante. Encore que Garnafe défendît la cause des « Terrains à vendre », ils gardaient rancune à l'orateur de les mettre dans la dangereuse posture de se prononcer contre le maire. A quoi bon ? puisque le maire élu pour quatre ans, bon gré mal gré, en dépit de ses turpitudes, se moquant des mécontentements et des blâmes, conserverait des fonctions où par une suite de tracasseries tirées de la loi même, il molesterait impunément quiconque lui deviendrait ouvertement adversaire ! En outre, est-ce que Bourignat, marchand de boissons, de plus agent de recouvrement pour le compte d'une Société de crédit, à Paris, lors des échéances, ne ferait pas durement expier les velléités d'indépendance des débiteurs assez mal avisés pour ne point admirer ses manières d'administration. Pourquoi aussi encourir la désaffection d'un homme sans scrupules d'où dépendaient les secours en argent, les bons de pain, l'assistance médicale, les fournitures scolaires et qui pouvait, à sa guise, leur refuser des certificats de bonne vie et mœurs. Par épouvante des misères à venir, ils ne toléraient pas qu'on leur parlât des misères présentes, et supportant tout, tout plutôt que le discours de Garnafe révolté contre l'éminent gredin qu'ils s'étaient donné pour maître, ils criaient :

— Assez ! Assez !

Garnafe, surpris de ne pas trouver d'approbateurs, au milieu des protestations, n'arrivait plus à se faire entendre. Il s'essuya le front, reprit haleine; et Bourignat, profitant de l'essoufflement de son contradicteur, hurla à plein gosier.

— Eh bien, quoi ! Je suis négociant . J'ai fait du commerce, je ne dis pas non. Et, parce que je remplis les fonctions de maire, fonctions gratuites...

Il ne disait pas de quelle façon il savait les rendre lucratives, et il insista :

— Fonctions gratuites, vous m'entendez bien, est-ce que vous voulez m'empêcher de gagner ma vie ?

Les convives n'ignoraient pas les trafics de Bourignat faisant signer aux ouvriers municipaux, rendus dociles par la terreur, des mandats majorés, dont, après la paie d'un salaire dérisoire, d'autorité, il gardait le surplus. Mais la cynique bonhomie du maire correspondait si bien avec leurs sentiments individuels de lucre et de rapine que, comme s'ils s'applaudissaient eux-mêmes, tous éclatèrent en bravos.

— Mais oui, il a raison. A chacun le sien ! Qu'est-ce qu'il vient aussi nous déranger, celui-là !

Et Garnafe, ahuri, ne comprenait pas comment d'évidentes vérités pouvaient susciter tant de haine.

— A la chaudière ! à la chaudière !

L'expression venait du spectacle donné dans une baraque de saltimbanques, le jour de la foire. Là, le montreur de marionnettes faisait comparaître des militaires en uniforme, des juges en robe, des prêtres en soutane, au milieu des lazzis, leur faisait subir un interrogatoire. « A la chaudière », disait-il, quand, par son boniment, il les convainquait de forfaitures ou de vices. Le jugement prononcé, il les précipitait alors dans une cuve de carton sur laquelle étaient peintes des flammes, simulacres des feux de l'enfer; et le terme : « A la chaudière » s'employait depuis, à Kerahuel, contre quiconque émettait en public des propos déplaisants.

— A la chaudière ! à la chaudière !

On bousculait Garnafe. Des poings frénétiques le poussaient au long des tables où il chancelait parmi les bouteilles ébranlées et les tréteaux déplacés. Il s'indignait, invoquait la liberté de discussion, le droit de ne pas penser comme les autres, toutes notions de justice bien étrangères à ses agresseurs. Bourignat, sur sa chaise, la respiration plus libre, riait des horions reçus par son adversaire, et le propriétaire de l'établissement réclamait à grands cris qu'on respectât au moins son matériel. A défaut de chaudière où jeter Garnafe, des énergumènes proposaient de le faire passer par la fenêtre; et Garnafe levant les bras, au milieu du tumulte et des coups, braillait vers la tolérance des appels que l'on n'entendait pas, témoignait par sa pantomime que, lui aussi, désespérait de l'intelligence et de l'honnêteté de Kerahuel. Des assistants, plus pacifiques que les autres, l'aidèrent à sortir. Sur la porte, coude à coude, il se rencontra avec Camélia.

Camélia, graciée à l'occasion de la fête nationale, s'avançait, la figure toute jaune de la mauvaise graisse qui boursoufle les tissus des prisonniers, dans les maisons centrales. La Mal-Commode, patriotiquement ivre, vu la solennité, Baluche affublé d'un pantalon de femme qu'il avait volé sur un mur après le blanchissage et passé par dessus ses culottes, accompagnaient la libérée. Elle venait, disait-elle, remercier le Maire et le Conseil municipal des instances faites par eux pour obtenir son élargissement avant l'expiration de la peine qu'elle subissait. Mais on se gaussait de la reconnaissance de la fille, on la pinçait au passage, on plaisantait sur son grotesque cortège; et, si Bourignat tolérait les mauvaises mœurs, il n'acceptait pas les mauvaises manières. Pour mettre fin à une manifestation qu'il jugeait déplacée, il se déroba aux effusions et se hâta de lever la séance.

— Allons voir le feu de joie, dit-il.

Précipitamment, entraînant le Conseil et les convives à la suite, il se rendit sur la plage. Au-dessous de la dune devenue inabordable par la construction du sanatorium, il s'approcha d'un grand tas de fagots, monticule de combustible, qu'un rameau de sapin vert surmontait en façon de drapeau.

Un roulement de tambour retentit, une pièce d'artifice éclata, des brins de bois sec crépitèrent; et derrière une colonne de fumée, un tourbillon de flammes se tordit dans l'air calme.

Les têtes de la foule massée au milieu de l'ombre s'éclairèrent soudain d'une lueur sanglante, et l'on voyait l'ouverture des bouches criant :

— Vive la République ! Vive M. Bourignat !

Puis, les mains se cherchèrent, se joignirent ; et Kerahuel, formant une ronde immense, de ses sabots piétinant le sable, tourna en dansant autour du brasier. De temps en temps, des garçons, comme fascinés par la vue du feu et pris d'une espèce de délire, gambadaient hors du rang et sautaient par-dessus les tisons embrasés.

Les tonneaux de résine et de coaltar, mêlés aux branchages morts, alimentaient le foyer, et il brûla longtemps à travers la nuit, illuminant d'une clarté d'apothéose les échafaudages du sanatorium. L'établissement élevé par « l'Œuvre des Déshérités de la Terre et de la Mer », par ses charpentes seules, apparaissait déjà dans son ampleur formidable. Déjà il avait absorbé la villa de Keréol. Sur l'emplacement de la maison écroulée avec le rêve de Mme Trénissan, se dressait à présent la carcasse de bois entre laquelle, pierre à pierre, monterait la chapelle. De pavillon en pavillon, l'hôpital s'allongeait, prenait possession de la falaise. De ses murs touchant d'un côté l'hôtel d'Orange, de l'autre, les rochers du Château de Tristan, il poussait jusqu'au ciel la svelte silhouette de ses toits, la découpure de fer de ses campaniles, et, reflété par les vagues incendiées de lumière, il semblait s'avancer là-bas, plus loin encore que la dune de Kerahuel, jusque dans l'Océan envahi à son tour.

L'année suivante, à la même date du 14 juillet, Kerahuel apprend son procès perdu en première instance, et que les avocats prophétisent mal de l'appel. Il s'exaspère et tente de s'opposer par la force à l'inauguration du sanatorium. Bourignat, ironiquement invité, comme maire, refuse avec insolence d'assister à une cérémonie contre laquelle s'insurgent ses administrés. Les dames patronesses de « l'Œuvre des Déshérités de la Terre et de la Mer », venues tout exprès de Paris, dès la sortie de la gare, sont insultées au passage comme jadis Mme Trénissan, à l'église ; et des pierres cassent les vitres des voitures que la foule, rendue plus furieuse par l'alcool, essaie d'arrêter derrière les chevaux piaffants et cabrés. Le Préfet, apparu en grand uniforme, ne reçoit pas un meilleur accueil. Mais des gendarmes l'accompagnent qui chargent sur les forcenés, déblaient le chemin ; et, au bout de la route rendue libre à coups de plat de sabre,

la grille de l'hôpital s'ouvre, une messe se dit, des discours se prononcent, la visite de l'établissement commence.

L'installation semble admirable. Sans luxe superflu,
les locaux aménagés suivant les règles d'une parfaite
hygiène, se succèdent, pourvus de toutes les ressources
inventées par la science pour le traitement des malades.
Les pavillons qui se déploient, trois par trois, de chaque
côté de la chapelle s'affectent, ceux de droite, aux garçons, ceux de gauche, aux filles. Les infirmeries, placées
au rez-de-chaussée des bâtiments, ouvrent directement
sur la mer, disposition favorable aux chambres où les
impotents restent constamment couchés. Dans les étages,
se trouvent les dortoirs des enfants qui peuvent librement aller et venir. Puis, voici la salle d'opérations avec
ses dépendances, l'atelier de plâtrage, les étuves sèches,
le chauffe-linge, les vitrines de chirurgie avec leur
arsenal d'instruments aux aciers luisant comme des
regards ; et, plus loin, le laboratoire muni des appareils
de radiographie prêts à explorer, dans les profondeurs
de l'organisme, le siège obscur des lésions.

La ventilation et le chauffage s'assurent par des calori-
fères à circulation d'eau tiède; une machine à vapeur
actionnant une dynamo fournit la lumière électrique; et
dans le réfectoire la vaisselle tout en étain, choisie de préférence parce qu'elle ne casse pas, avec des lueurs d'argent, étincelle sur les dressoirs bien rangés.

Après les buanderies, les compartiments de désinfection,
en arrière des bâtiments du service médical, on se rend à
une ferme dont la vacherie, la basse-cour, produiront,
sur place, le lait, le beurre, les œufs, bases de l'alimentation des individus atteints de la tuberculose. On traverse
des potagers, et au fond, passé les légumes, on arrive sous
les jeunes arbres d'un parc où se dressent, en maisons sé-
parées, les bureaux de l'Administration, les chambres du
personnel, le logement du directeur. Dans le salon, autour
d'une collation, des compliments s'échangent; le Préfet
parle de « la sollicitude des pouvoirs publics »; puis, les
invités hués encore, au retour, dans les rues de Kerahuel, reprennent le train où ils montent avec l'impression qu'ils viennent de traverser une horde de sauvages.

Le soir, l'hôpital en gala s'illumine du portail jusqu'au
faîte. Par son resplendissement, il semble narguer Kera-

huel humilié à ses pieds et vociférant dans l'ombre. Des bandes souples portant des lampes électriques courent en festons le long des corniches, décorent les frises, figurent aux angles des motifs symboliques de pitié, de charité, de bonté, allument, au-dessus des portes, de fulgurants soleils, emblèmes d'intelligence et de grandeur d'âme. Et là-haut, tout au sommet du clocheton de la chapelle, la croix étendant au milieu de la nuit ses grands bras de lumière, comme le phare là-bas, au-dessus des menaces de l'Océan, radieusement, rayonne au-dessus des infirmités du monde.

Elles ne manquent pas dans les salles où trois cents enfants des deux sexes, scories d'existence, déchets d'amour, rebuts d'hérédité, par l'horreur de leurs membres tordus, la purulence de leur chair en décomposition avant la mort, ne déconcertent pas le dévouement et les soins des infirmières, sœurs de charité expulsées de leurs couvents au nom de la fraternité, et qui, dépouillées de leur costume religieux, marchent mal à l'aise sous des robes de laïques.

Minuit sonne. Les commutateurs se ferment, une dernière lueur court sur la mer. L'électricité s'éteint et, dans les ténèbres enveloppant, un à un, les pavillons où s'endort la douleur, Laguépie, devant sa lampe de travail, reste mélancolique. L'hôpital construit, Kerahuel vaincu, ne lui procurent pas la douceur de satisfaction qu'il espérait du triomphe. Il songe que, autour de lui, le peuple de gibbeux, de coxalgiques, pottiques, boiteux, arthritiques, fistuleux et tuberculeux, toutes les victimes des souffrances physiques, gardent au moins l'illusion d'un soulagement, l'espoir d'une guérison.

Mais Malbar ! Mais Mme Trénissan ! Ici, à la même place, sur les Terrains jadis à vendre, combien n'avaient-ils pas enduré d'infinies souffrances d'intellect ; et il s'affligeait en pensant qu'ils traînaient avec eux des blessures d'idéal pour lesquelles il ne connaissait ni sanatorium, ni médecin.

Alors, sans entrain, il écrivit à ses amis une lettre relatant les détails de l'inauguration et célébrant la confusion définitive de Kerahuel. Il peina pour donner de la gaîté à ses phrases. Puis, cherchant la dernière adresse indiquée par l'errant ménage, il mit sur l'enveloppe : « Monsieur et Madame Trénissan-Malbar, au grand théâtre d'Avignon. Faire suivre. »

Où Malbar et Mme Trénissan recevraient-ils les nouvelles envoyées par Laguépie ? L'un traînant l'autre, ils s'en allaient de ville en ville, d'orchestre en orchestre, partout où quelque directeur d'opéra ou de concert, longuement sollicité, consentait enfin à accueillir la cantatrice nomade. Après des auditions, en Europe, sous la conduite de M. Chevillemour, Mme Trénissan, suivie par un bruit de bravos, essayait de faire une tournée en Amérique. Elle chantait par malechance dans les mêmes cités où Mariette, engagée par un barnum, passait avant elle. Les organisateurs de trusts, rois des chemins de fer, de l'acier, du pétrole, de l'or et du porc salé, tout égayés encore par les déhanchements et les mines d'une actrice gazeuse comme un soda water, capiteuse comme un cock-tail, qui les initiait aux mélancolies populacières et perverses alors à la mode dans les cafés-concerts de Paris, ne comprirent rien au style de Mme Trénissan et à l'austérité de son art. Le manager qui avait traité avec la cantatrice, inventant une autre manière d'attraction, lui proposa de renoncer à la musique et de dire des monologues. Elle refusa. L'autre, se déclara délié de ses conventions, ne paya pas la somme promise, tout ensemble, abandonna et l'entreprise et Mme Trénissan. Malbar, à ses frais, rapatria son épouse. Mais le bruit de cet insuccès la précédait. Il s'exagérait encore par les propos des envieux, et sa fortune manquée la faisait tomber dans un grand discrédit.

Nulle part d'engagement, à peine même de bonnes paroles. L'argent se fait rare à mesure que les portes se ferment. Le prix de la marchandise littéraire baisse dans les journaux de Paris, et les articles de Malbar se paient de moins en moins cher à mesure que l'écrivain vieillit, ressasse ses idées et ne trouve plus guère de vigueur en ses polémiques. La maison souffre, les repas deviennent maigres, l'enfant reste à élever; alors, Mme Trénissan se résignant à faire de son talent, un gagne-pain, de son art, un métier, alla à la musique comme un employé va à son bureau.

Pour vivre, elle apprit tous les rôles de mezzo soprano et de soprano, dans les opéras dont, jadis, elle condamnait l'esthétique, s'enseigna d'être prête à jouer, « au pied levé », tous les personnages du répertoire : Léonore, dans *la Favorite*, Valentine, dans *les Huguenots*, Rachel, dans *la Juive*, Marguerite, dans *Faust*, Sélika, dans *l'Afri-*

caine, Zénaïde, dans *les Mousquetaires de la Reine*; elle transposait, maintenant ; et, trop originale encore, ne respectant pas les traditions servilement observées par des artistes médiocres, les habitués des représentations musicales, en province, déconcertés par l'indépendance de son jeu, au café du Théâtre, pendant les entr'actes, trouvaient surfaite la réputation de Mme Trénissan.

Les gazettes ne l'épargnaient guère, dans leurs articles. On lui reprochait sa haute taille : « Peut-être avait-elle deux ou trois centimètres de trop, pour notre scène ». Les critiques de département, par vanité de montrer leur savoir en l'exercice du chant et de réformer les jugements venus de Paris, avec un grand étalage de technicité, faisaient entendre de cruelles appréciations. Ils disaient la voix de Mme Trénissan « limitée et aigre dans le registre aigu, décolorée dans le médium ». Tout en admirant la puissance des notes graves, en cette qualité même, ils découvraient la tare et la preuve de décadence des primas donnas au déclin. Que de fois Mme Trénissan vit exalter à côté d'elle quelque diva de second plan, aimée dans la Préfecture à cause de mérites autres que des mérites artistiques, et subit l'humiliation de lire que « la jeune artiste avait été la joie sonore de la soirée » !

Vaillante à gagner son pain parmi les écœurements, elle calmait les indignations de Malbar frémissant des injustices. Par son exemple, elle lui apprenait la patience, la déférence envers un public qu'il fallait ménager jusque dans ses erreurs. A quoi serviraient les réponses que Malbar méditait de faire, les polémiques qu'il se proposait d'engager, sinon à irriter les spectateurs et à détourner les impresarios d'une cantatrice discutée et provoquant des querelles. Malbar, rendu docile par la nécessité, se faisait humble devant les directeurs des feuilles départementales ; et, insinué dans les rédactions, c'était lui qui, aux lendemains des débuts, rédigeait les notes imprimées atténuant les insuccès de sa femme.

D'une encre triste, il écrivait : « En présence de l'accueil fait à Mme Trénissan-Malbar, Mme Trénissan-Malbar se décide à donner une seconde représentation, et elle consent à une diminution du prix de son cachet pour ramener les places au prix ordinaire, afin que tout le monde puisse l'applaudir. » Afin d'économiser les frais d'une femme de chambre, près des tables de toilette des

loges d'artistes, dans les théâtres, il habillait Mme Trénissan, lui passait le rouge, le blanc gras, les pattes de
lièvre douces à étendre les maquillages. Il gardait le
manteau qu'elle quittait en entrant en scène, l'enveloppait
d'une fourrure quand elle revenait dans les coulisses,
payait les bouquets tombant aux pieds de la cantatrice
au moment du dernier baisser de rideau ; et il composait
des à-propos en vers lors des représentations à bénéfice
où, pour mieux attirer la foule, le programme promettait à chaque spectateur un billet de tombola dont le gros
lot, une montre en or, sous une vitrine, pendant les
entr'actes, s'exposait au foyer du public.

Un deux novembre, jour des Trépassés, Malbar et
Mme Trénissan, au hasard de leurs courses, s'arrêtèrent
dans une ville de Bretagne, ville proche de la presqu'île
de Tehuen. Le théâtre faisait relâche, les clochers sonnaient le glas ; et, tandis que les familles allaient aux cimetières, par une espèce de pèlerinage douloureux vers
l'endroit où ils avaient perdu tant de rêves, ils se rendirent à Kerahuel. Laguépie, averti par eux, ne vint pas les
chercher à la gare. Le sanatorium construit, il avait repris ses leçons à Paris, ses explorations scientifiques à
travers le monde. Malbar et Mme Trénissan sonnèrent
à la maison du docteur. Personne. La maison était fermée.
Alors, grelottants de solitude et d'abandon ils s'échouè-
rent à l'hôtel d'Orange.

Maman Treudec ne les reconnut pas. Ils s'étonnèrent,
car ils ne croyaient point que, malgré les fatigues et les
tristesses, leurs physionomies eussent changé si fort.

— Comment ! Vous ne reconnaissez pas vos amis :
Malbar, Mme Trénissan.

La vieille dame s'excusa. Ses yeux s'obscurcissaient ;
derrière ses lunettes, elle redoutait la cataracte. En ce
moment même, Astérie, continuant ses pratiques médicales, lui bassinait les globes oculaires avec une mucosité recueillie, dans une tasse, sous la queue d'une jument
en chaleur, onguent infaillible, disait-elle, pour éclaircir
les regards de quiconque ne voyait plus.

— Eh bien, que devenez-vous ?

Maman Treudec affirma qu'elle devenait aveugle à

force d'avoir contemplé de la misère. Elle avait perdu sa
fille, son gendre aussi, morts tous deux d'une fièvre typhoïde provoquée par une eau que maman Treudec continuait à mettre en carafes pour la boisson des voyageurs. Sans vouloir convenir des raisons microbiennes
du double décès qu'elle pleurait, elle accusait M. Hestoudeau, Laguépie, tour à tour. N'étaient-ce pas eux qui
par leurs « manigances » — elle appelait ainsi les analyses — jetaient des sorts sur les puits, à Kerahuel.
Quand baissait le niveau des fontaines où s'infiltraient tous
les purins du voisinage : autre explication. Le docteur,
d'après elle, dans la terre, desséchait les sources, comme
les « poulpiquets », de l'existence desquels elle ne doutait
pas, par incantations et sortilèges, faisaient tarir le lait
dans le pis flasque des vaches.

Ah ! ce monsieur de Laguépie ! Maman Treudec lui
donnait une particule pour le hausser à la taille du mépris qu'elle professait contre ce « vaurien »; et à peine
se plaignait-elle de la cécité commençante, car au moins
elle ne verrait plus la personne de ce « grand abomi-
nable », ni le sanatorium élevé maintenant et ruinant
méthodiquement le pays.

— Oui, gémissait-elle. Quand on le construisait leur
« sale-atorium », ils nourrissaient les tâcherons, les commis, supprimaient ainsi toute notre clientèle. Aujour-
d'hui, ils ont inventé de recevoir des pensionnaires, ils
hébergent les visiteurs, ils logent même les familles !

Le poing tendu, elle menaçait, dans l'espace, ces « ils »,
personnages invisibles et redoutables qui, de loin, dé-
truisaient sûrement le commerce avec les ambitions de
Kerahuel.

— Ils ne prennent rien dans le pays, mon bon monsieur et ma bonne dame, ces monstres ! Toutes les fournitures, charbon, viande, épicerie, s'apportent du dehors,
par adjudication. Ils lavent leur linge eux-mêmes, sèment,
récoltent dans leurs champs et dans leurs potagers, et
on ne peut leur vendre ni un minot de pommes de terre,
ni un litre de lait !

Puis, elle incrimina Bourignat. A son sens, il avait imprudemment ajouté aux dettes de la commune en soutenant un procès à jamais perdu et dont les contribuables,
à beaux deniers, paieraient lourdement les frais. Aussi,
elle espérait que, lors des prochaines élections, le maire
ne rentrerait plus à la mairie. Avec tout le pays, elle

comptait, à présent, sur Garnafe. On le disait réconcilié
avec Bourignat. Bourignat, du reste, ne repoussait pas les
avances de son rival ; et, tous deux, se détestant au milieu
de leurs protestations d'amitié, se rapprochaient pour se
dévorer l'un l'autre comme les crabes qui s'étreignent
et se rongent mutuellement dans les trous d'eau, au bord
de la mer.

Astério déblatérait surtout contre Laguépie. Elle pro-
phétisait bien, dès le premier jour ! Un médecin, est-ce
qu'on avait besoin d'un médecin à Kerahuel? Celui-là
qu'il aurait fallu chasser, avec lui, en amenait d'autres
de son espèce, et tous se réunissaient pour faire le malheur des pauvres gens ! Si encore, l'hiver dernier, le raz
de marée les avait emportés jusqu'au dernier, eux et leur
hôpital ! Mais non, sur la côte bouleversée, leur satané
sanatorium continuait à rester debout.

— Vous le verrez, geignait-elle. Vous le verrez quand
vous vous promènerez ; et vous me direz ensuite si cette
grande bâtisse n'a pas l'air de se moquer de la mer et
de nous.

Puis, furieuse, doutant des hommes et des éléments,
avec de la mucosité de cavale, elle bassina de nouveau
les yeux troubles de maman Treudec.

Malbar et Mme Trénissan sortirent. En face d'eux, sur
la falaise, les bâtiments de l'hôpital, de toutes leurs fenêtres ouvertes, semblaient rire au soleil.

Au-devant, une longue terrasse s'étendait. Malbar et
Mme Trénissan la suivirent. Des ouvriers la réparaient
sans cesse. Car on dirait que l'Océan, irrité des empiète-
ments des hommes, sous une poussée de sa force indignée, reconquiert à la fin le terrain usurpé sur son empire.
La mer, peu à peu, reprenait le sanatorium. L'hôpital, bâti à cent mètres de distance de la laisse des plus
hautes eaux, après le formidable ravage causé par le raz
de marée entamant la côte et emportant le sable, se trouvait aujourd'hui à cinquante mètres seulement des attaques de la vague. Afin de protéger l'édifice contre les
secousses et les infiltrations du flot, les architectes, ingénieux sur le tard, construisaient des épis, des estacades,
une digue qui toujours croulante et consolidée luttait
avec dommage contre les assauts de la tempête.

Large au sommet et praticable ainsi qu'un boulevard,
elle longeait la façade des pavillons, s'arrêtait à l'extrémité des murs au coin suspect de l'établissement où

se reculaient les échaudoirs des étuves à désinfecter et les fours à calciner les immondices. Là s'incinéraient les ouates contaminées au contact des malades. Là, ensuite, se jetaient les détritus. La combustion ne s'opérait pas toujours d'une manière complète ; et, parfois, soulevés par le vent, des flocons de coton brûlé, en essaims noirs, tourbillonnaient sur la falaise. Malbar et Mme Trénissan s'arrêtèrent pour laisser passer un vol de ces papillons de deuil ; et, derrière, quittant la terrasse, les pieds dans le sable, désorientés par l'aspect nouveau du paysage, ils se dirigèrent, au hasard, vers le Château de Tristan.

Le Château de Tristan n'existait plus. Les rochers autrefois érigés en donjons, découpés en créneaux, arrondis en échauguettes, et, sous le ciel, béants comme des porches, gisaient, pêle-mêle, lamentables et effondrés. Sur le sol miné par les eaux, les architectures avaient glissé. La citadelle s'était affaissée ; des plaques de verdure humide couvraient ses pans disloqués. Entre les débris, des crabes couraient.

Malbar et Mme Trénissan regardaient sans émotion ce chaos de pierres informes qui n'évoquait plus rien de la majesté d'illusion du décor où, jadis, ils avaient essayé de donner une existence réelle à leurs rêves. Leurs rêves écroulés, quoi d'étonnant que le décor se soit abîmé, à son tour ! Le désastre de leur vie les empêchait de s'affliger du désastre des choses. Car un raz de marée plus terrible encore que le raz de marée démolissant le Château de Tristan, avait ruiné en eux un idéal que, cependant, ils croyaient plus indestructible que les rocs.

Mme Trénissan, indifférente et machinale au milieu de la catastrophe, ramassait des « pouce-pieds » cachés au fond de petites cavernes et se balançant sur leurs pédoncules élastiques comme du caoutchouc, murmurait :

— Quelles drôles de bêtes !

Malbar, pour la distraire, pour s'égayer soi-même, imita les intonations d'un professeur en chaire et faisant un cours, devant des élèves.

— Vous voyez ici des crustacés d'une espèce particulière, disait-il. On les appelle aussi « anatifères » parce que, selon une croyance populaire — absurde, du reste, — ils engendrent les bernaches dont les œufs se déposent entre leurs touffes extensibles, flexibles et tendineuses. La ressemblance du test de ces animaux avec l'ongle du

gros orteil les fait communément désigner sous le nom
de « pouce-pieds ». Leur coquille se compose de cinq
dents réunies par une membrane qui les borde et les
maintient. Ils sont comestibles, et passent pour être
aphrodisiaques.

Il étalait une érudition qu'il tentait de rendre comique.

Mais la révélation même que les « pouce-pieds » excitaient à l'amour ne dérida pas Mme Trénissan.

Tout à coup, sous le ciel où le soleil, tout rouge, parmi
la brume, apparaissait comme une face congestionnée,
des voix lugubres s'élevèrent. Elles chantaient :

> La mort est ta compagne, elle est dans ta personne.
> Les tiens sont dans la terre et tu marches dessus,
> Souviens-toi des défunts, et lorsque le glas sonne,
> Recommande leur âme aux pardons de Jésus.

Kerahuel, malgré sa grossièreté, conservait la tradition
de rites délicats. Il se les transmettait de père en fils, de
mère en fille; et les femmes, en ce jour des Trépassés,
selon une coutume qu'elles ne discutaient pas, à genoux
et priant sur la plage, jetaient des fleurs sur l'Océan,
tombe des marins naufragés.

La psalmodie funèbre du cantique attaquait les nerfs
de Mme Trénissan. Elle étouffait dans l'atmosphère de
sépulcre épandue autour d'elle; et, prenant le bras de
Malbar :

— Allons-nous-en, dit-elle. J'ai froid comme les morts.
Pourquoi sommes-nous venus ?

Ils marchèrent au long de la terrasse. La nuit tombait.
Les fenêtres de l'hôpital s'allumaient. Puis, négligemment :

— Laguépie avait raison. Il ne reste plus rien des « Terrains à vendre ».

— Oui, rien ne reste, répondit Malbar.

Et ils demeurèrent dans le silence.

Un aboiement les fit se retourner. Ils aperçurent Chien-
de-Nous. Couché aux alentours sur un pantalon abandonné par un tireur de goémons, d'abord flairant des
odeurs humaines qu'il connaissait, il avait levé la tête et
dressé les oreilles. Mais, accablé d'infirmités, les membres
raides de rhumatismes, il n'avait pas pu se mettre debout.
Lui aussi, comme tout Kerahuel, depuis la construction
du sanatorium, il vivait chichement; car, les ouvriers
partis, nulle part dans les maisons et les cabarets de

pêcheurs où il se traînait, il ne retrouvait les abondants rogatons qu'il savourait autour des anciennes cuisines. Il vieillissait et ne gardait même plus assez d'énergie pour chasser aux puces de mer.

La compagnie, en outre, lui manquait. Il avait perdu Baluche pris par le recrutement, et aussitôt envoyé en Algérie, car le conseil de revision, point dupe de l'infirmité provoquée par le conscrit, partageait l'opinion du médecin-major déclarant que « Baluche, dans le but de diminuer sa capacité de servir, par une manœuvre coupable, avait augmenté l'infériorité résultant des tristes conséquences d'une mauvaise conformation de ses orteils ». La Mal-Commode, disparue, à son tour, attendait en prison sa comparution devant le jury. Arrêtée à la suite d'un procès-verbal attestant comment « en plein jour, sur la falaise, elle montrait à des enfants des choses qui n'étaient pas encore de leur âge », elle était partie en exhalant d'amères réclamations. Pourquoi avait-on changé les gendarmes, les gendarmes habitués à ses vices et paternels à ses excès ? Ainsi, privé de ses deux familiers, Chien-de-Nous dépérissait, rongé de vermine et d'ennui.

Après de grands efforts, boiteux et trébuchant, mis en marche seulement par les secousses de l'agonie, il se poussa vers Malbar et Mme Trénissan.

— Tiens, te voici, mon vieux. Comment vas-tu depuis qu'on ne t'a vu ?

Chien-de-Nous, flatté par la caresse de la parole, battit de la queue. Affectueusement, il essaya de tendre une patte pelée et qui tremblait. Soudain, ses yeux, ainsi que les feux d'un bateau, l'un rouge à bâbord, l'autre vert à tribord, vacillèrent dans leurs orbites sans cils. Leurs lueurs vagues s'éteignirent avec le jour qui expirait, et Chien-de-Nous, la gueule baveuse, roula, mort, aux pieds de ses amis.

Le glas des Trépassés sonnait au clocher de l'église. Sur la plage, les voix enrouées par le brouillard, répétaient :

La mort est ta compagne, elle est dans ta personne.

Entre les vagues, à la dérive, les fleurs noyées d'eau, une à une, coulaient bas, au milieu de l'ombre. Et le décès de la bête ravivant chez Malbar et Mme Trénissan toutes les douleurs qu'ils avaient subies, éperdus devant les détresses qu'ils redoutaient encore, dans l'avenir, épaves humaines se raccrochant l'une à l'autre, sur cette côte pleine des épaves de leurs rêves, ils s'embrassèrent en pleurant si fort que le bruit de la mer semblait fait de leurs sanglots.

FIN

13-3-06. — Imp. E. Arrault et Cie